STEPHE

1

ROMAN

traduit de l'anglais par
William Desmond

Albin Michel

Édition originale américaine :

IT
copyright © Stephen King, 1986
Viking Penguin Inc., New York

Traduction française :

ISBN : 2-226-03453-6

C'est avec gratitude que je dédie ce livre à mes enfants. Ma mère et ma femme m'ont appris à être un homme ; mes enfants m'ont appris à être libre.

Naomi Rachel King, quatorze ans,
Joseph Hillstrom King, douze ans,
Owen Philip King, sept ans.

Enfants, la fiction n'est que la vérité que cache le mensonge, et la vérité cachée dans ce récit est suffisamment simple : *La magie existe.*

Aussi longtemps qu'il me souvienne, ce vieux patelin, c'était chez moi
Je serai mort depuis longtemps que ce patelin sera toujours là.
À l'ouest, à l'est, faut le regarder de près
Tu t'es pas arrangé, mais je t'ai toujours dans la peau.

Michael Stanley Band

Mon vieil ami, que cherches-tu ?
Après tant d'années ailleurs, voici que tu reviens
Plein d'images entretenues
Sous d'autres cieux,
Loin, très loin de la mère patrie.

George Seferis

PREMIÈRE PARTIE

TOUT D'ABORD, L'OMBRE

Elles commencent !
les perfections s'affinent
La fleur déploie ses pétales colorés
grande ouverte au soleil
Mais la langue de l'abeille
Les manque
Elles retombent dans la terre grasse
en criant
— on peut appeler cri
ce qui les parcourt, frisson
avec lequel elles se flétrissent et disparaissent

William Carlos Williams,
Paterson
(Tr. J. Saulnier-Ollier, Aubier-Montaigne, 1981)

Venu au monde dans la ville d'un mort...

Bruce Springsteen

CHAPITRE 1

Après l'inondation (1957)

1

La terreur, qui n'allait cesser qu'au bout de vingt-huit ans (mais a-t-elle vraiment cessé ?), s'incarna pour la première fois, à ma connaissance, dans un bateau en papier journal dévalant un caniveau gorgé d'eau de pluie.

L'esquif vacilla, gîta puis se redressa, plongea crânement dans de perfides tourbillons et descendit ainsi Witcham Street jusqu'au carrefour avec Jackson Street. Tous les feux de signalisation étaient éteints, en cet après-midi de l'automne 1957, et pas une maison n'avait de lumière. Cela faisait une semaine qu'il pleuvait sans discontinuer et, depuis deux jours, le vent s'était mis de la partie. La plupart des quartiers de Derry se trouvaient toujours privés d'électricité.

Un petit garçon en ciré jaune et caoutchoucs rouges courait gaiement à côté du bateau de papier. La pluie, moins drue, crépitait, pour son oreille, comme sur un toit de tôle... bruit agréable, presque rassurant. Il s'appelait George Denbrough et avait six ans. Son frère William, connu de la plupart des gosses de la communale (comme des maîtres, qui ne se seraient pas permis de l'appeler ainsi devant lui) sous le sobriquet de Bill le Bègue, hoquetait à la maison les dernières quintes de toux d'un méchant rhume. En cet automne 1957, huit mois avant les vrais débuts de l'épouvante qui allait durer vingt-huit ans, Bill le Bègue avait dix ans.

C'est Bill qui avait conçu le bateau que faisait naviguer George. Il l'avait fabriqué dans son lit, adossé à une pile d'oreillers, tandis que leur mère jouait au piano *La Lettre à Élise,* dans le salon, et qu'au-dehors la pluie balayait inlassablement les fenêtres de la chambre.

Un peu avant l'intersection aux feux éteints, Witcham Street était interdite à la circulation par des fumigènes et quatre barrières orange ; sur chacune on pouvait lire : TRAVAUX PUBLICS DE DERRY. Au-delà, la pluie avait débordé des caniveaux qu'encombraient branches, cailloux et feuilles agglutinées en tas épais. L'eau avait tout d'abord, comme du bout des doigts, foré de petits trous dans la chaussée, avant de l'emporter à grandes poignées avides, dès le troisième jour de pluie. À midi, le quatrième jour, c'était par plaques entières que le revêtement dévalait la rue jusqu'au carrefour de Witcham et de Jackson, comme autant de radeaux miniatures. On avait lancé, un peu nerveusement, les premières plaisanteries sur Noé et son arche ce même jour. Les services de voierie de Derry avaient réussi à maintenir ouverte Jackson Street, mais Witcham Street restait impraticable depuis les barrières jusqu'au centre-ville.

Le pire était pourtant passé, de l'avis général. La Kenduskeag n'était pas sortie de son lit dans les Friches-Mortes, et était montée à quelques centimètres des berges en ciment du canal qui l'endiguait pour franchir le centre-ville. Juste à ce moment-là, une équipe d'hommes qui comprenait entre autres Zack Denbrough, le père de Bill et George, retirait les sacs de sable entassés la veille dans une hâte fébrile. La crue avait en effet paru inévitable, avec son cortège de dégâts. Celle de 1931 avait fait plus de vingt victimes et coûté des millions de dollars. On avait retrouvé l'un des corps à quarante kilomètres de Derry. Les poissons lui avaient dévoré les deux yeux, le pénis, trois doigts et l'essentiel de son pied gauche. Le malheureux serrait encore le volant d'une Ford dans ce qui restait de ses mains.

La rivière venait cependant d'entamer sa décrue et, grâce au nouveau barrage de Bangor, en amont, cesserait bientôt de constituer une menace. Telle était du moins l'opinion de Zack Denbrough, employé d'Hydroélectricité-Bangor. Pour l'instant il fallait faire face à la situation, rétablir le courant, et oublier ces mauvais moments. À Derry, la faculté d'oublier les tragédies et les désastres confinait à l'art, comme Bill Denbrough allait le découvrir avec les années.

George fit halte juste après les barrières, au bord d'une ravine creusée dans le goudron selon une diagonale presque parfaite qui traversait Witcham Street. Elle aboutissait de l'autre côté de la rue, à environ douze mètres en contrebas de l'endroit surélevé où il se tenait. Il éclata de rire — manifestation solitaire de joie enfantine, rayon de soleil trouant la grisaille de l'après-midi — tandis que son bateau était happé par les remous des rapides à échelle réduite qui dévalaient la ravine. Il passa ainsi d'un bord de Witcham Street à l'autre, tellement vite que George dut courir pour se maintenir à sa hauteur. L'eau boueuse jaillissait sous ses caoutchoucs dont les boucles cliquetaient gaîment, alors qu'il se précipitait vers son étrange mort. Il se sentait tout plein, à cet instant-là, d'un amour clair et simple pour Bill — amour un peu attristé du fait de l'absence de son frère, avec qui il aurait voulu partager sa joie. Certes, il essaierait de lui décrire ses aventures, une fois à la maison, mais il savait qu'il serait incapable de les lui faire voir comme Bill, dans le cas contraire, les lui aurait fait voir. Bill lisait bien, écrivait bien ; mais ce n'était pas uniquement pour cela qu'il raflait tous les premiers prix en classe — George, en dépit de sa jeunesse, s'en rendait compte lui-même. Bill savait raconter ; mais surtout, il savait voir.

George s'imaginait maintenant que son bateau était une vedette lance-torpilles comme celles qu'il voyait dans les films de guerre au cinéma de Derry le samedi en matinée, avec son frère. John Wayne contre les Japs. La proue de papier journal soulevait de l'écume comme un vrai navire et atteignit ainsi le caniveau gauche de Witcham Street. Un autre ruisselet convergeait sur ce point, et le tourbillon qui en résultait risquait de le faire chavirer. Le bateau pencha de façon alarmante, et George poussa un cri de joie quand il le vit se redresser, pivoter et se précipiter vers le carrefour. George accéléra pour le rattraper. Au-dessus de lui, les rafales aigres du vent d'octobre secouaient des arbres que la tempête avait presque complètement dépouillés de leurs feuilles richement colorées. Moisson brutale.

2

Assis dans son lit, les joues encore enfiévrées (même si, comme la Kenduskeag, la fièvre allait en décroissant), Bill venait de finir le bateau — mais le mit hors de portée lorsque George tendit la main. « V-va me chercher la pa-paraffine, m-maintenant.

— La quoi ? C'est où ?

— Dans la c-cave, sur l'ét-tagère. Dans une boîte où y a écrit G-G-Gulf. Apporte-la-moi, avec un c-couteau, un b-bol et des a-a-allumettes. »

George ne discuta pas. Sa mère jouait toujours du piano, un autre morceau, plus sec et prétentieux, qu'il n'aimait pas autant que *La Lettre à Élise ;* la pluie tambourinait régulièrement contre les vitres de la cuisine. Tous ces bruits étaient plutôt rassurants — pas comme l'idée de la cave. Il ne l'aimait pas et n'aimait pas en descendre les marches, s'imaginant toujours qu'il y avait quelque chose en bas dans le noir. Idiot, bien sûr, comme disaient son père et sa mère, mais surtout comme disait Bill. Et pourtant...

Même ouvrir la porte pour allumer lui répugnait car — c'était si exquisement stupide qu'il n'aurait osé en parler à personne — car il redoutait qu'une horrible patte griffue ne vienne se poser sur sa main au moment où elle cherchait le bouton pour le projeter dans les ténèbres au milieu des odeurs d'humidité et de légumes légèrement décomposés.

Stupide ! Des choses griffues et velues, bavant du venin, ça n'existait pas. De temps en temps, un type devenait cinglé et tuait plein de gens — Chet Huntley en parlait parfois au journal du soir —, et bien sûr, il y avait les communistes ; mais pas de monstre à la gomme habitant la cave. Il n'arrivait cependant pas à chasser cette idée. Au cours de ces interminables instants pendant lesquels il tâtonnait de sa main droite, à la recherche de l'interrupteur (tandis que sa main gauche étreignait l'encadrement de la porte), la cave lui semblait remplir l'univers. Et les odeurs d'humidité, de poussière et de pourriture se confondaient en une seule, inéluctable, celle du monstre. LE MONSTRE. L'odeur d'une chose sans nom : ça sentait Ça, Ça qui était accroupi, prêt à bondir, une créature prête à manger n'importe quoi, mais particulièrement friande de petits garçons.

Ce matin-là, il avait ouvert la porte et cherché interminablement le bouton, agrippé au chambranle, les yeux fermés, le bout de la langue dépassant du coin de la bouche comme une racine cherchant désespérément l'eau dans un désert. Marrant ? Tu parles ! *Tu t'es pas vu, Georgie ? Georgie, qu'a la frousse du noir ! Quel bébé !*

Le son du piano avait l'air de lui parvenir d'un autre monde, très loin, comme le bavardage et les rires de la foule sur une plage parviennent au nageur épuisé qu'emporte un courant sournois.

Sa main trouve le bouton. Ah !

Le tourne.

Rien, pas de lumière.

Oh, flûte ! Le courant !

George retira son bras comme d'un panier de serpents. Il recula d'un pas, le cœur cognant dans sa poitrine. La panne d'électricité, évidemment ! Il l'avait oubliée. Jésus-Crisse ! Et maintenant ? Allait-il retourner dire à Bill qu'il ne pouvait pas ramener la paraffine parce qu'il n'y avait pas de lumière et qu'il avait peur d'être confronté à quelque chose dans l'escalier, pas à un communiste ou à un assassin maniaque, non, mais à quelque chose de pire ? Qu'une main putréfiée allait ramper sur les marches et venir le saisir à la cheville ? Un peu trop gros, tout de même. D'autres riraient, mais pas Bill. Il serait furieux. Il dirait : « Grandis un peu, Georgie ! Veux-tu ce bateau, oui ou non ? »

Comme si cette idée l'avait traversé, Bill lança de la chambre : « Tu-tu prends ra-racine ou quoi, Georgie ?

— Non, je l'ai, Bill, répondit-il aussitôt, se frottant le bras pour en faire disparaître la chair de poule qui le trahissait. J'en ai profité pour boire un verre d'eau.

— Gr-grouille ! »

Il descendit donc les quatre marches qui le mettaient à portée de l'étagère, le cœur dans la gorge, les cheveux de la nuque au garde-à-vous, les mains glacées, convaincu qu'à tout instant la porte de la cave allait se refermer toute seule, obstruer la lumière qui tombait des fenêtres de la cuisine. Et qu'il entendrait alors Ça, qui était pire que tous les cocos et les assassins du monde, pire que les Japs, pire qu'Attila, pire que les abominations de cent films d'horreur. Et son grondement grave emplirait ses oreilles pendant quelques secondes folles, avant qu'il ne se jette sur lui pour lui déchirer les entrailles.

L'odeur était pire que d'habitude, à cause de l'inondation. La maison, sur Witcham Street, n'était pas loin du sommet de la colline, et avait donc échappé au pire ; mais l'eau s'était infiltrée dans les anciennes fondations et l'air empuanti invitait à ne respirer qu'à petits coups.

George farfouilla aussi vite qu'il put parmi tout ce qui encombrait l'étagère — des vieilles boîtes de cirage Kiwi, des chiffons, une lampe à pétrole inutilisable, des bouteilles à peu près vides, une ancienne boîte plate de cire La Tortue. Celle-ci attira son attention sans raison, et il passa bien trente secondes, hypnotisé, à admirer la tortue qui ornait le couvercle. Puis il la rejeta et vit enfin, derrière, la boîte carrée avec le mot GULF écrit dessus.

Georges s'en empara vivement et bondit vers la porte, soudain conscient qu'un pan de sa chemise dépassait, et convaincu que cela signifiait la fin pour lui : la chose dans la cave allait presque le laisser sortir, puis le saisirait par la chemise, le ferait tomber et...

Il referma bruyamment la porte dans son dos. Il y resta appuyé, les yeux clos, transpirant du front et des aisselles, agrippé à la boîte de paraffine.

Le piano s'arrêta, et la voix de sa mère flotta jusqu'à lui : « Tu devrais la fermer un peu plus fort une autre fois, Georgie. Peut-être arriveras-tu à casser l'une des assiettes du service, dans le dressoir, si tu essayes vraiment

— J' m'excuse, M'man.

— Espèce de taré ! » C'était Bill, parlant à voix basse pour ne pas être entendu de leur mère.

Georgie eut un petit reniflement. Sa peur s'était évanouie, aussi rapidement qu'un cauchemar lorsqu'on se réveille et qu'on regarde autour de soi pour s'assurer que rien de cela n'était vrai. Un pied par terre, on en a oublié la moitié ; sous la douche, les trois quarts. Et au petit déjeuner il n'en reste plus rien. Plus rien, jusqu'à la prochaine fois, où, sous l'emprise d'un nouveau cauchemar, toutes les frayeurs remonteront.

Cette tortue, se dit George en tirant le tiroir où se trouvaient les allumettes, *où est-ce que je l'ai déjà vue ?*

La question resta sans réponse, et il n'y pensa plus.

Il prit les allumettes, le couteau (lame tournée à l'extérieur, comme Papa lui avait appris) et le petit bol qu'il trouva sur le dressoir, dans la salle à manger. Puis il retourna dans la chambre de Bill.

« Qu'est-ce que t'es trouduc, G-Georgie », dit Bill d'un ton aimable, en repoussant l'attirail de malade qui encombrait sa table de nuit : un verre vide, une carafe, des Kleenex, des livres, un flacon de Vicks dont l'odeur resterait pour Bill éternellement associée aux bronches chargées et au nez coulant. Sans oublier le vieux poste Philco, qui ne jouait ni Chopin ni Bach, mais un air de Little Richard... très doucement, si doucement, même, qu'il en perdait toute sa force primitive. Leur mère, pianiste formée à la Julliard School, avait le rock and roll en horreur.

« J' suis pas un trouduc, dit George, qui s'assit sur le bord du lit et posa les objets sur la table de nuit.

— Si. Rien qu'un grand trouduc marron sur pattes. »

George essaya d'imaginer un gosse correspondant à cette description et se mit à pouffer.

« Ton trouduc est plus grand qu'Augusta ! dit Bill, qui pouffa à son tour.

— Ton trouduc est plus grand que tout l'État ! » répliqua George, ce qui suffit à plier les deux garçons en deux pendant plus d'une minute.

S'en suivit une conversation à voix basse, de celles qui n'ont de sens que pour les petits garçons : qui était le plus gros trouduc, qui avait le plus gros trouduc, quel trouduc était le plus marron, et ainsi de suite. Finalement, Bill lâcha l'un des mots interdits — accusant George d'être un gros trouduc marron merdeux — et ils éclatèrent de rire, ce qui déclencha une quinte de toux chez Bill. Elle s'atténuait un peu (le visage de Bill avait pris une teinte aubergine qui commençait à inquiéter George), lorsque le piano s'arrêta. Tout deux regardèrent en direction de la porte, l'oreille tendue vers le grincement du tabouret et le bruit des pas impatients de leur mère. Bill enfouit la tête dans le creux de son bras, étranglant la fin de la quinte, tout en indiquant la carafe de sa main libre. George lui versa un verre d'eau qu'il avala.

Le piano reprit — de nouveau *La Lettre à Élise.* Jamais Bill le Bègue n'oublierait ce morceau. Bien des années plus tard, elle lui donnerait encore la chair de poule ; le cœur lui manquerait et il se dirait : *C'était ce que jouait Maman le jour de la mort de George.*

« Tu vas encore tousser, Bill ?

— Non. »

Bill tira un Kleenex dans lequel il fit tomber un crachat épais avant de le rouler en boule et de le jeter dans une corbeille déjà à demi pleine de déchets identiques. Puis il ouvrit la boîte de paraffine et prit un cube à l'aspect cireux du produit dans le creux de la main. George l'observait attentivement, mais en silence. Bill n'aimait pas être bombardé de questions quand il faisait quelque chose, et George savait que son frère finirait par lui donner des explications s'il se taisait.

À l'aide du couteau, Bill coupa un petit morceau de paraffine qu'il plaça dans le bol. Puis il enflamma une allumette et la posa dessus. Les deux garçons observaient la petite flamme jaune tandis que le vent lançait des rafales affaiblies contre la fenêtre.

« C'est pour l'imperméabiliser. Sinon, il va s'imbiber d'eau et couler », dit Bill. Avec George, son bégaiement s'atténuait, pour disparaître parfois complètement. À l'école, en revanche, il pouvait être tel qu'il lui était impossible de parler. Tandis que ses camarades regardaient ailleurs, il restait paralysé, étreignant les rebords de son bureau, la figure prenant peu à peu la même teinte rouge que ses cheveux, les yeux réduits à deux fentes par l'effort qu'il faisait pour chasser un ou deux mots de sa stupide gorge. La plupart du temps, les mots finissaient par sortir. Parfois, rien ne venait. Une voiture l'avait renversé quand il avait trois ans, et il était resté sept heures inconscient. Maman attribuait à cet accident l'origine du bégaiement. George avait quelquefois l'impression que son père (et Bill lui-même) n'en était pas aussi sûr.

Dans le bol, la paraffine avait presque complètement fondu. La flamme pâlit, vacilla et s'éteignit. Bill plongea un doigt dans le liquide et le retira vivement avec un sifflement retenu. Il eut un sourire d'excuse. « Brûlant », dit-il. Au bout de quelques secondes il recommença, et se mit à badigeonner les flancs du bateau, où la paraffine, séchant rapidement, se transforma en une pellicule laiteuse.

« Je peux en passer, moi aussi ? demanda George.

— Oui. Mais n'en mets pas sur la couverture, sinon, tu vas voir Maman ! »

George plongea à son tour le doigt dans la paraffine encore chaude, mais supportable, et barbouilla l'autre côté du bateau.

« Pas tant, trouduc ! fit Bill. Tu veux le faire couler dès sa première sortie ?

— S'cuse-moi.

— Ça va, ça va. Mais fais attention. »

George termina son côté, puis tint le bateau dans ses mains ; il était un peu plus lourd, mais à peine. « Au poil, dit-il. Je vais aller le faire naviguer.

— Ouais, vas-y, répondit Bill, l'air soudain fatigué et encore patraque.

— Je regrette que tu ne viennes pas. » George était sincère. Bill avait tendance à devenir autoritaire, mais il avait toujours les idées les plus chouettes et il ne le frappait à peu près jamais. « Après tout, c'est ton bateau, ajouta-t-il.

— Moi aussi, j'aurais aimé venir, fit Bill d'un ton morose.

— Eh bien... » George dansait d'un pied sur l'autre, le bateau à la main.

« Mets ton ciré, sans quoi tu vas te choper un r-rhume comme moi. Trop tard, sans doute. J'ai dû te refiler mes mi-microbes.

— Merci, Bill. C'est un bateau super. » Puis il fit quelque chose qu'il n'avait pas fait depuis longtemps et que Bill ne devait jamais oublier : il se pencha sur lui et l'embrassa.

« Ce coup-ci, tu vas vraiment l'attraper, trouduc ! » dit Bill ; mais il avait tout de même l'air content, et il sourit à son frère. « Et n'oublie pas de ranger ce bazar. Sans quoi, Maman va grimper aux rideaux.

— T'en fais pas. » Il ramassa les objets et traversa la chambre, le bateau en équilibre instable sur la boîte de paraffine, elle-même de travers dans le petit bol.

« Ge-georgie ? »

George se retourna pour regarder son frère.

« Fais a-a-attention.

— Bien sûr. » Son front se plissa légèrement. C'était quelque chose que disait Maman, pas son grand frère. Aussi étrange que le baiser qu'il lui avait donné. « Bien sûr, que je ferai attention. »

Il sortit. Bill ne devait plus jamais le revoir.

3

Il courait donc à la poursuite de son bateau, du côté gauche de Witcham Street, aussi vite qu'il le pouvait ; mais le bateau prenait de l'avance, car l'eau dévalait plus vite encore. Son grondement allait s'amplifiant, et il s'aperçut qu'à une cinquantaine de mètres en contrebas, elle quittait le caniveau pour cascader dans un conduit d'urgence que l'on n'avait pas encore refermé. Il formait un grand demi-cercle obscur sur le bord du trottoir, et, alors que George regardait dans cette direction, une branche dépouillée à l'écorce noire et luisante comme une peau de phoque s'engouffra dans sa gueule. Elle y resta accrochée un instant avant d'y disparaître. C'était là que se dirigeait son bateau.

« Oh, merde et merdouille ! » s'écria-t-il, consterné.

Il accéléra le pas, et crut pendant quelques secondes pouvoir rattraper le bateau. Mais l'un de ses pieds glissa sur quelque chose, et il alla s'étaler, s'écorchant le genou, avec un cri de douleur. De ce nouvel angle au ras du sol, il vit l'embarcation tourner deux fois sur elle-même, momentanément prisonnière d'un tourbillon, puis disparaître.

« Merde et merdouille ! » cria-t-il de nouveau, frappant la chaussée du poing. Il se fit mal et les larmes lui vinrent aux yeux. Quelle stupide façon de perdre le bateau !

Il se releva et s'approcha de la bouche d'égout. Il mit son bon genou à terre et regarda à l'intérieur. L'eau faisait un grondement creux en s'enfonçant dans les ténèbres, un bruit de maison hantée qui lui rappelait...

Un cri étranglé sortit de sa gorge et il sursauta.

Deux yeux jaunes le regardaient de là-dedans, des yeux comme ceux qu'il avait imaginés le guettant dans la cave, sans jamais les voir. *C'est un animal,* pensa-t-il de manière incohérente, *c'est tout ce que c'est, un animal, tout bêtement un chat qui a été emporté là-dedans...*

Il était cependant prêt à s'enfuir en courant — il allait s'enfuir en courant dans deux secondes, quand ses mécanismes mentaux auraient digéré le choc produit par ces deux yeux jaunes et luisants. Il sentait la surface rugueuse du macadam sous ses doigts, ainsi que l'eau froide qui les contournait. Il se vit se relever et battre en retraite, et c'est à cet instant qu'une voix — une voix agréable, au ton raisonnable — lui parla depuis la bouche d'égout. « Salut, Georgie ! » fit-elle.

George se pencha et regarda de nouveau. Il n'en croyait pas ses yeux ; c'était comme dans un conte de fées, ou comme dans ces films où les animaux parlent et dansent. Il aurait eu dix ans de plus, il serait resté incrédule : mais il avait six ans, et non seize.

Un clown se tenait dans l'égout. L'éclairage n'y était pas fameux, mais néanmoins suffisant pour que George Denbrough n'ait aucun doute sur ce qu'il voyait. Un clown, comme au cirque, ou à la télé. Un mélange de Bozo et Clarabelle, celui (ou celle, George n'était pas très sûr) qui parlait à coups de trompe dans les émissions du dimanche matin. Le visage du clown était tout blanc ; il avait deux touffes marrantes de cheveux rouges de chaque côté de son crâne chauve et un énorme sourire clownesque peint par-dessus sa propre bouche.

Il tenait d'une main un assortiment complet de ballons de toutes les couleurs, comme une corne d'abondance pleine de fruits mûrs.

Et dans son autre main, se trouvait le bateau en papier journal de George.

« Tu veux ton bateau, Georgie ? » fit le clown avec un sourire.

George lui sourit à son tour ; il ne put s'en empêcher. C'était le genre de sourire auquel on ne pouvait faire autrement que de répondre. « Oui, bien sûr, je le veux.

— “ Bien sûr, je le veux ! ” fit le clown en riant. Voilà qui est bien dit, très bien dit ! Que penserais-tu d'un ballon ?

— Eh bien... oui ! » Il tendit une main hésitante, puis se reprit. « Je ne dois pas prendre les choses que me donnent des étrangers. C'est ce que Papa m'a dit.

— Ton papa a parfaitement raison, admit le clown du fond de son égout, toujours souriant. (*Comment ai-je pu croire*, se demandait George, *qu'il avait les yeux jaunes ?* Ils étaient d'un bleu brillant et pétillant, comme ceux de sa mère ou de Bill.) Parfaitement raison. C'est pourquoi je vais me présenter. Georgie, je m'appelle Mr. Bob Gray, aussi connu sous le nom de Grippe-Sou le Clown cabriolant. Grippe-Sou, je te présente George Denbrough. George, je te présente Grippe-Sou. Eh bien, voilà, nous ne sommes plus des étrangers l'un pour l'autre. Pas vrai ? »

George pouffa. « C'est vrai. » Il tendit de nouveau la main, et de nouveau la retira. « Comment t'es descendu là-dedans ?

— La tempête nous a balayés, moi et tout le cirque, répondit Grippe-Sou. Ne sens-tu pas l'odeur de cirque, Georgie ? »

Georgie se pencha. Ça sentait les cacahuètes, les cacahuètes grillées ! Et le vinaigre, ce vinaigre blanc que l'on verse sur les frites d'une bouteille avec un petit trou ! Ça sentait aussi la barbe à papa et les beignets frits, tandis que montait, encore léger mais prenant à la gorge, l'odeur des déjections de bêtes fauves. Sans oublier celle de la sciure. Et cependant...

Et cependant, en dessous, flottaient les senteurs de l'inondation, des feuilles en décomposition et de tout ce qui grouillait dans l'ombre de l'égout. Odeur d'humidité et de pourriture. L'odeur de la cave.

Mais les odeurs du cirque étaient plus fortes.

« Tu parles, si je les sens ! s'exclama-t-il.

— Tu veux ton bateau, Georgie ? demanda Grippe-Sou. Tu n'as pas l'air d'y tenir tant que ça », ajouta-t-il en le soulevant avec un sourire. Il était vêtu d'un ample vêtement de soie fermé d'énormes boutons orange ; une cravate d'un bleu électrique éclatant pendait à son cou, et il avait de gros gants blancs comme ceux que portent toujours Mickey et Donald.

« Si, j'y tiens, dit George, toujours penché sur l'égout.

— Veux-tu aussi un ballon ? J'en ai des rouges, des verts, des bleus, des jaunes...

— Est-ce qu'ils flottent ?

— S'ils flottent ? » Le sourire du clown s'élargit. « Et comment ! J'ai aussi de la barbe à papa... »

George tendit la main.

Le clown la lui prit.

Et George vit changer le visage de Grippe-Sou.

Ce qu'il découvrit était si épouvantable qu'à côté, ses pires fantasmes sur la chose dans la cave n'étaient que des féeries. D'un seul coup de patte griffue, sa raison avait été détruite.

« Ils flottent... », chantonna la chose dans l'égout d'une voix qui se brisa en un rire retenu. Elle maintenait George d'une prise épaisse de pieuvre ; puis elle l'entraîna dans l'effroyable obscurité où grondaient et rugissaient les eaux, emportant leur chargement de débris vers la mer. George détourna tant qu'il put la tête des ultimes ténèbres et se mit à hurler dans la pluie, à hurler inconsciemment au ciel blanc d'automne qui faisait ce jour-là comme un couvercle au-dessus de Derry. Des cris suraigus, perçants, qui tout au long de Witcham Street précipitèrent les gens à leur fenêtre ou sous leur porche.

« Ils flottent, gronda la voix, ils flottent, Georgie, et quand tu seras en bas avec moi, tu flotteras aussi... »

L'épaule de George vint buter contre le rebord en ciment du trottoir, et Dave Gardener, resté chez lui à cause de l'inondation au lieu d'aller travailler comme d'habitude au Shoeboat, ne vit qu'un petit garçon en ciré jaune qui hurlait et se tordait dans le caniveau, tandis que de l'eau boueuse et écumante transformait ses cris en gargouillis.

« Tout flotte, en bas », murmura la voix pourrie et ricanante ; puis il y eut soudain un bruit affreux d'arrachement, une explosion d'angoisse, et George Denbrough perdit connaissance.

Dave Gardener fut le premier sur place ; il arriva à peine quarante-cinq secondes après le premier cri, mais George était déjà mort. L'homme le saisit par le ciré, le tira dans la rue... et commença lui-même à crier quand le corps de l'enfant se retourna entre ses mains. Le côté gauche du ciré était maintenant d'un rouge éclatant. Du sang coulait dans l'égout depuis le trou déchiqueté où se trouvait autrefois le bras gauche ; des os emmêlés, horriblement brillants, dépassaient du vêtement déchiré.

Les yeux de l'enfant étaient grands ouverts sur le ciel blanc, et tandis que Dave se dirigeait d'un pas incertain vers ceux qui arrivaient, courant en désordre dans la rue, ils commencèrent à se remplir de pluie.

4

Quelque part en dessous, dans l'égout déjà plein à ras bord ou presque (« Jamais personne n'aurait pu tenir là-dedans ! s'exclama plus tard le shérif du comté au journaliste du *Derry News*, dans un accès de rage qui frisait l'hystérie. Hercule lui-même aurait été emporté par le courant »), le bateau en papier journal de George fila le long de conduits obscurs en ciment, dans le grondement et le chuintement de l'eau. Il avança quelques instants bord à bord avec un poulet crevé qui flottait sur le dos, ses pattes reptiliennes tournées vers le plafond dégoulinant ; puis à quelque confluent à l'est de la ville, le volatile fut emporté sur la gauche tandis que le bateau de George continuait tout droit.

Une heure plus tard, tandis que la mère de George se faisait administrer un calmant en salle d'urgence, à l'hôpital de Derry, et que Bill le Bègue restait pétrifié, blanc et silencieux dans son lit, écoutant sans les entendre les sanglots rauques de son père lui venant du salon où sa mère jouait *La Lettre à Élise* au moment où George était sorti, le bateau surgit d'une évacuation à la vitesse d'un boulet de canon et se retrouva sur un bief qui le ralentit, avant de le rejeter dans un cours d'eau sans nom. Lorsque, vingt minutes plus tard, il déboucha sur la Penobscot aux eaux gonflées et bouillonnantes, le ciel laissait apparaître ses premières déchirures bleues. La tempête était terminée.

Le bateau plongeait, oscillait, et prenait parfois l'eau, mais ne coulait pas ; les deux frères l'avaient bien imperméabilisé. J'ignore où il finit par s'échouer, s'il s'échoua jamais ; peut-être atteignit-il la mer et y navigue-t-il pour l'éternité, comme les bateaux magiques des légendes. Je sais seulement qu'il était toujours gaillard à chevaucher les remous de l'inondation lorsqu'il franchit les limites administratives de Derry (Maine), et par là même et pour toujours, celles de ce récit.

CHAPITRE 2

Après la fête (1984)

1

« Si vous tenez à savoir pour quelle raison Adrian portait ce chapeau, raconta plus tard son petit ami en larmes à la police, c'est parce qu'il l'avait gagné à la baraque Pitch Til U Win — là-bas, on gagne toujours quelque chose —, à la fête de Bassey Park, six jours avant sa mort. Et il en était fier. Il le portait parce qu'il aimait cette saloperie de ville ! ajouta, hystérique, Don Hagarty.

— Allons, allons, inutile d'être grossier », lui répondit l'officier de police Harold Gardener. Harold Gardener était l'un des quatre fils de Dave Gardener ; il avait cinq ans le jour où son père avait découvert le cadavre amputé d'un bras de George Denbrough. Pas tout à fait vingt-sept ans plus tard, à trente-deux ans, Harold se rendait bien compte de la réalité de la douleur et du chagrin de Don Hagarty, sans pouvoir toutefois le prendre au sérieux. L'homme — si l'on tenait à l'appeler ainsi — portait un pantalon de satin si serré qu'on pouvait lui compter les rides de la bite, sans parler du rouge à lèvres. Douleur ou pas, chagrin ou pas, ce n'était après tout qu'un pédé. Comme son ami, feu Adrian Mellon.

« On recommence, intervint l'acolyte de Gardener, Jeffrey Reeves. Vous êtes tous les deux sortis du Falcon et vous avez pris la direction du canal. Et après ?

— Combien de fois faudra-t-il vous le dire, bande d'idiots ? (Hagarty criait toujours.) Ils l'ont tué ! Ils l'ont jeté par-dessus bord ! Juste un jour ordinaire à Macho-Ville pour eux ! » Hagarty se mit à pleurer.

« Encore une fois, reprit Reeves patiemment. Vous êtes sortis du Falcon. Et après ? »

2

Dans une autre salle juste au bout du hall, deux flics de Derry interrogeaient Steve Dubay, dix-sept ans ; dans un bureau du premier étage, deux autres cuisinaient John « Webby » Garton, dix-huit ans ; et dans le bureau du chef de la police du cinquième, le chef, Andrew Rademacher, et le juge d'instruction, Tom Boutillier, tentaient de tirer les vers du nez à Christopher Unwin, quinze ans. Unwin, habillé d'un jean délavé, d'un T-shirt taché de graisse et de bottes de mécanicien, était en larmes. Rademacher et Boutillier s'occupaient personnellement de lui parce qu'ils avaient supposé, à juste titre, qu'il constituait le point faible du groupe.

« Allez, on recommence, dit Boutillier, exactement comme Reeves quelques étages en dessous.

— On ne voulait pas le tuer, balbutia Unwin. C'était le chapeau. On n'arrivait pas à croire qu'il oserait encore le porter après ce que Webby avait dit la première fois. On voulait juste lui faire peur, quoi.

— À cause de ce qu'il vous avait sorti, intervint Rademacher.

— Oui.

— De ce qu'il avait sorti à John Garton, plus précisément, l'après-midi du 17.

— Oui, à Webby. (Unwin éclata de nouveau en sanglots.) Mais nous avons essayé de le sauver quand nous avons vu que ça se passait mal... au moins moi et Stevie Dubay... on n'a jamais voulu le tuer !

— Arrête ces salades, Christopher, fit Boutillier. Vous l'avez bien balancé dans le canal, non ?

— Oui, mais...

— Et vous êtes venus tous les trois mettre les choses au point. Le chef Rademacher et moi, nous apprécions le geste, n'est-ce pas Andy ?

— Et comment ! Il faut du courage pour ne pas renier ce qu'on a fait, Chris.

— Alors, ne fais pas le con en te mettant à mentir maintenant. Vous aviez bien l'intention de le balancer par-dessus bord dès l'instant que vous l'avez vu sortir du Falcon avec son petit copain, n'est-ce pas ?

— Non ! » protesta Unwin avec véhémence.

Boutillier sortit un paquet de Marlboro de sa poche de chemise. Il mit une cigarette à la bouche et tendit le paquet à Unwin.

L'adolescent en prit une. Sa bouche tremblait tellement que le juge avait du mal à suivre la cigarette avec l'allumette.

« Mais quand avez-vous vu qu'il portait le chapeau ? » reprit Rademacher.

Unwin tira une grosse bouffée, pencha la tête (ses cheveux graisseux lui tombèrent dans les yeux) et rejeta la fumée par le nez, qu'il avait piqueté de comédons.

« Ouais », dit-il dans un souffle, si bas qu'il était presque inaudible.

Boutillier s'inclina vers lui, un reflet brillant dans son œil brun. Il avait l'expression d'un prédateur, mais la voix restait douce. « Tu disais, Chris ?

— Je disais oui. Je crois. Je crois qu'on voulait le balancer. Mais pas le tuer. » Sur ces mots, il releva les yeux, l'air malheureux, aux abois, de quelqu'un d'incapable de comprendre les stupéfiants changements qui venaient d'avoir lieu dans sa vie depuis qu'il avait quitté la maison, la veille à sept heures et demie, pour la dernière nuit de la fête du canal de Derry, avec ses copains. « Mais pas le tuer ! répéta-t-il. Et ce type, sous le pont... j' sais toujours pas qui c'est.

— Quel genre de type ? » demanda Rademacher, sans trop de conviction. Ils avaient déjà eu droit à ce couplet, et aucun des deux n'y croyait — tôt ou tard, un homme accusé de meurtre finit par sortir le Mystérieux Inconnu. Boutillier lui avait même donner un nom : « le Syndrome du Manchot », d'après une vieille série télévisée.

« Le type en tenue de clown, fit Unwin avec un frisson. Celui avec les ballons. »

3

Les fêtes du canal, qui s'étaient déroulées du 15 au 21 juillet, avaient été un succès éclatant de l'avis de tous, ou presque, à Derry : un grand événement, autant pour le moral et le prestige de la ville que pour... son portefeuille. La raison d'être de cette semaine de festivités était le centenaire de l'ouverture du canal qui traversait le centre-ville. C'était grâce à ce canal que la ville avait pu se livrer complètement au commerce du bois entre 1884 et 1910 ; de sa mise en service dataient les années de prospérité de Derry.

On avait retapé la ville d'est en ouest et du nord au sud. On avait comblé et nivelé des nids-de-poule que certains citoyens prétendaient connaître depuis dix ans. On avait renouvelé le mobilier des immeubles municipaux dont on avait aussi ravalé les façades. On avait poncé le gros des graffitis les plus obscènes de Bassey Park (la plupart constitués de réflexions antihomosexuelles à la logique glaciale, comme : À MORT LES PÉDÉS, ou : SIDA, TRAIN DE DIEU POUR L'ENFER DES HOMOS !) qui déparaient les bancs et la passerelle couverte au-dessus du canal, connue sous le nom de pont des Baisers.

On avait ouvert un musée du Canal dans trois devantures de magasins inoccupés du centre-ville, pour y exposer les objets réunis par Michael Hanlon, bibliothécaire de la ville et historien amateur. Les plus vieilles familles de la région avaient prêté leurs pièces les plus précieuses, et pendant toute la semaine, près de quatre mille personnes payèrent vingt-cinq cents chacune pour contempler des menus des années 1890, des outils de bûcheron des années 1880, des jouets d'enfants des années 20, et plus de deux mille photos et neuf courts métrages sur la vie quotidienne à Derry au cours des cent dernières années.

La Société des dames de Derry avait financé cette exposition, non sans refuser d'admettre certaines des pièces proposées par Hanlon (comme la célèbre Chaise à clochard des années 30, et des photos du massacre de la bande à Bradley). Néanmoins, ce fut aussi un grand succès, et personne ne tenait tellement à voir ces témoignages sanglants. Il valait beaucoup mieux mettre l'accent sur les choses positives.

On avait dressé une énorme tente en toile rayée pour les rafraîchissements dans le parc de Derry, des orchestres y jouaient tous les soirs. Bassey Park accueillit pour sa part une foire d'attractions avec des manèges et des stands tenus par des gens du cru. Un tramway spécial parcourait le secteur historique toutes les heures, avec pour terminus cette machine à sous criarde et avenante.

C'était là qu'Adrian Mellon avait gagné le chapeau qui allait signer son arrêt de mort. Un haut-de-forme avec une fleur et un bandeau sur lequel on lisait : J' ❤ DERRY.

4

« J' suis crevé », dit John « Webby » Garton. Comme ses deux amis, il était inconsciemment habillé à la Bruce Springsteen — alors que si on lui avait demandé son avis sur le chanteur, il l'aurait sans doute traité de pédé ou de nouille, et aurait professé son admiration pour des groupes « hard » comme Def Leppard, Twisted Sister et Judas

Priest. Déchirées, les manches de son T-shirt exhibaient des bras lourdement musclés. Son épaisse tignasse châtaine lui retombait sur un œil (plus John Cougar Mellencamp que Springsteen). Des tatouages bleus ornaient ses biceps, des symboles ésotériques que l'on aurait dit tracés par une main d'enfant. « J' veux plus parler.

— Dis-nous simplement ce qui s'est passé à la foire, mardi après-midi », fit Paul Hughes. Ce dernier était choqué et écœuré par toute cette sordide affaire. Comme si la fête du canal, ne cessait-il de se répéter, s'était achevée sur un événement prévu par tous, mais que personne n'avait osé inscrire au programme des réjouissances. Sans quoi, il se serait présenté ainsi :

Samedi, 21 h : Grand concert de clôture avec l'orchestre du collège de Derry et les Barber Shop Mello-Men.
Samedi, 22 h : Feu d'artifice géant.
Samedi, 22 h 35 : Le sacrifice rituel d'Adrian Mellon met officiellement fin aux festivités.

« J'emmerde la foire, répliqua Webby.

— Simplement ce que tu as dit à Mellon et ce qu'il t'a dit.

— Oh, bordel ! fit Webby en roulant des yeux.

— Allez, Webby », intervint le partenaire de Hughes.

Webby roula de nouveau des yeux et recommença.

5

Garton avait vu les deux types, Mellon et Hagarty, partir en se tenant par la taille et en pouffant comme des filles. Il avait d'ailleurs tout d'abord cru qu'il s'agissait de filles. Puis il avait reconnu Mellon, qu'on lui avait déjà montré. À ce moment-là, Mellon se tourna vers Hagarty... et l'embrassa brièvement sur la bouche.

« Oh, les mecs, je vais gerber ! » s'était écrié Webby, dégoûté.

Chris Unwin et Steve Dubay l'accompagnaient. Quand Webby leur indiqua le couple, Steve lui dit que l'autre pédé s'appelait Don quelque chose, qu'il avait pris un gamin de Derry en stop et commencé à le peloter.

Mellon et Hagarty avaient repris leur marche en direction des trois garçons, s'éloignant du Pitch Til U Win pour gagner la sortie de la foire. Webby déclarerait plus tard aux policiers Hughes et Conley qu'il avait été blessé dans son « orgueil de citoyen » de voir un enfoiré de pédé avec un chapeau sur lequel était écrit J' ♥ DERRY. C'était une ânerie, ce chapeau — une réplique en papier d'un haut-de-forme avec une énorme fleur au-dessus qui s'inclinait dans toutes les directions. Apparemment, ce truc stupide avait blessé encore plus profondément l'orgueil de citoyen de Webby Garton.

Comme Mellon et Hagarty passaient, toujours se tenant par la taille, Webby leur lança : « Je devrais te faire bouffer ce chapeau, espèce d'enculé ! »

Mellon se tourna vers lui, battit coquettement des paupières et répondit : « Si tu veux quelque chose à bouffer, chéri, j'ai beaucoup mieux que mon chapeau. »

À ce stade, Webby avait décidé de refaire le portrait du pédé. Dans la géographie de son visage, des montagnes allaient s'élever, des continents dériver. Il ne laisserait personne suggérer qu'il était un suceur de queue. *Personne.*

Il se dirigea vers Mellon. Inquiet, Hagarty essaya d'entraîner son ami, mais celui-ci ne bougea pas, toujours souriant. Garton déclara plus tard aux policiers que Mellon devait être certainement pété à quelque chose. « C'est vrai, admit Hagarty quand la question lui parvint par l'intermédiaire des policiers Gardener et Reeves. Il s'était pété avec deux beignets aux pommes et au miel, son seul repas de toute la journée. » Il avait par conséquent été incapable de se rendre compte de la menace très réelle que représentait Garton.

« Mais c'était tout Adrian, ça, fit Don qui, en s'essuyant les yeux avec un mouchoir de papier, se barbouilla de maquillage scintillant. Il n'avait aucun sens du danger. Il faisait partie de ces doux dingues qui croient toujours que les choses vont s'arranger toutes seules. »

Il aurait pu prendre une sérieuse raclée déjà à ce moment-là, si Garton n'avait pas senti quelque chose tapoter son coude. Un bâton blanc. Il se retourna, et vit Frank Machen, un autre membre de la police de Derry. « Laisse tomber, mon bonhomme, dit-il à Webby. Occupe-toi de tes affaires et fiche la paix à ces deux mignonnes. Va t'amuser plus loin.

— Vous avez pas entendu de quoi il m'a traité ? » protesta Garton avec véhémence. Unwin et Dubay l'avaient rejoint et, sentant venir les ennuis, tentèrent de l'entraîner. Mais il se débarrassa d'eux et les aurait frappés s'ils avaient insisté. Sa virilité venait de subir un affront qu'il fallait venger. Personne n'irait raconter qu'il suçait des pines. *Personne.*

« Il ne me semble pas qu'il t'ait traité de quoi que ce soit, répliqua Machen. Il me semble par contre que c'est toi qui lui as parlé en premier. Et maintenant, dégage, fiston. Je n'ai pas envie de me répéter.

— Il m'a traité de pédé !

— Aurais-tu peur qu'il ait raison ? » demanda Machen, l'air sincèrement intéressé, ce qui eut le don de faire violemment rougir Garton.

Pendant tout cet échange, Hagarty s'était efforcé, de plus en plus angoissé, d'entraîner Mellon avec lui. Il commençait enfin à y réussir, quand Adrian, par-dessus son épaule, lança d'un ton effronté : « Au revoir, mon amour !

— La ferme, petit con, dit sèchement Machen. Barre-toi d'ici. »

Garton voulut bousculer Mellon, mais Machen le retint.

« Je pourrais bien te foutre au trou. À te voir faire, je me dis même que l'idée n'est pas si mauvaise.

— *La prochaine fois, ça va faire vraiment mal !* » beugla Garton en direction du couple qui s'éloignait. Des têtes se tournèrent pour le regarder. « *Et si tu portes encore ce chapeau, je te tuerai ! On n'a pas besoin de tantes dans ton genre dans cette ville !* »

Sans se retourner, Mellon agita les doigts de sa main gauche (ses ongles étaient rouge cerise) et se déhancha exagérément. Garton voulut se dégager.

« Un mot de plus, un pas de trop, et tu es au trou, fit Machen d'une voix douce. Fais-moi confiance, mon garçon, je ne plaisante pas.

— Allons, Webby, intervint Chris Unwin, mal à l'aise. Laisse tomber.

— Vous aimez les mecs comme ça, vous ? lança Webby à Machen. Hein ?

— En ce qui concerne les tapettes, je reste neutre, répondit le flic. Ce qui me botte, moi, c'est la paix et la tranquillité, et tu chahutes un peu trop ce que j'aime, tête de macaroni. Maintenant, si tu as envie que je m'occupe de toi...

— Allez, viens, Webby, fit Steve Dubay d'un ton conciliant. On va se payer des hot dogs. »

Garton s'éloigna, réajusta sa chemise avec des mouvements exagérés, et remit sa mèche en place.

Dans sa déposition, le lendemain de la mort d'Adrian Mellon, Machen déclara : « *La dernière chose que je l'aie entendu dire, pendant qu'il partait avec ses copains, c'est : “ Il va morfler, la prochaine fois. ”* »

6

« S'il vous plaît, il faut que je parle à ma mère, dit Steve Dubay pour la troisième fois. Faut absolument qu'elle calme mon beau-père, sans quoi, ça va barder quand je vais rentrer à la maison.

— Dans un petit moment », lui répondit l'officier de police Charles Avarino. Tout comme son coéquipier Barney Morrison, il savait bien que Dubay ne rentrerait pas ce soir chez lui, ni même, fort probablement, les soirs suivants pendant longtemps. Le garçon n'avait pas l'air de se rendre compte de la gravité de son affaire, et Avarino ne trouva pas surprenant d'apprendre un peu plus tard que Dubay avait quitté l'école à seize ans, époque à laquelle son Q.I. était de soixante-huit points sur l'échelle de Wechsler. (Il venait de tripler sa cinquième.)

« Dis-nous ce qui s'est passé lorsque tu as vu Mellon sortir du Falcon, l'encouragea Morrison.

— Non, vieux. Vaut mieux pas.

— Et pourquoi donc ? demanda Avarino.

— J'ai peut-être déjà trop parlé.

— Mais tu es venu pour parler, non ?

— Eh bien... euh... ouais, mais...

— Écoute un peu, fit Morrison d'un ton amical, s'asseyant à côté de lui et lui tendant une cigarette. Tu nous prends pour des pédés, Chick et moi ?

— Je sais pas...

— Est-ce qu'on à *l'air* de pédales ?

— Non, mais...

— Nous sommes tes amis, Stevie, reprit Morrison d'un ton solennel. Et crois-moi, Chris, Webby et toi, vous avez bien besoin de tous vos amis, en ce moment. Car demain, toutes les personnes sensibles dans cette ville vont hurler pour demander votre peau. »

Steve Dubay parut vaguement inquiet. Avarino, qui lisait à livre ouvert à travers ce crâne épais, le soupçonna de penser encore à son beau-père. Et bien qu'il n'eût aucune tendresse particulière pour la petite communauté homo de Derry — comme les autres flics de la brigade, il aurait été ravi de voir fermer pour toujours le Falcon —, ramener Dubay chez lui ne lui aurait pas déplu. Il aurait même pris plaisir à tenir les bras de ce morveux pendant que le beau-père lui aurait flanqué une bonne correction. Avarino n'aimait pas les homosexuels, mais ça ne signifiait pas pour lui qu'il fallait les torturer et les assassiner. Mellon avait été martyrisé. Lorsqu'on l'avait remonté de dessous le pont, le cadavre avait les yeux ouverts, exorbités de terreur. Et voilà que ce type, là, n'avait pas la moindre idée de ce à quoi il avait participé.

« On voulait pas lui faire de mal », répéta Steve. C'était sa position de repli, dès qu'il commençait à s'embrouiller.

« C'est justement pour ça que tu veux jouer franc-jeu avec nous, fit le plus sérieusement du monde Avarino. Tu dis la vérité, et si ça se trouve, il n'y aura pas de quoi fouetter un chat, n'est-ce pas, Barney ?

— Pas un chaton, admit Morrisson.

— Allez, encore un coup, dit Avarino, enjôleur.

— Eh bien... », et lentement, Steve commença à parler.

7

Lorsque le Falcon ouvrit en 1973, Elmer Curtie avait pensé que sa clientèle se recruterait avant tout parmi les voyageurs : trois compagnies d'autocars se partageaient en effet le terminus voisin, Trailways, Greyhound et Aroostook County. Il avait oublié de tenir compte d'un fait : nombre de passagers des cars sont des femmes ou des familles avec des ribambelles d'enfants. Quant aux autres, ils ont leur bouteille au fond d'un sac en papier kraft et ne quittent jamais le véhicule. Ne descendaient donc, en général, que des marins ou des soldats qui ne consommaient qu'une bière ou deux ; difficile de se cuiter en dix minutes d'arrêt.

Quand, en 1977, Curtie avait commencé à prendre conscience de la dure réalité, il était dans les dettes jusqu'au cou et ne voyait pas comment s'en sortir. L'idée de mettre le feu au Falcon pour toucher l'assurance lui vint bien à l'esprit, mais à moins de prendre les services d'un professionnel pour l'allumer, comment ne pas se faire prendre ? Et où trouvait-on les incendiaires professionnels, de toute façon ?

En février 1977, il se donna jusqu'au 4 juillet ; si, à cette date, les choses ne s'étaient pas améliorées, il mettrait la clef sous la porte et prendrait un Greyhound pour aller voir en Floride comment les choses se passaient.

Mais au cours des cinq mois suivants, le bar connut une stupéfiante et paisible prospérité, dans son décor noir et or ponctué d'oiseaux empaillés (taxidermiste amateur spécialisé dans les oiseaux, le frère d'Elmer était mort en lui laissant sa collection). Soudain, au lieu de tirer soixante demis et de servir une vingtaine de cocktails par soirée, il se mit à tirer cent bières et à servir autant d'apéritifs... certains soirs, presque deux fois plus.

La clientèle était jeune, courtoise et presque exclusivement masculine. Elle s'habillait souvent de maniere extravagante, mais les tenues extravagantes, en ces années-là, étaient quasiment la norme, et ce n'est qu'en 1981 que Curtie se rendit compte que ses clients étaient presque tous homosexuels. Les habitants de Derry auraient ri de lui s'il leur avait fait cet aveu, et lui auraient demandé s'il les croyait nés de la dernière pluie, mais c'était pourtant la pure vérité. Comme le cocu de l'histoire, il fut le dernier au courant... Mais quand il le fut, il s'en contreficha. Il gagnait de l'argent, et si quatre autres établissements de Derry en faisaient autant, le sien était le seul que des clients mal embouchés ne démolissaient pas régulièrement. Il n'y avait pas de femmes, source de bagarres, et pédés ou non, ces types paraissaient connaître le secret pour se coudoyer sans s'affronter, contrairement aux hétérosexuels.

Une fois au courant des préférences sexuelles de ses habitués, il eut l'impression d'entendre partout des histoires grivoises sur le Falcon ; en fait, elles circulaient depuis des années. Ceux qui les propageaient avec le plus d'enthousiasme, s'aperçut-il, étaient des individus qui n'auraient pas mis les pieds au Falcon pour tout l'or du monde, ce qui ne les empêchait pas d'avoir l'air au courant de tout ce qui s'y passait.

D'après eux, on pouvait y voir des hommes danser joue contre joue en se frottant la queue en pleine piste de danse ; des hommes s'embrasser à pleine bouche au bar ; des hommes se faire tailler une pipe dans les toilettes. Il y aurait eu, paraît-il, une pièce un peu spéciale à l'arrière où un malabar attendait les amateurs en tenue nazi, le bras huilé jusqu'à l'épaule, prêt à remplir son office.

Il n'y avait pas un mot de vrai là-dedans. Lorsque des assoiffés venaient du terminus des cars prendre une bière ou un cocktail, ils ne remarquaient rien de spécial — certes, il y avait beaucoup de types, mais des milliers de bars, rendez-vous de travailleurs, étaient dans le même cas dans le pays. La clientèle était homosexuelle, mais pas stupide pour autant. Si elle désirait quelque chose d'un peu plus excitant, elle allait à Portland. Et si elle souhaitait du franchement cochon, il lui restait toujours New York ou Boston. Derry n'était qu'une petite ville de province, et sa communauté homo savait bien qu'elle ne devait pas faire de vagues.

Don Hagarty était un habitué du Falcon depuis deux ou trois ans, lorsqu'il y était venu pour la première fois, un soir de mars 1984, accompagné d'Adrian Mellon. C'était jusque-là un dragueur impénitent, que l'on voyait rarement plus de six fois de suite avec la même personne. Mais il était devenu évident, vers la fin avril (même aux yeux de Curtie, qui ne s'en souciait guère), que la liaison de Mellon et Hagarty serait plus durable.

Hagarty était rédacteur dans une entreprise d'ingénierie de Bangor, Adrian Mellon un écrivain indépendant qui publiait n'importe où — magazines de compagnies aériennes et régionaux, suppléments du dimanche, journaux de courrier érotique. Il avait un roman en cours, mais peut-être n'était-ce pas sérieux : il l'avait commencé au collège, et cela faisait douze ans qu'il y travaillait.

Il était venu à Derry pour écrire un article sur le canal, pour le compte d'un bimensuel chic, le *New England Byways,* publié à Concord. Adrian Mellon avait accepté cette enquête parce qu'il avait pu obtenir de la revue trois semaines de dépenses défrayées (avec notamment une agréable chambre au Derry Town House), et qu'il lui suffirait de cinq jours pour rassembler ses informations. Il comptait sur les deux autres semaines pour en recueillir sur d'autres sujets, thèmes d'éventuels articles à venir.

Mais au cours de ces trois semaines, il rencontra Don Hagarty, et, au lieu de retourner à Portland une fois écoulé ce délai, il se trouva un petit appartement sur Kossuth Lane. Il n'y habita qu'un mois et demi. Après quoi, il alla vivre chez Don.

8

Cet été-là, confia Hagarty à Harold Gardener et à Jeffrey Reeves, avait été le plus heureux de sa vie ; il aurait dû se méfier, ajouta-t-il. Il aurait dû savoir que quand Dieu mettait un tapis aussi moelleux sous les pieds d'un gars comme lui, c'était pour mieux le faire tomber en tirant dessus.

La seule ombre au tableau était la passion extravagante qu'Adrian manifestait pour Derry. Il avait un T-shirt sur lequel on lisait : LE MAINE, C'EST BIEN, DERRY C'EST MIEUX !, portait une veste à la gloire des Derry Tigers du collège de la ville et, bien sûr, il y avait le chapeau. Il prétendait trouver l'atmosphère ambiante roborative et stimulante pour la création. Peut-être était-ce vrai : pour la première fois depuis un an, il avait sorti le manuscrit de sa valise.

« Y travaillait-il vraiment ? demanda Gardener, qui ne s'en souciait guère mais tenait à ce que Hagarty reste motivé.

— Oui. Les pages défilaient. Il disait que ce serait peut-être un roman nul, mais pas un roman inachevé. Il pensait finir en octobre, pour son anniversaire. Bien sûr, il ignorait ce qu'était vraiment Derry. Il croyait le savoir, mais il n'y était pas resté assez longtemps. Il ne m'écoutait pas quand j'essayais de le lui expliquer.

— Et c'est quoi, Derry, d'après toi, Don ? demanda Reeves.

— Ça ressemble beaucoup à une vieille putain crevée avec des asticots qui lui grouillent sur le con », répondit Don.

Les deux flics le regardèrent, muets de stupéfaction.

« C'est un sale trou, reprit Hagarty. Un véritable égout. Vous n'allez pas me raconter que vous l'ignorez, non ? Vous avez passé toute votre vie ici et vous ne le savez pas ? »

Aucun des deux ne répondit. Au bout d'un moment, Hagarty continua son récit.

9

Jusqu'au moment où Adrian Mellon était entré dans sa vie, Don Hagarty avait projeté de quitter Derry. Cela faisait trois ans qu'il y habitait, avant tout parce qu'il avait signé un bail à long terme pour un appartement avec une vue fabuleuse sur la rivière ; mais le bail arrivait à échéance et il s'en réjouissait. Finis, les interminables trajets Derry-Bangor et retour. Finies, les mauvaises vibrations ; à Derry, avait-il dit un jour à Adrian, il avait l'impression qu'à midi les horloges sonnaient treize coups. Si Adrian aimait Derry, Don en avait peur. Ça tenait surtout à l'attitude rigoureusement antihomo de la ville, attitude clairement exprimée aussi bien par les prédicateurs que par les graffitis de Bassey Park, et contre laquelle il s'était un jour insurgé — ce qui avait fait rire Adrian.

« Il n'y a pas une ville en Amérique, Don, qui n'ait son contingent d'antihomos, avait-il répondu. Ne me dis pas que tu l'ignores. Après tout, c'est l'ère des Ronald Ringard et des prêchi-prêcha.

— Viens donc faire un tour à Bassey Park, avait-il répondu lorsqu'il avait compris qu'Adrian était sincère, quand il voyait en Derry une ville provinciale comme une autre. Je veux te montrer quelque chose. »

Ils s'étaient rendus à Bassey Park — c'était à la mi-juin, environ un mois avant le meurtre d'Adrian, dit Don aux flics. Dans l'ombre aux odeurs désagréables du pont des Baisers, il avait montré l'un des graffitis à Adrian, qui avait dû craquer une allumette pour le déchiffrer.

MONTRE-MOI TA QUEUE PÉDÉ QUE JE TE LA COUPE.

« Je sais ce que les gens pensent de nous, avait dit Don. J'ai été rossé par des camionneurs à Dayton quand j'étais adolescent ; à

Portland, des types ont mis le feu à mes chaussures devant une baraque à sandwichs pendant qu'un gros cul de flic restait assis dans sa caisse à se marrer. J'en ai vu pas mal... Mais jamais rien comme ça. Tiens, regarde par là. »

CREVEZ LES YEUX DE TOUS LES PÉDÉS AU NOM DE DIEU !

« Le mec qui a écrit ça ne peut être que complètement cinglé. Je me sentirais mieux s'il ne s'agissait que d'une personne, un isolé, mais... (Don avait balayé d'un geste la longueur du pont) il y en a partout, et je ne crois pas à l'auteur unique. C'est pour cela que je veux quitter Derry, Ade. Trop d'endroits et trop de gens ont quelque chose de profondément perverti.

— Ça peut tout de même attendre que j'aie fini mon roman, non ? S'il te plaît ! En octobre, je te le promets, pas plus tard. L'air est meilleur, ici. »

Il ne savait pas, expliqua avec amertume Don aux flics, que c'était de l'eau qu'il aurait dû se méfier.

10

Sans dire mot, Tom Boutillier et Harold Rademacher s'inclinèrent en avant. Chris Unwin, la tête basse, s'adressait d'un ton monocorde au plancher. C'était la partie qu'ils ne voulaient pas manquer, celle qui expédierait au moins deux de ces petits merdeux à Thomaston.

« La foire valait plus le coup, dit Unwin. Y commençaient à démonter tous les trucs qui vous secouent, vous savez, comme le plateau du diable et le parachute. Aux autotampons, c'était marqué " fermé ". Y avait que les manèges des gosses qui marchaient encore. Alors on est allés aux baraques de jeux. Webby a vu le Pitch Til U Win, il a payé cinquante cents, et il a vu le même chapeau que le pédé. Mais il arrivait pas à l'accrocher, et à chaque fois qu'il le manquait, il était encore plus de mauvaise humeur. Et puis Steve... d'habitude, il dit tout le temps : " Y a qu'à laisser tomber, laisse tomber, ça vaut pas le coup ", vous comprenez ? Sauf qu'il était surexcité comme un malade, parce qu'il avait pris cette pilule, vous savez ? Quelle pilule, j' sais pas. Rouge. Peut-être même légale. Mais il arrêtait pas de tanner Webby et j'ai bien cru que Webby allait le cogner. " T'es même pas foutu de gagner ce chapeau de pédé, qu'y disait. Faut-y qu' tu sois taré pour le rater comme ça. " Finalement, la bonne femme lui a donné un prix, alors que l'anneau était même pas tombé dessus, juste pour se débarrasser de nous, je crois. J' sais pas, mais il me semble. Un truc qui fait du bruit, vous savez ? On souffle dedans, ça gonfle et ça fait comme un pet en se déroulant. Et puis, comme la foire allait fermer, on est sortis, et Steve n'arrêtait pas d'asticoter Webby parce qu'il avait raté le chapeau, et Webby ne disait rien, mais c'est pas bon signe quand il la ferme comme ça. Je savais que j'aurais dû essayer de changer de sujet de conversation, mais je trouvais rien, vous comprenez ? Alors, une fois dans le parking, Steve a dit : " Où vous voulez aller ? À la maison ? " Et Webby a répondu : " Allons tout d'abord faire un tour au Falcon voir si on trouve pas ce pédé. " »

Rademacher et Boutillier échangèrent un regard. Du doigt, le juge se tapota la joue : ce petit con en bottes de mécanicien l'ignorait, mais il parlait maintenant de meurtre avec préméditation.

« Alors moi, j'ai dit : " Il faut que je rentre à la maison ", et Webby a dit : " T'as la trouille d'aller à ce bar de pédés ? " Et moi, j'ai répondu : " Non, t'es con ! " Et Steve qu'était toujours pété ou je sais pas quoi a dit : " Allez ! On va tabasser une de ces tantes, on va tabasser une de ces tantes, on va tabasser... " »

11

Le minutage des itinéraires des uns et des autres n'aurait pas pu être pire. Mellon et Hagarty quittèrent le Falcon après avoir pris deux bières, passèrent à pied devant le terminus d'autocars et se prirent par la main sans même y penser ; un geste spontané. Il était dix heures vingt. À l'angle de la rue, ils tournèrent à gauche.

Le pont des Baisers était à un peu moins d'un kilomètre en amont, et ils avaient l'intention de traverser par le pont de la grand-rue, Main Street Bridge, qui était moins pittoresque. La Kenduskeag était à son étiage le plus bas de l'été, un mètre d'eau environ qui contournait paresseusement les piliers de ciment.

Quand la voiture arriva à leur hauteur (Steve les avait repérés dès leur sortie du Falcon et s'était mis à jubiler), ils abordaient le pont.

« Bloque-les, bloque-les ! » cria Webby Garton. Les deux hommes venaient de passer sous un lampadaire, et il avait remarqué qu'ils se tenaient par la main, ce qui l'avait mis en rage. Mais pas autant que le chapeau. La grande fleur de papier s'inclinait stupidement de-ci de-là. « Bloque-les, nom de Dieu ! »

Ce que fit Steve.

Chris Unwin nia avoir participé activement à ce qui suivit, mais ce ne fut pas ce que raconta Don Hagarty. D'après lui, Garton bondit de la voiture avant même qu'elle ne fût arrêtée, rapidement suivi par les deux autres. Échange verbal — mais du genre mauvais. Il n'y eut ni désinvolture ni fausse coquetterie de la part d'Adrian, conscient qu'ils étaient dans de très mauvais draps, ce soir-là.

« Donne-moi ce chapeau, dit Garton. Donne-le-moi, pédé !

— Tu nous laisseras tranquilles, si je te le donne ? » Adrian haletait de peur et regardait tour à tour Unwin, Dubay et Garton, les larmes aux yeux, l'air terrifié.

« Donne-le-moi, bordel ! »

Adrian le lui tendit. Garton sortit un cran d'arrêt de la poche de son jean et le réduisit en morceaux qu'il frotta contre le fond de son pantalon. Puis il les laissa tomber et les piétina.

Don Hagarty profita de ce que l'attention du groupe se concentrait sur Adrian et le chapeau pour s'éloigner un peu — à la recherche d'un flic, d'après ce qu'il déclara.

« Maintenant, vas-tu nous lais... », commença Adrian Mellon ; mais Garton le frappa au visage à cet instant-là, l'expédiant contre le garde-fou à hauteur de taille du pont. Adrian hurla et porta les mains à la bouche ; du sang se mit à couler entre ses doigts.

« Ade ! » cria Hagarty, qui revint en courant. Dubay lui fit un croche-pied. Il s'étala, et Garton, d'un coup de botte à l'estomac, l'envoya rouler du trottoir dans la rue. Une voiture passa. Se redressant sur les genoux, Hagarty hurla un appel. Elle ne ralentit pas. Le conducteur, dit-il à Gardener et Reeves, ne tourna même pas la tête.

« La ferme, pédé ! » Dubay accompagna son ordre d'un coup de pied à la mâchoire. À demi inconscient, Hagarty s'effondra sur le rebord du caniveau.

Un moment plus tard, il entendit une voix — celle de Chris Unwin — qui lui disait de se barrer avant de connaître le même sort que son petit copain. Cet avertissement apparut aussi dans la déposition d'Unwin.

Hagarty entendait des coups sourds et les hurlements de son amant. Adrian était comme un gibier piégé, dit-il à la police. Hagarty rampa jusqu'au carrefour et vers le terminus brillamment éclairé, mais se retourna à un moment donné pour regarder.

Adrian Mellon, qui mesurait moins d'un mètre soixante-dix et devait faire tout au plus soixante kilos tout mouillé, servait de punching-ball à Garton, Dubay et Unwin dans une sorte de jeu à trois. Son corps avait les sursauts désarticulés d'une poupée de chiffon. Ils le frappaient, le rouaient de coups, déchiraient ses vêtements. Ses cheveux lui retombaient sur les yeux, le sang qui coulait de sa bouche imbibait sa chemise. Garton cogna à l'aine pendant que Hagarty regardait. Webby portait deux lourdes bagues à la main droite : l'une était celle du collège de Derry, l'autre venait du cours de travaux pratiques et était son œuvre. Les initiales entrelacées qui l'ornaient, DB, étaient celles d'un groupe « hard » qu'il admirait particulièrement, les Dead Bugs. Les bagues avaient ouvert la lèvre supérieure d'Adrian et cassé trois dents au ras de la gencive.

« *Au secours !* s'égosilla Hagarty. *Au secours ! Ils sont en train de le tuer ! Au secours !* »

Noirs, secrets, les immeubles de Main Street formaient une masse compacte. Personne ne se dérangea — pas même depuis cet îlot de lumière que constituait le terminus. Hagarty n'arrivait pas à le concevoir : des gens s'y trouvaient. Il les avait vus en passant devant avec Adrian. Aucun d'eux ne viendrait donc à leur aide ? Aucun ?

« *AU SECOURS, ILS VONT LE TUER, AU SECOURS, JE VOUS EN SUPPLIE, POUR L'AMOUR DE DIEU !* »

« À l'aide ! » murmura, avec un fou rire, une toute petite voix à la gauche de Don.

« On le balance ! » vociférait maintenant Garton avec de grands éclats de rire. Tous les trois, dit Hagarty à Gardener et Reeves, n'avaient cessé de rire tout en rouant Adrian de coups. « On le balance par-dessus bord !

— Par-dessus bord, par-dessus bord ! chantonnait Dubay.

— À l'aide ! » fit de nouveau la petite voix, toujours pouffant. On aurait dit celle d'un enfant qui ne peut se retenir.

Hagarty baissa les yeux et vit le clown — et c'est à partir de cet instant que le récit de Don perdit toute crédibilité aux yeux de Gardener et Reeves, car la suite était une véritable histoire de fou. Plus tard, cependant, Gardener se posa des questions. Quand il découvrit que le jeune Unwin avait également vu un clown — ou croyait en avoir vu un —, il se demanda s'il n'y avait pas là quelque chose. Mais son collègue, apparemment, ne se posa pas de questions, ou tout du moins n'en parla pas.

Le clown, d'après Hagarty, tenait à la fois de Ronald McDonald et de Bozo, le clown de la télé — ce fut ce qui lui vint en premier lieu à l'esprit. À cause des deux touffes hirsutes de cheveux orange. Mais en y repensant, il dut admettre que le clown ne ressemblait ni à l'un ni à l'autre. Le sourire peint sur le masque blanc était rouge, et non orange, et les yeux avaient un étrange reflet argenté. Des lentilles de contact, peut-être. Mais quelque chose en lui restait persuadé que ce reflet argenté était la véritable couleur de ses yeux. Le clown était habillé d'un ample vêtement avec des gros pompons orange en guise de boutons, et portait des gants de dessins animés.

« Si tu as besoin d'aide, Don, dit le clown, aide-toi d'un de ces ballons. »

Et il lui tendit ceux qu'il tenait à la main.

« Ils flottent, reprit le clown. En bas, nous flottons tous. Dans pas longtemps, ton ami va flotter, lui aussi. »

12

« Ce clown t'a appelé par ton nom », fit Jeff Reeves d'un ton parfaitement neutre.

Par-dessus la tête inclinée de Don, il adressa un clin d'œil à Gardener.

« Oui, dit Hagarty sans lever les yeux. Je sais ce que vous pensez. »

13

« Donc, vous l'avez balancé par-dessus bord, dit Boutillier.

— Pas moi ! » protesta Unwin en relevant la tête. Il chassa les cheveux qu'il avait devant les yeux d'une main et regarda les flics d'un air implorant. « Quand j'ai compris qu'ils voulaient vraiment le faire, j'ai essayé d'entraîner Steve, parce que je savais que le type risquait d'être massacré... Il y avait bien trois mètres jusqu'à la flotte... »

Pas trois, sept. L'un des hommes de Rademacher avait pris soin de mesurer la hauteur.

« Mais on aurait dit qu'il était cinglé. Ils n'arrêtaient pas de crier tous les deux . " Par-dessus bord ! Par-dessus bord ! " Ils l'ont attrapé, Webby par les bras, Steve par le fond du pantalon, et... et... »

14

Lorsque Don Hagarty comprit ce qu'ils voulaient faire, il revint précipitamment vers eux en hurlant à pleins poumons : « *Non ! Non ! Non !* »

Chris Unwin le repoussa violemment et Hagarty alla atterrir sur le trottoir dans un bruit de dents qui s'entrechoquaient. « Tu veux passer par-dessus bord, toi aussi ? siffla Chris entre ses dents. Tu files, mignonne ! »

Les deux autres lancèrent à ce moment-là Adrian Mellon par-dessus le garde-fou ; Hagarty entendit le *plouf !* qu'il fit en touchant l'eau.

« Barrons-nous d'ici ! » lança Steve, avant de repartir avec Webby vers la voiture.

Chris Unwin alla regarder par-dessus le garde-fou. Il aperçut tout d'abord Hagarty, qui avançait vers la berge encombrée d'ordures au milieu des herbes, titubant et perdant l'équilibre à chaque instant. Puis le clown. D'un seul bras, le clown se mit à tirer Adrian vers l'autre rive, sans lâcher les ballons qu'il tenait de l'autre main. Adrian dégoulinait, s'étouffait, gémissait. Le clown leva la tête et sourit à Chris. Chris dit qu'il vit ses yeux qui brillaient comme de l'argent, et ses dents — grandes et énormes. « Comme celles d'un lion de cirque, ajouta-t-il. Vraiment grosses comme ça. »

Puis le clown tira sur l'un des bras de Mellon, l'amenant à hauteur de visage.

« Et alors, Chris ? » demanda Boutillier. Cette partie du récit lui cassait les pieds. Comme les contes de fées depuis ses huit ans.

« J' sais pas. Steve m'a attrapé à ce moment-là et m'a tiré vers la voiture. Mais... je crois qu'il l'a mordu au creux du bras. » Il leva de nouveau les yeux, l'expression incertaine. « Je crois que c'est ce qu'il a fait. Qu'il l'a mordu au bras. Comme s'il voulait le bouffer, les mecs. Comme s'il voulait lui bouffer le cœur. »

15

« Non, affirma Hagarty quand on lui présenta la version de Chris sous forme de questions. Le clown n'a pas tiré Adrian jusqu'à l'autre rive. » Ce n'était pas ce qu'il avait vu. Mais il admettait qu'arrivé à ce stade, il était loin d'être un observateur impartial. À ce stade, il s'était senti devenir fou.

Le clown, selon lui, se tenait sur la berge opposée, le corps d'Adrian dégoulinant (d'eau ? de sang ?) entre les bras. Le bras droit du malheureux passait, raide, derrière la tête du clown, et la tête du clown se trouvait bien dans le creux de ce bras, mais il ne le mordait pas : il souriait. Hagarty maintenait l'avoir vu sourire.

Les bras du clown s'étaient tendus, et Don avait entendu les côtes craquer.

Adrian hurla.

« Viens flotter avec nous, Don ! » fit le clown de sa grande bouche écarlate et souriante, puis il montra le dessous du pont d'une de ses mains gantées de blanc.

Des ballons flottaient, prisonniers de l'arche, non pas une douzaine, ou une douzaine de douzaines, mais par milliers, rouges, bleus, verts et jaunes, et sur tous on pouvait lire : J' ♥ DERRY !

16

« Ça fait tout de même un joli paquet de ballons, fit Reeves en adressant un autre coup d'œil à Gardener.

— Je sais ce que vous pensez, répéta Hagarty du même ton lugubre.

— Tu as bien vu ces ballons ? » fit Gardener.

Lentement, Hagarty leva les mains à la hauteur des yeux. « Aussi clairement que je vois mes propres doigts en ce moment. Des milliers. On ne pouvait même plus voir le dessous du pont ; il y en avait trop. Ils ondulaient un peu et s'agitaient plus ou moins de haut en bas. Ça faisait un bruit. Un curieux bruit grinçant. Ils frottaient les uns contre les autres. Et les ficelles... une vraie forêt de ficelles blanches qui pendaient. On aurait dit des fils de toile d'araignée. Le clown a emporté Adrian là-dessous. J'ai vu son costume qu'effleuraient les fils blancs. Ade râlait horriblement, comme s'il étouffait. J'ai voulu aller l'aider... et le clown m'a regardé. J'ai vu ses yeux, et j'ai tout de suite compris à qui j'avais affaire.

— Et à qui, Don ? demanda doucement Gardener.

— À Derry, à cette ville.

— Et qu'est-ce que tu as fait, alors ?

— Je me suis enfui, pardi, espèce d'abruti ! » fit Hagarty en éclatant en sanglots.

17

Harold Gardener resta en paix avec lui-même jusqu'au 13 novembre, la veille du jour où John Garton et Steve Dubay devaient comparaître devant le tribunal de Derry pour le meurtre d'Adrian Mellon. Il alla voir Tom Boutillier pour lui parler du clown. Boutillier ne voulait pas revenir là-dessus ; mais quand il se rendit compte que Gardener risquait de faire des bêtises s'ils n'avaient pas un petit entretien, il y fut bien forcé.

« Il n'y avait pas de clown, Harold. Les seuls clowns, cette nuit-là, c'était les trois gosses. Tu le sais aussi bien que moi.

— Nous avons deux témoins...

— Foutaises. Unwin a décidé de nous faire le coup du Manchot dès qu'il a compris qu'il avait mis les pieds dans une affaire qui sentait mauvais. Quant à Hagarty, il était hystérique. Il était là, impuissant, alors que ces trois mômes massacraient son meilleur ami. Je suis surpris qu'il n'ait pas vu de soucoupes volantes. »

Mais Boutillier n'était pas parfaitement convaincu. Gardener le comprenait à son regard, et la manière dont le juge d'instruction cherchait à noyer le poisson l'irritait.

« Allons, dit-il, il s'agit de témoins indépendants. Ne me monte pas le bourrichon.

— Ah, tu crois que je te monte le bourrichon ? Imaginerais-tu par hasard qu'il y avait vraiment un clown vampire planqué sous Main Street Bridge ? Pour moi, c'est ça, se monter le bourrichon.

— Non, pas exactement, mais...

— Ou encore croire à cette histoire d'un milliard de ballons qu'aurait vus Hagarty sous le pont, chacun portant la même inscription que celle qui figurait sur le chapeau de son amant — ça aussi, c'est se monter le bourrichon.

— Vu comme ça, évidemment...

— Alors, pourquoi te mettre martel en tête avec ça ?

— Arrête un peu le contre-interrogatoire, veux-tu ? rugit Gardener. Tous les deux ont décrit la même chose ; et aucun des deux ne savait ce que l'autre disait ! »

Boutillier était jusqu'ici resté assis à son bureau, jouant avec un crayon. Il le déposa, se leva et se dirigea vers Gardener. Ce dernier avait beau faire douze centimètres de plus, il recula d'un pas devant la colère de l'autre.

« Tiendrais-tu à perdre cette affaire, Harold ?

— Non, bien sûr, m...

— Voudrais-tu que ces petites ordures se promènent en liberté ?

— Non !

— Bon, parfait. Puisque nous sommes tous les deux d'accord sur l'essentiel, je vais te dire le fond de ma pensée. Oui, il y avait peut-être bien un homme sous le pont, ce soir-là. Peut-être bien habillé en clown, même si, après tout ce que j'ai vu en matière de témoignage, il ne s'agissait sans doute que d'un clochard avec des frusques de récupération. Je crois qu'il était en bas à la recherche de pièces de monnaie ou de restes de bouffe — la moitié d'un hamburger jeté par quelqu'un ou les miettes au fond d'un sachet de frites. Ce sont leurs *yeux* qui ont fait le reste, Harold. N'est-ce pas vraisemblable ?

— Je ne sais pas », avoua Harold. Il ne demandait qu'à se laisser convaincre, mais étant donné la similitude des deux témoignages... non. Ce n'était pas vraisemblable.

« Et le fond de ma pensée, le voici. Je me fiche de savoir s'il s'agissait de Kinko le Clown, d'un type déguisé en Oncle Sam sur échasses ou d'Hubert, le joyeux Pédé. Si nous en parlons dans cette affaire, leur avocat va se jeter dessus comme la vérole sur le bas clergé. Il racontera que ces deux agneaux innocents bien proprets dans leur costume neuf n'ont fait que jeter Mellon par-dessus le pont en manière de plaisanterie. Il fera remarquer qu'il était encore vivant après sa chute, grâce aux témoignages d'Unwin et surtout de Hagarty. Je l'entends d'ici : " Bien sûr que non, mes clients n'ont pas commis le meurtre : c'était un cinglé en costard de clown. " Si on en parle, c'est ce qui va se passer, et tu le sais aussi bien que moi.

— Unwin va en parler, lui.

— Mais Hagarty, non, remarqua Boutillier. Il a compris, lui. Et sans Hagarty, qui croira Unwin ?

— Euh... il y a nous, fit Gardener avec une amertume qui le surprit lui-même. Mais je suppose que nous ne dirons rien.

— *Oh, arrête de me pomper !* rugit Boutillier. Ils l'ont tué ! Ils ne se sont pas contentés de le foutre à l'eau. Garton avait un cran d'arrêt. Mellon a été frappé à sept reprises, y compris une fois au poumon gauche et deux aux testicules. Les blessures correspondent à la lame. Il a eu quatre côtes brisées, le travail de Dubay quand il l'a serré dans ses bras. D'accord, il a été mordu, au bras, à la joue gauche, au cou. Ça, c'est Unwin et Garton, à mon avis, même si nous n'avons qu'une seule empreinte assez claire, mais qui ne le sera pas assez aux yeux de la cour. Et enfin, il y a tout le morceau manquant au bras. Et après ? L'un d'eux adorait mordre, c'est tout. Je parie pour Garton, même si nous ne pourrons jamais le prouver. Et j'oubliais le lobe de l'oreille gauche de Mellon, disparu aussi. »

Boutillier s'arrêta, fusillant Harold du regard.

« Si nous nous empêtrons dans cette histoire de clown, jamais nous n'aurons leur peau. C'est ce que tu veux ?

— Non, je t'ai dit.

— Ce type était une tante, mais il ne faisait de mal à personne, reprit Boutillier. Et voilà qu'arrivent ces trois Pieds-Nickelés avec leurs bottes de mécano, qui le tuent pour se marrer. Je vais les foutre au placard, mon vieux, et si jamais j'entends dire qu'ils se sont fait baiser leur petit trou du cul à Thomaston par les grands, je leur enverrai des cartes postales avec dessus : " J'espère qu'il avait le Sida. " »

Quelle fougue ! pensa Gardener. *Et ces condamnations feront un excellent effet sur tes tablettes quand tu te présenteras au poste de procureur, dans deux ans.*

Mais il partit sans rien ajouter, car lui aussi voulait les voir à l'ombre.

18

John Webber Garton fut déclaré coupable de meurtre, et condamné à une peine de dix à vingt ans de réclusion, à passer dans la prison d'État de Thomaston.

Steven Bishoff Dubay fut déclaré également coupable de meurtre, et condamné à quinze ans de réclusion à la prison d'État de Shawshank.

Mineur, Christopher Philip Unwin eut droit à un procès séparé ; déclaré coupable d'homicide involontaire, on le condamna à six mois avec sursis (au centre de rééducation pour mineurs de South Windham).

Pour l'instant, les trois condamnations sont en appel ; on peut voir à peu près tout le temps Garton et Dubay en train de mater les filles ou de jouer à lancer des piécettes dans Bassey Park, non loin de l'endroit où l'on a retrouvé le corps déchiqueté d'Adrian Mellon qui flottait, arrêté par l'un des piliers de Main Street Bridge.

Don Hagarty et Chris Unwin ont quitté la ville.

Lors du procès principal, celui de Garton et Dubay, personne ne fit allusion au clown.

CHAPITRE 3

Six coups de fil (1985)

1
Stanley Uris prend un bain

Patricia Uris avoua plus tard à sa mère qu'elle aurait dû se douter que quelque chose n'allait pas. Elle aurait dû le savoir, car Stanley ne se faisait jamais couler de bain en début de soirée. Il prenait une douche tôt, chaque matin, et il lui arrivait parfois de mariner dans la baignoire, tard le soir (un magazine et une bière à portée de main), mais pas à sept heures du soir ; ce n'était pas son style.

Et puis il y avait eu cette histoire de bouquins. Il aurait dû en être ravi ; mais non. Pour des raisons obscures qu'elle ne comprenait pas, ces livres l'avaient bouleversé et déprimé. Trois mois avant cette épouvantable nuit, Stanley avait découvert que l'un de ses amis d'enfance était devenu écrivain — pas un véritable écrivain, avait expliqué Patricia à sa mère, mais un romancier. William Denbrough, lisait-on sur la couverture ; mais Stanley l'appelait parfois Bill le Bègue. Stan avait dévoré presque tous ses livres ; il lisait d'ailleurs le dernier le soir du bain — le soir du 28 mai 1985. Par curiosité, Patty en avait commencé un, au hasard, pour l'abandonner au bout de trois chapitres.

Ce n'était pas un simple roman, avait-elle expliqué plus tard à sa mère, mais un livre d'horreur. Elle avait dit ça d'une traite, comme elle aurait dit « livre érotique ». Patty était une femme douce, la gentillesse même, qui ne brillait cependant pas par son sens de l'analyse. Elle aurait voulu faire comprendre à sa mère à quel point l'ouvrage l'avait effrayée et pour quelles raisons il l'avait bouleversée, mais elle en fut incapable. « C'était plein de monstres, dit-elle, qui pourchassaient de petits enfants. Il y avait des tueries et... je ne sais pas, des mauvais sentiments, des trucs comme ça. » Elle l'avait en fait trouvé presque pornographique. Mais bien qu'elle le connaisse, le mot lui échappait, car elle ne l'avait jamais prononcé. « Stanley avait l'impression d'avoir retrouvé un copain d'enfance..., il parlait de lui écrire ; je savais qu'il ne le ferait pas... Je savais aussi que ces histoires le mettaient mal à l'aise... et... et... »

Et Patty Uris s'était mise à pleurer.

Ce soir-là — environ vingt-sept ans et demi après cette journée de 1957 qui avait vu la rencontre de George Denbrough et de Grippe-Sou le Clown —, Stanley et Patty se trouvaient dans le salon de leur maison, dans la banlieue d'Atlanta. La télé marchait. Assise en face du récepteur dans le canapé deux places, Patty partageait son attention entre un peu de raccommodage et l'une de ses émissions préférées, un spectacle avec jeux, *Family Feud.* Elle adorait tout simplement Richard Dawson et trouvait terriblement sexy la chaîne de montre qu'il portait en permanence, même si on n'aurait jamais pu le lui faire avouer. Elle aimait aussi l'émission parce qu'elle devinait presque toujours les réponses les plus souvent données (le jeu ne comportait pas vraiment de réponses justes ; seulement des réponses plébiscitées). Une fois, elle avait demandé à Stan pourquoi les questions qui lui semblaient, en général, si faciles, posaient tant de problèmes aux familles à l'écran. « C'est probablement beaucoup plus dur sous les projecteurs, avait-il répondu. C'est toujours plus dur quand c'est pour de vrai. C'est là qu'on a le trac. » Elle avait cru voir passer une ombre sur son visage.

Ce devait être la pure vérité, avait-elle pensé. Stan avait de temps en temps de remarquables intuitions sur la nature humaine. Plus fines, estimait-elle, que celles de son vieil ami William Denbrough, qui s'était enrichi en publiant un monceau de livres d'horreur faisant appel à ce que la nature humaine a de plus bas.

Les Uris eux-mêmes n'avaient aucune raison de se plaindre : ils habitaient une banlieue charmante, et la maison qu'ils avaient payée quatre-vingt-sept mille dollars en 1979 aurait pu se revendre sans peine le double (non pas qu'elle voulût vendre, mais ce genre de chose est toujours bon à savoir). Quand, en revenant du Fox Run Mall, son country club, au volant de sa Volvo (Stanley roulait en Mercedes), elle voyait son agréable maison protégée par une haie de petits ifs, elle se disait : *Qui donc habite cette jolie maison ? Comment, c'est moi, pardi, moi, Mrs. Stanley Uris !* Une réflexion qui n'était pas pleinement heureuse ; il s'y mêlait un sentiment d'orgueil si violent qu'elle en était parfois mal à l'aise. Il y avait eu une fois, comprenez-vous, une gosse solitaire de dix-huit ans du nom de Patricia Blum à laquelle on avait refusé l'entrée de la soirée de fin d'études, qui avait lieu au country club de Glointon, dans l'État de New York. Certes, c'était de l'histoire ancienne, cet affront fait en 1957 à la petite youpine maigrichonne parce qu'elle avait un nom dont les consonances ne plaisaient pas à tout le monde ; de telles discriminations étaient à l'encontre de la loi, ha-ha-ha-ha ! C'était fini. Mais au fond d'elle-même, ça ne serait jamais fini.

Il y avait une Patty qui marchait toujours avec Michael Rosenblatt, n'écoutant que les craquements du gravier sous ses escarpins, en direction de la voiture que son père lui avait prêtée pour la soirée, après avoir passé l'après-midi à la bichonner. Une Patty qui marcherait toujours dans le bruit des graviers à côté de Michael dans son smoking blanc et ses chaussures de location — comme tout brillait, en cette douce nuit de printemps ! Elle portait elle-même une robe du soir vert pâle qui, d'après sa mère, lui donnait l'air d'une sirène, et elle avait trouvé très drôle l'idée d'une sirène juive, ha-ha-ha-ha ! Ils avaient marché la tête haute et elle n'avait pas pleuré — sur le moment — mais en fait, ils ne marchaient pas, ils battaient en retraite, comme s'ils puaient, se sentant plus juifs qu'ils ne s'étaient jamais sentis de toute leur vie, se sentant usuriers, charretiers, se sentant huileux, le nez long, la peau blême ; se sentant comme des youpins ridicules, avec l'envie d'être en colère et l'incapacité de se mettre en colère — la colère viendrait plus tard, quand ça n'aurait plus d'importance. Sur le coup, un seul sentiment l'avait envahie, la honte et la douleur de la honte. Alors, quelqu'un avait ri. D'un rire aigu, comme des trilles rapides de piano. Dans la voiture, elle avait pu enfin pleurer, tu parles ! Regarde un peu la sirène youpine au nom en forme d'étoile jaune qui chiale comme une Madeleine ! Mike Rosenblatt avait posé une main maladroite sur son cou pour la consoler, mais elle l'avait repoussé avec brusquerie, honteuse, se sentant sale, se sentant *juive*.

La maison agréablement protégée par sa haie d'ifs nains mettait un baume sur cette plaie... mais la plaie était toujours là. Comme la douleur et la honte ; et même le fait d'avoir été acceptée dans ce voisinage calme, élégant et aisé, ne pouvait empêcher qu'elle continuât de marcher sans fin dans le bruit des graviers écrasés. Pas plus que le fait d'être membre de ce country-club, où le maître d'hôtel l'accueillait toujours d'un « Bonsoir, Mrs. Uris » paisiblement respectueux. Quand elle rentrait, dans le confort de la Volvo, et voyait la maison surgir au milieu de sa pelouse bien verte, elle pensait souvent — un peu trop, à son goût — au rire en trilles. Avec l'espoir que la fille qui avait ricané vivait dans un misérable taudis, mariée à un goy qui la battait et la trompait avec la première venue, qu'elle en était à sa troisième fausse couche, avait des vertèbres déplacées, une descente d'organe et des kystes sur sa langue de vipère.

Elle se détestait d'avoir des pensées aussi peu charitables et se promettait de renoncer à ces cocktails amers de sorcière. Des mois passaient sans qu'elles reviennent. Elle se disait alors : *C'est peut-être enfin terminé. Je ne suis plus une gamine de dix-huit ans, mais une femme de trente-six ; celle qui n'entendait que l'interminable crissement du gravier, celle qui a repoussé la main de Mike Rosenblatt parce qu'elle était juive, a depuis vécu le double de temps. La stupide petite sirène est morte. Je peux maintenant l'oublier et être enfin moi-même.* D'accord. Bon. Parfait. Et puis elle se retrouvait quelque part, au supermarché par exemple, et entendait soudain un rire en cascade en provenance d'une autre allée ; alors son dos se hérissait, la pointe de ses seins durcissait jusqu'à la douleur, ses mains étreignaient la barre du caddy ou se crispaient et elle se disait : *On vient juste de dire à quelqu'un que je suis juive, que je ne suis qu'une youpine ridicule avec un gros nez, que Stan n'est qu'un youpin ridicule avec un gros nez, il est expert-comptable, certes, les Juifs sont bons en calcul, nous les avons admis au country club, il a bien fallu, quand ce gynéco ridicule avec son gros tarin a gagné son procès, mais ils nous font marrer, marrer, marrer !* Ou bien elle entendait simplement le crissement fantôme des cailloux et les mots *Sirène ! Sirène !*.

Alors la haine et la honte l'envahissaient comme revient une migraine et elle était désespérée, non seulement pour elle-même mais pour toute la race humaine. Des loups-garous. Le livre de ce Denbrough — celui qu'elle avait essayé de lire — parlait de loups-garous. Loups-garous mon cul, oui ! Qu'est-ce que ce type savait des loups-garous ?

La plupart du temps, cependant, elle se sentait mieux que cela — sentait qu'elle était mieux que cela. Elle aimait son mari, sa maison, et arrivait en général à s'aimer elle-même et à aimer sa vie. Les choses se présentaient bien, ce qui n'avait pas toujours été le cas, bien entendu. Le jour où elle avait accepté la bague de fiançailles de Stanley, elle avait mis ses parents en colère et les avait rendus malheureux. Elle l'avait rencontré lors d'une soirée d'étudiantes. Ils avaient été présentés par un ami commun, et elle avait déjà l'impression de l'aimer à la fin de la soirée. Aux vacances de la mi-trimestre, elle en était sûre. Au printemps, quand il lui tendit un anneau orné d'un petit diamant avec une pâquerette glissée dedans, elle l'accepta.

À la fin, en dépit de leurs réticences, ses parents finirent aussi par l'accepter. Ils n'avaient guère le choix, même si Stanley Uris n'allait pas tarder à se lancer sur un marché du travail où les jeunes comptables ne manquaient pas ; et une fois dans cette jungle, pas question de s'appuyer sur des capitaux de famille — comme seul gage de fortune, il aurait leur fille. Mais à vingt-deux ans, Patty était une femme, et obtiendrait bientôt sa licence.

« Je vais devoir entretenir ce foutu binoclard jusqu'à la fin de ma vie, avait dit un soir son père en rentrant un peu éméché d'une soirée.

— Chut, elle va t'entendre », avait répondu Ruth Blum.

Elle avait entendu, et était restée très tard allongée dans son lit, bien réveillée, les yeux secs, se sentant tour à tour glacée et brûlante, et haïssant ses parents. Elle avait passé les deux années suivantes à se débarrasser de cette haine ; il y en avait déjà trop en elle. Parfois, se regardant dans une glace, elle apercevait le travail de sape qu'elle faisait, les rides fines qu'elle creusait. Elle avait gagné cette bataille, avec l'aide de Stanley.

Les parents de ce dernier avaient manifesté quelque inquiétude à l'idée de cette union. Ils n'allaient pas jusqu'à s'imaginer que Stanley était destiné à vivre éternellement dans la gêne et le besoin, mais ils trouvaient « les gosses un peu pressés ». Donald Uris et Andrea Bertoly s'étaient eux-mêmes mariés jeunes, mais ils semblaient l'avoir oublié.

Seul Stanley paraissait sûr de lui, confiant dans l'avenir et sans crainte devant les embûches que leurs parents voyaient partout semées sous leurs pas. C'est finalement lui qui avait eu raison. En juillet 1972, l'encre à peine sèche sur son diplôme, Patty avait décroché un poste de professeur d'anglais commercial à Traynor, une petite ville à soixante-cinq kilomètres au sud d'Atlanta. Lorsqu'elle évoquait la façon dont elle avait obtenu ce travail, ça lui semblait toujours un peu mystérieux. Elle avait établi une liste de quarante postes possibles grâce aux annonces de journaux professionnels, puis avait écrit quarante lettres en cinq nuits, où elle postulait en demandant un complément d'informations. Vingt-deux postes étaient déjà pourvus. En d'autres cas, les précisions sur les aptitudes exigées montraient clairement qu'elle aurait perdu son temps en maintenant sa candidature. Restaient une douzaine d'offres, assez voisines les unes des autres. Stanley était arrivé alors qu'elle se demandait si elle réussirait à remplir une douzaine de formulaires détaillés sans devenir complètement marteau. Après avoir regardé les papiers éparpillés sur la table, il avait posé un doigt sur la lettre en provenance de Traynor, qui n'était pourtant ni plus ni moins encourageante que les autres. « Celle-là », avait-il dit.

Elle l'avait regardé, stupéfaite de l'assurance de son ton. « Saurais-tu quelque chose sur la Géorgie que j'ignorerais ?

— Non. Je n'y suis allé qu'au cinéma. »

Elle avait levé les yeux, l'air interrogateur.

« *Autant en emporte le vent.* Vivien Leigh. Clark Gable. N'ai-je pas une pointe d'accent du Sud ?

— Oui, du sud du Bronx. Mais si tu ne sais rien de spécial sur la Géorgie, si tu n'y es jamais allé, comment... ?

— Parce que c'est bon.

— Tu ne peux pas le savoir, Stan !

— Si, je le sais. »

Elle avait senti un désagréable frisson lui remonter dans le dos en voyant qu'il ne plaisantait pas. « Comment le sais-tu ? »

Son léger sourire avait disparu, laissant place, pendant un instant, à une expression de perplexité. Ses yeux s'étaient assombris, comme s'il avait consulté quelque appareillage interne qui fonctionnait correctement mais qu'en fin de compte, il ne comprenait pas mieux qu'un individu moyen ne comprend le mécanisme de la montre qu'il porte au poignet.

« La Tortue n'a pas pu nous aider », avait-il dit soudain. Très clairement. Elle l'avait entendu. Il avait toujours ce regard tourné vers l'intérieur, regard méditatif et surpris, et elle s'était mise à avoir peur.

« Stanley ? De quoi parles-tu ? *Stanley ?* »

Il sursauta. Elle avait grignoté des fruits tout en consultant les formulaires, et sa main heurta le compotier. Il tomba sur le sol et se brisa. Ses yeux parurent s'éclaircir.

« Oh, merde ! Je suis désolé.

— Ça ne fait rien. De quoi parlais-tu, Stanley ?

— J'ai oublié. Mais je crois que nous devrions sérieusement penser à la Géorgie.

— Mais...

— Fais-moi confiance », avait-il répondu.

Et elle lui avait fait confiance.

L'entrevue s'était déroulée à la perfection. Elle savait qu'elle avait le poste en reprenant le train pour New York. Le chef de département l'avait immédiatement prise en sympathie, et c'était réciproque. La lettre de confirmation était arrivée une semaine plus tard. L'École commerciale de Traynor lui offrait un contrat d'essai et un salaire de neuf mille deux cents dollars par an.

« Vous allez crever de faim, avait rétorqué son père quand elle lui avait dit vouloir accepter le poste. Et en plus, tu vas en baver. »

Stan avait siffloté en mimant un joueur de violon lorsqu'elle lui avait rapporté cette conversation. Furieuse, au bord des larmes, elle avait été prise de fou rire et Stanley l'avait serrée dans ses bras.

Ils en avaient bavé, oui, mais ils n'avaient pas crevé de faim. Ils se marièrent le 19 août suivant. Patty était encore vierge. Elle s'était glissée, nue, entre les draps frais d'un hôtel de tourisme dans les Poconos, agitée, en proie à des émotions contradictoires, suite de violents et délicieux éclairs de désir et de sombres nuages d'effroi. Lorsque Stanley l'avait rejointe, tout musculeux, le pénis comme un point d'exclamation jaillissant d'une toison rousse, elle lui avait murmuré : « Ne me fais pas mal, chéri.

— Je ne te ferai jamais mal », avait-il répondu en la prenant dans ses bras, une promesse qu'il avait fidèlement tenue jusqu'à cette soirée du 28 mai 1985 — celle du bain.

Elle s'était bien sortie de son travail. De son côté, Stanley trouva un petit boulot : pour cent dollars par semaine, il conduisait le camion d'une boulangerie. En novembre de la même année, s'ouvrit un centre commercial à Traynor ; il obtint un poste à cent cinquante dollars par mois dans les bureaux de H & R Block. Leurs revenus combinés s'élevaient maintenant à dix-sept mille dollars par an — des revenus princiers, à leurs yeux, à une époque où l'essence se vendait trente-cinq cents le gallon, et où une miche de pain valait cinq cents de moins. En mars 1973, discrètement, Patty Uris arrêta de prendre la pilule.

Deux ans plus tard, Stanley quittait H & R Block et créait sa propre entreprise. Les quatre beaux-parents furent unanimes : c'était de la folie ! Non pas d'avoir sa propre affaire — Dieu fasse qu'il l'ait un jour ! —, mais c'était trop tôt, les responsabilités financières de Patty devenaient trop lourdes. (« Et si l'animal la met en cloque, confia Herbert Blum avec morosité à son frère après avoir passé la soirée à boire, ce sera à moi de payer pour tous. ») L'avis des parents était formel : un homme ne devait penser à se mettre à son compte qu'une fois acquise une certaine maturité — disons, à soixante-quinze ans.

De nouveau, Stanley paraissait avoir une surnaturelle confiance en lui. Il était jeune, brillant, doué, et présentait bien. Il s'était fait des relations en travaillant pour les Block. Là-dessus, on pouvait tabler. Mais il ne pouvait pas savoir que Corridor Video, un pionnier dans l'industrie naissance de la vidéo, était sur le point de s'installer sur un vaste terrain naguère cultivé, à moins de quinze kilomètres de la banlieue où les Uris avaient déménagé en 1979 ; il ne pouvait pas savoir non plus que Corridor décrocherait un important marché moins d'un an après son implantation à Traynor. Et même si Stan avait eu accès à ces informations, il n'aurait jamais cru que l'on confierait la responsabilité financière de ce marché à un jeune Juif binoclard qui avait le désavantage supplémentaire d'être originaire du Nord — un Juif au sourire avenant et à l'allure dégingandée, avec des traces d'acné juvénile encore visibles sur la figure. C'était pourtant ce qui s'était passé, comme si Stan l'avait su depuis le début.

Son travail pour CV lui valut une proposition de poste à plein temps de la part de l'entreprise. À trente mille dollars par an pour commencer.

« Et ce n'est qu'un début, avait-il dit à Patty, ce soir-là, une fois au lit. Ça va monter comme du maïs en août, mon cœur. Si personne ne fait sauter la planète dans les dix années qui viennent, ils vont se retrouver tout en haut du tableau, à côté de Kodak, Sony et RCA.

— Qu'est-ce que tu vas faire ? avait-elle demandé, connaissant déjà la réponse.

— Leur dire que j'ai eu le plus grand plaisir à travailler pour eux. »

Il rit, la serra contre lui et l'embrassa. Un moment plus tard il la chevauchait, et il y eut un, deux, trois orgasmes, comme autant de fusées brillantes dans un ciel nocturne... Mais toujours pas de bébé.

Son travail pour Corridor Video l'avait mis en contact avec quelques-uns des hommes les plus riches et les plus puissants d'Atlanta, et les Uris constatèrent avec étonnement qu'ils étaient pour la plupart très sympathiques. Ils trouvèrent chez eux un accueil, une gentillesse et une ouverture d'esprit inconnus dans le Nord. Patty se souvint de ce que Stanley avait une fois écrit à ses parents : *Les plus sympathiques de tous les riches Américains habitent à Atlanta. Je vais contribuer à rendre certains d'entre eux encore plus riches, et ils m'enrichiront par la même occasion. Je n'appartiendrai à personne, sinon à Patricia, ma femme, et comme elle m'appartient déjà, je suppose que c'est sans risque.*

Le temps de déménager de Traynor, et Stan avait créé sa société, où il employait six personnes. Leurs revenus, en 1983, avaient atteint un territoire inconnu, un territoire dont Patty n'avait entendu parler que par de vagues rumeurs : le pays fabuleux des revenus à six chiffres. Aussi facilement que l'on enfile une paire de tennis le samedi matin. Parfois, Patty en avait le frisson. Elle fit un jour une plaisanterie un peu contrainte sur les pactes avec le diable. Stanley avait ri à s'étouffer, mais elle n'avait pas trouvé ça aussi comique que lui.

La Tortue n'a pas pu nous aider.

Parfois, sans la moindre raison, elle se réveillait avec cette pensée à l'esprit, comme si c'était l'ultime fragment d'un rêve par ailleurs oublié ; elle se tournait alors vers Stanley, prise du besoin de le toucher, de s'assurer qu'il était toujours là.

Ils menaient une vie agréable — sans beuveries, sans aventures extraconjugales, sans drogues, sans ennuis, sans discussions violentes sur les projets d'avenir. Il n'y avait qu'un seul nuage, auquel la mère de Patty fit la première allusion. Rétrospectivement, que celle-ci eût été la première à rompre le tabou parut dans l'ordre des choses. Ruth Blum l'exprima sous la forme d'une question, qui figurait dans une lettre envoyée au début de l'automne 1979, réexpédiée de leur ancienne adresse à Traynor. Patty la lut dans un séjour encombré de cartons d'où débordaient leurs biens, l'air abandonnée, déracinée, perdue.

Pour l'essentiel, c'était la lettre classique de la maman à sa fifille. Quatre pages bleuâtres remplies d'une écriture serrée, chacune titrée : JUSTE UN PETIT MOT DE RUTH. Ses pattes de mouche étaient presque illisibles, et Stan s'était plaint une fois de ne pouvoir déchiffrer le moindre mot des lettres de sa belle-mère. « Pourquoi voudrais-tu les lire ? » lui avait-elle répliqué.

Celle-là, comme d'habitude, débordait de nouvelles des uns et des autres, évoquées par Ruth Blum sous la forme d'un delta aux ramifications s'étendant de plus en plus loin à partir du moment présent. Beaucoup de ceux dont lui parlait sa mère commençaient à s'effacer de la mémoire de Patty comme les photos d'un vieil album ; mais Ruth Blum était d'une inépuisable curiosité quant à leur santé et à leurs occupations, et donnait sur chacun des pronostics toujours sinistres. Son père souffrait de ses éternels maux d'estomac. Il était sûr qu'il s'agissait simplement de dyspepsie ; l'idée qu'il pût avoir un ulcère, écrivait Ruth, ne lui traverserait pas l'esprit tant qu'il n'aurait pas craché le sang — et encore. *Tu connais ton père, ma chérie : il travaille comme une mule, mais il raisonne aussi comme une mule, de temps en temps, Dieu me pardonne.* Randi Harlengen s'était fait opérer des « organes », on lui avait retiré vingt-sept kystes des ovaires, gros comme des balles de golf, mais non cancéreux, Dieu soit loué, tu te rends compte ? Ce devait être l'eau de New York. Patty ne pouvait pas se figurer le nombre de fois qu'elle avait remercié le Seigneur qu'eux, « les jeunes », fussent à la campagne, où l'air et l'eau (mais surtout l'eau) étaient meilleurs. Tante Margaret était toujours en procès avec la compagnie d'électricité, et Stella Flanagan s'était remariée...

Et au milieu de cette avalanche de potins, où les rosseries ne manquaient pas, entre deux cancans sans aucun rapport, Ruth Blum avait lâché comme en passant la Question redoutée : « Alors, quand allez-vous faire de nous des grands-parents ? On est prêts à le (ou la) gâter. Au cas où tu ne l'aurais pas remarqué, Patty, nous ne rajeunissons pas. »

Prise d'un coup de cafard et de regret pour leur ancien domicile de Traynor, incertaine de l'avenir et inquiète de ce qu'il leur réservait, Patty s'était rendue dans ce qui allait être leur chambre pour s'allonger sur le matelas (le sommier était encore dans le garage ; ainsi jeté sur le sol nu, le matelas avait l'air d'un objet échoué sur une étrange plage jaune). La tête dans les bras, elle était restée à pleurer pendant vingt minutes. La crise était fatale, se disait-elle. La lettre de sa mère n'avait fait que précipiter les choses, comme la poussière fait éternuer un nez déjà chatouilleux.

Stan voulait des gosses ; elle aussi. Ils étaient autant en accord sur ce sujet que sur leur goût commun pour les films de Woody Allen, leur manière de fréquenter la synagogue, leurs inclinations politiques, leur rejet de la marijuana et mille autres choses, importantes ou insignifiantes. Ils avaient disposé d'une pièce libre dans la maison de Traynor, qu'ils avaient partagée équitablement en deux : d'un côté un bureau et un fauteuil pour lire, de l'autre une machine à coudre et une table à jouer où elle faisait des puzzles. Ils étaient tellement d'accord sur la destination de cette pièce qu'ils n'en parlaient presque jamais — elle était là, comme leur alliance à l'annulaire gauche. On y logerait un jour Andy ou Jenny. Mais où était l'enfant ? La machine à coudre avec son panier de couture, la table à jouer, le bureau et le fauteuil semblaient chaque jour renforcer leur position respective dans la pièce, et donc leur légitimité. C'était ce qu'elle pensait sans jamais le formuler (comme le terme « pornographique », c'était au-delà de ses capacités de conceptualisation). Elle se souvenait, un jour qu'elle avait ses règles, d'avoir ouvert le placard en dessous du lavabo de la salle de bains pour prendre une serviette hygiénique, et d'avoir eu l'impression que la boîte, d'un air suffisant, lui disait : *Salut, Patty ! Ce sont nous tes enfants. Nous sommes les seuls que tu auras jamais, et nous avons faim. Nourris-nous. Nourris-nous de sang.*

En 1976, trois ans après qu'elle eut renoncé à la pilule, ils consultèrent un certain Dr Harkavay, à Atlanta. « Nous voulons savoir s'il y a quelque chose qui ne va pas, avait dit Stanley, et si oui, s'il est possible de faire quelque chose. »

Ils passèrent les examens. Le sperme de Stan était parfait, les œufs de Patty fertilisables, ses trompes en très bon état.

Harkavay, qui ne portait pas d'alliance et avait l'allure d'un étudiant en fin de cycle, le visage souriant et bronzé de quelqu'un qui vient de passer une semaine à faire du ski dans le Colorado, leur dit que ce n'était peut-être qu'une question de nervosité. Il ajouta que c'était un cas classique ; qu'il semblait y avoir une corrélation psychologique qui, d'une manière ou d'une autre, revenait à de l'impuissance sexuelle : plus on voulait, moins on pouvait. Ils devaient se détendre. Ils devaient oublier tout souci de procréation en faisant l'amour.

Stan avait une expression renfrognée sur le chemin du retour. Patty lui demanda pour quelles raisons.

« Ça ne m'arrive jamais, dit-il.

— Quoi ?

— De penser à la procréation, pendant. »

Elle avait commencé par pouffer de rire, même si elle éprouvait déjà solitude et angoisse. Et cette nuit-là, alors qu'elle croyait Stan endormi depuis longtemps, il lui avait fait peur en parlant dans le noir, d'un ton neutre qu'étouffaient pourtant les larmes. « C'est moi, dit-il. C'est ma faute. »

Elle se tourna vers lui à tâtons et le prit dans ses bras.

« Ne sois pas stupide », répondit-elle. Mais son cœur battait fort, trop fort. Pas seulement parce qu'il lui avait fait peur ; on aurait dit qu'il avait lu dans ses pensées et qu'il y avait découvert la secrète conviction qui s'y cachait à son insu. Sans rime ni raison, elle sentit — elle sut — qu'il ne s'était pas trompé. Quelque chose n'allait pas, et ça ne venait pas d'elle, mais de lui. Quelque chose en lui.

« Arrête de dire des âneries ! » murmura-t-elle avec violence contre son épaule. Il transpirait légèrement, et elle se rendit soudain compte qu'il avait peur. La peur émanait de lui en vagues froides ; être nue à côté de lui, c'était comme être nue devant un réfrigérateur ouvert.

« Je ne raconte pas d'âneries et je ne suis pas stupide, dit-il de la même voix à la fois paisible et étranglée d'émotion. Et tu le sais. C'est moi. Mais j'ignore pour quelles raisons.

— Mais c'est une chose que tu ne peux pas savoir ! » répliqua-t-elle d'un ton dur — celui de sa mère quand elle avait peur. Et à l'instant même où elle prononça ces mots, un frisson lui parcourut le corps, la tordant comme un fouet. Stanley le sentit et la serra plus fort contre lui.

« Il m'arrive parfois, reprit-il, d'avoir l'impression de savoir. Je fais de temps en temps un rêve, un mauvais rêve, et je me réveille en me disant : “ Ça y est, je sais maintenant, je sais ce qui ne va pas. ” Pas seulement que tu ne puisses pas être enceinte — tout. Tout ce qui ne va pas dans ma vie.

— Mais Stanley, tout va bien dans ta vie !

— Je ne parle pas de quelque chose qui viendrait de l'intérieur. De ce côté, c'est parfait. Je parle de l'extérieur. Quelque chose qui aurait dû être réglé et qui ne l'est pas. Je me réveille de ce rêve et je me dis : " Toute cette vie agréable n'est rien d'autre que l'œil au milieu d'un cyclone que je ne comprends pas. " J'ai peur. Et puis ça disparaît tout seul. Comme un rêve. »

Elle n'ignorait pas qu'il lui arrivait de faire des cauchemars. Une demi-douzaine de fois, il l'avait réveillée par ses gémissements et ses mouvements. Sans doute, en d'autres occasions, avait-elle eu le sommeil trop profond. Mais à chaque fois qu'elle le touchait et le questionnait, il répondait la même chose, qu'il ne se souvenait pas. Il prenait alors une cigarette et fumait assis dans le lit, dans l'attente que les résidus de son rêve exsudent de ses pores comme une mauvaise sueur.

Pas de gosses. En cette nuit du 28 mai 85 — la nuit du bain —, leurs parents attendaient toujours de devenir grands-parents. La chambre supplémentaire était toujours inoccupée ; les Tampax et les Nana s'alignaient toujours sur l'étagère du placard, sous le lavabo ; tous les mois, Patty avait ses règles. Ruth Blum, fort occupée par ses propres affaires mais qui n'oubliait pas tout à fait les angoisses de sa fille, ne posait plus de questions, ni dans ses lettres, ni lors de leur voyage biannuel à New York. Finies les remarques humoristiques à base de vitamine E. Stanley ne faisait plus allusion au bébé, mais parfois, quand il ne savait pas qu'elle l'observait, elle voyait une ombre sur son visage. Comme s'il essayait désespérément de se souvenir de quelque chose.

En dehors de ce seul nuage, ils avaient mené une existence des plus agréables jusqu'à ce coup de téléphone au milieu de *Family Feud*, le soir du 28 mai. Patty, sa trousse à couture et sa vieille boîte de boutons à portée de la main, s'était attaquée à six chemises de Stan et à deux de ses blouses ; Stan, lui, s'était lancé dans la lecture du nouveau roman de William Denbrough, dans l'édition cartonnée. Sur la couverture, une bête montrait les dents. Au dos, on voyait un homme chauve à lunettes.

Stan était à côté du téléphone. Il prit le combiné et dit : « Bonsoir — maison Uris. »

Il écouta, et une ride se creusa entre ses sourcils. « Qui avez-vous dit ? »

Patty eut un bref instant de panique. Plus tard, honteuse, elle mentirait et dirait à ses parents qu'elle avait su que quelque chose n'allait pas dès l'instant où le téléphone avait sonné, mais en fait, il n'y avait eu que cet instant, ce simple coup d'œil avant de reprendre sa couture. Mais peut-être n'était-ce pas si faux ; peut-être avaient-ils tous les deux soupçonné que quelque chose se préparait bien longtemps avant cette sonnerie, quelque chose qui ne cadrait pas avec la belle maison, sa pelouse et sa haie d'ifs nains, quelque chose de tellement évident que ça n'avait guère besoin d'être mentionné... ce bref instant de panique, comme un coup vivement porté et retiré de pic à glace, suffisait.

« *Est-ce Maman ?* » fit-elle en silence, des lèvres, à cet instant, craignant soudain que son père, qui pesait dix kilos de trop et souffrait de ce qu'il appelait son « mal d'estomac » depuis qu'il avait la quarantaine, ait eu une attaque cardiaque.

Stan secoua la tête, puis eut un léger sourire à ce que lui disait son correspondant. « Comment ? Toi, *toi ?* Que je sois pendu si... Mike, mais comment as-tu ? »

Il se tut de nouveau et écouta. Comme son sourire s'effaçait, elle reconnut ou crut reconnaître cette expression sérieuse qu'il avait quand on lui exposait un problème, un brusque changement de situation ou un fait curieux ou intéressant. Sans doute cette dernière hypothèse était-elle la bonne, se dit-elle. Un nouveau client ? Un ancien ami ? Elle revint à la télé, où une femme embrassait furieusement Richard Dawson, les bras autour de son cou. Elle se fit la réflexion que Richard Dawson devait être embrassé plus souvent que le soulier de saint Pierre — et aussi qu'elle ne détesterait pas l'embrasser elle-même.

Tandis qu'elle cherchait un bouton noir assorti à ceux de la chemise en jean de Stan, Patty se rendit vaguement compte que la conversation se déroulait à présent sur un mode plus régulier. Stan poussait de temps en temps un grognement, et demanda une fois : « En es-tu sûr, Mike ? » Finalement, après un long moment de silence de sa part, il ajouta : « D'accord, je comprends. Oui, je... oui. Oui, tout. J'ai la photo. Je... quoi ? Non, je ne peux pas te le promettre absolument, mais je vais y réfléchir sérieusement. Tu sais que... oh ?... Il l'a fait !... Tu parles !... Moi aussi. Oui... bien sûr... merci... oui. Salut. » Il raccrocha.

Patty lui jeta un coup d'œil ; il avait le regard vide, perdu au-dessus du poste de télé. Sur l'écran, le public applaudissait la famille Ryan, qui venait de totaliser deux cent quatre-vingts points, essentiellement pour avoir répondu « Les maths » à la question : « Quels sont les cours que les enfants aiment le moins à l'école ? » Les Ryan ne se tenaient plus et poussaient des cris de joie. Stanley, lui, fronçait les sourcils. Elle raconterait plus tard à ses parents qu'elle l'avait trouvé un peu pâle, omettant d'ajouter que sur le moment, elle avait attribué ce phénomène à un effet de la lumière verdâtre de la lampe sous laquelle il lisait.

« Qui était-ce, Stan ?

— Hein ? » Il tourna les yeux vers elle. Elle interpréta son expression comme celle de quelqu'un d'absorbé, ou de légèrement ennuyé. Ce n'est que plus tard, repassant sans fin la scène dans sa tête, qu'elle commença à croire que c'était celle d'un homme en train de se débrancher méthodiquement de la réalité, fiche après fiche. Le visage d'un homme qui quittait le bleu et fonçait dans le noir.

« Au téléphone ? Qui était-ce ?

— Personne, dit-il. Personne, en fait. Je crois que je vais prendre un bain. » Il se leva.

« Un bain, à sept heures ? »

Il ne répondit pas et sortit de la pièce. Elle aurait pu lui demander si quelque chose n'allait pas ; elle aurait pu le suivre et s'inquiéter de savoir s'il n'avait pas mal au cœur — il était décontracté sur le plan sexuel, mais pouvait avoir d'étranges pudeurs à propos d'autres choses, et il aurait bien été capable de dire qu'il allait prendre un bain au lieu d'avouer qu'il avait envie de vomir. Mais on présentait une nouvelle famille dans l'émission, les Piscapos, et Patty était sûre que Richard Dawson allait trouver quelque chose de drôle à dire sur leur nom, sans compter qu'elle n'arrivait pas à trouver ce fichu bouton noir alors qu'elle savait pertinemment qu'il y en avait plein la boîte. Ils se cachaient, évidemment, c'était la seule explication...

Elle le laissa donc partir et n'y pensa plus, jusqu'au moment où elle leva les yeux de l'écran et vit son fauteuil vide. Elle avait entendu couler l'eau, au premier, pendant cinq ou dix minutes... Mais elle prit conscience de ne pas avoir entendu la porte du frigo, ce qui signifiait qu'il n'avait pas sa bière. Quelqu'un l'avait appelé et lui avait collé un gros problème sur les bras ; lui avait-elle dit un seul mot pour le consoler ? Non. Avait-elle essayé d'en savoir un peu plus ? Non. Ou simplement remarqué que ça n'allait pas ? Non, pour la troisième fois. Tout ça à cause de cette émission. Les boutons n'étaient qu'une excuse.

Bon, d'accord. Elle irait chercher une bière, elle s'assiérait sur le bord de la baignoire, elle lui frotterait le dos, ferait la geisha, lui laverait les cheveux s'il voulait, et finirait bien par savoir de quoi il s'agissait... ou de qui.

Une bière à la main, elle monta au premier. La porte fermée de la salle de bains lui donna sa première pointe d'inquiétude. Elle n'était pas repoussée, mais fermée. Jamais Stan ne fermait la porte quand il prenait un bain. C'était d'ailleurs une plaisanterie entre eux : la porte fermée signifiait qu'il faisait ce que sa maman lui avait appris, la porte ouverte qu'il n'aurait rien contre le fait de faire quelque chose dont sa maman avait judicieusement laissé l'instruction à d'autres.

Patty tapota la porte du bout des ongles, et eut brutalement conscience, trop conscience, de leur cliquetis reptilien contre le bois. Frapper à la porte de la salle de bains, comme si elle n'était pas chez elle, ne lui était encore jamais arrivé depuis son mariage, pas plus qu'à aucune autre porte de la maison.

Son inquiétude grandit soudain, et elle pensa au lac Carson, où elle était allée souvent nager dans sa jeunesse. Au 1er août, l'eau y était tiède, presque chaude... et on tombait brusquement sur une poche plus froide qui faisait frissonner de surprise et de plaisir. Le plaisir en moins, c'était ce qu'elle ressentait maintenant ; mais si dans l'eau du lac Carson, la poche froide s'arrêtait le plus souvent à la taille, rafraîchissant ses longues jambes d'adolescente, elle entourait cette fois-ci son cœur.

« Stanley ? Stan ? »

Elle ne se contenta plus de gratter à la porte du bout des ongles, mais frappa sèchement, puis cogna, comme elle n'obtenait toujours pas de réponse.

« *Stanley !* »

Son cœur. Son cœur n'était plus dans sa poitrine. Il battait dans sa gorge, rendant sa respiration difficile.

« *Stanley !* »

Dans le silence qui suivit son cri (la seule idée qu'elle criait ici, à moins de dix mètres de l'endroit où elle posait sa tête tous les soirs pour dormir, ne réussit qu'à l'effrayer davantage), elle entendit un son qui fit monter la panique du plus profond d'elle-même comme un hôte indésirable. Un son si faible. *Plink...* Un silence. *Plink...* un silence. *Plink...* un silence. *Plink...*

Elle voyait les gouttes se former au bout du robinet, grossir et s'arrondir comme une femme enceinte, et puis tomber : *Plink.*

Ce seul bruit. Rien d'autre. Et elle fut soudain sûre, affreusement sûre, que ce n'était pas son père mais Stanley, qui venait d'être victime d'une crise cardiaque ce soir.

Avec un gémissement, elle saisit la poignée de porte en verre taillé et la tourna. La porte refusa de bouger : elle était verrouillée. Et brutalement, trois *jamais* lui vinrent successivement à l'esprit : Stan ne prenait jamais de bain à cette heure ; il ne fermait jamais la porte sauf s'il utilisait les toilettes ; il ne fermait de toute façon jamais la porte à clef.

Était-il possible, se demanda-t-elle follement, de se *préparer* à une crise cardiaque ?

Patty se passa la langue sur les lèvres, et éprouva une impression de papier de verre fin frottant sur une planche. Elle lança encore une fois son nom. Toujours pas de réponse, sinon la goutte régulière et têtue tombant du robinet. Baissant les yeux, elle s'aperçut qu'elle tenait toujours la boîte de bière à la main. Elle la contempla stupidement, le cœur battant à tout rompre, comme si c'était la première fois de sa vie qu'elle voyait de la bière en boîte. Et de fait, on aurait pu le croire, car lorsqu'elle cligna des yeux, elle se transforma en un combiné téléphonique noir, d'aspect aussi inquiétant qu'un serpent.

« Puis-je vous aider, madame. Avez-vous un problème ? » lui cracha le serpent. Patty raccrocha violemment et recula d'un pas, frottant la main qui l'avait tenu. Elle regarda autour d'elle et se rendit compte qu'elle se trouvait dans le salon de télé, que la panique qui était montée jusqu'à son moi conscient avec le calme d'un rôdeur qui grimpe une volée de marches avait eu raison d'elle. Elle se rappela alors avoir laissé tomber la boîte de bière devant la porte de la salle de bains et s'être précipitée dans l'escalier en pensant vaguement : *Il doit y avoir une erreur quelque part, et ça nous fera bien rire dans un moment. Il a rempli la baignoire et s'est souvenu qu'il n'avait pas de cigarettes, alors il est sorti en chercher avant de se déshabiller...*

Oui. Sauf que comme il avait déjà fermé la porte de l'intérieur et que ça l'embêtait de la rouvrir, il avait ouvert la fenêtre au-dessus de la baignoire et était descendu du premier le long du mur comme une mouche. C'était évident, bien sûr.

La panique la gagnait de nouveau, comme un âcre café noir menaçant de déborder d'une tasse. Elle ferma les yeux pour mieux lutter contre elle. Et Patty restait là, parfaitement immobile, statue blême avec un cœur pulsant dans la gorge.

Elle se souvenait d'être descendue en courant, d'avoir trébuché, de s'être précipitée sur le téléphone, oui, évidemment, mais qui voulait-elle donc appeler ?

Une pensée insensée la traversa : *J'appellerais bien la Tortue, mais la Tortue ne peut rien faire pour nous.*

Ça n'avait pas d'importance, de toute façon. Elle avait dû être capable de faire le 17 et sans doute avait-elle dit quelque chose d'inhabituel, puisqu'on lui avait demandé si elle avait un problème. Certes, elle en avait un, mais comment expliquer à une voix sans visage que Stanley s'était enfermé dans la salle de bains et ne répondait pas, que le son régulier de la goutte d'eau tombant du robinet lui déchirait le cœur ? Il fallait que quelqu'un lui vienne en aide. Quelqu'un !

Elle porta la main à la bouche et se la mordit délibérément. Elle essaya de penser, de se forcer à penser.

Les doubles des clefs. Les doubles des clefs se trouvaient dans le placard de la cuisine.

Elle se leva, et heurta de sa pantoufle la boîte de boutons posée à côté de sa chaise. Il s'en renversa quelques-uns, qui brillèrent comme des yeux de verre à la lumière de la lampe. Elle en vit une bonne demi-douzaine de noirs.

À la porte du placard qui surplombait l'évier à deux bacs, était fixée à l'intérieur une planche vernie découpée en forme de clef géante — cadeau de l'un des clients bricoleurs de Stan, deux Noël auparavant. La planche comportait une rangée de petits crochets, au bout desquels dansaient les doubles de toutes les clefs de la maison ; en dessous étaient collés des morceaux de bande adhésive portant, de la petite écriture nette de Stan, en caractères d'imprimerie : GARAGE, GRENIER, S. DE BAINS HAUT, S. DE BAINS BAS, PORTE ENTRÉE, PORTE JARD. Un peu plus loin, sur deux crochets séparés, se trouvaient les clefs de voitures : MB et VOLVO.

Patty s'empara de celle marquée S. DE BAINS HAUT et commença à courir vers l'escalier, puis s'obligea à marcher. Courir faisait resurgir la panique, une panique qui ne demandait qu'à l'envahir. Et puis, si elle marchait, peut-être que tout irait bien. Ou alors, si quelque chose n'allait pas, Dieu — qui sait ? — la regarderait, verrait qu'elle marchait tranquillement et se dirait : *Bon, j'ai fait une gaffe, mais j'ai le temps de remettre les choses en ordre.*

D'un pas aussi calme qu'une femme qui se rend à la réunion de son Cercle, elle monta les escaliers et s'avança jusqu'à la porte de la salle de bains.

« Stanley ? » dit-elle, essayant de nouveau d'ouvrir la porte, soudain plus effrayée que jamais, refusant d'utiliser la clef car le seul fait de s'en servir avait quelque chose de trop définitif. Si Dieu ne se manifestait pas le temps qu'elle la tourne, alors, Il ne le ferait jamais. L'époque des miracles, après tout, était passée.

Mais la porte était toujours verrouillée ; la seule réponse était toujours le même *plink*... silence régulier.

Sa main tremblait, et la clef joua des castagnettes sur la plaque de propreté avant de pénétrer dans la serrure et de se mettre en place. Elle la tourna, et le pêne claqua. Son autre main voulut s'emparer du bouton de porte en verre. Il lui glissa de nouveau dans la paume, non pas parce que la porte était fermée, cette fois-ci, mais parce que la sueur le rendait glissant. Elle le serra de toutes ses forces et tourna. Puis elle poussa la porte.

« Stanley ? Stanley ? St... »

Elle regarda en direction de la baignoire, dont le rideau de douche bleu était repoussé à l'autre bout de son support d'acier, et n'acheva pas le nom de son époux. Elle resta simplement les yeux fixés sur la baignoire, le visage aussi solennel que celui d'un enfant pour son premier jour de classe. Dans un instant, elle allait se mettre à hurler, Anita McKenzie, sa voisine, l'entendrait, et Anita McKenzie appellerait la police, convaincue que quelqu'un était entré chez les Uris et y massacrait tout le monde.

Mais pour le moment, Patty Uris restait debout en silence, les mains repliées contre la poitrine, le visage grave, les yeux exorbités. Et son expression de contemplation presque religieuse se transforma bientôt en autre chose. Ses yeux s'ouvrirent encore plus, sa bouche se contracta en une grimace d'horreur. Elle voulait crier mais ne pouvait pas. Le cri était trop vaste pour sortir.

La salle de bains était éclairée par des tubes fluorescents. Avec tant de lumière il n'y avait pas d'ombres. On pouvait tout voir, qu'on le veuille ou non. L'eau du bain était d'un rose éclatant. Stanley gisait, adossé à la partie en plan incliné de la baignoire. Il avait la tête tellement rejetée en arrière que des mèches de ses cheveux noirs, pourtant courts, lui touchaient le dos entre les omoplates. Si ses yeux grands ouverts avaient encore été capables de voir, ils auraient vu Patty à l'envers. Sa bouche était ouverte comme par un ressort. Et son expression traduisait une horreur pétrifiée, abyssale. Un paquet de lames Gillette « Platine-Plus » était posé sur le bord de la baignoire. Stanley s'était ouvert l'intérieur des bras du poignet au creux du coude, et avait barré ces premières coupures d'une seconde, formant deux T majuscules sanglants. Les plaies étaient d'un rouge pourpre éclatant dans la dure lumière blanche. Les tendons et les ligaments à nu lui firent penser à des morceaux de bœuf à bas prix.

Une goutte d'eau grossit à la bouche chromée du robinet. S'engrossa, aurait-on pu dire. Scintilla, tomba. *Plink*.

Il avait plongé son index droit dans son propre sang et tracé un unique mot sur le carrelage bleu, au-dessus de la baignoire, en lettres énormes et tremblotantes. Une trace de doigt sanguinolente zigzaguait à la fin de la deuxième lettre — sa main avait laissé cette trace, remarqua-t-elle, en retombant dans l'eau, où elle flottait maintenant. Elle supposa que Stanley avait écrit le mot — son ultime impression du monde — au moment où il perdait conscience C'était comme s'il avait crié vers elle :

Une autre goutte tomba dans la baignoire.

Plink.

Ce fut le signal. Patty Uris retrouva enfin sa voix. Ne pouvant détacher son regard des yeux brillants du cadavre de son époux, elle se mit à crier.

2
Richard Tozier prend la poudre d'escampette

Rich eut l'impression qu'il tenait bien le coup jusqu'au moment où il se mit à vomir.

Il avait écouté tout ce que Mike Hanlon lui avait raconté, avait dit ce qu'il fallait dire et donné les bonnes réponses aux questions de Mike, et il en avait même posé de son propre chef. Il avait vaguement conscience d'être en train de prendre l'une de ses voix — ni bizarre ni grotesque, comme celles qu'il prenait parfois à la radio (Porte-Doc le Délirant, le conseiller sexuel, était personnellement son rôle préféré, du moins en ce moment, et lui valait de la part de ses auditeurs des réactions positives presque aussi nombreuses que son inusable grand succès, colonel Buford Kissdrivel), mais au contraire riche, chaude, confiante. La voix du mec-vraiment-bien. Elle ne manquait pas d'allure, mais ce n'était qu'un faux, comme toutes les autres voix qu'il pouvait adopter.

« Dans quelle mesure te souviens-tu, Rich ? lui demanda Mike.

— Une faible mesure, répondit Rich, qui garda un instant le silence. Suffisamment, sans doute.

— Viendras-tu ?

— Je viendrai. » Et il raccrocha.

Il resta assis un moment dans son cagibi, enfoncé dans le fauteuil derrière le bureau, les yeux perdus au-dessus de l'océan Pacifique. Deux gamins, sur sa gauche, jouaient avec leur planche de surf, mais sans vraiment prendre les vagues avec. Il faut dire qu'il n'y en avait guère à chevaucher.

Son horloge de table — un coûteux objet à quartz, cadeau du représentant d'une société de disques — disait qu'il était 17 h 09, ce 28 mai 1985. Trois heures de décalage avec l'endroit d'où Mike avait appelé. Il y faisait déjà nuit ou presque. Il sentit un début de chair de poule à cette seule idée et eut envie de bouger et de s'occuper. Il commença bien entendu par mettre un disque — sans chercher, prenant le premier qui lui tombait sous la main parmi les milliers qui se serraient sur les étagères. Le rock and roll faisait presque tout autant partie de sa vie que les voix, et il lui était difficile de faire quoi que ce soit sans musique — à plein tube de préférence. Il était tombé sur une rétrospective Motown. Marvin Gaye, l'un des membres les plus récents de ce que Rich appelait parfois « les Clamsés & Co », ouvrait le récital avec *I Heard It Through the Grapevine :*

Oooh-hoo, I bet you're wond'rin' how I knew...

« Pas mal », dit Rich. Il eut même un léger sourire. C'était mal, pourtant, et il venait d'en prendre pour son grade, mais il avait le sentiment qu'il serait capable de faire face. Pas de panique.

Il s'apprêta à rentrer chez lui. À un moment donné, au cours de l'heure suivante, il lui vint à l'esprit que c'était comme s'il était mort et qu'il lui fût permis de prendre ses ultimes dispositions... sans parler de ses volontés en matière d'enterrement. Il avait l'impression qu'il s'en sortait joliment bien. Il essaya de joindre son agence de voyages habituelle, se disant que l'employée serait probablement sur l'autoroute, direction la maison, mais il tenta sa chance. Par miracle, elle était là. Il lui expliqua ce qu'il voulait, et elle lui demanda un petit quart d'heure.

« Je vous en dois une, Carol », dit-il. Au cours des trois dernières années, ils étaient passés de Mr. Tozier et Mrs. Feeny à Rich et Carol — plutôt familier, si l'on considère qu'ils ne s'étaient jamais rencontrés.

« D'accord, passez à la caisse, dit-elle. Pouvez-vous me faire Porte-Doc ? »

Sans même se racler la gorge pour trouver la voix — elle restait en général introuvable si l'on hésitait —, Rich annonça : « Porte-Doc le Délirant, votre conseiller sexuel, en ligne. Y a un gars qui est venu me voir l'autre jour et qui voulait savoir ce qu'il y avait de pire lorsqu'on attrapait le Sida. (Sa voix était passée un ton plus bas, son rythme s'était accéléré, et elle avait pris une allure désinvolte. C'était une voix américaine, mais qui évoquait cependant l'image d'un riche colon anglais, aussi charmant que délirant avec ses manières embrouillées. Qui était Porte-Doc ? Rich n'en avait pas la moindre idée, mais il le voyait toujours en costume blanc, en train de lire *Esquire* et de boire, dans des verres à pied, des choses qui sentaient le shampooing à la noix de coco.) Je lui ai répondu sans ambages : " Essayer d'expliquer à sa mère comment on se l'est fait refiler par une Haïtienne. " Jusqu'à la prochaine, Porte-Doc, votre conseiller sexuel qui vous dit : " Z'avez besoin de moi si vous restez de bois. " »

Carol Feeny hurlait de rire. « C'est parfait ! Parfait ! Mon petit ami n'arrive pas à croire que vous pouvez faire toutes ces voix, il pense que vous devez utiliser des filtres ou des trucs comme ça...

— Rien que le talent, ma chère. (Porte-Doc venait de laisser instantanément la place à W. C. Fields, nez rouge, chapeau claque, tenue de golf et tout l'attirail.) Je pète tellement de talent que j'ai été obligé de mettre un bouchon à tous mes orifices corporels pour l'empêcher de fuir comme... euh, de l'empêcher de fuir, quoi. »

La jeune femme partit d'un nouvel éclat de rire et Rich ferma les yeux. Il sentait venir une migraine.

« Soyez un chou et voyez ce que vous pouvez faire, d'accord ? » demanda-t-il, toujours W. C. Fields, sur quoi il raccrocha tandis qu'elle riait encore.

Il lui fallait maintenant redevenir lui-même et c'était dur — un peu plus dur tous les ans. Il est plus facile d'être courageux quand on est quelqu'un d'autre.

Il s'était mis à la recherche d'une paire de chaussures de sport et était sur le point de se rabattre sur des tennis lorsque le téléphone sonna de nouveau. C'était Carol Feeny, tous les records de temps battus. Il éprouva aussitôt le besoin de prendre la voix de Buford Kissdrivel, mais le combattit. Elle avait réussi à lui trouver une première classe sur un vol American Airlines sans escale Los Angeles-Boston. Il quitterait L. A. à 21 h 03 et arriverait à Logan vers cinq heures du matin. Un vol de Delta partait à 7 h 30 de Boston pour Bangor, où il débarquerait à 8 h 20. Elle lui avait réservé une berline confortable chez Avis, et il n'y avait que quarante kilomètres entre le comptoir d'Avis à l'aéroport de Bangor et le centre de Derry.

Seulement quarante kilomètres ! pensa-t-il. *C'est tout, Carol ? Peut-être si l'on compte en kilomètres. Cependant, vous n'avez pas la moindre idée de l'éloignement de ce patelin, et moi non plus d'ailleurs. Mais par tous les dieux, nous allons le découvrir.*

« Je n'ai pas réservé de chambre parce que vous ne m'avez pas précisé le temps que vous vouliez rester, dit-elle. Est-ce...

— Non, laissez-moi m'en occuper, coupa Rich, qui ne put empêcher Kissdrivel de prendre le dessus. Tu as été un aaamour, ma chèèère... »

Il raccrocha doucement — toujours les quitter sur un rire — puis composa le 207-555-1212 pour avoir l'assistance à l'annuaire du Maine. Il voulait le numéro du Grand Hôtel de Derry. Seigneur, ça, c'était un nom du passé ! Cela faisait — quoi ? Dix, quinze, vingt, vingt-cinq ans qu'il ne l'avait pas évoqué ! Aussi fou que cela parût, il soupçonnait que cela faisait vingt-cinq ans, au moins ; et si Mike ne l'avait pas appelé, il avait l'impression qu'il n'y aurait jamais repensé de sa vie. Pourtant, à une époque, il passait tous les jours devant ce grand tas de briques rouges — parfois même au pas de course, avec Henry Bowers et Huggins le Roteur, et aussi cet autre type, Victor quelque chose, sur les talons, tous trois vociférant des petites plaisanteries du genre : *On va te choper, gueule d'enfoiré ! On va te choper, petit démerdard ! On va te choper, pédé binoclard !* L'avaient-ils jamais chopé ?

Avant qu'il ait pu s'en souvenir, une standardiste lui demandait dans quelle ville.

« Derry, mademoiselle... »

Derry ! Seigneur ! Ce nom lui-même avait un goût étrange de chose oubliée dans sa bouche ; il avait l'impression d'embrasser une antiquité en le prononçant.

« Avez-vous un numéro pour le Grand Hôtel de Derry ?

— Un instant, monsieur. »

Sûrement pas. Il aura disparu. Rasé par un nouveau plan d'urbanisme. Transformé en boulodrome ou en arcade de jeux vidéo. Ou brûlé une nuit, à cause d'un représentant en godasses ivre fumant dans son lit. Disparu, Richie — tout comme les lunettes, inépuisable sujet de railleries pour Bowers. Qu'est-ce que disait cette chanson de Springsteen, déjà ? Jours de gloire... évanouis dans le clin d'œil d'une fille. Mais quelle fille ? Beverley, bien sûr, Bev...

Le Grand Hôtel de Derry avait peut-être changé, mais en tout cas pas disparu, car une voix neutre de machine se mit à égrener des chiffres : « Le numéro est ...9 ...4 ...1 ...8 ...2 ...8 ...2. Je répète... »

Mais Richard l'avait noté du premier coup. Soulagement que de raccrocher sur cette voix ronronnante ; il imaginait facilement le service des renseignements sous la forme d'un monstre globuleux profondément enterré sous terre, rivets transpirant, avec des milliers de tentacules chromés, version PTT du Dr Octopus. Le monde dans lequel vivait Richie lui paraissait chaque année un peu plus comme une maison hantée électronique, dans laquelle fantômes numériques et humains apeurés se côtoyaient, mal à l'aise.

Toujours debout. Pour paraphraser Paul Simon, toujours debout après tant d'années.

Il composa le numéro de l'hôtel qu'il avait vu pour la dernière fois à travers les verres de ses lunettes d'enfant. Rien ne fut plus fatalement facile — 1-207-941-8282. Il porta le téléphone à l'oreille, regardant par la vaste fenêtre de son bureau. Les surfeurs étaient partis ; un couple d'amoureux marchait sur la plage, main dans la main. Ils auraient pu poser pour le genre de posters qui ornaient le mur du bureau où travaillait Carol Feeny, tant ils étaient parfaits. Si ce n'était qu'ils portaient tous les deux des lunettes.

On va te choper, gueule d'enfoiré ! On va te péter tes binocles !

Criss, lui souffla d'un seul coup sa mémoire. *Son nom de famille était Criss. Victor Criss.*

Oh, Seigneur, il aurait préféré continuer de l'ignorer ; c'était trop tard — mais ça n'avait l'air d'avoir aucune importance. Quelque chose se passait dans les souterrains où Rich Tozier conservait sa collection personnelle de vieilleries dorées. Des portes s'ouvraient.

Sauf qu'il n'y a pas un seul enregistrement là en bas, n'est-ce pas ? En bas, tu n'es pas Rich Tozier, le disc-jockey vedette de la station KLAD, l'homme aux mille voix. Et ces choses qui s'ouvrent ne sont pas exactement des portes, hein ?

Il s'efforça de chasser ces pensées.

Surtout, ne pas oublier que je vais très bien. Tu vas très bien, Richie. Rich Tozier va très bien. Fumerais bien une sèche, c'est tout.

Cela faisait quatre ans qu'il avait arrêté de fumer, il pouvait bien en prendre une maintenant, non ?

Pas d'enregistrements, rien que des cadavres. Tu les as enterrés très profond mais il y a un séisme fou qui leur fait refaire surface. Tu n'es pas Rich Tozier le D-J, en bas ; en bas, tu es juste Richie Tozier le Binoclard, tu es avec tes copains et tu as une telle frousse que tu as les couilles contractées en noyaux de pêches. Il n'y a pas de portes, il n'y a rien qui s'ouvre. Ce sont des cryptes, Richie. Elles se fendent en deux, et les vampires que tu croyais morts à jamais se remettent à voler.

Une cigarette, juste une. Même une Carlton ferait l'affaire, pour l'amour du ciel.

On va te choper, Binoclard ! On va te faire BOUFFER *ton putain de cartable !*

« Grand Hôtel de Derry », fit une voix masculine au fort accent yankee ; elle avait fait tout ce chemin — à travers la Nouvelle-

Angleterre, le Middle-West, sous les casinos de Las Vegas — pour atteindre son oreille.

Rich demanda s'il pouvait réserver une suite, à compter du lendemain. La voix lui répondit que oui, et voulut savoir pour combien de temps.

« Je ne peux pas dire. Je viens pour... » Il s'interrompit un instant, soucieux de précision.

Pourquoi venait-il, exactement ? En esprit, il voyait un garçon avec un cartable écossais poursuivi par deux voyous ; un garçon qui portait des lunettes, mince, le visage pâle, et qui aurait crié à toutes les petites brutes qui passaient, de manière mystérieuse : *Frappez-moi ! Allez-y, frappez-moi ! Voici mes lèvres ! Écrasez-les-moi sur les dents ! Voici mon nez ! Faites-le saigner et cassez-le si vous pouvez ! Boxez-moi les oreilles, qu'elles deviennent comme des choux-fleurs ! Ouvrez-moi l'arcade sourcilière ! Voici mon menton, cognez sur le point de K.O. ! Voici mes yeux, si bleus, agrandis par ces horribles lunettes, ces binocles cerclées de corne dont l'une des branches tient avec un ruban adhésif. Cassez-les ! Enfoncez un éclat dans l'un de ces yeux et fermez-le à jamais ! Qu'est-ce que j'en ai à foutre ?*

Il ferma les yeux et répondit : « Je viens pour affaires à Derry, mais je ne sais pas combien de temps prendront les négociations. Si nous disions trois jours, avec une option de renouvellement ?

— Une option de renouvellement ? » demanda l'employé d'un ton sceptique. Rich attendit patiemment que l'idée fasse son chemin. « Ah oui, je comprends, c'est très bien !

— Merci. Et je... euh... j'espère que vous pourrez voter pour nous en novembre, se mit à dire John Kennedy. Jackie voudrait refaire le... euh... le Bureau Ovale, et j'ai un boulot tout trouvé pour mon... euh... mon frère Bobby.

— Mr. Tozier ?

— Oui ?

— Ah, très bien. Il y a eu quelqu'un d'autre en ligne pendant quelques secondes. »

Juste un vieux pote du GPC, le Grand Parti des Clamsés, au cas où tu te poserais la question. T'en fais pas, c'est rien, pensa-t-il. Un frisson le traversa, et il se dit à lui-même, presque désespéré : *Tu vas très bien, Rich.*

« Je l'ai entendu, moi aussi, dit-il. Sans doute une interférence. Alors, cette suite ?

— Oh, il n'y a pas le moindre problème. On fait des affaires à Derry, mais ce n'est pas la folie.

— Ah bon ?

— Oh, oui-oui. » Rich frissonna de nouveau. Ça aussi, il l'avait oublié, cette manière de répondre « oui » du nord de la Nouvelle-Angleterre. *Oui-oui.*

On va te choper, minable! cria la voix fantomatique de Henry Bowers ; et il sentit de nouvelles cryptes se fracturer à l'intérieur de lui ; la puanteur qui lui montait au nez n'était pas celle des corps décomposés, mais celle des souvenirs décomposés. Et d'une certaine manière, c'était pire.

Il donna le numéro de sa carte American Express à l'employé et raccrocha. Puis il appela Steve Codall, le directeur des programmes de la KLAD.

« Quoi de neuf, Rich ? » demanda Steve. Les derniers sondages montraient que la station se portait bien sur le marché cannibale du rock en FM à Los Angeles, et depuis, Steve avait été d'une humeur charmante, merci, Seigneur.

« Eh bien, tu vas peut-être regretter de m'avoir posé la question. Je prends la poudre d'escampette, Steve.

— Tu prends... (Rien qu'à sa voix, il imaginait le froncement de sourcils de Steve.) Je ne te suis pas très bien, Richie.

— Je prends mes cliques et mes claques. Je me tire.

— Qu'est-ce que ça veut dire, ça, " je me tire " ? D'après l'emploi du temps que j'ai sous les yeux, tu es à l'antenne demain de deux à six dans l'après-midi, comme d'habitude. Tu as une interview de Clarence Clemons prévue à quatre heures dans le studio. Tu connais tout de même Clarence Clemons, Rich ?

— Mike O'Hara peut aussi bien faire l'interview que moi.

— Sauf que Clarence ne veut pas discuter avec Mike, Rich. Pas plus qu'avec Bobby Russel ni même avec moi. Clarence est un mordu de Buford Kissdrivel et de Wyatt le Tueur de Pouffiasses. C'est à toi qu'il veut parler, camarade. Et je n'ai pas du tout envie d'avoir un saxophoniste de cent cinquante kilos fou furieux dans mes studios, en train de courir partout comme un forcené.

— Il n'y a pas de course de forcené dans son passé, que je sache. C'est de Clarence Clemons que nous parlons, pas de Keith Moon. »

Il y eut un silence qui se prolongea sur la ligne. Rich attendit patiemment.

« Tu n'es pas sérieux, hein ? finit par demander Steve d'un ton plaintif. Je veux dire, sauf si tu viens d'apprendre la mort de ta mère, ou que tu as une tumeur au cerveau, on appelle cela une sale vacherie.

— Il faut que je parte, Steve.

— Est-ce que ta mère est malade ? Vient-elle — Dieu nous en garde ! — de mourir ?

— Elle est morte depuis dix ans.

— As-tu une tumeur au cerveau ?

— Même pas un polype rectal.

— C'est pas drôle, Rich.

— Non.

— Tu te comportes comme un parfait salopard, et je n'aime pas ça du tout.

— Moi non plus, ça ne me plaît pas. Mais il faut que j'y aille.

— Mais où ça ? Pourquoi ? Qu'est-ce qui se passe, enfin ? Parle, au moins !

— Quelqu'un m'a appelé. Quelqu'un que j'ai connu il y a très longtemps. Ailleurs. Il vient de se passer quelque chose. J'ai fait une promesse. Nous avons tous promis que nous reviendrions si ça recommençait. Je crois que c'est ce qui se passe.

— Quoi, " ça " ? De quoi parles-tu, Rich ?

— Je préfère ne pas en parler. *(Et puis, tu me croirais cinglé si je t'avouais la vérité : je l'ignore.)*

— Quand as-tu fait cette fameuse promesse ?

— Il y a longtemps. Pendant l'été 58. »

Il y eut de nouveau un silence qui se prolongea, et il comprit que Steve Covall essayait de déterminer si Rich Tozier le D.-J., alias Buford Kissdrivel, alias Wyatt le Tueur de Pouffiasses, etc., se foutait de lui ou était victime d'une forme de dépression nerveuse.

« Mais tu n'étais qu'un môme, remarqua-t-il d'un ton neutre.

— J'avais onze ans. J'allais sur mes douze. »

Encore un long silence. Rich attendit, patiemment.

« Très bien, dit Steve. Je vais chambouler le tableau de service. Mike va prendre ta place demain, et Chuck Foster les autres jours, si je peux dégoter le restaurant chinois dans lequel il se terre. Je vais faire cela parce que nous avons parcouru un sacré bout de chemin ensemble, Rich. Mais jamais je n'oublierai que tu m'as arnaqué.

— Ne dramatise pas, veux-tu ? dit Rich qui sentait son mal de tête s'aggraver. (Il savait ce qu'il faisait ; qu'est-ce que Steve s'imaginait ?) J'ai besoin de quelques jours de congé, c'est tout. Tu réagis comme si j'avais chié sur les bureaux du boss.

— Et pour quoi faire, ces jours de congé ? Pour une réunion de ton club boy-scout de Trifouillis-les-Oies, Dakota du Nord, ou de Pétaouchnock, Géorgie !

— Je crois qu'en fait, Trifouillis-les-Oies se trouve dans l'Arkansas, Patron, répliqua Buford Kissdrivel de sa voix d'outre-tombe, mais Steve n'était pas d'humeur à rire.

— Tout ça pour une promesse faite à onze ans ? Les promesses que l'on fait à onze ans ne sont pas sérieuses, bon Dieu. Et il ne s'agit pas seulement de ça, Rich, tu le sais bien. Nous ne sommes pas dans les assurances ou la banque, ici. Mais dans le show-biz, et ne me dis pas que tu l'ignores. Si tu m'avais donné une semaine de préavis, je ne serais pas là avec le téléphone d'une main et une boîte de Valium de l'autre. Tu es en train de me faire grimper aux rideaux et tu le sais très bien ; alors n'insulte pas mon intelligence. »

Steve criait presque, maintenant, et Rich ferma les yeux. Jamais il n'allait l'oublier, avait-il dit, et ça devait être vrai. Mais il avait aussi prétendu que les gosses de onze ne font jamais de promesses sérieuses : et ça, c'était faux. Rich ne se souvenait pas de quel genre de promesse il s'agissait (il n'était pas sûr de désirer s'en souvenir), mais elle avait été on ne peut plus sérieuse.

« Steve, il le faut.

— Ouais. Et je t'ai dit que je pourrais m'en sortir. Alors fous le camp, espèce d'arnaqueur.

— Voyons, c'est ridi... »

Mais Steve avait déjà raccroché. Rich en fit autant. Il avait encore la main sur l'appareil que la sonnerie retentissait ; il n'avait pas besoin de décrocher pour savoir que c'était de nouveau Steve, plus furieux que jamais. Lui répondre à ce stade ne ferait de bien à personne. Les choses ne pourraient qu'empirer. Il repoussa l'interrupteur sur la droite, coupant la sonnerie.

Il alla à l'étage, sortit deux valises d'un placard et les remplit d'un amas de vêtements qu'il ne prit même pas la peine d'examiner : des jeans, des chemises, des sous-vêtements, des chaussettes. Ce n'est que plus tard qu'il se rendit compte qu'il avait sélectionné des affaires de style jeune. Puis il redescendit avec les valises pleines.

Une photo de Big Sur par Ansel Adams ornait l'un des murs du séjour. Rich la fit pivoter sur des gonds invisibles. Il ouvrit le petit coffre mural qui se trouvait derrière et commença à fouiller parmi les paperasses : les titres de propriété d'une maison agréablement située entre la faille de San Francisco et la zone des feux de broussailles, dix hectares de forêt d'exploitation dans l'Idaho, un paquet d'actions. Il avait acheté ces dernières apparemment au hasard (dès que son agent de change le voyait arriver, il se prenait la tête entre les mains), mais elles avaient toutes régulièrement monté au fil des années. Il était parfois surpris à l'idée qu'il était presque — pas tout à fait, mais presque — un homme riche. Et tout ça, grâce au rock and roll... et aux voix, bien entendu.

La maison, la forêt, les actions, la police d'assurance et même un double de son testament. *Les liens qui te tiennent solidement attaché à l'existence,* pensa-t-il.

Il fut pris d'une impulsion soudaine, celle de saisir un briquet et de foutre le feu à tout cet assortiment putassier de par-la-présente-monsieur-Untel et le-porteur-de-ce-certificat. Il aurait pu le faire. Les papiers du coffre venaient de perdre toute signification, d'un seul coup.

C'est à ce moment-là qu'il ressentit son premier véritable accès de terreur, un accès qui n'avait rien de surnaturel. Ce n'était que la prise de conscience de la facilité avec laquelle on pouvait balancer sa vie à la poubelle. C'était ça, l'affolant. Il suffisait d'orienter le ventilateur sur tout ce que l'on avait mis des années à rassembler laborieusement et de le régler à fond. Facile. Tout brûler ou tout disperser aux quatre vents, puis prendre la poudre d'escampette.

Derrière les papiers, qui n'étaient, par rapport au fric, que des cousins au deuxième degré, se trouvait la réalité, le nerf de la guerre. Quatre mille dollars en coupures de dix, vingt et cinquante.

Tandis qu'il en bourrait les poches de son jean, il se demandait s'il n'avait pas su ce qu'il faisait, obscurément, quand il avait mis tout cet argent de côté. Cinquante dollars un mois, cent vingt le suivant, seulement dix le troisième. Du fric de rat-qui-quitte-le-navire. Du fric poudre-d'escampette.

« Bon Dieu, ça fout les jetons ! » dit-il, ayant à peine conscience d'avoir parlé. L'air absent, il regarda la plage à travers la vaste fenêtre. Comme les surfeurs, les amoureux avaient disparu.

Ah, oui, doc — tout ça me revient maintenant. Tu te souviens de Stanley Uris, par exemple ? J' te parie trois poils que je m'en souviens... Tu te rappelles comme on disait cela ? On trouvait que c'était très classe. Stanley Urine, comme l'appelaient les gosses. « Hé, Urine, hé, l'Assassin du Christ de mes deux ! Où tu te tailles ? Tu crois que l'un de tes pédés de copains va te filer cent balles ? »

Il claqua la porte du coffre-fort et remit en place la photographie. Quand avait-il pensé à Uris pour la dernière fois ? Cinq ans ? Dix ans ? Vingt ans ? Rich avait quitté Derry avec sa famille au printemps 1960 ; et comme tous les visages de la bande s'étaient estompés depuis ! La bande des perdants, des ratés avec leur club au milieu de ce que l'on appelait les Friches-Mortes — curieux nom pour un endroit où la végétation était aussi fournie. Jouant aux explorateurs dans la jungle, à l'unité de génie égalisant un terrain d'atterrissage sur un atoll tout en repoussant les Japs, jouant aux constructeurs de barrages, aux cow-boys, aux astronautes perdus dans un mondeforêt, tu l'as dit ; le nom pouvait bien changer, n'oublie pas de quoi il s'agissait en fait : de se cacher. De se cacher des grands balèzes. De Henry Bowers, Victor Criss, Huggins le Roteur et toute la bande. Quel assortiment de ratés ils faisaient ! Stan Uris avec son gros pif de Juif ; Bill Denbrough qui n'était pas capable de dire autre chose que « Ya-hou, Silver ! » sans bégayer lamentablement, au point de vous rendre marteau ; Beverley Marsh avec ses bleus partout, ses cigarettes planquées dans les manches de sa blouse ; Ben Hanscom, tellement gros que l'on aurait dit la version bipède de la baleine blanche, et Richie Tozier avec ses verres en cul de bouteille, ses vingt sur vingt en classe, sa grande gueule qui ne demandait qu'à se faire rectifier. Existait-il un mot pour les caractériser ? Oh, oui. Il en existe toujours un. Le mot juste. Dans ce cas précis : la bande de nouilles.

Comme cela lui revenait, comme tout lui revenait... et maintenant, il était là, debout dans son salon, tremblant de manière aussi incontrôlable qu'un clébard abandonné sous la tempête, tremblant parce que les types en compagnie desquels il avait couru n'étaient pas tout ce dont il se souvenait. Il y avait d'autres choses, des choses auxquelles il était resté des années sans penser, frissonnant juste en dessous de la surface.

Des choses sanglantes.

Une obscurité. Une certaine obscurité.

La maison de Neibolt Street, par exemple, et Bill hurlant : « *T-t-tu as tué mon frère, espèce de sa-sa-salopard !* »

Se souvenait-il ? Juste assez pour ne pas vouloir s'en souvenir davantage, et l'on pouvait parier trois poils là-dessus.

Une odeur de détritus, une odeur de merde et une odeur de quelque chose d'autre. D'encore pire que tout le reste. C'était la puanteur de la bête, la puanteur de Ça, dans les ténèbres en dessous de Derry, là où les machines grondaient sans interruption. Il se souvenait de George...

Mais c'était trop et il courut à la salle de bains, se cognant au passage dans son fauteuil Eames, ce qui faillit le faire tomber... Il y arriva, mais tout juste. Il glissa, à genoux sur les carreaux lisses comme un danseur de smurf excentrique, jusqu'aux toilettes dont il saisit les rebords, vomissant tripes et boyaux. Mais même après, ça ne s'arrêtait pas : il vit soudain George Denbrough comme si c'était hier, Georgie par qui tout avait commencé, Georgie qui avait été assassiné à l'automne 1957. Il était mort tout de suite après l'inondation, l'un de ses bras avait été arraché, et Rich avait chassé ce souvenir de sa mémoire. Mais parfois les souvenirs reviennent, oui, et comment !

Les spasmes s'estompèrent et Rich, à tâtons, chercha la poignée de la chasse. Son repas précédent, régurgité en jets violents, disparut élégamment dans la tuyauterie.

Dans les égouts.

Dans la pestilence et les ténèbres des égouts.

Il rabattit le couvercle, y posa le front et se mit à pleurer.

C'était la première fois que ça lui arrivait depuis la mort de sa mère, en 1975. Sans même y penser, il mit les mains en coupe sous ses yeux et les lentilles de contact qu'il portait glissèrent dans ses paumes, où elles restèrent, brillantes.

Quarante minutes plus tard, avec l'impression d'avoir été passé à la paille de fer, mais d'une certaine manière nettoyé, il jetait les valises dans le coffre de la MG et sortait en marche arrière du garage. Le jour baissait. Il regarda sa maison, avec ses plantations récentes ; il regarda la plage, et l'eau qui prenait une nuance d'émeraude pâle rompue par une étroite bande d'or battu. Et il eut la conviction qu'il ne reverrait jamais plus rien de tout cela, qu'il n'était qu'un homme mort qui marchait encore.

« Je rentre au pays, maintenant, murmura Rich Tozier pour lui-même. Je rentre au pays, et que Dieu me vienne en aide. »

Il passa une vitesse et démarra, éprouvant de nouveau l'impression qu'il avait été étonnamment facile de se glisser dans cette fissure qu'il ne soupçonnait pas, à l'intérieur de ce qu'il considérait comme une vie solide. Comme il était aisé de mettre le cap sur le côté sombre, de voguer hors du bleu pour foncer dans le noir !

Hors du bleu dans le noir, oui, c'était exactement cela. L'endroit où n'importe quoi pouvait attendre.

3
Ben Hanscom prend un verre

Si, en cette soirée du 28 mai 1985, vous aviez voulu trouver l'homme que le magazine *Time* avait qualifié d' « architecte le plus prometteur, peut-être, des États-Unis » (« La conservation de l'énergie en milieu urbain et les jeunes Turcs », *Time*, 15 octobre 1984), il aurait fallu commencer par emprunter la nationale 80 à la sortie d'Omaha, puis la voie secondaire 81 jusqu'à Sweldhom, traverser ce modeste patelin pour arriver, après avoir tourné deux fois à droite et trois fois à gauche, dans un trou à côté duquel Sweldhom était New York : Hemingford Home. Huit bâtiments, cinq d'un côté de la rue, trois de l'autre, constituaient le centre commercial ; la boutique du coiffeur,

Coup'O Carré (avec dans la vitrine une affichette jaunissante datant d'au moins quinze ans sur laquelle avait été écrit à la main : SI VOUS ÊTES HIPPIE, ALLEZ VOUS FAIRE COUPER LES CHEVEUX AILLEURS), le cinéma (où ne passaient que des copies ultra-fatiguées), le Cinq-Dix-Quinze. Il y avait également une succursale de la Nebraska Homeowner's Bank, une station-service, une pharmacie et une quincaillerie spécialisée en petit matériel agricole — la seule entreprise ayant un vague air de prospérité dans le coin.

Enfin, à l'extrémité de la voie principale, situé un peu en retrait des autres constructions, comme un paria, en bordure du néant, se trouvait l'inévitable routier — la Roue rouge. Si vous étiez arrivé jusque-là, vous auriez vu, dans le parking poussiéreux et truffé de nids-de-poule, une Cadillac 1968 sur le retour, avec deux antennes de CB à l'arrière. À l'avant, la plaque à frime annonçait simplement : BEN'S CADDY. Et à l'intérieur, en vous dirigeant vers le bar, vous auriez trouvé votre homme — un type efflanqué, tanné, en chemise à carreaux, jean délavé et bottes de mécano avachies. De délicates pattes d'oie lui partaient du coin de l'œil, mais en dehors de ça, il n'était pas ridé. Il faisait bien dix ans de moins que son âge, et il en avait trente-huit.

« Bonjour, Mr. Hanscom », dit Ricky Lee en posant un napperon de papier sur le bar, tandis que Ben prenait un tabouret. Ricky Lee paraissait légèrement surpris. En fait, il l'était beaucoup. C'était la première fois qu'il voyait Hanscom un soir de semaine à la Roue rouge. Il venait prendre deux bières régulièrement, tous les vendredis en fin de journée ; le samedi, il s'en accordait quatre ou cinq. Il demandait toujours des nouvelles des trois garçons de Ricky Lee, et laissait toujours le même pourboire de cinq dollars en dessous du rond de carton lorsqu'il partait. À tous points de vue, professionnels comme personnels, il était de loin le client favori de Ricky Lee. Les dix dollars par semaine (à quoi s'ajoutait le billet de cinquante, que, depuis quatre ans, il glissait sans faute à la Noël sous le rond de carton), c'était très bien ; mais la compagnie du personnage valait encore davantage. Les gens de bonne compagnie sont une rareté, mais dans un boui-boui comme celui-ci, où le niveau des conversations est en dessous de celui de la mer, ce sont de vrais merles blancs.

En dépit de ses origines (la Nouvelle-Angleterre) et de son éducation (en Californie), Hanscom avait tout de l'extravagant Texan. Si Ricky Lee comptait sur son passage rituel tous les vendredis et samedis, il avait de bonnes raisons pour cela. Que Mr. Hanscom construise un gratte-ciel à New York (il y avait déjà bâti trois des édifices les plus controversés des cinq dernières années), un nouveau musée à Redondo, ou un immeuble de bureaux à Memphis, immanquablement le vendredi soir, entre huit heures et neuf heures trente, la porte qui donnait sur le parking s'ouvrait sur sa silhouette nonchalante. Comme s'il habitait à l'autre bout du patelin et avait préféré faire un tour, faute d'un programme intéressant à la télé. Il possédait un Learjet et disposait d'une piste d'atterrissage privée sur sa ferme, à Junkins.

Deux années auparavant, à Londres, il avait dessiné le nouveau centre de communication de la BBC, dont il avait supervisé la construction. L'immeuble avait fait également l'objet de controverses passionnées (le *Manchester Guardian :* « Peut-être l'édifice le plus remarquable élevé à Londres depuis vingt ans », le *Daily Mirror :* « Mis à part la tête de ma belle-mère après une cuite, la chose la plus laide que j'aie jamais vue »). Ricky Lee s'était dit, quand Hanscom avait accepté ce travail : *Eh bien, je vais rester un bout de temps sans le voir. Peut-être qu'il finira par nous oublier complètement.* Et en effet, le vendredi suivant, Ben Hanscom n'avait pas donné signe de vie, même si Ricky Lee n'avait pu s'empêcher de lever vivement la tête à chaque fois que s'ouvrait la porte du parking, entre huit heures et neuf heures trente. *On le reverra plus tard, peut-être.* « Plus tard » fut le lendemain soir.

La porte s'était ouverte à neuf heures et quart, et il était tranquillement entré, en jean et T-shirt, avec ses vieilles bottes de mécano, comme s'il venait de traverser la rue. Et lorsque Ricky Lee s'était écrié, d'un ton presque joyeux : « Eh, Mr. Hanscom ! Doux Jésus ! Qu'est-ce que vous faites ici ? », il avait eu l'air légèrement surpris, comme si sa présence était la chose la plus naturelle du monde. Pendant les deux années que dura son contrat avec la BBC, cette visite hebdomadaire se renouvela. Il quittait Londres chaque samedi matin à onze heures en Concorde, expliqua-t-il à un Ricky Lee fasciné, et arrivait à Kennedy Airport, à New York, à dix heures et quart, soit quarante-cinq minutes *avant* son départ de Londres, à en croire les horloges (« Comme les voyages dans le temps ! » s'était exclamé Ricky Lee, impressionné). Une limousine l'attendait pour le conduire à Teterboro Airport, dans le New Jersey, un parcours qui ne prenait pas plus d'une heure dans le trafic plus fluide du samedi matin. Il se retrouvait sans problèmes aux commandes du Learjet vers midi, et se posait à quatorze heures trente à Junkins. En allant assez vite, cap à l'ouest, dit-il à Ricky, le jour paraissait durer éternellement. Après quoi il faisait une sieste de deux heures, puis passait une heure avec son contremaître et une demi-heure avec sa secrétaire ; il dînait, et venait enfin à la Roue rouge où il restait environ une heure et demie. Il s'y rendait toujours seul, s'asseyait toujours au bar et repartait toujours aussi seul ; il ne manquait pourtant pas de femmes, dans ce coin du Nebraska, qui n'auraient pas mieux demandé que de le distraire un peu. Une fois de retour à la ferme, il prenait six heures de sommeil, et tout le processus recommençait à l'envers. Ricky Lee impressionnait à coup sûr ses clients avec cette histoire. « Peut-être est-il homosexuel », avait suggéré une fois une femme. D'un bref coup d'œil, Ricky l'avait jaugée : permanente, vêtements, boucles d'oreilles — tout la désignait comme une BCBG de la côte Est, New York probablement. Sans doute venue rendre visite à un parent ou une amie d'école, et pressée de repartir. « Non, avait-il répondu. Mr. Hanscom n'est pas un pédé. — Comment le savez-vous ? avait-elle demandé, jouant avec une cigarette en attendant qu'il l'allumât, un léger sourire à ses lèvres dont le rouge brillait. — Je le sais, c'est tout. » Et c'était vrai. L'idée lui vint d'ajouter : Je crois que c'est l'homme le plus diablement solitaire que j'aie jamais rencontré. Mais il n'avait pas envie de se confier à cette New-Yorkaise qui l'observait comme une curiosité locale.

Ce soir-là, Mr. Hanscom avait l'air un peu pâle, et légèrement distrait.

« Salut, Ricky Lee », dit-il. Il s'installa sur un tabouret et se mit à étudier ses mains.

Ricky Lee savait qu'il devait passer les six ou huit prochains mois à Colorado Springs, pour surveiller les travaux préliminaires d'un centre culturel des Rocheuses, un vaste complexe de six bâtiments taillés à flanc de montagne. « *Quand ce sera terminé, les gens vont dire que ça ressemble à des jouets qu'un enfant géant aurait laissé traîner sur un escalier*, avait expliqué Ben à Ricky Lee. *Pas tous, mais il y en aura pour le dire. Ils n'auront pas tout à fait tort. Mais ça va marcher, je crois. C'est le truc le plus monumental que j'aie jamais entrepris, et la mise en place va être redoutable. Je crois pourtant que ça va marcher.* »

Il a un peu le trac, s'était dit Ricky. Rien de surprenant à ça, rien de malsain non plus, d'ailleurs ; plus on est connu, plus on prête le flanc aux attaques. Ou alors il souffrait d'une vague infection. Les microbes ne manquaient pas dans le coin.

Ricky Lee prit une chope propre et la plaça sous le robinet.

« Pas ce soir, Ricky Lee. »

Ricky se tourna, surpris, et lorsque Ben Hanscom leva les yeux de ses mains, il eut un frisson de peur. Car Ben Hanscom n'avait pas l'air d'avoir le trac ou la grippe, mais de quelqu'un qui vient de prendre un coup terrible et qui tente encore de comprendre ce qui l'a frappé.

Il a perdu quelqu'un. Il n'est pas marié, mais tout le monde a une famille et quelqu'un vient de clamser dans la sienne. C'est sûr et certain.

Un client glissa une pièce dans le juke-box, et Barbara Mandrell se mit à chanter les déboires d'un ivrogne et d'une femme seule.

« Vous vous sentez bien, Mr. Hanscom ? »

Ben Hanscom regarda Ricky Lee avec des yeux qui avaient soudain dix, non, vingt ans de plus que le reste de son visage. Avec étonnement, le barman s'aperçut que ses cheveux grisonnaient. C'était la première fois qu'il le remarquait.

Hanscom sourit — d'un horrible sourire spectral. On aurait dit celui d'un cadavre.

« Pas tellement, Ricky Lee. Non, m'sieur. Pas ce soir. Pas bien du tout, même. »

Ricky reposa la chope et se dirigea vers le coin du bar où Hanscom s'était assis. Le bar était aussi vide, ce lundi soir, qu'il pouvait l'être en dehors de la saison de football : il y avait moins de vingt clients et Annie, assise près de la porte de la cuisine, faisait un château de cartes avec les menus.

« Mauvaises nouvelles, Mr. Hanscom ?

— Mauvaises nouvelles, c'est le mot. Mauvaises nouvelles du pays. » Il regarda Ricky Lee — non : il regarda à travers Ricky Lee.

« Je suis désolé de l'apprendre, Mr. Hanscom.

— Merci, Ricky Lee. »

Il se tut, et Ricky était sur le point de lui demander s'il n'y avait rien qu'il pût faire pour lui, lorsque Hanscom reprit : « Quelle est la marque de votre whisky, Ricky Lee ?

— Pour tous les autres, dans ce caboulot, c'est du Four Roses. Mais pour vous, je crois que ça sera du Wild Turkey. »

Hanscom eut un léger sourire. « Sympa de votre part, Ricky Lee. En fin de compte, reprenez donc cette chope. Et remplissez-la de Wild Turkey.

— La remplir ? s'exclama Ricky Lee, franchement surpris. Seigneur, mais vous allez ressortir à quatre pattes ! (*Si je ne dois pas appeler une ambulance avant,* ajouta-t-il en lui-même.)

— Pas ce soir, je ne crois pas. »

Du regard, Ricky Lee sonda brièvement Ben Hanscom pour vérifier qu'il ne plaisantait pas ; en moins d'une seconde, il constata que non. Il prit donc la chope sur une étagère au-dessus du bar, et la bouteille de Wild Turkey sur une autre en dessous. Le goulot de la bouteille cliqueta contre le bord de la chope quand il commença à verser. Il observait, fasciné malgré lui, l'alcool qui glougloutait ; jamais il n'avait versé une telle dose de whisky de toute sa vie de barman. Il y avait certainement plus qu'une touche de Texan chez Mr. Hanscom.

Appeler une ambulance ? Mon cul. Plutôt Parker & Waters, qu'ils viennent avec le corbillard.

Il tendit malgré tout la chope à Ben. Le père de Ricky Lee lui avait dit une fois que si un homme avait tout son bon sens, il fallait lui donner ce qu'il demandait s'il le payait, que ce soit de la pisse d'âne ou du vitriol. Ricky Lee ignorait si le conseil était bon ou non, mais savait en revanche que lorsqu'on tient un bar, il vaut mieux laisser ses problèmes de conscience à l'entrée si l'on veut en vivre.

Hanscom contempla la monstrueuse boisson pendant un moment, pensif, et demanda : « Qu'est-ce que je vous dois pour un pot comme ça, Ricky Lee ? »

L'homme secoua lentement la tête, les yeux toujours fixés sur la chope pleine de whisky, peu désireux de croiser le regard vide de Ben. « Rien, répondit-il. C'est offert par la maison. »

Hanscom sourit de nouveau, plus naturellement cette fois. « Eh bien, je vous remercie, Ricky Lee. Je vais maintenant vous montrer quelque chose que j'ai appris au Pérou, en 1978. Je travaillais comme assistant de Frank Billings, qui était à mon avis le meilleur architecte du monde. Il a attrapé la fièvre et il en est mort, en dépit de tous les antibiotiques que lui ont balancés les médecins. Ce sont les Indiens qui travaillaient sur le projet qui m'ont fait connaître ce truc. Ils boivent un tord-boyau qui est plutôt raide, là-bas. Vous en prenez une gorgée, et vous avez l'impression que ça passe tout seul ; puis tout d'un coup, c'est comme si quelqu'un venait d'allumer un chalumeau dans votre gorge. Mais les Indiens boivent ça comme du Coca-Cola ; pourtant je les ai rarement vus ivres, et ils ignorent ce que c'est que le mal à la tête. J'ai jamais été assez gonflé pour essayer moi-même. Alors, c'est cette nuit ou jamais. Apportez-moi donc ces quarts de citron, là-bas.

Ricky Lee les prit, et les disposa sur un napperon propre à côté de la chope de whisky. Hanscom en saisit un, pencha la tête en arrière comme s'il allait s'administrer des gouttes dans les yeux, et commença à presser le citron dans sa narine droite.

« Doux Jésus ! » s'exclama Ricky Lee, horrifié.

Hanscom déglutit. Son visage s'empourpra. Des larmes se mirent à couler sur ses joues plates en direction de ses oreilles. Sur le juke-box, les Spinners chantaient maintenant : « Oh, Seigneur, je ne sais pas si je vais pouvoir supporter cela... »

À tâtons, Hanscom prit un autre morceau de citron sur le bar, et le pressa dans sa narine gauche.

« Nom de Dieu, vous allez vous faire sauter la caisse ! » murmura le barman.

Hanscom rejeta sur le bar les morceaux de citron pressé. Il avait les yeux injectés de sang, et respirait à petites bouffées, grimaçant. Du jus de citron limpide dégoulinait de ses deux narines jusqu'aux commissures de ses lèvres. Toujours à tâtons, il s'empara de la chope de whisky, la souleva, et en but le tiers. Ricky Lee regardait, pétrifié, sa pomme d'Adam monter et descendre.

L'architecte reposa la chope, eut deux frissons et hocha la tête. Il adressa un sourire à Ricky Lee. Il n'avait plus les yeux rouges.

« Ça marche à peu près comme ils le disaient. On a tellement mal au nez qu'on ne sent absolument pas ce qui vous descend dans la gorge.

— Vous êtes cinglé, Mr. Hanscom.

— Un peu, mon neveu. Vous vous en souvenez, de celle-là ? On le disait quand on était gamin. Un peu, mon neveu. Je ne vous ai jamais raconté que j'étais gros, autrefois ?

— Non, monsieur. Jamais », fit Ricky Lee dans un souffle. Il était maintenant convaincu que Ben Hanscom venait d'apprendre des nouvelles tellement épouvantables qu'il était devenu réellement cinglé... ou qu'il avait au moins perdu temporairement son bon sens.

« J'étais le gros lard classique. J'ai jamais joué au base-ball ou au basket ; ni au gendarme et aux voleurs, j'étais toujours pris le premier. Pas capable de m'en sortir. Gras comme un cochon. Et il y avait ces types de mon patelin qui me coursaient régulièrement. Un mec du nom de Reginald Huggins, que tout le monde appelait le Roteur. Un autre du nom de Victor Criss, plus quelques autres. Mais le véritable cerveau de la bande, c'était Henry Bowers. S'il y a jamais eu un gosse démoniaque sur cette foutue planète, Ricky Lee, c'était bien lui. Je n'étais pas le seul qu'il poursuivait ; mon problème était que je ne pouvais pas courir aussi vite que les autres. »

Hanscom déboutonna sa chemise et l'ouvrit. En se penchant, Ricky Lee vit une curieuse cicatrice à la hauteur de l'estomac, juste au-dessus du nombril. Boursouflée, blanche et ancienne. Une lettre, se rendit-il compte. Quelqu'un avait tracé un H sur le ventre de Mr. Hanscom, probablement bien longtemps avant qu'il n'atteigne l'âge adulte.

« Ça, c'est la signature de Henry Bowers. Elle date de mille ans. Et j'ai de la chance de ne pas avoir tout le reste de son nom dans la région.

— Mr. Hanscom... »

L'architecte prit les deux autres quarts de citron, un dans chaque main, et inclina la tête en arrière. Comme s'il se mettait des gouttes dans le nez. Il frissonna violemment, posa les restes de fruit, et but deux énormes rasades. Il frissonna une fois de plus, prit une troisième rasade, puis, à tâtons, les yeux fermés, attrapa le rebord rembourré du bar, comme un marin s'accroche à la rambarde par gros temps. Finalement il rouvrit les yeux et sourit à Ricky Lee.

« Je pourrais tenir le coup comme ça toute la nuit, dit-il.

— J'aimerais autant que vous en restiez là, Mr. Hanscom », répondit le barman, nerveux.

Annie arriva avec son plateau et demanda deux bières. Ricky Lee les tira et les lui passa. Il se sentait les jambes en coton.

« Est-ce que Mr. Hanscom va bien, Ricky Lee ? » demanda-t-elle, regardant par-dessus son épaule. Le barman se tourna pour suivre son regard. Ben Hanscom était penché par-dessus le bar, et pêchait des morceaux de citron dans le récipient où Ricky Lee disposait les garnitures de cocktail.

« Je ne sais pas, répondit-il. On ne dirait pas.

— Eh bien, sors les mains de tes poches et fais quelque chose, répliqua la serveuse qui, comme la plupart des femmes, avait un parti pris favorable envers Hanscom.

— Je sais pas. Mon paternel disait toujours que quand un type a tout son bon sens...

— Ton père n'avait pas autant de cervelle qu'un lapin, alors laisse tomber l'ancêtre. Arrête ça, ou il va se tuer. »

Ainsi muni de directives précises, Ricky Lee retourna à l'endroit où se tenait l'architecte. « Mr. Hanscom ? Je pense que vous de... »

Ben Hanscom se redressa. Éternua. Et renifla le jus de citron qui coulait de son nez, comme s'il s'agissait de cocaïne. Puis il ingurgita une rasade de whisky, comme si c'était de l'eau. L'air solennel, il regarda Ricky Lee. « Bing-bang, j'ai vu tout le gang, qui dansait sur mon tapis de Padang ! » dit-il, ce qui le fit rire. Il restait peut-être cinq centimètres de whisky au fond de la chope.

« Ça suffit », dit Ricky Lee en tendant la main vers le verre.

Hanscom le repoussa doucement. « Les dégâts sont déjà faits, Ricky Lee, dit-il, les dégâts sont déjà faits, mon garçon.

— Je vous en prie, Mr. Hanscom...

— J'ai quelque chose pour vos gosses, Ricky Lee. Bon Dieu, j'ai failli oublier ! »

Il porta une main à la poche de sa veste en jean délavé. On entendit un bruit étouffé de métal.

« Mon père est mort quand j'avais quatre ans, reprit-il (son élocution n'était nullement altérée), en nous laissant un joli paquet de dettes, et ça. Je veux qu'ils aillent à vos enfants, Ricky Lee. » Il posa trois dollars d'argent « au chariot » sur le bar, qui brillèrent délicatement dans la lumière tamisée. Ricky Lee retint sa respiration.

« C'est très gentil, Mr. Hanscom, mais je ne peux...

— J'en avais quatre dans le temps, mais j'en ai donné un à Bill le Bègue et aux autres. Bill Denbrough, c'était son véritable nom. Mais on l'appelait Bill le Bègue. Comme on avait l'habitude de dire : un peu, mon neveu. C'est l'un des meilleurs amis que j'aie jamais eus. J'en avais quelques-uns, voyez-vous ; même un gros lard comme j'étais en avait. Bill le Bègue est écrivain, maintenant. »

À peine Ricky Lee l'écoutait-il. Il contemplait les dollars « au chariot », fasciné. 1921, 1923 et 1924. Dieu sait ce qu'ils valaient actuellement, ne serait-ce qu'au poids du métal.

« Je ne peux pas, répéta-t-il.

— Je me permets d'insister. » Ben Hanscom étreignit l'anse de la chope, qu'il vida d'un trait. Il aurait dû se trouver complètement ramollo, mais ses yeux ne quittaient pas ceux de Ricky Lee. C'étaient des yeux légèrement larmoyants et injectés de sang, mais le barman aurait juré sur une pile de bibles que c'étaient aussi ceux d'un homme tout à fait lucide.

« Vous me fichez la frousse, Mr. Hanscom », dit Ricky Lee. Deux années auparavant, un poivrot invétéré, du nom de Gresham Arnold, s'était présenté à la Roue rouge avec un rouleau de pièces de vingt-cinq cents à la main et un billet de vingt dollars fiché dans le ruban de son chapeau. Il avait tendu les pièces à Annie, avec mission d'alimenter le juke-box en permanence. Puis il avait posé le billet sur le bar, et demandé à Ricky Lee de payer une tournée générale. Ce Gresham Arnold avait eu son heure de gloire comme joueur de basket pour les Hemingford Rams, leur permettant d'emporter pour la première fois (et vraisemblablement la dernière) le championnat scolaire senior. C'était en 1961. Un avenir brillant souriait au jeune homme. Mais il s'était fait étendre lors des contrôles du premier semestre suivant, victime de l'alcool, de la drogue et des soirées qui se prolongeaient tard. Il revint chez lui, bousilla la décapotable jaune que ses parents lui avaient offerte pour ses succès passés, et prit un poste de responsable des ventes dans l'entreprise de son père, agent de John Deere — matériel agricole. Cinq ans passèrent. Son père se sentait incapable de le mettre à la porte ; il revendit donc son fonds pour prendre sa retraite en Arizona, chagrin, vieilli avant l'âge par ce qui semblait être l'irréversible et inexplicable dégringolade de son rejeton.

Tant que l'entreprise avait appartenu à son père, Arnold avait au moins fait semblant de travailler, s'efforçant de ne pas succomber à la boisson ; mais après, il en était devenu l'esclave. Il pouvait être mauvais, mais il s'était montré doux comme un agneau le soir où il était arrivé avec son rouleau de pièces et où il avait payé le coup à tout le monde. Chacun l'avait remercié, et Annie avait pris soin de faire passer des disques de Moe Bandy, car Arnold Gresham aimait Moe Bandy. Il était resté au bar — perché sur ce même tabouret qu'occupait en ce moment Ben Hanscom, se rendit compte Ricky Lee avec une inquiétude grandissante — et avait bu trois ou quatre bourbons, chantonnant avec le juke-box, sans faire d'ennuis. Puis il était rentré chez lui à la fermeture de la Roue rouge et s'était pendu à l'aide de sa ceinture dans une pièce du haut. Cette nuit-là, les yeux de Gresham Arnold avaient eu une expression assez voisine de ceux de Ben Hanscom aujourd'hui.

« Je vous fiche la frousse, moi ? » demanda Hanscom, toujours sans quitter Ricky Lee des yeux. Il repoussa la chope et croisa les mains d'un geste ferme, devant les trois dollars d'argent. « Ce doit être vrai, reprit-il. Mais vous n'avez sûrement pas autant la frousse que moi, Ricky Lee. Et priez le Seigneur de ne jamais connaître ça.

— Mais... qu'est-ce qui se passe ? demanda le barman en passant la langue sur ses lèvres. Peut-être... peut-être pourrais-je vous aider ?

— Ce qui se passe ? (Ben Hanscom eut un petit rire.) Rien d'extraordinaire. J'ai reçu un coup de fil d'un vieil ami, ce soir. Un type du nom de Mike Hanlon. Je l'avais complètement oublié, mais ce n'est pas ça qui m'a fichu la frousse. Après tout, nous n'étions que des gosses, à l'époque, et les gosses oublient, non ? Un peu, mon neveu, qu'ils oublient. Ce qui m'a fichu la frousse, c'est d'être arrivé à mi-chemin jusqu'ici et de me rendre compte que ce n'était pas seulement Mike que j'avais oublié, mais tout ce qui concernait mon enfance, absolument tout. »

Ricky le regardait sans rien dire. Il n'avait pas la moindre idée de ce que ce discours signifiait, mais l'homme avait peur, c'était visible. Très peur. Assez bizarre de la part d'un personnage comme Ben Hanscom, mais ce n'était pas du chiqué.

« Je dis bien absolument tout, insista-t-il en frappant le bar de ses doigts repliés. Avez-vous jamais entendu parler, Ricky Lee, de quelqu'un victime d'amnésie au point de ne même pas se rendre compte qu'il est amnésique ? »

Ricky Lee secoua la tête.

« Moi non plus. Et voilà que je me suis retrouvé dans la Cadillac, ce soir, et que ça m'est tombé dessus d'un seul coup. Je me souvenais de Mike Hanlon, mais seulement parce qu'il venait de me téléphoner. Je me souvenais de Derry, mais uniquement parce que c'était de là qu'il appelait.

— Derry ?

— Mais c'était tout. J'ai été frappé par le fait de ne pas avoir une seule fois pensé à mon enfance depuis... depuis je ne sais pas quand. Et alors, juste comme ça, la marée des souvenirs a commencé à m'envahir. Comme par exemple ce que nous avions fait du quatrième dollar.

— Et qu'en avez-vous fait, Mr. Hanscom ? »

L'architecte regarda sa montre et se laissa soudain redescendre de son tabouret. Il chancela légèrement, très légèrement ; ce fut tout. « Je ne peux pas laisser filer le temps comme cela. Je prends l'avion, cette nuit. »

Ricky Lee retrouva instantanément son air inquiet, et Ben Hanscom se mit à rire.

« Je prends l'avion mais je ne le pilote pas. Pas cette fois. United Airlines, Ricky Lee.

— Ah bon. (Il se dit que son soulagement devait se voir, mais il s'en moquait.) Et où allez-vous ? »

Hanscom n'avait pas encore refermé sa chemise. Pensif, il contemplait les bourrelets blancs de la cicatrice sur son ventre. Puis il ferma les boutons.

« Je croyais vous l'avoir dit. Au pays. Je vais chez moi. Donnez ces dollars à vos gosses, Ricky Lee. » Il se dirigea vers la porte, et à la manière dont il se déplaçait et même dont il remontait son pantalon, il terrifia le barman. La ressemblance avec le défunt et fort peu regretté Gresham Arnold était soudain si criante qu'il avait presque l'impression de voir un fantôme.

« Mr. Hanscom ! » ne put-il s'empêcher de s'écrier.

Ben Hanscom se retourna, et Ricky Lee fit un pas involontaire en arrière. Il heurta des fesses les rayons à l'arrière du bar, et verres et bouteilles tintinnabulèrent un bref instant. Il avait reculé, pris de la conviction soudaine que l'architecte était mort. Oui, Ben Hanscom gisait mort quelque part, dans un fossé, dans un grenier, voire dans un placard avec un nœud coulant autour du cou, l'extrémité de ses bottes de cow-boy à quatre cents dollars se balançant à trois ou six centimètres du plancher ; et cette silhouette qui se tenait auprès du juke-box et qui le regardait n'était qu'un fantôme. Pendant un moment — un court moment, mais il fut assez long pour envelopper son cœur battant d'une couche de glace —, il eut l'impression qu'il voyait chaises et tables à travers l'homme.

« Qu'y a-t-il, Ricky Lee ?

— Euh, ri-rien, Mr. Hanscom. »

Ben Hanscom fixait le barman avec des yeux posés sur deux croissants violet foncé. L'alcool avait incendié ses joues. Son nez paraissait rouge et tuméfié.

« Rien », murmura de nouveau Ricky Lee, sans arriver à détacher le regard de ce visage, le visage d'un homme mort en plein péché capital et qui se tient à l'entrée des portes fumantes de l'enfer.

« J'étais gros et nous étions pauvres, dit Ben Hanscom. Ça me revient, maintenant. Je me souviens aussi de cette fille, Beverly, ou de Bill le Bègue qui m'a sauvé la vie avec le dollar d'argent. J'ai peur à en être fou de tout ce que je risque de me rappeler avant la fin de la nuit, mais peu importe à quel point je crève de frousse, car les souvenirs vont remonter. Tout est là, comme une grosse bulle qui ne cesse de croître dans ma tête. Mais je vais y aller, parce que tout ce que j'ai jamais eu et tout ce que j'ai maintenant, c'est d'une manière ou d'une autre à ce que nous avons fait alors que je le dois ; et dans ce monde, on paie toujours pour ce qui nous est donné. Peut-être est-ce pour ça que nous commençons par être des gosses. Dieu nous a fait près du sol, car il sait que nous sommes destinés à tomber souvent et à saigner beaucoup avant qu'on se soit rentré cette simple leçon dans la tête. On paie pour ce que l'on obtient, on possède ce pour quoi on a payé... et tôt ou tard, ce que l'on possède nous revient en pleine gueule.

— On vous revoit le week-end prochain, n'est-ce pas ? » demanda Ricky Lee, les lèvres sèches. Dans son malaise grandissant, c'est la seule chose à laquelle il était arrivé à se raccrocher. « On vous reverra comme d'habitude, n'est-ce pas ?

— Je ne sais pas, dit Ben Hanscom avec un sourire terrifiant. Je vais beaucoup plus loin que Londres cette fois-ci, Ricky Lee.

— Mr. Hanscom !

— Donnez les dollars à vos gosses », répéta-t-il. La porte se referma sur lui.

« Mais nom de Dieu, qu'est-ce que... ? » demanda Annie. Ricky Lee l'ignora et, poussant le battant qui fermait le bar, courut jusqu'à l'une des fenêtres qui donnaient sur le parking. Il vit s'allumer les phares de la Cadillac et entendit le moteur ronronner. Le véhicule quitta le parking en soulevant un nuage de poussière. Puis les feux de position arrière se réduisirent à deux points rouges sur la nationale 63, et le vent nocturne du Nebraska dissipa la poussière.

« Il s'est envoyé les trois quarts d'une bouteille de gnole et tu le laisses partir dans cette énorme bagnole ! s'exclama Annie. Ce ne sont pas des façons, Ricky Lee.

— Ne t'en fais pas.

— Il va se tuer ! »

Et alors que c'était précisément ce que s'était dit Ricky Lee moins de cinq minutes auparavant, il se tourna vers elle quand les feux de position furent hors de vue, et secoua la tête. « Je ne crois pas. Et pourtant, à voir comme il était cette nuit, ce serait peut-être mieux pour lui.

— Mais qu'est-ce qu'il t'a dit ? »

De nouveau, il secoua la tête. Tout se mêlait dans son esprit, et il en résultait une impression d'absurdité. « Ça n'a pas d'importance. Mais quelque chose me dit que nous ne le reverrons jamais. »

4
Eddie Kaspbrak prend ses médicaments

Si l'on veut savoir tout ce qu'il y a à savoir sur un Américain ou une Américaine de la classe moyenne alors que s'approche la fin du millénaire, il suffit de jeter un coup d'œil dans son armoire à pharmacie — c'est du moins ce que certains prétendent. Mais, doux Jésus, explorer celle d'Eddie Kaspbrak tandis qu'il l'ouvre et renvoie de côté le reflet de son visage blanc aux yeux agrandis et fixes, c'est une autre paire de manches.

Sur l'étagère du haut, on trouve de l'Anacin, de l'Excedrin, de l'Excedrin PM, du Contac, du Gelusil, du Tylenol et une grosse bouteille bleue pleine de Vicks, qui ressemble à un crépuscule mélancolique mis sous verre. On trouve aussi une fiole de Vivarin, une autre de Serutan (« Natures écrit à l'envers », avait remarqué Lawrence Welk alors qu'Eddie n'était encore qu'un adolescent), et deux de lait de magnésie Phillips (l'ordinaire, qui a un goût de craie liquide, et le nouveau, parfumé à la menthe, qui a un goût de craie liquide parfumée à la menthe). Sans oublier un flacon de Rolaids familièrement appuyé à une grosse bouteille de Tums, qui voisine elle-même avec des tablettes de Di-Gel.

Deuxième étagère, visez un peu les vitamines : les E, les C, les C effervescentes ; les B (simples), les B (complexes) et les B-12. Et puis il y a la L-Lysine, qui est censée mettre un terme à vos problèmes de peau, et la lécithine, censée en mettre un à celui tout aussi gênant de l'accumulation de cholestérol autour de la grande pompe. Sans oublier le fer, le calcium et l'huile de foie de morue, ni, bien entendu, les pilules à effets multiples à prendre quotidiennement. Et pour faire bonne mesure, trônant en haut de l'armoire à pharmacie, une bouteille imposante de Geritol.

Jetons un coup d'œil à la troisième étagère, où sont disposées les troupes d'assaut de la médecine moderne. Ex-Lax. Les petites pilules Carter. Ces deux-là permettent à Eddie de faire passer le courrier. À côté, cependant, s'alignent le Kaopectate, le Pepto-Bismol et la préparation H, au cas où ledit courrier s'emballerait, ainsi que quelques Tucks sous couvercle à vis, simplement pour mettre de l'ordre une fois le courrier passé, que celui-ci soit réduit à une simple circulaire publicitaire ou à un bon vieux paquet par porteur spécial. Puis viennent la formule 44 pour la toux, le Nyquil et le Dristan pour les refroidissements, une grosse bouteille d'huile de castor, une boîte de Sucrets au cas où Eddie aurait mal à la gorge, et un quatuor d'antiseptiques buccaux : du Chloraseptic, du Cepacol, du Cepestat en aérosol et, bien sûr, la bonne vieille Listerine, souvent imitée mais jamais égalée. De la Visine et de la Murine pour les yeux. Du Cortaid et un onguent, la Neosporin, pour la peau (la deuxième solution au cas où la L-Lysine décevrait), un tube d'Oxy-5 et une bouteille en plastique d'Oxy-Wash — ah, et quelques pilules de tétracycline.

Et, massés dans un coin comme des conspirateurs amers, se tiennent trois flacons de shampooing au goudron.

Quant à la dernière étagère, elle est presque déserte, sinon que l'on passe maintenant au rayon des affaires vraiment sérieuses ; de quoi planer très haut ou s'écraser violemment : Valium, Percodan, Elavil, Darvon complex. On découvre aussi une autre boîte de Sucrets sur cette étagère, mais ce ne sont pas des pastilles pour la gorge qui s'y trouvent. Six Quaaludes les ont remplacées.

Eddie Kaspbrak croyait fermement à la devise scout.

Il entra dans la salle de bains avec un sac fourre-tout. Il le posa sur le lavabo, ouvrit la fermeture à glissière d'une main tremblante et commença à y déverser bouteilles, fioles, flacons et tubes. En d'autres circonstances, il les aurait pris délicatement, un par un, mais l'heure n'était plus à ces précautions. Comme Eddie le voyait, le choix était simple, aussi simple que brutal : ne pas arrêter de bouger, ou rester à ne rien faire assez longtemps pour avoir le temps de penser à tout ce que cela signifiait et en mourir de peur.

« Eddie ? appela Myra du bas de l'escalier. Qu'est-ce que tu fabriques ? »

Eddie laissa tomber l'innocente boîte aux Quaaludes dans le sac. L'armoire à pharmacie était maintenant entièrement vide, à l'exception du Midol de Myra et d'un petit tube de Blistex presque vide. Il commença à remonter la glissière, hésita, puis ajouta le Midol. Elle pourrait toujours en acheter d'autre.

« Eddie ? » depuis le milieu de l'escalier, maintenant.

Eddie finit de remonter la glissière et quitta la salle de bains en balançant le sac. C'était un homme de petite taille, avec une tête timide de lapin. Il avait perdu presque tous ses cheveux, et ceux qui restaient poussaient en touffes apathiques. Le poids du sac le faisait sensiblement pencher du côté droit.

Une femme aux proportions tout à fait considérables grimpait laborieusement jusqu'au premier, et on entendait les craquements de protestation des marches.

« Mais enfin, qu'est-ce que tu FABRI-I-I-QUES ? »

Eddie n'avait pas besoin d'un psy pour comprendre qu'en un certain sens, il avait épousé sa mère. Myra Kaspbrak était énorme. Elle était simplement grosse lorsqu'elle avait épousé Eddie, cinq ans auparavant, mais il avait parfois l'impression d'avoir inconsciemment soupçonné son potentiel d'obésité ; et Dieu sait que sa mère était quelque chose, dans le genre. En atteignant le palier du premier, Myra paraissait plus monstrueuse que jamais. Elle portait une chemise de nuit gonflée d'une houle de grand large à la hauteur des seins et des hanches. Démaquillé, son visage brillait, très blanc. Elle avait l'air terriblement effrayée.

« Je dois partir pour quelque temps, répondit Eddie.

— Qu'est-ce que ça veut dire, ça, " partir pour quelque temps " ? Et ce coup de fil, qu'est-ce que c'était ?

— Rien. » Il fonça brusquement dans le couloir, en direction de la penderie. Il posa le fourre-tout, ouvrit les portes coulissantes, et repoussa dans un coin la demi-douzaine de costumes noirs accrochés là, et qui détonnaient sur les autres vêtements, plus colorés, avec lesquels ils voisinaient. Il portait toujours l'un de ces costumes noirs quand il travaillait. Il se pencha dans l'odeur de la laine et de la naphtaline, et tira l'une des valises rangées au fond. Il l'ouvrit et commença à la remplir de vêtements.

L'ombre de Myra s'interposa.

« Qu'est-ce que c'est que cette histoire, Eddie. Où vas-tu ? Dis-le-moi !

— Je ne peux pas. »

Elle se tenait là, le regardant, s'efforçant de déterminer ce qu'elle allait dire ou faire. L'idée de simplement le repousser dans le placard et de s'y adosser jusqu'à ce que sa crise de folie soit passée lui traversa l'esprit, mais elle fut incapable de s'y résoudre. La solution n'avait pourtant rien d'irréalisable : elle avait huit centimètres et quarante kilos de plus que lui. En réalité, elle ne savait que dire ou que faire, car ce comportement ne lui ressemblait pas du tout. Elle n'aurait pas été davantage désorientée et effrayée, si elle avait trouvé leur nouveau poste de télévision flottant dans les airs en entrant dans le salon.

« Tu ne peux pas partir, finit-elle par remarquer. Tu m'as promis un autographe d'Al Pacino. » C'était ridicule comme argument, mais au stade où elle en était, mieux valait une absurdité que rien.

« Tu l'auras tout de même, répondit Eddie. C'est toi qui le conduiras. »

Oh, une raison de plus de mourir de peur s'ajoutait à toutes celles qui tourbillonnaient déjà dans sa pauvre tête. Elle poussa un petit cri. « Je ne peux pas... je n'arriverais jamais...

— Il le faudra bien. (Il examinait ses chaussures.) Il n'y a personne d'autre.

— Je n'ai plus un seul uniforme à ma taille ! Ils me compriment tous la poitrine !

— Demande à Dolores de t'en préparer un », répliqua-t-il, implacable. Il rejeta deux paires de chaussures noires, trouva un carton vide et y plaça une troisième paire. De bonnes chaussures noires, pouvant tenir un bon bout de temps, à peine un peu trop fatiguées pour être portées au travail. Quand on pilotait de riches citoyens dans New York pour gagner son pain, des citoyens souvent riches et célèbres, il fallait que tout soit impeccable... Mais là où il se rendait, il se disait qu'elles suffiraient largement. Quoi que ce soit qu'il y ait à y faire. Peut-être que Richie Tozier lui...

Mais les ténèbres menacèrent, et il sentit sa gorge se nouer. Pris d'un véritable sentiment de panique, Eddie se rendit compte qu'il avait déménagé toute l'armoire à pharmacie à l'exception de la chose la plus importante, son inhalateur, qui se trouvait au rez-de-chaussée, sur le meuble hi-fi.

Il rabattit brutalement le couvercle de la valise et la ferma. Il leva les yeux sur Myra, qui se tenait debout dans le couloir, les mains pressées autour de la colonne de graisse qu'était son cou, comme si c'était elle qui souffrait d'asthme. Elle le regardait fixement, une expression d'incompréhension et de terreur sur le visage, et il se serait volontiers senti désolé pour elle si son propre cœur n'avait pas déjà débordé de terreur.

« Qu'est-ce qui s'est passé, Eddie ? Qui c'était, au téléphone ? Tu as des ennuis, n'est-ce pas ? Dis, tu as des ennuis ? Mais quel genre d'ennuis ? »

Il se dirigea vers elle, le fourre-tout d'une main, la valise de l'autre, à peu près droit maintenant que les bagages s'équilibraient. Elle se déplaça de manière à lui barrer l'accès à l'escalier, et il crut tout d'abord qu'elle n'allait pas le laisser passer. Puis, comme son visage était sur le point de s'enfoncer dans le barrage en édredon de sa poitrine, elle s'écarta... craintivement. Il passa sans s'arrêter et elle éclata en sanglots pitoyables.

« *J' suis pas capable de conduire Al Pacino !* brailla-t-elle. *Je vais rentrer dans un poteau, il va m'arriver quelque chose, j'en suis sûre ! Eddie, j'ai peur !* »

Il jeta un coup d'œil à la pendule de la tablette, à côté de l'escalier. Neuf heures vingt. L'employé à la voix machinale de Delta lui avait dit qu'il avait déjà manqué le dernier vol pour le Maine, celui qui quittait La Guardia à huit heures vingt-cinq. Il avait alors appelé l'Amtrak et appris qu'un train partait pour Boston à onze heures trente, de Penn Station. Il descendrait à South Station, où il prendrait un taxi jusqu'au garage de Cape Cod Limousine, sur Arlington Street. Depuis de nombreuses années, cette société travaillait en liaison avec Royal Crest, celle d'Eddie, sur une base d'arrangements réciproques. Un simple coup de fil à Butch Carrington, à Boston, avait réglé la question de son déplacement vers le nord. Une Cadillac avec le plein l'attendrait, lui avait promis Butch. Au moins arriverait-il avec classe et sans un emmerdeur de client assis à l'arrière, empuantissant l'air de quelque gros cigare, et lui demandant où il pourrait se lever une poulette ou se procurer une ligne de coke, quand ce n'était pas les deux.

Une arrivée stylée, très bien, pensa-t-il. *La seule manière d'en faire une encore plus classe serait le corbillard. Mais ne t'en fais pas, Eddie, c'est sans doute comme ça que tu reviendras. Du moins, si tu es encore assez entier pour que ça vaille la peine.*

« *Eddie ?* »

Neuf heures vingt. Largement le temps de lui parler, largement le temps d'être gentil. Ah, si seulement c'était tombé sur sa soirée de bridge... s'il avait pu s'esquiver en douce, laissant un mot sous les plots magnétiques du frigo (la porte du réfrigérateur était l'endroit où il laissait tous les messages destinés à Myra, parce que là, elle ne les ratait jamais). S'échapper ainsi, comme un fugitif, n'aurait rien eu de glorieux, mais c'était encore pire comme ça. Aussi dur que lorsqu'il avait dû quitter la maison — il s'y était pris à trois reprises.

Chez soi, c'est l'endroit où se trouve son cœur, pensa-t-il. *Je le crois. Le vieux Bobby Frost dit que chez soi, c'est l'endroit où l'on ne peut pas ne pas vous accueillir. C'est aussi malheureusement l'endroit où, une fois que vous y êtes, on ne veut plus vous laisser repartir.*

Il se tenait en haut de l'escalier, son mouvement vers l'avant temporairement arrêté, plein d'angoisse, la respiration sifflante dans sa gorge réduite à un trou d'épingle, et regardait sa femme en larmes.

« Viens en bas avec moi et je te dirai ce que je peux », fit-il.

Eddie alla poser les deux bagages près de la porte de l'entrée. Il se souvint alors de quelque chose... ou plutôt le fantôme de sa mère, morte depuis bien des années mais qui lui parlait fréquemment dans sa tête, se souvint pour lui.

Tu sais que quand tu as les pieds mouillés, tu attrapes toujours froid, Eddie. Tu n'es pas comme les autres, tu as un organisme très fragile, il faut que tu fasses attention. C'est pourquoi tu dois toujours porter tes caoutchoucs quand il pleut.

Il pleuvait beaucoup à Derry.

Eddie ouvrit le placard de l'entrée, prit ses caoutchoucs, soigneusement rangés dans une poche en plastique, et les glissa dans sa valise.

Ça c'est un bon garçon.

Ils étaient tous les deux en train de regarder la télé quand les emmerdements avaient commencé. Eddie retourna dans la pièce de télé et pressa le bouton qui faisait descendre l'écran de MuralVision — un écran tellement vaste que Freeman McNeil, les dimanches après-midi, avait l'air de sortir tout droit des *Voyages de Gulliver*. Par téléphone, il appela un taxi. Le standardiste lui dit qu'il fallait compter quinze minutes. Eddie répondit que c'était parfait.

Il raccrocha et prit son inhalateur, posé sur le meuble de leur coûteuse chaîne hi-fi Sony à lecteur de compacts. *J'ai dépensé quinze cents billets pour un système haut de gamme afin que Myra ne puisse manquer une seule note des roucoulades de Barry Manilow*, pensa-t-il avec un soudain accès de culpabilité qui le fit rougir. Mais ce n'était pas juste, il le savait fort bien. Myra aurait été tout aussi contente de garder son vieux tourne-disque, tout comme elle aurait été ravie de rester dans leur petite maison de quatre pièces des Queens jusqu'à ce qu'ils fussent tous les deux vieux et grisonnants (à la vérité, il y avait déjà un peu de neige sur la tête d'Eddie Kaspbrak). Il avait acheté la luxueuse chaîne pour la même raison que celle qui l'avait poussé à acheter la grande maison en pierre de taille de Long Island, où ils tournaient souvent tous les deux en rond comme deux petits pois dans une boîte : parce qu'il en avait les moyens, et parce que c'était la seule façon qu'il connaissait d'apaiser la voix de sa mère. Douce, effrayée, souvent confuse, toujours implacable. C'était une manière de lui dire : *J'y suis arrivé, M'man ! Regarde tout ça ! J'y suis arrivé ! Et maintenant, pour l'amour du ciel, vas-tu enfin la fermer ?*

Eddie enfonça l'inhalateur dans sa bouche et, comme quelqu'un qui simulerait un suicide, il appuya sur la détente. Un nuage ignoblement parfumé à la réglisse déploya ses volutes jusqu'au fond de sa gorge, et Eddie inspira profondément. Il sentait s'ouvrir à nouveau tous les conduits par où l'air passait ; l'étau qui écrasait sa poitrine se desserra, et il entendit soudain, dans sa tête, des voix de spectres.

N'avez-vous pas reçu mon message ?

Je l'ai eu, Mrs. Kaspbrak, mais...

Eh bien, au cas où vous ne sauriez pas lire, permettez-moi de vous rappeler ce qu'il contenait. Êtes-vous prêt ?

Mais, Mrs. Kaspbrak...

Bien. Vous avez ouvert bien grandes vos oreilles ? Bon. Mon petit Eddie ne doit pas faire d'éducation physique. Je répète. IL NE DOIT PAS *faire d'éducation physique. Eddie est très délicat, et s'il court, ou s'il saute...*

Mrs. Kaspbrak ! J'ai dans mon bureau les derniers résultats des examens d'Eddie — c'est obligatoire. Eddie est un peu petit pour son âge, mais absolument normal en dehors de cela. J'ai simplement appelé votre médecin de famille pour qu'il me confirme que...

Êtes-vous en train de me traiter de menteuse, Monsieur le professeur d'éducation physique ? Il est ici, regardez-le ! N'entendez-vous pas la manière dont il respire. N'ENTENDEZ-VOUS PAS *?*

Maman... s'il te plaît... je vais très bien...

Eddie, ne fais pas l'idiot. Je t'ai mieux élevé que ça. N'interromps pas un adulte quand il parle.

Je l'entends très bien, Mrs. Kaspbrak, mais...

Vous l'entendez ? Bon ! Je vous ai cru sourd, un instant. Il fait autant de bruit qu'un camion qui monte une côte en première, non ? Et si ça ce n'est pas de l'asthme...

Maman, je fe...

Tais-toi, Eddie, ne me coupe pas encore la parole. Si ce n'est pas de l'asthme, alors je suis la reine Elizabeth !

Eddie a souvent l'air de beaucoup s'amuser aux cours d'éducation physique, Mrs. Kaspbrak. Il adore participer à des jeux, et il court très vite. Au cours de notre conversation, avec le Dr Baynes, le mot « psychosomatique » est apparu. Je me demandais si vous n'aviez pas envisagé la possibilité que...

Que mon fils soit cinglé ? Est-ce ce que vous essayez de me dire ? VOUS ÊTES EN TRAIN DE ME DIRE QUE MON FILS EST CINGLÉ *????*

Non, mais...

Il est délicat.

Mrs. Kaspbrak...

Il est très délicat.

Mrs. Kaspbrak ! Le Dr Baynes m'a confirmé qu'il n'avait rien...

« Rien sur le plan physique », finit Eddie. Le souvenir de cet épisode humiliant (sa mère poursuivant le professeur d'éducation physique de ses vociférations, dans le gymnase de l'école élémentaire de Derry, tandis qu'il haletait et se faisait tout petit à ses côtés et que les autres enfants les observaient, rassemblés autour de l'un des paniers du terrain de basket) lui revenait pour la première fois depuis des années. Ce n'était pas le seul que le coup de fil de Mike Hanlon allait faire surgir, il ne l'ignorait pas. Il en sentait toute une ribambelle d'autres, grouillant et se bousculant comme les clients d'un magasin coincés dans le goulot de l'entrée, un jour de soldes monstres. Mais bientôt le goulot serait franchi, et ils seraient en liberté, il le savait bien. Et qu'allaient-ils trouver à acheter ? Sa santé mentale ? Ça se pouvait bien. À moitié prix. Endommagée par l'eau et la fumée. Tout Doit Partir.

« Rien sur le plan physique », répéta-t-il, prenant une profonde inspiration qui le fit frissonner, tandis qu'il glissait l'inhalateur dans sa poche.

« Eddie, pleurnicha Myra, dis-moi ce qui se passe ! »

Des traces de larmes brillaient sur ses joues rebondies. Elle ne cessait de se tordre anxieusement les mains ; on aurait dit deux petits animaux roses et glabres en train de jouer. Une fois, peu de temps après l'avoir officiellement demandée en mariage, il avait pris une photo de Myra, et placé le cliché à côté d'une photo de sa mère, morte d'une crise cardiaque à soixante-quatre ans. À l'époque de son décès, elle accusait plus de cent quatre-vingts kilos sur la balance — cent quatre-vingt-trois, exactement. Elle était devenue quelque chose de quasiment monstrueux, un corps qui semblait n'être fait que de bosses et de renflements géologiques, le tout surmonté d'un visage empâté jusqu'aux yeux, exprimant un effroi perpétuel. La photo qu'il avait placée auprès de celle de Myra datait cependant de 1944, et était de deux ans antérieure à sa naissance (*Tu as été un bébé extrêmement fragile, toujours malade. Plusieurs fois nous avons craint pour tes jours,* murmura le spectre maternel dans son oreille). En 1944, sa mère était relativement svelte : elle ne pesait que quatre-vingt-deux kilos.

Il avait procédé à cette comparaison, pensait-il, dans un ultime effort pour s'interdire de commettre un inceste psychologique. Il avait regardé sa mère, puis Myra, puis de nouveau sa mère. Elles auraient pu être sœurs tant elles se ressemblaient.

Et il s'était dit, en voyant les deux images presque identiques, que jamais il ne ferait une chose aussi insensée. Il savait que les gars, au boulot, lançaient déjà des plaisanteries sur Jack l'Anchois et sa morue, et encore, ils ne connaissaient que la moitié de l'histoire. Les plaisanteries et les allusions hypocrites, il pouvait les supporter ; mais tenait-il tant que cela à être le clown de ce cirque freudien ? Non. Certainement pas. Il allait rompre avec Myra. Il le ferait en douceur, parce qu'elle était vraiment très gentille et qu'elle avait encore moins d'expérience des hommes qu'il en avait des femmes. Alors, quand elle aurait disparu à l'horizon de son existence, il pourrait enfin prendre ces leçons de tennis dont il rêvait depuis si longtemps

(Eddie a souvent l'air de s'amuser beaucoup aux cours d'éducation physique)

sans parler du club de billard dont il pouvait être membre, à l'hôtel Plaza U.N.

(Eddie adore participer à des jeux)

ni du club de santé qui s'était ouvert sur la Troisième Avenue, juste en face de son garage...

(Eddie court très vite il court très vite quand vous n'êtes pas là quand il n'y a personne dans les parages pour lui rappeler à quel point il est fragile et je lis sur son visage Mrs. Kaspbrak qu'il sait déjà même à neuf ans que le plus beau cadeau qu'il pourrait se faire serait de courir vite dans n'importe quelle direction mais vous n'allez pas le laisser faire Mrs. Kaspbrak laissez-le donc COURIR *!)*

Mais il s'était tout de même résigné à épouser Myra. Les vieilles habitudes et les anciennes routines avaient fini par avoir le dessus. Chez soi, c'était l'endroit où, quand on devait y aller, on se faisait enchaîner. Oh, il aurait pu venir à bout du fantôme de sa mère. Une dure épreuve, certes, mais il aurait pu en sortir vainqueur si elle s'était posée en ces termes simples. C'était Myra elle-même qui avait fait pencher la balance du mauvais côté, celui de la dépendance. Myra l'avait accablé de tant de sollicitude, de soins, de douceur... Comme sa mère, Myra avait trouvé l'ultime point faible de sa personnalité : Eddie était d'autant plus délicat qu'il soupçonnait parfois de ne pas l'être du tout ; Eddie avait besoin d'être protégé de ses propres impulsions, de ses propres audaces.

Les jours de pluie, Myra sortait ses caoutchoucs de leur plastique et les posait près du portemanteau de l'entrée. À côté de ses tartines grillées au froment sans beurre, se trouvait tous les matins une assiette contenant ce qui aurait pu apparaître à première vue comme des céréales multicolores pour enfant, et qui était en fait un inventaire complet de vitamines (lequel se retrouvait maintenant dans son fourre-tout). Comme sa mère, Myra comprenait, et ça ne lui laissait aucune chance. Célibataire, il avait quitté sa mère à trois reprises, et à trois reprises, était revenu à la maison. Puis, quatre ans après que sa mère se fut effondrée raide morte dans l'entrée de leur appartement des Queens, bloquant si parfaitement la porte palière de la masse de son corps que les types du SAMU (appelés par les voisins d'en dessous, qu'avait alertés la monstrueuse et fatale dégringolade de Mrs. Kaspbrak mère) avaient dû fracturer la porte de la cuisine donnant sur l'escalier de service, il était retourné à la maison pour une quatrième et dernière fois. C'était du moins ce qu'il avait cru — *À la maison, à la maison avec Myra la Truie.* Car Myra était une truie, mais une truie toute douce ; il l'aimait, et jamais il n'avait eu la moindre chance d'y échapper. Elle l'avait attiré à elle de son œil hypnotique reptilien, celui de la compréhension.

De nouveau à la maison, pour l'éternité, avait-il alors pensé.

Mais peut-être étais-je dans l'erreur. Peut-être n'était-ce jamais la maison. Chez moi, qui sait si ce n'est pas là où je dois me rendre cette nuit ? La maison, c'est l'endroit où, quand on y arrive, on se trouve confronté à la chose dans le noir.

Il ne put retenir un frisson, comme s'il était sorti sans mettre ses caoutchoucs et avait attrapé un rhume carabiné.

« Eddie, je t'en supplie ! »

Elle s'était remise à pleurer. Les larmes étaient son ultime système de défense, tout comme pour sa mère : l'arme molle qui paralyse, qui transforme la tendresse et la gentillesse en défauts fatals de la cuirasse.

Non qu'il eût jamais eu grand-chose en matière d'armure, les cuirasses ne lui allaient pas très bien.

Les larmes avaient été plus qu'un système de défense pour sa mère ; elle s'en était servie de manière offensive. Myra les avait rarement utilisées avec autant de cynisme... mais avec ou sans cynisme, il se rendit compte qu'elle s'efforçait de les employer en ce moment... et qu'elle y réussissait.

Impossible de la laisser faire. C'était trop facile de se mettre à imaginer sa solitude, assis dans ce train fonçant vers le nord, vers Boston, dans les ténèbres, sa valise dans le filet à bagages, son fourre-tout bourré de soi-disant remèdes à ses pieds, la peur lui écrasant la poitrine. Trop facile de laisser Myra le conduire au premier et lui faire l'amour à grand renfort d'aspirine et de frictions à l'alcool. Puis elle le mettrait au lit, où ils feraient (ou non) l'amour d'une manière plus franche.

Mais il avait promis. *Promis.*

« Écoute-moi, Myra », dit-il, prenant intentionnellement un ton sec et froid.

Elle leva vers lui ses yeux humides, à l'expression désemparée et terrifiée.

Il crut qu'il allait lui expliquer, du mieux qu'il pourrait, comment Mike Hanlon l'avait appelé pour lui dire que tout avait recommencé, et que tous les autres, pensait-il, allaient venir.

Mais il lui tint un discours beaucoup plus rationnel.

« Avant toute chose, va au bureau dès demain matin. Vois Phil. Dis-lui que je viens de prendre l'avion et que c'est toi qui conduiras Al Pacino...

— Je ne pourrais jamais, Eddie ! gémit-elle. C'est une grande vedette. Si je me perds, il va me crier après, je sais qu'il le fera, il criera, ils crient tous quand un chauffeur se perd... et... je pleurerai... je pourrais avoir un accident... je vais sûrement avoir un accident... Eddie, il faut que tu restes à la maison...

— Arrête ça, *pour l'amour du ciel !* »

Son ton la blessa et elle eut un mouvement de recul. Eddie s'agrippait à son inhalateur, bien décidé à ne pas s'en servir. Elle y verrait un signe de faiblesse, quelque chose qu'elle pourrait retourner contre lui. *Mon Dieu, si vous existez, soyez témoin que je ne veux faire aucun mal à Myra. Je ne veux pas la frapper, je ne veux pas lui faire ne serait-ce qu'un bleu. Mais j'ai promis, nous avons tous promis, nous avons scellé notre serment dans le sang, je t'en supplie, mon Dieu, aide-moi car je dois le respecter...*

« Je te déteste quand tu cries après moi, Eddie, souffla-t-elle dans un murmure.

— Et moi, je déteste te crier après, Myra », répondit-il, ce qui la fit grimacer. *Et voilà, tu lui fais encore mal, Eddie. Pourquoi ne pas lui flanquer une bonne correction une fois pour toutes ? Ce serait probablement moins dur. Et plus rapide.*

Soudain (c'était sans doute l'idée de donner une correction qui lui avait fait penser à lui), il revit la figure de Henry Bowers. C'était la première fois qu'il pensait à Bowers depuis des années, ce qui ne lui rendit pas la paix de l'esprit, au contraire. Bien au contraire.

Il ferma brièvement les yeux, puis les rouvrit et dit : « Tu ne te perdras pas. Il ne criera pas après toi. Mr. Pacino est quelqu'un de très gentil, de très compréhensif. » Il n'avait encore jamais eu l'occasion de lui servir de chauffeur, mais il se rassurait en se disant que les statistiques jouaient en sa faveur dans ce mensonge : si d'après un mythe populaire la plupart des célébrités passent pour des emmerdeurs capricieux, il en avait suffisamment conduit pour savoir que c'était faux, la plupart du temps.

Il y avait certes des exceptions — et celles-ci, en revanche, confinaient parfois à la monstruosité. Il priait avec ferveur pour que Mr. Pacino n'en fît pas partie.

« C'est vrai ? demanda-t-elle timidement.

— Oui, c'est vrai.

— Comment le sais-tu ?

— Demetrios l'a conduit deux ou trois fois, quand il était à Manhattan Limousine, répondit Eddie avec aplomb. Il a dit que Mr. Pacino laissait toujours cinquante dollars de pourboire.

— Qu'il me laisse cinquante cents, ça m'est égal, pourvu qu'il ne me crie pas après.

— Mais c'est aussi enfantin que deux et deux font quatre, Myra. Tu le prends demain soir à sept heures au Saint Regis, tu le conduis à l'immeuble ABC ; ils sont en train de répéter le dernier acte de cette pièce dans laquelle il joue — *American Buffalo*, je crois. Tu le ramènes au Saint Regis vers onze heures, puis tu retournes au garage, tu ranges la voiture et tu signes la feuille verte.

— C'est tout ?

— Oui, c'est tout. Tu peux faire ça les deux doigts dans le nez, Marty. »

En général, elle riait quand il déformait ainsi son nom, mais cette fois-ci, elle se contenta de le regarder avec une douloureuse et enfantine expression solennelle.

« Et s'il veut aller dîner quelque part au lieu de rentrer à son hôtel ? Ou aller prendre un verre ? Ou dans une boîte ?

— Je ne crois pas qu'il te le demandera, mais si oui, tu l'amènes. S'il t'a l'air parti pour une virée de toute la nuit, passé minuit, tu appelles Phil Thomas par radio-téléphone. À ce moment-là, il aura un chauffeur de libre pour te remplacer. Je ne t'aurais jamais collé ce truc-là sur le dos si j'avais eu quelqu'un de disponible, mais deux de mes types sont malades, Demetrios est en vacances et tous les autres sont de service. Tu seras bien au chaud dans ton lit à une heure du matin, Marty — une heure du matin au plus tard. Je te le garantis absolument. »

Il s'éclaircit la gorge et s'inclina en avant, coudes aux genoux. Instantanément, le spectre maternel se mit à murmurer : *Ne t'assois pas comme ça, Eddie. C'est une mauvaise attitude, et elle est nuisible pour tes poumons. Tu as des poumons très délicats.*

Il se redressa, à peine conscient de ce qu'il faisait.

« J'espère bien que ce sera la dernière fois que j'aurai à conduire, dit-elle, geignarde. Je suis devenue tellement empotée, depuis deux ans... et mes uniformes qui me boudinent !

— C'est la dernière fois, je te le promets.

— Qui t'a appelé, Eddie ? »

Avec à-propos, un faisceau lumineux vint balayer les murs, et le taxi donna un coup de klaxon après avoir fait demi-tour dans l'allée du garage. Il se sentit soulagé. Ils avaient passé les quinze minutes à parler de Pacino au lieu de Derry, de Mike Hanlon et de Henry Bowers. C'était l'essentiel. Pour Myra comme pour lui-même. Il ne voulait pas consacrer une seule minute de son temps à s'occuper de ces choses, à en parler ou à y penser.

Eddie se leva. « C'est mon taxi. »

Elle se mit debout avec tant de précipitation qu'elle se prit le pied dans sa chemise de nuit et tomba en avant. Eddie la rattrapa, mais pendant quelques instants, l'issue fut incertaine, du fait de leurs quarante kilos de différence.

Elle se mit de nouveau à larmoyer.

« Eddie, tu dois absolument me le dire !

— Je ne peux pas. Je n'ai pas le temps.

— Tu ne m'as jamais rien caché jusqu'ici, Eddie.

— Je ne te cache toujours rien. Pas vraiment. Je ne me souviens pas de tout. Pas encore, du moins. L'homme qui m'a appelé, c'était — c'est un vieil ami. Il...

— Tu vas tomber malade, le coupa-t-elle, au désespoir, le suivant tandis qu'il se dirigeait de nouveau vers l'entrée. Ça ne va pas rater. Laisse-moi t'accompagner, Eddie, je t'en prie. Je m'occuperai de toi. Pacino n'aura qu'à prendre un taxi, comme tout le monde, ça ne va pas le tuer, non ? Alors, d'accord ? »

Sa voix se faisait de plus en plus perçante, frénétique, et sous les yeux horrifiés d'Eddie, elle se mit à ressembler de plus en plus à sa mère, telle que celle-ci était au cours des mois qui avaient précédé sa mort : vieille, obèse et cinglée. « Je te frotterai le dos et te ferai prendre tes pilules... Je... Je t'aiderai... Je ne dirai rien si tu ne veux pas que je parle, mais tu peux tout me raconter... Eddie... *Eddie, je t'en supplie, ne pars pas ! Eddie, je t'en supplie ! T'en supplie !* »

Il traversait maintenant la vaste entrée à grandes enjambées, tête baissée, à l'aveuglette, comme un homme qui avance contre le vent. Sa respiration était de nouveau sifflante. Lorsqu'il souleva ses bagages, il eut l'impression qu'ils pesaient chacun cinquante kilos. Il sentit ses mains grasses et roses se poser sur lui, le toucher, l'explorer, s'accrocher à lui pleines d'un désir impuissant, sans force réelle, tandis qu'elle essayait de l'attendrir par ses larmes d'inquiétude.

Je ne vais jamais y arriver! pensa-t-il, au désespoir. Son asthme s'emballait, devenait pire que lorsqu'il était enfant. Il tendit la main vers la poignée de porte, qui avait l'air de s'éloigner dans les ténèbres de l'espace extérieur.

« Si tu restes, je te ferai un gâteau au café et à la crème aigre, balbutia-t-elle. On mangera du pop-corn... Je te ferai ma recette de dinde, celle que tu aimes tant... pour le petit déjeuner demain, si tu veux... je vais m'y mettre tout de suite... avec une sauce aux abattis... *Eddie, je t'en supplie, j'ai peur, tu me fais affreusement peur!* »

Elle le saisit par le col et le tira en arrière, comme un costaud de flic empoignerait un individu louche tentant de filer. Dans un ultime effort, Eddie continua d'avancer... et lorsqu'il eut épuisé ses toutes dernières ressources, il sentit sa prise se relâcher.

Elle poussa un gémissement final.

Ses doigts se refermèrent sur la poignée — comme elle était merveilleusement froide ! Il ouvrit la porte et vit le taxi avec sa bande latérale en damier qui l'attendait, ambassadeur du pays des sains d'esprit. La nuit était claire, les étoiles scintillaient.

Il se retourna vers Myra, la respiration sifflante. « Il faut que tu comprennes que c'est quelque chose que je n'ai aucune envie de faire, dit-il. Si j'avais le choix, le moindre choix, je n'irais pas. Je t'en prie, essaie de comprendre cela, Myra. Je m'en vais, mais je reviendrai. »

(Voilà qui sentait le mensonge.)

« Quand ? Dans combien de temps ?

— Une semaine ; peut-être dix jours. Mais sûrement pas davantage.

— Une semaine ! s'exclama-t-elle, étreignant sa poitrine comme une diva dans un mauvais opéra. Une semaine, dix jours ! Je t'en supplie, Eddie, je t'en supplie !!!

— Arrête ça, Marty, veux-tu ? Arrête ça ! »

À son grand étonnement, elle se tut, et resta là à le regarder, les yeux rouges et larmoyants, pas en colère contre lui, simplement terrifiée pour lui et, incidemment, pour elle. Et peut-être pour la première fois depuis qu'il la connaissait, il sentit qu'il pouvait l'aimer en toute sécurité. Cela faisait-il partie du fait de s'éloigner ? Il lui sembla. Non : il en était sûr. Il avait déjà l'impression d'être à l'autre bout d'un télescope.

C'était peut-être très bien ainsi. Que voulait-il dire ? Qu'il venait finalement de décider que c'était très bien de l'aimer ? Même si elle ressemblait à sa mère quand sa mère était plus jeune et même si elle mangeait des biscuits au lit en regardant des séries télévisées débiles (les miettes allaient toujours de son côté), même si elle n'était pas très intelligente, même si elle comprenait et lui pardonnait ses remèdes, dans l'armoire à pharmacie, parce qu'elle planquait les siens dans le frigo ?

A moins que...

Ou alors...

D'une manière ou d'une autre, il avait déjà envisagé toutes ces hypothèses, à un moment ou un autre, au cours de leur existence étrangement appareillée, où il était fils, amant et époux ; maintenant, sur le point de quitter la maison pour la dernière fois (c'était une certitude), une nouvelle possibilité lui venait à l'esprit et une stupéfaction émerveillée l'envahit, comme l'aurait caressé l'aile d'un oiseau géant.

Se pouvait-il que Myra ait encore plus peur que lui ?

Se pouvait-il que sa mère eût eu encore plus peur que lui ?

Un autre souvenir de Derry jaillit de son subconscient, comme une fusée de mauvais augure. Il y avait autrefois, sur l'artère principale du centre-ville, à Derry, un magasin de chaussures : le Shoeboat. Sa mère l'y avait amené un jour (il ne devait pas avoir plus de cinq ou six ans, estima-t-il), et lui avait dit de s'asseoir et de rester tranquille tandis qu'elle se choisissait une paire de souliers blancs pour un mariage. Il était donc resté bien sage pendant un certain temps, tandis que sa mère parlait avec Mr. Gardener, l'un des vendeurs ; mais il n'avait que cinq (ou six) ans, et après que sa mère eut refusé la troisième paire que lui faisait essayer Mr. Gardener, Eddie, qui commençait à s'ennuyer, était allé à l'autre bout du magasin examiner un objet qui se trouvait là. Il avait tout d'abord pensé qu'il s'agissait simplement d'une caisse posée à l'envers ; une fois plus près, il pencha pour une sorte de bureau. Le plus bizarre qu'il eût jamais vu : il était tellement étroit ! Il était en bois poli et brillant, avec toutes sortes de lignes gravées dessus et de minuscules sculptures. Il y avait également trois petites marches — et il n'avait jamais vu de bureau avec des marches. Une fois tout près, il découvrit qu'il y avait une rainure en bas de l'objet, un bouton sur un côté et au-dessus — merveilleux ! — quelque chose qui avait tout à fait l'air du Spacescope du Captain Video.

Eddie avait fait le tour de l'appareil ; sans doute devait-il avoir six ans, car il avait été capable de lire l'inscription qui s'y trouvait, articulant chaque mot à voix basse :

VOS CHAUSSURES VOUS VONT-ELLES BIEN ?
VÉRIFIEZ VOUS-MÊME !

Il retourna de l'autre côté, monta les trois marches jusqu'à la petite plate-forme, et plaça un pied dans la rainure de l'appareil. Ses chaussures lui allaient-elles bien ? Eddie ne savait pas, mais il mourait d'envie de vérifier lui-même. Il plaça la tête dans la protection de caoutchouc et appuya sur le bouton. Un flot de lumière verte l'assaillit ; il voyait un pied, flottant à l'intérieur d'une chaussure remplie de fumée verte. Il agita les orteils, et ses orteils qu'il voyait s'agitèrent instantanément, comme il s'y attendait. Puis il se rendit compte qu'il ne voyait pas seulement ses orteils, mais également ses os ! Les os de son pied ! Il fit passer le gros orteil par-dessus le suivant, et les os sur l'écran formèrent un X affreux qui n'était pas blanc, mais d'un vert diabolique. Il voyait...

C'est à ce moment-là que sa mère cria — un cri de panique qui fit voler en éclat l'ambiance paisible du magasin comme une sirène de pompier. Il sursauta, et retira vivement son visage, effrayé, de l'appareil ; il vit alors sa mère qui fonçait sur lui à travers le magasin, sans chaussures, sa robe volant derrière elle. Elle renversa une chaise, et l'un de ces appareils à mesurer la pointure alla valser dans un coin. Sa poitrine se soulevait, agitée. Sa bouche dessinait un O écarlate d'horreur. Des têtes se tournaient pour la regarder.

« *Sors de là, Eddie !* hurla-t-elle. *On attrape le cancer, avec ces machines ! Sors de là ! Eddie ! Eddiiiiiie !* »

Il battit précipitamment en retraite comme si la machine était devenue brusquement brûlante. Mais dans sa panique, il oublia les trois marches qui étaient derrière lui. Ses talons manquèrent la première, et il commença à tomber lentement, tandis que ses bras s'agitaient de moulinets désordonnés dans un combat perdu d'avance pour garder l'équilibre. N'avait-il donc pas pensé, avec une sorte de joie malsaine : *Je vais tomber ! Je vais enfin savoir l'effet que ça fait de tomber et de se cogner la tête. Ça va être chouette !...* ? Ne se l'était-il pas dit ? Ou n'était-ce pas plutôt l'adulte qui imposait les interprétations qui lui convenaient sur ce qu'avait été son esprit d'enfant, où grondaient en permanence des conjectures confuses et des images à demi perçues (images qui perdaient leur sens du fait, précisément, de leur éclat) ?

La question, de toute façon, restait académique : il n'était pas tombé. Maman était arrivé à temps. Il avait éclaté en larmes, mais il n'était pas tombé.

Dans le magasin, tout le monde les regardait. De cela, il se souvenait. Il revoyait Mr. Gardener ramassant l'appareil à mesurer les pointures (non sans vérifier le bon fonctionnement de la glissière), tandis qu'un autre employé relevait la chaise renversée avec un geste de dégoût amusé, avant de reprendre bien vite son expression habituelle de neutralité bienveillante. Mais surtout, il se souvenait de la joue humide de sa mère, de son haleine brûlante et aigre. Il se souvenait de l'avoir entendue répéter à n'en plus finir à son oreille, dans un murmure : « Ne me refais jamais ça, tu entends ? Jamais ! Ne me refais jamais ça, jamais. » Telles étaient les litanies de sa mère pour conjurer les ennuis. Elle les avait ressassées l'année précédente, lorsqu'elle avait découvert que la baby-sitter, par une étouffante journée d'été, avait trouvé bon d'amener Eddie à la piscine municipale de Derry — c'était l'époque où la grande peur de la polio qui avait secoué les années 50 commençait à s'atténuer. Elle l'avait repêché dans la piscine, lui disant qu'il ne fallait jamais, jamais faire ça ; et tous les autres gosses les avaient regardés, comme les employés et les clients du magasin ce jour-là, et son haleine avait eu cette même pointe d'aigreur.

Elle avait quitté le Shoeboat, Eddie à sa remorque, en criant à l'adresse des employés qu'elle les reverrait tous au tribunal si son fils avait la moindre chose. Terrifié, Eddie avait pleuré pendant toute la matinée, et il fut pris d'une crise d'asthme comme jamais il n'en avait eu. Il était resté allongé sans dormir pendant une bonne partie de la nuit suivante, se demandant ce qu'était exactement le cancer, si c'était pire que la polio, si on en mourait, et si ça faisait très mal avant. Il se demandait aussi s'il n'irait pas en enfer ensuite.

Il venait de courir un grand danger, il le savait très bien.

Elle avait eu tellement peur ! C'est comme ça qu'il le savait.

Tellement peur.

« Marty, dit-il par-dessus le gouffre des années, tu ne m'embrasses pas ? »

Elle l'embrassa, le serrant tellement fort que dans son dos des os craquèrent. *Si nous étions dans l'eau, elle nous noierait tous les deux*, se dit-il.

« N'aie pas peur, lui murmura-t-il à l'oreille.

— Je ne peux pas m'en empêcher, gémit-elle.

— Je sais. » Il se rendit alors compte que son asthme s'était atténué pendant qu'elle lui broyait les côtes. Le sifflement avait disparu de sa respiration. « Je sais, Marty. »

Le chauffeur de taxi donna un nouveau coup d'avertisseur.

« Tu m'appelleras ? demanda-t-elle, des sanglots dans la voix.

— Si je peux.

— Eddie, ne peux-tu vraiment pas me dire de quoi il s'agit ? »

Mais s'il le faisait, cela la tranquilliserait-il ?

J'ai reçu un coup de téléphone de Mike Hanlon ce soir, Marty, et nous avons discuté pendant un moment, mais tout ce qu'il m'a dit se réduit à deux choses : « Ça a recommencé », et : « Viendras-tu ? », deux phrases qu'il m'a dites. Et maintenant je suis pris de fièvre, Marty, sauf que c'est une fièvre contre laquelle ton aspirine ne peut rien, et j'étouffe, j'étouffe, mais mon foutu inhalateur ne pourra rien y faire, car cet étouffement n'est pas dans mes poumons ou dans ma gorge mais autour de mon cœur. Je reviendrai si je peux, Marty, mais je me sens comme un homme à l'entrée d'un vieux puits de mine où l'attendent toutes sortes de pièges et de chausse-trapes, qui fait ses adieux à la lumière du jour.

Ah oui ! Et comment, ça la calmerait !

« Non, répondit-il. Je ne crois pas pouvoir te le dire. »

Et avant qu'elle ait pu répliquer quelque chose *(Eddie, descends de ce taxi ! On y attrape le cancer !)*, il s'éloigna d'elle à grands pas, de plus en plus vite. Il courait presque en arrivant à la hauteur du véhicule.

Elle se tenait toujours dans l'encadrement de la porte quand le taxi s'engagea dans la rue, toujours là quand il prit la direction de la ville — une grosse silhouette noire de femme se découpant sur le fond de l'entrée éclairée. Il agita une main, et eut l'impression qu'elle répondait à son geste.

« Et où allons-nous exactement ce soir, mon ami ? demanda le chauffeur de taxi.

— Penn Station », répondit Eddie dont la main qui agrippait l'inhalateur se détendit. Son asthme s'était replié vers le refuge inconnu où il mijotait entre deux assauts sur ses bronches. Il se sentait... presque bien.

Mais il eut plus que jamais besoin de l'inhalateur, quatre heures plus tard, brusquement tiré d'un léger assoupissement par un violent tressaillement qui provoqua un regard de curiosité légèrement inquiet de la part du type en tenue d'homme d'affaires, assis en face de lui, un journal à la main.

Me v'là de retour, Eddie ! s'écria joyeusement l'asthme. *Me v'là de retour, et cette fois, hé ! j' vais peut-être te tuer. Pourquoi pas ? Faudra bien, un jour ou l'autre, non ? Vais pas éternellement lanterner avec toi !*

Eddie sentait sa poitrine se tendre et se contracter. Il chercha son inhalateur à tâtons, le trouva, l'enfonça dans sa bouche et appuya sur la détente. Puis il s'enfonça de nouveau dans le haut siège du compartiment, frissonnant, dans l'attente du soulagement, tout occupé du rêve qui venait de le réveiller. Un rêve ? Seigneur, si ce n'était que cela ! Il redoutait que ce fût plus un souvenir qu'un rêve. Il y avait une lumière verte comme dans la machine à rayons X du marchand de chaussures, et un lépreux tout pourrissant y poursuivait un garçonnet hurlant du nom d'Eddie Kaspbrak, dans des tunnels souterrains. Il avait couru, couru

(Il court très vite avait dit le prof de gym à sa mère et pour courir vite il courait vite avec cette chose en décomposition à ses trousses oh vous pouvez le croire un peu mon neveu)

dans ce rêve où il avait onze ans, puis il avait été frappé par une odeur qui était comme la mort du temps, quelqu'un avait enflammé une allumette, il avait baissé les yeux et il avait vu le visage en putréfaction d'un garçon du nom de Patrick Hockstetter, un garçon disparu en juillet 1958, des asticots sortaient de ses joues, cette épouvantable odeur de gaz provenait de l'intérieur du cadavre — et dans ce rêve, souvenir plutôt que rêve, il avait aperçu, sur le côté, deux livres de classe gonflés d'humidité et couverts d'une moisissure verte : *Roads to Everywhere,* et *Understanding Our America.* Ils étaient dans cet état à cause de la nauséabonde humidité qui régnait ici (« Comment ce sont passées mes vacances », une rédaction de Patrick Hockstetter : « Je les ai passées mort dans un tunnel ! De la mousse a poussé sur mes livres qui sont devenus gros comme des Bottin ! »). Eddie avait ouvert la bouche pour hurler et c'est au moment où les doigts rugueux du lépreux, rampant sur ses joues, s'étaient glissés entre ses lèvres qu'il s'était réveillé d'un violent sursaut pour se retrouver non point dans les égouts en dessous de Derry, Maine, mais dans une voiture-salon de l'Amtrak, près de la tête d'un train qui filait à travers Rhode Island sous une énorme lune blanche.

L'homme en face de lui hésita, se demanda s'il devait parler, et dit finalement : « Tout va bien, monsieur ?

— Oh oui, répondit Eddie. Je me suis endormi et j'ai fait un mauvais rêve ; et j'ai un peu d'asthme.

— Je vois. » L'homme reprit son journal et Eddie constata qu'il s'agissait de celui que sa mère surnommait parfois le *Jew York Times.*

A travers la fenêtre, s'étendait un paysage assoupi que n'éclairait que la lumière féerique de la lune. Ici et là s'élevaient des maisons, la plupart plongées dans l'obscurité, quelques-unes avec des lumières. Mais ces lumières paraissaient minuscules, de simples simulacres, comparées à la phosphorescence spectrale de la lune.

Il croyait que la lune lui parlait, se rappela-t-il soudain. *Henry Bowers. Dieu, qu'il était cinglé !* Il se demanda ce que Henry Bowers était devenu. Mort ? En prison ? À la dérive dans les plaines désertes du centre du pays, tel un virus incurable, attaquant n'importe qui aux petites heures de la nuit et tuant peut-être les gens assez stupides pour ralentir à son pouce levé afin de transférer les dollars de leur portefeuille dans le sien ?

Possible, possible.

Dans un asile de l'État, quelque part ? En train de contempler la lune, qui allait être bientôt pleine ? Lui parlant, écoutant des réponses qu'il était seul à entendre ?

Eddie estima cela encore plus vraisemblable. Il frissonna. *Les souvenirs de mon enfance commencent à me revenir. Voilà que je me rappelle comment ce sont passées les vacances de cette obscure année morte de 1958.* Il sentait qu'il pouvait évoquer presque n'importe quelle scène de cet été-là s'il le voulait, mais il ne le voulait pas. *Oh, Dieu, si seulement je pouvais de nouveau tout oublier.*

Il inclina la tête contre la vitre sale de la fenêtre, tenant son inhalateur à la main comme on tiendrait un objet pieux, les yeux perdus sur la nuit dans laquelle s'enfonçait le train.

Vers le nord, se dit-il, mais c'était faux.

Il n'allait pas vers le nord ; il n'était pas dans un train mais dans une machine à remonter le temps. Il revenait en arrière, en arrière dans le temps.

Il crut entendre la lune grommeler.

Eddie Kaspbrak replia la main sur son inhalateur et ferma les yeux sur l'accès de vertige qui le saisissait.

5
Beverly Rogan prend une raclée

Tom était sur le point de s'endormir lorsque le téléphone sonna. Il se redressa maladroitement dans sa direction, mais sentit alors les seins de Beverly s'écraser sur son épaule, tandis qu'elle passait par-dessus lui pour attraper le récepteur. Il se laissa retomber sur son oreiller, se demandant vaguement qui pouvait bien appeler à une telle heure de la nuit, alors que leur numéro ne figurait pas dans l'annuaire. Il entendit Beverly dire « Salut ! » avant de couler de nouveau dans le sommeil. Il s'était envoyé près de trois packs — trois packs de six bières — pendant la retransmission du base-ball, et il était un peu dans les vapes.

Puis la voix de Beverly, aiguë et étrange, vint lui vriller les oreilles comme un pic à glace et il ouvrit de nouveau les yeux. Il essaya de s'asseoir, mais le cordon du téléphone s'enfonça dans son cou épais.

« Sors-moi ce truc de merde de là, Beverly », grogna-t-il. La jeune femme se leva vivement et fit le tour du lit, soulevant en même temps le fil du téléphone. Elle avait une chevelure d'un roux profond, qui tombait en cascade sur sa chemise de nuit, en ondulations naturelles, presque jusqu'à sa taille. Une chevelure de pute. Ses yeux ne vinrent pas effleurer le visage de Tom Rogan pour deviner l'humeur dans laquelle il se trouvait, et Tom Rogan n'aima pas ça. Il s'assit. Sa tête commençait à lui faire mal. Et merde, elle devait déjà lui faire mal avant, mais quand on dort, on ne s'en rend pas compte.

Il se rendit dans la salle de bains, urina pendant ce qui lui parut trois heures et décida, puisqu'il était debout, d'aller s'ouvrir une autre bière pour lutter, à sa manière, contre la menace de mal de tête.

Repassant par la chambre pour gagner l'escalier, avec son caleçon qui pendait comme des voiles d'en dessous une considérable bedaine, ses bras comme des dalles (il ressemblait davantage à un castagneur des quais qu'au président-directeur général de Beverly Fashions), il jeta par-dessus son épaule, d'un ton furieux : « Si c'est cet abruti de Lesley, dis-lui d'aller engueuler un mannequin et de nous laisser dormir ! »

Beverly lui jeta un bref coup d'œil, secoua la tête pour lui indiquer que ce n'était pas Lesley, et baissa les yeux sur le téléphone. Tom sentit se tendre les muscles de sa nuque. Voilà qui ressemblait à un congédiement. Renvoyé par la marquise. La marquise de Mesdeux. Ça commençait à avoir l'air de prendre une tournure de scène. Beverly avait peut-être besoin de se faire rafraîchir la mémoire au sujet de qui menait la baraque, ici. C'était bien possible. Ça lui arrivait. Elle apprenait lentement.

Il descendit l'escalier et traversa le hall d'un pas traînant jusqu'à la cuisine, dégageant sans y penser le fond du caleçon qu'il avait coincé dans la raie des fesses, et ouvrit le réfrigérateur. Sous sa main, il ne trouva rien de plus alcoolisé qu'un reste de nouilles dans un Tupperware bleu. Il ne restait plus une seule bière. Même celle qu'il gardait en réserve à l'arrière (tout comme il conservait un billet de vingt dollars plié dans son permis de conduire en cas d'urgence) avait disparu. La partie s'était prolongée sur quatorze reprises, et tout ça pour rien. Les White Sox avaient perdu. Quelle bande de tarés, cette année !

Ses yeux flottèrent jusqu'aux bouteilles au contenu plus corsé, sur l'étagère vitrée qui surplombait le bar de la cuisine, et il s'imagina un instant en train de faire tomber une giclée de Beam sur un glaçon. Puis il retourna vers l'escalier, sachant que c'était aller au-devant d'ennuis encore plus sérieux que ceux qu'il connaissait pour l'instant. Il jeta en passant dans le hall un coup d'œil à l'antique pendule à balancier, au pied de l'escalier, et vit qu'il était minuit passé. Cette information n'améliora pas son humeur qui de toute façon n'était jamais bonne, même dans les meilleurs moments.

Il monta l'escalier avec une lenteur délibérée, conscient — trop conscient — des battements amplifiés de son cœur. Ka-boum, ka-dam, ka-boum, ka-dam. D'entendre son cœur battre à ses oreilles et le sentir pulser à ses poignets le rendaient nerveux. Parfois, lorsque ça lui arrivait, il se l'imaginait non pas comme une pompe à compression dépression, mais comme un gros cadran, sur le côté gauche de sa poitrine, dont l'aiguille effleurait de manière inquiétante la zone rouge. Elle lui déplaisait, cette connerie. Il n'en avait pas besoin, de cette connerie. Ce dont il avait besoin, c'était d'une bonne nuit de sommeil.

Mais l'espèce de connasse à laquelle il était marié se trouvait encore au téléphone.

« Je comprends ça, Mike... oui... oui. Moi aussi... Je sais... mais... »

Un silence plus long.

« Bill Denbrough ! » s'exclama-t-elle. Une fois de plus, la voix aiguë lui vrilla les tympans.

Il resta à l'extérieur de la chambre, le temps de reprendre sa respiration. Maintenant, c'était de nouveau ka-dam, ka-dam, ka-dam. Les coups de boutoir avaient cessé. Il imagina fugitivement l'aiguille qui s'éloignait du rouge et chassa cette image. Un mec, c'était ce qu'il était, et un sacré mec, nom de Dieu, pas une chaudière avec un thermostat. Il était en grande forme. En béton. Et s'il fallait le lui répéter, il serait ravi de s'en charger.

Il faillit entrer, mais se retint et resta un peu plus longtemps là où il se tenait, à l'écoute non pas de ce qu'elle disait en cherchant à savoir à qui elle parlait, mais de sa voix et de ses changements de ton. Et ce qui montait en lui était sa vieille et sinistre rage familière.

Il l'avait rencontrée dans un bar à célibataires du centre de Chicago quatre années auparavant. Ils n'avaient pas eu de difficultés à trouver un sujet de conversation, car ils travaillaient tous les deux dans l'immeuble Standard Brands, et avaient des connaissances communes. Tom travaillait pour une boîte de relations publiques, King & Landry, au quarante-deuxième ; Beverly Marsh, comme elle s'appelait alors, était modéliste assistante dans un atelier de mode, Delia Fashions, au douzième. Delia, qui devait connaître par la suite une certaine vogue dans le Middle-West, s'adressait à une clientèle de jeunes. Chemises, blouses, châles et pantalons Delia se vendaient avant tout dans ce que Delia Castleman appelait les « boutiques pour les moins de vingt-cinq ans », rebaptisées « boutiques à camés » par Tom Rogan. Ce dernier comprit presque tout de suite deux choses fondamentales à propos de Beverly Marsh : elle était désirable, elle était vulnérable. En moins d'un mois, il en avait appris une troisième : elle avait du talent. Beaucoup de talent. Dans les dessins de ses petites robes et de ses blouses, il subodora une machine à fric d'un potentiel presque terrifiant.

Pas dans les boutiques à camés, avait-il alors pensé, en se gardant bien de le lui dire pour le moment. *Terminées les lumières tamisées, finies les remises phénoménales, à la poubelle les présentations merdeuses au fond du magasin à côté des bidules à se shooter et des T-shirts frappés au nom de groupes rock. Laissons ces conneries aux gagne-petit.*

Il en savait déjà énormément sur elle avant même qu'elle ne se rende compte qu'il s'intéressait sérieusement à elle ; et c'était exactement ce que voulait Tom. Il avait passé sa vie à chercher quelqu'un comme Beverly Marsh, et il se déplaça à la vitesse d'un lion qui bondit sur une antilope. Non que sa vulnérabilité fût spécialement apparente. Beverly était une femme superbe, mince, avec tout ce qu'il fallait là où il fallait. Les hanches un peu étroites, peut-être, mais elle avait des fesses magnifiques et les plus beaux nénés qu'il eût jamais vus. Tom Rogan était un fétichiste des seins, depuis toujours, et il trouvait la plupart du temps décevants les nichons des femmes grandes. Elles portaient des chemises légères, et les pointes apparentes sous l'étoffe vous rendaient fous, mais une fois la chemise enlevée, on ne voyait plus que ça, des mamelons. Les seins eux-mêmes avaient l'air de boutons de tiroir. « Pas de quoi se remplir la pogne », aimait à dire son compagnon de chambrée au collège.

Oh, elle ne manquait pas d'allure, sans aucun doute, avec ce corps sculptural et ces superbes cheveux roux. Mais elle avait un point faible. Quelque part. Comme si elle envoyait des signaux qu'il était seul à pouvoir capter. Il était possible de remarquer certaines choses : sa façon nerveuse de fumer (mais il avait presque fini par en venir à bout) ; ses yeux incapables de s'immobiliser, n'osant jamais se poser sur ceux de son interlocuteur, quel qu'il fût, se dérobant aussitôt le contact établi ; son habitude de se frotter légèrement le coude quand elle était mal à l'aise ; l'aspect de ses ongles qui, s'ils étaient impeccables, étaient coupés sauvagement court. Tom avait remarqué ce détail lors de leur première rencontre. Elle avait pris son verre de vin blanc, et il avait pensé en voyant ses ongles : *Elle les garde courts comme ça parce qu'elle se les bouffe.*

Les lions ne pensent peut-être pas, en tout cas pas de la même manière que les êtres humains. Mais ils voient. Et quand des antilopes fuient le trou d'eau, alertées par l'âcre odeur de poussière de la mort qui approche, un félin sait observer celle qui traîne un peu à l'arrière du troupeau, soit qu'elle ait une patte abîmée, soit qu'elle soit naturellement plus lente — soit encore que son sens du danger soit moins développé. Et il est même possible que certaines antilopes (et certaines femmes) aient le désir secret d'être abattues.

Il entendit soudain un bruit qui l'arracha brutalement à ces souvenirs : le claquement d'un briquet.

Sa mauvaise rage l'envahit de nouveau. Une vague de chaleur, qui n'était pas entièrement désagréable, irradia de son estomac. Elle fumait. Elle avait eu droit à quelques-uns des séminaires spéciaux de Tom Rogan sur la question. Et voilà qu'elle recommençait. Elle apprenait lentement, soit, mais c'est avec les élèves lents que l'on voit les bons profs.

« Oui, disait-elle maintenant. Ouais, ouais. Très bien. D'accord... » Elle écouta un instant, et émit un rire étrange et haché qu'il ne lui connaissait pas. « Deux choses, puisque tu me le demandes. Réserve-moi une chambre et prie pour moi. Oui, d'accord... moi aussi. Bonne nuit. »

Elle raccrochait quand il rentra. Il avait eu l'intention de faire fort, de lui crier d'écraser ça, d'écraser ça tout de suite, TOUT DE SUITE ! mais les mots s'étranglèrent dans sa gorge quand il la vit. Elle s'était déjà trouvée par trois fois dans cet état : une fois avant leur première grande présentation de collection, une fois avant leur premier défilé en avant-première pour les acheteurs internationaux, et une fois encore lors de leur voyage à New York pour la remise du Prix international de la Mode.

Elle se déplaçait à grands pas dans la chambre. Sa chemise de nuit brodée blanche lui collait au corps, et elle tenait sa cigarette entre les dents (Dieu qu'il avait horreur de la voir avec un mégot au bec !), laissant échapper un ruban de fumée par-dessus son épaule, comme une cheminée de locomotive.

Mais c'est son visage qui lui cloua le bec, qui étouffa dans sa gorge les vociférations prévues. Son cœur fit une embardée — ka-BANG ! — et il grimaça, se disant qu'il ressentait non pas de la peur mais de la surprise à la voir ainsi.

Beverly était une femme qui ne s'animait vraiment que lorsque sa cadence de travail atteignait un rythme effréné. Toutes les occasions dont il se souvenait avaient un rapport avec sa carrière ; il avait alors découvert une autre femme que celle qu'il connaissait si bien — une femme qui brouillait de décharges sauvages d'électricité statique son radar à détecter la peur. La femme qui apparaissait dans les périodes de grande tension était forte mais hyper-tendue, impavide mais imprévisible.

Ses joues maintenant étaient en feu, une rougeur naturelle qui avait envahi le haut de ses pommettes. Elle avait l'œil grand ouvert et pétillant, dont toute trace de sommeil avait disparu. Sa chevelure ondoyait. Et... oh, regardez-moi ça, les mecs ! Mais regardez donc moi ça ! N'est-elle pas en train de sortir une valise du placard ? Une valise ? Nom de Dieu, oui !

Réserve-moi une chambre... et prie pour moi.

Eh bien, elle n'allait pas avoir besoin de la moindre chambre d'hôtel, du moins pas dans un avenir prévisible, parce que Mrs. Beverly Rogan allait rester bien sagement à la maison, merci beaucoup, et manger debout dans un coin pendant les trois ou quatre prochains jours.

En revanche, elle aurait peut-être besoin d'une ou deux prières avant qu'il en ait fini avec elle.

Elle jeta la valise au pied du lit, puis se dirigea vers sa commode. Dans le tiroir du haut, elle prit deux paires de jeans et un pantalon de velours. Les lança dans la valise, revint à la commode, toujours suivie du ruban de fumée. Elle en sortit un chandail, deux T-shirts, l'une de ses vieilles blouses Ship'nShore dans lesquelles elle avait l'air si ridicule mais qu'elle refusait de jeter. Celui qui l'avait appelé n'était pas du grand monde. Le style week-end à la campagne en petit comité.

Oh, il se fichait pas mal de l'identité de son correspondant et de l'endroit où elle devait se rendre, puisque de toute façon, elle n'irait nulle part. Ce n'était pas ça qui lui tarabustait obstinément le crâne, rendu douloureux par l'abus de bière et le manque de sommeil.

C'était la cigarette.

Elle était censée ne plus en avoir une seule. Mais elle lui avait menti — elle tenait la preuve entre les dents. Et comme elle n'avait toujours pas remarqué qu'il se trouvait sur le seuil, il s'offrit le plaisir d'évoquer les deux nuits au cours desquelles il l'avait soumise entièrement à son contrôle.

Je ne veux plus te voir fumer dans mon secteur, lui avait-il déclaré alors qu'ils revenaient à la maison après une soirée à Lake Forest. C'était un mois d'octobre. *Je suis déjà obligé de m'étouffer avec cette saloperie dans les soirées et au bureau, je ne veux pas en faire autant avec toi. Tu sais l'effet que ça fait ? Je vais te dire la vérité. C'est désagréable, mais c'est la vérité. C'est comme s'il fallait bouffer la morve de quelqu'un.*

Il s'était attendu à un minimum de protestations, mais elle s'était contentée de le regarder avec son expression de chien battu qui veut faire plaisir à son maître. Sa réponse, timide, faite à voix basse, avait été : *Entendu, Tom.*

On n'y reviendra pas ?

Non, Tom.

Et ils n'y étaient pas revenus. Tom avait été de bonne humeur pour tout le reste de la soirée.

Quelques semaines plus tard, à la sortie d'un cinéma, elle avait machinalement allumé une cigarette dans le hall et tiré dessus en allant jusqu'au parking. C'était par une nuit glaciale de novembre, avec un vent dément qui s'acharnait sur le moindre carré de peau dénudée. Tom se souvenait d'avoir senti l'odeur du lac, comme il arrive parfois par les nuits froides — une odeur plate, à la fois vide et fleurant le poisson. Il la laissa fumer sa cigarette. Il lui ouvrit même la porte quand ils arrivèrent à la voiture. Il se mit derrière le volant, referma sa propre porte et dit : *Bev ?*

Elle prit la cigarette entre deux doigts et se tourna vers lui, l'air interrogatif. Il lui en balança une bien sentie, du plat de la main contre le plat de sa joue, au point qu'il sentit des picotements dans la paume, et que la tête de Beverly alla heurter le protège-nuque. Ses yeux s'agrandirent de surprise et de douleur... et de quelque chose d'autre, également. Elle porta la main à la joue pour la tâter, pour toucher l'impression de chaleur et d'engourdissement brûlant qui l'envahissait. Elle s'écria : *Oooh, Tom !*

Il la regarda, les yeux réduits à une fente, un léger sourire aux lèvres, bien vivant, prêt à voir comment elle allait réagir. Son pénis durcissait dans son pantalon, mais il y faisait à peine attention ; ce serait pour plus tard. Pour l'instant, la leçon ne venait que de commencer. Il revoyait ce qui s'était passé. Son visage. Quelle avait donc été cette troisième expression fugitive ? Tout d'abord la surprise. Puis la douleur. Puis l'air

(nostalgie)

de se souvenir. Un souvenir précis. Ça n'avait duré qu'un instant. Elle n'avait même pas dû s'en rendre compte, pensa-t-il.

Tout — tout dépendrait de la première chose qu'elle dirait, il le savait parfaitement.

Ce ne fut pas : *Espèce de fils de pute !*

Ce ne fut pas : *À la revoyure, sale macho !*

Ce ne fut pas : *C'est fini entre nous, Tom.*

Elle l'avait simplement regardé, ses yeux noisette à l'expression blessée remplis de larmes, et avait dit : *Pourquoi as-tu fait ça ?*

Sur quoi elle avait essayé d'ajouter quelque chose, mais au lieu de cela elle avait éclaté en sanglots.

Jette-la dehors.

Quoi ? Quoi, Tom ? Son maquillage coulait, laissant des traces noirâtres sur ses joues. Peu lui importait. Il aimait assez la voir dans cet état. Ça faisait un peu désordre, mais c'était aussi excitant. Ce côté salope le faisait bander.

La cigarette. Jette-la dehors.

La prise de conscience qui pointait, accompagnée de culpabilité.

J'ai oubli c'est tout ! pleurnicha-t-elle.

Jette-la, Bev, ou tu vas avoir droit à une autre baffe.

Elle fit descendre la vitre et lança la cigarette. Puis elle se tourna vers lui, pâle, apeurée, mais d'une certaine manière sereine.

Tu ne peux pas... tu ne dois pas me frapper. C'est une... une... mauvaise base de départ pour une relation durable. Elle essayait de trouver un ton de voix, une façon adulte de s'exprimer, sans y arriver. Il l'avait fait régresser. Il était avec une enfant, dans cette auto. Voluptueuse et sexy comme l'enfer, mais une enfant.

« Peux pas » et « dois pas » sont deux choses différentes, ma fille, dit-il. Il parlait calmement, mais jubilait intérieurement. *Et c'est moi qui déciderai quelles sont les bases d'une relation durable ou non. Si tu peux le supporter, parfait. Si tu ne peux pas, tu peux aller faire un tour. Je ne te retiendrai pas. Je te botterai peut-être le cul comme cadeau de rupture, mais je ne te retiendrai pas. Nous sommes dans un pays libre. Que veux-tu que je te dise de plus ?*

Peut-être en as-tu déjà assez dit, avait-elle murmuré, sur quoi il l'avait de nouveau frappée, plus fort que la première fois, parce que la gonzesse qui pouvait se permettre de répondre à Tom Rogan n'était pas encore née. La reine d'Angleterre elle-même en prendrait pour son grade si elle essayait de se payer sa tête.

Cette fois, sa joue alla porter contre le rembourrage du tableau de bord. Sa main tâtonna à la recherche de la poignée et retomba ; elle resta accroupie dans son coin comme un lapin, une main sur la bouche, les yeux agrandis, pleins de larmes, terrorisés. Tom la contempla un instant, puis sortit de la voiture et en fit le tour. Il ouvrit la porte du côté passager. Le vent de novembre emportait la vapeur de son haleine dans l'obscurité, et l'odeur du lac devint plus forte.

Tu veux partir, Bev ? J'ai vu que tu cherchais la poignée, et je me suis dis que tu voulais partir. D'accord, très bien. Je t'ai demandé de faire quelque chose, et tu as dit que tu le ferais. Mais tu ne l'as pas fait. Alors tu veux partir ? Vas-y. Barre-toi. Y a pas de problème. Alors, tu descends de là ?

Non, murmura-t-elle.
Quoi ? J'ai rien entendu.
Non, je ne veux pas partir, dit-elle à peine plus fort.
Ces cigarettes te rendraient-elles aphone ? Si tu ne peux pas parler, va falloir que je te trouve un mégaphone. C'est ta dernière chance, Beverly. Parle assez fort pour que je t'entende. Veux-tu descendre de cette voiture ou veux-tu rentrer avec moi à la maison ?
J' veux revenir avec toi. Elle croisa les mains sur sa jupe comme une petite fille en disant cela. Elle n'osait pas le regarder. Des larmes coulaient sur ses joues.
Très bien, fit-il. *Parfait. Mais auparavant, tu vas me répéter ça, Bev : « J'ai oublié que je ne devais pas fumer en ta présence, Tom. »*
Elle leva les yeux sur lui, avec un regard blessé, suppliant, incohérent. Tu peux m'y obliger, disait-il, mais je t'en prie, ne le fais pas. Je t'aime, ne le fais pas. Arrêtons ça.
Non, il fallait aller jusqu'au bout. Car ce n'était pas ce qu'elle voulait tout au fond d'elle-même, et tous les deux le savaient.
Dis-le.
J'ai oublié que je ne devais pas fumer en ta présence, Tom.
Bien. Dis maintenant : « Je suis désolée. »
Je suis désolée, répéta-t-elle d'un ton lugubre.
La cigarette encore allumée gisait sur la chaussée comme un fragment de fusée. Un couple qui sortait du théâtre les avait regardés un instant, pendant que l'homme tenait ouverte la portière droite d'une Vega dernier modèle et que la femme s'installait, posant les mains sur les genoux d'un geste affecté tandis que l'éclairage intérieur auréolait sa tête d'une douce lueur dorée.
Il écrasa la cigarette, l'émietta sur le macadam.
Et maintenant, dis : « Je ne le referai jamais sans ta permission. »
Je ne le referai jamais...
Elle se mit à balbutier.
... ja-mais... sans-sans-s...
Dis-le, Bev.
... sans ta permission.
Sur quoi il claqua la porte et revint s'installer au volant. Il démarra, et ils retournèrent jusqu'à leur appartement en ville. Ils n'échangèrent pas un mot. La moitié de leur relation s'était réglée dans le parking ; l'autre moitié le fut quarante minutes plus tard, dans le lit de Tom.

Elle ne voulait pas faire l'amour, avait-elle dit. Il lut néanmoins une vérité différente dans son regard et dans la manière dont elle exhibait ses jambes, et elle avait le bout des seins raide et dur quand il lui ôta sa blouse. Elle gémit quand il les effleura, et cria doucement quand il se mit à les sucer, l'un après l'autre, tout en les malaxant sans répit. Elle s'empara de sa main libre et la glissa entre ses jambes.

Je croyais que tu ne voulais pas faire l'amour, dit-il. Elle détourna le visage, mais retint fermement sa main, tandis que le mouvement de ses hanches ne faisait que s'accélérer.

Il la repoussa alors sur le lit... et il se montra doux et attentionné, lui retirant ses sous-vêtements avec une délicatesse presque féminine.

La pénétrer fut comme se glisser dans une huile exquise.

Il bougea en cadence avec elle, l'utilisant mais se laissant aussi utiliser par elle, et elle jouit presque tout de suite la première fois, gémissant et lui enfonçant les ongles dans le dos. Puis ils passèrent à un rythme plus long et plus profond, plus lent aussi, et à un moment donné, il pensa qu'elle avait joui une deuxième fois. Tom était sur le point d'en faire autant ; dans ces cas-là, il se mettait à penser au nombre de coups marqués en moyenne par match par les White Sox, ou à qui pouvait bien essayer de lui piquer le budget de Chelsey, au boulot, et l'envie passait. Elle se mit alors à accélérer, finissant par perdre le rythme dans un cabrement surexcité. Il regarda son visage barbouillé de mascara (qui lui faisait des yeux de raton laveur) et de rouge à lèvres, et il se sentit lui-même approcher délicieusement de l'orgasme. Il souleva de plus en plus sèchement ses hanches — il n'avait pas encore une bedaine gonflée à la bière à cette époque — et leurs ventres furent comme deux mains battant de plus en plus vite.

Près de la fin, elle cria et le mordit à l'épaule de ses petites dents régulières.

Combien de fois as-tu joui ? demanda-t-il après qu'ils eurent pris une douche.

Elle détourna le visage et lui répondit d'une voix tellement basse que c'est à peine s'il put entendre : *En principe, ce n'est pas une question que l'on pose.*

Non ? Qui t'a dit ça ? Le gars Trucmuche ?

Il lui prit le visage d'une seule main, le pouce s'enfonçant profondément dans l'une de ses joues, le menton coincé dans la paume.

C'est à Tom que tu parles. Est-ce bien clair, Bev ? Réponds à Papa.

Trois fois, répondit-elle à contrecœur.

Bien. Tu peux prendre une cigarette.

Elle l'avait regardé avec une expression de méfiance, sa chevelure rousse répandue sur les oreillers, simplement vêtue d'une petite culotte. Le seul fait de la regarder ainsi suffisait à le faire redémarrer. Il avait hoché la tête.

Vas-y, avait-il dit. *Pas de problème.*

Trois mois plus tard, ils se mariaient civilement. Étaient présents deux des amis de Tom et une seule amie de Beverly, Kay McCall, que Tom appelait « la pute libérée aux gros nénés ».

Tous ces souvenirs repassèrent dans l'esprit de Tom en quelques secondes, comme un film en accéléré, tandis qu'il l'observait depuis la porte de la chambre. Elle en était au tiroir du bas de la commode, et jetait maintenant des sous-vêtements dans la valise — non pas le genre de choses qu'il aimait, satin glissant et soie délicate, mais des trucs de fillette en coton, tout fanés, l'élastique détendu ou rompu à la taille. Elle sortit même une épaisse chemise de nuit qu'on n'aurait pas désavouée dans *Mary Poppins.* Elle se mit à fouiller à l'arrière du tiroir pour voir ce qui pouvait bien encore s'y cacher.

Entre-temps, Tom Rogan, passant sur le tapis hirsute, s'était dirigé vers sa propre garde-robe. Pieds nus, il ne fit pas le moindre bruit. C'était la cigarette ; c'était ça qui l'avait vraiment rendu fou furieux. Cela faisait longtemps, trop longtemps, qu'il lui avait donné cette première leçon. Elle avait dû en prendre d'autres depuis, beaucoup d'autres, et certains jours de canicule, elle avait porté des blouses à manches longues, voire des cardigans boutonnés jusqu'au cou ; certains jours couverts, des lunettes noires. Mais cette première leçon avait été si soudaine et fondamentale...

Il avait oublié le coup de téléphone qui l'avait tiré de son sommeil de plomb. C'était la cigarette. Pour qu'elle fume en ce moment, c'est qu'elle avait oublié Tom Rogan. Temporairement, bien entendu, temporairement — mais même temporairement, c'était déjà foutrement trop. Les raisons qui avaient pu lui faire oublier son existence importaient peu. Aucune raison, de toute façon, ne pouvait le justifier.

Un large ruban de cuir noir se trouvait accroché à l'intérieur de sa penderie. La boucle avait été enlevée depuis longtemps, mais à l'endroit où elle se trouvait auparavant, la lanière avait été repliée sur elle-même et Tom Rogan passa la main dans la poignée ainsi formée.

Tom, tu as encore fait des bêtises! lui disait parfois sa mère. « Parfois » n'était peut-être pas le terme exact ; « souvent » serait plus juste. *Viens ici, Tommy! Il faut que je te donne une raclée.* Sa vie d'enfant avait été ponctuée de raclées. Il avait fini par s'échapper en se réfugiant au collège de Wichita, mais, apparemment, une évasion définitive était quelque chose qui n'existait pas, car il continuait d'entendre la voix de sa mère en rêve : *Viens ici, Tommy, que je te donne une raclée. Une raclée...*

L'aîné de quatre enfants, il était devenu orphelin de père trois mois après la naissance du petit dernier. La mort de son père relevait d'ailleurs peut-être davantage du suicide ; il s'était versé une généreuse rasade de soude caustique dans un gobelet, et avait ingurgité ce brouet de sorcière installé sur le siège des toilettes. Mrs. Rogan avait dégoté un job à l'usine Ford. Tom, à onze ans, se trouva promu chef de famille. Et s'il faisait une connerie — si le bébé chiait dans ses langes après le départ de la baby-sitter et qu'il n'avait pas tout nettoyé avant le retour de sa mère..., s'il oubliait de faire traverser Megan au carrefour à la sortie de la crèche et que cette fouineuse de Mrs. Gant le voyait..., si M'man le trouvait en train de regarder *American Bandstand* pendant que Joey mettait la cuisine en pagaille..., si cela ou mille autres choses se produisaient... —, alors, après le coucher des petits, la canne maudite sortait du placard tandis que s'élevait l'invocation : *Viens ici, Tommy. Il faut que je te donne une raclée.*

Autant donner les raclées que les recevoir.

S'il n'avait rien appris d'autre sur la grand-route à péage de la vie, au moins avait-il appris cela.

C'est pourquoi il enfila la boucle et l'installa douillettement contre sa paume. Puis il referma le poing dessus. Il se sentait bien. Il se sentait comme un adulte. La bande de cuir noir pendait de sa main comme un serpent mort. Il n'avait plus mal à la tête.

Elle avait enfin trouvé cette dernière chose au fond du tiroir ; un vieux soutien-gorge de coton aux bonnets en forme d'obus. L'idée que l'appel téléphonique ait pu émaner d'un amant lui effleura brièvement l'esprit avant de disparaître. C'était ridicule. Une femme qui va retrouver son amant n'emporte pas ses vieilles blouses et ses sous-vêtements Petit-Bateau, avec leurs élastiques détendus. D'ailleurs, elle n'oserait pas.

« Beverly », dit-il doucement. Elle se retourna d'un seul bloc, en sursaut, les yeux agrandis, ses longs cheveux ondoyant.

La ceinture hésita, retomba un peu. Il ne la quittait pas des yeux, ressentant à nouveau cette vague impression de malaise. Oui, elle avait eu cette même expression avant chacun de ses grands défilés de mode, et il avait alors évité de se mettre sur son passage, ayant compris qu'elle débordait tellement de peur et d'agressivité mêlées qu'elle avait la tête comme pleine de gaz : à la moindre étincelle, tout exploserait. Elle n'avait pas vu dans ces défilés l'occasion de quitter Delia Fashions, de gagner sa vie, voire de faire fortune, par ses seuls talents. Cela aurait été normal pourtant ; mais s'il n'y avait eu que ça, elle n'aurait pas eu un talent aussi diabolique. Ces shows avaient été pour elle des sortes de super-examens où elle était jugée par de redoutables professeurs. Elle se retrouvait devant une créature sans visage. Sans visage, mais avec un nom : *Autorité.*

C'était cette nervosité-là qui lui dilatait les yeux, en ce moment. Mais il n'y avait pas seulement son visage ; il émanait d'elle une aura presque visible, une surtension qui la rendait soudain à la fois plus désirable et plus redoutable qu'elle ne lui avait semblé depuis des années. Il avait peur parce qu'elle était là, tout entière, telle qu'elle était essentiellement et non pas réduite à ce que Tom Rogan voulait qu'elle fût ou croyait avoir fait d'elle.

Beverly paraissait à la fois en état de choc et effrayée. Mais aussi débordante d'une joie malsaine. Si une rougeur fiévreuse empourprait ses joues, elle avait également deux taches d'un blanc brutal en dessous de la paupière inférieure qui lui faisaient comme deux yeux de plus. Il y avait enfin cette vibration atténuée qui émanait de son front.

Et la cigarette dépassait toujours de sa bouche, remontant légèrement maintenant, comme si elle se prenait pour ce foutu Frank Roosevelt. La cigarette ! À cette seule vue, il sentit monter en lui une vague de fureur noire. Vaguement, très loin au fond de son esprit, il se souvint de ce qu'elle lui avait dit une fois, dans l'obscurité, parlant d'une voix sombre et apathique : *Un jour, tu vas finir par me tuer, Tom. T'en rends-tu compte ? Un jour, tu vas aller juste un peu trop loin et ce sera la fin. Tu vas craquer.*

Tu n'as qu'à faire ce que je te dis, Bev, et ce jour-là ne viendra jamais, avait-il répondu.

À cet instant, avant que la colère ne l'aveugle complètement, il se demandait si ce jour n'était pas justement venu.

La cigarette. Peu importait le coup de fil, la valise, son air bizarre. On allait s'occuper de la cigarette. Après quoi, il la baiserait. Puis ils discuteraient du reste. À ce moment-là, ça paraîtrait peut-être même important.

« Tom, dit-elle, Tom, il faut que...

— Tu fumes. » Sa voix avait l'air de venir de loin, comme retransmise par une bonne radio. « On dirait que tu as oublié, poussin. Où les cachais-tu ?

— Écoute, je vais l'éteindre », dit-elle en allant jusqu'à la porte de la salle de bains. Elle lança la cigarette — même de là, il devinait les marques de dents sur le filtre — dans la cuvette des chiottes. *Fssssss.* « C'était un vieil ami, Tom. Un très très vieil ami. Il faut que...

— Que tu la fermes, un point c'est tout ! hurla-t-il. Tu la fermes ! » Mais la peur qu'il voulait voir apparaître — la peur de lui — ne se manifestait pas sur son visage. Il y lisait pourtant de la peur, mais elle venait du coup de téléphone, et Beverly n'était pas censée éprouver de peur de ce côté-là. On aurait presque dit qu'elle ne voyait pas la ceinture, qu'elle ne voyait pas Tom lui-même, et il ressentit une pointe de malaise. Était-il bien ici ? Question stupide, et pourtant...

Cette question était si terrible et si élémentaire que pendant un instant il eut l'impression de se trouver sur le point d'être arraché à lui-même et de se mettre à flotter comme une fleur de pissenlit dans la brise. Puis il se reprit. Il était là, en chair et en os, et le foutu baratin de psy, ça suffisait pour cette nuit. Il était là, lui, Tom Rogan, en personne, et si cette cinglée de conne ne filait pas droit dans les trente secondes à venir, elle allait avoir l'air de quelqu'un tombé d'un train en marche.

« Faut que j' te donne une raclée, ma poulette, dit-il. Désolé. »

Il avait déjà vu ce mélange de peur et d'agressivité un jour. Oui. Pour la première fois, ça lui revenait clairement.

« Pose ce truc, répondit-elle. Il faut que j'aille à O'Hare le plus vite possible. »

(Es-tu bien présent ici, Tom ? En es-tu sûr ?)

Il repoussa cette pensée. Le morceau de cuir qui avait autrefois été une ceinture se balançait lentement devant lui comme un pendule. Il cligna des yeux et la regarda bien en face.

« Écoute-moi, Tom. Il se passe des choses graves dans ma ville natale. Des choses très graves. J'avais un ami, à cette époque ; on aurait sans doute pu dire que c'était mon petit ami, sauf que nous étions encore beaucoup trop jeunes pour ça. Ce n'était qu'un gosse de onze ans affligé d'un épouvantable bégaiement. Il est romancier, maintenant. Je crois même que tu as lu l'un de ses livres... *Les Rapides des ténèbres,* non ? »

Elle scrutait son visage, mais Tom restait sans expression. Il n'y avait que le pendule de la ceinture qui oscillait paisiblement. Il l'écoutait, la tête inclinée, ses jambes massives légèrement écartées. Puis elle se passa nerveusement la main dans les cheveux — d'un geste distrait —, comme si elle avait à penser à de nombreuses choses importantes et qu'elle n'avait pas vu la ceinture. Et l'horrible et angoissante question lui revint à l'esprit : *Es-tu bien présent ici ? En es-tu sûr ?*

« Ce bouquin a traîné là pendant des semaines et je n'avais jamais fait le rapprochement. J'aurais dû, peut-être, mais nous sommes tous plus âgés maintenant, et ça fait longtemps que je n'ai pas pensé à Derry, très longtemps. Peu importe. Bill avait un frère, George, qui a été tué avant que je connaisse vraiment Bill. Il a été assassiné. Et puis l'été suivant... »

Mais Tom avait déjà assez entendu de sornettes comme ça. Il fonça rapidement sur elle, rejetant le bras droit en arrière comme s'il s'apprêtait à lancer un javelot. La ceinture fendit l'air avec un sifflement. Beverly la vit venir et voulut l'éviter, mais son épaule heurta le chambranle de la porte de la salle de bains, et il y eut un claquement étouffé quand le cuir vint frapper son avant-bras gauche, sur lequel il laissa une marque rouge.

« J' m'en vais te fouetter, moi », dit Tom. Sa voix était normale, exprimant presque un regret, mais sa bouche lui découvrait les dents en un rictus figé. Il voulait voir cette expression dans son regard, cette expression de peur, de terreur et de honte, cette expression qui disait : *Tu as raison, je l'ai bien mérité,* qui disait aussi : *Oui, tu es là avec moi, je sens ta présence.* Alors l'amour pourrait revenir, ce qui était bien, ce qui était juste, parce qu'il l'aimait vraiment. Ils pourraient même avoir une discussion, si elle y tenait, sur qui exactement l'avait appelée et ce qu'il voulait. Mais ce serait pour plus tard, forcément. Pour l'instant, la leçon venait seulement de commencer. Le bon vieux deux temps, deux mouvements. Un, la raclée. Deux, la baise.

« Désolé, poussin.

— Tom ! Ne fais pas... »

Il balança la ceinture de côté, et elle vint s'enrouler sur ses hanches, achevant sa course avec un claquement satisfaisant sur ses fesses. Et...

Et nom de Dieu, elle s'y accrochait ! Cette salope s'accrochait à la ceinture !

Tom Rogan se trouva pendant un instant tellement stupéfait devant cet acte inattendu d'insubordination qu'il faillit lâcher son fouet, qu'il l'aurait lâché, en fait, n'eût été la boucle, solidement enroulée à son poignet.

Il tira la ceinture d'un coup sec.

« N'essaie surtout pas de me l'arracher, fit-il, la voix rauque. T'as compris ? Refais encore un truc comme ça, et tu passeras un mois à pisser du jus de framboise.

— Arrête ça, Tom ! » dit-elle. Son ton eut le don de le rendre furieux : on aurait cru un moniteur de sport s'adressant à un gosse de six ans qui pique sa crise. « Il faut que je parte, reprit-elle. Ce n'est pas une plaisanterie. Des gens sont morts, et j'ai fait une promesse, il y a très longtemps. »

Tom n'entendit à peu près rien. Il rugit et fonça sur elle, tête baissée, la ceinture virevoltant à l'aveuglette. Il la frappa tout en la tirant du seuil de la porte et en la poussant le long du mur. Il levait le bras, frappait, levait le bras, frappait, levait le bras, frappait. Plus tard, dans la matinée, il lui faudrait avaler trois tablettes de codéine avant d'être capable de lever la main plus haut que les yeux, mais pour l'instant, il n'avait conscience que d'une seule chose : elle le défiait. Non seulement elle avait fumé, mais *elle avait essayé de lui arracher la ceinture.* Ô bonnes gens, amis et voisins, elle l'avait bien cherché, et devant le trône de Dieu Tout-Puissant, il jurait qu'elle y aurait droit.

Il la repoussa ainsi le long du mur, faisant pleuvoir les coups sur elle. Elle se protégeait le visage des mains, mais il avait accès à tout le reste de son corps. La ceinture produisait de solides claquements dans le silence de la pièce. Mais elle ne criait pas, comme cela lui arrivait parfois, ni ne le suppliait d'arrêter, comme elle le faisait d'habitude. Pis que tout, elle ne pleurait pas, elle qui pleurait toujours. On n'entendait que le bruit de la ceinture et leurs respirations, celle de Tom, forte et rauque, celle de Bev, rapide et légère.

Elle fonça soudain vers le lit et la coiffeuse à côté. Les coups de ceinture avaient empourpré ses épaules ; ses cheveux ondulaient comme des flammes. Il la suivit de son pas lourd, plus lent ; mais il était énorme, imposant. Il avait joué au squash jusqu'au jour où il s'était déchiré le tendon d'Achille, deux ans auparavant ; depuis, il avait un peu (beaucoup, en fait) perdu le contrôle de son poids, mais les muscles étaient toujours là, puissants rouages enrobés de graisse. Il était cependant hors d'haleine, ce qui l'inquiétait un peu.

Il crut, quand elle arriva près de la coiffeuse, qu'elle allait s'accroupir à côté, voire tenter de se glisser dessous. Au lieu de cela, ses mains saisirent..., elle se retourna... et l'air se remplit soudain de missiles. Elle lui lançait ses produits de beauté. Une bouteille de parfum vint le frapper sèchement entre les seins, puis tomba à ses pieds où elle se brisa. Le parfum entêtant des fleurs l'étouffa à moitié.

« *Arrête ça !* rugit-il. *Arrête ça !* »

Au lieu d'obtempérer, ses doigts continuèrent à parcourir le dessus de verre de la coiffeuse, attrapant tout ce qu'ils trouvaient pour le lui lancer. Il avait porté la main à sa poitrine, à l'endroit où le flacon l'avait heurté, incapable d'admettre qu'elle l'avait frappé avec quelque chose, alors que d'autres objets volaient autour de lui. Le bouchon de verre l'avait entaillé. Ce n'était qu'une coupure bénigne, rien de plus qu'une égratignure triangulaire, mais il y avait une petite dame aux cheveux roux qui allait voir le soleil depuis un lit d'hôpital, oh oui ! Une certaine petite dame...

Un pot de crème l'atteignit au-dessus du sourcil droit avec force. Il entendit un coup sourd qui lui parut provenir de l'intérieur de sa tête.

Il y eut une explosion de lumière blanche juste au-dessus du champ de vision de cet œil et il recula d'un pas, bouche bée, tandis qu'un tube de Nivéa le frappait à la hauteur de l'estomac et qu'elle se mettait — était-ce possible ? Mais oui ! — à crier après lui :

« *Je vais à l'aéroport, espèce de fils de pute ! Tu m'entends ? J'ai quelque chose à faire et je vais y aller ! Écarte-toi de mon chemin, tu ne m'en* EMPÊCHERAS PAS ! »

Du sang coulait dans l'œil droit de Tom, piquant et chaud. Il l'essuya du revers de la main.

Il resta quelques instants immobile, la regardant comme s'il la voyait pour la première fois. Ce qui, en un certain sens, était vrai. Sa poitrine se soulevait rapidement ; son visage offrait un contraste de plans livides et de pommettes écarlates. Un rictus lui tirait les lèvres en arrière, découvrant ses dents. Elle avait cependant nettoyé le dessus de la coiffeuse ; le silo à missiles était vide. Il lisait toujours la peur dans ses yeux, mais pas la peur de lui.

« Tu vas ranger ces affaires », dit-il, luttant pour ne pas haleter en parlant. Ça n'aurait pas fait bon effet. Il aurait eu l'air affaibli. « Tu remettras ensuite la valise à sa place et tu te foutras au lit. Si tu fais ça, je ne serai peut-être pas trop méchant. Peut-être pourras-tu sortir de la maison dans deux jours et non dans deux semaines.

— Écoute-moi, Tom. » Elle parlait lentement, le regard très clair. « Si tu t'approches de moi, je te tuerai. As-tu bien compris, espèce de tas de graisse ? Je te tuerai. »

Et brutalement — à cause du souverain mépris qu'exprimait son visage, peut-être, ou parce qu'elle l'avait traité de « tas de graisse » ou simplement à cause de cet air de rébellion de ses seins qui se soulevaient et s'abaissaient —, il suffoqua de peur. Une peur qui ne se réduisait pas à quelques coups d'aiguillon, mais qui le submergeait entièrement, la peur horrible de ne pas être là.

Tom Rogan se précipita sur sa femme, sans pousser de rugissement cette fois ; il fonça aussi silencieusement qu'une torpille sous l'eau. Son intention n'était probablement plus de la battre et de la soumettre, mais de lui faire ce qu'elle avait imprudemment déclaré qu'elle lui ferait.

Il crut qu'elle allait s'enfuir, sans doute vers la salle de bains ou l'escalier. Au lieu de cela, elle resta ferme sur sa position. Sa hanche heurta le mur quand elle saisit la coiffeuse de toutes ses forces ; et dans le mouvement qu'elle fit pour lui lancer le meuble, elle se cassa deux ongles jusqu'à la chair, la sueur ayant rendu ses mains glissantes.

La coiffeuse oscilla pendant un moment sur un pied, et elle

redoubla d'efforts. Tandis que le meuble dansait, son miroir renvoya la lumière du plafonnier et une vague, comme une pénombre d'aquarium, parcourut brièvement le plafond. Puis il s'inclina en avant, et l'un des bords vint heurter Tom en haut des cuisses. Il tomba à la renverse. Il y eut un tintinnabulement musical dû aux bouteilles qui dégringolaient et se brisaient à l'intérieur. Il vit le miroir venir heurter le sol à sa gauche et eut pour se protéger les yeux un mouvement qui lui fit perdre la ceinture. Des morceaux de verre se répandirent bruyamment, argentés au revers. Plusieurs le coupèrent, et il se mit à saigner.

Elle pleurait, maintenant, à gros sanglots suraigus. Mille fois elle s'était vue le quittant, rejetant la tyrannie de Tom comme elle avait rejeté celle de son père, se sauvant dans la nuit, les bagages empilés dans le coffre de la Cutlass. Elle n'était pas stupide, en tout cas pas au point de croire, alors qu'elle se tenait au milieu de tout ce gâchis, qu'elle n'avait pas aimé Tom et que d'une certaine manière elle l'aimait encore. Mais ça ne changeait rien à la peur et à la haine qu'il lui inspirait, ni au mépris qu'elle éprouvait pour elle-même, de l'avoir choisi pour d'obscures raisons enfouies dans le passé et qui n'auraient plus dû jouer. Son cœur ne se brisait pas ; il lui donnait plutôt l'impression de se consumer, de fondre dans sa poitrine. Avec l'angoisse que cette chaleur l'envahisse complètement et la rende folle.

Mais au-dessus de tout cela, dans un martèlement régulier au fond de son esprit, s'élevait la voix sèche et intraitable de Mike Hanlon : *ÇA est revenu, Beverly... ÇA revient... et tu as promis...*

La coiffeuse se souleva et se baissa, une fois, deux fois, trois fois. On aurait dit qu'elle respirait.

Se déplaçant avec agilité et prudence, lèvres pincées, commissures vers le bas, agitée de tics semblant annoncer des convulsions, elle franchit sur la pointe des pieds la zone couverte de débris de verre et s'empara de la ceinture au moment où Tom repoussait la coiffeuse de côté. Elle recula, glissant la main dans la boucle de cuir, et secoua la tête pour chasser les cheveux qui lui retombaient dans les yeux ; elle voulait voir ce qu'il allait faire.

Tom se releva. Il avait des coupures sur une joue ; sur son front s'allongeait en diagonale une estafilade fine comme un cheveu. Il fronça les sourcils tout en se redressant, et aperçut du sang sur son caleçon.

« Rends-moi cette ceinture », dit-il.

Au lieu de cela, elle fit un tour de plus autour de sa main et lui jeta un regard de défi.

« Arrête ça, Bev. Tout de suite.

— Si tu m'approches, je te fais cracher tes boyaux. » Les mots étaient bien sortis de sa bouche, mais elle n'arrivait pas à y croire. Et qui était au juste ce Cro-Magnon en sous-vêtements pleins de sang ? Son mari ? Son père ? L'amant qu'elle avait eu au collège et qui un soir lui avait cassé le nez, apparemment sur un simple caprice ? *Oh, mon Dieu, aidez-moi, aidez-moi maintenant !* pensa-t-elle. Et de nouveau, sa bouche parla : « Moi aussi je peux le faire. Tu es gros et lent, Tom. Je pars, et quelque chose me dit que c'est pour toujours. Je crois bien que c'est terminé, tous les deux.

— Qui c'est ce type, Denbrough ?

— Laisse tomber. J'étais... »

Elle se rendit compte presque trop tard que la question n'avait pour but que de la distraire. Il n'avait pas fini sa phrase qu'il se jetait sur elle. La ceinture décrivit un arc en l'air, et le claquement qu'elle produisit en atterrissant sur la bouche de Tom rappelait celui d'un bouchon rétif sortant d'une bouteille.

Il poussa un couinement et porta vivement les mains à ses lèvres, l'œil agrandi, hagard. Du sang se glissa entre ses doigts et coula sur le revers de ses mains.

« Tu m'as fendu la lèvre, salope ! fit-il avec un gémissement assourdi. Nom de Dieu, tu m'as fendu la lèvre ! »

Il se dirigea de nouveau vers elle, mains tendues, la bouche ensanglantée. En fait, ses lèvres semblaient avoir éclaté en deux endroits différents. L'une de ses dents de devant avait perdu sa couronne. Comme elle le regardait, il la cracha de côté. Une partie d'elle-même avait envie de fuir cette scène et de fermer les yeux ; mais l'autre Beverly ressentait l'exultation d'un condamné à mort qu'un tremblement de terre vient inopinément de libérer de sa prison. Et cette seconde Beverly aimait beaucoup ça. *J'aurais adoré que tu l'avales ! Que tu t'étouffes avec !*

C'est cette Beverly-là qui fit tournoyer la ceinture pour la dernière fois — cette ceinture qui avait marqué ses fesses, ses jambes, sa poitrine. Cette ceinture dont il s'était servi un nombre incalculable de fois au cours des quatre dernières années. Le nombre de coups dépendait de l'importance de la bêtise. Tom arrivait à la maison et le dîner était froid ? Trois coups. Oh, hé, regardez ! Beverly a encore attrapé une contredanse. Un coup... sur la poitrine. Il n'était pas méchant : il lui laissait rarement des ecchymoses. Ça ne faisait même pas très mal. Si ce n'était l'humiliation. Ça, ça faisait mal. Et ce qui était encore plus douloureux, c'était de savoir que quelque chose, au fond d'elle-même, était friand de cette souffrance. Friand de cette humiliation.

Le dernier remboursera tous les autres, pensa-t-elle. Et elle frappa.

Elle porta le coup de côté, bas ; le cuir vint s'enrouler entre ses jambes et frappa ses couilles avec un bruit sec mais appuyé — celui d'un tapis que l'on bat. Cela suffit. Tom Rogan perdit instantanément toute combativité.

Il poussa un couinement aigu mais sans force et tomba à genoux comme pour prier, les mains entre les jambes. Il rejeta la tête en arrière, et des cordes saillirent de son cou. Sa bouche en sang grimaçait tragiquement de douleur. Son genou gauche vint écraser la pointe effilée d'un gros éclat de verre, reste d'une bouteille de parfum, et il roula en silence de côté, comme une baleine qui s'échoue. Une des mains quitta l'entrejambe pour se porter au genou à vif.

Tout ce sang. Seigneur, il saigne de partout.

Il survivra, répondit froidement la nouvelle Beverly, celle que semblait avoir fait surgir le coup de téléphone de Mike Hanlon. *Des types comme lui survivent toujours. Il faut simplement se tirer d'ici à toute allure, des fois qu'il aurait envie de reprendre le tango. Ou avant qu'il décide d'aller à la cave décrocher la Winchester.*

Elle recula d'un pas et sentit un élancement de douleur dans le pied : elle venait de marcher sur un morceau du miroir de la coiffeuse. Elle se courba pour attraper la poignée de la valise, sans le quitter un instant des yeux. Puis elle recula jusqu'à la porte et descendit dans le hall. Elle tenait la valise à deux mains devant elle, se cognant les tibias à chaque pas qu'elle faisait à reculons. Son pied coupé laissait une empreinte sanguinolente sur le sol. Une fois en haut des marches, elle se tourna et descendit rapidement, sans s'autoriser à réfléchir. Elle craignait de ne plus avoir une seule pensée cohérente dans la tête, du moins pour l'instant.

Elle sentit que quelque chose lui effleurait la jambe et poussa un cri.

C'était l'extrémité de la ceinture, qu'elle tenait toujours enroulée autour de la main. Dans la pénombre, elle avait plus que jamais l'air d'un serpent noir. Elle la jeta par-dessus la rampe, avec une grimace de dégoût, et la vit atterrir en S sur le tapis du couloir, en bas des marches.

Une fois au pied de l'escalier, elle prit sa chemise de nuit par l'ourlet et la fit passer par-dessus sa tête. Elle était pleine de sang, et elle ne voulait pas la porter une seconde de plus. Elle la lança au loin, et le fin vêtement alla se poser en ondoyant sur un caoutchouc placé à côté de la porte de séjour, qu'elle recouvrit comme un parachute brodé. Elle se pencha, nue, sur sa valise. Elle avait le bout des seins glacé, ausi dur que du bois.

« RAMÈNE TON CUL LÀ-HAUT, BEVERLY ! »

Elle suffoqua, sursauta puis se pencha de nouveau sur la valise. S'il avait la force de crier autant, elle disposait alors de beaucoup moins de temps que ce qu'elle croyait. Elle souleva le couvercle, sortit une culotte, une blouse, un vieux Levi's, qu'elle enfila fébrilement à côté de la porte, sans quitter l'escalier des yeux. Mais Tom n'apparut pas là-haut. Il cracha son nom encore par deux fois, et à chacune, elle se recroquevilla devant cette voix, le regard hanté, les lèvres se retroussant sur les dents en un rictus incontrôlé.

Elle enfonça les boutons de la blouse dans les boutonnières aussi vite qu'elle put. Les deux du haut manquaient (bien sûr, son propre raccommodage était rarement fait) et elle songea qu'elle devait avoir l'air plus ou moins d'une pute à la recherche d'un dernier client pour pouvoir dire qu'elle avait gagné sa nuit — mais il fallait faire avec.

« JE TE TUERAI, SALOPE ! ESPÈCE DE SALOPE DE PUTE ! »

Elle fit claquer le couvercle, ferma les serrures. La manche d'une blouse dépassait comme une langue. Elle regarda une dernière fois autour d'elle, rapidement, se doutant qu'elle ne reverrait jamais plus cette maison.

Mais cette idée ne lui apporta que du soulagement ; elle ouvrit la porte et sortit sans hésiter.

Elle avait déjà dépassé trois carrefours, sans très bien savoir où elle se dirigeait, quand elle se rendit compte qu'elle était encore pieds nus. Le gauche, celui qu'elle s'était coupé, lui élançait sourdement. Il fallait qu'elle mette quelque chose aux pieds, et il était presque deux heures du matin. Son portefeuille et ses cartes de crédit étaient restés à la maison. Elle fouilla les poches de son jean, mais n'en tira que quelques bourres de charpie. Elle n'avait pas un sou sur elle, rien. Elle parcourut du regard le quartier dans lequel elle se trouvait — un quartier résidentiel avec de belles maisons, des pelouses parfaitement entretenues mais que des vitres noires.

Et soudain elle se mit à rire.

Beverly Rogan s'assit sur un muret bas, la valise entre ses pieds sales, ne pouvant s'arrêter de rire. Les étoiles étaient de sortie, et comme elles brillaient ! Elle pencha la tête de côté et rit à leur adresse, prise d'une jubilation sauvage qui la submergea comme une vague de fond, la soulevant, l'emportant, la purifiant ; une force d'une telle violence qu'elle en perdit toute pensée consciente ; son sang, seul, pensait, et de sa voix puissante parlait, à sa manière au-delà des mots, de désir, bien qu'elle ne sût jamais (et n'eût jamais envie de savoir) de quel désir il s'agissait. Il lui suffisait de ressentir cette chaleur qui l'emplissait avec insistance. *Le désir,* se dit-elle ; et à l'intérieur d'elle-même, la lame de fond de jubilation parut prendre de la vitesse et se précipiter vers quelque inévitable chute.

Elle rit aux étoiles, effrayée mais libre, pleine d'une terreur aussi aiguë qu'une douleur, aussi douce qu'une pomme mûre d'octobre, et quand une lumière s'alluma à l'étage des chambres, dans la maison au pied de laquelle elle se trouvait, elle saisit la poignée de sa valise et s'enfuit dans la nuit, sans cesser de rire.

6
Bill Denbrough s'accorde un congé

« *Partir ?* » répéta Audra. Elle le regardait, intriguée, un peu effrayée, et replia ses pieds sous elle. Le plancher était froid. Tout le cottage était froid, à vrai dire. Le sud de l'Angleterre avait connu un printemps exceptionnellement humide et froid, et à plusieurs reprises, au cours de sa promenade du matin ou du soir, Bill Denbrough s'était surpris à penser au Maine... et d'une manière vague, à Derry.

La maison comprenait, en principe, le chauffage central ; du moins était-ce ce que prétendait l'annonce. De fait, il y avait bien un fourneau, dans le petit sous-sol bien rangé, remisé dans ce qui avait été autrefois la réserve de charbon, mais Bill et Audra n'avaient pas tardé à s'apercevoir que Britanniques et Américains n'avaient pas la même conception du chauffage central. Pour les premiers, vous avez le chauffage central tant que vous ne pissez pas des glaçons dans les toilettes, le matin au réveil. On était justement le matin — huit heures moins le quart. Bill n'avait raccroché le téléphone que cinq minutes plus tôt.

« Tu ne peux pas partir comme ça, Bill, tu le sais bien.

— Il le faut. » Il y avait un buffet de l'autre côté de la pièce. Il alla prendre la bouteille de Glenfiddich sur l'étagère du haut et s'en versa un verre en en faisant tomber à côté. « Et merde, grommela-t-il.

— Qui était-ce, au téléphone, Bill ? De quoi as-tu peur ?

— Je n'ai pas peur.

— Ah ? tes mains tremblent toujours comme ça ? Tu prends toujours un whisky avant le petit déjeuner ? »

Il revint s'asseoir, les pans de sa robe de chambre lui battant les chevilles. Il s'efforça de sourire, mais c'était raté. Il y renonça.

À la télé, un journaliste dévidait sa série matinale de mauvaises nouvelles, avant de terminer par les résultats des derniers matchs de football. Lorsqu'ils étaient arrivés dans ce petit village de grande banlieue, Fleet, un mois avant le début du tournage, ils s'étaient tout deux émerveillés de la qualité technique de la télévision britannique — avec un bon appareil couleur, on en oubliait qu'il ne s'agissait que d'une image. *Davantage de lignes ou quelque chose comme ça,* avait expliqué Bill. *Je ne sais pas, mais c'est sensationnel,* avait répondu Audra. C'était avant de découvrir que l'essentiel des programmes était constitué de séries américaines genre *Dallas* et d'interminables retransmissions sportives allant du mortellement ennuyeux (les championnats de fléchettes, dans lesquels les participants avaient cet air hyper-tendu des lutteurs de sumo) au normalement barbant (le football anglais, et pire, le cricket).

« J'ai pensé plusieurs fois au pays, depuis quelque temps, dit-il en avalant une gorgée de whisky.

— Au pays ? »

Elle avait l'air tellement étonné qu'il ne put s'empêcher de rire.

« Pauvre Audra ! Mariée depuis onze ans à un type comme moi et tu ignores quasiment tout de moi... ! Qu'est-ce que tu sais, au juste ? » Il rit de nouveau et engloutit le reste de son verre. Mais elle perçut dans son rire quelque chose qui lui déplut autant que de le voir un whisky à la main à une heure aussi matinale. Il sonnait en fait comme un hurlement de souffrance.

« Je me demande, reprit-il, s'il en est de même pour les autres, si leur conjoint est aussi en train de découvrir combien peu ils en savent. C'est sans doute le cas.

— Je sais que je t'aime, Billy. Au bout de onze ans, ça me suffit.

— Je sais. » Il lui sourit — un sourire doux, fatigué, apeuré.

« S'il te plaît, dis-moi ce qui se passe. »

Elle le regardait de ses beaux yeux gris, assise dans le fauteuil miteux d'une maison de location, les pieds coincés sous l'ourlet de sa chemise de nuit ; il en était tombé amoureux, il l'avait épousée et il l'aimait toujours. Il essaya de voir la situation à travers ses yeux, de deviner ce qu'elle savait. Il tenta de présenter le tout comme une histoire. Possible, mais invendable, il ne l'ignorait pas.

C'est celle d'un jeune homme pauvre de l'Etat du Maine qui accède à l'Université grâce à une bourse. Toute sa vie, il a voulu être écrivain, mais lorsqu'il s'inscrit au cours d' « écriture créative », il se retrouve perdu sans boussole dans un étrange et effrayant pays. Il y a là un type qui veut devenir John Updike ; un autre, le Faulkner de la Nouvelle-Angleterre (sauf qu'il veut écrire des romans sur la vie sinistre des pauvres en vers libres) ; une fille qui admire Joyce Carol Oates, mais qui a le sentiment que comme cette dernière a été élevée dans une société sexiste, elle est « radioactive au sens littéraire du terme ». Oates est incapable d'être propre, d'après cette fille. Elle-même le sera davantage. Il y a un petit gros qui ne peut pas (ou ne veut pas) s'exprimer autrement qu'en grommelant. Il a écrit une pièce avec neuf protagonistes. Chacun ne dit qu'un seul mot. Peu à peu, les spectateurs se rendent compte que lorsque l'on met les mots à la queue leu leu, on obtient : « La guerre est l'arme des marchands de mort sexistes. » La pièce a reçu la meilleure note, A, du type qui enseigne en Eh-141 (séminaire supérieur d'écriture créative). Ce prof a lui-même publié quatre volumes de poésie, outre sa thèse, tout ça aux Presses de l'université. Il fume du hasch et porte un badge pacifiste. Le grommeleur obèse voit son œuvre montée par un groupe de théâtre guérillero, pendant la grève contre la guerre du Vietnam qui a réussi à fermer tous les campus en mai 1970. Le prof joue l'un des personnages.

Bill Denbrough, entre-temps, a écrit une nouvelle policière (meurtre dans une pièce fermée de l'intérieur) et trois nouvelles de science-fiction, plus quelques histoires d'horreur qui doivent beaucoup à Edgar Poe, Lovecraft et Richard Matheson. (Il comparera plus tard ces « œuvres de jeunesse » à des corbillards XIXe équipés d'un moteur turbo et peints en couleurs phosphorescentes.)

L'une des nouvelles de SF lui vaut un B.

Voilà qui est mieux, a écrit le prof sur la première page. *Dans la contre-révolution étrangère, on voit le cercle vicieux de la violence engendrant la violence. J'aime particulièrement vos vaisseaux spatiaux « nez-d'aiguille » en tant que symboles d'une incursion socio-sexuelle. Même si ce travail reste un peu confus dans l'ensemble, il est intéressant.*

Tous les autres ont décroché un C, et encore, dans le meilleur des cas.

Un jour, en plein cours, il finit par se lever, après une discussion sur les quatre pages qu'une jeune femme au teint jaunâtre a consacrées à la description d'une vache en train d'examiner un moteur au rebut dans un champ désert (peut-être après une guerre nucléaire). Cette discussion a duré soixante-dix minutes environ. La fille au teint jaunâtre, qui fume cigarette sur cigarette (des Winston) et presse de temps en temps les boutons qui se nichent dans ses tempes, voit dans son texte une prise de position socio-politique orwellienne. Tout le monde (y compris le prof) ou presque a l'air d'accord, mais l'analyse se traîne.

Lorsque Bill se lève, toute la classe le regarde. Il est grand, et a une certaine présence.

S'exprimant avec soin, sans bégayer (cela fait plus de cinq ans qu'il ne bégaye plus), il dit : « Je n'y comprends rien. Je n'y comprends rien du tout. Pourquoi une histoire devrait-elle être socio-quelque chose ? La politique... la culture... l'histoire... n'est-ce pas là les ingrédients naturels d'une histoire, si elle est bien racontée ? Je veux dire... (il regarde autour de lui, ne voit que des regards hostiles, et se rend vaguement compte qu'on considère ses propos comme une attaque. Peut-être, après tout. Sans doute pensent-ils qu'un marchand de mort sexiste se trouve parmi eux)... est-ce qu'on ne peut pas laisser une histoire être simplement une histoire ? »

Personne ne répond. Le silence se prolonge. Il reste là, regardant une paire d'yeux après l'autre. La fille jaunâtre lâche un nuage de fumée et écrase son mégot dans le cendrier qu'elle trimbale partout avec elle.

C'est finalement le prof qui prend le premier la parole et dit, d'une voix douce, comme s'il s'adressait à un enfant piquant une colère inexplicable : « Croyez-vous que Faulkner racontait simplement des histoires ? Que Shakespeare ne cherchait qu'à faire du fric ? Allez, Bill, dites-nous le fond de votre pensée.

— Je pense que ce n'est pas loin de la vérité », répond-il, après avoir sérieusement réfléchi à la question. Et dans leurs yeux, il lit sa damnation.

« Je dirais, fit le prof, jouant avec son stylo et souriant à Bill les yeux mi-clos, qu'il vous reste énormément de choses à apprendre. »

Les applaudissements partent de quelque part au fond de la salle.

Bill sort, mais revient la semaine suivante, bien déterminé à ne pas lâcher comme ça. Entre-temps, il a écrit une histoire intitulée « Les Ténèbres », dans laquelle un petit garçon découvre un monstre tapi dans la cave de la maison ; il l'affronte et finit par le tuer. Il a éprouvé une exaltation quasi religieuse en la rédigeant. Il avait plutôt l'impression de laisser couler l'histoire de lui que de l'écrire. À un moment donné, il a posé sa plume et tendu sa main douloureuse et brûlante dans la nuit à moins dix de décembre, où le changement de température l'a presque fait fumer. Il est sorti faire un tour, ses bottes crissant dans la neige comme de petits gonds qui réclament de l'huile, et il sentait l'histoire grossir dans sa tête ; c'était un peu effrayant, la façon dont elle exigeait de sortir, comme si elle allait lui jaillir des yeux si sa main n'était pas assez rapide pour la rendre concrète. « Je vais te faire sortir cette merde de là ! » confie-t-il alors au vent et à l'obscurité, puis il rit brièvement, un rire un peu nerveux. Il se rend compte qu'il vient de découvrir comment faire — au bout de dix ans, il a enfin trouvé le démarreur du bulldozer, énorme et silencieux, qui prend tant de place dans sa tête. Il a appuyé sur le bouton et le moteur s'est mis à tourner, à tourner. Pas jolie, jolie, la grosse machine. Pas le genre à emmener les filles au bal ; ni un signe extérieur de richesse. Elle est faite pour bosser. Elle peut tout renverser sur son passage. S'il ne prend pas garde, elle lui passera dessus.

Il se précipite à l'intérieur et termine « Les Ténèbres » à toute vapeur, écrivant jusqu'à quatre heures du matin pour finir par s'endormir sur l'appareil à relier. Si quelqu'un lui avait fait remarquer qu'il s'était inspiré de son frère George, il aurait été surpris. Cela faisait des années qu'il n'avait pas pensé à George — c'est du moins ce dont il était persuadé.

L'histoire lui est rendue avec un F comme un coup de fouet en travers de la première page, et ce commentaire, écrit en dessous en gros caractères : ROMAN DE GARE BON POUR LA POUBELLE. Bill prend les quinze feuillets de son manuscrit, va jusqu'au poêle, ouvre le portillon. Il est sur le point de les jeter au feu lorsqu'il est frappé par l'absurdité de son geste. Il retourne s'asseoir, regarde un poster des Grateful Dead et se met à rire. Roman de gare ? Parfait ! Plein de gens passent par les gares. « En avant pour le roman de gare ! » s'exclame-t-il à voix haute ; puis il éclate de rire jusqu'à ce que les larmes lui coulent des yeux.

Il retape la première page, celle qui comporte l'appréciation du prof, et envoie la nouvelle à un magazine masculin, *La Cravate blanche* (qui, d'après Bill, devrait plutôt s'appeler *Femmes nues à tous les étages*). Néanmoins, un encart explique qu'on recherche des histoires d'horreur et les deux numéros qu'il s'est procurés contiennent effectivement des histoires d'horreur, deux chacun, coincés entre des filles nues et des pubs pour des films porno et des pilules aphrodisiaques. L'une des nouvelles, due à un certain Dennis Etchison, est même très réussie.

Il envoie « Les Ténèbres » sans grand espoir — ce n'est pas la première fois qu'il soumet ses productions à des revues sans obtenir autre chose que des refus polis — et il est à la fois estomaqué et ravi quand *La Cravate blanche* lui annonce qu'elle achète la nouvelle pour deux cents dollars, payables à la parution. Le responsable éditorial ajoute un petit mot dans lequel il la qualifie de « la meilleure histoire d'horreur depuis “ The Jar ” de Bradbury. Quel dommage, ajoute-t-il, que moins de cent personnes lisent nos histoires ! » Mais Bill Denbrough s'en moque. Deux cents dollars !

Il va trouver son conseiller en éducation avec un formulaire d'abandon de cours pour le Eh-141. Le conseiller le signe. Bill Denbrough agrafe le formulaire à la note flatteuse de l'éditeur et appose les deux sur la porte du prof. Dans un coin du tableau d'informations, il aperçoit une caricature pacifiste. Et soudain, comme si elle agissait d'elle-même, sa main prend un stylo dans sa poche, et écrit ceci en travers de la caricature : *Si fiction et politique arrivent un jour à être réellement interchangeables, alors je me tuerai : je ne saurai pas quoi faire d'autre. La politique, ça change toujours. Les histoires, jamais.* Il s'arrête un instant puis (se sentant un peu mesquin mais incapable de se retenir) il ajoute : *Je dirais que vous avez encore beaucoup à apprendre.*

Le formulaire lui revient par la poste du campus trois jours plus tard, signé du prof. Dans la case NIVEAU AU MOMENT DE L'ABANDON, ne figure pas le médiocre C auquel ses travaux lui auraient donné légitimement droit, mais un autre F tracé d'une main rageuse. En dessous, le prof a écrit : *Croyez-vous que l'argent prouve quoi que ce soit, Denbrough ?*

« Eh bien, à la vérité, oui », déclare Bill Denbrough à son appartement vide, avec un nouvel accès de rire hystérique.

En fin de cursus universitaire, il se permet d'écrire un roman, car il n'a aucune idée de ce qui l'attend. Il sort de cette expérience blessé et effrayé... mais vivant, avec un manuscrit faisant près de cinq cents pages. Il l'envoie à un éditeur, Viking Press, sachant que ce ne sera que l'une des nombreuses étapes de son livre ; mais il aime le petit drakkar qui symbolise cette maison — autant commencer par elle. La première étape sera cependant la dernière : Viking achète le manuscrit... Et pour Bill Denbrough, le conte de fées commence. Celui que l'on appelait naguère Bill le Bègue connaît la gloire à vingt-trois ans. Trois ans plus tard, à quelque cinq mille kilomètres de la Nouvelle-Angleterre du Nord, il accède à une forme plus bizarre de célébrité en épousant à Hollywood une femme qui est une vedette de cinéma et son aînée de cinq ans.

Les échotiers mondains leur donnent six mois. Divorce ou annulation, tel est à leur avis le seul pari à prendre. Amis (et ennemis) de l'un et de l'autre partagent ce sentiment. En plus de leur différence d'âge, tout semble les séparer. Lui est grand, perd ses cheveux, manifeste une tendance à l'embonpoint et, en société, s'exprime avec lenteur — quand toutefois, il réussit à sortir un mot. Audra, de son côté, les cheveux châtain clair, faite au moule, est une femme superbe, une véritable créature de rêve à demi divine.

On l'avait engagé pour rédiger le scénario tiré de son deuxième roman, *Les Rapides des ténèbres* (avant tout parce que, parmi les clauses de cession de droits, figure en toutes lettres celle que l'auteur doit au moins réaliser la première mouture de l'adaptation cinématographique, en dépit des hauts cris de son agent), et il s'en est fort bien tiré. Puis on l'a invité à Universal City pour superviser les réaménagements, dans le cadre des réunions de production.

Son agent est une petite femme du nom de Susan Browne. Elle mesure exactement un mètre cinquante de haut. Elle déborde d'énergie jusque dans son langage, et elle se montre on ne peut plus catégorique : « N'y va pas, Billy, dit-elle. Envoie-les se faire foutre. Y a beaucoup de fric d'engagé dans cette affaire, et ils trouveront bien quelqu'un de compétent pour donner un coup de brosse à ton scénario. Goldman lui-même, peut-être bien.

— Qui ?

— William Goldman. Le seul bon écrivain à avoir sauté le pas et à s'en être bien tiré.

— Mais de quoi parles-tu, Susan ?

— Il a réussi à faire son trou à Hollywood, et il est resté bon. Ce qui est aussi difficile que de vaincre un cancer du poumon. C'est possible, mais qui tient à essayer ? Le sexe, l'alcool, tu vas te brûler les ailes. Sans parler de leurs nouvelles saloperies de drogues. (Son œil noisette, pétillant d'une fascination un peu folle, a une expression aussi véhémente que ses paroles.) Et si c'est un nullard et non pas Goldman, qu'est-ce que tu en as à foutre ? Le bouquin est là sur l'étagère. Et ils ne peuvent pas en changer un mot.

— Écoute, Susan...

— C'est toi qui m'écoutes, Billy ! Prends l'oseille et tire-toi. Tu es jeune et solide. C'est ce qu'ils aiment. Si tu vas là-bas, ils vont commencer par te faire perdre le respect que tu as de toi-même, sans parler du talent d'écrire en allant tout droit de A à B. En fin de compte, ils vont te châtrer. Tu écris comme un adulte, mais tu n'es qu'un gosse avec une grosse tête.

— Il faut que j'y aille.

— Y a pas quelqu'un qui a pété ici ? Sûrement, parce que ça commence à puer.

— Mais il le faut, je n'ai pas le choix !

— Seigneur Jésus !

— Il faut que je quitte la Nouvelle-Angleterre. (Il redoute de dire ce qui va suivre — c'est comme lâcher un juron — mais il le lui doit bien !) Il faut que je quitte le Maine.

— Et pour quelles raisons, grands dieux ?

— Je ne sais pas. Mais il le faut.

— Parles-tu sérieusement, Billy, ou me racontes-tu une de tes histoires ?

— Sérieusement. »

Cette conversation a lieu au lit. Elle a de petits seins, gros comme des pêches, doux comme des pêches. Il l'aime énormément, mais pas de la bonne manière, comme ils le savent tous les deux. Elle est assise, un bouillonné de drap lui cache le sexe, elle allume une cigarette. Elle pleure, mais il doute qu'elle sache qu'il sait. Ce n'est que son œil trop brillant. Ce serait un manque de tact que d'en parler, et il n'en parle donc pas. Il ne l'aime peut-être pas de la bonne manière, mais il se fait beaucoup de mauvais sang pour elle.

« Eh bien, vas-y, dit-elle d'un ton sec et neutre en lui tournant le dos. Passe-moi un coup de fil quand t'en pourras plus, si tu en as encore la force. Je viendrai ramasser les morceaux, s'il en reste. »

Au cinéma, *Les Rapides des ténèbres* deviennent *La Fosse du démon noir,* avec Audra Phillips dans le premier rôle. Le titre est abominable mais le film tout à fait réussi. Et Bill Denbrough ne perd rien d'autre à Hollywood que son cœur.

« Bill », répéta Audra, l'arrachant à l'évocation de ces souvenirs. Elle avait coupé la télé. Il jeta un coup d'œil par la fenêtre et constata que le brouillard était toujours aussi épais.

« Je vais te dire tout ce que je pourrais, dit-il, tu le mérites bien. Mais fais tout d'abord deux choses pour moi.

— Entendu.

— Prépare-toi une autre tasse de thé et dis-moi ce que tu sais de moi. Ou ce que tu crois savoir. »

Elle le regarda, intriguée, et alla jusqu'au buffet.

« Je sais que tu es originaire du Maine », répondit-elle en se versant une nouvelle tasse de thé. Elle n'était pas anglaise, mais elle parlait avec une pointe d'accent anglais, qui venait du rôle qu'elle tenait dans *La Mansarde,* le film qu'ils étaient venus tourner ici, le premier écrit par Bill. On lui avait également proposé la mise en scène, mais grâce à Dieu il avait refusé ; sinon son départ brusqué aurait été une catastrophe. Il savait bien ce que tout le monde allait dire. Que Bill Denbrough s'était enfin montré sous son vrai jour. Encore un foutu écrivain, plus fou que tout un asile.

Et Dieu sait qu'il se sentait cinglé en ce moment !

« Tu avais un frère que tu aimais beaucoup et qui est mort, reprit Audra. Tu as grandi dans une ville qui s'appelle Derry, et ta famille a déménagé pour Bangor environ deux ans après la mort de ton frère, puis pour Portland quand tu avais quatorze ans. Tu m'as dit aussi que ton père était mort d'un cancer du poumon quand tu avais dix-sept ans. Tu as écrit un best-seller alors que tu étais encore étudiant, payant tes études grâce à une bourse et à un travail à temps partiel dans une usine de textile. Le brusque changement de revenus a dû te faire une impression bizarre, à l'époque... »

Elle revint vers le coin de la pièce où il se trouvait, et il vit à son expression qu'elle prenait conscience de zones d'ombre qui les séparaient.

« Je sais enfin que tu as écrit *Les Rapides des ténèbres* un an après, puis que tu es venu à Hollywood. Et une semaine avant le début du tournage, tu as rencontré une femme du nom d'Audra Phillips, qui était en train de perdre les pédales ; elle comprenait un peu par quoi tu étais passé — pour avoir elle-même été cinq ans auparavant une certaine Audrey Philpott. Cette femme était en train de couler...

— Audra, tais-toi ! »

Mais ses yeux ne cillèrent pas, et elle continua : « Et pourquoi ? On peut se dire la vérité, entre nous, que diable ! Je sombrais. J'avais découvert les poppers deux ans avant de te rencontrer, et la coke un an après les poppers. Je trouvais que c'était encore mieux. Une petite capsule le matin, une ligne de coke l'après-midi, une bonne bouteille le soir et du Valium pour dormir. Les petites vitamines d'Audra. Trop d'interviews importantes, trop de grands rôles. Je ressemblais tellement à un personnage à la Jacqueline Susann que c'en était marrant. Sais-tu ce que je me dis quand je pense à cette époque, Bill ?

— Non. »

Elle prit un peu de thé, sans le quitter des yeux, et sourit. « Que c'était comme courir sur le tapis roulant de l'aéroport de Los Angeles. Comprends-tu ?

— Pas exactement, non.

— C'est un tapis roulant qui fait cinq cents mètres de long.

— Je le connais, dit-il, mais je ne vois pas...

— Tu montes dessus, et il t'emmène tranquillement jusqu'au tambour à bagages. Mais tu n'es pas obligé de rester immobile ; tu peux marcher dessus ; ou courir. Et tu as l'impression de marcher normalement ou de courir normalement, parce que ton corps ne se rend pas compte qu'à sa vitesse s'ajoute celle du tapis roulant. C'est pourquoi on a installé des panneaux RALENTISSEZ à son extrémité. Quand je t'ai rencontré, j'avais l'impression d'être arrivée à la fin du tapis roulant, d'être sur un sol qui n'avançait plus sous moi. J'étais là, la tête dix bornes en avance sur mes pieds. On ne peut pas garder l'équilibre ainsi. Tôt ou tard, on se casse la figure. Sauf que je ne me la suis pas cassée. Tu m'as rattrapée avant. »

Elle posa la tasse de thé et alluma une cigarette, les yeux toujours fixés sur lui. Il devina simplement son énervement au léger tremblement de la flamme du briquet, qui ne trouva pas tout de suite le bout de la cigarette.

Elle inspira profondément et rejeta aussitôt une bouffée de fumée.

« Ce que je sais de toi ? Que tu donnes l'impression de contrôler tout ce qui t'arrive. Oui. Tu n'as jamais l'air pressé d'avoir ton prochain verre, d'aller à ta prochaine réunion, à ta prochaine soirée. Tu n'as pas l'air de douter un instant que les choses te seront données quand tu le voudras. Tu parles lentement. Ça tient peut-être en partie au parler traînant du Maine ; mais je crois que ça tient davantage à toi. Tu es le premier homme que j'aie rencontré, dans ce milieu, qui se permettait de parler lentement. Il fallait que je ralentisse moi-même pour t'écouter. Je t'ai regardé, Bill, et j'ai vu quelqu'un qui ne courait jamais sur le tapis roulant, quelqu'un qui savait où ça le mènerait. Tu paraissais complètement inaccessible au phénomène drogue et à l'hystérie générale. Tu ne louais pas de Rolls pour aller frimer le samedi soir sur les grands boulevards avec des plaques à tes initiales. Tu n'avais pas d'agent chargé d'alimenter en potins *Vanity Fair* ou *The Hollywood Reporter.* Tu n'es jamais passé au Carson Show, à la télé.

— Les écrivains n'y passent jamais, sauf s'ils savent faire des tours de cartes ou plier les petites cuillères à distance, objecta-t-il avec un sourire. C'est une loi nationale, quasiment. »

Il avait cru la faire sourire, mais elle resta impassible. « Je savais que tu serais là quand j'aurais besoin de toi. Lorsque je décollerais vraiment du bout du tapis roulant. Peut-être m'as-tu empêchée de prendre la petite pilule de trop après trop de gnole. Peut-être que je m'en serais sortie toute seule et que je ne fais que dramatiser, mais je ne pense pas. Pas intérieurement, là où j'existe. »

Elle éteignit la cigarette après seulement deux bouffées.

« Et depuis, tu as toujours été là. Comme moi pour toi. Ça se passe bien au lit. Au début, ça me paraissait bigrement important. Mais ça se passe bien aussi en dehors du lit, et ça me semble maintenant encore plus important. J'ai l'impression que je pourrais même vieillir sans toi et ne pas m'effondrer pour autant. Je sais que tu bois trop de bière et ne prends pas assez d'exercice ; je sais aussi que certaines nuits tu fais de mauvais rêves... »

Il sursauta, désagréablement pris de court. Il avait presque peur.

« Je ne rêve jamais. »

Elle sourit. « C'est ce que tu racontes aux journalistes quand ils te demandent d'où tu sors tes idées. Mais c'est faux. À moins que tu n'aies des problèmes de digestion quand tu te mets à grogner la nuit. Moi, je n'y crois pas.

— Est-ce que je parle ? » demanda-t-il, prudent. Il ne se souvenait d'aucun rêve, bon ou mauvais.

Audra acquiesça. « Parfois. Mais je n'arrive jamais à saisir ce que tu dis. Et une ou deux fois, tu as pleuré. »

Le visage vide, il la regarda. Il avait un mauvais goût dans la bouche qui lui descendait jusqu'au fond de la gorge comme une traînée d'aspirine mal dissoute. *Tu sais donc maintenant à quoi ressemble la peur. Il était temps, si l'on songe à tout ce que tu as écrit sur la question,* se dit-il. Il supposa que c'était une idée à laquelle on pouvait s'habituer. À condition de vivre assez vieux.

Les souvenirs commencèrent soudain à se bousculer en lui. Comme si un sac noir, au fond de son esprit, se mettait à gonfler et à menacer de cracher de méphitiques

(rêves)

images tirées de son inconscient pour les faire surgir dans le champ de vision mentale que commandait son esprit rationnel de veille ; si cela se produisait d'un seul coup, il deviendrait fou. Il tenta de les repousser, avec succès, mais non sans avoir eu le temps d'entendre une voix — la voix d'un enterré vivant qui serait montée du sol. La voix d'Eddie Kaspbrak.

Tu m'as sauvé la vie, Bill. Ils finissaient par me rendre fou, ces garçons. Par moments, j'avais l'impression qu'ils voulaient ma peau, vraiment...

« Tes bras », dit Audra.

Bill baissa les yeux. Il avait la chair de poule. Ou plutôt la chair d'autruche, tellement étaient grosses les bosses sur sa peau ; comme des œufs d'insecte. Tous deux regardaient sans rien dire, comme s'il s'agissait d'une intéressante curiosité, dans un musée. Lentement, la chair de poule se résorba.

Dans le silence qui suivit, Audra reprit : « Et je sais aussi une dernière chose. À savoir que quelqu'un t'a appelé ce matin des États-Unis, te demandant de me quitter. »

Il se leva, eut un bref coup d'œil pour les bouteilles d'alcool, puis alla dans la cuisine d'où il revint avec un verre de jus d'orange. « Tu sais que j'avais un frère et qu'il est mort ; ce que tu ne sais pas, c'est qu'il a été assassiné. »

Audra eut un léger hoquet d'étonnement.

« Assassiné ! Oh, Bill, comment se fait-il que tu ne m'aies...

— Jamais rien dit ? (Il eut de nouveau ce rire bref et sec, comme un aboiement.) Je l'ignore.

— Mais qu'est-ce qui s'est passé ?

— Nous vivions à Derry, à l'époque. On venait de subir une inondation, mais le pire était passé, et George s'embêtait. J'étais au lit avec la grippe. Il voulait que je lui fasse un bateau en papier journal. J'avais appris ça l'été précédent, en colo. Il avait imaginé de le faire naviguer sur les caniveaux de deux rues en pente, Witcham et Jackson Streets. Ils débordaient encore. Je lui ai fabriqué son bateau, il m'a remercié, et il est sorti. C'est la dernière fois que j'ai vu mon frère George vivant. Sans la grippe, je l'aurais peut-être sauvé. »

Il se tut, se frottant machinalement la joue gauche de la main droite, comme s'il vérifiait l'état de son rasage. Agrandis par ses verres, ses yeux avaient une expression songeuse... mais il ne la regardait pas.

« Ça s'est passé sur Witcham Street, pas très loin de l'intersection avec Jackson Street. Celui qui l'a tué lui a arraché le bras gauche comme un morveu arrache une aile à une mouche. L'autopsie a conclu qu'il était mort soit de l'état de choc, soit de la perte de sang. Je n'ai jamais bien vu où était la différence, quant à moi.

— Seigneur ! Oh, Bill...

— Tu te demandes sans doute pour quelles raisons je ne t'en ai jamais parlé. En vérité, je me le demande moi-même. Voici onze ans que nous sommes mariés, et c'est la première fois que je te dis ce qui est arrivé à Georgie. Je connais toute ta famille, y compris tantes et oncles. Je sais que ton grand-père est mort dans son garage d'Iowa City, en faisant le con avec sa tronçonneuse après avoir bu un coup de trop. Tout cela je le sais parce que nous sommes mariés, et qu'au bout d'un certain temps, les gens mariés savent à peu près tout l'un de l'autre. Et même si ça les barbe et qu'ils n'écoutent pas, ils finissent par en être imprégnés comme par osmose. À moins que je ne me trompe ?

— Non, pas du tout.

— Et nous avons toujours parlé très librement, n'est-ce pas ? Et jamais au point de nous ennuyer et de devoir parler d'osmose ?

— Eh bien, jusqu'à aujourd'hui, c'est ce que j'aurais dit.

— Voyons, Audra ! Tu sais tout ce qui m'est arrivé depuis ces onze dernières années. Chaque affaire, chaque idée, chaque refroidissement, chaque ami et même chaque type qui a tenté de me faire du tort —, tu es au courant de tout. Tu sais que je couchais avec

Susan Browne. Tu sais qu'il m'arrive de larmoyer quand j'ai trop bu et que je mets la musique trop fort.

— Les Grateful Dead en particulier, dit-elle, ce qui le fit rire ; et cette fois, elle lui rendit son sourire.

— Tu es aussi au courant des choses importantes — les projets qui comptent pour moi.

— Oui, il me semble. Mais cela... (Elle se tut, secoua la tête et réfléchit quelques instants.) Mais quel est le rapport entre ton frère et ce coup de fil, Bill ?

— J'y viendrai en temps voulu. N'essaie pas de me faire brûler les étapes, on s'y perdrait. C'est tellement énorme... et tellement... tellement horrible, bizarrement horrible, que je m'efforce de m'en approcher en catimini. Vois-tu..., ça ne m'est jamais venu à l'esprit de te parler de Georgie. »

Elle le regarda, fronça les sourcils, et esquissa ce geste de la tête qui trahit l'incompréhension.

« Ce que j'essaie de te dire, Audra, c'est qu'il y a plus de vingt ans que je n'ai pas pensé à George.

— Tu m'as pourtant dit que tu avais un frère du nom de...

— Je me suis contenté de répéter un fait, c'est tout. Son nom n'était qu'un mot. Il ne projetait aucune ombre dans mon esprit.

— Il en projetait sans doute une sur tes rêves, je crois, dit Audra d'une voix douce.

— Les grognements ? Les pleurs ? »

Elle acquiesça.

« Tu as probablement raison, admit-il. Tu as même certainement raison. Mais les rêves dont on ne se souvient pas ne comptent pas vraiment, n'est-ce pas ?

— Es-tu en train de m'expliquer que tu n'as pas pensé une seule fois à lui ?

— Pas une seule fois. »

Elle secoua la tête, sincèrement incrédule. « Pas même à sa mort horrible ?

— Pas jusqu'à aujourd'hui, Audra. »

Elle leva les yeux sur lui et de nouveau secoua la tête.

« Avant notre mariage, tu m'as demandé si j'avais des frères et sœurs, et je t'ai répondu que j'avais eu un frère, mais qu'il était mort quand j'étais encore gamin. Tu savais que j'avais perdu mes parents, et toi-même, tu es d'une famille tellement nombreuse que tu as largement de quoi t'occuper. Mais ce n'est pas tout.

— Que veux-tu dire ?

— George n'est pas le seul à être passé dans ce trou noir. C'est pareil pour Derry : ça fait plus de vingt ans que je n'y ai pas pensé. Tout comme les copains que j'avais là-bas — Eddie Kaspbrak, Richie la Grande Gueule, Stan Uris, Bev Marsh... (Il passa la main dans ses cheveux clairsemés et rit nerveusement.) C'est comme si j'avais souffert d'une amnésie tellement grave que j'avais oublié tout ça. Et quand Mike Hanlon a appelé...

— Qui est ce Mike Hanlon ?

— Un autre de nos copains — un copain que je me suis fait après la mort de Georgie. Évidemment, il a grandi, lui aussi, comme nous tous. C'était Mike au téléphone, par câble transatlantique. Il a dit : " Bonjour, je suis bien chez Mr. et Mrs. Denbrough ? " J'ai répondu que oui et il a dit : " C'est toi, Bill ? C'est Mike Hanlon au téléphone. " Ça ne me disait absolument rien. Il aurait pu aussi bien vouloir me vendre des encyclopédies. Puis il a ajouté : " De Derry. " Et quand il a dit ça, on aurait cru qu'une porte s'ouvrait en moi et qu'il en sortait une épouvantable lumière. Alors je me suis rappelé qui il était. Je me suis rappelé Georgie. Puis tous les autres. Ça s'est passé (il fit claquer ses doigts) comme ça. Et j'ai compris qu'il allait me demander de venir.

— De revenir à Derry ?

— Ouais. » Il enleva ses lunettes, se frotta les yeux et la regarda. De sa vie, elle n'avait jamais vu un homme avec un air aussi effrayé. « Revenir à Derry. Parce que nous l'avions promis, m'a-t-il rappelé. C'est vrai. Nous l'avons promis, tous. Toute la bande. Nous nous tenions dans le ruisseau qui court dans les Friches-Mortes, en cercle, la main dans la main, chacun avec les paumes entaillées ; un groupe de gosses qui jouent à devenir frères de sang. Sauf que c'était sérieux. »

Il tendit vers elle ses mains ouvertes, et elle vit, au creux de chacune d'elles, comme un petit treillis de lignes blanches : du tissu cicatriciel. Elle avait tenu cette main — ces deux mains — un nombre incalculable de fois, mais jamais encore elle n'avait remarqué ces cicatrices. Elles étaient à peine discernables, certes, mais elle aurait cru...

Et cette soirée ! La partie !

Pas celle où ils s'étaient rencontrés (même si elle était parfaitement symétrique de l'autre) mais celle qui avait fêté la fin du tournage de *La Fosse du démon noir*. Elle avait été bruyante et bien arrosée, dans le plus pur style « Topanga Canyon ». Il s'y était peut-être dit un peu moins de vacheries que dans d'autres soirées de L.A. auxquelles elle avait assisté, sans doute parce que le tournage s'était mieux passé que tout ce que l'on aurait pu normalement espérer et que chacun le savait. C'était pour Audra Phillips que ça s'était le mieux passé, puisqu'elle était tombée amoureuse de William Denbrough.

Comment s'appelait déjà la chiromancienne amateur ? Elle l'avait oublié, se rappelant seulement que c'était l'une des maquilleuses assistantes. Elle se souvenait comment la fille, à un moment de la soirée, avait enlevé sa blouse (elle portait en dessous le plus transparent des soutiens-gorge) et s'en était enturbannée pour se transformer en bohémienne. Complètement ivre de hasch et de vin, elle avait passé le reste de la soirée à lire les lignes de la main... jusqu'à ce qu'elle s'écroule.

Audra ne se rappelait plus si elle s'en était bien sortie ou non, avec humour ou bêtement ; elle était pas mal partie aussi elle-même ce soir-là. Mais ce dont elle se souvenait parfaitement, en revanche, c'était le moment où la fille avait pris sa main et celle de Bill, les avait comparées et déclarées parfaitement complémentaires. De vrais jumeaux ! s'était-elle exclamée. Elle n'avait pas oublié comment, piquée de jalousie, elle avait regardé la donzelle suivre les lignes dans la paume de Bill d'un ongle laqué à la perfection. Réaction stupide dans cette sous-culture qu'est le milieu bizarre du cinéma à L.A., où les hommes tapotent les fesses des femmes aussi souvent qu'à New York ils les embrassent sur la joue. Mais l'autre s'était attardée, avec un geste qui avait eu quelque chose d'intime.

Sauf qu'elle n'avait pas vu la moindre trace de cicatrice, à l'époque.

Elle avait observé la scène avec l'œil jaloux d'une amante, et elle ne doutait pas de la précision de son souvenir. Elle était sûre du fait.

Ce qu'elle expliqua à Bill.

Il acquiesça. « Tu as raison. Elles n'y étaient pas. Je ne pourrais pas en jurer, mais il me semble bien que je ne les avais pas non plus hier soir, au pub. Nous avons fait un bras de fer pour les bières, Ralph et moi, et je crois que je l'aurais remarqué. »

Il lui sourit. Un sourire sec, dépourvu d'humour et terrifié.

« Je pense qu'elles sont revenues lorsque Mike m'a appelé. C'est ce que je crois.

— Ce n'est pas possible, Bill. » Elle tendit néanmoins la main vers son paquet de cigarettes.

Bill regardait ses mains. « C'est Stan qui l'a fait, dit-il. Il nous a entaillés avec un fragment de bouteille de Coca-Cola. Je m'en souviens à la perfection, maintenant. (Il leva sur Audra des yeux qui, derrière ses verres, avaient l'air à la fois blessés et intrigués.) Je me rappelle l'éclat du verre dans le soleil, c'était une bouteille du nouveau modèle, le clair. Avant ça, les bouteilles de Coke étaient vertes, tu te souviens ? (Elle secoua la tête mais il ne la vit pas ; il étudiait toujours ses paumes.) Je n'ai pas oublié non plus comment Stan s'est ouvert les mains en dernier, en essayant de nous faire croire qu'il allait se couper aux poignets au lieu de s'entailler un peu les paumes. Je me disais que c'était juste de la frime, mais j'ai eu comme un mouvement vers lui... pour l'arrêter. Car pendant deux ou trois secondes, il a eu l'air sérieux.

— Ça suffit comme ça, Bill », dit-elle à voix basse. Cette fois-ci, il lui fallut immobiliser le briquet en se tenant le poignet droit de la main gauche, comme un policier en train de tirer. « Les cicatrices ne reviennent pas, reprit-elle. Ou elles restent, ou elles disparaissent.

— Tu les avais déjà vues, hein ? C'est bien ça ?

— Elles sont très légères, répliqua Audra d'un ton plus aigu qu'elle l'aurait souhaité.

— Nous saignions tous. Nous étions dans l'eau, pas très loin de l'endroit où nous avions construit le barrage, Eddie Kaspbrak, Ben Hanscom et moi...

— Ben Hanscom... l'architecte ?

— Y en a-t-il un de ce nom ?

— Mais enfin, Bill ! Il vient de construire le nouveau Centre de communication de la BBC ! On se bagarre encore pour savoir si c'est un chef-d'œuvre ou une catastrophe.

— Eh bien, j'ignore si c'est le même type ou non. Ça me paraît peu vraisemblable, mais pas impossible, après tout. Le Ben que j'ai connu était très fort quand il s'agissait de construire des trucs. Nous étions donc dans l'eau ; je tenais la main gauche de Bev Marsh d'un côté et la main droite de Richie Tozier de l'autre. Dans l'eau, un peu comme un baptême style Sud profond, après un prêche en plein air ; à l'horizon, on voyait le château d'eau de Derry. Il était aussi blanc et immaculé qu'une robe d'archange telle qu'on les imagine, et nous avons promis, sous serment, que si ce n'était pas fini, que si jamais ça recommençait..., nous reviendrions. On s'y remettrait pour l'arrêter. Pour toujours.

— Mais arrêter *quoi* ? cria-t-elle, soudain furieuse après lui. Arrêter *quoi* ? De *quoi* parles-tu, nom de Dieu ?

— J'aurais préféré que tu ne de-de-demandes pe... », commença Bill, qui s'interrompit brutalement. Elle vit une expression d'horreur et de stupéfaction se répandre comme un nuage sur son visage. « Donne-moi une cigarette », demanda-t-il.

Elle lui passa le paquet. Il en alluma une. C'était la première fois qu'elle le voyait fumer.

« Dans le temps, je bégayais aussi.

— Tu bégayais ?

— Oui, à cette époque. Tu dis que je suis le seul homme que tu connaisses à L.A. qui se permette de parler lentement. À la vérité, c'est le contraire : je n'ose pas parler vite. Il ne s'agit pas de réfléchir ; ça n'a rien de délibéré ; ce n'est pas de la sagesse. Tous les anciens bègues parlent très lentement. C'est l'un des trucs que l'on apprend, comme de penser à son nom de famille juste avant de se présenter, car les bègues ont plus de difficultés avec les noms propres qu'avec les noms communs ; et pour eux, le plus redoutable de tous, c'est leur propre prénom.

— Il bégayait... » Elle eut un sourire mi-figue mi-raisin, comme s'il avait fait une plaisanterie qu'elle n'aurait pas comprise.

« Jusqu'à la mort de George, je bégayais modérément », dit Bill. Déjà, il entendait les syllabes doubler dans sa tête, comme si elles subissaient un effet de dédoublement infinitésimal dans le temps ; les mots sortaient sans peine, avec le même débit lent habituel, mais dans son esprit cela donnait *Ge-Ge-George* et *mo-modérément* au lieu de *George* et de *modérément.*

« Je passais par des moments vraiment pénibles, en fait, en particulier lorsqu'on m'interrogeait en classe — surtout si je connaissais la réponse et voulais la donner —, mais dans l'ensemble je m'en sortais. C'est devenu bien pire, cependant, après la mort de George. Les choses ont commencé d'aller mieux vers quatorze ou quinze ans ; il y avait une orthophoniste au lycée, Mrs. Thomas, qui était tout à fait remarquable. Elle m'a appris les bons trucs, comme penser à mon nom de famille juste avant de dire : " Salut, je m'appelle Bill Denbrough " à voix haute. Je prenais des cours de français et elle m'a montré comment passer au français quand je trébuchais sur un mot. En sorte que si l'on se retrouve comme un grand imbécile en train de répéter : " *Th-th-this buh-buh-buh-...* ", comme un disque rayé sans pouvoir en sortir, il suffit de passer au français, et " ce livre " vient tout seul. Ça marche à tous les coups. Et dès qu'on l'a dit en français, on peut revenir à l'anglais et " *this book* " sort sans problème. Bref, elle m'apprenait tous ces trucs-là, et tous m'ont aidé, mais le facteur déterminant a été d'oublier Derry et tout ce qui s'y était passé. C'est à partir du moment où nous avons vécu à Portland et que je suis allé au lycée que j'ai tout effacé de ma mémoire. Je n'ai pas tout oublié instantanément, mais à analyser les choses rétrospectivement, ça s'est passé en un laps de temps remarquablement court. Pas plus de quatre mois, peut-être. Bégaiement et souvenirs ont disparu simultanément. Quelqu'un a essuyé le tableau noir, et toutes les vieilles équations se sont effacées. »

Il finit ce qui lui restait de jus d'orange. « Quand j'ai bégayé sur

“ demande ”, il y a quelques secondes, c'était la première fois que ça m'arrivait depuis peut-être vingt et un ans. »

Il la regarda.

« Tout d'abord les cicatrices, puis le bé-bégaiement ? Tu l-l'entends ?

— Tu le fais exprès ! s'exclama-t-elle, prise de frayeur.

— Non. J'imagine qu'il n'y a aucun moyen de convaincre quelqu'un de cela, mais c'est vrai. Il y a quelque chose de comique et de mystérieux dans le bégaiement, Audra. À un certain niveau, on ne s'en rend même pas compte. Cependant... c'est aussi quelque chose que l'on entend dans son esprit, comme si une partie était d'un instant en avance sur le reste. Comme l'un de ces systèmes d'écho que les jeunes mettaient dans leur bagnole, dans les années 50 ; le son du haut-parleur arrière arrivait avec une fraction de seconde de retard sur celui de l'avant. »

Il se leva et commença à arpenter fébrilement la pièce. Il avait l'air fatigué, et ce n'est pas sans une certaine impression de malaise qu'elle se dit qu'il avait travaillé très dur au cours des treize dernières années, comme s'il s'était agi de justifier la médiocrité de son talent par un labeur acharné et presque incessant. Une pensée encore plus désagréable lui traversa l'esprit ; elle essaya de la chasser, sans y parvenir. Et si ce coup de fil émanait en réalité de Ralph Foster, qui l'invitait à aller faire une partie de bras de fer ou de cartes, ou encore de Freddie Firestone, leur producteur, à propos d'un problème ou d'un autre ?

Sur quoi débouchaient de telles pensées ?

Eh bien, sur l'idée que toute cette histoire de Derry et de Mike Hanlon n'était rien d'autre qu'une hallucination, une hallucination due à une dépression nerveuse sur le point de se déclarer.

Mais les cicatrices, Audra, comment expliques-tu les cicatrices ? Il a raison, elles n'y étaient pas... et maintenant elles y sont. C'est la vérité, et tu le sais.

« Raconte-moi le reste, dit-elle. Qui a tué ton frère George ? Qu'est-ce que vous avez fait, ces autres gosses et toi ? Qu'avez-vous promis ?

— Je crois que je pourrais te le raconter, dit-il doucement. Il me semble que si je le voulais réellement, je le pourrais. J'ai presque tout oublié, pour l'instant, mais il suffirait de commencer pour que ça vienne. Je sens les souvenirs qui ne demandent qu'à émerger. Comme des nuages remplis de pluie. Sauf qu'il s'agirait d'une pluie immonde. Les plantes qui pousseraient après seraient monstrueuses. C'est quelque chose que je pourrais peut-être affronter avec les autres...

— Est-ce qu'ils sont au courant ?

— Mike dit qu'il les a appelés. Il pense qu'ils viendront tous. Sauf peut-être Stan. Il lui a fait une impression bizarre.

— C'est toute cette histoire qui me fait une impression bizarre, Bill. Ça me fiche une frousse terrible.

— Je suis désolé », dit-il. Puis il l'embrassa. Ce fut comme si un individu complètement étranger l'avait embrassée, et elle se sentit prise de haine pour ce Mike Hanlon.

« J'ai cru devoir t'expliquer tout ce que je pouvais, reprit-il ; je me suis dit que ce serait mieux que de s'échapper en douce dans la nuit. Ce que feront peut-être les uns ou les autres. Mais il faut que je parte. Et je pense que Stan viendra également, aussi étrange qu'il ait paru à Mike. À moins que ce soit parce que je ne m'imagine pas ne pas y retourner.

— À cause de ton frère ? »

Bill secoua lentement la tête. « Je pourrais te répondre que oui, mais ce serait mentir. Je l'aimais. Je sais que ça doit te faire drôle, après t'avoir dit que je n'avais pas pensé à lui depuis plus de vingt ans, mais j'aimais ce gosse comme ce n'était pas possible. (Il eut un petit sourire.) Il piquait des crises, mais je l'aimais. Tu comprends ? »

Audra, qui avait une sœur plus jeune, acquiesça.

« Mais ce n'est pas à cause de George. Je ne saurais pas expliquer... »

Bill contempla le brouillard matinal par la fenêtre.

« Je me sens comme doit se sentir un oiseau migrateur quand vient l'automne... il sait obscurément qu'il doit retourner chez lui. C'est l'instinct, vois-tu... et quelque chose me dit que l'instinct est comme le squelette de fer qui se cache sous toutes nos idées et notre libre arbitre. Il y a certaines choses auxquelles on est incapable de dire non, à moins de se faire sauter la caisse. On ne peut pas refuser, parce qu'en réalité on n'a pas le choix. On ne peut pas empêcher que ça arrive, c'est tout. Il faut que je parte. Cette promesse... elle est dans mon esprit comme un ha-hameçon. »

Elle se leva, et se dirigea vers lui d'un pas incertain ; elle se sentait très fragile, sur le point de se briser. Elle posa une main sur son épaule et l'obligea à se retourner.

« Emmène-moi avec toi, alors. »

L'expression d'horreur qui envahit son visage (non pas horreur d'elle, mais horreur pour elle) fut tellement évidente qu'elle recula d'un pas, réellement terrorisée pour la première fois.

« Non, répondit-il, c'est exclu, Audra. Je t'interdis même d'y penser. Pas question que tu approches de Derry à moins de cinq mille kilomètres ; Derry va se transformer en un coin affreux pendant les deux prochaines semaines. Tu vas rester ici, continuer le film et présenter toutes les excuses nécessaires pour moi. Promets-le-moi !

— Dois-je promettre ? dit-elle sans le quitter des yeux. En es-tu sûr, Bill ?

— Audra...

— En es-tu sûr ? Tu as fait toi-même une promesse, et regarde à quoi ça t'a mené. Et moi, par la même occasion, moi qui suis ta femme et qui t'aime. »

Il l'avait prise aux épaules, et ses grandes mains l'étreignaient à lui faire mal. « Promets-le-moi, promets-le-moi, pr-pr-pr-pr-pro-pro-o-... »

Et elle ne put en supporter davantage, ce mot brisé pris dans sa gorge comme s'agite un poisson traversé par une foëne.

« Te le promettre ? D'accord, je te le promets ! (Elle éclata en sanglots.) Es-tu content, maintenant ? Seigneur ! Tu es cinglé, toute cette histoire est cinglée, et moi je promets ! »

Il passa un bras autour d'elle et la conduisit sur le canapé. Puis il lui apporta un brandy, qu'elle but à petites gorgées, reprenant peu à peu le contrôle d'elle-même.

« Et quand pars-tu ?

— Aujourd'hui. Par le Concorde. Je peux y arriver de justesse en allant directement en voiture à Heathrow, au lieu de prendre le train. Freddie voulait me voir au studio après le déjeuner. Tu y vas à neuf heures, mais tu ne sais rien, d'accord ? »

Elle acquiesça à contrecœur.

« Je serais à New York avant que les histoires commencent. Et à Derry avant le coucher du soleil, avec les bonnes correspondances.

— Et quand est-ce que je te revois ? » demanda-t-elle doucement.

Il passa son autre bras autour de ses épaules et la serra très fort contre lui, sans répondre à la question.

DERRY
PREMIER INTERMÈDE

Combien d'yeux humains ont-ils jeté un regard furtif sur leur anatomie la plus secrète, au cours des ans ?

Clive Barker
Books of Blood

*L'extrait ci-dessous, comme tous ceux qui portent le titre d'*Intermède, *est tiré de* Derry, histoire cachée d'une ville, *de Michael Hanlon. Il s'agit d'un ensemble de notes et de fragments manuscrits qui n'ont jamais été publiés (et qui se présentent à peu près comme un journal), trouvé dans les coffres de la bibliothèque municipale de Derry. Le titre mentionné ci-dessus est celui qui figure sur la chemise dans laquelle ces notes ont été conservées jusqu'ici. Toutefois, l'auteur se réfère à plusieurs reprises à l'ouvrage, dans ses notes, de la manière suivante : « Derry : coup d'œil en enfer par la porte de service. »*
Tout laisse à penser que l'idée de publier ces notes a plus d'une fois traversé l'esprit de Mr. Hanlon.

Le 2 janvier 1985

Toute une ville peut-elle être hantée ?

Hantée, de la même manière que l'on dit que des maisons le sont ?

Il ne s'agit pas seulement d'un bâtiment de cette ville, ni d'un pâté de maisons ou d'une rue, ni d'un unique terrain de basket au milieu d'un parc de poche dont le panier se détacherait, en haut de son poteau, comme un incompréhensible et sanglant instrument de torture dans le soleil couchant. Non : pas une simple zone, mais tout. L'ensemble.

Est-ce possible ?

Écoutez.

Hanté : « Visité par des fantômes, des esprits. » (Petit Robert.)

Hantise : « Caractère obsédant d'une idée, d'une pensée, d'un souvenir... dont on ne parvient pas à se libérer. » (Petit Robert.)

Hanter : « Fréquenter habituellement... en parlant des esprits, des fantômes. » (Id.) Mais aussi : « Fréquenter un lieu de manière habituelle. »

Il existe également un vieux substantif oublié, une hante : « *Endroit où les animaux se nourrissent.* »

Qu'est-ce qui vient se nourrir à Derry ? Qu'est-ce qui se nourrit de Derry ?

Voyez-vous, il y a quelque chose de fascinant : j'ignorais qu'il était possible pour un homme d'être aussi terrorisé que je le suis, depuis l'affaire Adrian Mellon, et de continuer à vivre, et même à fonctionner. C'est comme si j'étais devenu le personnage d'une histoire ; or tout le monde sait qu'en principe, on n'éprouve une telle peur qu'à la fin de l'histoire, quand la chose venue des ténèbres jaillit des boiseries pour venir reprendre des forces... en vous dévorant, bien sûr.

En nous dévorant.

Mais si je suis dans une histoire, il ne s'agit pas de l'un des classiques de l'épouvante signé Poe, Lovecraft ou Bradbury. Si je ne sais pas tout, voyez-vous, je suis loin d'être totalement ignorant. Je ne m'y suis pas mis après avoir lu, dans le *Derry News,* un jour de septembre dernier, le compte rendu des auditions préliminaires du jeune Unwin, même si c'est cela qui m'a fait penser que le clown était peut-être de retour — le clown qui a assassiné George Denbrough. Non, c'est vers 1980 que je m'y suis mis, comme si quelque chose qui sommeillait en moi venait de se réveiller..., averti que le temps du retour de Ça pouvait bien être proche.

Quel quelque chose ? Le veilleur, je suppose.

À moins que ce ne soit la voix de la Tortue. Oui... je crois plutôt que c'était elle. Je sais que c'est ce qu'aurait pensé Bill Denbrough.

J'ai découvert des histoires d'horreur anciennes dans de vieux livres, lu des informations sur d'anciennes atrocités dans de vieux journaux. Avec, constamment, au fond de mon esprit, ce grondement de coquillage chaque jour un peu plus fort, annonciateur de forces montant en charge ; et avec l'impression aussi de sentir l'âcre odeur d'ozone de la foudre à venir. J'ai commencé alors à prendre des notes pour un livre que je ne vivrai pas assez longtemps pour écrire. Et en même temps, ma vie continuait son train-train. À l'un des niveaux de mon esprit, je cohabitais et cohabite toujours avec les horreurs les plus grotesques, les plus délirantes ; à un autre, je continue de mener l'existence ordinaire d'un bibliothécaire de petite ville. Je remets des livres à leur place ; j'établis les cartes des nouveaux adhérents ; j'éteins les lecteurs de microfilms laissés branchés par des gens négligents ; je plaisante avec Carole Danner sur le plaisir que j'aurais à coucher avec elle, et elle me répond sur le même ton, qu'elle aussi ça lui ferait plaisir — mais nous savons l'un et l'autre qu'elle plaisante et moi pas, comme nous savons qu'elle ne restera pas bien longtemps dans un trou comme Derry alors que moi j'y vivrai jusqu'à ma mort, à rapetasser les pages déchirées des revues, à siéger à la commission mensuelle des acquisitions, ma pipe à la bouche, et une pile du *Journal des bibliothèques* à portée de la main..., m'éveillant au milieu de la nuit, les poings écrasés contre ma bouche pour étouffer un hurlement.

Erronées, les conventions gothiques du genre. Mes cheveux ne sont pas devenus blancs. Je ne suis pas somnambule. Je ne tiens pas de propos sibyllins et ne porte pas de gris-gris sur moi. Je crois que je ris un peu plus fréquemment, c'est tout, d'un rire qui sonne un peu trop aigu et bizarre, sans doute, car parfois les gens me jettent des regards curieux.

Une partie de moi-même — celle que Bill appellerait « la voix de la Tortue » — me dit que je devrais tous les contacter, ce soir. Mais en suis-je absolument certain, actuellement ? Non, bien sûr que non. Mais Seigneur, ce qui est arrivé à Adrian Mellon ressemble tellement à ce qui est arrivé à George, le frère de Bill le Bègue, à l'automne 1957 !

Si Ça a recommencé, je les appellerai. Il le faut. Mais pas maintenant. C'est trop tôt, de toute façon. Les choses avaient débuté lentement, la dernière fois, pour ne devenir sérieuses que pendant l'été 1958. J'attends donc... Et je remplis cette attente avec des mots dans ce carnet, ou en contemplant dans un miroir l'étranger que l'enfant est devenu.

L'enfant avait une expression studieuse et timide ; le visage de l'homme est celui d'un employé de banque dans un Western — le type qui n'a même pas une réplique à donner, celui qui lève les mains et prend un air terrorisé quand les bandits attaquent. Et si le scénario prévoit que quelqu'un doit être abattu par les méchants, ce sera lui.

Toujours le même, ce bon vieux Mike. Le regard un peu fixe, peut-être, et les paupières légèrement gonflées à cause d'un sommeil perturbé, mais pas au point qu'on le remarque. À moins de le regarder de très près — à la distance du baiser, distance à laquelle je ne me suis pas trouvé depuis longtemps. En me jetant un simple coup d'œil, on pourrait se dire : *Voilà quelqu'un qui lit trop*, mais c'est tout. Peu de chances de deviner le combat auquel se livre actuellement l'employé de banque au visage timide, combat pour tenir, pour ne pas devenir fou...

Si je donne ces coups de téléphone, cela pourra signifier la mort pour certains.

Ce n'est là qu'une des choses que je dois envisager, lors de ces nuits interminables, quand le sommeil ne vient pas et que je reste allongé dans mon pyjama de flanelle bleu, les lunettes soigneusement repliées sur la table de nuit à côté du verre d'eau, mis là au cas où je me réveillerais en ayant soif. Étendu dans le noir, je le bois à petites gorgées et me demande de quoi ils se souviennent exactement. J'ai parfois la conviction qu'ils ne se souviennent de rien, parce qu'ils n'ont aucun besoin de se souvenir. Je suis le seul à entendre la voix de la Tortue, le seul qui se rappelle, car je suis le seul à être resté ici, à Derry. Et comme ils se sont dispersés aux quatre vents, ils n'ont aucun moyen de savoir que leurs existences ont suivi des chemins parallèles. Les faire revenir, le leur montrer... oui, cela pourrait tuer l'un d'entre eux. Ou même tous.

C'est pourquoi j'y pense sans cesse ; je pense sans cesse à eux, dans un effort pour les voir comme ils étaient et comme ils doivent sans doute être maintenant, pour déterminer lequel d'entre eux est le plus vulnérable. Richie Tozier la Grande Gueule, me dis-je parfois ; c'était lui que Criss, Huggins et Bowers semblaient attraper le plus souvent, en dépit de l'obésité de Ben. C'était Bowers que Richie redoutait le plus — que nous redoutions tous le plus — mais les autres arrivaient aussi à le terroriser complètement. Si je le relance en Californie, ne va-t-il pas avoir l'impression cauchemardesque d'un retour des Grands Méchants, deux surgis de la tombe, et le troisième échappé de l'asile de Juniper Hill où il délire encore aujourd'hui ? D'autres fois, c'est Eddie qui me paraît avoir été le plus faible, Eddie avec son char d'assaut de mère et ses épouvantables crises d'asthme. Beverly ? Elle s'efforçait de parler comme les durs, mais elle avait aussi peur que les autres. Ou Bill le Bègue, que l'horreur ne quitte pas quand il tape sur sa machine à écrire ? Ou Stan Uris ?

Effilée comme un rasoir, la lame d'une guillotine est suspendue au-dessus de leurs têtes ; mais plus j'y pense, plus je suis convaincu qu'ils en ignorent la présence. Je suis celui qui peut déclencher le mécanisme ; il me suffit d'ouvrir mon répertoire et de les appeler les uns après les autres.

Mais je n'aurai peut-être pas besoin de le faire. Je m'accroche à l'espoir, de plus en plus ténu, d'avoir pris les cris de souris de mon esprit pusillanime pour la voix authentique de la Tortue. Qu'avons-nous, après tout ? Mellon en juillet. Le cadavre d'un enfant trouvé mort sur Neibolt Street en octobre, et un autre dans Memorial Park, début décembre, juste avant les premières neiges. Pourquoi pas un vagabond, comme l'écrivent les journaux ? Ou un cinglé, qui aurait depuis quitté Derry, ou se serait supprimé lui-même, pris de remords ou de dégoût, comme l'aurait fait le véritable Jack l'Éventreur, d'après certains livres ?

Peut-être.

Mais c'est juste en face de la vieille maison maudite de Neibolt Street que l'on a retrouvé la petite Albrecht... tuée le même jour que George Denbrough, vingt-sept ans auparavant. Et le petit Johnson, que l'on a découvert dans Memorial Park avec une jambe en moins... Memorial Park, c'est là aussi que se dresse le château d'eau de Derry, et le gamin gisait presque à son pied. Le château d'eau est à un jet de pierre des Friches-Mortes ; le château d'eau est également l'endroit où Stan Uris a vu ces garçons.

Ces garçons morts.

À ce stade, ce n'était peut-être encore que pures coïncidences ou simples mirages. Voire quelque chose entre les deux, une sorte d'écho maléfique. Pourquoi pas ? Il me semble que oui. Ici, à Derry, tout est possible.

Je crois que ce qui était là autrefois s'y trouve toujours : la chose de 1957 et 1958 ; celle de 1929 et 1930, quand un incendie, allumé par la Légion de la Décence, a ravagé complètement le Quartier noir ; celle de 1904, 1905 et du début de 1906 — au moins jusqu'à l'explosion des aciéries Kitchener ; celle de 1876 et 1877, la chose qui fait son apparition environ tous les vingt-sept ans. Parfois elle vient un peu plus tôt, parfois un peu plus tard, mais elle vient toujours. Au fur et à mesure que l'on remonte le temps, les fausses notes sont de plus en plus difficiles à retrouver car les témoignages vont s'amenuisant et les lacunes, dans l'histoire locale, sont de plus en plus grandes. Mais lorsque l'on sait où regarder — et vers quelles dates —, on a franchi une étape capitale pour la résolution du problème. Ça revient toujours, voyez-vous.

Ça.

Donc : oui, je crois que je vais passer ces coups de fil. Je crois que nous avons été désignés. Pour quelque obscure raison, nous avons été choisis pour y mettre un terme définitif. Destin aveugle ? Fortune aveugle ? Ou encore une fois, cette fichue Tortue ? Peut-être ordonne-t-elle aussi, en plus, de parler ? je l'ignore. C'est sans doute sans importance. *La Tortue ne peut pas nous aider*, disait Bill à l'époque ; ce qui était vrai alors doit encore l'être aujourd'hui.

Je nous revois, debout dans l'eau, nous tenant par la main, faisant le serment de revenir si jamais Ça recommençait — on aurait presque dit un anneau druidique, le sang de nos mains, paume contre paume, signant notre promesse. Un rituel peut-être aussi ancien que l'humanité elle-même, un moyen mystérieux de puiser à la source de tout pouvoir — celle qui court, souterraine, aux limites de ce que nous savons et de ce que nous soupçonnons.

Car les similitudes...

Mais voici que je fais mon Bill Denbrough, rabâchant comme lui bégayait, revenant toujours sur les mêmes choses, à savoir quelques faits et quantité de suppositions déplaisantes (et plutôt brumeuses) qui prennent un caractère de plus en plus obsessionnel à chaque paragraphe. Malsain. Inutile. Et même dangereux. Mais il est tellement pénible d'attendre les événements !

En principe, ce carnet de notes a pour but de dépasser cette obsession en élargissant mon champ d'observation ; après tout, il ne s'agit pas seulement de l'histoire de sept mômes, tous plus ou moins malheureux, rejetés par leurs pairs et ayant dérapé dans un cauchemar pendant un été caniculaire, alors qu'Eisenhower était encore Président. Si vous voulez, c'est une tentative pour faire prendre du champ à la caméra, afin qu'elle englobe toute la ville, ce lieu où près de trente-cinq mille personnes travaillent, mangent, dorment, copulent, font leurs courses, circulent, déambulent, vont à l'école ou en prison. Et d'où, parfois, ils disparaissent dans les ténèbres.

Pour savoir ce qu'est un lieu, je crois sincèrement qu'il faut savoir ce qu'il fut. Et si je devais absolument préciser le jour où tout ça a recommencé pour moi, je désignerais celui, au printemps 1980, où je rendis visite à Albert Carson, mort l'été dernier à quatre-vingt-onze ans, chargé d'ans comme d'honneurs. Il était resté bibliothécaire en chef de 1914 à 1960, une durée incroyable (mais il était lui-même incroyable), et personne ne me paraissait mieux placé que lui pour me dire par où commencer mes recherches historiques. L'entrevue eut lieu sous son porche, où il répondit à mes questions d'une voix éraillée car il luttait déjà contre le cancer de la gorge qui a fini par l'emporter.

« Y en a pas un seul qui vaut tripette. Comme vous le savez fort bien.

— Alors, par où dois-je commencer ?

— Commencer quoi, au nom du ciel ?

— Mes recherches sur l'histoire de la région. De la commune de Derry.

— Ah, bon. Il faut partir de Fricke et de Michaud. Ils passent pour être les meilleurs.

— Et une fois que je les aurai lus...

— Lus ? Seigneur, non ! Jetez-les à la corbeille à papiers ! C'est ça, votre première étape. Ensuite, lisez Buddinger. Branson Buddinger était un chercheur lamentable qui souffrait d'une gaffomanie incurable, si la moitié de ce que j'ai entendu dire est vraie, mais quand il s'agissait de Derry, il s'en sortait mieux. Presque tous les faits qu'il rapporte sont faux, mais il a tout faux avec le juste sentiment des choses, Hanlon. »

Je ne pus m'empêcher de rire et Carson sourit de ses lèvres gercées — un accès de bonne humeur qui avait quelque chose d'un peu effrayant. Il avait l'air d'un vautour qui monte une garde joyeuse autour d'un animal fraîchement abattu, attendant qu'il soit décomposé à point avant de le déguster.

« Quand vous en aurez terminé avec Buddinger, lisez Ives. Notez tous les gens à qui il a parlé. Sandy Ives est toujours à l'université du Maine. Folkloriste. Après l'avoir lu, allez le voir. Payez-lui le restaurant ; à votre place, je l'amènerais à l'Orinoka, parce que le service n'en finit pas. Pressez-le à mort. Remplissez votre carnet de noms et d'adresses. Parlez aux anciens qu'il a connus — ceux qui sont encore en vie, on n'est pas très nombreux, ha, ha, ha ! — et soutirez-leur d'autres noms. À ce moment-là, vous aurez toutes les cartes en main, si vous êtes aussi malin que je le crois. Si vous arrivez à coincer assez de gens, vous finirez par trouver quelques trucs qui ne sont pas dans les livres. Par vous rendre compte aussi qu'ils perturbent votre sommeil.

— Derry...

— Quoi, Derry ?

— Quelque chose ne colle pas à Derry, n'est-ce pas ?

— Ne colle pas ? rétorqua-t-il de sa voix faible et râpeuse. Qu'est-ce que ça veut dire, “ coller ” ? Est-ce que ce qui colle, c'est de jolies photos de la Kenduskeag au coucher du soleil, Kodachrome, telle vitesse, telle ouverture ? Dans ce cas, tout colle à Derry, car de belles images comme ça, il y en a à la douzaine. Est-ce que ça colle, leurs foutus comités de vieilles filles desséchées pour sauver la maison du gouverneur ou pour apposer une plaque commémorative en face du château d'eau ? Si ça, ça colle, alors Derry est un vrai pot de colle, car ça ne manque pas, les pipelettes toujours prêtes à s'occuper des affaires des autres. Est-ce qu'elle colle, cette abominable statue en plastique de Paul Bunyan, en face de la mairie ? Ah, si j'avais une citerne de napalm et mon vieux briquet Zippo, croyez bien que je m'en occuperais, de cette cochonnerie... mais si l'on est assez éclectique pour apprécier même les statues en plastique, alors ça colle, Derry. La question est : qu'est-ce que ça veut dire pour vous " coller ", Hanlon ? Hein ? Ou plutôt, que voulez-vous dire par " ça ne colle pas " ? »

Je ne pus que secouer la tête. Ou il savait, ou il ne savait pas. Il parlerait, ou il ne parlerait pas.

« Faites-vous allusion aux désagréables histoires que vous pourriez entendre ou à celles que vous connaissez déjà ? reprit-il. Des histoires désagréables, il y en a toujours. L'histoire d'une ville ressemble à ces immenses vieilles baraques pleines de pièces, de recoins, de greniers, de trappes à linge sale — pleines de planques et de cachettes..., sans parler d'un ou deux passages secrets, à l'occasion. Si vous vous lancez dans l'exploration de la baraque Derry, vous allez trouver toutes sortes de choses. Oui. Vous le regretterez peut-être par la suite, mais vous les trouverez. Et ce qui est trouvé ne peut pas être détrouvé, hein ? Certaines pièces sont fermées. Mais des clefs existent... elles existent. »

Une petite lueur matoise brilla dans le regard du vieillard.

« Vous pourrez imaginer que vous êtes tombé sur le secret le plus affreux de Derry... Mais il y en aura un de plus. Et encore un autre.

— Croyez-vous... ?

— Je crois que je vais vous prier de bien vouloir m'excuser. Ma gorge me fait très mal, aujourd'hui. C'est l'heure de mon médicament et de ma sieste. »

En d'autres termes, voici une fourchette et un couteau, mon ami ; et maintenant, à vous de trouver quelque chose à vous mettre sous la dent.

Je commençai donc par Fricke et Michaud ; je suivis le conseil de Carson et jetai les deux livres au panier, mais non sans les avoir lus auparavant. Ils étaient aussi mauvais qu'il l'avait dit. Puis je lus le Buddinger, recopiai les notes de bas de page pour les exploiter. Travail plus satisfaisant, mais les notes de bas de page sont une espèce étonnante, voyez-vous ; comme des sentiers serpentant dans un paysage sauvage et anarchique, ils se dédoublent, et se dédoublent encore ; à un moment donné, vous prenez la mauvaise direction et vous vous retrouvez dans un roncier inextricable ou dans un marécage aux sables mouvants. « Quand on en trouve une, avait dit un jour mon prof de bibliothéconomie, il faut l'écrabouiller avant qu'elle ne fasse des petits. »

Mais elles font des petits ; ce sont parfois de beaux enfants, mais la plupart du temps des avortons. Celles de *L'Histoire du vieux Derry* de Buddinger, au style emprunté, vagabondaient parmi un bon siècle de livres oubliés et de thèses poussiéreuses dans les domaines de l'histoire et du folklore, parmi aussi des articles de revues défuntes et des piles de registres municipaux à donner le tournis.

Mes entretiens avec Sandy Ives furent plus intéressants. Ses sources recoupaient de temps en temps celles de Buddinger, sans plus. Ives avait consacré une bonne partie de son existence à relever des traditions orales — des histoires de bonnes femmes, autrement dit — presque mot à mot, une technique qu'aurait certainement méprisée Branson Buddinger.

Ives avait rédigé un ensemble d'articles sur Derry au cours des années 1963-1966. La plupart des vieux auxquels il avait alors parlé étaient morts au moment où j'entrepris mes propres investigations, mais ils avaient eu des fils, des filles ou des neveux. Et, bien entendu, il ne faut pas oublier cette vérité première : tout vieillard qui meurt ne tarde pas à être remplacé par un autre ; quant aux bonnes histoires, elles ne meurent jamais, elles sont toujours transmises. Je m'assis donc sous quantité de porches, m'appuyai à quantité de piliers, bus quantité de thé, de bière (industrielle ou domestique), de mixtures diverses, d'eau du robinet et d'eau de source. J'écoutai beaucoup, et mon magnétophone tourna pendant des heures et des heures.

Buddinger et Ives étaient entièrement d'accord sur un point : les premiers colons blancs à s'être installés étaient à peu près trois cents, et anglais ; ils avaient une charte et étaient connus sous le nom de Derrie Company. La terre qui leur avait été concédée couvrait ce qui est aujourd'hui Derry, l'essentiel de Newport et de petites portions des villes environnantes. Et en l'an 1741, tout le monde disparut de la commune de Derry. Tout le monde était là en juin — trois cent quarante âmes à cette époque — mais en octobre, il n'y avait plus personne. Le petit village de maisons de bois devint complètement désert. L'une d'elles, qui se dressait à peu près à l'emplacement actuel du carrefour de Witcham et Jackson Streets, avait entièrement brûlé. Michaud tient pour acquis que tous les villageois ont été massacrés par les Indiens mais, en dehors de la maison incendiée, rien ne vient étayer cette thèse. Il est plus vraisemblable qu'un poêle mal réglé ait communiqué le feu à la maison.

Douteux, ce massacre par les Indiens. Pas d'ossements, pas de cadavres. Une inondation ? Pas cette année. Une épidémie ? Pas la moindre trace dans les autres villes de la région.

Les gens ont purement et simplement disparu. Tous. Tous les quatre cent quarante. Sans laisser un seul indice.

À ma connaissance, il n'y a qu'un cas vaguement semblable dans toute l'histoire américaine, celui de la disparition des colons de l'île Roanoke, en Virginie. Tous les écoliers en ont entendu parler, mais qui est au courant de l'affaire de Derry ? Pas même les gens qui y habitent, dirait-on. J'ai interrogé là-dessus plusieurs étudiants, tous inscrits au cours d'histoire du Maine : ils ne savaient rien. J'ai ensuite vérifié le texte, *Le Maine, autrefois et maintenant.* L'index comporte un peu plus de quarante entrées à « Derry » ; la plupart se rapportent à la vague de prospérité liée à l'exploitation du bois. Pas un mot sur la disparition des premiers colons... et néanmoins, ce... — comment le qualifierais-je ? — ce *silence* cadre avec le reste du tableau.

Une sorte de mur de silence entoure bien des choses qui se sont passées ici... et cependant, les gens parlent. J'imagine que rien ne peut les en empêcher. Mais il faut écouter attentivement, ce qui est un talent rare. Je me flatte de l'avoir développé chez moi au cours des quatre dernières années. Un vieil homme m'a parlé de sa femme, qui avait entendu des voix qui s'adressaient à elle par la bonde de son évier, au cours des trois semaines qui précédèrent la mort de leur fille, au tout début de l'hiver 1957-1958. Cette fillette fut l'une des premières victimes de la vague de meurtres qui avait commencé avec George Denbrough et ne prit fin qu'au cours de l'été suivant.

« Une vraie cacophonie, elles jacassaient toutes en même temps », me dit-il. Il possédait une station-service Gulf sur Kansas Street et me parlait entre deux allers et retours, le pas traînant, à la pompe où il faisait le plein, vérifiait le niveau d'huile et essuyait les pare-brise. « Elle leur a répondu une fois, qu'elle m'a raconté. Malgré sa frousse. Elle s'est penchée sur la vidange et a crié dedans : “ Qui diable êtes-vous ? ” Et toutes ces voix lui ont répondu par des grognements, des sanglots, des rires, des hurlements, des sifflements, des jacasseries, on pourrait pas imaginer, y paraît. “ Comment vous vous appelez ? ” Elles auraient répondu alors comme l'homme possédé a répondu à Jésus : “ Notre nom est Légion. ” Elle est restée deux ans sans pouvoir approcher de l'évier. Pendant deux ans, j'ai passé douze heures par jour à la station, à me casser le cul, après quoi je devais faire toute la foutue vaisselle une fois à la maison. »

Il venait de prendre une bouteille de Pepsi dans le distributeur, à côté de la porte de son bureau, et je le regardais, ce vieil homme de plus de soixante-dix ans en combinaison de mécano grise et délavée, avec, aux coins des yeux et de la bouche, un delta de rides.

« Vous devez commencer à vous dire que j' suis complètement cinglé, reprit-il, mais je vais vous dire quelque chose d'autre, si vous arrêtez votre bidule, là. »

Je coupai l'enregistrement et lui sourit. « Étant donné tout ce que j'ai déjà entendu depuis deux ans, vous avez encore un bon bout de chemin à faire avant de me convaincre que vous êtes cinglé », répondis-je.

Il me rendit mon sourire, mais sans trace d'humour de sa part. « Un soir, je faisais la vaisselle, comme d'habitude ; c'était à l'automne 1958, quand les choses s'étaient tassées. Ma femme dormait à l'étage. Betty a été le seul enfant que Dieu a jugé bon de nous donner, et après sa mort, ma femme a passé beaucoup de temps à dormir. Bon, je retire la bonde, et l'eau commence à couler dans la vidange. Vous connaissez le bruit que font des eaux bien savonneuses, quand elles s'écoulent ? Une sorte de bruit de succion. C'était ce bruit que j'entendais, sans y prêter attention ; je me disais que j'allais sortir couper un peu de bois pour le feu, dans l'appentis. Et quand le bruit s'est calmé, j'ai entendu la voix de ma fille, qui venait de là-dedans. Qui riait dans cette saloperie de tuyau. Ouais, quelque part dans le noir, elle riait. Sauf qu'on aurait plutôt dit qu'elle criait, si l'on faisait un peu attention. Ou les deux. Elle criait et riait dans les tuyaux. Jamais je n'avais entendu quelque chose comme ça. Peut-être que je l'ai seulement imaginé, peut-être... Mais je ne crois pas. »

Il me regarda, et je lui rendis son regard. La lumière qui tombait par les vitres sales lui faisait un visage marqué par les années, lui donnait l'air aussi vieux que Mathusalem. Je me souviens avoir ressenti une impression de froid, de grand froid, à cet instant.

« Vous croyez que je raconte des blagues ? » me demanda le vieil homme, qui devait avoir à peine plus de quarante-cinq ans en 1957 et auquel Dieu n'avait donné que cet enfant, une fille, Betty Ripsom. Trouvée éventrée, raidie par le froid, tout au bout de Jackson Street, juste après les fêtes de Noël.

« Non, répondis-je, je ne crois pas que vous me racontiez de blagues, Mr. Ripsom.

— Et vous dites la vérité vous aussi, remarqua-t-il avec une note d'émerveillement. Ça se lit sur votre visage. »

Je crois qu'il s'apprêtait à m'en dire davantage, mais une voiture entra dans la station et roula sur le fil qui déclenchait la sonnerie stridente du signal, au-dessus de nous. Nous sursautâmes tous les deux et je laissai échapper un petit cri. Ripsom se leva et se dirigea de son pas lent vers la voiture, tout en s'essuyant les mains avec un vieux chiffon. Lorsqu'il revint, il me jeta le regard peu amène qu'il devait réserver aux intrus qui ne lui inspiraient pas confiance. Je le saluai et pris congé.

Buddinger et Ives étaient d'accord sur un second point : quelque chose ne collait pas à Derry ; quelque chose n'avait jamais collé.

Je vis Albert Carson pour la dernière fois quelques mois avant sa mort. L'état de sa gorge avait empiré ; il n'en sortait plus qu'une sorte de petit sifflement murmuré. « Toujours l'idée d'écrire l'histoire de Derry, Hanlon ?

— Oui, plus ou moins. » Je n'avais évidemment jamais envisagé de rédiger une histoire de la commune — pas exactement — et je crois qu'il s'en doutait.

« Cela vous prendra vingt ans, susurra-t-il, et personne ne la lira. Personne ne voudra la lire. Laissez tomber, Hanlon. »

Il se tut quelques instants puis ajouta : « Buddinger a fini par se suicider, au fait. Le saviez-vous ? »

Bien entendu, je le savais. Mais seulement parce que les gens parlent et que j'avais appris à écouter. L'article du *Derry News* parlait d'un accident mortel dû à une chute, et indéniablement, Branson Buddinger avait fait une chute. Mais, avait oublié de préciser le journal, il était tombé d'un tabouret avec un nœud coulant autour du cou.

« Vous êtes au courant, pour le cycle ? »

Je le regardai, très surpris.

« Eh oui, murmura Carson. Tous les vingt-six ou vingt-sept ans. Buddinger savait, lui aussi, comme beaucoup d'anciens — sauf que s'il y a une chose dont ils ne veulent pas parler, c'est bien de ça, même si vous les faites picoler. Laissez tomber, Hanlon. »

Il tendit vers moi une main qui se referma sur mon poignet comme une serre d'oiseau, et je crus sentir la brûlure du cancer qui lui dévorait l'organisme, se gorgeant de tout ce qui s'y trouvait encore de consommable — c'est-à-dire plus grand-chose, à cette époque ; les étagères d'Albert Carson étaient presque vides.

« C'est quelque chose dont vous ne devez pas vous mêler, Michael. Il y a à Derry des choses redoutables. Laissez tomber. *Laissez tomber.*

— Je ne peux pas.

— Alors, soyez prudent », dit-il. J'eus soudain l'impression que les grands yeux effrayés d'un enfant me regardaient à travers le masque de ce mourant. « Très prudent. »

Derry.

Ma ville natale. Ainsi baptisée du nom d'un comté d'Irlande.

Derry.

Je suis né à l'hôpital de Derry ; j'ai été à l'école élémentaire de Derry ; j'ai fait mes études secondaires à Derry, tout d'abord à la

Middle School de la 9e Rue, ensuite au lycée de Derry ; j'ai poursuivi à l'université du Maine (« Ce n'est pas à Derry, mais c'est tout comme », disent les vieux), puis je suis revenu tout droit ici. À la bibliothèque municipale de Derry. Je suis l'habitant d'une petite ville, menant la vie d'une petite ville, comme des millions d'autres.

Mais.

Mais :

En 1879, une équipe de bûcherons découvrit les restes d'une autre équipe qui avait hiverné dans un camp sur le cours supérieur de la Kenduskeag, à la pointe de ce que les gosses appellent toujours les Friches-Mortes. Neuf hommes en tout, tous hachés menus. Des têtes avaient roulé... sans parler des bras... d'un pied ou deux... et d'un pénis, que l'on avait retrouvé cloué au mur de la cabane.

Mais :

En 1851, John Markson empoisonna toute sa famille ; après quoi, assis au milieu du cercle formé avec les cadavres des siens, il mangea toute une amanite phalloïde. Il dut connaître toutes les affres d'une épouvantable agonie. L'agent de police qui le découvrit écrivit dans son rapport qu'il crut tout d'abord que le cadavre lui souriait ; il parle de « l'horrible sourire blanc de Markson ». Le « sourire blanc » était la dernière bouchée du champignon mortel ; Markson avait continué à manger alors que les crampes tétanisaient les muscles de son corps.

Mais :

Le dimanche de Pâques 1906, les propriétaires des aciéries Kitchener (qui se trouvaient sur l'emplacement actuel du nouveau et clinquant centre commercial de Derry) avaient organisé une chasse aux œufs de Pâques pour « tous les enfants sages de Derry ». La chasse s'était déroulée sur les vastes terrains de l'aciérie, mais on avait pris la précaution d'en interdire les zones dangereuses, et des employés avaient accepté de monter la garde afin d'éviter aux gamins les plus aventureux la tentation de passer sous une barrière et de partir en exploration. On avait dissimulé cinq cents œufs en chocolat, ornés de joyeux rubans de couleur, et d'après Buddinger, il y avait au moins un œuf pour chaque enfant présent. Ils couraient en riant et en poussant des cris dans le calme dominical de l'aciérie et découvraient les œufs sous les cuves basculantes géantes, dans les tiroirs du bureau du contremaître, entre les grandes dents rouillées des roues à engrenage, à l'intérieur des moules du deuxième étage (sur les vieilles photos, ces moules avaient l'air de moules à gâteaux d'une cuisine de titan). Trois générations de Kitchener étaient présentes pour assister à ce joyeux tohu-bohu et remettre les prix à l'issue de la chasse, prévue pour quatre heures, que tous les œufs eussent été retrouvés ou non. Il n'y eut jamais de remise de prix. À trois heures quinze, l'aciérie explosa. Des décombres, on retira soixante-douze personnes avant la nuit. Le bilan final fut de cent deux morts, dont quatre-vingt-deux enfants. Le mercredi suivant, alors que la ville frappée de stupeur était encore sous le coup de la tragédie, une femme trouva la tête du petit Robert Dohay, neuf ans, accrochée dans les branches d'un pommier, au fond de son jardin. L'enfant avait la bouche barbouillée de chocolat et du sang sur les cheveux. Huit enfants et un adulte furent portés disparus. Ce fut la pire catastrophe dans les annales de Derry, pire encore que celle de l'incendie du Black Spot, en 1930 ; une catastrophe restée inexpliquée. Les quatre grands convertisseurs de l'aciérie étaient à l'arrêt ; les feux avaient été coupés, et non baissés.

Mais :

Le taux de crimes de sang à Derry est six fois supérieur à celui de toute ville de taille comparable de la Nouvelle-Angleterre. Je trouvais mes conclusions préliminaires tellement difficiles à croire que je confiai mes chiffres à un prof d'informatique du lycée qui, quand il n'était pas au clavier de son IBM, hantait la bibliothèque. Il poussa les calculs plus loin en ajoutant une douzaine de petites villes de plus à son « échantillon », et me fit cadeau d'un graphique tracé à l'ordinateur, où l'on voyait le trait qui représentait Derry dépasser du lot comme un pouce obscène. « Les gens d'ici doivent avoir un caractère particulièrement ombrageux » fut son seul commentaire. Je ne répondis rien. Si je l'avais fait, j'aurais pu lui dire que quelque chose avait forcément un caractère fort ombrageux à Derry.

Ici, à Derry, on compte entre quarante et soixante disparitions d'enfants inexpliquées par an. La plupart sont des adolescents. On les classe comme fugueurs. Je suppose que dans le lot, il doit bien y en avoir quelques-uns.

Et pendant ce que Carson aurait sans aucun doute appelé le « temps fort du cycle », le taux de disparitions augmente dans des proportions vertigineuses. En 1930, par exemple, l'année de l'incendie du Quartier noir, on a compté plus de cent soixante-dix disparitions d'enfants à Derry ; il ne s'agit bien sûr que de celles qui ont été signalées à la police et ont fait l'objet d'un rapport. *Rien de surprenant à cela*, me dit le chef actuel de la police quand je lui montrai mes chiffres. *C'était la Crise. La plupart des gens devaient probablement en avoir marre de bouffer des patates à l'eau ou de crever de faim chez eux, alors ils se sont cassés pour aller tenter leur chance ailleurs.*

Pendant l'année 1958, ont été signalées les disparitions de cent vingt-sept enfants, âgés de trois à dix-neuf ans, dans la ville de Derry. *A-t-on observé une crise en 1958 ?* ai-je demandé au chef Rademacher. *Non,* me répondit-il. *Mais les gens bougent beaucoup. Les mômes, en particulier, ont des fourmis dans les jambes. Une engueulade avec ses vieux parce qu'il rentre trop tard après une boum, et hop ! plus personne.*

Je montrai alors au chef Rademacher la photo de Chad Lowe, qu'avait publiée le *Derry News* en avril 1958. *Croyez-vous que celui-ci soit parti de chez lui après une engueulade avec ses parents parce qu'il était en retard ? Il avait trois ans et demi quand il a disparu de la circulation.*

Rademacher me lança un regard qui me rappela celui du pompiste et me dit qu'il avait pris le plus grand plaisir à notre entretien, mais que si je n'avais rien d'autre à lui demander, il avait du boulot. Je partis.

Hanté, hanter, hante.

« Souvent visité par les fantômes ou les esprits », comme dans la tuyauterie sous l'évier ; « réapparitions fréquentes ou régulières », comme tous les vingt-cinq, vingt-six ou vingt-sept ans ; « un endroit où se nourrissent les animaux », comme dans les cas de George Denbrough, Adrian Mellon, Betty Ripsom, la fillette des Albrecht, le garçon des Johnson.

Un endroit où se nourrissent les animaux. Oui, c'est ça ma hantise.

S'il se passe quoi que ce soit de nouveau, quoi que ce soit, je décrocherai le téléphone. Il le faudra. En attendant, il me reste mes suppositions, mon repos compromis, et mes souvenirs — mes maudits souvenirs. Oh, et j'ai encore autre chose : ce carnet de notes, non ? Mon mur des lamentations. Et me voilà assis ici, pris d'un tel tremblement que c'est à peine si je peux écrire, assis ici dans la bibliothèque désertée après la fermeture, à écouter les faibles craquements en provenance des sombres allées de livres et à surveiller les ombres projetées par la faible lumière des globes jaunes afin d'être bien sûr qu'elles ne bougent pas... qu'elles ne changent pas.

Assis ici, à côté du téléphone.

Poser la main dessus... le soulever... appuyer sur les touches qui me mettraient en contact avec tous les autres, mes vieux copains...

Nous sommes allés loin, ensemble.

Ensemble, nous sommes descendus dans les ténèbres.

Pourrions-nous échapper une seconde fois à ces ténèbres ?

Je ne crois pas.

Dieu fasse que je n'aie pas à les appeler.

Seigneur, je t'en prie.

DEUXIÈME PARTIE

JUIN 1958

Je me demande parfois ce que je vais bien pouvoir faire,
Il n'y a aucun remède à un cafard d'été.

Eddie Cochran

CHAPITRE 4

Ben Hanscom prend une gamelle

1

Vers 23 h 45, l'une des hôtesses de la classe affaire du vol 41 de United Airlines Omaha-Chicago reçoit un choc considérable. Elle croit pendant quelques instants que l'homme installé sur le siège A-1 est mort.

Lorsqu'il est monté à bord, à Omaha, elle a tout de suite pensé : « Oh, bon sang, voilà les ennuis qui commencent. Il est soûl comme un Polonais. » L'odeur de whisky qui se dégageait de lui lui a vaguement rappelé le nuage de poussière qui flotte constamment autour du petit garçon crasseux de la bande dessinée Peanuts. *Le service en première classe la rend toujours nerveuse, parce qu'on y sert de l'alcool. Elle était sûre qu'il allait demander un verre — un double, probablement. Il faudrait alors se décider : le servir ou non. Sans compter que pour faire bonne mesure, le temps était à l'orage, et elle était convaincue qu'à un moment ou un autre, le type, un grand maigre habillé d'un jean et d'une veste à carreaux, allait se mettre à dégueuler.*

Mais lors du premier service, l'homme dégingandé ne lui commande rien de plus fort qu'un verre de soda, dans les termes les plus courtois. Sa lumière d'appel reste éteinte, et l'hôtesse ne tarde pas à l'oublier complètement, car elle a fort à faire sur ce vol. Un vol du genre de ceux que l'on a envie d'oublier le plus vite possible ; à la vérité, un vol au cours duquel on pourrait bien (si l'on en avait le temps) se poser quelques questions sur ses propres chances de survie.

Le United 41 slalome entre d'horribles foyers d'orage et d'éclairs comme un skieur chevronné descendrait une pente pleine de bosses. L'atmosphère est très agitée. Les passagers poussent des cris et lancent des plaisanteries contraintes sur les éclairs qu'ils voient brasiller entre les piliers épais des nuages qui entourent l'avion. « Dis, Maman, est-ce que c'est Dieu qui prend les anges en photo ? » demande un petit garçon ; et la mère, dont le teint a viré au verdâtre, est prise d'un rire nerveux. Le premier service est en fin de compte le seul du vol ce soir-là. Le signal « Attachez vos ceintures » ne s'éteint pas un seul instant. Les hôtesses restent cependant dans les allées, et répondent aux appels qui carillonnent en série.

« Ralph a du boulot ce soir », lui dit une collègue en la croisant ; elle s'éloigne vers la section touriste avec une provision de sacs en papier pour les victimes du mal de l'air. Il s'agit d'un code et d'une plaisanterie : Ralph a toujours du boulot sur les vols un peu secoués. L'avion fait une embardée, quelqu'un pousse un cri retenu, l'hôtesse se tourne, une main tendue pour reprendre l'équilibre, et plonge directement son regard dans les yeux immobiles et sans vie de l'homme assis sur le siège A-1.

Oh, mon Dieu, il est mort ! *pense-t-elle.* L'alcool qu'il a bu avant d'embarquer... les trous d'air... son cœur... mort de peur.

Les yeux du grand dégingandé sont posés sur elle, mais ils ne la voient pas. Ils ne bougent pas. Ils sont parfaitement vitreux. Sans aucun doute, ce sont là les yeux d'un homme mort.

L'hôtesse se détourne de ce regard affreux ; son propre cœur bat la chamade de manière incontrôlée, elle se demande ce qu'il faut faire, comment s'y prendre, et remercie Dieu que l'homme n'ait pas de voisin prêt à se mettre à crier et à provoquer la panique. Elle décide d'en parler tout d'abord à l'hôtesse en chef puis à l'équipage masculin à l'avant. Peut-être pourra-t-on l'envelopper dans une couverture et lui fermer les yeux. Le pilote laissera allumé le signal pour les ceintures même si le temps se calme ; comme ça, personne n'ira aux toilettes à l'avant, et quand les autres passagers débarqueront, ils le croiront endormi...

Ces idées lui traversent rapidement l'esprit, et elle se tourne pour un coup d'œil de confirmation. Le regard mort et fixe est toujours posé sur elle... sur quoi le cadavre soulève son verre de soda et en prend une gorgée.

À cet instant, l'avion se met de nouveau à osciller, penche, et le petit cri de surprise de l'hôtesse se perd au milieu d'autres cris de peur moins contrôlés. Les yeux de l'homme bougent — pas beaucoup, mais assez pour qu'elle comprenne qu'il est vivant et qu'il la voit. Elle pense alors : Tiens, j'aurais juré qu'il avait cinquante ans bien sonnés quand il est monté à bord, mais il en a sûrement beaucoup moins, en dépit de ses cheveux qui commencent à grisonner.

Elle se dirige vers lui, malgré les tintements impatients des appels sur le tableau derrière elle (Ralph est vraiment débordé aujourd'hui ; après un atterrissage parfait à O'Hare, les hôtesses jetteront soixante-dix sacs).

« *Tout va bien, monsieur ? demande-t-elle avec un sourire, qu'elle sent faux, irréel.*

— *À la perfection », répond l'homme dégingandé. Elle jette un bref coup d'œil sur la fiche, au-dessus du siège, et constate qu'il s'appelle Hanscom. « À la perfection, répète-t-il. Mais on est un peu secoués, ce soir, non ? Ça doit vous empêcher de faire votre boulot... Ne vous en faites pas pour moi. Je vais... (il lui adresse un sourire spectral, un sourire qui lui fait penser à un épouvantail s'agitant au vent de novembre dans les champs glacés), je vais parfaitement bien.*

— *Vous aviez l'air...*

(mort)

un peu perdu.

— *Je pensais au bon vieux temps, répond-il. Je me suis rendu compte il y a quelques heures à peine que c'était quelque chose qui existait, au moins en ce qui me concerne. »*

Tintements de nouveaux appels. « Veuillez m'excuser, mademoiselle, mais... », fait une voix nerveuse.

« *Eh bien, si vous êtes sûr que tout va bien...*

— *Je pensais au barrage que nous avions construit, des amis et moi, reprend Ben Hanscom. Les premiers amis que j'aie eus, je crois bien. Ils étaient déjà en train de le construire lorsque je... (il s'interrompt, paraît surpris et rit. Un rire honnête, presque un rire insouciant d'enfant, qui fait un effet très étrange dans l'appareil que secoue l'orage), lorsque je leur suis tombé dessus. Littéralement tombé dessus, presque. Peu importe. Leur barrage était une catastrophe, cela, je m'en souviens.*

— *Hôtesse ? Mademoiselle ?*

— *Veuillez m'excuser, monsieur. Je dois répondre aux autres appels, maintenant.*

— *Mais bien entendu. »*

Elle se dépêche, soulagée d'être débarrassée de ce regard — ce regard mort, quasiment hypnotique.

Ben Hanscom se tourne vers le hublot. Des éclairs jaillissent d'énormes cumulus, à une douzaine de kilomètres sur la droite ; dans le bégaiement de leurs éclats, les nuages ont l'air de titanesques cervelles transparentes où grouillent de mauvaises pensées.

Il tâte la poche de sa veste à carreaux, mais les dollars d'argent n'y sont plus. Ils se trouvent dans celle de Ricky Lee. Il se prend soudain à souhaiter en avoir conservé un. Il se serait peut-être révélé utile. Bien sûr, on peut toujours s'adresser à une banque (du moins quand on ne se fait pas chahuter à neuf mille mètres d'altitude) et en acheter une poignée, mais que faire de ces foutus sandwichs au cuivre que le gouvernement refile en fait de pièces authentiques, à l'heure actuelle ? Et pour tout ce qui est loups-garous, vampires et autres entités qui ne rôdent qu'à la lumière des étoiles, c'est de l'argent qu'il faut, du bon argent. Il faut de l'argent pour arrêter un monstre. Il faut...

Il ferme les yeux. Autour de lui, l'air est plein de carillons. L'avion se balance et roule et tangue, et l'air est plein de carillons. Des carillons ?

Non, des cloches.

Oui, des cloches, LA cloche, celle qui les résumait toutes, celle que l'on attendait toute l'année alors que le temps grignotait les jours d'école, celle que l'on commençait d'attendre dès la fin de la première semaine. LA cloche, qui était synonyme de liberté, l'apothéose de toutes les cloches d'école.

Ben Hanscom est assis sur son siège de première classe, parmi les roulements du tonnerre, à neuf mille mètres d'altitude, le visage tourné vers le hublot, et sent le mur du temps perdre soudain toute épaisseur. Un mouvement péristaltique terrible / merveilleux vient de commencer. Il pense : Mon Dieu, je suis digéré par mon propre passé.

Il ne le sait pas, mais le 28 mai 1985 est devenu le 29, tandis que dans la nuit et la tempête, l'avion franchit l'Illinois occidental. En dessous, les fermiers courbatus dorment comme des morts et rêvent leurs rêves de vif-argent — et qui sait ce qui peut se trouver dans leurs granges, leurs caves et leurs champs, tandis que marche l'éclair et que parle le tonnerre ? Personne ne sait cela : on sait seulement que l'énergie est en liberté dans la nuit, et que l'air est rendu fou par les mégavolts de la tempête.

Mais à neuf mille mètres ce sont les cloches, tandis que l'avion débouche dans une zone dégagée et que sa trajectoire se stabilise ; ce sont les cloches ; c'est LA cloche pendant que Ben Hanscom dort ; et pendant son sommeil, le mur qui sépare présent et passé s'effondre complètement, et il tombe en arrière à travers les années comme un homme tombe dans un puits profond — Voyageur du Temps à la Wells, peut-être, tenant dans sa chute un barreau d'échelle tout en s'enfonçant toujours plus bas dans le pays des Morlocks où les machines pulsent sans jamais s'arrêter dans les tunnels de la nuit.

C'est 1981, puis 1971, 1969; et soudain, voici juin 1958. Une éclatante lumière règne partout et derrière ses paupières fermées par le sommeil, les pupilles de Ben Hanscom se contractent à l'appel du rêve, car son cerveau lui montre non les ténèbres qui recouvrent l'Illinois mais le grand soleil d'un jour de juin à Derry, Maine, il y a de cela vingt-sept ans.

Des cloches.

La cloche.

L'école.

L'école est.

L'école est

2

finie !

Le son de la cloche s'enfla et ronfla le long des corridors de l'école de Derry, gros bâtiment de briques édifié sur Jackson Street, et à son appel, les petits septièmes de la classe de Ben Hanscom lancèrent un cri de joie spontané. Mrs. Douglas, d'habitude la plus stricte des maîtresses, ne fit rien pour les calmer. Sans doute savait-elle que ce ne serait guère possible.

« Mes enfants ! commença-t-elle quand le tumulte se fut apaisé. Puis-je avoir votre attention une dernière fois ? »

Un brouhaha de bavardages excités, ponctué de quelques grognements, s'éleva alors dans la classe. Mrs. Douglas tenait leurs bulletins à la main.

« J'espère bien passer ! » pépia Sally Mueller à l'intention de Bev Marsh, assise dans la rangée voisine. Sally était brillante, jolie, vive ; Bev aussi était jolie, mais elle ne manifestait pas la même vivacité, dernier jour de classe ou non. Maussade, elle restait plongée dans la contemplation de ses baskets ; sur l'une de ses joues, un bleu tournait au jaunâtre.

« Moi, j'en ai rien à foutre », répondit Bev.

Sally eut un petit reniflement — les dames ne parlent pas comme ça, disait le reniflement. Elle se tourna alors vers Greta Bowie. C'était probablement à cause de l'excitation provoquée par la cloche signalant la fin de l'année scolaire que Sally avait par erreur adressé la parole à Beverly, pensa Ben. Sally Mueller et Greta Bowie appartenaient l'une et l'autre à ces riches familles qui avaient des maisons sur West Broadway, tandis que Bev venait des HLM miteuses du bas de la Grand-Rue. Deux mille quatre cents mètres à peine séparaient les deux quartiers, mais même des gosses comme Ben savaient qu'en fait la distance réelle était celle qui sépare la Terre de Pluton, au bas mot. Il suffisait de regarder le sweater bon marché de Beverly Marsh, sa jupe trop large qui venait sans doute du comptoir de l'Armée du Salut et ses baskets déchirées pour le comprendre. N'empêche, Ben préférait Bev ; il la préférait même de beaucoup. Sally et Greta étaient bien habillées, et quelque chose lui disait qu'on leur faisait des indéfrisables ou des trucs comme ça tous les mois, mais à ses yeux, cela ne changeait rien. Seraient-elles passées tous les jours chez le coiffeur qu'elles n'en seraient pas moins restées deux petites morveuses prétentieuses.

Il trouvait Bev bien plus chouette... et beaucoup plus jolie, même si pour tout l'or du monde, il n'aurait jamais osé le lui dire. Néanmoins, parfois, au cœur de l'hiver, quand la lumière à l'extérieur virait au jaune somnolent comme un chat roulé sur un sofa, quand Mrs. Douglas dévidait sa rengaine sur les maths (comment faire une division à plusieurs chiffres ou trouver le plus petit dénominateur commun de deux fractions pour pouvoir les additionner) ou sur les mines d'étain du Paraguay, en ces jours où il semblait que jamais l'école ne finirait mais que ça n'avait pas d'importance parce que dehors le monde était en décomposition..., en ces jours-là, Ben observait Bev de côté, de temps en temps, dérobant quelque chose de son visage, ce qui lui laissait le cœur à la fois désespérément douloureux et débordant de jubilation. Il se disait qu'il en pinçait pour elle, qu'il en était amoureux, et que c'était pour cela qu'il pensait toujours à elle lorsque, à la radio, les Penguins se mettaient à chanter : « Ange terrestre, ma tendre chérie, je t'aimerai toute la vie... » Ouais, c'était stupide, d'accord, aussi minable qu'un vieux Kleenex, mais c'était parfait comme ça car de toute façon, il ne dirait jamais rien. Il croyait que les garçons gros et gras n'étaient autorisés à aimer les jolies filles qu'en secret. S'il confiait ce qu'il ressentait à qui que ce soit (ce confident éventuel n'existait d'ailleurs pas), le dépositaire du secret en mourrait sans doute de rire. Et s'il avouait jamais à Beverly qu'il l'aimait, soit elle rirait aussi (mauvais), soit elle émettrait un hoquet de dégoût (encore pire.)

« Et maintenant, présentez-vous à l'appel de vos noms. Paul Anderson... Carla Bordeaux... Greta Bowie... Calvin Clark... Cissy Clark... »

Et chacun des enfants vint à tour de rôle jusqu'au bureau de Mrs. Douglas (seuls les jumeaux Clark arrivèrent ensemble, main dans la main, il n'y avait que la longueur des cheveux de Cissy et sa robe qui permettaient de les différencier) prendre son bulletin couleur chamois, orné du drapeau américain et du Serment d'Allégeance côté face, et du « Notre Père » côté pile, avant de quitter la classe d'un pas mesuré... et de foncer comme un bolide dans le couloir jusqu'au portail d'entrée, battants grands ouverts. Ils se jetaient ensuite dans l'été et disparaissaient : certains à bicyclette, quelques-uns en gambadant, d'autres après avoir enfourché quelque invisible cheval, se frappant les cuisses pour produire un bruit de sabots, d'autres encore bras dessus bras dessous en chantant : « Tous les cahiers au feu et le maître au milieu... »

« Marcia Fadden... Franck Frick... Ben Hanscom... »

Il se leva, jeta furtivement à Beverly ce qu'il crut être sur le moment le dernier regard de l'été, et se dirigea vers le bureau de Mrs. Douglas — môme de onze ans affligé d'un pétrousquin grand quasiment comme le Nouveau-Mexique, lequel pétrousquin était empaqueté dans un horrible jean tout neuf dont les rivets de cuivre renvoyaient de petits éclairs de lumière et qui produisait un chuintement à chaque fois que ses grosses cuisses frottaient l'une contre l'autre. Ses hanches ondulaient comme celles d'une fille ; son estomac ballottait d'un côté et de l'autre. En dépit de la douce chaleur de la journée, il portait un ample haut de survêtement ; il ne s'habillait presque jamais autrement que de survêts lâches parce qu'il éprouvait une honte profonde de sa poitrine, et cela depuis le premier jour de classe après les vacances de la Noël, lorsqu'il avait porté l'une de ces nouvelles chemises que sa mère lui avait données et que Huggins le Roteur avait braillé : « Hé, les mecs ! Visez un peu c' que le Père Noël a apporté à Hanscom ! Une grosse paire de nénés ! » Le Roteur avait été tellement content de sa plaisanterie qu'il s'en était presque évanoui. D'autres aussi avaient ri, et notamment quelques filles. Si un trou conduisant en enfer s'était ouvert devant lui à cet instant, Ben y aurait sauté sans un bruit... ou tout au plus avec un léger murmure de gratitude.

Depuis ce jour-là, il portait des hauts de survêt. Il en possédait quatre, tous plus flottant les uns que les autres, un brun, un vert et deux bleus. C'était l'une des rares choses sur lesquelles il avait tenu tête à sa mère, l'une des rares limites qu'il s'était senti obligé, au cours d'une enfance par ailleurs plutôt placide, de tracer dans la poussière. S'il avait vu Beverly rire avec les autres ce jour-là, à son avis, il en serait mort de honte.

« Ce fut un plaisir de t'avoir dans ma classe cette année, Benjamin, dit Mrs. Douglas en lui tendant son bulletin.

— Merci, Mrs. Douglas. »

Une voix de fausset moqueuse arriva du fond de la classe : « Merci-i-i-i, Missis Dougliiiiss. »

Henry Bowers, bien entendu. Henry était en septième au lieu de se trouver en sixième avec ses amis Huggins le Roteur et Victor Criss, étant donné qu'il avait redoublé l'année précédente. Ben soupçonnait qu'il allait tripler ; Mrs. Douglas ne l'avait pas appelé à son tour dans la liste alphabétique, ce qui était synonyme d'ennuis. Cela mettait Ben mal à l'aise, parce que si l'hypothèse se vérifiait, Ben s'en sentirait un peu responsable... et Henry le savait.

Pendant les épreuves finales, la semaine précédente, Mrs. Douglas les avait fait changer de place au hasard en tirant leurs noms d'un chapeau. Ben s'était retrouvé au dernier rang, à côté de Henry Bowers. Comme toujours, Ben avait enroulé le bras autour de sa copie, complètement penché sur elle, avec la sensation confortable et rassurante de son ventre pesant contre le bureau, suçant occasionnellement son crayon à la recherche de l'inspiration.

Vers le milieu de l'épreuve du mardi (mathématiques), un murmure était arrivé jusqu'aux oreilles de Ben. Il était aussi bas, de portée aussi faible et aussi professionnel que celui d'un détenu vétéran qui fait passer un message dans la cour de la prison : « Laisse-moi copier. »

Ben avait tourné la tête vers lui et l'avait regardé directement dans les yeux — des yeux noirs et furieux. Henry Bowers, à douze ans, était déjà un costaud. Le travail de la ferme lui avait durci les muscles des bras et des jambes. Son père, qui avait la réputation d'être cinglé, possédait un bout de terrain tout au bout de Kansas Street, le long de la ligne de Newport, et Henry passait au moins trente heures par semaine à bêcher, à désherber, à planter, à enlever les roches, à couper du bois et à récolter, quand du moins il y avait quelque chose à récolter.

Henry avait les cheveux coupés agressivement court, au point qu'on lui voyait la peau du crâne, et gominait ceux de devant au Butch-Wax, dont il avait toujours un tube dans la poche de son jean ; sur son front, les courtes mèches faisaient un effet de dents de moissonneuse. Il émanait de lui, en permanence, un mélange d'odeur de sueur et de parfum de chewing-gum aux fruits. À l'école, il portait un blouson de moto rose avec un aigle dans le dos. Un jour, un petit de neuvième fut assez téméraire pour se moquer du blouson rose. Henry avait bondi sur le morveux, souple comme une belette et vif comme une vipère, et lui avait assené deux coups de poing d'une main noircie par le travail. Le gamin perdit trois dents de devant, et

Henry fut renvoyé pendant deux semaines. Avec cet espoir mal défini mais brûlant de ceux qui sont bousculés et terrorisés, Ben avait rêvé que ce renvoi serait définitif. Pas de chance. Les salauds s'en sortent toujours. À son retour, Henry était revenu rouler des mécaniques dans la cour de l'école, à la fois resplendissant et sinistre dans son blouson rose, les cheveux tellement gominés qu'on aurait pu s'y mirer. Gonflées et bleuies, ses paupières portaient encore les marques de la correction que son maboul de père lui avait infligée pour « s'être battu dans la cour de récré ». Ces traces finirent par disparaître ; mais pour les gosses qui devaient coexister avec Henry à Derry, la leçon resta. Pour autant que Ben le sût, personne, depuis lors, n'avait fait la moindre remarque sur le blouson rose avec un aigle dans le dos.

Quand Henry avait adressé à Ben son murmure à la fureur rentrée lui intimant l'ordre de le laisser copier, en l'espace de quelques secondes, trois pensées avaient traversé comme des fusées l'esprit du garçon (aussi nerveux et délié que son corps était mou et gros). Un : si Mrs. Douglas s'en apercevait, tous les deux auraient zéro. Deux : s'il ne laissait pas Henry copier, ce dernier le choperait presque à coup sûr après l'école et lui administrerait son légendaire doublé du droit, sans doute aidé par Huggins et Criss le tenant chacun par un bras.

C'étaient là les pensées d'un enfant, ce qui n'avait rien de surprenant puisqu'il avait onze ans. Mais la dernière, plus élaborée, était quasiment digne d'un adulte.

Trois : *Il peut m'attraper, c'est vrai. Mais je peux peut-être l'éviter pendant la dernière semaine de classe. Si je le veux vraiment, je suis presque sûr d'y arriver. L'été passera, et il oubliera, je crois. Ouais. C'est un vrai crétin. S'il rate sa compo, qui sait s'il ne triplera pas ? Et s'il triple, je serai en avance sur lui. Plus jamais nous ne serons dans la même classe... j'irai avant lui à la grande école... Je... je pourrai être libre !*

« Laisse-moi copier », murmura de nouveau Bowers. Ses yeux noirs jetaient des éclairs, exigeaient.

Ben secoua la tête et replia un peu plus le bras autour de sa copie.

« Je te choperai, gros lard », siffla Henry, légèrement plus fort, cette fois. Mis à part son nom, la feuille qu'il avait devant lui était vierge. Il était désespéré. S'il ratait cet examen et triplait, son père allait le battre comme plâtre. « Laisse-moi copier ou je te fais la peau. »

Ben secoua de nouveau la tête dans un tremblement de bajoues. Il avait peur, mais il était déterminé. Il se rendit compte que pour la première fois de sa vie, il avait consciemment adopté une ligne de conduite, et cela lui faisait également peur, quoiqu'il n'aurait pas su dire exactement pour quelles raisons ; il lui faudrait des années pour comprendre que c'était le sang-froid de son calcul, la soigneuse et pragmatique évaluation des coûts avec ce que cela présageait de l'état adulte, qui l'avait encore plus effrayé que les menaces de Henry. Henry, il pouvait l'éviter. L'âge adulte, où il pratiquerait probablement ce mode de pensée presque tout le temps, finirait par le rattraper.

« N'ai-je pas entendu quelqu'un parler là-bas au fond ? avait alors demandé Mrs. Douglas d'un ton net. Si c'est le cas, on s'arrête immédiatement. »

Le silence avait régné au cours des dix minutes suivantes. Studieuses, les jeunes têtes restaient penchées sur les feuilles d'examen qui dégageaient une odeur plaisante d'encre à stencil violette. C'est alors que le murmure de Henry avait flotté dans l'air, léger, presque inaudible, à glacer le sang par la calme assurance de sa promesse :

« T'es cané, gros lard. »

3

Ben prit son bulletin et s'enfuit, rendant grâce au dieu, quel qu'il fût, qui protégeait les gros garçons de onze ans, de ce que les hasards de l'ordre alphabétique n'eussent pas permis à Bowers de quitter la classe le premier pour l'attendre à la sortie.

Il ne courut pas dans le corridor comme les autres enfants. Il pouvait courir, et remarquablement vite pour quelqu'un de son gabarit, mais il avait une conscience aiguë de son allure ridicule lorsqu'il le faisait. Il marcha rapidement, cependant, et quitta le hall qui sentait le livre pour le grand soleil de juin. Il resta quelques instants le visage levé vers la lumière, dans le bonheur de la chaleur de l'astre et de sa liberté. Septembre était à des millions d'années. Ce n'était peut-être pas ce que disait le calendrier, mais le calendrier mentait. L'été serait infiniment plus long que la somme de ses jours, et il lui appartenait. Il se sentit grand comme le château d'eau, immense comme la ville.

Quelqu'un lui rentra dedans, violemment. Les agréables rêveries estivales furent balayées de son esprit tandis qu'il titubait désespérément à la recherche de son équilibre, au bord des marches de pierre. Il attrapa la rampe juste à temps pour éviter une mauvaise dégringolade.

« Sors de mon chemin, gros paquet de tripes ! » C'était Victor Criss, les cheveux peignés en arrière avec la banane à la Elvis, gluants de brillantine. Il descendit les marches et gagna le portail d'entrée, mains dans les poches, le col de chemise relevé, dans le cliquetis des fers de ses bottes de mécano qu'il laissait traîner exprès.

Ben, le cœur battant encore fort, aperçut Huggins le Roteur de l'autre côté de la rue, un mégot à la main. Il fit signe à Victor et lui passa la cigarette quand ce dernier arriva à sa hauteur. Victor tira une bouffée, lui rendit le mégot et lui montra l'endroit où se tenait Ben, maintenant à mi-chemin de l'escalier. Puis il dit quelque chose et les deux garçons se séparèrent. Une vague de chaleur, celle du désespoir, traversa le visage de Ben. Ils finissaient toujours par vous avoir. C'était le destin, ou quelque chose comme ça.

« Tu aimes tellement le coin que tu vas y rester planté pour le reste de la journée ? » fit une voix près de lui.

Ben se retourna et de chaud, son visage devint brûlant. C'était Beverly Marsh, auréolée de l'éclat de ses cheveux châtain clair, les yeux d'un délicieux gris-vert. Son chandail, dont elle avait remonté les manches, s'effilochait à la hauteur du cou et flottait sur elle presque autant que le survêt de Ben. Certainement trop informe pour qu'on puisse voir si ses seins commençaient à pousser, mais Ben s'en moquait ; quand l'amour frappe avant la puberté, il peut s'enfler de vagues si claires et si puissantes que personne ne pourrait résister à son simple commandement, et Ben ne lui offrait aucune résistance. Il s'y abandonnait, un point c'est tout. Il se sentait à la fois stupide et exalté, et plus embarrassé qu'il ne l'avait jamais été de toute sa vie... mais aussi l'indiscutable objet d'une grâce particulière. Ces émotions désespérées étaient comme un breuvage entêtant qui le laissait à la fois joyeux et le cœur à l'envers.

« Non, coassa-t-il, je ne crois pas. » Un sourire immense se répandit sur son visage. Il se rendait compte qu'il devait avoir l'air idiot, mais il ne voyait aucun moyen de faire autrement.

« Eh bien..., c'est que l'école est finie, non ? Grâce à Dieu.

— Passe... (Un autre coassement ; il dut s'éclaircir la gorge, et il devint cramoisi.) Passe de bonnes vacances, Beverly.

— Toi aussi, Ben. À l'année prochaine. »

Elle descendit d'un pas vif les dernières marches, et Ben la saisit en un instantané d'amoureux : l'éclat du tissu écossais de sa robe, le jeu de ses cheveux roux dans son dos, son teint de lait, une petite coupure qui se cicatrisait sur son mollet et (pour une raison mystérieuse, ce dernier détail souleva en lui une vague d'émotion d'une telle puissance qu'il dut s'accrocher de nouveau à tâtons à la rampe ; une émotion gigantesque, indicible et miséricordieusement brève, signe avant-coureur, peut-être, de désir sexuel, sans signification pour son corps où les glandes endocrines dormaient encore d'un sommeil sans rêve, mais aussi éclatante qu'un éclair de chaleur l'été) une chaînette de cheville en or, brillante, juste au-dessus de sa basket droite, qui lui renvoya le soleil en petits éclats vifs.

Il laissa échapper un son, un son curieux. Il descendit les dernières marches de l'escalier, aussi faible qu'un vieillard, et s'arrêta en bas pour la suivre du regard jusqu'à ce qu'elle ait disparu, après avoir tourné à gauche, derrière la haute haie qui séparait la cour de l'école du trottoir.

4

Il ne resta là que quelques instants, tandis que les gosses continuaient de passer en groupes, au pas de course et à grands cris. Se souvenant soudain de Henry Bowers, il s'empressa de rejoindre l'angle du bâtiment. Il traversa le terrain de jeux des tout-petits et sortit par le portillon qui donnait sur Charter Street ; là, il prit à gauche, sans un seul regard en arrière pour le tas de briques à l'intérieur duquel il venait de passer tous les jours de la semaine, ou presque, de ces neuf derniers mois. Il fourra le bulletin dans sa poche revolver et se mit à siffler. Il portait une paire de Keds, mais leurs semelles ne touchèrent pas le trottoir pendant au moins huit pâtés de maisons.

On les avait lâchés juste après midi ; sa mère ne rentrerait pas à la maison avant six heures, car tous les vendredis, elle se rendait directement au supermarché après son travail ; le reste de la journée lui appartenait.

Il alla passer un moment au McCarron Park, où il resta assis sous un arbre sans rien faire, sinon murmurer de temps en temps, dans un souffle : « J'aime Beverly Marsh », se sentant plus enivré et romantique à chaque fois. À un moment donné, tandis qu'une bande de garçons envahissait le parc et installait les bases pour une partie de base-ball improvisée, il chuchota les mots : « Beverly Hanscom » par deux fois et dut ensuite enfouir son visage dans l'herbe pour rafraîchir ses joues brûlantes.

Peu après il se leva et, traversant le parc, gagna Costello Avenue. Cinq coins de rue plus loin se dressait la bibliothèque publique qui, à la réflexion, lui parut être sa destination initiale. Il était presque sorti du parc lorsqu'un petit huitième le vit et l'interpella : « Hé, les Nénés ! Tu veux jouer ? Nous avons besoin d'un batteur ! » Il y eut une explosion de rire. Ben s'enfuit aussi vite qu'il put, enfonçant la tête entre les épaules comme une tortue se retirant dans sa carapace.

Il se considérait néanmoins comme chanceux, en fin de compte ;

les garçons auraient pu le poursuivre, juste pour le chasser, ou peut-être pour le faire tomber dans la poussière et voir s'il allait pleurer. Mais ils étaient aujourd'hui trop absorbés par la mise en place du jeu et des règles. Ben fut très heureux de les laisser débattre des arcanes qui précédaient la première partie de l'été et poursuivit son chemin.

Trois coins de rue plus loin, sur Costello, il fit une découverte intéressante (et avantageuse) sous la haie d'une maison. Il vit briller du verre par les déchirures d'un vieux sac en papier. Du pied, Ben tira le sac dans la rue. La chance semblait vraiment être de son côté : il contenait trois canettes de bière et trois grandes bouteilles de soda. En tout, calcula-t-il, vingt-huit cents sous cette haie, attendant qu'un gamin passe et s'en empare. Un gamin avec de la chance.

« C'est moi ! » se dit joyeusement Ben, sans la moindre idée de ce que lui réservait le reste de la journée. Il repartit, tenant le sac par le fond pour qu'il ne se déchire pas davantage. L'épicerie de Costello Avenue n'était qu'à deux pas ; Ben échangea les bouteilles contre de l'argent et une bonne partie de l'argent contre des confiseries.

Devant la vitrine « tout à un cent », il montra du doigt ce qu'il voulait, comme toujours ravi par le cliquetis du battant vitré monté sur roulement à billes, lorsque le vendeur le fit glisser. Il prit cinq longueurs de guimauve rouge, cinq de noire, et toutes sortes de friandises et de bonbons.

Ben ressortit, son petit sac en papier brun plein de sucreries à la main, avec encore quatre cents dans la poche droite de son nouveau jean. Il jeta un coup d'œil au sac débordant de douceurs, et soudain une pensée tenta de faire surface

(Continue à bâfrer comme ça et Berverly Marsh n'aura pas un regard pour toi)

mais elle était désagréable et il la repoussa facilement ; il avait l'habitude de chasser ce genre de pensées.

Si quelqu'un lui avait demandé : « Te sens-tu seul, Ben ? », il aurait eu un regard surpris pour celui qui lui aurait posé une question qui ne lui était jamais venue à l'esprit. Il n'avait pas d'amis, mais il avait ses livres et ses rêves, ses modèles réduits et son gigantesque jeu de construction avec lequel il édifiait toutes sortes de choses. Plus d'une fois, sa mère s'était exclamée que ses petites maisons en Lincoln Logs étaient plus jolies que les vraies, faites d'après des plans. Il possédait également un excellent Erector Set, et espérait bien recevoir le Super Set pour son anniversaire, en octobre. Avec, il pourrait construire une véritable pendule qui donnerait l'heure, et une voiture avec une vraie boîte de vitesses. « Seul ? aurait-il sans doute répondu, sincèrement interloqué. Hein ? Quoi ? »

Un enfant aveugle de naissance ne sait pas qu'il est aveugle tant qu'on ne le lui dit pas. Et même alors, il ne se fait qu'une idée très théorique de ce qu'est la cécité ; seul celui qui a perdu la vue en possède la notion. Ben Hanscom n'éprouvait aucun sentiment de solitude pour avoir toujours été seul. La chose n'étant ni nouvelle ni limitée, il ne pouvait pas se rendre compte que la solitude était toute sa vie, qu'elle était simplement là, comme les deux articulations de son pouce et la petite irrégularité marrante de l'une de ses deux dents de devant, sur laquelle il passait la langue chaque fois qu'il se sentait nerveux.

Beverly était un doux rêve, les bonbons une douce réalité, les bonbons étaient ses amis. C'est pourquoi il dit à cette bizarre pensée d'aller se faire voir, ce qu'elle fit tranquillement, sans poser plus de problème. Et entre l'épicerie de Costello et la bibliothèque municipale, il liquida tout ce qu'il avait acheté. Il avait bien envisagé de garder les bonbons ronds, les Pez, pour regarder la télé le soir même — il aimait à les charger un à un dans le pistolet en plastique pour se les tirer ensuite dans la bouche, comme s'il se suicidait au glucose —, car il y avait un programme de rêve : *Whirlybirds,* avec Kenneth Tobey dans le rôle de l'héroïque pilote d'hélicoptère, *Dragnet,* des histoires vraies où les noms étaient changés pour protéger les innocents, et *Highway Patrol,* dans lequel Broderick Crawford jouait le rôle du policier Dan Matthews. Broderick Crawford était le héros préféré de Ben : il était rapide, mauvais, et envoyait tout le monde se faire foutre..., et surtout, Crawford était gros.

Il arriva à l'angle de Costello Avenue et de Kansas Street, qu'il traversa pour gagner la bibliothèque. Elle comprenait en réalité deux parties, un ancien bâtiment de pierre de taille en façade, édifié en 1890 avec l'argent des seigneurs du bois, et un immeuble bas à l'arrière, qui abritait la bibliothèque réservée aux enfants. Un corridor vitré reliait les deux constructions.

À cet endroit proche du centre-ville, Kansas Street était à sens unique, et Ben ne regarda donc que d'un côté (à droite) avant de traverser. Eût-il regardé à gauche, le choc aurait été terrible. À l'ombre d'un vieux chêne énorme, qui se dressait sur la pelouse devant la Maison communale de Derry, se tenaient Huggins le Roteur, Victor Criss et Henry Bowers.

5

« Chopons-le, Hank ! » Victor en salivait presque.

Henry suivit des yeux le petit connard grassouillet qui traversait la rue, avec son ventre qui ballottait, son épi de cheveux qui s'agitait à l'arrière de son crâne, et son cul qui se tortillait comme celui d'une fille dans un blue-jean tout neuf. Il estima la distance entre leur groupe et Hanscom d'une part, et entre Hanscom et la sécurité de la bibliothèque de l'autre. Il pensa qu'il était possible de l'attraper avant qu'il y trouve refuge, mais le gros lard risquait de se mettre à crier. Un adulte pourrait s'interposer, ce que Henry voulait à tout prix éviter. Cette salope de Douglas lui avait dit qu'il avait raté ses maths et son anglais. Elle le faisait passer, mais à condition qu'il prenne quatre semaines de cours d'été. Henry aurait préféré tripler : son père ne l'aurait battu qu'une fois. Avec quatre heures à l'école pendant quatre des semaines où il y avait le plus de travail à la ferme, il allait lui ficher une bonne demi-douzaine de raclées, sinon davantage. Sa seule consolation, devant cette sinistre perspective, était l'idée de faire payer tout ça l'après-midi même à cette espèce de petit enculé plein de soupe.

Avec les intérêts.

« Ouais, allons-y, approuva le Roteur.

— Non. Attendons qu'il sorte. »

Ils regardèrent Ben ouvrir l'une des grandes doubles portes et disparaître à l'intérieur, puis ils s'assirent pour fumer des cigarettes et se raconter des histoires de représentant de commerce en attendant qu'il ressorte.

Ben finirait bien par sortir, Henry le savait bien. Et là, il allait lui faire regretter le moment où il était né.

6

Ben adorait la bibliothèque.

Il en aimait la constante fraîcheur, même par les journées les plus caniculaires d'un été long et chaud ; et le calme, que rompaient à peine d'occasionnels murmures et les coups de tampon assourdis d'un bibliothécaire classant les livres ou les cartes de lecteur, ou encore le bruit des pages tournées dans la salle des périodiques où se retrouvaient des messieurs âgés qui lisaient des journaux attachés à de longs bâtons plats. Il en aimait la qualité de la lumière, que ce soit celle des rayons de soleil obliques qui tombaient des hautes fenêtres étroites l'après-midi, ou celle que diffusaient les globes suspendus à des chaînes, les soirs d'hiver, tandis qu'à l'extérieur sifflait le vent. Il aimait l'odeur des livres, un parfum épicé, avec quelque chose de fabuleux. Il passait parfois par les rayons réservés aux adultes pour contempler ces milliers de volumes et il imaginait tout un monde à l'intérieur de chacun, comme il imaginait, par les crépuscules embrumés de la fin du mois d'octobre, alors que le soleil se réduisait à une ligne orangée amère sur l'horizon, les vies qui se déroulaient derrière toutes les fenêtres, les gens qui riaient, se disputaient, arrangeaient des fleurs, faisaient manger leurs enfants ou leurs animaux de compagnie, ou mangeaient eux-mêmes en regardant la téloche.

Il aimait l'impression de chaleur qu'il ressentait lorsqu'il empruntait le couloir vitré qui reliait le vieux bâtiment à la bibliothèque des enfants ; même en hiver, il y faisait chaud, sauf lorsque le temps était resté nuageux pendant deux jours de suite. Mrs. Starrett, la responsable de la bibliothèque des enfants, lui avait expliqué que c'était dû à un phénomène appelé « effet de serre ». Ben avait été enchanté par cette notion. Des années plus tard, il construirait l'immeuble si controversé du Centre de communication de la BBC, à Londres ; mais la querelle aurait pu continuer de faire rage pendant mille ans sans que personne ne se doute (à part Ben lui-même) que ce n'était rien d'autre que le couloir vitré de la bibliothèque municipale de Derry placée à la verticale.

Il aimait aussi la bibliothèque des enfants, même si elle ne possédait pas le charme des pénombres de l'ancienne, avec ses globes et ses escaliers de fer en colimaçon tellement étroits que deux personnes ne pouvaient s'y croiser (l'une des deux devait faire marche arrière). La bibliothèque des enfants était claire, ensoleillée et légèrement plus bruyante en dépit des panneaux ON NE FAIT PAS DE BRUIT disposés un peu partout. Le bruit venait la plupart du temps du coin réservé aux plus petits, qui regardaient des livres d'images. À l'arrivée de Ben, ce jour-là, l'heure des histoires venait juste de commencer. Miss Davies, la jeune et jolie bibliothécaire, lisait *Les Trois Petits Cochons*.

« Qui heurte si fort à ma porte ? »

La jeune femme avait pris la grosse voix grondante du cochon de l'histoire. Parmi les petits, certains se cachaient la bouche et pouffaient, mais la plupart la regardaient de l'œil le plus sérieux du monde, acceptant la voix du cochon comme ils acceptaient les voix de leurs rêves, et leur expression grave reflétait l'éternelle fascination des contes de fées : le monstre serait-il vaincu, ou... les dévorerait-il ?

Des affiches aux couleurs éclatantes étaient accrochées un peu partout : celle du gentil garçon qui s'était lavé les dents au point que sa bouche écumait comme le museau d'un chien fou, celle du méchant garçon qui fumait des cigarettes (QUAND JE SERAI GRAND, JE VEUX ÊTRE TRÈS MALADE, COMME PAPA, disait la légende). Il y avait aussi une merveilleuse photo sur laquelle des millions de points lumineux brillaient dans l'obscurité. Dessous était écrit :

UNE IDÉE ALLUME MILLE CHANDELLES.
Ralph Waldo Emerson

On était invités à rejoindre les scouts ou à s'inscrire au club des filles. Des activités sportives et des spectacles de théâtre pour enfants étaient proposés, ainsi qu'un programme de lecture de l'été. Ben était un adepte enthousiaste de ce programme. Lors de l'inscription, on vous remettait une carte des États-Unis. Puis, pour chaque livre lu, si on avait rédigé une fiche, on vous donnait un collant à apposer sur la carte, un par État, avec toutes sortes d'informations sur sa flore, sa faune, l'année de son admission dans l'Union... Et on recevait un livre gratuit quand la carte était complète, avec les quarante-huit États. Une sacrée bonne affaire. Ben envisageait de faire ce que l'affiche recommandait : « Ne perdez pas de temps, inscrivez-vous tout de suite. »

Bien en vue, au milieu de cette sympathique débauche de couleurs, une affiche austère était punaisée au-dessus du bureau de retrait des livres ; pas de dessin, pas de superbe photo, rien que de gros caractères noirs sur du papier blanc :

N'OUBLIEZ PAS LE COUVRE-FEU
19 H
SERVICES DE POLICE DE DERRY

Le seul fait de la voir fit frissonner Ben. Dans l'excitation de la remise de son bulletin, de la crainte de Henry Bowers, de sa discussion avec Beverly et du début des vacances, il avait oublié le couvre-feu et les meurtres.

Les gens n'étaient pas d'accord sur leur nombre, mais tous admettaient en revanche qu'il y en avait eu au moins quatre depuis l'hiver dernier — cinq, si l'on comptait George Denbrough (car nombreux étaient ceux qui croyaient que la mort du petit Denbrough était due à quelque accident monstrueux). Le premier (indiscutable) était celui de Betty Ripsom, trouvée le lendemain de la Noël à proximité du chantier de construction de l'autoroute, au-delà de Jackson Street. On avait découvert la jeune fille, âgée de treize ans, mutilée et raidie par le froid dans la boue gelée. De cela, on n'avait rien dit dans les journaux, et aucun adulte n'en avait soufflé mot à Ben. C'était quelque chose qui était tout de même, d'une manière ou d'une autre, parvenu à ses oreilles.

Environ trois mois et demi plus tard, peu après l'ouverture de la pêche à la truite, un pêcheur qui parcourait la rive d'un cours d'eau à trente kilomètres à l'est de Derry planta son hameçon dans ce qu'il prit tout d'abord pour un morceau de bois. Puis apparut une main, suivie d'un poignet et des premiers quinze centimètres d'un bras ayant appartenu à une jeune fille. L'hameçon s'était fiché dans la peau qui relie l'index au pouce.

La police d'État avait découvert les restes du cadavre de Cheryl Lamonica soixante-dix mètres en aval, prisonniers d'un arbre tombé en travers du courant l'hiver précédent. C'était un pur hasard qui avait empêché que le corps ne fût entraîné dans la Penobscot et de là dans l'océan, avec les crues de printemps.

Cheryl Lamonica avait seize ans. Elle était de Derry, mais n'allait pas en classe ; trois ans auparavant, elle avait donné naissance à une fille, Andrea, et vivait avec elle chez ses parents. « Cheryl était parfois un peu sauvage, expliqua le père en larmes à la police, mais c'était dans le fond une bonne petite. Andi n'arrête pas de me demander : “ Où est Maman ? ”, et je ne sais pas quoi lui répondre. »

La disparition de la jeune fille avait été signalée cinq semaines avant la découverte du corps. Assez logiquement, la police avait commencé ses investigations en partant de l'hypothèse que Cheryl avait été victime de l'un de ses amants. Elle en avait beaucoup. Un bon nombre appartenait à la base aérienne, sur la route de Bangor. « C'était tous ou presque des gentils garçons », déclara la mère de Cheryl. L'un de ces « gentils garçons » était un colonel de l'armée de l'air quadragénaire qui avait une femme et trois enfants au Nouveau-Mexique. Un autre était actuellement en prison à Shawshank pour vol à main armée.

Un amant, pensa la police. Ou peut-être tout simplement un étranger. Un maniaque sexuel.

Si l'on retenait cette dernière hypothèse, ce maniaque aimait aussi les garçons. À la fin avril, un professeur parti en randonnée avec sa classe de quatrième découvrit, dépassant d'une bouche d'égout de Merit Street, deux tennis rouges que prolongeaient les jambes d'une salopette en velours bleu. L'extrémité de cette rue était interdite par des barrières, et des bulldozers avaient dégagé l'asphalte à l'automne précédent, en vue des travaux d'extension de l'autoroute de Bangor.

Le corps était celui du petit Matthew Clement, âgé de trois ans, dont les parents avaient signalé la disparition la veille (le *Derry News* avait publié sa photo en première page : un bout de chou aux cheveux bruns qui souriait crânement à l'appareil, une casquette de base-ball perchée de guingois sur la tête). Les Clement vivaient sur Kansas Street, à l'autre extrémité de la ville. La mère, tellement frappée de stupeur par son chagrin qu'elle avait l'air de s'être réfugiée dans une boule de verre d'un calme absolu, expliqua à la police que Matthew faisait du tricycle sur le trottoir, devant la maison (sise à l'angle de Kansas Street et de Kossuth Lane). Elle était allée mettre son linge dans le séchoir, et quand elle avait regardé de nouveau par la fenêtre pour voir ce que faisait Matty, il avait disparu. Il ne restait plus que son tricycle renversé sur la pelouse qui séparait le trottoir de la rue proprement dite. L'une des roues arrière tournait encore lentement, et s'était arrêtée sous ses yeux.

Pour le chef de la police, Borton, c'en était trop. Il proposa le couvre-feu de sept heures lors d'une assemblée spéciale du conseil municipal, le lendemain soir. Adoptée à l'unanimité, la proposition prit effet le surlendemain. Les jeunes enfants devaient rester en permanence sous la surveillance d'un « adulte qualifié », d'après l'article qui parlait du couvre-feu dans le *Derry News*. Une réunion spéciale s'était tenue à l'école de Ben un mois avant ; Borton était monté sur l'estrade, et, les pouces dans le ceinturon, avait affirmé aux enfants qu'ils n'avaient rien à craindre tant qu'ils observaient un certain nombre de règles simples : ne pas parler aux étrangers, ne monter en voiture qu'avec les gens qu'ils connaissaient très bien, toujours se souvenir que le Policier est votre Ami et... respecter le couvre-feu.

Deux semaines auparavant, un garçon que Ben ne connaissait que vaguement (il était dans l'autre septième de l'école) avait sondé l'une des bouches d'égout de Neibolt Street et aperçu une masse de cheveux qui y flottait. Ce garçon, du nom de Frankie ou Freddy Ross (ou Roth), faisait la chasse aux objets perdus avec un attirail de son invention, qu'il appelait LE FABULEUX BÂTON-COLLE. On sentait bien qu'il en parlait en lettres majuscules — voire éclairées au néon. Le fabuleux Bâton-Colle était constitué d'une branche de bouleau terminée par un gros paquet de chewing-gum à faire des bulles. À ces moments perdus, Freddy (ou Frankie) arpentait Derry armé de son bâton et faisait le tour des égouts et des évacuations d'eau. Il trouvait parfois de la monnaie — des pièces d'un cent, la plupart du temps, mais parfois des cinq ou même des vingt-cinq cents (des « quarters », auxquels il faisait allusion, pour des raisons connues de lui seul, en les appelant « monstre-des-quais »). Une fois le pactole repéré, le fabuleux Bâton-Colle entrait en action, passait entre la grille et ramenait à coup sûr la piécette.

Ben avait entendu parler de Freddy (ou Frankie) bien avant que les projecteurs de l'actualité se soient braqués sur lui, après qu'il eut découvert le corps de Veronica Grogan. « Il est vraiment répugnant », lui avait confié un jour un gosse du nom de Richie Tozier dans la cour de récréation. Tozier était un gamin tout maigre qui portait des lunettes. Ben pensait que sans elles il devait voir tout aussi bien que Mr. Magoo ; agrandis, ses yeux nageaient derrière les verres épais avec une expression de perpétuelle surprise. Il avait aussi deux énormes dents de devant qui lui avaient valu le surnom de Castor. Il se trouvait dans la même septième que Frankie (ou Freddy). « Il passe sa journée à farfouiller dans les égouts avec son Bâton-Colle, et tous les soirs, il remâche la gomme !

— Oh, nom d'un chien, que c'est dégueulasse ! s'était exclamé Ben.

— Tout juste, Auguste », avait répondu Tozier en s'éloignant.

Freddy (ou Frankie) avait manœuvré le fabuleux Bâton-Colle dans tous les sens à travers la grille de l'égout, croyant avoir découvert une perruque. Sans doute pensait-il la faire sécher et l'offrir à sa mère pour son anniversaire, ou quelque chose comme ça. Au bout de quelques minutes de godille infructueuse, il était sur le point de renoncer à sa prise lorsqu'un visage était apparu au milieu des eaux troubles, un visage avec des feuilles mortes collées sur ses joues blanches et de la boue dans ses yeux fixes.

Frankie (ou Freddy) avait couru chez lui en hurlant.

Veronica Grogan était en huitième dans une institution religieuse de Neibolt Street, dirigée par ce que la mère de Ben appelait les « Christiens ». On l'enterra le jour où elle aurait dû fêter son dixième anniversaire.

Après cette dernière horreur, Arlene Hanscom avait fait venir son fils dans le salon, un soir, et une fois installée sur le canapé, elle lui avait pris les mains et l'avait regardé attentivement dans les yeux. Un peu mal à l'aise, Ben lui avait rendu son regard.

« Est-ce que tu es fou, Ben ? commença-t-elle.

— Non, Maman ! » se récria Ben, plus mal à l'aise que jamais. Il ne voyait absolument pas où elle voulait en venir. C'était la première fois, autant qu'il se souvenait, qu'elle prenait un air aussi grave.

« Non, en effet, fit-elle en écho, je ne le crois pas. »

Là-dessus, elle se tut pendant un assez long moment, ne regardant pas Ben, mais les yeux tournés pensivement vers la fenêtre. Ben se demanda fugitivement si elle n'avait pas oublié sa présence. C'était encore une jeune femme — elle n'avait que trente-deux ans —, mais le fait d'élever seule son enfant l'avait marquée. Elle travaillait quarante heures par semaine en salle de bobinage dans une filature de Newport, et après des journées où la poussière et la charpie avaient particulièrement volé, il lui arrivait de tousser pendant si longtemps et si sèchement que Ben en était effrayé. Ces nuits-là, il restait éveillé des heures dans son lit à côté de la fenêtre d'où il plongeait les yeux dans l'obscurité, à se demander ce qu'il deviendrait au cas où elle mourrait. Il se retrouverait orphelin, avait-il cru comprendre. Il deviendrait peut-être alors un enfant de l'Assistance (cela signifiait, croyait-il, qu'il lui faudrait vivre chez des fermiers qui le feraient trimer du lever au coucher du soleil), ou il serait envoyé à l'orphelinat de Bangor. Il essayait de se dire que c'était stupide de s'inquiéter, mais cela ne lui apportait aucun réconfort. Ce n'était pas seulement pour lui-même qu'il s'inquiétait, mais aussi pour elle. C'était une femme dure, sa maman, et il fallait en passer la plupart du temps par ce qu'elle voulait, mais c'était une bonne maman. Il l'aimait beaucoup.

« Tu as entendu parler de ces meurtres », reprit-elle enfin en se tournant de nouveau vers lui.

Il acquiesça.

« On a tout d'abord pensé qu'il s'agissait... (elle hésita sur le mot suivant, qu'elle n'avait jamais prononcé en présence de son fils, mais les circonstances étaient particulières et elle fit l'effort) de crimes sexuels. C'est peut-être vrai, peut-être pas. C'est peut-être fini, ou peut-être pas. Personne ne peut plus être sûr de rien, sinon qu'il y a un cinglé en liberté qui massacre les petits enfants. Est-ce que tu me comprends, Ben ? »

Il acquiesça.

« Et tu sais ce que je veux dire quand je te parle de crimes sexuels ? »

Il ne le savait pas — du moins pas exactement — mais il hocha de nouveau la tête. Si sa mère décidait de lui parler par-dessus le marché des abeilles et des oiseaux, il allait mourir d'embarras.

« Je m'inquiète pour toi, Ben. Je suis inquiète parce que je ne fais pas ce qu'il faut vis-à-vis de toi. »

Ben fit une grimace mais ne dit rien.

« Tu es souvent livré à toi-même. Trop souvent, je me dis... Tu...

— Maman...

— Tais-toi quand je te parle, le coupa-t-elle, et Ben se tut. Tu dois être très prudent, Benny. L'été arrive et je ne voudrais pas te gâcher tes vacances, mais il faut que tu fasses très attention. Je veux te voir arriver au plus tard à l'heure du dîner tous les soirs. À quelle heure mangeons-nous ?

— À six heures.

— Exactement. Alors, écoute bien ce que je vais te dire : si je mets la table, verse ton lait et vois qu'il n'y a pas de Ben en train de se laver les mains à l'évier, je fonce sur le téléphone et j'appelle la police pour dire que tu n'es pas rentré. Tu comprends ?

— Oui, Maman.

— Et tu es bien convaincu que je le ferai ?

— Oui.

— Ce sera sans doute pour rien, si jamais je dois le faire. Je ne suis pas tout à fait ignorante en matière de jeunes garçons. Je sais que pendant les vacances d'été, vous vous lancez à corps perdu dans vos jeux et vos projets — à suivre les abeilles jusque dans leurs ruches, à jouer à la balle ou à je ne sais quoi. Dis-toi bien que je me doute un peu de ce que tes copains et toi avez en tête.

Ben acquiesça sobrement, songeant que si elle ignorait qu'il n'avait aucun ami, elle devait être loin d'en savoir autant sur sa vie d'enfant qu'elle le prétendait. Mais il n'aurait jamais, au grand jamais, envisagé de lui faire une telle réponse.

Elle prit quelque chose dans la poche de son tablier et le lui tendit. C'était une petite boîte en plastique. Il l'ouvrit. Quand il vit ce qu'il y avait à l'intérieur, il resta bouche bée. « Oh, là, là ! s'exclama-t-il, et son admiration était tout à fait sincère. Merci ! »

C'était une montre Timex avec des petits chiffres d'argent et un bracelet en imitation cuir. Elle l'avait mise à l'heure et remontée ; il entendait son tic-tac.

« Hé, c'est super-chouette ! » Il étreignit sa mère avec enthousiasme et déposa un baiser bruyant sur sa joue.

Elle sourit, contente de son plaisir. Puis elle reprit son expression de gravité. « Mets-la, garde-la, porte-la, remonte-la, fais-y attention et surtout, ne la perds pas.

— D'accord.

— Maintenant que tu as une montre, tu n'as aucune raison d'être en retard à la maison. N'oublie jamais ce que je t'ai dit : si tu es en retard, la police partira à ta recherche à ma demande. Au moins jusqu'à ce qu'ils aient pris le salopard qui tue les enfants par ici, pas question d'être une seule minute en retard, sans quoi je décroche le téléphone.

— Oui, Maman.

— Encore une chose. Je ne veux pas que tu traînes tout seul. Tu as bien compris qu'il ne fallait pas accepter de friandises d'un inconnu, ni monter avec lui en voiture — tu n'es pas fou, on est d'accord là-dessus, et tu es fort pour ton âge ; mais un adulte, en particulier s'il est cinglé, peut venir à bout d'un enfant, s'il le veut vraiment. Quand tu vas au parc ou à la bibliothèque, fais-toi accompagner d'un camarade.

— Je le ferai, Maman. »

Elle regarda une fois de plus par la fenêtre et laissa échapper un soupir qui trahissait son inquiétude. « Les choses vont bien mal, quand elles en sont à ce point. Il y a quelque chose d'affreux dans cette ville, de toute façon. Je l'ai toujours su. (Elle baissa de nouveau les yeux sur lui, sourcils froncés.) Tu aimes tellement te balader, Ben. Tu dois connaître tous les coins et les recoins de Derry, je parie. Au moins de la ville. »

Ben pensait qu'il était bien loin de connaître tous les coins de Derry, mais beaucoup lui étaient familiers. Cependant, le cadeau inattendu de la montre l'avait mis dans un tel état d'excitation qu'il aurait été d'accord avec sa mère, même si elle avait suggéré que John Wayne aurait dû jouer le rôle d'Adolf Hitler dans une comédie musicale sur la Deuxième Guerre mondiale. Il acquiesça donc.

« Tu n'as jamais rien vu de particulier, n'est-ce pas ? lui demanda-t-elle. Rien ni personne... de bizarre, de pas ordinaire, qui t'aurait fait peur ? »

Et à cause de la joie que lui avait procurée la montre, de son amour pour elle, de ce qu'avait de rassurant pour le petit garçon qu'il était l'inquiétude qu'elle manifestait pour lui (inquiétude en même temps un peu effrayante par sa véhémence non dissimulée), il faillit lui parler de ce qui s'était passé en janvier dernier.

Il ouvrit la bouche mais quelque chose comme une puissante intuition la lui fit refermer.

Rien de plus qu'une intuition, mais rien de moins. Un enfant peut de temps en temps éprouver l'intuition des plus complexes responsabilités de l'amour, sentir qu'en certains cas, la gentillesse commande de ne rien dire. C'est l'une des raisons qui le fit se taire. Mais il y avait quelque chose d'autre, qui n'était pas aussi noble. Elle pouvait être dure, sa maman. Très autoritaire. Elle ne disait jamais qu'il était « gros », mais qu'il était « costaud » (ajoutant parfois « pour son âge »), et souvent, elle lui apportait les restes du dîner pendant qu'il regardait la télé ou faisait ses devoirs ; il les mangeait, même si, au fond de lui-même, il se détestait obscurément d'agir de la sorte (mais sans toutefois détester sa maman de les lui donner : jamais Ben Hanscom ne se serait permis de détester sa maman ; Dieu l'aurait foudroyé s'il avait manifesté un sentiment d'une telle brutalité et d'une telle ingratitude). Et peut-être qu'au plus profond de lui-même — le fin fond de la Mongolie des pensées de Ben —, il soupçonnait ce qui la poussait à le suralimenter ainsi. Était-ce juste de l'amour ? Pouvait-il y avoir autre chose ? Sûrement pas. Mais... il se posait la question. Plus inquiétant, elle ne savait pas qu'il n'avait pas d'amis. Cette ignorance lui faisait perdre confiance en elle, dans la mesure où il se demandait quelle serait sa réaction s'il lui racontait ce qui lui était arrivé en janvier. En admettant qu'il lui fût arrivé quelque chose. Être à la maison à six heures et n'en plus bouger n'était pas si terrible, en somme. Il pourrait lire, regarder la télé,

(manger)

fabriquer des trucs avec ses jeux de construction. Mais rester coincé là toute la journée serait très pénible ; or elle risquait de l'y obliger s'il lui racontait ce qu'il avait vu (ou cru voir) en janvier dernier.

« Non, Maman, répondit-il. Juste Mr. McKibbon qui farfouillait dans la poubelle des autres. »

Elle rit d'autant plus qu'elle n'aimait pas ce McKibbon, qui était non seulement républicain mais aussi « christien », et cela mit fin à la discussion. Cette nuit-là, Ben resta éveillé fort tard, mais ses fantasmes n'étaient pas de se retrouver orphelin dans un monde impitoyable. Il se sentait aimé et en sécurité, allongé dans son lit, tandis qu'un rayon de lune venait en effleurer le pied. Il portait la montre à son oreille pour en entendre le tic-tac, puis l'approchait de ses yeux pour admirer la lueur fantomatique des chiffres au radium.

Il avait fini par s'endormir et par rêver qu'il jouait au base-ball avec d'autres garçons dans le parking abandonné derrière le dépôt de camions de Tracker Brothers. Il venait juste de frapper une balle si puissante qu'elle allait lui permettre de boucler un tour complet ; ses coéquipiers l'attendaient, enthousiastes, à la base de départ. Ils l'accueillirent à grand renfort de claques dans le dos, le soulevèrent sur leurs épaules et le portèrent en triomphe jusqu'à l'endroit où se trouvait leur équipement. Dans son rêve, il n'en pouvait plus de fierté et de bonheur... puis il avait regardé en direction de la base centre, à l'opposé du terrain, là où une barrière fermée d'une chaîne marquait la frontière entre le parking au sol cendré et la pente herbeuse qui descendait vers les Friches-Mortes. Une silhouette se tenait au milieu des graminées et des buissons bas, presque hors de vue. D'une main gantée de blanc, elle tenait un lot de ballons — rouges, jaunes, bleus, verts — et lui faisait signe de l'autre. Il ne distinguait pas le visage du personnage mais remarqua en revanche l'habit flottant avec ses énormes pompons orange sur le devant ainsi que le gros nœud papillon jaune et tombant.

C'était un clown.

Tout juste, Auguste, fit une voix spectrale.

Lorsque Ben se réveilla, le lendemain matin, il avait oublié son rêve, mais son oreiller était encore humide, comme s'il avait pleuré dans la nuit.

7

Il s'avança jusqu'au bureau principal de la bibliothèque des enfants, chassant aussi aisément les pensées qu'avait fait naître le rappel du couvre-feu, qu'un chien chasse l'eau de ses poils en se secouant.

« Bonjour, Benny », lui dit Mrs. Starrett. Comme Mrs. Douglas, elle aimait beaucoup Ben. Les adultes, en particulier ceux qui avaient pour tâche, entre autres, de se faire obéir des enfants, l'appréciaient en général : il était poli, réfléchi, parlait avec déférence et parfois avec un certain humour tranquille très personnel. C'était pour ces mêmes raisons que les autres enfants le tenaient pour un moins que rien. « En as-tu déjà assez des vacances ? »

Ben sourit. C'était la plaisanterie favorite de Mrs. Starrett. « Pas encore, répondit-il. Elles n'ont commencé (il jeta un coup d'œil sur sa montre) que depuis une heure dix-sept. Mais dans une heure ou deux... »

Mrs. Starrett ne put s'empêcher de rire, la main devant la bouche pour ne pas faire trop de bruit. Puis elle lui demanda s'il s'inscrivait au programme de lecture de l'été. Il répondit que oui ; elle lui donna une carte des États-Unis, et Ben la remercia.

Il alla musarder parmi les rayonnages, prenant un livre ici et là, le regardant, le remettant à sa place. Choisir des livres n'était pas une mince affaire ; cela nécessitait le plus grand soin. Adulte, on pouvait en prendre tant qu'on voulait, mais les enfants n'avaient droit qu'à trois ouvrages à la fois. Si l'on tombait sur un truc nul, on se retrouvait coincé.

Il finit par faire son choix : *Bulldozer, The Black Stallion* et un troisième qui sonnait comme un coup de feu dans la nuit : *Hot Rod,* d'un certain Henry Gregor Felsen.

« Celui-là ne va peut-être pas te plaire, remarqua Mrs. Starrett en tamponnant la fiche. C'est très sanglant. Je le conseille aux plus de seize ans, ceux qui viennent juste d'avoir leur permis de conduire, car il leur donne à réfléchir. Ils ont le pied plus léger pendant au moins une semaine.

— Eh bien, j'y jetterai juste un coup d'œil », répondit Ben. Sur quoi il s'éloigna le plus possible du coin des tout-petits, où le loup s'apprêtait à souffler la maison de l'un des trois petits cochons.

Il commença par *Hot Rod* et trouva que ce n'était pas si mal ; pas mal du tout, même. C'était l'histoire d'un adolescent, excellent conducteur, qu'un trouble-fête de flic tentait de faire rouler plus lentement. Ben découvrit qu'il n'y avait pas de limitations de vitesse dans l'Iowa, où se situait l'action. Ça c'était chouette.

Il parcourut ainsi trois chapitres, lorsque son regard fut attiré par un tout nouveau tableau. Sur l'affiche du haut (d'accord, on avait la manie des affiches ici), on voyait un facteur souriant qui donnait une lettre à un enfant. ON PEUT AUSSI ÉCRIRE DANS LES BIBLIOTHÈQUES, disait l'affiche. ÉCRIS DONC À UN AMI DÈS AUJOURD'HUI. SOURIRES GARANTIS !

Au-dessous de l'affiche, des casiers contenaient des cartes postales et des enveloppes pré-timbrées, ainsi que du papier à lettres à en-tête de la bibliothèque, représentée en bleu. Les enveloppes pré-timbrées étaient à cinq cents, les cartes à trois cents, les feuilles à un cent les deux.

Ben tâta sa poche. Les quatre cents restant de la vente des bouteilles s'y trouvaient toujours. Il marqua la page de son livre et alla au bureau de Mrs. Starrett. « Puis-je avoir l'une de ces cartes postales, s'il vous plaît ?

— Mais bien sûr, Ben. » Comme toujours, la bibliothécaire fut charmée de sa politesse grave, et attristée par ses proportions. Sa propre mère aurait dit qu'il creusait sa tombe avec ses dents. Elle lui donna la carte et le regarda pendant qu'il retournait à sa table, prévue pour six ; mais Ben s'y trouvait seul. Elle n'avait jamais vu Ben en compagnie d'autres garçons. C'était trop bête ; cet enfant possédait un trésor caché. Il ne le livrerait qu'au plus doux et patient des prospecteurs... Si jamais il s'en présentait un.

8

Ben prit son stylo à bille et rédigea l'adresse : *Miss Beverly Marsh, Lower Main Street, Derry, Maine.* Il ignorait le numéro exact, mais sa mère lui avait dit un jour que les facteurs, au bout de quelque temps, connaissaient bien leur clientèle. Si le facteur qui desservait le secteur de Lower Main Street faisait bien son travail, merveilleux.

Sinon, la carte irait au rebut et il aurait perdu trois cents. Elle ne lui reviendrait pas, car il n'avait aucunement l'intention d'y apposer son adresse.

Tenant la carte l'adresse cachée (il ne prenait aucun risque, même s'il ne voyait personne de sa connaissance dans les parages), il alla prendre quelques feuilles de papier brouillon, revint s'asseoir, et commença à griffonner, rayer, griffonner de nouveau.

Au cours de la semaine qui avait précédé les compos de fin d'année, à l'école, ils avaient étudié les haïkus en cours d'anglais. Cette forme de poésie japonaise très codifiée, avait dit Mrs. Douglas, devait comporter dix-sept syllabes, pas une de plus, pas une de moins ; elle était en général centrée autour d'une seule image, liée à une émotion spécifique : tristesse, joie, nostalgie, bonheur..., amour.

Ben avait été fasciné. Les cours d'anglais lui plaisaient sans plus d'ordinaire. Il faisait son travail, mais en règle générale, il ne s'y impliquait pas outre mesure. Il y avait cependant dans le concept du haïku quelque chose qui enflammait son imagination et le rendait heureux, à la manière dont les explications de Mrs. Starrett sur l'effet de serre l'avaient rendu heureux. Les haïkus étaient de la bonne poésie, aux yeux de Ben, parce qu'elle était structurée. Il n'y avait aucune règle secrète. Dix-sept syllabes, une image liée à une émotion, et c'était fini. Gagné ! C'était net, efficace, contenu dans ses propres règles et ne dépendant que d'elles. Le simple fait de prononcer le mot, « haïku », lui faisait plaisir.

Sa chevelure, pensa-t-il ; et il la revit descendre l'escalier de l'école, tandis que ses cheveux flottaient sur ses épaules. Dessus, le soleil ne brillait pas tant qu'il ne s'y consumait.

Au bout de vingt minutes de concentration (avec une seule interruption pour aller chercher d'autres feuilles de brouillon), éliminant les mots trop longs, changeant ici, coupant là, Ben aboutit à ceci :

Feu d'hiver, braise de janvier,
Ta chevelure :
Ici brûle aussi mon cœur.

Il n'en était pas entièrement satisfait, mais c'était ce à quoi il pouvait arriver de mieux. Il craignait, en le triturant trop longtemps, de tomber dans la maniaquerie et de finir par obtenir quelque chose de pire. Ou de ne rien faire du tout. Ce qu'il ne voulait surtout pas. Les instants pendant lesquels elle lui avait parlé avaient été foudroyants pour Ben. Il tenait à les garder gravés dans sa mémoire. Beverly devait sans doute en pincer pour un plus grand que lui — un sixième ou un cinquième, même — et elle croirait le haïku de ce garçon. Elle en serait heureuse, et le jour où elle le recevrait se graverait aussi dans sa mémoire. Et même si elle devait toujours ignorer que Ben Hanscom en était l'auteur, c'était très bien, puisque lui le saurait.

Il recopia donc le poème tel quel sur la carte postale (en lettres d'imprimerie, comme s'il s'agissait d'une demande de rançon et non d'un poème d'amour), remit le stylo dans sa poche et glissa la carte à la fin de *Hot Rod.*

Puis il se leva, et salua Mrs Starrett en sortant.

« Au revoir, Ben, répondit-elle. Passe de bonnes vacances, mais n'oublie pas le couvre-feu.

— Je n'oublierai pas. »

Il franchit en flânant le passage entre les deux bâtiments, goûtant la chaleur avant la fraîcheur de la bibliothèque des adultes. Un vieil homme lisait le *Derry News* dans l'un des antiques fauteuils confortablement rembourrés de la salle des périodiques. En haut de la page, un gros titre annonçait : DULLES D'ACCORD POUR L'ENVOI DE TROUPES AMÉRICAINES AU LIBAN SI NÉCESSAIRE. On voyait aussi une photo d'Eisenhower, serrant la main d'un Arabe à la Maison-Blanche. La mère de Ben disait que lorsque l'on élirait Hubert Humphrey Président, en 1960, les choses commenceraient peut-être à bouger. Ben avait vaguement entendu parler d'une récession en cours, et sa mère avait peur d'un licenciement.

En caractères plus petits, en bas de page, on lisait : LA POLICE TOUJOURS À LA POURSUITE DU PSYCHOPATHE.

Ben poussa la grande porte de la bibliothèque et sortit. Une boîte aux lettres était placée au pied des marches. Il récupéra la carte et la posta. Il sentit son cœur battre un peu plus vite quand il la lâcha. *Et si jamais elle découvre que c'est moi ?*

Ne sois pas stupide, réagit-il, un peu inquiet de l'excitation qui le gagnait à cette idée.

Il remonta Kansas Street, à peine conscient de la direction qu'il prenait ; il s'en moquait éperdument. Son imagination venait de se mettre en route, et dans sa rêverie, Beverly Marsh venait vers lui, avec ses immenses yeux gris-vert, ses cheveux châtain clair attachés en queue de cheval. *Je voudrais te poser une question,* disait dans son esprit ce simulacre, *et il faut que tu me jures de dire la vérité. As-tu écrit ceci ?* ajoutait-elle en brandissant une carte postale.

C'était un rêve terrible, un rêve merveilleux. Il voulait que ça s'arrête tout de suite, il voulait que cela dure toujours. De nouveau, son visage fut en feu.

Ben marcha, rêva, changea les livres de bras et se mit à siffler. *Tu vas sans doute trouver que j'ai du toupet, mais je crois que j'ai envie de t'embrasser,* disait Beverly, les lèvres s'entrouvrant légèrement.

La bouche de Ben fut soudain trop sèche pour siffler.

« Je crois que je veux bien », murmura-t-il avec un sourire à la fois niais, enivré et magnifique.

S'il avait seulement baissé les yeux à ce moment-là, il se serait aperçu que trois ombres venaient de rejoindre la sienne ; s'il avait écouté, il aurait entendu le bruit des fers de Victor, presque à sa hauteur, en compagnie de Henry et du Roteur. Mais il n'entendait ni ne voyait quoi que ce soit. Ben se trouvait à mille lieues de là, sentant les lèvres de Beverly qui s'appuyaient doucement contre les siennes, tandis qu'il approchait une main timide du feu irlandais de ses cheveux.

9

Comme nombre de villes, grandes ou petites, Derry, conçu sans plan, avait grandi comme poussent les arbres. Les urbanistes n'auraient même pas pu dire où il se situait à l'origine. Le centre se trouvait dans la vallée de la rivière Kenduskeag, qui traversait le quartier des affaires selon une diagonale sud-ouest nord-est. Le reste de la ville s'étageait sur les collines environnantes.

La vallée où s'étaient installés les premiers colons était à l'époque marécageuse et couverte de végétation. La Kenduskeag et la Penobscot, dans laquelle la première se jetait, offraient beaucoup de possibilités aux commerçants, mais n'attiraient que des ennuis à ceux qui cultivaient les champs ou bâtissaient des maisons trop près de leurs rives — auprès de celles de la Kenduskeag, en particulier, qui débordait tous les trois ou quatre ans. La ville courait toujours le risque d'être inondée, en dépit des sommes considérables dépensées depuis une cinquantaine d'années pour résoudre ce problème. Si la rivière avait été la seule responsable de ces inondations, un système de barrages aurait pu régler la question. Mais d'autres facteurs entraient en jeu, à commencer par les rives très basses de la Kenduskeag, et le système de drainage engorgé de toute la région. Il s'était produit depuis le début du siècle plusieurs inondations importantes à Derry, dont l'une, en 1931, avait été catastrophique. Pour couronner le tout, d'innombrables ruisseaux descendaient des collines sur lesquelles s'élevait la ville — comme le Torrault, où l'on avait trouvé le corps de Cheryl Lamonica. En période de fortes pluies, tous avaient tendance à quitter leur lit. « S'il pleut pendant trois semaines, c'est toute la ville qui a les sinus pris », avait dit une fois le père de Bill le Bègue.

La Kenduskeag était contenue dans un canal bétonné sur les trois kilomètres pendant lesquels elle traversait le centre-ville. Ce canal plongeait sous Main Street à la hauteur du carrefour de Canal Street avec Main Street, devenait rivière souterraine sur un peu moins d'un kilomètre avant de refaire surface à Bassey Park. Canal Street, où s'alignaient la plupart des bars de Derry comme des criminels mis en rang d'oignons par des flics, longeait le canal jusqu'à sa sortie de la ville et de temps en temps, la police allait repêcher la voiture de quelque ivrogne, tombée dans une eau polluée au-delà de toutes limites par les égouts et les déchets industriels. Les rares poissons que l'on attrapait dans le canal étaient d'immangeables mutants.

Au nord-est de la ville (vers le canal), on avait plus ou moins aménagé les berges de la rivière. En dépit des risques d'inondation, le commerce y était florissant. On voyait des gens se promener sur la rive, parfois main dans la main (si toutefois le vent soufflait du bon côté, car dans le cas contraire, les odeurs pestilentielles enlevaient tout romantisme à la balade), tandis qu'à Bassey Park se tenaient de temps en temps des réunions de scouts autour d'un feu de camp. Les citoyens de Derry furent sous le choc, en 1969, lorsqu'ils apprirent que dans ce même parc, des hippies (dont l'un avait cousu le drapeau américain sur le fond de son pantalon, ce qui lui valut de se retrouver au poste en moins de temps qu'il n'en faut pour dire Gene McCarthy) fumaient de la drogue et échangeaient de petites pilules ; l'endroit était devenu une véritable pharmacie à ciel ouvert. *Il n'y a qu'à attendre*, disaient les gens, *et vous verrez qu'il faudra un mort avant qu'on y mette bon ordre*. C'est finalement ce qui se produisit. On retrouva le cadavre d'un garçon de dix-sept ans, les veines pleines d'héroïne pratiquement pure. Après quoi les drogués abandonnèrent progressivement Bassey Park, que l'on disait hanté par le fantôme de l'adolescent. Histoire stupide, bien entendu, mais si elle contribuait à éloigner drogués et shootés de toutes sortes, elle avait au moins l'avantage d'être utile.

Au sud-ouest de la ville, la rivière posait un problème encore plus sérieux. Là, le passage de glaciers géants avait profondément raboté les collines, déjà soumises à l'érosion de la Kenduskeag et de ses innombrables affluents. Le socle rocheux apparaissait en de nombreux endroits, comme des ossements à demi déterrés de dinosaures. Les plus vieux employés municipaux de Derry savaient bien qu'après la première bonne gelée d'automne, il fallait s'attendre à réparer de nombreux trottoirs dans ce secteur ; le ciment se contractait, devenait friable, et on voyait soudain apparaître le soubassement rocheux, comme si la terre était sur le point d'accoucher de quelque chose.

Ce qui poussait le mieux dans la faible couche fertile du sol, c'étaient les plantes à racines peu profondes et d'un naturel frugal : des arbres rabougris, des buissons bas et épais, le sumac vénéneux et le chêne toxique infestaient donc tous les endroits possibles. C'était au sud-ouest, en contrebas par rapport à la ville, que s'étendait la zone connue à Derry sous le nom des Friches-Mortes. Celles-ci — au reste bien vivantes — se présentaient comme une bande de terre désordonnée d'environ deux kilomètres de large sur près de cinq kilomètres de long, et était limitée par l'extrémité de Kansas Street d'un côté et par Old Cape de l'autre. Old Cape était un ensemble de logements sociaux dont le système des égouts avait été si mal conçu que des toilettes et des canalisations y auraient réellement explosé, racontait-on.

La Kenduskeag traversait les Friches-Mortes par le milieu. La ville s'était édifiée au nord-est et de part et d'autre, mais ici, les seuls vestiges de Derry étaient la station de pompage numéro 3 (celle des égouts de la commune) et la décharge publique. Vues des airs, les Friches avaient l'air d'un grand poignard vert pointé sur le centre-ville.

Pour Ben, ces notions de géographie mâtinées de géologie signifiaient qu'il n'y avait plus de maisons à sa droite, mais une pente raide. Un garde-fou branlant, peint en blanc, courait le long du trottoir comme une protection dérisoire. Il entendait le murmure lointain de l'eau, et ce bruit était comme la bande-son du film qu'il se projetait dans la tête.

Il s'arrêta et parcourut les Friches du regard, s'imaginant toujours les yeux, l'odeur des cheveux de Beverly.

De là, la Kenduskeag se réduisait à une série de points scintillants perdus au milieu de l'épais feuillage. Certains gosses prétendaient qu'en cette époque de l'année, on y trouvait des moustiques gros comme des moineaux, et d'autres qu'il y avait des sables mouvants à proximité de la rivière. Ben ne croyait pas à l'histoire des moustiques, mais l'idée des sables mouvants le terrifiait.

Légèrement à sa gauche, il aperçut un nuage de mouettes qui tournoyaient et plongeaient : la décharge. Leurs cris lui parvenaient à peine. De l'autre côté se devinaient les Hauts de Derry et les toits bas des maisons d'Old Cape les plus proches des Friches. À la droite du lotissement se dressait, comme un doigt blanc trapu, le château d'eau de Derry. Directement aux pieds de Ben, une bouche d'égout rouillée dépassait du sol et dégorgeait des eaux d'une couleur indéfinissable qui disparaissaient dans un scintillement de rigoles sous le fouillis des arbres et des taillis.

L'agréable rêverie de Ben fut brutalement interrompue par un fantasme sinistre : et si une main de cadavre surgissait à cet instant de la bouche d'égout, juste au moment où il regardait ? Et s'il se tournait pour chercher une cabine téléphonique afin d'appeler la police, et voyait un clown à la place ? Un clown marrant en habits flottants avec de gros pompons orange en guise de boutons ? Et si...

Une main se posa sur l'épaule de Ben ; il hurla.

Il y eut des rires. Il fit vivement demi-tour, se tassant contre la barrière blanche qui séparait ce lieu sain et sécurisant qu'était le trottoir de Kansas Street de la jungle sauvage des Friches (on entendit faiblement craquer le garde-fou), et il vit Henry Bowers, Huggins le Roteur et Victor Criss.

« Salut, les Nénés, dit Henry.

— Qu'est-ce que vous voulez ? demanda Ben, s'efforçant d'avoir l'air plein de courage.

— Te foutre une raclée », répondit Henry. Il semblait envisager cette perspective avec sobriété, et même gravité. Mais ses yeux noirs pétillaient. « Faut que j' t'apprenne quelque chose, les Nénés. Tu trouveras pas à y redire. T'aimes ça, apprendre des nouveaux trucs, hein ? »

Il tendit une main vers Ben, qui l'esquiva.

« Tenez-le, les mecs. »

Le Roteur et Victor le saisirent chacun par un bras. Ben couina, émettant un son faible de poulet qui trahissait sa frousse, mais il ne pouvait se retenir. *Mon Dieu, je t'en prie, fais que je ne pleure pas et qu'ils ne me cassent pas ma montre*, pensa Ben, affolé. Il ignorait s'ils en viendraient à casser sa montre ou non, mais il était à peu près sûr qu'il allait pleurer. À peu près sûr qu'il allait beaucoup pleurer avant qu'ils n'en aient fini avec lui.

« Jésouille, on dirait un cochon ! s'exclama Victor en lui tordant le bras. Trouvez pas qu'on dirait un cochon ?

— Ouais, un cochon », fit le Roteur en pouffant.

Ben tirait d'un côté et de l'autre. Le Roteur et Victor n'avaient pas de peine à suivre le mouvement puis à le redresser sèchement.

Henry s'empara du survêt de Ben et le souleva, faisant apparaître son ventre qui pendait par-dessus sa ceinture comme une outre gonflée.

« 'Gardez-moi ce bide ! hurla Henry, dégoûté et fasciné. Jésouille de Jésouille ! »

Victor et le Roteur rirent encore un peu. Ben lançait des regards éperdus autour de lui, à la recherche de secours. Personne. Derrière lui, en contrebas, les criquets stridulaient et les mouettes criaient au-dessus des Friches-Mortes.

« Vous feriez mieux d'arrêter ! » dit-il. Il ne balbutiait pas encore, mais presque. « Vous feriez mieux !

— Sinon ? lui demanda Henry, comme si la réponse l'intéressait vraiment. Sinon, quoi, les Nénés ? Hein ? »

Ben se retrouva soudain en train de penser à Broderick Crawford, l'acteur qui jouait Dan Matthews dans *Highway Patrol* — un saligaud dur à cuire, un saligaud vraie peau de vache, qui envoyait tout le monde se faire foutre — et il éclata en sanglots. Dan Matthews t'aurait balancé ces trois mecs par-dessus la barrière en bas de la ravine, dans les ronces, en trois coups de ventre.

« Hé, les potes, regardez-moi ce gros bébé ! » gloussa Victor, imité par le Roteur. Henry sourit un peu, mais il gardait la même expression grave et pensive, presque triste. Elle alarma Ben, car elle laissait peut-être entendre qu'il était parti pour plus qu'une simple raclée.

Comme pour confirmer cette intuition, Henry mit la main dans la poche de son jean et en sortit un couteau de chasse.

Une explosion de terreur secoua Ben. Il s'était jusqu'ici agité en vain de droite et de gauche. Soudain, il bondit en avant. Il crut pendant un instant qu'il allait se libérer. Il transpirait abondamment, et les deux garçons qui lui tenaient le bras n'avaient qu'une prise glissante. Le Roteur réussit tout juste à lui maintenir le poignet droit, mais Victor le lâcha complètement. Un autre effort et...

Avant de pouvoir le donner, cependant, Henry avait fait un pas en avant et le repoussait ; Ben repartit dans l'autre sens. Le garde-fou craqua beaucoup plus fort cette fois, et il le sentit plier légèrement sous son poids. Victor et le Roteur raffermirent leur prise.

« Vous me le tenez, vous deux, compris ? leur lança Henry.

— Sûr, Henry, dit le Roteur, une pointe d'inquiétude dans la voix. Il va pas se barrer, t'en fais pas. »

Henry avança jusqu'à ce que son ventre plat fût presque en contact avec l'abdomen rebondi de Ben. Ben le regardait, l'œil exorbité, sans pouvoir retenir ses larmes. *Pris, je suis pris !* gémissait une partie de lui-même. Il essaya d'arrêter ça, incapable de réfléchir avec ces gémissements qui n'arrêtaient pas, mais ce fut impossible. *Pris ! Pris ! Pris !*

Henry ouvrit la lame, qui était longue et large, et sur laquelle était gravé son nom. La pointe brilla au soleil de l'après-midi.

« J' vais te faire passer l'oral, les Nénés, fit Henry de sa voix pensive. C'est l'examen. J'espère que t'es prêt ? »

Ben éclata en larmes. Dans sa poitrine, son cœur battait follement. Coulant de son nez, de la morve vint s'accumuler sur sa lèvre supérieure. Les livres de la bibliothèque gisaient sur le sol, éparpillés. Henry marcha sur *Bulldozer*, jeta un coup d'œil à ses pieds et d'un seul coup de botte, le repoussa dans le caniveau.

« Voici la première question de l'exam, les Nénés. Quand quelqu'un te dit : " Laisse-moi copier " pendant la dernière compo, qu'est-ce que tu réponds ?

— Oui ! s'exclama aussitôt Ben. Je réponds oui ! Bien sûr ! D'accord ! Copie tant que tu veux ! »

La pointe du couteau de chasse avança de quelques centimètres et vint s'appuyer sur l'estomac de Ben. Elle était aussi froide qu'un glaçon qui sort du frigo. Ben rentra le ventre tant qu'il put, à s'étouffer. Pendant quelques instants, le monde devint tout gris ; il voyait bouger les lèvres de Henry sans pouvoir distinguer ce qu'il disait. Comme si Henry avait été une télé sans le son... et le monde se mettait à ondoyer... à ondoyer...

Surtout, ne t'évanouis pas ! s'écria en lui une voix pleine de panique. *Si tu t'évanouis, il peut devenir fou furieux au point de te tuer !*

Le monde se réajusta à peu près, et il s'aperçut que le Roteur et Victor ne riaient plus. Ils avaient l'air nerveux, presque effrayés. Cela fit à Ben l'effet d'une gifle donnée avec une serviette mouillée. *Tout d'un coup, voilà qu'ils ne savent plus ce qu'il va faire, ni jusqu'où il est capable d'aller. Pas d'illusions à avoir ; les choses en sont au point que tu redoutais... pire encore, peut-être. Il faut réfléchir. C'est le moment ou jamais de te servir de ta tête. Car à son regard, on se dit qu'ils ont raison d'avoir peur. Ses yeux laissent voir qu'il est complètement cinglé.*

« C'est pas la bonne réponse, les Nénés, dit Henry. Si n'importe qui te dit : " Laisse-moi copier ", j'en ai rien à foutre de ce que tu fais, vu ?

— Oui, dit Ben, le ventre secoué de sanglots. Oui, vu.

— Bon, très bien. Ça fait une faute, mais il reste les questions principales. T'es prêt pour les questions principales ?

— Je... je crois. »

Une voiture arriva à petite vitesse dans leur direction. C'était une Ford 1951 poussiéreuse, avec un couple de personnes âgées assis à l'avant, raide comme des mannequins abandonnés au fond d'une vitrine. Ben vit la tête du vieil homme se tourner lentement vers lui.

Henry se rapprocha de Ben, dissimulant le couteau. Ben sentit la pointe s'enfoncer juste au-dessus de son nombril. Elle était toujours aussi froide. Il ne comprenait pas comment c'était possible.

« Vas-y, crie ! gronda Henry, et je t'enroule les tripes autour du cou. » Ils étaient si près l'un de l'autre qu'ils auraient pu s'embrasser. Ben sentait l'odeur douceâtre de l'haleine au chewing-gum aux fruits de Henry.

La voiture passa et poursuivit son chemin sur Kansas Street, aussi sereine qu'un char dans un défilé de carnaval.

« Très bien, les Nénés, voici la deuxième question. Si moi je te dis : " Laisse-moi copier " pendant la compo de fin d'année, qu'est-ce que toi, tu réponds ?

— Oui, je dirai oui. Tout de suite. »

Henry sourit. « Bon, bien répondu pour celle-là, les Nénés. Et maintenant, la troisième question : comment faire pour que tu ne l'oublies jamais ?

— Je... je ne sais pas », souffla Ben.

Henry sourit de nouveau. Son visage s'éclaira, et pendant un instant il fut presque beau. « Je sais ! s'écria-t-il, comme s'il venait de découvrir une grande vérité. Je sais, les Nénés ! Je vais graver mon nom sur ta grosse bedaine bien grasse ! »

Victor et le Roteur éclatèrent simultanément de rire. Pendant quelques instants, Ben éprouva une sorte de soulagement interloqué, croyant avoir été la victime d'un coup monté, d'une petite mystification organisée par les trois garçons pour lui filer la frousse de sa vie. Mais Henry Bowers ne riait pas, et Ben comprit soudain que les deux autres s'esclaffaient parce qu'ils étaient eux-mêmes soulagés. Il leur paraissait évident que Henry ne pouvait être sérieux. Sauf que Henry était on ne peut plus sérieux.

Le couteau de chasse monta verticalement, comme s'il pénétrait dans du beurre. Une traînée de sang d'un rouge vif apparut sur le ventre blême de Ben.

« Hé ! » fit Victor, une exclamation assourdie, comme s'il avait dégluti en même temps.

« Tiens-le ! gronda Henry. Tiens-le bien, tu m'entends ? » L'expression grave et pensive avait disparu du visage de Bowers, remplacée par une autre, grimaçante, démoniaque.

« *Jésouille-Criss, Henry, ne fais pas ça !* » s'écria le Roteur d'une voix étranglée, aiguë comme celle d'une fille.

Tout se passa très vite, alors, même s'il sembla à Ben Hanscom que ça n'en finissait pas ; on aurait dit une série d'instantanés, comme dans certains reportages photos de *Life*. Sa panique avait disparu. Il venait de découvrir quelque chose à l'intérieur de lui-même, quelque chose qui n'avait que faire de la panique et qui la dévora d'un coup.

Premier instantané : Henry lui a remonté le survêt jusqu'au-dessus des seins. Du sang coule de l'entaille verticale peu profonde au-dessus de son nombril.

Deuxième instantané : Henry donne un mouvement descendant au couteau, très vite, comme un chirurgien fou opérant sous un bombardement. Le sang coule.

En arrière, pense Ben froidement tandis que son sang coule et vient s'accumuler à la taille, arrêté par son jean. *Faut partir en arrière. C'est la seule direction dans laquelle je peux fuir.* Le Roteur et Victor ne le tenaient plus du tout. En dépit des ordres de Henry, ils avaient reculé, horrifiés. Mais s'il courait, Bowers le rattraperait.

Troisième instantané : Henry relie les deux coupures verticales d'une troisième plus courte, horizontale.

Ben sentit le sang couler dans ses sous-vêtements ; une trace gluante d'escargot progressait lentement le long de sa cuisse gauche.

Henry recula un instant, fronçant les sourcils comme un artiste qui peindrait un paysage. *Après le H vient le E,* se dit Ben. Cela le décida à agir. Il eut un geste comme pour avancer, et Henry le repoussa. Ben prit appui sur ses deux jambes, ajoutant ses propres forces à celles de Henry. Il heurta le garde-fou qui séparait Kansas Street du ravin donnant sur les Friches. À ce moment précis, il leva le pied droit et l'enfonça dans le bas-ventre de Henry. Ce n'était pas un geste de vengeance : Ben ne cherchait qu'à augmenter son élan. Cependant, quand il vit l'expression de surprise démesurée qui se peignit sur le visage de Henry, il se sentit gonfler d'une joie claire et sauvage, un sentiment d'une telle intensité qu'il crut pendant quelques instants que sa tête allait exploser.

Puis il y eut un craquement et un bruit d'éclatement en provenance de la balustrade. Ben aperçut Victor et le Roteur qui rattrapaient Henry, sur le point de s'affaler dans le caniveau à côté de ce qui restait de *Bulldozer,* avant de tomber lui-même dans le vide. Il se laissa aller avec un cri qui sonna presque comme un rire.

Ben vint heurter la pente du dos et des fesses juste en dessous de la bouche d'égout qu'il avait repérée précédemment ; eût-il atterri sur elle, il aurait très bien pu se rompre les reins. Au lieu de cela, il échoua sur un épais coussin d'herbes et de fougères et sentit à peine l'impact. Il fit un saut périlleux en arrière, se retrouva assis et se mit à glisser à reculons le long de la pente comme un gosse sur un toboggan vert géant, le survêt enroulé autour du cou, cherchant à se retenir à quelque chose mais ne faisant qu'arracher touffe après touffe les fougères et herbes à sorcière.

Il vit le haut du talus (qu'il se fût tenu là un instant auparavant lui paraissait impossible) s'éloigner à une vitesse folle de dessin animé, et les deux têtes de Victor et du Roteur qui le regardaient dévaler la pente, bouche bée. Il eut une pensée fugitive pour les livres de la bibliothèque. Puis il heurta violemment un obstacle et faillit se couper la langue en deux.

C'était le tronc d'un arbre couché qui venait d'interrompre ainsi la dégringolade de Ben, manquant de peu lui casser la jambe. Il remonta péniblement la pente pour dégager sa jambe, l'effort le faisant grogner. Il se trouvait à peu près à mi-chemin ; en dessous, les buissons devenaient plus épais. L'eau qui sortait de l'égout ruisselait sur ses mains.

Il y eut un hurlement venu d'en haut. Ben leva de nouveau les yeux et vit Henry qui volait littéralement par-dessus le talus, le couteau entre les dents. Il atterrit sur ses deux pieds, le corps rejeté en arrière afin de ne pas être déséquilibré ; après une série d'enjambées gigantesques, il se mit à glisser puis bondit à nouveau comme un kangourou.

« 'E vais 'e fai'e 'a peau, 'é Nénés ! » vociférait-il en dépit du couteau. Ben n'avait pas besoin d'un interprète professionnel pour comprendre : *Je vais te faire la peau, les Nénés !*

Alors, avec ce sang-froid tout nouveau qu'il s'était découvert quelques instants auparavant, Ben sut ce qu'il avait à faire. Il s'arrangea pour se remettre debout juste avant l'arrivée de Henry qui tenait maintenant son couteau à la main, tendu devant lui comme une baïonnette. Ben se rendit vaguement compte que la jambe gauche de son jean était déchirée et que sa cuisse saignait plus abondamment que son estomac... mais elle le soutenait et n'était donc pas cassée — c'était du moins ce qu'il espérait.

Ben s'accroupit légèrement pour maintenir son équilibre précaire et fit un pas de côté quand Henry voulut l'attraper d'une main, tandis que celle armée du couteau décrivait un grand arc. Ben perdit l'équilibre mais tendit sa jambe gauche dans sa chute ; elle heurta Henry au tibia, le fauchant avec la plus grande efficacité. Ben resta un instant bouche bée, un mélange d'admiration et d'excitation l'emportant momentanément sur sa terreur. Henry Bowers eut l'air de voler par-dessus l'arbre, exactement comme Superman ; il avait les bras tendus devant lui comme dans le film. Sauf que dans le film, Superman vole aussi naturellement que l'on boit un verre d'eau, alors que Henry avait l'air de quelqu'un à qui l'on vient d'enfoncer un tisonnier chauffé au rouge entre les fesses. Sa bouche s'ouvrait et se refermait, laissant échapper un filet de salive qui vint se coller à son oreille.

Puis il s'écrasa au sol. Le couteau lui vola des mains. Il roula sur une épaule, se retrouva sur le dos et s'enfonça dans les buissons, les jambes en V. Il y eut un cri, un bruit sourd, puis plus rien.

Ben resta assis, sonné, ne pouvant détacher les yeux des herbes écrasées qui marquaient l'endroit où Bowers avait disparu. Puis des cailloux commencèrent à rouler autour de lui. Victor et le Roteur, à leur tour, descendirent le talus. Ils se déplaçaient avec plus de prudence que Henry, et donc plus lentement, mais il ne leur faudrait pas plus de trente secondes pour l'atteindre s'il ne bougeait pas.

Il gémit. Ce cauchemar ne finirait donc jamais ?

Tout en les surveillant, il enjamba le tronc couché et se précipita vers le bas du ravin, soufflant comme un phoque. Il avait un point de côté. Sa langue le brûlait horriblement. Les buissons étaient maintenant presque aussi hauts que lui. L'odeur entêtante de la végétation luxuriante, livrée à elle-même, lui emplit les narines. Il entendait de l'eau couler pas très loin en babillant sur les pierres.

Il dérapa, roula de nouveau, glissa et heurta un rocher qui dépassait du dos de la main, avant de s'enfoncer dans un roncier qui arracha des petites bourres de coton à son survêt et égratigna ses mains et ses joues.

Il s'arrêta brutalement, se retrouvant en position assise, les pieds dans l'eau, dans le coude d'un petit ruisseau qui allait se perdre en serpentant dans l'épaisseur du sous-bois, sur sa droite. Dans cette direction, il faisait aussi noir que dans un four. Tournant la tête à gauche, il vit Henry Bowers gisant au milieu du cours d'eau, sur le dos. Ses yeux, à demi ouverts, ne montraient que du blanc. Du sang coulait d'une de ses oreilles et se diluait vers Ben en délicates volutes.

Oh, mon Dieu, je l'ai tué ! Oh, mon Dieu, je suis un assassin ! Oh, mon Dieu !

Oubliant que Huggins et Victor étaient à ses trousses (ou pensant peut-être qu'ils n'auraient plus envie de lui donner une raclée quand ils s'apercevraient que leur Chef impavide était mort), Ben remonta les quelques mètres qui le séparaient de Bowers — le garçon avait sa chemise en lambeaux, le jean noir de terre, une botte en moins. Ben avait vaguement conscience que ses propres vêtements ne valaient guère mieux et que son corps était assailli de douleurs. Sa cheville gauche le faisait souffrir plus que tout ; elle avait déjà gonflé dans sa tennis et il boitait comme un marin qui met pied à terre après une longue traversée.

Il se pencha sur Henry, dont les yeux s'ouvrirent soudain tout grands. D'une main sanguinolente et éraflée, il le saisit à la cheville ; ses lèvres bougèrent, mais il n'en sortit que le sifflement de sa respiration — ce qui n'empêcha pas Ben de comprendre : *Vais te tuer, gros lard !*

Se servant de la cheville de Ben comme appui, Bowers voulut se relever, mais Ben se démena frénétiquement. La main glissa, puis lâcha prise. Ben partit en arrière, moulinant des bras, et tomba sur le cul pour la troisième fois, un record en moins de quatre minutes. Il se mordit aussi une deuxième fois la langue. La gerbe d'eau qu'il provoqua créa un bref arc-en-ciel. Mais Ben n'en avait rien à foutre. Il n'en aurait rien eu à foutre non plus de trouver une cassette pleine de pièces d'or. Il ne demandait qu'à retrouver sa vie médiocre de gros.

Henry roula sur lui, essaya de se lever, retomba. Puis réussit à se hisser sur les mains et les genoux, enfin sur les pieds. Il ne quittait pas Ben des yeux. De ces yeux noirs qu'il avait. Ses mèches courtes pointaient dans tous les sens, comme des panouilles de maïs après un coup de vent.

Ben fut saisi d'une colère soudaine. Non, c'était davantage que de la colère. Il était fou furieux. Il marchait tranquillement, les livres de la bibliothèque sous le bras, plongé dans une innocente rêverie dans laquelle il s'imaginait embrassant Beverly, n'embêtant personne. Et regardez-moi ça, mais regardez ! Les pantalons déchirés. La cheville gauche peut-être fracturée, en tout cas, sérieusement foulée. Des écorchures partout, la langue coupée, et le monogramme de ce salopard entaillé sur l'estomac. Que pensez-vous de ce joyeux merdier, les copains ? Mais ce fut probablement l'idée des livres, dont il était responsable, qui le poussa à charger Henry. Ses livres perdus, et l'image du regard de reproche de Mrs. Starrett quand il le lui dirait. Mais quelle que fût la raison, il fonça, lourdement, ses tennis détrempées faisant gicler l'eau dans tous les sens, et frappa sèchement Bowers aux couilles.

Henry lâcha un épouvantable cri râpeux qui sema la panique parmi les oiseaux, dans les arbres. Il resta quelques instants jambes écartées, les mains étreignant son entrejambe, les yeux écarquillés d'incrédulité. « Ug ! dit-il d'une petite voix.

— Exact, fit Ben.

— Ug, répéta Henry, encore plus faiblement.

— Exact », répondit Ben.

Bowers tomba alors lentement à genoux, ou plutôt se replia sur lui-même. Il regardait toujours Ben de ses yeux noirs et incrédules.

« Ug.

— Et comment ! »

Henry roula de côté, sans lâcher ses testicules, et commença à osciller sur lui-même.

« Ug, gémit-il, mes couilles ! Ug ! Tu m'as massacré les couilles ! U-ug ! » Il commençait à reprendre des forces, et Ben se mit à reculer pas à pas. Ce qu'il venait de faire le rendait malade, mais il était également plein d'une fascination indignée qui le paralysait. « Ug, mes couilles, bordel ! U-ug ! Mes nom de Dieu de couilles ! »

Ben aurait pu rester indéfiniment sur place (peut-être jusqu'à ce que Bowers eût repris assez de force pour se lancer à ses trousses), mais à cet instant, un caillou vint le frapper à la hauteur de l'oreille droite, provoquant un élancement tellement profond et douloureux qu'il crut avoir été piqué par une guêpe.

Il se tourna et vit les deux autres qui se dirigeaient vers lui à grandes enjambées, par le milieu de la rivière. Ils tenaient chacun une poignée de galets ronds ; Victor en lança un, qui siffla à l'oreille de Ben. Mais un deuxième le toucha au genou, lui arrachant un cri de douleur. Un troisième l'atteignit à la joue, et ses yeux se remplirent de larmes.

Il se précipita vers la rive opposée du ruisseau, qu'il grimpa aussi vite qu'il le put en s'accrochant aux racines qui dépassaient et aux buissons. Il atteignit le sommet (une dernière pierre le toucha à la fesse tandis qu'il s'y hissait) et jeta un bref coup d'œil en arrière.

Huggins s'agenouillait à côté de Bowers tandis qu'à quelques pas de lui, Victor lançait des cailloux ; l'un d'eux, de la taille d'une balle de tennis, fracassa le feuillage à côté de lui. Il en avait assez vu ; en fait, il en avait même trop vu. Pis que tout, Bowers commençait à se relever. Une vraie Timex, ce Bowers, il résistait à tout. Sans plus attendre, Ben fonça à grand fracas dans les buissons, clopinant dans une direction qu'il espérait être celle de l'ouest. S'il arrivait à rejoindre le lotissement, de l'autre côté, il pourrait mendier une pièce de cinq cents à quelqu'un et prendre le bus pour la maison. Une fois rentré, il verrouillerait la porte derrière lui et enfouirait ses vêtements déchirés et pleins de sang au fond de la poubelle ; alors ce rêve délirant prendrait fin. Ben s'imagina assis dans un fauteuil de la salle de séjour, après avoir pris un bain, dans son peignoir en tissu éponge, en train de regarder des dessins animés à la télé tout en buvant son lait à la fraise. *Accroche-toi à cette idée !* s'intima-t-il farouchement, poursuivant sa progression opiniâtre.

Les buissons le fouettaient au visage ; il les repoussait. Les ronces s'accrochaient à lui et le griffaient ; il s'efforçait de les ignorer. Il arriva sur une portion de sol plate, noire et boueuse. De l'autre côté poussaient, en rangs serrés, des sortes de bambous ; une odeur fétide montait du sol. Une pensée qui ne présageait rien de bon

(sables mouvants)

lui traversa l'esprit comme une ombre tandis qu'il fouillait du regard le scintillement des eaux dormantes, entre les tiges des pseudo-bambous. S'y réfugier lui répugnait. Même sans sables mouvants, la boue lui aspirerait ses tennis. Il tourna donc à droite et, courant en lisière du bosquet de bambous, il arriva finalement dans une zone vraiment boisée.

Les arbres, des sapins pour la plupart, le tronc épais, avaient poussé partout et se disputaient l'espace et la lumière, mais le sous-bois était moins dense et lui permettait de se déplacer plus rapidement. Il ne savait plus très bien dans quelle direction il allait, mais pensait disposer au moins d'une petite avance. Derry fermait les Friches-Mortes sur trois côtés, tandis que le prolongement inachevé de l'autoroute les limitait sur le quatrième. Tôt ou tard, il déboucherait bien quelque part.

Il sentait de douloureux élancements à la hauteur de l'estomac, et il souleva ce qui restait de son survêt pour l'examiner. Il grimaça et émit un sifflement entre ses dents. Son ventre était comme une caricature géante de boule de Noël, taché de rouge par le sang et de vert par sa glissade le long de la pente. Il rabattit le survêt, sur le point de dégobiller.

Il entendit alors un bourdonnement bas et régulier qui venait de devant — une note ténue, à peine audible. Un adulte n'aurait eu qu'une idée : sortir à tout prix de là (d'autant plus que les moustiques avaient repéré Ben, et s'ils n'étaient pas aussi gros que des moineaux, ils se défendaient pas mal), et aurait ignoré le bruit ou ne l'aurait même pas entendu. Mais Ben était encore un enfant, et commençait à surmonter sa peur. Il obliqua sur la gauche et s'ouvrit un chemin entre des lauriers bas. Au-delà, dépassant du sol d'à peu près un mètre, se dressait un cylindre de béton d'un diamètre d'un mètre vingt environ. Il était fermé d'un couvercle à évents en fer, sur lequel apparaissaient en relief les mots DERRY SERVICE DES ÉGOUTS. Le bruit qui, d'où il était, se trouvait amplifié, venait de là-dedans.

Ben jeta un coup d'œil par l'un des évents mais ne put rien voir ; il entendait le grondement, ainsi qu'un bruit d'écoulement d'eau, mais c'était tout. Il respira profondément, et une bouffée âcre, mélange d'odeur d'humidité et de merde, monta dans ses narines. Il grimaça. Un égout, un point c'est tout. Ou à la rigueur, un égout qui se combinait avec un tunnel de drainage : il n'en manquait pas, dans cette ville qui craignait les inondations. Rien d'extraordinaire. Mais il avait ressenti un frisson un peu particulier. On voyait bien la trace du travail des hommes dans le fouillis de cette jungle, mais on devinait aussi la trace de la chose elle-même — ce tuyau de ciment qui surgissait du sol. Ben avait lu *La Machine à explorer le temps* de Wells, l'année précédente, et ce cylindre avec son couvercle de fer percé d'évents lui rappelait les puits qui conduisaient dans l'horrible pays souterrain des Morlocks.

Il s'éloigna rapidement, tâchant de nouveau de trouver l'ouest. Il déboucha sur une petite clairière et tourna de façon à ce que son ombre soit exactement derrière lui ; puis il reprit son chemin en ligne droite.

Cinq minutes plus tard, il entendit de nouveau le bruit de l'eau courante, ainsi que des voix. Des voix de gosses.

Il s'arrêta pour écouter, et c'est à cet instant qu'il entendit des craquements de branches et d'autres voix derrière lui. Elles étaient parfaitement reconnaissables et appartenaient à Victor Criss, à Huggins et à l'inimitable Henry Bowers.

Le cauchemar, aurait-on dit, n'était pas encore terminé.

Ben chercha désespérément autour de lui un coin où se terrer.

10

Il en sortit environ deux heures plus tard, plus crasseux que jamais, mais ayant un peu récupéré. Lui-même avait peine à le croire : il avait somnolé.

En les entendant une fois de plus derrière lui, Ben avait été sur le point de rester complètement paralysé, comme un animal pris dans les phares d'un camion. Une dangereuse torpeur s'était mise à l'envahir. L'idée de se rouler en boule sur le sol comme un hérisson et de les laisser faire tout ce qu'ils voulaient lui effleura même l'esprit. C'était une idée insensée, mais... étrangement séduisante.

Au lieu de cela, Ben partit en direction des voix des autres enfants et essaya de démêler ce qu'ils disaient — n'importe quoi, pourvu qu'il arrivât à se débarrasser de cette effrayante paralysie de l'esprit. Un projet ; ils parlaient d'un projet. Il crut avoir déjà entendu une ou deux de ces voix. Il y eut un bruit d'éclaboussement, suivi d'éclats de rire joyeux et bon enfant. Ben se sentit empli d'une nostalgie stupide et prit encore plus vivement conscience de la situation dangereuse dans laquelle il se trouvait.

S'il devait être pris, inutile que ces gosses eussent à subir le même traitement que lui. Ben tourna de nouveau à droite. Comme beaucoup de gros, il avait le pied remarquablement léger. Il passa assez près des garçons pour apercevoir leurs silhouettes qui allaient et venaient entre lui et le scintillement de l'eau, mais aucun ne le vit ou ne l'entendit. Peu à peu, les bruits de voix s'estompèrent.

Il tomba sur un sentier étroit de terre battue. Il l'étudia un instant, et secoua la tête avant de plonger de nouveau dans le sous-bois. Il se déplaçait plus lentement, maintenant, écartant les buissons au lieu de foncer dedans. Il suivait toujours plus ou moins le cours d'eau au bord duquel jouaient les autres enfants. En dépit des arbres et des buissons qui limitaient son champ de vision, il se rendit compte qu'il était beaucoup plus large que celui dans lequel Henry et lui étaient tombés.

Encore un cylindre de béton, à peine visible au milieu d'un fouillis de ronces couvertes de mûres, bourdonnant paisiblement d'insectes. Au-delà, un talus donnait sur la rivière, et un vieil orme tordu tendait ses branches au-dessus de l'eau. À demi dénudées par l'érosion de la rive, ses racines ressemblaient à une masse de cheveux sales et en désordre.

Espérant qu'il ne s'y trouverait ni bestioles ni serpents, mais trop fatigué et sa peur trop engourdie pour vraiment s'inquiéter, Ben s'était glissé entre les racines, derrière lesquelles se trouvait une grotte miniature. Il s'y adossa, mais une racine enfonça un doigt rageur dans ses fesses. Se déplaçant légèrement, il put s'asseoir dessus dans un relatif confort.

Les trois voyous arrivèrent. Il avait cru — espéré — qu'ils suivraient peut-être le chemin, mais la chance n'était pas avec lui. Ils s'arrêtèrent tout près pendant quelques instants — au point que Ben aurait pu toucher l'un d'eux en tendant le bras.

« Je te parie que ces petits morveux l'ont vu, là-bas, dit le Roteur.

— Eh bien, on va s'en occuper », répondit Henry. Le trio repartit dans la direction d'où il était arrivé. Quelques instants plus tard, Ben entendit Bowers qui rugissait : « Qu'est-ce que vous branlez ici, bande de morpions ? »

Il y eut une réponse, que Ben ne put distinguer ; les gamins étaient trop loin, et à cet endroit, le bruit de la rivière — c'était bien entendu la Kenduskeag — était trop fort. Mais il eut l'impression que les mômes avaient peur ; il ne les comprenait que trop.

Puis Victor Criss lança à son tour quelque chose que Ben ne saisit pas entièrement : « Quel putain de barrage de bébé ! »

Barrage de bébé ? Garage à bébés ? À moins qu'il ait dit que les bébés le mettaient en rage. Ben avait peut-être mal compris.

« Démolissons-le ! » proposa le Roteur.

Il y eut des cris de protestation, bientôt suivis d'un hurlement de douleur. Quelqu'un se mit à pleurer. Oui, Ben pouvait se mettre à leur place. Ces trois salauds n'avaient pas réussi à l'attraper, mais ils pouvaient passer leur mauvaise humeur sur ces malheureux gosses.

« Ouais, on le démolit », dit Henry.

Éclaboussements, cris. Grands éclats de rire crétin de Victor et du Roteur. Un hurlement de fureur angoissé de l'un des gamins.

« Ne viens pas me casser les couilles, espèce de petit merdeux bafouilleur, vociféra Bowers. Y a plus personne qui va me les casser aujourd'hui. »

Il y eut un bruit de craquement. Le ruissellement de l'eau devint soudain plus fort, gronda quelques instants, puis revint à son babil placide. Tout d'un coup, Ben comprit. « Barrage de bébé », c'était bien ce qu'avait dit Victor. Les mômes — pas plus de deux ou trois, lui avait-il semblé quand il était passé à côté — étaient en train de construire un barrage. Henry et ses acolytes venaient de le démolir. Ben se douta même de l'identité des enfants. Le seul « petit merdeux bafouilleur » qu'il connaissait, à l'école de Derry, était Bill Denbrough, de l'autre classe de septième.

« Tu n'avais pas besoin de faire ça ! s'exclama une petite voix terrorisée que Ben reconnut également, sans toutefois pouvoir mettre tout de suite un visage dessus. Pourquoi l'avoir démoli ?

— Parce que j'en avais envie, pauv' con ! » beugla Henry. Il y eut un bruit mat, suivi d'un cri de douleur puis de sanglots.

« La ferme ! intervint à son tour Victor. La ferme, le môme, ou je te tire les oreilles et te les attache sous le menton ! »

Les sanglots se transformèrent en une série de reniflements étouffés.

« On se barre, lança Henry. Mais avant, je voudrais savoir quelque chose. Vous n'auriez pas vu un gros lard de môme, il y a cinq ou dix minutes ? Un gros lard tout coupé et plein de sang ? »

Il y eut une courte réponse que Ben ne distingua pas.

« T'es sûr ? reprit Henry. T'as intérêt, la Bafouille.

— J-je s-suis sûr.

— Barrons-nous. Il a probablement dû traverser un peu plus bas, conclut Henry.

— Salut, les mômes ! fit Victor à la cantonade. Un vrai barrage de bébé, croyez-moi. Vous êtes bien mieux sans qu'avec. »

Bruits d'eau. La voix du Roteur, et venant de plus loin, des mots impossibles à distinguer. En fait, il préférait ne pas les distinguer. Le garçon qui avait pleuré sanglotait de nouveau. L'autre lui parlait de façon réconfortante ; Ben avait conclu qu'ils n'étaient que deux, Bill le Bègue et le pleurnichard.

Mi-assis, mi-allongé, il tendait l'oreille vers les deux garçons et les bruits que faisaient Bowers et ses deux dinosaures d'acolytes en s'enfonçant dans les Friches. Des rayons de soleil parvenaient jusqu'à lui et dessinaient de petites taches de lumière dans le fouillis de racines, au-dessus et autour de lui. C'était plein de boue, dans cette cachette, mais ce n'était pas si inconfortable... et il y était en sécurité. Le murmure de l'eau était apaisant. Même les pleurs du gosse étaient apaisants, à leur manière. Ses douleurs se confondaient en un élancement diffus, et le tapage des dinosaures avait complètement cessé. Il allait attendre un moment, juste le temps de s'assurer qu'ils ne revenaient pas, après quoi il se trouverait un chemin.

La pulsation du système de drainage provenait, par le sol, jusqu'à Ben ; il arrivait même à la sentir, une vibration faible et régulière qui se transmettait à la racine sur laquelle il était assis, puis à son dos. Il pensa de nouveau aux Morlocks, à leur chair nue ; il s'imagina qu'ils devaient dégager la même odeur d'humidité et de merde que celle qui montait par les évents des couvercles de fer. Il se représenta leurs puits, s'enfonçant profondément dans la terre, et les échelles rouillées qui permettaient d'y accéder. Il se laissa gagner par la somnolence, et à un moment donné, sa rêverie devint rêve.

11

Ce ne fut pas des Morlocks qu'il rêva, mais de ce qui lui était arrivé en janvier, de la chose qu'il n'avait pas été capable d'avouer à sa mère.

C'était le premier jour d'école après les longues vacances de la Noël. Mrs. Douglas avait demandé un volontaire pour rester après la classe, afin de l'aider à compter les livres qui avaient été remis juste avant les vacances. Ben avait levé la main.

« Merci, Ben », lui avait dit Mrs. Douglas en le gratifiant d'un sourire d'un tel éclat qu'il en avait senti la chaleur jusqu'aux orteils.

« Lèche-cul ! » avait soufflé Bowers.

C'était l'une de ces journées du Maine comme il y en a de temps en temps, à la fois superbe et terrible. Sans un nuage, avec une lumière qui brûlait les yeux, mais froide à faire peur. Un vent glacial et violent rendait encore plus pénibles les moins douze degrés qu'affichait le thermomètre.

Ben comptait les livres et donnait les numéros à haute voix ; Mrs. Douglas les notait (sans même se soucier de vérifier son travail, ne serait-ce qu'une fois de temps en temps), puis ils portèrent tous les deux les volumes dans la salle où on les rangeait, empruntant des couloirs dans lesquels les radiateurs émettaient des claquements rêveurs. L'école avait tout d'abord été bruyante : fracas métallique des portes de casiers, cliquetis de la machine à écrire de Mrs. Thomas, dans le bureau, sonorités légèrement détonnantes de la chorale qui répétait, à l'étage, chuintement des chaussures de sport et martèlement du ballon dans le gymnase où l'on jouait au basket-ball, allant en s'accélérant au fur et à mesure qu'une équipe progressait vers le panier de l'autre.

Ces bruits cessèrent peu à peu jusqu'à ce que, une fois en place la dernière rangée de livres (il en manquait un), on n'entendît plus que le claquement des radiateurs, le son léger du balai de Mr. Fazio qui répandait de la sciure de bois, et le hurlement du vent, à l'extérieur.

Ben jeta un coup d'œil par l'unique et étroite fenêtre de la salle des livres et vit que la lumière déclinait rapidement dans le ciel. Il était quatre heures et le crépuscule n'allait pas tarder. Des pans de neige sèche enrobaient les balançoires et le toboggan des petits et tout était pétrifié par le gel. Il faudrait attendre le dégel d'avril pour que se desserrent ces étaux de glace. Il ne vit personne sur Jackson Street. Il attendit un peu, dans l'espoir de voir au moins une voiture franchir l'intersection Jackson-Witcham, mais en vain. Mis à part Mrs. Douglas et lui-même, tout le monde à Derry aurait pu être mort ou avoir disparu, du moins d'après ce qu'il voyait d'ici.

Il jeta un coup d'œil à l'institutrice et se rendit compte, non sans un frisson de terreur, qu'elle ressentait la même chose que lui ; il le devinait à son regard. Il avait quelque chose de profond, pensif et lointain qui n'était pas d'une femme de quarante ans : c'était un regard d'enfant. Elle avait les mains croisées juste en dessous de la poitrine, comme si elle priait.

J'ai la frousse, pensa Ben, *et elle aussi. Mais de quoi avons-nous peur ?*

Il l'ignorait. Puis elle le regarda, eut un rire bref presque gêné et dit : « Je t'ai gardé trop longtemps, Ben. Je suis désolée.

— Ça va très bien, Mrs. Douglas. » Il regarda ses pieds. Il l'aimait bien — pas de ce même amour sans bornes qu'il avait voué à Miss Thibodeau, sa première maîtresse d'école, mais il avait beaucoup d'affection pour elle.

« Je t'aurais bien ramené, si j'avais su conduire, reprit-elle. À moins que tu n'attendes un petit quart d'heure ; mon mari doit passer me prendre, et...

— Non merci, madame. Je dois être à la maison avant. » Ce n'était pas vrai, mais il éprouvait une curieuse aversion à l'idée de rencontrer Mr. Douglas.

« Ta mère pourrait peut-être...

— Elle ne conduit pas non plus. Ça ira très bien. Il n'y a qu'un kilomètre et demi de marche.

— Par beau temps, ce n'est rien, mais aujourd'hui... Promets-moi d'aller chez quelqu'un si tu as trop froid, Ben.

— Oh, bien sûr. Je rentrerai chez l'épicier de Costello Avenue, et j'irai me chauffer auprès du poêle. Mr. Gedreau ne dira rien. Et puis, j'ai mon pantalon matelassé et mon nouveau foulard de Noël. »

Mrs. Douglas eut l'air un peu rassurée... puis elle regarda de nouveau par la fenêtre. « On dirait qu'il fait terriblement froid ; ça semble si hostile... »

Il ne comprit pas le mot mais saisit très bien son sens. *Quelque chose vient de se passer, mais quoi ?*

Il venait de la voir, se rendit-il soudain compte, non pas comme une institutrice, mais comme une personne — voilà ce qui s'était passé. Il avait vu son visage, brusquement, d'une manière entièrement nouvelle ; c'était devenu un autre visage, un visage de poète fatigué. Il l'imagina rentrant chez elle avec son mari, assise à côté de lui dans l'auto, les mains croisées, tandis qu'il lui parlait de sa journée dans le bruit du système de chauffage. Il l'imagina préparant le repas. Une pensée étrange lui traversa l'esprit et une question conventionnelle lui vint aux lèvres : *Avez-vous des enfants, Mrs. Douglas ?*

« Je me dis souvent, à cette époque de l'année, que l'humanité n'était pas faite pour vivre si loin au nord de l'équateur, dit-elle. Pas ici, en tout cas. » Elle sourit, et quelque chose de son étrangeté disparut de son visage ou de ses yeux, et il fut capable de la voir, du moins en partie, comme il l'avait toujours vue. *Je ne la verrai jamais plus exactement comme avant,* songea-t-il, attristé.

« Je vais me sentir vieille jusqu'au printemps, où je me sentirai de nouveau jeune. C'est tous les ans comme ça. Es-tu sûr que ça va aller, Ben ?

— Ça ira très bien.

— Oui, je te fais confiance. Tu es un gentil garçon, Ben. »

Il regarda de nouveau ses pieds, les joues en feu ; il l'aimait plus que jamais.

Dans le couloir, Mr. Fazio lui dit, sans lever les yeux de la sciure que poussait son balai : « Fais attention aux doigts gelés, petit !

— Oui, monsieur. »

Il prit le pantalon matelassé dans son casier et l'enfila. Il s'était senti extrêmement malheureux lorsque sa mère avait exigé qu'il le porte encore cet hiver, en particulier par temps très froid, car pour lui c'était un vêtement de bébé ; mais aujourd'hui, il était content de l'avoir. Il prit lentement la direction de la sortie, remontant la fermeture de sa veste, serrant les cordons de son capuchon, enfilant ses moufles. À l'extérieur, il resta un instant en haut des marches enneigées, écoutant la porte se refermer — et se verrouiller — derrière lui.

Un ciel d'un bleu d'hématome planait au-dessus de l'école de Derry. Le vent soufflait régulièrement. Les cordes du drapeau tintaient contre le mât d'acier. Ce vent coupant mordit instantanément Ben au visage, engourdissant ses joues.

Attention aux doigts gelés, petit ! Et au nez.

Il remonta vivement son écharpe ; sa silhouette épaisse lui donnait l'air d'un gnome. En s'assombrissant, le ciel acquérait une sorte de beauté fantastique, mais Ben ne s'arrêta pas pour l'admirer. Il faisait trop froid. Il partit.

Au début, il avait le vent dans le dos, et ça n'allait pas trop mal. Il semblait même lui donner un coup de main. Mais à Canal Street, il devait tourner à droite, et il se retrouva avec le vent presque de face. Cette fois-ci, il paraissait au contraire l'empêcher d'avancer... comme s'il avait des comptes à régler avec lui. L'écharpe était utile, mais ne suffisait pas. Il avait les yeux douloureux, et l'humidité qui perlait de son nez gela. Il sentait ses jambes s'engourdir. À plusieurs reprises, il mit ses mains gantées sous ses aisselles pour les réchauffer. Le vent gémissait d'une voix plaintive, par moments presque humaine.

Ben était à la fois effrayé et excité. Effrayé, car du coup, il comprenait certaines histoires qu'il avait lues, comme les récits de Jack London sur le Grand Nord, dans lesquels des gens mouraient de froid. Il était tout à fait possible de mourir de froid par une telle nuit, où le thermomètre allait tomber à moins vingt-cinq.

Son excitation était plus difficile à expliquer. Elle se fondait sur un sentiment de solitude, et avait comme un parfum de mélancolie. Il était dehors ; il passait sur les ailes du vent, et personne, derrière les rectangles brillamment illuminés des fenêtres, ne l'apercevait. Tous, à l'intérieur, là où on trouvait lumière et chaleur, ignoraient qu'il passait ; lui seul le savait ; c'était comme un secret.

L'air en mouvement le brûlait de mille piqûres, mais il était propre et sain. Une fumée blanche sortait de son nez en filets bien nets.

Et lorsque le soleil se coucha, ne laissant qu'une ligne jaune orange sur l'horizon occidental, et que scintilla l'éclat cruel de diamant des premières étoiles, au-dessus de sa tête, il arriva à la hauteur du canal. Il n'était plus qu'à trois coins de rue de chez lui, maintenant, et il lui tardait de sentir de nouveau les picotements du retour de la chaleur sur son visage et dans ses jambes.

Cependant, il s'arrêta.

Le canal était gelé entre ses rives de béton, comme un lait de rose pétrifié, la surface craquelée, bosselée et opalescente. Parfaitement immobile et cependant tout à fait vivant dans la rude pureté de ce faux jour d'hiver, avec sa propre et laborieuse beauté.

Ben se tourna dans l'autre direction, vers le sud-ouest. Vers les Friches-Mortes. Il avait de nouveau le vent dans le dos, et son pantalon ondulait et claquait. Le canal courait tout droit entre les parois de béton sur environ huit cents mètres ; puis le béton s'interrompait et la rivière se déversait dans les Friches, réduites à cette époque de l'année à un monde squelettique de ronces givrées et de branches dénudées et raides.

Une silhouette se tenait sur la glace, en contrebas.

Ben l'observa et pensa : *Ce doit être un homme que je vois là en bas, mais est-ce possible qu'il soit habillé de cette manière ? Non, ce n'est pas possible !*

Le personnage était vêtu de ce qui semblait être un habit argenté de clown blanc, qui ondulait autour de lui dans le vent polaire, et portait des chaussures orange démesurées, assorties aux boutons en forme de pompons de son costume. Il tenait d'une main une poignée de fils retenant tout un lot de ballons colorés, et lorsque Ben se rendit compte que les ballons flottaient dans sa direction, le sentiment d'irréalité qui l'avait dès l'abord frappé ne fit que s'amplifier. Il ferma les yeux, se les frotta et les réouvrit. Les ballons paraissaient toujours flotter vers lui.

Il crut entendre encore une fois la voix de Mr. Fazio dans sa tête : *Attention au gel...*

Ce devait être un mirage ou une hallucination due à quelque mauvais tour que lui jouait le temps. Qu'un homme se tienne ainsi sur la glace était possible, de même qu'il était matériellement possible qu'il soit en tenue de clown. Mais les ballons ne pouvaient pas flotter vers lui, contre le vent ! Et c'était pourtant ce qu'ils semblaient faire.

« *Ben !* » l'appela le clown sur la glace. Ben crut que la voix n'était que dans son esprit, même si ses oreilles l'avaient entendue. « *Veux-tu un ballon, Ben ?* »

Il y avait quelque chose de si diabolique dans cette voix, de si horrible, qu'il eut envie de partir en courant aussi vite que possible, mais on aurait dit qu'il avait les pieds soudés au sol comme les installations du terrain de jeux des petits.

« *Ils flottent, Ben ! Ils flottent tous ! Essaies-en un, tu verras !* »

Puis le clown se mit à marcher sur la glace, se dirigeant vers le pont du Canal, sur lequel Ben se tenait. Ben le regarda approcher sans bouger, comme un oiseau regarde approcher un serpent. Les ballons auraient dû exploser, par ce froid intense, et flotter en arrière du clown, en direction des Friches... d'où, disait quelque chose au fond de lui-même, cette créature devait provenir.

Puis Ben remarqua autre chose.

Alors que les dernières lueurs du jour teintaient le canal en rose, le clown ne projetait aucune ombre. Absolument aucune.

« *Ça te plaira par ici, Ben* », dit le clown. Il était maintenant suffisamment près pour qu'on puisse entendre les *clud-clud* que faisaient ses chaussures marrantes comme il avançait sur la glace inégale. « *Cela te plaira, je te le promets ; tous les garçons et les filles que je rencontre s'y plaisent, parce que c'est comme l'Île des Plaisirs dans* Pinocchio *ou Never-Never Land dans* Peter Pan ; *ils n'ont pas besoin de grandir ici et c'est ce que veulent tous les enfants ! Alors, viens ! Viens voir les paysages, prends un ballon, viens nourrir les éléphants et descendre le toboggan ! Oh, tu aimeras ça, Ben, oh Ben, comme tu vas flotter...* »

Et en dépit de sa peur, Ben se rendit compte qu'il y avait quelque chose en lui qui désirait le ballon. Y avait-il une personne au monde qui possédait un ballon flottant contre le vent ? Avait-on jamais entendu parler d'une chose pareille ? Oui, il désirait un ballon, et désirait voir le visage que le clown tenait incliné vers la glace comme pour se protéger du froid mortel.

Ce qui se serait passé, si la sirène de cinq heures, au sommet de l'hôtel de ville de Derry, n'avait pas mugi, Ben l'ignorait... et ne voulait pas le savoir. L'important était qu'elle eût mugi, un son comme un pic à glace s'enfonçant dans le froid insoutenable de l'hiver. Le clown releva la tête, comme saisi, et Ben vit son visage.

La momie ! Oh, mon Dieu, c'est la momie ! fut sa première pensée, accompagnée d'un tel sentiment d'horreur qu'il dut étreindre le parapet du pont pour ne pas s'évanouir. Bien sûr, ce n'était pas la momie, ce ne pouvait pas être la momie. Des momies égyptiennes, il y en avait tant qu'on voulait, il le savait, mais sa première pensée avait été qu'il s'agissait de *la* momie, le monstre poussiéreux joué par Boris Karloff dans ce vieux film qu'il avait vu le mois dernier à la télé — il s'était même couché très tard pour ça.

Non, ça ne pouvait être cette momie-là, les monstres de cinéma n'existent pas, tout le monde sait cela, même les petits enfants. Mais...

Ce n'était pas simplement du maquillage, et le clown n'était pas entortillé dans des bandelettes ; il portait bien des bandelettes, surtout autour du cou et des poignets, agitées par le vent, mais Ben avait une vue très nette de son visage. Il était profondément creusé de rides, la peau comme un vrai parchemin tout fripé, les joues en loques, les chairs desséchées. Sur le front, la peau était entaillée, mais il n'en coulait pas de sang. Ses lèvres exsangues s'ouvraient, souriantes, sur une gueule qu'ornaient quelques dents de guingois comme des pierres tombales. Il avait les gencives grêlées et noires. Impossible de voir ses yeux, mais quelque chose luisait tout au fond des trous charbonneux qu'étaient ses orbites plissées, quelque chose comme les joyaux glacés que l'on devine aux yeux des scarabées égyptiens. Et en dépit du vent contraire, il lui sembla que lui parvenaient des effluves de cannelle et d'épices, de suaires pourrissants imprégnés de drogues étranges, de sable et d'un sang si vieux qu'il s'était desséché en granules de rouille...

« Nous flottons tous en bas », coassa le clown-momie. Ben se rendit soudain compte avec horreur que le clown avait atteint il ne savait trop comment le pont et qu'il se tenait maintenant en dessous de lui, tendant une main sèche, déformée, d'où pendaient des lambeaux de peau froufroutant comme des oriflammes, une main qui laissait voir ses os d'ivoire jauni.

Un doigt presque entièrement décharné vint effleurer la pointe de sa botte. Sa paralysie prit brusquement fin. Il finit de traverser le pont à toutes jambes alors que la sirène de cinq heures gémissait encore à ses oreilles ; il était déjà de l'autre côté quand elle s'arrêta. Ce ne pouvait être qu'un mirage — il fallait que ce fût un mirage. Il était impossible au clown de s'être approché autant pendant les dix ou quinze secondes où avait retenti la sirène.

Mais sa peur n'avait rien d'un mirage ; non plus que les larmes brûlantes qui roulaient de ses yeux et gelaient aussitôt sur ses joues. Il courut, ses bottes martelant le trottoir, entendant derrière lui la momie habillée en clown qui se hissait sur le pont, ses ongles grinçant contre le fer, ses antiques tendons crissant comme des gonds rouillés. Il entendait aussi le sifflement aride de sa respiration, son nez chassant un air aussi dépourvu d'humidité que les tunnels enfouis sous la grande pyramide. Il sentait les effluves d'épices sableux et il savait que d'un moment à l'autre ses mains, aussi dépourvues de chair que les constructions géométriques qu'il édifiait avec son Erector Set, allaient descendre sur ses épaules. Elles l'obligeraient à se tourner, et il se trouverait face à face avec ce visage ridé et ricanant. La rivière délétère de son souffle allait l'inonder ; les orbites noires aux profondeurs habitées de vagues lueurs s'inclineraient sur lui. La bouche à demi édentée s'ouvrirait, et il aurait ses ballons. Oh oui, tous les ballons qu'il voudrait.

Mais quand il atteignit le coin de sa propre rue, en sanglots, le souffle court, le cœur battant la chamade à grands coups dans ses oreilles, quand il osa enfin regarder par-dessus son épaule, il ne vit qu'une rue déserte. Le pont en dos-d'âne, avec ses bas-côtés de béton et ses pavés de galets à l'ancienne, était également désert. Il ne pouvait voir le canal lui-même, mais quelque chose lui dit qu'il devait être aussi désert. Non — si la momie n'avait pas été une hallucination ou un mirage, sans doute l'attendait-elle sous le pont, comme le loup guette le petit Chaperon Rouge.

Ben se dépêcha de regagner la maison, regardant derrière lui tous les trois ou quatre pas jusqu'au moment où il referma et verrouilla la porte. Il expliqua à sa mère (qui était si fatiguée d'une journée particulièrement pénible à la filature qu'à la vérité il ne lui avait guère manqué) qu'il avait aidé Mrs. Douglas à compter les livres. Puis il se mit à table, où l'attendait un repas de nouilles agrémentées des restes de dinde du dimanche précédent. Il en dévora trois assiettes ; à chacune, la momie paraissait s'éloigner et se brouiller davantage. Elle n'était pas réelle, ces choses-là ne sont jamais réelles, elles n'accèdent à l'existence qu'entre les pubs des programmes de nuit de la télé ou le samedi en matinée, au cinéma ; là, avec un peu de chance, on avait droit à deux monstres pour vingt-cinq cents et, avec un quarter de plus, à tout le pop-corn qu'on était capable d'avaler.

Non, ils n'avaient aucune réalité. Les monstres de la télé, du cinéma et des BD n'étaient pas réels... du moins jusqu'au moment où l'on allait au lit sans pouvoir dormir ; jusqu'au moment où étaient sucés jusqu'au dernier les quatre bonbons que l'on avait placés sous son oreiller contre les sortilèges de la nuit ; jusqu'au moment où le lit lui-même se transformait en un lac de rêves méphitiques tandis qu'au-dehors hurlait le vent et que l'on redoutait de regarder vers la fenêtre de peur d'y voir un *visage*, un ancien *visage* ricanant qui n'aurait pas pourri mais se serait desséché comme une feuille, les yeux réduits à deux diamants enfoncés au plus creux d'orbites ténébreuses ; jusqu'au moment où l'on voyait une main noueuse comme une patte de rapace tenant un lot de ballons : *Viens voir les paysages, prends un ballon, viens nourrir les éléphants et descendre le toboggan ! Ben, oh, Ben, comme tu vas flotter !*

12

Ben s'éveilla en sursaut, haletant, encore plein du rêve de la momie, pris de panique dans l'obscurité qui vibrait, toute proche, autour de lui. Du coup, la racine ne le soutint plus et lui rentra une fois de plus dans le dos, comme si elle était exaspérée.

Il aperçut de la lumière et se précipita vers elle. Il surgit en rampant dans le soleil de l'après-midi, retrouva le babil de la rivière, et tout se remit en place. C'était l'été, et non pas l'hiver. La momie ne l'avait pas entraîné au fond de sa crypte solitaire ; Ben s'était simplement mis à l'abri des voyous dans un trou sablonneux, sous un arbre à demi déraciné. Il se trouvait dans les Friches. Henry et ses acolytes, incapables de flanquer à Ben la raclée spectaculaire promise, s'étaient vengés de façon minable sur deux gosses qui jouaient au bord de la rivière. *Salut, les mômes. Un vrai barrage de bébé, croyez-moi ! Vous êtes mieux sans qu'avec.*

Ben jeta un regard désolé sur ses vêtements fichus. Il allait avoir droit aux trente-six parfums différents du saint enfer de la part de sa mère.

Le sommeil lui avait raidi les membres. Il se laissa glisser jusqu'à la berge et commença à remonter la rivière, grimaçant à chaque pas. Il n'était qu'une pelote de douleurs et d'élancements et on aurait dit qu'à chaque mouvement, tous ses muscles pilaient du verre cassé. La moindre parcelle de peau exposée était recouverte de sang séché ou en train de sécher. Il se consola à l'idée que les constructeurs du barrage auraient sans doute disparu. Il ignorait combien de temps il avait dormi, mais la rencontre avec Henry et ses amis avait certainement convaincu Denbrough et son copain que n'importe quel autre endroit — Tombouctou, par exemple — valait mieux pour leur santé.

Ben continuait à se traîner, broyant du noir, non sans se dire que si les voyous réapparaissaient maintenant, il n'aurait aucune chance de les distancer. À peine s'en souciait-il.

Il déboucha d'un coude que faisait la rivière et s'immobilisa, aux aguets. Les constructeurs du barrage, en fait, étaient toujours là. L'un des deux était bien Bill Denbrough ; il se trouvait agenouillé à côté de l'autre garçon, adossé à la rive en position assise. Ce dernier avait la tête tellement rejetée en arrière que sa pomme d'Adam ressortait comme une bosse triangulaire. Il avait du sang séché sous le nez, sur le menton, et jusque dans le cou. Il tenait un objet, mollement, dans une main.

Bill le Bègue se redressa vivement et aperçut Ben, qui se rendit aussitôt compte que quelque chose n'allait pas du tout chez le garçon adossé à la berge ; manifestement, Denbrough était mort de frousse. *Est-ce que ça va* jamais *finir ?* se dit-il pitoyablement.

« Je me de-demandais s-s-si tu-tu p-p-pourrais m'aider, fit Bill Denbrough. S-s-s-son i-i-inhalateur est vi-vi-vide. Il est p-peut-être... »

Son visage se raidit, devint tout rouge. Il se battait avec le mot, bafouillant comme une mitrailleuse. De la salive jaillit de ses lèvres, et il lui fallut au moins trente secondes de « m-m-m-m-m- » avant que Ben prît conscience qu'il voulait dire que l'autre garçon était mourant.

CHAPITRE 5

Bill Denbrough plus fort que le diable (1)

1

Bill Denbrough pense : Je suis presque un voyageur de l'espace ; je pourrais tout aussi bien me trouver à l'intérieur d'un obus tiré par un canon.

Bien qu'elle soit parfaitement exacte, cette réflexion, estime-t-il, n'a rien de réconfortant. En fait, pendant toute l'heure qui a suivi le décollage du Concorde de Heathrow (un vrai démarrage de fusée), il a dû faire face à une légère attaque de claustrophobie. L'avion est étroit, désagréablement étroit. Le repas est presque parfait, mais les hôtesses doivent se contorsionner, se plier et s'accroupir pour faire leur travail ; on dirait une troupe de gymnastes. Être témoin de leurs difficultés lui enlève une partie du plaisir qu'il éprouve à manger, même si son voisin de siège semble n'en avoir cure.

Ce voisin de siège ne fait rien pour arranger les choses. Il est gros, et pas particulièrement propre ; il s'est peut-être renversé une bouteille d'eau de toilette Ted Lapidus sur la tête, mais Bill détecte en dessous une odeur de sueur et de crasse qui ne trompe pas. Son coude gauche ne paraît pas non plus lui poser beaucoup de problèmes, il ne se gêne pas pour l'enfoncer de temps en temps dans les côtes de Bill.

Ses yeux sont sans cesse attirés par le cadran numérique à l'avant de la cabine. Il indique la vitesse à laquelle se propulse ce boulet franco-anglais. Le Concorde vient d'atteindre sa vitesse de croisière, un peu au-dessus de Mach 2. Bill, à l'aide de la pointe de son stylo, fait des opérations sur la montre à calculette qu'Audra lui a offerte pour la Noël. Si l'appareil est juste — Bill n'a strictement aucune raison d'en douter —, ils foncent donc à la vitesse de vingt-huit kilomètres à la minute. Il n'est pas sûr d'être content de le savoir.

Par le hublot, aussi petit et épais que celui des vieilles capsules spatiales Mercury, il voit un ciel non pas bleu, mais dans les tons crépusculaires du soir, alors qu'on est au milieu de la journée. Au point où ciel et mer se rencontrent, il devine une légère courbure. Me voilà donc assis ici, *songe Bill,* un Bloody Mary à la main, et coudoyé par un gros type crasseux, en train d'observer la courbure de la Terre.

Il a un léger sourire à l'idée qu'un homme capable de faire face à quelque chose comme ça ne devrait avoir peur de rien. N'empêche, il a peur, et pas simplement de voler à vingt-huit kilomètres à la minute dans cette étroite et fragile coquille. Il a presque l'impression de sentir Derry se précipiter sur lui : telle est bien l'expression qui convient. Vingt-huit kilomètres à la minute ou pas, il éprouve la sensation d'être parfaitement immobile tandis que Derry se jette sur lui, comme un énorme carnivore resté tapi pendant très longtemps et qui viendrait de jaillir de sa cachette. Derry ! ah ! Derry ! Écrirons-nous une ode à Derry ? Chanterons-nous la puanteur de ses manufactures et de ses rivières ? Le calme digne de ses rues aux arbres bien alignés ? Sa bibliothèque ? Son château d'eau ? Bassey Park ? Son école élémentaire ?

Les Friches-Mortes ?

Des lumières s'allument sous son crâne, des projecteurs puissants. Comme s'il était resté assis vingt-sept ans dans l'obscurité d'un théâtre, à attendre que quelque chose se passe et que finalement le spectacle commençât. Les projecteurs qui s'allument révèlent peu à peu la scène, qui n'est pas celle de quelque innocente comédie comme Arsenic et vieilles dentelles. *Aux yeux de Bill Denbrough, il s'agirait plutôt du* Cabinet du Dr Caligari.

Toutes ces histoires que j'ai écrites, *pense-t-il avec un amusement qu'il juge stupide,* tous ces romans, c'est de Derry qu'ils viennent ; Derry en est la source. Ils ont tous pour origine les événements de cet été-là et ce qui était arrivé à George, le précédent automne. À tous ces journalistes qui n'arrêtent pas de me poser LA QUESTION..., je donne une réponse fausse.

Le coude de son gros voisin vient une fois de plus le heurter, et il renverse une partie de son verre. Bill a envie de protester, mais finalement s'abstient.

LA QUESTION, bien sûr, est : « Où trouvez-vous vos idées ? » Bill imagine que tous les écrivains de fiction doivent y répondre (ou faire semblant) au moins deux fois par semaine ; mais un type comme lui qui gagne sa vie en écrivant des choses qui n'ont jamais eu et n'auront jamais la moindre espèce d'existence doit s'en expliquer (ou faire semblant) bien plus souvent encore.

« Tous les écrivains ont un branchement qui plonge dans leur inconscient », leur répond-il, omettant d'ajouter qu'il doute chaque année un peu plus d'une chose comme l'inconscient. « Mais l'homme ou la femme qui écrit des histoires d'horreur est peut-être branché encore plus loin, dans une espèce de sous-inconscient, si vous préférez. »

Réponse élégante, mais pirouette à laquelle il n'a jamais cru. Inconscient ? Certes, il y a bien quelque chose comme ça, mais Bill estime que l'on fait beaucoup trop d'histoires à propos d'une fonction qui n'est probablement que l'équivalent mental des larmes lorsque l'on a une poussière dans l'œil, ou des gaz une heure après un repas trop copieux. La seconde métaphore est sans doute la meilleure des deux, mais il est difficile de répondre aux interviewers qu'en ce qui le concerne, tout ce qui est rêve, désir vague et sensation de déjà-vu se réduit à rien de plus qu'un chapelet de pets mentaux. Ils paraissent toutefois avoir besoin de quelque chose, tous ces malheureux journalistes avec leurs carnets de notes et leurs petits magnétophones japonais, et Bill ne demande qu'à les aider du mieux possible. Il sait combien écrire est un boulot difficile, un boulot sacrément difficile. Inutile de leur rendre la tâche plus pénible en leur répondant : « Mon ami, vous pourriez tout aussi bien me demander qui a cassé le vase de Soissons et vous ne seriez pas plus avancé. »

Il pense maintenant : Tu as toujours su qu'ils posaient la mauvaise question, même avant l'appel de Mike ; maintenant, tu connais aussi la bonne question. Elle n'est pas : « D'où tirez-vous vos idées ? », mais : « Pourquoi avez-vous ces idées ? ». Le branchement existe bien, mais ce n'est pas de l'inconscient freudien ou junguien qu'il sort ; ce n'est pas d'un système d'égout mental qu'il s'agit, ni d'une caverne souterraine pleine de Morlocks attendant de faire leur apparition. Il n'y a rien d'autre à l'autre bout du branchement que Derry. Simplement Derry. Et...

Qui heurte si fort à ma porte ?

Il sursaute et se retrouve tout droit sur son siège, et c'est son coude, cette fois-ci, qui va s'enfoncer un instant dans les côtes du gros voisin.

« Faites attention, l'ami, dit le gros homme. Les places ne sont pas larges ici.

— Vous arrêtez de me cogner avec le vôtre et j-j'essaierai d'arrêter de v-vous cogner avec le-le mien. » Le gros homme lui lance un regard outré et incrédule (Mais de quoi parlez-vous donc ?)

et Bill se contente de le soutenir jusqu'à ce que l'autre détourne les yeux en grommelant.

Qui est ici ?

Qui heurte si fort à ma porte ?

Il regarde de nouveau par le hublot et pense : On est plus fort que le diable. *Il sent se hérisser les poils de ses bras et de sa nuque. Il descend en une fois le reste de son verre. Un autre projecteur vient de s'allumer.*

Silver, sa bicyclette. Ainsi baptisée du nom du cheval du Ranger solitaire. Une grande Schwinn, de soixante-douze centimètres de haut. « Tu vas te tuer sur cet engin, Billy », lui avait fait remarquer son père, sans inquiétude véritable dans la voix. Depuis la mort de George, plus grand-chose ne l'inquiétait. Avant, il était dur. Juste, mais dur. Après, on pouvait faire à peu près ce qu'on voulait. Il prenait des attitudes paternelles, tenaient des propos paternels, mais ça n'allait pas plus loin. C'était comme s'il avait en permanence l'oreille tendue vers la porte, s'attendant à l'arrivée de George.

Bill l'avait vue dans la vitrine du marchand de cycles, sur Center Street. Elle était inclinée, toute triste sur sa béquille, plus grande que toutes les autres en montre, sans couleur là où les autres étaient éclatantes, avec des courbes là où les autres étaient droites et vice versa. Un panneau appuyé à la roue avant annonçait :

OCCASION
Faites-nous une proposition

En réalité, ce n'est pas ce qui s'était passé. Lorsque Bill entra dans le magasin, c'est le patron qui avança un chiffre, que Bill accepta : vingt-quatre dollars. Sa vie en aurait-elle dépendu, il n'aurait pas su comment aborder la question ni quel prix proposer. Vingt-quatre dollars, ça lui paraissait très honnête, presque généreux. Il paya avec l'argent qu'il économisait depuis sept ou huit mois : celui de son anniversaire, de la Noël, celui reçu pour passer la tondeuse. Il la fit rouler jusqu'à la maison dès que la neige commença à fondre pour de bon. C'était tout de même curieux : il n'y a pas un an, l'idée d'acheter une bicyclette ne lui serait pas venue à l'esprit. Or, c'était ce qui s'était *passé : elle lui était venue soudain à l'esprit, peut-être au cours de l'une de ces interminables journées après la mort de George. Après son assassinat.*

Au début, Bill faillit bien se tuer. Son premier essai se termina par une chute volontaire pour éviter de rentrer de plein fouet dans la barrière qui terminait Lossuth Lane (ce n'était pas tant la barrière qui l'avait impressionné que l'idée que de l'autre côté, les Friches ne se trouvaient qu'à vingt mètres en contrebas). Il revint de la balade avec une estafilade de vingt centimètres de long entre le poignet et le coude de son bras gauche. Une semaine plus tard, à peine, il n'avait pas pu freiner à temps et avait franchi le carrefour de Witcham et Jackson à cinquante à l'heure environ, gamin juché sur un mastodonte gris (il fallait une imagination hors du commun pour voir Silver couleur argent, malgré son nom), les cartes à jouer fixées à la fourche crépitant comme des mitrailleuses contre les rayons : une voiture serait-elle arrivée, c'en eût été fini de lui. Comme Georgie.

Au fur et à mesure que le printemps avançait, il apprit peu à peu à maîtriser Silver. Ni son père ni sa mère, pendant cette époque, ne s'aperçurent qu'il courtisait la mort sur son engin. Il se fit la réflexion qu'il ne leur avait fallu que quelques jours pour qu'ils cessent de remarquer la bicyclette : pour eux, ce n'était qu'une relique à la peinture écaillée, appuyée au mur du garage les jours de pluie.

Silver était cependant bien davantage qu'une relique rouillée. Elle n'avait l'air de rien mais elle filait pourtant comme le vent. L'ami de Bill — son seul véritable ami — était un gosse du nom d'Eddie Kaspbrak, qui se défendait bien en mécanique. Il avait montré à Bill comment maintenir Silver en bon état : les boulons à resserrer régulièrement, les pignons à huiler, comment tendre la chaîne et réparer un pneu crevé.

« Tu devrais la repeindre », lui avait suggéré une fois Eddie, mais Bill n'y tenait pas. Pour des raisons qu'il n'arrivait même pas à s'expliquer à lui-même, il voulait conserver la Schwinn dans l'état où il l'avait trouvée. Elle avait vraiment l'air d'un chien crotté — la bicyclette qu'un gamin insouciant laisserait sur la pelouse, sous la pluie, un engin plein de jeu, de grincements et de frictions anormales. Elle avait peut-être l'air d'un chien crotté, mais elle filait comme le vent. Elle...

« Elle battrait le diable », dit-il à haute voix, se mettant à rire. Son gros voisin lui jette un regard inquisiteur ; son rire a eu cette note stridente qui a fichu la trouille à Audra, le matin même.

Oui, elle avait l'air d'un tas de ferraille, avec sa peinture écaillée, son porte-bagages démodé et son antique trompe à poire en caoutchouc noir — laquelle était définitivement soudée au guidon par un boulon rouillé de la taille d'un poing de bébé. Oui, un sacré tas de ferraille.

Si Silver filait ? Et comment, Seigneur !

Et c'était tant mieux, car Silver lui avait sauvé la vie fin juin 1958, la semaine qui avait suivi celle où il avait rencontré Ben Hanscom pour la première fois, quand, avec Ben et Eddie, ils avaient construit le barrage, celle aussi où non seulement Ben mais Richie Tozier la Grande Gueule et Beverly Marsh avaient fait leur apparition dans les Friches après la séance de cinéma du samedi après-midi. Il avait Richie derrière lui, assis sur le porte-bagages, le jour où Silver lui avait sauvé la vie... Il supposait donc que la bicyclette avait aussi sauvé la vie de Richie. Il se souvenait également de la maison d'où ils s'étaient enfuis, et comment ! Il s'en souvenait parfaitement. La foutue maison sur Neibolt Street.

Il avait pédalé pour être plus fort que le diable, ce jour-là, oh, oui ! Faut pas croire ! Un diable avec des yeux aussi brillants que de vieilles pièces de monnaie. Un vieux diable hirsute, la bouche pleine de dents sanguinolentes. Si ce jour-là Silver lui avait sauvé la vie, ainsi qu'à Richie, elle avait peut-être également sauvé celle d'Eddie, le jour où il avait rencontré Ben à côté des restes de leur barrage dispersé à coups de pied, au cœur des Friches. Henry Bowers (qui avait l'air de sortir d'une poubelle) avait donné un coup de poing sur le nez d'Eddie, lequel avait été pris d'une violente crise d'asthme et s'était retrouvé avec son inhalateur vide. Et Silver avait été la planche de salut, ce jour-là, oui.

Bill Denbrough, qui n'est pas monté sur une bicyclette depuis près de vingt-sept ans, regarde par le hublot d'un avion qui, en 1958, lui aurait paru relever de la pure science-fiction. Ya-hou, Silver, EN AVANT ! *pense-t-il. Et voici qu'il doit fermer les yeux sous le picotement soudain des larmes.*

Qu'est-ce que Silver est devenue ? Il ne s'en souvient plus. Cette partie de la scène est encore dans le noir ; le projecteur qui doit l'éclairer n'a pas encore été allumé. Peut-être n'est-ce pas plus mal, peut-être est-ce un délai de grâce.

Ya-hou...

Ya-hou, Silver !

Ya-hou, Silver

2

« EN AVANT ! » cria-t-il. Le vent emporta les mots par-dessus son épaule comme une écharpe de crêpe ondulante. Sonores et puissants, ils jaillissaient comme un rugissement de triomphe. Le seul qu'il lançât jamais.

Debout sur les pédales, il descendait vers le centre-ville par Kansas Street, prenant de la vitesse, lentement tout d'abord. Une fois lancée, Silver roulait — mais la lancer n'était pas une mince affaire. Voir cette grande bicyclette grise prendre de la vitesse était comme le spectacle d'un gros avion s'élançant sur la piste. On a l'impression que jamais l'énorme engin, avec son lent dandinement, ne sera capable de quitter le sol ; l'idée paraît absurde. Puis on aperçoit son ombre en dessous ; à peine a-t-on le temps d'en prendre conscience qu'elle s'amenuise, se perd vers l'arrière et que l'appareil est en l'air, aussi élégant et gracieux que le rêve d'un esprit satisfait.

Silver était comme ça.

Bill arriva à un endroit plus en pente et se mit à pédaler plus vite, ses jambes comme deux pistons tandis qu'il se penchait sur le guidon de la bicyclette. Il avait très rapidement appris (après un ou deux coups, là où c'est le plus douloureux pour un garçon) à remonter son caleçon aussi haut qu'il le pouvait avant d'enfourcher Silver. Ce qui lui valut un peu plus tard, au cours de l'été, cette remarque de Richie : *Ça, c'est parce que Bill se dit qu'il pourrait avoir envie d'être papa plus tard. Moi, je ne trouve pas l'idée bien bonne, mais les mômes pourront toujours s'en prendre à leur mère, non ?*

Avec Eddie, ils avaient baissé la selle au maximum, et celle-ci venait le cogner et le racler dans le bas du dos tandis qu'il s'escrimait sur les pédales. Une femme qui arrachait les mauvaises herbes de son jardin s'abrita les yeux du soleil pour le regarder passer, avec un léger sourire. Sur sa grande bécane, le garçon lui rappelait un singe qu'elle avait vu une fois juché sur un monocycle, au cirque Barnum. *Il est bien fichu de se tuer,* se dit-elle, revenant à son jardin. *Ce vélo est trop grand pour lui.* Mais ce n'était pas son problème.

3

Bill avait eu assez de bon sens pour ne pas discuter avec les trois voyous quand ils avaient surgi des buissons, l'air aussi mauvais que des chasseurs sur la piste d'un gibier qui aurait déjà amoché l'un des leurs. Eddie avait en revanche imprudemment ouvert la bouche et Henry Bowers s'était défoulé sur lui.

Bill n'ignorait pas qui ils étaient : Henry, Huggins et Victor, les trois pires chenapans de l'école de Derry. Ils avaient déjà donné quelques corrections à Richie Tozier, avec qui Bill entretenait des rapports amicaux. De son point de vue, c'était en partie la faute de Richie, que l'on n'avait pas surnommé la Grande Gueule pour rien.

En avril dernier, Richie avait un jour lancé une remarque sur leurs cols, tandis que le trio passait dans la cour. Ces cols étaient relevés exactement comme ceux de Vic Morrow dans *Graine de violence.*

Bill, assis à proximité contre un mur à lancer des billes sans conviction, n'avait pas tout saisi ; pas plus que Henry et ses amis... qui en avaient cependant assez entendu pour se tourner vers Richie. Peut-être avait-il cru s'exprimer à voix basse — sauf que s'exprimer à voix basse lui était à peu près impossible.

« Qu'est-ce que t'as dit, hé, binoclard ? s'enquit Victor.

— J'ai rien dit », répondit Richie. Ce désaveu, joint à l'expression de détresse qui se peignit sur son visage, aurait pu mettre un terme à l'incident. Malheureusement, la bouche de Richie était comme un cheval mal dressé qui bronche sans raison, et il ajouta tout soudain : « Tu devrais un peu te déboucher les oreilles, le balèze. Besoin d'explosifs ? »

Ils étaient restés un instant à le regarder, incrédules, puis s'étaient jetés sur lui. Bill le Bègue avait suivi la poursuite inégale de son début à son inévitable conclusion, toujours adossé au même mur. Inutile de s'en mêler, ces trois tordus ne seraient que trop contents de flanquer deux raclées pour le prix d'une.

Richie avait foncé en diagonale à travers le terrain de jeux des petits, sautant par-dessus la bascule, zigzaguant entre les balançoires, et ne s'était aperçu qu'au dernier moment qu'il s'était engagé dans une voie sans issue, puisqu'elle se terminait sur le grillage qui séparait le terrain de l'école du parc voisin. Il tenta l'escalade en s'agrippant de toute la force de ses doigts et de ses orteils crispés dans ses tennis, et il avait peut-être parcouru les deux tiers du chemin lorsque Henry (par sa veste) et Victor (par le fond de son pantalon) le firent brutalement retomber sur le dos. Richie se mit à hurler quand ils le détachèrent du grillage. Il perdit ses lunettes en heurtant l'asphalte ; il voulut les rattraper. D'un coup de pied, Huggins le Roteur les envoya valser — ce qui explique le ruban adhésif qui retint l'une des branches pendant tout l'été.

Bill avait fait la grimace et s'était dirigé vers l'avant du bâtiment pour observer Mrs. Moran, la maîtresse des petits, qui se précipitait pour les séparer ; mais il savait qu'ils auraient le temps de faire sa fête à Richie auparavant et qu'il serait en train de pleurer à son arrivée. Le bébé qui pleurniche, le bébé qui pleurniche, regarde le bébé qui pleurniche !

Avec le trio, Bill n'avait que des problèmes mineurs. Ils se moquaient bien entendu de son bégaiement. Des brimades accompagnaient parfois les quolibets ; un jour de pluie, tandis qu'ils se rendaient au gymnase pour le déjeuner, Huggins avait fait tomber d'un coup de poing le sac qui contenait le repas de Bill puis l'avait piétiné de sa botte de mécano, réduisant tout en bouillie à l'intérieur

« Oh, Jé-jésouille ! s'était-il écrié, feignant l'horreur. Désolé pour ton ca-ca-casse-croûte, d-du-duchnoque ! » Puis il avait tranquillement remonté le couloir vers l'endroit où se tenait Victor Criss, appuyé contre la fontaine d'eau potable à la sortie du vestiaire des garçons, riant à s'en faire une hernie. Mais ça ne s'était pas trop mal passé ; Bill avait mendié la moitié d'un sandwich au beurre de cacahuète et à la gelée à Eddie Kaspbrak, et Richie lui avait donné avec plaisir son œuf dur, l'un de ceux que sa mère mettait régulièrement tous les deux jours dans son casse-croûte et qui lui donnaient envie de dégueuler, prétendait-il.

Mais il valait mieux ne pas se trouver sur leur chemin, ou alors se faire invisible.

Eddie avait oublié cette règle élémentaire et ils le lui avaient fait payer. Au début, pendant que le trio s'éloignait vers l'autre rive à grands éclaboussements, ça ne s'était pas trop mal passé, en dépit de son nez qui saignait comme une fontaine. Une fois le tire-jus d'Eddie trempé, Bill lui avait donné le sien et l'avait fait se pencher en arrière en mettant une main sous sa nuque. C'était ce que sa mère faisait pour Georgie qui était sujet aux saignements de nez...

Oh, que ça faisait mal de penser à George...

Ce n'est que lorsque le tapage hippopotamesque des trois garnements qui avançaient dans les Friches devint complètement inaudible et que le saignement de nez se fut arrêté définitivement que la crise d'asthme d'Eddie éclata. Il commença à chercher son air, ses mains s'ouvrant et se refermant comme des pièges fragiles, sa respiration réduite à un sifflement flûté venant du fond de sa gorge.

« Merde ! fit-il en hoquetant, une crise d'asthme ! »

Il s'empara fébrilement de son inhalateur coincé au fond de sa poche ; on aurait presque dit un pulvérisateur de Windex, avec le petit injecteur à pression sur le dessus. Eddie s'enfonça l'appareil dans la bouche et appuya sur la détente.

« Ça v-va mieux ? demanda Bill, anxieux.

— Non, il est vide. » Le garçonnet regardait Bill avec des yeux qui se remplissaient d'épouvante et disaient : *Je suis fait, Bill, je suis fait !*

L'inhalateur vide roula de sa main. La rivière continuait son babil, sans se soucier le moins du monde de la quasi-impossibilité de respirer dans laquelle se trouvait Eddie. Bill pensa tout d'un coup que les trois voyous avaient eu raison au moins sur un point : leur barrage avait été un vrai barrage de bébé. Mais ils s'étaient rudement bien amusés, bon sang, et il éprouva une irrépressible fureur à l'idée de ce qui s'était passé.

« T-t-t'en fais p-p-pas, E-Eddie », dit-il.

Pendant les quarante minutes suivantes, environ, Bill resta assis auprès de lui, avec l'espoir que la crise d'asthme allait finir par se réduire peu à peu à un simple malaise. Mais au moment où Ben Hanscom avait fait son apparition, la peur commençait à le gagner. Non seulement la crise ne passait pas, mais elle ne faisait qu'empirer. Et la pharmacie de Center Street où Eddie prenait ses recharges se trouvait à plus de quatre kilomètres de là. Dans quel état risquait-il de retrouver Eddie, s'il allait chercher une recharge ? Inconscient ou

(je t'en supplie, ne pense pas un truc comme ça !)

ou même mort, insista son esprit, implacable.

(Comme Georgie, mort comme Georgie !)

Arrête de faire l'andouille ! Il ne va pas mourir !

Non, probablement pas. Mais s'il tombait dans les pommes ? Il ne pouvait pas le laisser... il resta donc sur place, sachant qu'il aurait dû partir puisqu'il ne pouvait rien faire pour Eddie, mais incapable de l'abandonner. Quelque chose d'irrationnel et de superstitieux en lui ne cessait de lui souffler qu'Eddie s'évanouirait dès qu'il se serait éloigné. C'est à ce moment-là qu'il releva la tête et aperçut Ben Hanscom, immobile, un peu en amont. Il ne lui était pas inconnu, bien entendu ; le gosse le plus gros d'une école jouit d'une sorte de notoriété assez désagréable. Ben était dans l'autre septième ; Bill l'apercevait parfois, tout seul dans un coin à l'écart des autres, soit en train de lire, soit en train de dévorer son déjeuner qu'il portait dans un emballage de la taille d'un sac marin.

Bill, en le voyant, lui trouva l'air en plus piteux état encore que Henry Bowers. Difficile à croire, mais vrai. Bill n'arrivait pas à imaginer quel affrontement titanesque les avait jetés l'un contre l'autre. Les cheveux de Ben se dressaient en mèches désordonnées et raidies par la boue. Son survêt ou son sweat-shirt (le vêtement était impossible à identifier, et de toute façon, ça n'avait plus d'importance) se trouvait réduit à l'état de serpillière imprégnée d'un mélange répugnant de sang, d'herbe écrasée et de terre. Son pantalon était ouvert aux deux genoux.

Ben vit Bill le regarder et eut un geste de recul ; l'inquiétude se lisait dans ses yeux.

« N-n-n-ne p-pars p-pas ! lui cria Bill, levant les mains, paumes en l'air, pour montrer qu'il était inoffensif. I-i-il a be-besoin d'aide. »

Ben se rapprocha, l'air toujours aussi méfiant. Il marchait comme si l'une de ses jambes lui faisait souffrir le martyre. « Est-ce qu'ils sont partis, Bowers et les autres ?

— Ou-oui. É-é-coute, p-peux-tu rester a-a-avec mon ami pendant que j-je vais ch-chercher son mé-médicament ? Il a de l'-l'-l'a...

— De l'asthme ? »

Bill acquiesça.

Ben remonta les ruines du barrage et vint s'agenouiller à côté d'Eddie avec une grimace de douleur. Le garçon était toujours allongé, les yeux presque fermés, sa poitrine se soulevant péniblement.

« Qui l'a battu ? » demanda finalement Ben. Il leva les yeux, et Bill y lut la même colère de frustration qu'il avait lui-même ressentie peu auparavant. « C'est Henry Bowers ? »

Bill acquiesça.

« Tu m'étonnes. Bien sûr, vas-y. Je vais rester avec lui.

— M-m-merci.

— Oh, ne me remercie pas. C'est à cause de moi qu'ils vous sont tombés dessus. Pars, dépêche-toi. Il faut que je sois à la maison avant six heures. »

Bill partit sans rien ajouter. Il aurait aimé pouvoir dire à Ben qu'il n'y était pour rien, que ce n'était pas plus sa faute que ce n'était celle d'Eddie qui avait protesté stupidement. Des types comme Henry et ses potes étaient des catastrophes ambulantes ne demandant qu'à se déchaîner ; la version pour enfants des inondations, des tornades et des calculs biliaires. Ça lui aurait fait du bien de pouvoir le lui dire, mais il était tellement tendu qu'il lui aurait fallu vingt minutes pour en venir à bout — exclu, avec Eddie qui risquait de tomber dans les pommes d'un moment à l'autre.

Il partit au petit trop le long de la rivière, se retournant une seule fois ; il vit Ben Hanscom, l'air sinistre, qui ramassait des galets au bord de l'eau. Pendant un instant, il se demanda dans quel but. Puis il comprit : il préparait des munitions. Juste au cas où ils reviendraient.

4

Les Friches n'avaient plus de mystères pour Bill. Il était venu y jouer souvent au cours du printemps, parfois avec Richie, mais surtout avec Eddie, et plus rarement tout seul. Il n'avait certes pas exploré tout le secteur, mais il n'eut aucune difficulté à rejoindre Kansas Street depuis la Kenduskeag ; il aborda la rue à l'endroit où un pont de bois enjambait l'un des multiples ruisseaux sans nom qui faisaient partie du système de drainage de Derry et allaient se jeter en contrebas dans la rivière. Silver était remisée sous ce pont, accrochée à un pilier par une corde passée sous le guidon et la selle, pour que ses roues ne soient pas dans l'eau.

Bill défit la corde, la fourra dans sa chemise et traîna Silver jusqu'à la rue à la force des bras, suant et soufflant, non sans perdre l'équilibre par deux fois.

Finalement il arriva en haut. Il enfourcha l'engin.

Et comme toujours, une fois qu'il fut debout sur les pédales de Silver, il devint quelqu'un d'autre.

5

« *Ya-hou, Silver,* EN AVANT *!* »

Le cri sortit de sa bouche, un ton plus grave que d'habitude ; c'était presque la voix de l'homme qu'il allait devenir. Silver prit lentement de la vitesse, son accélération marquée par le crépitement de plus en plus frénétique des cartes à jouer contre les rayons. Debout sur les pédales, Bill tenait le guidon par le dessous, poignets vers le haut, et avait l'air d'un homme qui tente de soulever des haltères prodigieusement lourds. À son cou, les tendons saillaient ; des veines pulsaient à ses tempes. L'effort lui tordait la bouche en une grimace tremblotante, tandis qu'il livrait le combat familier contre le poids et l'inertie pour faire avancer Silver.

Comme toujours, cet effort valait la peine.

Silver commença de rouler avec plus d'entrain, et les maisons se mirent à défiler. Sur sa gauche, là où Kansas Street croisait Jackson Street, la Kenduskeag perdait sa liberté pour devenir le canal. La rue, au-delà de l'intersection, descendait en pente raide vers le centre et le quartier commerçant de Derry.

Les croisements étaient fréquents, mais tous comportaient des stops en faveur de Bill, et l'éventualité d'un conducteur brûlant le signal et le réduisant à l'état d'une carpette sanglante sur la chaussée ne lui avait jamais traversé l'esprit. Il n'aurait de toute façon pas changé de comportement — alors que quelques mois avant ou après cette période à l'atmosphère étrangement orageuse qui allait du printemps à l'été 1958, cela l'aurait sans doute un peu refroidi. On aurait surpris Ben en lui demandant s'il ne se sentait pas seul ; on aurait pareillement surpris Bill en lui demandant s'il ne flirtait pas d'un peu trop près avec la mort. Toujours est-il que ses descentes de Kansas Street ressemblaient de plus en plus à une charge de kamikaze au fur et à mesure que le temps se réchauffait.

Bill se lança dans cette portion en pente de Kansas Street à pleine vitesse, courbé sur le guidon de Silver pour diminuer la résistance au vent, une main posée sur la poire de caoutchouc craquelée de sa corne pour avertir les distraits, ses cheveux roux ondulant derrière lui. Le cliquetis des cartes s'était transformé en un grondement régulier, et la grimace d'effort en un immense sourire niais. À sa droite, les maisons avaient laissé la place à des bâtiments commerciaux (entrepôts, usines de conditionnement de viandes, pour la plupart) dont l'image était brouillée par la vitesse (terrifiant mais satisfaisant). Sur sa gauche, le canal scintillait au coin de son œil.

« YA-HOU, SILVER, EN AVANT ! » cria-t-il triomphalement.

Silver vola par-dessus le premier dos-d'âne et ses pieds lâchèrent les pédales comme presque toujours à cet endroit. En roue libre, il était maintenant entièrement à la merci de l'ange gardien, quel qu'il fût, que Dieu avait désigné pour protéger les petits garçons. Il fit une embardée à soixante kilomètres à l'heure, vingt de plus que la vitesse autorisée.

Tout était oublié : son bégaiement, le regard vide de son père en train de tourner en rond dans l'atelier du garage, la poussière qui s'accumulait sur le piano toujours fermé de sa mère qui ne l'avait plus touché depuis les trois hymnes méthodistes qu'elle avait joués lors des funérailles de Georgie. Oublié aussi, George sortant sous la pluie dans son ciré jaune, le bateau en papier paraffiné à la main ; Mr. Gardener arrivant vingt minutes plus tard, le petit corps enroulé dans une couverture tachée de sang dans les bras ; le cri épouvantable de sa mère. Derrière lui, tout ça. Il était l'Éclaireur solitaire, il était John Wayne, il était qui il voulait et non pas un gosse qui chialait, avait peur et appelait sa ma-ma-man.

Les pieds de Bill retrouvèrent les pédales et il recommença son mouvement de piston, voulant toujours aller plus vite et atteindre une vitesse hypothétique — pas celle du son, celle de la mémoire — qui lui ferait franchir le mur de la souffrance.

Il fonçait, courbé sur le guidon, il fonçait pour battre le diable.

Le triple carrefour de Center, Main et Kansas arrivait à toute vitesse ; c'était un capharnaüm de voies à sens unique, de panneaux contradictoires et de feux de signalisation en principe coordonnés mais qui ne l'étaient jamais. Le résultat, comme l'avait signalé un éditorial du *Derry News* un an auparavant, était un système giratoire infernal.

Comme toujours, Bill jetait de brefs coups d'œil à droite et à gauche, estimant la circulation, repérant les nids-de-poule. S'il se trompait — s'il bégayait, en somme —, il risquait rien moins que de se tuer.

Il fonça comme une flèche dans le trafic ralenti du carrefour encombré, brûla un feu rouge et vira sèchement à droite pour éviter une Buick qui se traînait. Un coup d'œil ultra-bref par-dessus l'épaule pour s'assurer que la voie du milieu était libre, et il s'aperçut que dans environ cinq secondes, il s'écraserait contre l'arrière d'une camionnette qui venait de s'arrêter carrément en plein croisement, tandis que son conducteur, un papi à la Eisenhower, se tordait le cou pour déchiffrer les panneaux, se demandant s'il n'allait pas se retrouver à Miami.

À la droite de Bill, un car de la ligne Bangor-Derry occupait la voie. Il n'en obliqua pas moins dans cette direction et franchit la brèche entre les deux gros véhicules à quelque soixante à l'heure. À l'ultime seconde, il détourna la tête d'un mouvement sec de soldat qui défile dans l'enthousiasme, pour éviter que le rétroviseur droit de la camionnette ne lui redessine la mâchoire. Les émanations brûlantes du diesel lui incendièrent la gorge comme une giclée d'alcool. Il entendit un grincement suraigu — le guidon venait de tirer un trait bien droit dans l'aluminium du car. À peine aperçut-il le chauffeur, un visage blanc sous la casquette de la compagnie, qui agitait un poing menaçant et lui criait quelque chose. Certainement pas « Bon anniversaire ! ».

Le pire (ou si l'on préfère le meilleur) du trajet se trouvait maintenant derrière lui. L'éventualité de sa propre mort s'était présentée à lui à plusieurs reprises, et il avait été capable de regarder ailleurs. Le car ne l'avait pas écrasé ; il ne s'était pas tué ; il n'avait pas écrasé les trois vieilles dames, un instant plus tard, avec leur sac de commissions et leur chèque de la Sécurité sociale ; il ne s'était pas aplati sur le haillon arrière de la camionnette de l'oncle Eisenhower. Et il attaquait la côte suivante, perdant de la vitesse comme saigne un blessé. Mais avec ce sang-là, il perdait autre chose, que l'on aurait pu appeler « désir », au fond. Le rattrapaient les pensées et les souvenirs — Hé, Bill, on t'avait un instant perdu de vue, mais nous revoilà ! — qui grimpaient sur lui, bondissaient dans ses oreilles et s'élançaient dans sa tête comme des mômes sur des luges. Il les sentait s'installer à leur place habituelle, leurs petits corps fiévreux se bousculant. Ouah ! Chouette ! Une fois de plus bien calés dans la tête de Bill ! Allez, pensons à George, d'accord ? Qui veut commencer ?

Tu penses trop, Bill.

Non, le problème n'était pas là ; en réalité, il imaginait trop.

Il tourna dans Richards' Alley pour déboucher dans Center Street quelques instants plus tard, pédalant lentement, la sueur lui coulant dans le dos et les cheveux. Il descendit de bicyclette en face de la pharmacie et entra dans le magasin.

6

Avant la mort de George, Bill aurait expliqué oralement à Mr. Keene l'essentiel de ce qui l'amenait. Le pharmacien n'était pas particulièrement aimable (du moins selon l'idée que Bill s'en faisait), néanmoins, il avait de la patience et ne plaisantait pas à tort et à travers. Mais le bégaiement de Bill était pire que jamais, et il voulait faire vite, très vite, quand il pensait à Eddie.

C'est pourquoi, lorsque Mr. Keene lui dit : « Bonjour, Billie Denbrough, que désires-tu ? » Bill prit une notice publicitaire pour des vitamines et écrivit au dos : *On jouait avec Eddie Kaspbrak dans les Friches et il a eu une crise d'asthme, il peut à peine respirer. Pouvez-vous me donner une recharge pour son inhalateur ?*

Il poussa le papier sur le comptoir recouvert d'une vitre. Mr. Keene le lut, releva la tête, vit l'anxiété dans les yeux bleus de Bill, et dit : « Bien sûr. Ne bouge pas d'ici, et ne touche à rien, veux-tu ? »

Bill ne cessa de se dandiner d'un pied sur l'autre d'impatience tant que Mr. Keene resta dans son arrière-boutique. L'attente ne dura pas cinq minutes, mais parut une éternité à Bill. Le pharmacien revint enfin et lui tendit, avec un sourire, un flacon en plastique souple. « Voilà qui devrait régler le problème, dit-il.

— M-m-m-merci, bafouilla Bill. Je n'n'n'ai pas d'a-a-ar...

— Ne t'inquiète pas, Mrs. Kaspbrak a un compte chez moi. Je l'ajouterai, c'est tout. Je suis sûr qu'elle tiendra à te remercier de ta gentillesse. »

Bill remercia de nouveau Mr. Keene et partit rapidement. Le pharmacien fit le tour de son comptoir pour le suivre des yeux. Il le vit déposer sa recharge dans le panier du porte-bagages et enfourcher maladroitement sa bicyclette. *Est-il capable de faire rouler un engin pareil ?* se demanda Mr. Keene. *J'en doute. J'en doute sérieusement.* Mais le petit Denbrough réussit à démarrer sans tomber sur la tête, s'éloignant à coups de pédales pesants. La bicyclette à laquelle, dans l'esprit de Mr. Keene, il ne manquait que des roues carrées, zigzaguait dans tous les sens, tandis que l'inhalateur roulait dans le panier.

Le pharmacien eut un léger sourire. Si Bill l'avait aperçu, il y aurait vu la confirmation de son impression sur le caractère peu amène de Mr. Keene. C'était le sourire amer d'un homme qui avait trouvé davantage de sujets d'étonnement que de raisons de se réjouir dans la condition humaine. Oui, il allait mettre la recharge d'Eddie sur la facture de Sonia Kaspbrak qui, comme toujours, se montrerait surprise (et plus soupçonneuse que reconnaissante) du prix ridicule de ce médicament. « Les autres sont tellement chers ! » dirait-elle. Comme le savait le pharmacien, Mrs. Kaspbrak faisait partie de ces gens pour qui rien de ce qui est bon marché ne peut être réellement efficace. Il aurait très bien pu la gruger avec la préparation pour son fils — HydrOx Mist — et il avait été tenté de le faire... Mais à quoi bon exploiter bassement la folie de cette femme ? Ce n'était pas comme s'il en avait eu besoin pour vivre.

Bon marché ? Oh, mon Dieu, oui ! L'HydrOx Mist (*Administrer selon les besoins*, lisait-on sur l'étiquette adhésive qu'il collait sur chacune des recharges de l'inhalateur) était merveilleusement bon marché, et Mrs. Kaspbrak elle-même devait reconnaître que la préparation maîtrisait efficacement l'asthme de son fils, malgré cela. Elle était bon marché parce qu'il s'agissait tout simplement d'une combinaison d'oxygène et d'hydrogène, à laquelle était ajoutée une pointe de camphre afin de donner un parfum de médecine à la vaporisation.

En d'autres termes, le médicament pour l'asthme d'Eddie était de l'eau du robinet.

7

Il fallut à Bill plus longtemps pour revenir, à cause de la côte à grimper. À plusieurs reprises, il dut mettre pied à terre et pousser Silver ; il n'avait pas assez de force pour monter autre chose que des pentes douces.

Le temps de remiser la bicyclette sous le pont et de rejoindre le coude de la rivière, il était déjà quatre heures dix. Toutes sortes de suppositions sinistres lui traversaient l'esprit. Hanscom aurait déserté et laissé mourir le pauvre Eddie. Ou les trois grosses brutes auraient rebroussé chemin et leur auraient flanqué une terrible raclée. Ou... pis que tout... l'homme dont le boulot était d'assassiner les enfants aurait eu l'un ou l'autre, ou les deux. Comme il avait eu George.

Les commérages et les spéculations n'avaient pas manqué à propos de cette affaire. Bill bégayait affreusement, mais il n'était pas sourd, même s'il arrivait parfois qu'on le crût tel, car il ne parlait que dans les cas de nécessité absolue. Certaines personnes pensaient que le meurtre de son frère n'avait aucun rapport avec ceux de Betty Ripsom, de Cheryl Lamonica, de Matthew Clement ou de Veronica

Grogan. D'autres au contraire prétendaient que les trois premiers avaient été victimes d'un même tueur, et les deux autres d'un « imitateur » du précédent. Une troisième école soutenait que les garçons et les filles n'avaient pas le même assassin.

Bill croyait que tous avaient été tués par la même personne..., s'il s'agissait bien d'une personne. Il se posait parfois la question. Comme il se demandait de temps en temps ce qu'il ressentait pour Derry, cet été-là. Cela tenait-il au deuil inachevé de George ? À la façon qu'avaient ses parents de l'ignorer, tellement noyés dans le chagrin d'avoir perdu le cadet, qu'ils ne semblaient même pas se rendre compte que Bill était toujours vivant, lui, et aurait pu se faire mal ? Cela tenait-il à ces éléments, combinés avec les autres meurtres ? À ces voix qui lui donnaient de temps en temps l'impression de parler dans sa tête, dans un murmure (et ce n'était certes pas des variantes de sa propre voix, car elles ne bégayaient pas : elles étaient calmes mais assurées), lui conseillant de faire ceci et de ne pas faire cela ? Était-ce tout cela qui donnait un aspect différent à Derry, maintenant ? Quelque chose de menaçant, avec des rues inexplorées qui, loin de l'attirer, paraissaient au contraire bâiller dans un silence lourd de présages ? Et pourquoi certains visages avaient-ils cet air oppressé et effrayé ?

Il l'ignorait, mais croyait — de même qu'il croyait que tous les meurtres étaient l'œuvre d'un même être — que Derry avait réellement changé, et que c'était la mort de son frère qui avait constitué l'amorce de ce changement. Les sinistres suppositions qu'il faisait en remontant la rivière venaient de l'idée, couvant en lui, que n'importe quoi pouvait se produire actuellement à Derry. N'importe quoi.

Mais quand il arriva au dernier coude, tout avait l'air normal. Ben Hanscom était toujours là, assis à côté d'Eddie. Eddie lui-même s'était redressé et, les mains sur les genoux, la tête inclinée, respirait péniblement. Le soleil avait suffisamment baissé pour projeter de longues ombres vertes sur le cours d'eau.

« Bon sang, tu as fait vite ! s'exclama Ben en se relevant. Je pensais avoir au moins encore une demi-heure à attendre.

— J'ai u-u-une bi-bicyclette ra-rapide », répondit Bill avec une pointe de fierté. Pendant quelques instants, les deux garçons s'observèrent avec circonspection. Puis Ben ébaucha un sourire, et Bill sourit à son tour. Il était gros comme c'était pas possible, le drôle, mais il paraissait bien. Il n'avait pas bougé et il lui avait fallu un certain cran, avec Henry et ses deux Pieds-Nickelés qui rôdaient peut-être encore dans les parages.

Bill adressa un clin d'œil à Eddie qui le regardait, une expression de gratitude idiote sur le visage. « V-v-voilà ton t-truc, E-E-Eddie », fit-il en lui lançant l'inhalateur. Eddie se l'enfonça dans la bouche, le déclencha, et hoqueta convulsivement, puis il s'inclina en arrière, les yeux fermés. Ben l'observait, inquiet.

« Jésouille ! C'était vraiment sérieux, hein ? »

Bill acquiesça.

« J'ai vraiment eu la frousse pendant un moment, lui confia Ben à voix basse. Je me demandais s'il n'allait pas avoir des convulsions ou un truc comme ça. J'essayais de me souvenir de ce que nous avaient dit les types de la Croix-Rouge quand ils sont venus, en avril dernier. Tout ce qui me restait, c'était l'histoire du bout de bois qu'il fallait lui mettre dans la bouche pour qu'il ne se coupe pas la langue.

— Il m-me semble q-que c'est pour les é-é-épilepti-tiques.

— Oui, je crois que tu as raison.

— Il n'aura pas de c-convulsions, de t-t-toute façon. Son mé-médicament est e-efficace, re-re-regarde. »

Eddie respirait déjà plus facilement. Il ouvrit les yeux et les regarda.

« Merci, Bill, dit-il. Tu parles d'une crise !

— C'est quand ils t'ont écrasé le-le nez que ça a-a-a commencé, non ? » demanda Ben.

Eddie eut un rire lugubre, se releva et mit l'inhalateur dans sa poche-revolver. « Mon nez, je n'y ai même pas pensé. C'est à ma mère que je pensais.

— Ouais ? Vraiment ? » Ben eut l'air surpris, mais il porta la main à son survêt en lambeaux et se mit à le tripoter nerveusement.

« Dès qu'elle va voir le sang sur ma chemise, il ne lui faudra pas plus de cinq secondes pour me traîner jusqu'aux urgences de l'hôpital.

— Mais pourquoi ? demanda Ben. Tu ne saignes plus, non ? Tiens, je me souviens de ce gosse avec qui j'étais en maternelle, tu sais, Scooter Morgan, on l'avait amené aux urgences quand il était tombé des barres, mais parce que son nez n'arrêtait pas de pisser le sang.

— Ah oui ? fit Bill, intéressé. Est-ce qu'il est m-mort ?

— Non, mais il n'est pas venu à l'école pendant une semaine.

— Que je saigne encore ou non, peu importe pour elle, expliqua Eddie, morose. De toute façon, elle va m'y amener. Elle va penser que mon nez est cassé et que des morceaux d'os sont en train de me monter dans la cervelle, des trucs comme ça.

— Est-ce que les o-os p-peuvent monter dans le cer-cer-veau ? s'étonna Bill, qui trouvait la discussion de plus en plus passionnante.

— Je ne sais pas, mais si tu écoutes ma mère, n'importe quoi peut arriver. Elle m'amène aux urgences une ou deux fois par mois. J'ai cet endroit en horreur. Un jour, un infirmier lui a dit qu'on devrait lui faire payer un loyer. Elle était vraiment écœurée.

— Oh, là, là ! » s'exclama Ben. Il trouvait la mère d'Eddie drôlement bizarre — mais il ne se rendait pas compte que ses deux mains, maintenant, tripotaient nerveusement les restes de son survêt. « Pourquoi ne lui dis-tu pas non ? Je ne sais pas moi, quelque chose comme : “ Hé, M'man, je me sens très bien, je préfère rester à la maison regarder un dessin animé à la télé ”, tout bêtement.

— Hou, là ! fit Eddie, mal à l'aise, sans plus de commentaires.

— Tu t'appelles B-B-Ben Han-Hanscom, non ? demanda Bill.

— Ouais, et toi Bill Denbrough.

— Ou-oui. Et l-lui c'est E-E-E-E...

— Eddie Kaspbrak, compléta Eddie. J'ai horreur de t'entendre dire mon nom en bégayant, Bill. On dirait Elmer Fudd.

— Dé-désolé.

— Eh bien, je suis content de vous avoir rencontrés tous les deux », admit Ben. Il y eut un silence, un silence qui n'était pas vraiment désagréable. Ils devinrent amis le temps qu'il dura.

« Pourquoi ces trois mecs te couraient-ils après ? demanda finalement Eddie.

— Ils s-sont toujours a-a-après quelqu'un, intervint Bill. Je les dé-dé-déteste, ces sa-salauds. »

Ben ne répondit pas tout de suite, admiratif devant l'usage que Bill faisait de ce que sa mère appelait parfois les « Très Gros Mots ». Ben n'avait jamais prononcé un Très Gros Mot de sa vie (mais il en avait écrit un, tout petit, sur un poteau de téléphone, lors de la dernière fête de Halloween).

« Bowers s'est retrouvé à côté de moi pendant les dernières compos, finit par dire Ben. Il voulait copier sur moi. Je l'ai pas laissé faire.

— Ma parole, t'as envie de mourir jeune ! » dit Eddie avec une note d'admiration dans la voix.

Bill le Bègue éclata de rire. Ben lui jeta un regard aigu, conclut qu'il ne riait pas spécialement de lui (difficile de dire comment il le savait, mais le fait était là), et sourit.

« Ça doit être ça, admit-il. Toujours est-il qu'il est obligé de suivre les cours d'été et c'est pour ça qu'il m'a coursé avec ses copains.

— On d-dirait presque qu'ils t-t-t'ont fait la peau.

— Je suis tombé de Kansas Street, dans la pente. (Il regarda Eddie.) On va probablement se revoir aux urgences, maintenant que j'y pense. Quand ma mère va voir dans quel état sont mes affaires, c'est elle qui va m'y expédier à coups de baffes. »

Bill et Eddie éclatèrent simultanément de rire, et Ben se joignit à eux. Rire lui faisait mal à l'estomac mais il n'en continuait pas moins, d'un ton aigu légèrement hystérique. Finalement, il fut obligé de s'asseoir sur la berge, et le son mou de ses fesses heurtant le sol le fit rire encore plus fort. Il aimait la façon dont son rire se mélangeait aux leurs : non pas le fait que les rires soient mêlés, ce qu'il avait souvent entendu, mais que, pour une fois, son propre rire fasse partie du lot.

Il leva les yeux vers Bill Denbrough, leurs regards se croisèrent, et il n'en fallut pas davantage pour que le fou rire les reprenne.

Bill tira sur son pantalon, releva le col de sa chemise et se mit à déambuler d'un pas pesant et simiesque. Il prit la voix la plus basse possible et grommela : « J' vais vous faire la peau, morpions. Arrêtez d' m' faire chier. J' suis con, mais j' suis balèze. J' peux casser les noix avec mon crâne. J' peux pisser du vinaigre et chier du ciment. J' m'appelle Bowers l' petit Chéri, et j' suis le roi des enculés du coin. »

Eddie s'était effondré par terre et hurlait de rire en se tenant le ventre ; Ben était plié en deux, la tête entre les jambes, les larmes lui coulant des yeux et la morve du nez en longs filets clairs, et riait comme un bossu.

Bill s'assit avec eux, et ils se calmèrent peu à peu.

« C'est toujours ça de gagné : si Bowers va aux cours d'été, on n'aura guère de chances de le rencontrer ici, remarqua Eddie.

— Vous jouez souvent dans les Friches ? » demanda Ben. C'était une idée qui ne lui aurait jamais traversé l'esprit, vu la réputation de l'endroit, mais maintenant qu'il y était, il ne s'y trouvait pas si mal. En réalité, ce coin du rivage était tout à fait agréable, en ce moment de l'après-midi qui déclinait doucement vers le crépuscule.

« S-s-s-souvent, oui. C'est ch-chouette. Y a p-p-pratiquement p-p-personne qui nous embête, i-ici. On p-peut glander t-tant qu'on veut. B-B-Bowers et les au-autres n'y viennent ja-jamais, de t-t-toute façon.

— Toi et Eddie ?

— R-R-Ri-Ri... » Bill secoua la tête ; son visage se tordait comme une serpillière quand il bégayait, remarqua Ben, qui se fit soudain cette réflexion curieuse qu'il n'avait pas bafouillé une seule fois quand il s'était moqué de Bowers. « Richie ! s'exclama enfin Bill qui se tut un instant avant de reprendre, R-Richie Tozier v-vient aussi en gé-général. Mais s-son p-père l'a g-gardé pour nettoyer leur g-g-gr...

— Leur grenier », compléta Eddie en jetant un caillou dans l'eau. *Plonk*.

« Ouais, je le connais, dit Bill. Dites, vous venez vraiment souvent ici, non ? » Cette idée le fascinait et en même temps le mettait dans un état stupide, une sorte de désir flou.

« P-pas mal souvent, ouais. V-viens donc de-demain, si si tu veux. E-E-Eddie et m-moi, on essayait de construire un b-b-barrage. »

Ben resta sans voix. Non seulement il était stupéfait par l'offre elle-même, mais aussi par la simplicité sans apprêt avec laquelle elle avait été faite.

« On devrait peut-être essayer autre chose, intervint Eddie. Il était pas terrible, ce barrage. »

Ben se leva, chassant la terre collée à ses gros jambons, et s'avança le long de la rive. Il y avait encore des piles emmêlées de petites branches, de chaque côté du cours d'eau, mais tout ce qu'ils avaient pu mettre d'autre avait été emporté.

« Il faudrait avoir quelques planches, dit Ben. Trouver des planches et en faire des rangées... placées face à face..., comme les tranches de pain d'un sandwich. »

Intrigués, Bill et Eddie le regardèrent. Ben se laissa tomber sur son bon genou. « Regardez, reprit-il. On met des planches ici et ici, en les enfonçant dans le lit de la rivière, face à face. D'accord ? Et puis, avant que l'eau les emporte, on remplit l'intervalle de cailloux et de sable...

— N-n-nous...

— Quoi ?

— N-nous l'avons fait.

— Ah ! » fit Ben, se trouvant (et ayant l'air, il en était sûr) complètement idiot. Mais peu lui importait, car il se sentit soudain très heureux. Il ne se souvenait même plus quand il s'était senti aussi heureux pour la dernière fois.

« Ouais. Nous. Bon, si vous — si nous remplissons l'intervalle comme il faut, ça ne bougera pas. La planche d'amont s'appuiera sur le mélange de roches et de terre au fur et à mesure que l'eau montera. La deuxième planche penchera et finira sans doute par être emportée au bout d'un moment, je suppose, mais si nous avions une troisième planche... Tenez, regardez. »

Il fit un dessin dans le sable avec un morceau de bois. Bill et Eddie se penchèrent et étudièrent le petit schéma avec un intérêt réservé :

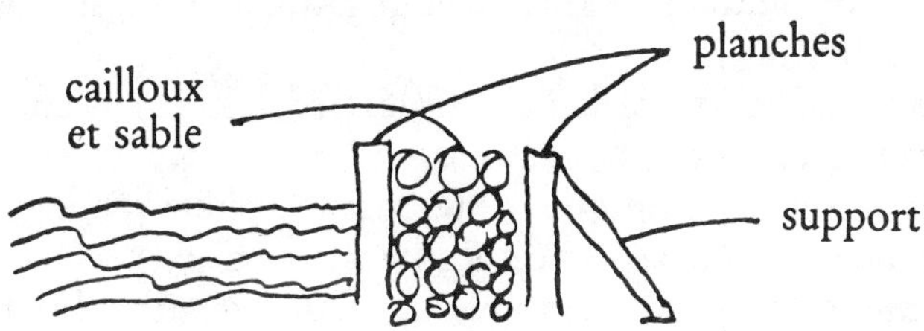

« As-tu déjà construit des barrages ? demanda Eddie d'un ton respectueux, presque effrayé.

— Jamais.

— A-alors, c-co-comment sais-tu que ça v-va marcher ? »

Ben regarda Bill, intrigué. « Eh bien..., ça doit marcher, c'est tout. Pourquoi pas ?

— Mais co-comment le sais-tu ? » Ben sentit bien que la question n'avait rien de sarcastique et exprimait une curiosité sincère. « Co-comment tu p-peux le di-dire ?

— Je le sais, c'est tout », répondit Ben. Il regarda de nouveau son dessin, comme pour se confirmer à lui-même ce savoir. Il n'avait jamais vu de batardeau de sa vie, sur plan ou dans la réalité, et ne se doutait pas qu'il venait d'en faire un schéma très convenable.

« D'ac-cord, dit Bill en donnant à Ben une claque dans le dos. On se voit demain.

— À quelle heure ?

— E-E-ddie et moi, on se-sera là vers huit heures et demie...

— Si je ne suis pas encore à attendre aux urgences avec ma mère, ajouta Eddie avec un soupir.

— J'amènerai des planches, dit Ben. Y a un vieux, pas loin de chez nous, qui en a tout un stock. Je lui en piquerai quelques-unes.

— Emporte aussi un casse-croûte, des trucs tout prêts, lui conseilla Eddie.

— D'accord.

— As-tu d-d-des pi-pistolets ?

— J'ai ma Daisy à air comprimé, répondit Ben. C'est mon cadeau de Noël, mais ma mère devient furieuse quand je tire avec dans la maison.

— A-amène-le toujours, on j-jouera aux cow-boys, peut-être.

— D'accord, fit joyeusement Ben. Écoutez, les gars, il faut que je rentre à la maison dare-dare, maintenant.

— N-nous aussi. »

Les trois garçons quittèrent les Friches ensemble. Ben aida Bill à hisser Silver sur le talus. Eddie traînait un peu en arrière, la respiration de nouveau sifflante et regardant d'un air lugubre sa chemise tachée de sang.

Bill les salua, et partit, debout sur les pédales, en lançant un « Ya-hou, Silver, EN AVANT ! » retentissant.

« Mais elle est gigantesque, cette bécane ! remarqua Ben.

— Un peu, mon neveu », dit Eddie. Il venait de prendre un coup d'inhalateur et respirait de nouveau normalement. « De temps en temps il me fait monter derrière. Il me file une telle frousse que j'en ai presque la chiasse. C'est un type bien, Bill, c'est sûr. (Il dit ces derniers mots comme en passant, mais il y avait davantage d'enthousiasme dans son regard : de l'adoration, presque.) Tu sais ce qui est arrivé à son frère ?

— Non.

— Il est mort l'automne dernier. Un type l'a assassiné. En lui arrachant un bras, comme on arrache une aile à une mouche.

— Jésouille de Jésouille !

— Avant, il bégayait juste un peu, Bill. Maintenant, c'est tout le temps. T'as pas remarqué ?

— Euh... oui, un peu.

— Mais dans sa tête, ça bégaie pas, si tu vois ce que je veux dire.

— Ouais.

— Je te dis ça parce que si tu veux devenir l'ami de Bill, il vaut mieux pas lui parler de son petit frère. Pas lui poser la moindre question, rien. Il est complètement coincé là-dessus.

— Moi aussi, je le serais, si... », répondit Ben, qui se souvenait maintenant vaguement de l'histoire de ce petit que l'on avait tué, en effet, l'automne dernier. Il se demandait si sa mère avait pensé à George Denbrough lorsqu'elle lui avait offert sa montre, ou seulement aux meurtres les plus récents. « Ça ne s'est pas passé juste après la grande inondation ?

— Si. »

Ils avaient atteint le carrefour de Kansas et Jackson, où ils devaient se séparer. Des enfants couraient dans tous les sens, jouant à chat perché et se lançant des balles de base-ball. Un gosse affublé d'un bonnet à la David Crockett, la queue lui retombant entre les yeux, passa devant les deux grands en faisant rouler un Hula Hoop comme un cerceau, l'air avantageux. Ben et Eddie sourirent.

« Attends une minute, dit soudain Ben. J'ai une idée, si tu ne veux pas aller aux urgences.

— Ah, oui ? fit Eddie avec un regard où le doute le disputait à l'espoir.

— T'as pas un nickel ?

— J'ai mieux, le double, dix cents. Et alors ? »

Ben contemplait les taches marron sur la chemise. « Va t'acheter un lait au chocolat et renverses-en la moitié sur ta chemise. Une fois chez toi, tu diras à ta mère que t'as tout pris dessus. »

Le regard d'Eddie s'éclaircit. Depuis la mort de son père, quatre ans auparavant, la vue de sa mère avait considérablement baissé. Par coquetterie (et comme elle ne conduisait pas), elle refusait de porter des lunettes. Taches de chocolat ou de sang, avec un peu de chance, elle n'y verrait que du feu. Peut-être...

« Ça peut marcher.

— Mais ne dis pas que c'est une idée à moi si elle s'en aperçoit.

— Promis, répondit Eddie. Allez, à plus tard, mon canard.

— D'accord.

— Non, fit Eddie patiemment. Quand je te dis ça, tu es censé répondre : “ À bientôt, escargot. ”

— Oh. À bientôt, escargot !

— C'est bon. » Eddie sourit.

« Tu sais... vous êtes drôlement chouettes, tous les deux. »

Eddie eut l'air plus que gêné, presque nerveux. « C'est Bill qu'est chouette », dit-il en partant.

Ben le regarda descendre Jackson Street, puis il prit lui-même la direction de son domicile. À trois pâtés de maisons, vers le haut de la rue, il aperçut alors trois silhouettes qui ne lui étaient que trop familières, debout à un arrêt de bus au coin de Jackson et Main. Elles tournaient pratiquement le dos à Ben, un coup de chance pour lui. Il alla se dissimuler derrière une haie. Cinq minutes plus tard arrivait le Derry-Newport-Haven. Henry et ses amis jetèrent leurs mégots dans la rue et grimpèrent à bord.

Ben attendit que le car fût hors de vue et se dépêcha de rentrer chez lui.

8

Ce soir-là, pour la deuxième fois, il arriva quelque chose de terrible à Bill Denbrough.

Son père et sa mère étaient en bas, devant la télé, ne parlant guère, assis à chaque extrémité du canapé comme des serre-livres. Il y avait eu une époque où la salle de télé, qui donnait sur la cuisine, était pleine de bavardages et de rires, au point parfois qu'on n'entendait même plus ce qui se disait à la télé. « La ferme, Georgie ! » criait Bill. « Arrête de bâfrer tout le pop-corn et je la fermerai ! » rétorquait George. « Bill prend tout le pop-corn, Ma. — Donne-lui du pop-corn, Bill, et arrête de m'appeler “ Ma ”, Georgie. Ce sont les moutons qui font “ Mâ ”. » Ou alors, son père sortait une plaisanterie et tous riaient, même Maman. George ne les comprenait pas toujours, Bill le voyait bien, mais comme tout le monde riait, il riait aussi.

C'était une époque où ses parents jouaient déjà les serre-livres sur le canapé, mais où George et lui jouaient les livres. Bill avait une fois voulu faire le livre entre eux depuis la mort de George, pendant qu'ils regardaient la télé ; ce fut en vain. Il émanait d'eux des ondes glacées, contre lesquelles le système de dégivrage de Bill n'était pas suffisamment puissant. Il avait dû partir, car ce genre de froid lui gelait les joues et lui faisait monter les larmes aux yeux.

« J'-J'en ai en-entendu une b-bien bonne à l'é-école aujourd'hui », avait-il essayé une autre fois, quelques mois auparavant.

Pas de réponse. Sur l'écran, un criminel suppliait un prêtre, son frère, de le cacher.

Le père de Bill avait levé les yeux de son magazine et lui avait lancé un regard légèrement surpris. Puis il était retourné à sa lecture. Sur une photo, on voyait un chasseur tombé dans la neige, dominé de toute la hauteur d'un énorme ours blanc qui montrait les dents. « Mutilé par le tueur des terres désolées », titrait l'article. Bill avait pensé : *Je sais où il y en a, des terres désolées, moi. Juste ici, sur le canapé, entre mon père et ma mère.*

Sa mère n'avait même pas levé les yeux.

« Vous s-savez co-combien il faut de F-F-Français pour vi-visser une ampoule é-é-électrique ? » avait lancé Bill, sentant une fine rosée de sueur venir perler sur son front, comme cela lui arrivait parfois à l'école quand la maîtresse était restée si longtemps sans l'interroger qu'elle ne pouvait plus faire autrement que de s'adresser à lui. Il parlait trop fort, incapable de contrôler sa voix. Les mots résonnaient dans sa tête en furieux carillons, s'emmêlaient et s'éparpillaient.

« Sa-sa-vez-vous com-combien ?

— Un pour tenir l'ampoule et quatre pour tourner la maison, avait répondu Zack Denbrough, l'air absent, tout en continuant à feuilleter sa revue.

— As-tu dit quelque chose, chéri ? » demanda sa mère, tandis qu'à la télé, le frère qui était prêtre conseillait à son frère criminel de se rendre et de prier pour être pardonné.

Bill était resté assis, en sueur mais glacé. Le froid ne tenait pas au fait qu'il était le seul livre entre ces deux serre-livres. Non, Georgie était toujours présent, un Georgie qu'il ne pouvait voir, simplement, un Georgie qui ne réclamait jamais de pop-corn et que les taquineries de Bill ne faisaient plus protester. Jamais il n'y avait de chamailleries avec cette nouvelle version de George. Elle n'avait qu'un bras, et restait pâle et pensive dans la pénombre gris-bleu laissée par l'écran de télé ; peut-être n'était-ce pas de ses parents mais de George que venait ce grand froid glacial ; peut-être était-ce George, le tueur des terres désolées. Bill avait fini par fuir ce frère glacé et invisible et par se réfugier dans sa chambre où il s'enfermait longtemps à pleurer, le visage enfoui dans l'oreiller.

La chambre de George était demeurée inchangée depuis le jour de sa mort. Environ deux semaines après l'enterrement, Zack avait rempli un carton des jouets de son cadet, sans doute pour les donner à l'Armée du Salut ou un truc comme ça, s'était dit Bill. Sharon Denbrough l'avait vu avec le carton, et ses mains, comme deux oiseaux blancs effrayés, avaient volé jusqu'à sa tête et s'étaient profondément enfouies dans sa chevelure, étreignant les mèches comme pour les arracher. Bill avait assisté à cette scène et s'était aplati contre le mur, les jambes soudain en coton. Sa mère avait l'air aussi folle qu'Elsa Lanchester dans *La Fiancée de Frankenstein.*

« *Ne touche* JAMAIS *à ses affaires !* » avait-elle hurlé.

Zack avait reculé et, sans un mot, ramené le carton de jouets dans la chambre de George ; il les avait même remis exactement là où il les avait pris. Bill avait suivi son père et l'avait trouvé agenouillé auprès du petit lit (que sa mère refaisait régulièrement, mais une fois par semaine au lieu de deux), la tête appuyée à son bras poilu et musclé. Bill avait vu qu'il pleurait, ce qui n'avait fait qu'augmenter sa terreur. Il avait entr'aperçu soudain une épouvantable éventualité : peut-être que parfois les choses ne s'arrêtaient jamais d'aller de travers mais qu'au contraire elles ne faisaient qu'empirer jusqu'à ce que ce soit le bordel complet.

« P-Papa...

— Va-t'en, Bill ! » avait répondu son père, d'une voix étouffée et tremblante. Bill aurait terriblement voulu toucher le dos de son père, pour voir s'il n'y avait pas moyen d'apaiser les soupirs irrépressibles qui le secouaient. Il n'avait pas osé. « Va-t'en, avait repris son père. Barre-toi. »

Et il était parti. Il avait traversé le couloir du premier à pas de loup, entendant sa mère qui pleurait de son côté dans la cuisine, un son aigu et désespéré. *Pourquoi pleurent-ils comme ça, loin l'un de l'autre ?* s'était demandé Bill. Puis il avait chassé cette pensée.

9

Le soir du premier jour de vacances, Bill entra dans la chambre de George. Il avait le cœur qui cognait dans la poitrine et avançait maladroitement, raide de tension. Il venait souvent dans la chambre de George ; non qu'il aimât cette pièce : elle était tellement pleine de la présence de son frère qu'on l'aurait dite hantée. Il y entra sans pouvoir s'empêcher de penser que la porte du placard allait s'ouvrir d'un instant à l'autre dans un grincement et qu'il y verrait Georgie, parmi les chemises et les pantalons toujours soigneusement accrochés, un Georgie en ciré jaune souillé de filets de sang, avec une manche vide. Il aurait un regard vide, effroyable, comme ceux des zombies dans les films d'épouvante. Quand il sortirait du placard, ses caoutchoucs produiraient un bruit chuintant tandis qu'il traverserait la chambre en direction de Bill, assis sur le lit, bloc de terreur pétrifié...

S'il y avait eu une panne d'électricité, un des soirs où il était resté assis sur le lit de George à contempler les images accrochées aux murs et les modèles réduits sur le haut de la penderie, il était convaincu qu'il aurait eu une crise cardiaque, sans doute fatale, dans les dix secondes suivantes. Il y allait tout de même. Luttant avec sa terreur pour George le Fantôme, existait en lui un besoin muet mais puissant comme une faim de surmonter d'une manière ou d'une autre la mort de George et de se réconcilier avec l'idée qu'il n'était plus. Il ne s'agissait pas de l'oublier, mais de rendre son souvenir moins épouvantable. Il se rendait compte que ses parents n'y réussissaient pas très bien, et s'il voulait y arriver lui-même, il devrait le faire seul.

Mais il ne venait pas ici que pour lui-même ; il y venait aussi pour Georgie. Il l'aimait beaucoup et, pour deux frères, ils s'étaient rudement bien entendus. Oh, bien sûr, il y avait des disputes — Bill donnant une bonne claque à George, George rapportant à ses parents que son frère était descendu à la cuisine après l'extinction des lumières pour finir le reste de gâteau —, mais dans l'ensemble, ça se passait bien. C'était déjà assez horrible que George fût mort. Mais le transformer en un monstre d'épouvante, c'était encore pire.

Le môme lui manquait, c'était vrai. Sa voix lui manquait, son rire lui manquait, comme lui manquait le regard confiant que George avait parfois pour lui, sûr que Bill possédait la réponse, quelle que fût la question. Sans parler de cette chose plus que tout étrange : par moments, il avait le sentiment de mieux aimer George dans sa peur, car même ainsi (l'impression désagréable qu'un George à l'état de zombie se dissimulait dans la penderie ou sous le lit), il se souvenait mieux de l'amour qu'il avait pour lui et de celui que le petit lui portait. Dans son effort pour réconcilier les deux émotions, amour et terreur, Bill avait l'impression de se rapprocher d'une acceptation définitive plus que par tout autre moyen.

Il n'aurait su exprimer ces choses, qui n'étaient qu'un amas embrouillé dans son esprit. Mais son cœur, chaleureux et plein de nostalgie, comprenait, et là était l'important.

Il parcourait parfois les livres de George, ou bien manipulait ses jouets.

Il n'avait pas ouvert son album de photos depuis décembre dernier.

Le soir de la rencontre avec Ben Hanscom, Bill ouvrit la porte du placard de George (s'armant comme toujours de courage à l'idée de voir George lui-même parmi les vêtements, dans son ciré jaune, s'attendant à voir surgir de la pénombre une main exsangue qui viendrait s'agripper à son bras) et prit l'album de photos, sur l'étagère supérieure.

MES PHOTOGRAPHIES, lisait-on en lettres d'or sur la couverture ; et en dessous, toujours en lettres d'imprimerie retenues par du scotch jaunissant : GEORGE ELMER DENBROUGH, SIX ANS. Bill alla s'asseoir sur le lit où Georgie avait dormi, le cœur battant plus fort que jamais. Il n'aurait su dire pour quelles raisons il avait pris l'album, après ce qui s'était passé en décembre...

Une vérification, c'est tout. Juste pour te convaincre que la première fois ce n'était pas réel ; que ton esprit s'était joué un tour à lui-même.

C'était une idée, après tout.

Vraie, peut-être. Bill soupçonnait cependant qu'il s'agissait de l'album lui-même, qui aurait ressenti une fascination insensée pour lui, Bill. Ce qu'il avait vu, ou croyait avoir vu...

Il l'ouvrit. L'album était plein de photos que George avait demandées à son père, à sa mère, à ses tantes et à ses oncles. Peu importait qu'il s'agisse de personnes et d'endroits qu'il connût ; c'était l'idée de photographie qui, en soi, fascinait George. Quand il n'avait pas réussi, par ses harcèlements, à obtenir de nouvelles photos des uns et des autres, il s'asseyait en tailleur sur son lit, là où Bill était assis, et regardait les anciennes, tournant délicatement les pages, étudiant les clichés en noir et blanc les uns après les autres. Leur mère, quand elle était jeune et incroyablement belle ; leur père, dix-huit ans à peine, la carabine à la main, en compagnie de deux autres chasseurs, le pied sur un daim abattu aux yeux ouverts ; l'oncle Hoyt debout sur un rocher, brandissant un piolet ; tante Fortuna, lors des comices agricoles de Derry, présentant fièrement un panier des tomates qu'elle avait fait pousser ; une vieille Buick ; une église ; une maison ; une route, venant de quelque part et allant quelque part. Des photos, prises par des inconnus pour des raisons oubliées, enfermées dans l'album d'un petit garçon mort.

Là, Bill se vit à trois ans, sur un lit d'hôpital, la tête enturbannée de pansements. Le bandage descendait jusqu'à ses joues et à sa mâchoire fracturée. Une voiture l'avait renversé dans le parking d'A&P, sur Center Street. Il ne lui restait guère de souvenirs de son séjour à l'hôpital, sinon qu'on lui avait donné des crèmes glacées liquides avec une paille et que sa tête l'avait abominablement fait souffrir pendant trois jours.

Là, toute la famille était réunie sur la pelouse de la maison, Bill à côté de sa mère et la tenant par la main, et George, encore bébé, dormant dans les bras de Zack. Et ici...

Ce n'était pas la fin de l'album, mais la dernière page qui comptait, car les autres étaient restées vides. Le dernier cliché était la photo de classe de George, prise en octobre l'année précédente, une dizaine de jours avant sa mort. George portait une chemise à col marin, et ses cheveux ébouriffés étaient aplatis à l'eau. Il souriait, révélant deux espaces vides où deux nouvelles dents ne pousseraient jamais — *À moins qu'elles ne continuent à pousser après la mort,* pensa Bill avec un frisson.

Il contempla la photo un certain temps et était sur le point de refermer le livre lorsque se produisit ce qui était déjà arrivé en décembre.

Les yeux de George, sur le cliché, se mirent à rouler et vinrent croiser le regard de George. Le sourire contraint devint une horrible grimace ricanante. Son œil droit eut un clignement qui disait : *À bientôt, Bill. Dans mon placard. Ce soir même, peut-être.*

Bill lança l'album au milieu de la chambre et porta les deux mains à la bouche.

L'album s'ouvrit en retombant ; bien qu'il n'y eût aucun courant d'air, les pages se mirent à tourner jusqu'à cette affreuse photo sous laquelle on lisait : LES AMIS DE L'ÉCOLE 1957-1958.

Du sang commença à en couler.

Bill restait assis, pétrifié, avec l'impression que sa langue, gonflée dans sa bouche, allait l'étouffer, la chair de poule sur tout le corps, les cheveux dressés sur la tête. Il voulut crier, mais ne put émettre qu'un minuscule gémissement laborieux.

Le sang coula sur la page, et de la page sur le plancher.

Bill s'enfuit en claquant la porte derrière lui.

CHAPITRE 6

L'un des disparus :
Récit de l'été 1958

1

On ne les trouva pas tous. Non, on ne les trouva pas tous. Et de temps en temps fleurissaient des hypothèses extravagantes.

2

Paru dans le *Derry News* du 21 juin 1958 (à la une) :

NOUVELLE DISPARITION D'ENFANT. LA PEUR REVIENT

On signale la disparition d'un garçon de dix ans, Edward Corcoran, qui n'est pas rentré hier au soir à son domicile familial, 73, Charter Street à Derry. Cette disparition a fait resurgir des craintes sur le retour du meurtrier d'enfants de Derry.

Mrs. Macklin, la mère de l'enfant, a signalé qu'en fait elle n'avait plus vu son fils depuis le 19, journée qui marquait le début des vacances d'été.

Interrogé pour savoir pour quelles raisons il avait attendu vingt-quatre heures pour alerter la police, Mr. Macklin, le beau-père de l'enfant, a refusé de répondre. Richard Borton, le chef de la police, n'a pour sa part fait aucun commentaire. De source bien informée, nous pouvons cependant dire que les relations du jeune Corcoran avec son beau-père n'étaient pas très bonnes, et qu'il lui était déjà arrivé de passer la nuit hors de la maison familiale.

D'après la même source, les mauvaises notes de fin d'année obtenues par l'enfant auraient pu jouer un rôle dans cette nouvelle fugue. Harold Metcalf, directeur de l'école de Derry, a refusé de donner des précisions sur les résultats scolaires du garçon, en faisant remarquer que cela ne regardait que lui et sa famille.

« J'espère que la disparition de cet enfant ne provoquera pas de panique inutile, a déclaré le chef Borton. On peut comprendre le malaise qui saisit notre communauté, mais je voudrais faire remarquer que nous enregistrons entre trente et cinquante affaires de disparition de mineurs par an ; on retrouve la plupart des fugueurs en bonne santé au cours de la semaine qui suit leur disparition, et j'espère que ce sera le cas avec Edward Corcoran, si Dieu le veut. »

Le chef Borton a rappelé ensuite sa conviction que les meurtres de George Denbrough, Betty Ripsom, Cheryl Lamonica, Matthew Clement et Veronica Grogan n'étaient pas le fait d'une même personne. « Ces crimes sont tous très différents », a-t-il déclaré, non sans ajouter que la police suivait actuellement plusieurs pistes. Interrogé hier soir par téléphone sur la valeur de ces pistes et l'éventualité d'une arrestation prochaine, le chef Borton s'est refusé à tout commentaire.

Le *Derry News,* 22 juin 1958 (à la une) :

LE TRIBUNAL ORDONNE UNE EXHUMATION SURPRISE

Par un rebondissement bizarre de l'affaire Edward Corcoran, la cour a ordonné l'exhumation du jeune frère d'Edward, Dorsey, mort en mai 1957 de causes alors reconnues accidentelles. Le garçonnet avait été admis à l'hôpital de Derry, souffrant de fractures multiples, dont un traumatisme crânien. Il y avait été amené par son beau-père, qui avait déclaré que l'enfant était tombé d'une échelle en jouant dans le garage. Dorsey mourut sans reprendre connaissance.

Questionné pour savoir si Mr. ou Mrs. Macklin pourraient avoir une responsabilité dans la mort du cadet ou la disparition de l'aîné, signalée hier dans nos colonnes, le chef Borton s'est refusé à tout commentaire.

Au cours du mois de juin, le *Derry News* rapporta régulièrement l'évolution de cette affaire : tout d'abord l'arrestation de Macklin, accusé du meurtre de son beau-fils Dorsey Corcoran.

> « Le rapport du médecin légiste montre que l'enfant a été affreusement battu », a déclaré le chef Borton. (...) Sans doute avec un marteau, mais en tout cas, et c'est l'important, de manière répétée et avec un objet dur. Les blessures, et notamment celles du crâne, ne correspondent pas avec celles que l'on pourrait s'infliger en tombant d'une échelle. Les médecins qui ont signé le permis d'inhumer (...) auront à répondre à des questions sérieuses dans cette affaire d'enfant battu (24 juin 1958).
>
> Mrs. Henrietta Dumont, l'institutrice du jeune Edward Corcoran, disparu maintenant depuis une semaine, a déclaré que l'enfant venait souvent à l'école « couvert de bleus et d'ecchymoses (...). Trois semaines avant sa disparition, il est arrivé avec les deux yeux presque complètement fermés. Quand je lui ai demandé ce qui s'était passé, il m'a répondu que son père lui en avait " flanqué une " parce qu'il ne voulait pas manger sa soupe » (25 juin 1958).
>
> Interrogé sur la mort de Matthew Clement et de Veronica Grogan, Macklin a opposé des alibis irréfutables, et après avoir été accusé du seul meurtre de Dorsey Corcoran, il a fini par s'effondrer le jour de son procès. (...) Il a reconnu avoir battu le garçonnet de quatre ans avec un marteau sans recul qu'il a ensuite enterré au fond du jardin avant de conduire l'enfant à l'hôpital. Un terrible silence s'était abattu sur la cour tandis qu'en sanglotant, Macklin dévidait son histoire après avoir prétendu n'avoir battu ses beaux-fils qu'occasionnellement « pour leur propre bien ». « Je ne sais pas ce qui m'a pris. Je l'ai vu monter une fois de plus sur cette foutue échelle, alors j'ai pris le marteau qui traînait sur l'établi et j'ai commencé à le frapper avec. Mais je n'avais pas l'intention de le tuer, je le jure devant Dieu.
>
> — Vous a-t-il dit quelque chose avant de perdre connaissance (question de l'avocat général) ?
>
> — Il m'a dit : " Arrête, Papa, je te demande pardon, je t'aime " », a répondu Macklin.
>
> La crise de larmes de l'accusé prit ensuite de telles proportions que le président du tribunal dut prononcer une suspension de séance (24 juillet 1958).

OÙ SE TROUVE EDWARD CORCORAN ? titrait le *Derry News* du 18 septembre 1958. D'après le journal, Macklin clamait son innocence dans cette affaire de disparition, mais sa femme, qui venait d'entamer une procédure de divorce, prétendait qu'il mentait — ce que ne croyait pas, en revanche, le père Ashley O'Brian, aumônier catholique de la prison de Shawshank. « Il sait ce qu'il a fait au plus jeune, a déclaré le père O'Brian, mais s'il a fait quelque chose à l'aîné, il n'en a aucun souvenir. Dans le cas d'Edward, il est persuadé de n'avoir aucun sang sur les mains. »

Et le journal ajoutait : « ... la question continue cependant de troubler la population de Derry. Macklin est toutefois innocent des autres meurtres d'enfants qui se sont produits ici ; ses alibis sont en béton dans le cas des trois premiers, et il était en prison pour les sept autres qui ont eu lieu entre fin juin et début septembre. Ces dix meurtres restent donc autant d'énigmes.

« Dans une interview exclusive au *Derry News*, Macklin, la semaine dernière, a de nouveau réaffirmé son innocence. " Je les battais tous les deux, nous a-t-il confié au cours d'un monologue douloureux entrecoupé de sanglots. Je les aimais mais je les battais. Je ne sais pas pourquoi... j'aurais pu tout aussi bien tuer Edward, mais je jure devant tous les saints et Jésus lui-même qu'il n'en est rien. Je crois qu'il s'est enfui, et si tel est le cas, je dois en remercier Dieu. "

« À la question de savoir s'il n'était pas sujet à des trous de mémoire, il a répondu : " Jamais, autant que je sache. Je n'ignore pas ce que j'ai fait. J'ai voué ma vie au Christ et je vais passer le reste de ma vie à essayer de me racheter. " »

En 1960, on retrouva un corps extrêmement décomposé que l'on crut être un moment celui d'Edward Corcoran, et en juillet 1967, Macklin se donna la mort dans la prison de Falmouth. Il avait laissé un message « qui laissait supposer un état de grande confusion mentale », d'après le chef de la police de Falmouth, mais ce dernier refusa d'en dire davantage.

« De source bien informée, précisa le *Derry News* du 19 juillet 1967 dans un article en page 3, nous pouvons révéler que ce message, très bref, ne comportait que deux phrases : " J'ai vu Eddie la nuit dernière. Il était mort. " Cet " Eddie " pourrait très bien être le beau-fils de Macklin, dont la disparition, en 1958, n'a jamais été élucidée, et qui est à l'origine de la condamnation de Macklin pour le meurtre de son autre beau-fils, Dorsey Corcoran. En 1966, la mère d'Eddie Corcoran a demandé que son fils soit reconnu comme légalement mort afin de pouvoir entrer en possession de son livret de Caisse d'épargne. Il y avait seize dollars sur ce livret. »

3

D'ailleurs, Eddie Corcoran était bien mort.

Mort dans la soirée du 19 juin 1958, et son beau-père n'avait rien à voir là-dedans. Il mourut pendant que Ben Hanscom regardait la télé chez lui, avec sa mère, tandis que celle d'Eddie Kaspbrak appliquait sa joue sur le front de son fils avec anxiété, à la recherche de sa maladie favorite, la « fièvre fantôme » ; pendant que le beau-père de Beverly Marsh — un personnage qui, par son tempérament au moins, présentait de nombreux traits communs avec celui d'Eddie et Dorsey Corcoran — l'incitait, avec un vigoureux coup de pied au derrière, à « sortir de son chemin et à aller faire cette putain de vaisselle » ; pendant que Mike Hanlon se faisait injurier par des grands du lycée (dont l'un d'eux serait un jour le père d'un remarquable échantillon d'humanité, John « Webby » Garton, le casseur d'homosexuels) qui passaient dans une vieille Dodge, sur la route de Witcham, tandis qu'il désherbait le jardin de la petite maison familiale, pas très loin de la ferme du père (cinglé) de Henry Bowers ; pendant que Richy Tozier jetait un coup d'œil aux filles en tenue légère d'un exemplaire de la revue *Gem*, trouvé dans le tiroir aux sous-vêtements de son père, ce qui le faisait copieusement bander ; pendant enfin que Bill Denbrough lançait, horrifié et incrédule, l'album de photos de son frère mort à travers la chambre.

Bien qu'aucun ne se souvînt par la suite l'avoir fait, tous levèrent la tête à l'instant précis où mourut Eddie Corcoran..., comme s'ils venaient d'entendre un cri lointain.

Le *Derry News* avait eu au moins raison sur un point : le carnet de notes d'Eddie était assez mauvais pour qu'il puisse redouter de rentrer chez lui et d'affronter son beau-père. En plus, les disputes entre ses parents s'étaient multipliées au cours du mois, ce qui n'améliorait pas le climat familial. Quand la scène de ménage commençait à tourner au vinaigre, sa mère lançait à son beau-père des tombereaux d'accusations pour la plupart incohérentes. Lui répondait tout d'abord par des grognements, puis en hurlant à sa femme de la fermer, et finalement par les rugissements de rage d'un sanglier qui aurait piqué du museau dans un porc-épic. Cependant, Eddie ne l'avait jamais vu la frapper, et pensait qu'il n'oserait jamais. Il réservait ses coups de poing à Eddie et naguère à Dorsey ; et maintenant que Dorsey était mort, Eddie touchait la ration de son frère en sus de la sienne.

Ces affrontements hurlés se produisaient par cycles, avec un emballement vers la fin du mois, quand les factures dégringolaient. Il arrivait de temps en temps qu'un policier, appelé par les voisins, fasse une apparition pour leur dire de la mettre en veilleuse, ce qui en général suffisait à les calmer. Sa mère n'hésitait pas à provoquer le flic et à le mettre au défi de l'embarquer, mais en règle générale, son beau-père ne mouftait pas.

À son avis, son beau-père avait peur des flics.

Eddie adoptait un profil bas pendant ces périodes de tension. C'était plus sage, vous ne croyez pas ? Regardez ce qui était arrivé à Dorsey. Dorsey, de son point de vue, s'était trouvé au mauvais endroit au mauvais moment : le garage, le dernier jour du mois. On expliqua à Eddie que Dorsey était tombé de l'échelle. « Je lui ai bien dit cent fois de ne pas grimper dessus », avait ajouté son beau-père... mais sa mère ne le regardait plus qu'accidentellement, et quand leurs yeux se rencontraient, Eddie découvrait dans les siens une petite lueur coléreuse et effrayée qu'il n'aimait pas du tout. Quant au vieux, il restait assis en silence à la table de la cuisine, une bière à la main, sans rien regarder d'en dessous ses sourcils épais et tombants. Lorsque son beau-père gueulait (pas toujours, mais la plupart du temps), tout allait bien. C'était quand il arrêtait qu'il fallait faire attention.

Deux soirs auparavant, il avait lancé une chaise à Eddie lorsque celui-ci s'était levé pour voir ce qu'il y avait à la télé sur les autres chaînes ; une chaise de cuisine en alu tubulaire, qu'il avait soulevée au-dessus de la tête et envoyée valser. Elle avait atteint Eddie aux fesses et l'avait fait tomber. Il avait toujours mal aux fesses, mais n'ignorait pas qu'il s'en était bien tiré : il aurait pu être touché à la tête.

Puis il y avait eu le soir où le vieux s'était levé et, sans raison, avait frictionné le crâne d'Eddie avec une poignée de purée. Au mois de septembre précédent, Eddie avait eu la témérité de faire claquer la porte-moustiquaire en alu, en revenant de l'école, alors que son beau-père faisait un somme. Macklin était sorti de la chambre dans ses caleçons flottants, les cheveux en mèches tire-bouchonnées, avec une barbe de trois jours et une haleine chargée de deux jours de bière à la bouche. « Attends un peu, Eddie, que je t'en foute une pour avoir claqué la porte ! » Dans le vocabulaire de Rich Macklin, « en foutre une » était un euphémisme pour « foutre une terrible raclée ». Ce qui fut le cas ce jour-là. Eddie s'était évanoui quand le vieux l'avait lancé dans l'entrée. Sa mère y avait installé une paire de patères basses spécialement pour que Dorsey et lui puissent suspendre leurs vêtements. Leurs doigts d'acier rigides avaient labouré le bas du dos d'Eddie, et c'est à cet instant qu'il avait perdu connaissance. Quand il était revenu à lui, dix minutes plus tard, il avait entendu sa mère hurler qu'elle allait le conduire à l'hôpital et que ce n'était pas Rich Macklin qui pourrait l'arrêter.

« Après ce qui est arrivé à Dorsey ? avait contre-attaqué son beau-père. Tu tiens à finir en taule, la môme ? »

Elle ne dit plus un mot sur l'hôpital. Elle aida Eddie à regagner sa chambre et à se mettre au lit où il resta, tremblant de tout son corps, des gouttes de sueur perlant sur son front. Au cours des trois jours suivants, il ne quitta la chambre que quand il se retrouvait seul à la maison. Il se traînait alors lentement jusqu'à la cuisine, avec de petits gémissements, pour prendre la bouteille de whisky de son beau-père, sous l'évier ; quelques gorgées atténuaient la douleur. Au bout de cinq jours il n'avait presque plus mal, mais il pissa du sang pendant près de deux semaines.

Quant au marteau, il avait disparu du garage.

Qu'en dites-vous ? Qu'en dites-vous, amis et voisins ?

Certes, le marteau de charpentier — le marteau ordinaire — se trouvait toujours là. Seul le Scotti sans recul manquait. Le marteau spécial de son beau-père, celui qu'il interdisait aux enfants de toucher. « Si je vous prends à jouer avec, leur avait-il dit le jour où il l'avait acheté, vous allez vous retrouver avec les tripes en pendants d'oreilles. » Dorsey avait timidement demandé s'il coûtait cher. Le vieux avait répondu que oui, qu'il était rempli de billes d'acier et qu'il était impossible de le faire rebondir, même en tapant très fort.

C'était ce marteau qui avait disparu.

Les notes d'Eddie étaient mauvaises parce qu'il avait beaucoup manqué l'école depuis le remariage de sa mère, mais il était loin d'être stupide. Il pensait savoir ce qu'était devenu le Scotti sans recul. Il soupçonnait son beau-père d'avoir frappé Dorsey avec, puis de l'avoir enterré dans le jardin ou jeté dans le canal. Le genre de choses qui se produisaient souvent dans les BD d'horreur qu'il lisait, celles qu'il gardait sur l'étagère du haut de sa penderie.

Il se rapprocha du canal, qui ondulait entre les parois de béton. Un reflet de lune en forme de boomerang scintillait à la surface noire des eaux. Il s'assit et se mit à battre le ciment du talon de ses tennis, sur un rythme irrégulier. Le temps avait été très sec au cours des six dernières semaines, et l'eau coulait à quelque trois mètres en dessous de ses semelles usées. Mais, en y regardant de plus près, on apercevait sur les parois du canal les traces laissées par les différents niveaux atteints, auxquels il remontait parfois très facilement. Le béton était d'un brun très sombre juste au-dessus du niveau actuel puis s'éclaircissait en jaune et enfin en une couleur proche du blanc à la hauteur des talons d'Eddie.

L'eau s'écoulait silencieusement et sans heurt d'une arche de béton pavée à l'intérieur, passait devant Eddie et s'enfonçait sous la passerelle pour piétons en bois couverte qui reliait Bassey Park et le lycée de Derry. Les parapets, le plancher et même les poutres sous le toit étaient couverts d'initiales, de numéros de téléphone et de déclarations. Déclarations d'amour, mais aussi que Untel ou Untel aimait « sucer » ou « tailler une pipe » ; déclaration que ces derniers se feraient « peler l'oignon » ou « bourrer le troufignon avec du goudron chaud » ; sans compter des déclarations excentriques qui défiaient l'explication. L'une de celles qui avaient le plus intrigué Eddie au cours de ce printemps disait : SAUVEZ LES JUIFS RUSSES ! COLLECTIONNEZ LES TROUVAILLES DE VALEUR !

Qu'est-ce que cela signifiait, au juste ? Quelque chose, rien ? Quelle importance ?

Ce soir-là, Eddie ne se rendit pas sur le pont des Baisers ; rien ne l'invitait à passer du côté du lycée. Il envisageait de dormir dans le parc, peut-être parmi les feuilles mortes qui s'accumulaient sous le kiosque à musique ; mais pour l'instant, il se trouvait bien là où il était. Il aimait le parc et y venait souvent pour y réfléchir. Il tombait parfois sur des couples qui faisaient l'amour dans les bosquets disséminés çà et là, mais Eddie les laissait tranquilles et ils en faisaient autant. Il avait entendu raconter des histoires gratinées, dans la cour de récré, sur les pédés qui patrouillaient dans Bassey Park après la tombée de la nuit, et s'il ne remettait pas ces histoires en question, il n'avait jamais été importuné lui-même. Le parc était un endroit paisible, et le coin où il s'était assis était de loin son préféré. Il aimait le canal en toutes saisons, mais était fasciné par sa puissance terrible, irrésistible, dans les semaines qui suivaient la fonte des neiges ; par la façon dont l'eau surgissait en bouillonnant de l'arche et passait à ses pieds en grondant, blanche d'écume et transportant branches et brindilles, et toutes sortes de débris d'origine humaine. Il s'était imaginé plus d'une fois marchant au bord du canal en mars, avec son beau-père, et lui donnant une grande putain de bourrade ; il tomberait en hurlant, avec des moulinets désordonnés des bras, tandis qu'Eddie, debout sur le parapet, regarderait le courant l'emporter, sa tête réduite à une forme noire bouchonnante au milieu des tourbillons d'écume. Et les mains en porte-voix, il lui crierait :

C'EST POUR DORSEY, ESPÈCE DE VIEIL ENCULÉ ! QUAND TU ARRIVERAS EN ENFER, DIS AU DIABLE QUE LA CHOSE QUE JE TE SOUHAITE, C'EST DE TOMBER SUR UN TYPE DE TON GABARIT ! Jamais il ne le ferait, bien entendu, mais c'était un fantasme immensément satisfaisant. Le rêve idéal au bord de ce canal, un...

Une main se referma sur la cheville d'Eddie.

Il regardait au loin, vers le lycée, un sourire rêveur et charmant aux lèvres, tandis qu'il imaginait son beau-père emporté par le violent mascaret des eaux de printemps, sortant enfin de son existence. La prise, douce mais ferme, le surprit tellement qu'il faillit perdre l'équilibre et tomber dans le canal.

C'est l'un de ces pédés dont les grands parlent tout le temps, se dit-il, le temps de baisser les yeux. Il resta bouche bée. Un jet d'urine chaude se mit à couler le long de sa jambe, faisant une tache sombre sur son jean. Ce n'était pas un pédé.

C'était Dorsey.

Dorsey tel qu'il avait été enterré, avec son blazer bleu et son pantalon gris. Sauf que le blazer n'était plus qu'un haillon boueux, sa chemise un chiffon jaune et que le pantalon mouillé collait à ses jambes, réduites à deux manches à balai. Quant à la tête de Dorsey, elle avait subi un horrible effondrement, comme si elle s'était enfoncée dans son dos avant d'être repoussée en avant.

Dorsey souriait.

« *Eddiiiiee !* » croassa son jeune frère, exactement comme le faisaient les morts qui sortaient de leur tombe dans les BD d'épouvante. Le sourire s'élargit sur des dents jaunes et brillantes, tandis qu'au fond de sa gorge des choses semblaient grouiller.

« *Eddiiiieee... Je suis venu te voir, Eddiiiieee !* »

Eddie voulut crier. Grisâtres, des ondes de choc roulèrent sur lui, et il eut la curieuse sensation d'être en train de flotter. Mais ce n'était pas un rêve ; il ne dormait pas. La main qui tenait sa chaussure avait la blancheur d'un ventre de truite. D'une manière ou d'une autre, Dorsey devait s'agripper au béton par ses pieds nus ; il avait l'un des talons arraché.

« *Viens en bas, Eddiiiieee...* »

Il n'arrivait toujours pas à crier. Il n'avait pas assez d'air dans ses poumons pour cela, et ne réussit qu'à lâcher un étrange piaulement flûté. Tout son plus fort était exclu. Dans une ou deux secondes, sa tête allait éclater et plus rien n'aurait d'importance. La main de Dorsey était petite mais implacable. Les fesses d'Eddie commencèrent à glisser sur le rebord en ciment du canal.

Toujours poussant le même piaulement flûté, il tendit une main derrière lui et réussit à saisir l'autre angle du rebord en ciment, puis à regagner du terrain. Il sentit la main qui le lâchait, entendit un sifflement de colère et eut le temps de penser : *Ce n'est pas Dorsey. Je ne sais pas ce que c'est, mais ce n'est pas Dorsey.* L'adrénaline envahit alors son organisme, il s'éloigna en rampant, voulant courir avant même de s'être relevé, respirant à petites bouffées sifflantes.

Deux mains blanches vinrent se poser sur le rebord en béton avec un claquement mouillé. De la peau blême s'élançaient des gouttes d'eau dans le clair de lune. Le visage de Dorsey apparut au-dessus du rebord. Une étincelle rougeoyante luisait au fond de ses orbites enfoncées. Ses cheveux, mouillés, collaient à son crâne. Des traces de boue striaient son visage comme des peintures de guerre.

La poitrine d'Eddie se débloqua enfin. Il engloutit une bouffée d'air qu'il rejeta en un hurlement, bondit sur ses pieds et courut. Il regarda par-dessus son épaule, éprouvant le besoin de savoir ce que faisait Dorsey, avec pour résultat de foncer en plein dans un gros orme.

Ce fut comme si quelqu'un (son vieux, par exemple) avait fait sauter un pain de dynamite dans son épaule gauche. Des étoiles jaillirent et tourbillonnèrent sous son crâne. Il tomba au pied de l'arbre, assommé, tandis que du sang coulait de sa tempe gauche. Il fit le ludion dans les eaux de la semi-inconscience pendant peut-être quatre-vingt-dix secondes. Puis il réussit à se remettre de nouveau sur pied. Un grognement lui échappa quand il voulut lever le bras gauche, il n'y avait pas moyen. Il était complètement engourdi, comme très loin de lui. Il leva donc le droit et se frotta la tête, qui lui faisait un mal atroce.

Puis il se rappela pour quelles raisons il s'était jeté sur l'orme et regarda autour de lui.

Il vit le rebord du canal, d'une blancheur d'os et aussi rectiligne qu'une corde sous le clair de lune. Pas la moindre trace de la chose qui en était sortie... s'il y avait jamais eu une telle chose. Il continua de tourner pour décrire un cercle complet ; Bassey Park était aussi silencieux et immobile qu'une photo en noir et blanc. Les branches des saules pleureurs traînaient jusqu'au sol, et n'importe quoi d'accroupi et de fou pouvait se dissimuler dans leurs ténèbres.

Eddie commença à marcher, essayant de surveiller toutes les directions à la fois. Son épaule luxée lui élançait en un synchronisme douloureux avec ses battements de cœur.

« *Eddiiiieee,* gémit un souffle de brise dans les arbres, *tu ne veux pas me voir, Eddiiiieee ?* » Il sentit des doigts flasques de cadavre le caresser au cou. Il s'emmêla les pieds, tomba et s'aperçut que ce n'était qu'un rameau de saule agité par le vent.

Il se releva. Il voulut se remettre à courir, mais quand il essaya, une autre charge de dynamite éclata dans son épaule et il y renonça. Il se rendait compte qu'il aurait dû surmonter sa peur maintenant, et se traitait de morveux stupide terrifié par un reflet de lune, à moins qu'il ne se fût endormi sans s'en rendre compte sur un cauchemar. Mais en réalité, c'était exactement le contraire qui se produisait. Son cœur battait tellement vite qu'il n'en distinguait même plus les coups et il avait la certitude qu'il allait exploser de terreur. Il ne pouvait pas courir, mais une fois dépassé les saules, il se mit à trottiner en claudiquant.

Il ne quittait pas des yeux les lumières de la rue qui signalaient l'entrée principale du parc. Il s'y dirigeait tout droit et réussit à gagner un peu de vitesse en se disant : *Je vais arriver aux lumières et tout ira bien. Je vais arriver aux lumières et tout ira bien. Lumières brillantes, plus de choses effrayantes, lumières brillantes...*

Quelque chose le suivait.

Eddie l'entendait qui forçait brutalement son chemin au milieu des saules. S'il se tournait, il allait le voir. Il gagnait du terrain. Il entendait ses pas, une sorte de bruit de frottement et d'écrasement, mais il se refusait à regarder en arrière, il ne voulait regarder que les lumières. Les lumières, c'était bien, il n'avait qu'à continuer jusqu'aux lumières, il s'y trouvait presque déjà, presque...

C'est l'odeur qui le fit se retourner. Une odeur qui le submergeait comme si l'on avait laissé se putréfier à la chaleur de l'été un énorme tas de poissons. C'était la puanteur d'un océan mort.

Ce n'était plus Dorsey à ses trousses, maintenant, mais la Créature du Lagon noir. La chose avait un groin allongé et plissé ; un liquide verdâtre s'écoulait d'entailles noires qui dessinaient des sortes de bouches verticales dans ses joues. Elle avait des yeux blancs gélifiés et des mains palmées dont les doigts se terminaient par des griffes comme des rasoirs. Elle produisait un bruit de respiration pétillant de bulles. Quand elle vit qu'Eddie la regardait, ses lèvres d'un vert noirâtre se retroussèrent sur d'énormes crocs en un sourire mort et vide.

Elle se dandinait derrière lui, dégoulinante, et brutalement, Eddie comprit. Son intention était de le ramener dans le canal, de l'emporter dans les ténèbres humides du passage souterrain du canal. Et là, de le manger.

Eddie accéléra. Au-dessus du portail, la lampe au sodium se rapprocha. Il voyait son halo de moucherons et de papillons. Un camion passa, prenant la direction de la route numéro 2 ; le chauffeur montait ses vitesses et, terrifié, désespéré, Eddie pensa qu'il était peut-être en train d'écouter Buddy Holly à la radio, une tasse de café en carton à portée de la main, parfaitement inconscient de la présence, à moins de deux cents mètres de lui, d'un garçon qui serait peut-être mort dans moins d'une minute.

La puanteur. Son épouvantable et suffocante puanteur. Qui se faisait plus forte. Tout autour de lui.

C'est un banc du parc qui le fit trébucher. Des enfants l'avaient renversé par inadvertance un peu plus tôt dans la soirée, dans leur précipitation pour rentrer chez eux avant l'heure du couvre-feu. Le siège ne dépassait de l'herbe que de quelques centimètres, vert sur fond vert, pratiquement invisible dans la faible lumière de la lune. Il heurta le rebord de ses deux tibias et fut parcouru d'une onde de douleur lisse et exquise. Il s'effondra dans l'herbe.

Il regarda derrière lui et vit la Créature s'incliner, ses yeux comme des œufs pochés luisants, ses écailles laissant couler une bave couleur d'algue, ses ouïes s'ouvrant et se refermant au rythme du gonflement de son cou et de ses joues.

« *Arg!* croassa Eddie — le seul son, aurait-on dit, qu'il était capable d'émettre. *Arg ! Arg ! Arg ! Arg !* »

Il se mit à ramper, les doigts profondément enfoncés dans la terre, la langue pendante.

Dans la seconde qui précéda l'instant où les mains cornées de la Créature empestant le poisson se refermèrent sur sa gorge, il lui vint une pensée réconfortante : *Ce n'est qu'un rêve ; la Créature n'existe pas, Le Lagon noir n'existe pas non plus, c'est une invention du cinéma, et puis même, c'est en Amérique du Sud ou en Floride, un coin comme ça. Ce n'est qu'un rêve et je vais me réveiller dans mon lit ou peut-être au milieu des feuilles sous le kiosque et je...*

Les mains de batracien encerclèrent le cou d'Eddie, dont les cris rauques furent étouffés. Tandis que la Créature le retournait, les crochets chitineux qui terminaient ses doigts laissèrent des sillons sanglants à son cou. L'enfant plongea son regard dans ses yeux blancs et luisants. Il sentit la peau qui reliait les phalanges se resserrer sur sa gorge comme un goémon constricteur vivant. Rendu perçant par la terreur, son œil fut frappé par l'espèce d'aileron évoquant une crête de coq terminée par des pointes venimeuses, qui se dressait sur la tête bosselée à l'ossature épaisse. Tandis que les mains palmées le comprimaient, lui coupant l'air, il eut le temps de remarquer la nuance grisâtre et fumeuse que prenait la lumière de la lampe au sodium à travers cette crête sagittale membraneuse.

« Tu... n'es pas... réel », souffla Eddie en s'étouffant ; mais les nuages crépusculaires se refermaient sur lui, maintenant, et il se rendit vaguement compte que la Créature était bel et bien réelle. Après tout, elle était en train de le tuer.

Et cependant, il lui resta jusqu'à la fin un fond de rationalité : tandis que la Créature enfonçait ses griffes dans la chair tendre de son cou et que sa carotide laissait jaillir, sans douleur, un jet chaud qui alla arroser les plaques écailleuses, les mains d'Eddie continuèrent de chercher à tâtons, dans le dos du monstre, la fermeture à glissière. Elles ne retombèrent que lorsque la Créature arracha la tête au tronc avec un grognement de satisfaction.

Et tandis que s'estompait l'image qu'Eddie avait enregistrée de Ça, Ça commença à se changer rapidement en quelque chose d'autre.

4

Incapable de dormir, assailli de mauvais rêves, un garçon du nom de Michael Hanlon se réveilla peu de temps après les premières lueurs de l'aube. Lumière encore pâle, brouillée par une brume épaisse et basse qui se lèverait vers huit heures comme le simple emballage d'une parfaite journée de vacances, la première complète.

Mais pour l'instant, le monde était tout de gris et rose, et aussi silencieux qu'un chat qui marche sur un tapis.

Habillé d'un pantalon de velours côtelé, d'un T-shirt et de baskets montantes noires, Mike descendit au rez-de-chaussée, avala un bol de céréales Wheaties (il ne les aimait pas beaucoup mais avait eu envie du cadeau dans la boîte, l'anneau décodeur magique du capitaine Midnight), puis sauta sur sa bicyclette et se mit à pédaler vers la ville, roulant sur les trottoirs à cause du brouillard. Ce brouillard changeait tout. Les objets les plus ordinaires, comme les bouches d'incendie et les panneaux de signalisation, prenaient une allure mystérieuse, étrange et un peu sinistre. On entendait les automobiles sans les voir, et du fait des qualités acoustiques particulières du brouillard, il était impossible de dire si elles étaient lointaines ou proches, jusqu'au moment où on les voyait en émerger, précédées du halo d'humidité fantomatique qui entourait les phares.

Il tourna à droite sur Jackson Street, évitant le centre-ville, et gagna Main Street par Palmer Lane (passant, dans cette courte rue, devant le domicile qu'il occuperait plus tard, une fois adulte, sans le regarder. C'était un bâtiment simple à un étage, avec un garage et une pelouse minuscule).

Après avoir pris à droite sur Main Street, il monta jusqu'à Bassey Park, pour le simple plaisir de rouler et de profiter du calme du petit matin. Une fois franchie l'entrée principale du parc, il laissa la bicyclette sur sa béquille et continua à pied jusqu'au canal. Il ne se sentait encore poussé que par son simple caprice. Il ne se doutait nullement que l'itinéraire qu'il suivait avait quelque chose à voir avec les cauchemars de la nuit ; il ne se souvenait d'ailleurs plus que très vaguement de ce qu'il avait rêvé, sinon que ces cauchemars s'étaient succédé jusqu'à ce qu'il se réveille en sueur et tremblant, à cinq heures du matin, avec l'idée de prendre un petit déjeuner rapide et d'aller faire un tour en ville à bicyclette.

Il fut frappé, dans le parc, par une odeur qu'il n'aima pas dans ce brouillard, une odeur de marée ancienne et salée. Une odeur qu'il connaissait déjà, car il arrivait souvent que les brouillards matinaux, à Derry, soient chargés des effluves de l'océan, pourtant à soixante kilomètres de là. Mais ce matin-là, l'odeur avait quelque chose de plus épais, de plus présent. De dangereux, presque.

Quelque chose attira son regard. Il se baissa, et ramassa un couteau de poche à deux lames d'un modèle bon marché. Quelqu'un avait maladroitement gravé les initiales E.C. d'un côté. Mike le regarda pensivement pendant quelques instants et l'empocha. Qui trouve garde, qui perd pleure.

Il regarda autour de lui. Près de l'endroit où il venait de trouver le couteau, un banc avait été renversé. Il le redressa, prenant soin de remettre les pieds de fer dans les trous qu'ils avaient creusés avec les années. Au-delà du banc, il aperçut une zone d'herbe écrasée... et, partant de là, deux sillons parallèles. L'herbe se relevait peu à peu, mais les deux traces étaient encore très nettes et se dirigeaient vers le canal.

Et il y avait du sang.

(L'oiseau tu te souviens l'oiseau tu te souviens.)

Mais il ne voulait pas se souvenir de l'oiseau et il en repoussa donc la pensée. *Une bagarre de chiens, c'est tout. L'un d'eux a dû sérieusement blesser l'autre.* Hypothèse convaincante qui n'arrivait cependant pas à le convaincre. La pensée de l'oiseau ne cessait de vouloir s'imposer, l'oiseau qu'il avait vu aux aciéries Kitchener, d'un genre qui ne figurait certainement pas dans *Le Guide des oiseaux* de Stan Uris.

Arrête. Et ne reste pas ici.

Mais au lieu de partir, il suivit les deux sillons tout en imaginant une sombre histoire dans sa tête. Un meurtre. Un gosse, dehors, tard le soir, après le couvre-feu. Le tueur l'attrape. Mais comment se débarrasser du corps ? En le traînant jusqu'au canal, pardi, et en le jetant dedans ! Comme dans un *Alfred Hitchcock présente.*

Les traces qu'il suivait auraient très bien pu être laissées par une paire de chaussures, des tennis, par exemple.

Mike frissonna et regarda autour de lui, incertain. Il y avait quelque chose d'un peu trop réaliste dans son histoire.

Et en supposant que ce n'était pas un homme mais un monstre qui l'avait fait ? Un monstre comme ceux des BD ou des livres d'horreur ou des films d'horreur ou

(un mauvais rêve)

un conte de fées ou un truc comme ça ?

Il décida que l'histoire ne lui plaisait pas, qu'elle était stupide. Il essaya de la chasser de son esprit, mais elle s'accrochait. Et alors ? Qu'elle reste. Elle était bête. Comme était bête l'idée d'aller faire un tour à bicyclette en ville, ou celle de suivre ces deux sillons d'herbe écrasée. Son père allait avoir toutes sortes de corvées à lui faire faire aujourd'hui. Il valait mieux retourner à la maison et s'y attaquer, ou il se retrouverait en train de rentrer le foin dans la grange, au plus chaud de l'après-midi. Ouais, il ferait mieux de repartir. C'était exactement ce qu'il allait faire.

Mais au lieu de revenir à sa bicyclette, de rentrer à la maison et de se mettre au travail, il suivit les sillons dans l'herbe. Il y avait ici et là d'autres gouttes de sang en train de sécher. Mais pas beaucoup, cependant. Pas autant qu'à l'endroit où l'herbe était restée écrasée, près du banc renversé.

Mike entendait maintenant la rumeur paisible du canal. Puis il vit le rebord de béton se matérialiser dans le brouillard.

Quelque chose d'autre, dans l'herbe. *Bonté divine, c'est mon jour, pour les trouvailles !* s'écria en lui son esprit avec une exultation douteuse. Une mouette cria alors au-dessus de lui et Mike grimaça, évoquant de nouveau l'oiseau qu'il avait vu un certain jour de printemps.

Quoi que ce soit, dans l'herbe, je ne veux pas le savoir. Il était sincère, tout à faire sincère, et pourtant, voici qu'il se baissait, les mains sur les genoux, pour voir ce que c'était.

Un morceau de vêtement déchiré avec un peu de sang dessus.

La mouette cria de nouveau. Mike contempla le haillon sanglant et se souvint de ce qui lui était arrivé au printemps.

5

Chaque année, aux mois d'avril et mai, la ferme Hanlon s'éveillait de son sommeil hivernal.

L'arrivée du printemps pour Mike Hanlon, ce n'était ni les crocus sous les fenêtres de la cuisine de sa maman, ni les enfants arrivant à l'école avec des billes ou les premières reinettes, ni même l'ouverture de la saison de base-ball par les sénateurs de Washington (qui en général se faisaient étriller pour l'occasion), non : c'était seulement le jour où son père prenait sa grosse voix pour demander à Mike de l'aider à pousser leur camion bâtard hors de la grange. La moitié avant venait d'une antique Ford modèle A, la moitié arrière d'une camionnette avec en guise d'abattant une ancienne porte de poulailler. Si l'hiver n'avait pas été trop froid, ils arrivaient en général à le faire démarrer dans leur allée. La cabine n'avait pas de portes, pas de pare-brise non plus. Le siège était la moitié d'un antique sofa récupéré à la décharge publique de Derry ; quant au levier de vitesses, il se terminait par un bouton de porte en verre.

Will Hanlon et Mike la poussaient dans l'allée, chacun d'un côté, et la laissaient prendre suffisamment de vitesse ; puis Will bondissait sur le siège, tournait le contact, réglait le retard à l'allumage, enfonçait la pédale d'embrayage et poussait le levier de vitesses en seconde, sa grosse main étreignant le bouton de porte. Sur quoi il rugissait : « Allez, mets le paquet ! » et relâchait l'embrayage. Le vieux moteur Ford toussait, s'étouffait, pétaradait, explosait... et parfois se mettait vraiment à tourner, tout d'abord en renâclant puis de plus en plus régulièrement. Will descendait alors la route jusqu'à la ferme des Rhulin, à grand bruit, effectuait son demi-tour dans leur entrée (s'il en avait fait autant dans celle de Butch Bowers, le cinglé de père de Henry, il aurait sans aucun doute été accueilli à coups de fusil), puis il revenait, le moteur toujours grondant comme un bombardier, l'échappement réduit à sa plus simple expression, tandis que Mike bondissait de joie et poussait des hourras et que sa mère venait sur le pas de la porte, s'essuyant les mains dans un torchon et faisant la dégoûtée sans conviction.

D'autres fois, il n'y avait aucun moyen de faire partir le camion. Mike attendait alors que son père revienne de la grange, la manivelle à la main et grommelant dans sa barbe. Mike était convaincu qu'il s'agissait de jurons, et son père lui faisait alors un peu peur. (Ce ne fut que bien plus tard, pendant l'une de ces interminables visites à l'hôpital où se mourait son père, qu'il découvrit que celui-ci grommelait de peur : un retour vicieux de manivelle, un jour, lui avait ouvert le coin de la bouche.)

« Recule-toi, Mike ! » disait-il en introduisant l'outil dans son logement, à la base du radiateur. Et quand la Ford A tournait enfin, Will disait que l'année suivante, il la changerait pour une Chevrolet, mais il ne le faisait jamais. La vieille Ford hybride restait toujours derrière la maison, dans l'herbe jusqu'aux essieux.

Assis à la place du passager, Mike sentait l'odeur d'huile chaude et de gaz d'échappement, excité par le vent aigu qui s'engouffrait par le pare-brise sans vitre et pensait : *Voilà, c'est le printemps. Tout le monde se réveille.* Et dans son âme s'élevait un silencieux cri de joie qui secouait les parois de ce lieu déjà joyeux. Il éprouvait de l'amour pour tout ce qui l'entourait et plus que tout pour son papa, qui avec un sourire lui lançait à pleine voix : « Accroche-toi bien, Mike ! On va te le pousser, ce tacot ! Tu vas voir courir les volatiles ! »

Il quittait alors l'allée ; les roues arrière soulevaient des gerbes de boue noire ou des mottes grises d'argile et tous deux étaient ballottés dans tous les sens sur le demi-sofa de la cabine, ce qui les faisait rire comme des fous. Will prenait soit la direction du champ de derrière, où poussait du foin, soit le champ sud (pommes de terre), soit le champ ouest (maïs et haricots), soit le champ est (pois, melons et citrouilles). À leur arrivée, les oiseaux jaillissaient devant le véhicule avec des pépiements de terreur. Ils levèrent une fois une perdrix, un oiseau magnifique au plumage du même brun que les chênes en automne, le ronflement explosif de ses ailes restant audible par-dessus le bruit du moteur.

Ces balades étaient pour Mike les portes qui donnaient sur le printemps.

L'année de travail commençait avec la récolte de rochers. Pendant toute une semaine, ils partaient avec la vieille Ford et chargeaient le plateau de blocs qui auraient pu casser un soc de charrue au moment du labour. La camionnette s'embourbait parfois dans la terre humide du printemps, et Will grommelait d'un ton sinistre dans sa barbe... encore des jurons, soupçonnait Mike. Il connaissait certains mots, certaines expressions, d'autres comme « fils de prostituée » l'intriguaient. Il était tombé sur ce mot dans la Bible, et s'il avait bien compris, une prostituée était une femme qui venait de Babylone. Il avait envisagé de poser la question à son père, un jour, mais comme la Ford était dans la boue jusqu'aux ressorts et que des nuées orageuses parcouraient le front de Will, il avait préféré attendre un moment plus favorable. Il avait fini par interroger Richie Tozier, qui lui avait répondu que son père à lui lui avait expliqué qu'une prostituée était une femme que l'on payait pour avoir des relations sexuelles avec elle. « C'est quoi, des relations sexuelles ? » avait demandé Mike — et Richie l'avait laissé en plan en se prenant la tête à deux mains.

Une fois, Mike avait demandé à son père comment il se faisait qu'il y eût encore des rochers alors qu'ils en avaient enlevé en avril dernier.

Ils se trouvaient à l'endroit où ils les déversaient, au coucher du soleil, le dernier jour de la récolte des pierres. Un chemin de terre battue reliait l'extrémité du champ ouest à cette ravine près des rives de la Kenduskeag, qui commençait à se remplir de tous les rochers qu'avec les ans, Will avait retirés de ses champs.

Le regard perdu sur cet amas de pierres (sous lequel, il le savait, pourrissaient les souches qu'il avait dû enlever une à une avant de pouvoir cultiver sa terre), Will avait allumé une cigarette et répondu : « Mon père me disait souvent que Dieu aimait les rochers, les mouches, le chiendent et les pauvres gens plus que tout le reste de sa Création, et que c'était pour ça qu'il y en avait autant.

— Mais on dirait qu'ils reviennent chaque année.

— Ouais, on dirait bien. Je ne vois pas d'autre explication possible. »

Un grèbe poussa son cri plaintif sur l'autre rive de la Kenduskeag ; l'eau avait pris une nuance rouge orangé profonde avec le crépuscule. Ce cri exprimait la solitude, une solitude telle que Mike en eut la chair de poule.

« Je t'aime, Papa, dit-il soudain, éprouvant cet amour avec tant de force que des larmes vinrent lui picoter les yeux.

— Tiens, moi aussi, je t'aime, Mikey », répondit son père en le serrant dans ses bras puissants. La rude flanelle de sa chemise vint frotter la joue de l'enfant. « Et qu'est-ce que tu dirais si on rentrait à la maison, maintenant ? Nous aurons tout juste le temps de nous prendre un bon bain chacun avant que ta mère appelle à la soupe.

— Bien dit !

— Bandit toi-même ! » rétorqua Mike Hanlon, et père et fils éclatèrent de rire, se sentant fatigués mais bien, bras et jambes courbatus mais pas trop douloureux, les mains rugueuses du contact des rochers mais ne leur faisant pas trop mal.

C'est le printemps ! pensa Mike ce soir-là, alors que la somnolence le gagnait dans sa chambre, pendant que, dans l'autre pièce, ses parents regardaient *Lunes de miel. C'est le printemps, merci mon Dieu, merci infiniment.* Et tandis qu'il se tournait pour dormir, s'enfonçant déjà dans le sommeil, il entendit de nouveau l'appel du grèbe qui, de son marais lointain, venait hanter les désirs de ses rêves.

Le printemps était une période d'activité, mais aussi une période agréable.

Une fois terminée la collecte des pierres, Will remisait la Ford A dans les hautes herbes, derrière la maison, et sortait le tracteur de la grange, la herse en attelage. Will conduisait, et Mike se tenait sur la herse ou marchait à côté, pour ramasser les pierres qu'il trouvait encore. Puis venaient les semailles, qui suivaient les travaux d'été · biner, sarcler, biner, sarcler. Sa mère rapetassait Larry, Moe et Curly, leurs trois épouvantails, et son père posait un sifflet à orignaux sur leurs têtes — ce n'était qu'une vieille boîte de conserve avec une cordelette cirée tendue au milieu, et qui, avec le vent, produisait un son merveilleusement inquiétant et geignard. Les oiseaux pilleurs des champs ne tardaient pas à se rendre compte qu'ils n'avaient rien à craindre de Larry, Moe et Curly, mais le sifflet à orignaux les faisait régulièrement fuir.

Dès le mois de juillet, les récoltes commençaient en sus du binage et du sarclage ; les pois et les radis, tout d'abord, puis les laitues et les tomates, venues en semis et repiquées, puis le maïs et les haricots en août, puis encore du maïs et des haricots en septembre, avec les citrouilles et les courges. Quelque part au milieu de tout ça arrivaient les pommes de terre nouvelles ; après quoi, alors que raccourcissaient les jours et que l'air devenait vif, Mike et son père rentraient les sifflets à orignaux (lesquels avaient tendance à disparaître au cours de l'hiver). Le jour suivant, Will appelait Norman Sadler (qui était aussi stupide que son fils Moose mais d'infiniment meilleure composition), qui venait peu après avec sa machine à cueillir les pommes de terre.

Pendant les trois semaines suivantes, tout le monde se mettait à la récolte des pommes de terre. En plus de la famille, Will engageait trois ou quatre lycéens qu'il payait vingt-cinq cents le baril. La Ford A patrouillait le champ sud, le plus grand, toujours en première, l'abattant arrière abaissé, le plateau couvert de barils sur lesquels figuraient les noms des ramasseurs ; à la fin de la journée, Will ouvrait son vieux portefeuille tout plissé et payait chacun des cueilleurs en liquide. Mike était payé, ainsi que sa mère ; cet argent leur appartenait, et jamais Will Hanlon ne leur en demanda compte. Mike avait reçu cinq pour cent des revenus de la ferme à l'âge de cinq ans, âge auquel, lui avait dit alors son père, il était assez grand pour faire la différence entre du chiendent et un plant de petits pois. Il recevait chaque année un pour cent de plus et chaque année, après Thanksgiving, en octobre, Will calculait les profits de la ferme et en déduisait la part de Mike... mais Mike ne voyait jamais la couleur de cet argent-là. Il allait sur un compte pour ses études et en aucun cas on ne devait y toucher.

Venait enfin le jour où Normie Sadler repartait avec sa machine ; l'atmosphère était déjà grise et froide et de la gelée blanche, le matin, recouvrait les citrouilles orange empilées sur le côté de la grange. Mike se tenait devant la porte de la cour, mains dans les poches, et regardait son père remiser d'abord le tracteur puis la Ford A dans la grange. Et il se disait : *Voilà, nous sommes prêts à dormir de nouveau... Le printemps ?... évanoui. L'été ?... enfui. Les récoltes ?... terminées.* Ne restait plus que le croupion de l'automne : arbres effeuillés, sol gelé, de la dentelle de glace le long des berges de la Kenduskeag. Dans les champs, des corbeaux se posaient de temps en temps sur les épaules de Moe, Larry et Curly, et y restaient perchés tant qu'ils voulaient ; sans voix, les épouvantails étaient inoffensifs.

L'idée qu'une autre année se finissait ne consternait cependant pas exactement Mike (à neuf-dix ans, on est encore trop jeune pour y voir une métaphore de la mort), car il anticipait bien des plaisirs : des parties de luge dans McCarron Park, du patinage, des batailles de boules de neige, la construction de bonshommes de neige. Il faudrait aussi penser à une expédition en raquettes avec son père, à la recherche d'un arbre de Noël, et il pourrait rêver à ces skis de fond qu'il aurait peut-être en cadeau... L'hiver avait ses bons côtés ; mais voir son père rentrer la Ford A dans la grange

(évanoui le printemps enfui l'été terminées les récoltes)

le rendait toujours mélancolique, comme le rendaient mélancolique les escadrilles d'oiseaux en route vers le sud pour l'hiver, ou une certaine lumière oblique, au point qu'il éprouvait l'envie de pleurer sans raison. *Nous sommes prêts à dormir de nouveau...*

Il n'était cependant pas victime d'un cercle infernal école-corvées ; Will Hanlon répétait souvent à sa femme qu'un garçon devait avoir le temps d'aller « pêcher à la ligne ». Lorsque Mike revenait de l'école, il posait ses livres sur la télé, dans le séjour, se faisait ensuite un petit festin à son goût (avec une préférence marquée pour les sandwichs au beurre de cacahuète et aux oignons, ce qui horrifiait sa mère) et prenait enfin connaissance du mot que lui avait laissé son père, dans lequel il lui disait où il se trouvait, ce que lui, Mike, devait faire : quelles rangées de légumes sarcler ou cueillir, les produits à retourner, la grange à balayer et ainsi de suite. Mais au moins un jour ouvrable par semaine (parfois deux), il n'y avait aucun message ; et ce jour-là, Mike allait à la pêche, au moins métaphoriquement. C'étaient les meilleures journées ; il n'avait pas à se rendre dans un endroit particulier, et rien, donc, ne le pressait.

De temps en temps, son père lui laissait un autre type de message : « Va à Old Cape et observe les rails des tramways », par exemple. Mike se rendait à Old Cape, trouvait les rues où l'on n'avait pas enlevé les rails, étudiait attentivement ces derniers, et s'émerveillait à l'idée de trains ayant circulé au milieu des rues. Ils en parlaient tous les deux, le soir, et son père lui montrait de vieilles photos de son album sur Derry où l'on voyait fonctionner les trams, avec leur canne marrante qui allait du toit jusqu'aux fils électriques et leurs publicités pour des cigarettes sur le côté. Un autre jour, Will avait envoyé Mike à Memorial Park, là où s'élève le château d'eau, observer les oiseaux dans le bain qu'on leur avait construit. Il était aussi allé voir (avec son père, cette fois) l'abominable machine que le chef Borton avait trouvée dans un grenier, au tribunal ; on appelait ce gadget la Chaise à clochard. Elle était en fer, avec des menottes soudées aux bras et aux pieds. Des protubérances arrondies saillaient du dossier et du siège. L'engin rappelait à Mike une photo vue dans un livre — celle de la chaise électrique de Sing-Sing. Le chef Borton laissa Mike s'asseoir dessus et enfiler les menottes.

Dès qu'il eut épuisé la nouveauté inquiétante des menottes, Mike adressa un regard interrogateur à son père et à Borton, ne comprenant pas très bien ce que pouvait avoir d'horrible cette punition réservée aux vagabonds (les « vags » pour Borton) qui, dans les années 20 et 30, échouaient à Derry. Les bosses rendaient bien la chaise inconfortable et l'immobilisation des poignets et des chevilles limitait étroitement les mouvements, cependant...

« Tu n'es qu'un gosse, fit Borton en riant. Combien pèses-tu ? Trente, trente-cinq kilos ? La plupart des vags que le chef Sully a installés là-dessus autrefois devaient bien peser le double. Ils commençaient à ne plus se sentir très bien au bout d'une heure, à peu près ; plus bien du tout au bout de deux ou trois heures, et très mal au bout de cinq. Ils se mettaient à gueuler au bout de sept ou huit heures et presque tous pleuraient après seize ou dix-sept heures. Et quand ils avaient fini leurs vingt-quatre heures de chaise, ils ne demandaient qu'à jurer devant Dieu et les hommes qu'ils feraient un grand détour pour éviter Derry, lors de leur prochain passage en Nouvelle-Angleterre. À ma connaissance, on ne les revoyait presque jamais. Vingt-quatre heures sur la Chaise à clochard avait un immense effet persuasif. »

Il eut soudain l'impression que les protubérances du siège s'étaient multipliées et lui pénétraient plus profondément dans les fesses, le dos et même la nuque. « Est-ce que je peux sortir, s'il vous plaît ? » avait-il demandé, ce qui avait de nouveau fait rire Borton. Il y eut un instant, un bref instant, de panique, pendant lequel Mike se dit que Borton allait lui agiter ses clefs sous le nez et lui répondre : *Bien sûr, je vais te faire sortir... dans vingt-quatre heures !*

« Pourquoi tu m'as emmené voir la Chaise, Papa ? demanda-t-il sur le chemin du retour.

— Tu le sauras quand tu seras plus grand.

— Tu n'aimes pas beaucoup Borton, hein ?

— Non », avait répondu Will d'un ton si sec que Mike n'avait pas insisté.

Mais la plupart du temps, Mike prenait plaisir à se rendre là où son père l'envoyait, et à dix ans, il partageait déjà son intérêt pour les différentes strates de l'histoire de Derry. En regardant de près les cailloux qui tapissaient le bain des oiseaux du parc ou les rails du tram d'Old Cape, il avait éprouvé le sentiment aigu du passage du temps..., un temps qui possédait une réalité palpable, un poids invisible semblable à celui des rayons du soleil... (certains de ses camarades d'école avaient ri lorsque Mrs. Greenguss leur avait expliqué cela, mais Mike était resté trop interloqué à cette idée pour rire ; sa première pensée avait été : *La lumière a un poids ? Oh, Seigneur, mais c'est terrible !*), un temps qui était quelque chose qui finirait par l'engloutir.

Le premier message ainsi laissé par son père, en ce printemps 1958, avait été griffonné au dos d'une enveloppe glissée sous la salière. Une douceur merveilleuse, toute printanière, avait poussé sa mère à ouvrir en grand les fenêtres de la maison. *Pas de corvée. Si tu veux, va d'un coup de vélo à Pasture Road. Tu verras dans le champ à ta gauche des murs écroulés et de vieilles machines abandonnées. Jette un coup d'œil, ramène un souvenir. Surtout, ne t'approche pas du trou du sous-sol ! Sois de retour avant la nuit, tu sais pourquoi.*

Mike le savait.

Il dit à sa mère où il allait, et elle fronça les sourcils. « Pourquoi n'irais-tu pas voir si Randy Robinson ne veut pas venir avec toi ?

— Ouais, d'accord. Je m'arrêterai pour lui demander. »

Ce qu'il fit, mais Randy était parti pour Bangor avec son père pour vendre des semis de pommes de terre. Mike se rendit donc seul jusqu'à Pasture Road. C'était une bonne balade, plus de six kilomètres. Mike constata qu'il était trois heures lorsqu'il appuya sa bicyclette contre une vieille palissade en bois, sur la gauche de la route, et passa dans le champ au-delà. Il aurait environ une heure pour explorer l'endroit ; puis il devrait rentrer. D'habitude, sa mère gardait son calme du moment qu'il était là à six heures pour passer à table, mais un incident mémorable lui avait appris que ce n'était plus le cas cette année. Il était arrivé en retard, et elle avait presque fait une crise d'hystérie. Elle s'était jetée sur lui, un torchon à la main, en s'en servant comme d'un fouet, et il était resté bouche bée dans l'entrée, le panier d'osier avec la truite arc-en-ciel à ses pieds.

« Ne me fiche plus jamais la frousse comme ça ! cria-t-elle. T'entends ? Plus jamais ! Plus jamais ! »

Chaque « jamais » avait été ponctué par un coup de torchon. Mike s'était attendu à ce que son père intervînt, mais il n'avait pas bougé... Peut-être se doutait-il qu'elle tournerait sa colère de chat sauvage contre lui. Mike avait retenu la leçon ; une correction à coups de torchon avait suffi. À la maison avant le soir : Oui, m'dam, c'est compris.

Il traversa le champ en direction des ruines titanesques qui s'élevaient au milieu. Il s'agissait bien entendu de tout ce qui restait des aciéries Kitchener ; il était souvent passé devant à bicyclette mais n'avait jamais envisagé de les explorer, et n'avait jamais entendu un de ses camarades dire qu'il l'avait fait. Penché sur un tas de briques qui formait un cairn grossier pour l'examiner, il croyait maintenant comprendre pourquoi. Le champ était éclatant de lumière, sous un grand soleil de printemps (avec un pan d'ombre le traversant lentement quand un nuage se présentait), mais l'endroit n'en avait pas moins quelque chose d'inquiétant et mystérieux ; il régnait un silence lourd, rompu seulement par le vent. Il se sentait comme un explorateur qui vient de découvrir les derniers vestiges d'une fabuleuse cité perdue.

Un peu sur sa droite s'allongeait un pan d'un cylindre massif en briques. Il y courut à travers la prairie. C'était la cheminée principale de l'usine. Il jeta un coup d'œil dans son ouverture et un frisson glacé remonta son dos. Elle était assez vaste pour que quelqu'un puisse s'y tenir, mais il n'éprouva aucune envie d'y pénétrer ; Dieu seul savait quelles saletés s'y trouvaient encore, accrochées au revêtement de briques couvert de suie, à moins que quelques bestioles y aient élu résidence. Puis une rafale de vent produisit un son surnaturel en s'engouffrant dans l'ouverture de la cheminée effondrée, qui lui rappela celui des cordes cirées des sifflets à orignaux de son père. Il recula nerveusement, à la soudaine évocation du film qu'il avait regardé hier soir avec lui à la télé, *Rodan*. Sur le moment, il s'était rudement bien amusé, son père riant et criant : « Vise-moi l'oiseau ! » à chaque apparition de Rodan, imité sur un ton aigu par Mike, jusqu'à ce que leur mère, passant une tête à la porte, leur eût intimé de faire moins de bruit.

Mais maintenant, ça lui paraissait moins drôle. Dans le film, Rodan avait été arraché aux entrailles de la terre par des mineurs japonais en train de creuser le tunnel le plus profond du monde ; devant ce conduit tout noir s'étalant de tout son long, il n'était que trop facile d'imaginer l'oiseau accroupi à l'autre bout, ses ailes membraneuses de chauve-souris repliées sur le dos, fixant de ses yeux cerclés d'or la bouille de ce petit garçon dans les ténèbres...

Avec un frisson, Mike s'écarta.

Il s'éloigna de la cheminée, dont le fût couché était à moitié enfoncé dans le sol, mais comme le terrain montait légèrement, une impulsion le poussa à monter dessus ; de là, elle était beaucoup moins impressionnante avec ses briques que venait chauffer le soleil. Il resta un instant assis avant de se lever et d'avancer bras écartés (le chemin bombé sur lequel il se trouvait était en fait bien assez large, mais il jouait au danseur de corde dans un cirque), prenant plaisir à sentir le vent emmêler ses cheveux.

À l'autre bout, il sauta à terre et entreprit l'examen de ce qui traînait : encore des briques, des moules tordus, des morceaux de bois, des pièces métalliques rouillées. *Ramène un souvenir!* précisait le mot de son père ; il voulait quelque chose de bien.

Il se rapprocha en zigzaguant de la cavité qui donnait sur le sous-sol de l'usine, examinant les débris, non sans prendre garde à ne pas se couper sur les fragments de verre, très nombreux à cet endroit.

Mike n'avait pas pris à la légère l'avertissement de son père de rester à l'écart du trou ; il savait qu'un terrible accident s'était produit ici, une cinquantaine d'années auparavant. S'il était un seul lieu hanté à Derry, croyait-il, ce ne pouvait être que celui-ci. Mais en dépit de cela (ou à cause de cela), il était bien déterminé à ne pas repartir sans trouver un objet vraiment bien à ramener à son père.

Il avança lentement et avec précaution à proximité du trou qu'il se mit à longer ; mais une voix intérieure l'avertit dans un murmure qu'il en était trop près, qu'un versant, affouillé par les pluies de printemps, pouvait s'effondrer sous ses pas et le jeter dans ce trou où Dieu seul savait combien de bouts de ferraille se trouvaient encore, prêts à l'empaler comme un insecte et à le faire mourir d'une mort affreuse, toute de rouille et de tressaillements.

Il ramassa un châssis de vitre et le jeta de côté. Là se trouvait une louche digne de la table d'un géant, la poignée plissée et tordue par un inimaginable dégagement de chaleur. Là un piston tellement gros qu'il n'aurait pas pu le bouger, et encore moins le soulever. Il passa par-dessus. Il passa par-dessus et...

Et si jamais je trouve un crâne ? se dit-il soudain. *Le crâne de l'un de ces gosses qui ont été tués pendant qu'ils cherchaient des œufs de Pâques en chocolat en 1900 je ne sais plus combien ?*

Il parcourut des yeux le champ vide, aveuglant de lumière, désagréablement choqué à cette idée. À son oreille, le vent susurrait une note grave de coquillage, et une ombre vint traverser silencieusement le champ comme si passait une chauve-souris géante... ou un immense oiseau. Il fut de nouveau frappé par le calme qui régnait là et par l'étrangeté de ce champ avec ses piles de maçonneries éparpillées et ses carcasses métalliques échouées, penchant d'un côté ou de l'autre. On aurait dit qu'une épouvantable bataille avait eu lieu ici, il y avait très longtemps.

Arrête de faire l'idiot, se répondit-il à lui-même, mal à l'aise. *Ils ont trouvé tout ce qu'il y avait à trouver il y a cinquante ans. Après l'accident. Sinon, un autre gosse ou un adulte l'aurait trouvé, depuis le temps... Tu ne t'imagines tout de même pas que tu es la seule personne à être venue ici, à la chasse aux souvenirs ?*

Non... non, bien sûr, je ne le crois pas. Mais...

Mais quoi ? fit impérativement le côté rationnel de son esprit — qui parut à Mike s'exprimer un peu trop fort et un peu trop vite. *Même s'il y avait quelque chose à trouver, ça se serait décomposé depuis longtemps. Alors... quoi ?*

Dans les herbes, Mike trouva les restes éclatés d'un tiroir de bureau. Il jeta un coup d'œil dessus, le rejeta et se rapprocha insensiblement du trou, où les débris étaient plus fournis. Il allait bien trouver quelque chose là-dedans.

Et s'il y avait des fantômes ? Encore un « si ». Et s'il voyait apparaître des mains sur le rebord du trou, et s'ils se mettaient à revenir, les gosses, dans ce qui restait de leurs habits du dimanche, des habits tout pourris et déchirés, usés par cinquante ans de boues de printemps, de pluies et de neiges d'hiver ? Des gosses sans tête (il avait entendu dire à l'école qu'après l'explosion, une femme avait trouvé la tête de l'une des victimes dans un arbre, au fond de son jardin), *des gosses sans jambes, des gosses le ventre ouvert comme des poissons, des gosses comme moi qui voudraient peut-être descendre là-dedans et jouer... là où c'est sombre... sous les poutrelles de fer penchées, sous les grandes roues dentées rouillées...*

Oh, arrête ça, pour l'amour du ciel !

Mais il ne put réprimer le frisson qui lui parcourut de bas en haut le dos, et décida qu'il était grand temps de ramasser quelque chose, n'importe quoi, et de se barrer d'ici. Il se baissa, et presque au hasard, s'empara d'une roue dentée d'environ vingt centimètres de diamètre.

À l'aide du crayon qu'il avait toujours sur lui, il chassa rapidement la terre prise entre les dents, puis glissa le souvenir dans sa poche. Il pouvait partir, maintenant, oui...

Mais ses pieds se dirigeaient dans la mauvaise direction, vers le trou du sous-sol, et il se rendit compte avec un sentiment lugubre d'horreur qu'il éprouvait le besoin de regarder à l'intérieur. Il lui fallait *voir.*

Il s'agrippa à une poutre spongieuse qui dépassait du sol selon un angle incliné, et oscilla vers l'avant dans son effort pour apercevoir le fond. Impossible. Il était encore à cinq mètres du rebord, beaucoup trop loin pour ça.

Peu importe que je voie ou non le fond. Je m'en retourne tout de suite. J'ai mon souvenir. Pas besoin de regarder dans ce vieux trou dégueulasse. D'ailleurs, Papa m'a dit de ne pas m'en approcher.

Mais il n'arrivait pas à se débarrasser de la curiosité inquiète et fiévreuse qui s'était emparée de lui. Il avança pas à pas, mal à l'aise, conscient qu'il n'aurait plus rien à quoi se raccrocher une fois que la poutre serait hors de portée, conscient aussi que le sol sous ses pieds était effectivement peu solide et friable. Il apercevait des dépressions le long du bord, comme des tombes effondrées, et comprit qu'il y avait des vides en dessous, autrefois.

Le cœur battant sur le rythme brutal d'un soldat marchant au pas, il atteignit le bord et regarda en bas.

Niché au fond du trou, l'oiseau leva la tête.

Sur le coup, Mike ne fut pas sûr de voir ce qu'il voyait. Tout le système nerveux assurant la communication de son corps fut comme paralysé, y compris au niveau qui véhiculait la pensée. Ce n'était pas simplement le choc de voir un oiseau monstrueux, un oiseau dont la poitrine était de la couleur de flamme de celle d'un rouge-gorge et dont les plumes étaient de ce gris-brun ébouriffé quelconque des moineaux ; c'était avant tout le choc de tomber sur quelque chose de totalement inattendu. Il avait cru voir des monolithes de métal rouillé baignant dans des flaques boueuses, à moitié submergés ; au lieu de cela, il contemplait un nid gigantesque qui remplissait complètement le trou qui avait été le cœur de l'usine. Il avait bien fallu l'équivalent d'une douzaine de balles de foin pour le bâtir, mais l'herbe argentée paraissait ancienne. L'oiseau était posé au beau milieu, ses yeux noirs dans leur anneau brillant aussi ténébreux que du goudron chaud ; pendant un instant insensé, avant que ne se rompe sa paralysie, Mike vit son propre reflet dans chacun.

Puis le sol se mit soudain à glisser de dessous ses pieds. Il entendit le bruit de racines peu profondes qui cassaient et comprit qu'il allait tomber.

Il se rejeta en arrière avec un cri, moulinant des bras pour conserver l'équilibre. Il n'y arriva pas et vint heurter lourdement le sol couvert de débris. Un dur morceau de métal rouillé lui rentra douloureusement dans le dos et il eut le temps de penser à la Chaise à clochard avant d'entendre le ronflement violent des ailes de l'oiseau.

Il se mit précipitamment à genoux, rampa, regardant en même temps par-dessus son épaule. Il le vit s'élever du trou. Ses serres écailleuses avaient une couleur orangée atténuée. Ses ailes, qui lui donnaient une envergure d'environ sept mètres, faisaient voler le foin desséché dans tous les sens, comme le vent que soulèvent les pales d'un hélicoptère. Il lança un cri comme un bourdonnement plein de craquements tandis que quelques plumes retombaient de ses ailes en tournoyant.

Mike se retrouva sur ses pieds et se mit à courir.

Il fonçait dans le champ, sans regarder derrière lui, bien trop épouvanté pour oser se retourner. L'oiseau ne ressemblait pas à Rodan, mais il sentait que c'était le même esprit qui venait de jaillir de la fosse des aciéries Kitchener comme un diable de sa boîte. Il trébucha, mit un genou à terre, se releva et repartit.

Le craquètement bourdonnant se reproduisit. Une ombre le recouvrit, et il vit la chose quand il leva les yeux : elle venait de passer à moins de trois mètres de sa tête. Son bec, d'un jaune sale, s'ouvrait et se refermait et révélait son intérieur rosé. Il vira pour revenir sur Mike. Le vent de ses ailes tourbillonna autour du garçon, chargé d'une désagréable odeur sèche : poussière de grenier, vieilleries mortes, coussins pourris.

Il obliqua à gauche et aperçut de nouveau la cheminée effondrée. Il poussa un sprint désespéré jusque-là, les bras comme deux pistons emballés contre ses côtes. L'oiseau craqueta, et il y eut un bruit de froissement d'ailes, comme des voiles qui fasseyent. Quelque chose le heurta à la nuque. Une langue de feu en monta, s'étendant partout, tandis que du sang commençait à couler dans le col de sa chemise.

L'oiseau vira de nouveau, avec l'intention de le cueillir dans ses serres et de l'emporter, comme un faucon emporte un mulot. Pour le ramener dans son nid. Et le dévorer.

Comme il piquait sur lui, sans le quitter un instant de son œil noir, horriblement vivant, Mike obliqua de nouveau, sèchement. L'oiseau le manqua — de peu. L'odeur poussiéreuse de ses ailes était étouffante, insupportable.

Il courait maintenant le long de la partie intacte de la cheminée ; la vitesse brouillait les briques. Déjà il voyait l'endroit où se trouvait le trou ; s'il pouvait faire un crochet à gauche et s'y glisser, il serait peut-être tiré d'affaire, car l'oiseau lui paraissait trop gros pour y pénétrer à sa suite. Il faillit bien ne pas y arriver. Le rapace fonçait de nouveau sur lui dans de grands battements d'ailes qui soulevaient un véritable ouragan, les serres écailleuses tendues vers lui. Il poussa encore son cri, et cette fois, Mike crut y discerner une note de triomphe.

Il enfonça la tête dans ses épaules, et leva un bras qui cherchait à frapper. Les serres se refermèrent, et pendant quelques instants, l'oiseau le tint par l'avant-bras. L'étreinte était celle de doigts d'une force phénoménale qui se termineraient par des ongles acérés ; ils mordaient comme des crocs. Les ailes faisaient un bruit de tonnerre dans ses oreilles, et il n'avait qu'à peine conscience de la pluie de plumes qui tombait autour de lui et caressait ses joues de baisers de fantôme. Puis l'oiseau s'éleva et pendant un instant, Mike se sentit soulevé, mis debout, tiré sur la pointe des pieds... durant une seconde à glacer le sang, il se rendit compte que la pointe de ses baskets perdait contact avec le sol.

« *Lâche-MOI !* » hurla-t-il, donnant un mouvement de torsion à son bras. La serre le retint un instant encore, puis la manche de sa chemise se déchira. Il retomba lourdement. L'oiseau protesta aigrement. Mike reprit sa course, fonçant au milieu des plumes de la queue de l'oiseau, l'odeur sèche l'étouffant à moitié. C'était comme s'il courait à travers une averse de plumes en rideau.

Toussant toujours, des picotements aux yeux dus autant aux larmes qu'aux ignobles poussières que dispersaient les plumes, Mike s'enfonça en trébuchant dans la cheminée effondrée. Il ne s'inquiétait plus de ce qui pouvait s'y tapir, maintenant, et se précipita à l'aveuglette dans le noir, dans l'écho plat de ses sanglots pleins de hoquets. Il avança ainsi sur quelque chose comme six ou sept mètres, puis se retourna vers le cercle de ciel éclatant. Sa poitrine se soulevait et retombait à un rythme effréné. Il prit soudain conscience que s'il s'était trompé dans son évaluation de la taille de l'oiseau ou de l'ouverture de la cheminée, il venait de se suicider aussi sûrement que s'il avait placé le canon du fusil de son père dans sa bouche et appuyé sur la détente. Il n'y avait aucune issue. Ce n'était qu'un tuyau, un cul-de-sac. L'autre bout de la cheminée était enfoui dans le sol.

L'oiseau cria de nouveau, et soudain la lumière, à l'extrémité de la cheminée, disparut, comme il se posait à l'extérieur sur le sol. Il voyait ses pattes écailleuses, aussi grosses que des mollets d'homme. Puis le rapace baissa la tête et regarda dans le conduit. Mike se retrouva en train de contempler les yeux couleur de goudron frais brillant à l'iris cerclé d'or. Il ouvrait et refermait son bec régulièrement, avec à chaque fois un claquement sec semblable à celui de dents qui s'entrechoquent. *Son bec est effilé, très effilé. Je savais que les oiseaux possédaient un bec pointu, mais je n'y avais jamais fait attention,* se dit-il.

Nouveau craquètement. Il résonna si fort dans le conduit de briques que Mike se boucha les oreilles avec les mains.

L'oiseau entreprit alors de forcer l'ouverture de la cheminée.

« Non ! cria Mike, ce n'est pas possible ! »

La lumière se mit à baisser au fur et à mesure que le rapace s'infiltrait un peu plus dans le conduit *(Oh, Seigneur, comment ai-je pu oublier qu'un oiseau était surtout fait de plumes ? Comment ai-je oublié qu'il pouvait se comprimer ?).* La lumière baissa, baissa... puis plus rien. Plongé dans des ténèbres absolues, étouffé par la suffocante odeur de grenier, il n'entendait plus qu'un bruit de plumes froissées.

Mike se laissa tomber à genoux et commença de fouiller à tâtons le sol incurvé. Il tomba sur un fragment de brique, dont les bords aigus étaient couverts de ce qui lui parut être, au toucher, de la mousse. Il tendit le bras en arrière et le lança. Il y eut un bruit sourd, et l'oiseau poussa son cri craquetant.

« Sors d'ici ! » hurla Mike.

Quelques instants de silence suivirent... puis le froissement d'ailes recommença ; l'oiseau reprenait sa progression dans le conduit. Mike explora fébrilement le sol, trouva d'autres morceaux de brique et commença à les lancer un à un. Après un coup mat contre l'oiseau, ils rebondissaient bruyamment contre la paroi de la cheminée.

Mon Dieu, je vous en supplie, mon Dieu, je vous en supplie, mon Dieu, je vous en supplie ! pensait Mike de manière incohérente.

Il lui vint à l'esprit de battre en retraite dans le conduit de la cheminée. Il était rentré par ce qui constituait en fait la partie inférieure ; on pouvait donc logiquement penser qu'il allait en se rétrécissant. Il pouvait certes battre ainsi en retraite, et avec un peu de chance atteindre un point jusqu'où l'oiseau ne pourrait se glisser.

Mais si le rapace restait coincé ?

Dans ce cas, ils mourraient tous les deux là-dedans, l'oiseau et lui. Ils mourraient et se décomposeraient dans le noir.

« Mon Dieu, je vous en supplie ! » hurla-t-il sans se rendre compte qu'il le faisait. Il lança un autre fragment de brique, avec plus de puissance cette fois — ressentant, comme il l'expliqua beaucoup plus tard aux autres, l'impression que quelqu'un s'était trouvé derrière lui à cet instant et avait donné une formidable accélération à son bras. Il n'y eut pas le bruit mat de l'impact sur les plumes, ce coup-ci, mais un son d'éclaboussement, comme ferait la main d'un enfant s'écrasant dans son assiette de purée. Ce fut un cri de douleur et non pas de colère que poussa cette fois l'oiseau. Le ronflement sinistre de ses ailes remplit le conduit de cheminée ; un ouragan d'air empuanti fonça sur Mike, agitant ses vêtements. Il toussa, à moitié étouffé, et battit en retraite au milieu d'une pluie de mousse et de débris légers.

La lumière réapparut, faible et grise tout d'abord, puis de plus en plus éclatante au fur et à mesure que l'oiseau dégageait l'entrée. Mike éclata en sanglots, se remit à genoux et entreprit frénétiquement de rassembler des morceaux de brique. Sans réfléchir, il courut vers l'issue les mains pleines de fragments (couverts de mousse gris-bleu et de lichens comme des pierres tombales, il le voyait maintenant) et ne s'arrêta que lorsqu'il en fut tout près. Il fallait empêcher l'oiseau d'y entrer de nouveau.

Il s'accroupit en redressant la tête à la manière d'un perroquet sur son perchoir et vit où avait porté son dernier coup. L'oiseau n'avait pratiquement plus d'œil droit ; à la place du globule lisse de goudron frais, il y avait un cratère sanguinolent. Un liquide épais, grisâtre, s'accumulait au coin de son orbite avant de s'écouler le long de son bec. De minuscules parasites se tortillaient dans la nauséabonde déjection.

L'oiseau le vit et se jeta en avant. Mike se mit aussitôt à lui lancer des projectiles, qui le frappèrent à la tête et au bec. Il recula puis attaqua de nouveau, bec grand ouvert, révélant une fois de plus ses muqueuses roses mais aussi quelque chose d'autre qui laissa Mike un instant paralysé et lui-même bouche bée. L'oiseau avait une langue d'argent, dont la surface était aussi craquelée que celle d'une coulée volcanique qui vient juste de se refroidir.

Et sur cette langue, comme autant de bourres d'arbre qui auraient temporairement pris racine dessus, étaient posés un certain nombre de pompons orange.

Mike jeta son dernier fragment dans cette gorge béante et l'oiseau battit de nouveau en retraite, avec des cris de frustration, de colère et de douleur. Pendant un instant, Mike ne vit plus que ses serres, puis il y eut un bruit d'ailes et il disparut.

Un moment plus tard, il entendit le son cliquetant des serres sur la brique, au-dessus de lui. Il leva le visage — un visage qui avait pris une couleur gris-brun sous la pluie de débris, de poussière, de boue et de lichens que lui avait jetée le système de ventilation de l'oiseau, et où les seuls endroits clairs étaient ceux qu'avaient nettoyés les larmes de l'enfant.

L'oiseau faisait les cent pas au-dessus de sa tête : *Tak - tak - tak - tak.*

Mike recula dans le conduit, et recueillit d'autres fragments de briques qu'il empila aussi près de l'orifice qu'il osa. Si la chose revenait, il voulait pouvoir les lui lancer à bout portant. Dehors, il faisait toujours grand jour — on était en mai, et la nuit ne tombait que tard — mais l'oiseau déciderait peut-être d'attendre.

Mike déglutit et eut l'impression de sentir les parois desséchées de sa gorge frotter l'une contre l'autre.

Tak - tak - tak - tak.

Il avait une solide réserve de munitions, maintenant. Dans la pénombre du conduit, un peu en deçà de l'endroit où le soleil découpait une tache échancrée de lumière, on aurait dit une pile faite de vaisselle brisée. Mike se frotta les mains contre les jambes de son pantalon et attendit de voir la tournure qu'allaient prendre les événements.

Du temps s'écoula : cinq ou vingt minutes, il n'aurait su dire. Il n'avait conscience que d'une chose : l'oiseau faisait les cent pas comme un insomniaque debout à trois heures du matin.

Puis il y eut de nouveau ce grand battement d'ailes. L'oiseau se posa devant l'ouverture de la cheminée. À genoux juste à côté de sa réserve de briques, Mike commença à expédier ses missiles avant même qu'il eût le temps de présenter sa tête. L'un d'eux l'atteignit à la patte ; un filet de sang se mit à couler, presque aussi noir que son œil. Mike poussa un cri de triomphe, un son menu qui se perdit dans le caquètement de rage trompetant de l'oiseau.

« *Va-t'en d'ici !* cria Mike. *Je vais continuer de t'en lancer tant que tu ne partiras pas, je le jure devant Dieu !* »

L'oiseau s'envola et vint reprendre sa garde sur le dessus de la cheminée.

Mike attendit.

Finalement, le bruit d'ailes se fit entendre encore une fois, et Mike se prépara à voir réapparaître les pattes de poule géante. Mais rien ne vint. Il attendit encore, convaincu qu'il devait s'agir d'un piège, jusqu'au moment où il se dit que ce n'était pas pour cette raison qu'il ne bougeait pas : il avait peur de sortir, il redoutait de quitter la sécurité relative de ce terrier.

Ne te laisse pas impressionner comme ça ! Tu n'es pas un vulgaire lapin !

Il mit des morceaux de briques dans sa chemise, et en prit autant qu'il le put dans ses mains. Il sortit du conduit, essayant de regarder partout à la fois, regrettant follement de ne pas avoir des yeux derrière la tête. Il ne vit que le champ qui s'étendait devant lui, avec les débris éparpillés et rouillés de l'explosion qui avait détruit les aciéries Kitchener. Il fit demi-tour, persuadé de se retrouver face à face avec l'oiseau perché sur le rebord de la cheminée comme un vautour, un vautour borgne, maintenant, attendant que le garçon le voie une dernière fois, avant une attaque finale à coups de bec où il le déchiquetterait et le dépiauterait jusqu'aux os.

Mais l'oiseau avait disparu.

Définitivement disparu.

Les nerfs de Mike lâchèrent.

Il poussa un hurlement déchirant de terreur et fonça vers l'antique palissade qui séparait le champ de la route, laissant tomber les fragments de briques qu'il tenait encore. Sa chemise sortit de son pantalon et il perdit presque toutes ses autres munitions. Il bondit par-dessus la palissade en prenant appui d'une seule main, comme Roy Rogers dans un film de cow-boys, saisit sa bicyclette par le guidon et courut en la poussant pendant plus de dix mètres avant de l'enfourcher. Puis il se mit à pédaler frénétiquement, sans oser jeter un seul coup d'œil en arrière, sans oser ralentir un seul instant, jusqu'à ce qu'il eût atteint le carrefour de Pasture Road et de Outer Main Street, où circulaient de nombreux véhicules.

Quand il arriva à la maison, il trouva son père en train de changer l'attelage du tracteur. Will observa qu'il avait l'air de s'être roulé dans la poussière. Mike hésita pendant une fraction de seconde, puis dit qu'il était tombé de bicyclette sur le chemin du retour, en voulant éviter un nid-de-poule.

« Tu ne t'es rien cassé, au moins ? demanda Will en examinant son fils des pieds à la tête.

— Non, m'sieur.

— Pas d'entorse ?

— Non-non.

— Sûr et certain ? »

Mike acquiesça.

« Est-ce que tu t'es ramené un souvenir ? »

Mike prit dans sa poche la petite roue dentée et la montra à son père, qui l'examina brièvement et détacha un minuscule débris de brique incrusté dans la main de son fils, juste en dessous du pouce, qui parut l'intéresser davantage.

« Ça vient de la vieille cheminée ? » demanda-t-il.

Mike acquiesça.

« Tu es entré à l'intérieur ? »

Une fois de plus, Mike hocha la tête.

« As-tu vu quelque chose de spécial ? » poursuivit Will qui, pour transformer la question en plaisanterie (alors qu'il l'avait posée sérieusement), ajouta : « Un trésor enfoui ? »

Mike esquissa un sourire et secoua la tête.

« Bon. Ne va pas raconter à ta mère que tu es allé farfouiller là-dedans. Elle commencerait par me tomber dessus et ton tour ne tarderait pas à venir. (Il regarda son fils de plus près.) Tu es sûr que ça va, Mike ?

— Quoi ?

— Je te trouve les traits un peu tirés.

— Je suppose que c'est la fatigue. N'oublie pas que ça fait dans les treize ou quatorze kilomètres aller-retour. Tu veux que je t'aide avec le tracteur, Papa ?

— Non, je l'ai suffisamment démoli comme ça pour la semaine. Va plutôt te laver. »

Mike s'éloigna mais il n'avait fait que quelques pas quand son père le rappela.

« Je t'interdis de retourner dans ce coin, dit-il. Du moins tant que toutes ces histoires n'ont pas été éclaircies et qu'on n'a pas attrapé le type qui... Tu n'as vu personne là-bas, n'est-ce pas ? Personne ne t'a poursuivi ou ne t'a crié après ?

— Je n'ai vu absolument personne, Papa. »

Will alluma une cigarette. « Je crois que j'ai eu tort de te dire d'y aller. Un coin abandonné comme celui-là... ça peut être dangereux. »

Leurs regards se croisèrent brièvement.

« Entendu, Papa. De toute façon, je n'ai aucune envie d'y retourner. Ça faisait un peu peur. »

Will hocha la tête. « Moins t'en diras, mieux ça vaudra. Et maintenant, va te laver. Et dis à ta mère de mettre deux ou trois saucisses de plus. »

Ce que fit Mike.

6

T'occupe pas de ça maintenant ! se dit Mike Hanlon, en observant les deux sillons qui allaient jusqu'au rebord de ciment du canal.

T'occupe pas de ça, il s'agissait peut-être d'un rêve, après tout, et...

Il y avait des taches de sang séché sur le rebord de béton.

Mike les regarda, puis baissa les yeux sur le canal. Les eaux noires s'écoulaient paisiblement. De l'écume jaune sale s'accrochait aux parois, dont elle se détachait parfois pour partir en tourbillons paresseux dans le courant. Pendant un instant — un bref instant —, deux amas de cette écume se rapprochèrent et formèrent comme un visage, un visage de gosse, les yeux tournés vers le ciel et pleins d'une expression d'épouvante et d'angoisse.

Mike en eut la respiration coupée.

Puis l'écume se dispersa, l'image s'effaça ; il y eut alors un *plouf!* bruyant sur sa droite. Mike tourna vivement la tête, avec un geste instinctif de recul, et crut deviner quelque chose parmi les ombres, à l'endroit où le canal sortait du tunnel après la traversée du centre-ville.

Puis il n'y eut plus rien.

Soudain, pris d'un frisson de froid, il retira de sa poche le couteau qu'il avait trouvé dans l'herbe et le jeta dans le canal. Il y eut un autre *plouf!*, petit, cette fois, et une vaguelette dont le cercle fut bientôt déformé en pointe par le courant, puis plus rien.

Plus rien, sinon la terreur qui se mit brutalement à le suffoquer et la certitude mortelle qu'il y avait quelque chose à proximité, quelque chose qui l'observait et qui évaluait ses chances, calculait le moment.

Il fit demi-tour, avec l'idée de revenir en marchant jusqu'à sa bicyclette — courir aurait été donner à sa peur la dignité qu'il aurait lui-même, ce faisant, perdue —, lorsque le *plouf!* bruyant se reproduisit, bien plus fort cette fois-ci. Il se retrouva en train de sprinter aussi vite qu'il le pouvait, vers le portail et sa bicyclette dont il releva la béquille d'un coup de pied ; il se retrouva en selle, pédalant comme un forcené, l'odeur de marée plus forte que jamais... beaucoup trop forte. Elle était partout. Et l'eau qui dégouttait des branches d'arbre semblait faire beaucoup trop de bruit.

Quelque chose venait. Il entendit une sorte de pas traînant et lourd dans l'herbe.

Debout sur les pédales, il donnait tout ce qu'il pouvait et déboucha dans Main Street sans un regard en arrière. Il fonça jusqu'à la maison aussi vite qu'il put, se demandant pourquoi diable il avait eu l'idée saugrenue de venir ici..., ce qui avait bien pu l'attirer.

Puis il s'efforça de penser aux corvées qui l'attendaient, à toutes les corvées, rien qu'aux corvées, et au bout d'un moment, finit par y réussir.

Et quand il découvrit le titre du journal, le lendemain matin (NOUVELLE DISPARITION D'ENFANT. LA PEUR REVIENT), il pensa au couteau de poche qu'il avait jeté dans le canal, le couteau avec les initiales E. C. gravées sur le côté, et au sang qu'il avait vu sur l'herbe.

Il pensa aussi aux deux sillons parallèles qui venaient s'arrêter au bord du canal.

CHAPITRE 7

Le barrage dans les Friches-Mortes

1

Vu de la voie rapide à cinq heures moins le quart du matin, Boston a tout d'une ville morte remâchant quelque ancienne tragédie — une épidémie, peut-être, ou une malédiction. Lourd et étouffant, un parfum iodé vient de l'océan. Des bancs de brouillard matinal dissimulent les mouvements que l'on aurait autrement pu voir.

Roulant en direction du nord au volant de la Cadillac 84 noire de Cape Cod Limousine empruntée à Butch Carrington, Eddie Kaspbrak éprouve l'impression de sentir l'âge de cette ville ; peut-être est-ce une impression que l'on ne peut ressentir dans aucune autre ville américaine. Boston est du menu fretin comparé à Londres et encore plus à Rome, mais d'une grande antiquité aux yeux des Américains. La ville se dresse sur ces collines basses depuis trois siècles, et a été construite à une époque où l'impôt sur le thé et le timbre n'existaient pas, où Paul Revere et Patrick Henry n'étaient pas nés.

Cette ancienneté, ce silence et cette odeur de brume venue de la mer — tout cela rend Eddie nerveux. Et quand il est nerveux, il a recours à son inhalateur. Il le met dans sa bouche et pulvérise un nuage revivifiant au fond de sa gorge.

Il y a bien quelques rares personnes dans les rues, un piéton ici et là sur les passerelles réservées à leur usage, qui démentent l'impression d'errer dans une histoire de ville condamnée à la Lovecraft, une ville d'antiques perversions et de monstres aux noms imprononçables. Des commis, des infirmières et des employés s'agglutinent là, par exemple, autour d'un arrêt de bus, le visage encore gonflé de sommeil.

Ils ont raison, *se dit Eddie.* Tenez-vous-en aux bus, laissez tomber le métro. C'est une mauvaise idée, les trucs souterrains. À votre place, je n'y descendrais pas non plus. Pas là-dessous, pas dans les tunnels.

Mauvais, de penser à ça ; s'il ne change pas de sujet de réflexion, il va devoir utiliser de nouveau l'inhalateur. Il est soulagé de trouver un peu plus de circulation sur Tobin Bridge.

Puis un panneau lui indique la route 95 pour tout le nord de la Nouvelle-Angleterre ; il est saisi d'un frisson de tout son être ; ses mains se retrouvent momentanément soudées au volant. Il aimerait se persuader qu'il est sur le point de tomber malade, qu'il a attrapé un virus ou qu'il souffre de ces « fièvres fantômes » qu'affectionnait sa mère, mais il ne s'y trompe pas. C'est la cité qu'il laisse derrière lui, sur la frontière silencieuse entre le jour et la nuit, et ce que lui promet ce panneau qui sont en cause. Il est malade, d'accord, c'est vrai, mais ce n'est ni un virus ni une fièvre fantôme. Ses souvenirs l'empoisonnent.

J'ai la frousse, *se dit-il.* On retrouve toujours la frousse derrière tout ça. Une frousse omniprésente, mais que l'on a tout de même fini par surmonter, plus ou moins. Nous nous en sommes servis. Oui, mais comment ?

Impossible de s'en souvenir. Il se demande si les autres le peuvent. Pour lui, pour eux, il espère bien.

Le ronronnement d'un camion augmente à sa gauche. Les phares de la Cadillac sont toujours allumés, et Eddie passe momentanément en code pendant que le véhicule le double. Le chauffeur le remercie de deux appels. Il l'a fait sans y penser, automatiquement. Si tout pouvait être aussi simple que ça, *pense-t-il.*

Il suit les panneaux qui mènent à la 1-95. Le trafic en direction du nord est très fluide, alors que les voies en direction du sud, vers la ville, commencent à se remplir en dépit de l'heure matinale. Eddie manœuvre en souplesse la grande automobile, anticipant presque tous les changements de direction ; cela fait des années — littéralement — qu'il ne s'est pas trompé, manquant une sortie d'autoroute. Il choisit la bonne file avec le même automatisme qu'il est passé en code un peu plus tôt, avec le même automatisme qui lui faisait retrouver son chemin dans les Friches de Derry. Le fait que ce soit la première fois qu'il circule dans Boston, l'une des villes américaines où il est le plus facile de s'égarer, ne semble pas l'émouvoir un instant.

Il se souvient soudain de quelque chose d'autre de cet été ; de Bill lui disant un jour : « Ma pa-role, E-Edie, t'as u-une b-boussole dans la-la tête ! »

Comme ça lui avait fait plaisir ! Et ça lui fait encore plaisir tandis qu'il engage la Cadillac sur l'autoroute. Il pousse la limousine jusqu'à quelques kilomètres à l'heure en dessous de la limitation de vitesse, et trouve un programme musical paisible à la radio. Il se dit qu'il serait mort pour Bill, à cette époque, s'il l'avait fallu. Si Bill le lui avait demandé, Eddie aurait simplement réagi en répondant : « Bien sûr, Bill... tu peux me dire quand ? »

Cette idée le fait rire — un rire qui se réduit en fait à un petit reniflement, mais le son qu'il a produit déclenche un vrai rire, cette fois. Il n'a guère l'occasion de rire, en ce moment, et il ne s'attend pas à de multiples « ah-ah » (l'expression de Richie, comme quand il disait : « On devrait se payer quelques ah-ah aujourd'hui ») au cours de ce sinistre pèlerinage. Mais, songe-t-il, si Dieu peut être assez ignoble pour poursuivre de sa malédiction les fidèles en ce qu'ils ont de plus précieux dans l'existence, il est peut-être aussi assez tordu pour leur accorder un bon ah-ah de temps en temps.

« As-tu eu de bons ah-ah récemment, Eds ? » dit-il à voix haute. Il rit de nouveau. Bon Dieu, ce qu'il pouvait détester ça, quand Richie l'appelait Eds ! Mais au fond, il y avait quelque chose qui lui plaisait là-dedans, aussi. Un peu comme Ben Hanscom quand Richie l'appelait Meule de Foin. Quelque chose... comme un nom secret. Une identité secrète. Une façon de devenir des êtres sans rapport avec les peurs, les exigences et les espoirs incessants de leurs parents. Ce n'était pas pour de la merde que Richie prenait ses voix bien-aimées, et peut-être savait-il qu'il était important pour des vauriens comme eux d'exister de temps en temps sous une autre personnalité.

Eddie jeta un coup d'œil aux pièces de monnaie alignées sur le tableau de bord (encore une habitude de professionnel de la route). Quand le péage automatique arrivait, pas de course frénétique au porte-monnaie, pas de risque de s'apercevoir que l'on n'avait pas le compte.

L'idée de monnaie lui faisait penser aux dollars d'argent ; non pas ces sandwichs au cuivre bidons, mais aux vrais dollars d'argent, avec Dame Liberté frappée dessus dans ses grands voiles. Les dollars d'argent de Ben Hanscom. Oui, mais n'était-ce pas Bill ou Ben ou encore Beverly qui s'était une fois servi de l'un d'eux pour leur sauver la vie ? Il n'est pas tout à fait sûr de cela. En fait, il n'est sûr de rien... ou bien est-ce qu'il refuse de se souvenir ?

Il faisait noir là-dedans, *se dit-il soudain.* Ça, je ne l'ai pas oublié. Il faisait bougrement noir là-dedans.

Boston se trouve maintenant loin derrière lui et le brouillard commence à se dissiper. Devant lui s'étend le Maine et toute la

Nouvelle-Angleterre du Nord. Devant lui l'attend Derry, et c'est à Derry que se dissimule quelque chose qui devrait être mort depuis vingt-sept ans et qui ne l'est pas. Quelque chose avec autant de visages différents que Lon Chaney. Mais de quoi s'agit-il exactement ? Ne l'avaient-ils pas vu à la fin dépouillé de ses masques, tel qu'il était vraiment ?

Ah, il se rappelle déjà tant de choses... mais pas suffisamment.

Il se rappelle avoir aimé Bill Denbrough ; très bien, même. Bill ne se moquait jamais de son asthme ; Bill ne le traitait jamais de fillette ou de poule mouillée. Il aimait Bill comme un grand frère idéal... ou un père. Bill savait faire des choses. Découvrait les coins intéressants. Connaissait les trucs à voir. Quand on courait avec Bill, on courait pour être plus fort que le diable et on riait beaucoup... sans pour autant perdre haleine. Et arriver à ne presque pas perdre haleine, il n'y avait rien de meilleur dans l'existence, nom de Dieu ! Eddie l'aurait juré à la face du monde. Quand on courait avec le grand Bill, on avait chaque jour sa ration de ah-ah.

« Sûr, les gars, TOUS *les jours », fit-il en empruntant une voix à Richie Tozier ; et il rit de nouveau.*

Le barrage avait été une idée de Bill, et d'une certaine manière, c'était le barrage qui avait soudé leur groupe. Ben Hanscom leur avait montré comment le construire — et ils y avaient tellement bien réussi que cela leur avait valu quelques ennuis avec Mr. Nell, le flic de service — mais l'idée était de Bill. Et si tous, Richie excepté, avaient vu des choses étranges — effrayantes, même — depuis le début de l'année à Derry, c'était Bill qui avait trouvé le premier le courage d'en parler à voix haute.

Ce barrage...

Ce foutu barrage !

Il se souvint de Victor Criss : « Salut, les mômes. Un vrai barrage de bébé, croyez-moi. Vous êtes bien mieux sans qu'avec. »

Le lendemain, avec un large sourire, Ben Hanscom leur avait dit :

« Nous pourrions

« Nous pourrions inonder

« Nous pourrions inonder toutes les

2

Friches, si nous voulions. »

Bill et Eddie jetèrent un regard de doute à Ben, puis au matériel qu'il avait apporté avec lui : quelques planches (piquées dans l'arrière-cour de Mr. McKibbon, ce qui n'était guère condamnable, lui-même les ayant probablement piquées ailleurs), une masse et une pelle.

« J' sais pas, dit Eddie avec un coup d'œil à Bill. Hier, ça n'a pas très bien marché. Le courant emportait tout au fur et à mesure.

— Ça va marcher, dit Ben, regardant lui aussi Bill pour qu'il prenne la décision finale.

— Y a qu'à e-essayer. J'ai a-appelé R-R-R-chie Tozier ce m-matin. Il a d-dit qu'il v-viendrait p-plus tard. Il pourra p-peut-être n-n-nous aider, S-S-Stanley au-aussi.

— Stanley qui ? demanda Ben.

— Uris », répondit Eddie. Il observait toujours Bill, d'un regard prudent, car il ne lui semblait pas le même, ce matin ; il était plus calme, moins enthousiaste pour le projet de barrage. Bill était pâle et restait distant.

« Stanley Uris ? Je ne crois pas le connaître. Est-ce qui va à l'école élémentaire ?

— Il est de notre âge, mais il vient juste de finir sa huitième, expliqua Eddie. Il est rentré à l'école avec un an de retard parce qu'il a été très malade quand il était petit. Tu te dis que t'as pris la pâtée, hier, mais tu devrais être bien content de ne pas être Stan. Y a toujours quelqu'un pour lui tomber dessus.

— I-Il est j-j-juif. Des t-tas de go-gosses le détestent p-parce qu'il est j-j-juif.

— Ah bon ? fit Ben, impressionné. Juif, hein ? » Il se tut, puis reprit, à mots prudents : « Est-ce que ce n'est pas un peu comme un Turc, ou comment, déjà ? Un Égyptien ?

— J-Je crois que c'est p-plutôt c-comme un T-T-Turc », répondit Bill, qui ramassa l'une des planches apportées par Ben et se mit à l'examiner ; elle faisait un peu moins de deux mètres de long pour moins d'un mètre de large. « M-Mon père d-dit que presque t-tous les J-Juifs ont de g-gros nez et b-beaucoup d'argent, mais S-St-St...

— Mais Stan a un nez normal et il est toujours fauché, poursuivit Eddie.

— Ouais », dit Bill. Son visage, pour la première fois de la journée, s'éclaira d'un véritable sourire.

Ben sourit.

Eddie sourit.

Bill rejeta la planche, se leva et chassa le sable du fond de son pantalon. Il se dirigea vers le bord de l'eau, où les deux autres le suivirent. Bill enfonça les mains dans ses poches revolver et soupira profondément. Eddie était sûr qu'il allait dire quelque chose de sérieux. Son regard alla d'Eddie à Ben puis revint sur Eddie, mais il ne souriait plus. Eddie sentit une pointe de frayeur.

Mais tout ce que Bill déclara fut : « T'as b-bien ton in-inhalateur, E-Eddie ? »

Ce dernier donna une tape à sa poche. « Chargé jusqu'à la gueule.

— Au fait, ça a marché avec le lait chocolaté ? lui demanda Ben.

— Au poil ! » s'exclama Eddie avec un éclat de rire, imité par Ben, tandis que Bill les regardait, intrigué mais souriant. Eddie lui expliqua le stratagème, et Bill sourit de nouveau.

« La-la m-m-mère d'E-Eddie a peur qu'il c-casse et de n-ne pas p-pouvoir se f-faire r-r-rembourser ! »

Eddie renifla et fit semblant de le pousser dans la rivière.

« Fais gaffe, trouduc, dit Bill, imitant Henry Bowers de manière impressionnante. J' vais te tordre tellement la tête que tu pourras te voir en train de t'essuyer. »

Ben roula à terre, hurlant de rire. Bill lui jeta un coup d'œil, toujours souriant, toujours les mains dans les poches, mais toujours un peu distant, un peu ailleurs. Il regarda Eddie avec un geste de la tête en direction de Ben.

« Un peu dé-débile, c-ce mec, dit-il.

— Ouais », convint Eddie, qui sentait toutefois qu'il y avait un côté artificiel dans sa manière de plaisanter. Il avait quelque chose en tête, et sans doute le lâcherait-il quand il serait prêt ; sauf qu'il n'était pas sûr d'avoir envie de savoir de quoi il s'agissait. « Mentalement retardé, ce mec.

— Mentalement pétardé, commenta Ben en pouffant.

— V-Vas-tu nous m-montrer co-comment construire ce b-barrage ou v-vas-tu r-rester a-assis sur ton g-gros c-cul toute la j-journée ? »

Ben se releva. Il regarda tout d'abord la rivière, qui s'écoulait à une vitesse modérée. La Kenduskeag n'était pas bien large en ce point éloigné des Friches, mais elle n'en avait pas moins été la plus forte, hier. Ni Bill ni Eddie n'avait pu imaginer comment prendre solidement pied dans le courant. Mais Ben souriait, du sourire de quelqu'un qui envisage de faire du jamais vu... quelque chose d'amusant et de pas trop difficile. Eddie pensa : *Il a trouvé comment faire. Je crois vraiment qu'il a trouvé.*

« D'accord, dit Ben. Enlevez vos chaussures, les mecs. Faudra mouiller vos petits petons. »

La voix de la mère d'Eddie s'éleva aussitôt, aussi rude et autoritaire que celle d'un flic qui règle la circulation : *Il n'en est pas question, Eddie, il n'en est pas question ! Les pieds mouillés, c'est la meilleure façon — il y en a mille autres — d'attraper un refroidissement. Et un refroidissement, c'est la route ouverte à la pneumonie, alors pas question !*

Bill et Ben s'étaient assis sur la rive, et retiraient leurs tennis et leurs chaussettes. Ben alla jusqu'à rouler les jambes de son pantalon. Bill regarda Eddie — un regard clair et chaud, plein de sympathie. Eddie eut soudain la certitude que le grand Bill savait exactement ce qui lui était passé par la tête, et il eut honte.

« T-T'arrives ?

— Ouais, bien sûr », répondit Eddie qui s'assit à son tour et se déchaussa tandis que sa mère continuait de rouspéter dans sa tête... mais sa voix devenait de plus en plus faible et lointaine, remarqua-t-il avec soulagement, comme si quelqu'un avait planté un hameçon dans le dos de sa robe et la tirait loin de lui le long d'un corridor sans fin.

3

C'était l'une de ces parfaites journées d'été qui, dans un monde où tout n'était qu'ordre et clarté, ne pourrait jamais s'oublier. La brise légère qui soufflait suffisait à tenir à l'écart le gros des bataillons de moustiques et de mouches noires. Le ciel était d'un bleu éclatant, flambant neuf. Il devait faire autour de vingt-cinq degrés, et les oiseaux chantaient et s'affairaient dans les buissons et les arbres. Eddie n'eut besoin qu'une fois de son inhalateur ; sa poitrine se fit légère et sa gorge lui donna l'impression magique de s'élargir à la taille d'une autoroute. L'appareil passa le reste de la matinée oublié au fond de sa poche revolver.

Ben Hanscom, qui avait paru si timide et peu sûr de lui la veille, se transforma en un général débordant de confiance dès que la construction du barrage battit son plein. Il grimpait de temps en temps sur la berge et là, mains boueuses aux hanches, il étudiait l'état d'avancement des travaux en murmurant pour lui-même. Il passait parfois une main dans ses cheveux qui, vers onze heures, se dressaient en mèches raides et comiques.

Eddie, incertain au début, éprouva peu à peu un sentiment d'allégresse qui se transforma en quelque chose d'à la fois bizarre, terrifiant et tonique. Un sentiment si étranger à son état d'esprit habituel qu'il lui fallut attendre le soir, alors qu'allongé dans son lit, il se repassait le film de la journée, pour lui donner un nom. *La puissance.* Il avait éprouvé un sentiment de puissance. Leur truc allait marcher, bon Dieu, mieux encore que ce que Bill et lui (et peut-être même Ben) avaient rêvé.

Il voyait aussi combien Bill se prenait au jeu — avec retenue, au début, toujours préoccupé par ce qu'il avait à l'esprit, puis s'impliquant peu à peu avec de plus en plus de conviction. Il donna une ou deux fois une bonne tape sur l'épaule de Ben en lui disant qu'il n'était pas croyable — ce qui eut le don de faire rougir à chaque fois le gros garçon.

Ben fit placer à ses deux camarades, en travers du courant, une planche qu'ils tinrent pendant qu'il l'enfonçait à coups de masse dans le lit du cours d'eau. « Voilà, elle est en place, mais continue à la tenir, sans quoi le courant va l'emporter », dit-il à Eddie, qui resta où il se trouvait, tandis que l'eau débordait la planche et transformait ses doigts en étoiles de mer ondulantes.

Ben et Bill disposèrent une deuxième planche à cinquante centimètres en aval de la première, que Ben enfonça à coups de masse, avant de remplir l'intervalle de terre scremplir l'intervalle de terre sablonneuse prise sur la berge, pendant que Bill la maintenait. Au début, le mélange fut emporté aux extrémités de la planche en volutes cendreuses, et Eddie pensa que ça ne marcherait jamais ; mais Ben commença à ajouter des cailloux et de la vase collante prise dans le lit de la rivière, et les fuites diminuèrent. En moins de vingt minutes, il avait réussi à édifier un remblai brunâtre de pierres et de terre entre les deux planches, au milieu du courant. Eddie se croyait presque victime d'une illusion d'optique.

« Si on avait du vrai ciment... et pas seulement... de la terre et des cailloux, il faudrait transporter toute la ville du côté d'Old Cape... dès la semaine prochaine », dit Ben en jetant sa pelle sur la berge, où il s'assit pour reprendre son souffle. La réflexion fit rire Bill et Eddie, et il leur répondit par un sourire. Dans ce sourire, on devinait le fantôme du beau visage d'adulte qui serait un jour le sien. L'eau commençait à s'élever derrière la planche en amont.

Eddie demanda ce qu'il fallait faire pour l'eau qui fuyait aux extrémités.

« Laisse-la. Ça n'a pas d'importance.

— Pas d'importance ?

— Non, pas un poil.

— Et pourquoi ?

— J' sais pas dire exactement ; il faut en laisser passer un peu, c'est tout.

— Comment le sais-tu ? »

Ben haussa les épaules. *Comme ça, c'est tout,* signifiait le geste. Eddie se tut.

Quand il eut soufflé, Ben prit une troisième planche — la plus épaisse des quatre ou cinq qu'il avait laborieusement transportées jusque dans les Friches — et la cala soigneusement contre celle d'aval que tenait toujours Bill, enfonçant solidement l'extrémité opposée dans le lit de la rivière ; ainsi était créé l'arc-boutant que prévoyait son dessin de la veille.

« Parfait, dit-il, faisant un pas en arrière, le sourire aux lèvres. Vous allez pouvoir lâcher maintenant, les mecs. Le mélange entre les planches va prendre l'essentiel de la pression. L'autre planche prendra le reste.

— L'eau ne va pas l'emporter, celle-là ? demanda Eddie.

— Au contraire, elle va l'enfoncer davantage.

— Et s-si tu te t-t-trompes, on te f-fait la p-peau !

— Trop aimable ! »

Bill et Eddie lâchèrent. Les deux planches horizontales craquèrent un peu, s'inclinèrent un peu... et ce fut tout.

« Eh bien merde ! s'écria Eddie.

— F-Formidable ! fit Bill avec un grand sourire.

— Ouais, répondit Ben. Cassons la croûte. »

4

Ils mangèrent assis sur la rive, presque en silence, regardant l'eau qui montait derrière le barrage et fuyait aux deux extrémités. Ils avaient déjà altéré la géographie des berges, constata Eddie : les eaux détournées y découpaient des festons et des creux. Sous leur regard, le nouveau cours de la rivière déclencha une petite avalanche sur l'autre rive.

En amont, l'eau s'accumulait en une mare approximativement circulaire, débordant même sur le talus de la rive en un endroit. Des rigoles scintillantes commencèrent à s'infiltrer sur l'herbe et entre les buissons. Eddie se mit à prendre lentement conscience de ce que Ben avait compris le premier : le barrage était déjà construit. Les vides restant entre les planches et les berges étaient des biefs. Ne connaissant pas le terme, Ben n'avait pu l'expliquer à Eddie. De l'autre côté des planches, la Kenduskeag, gonflée, ne faisait plus entendre le babil de l'eau sur les rochers et les graviers ; tout ce qui se trouvait en amont était en dessous du niveau de l'eau maintenant. De temps en temps, de la terre et des mottes herbeuses, minées par le courant, tombaient avec de petits *plouf!*.

En aval, en revanche, la rivière était presque à sec ; de petits filets d'eau couraient impatiemment au milieu, mais c'était à peu près tout. Des pierres immergées depuis une éternité séchaient au soleil. Eddie les contemplait avec un certain émerveillement auquel se mêlait cet autre sentiment. C'était leur œuvre. C'était eux qui avaient construit le barrage. Il vit sauter une grenouille, et se dit que la petite reinette devait se demander où était passée l'eau ; l'idée le fit rire.

Ben rangeait soigneusement ses emballages vides dans sa boîte à lunch. Les proportions du festin qu'il avait disposé avec une technique de professionnel avaient stupéfait Bill et Eddie : deux sandwichs au beurre de cacahuète et à la gelée ; un sandwich au saucisson cuit ; un œuf cuit dur (accompagné de son sel dans un sachet de papier ciré), deux rangées de figues sèches, trois énormes gâteaux secs au chocolat et un Ring-Ding.

« Qu'est-ce que ta mère a dit quand elle a vu dans quel état tu rentrais ? lui demanda Eddie.

— Hmmmm ? » Ben se détacha de la contemplation de la mare qui s'agrandissait et rota délicatement derrière sa main. « Oh ! Eh bien, je savais qu'elle faisait ses courses, et je suis arrivé avant elle à la maison. J'ai pris un bain et je me suis lavé la tête. J'ai jeté mon jean et mon sweat-shirt. Je ne sais pas si elle va s'en apercevoir. J'ai des tas de sweat-shirts et de survêts, mais je crois que je vais devoir m'acheter moi-même un autre jean avant qu'elle se mette à farfouiller dans mes affaires. »

À l'idée de gaspiller son argent sur un achat aussi peu essentiel, Ben eut une fugitive expression de morosité.

« Et tes blessures ? demanda à son tour Bill.

— Je lui ai dit que j'étais tellement excité à cause des vacances que j'étais sorti en courant, et que j'étais tombé dans l'escalier », répondit Ben, qui se trouva à la fois stupéfait et un peu vexé de voir que Bill et Eddie riaient. Bill, qui mâchait un morceau de gâteau au chocolat que lui avait fait sa mère, recracha un jet brun de miettes et fut pris d'une quinte de toux. Eddie, riant toujours aux larmes, lui donna des tapes dans le dos.

« Pourtant, j'ai bien failli tomber dans l'escalier, dit Ben. À cause de Victor Criss qui m'a poussé, pas parce que je courais.

— Je crèverais d-de chaud dans un-un s-sweat-shirt comme ç-ça », dit Bill en finissant son gâteau.

Ben hésita. Pendant quelques instants, on aurait pu croire qu'il n'allait pas répondre. « C'est mieux quand on est gros, dit-il finalement. Je veux dire, les sweat-shirts.

— À cause de ton bide ? » demanda Eddie.

Bill renifla. « À cause de ses n-n-né-nés.

— Ouais, de mes nénés, et alors ?

— Ouais, fit Bill d'un ton conciliant, et a-alors ? »

Il y eut un moment de silence gêné, puis Eddie lança soudain : « Hé, regardez ! L'eau est toute noire sur les côtés du barrage !

— Oh, crotte ! fit Ben en bondissant sur ses pieds. Le courant est en train d'emporter la terre ! Bon Dieu, si seulement j'avais du ciment ! »

Les dégâts furent rapidement réparés, mais même Eddie comprit tout de suite ce qui se passerait s'il n'y avait pas quelqu'un en permanence pour pelleter de la terre : l'érosion ferait s'effondrer la planche amont contre la planche aval, après quoi tout s'écroulerait.

« On peut renforcer les côtés, remarqua Ben. Ça n'arrêtera pas l'érosion, mais ça la ralentira.

— Le sable et la boue risquent d'être tout de suite emportés, non ? demanda Eddie.

— On se servira de touffes d'herbe. »

Bill acquiesça, sourit et approuva du pouce levé. « A-A-A-llons-y. J-Je creuserai et t-t-tu nous diras où m-mettre les m-mottes, Gros Ben. »

De derrière eux une voix joyeuse et stridente les interpella avec un accent irlandais à couper à la tronçonneuse : « Bon Dieu de bon Dieu, m'avez transformé les Friches en piscine, ma parole ! »

Eddie se tourna, non sans remarquer comment Ben s'était raidi, lèvres serrées, au son d'une voix étrangère. Au-dessus d'eux, sur le chemin que Ben avait traversé la veille, se tenaient Richie Tozier et Stanley Uris.

Richie descendit en quelques bonds sur la rive, jeta un coup d'œil non dépourvu d'intérêt à Ben et pinça la joue d'Eddie.

« Arrête tout de suite, Richie ! J'ai horreur que tu fasses ça !

— Mais non, t'adores ça, Eds, rétorqua Richie avec un immense sourire. Alors, quelles sont les nouvelles ? Quelques bons ah-ah à se mettre sous la dent ? »

5

Ils arrêtèrent les travaux vers quatre heures. Assis beaucoup plus haut sur la berge (l'endroit où Bill, Ben et Eddie avaient cassé la croûte était maintenant sous l'eau), ils contemplaient leur œuvre. Ben lui-même n'en revenait pas. En lui, le sentiment de la réussite luttait avec une sourde angoisse. Il se surprit à évoquer *Fantasia*, où l'on voit Mickey Mouse incapable d'arrêter le balai après l'avoir mis au travail...

« Foutrement incroyable ! » commenta doucement Richie Tozier en repoussant ses lunettes sur son nez.

Eddie lui jeta un coup d'œil, mais Richie n'avait pas attaqué l'un de ses numéros ; il restait pensif, le visage presque solennel.

De l'autre côté de la rivière, où le terrain s'élevait faiblement avant de redescendre en pente douce, ils avaient créé un nouveau marécage. Bruyères et houx baignaient dans trente centimètres d'eau. D'où ils étaient, ils apercevaient même le marécage qui lançait des pseudopodes et s'étendait insidieusement vers l'ouest. Inoffensif cours d'eau sans profondeur encore le matin, la Kenduskeag, au-delà du barrage, s'était transformée en un petit lac allongé, gonflé d'eau, calme.

Vers deux heures, l'agrandissement de ce lac avait fait s'effondrer les berges, de part et d'autre du barrage, au point que les déversoirs s'étaient mis à couler à pleins bords. Tout le monde, à part Ben, était parti en expédition à la décharge pour ramener des matériaux, pendant que le chef des travaux disposait méthodiquement ses mottes de terre. Non seulement l'équipe des crocheteurs avait trouvé des planches, mais elle ramenait en outre quatre pneus lisses, une portière rouillée de Hudson 1949 et un gros morceau de tôle ondulée. Sous la direction de Ben, ils avaient ajouté deux ailes au barrage original, bloquant ainsi l'écoulement latéral de l'eau. Rabattues vers l'amont, ces ailes retenaient ainsi encore mieux le courant.

« L'homme qui détourne les fleuves ! dit Richie. Tu es un génie, mec !

— N'exagérons rien, fit Ben avec un sourire.

— J'ai quelques Winston, reprit Richie. Qui en veut une ? »

Il extirpa le paquet rouge et blanc, tout froissé, de la poche arrière de son pantalon, et le fit passer à la ronde. Eddie, effrayé à l'idée de son asthme, refusa. Stan refusa aussi. Bill en prit une et Ben en fit autant après quelques instants de réflexion. Richie sortit une pochette d'allumettes publicitaires et alluma la cigarette de Ben puis celle de Bill. Il était sur le point d'allumer la sienne lorsque Bill souffla l'allumette.

« T'es vraiment trop bon, Denbrough, espèce de crétin ! »

Bill eut un sourire d'excuse. « Ç-Ça porte m-malheur d'en allumer t-trois d'af-d'affilée.

— Et tu crois que ça n'a pas porté malheur à tes vieux, le jour où t'es né ? » rétorqua Richie en craquant une autre allumette. Il s'allonga et croisa les mains sous sa nuque. Il tenait la cigarette verticalement entre les dents. « Une Winston, c'est vraiment bon ! fit-il avant de tourner légèrement la tête avec un clignement d'œil à l'intention d'Eddie. Pas vrai, Eds ? »

Eddie s'aperçut que Ben regardait Richie avec un mélange de stupéfaction émerveillée et de circonspection. Il pouvait le comprendre ; lui-même connaissait Richie depuis quatre ans, et il restait pourtant un mystère pour lui. En classe, il décrochait régulièrement des bonnes notes pour son travail, et des notes déplorables pour sa conduite. Celles-ci lui valaient de solides corrections de son père, et mettaient sa mère dans tous ses états ; il promettait à chaque fois de bien se tenir... pour vingt-cinq ou cinquante cents. Le problème de Richie tenait à ce qu'il était incapable de rester tranquille plus d'une minute, et incapable de se taire plus d'une seconde à la fois. Ici, au fin fond des Friches, il ne courait pas de grands risques, mais les Friches n'étaient pas le Pays Merveilleux, et ils ne pouvaient être les Enfants Sauvages que pendant quelques heures par jour (l'idée d'un enfant sauvage avec un inhalateur dans la poche fit sourire Eddie). L'ennui, avec les Friches, c'était qu'il y avait toujours un moment où il fallait partir. Dans le reste du monde, les conneries de Richie ne cessaient de lui valoir toutes sortes de problèmes — avec les adultes, ce qui était malsain, et avec Henry Bowers, ce qui l'était davantage.

Son arrivée théâtrale, un peu plus tôt, consituait un exemple parfait. Ben Hanscom n'avait même pas fini de lui dire « Salut ! » qu'il se jetait à genoux à ses pieds, et se lançait dans une série de salamalecs démesurés, bras tendus, frappant des mains (*fouap !*) la rive boueuse à chaque prosternation. Il s'était mis en même temps à prendre l'une de ses voix.

Richie disposait d'un registre d'une douzaine de voix différentes. Son ambition, avait-il confié à Eddie (un jour de pluie où ils lisaient les albums de *Little Lulu* dans la petite pièce mansardée au-dessus du garage des Kaspbrak), était de devenir le plus grand ventriloque du monde. Encore mieux qu'Edgar Bergen, et on le verrait à la célèbre émission d'Ed Sullivan toutes les semaines. Si Eddie admirait tant d'ambition, il craignait qu'il ne connaissse des déboires. Tout d'abord, les différentes voix de Richie ressemblaient beaucoup à celle de Richie Tozier. Ce qui ne l'empêchait pas d'être très drôle — de temps en temps. Qu'il se réfère à ses jeux de mots ou aux pets sonores qu'il lâchait, Richie parlait toujours d'en sortir « une bonne », ou « un bon ». Il en sortait fréquemment de l'une et l'autre sortes... et en règle générale fort peu à propos. Ensuite, ses lèvres bougeaient quand il faisait le ventriloque. Et pas seulement sur les labiales, comme « p » ou « b », mais sur tous les sons. En troisième lieu, quand il disait qu'il allait laisser tomber, ça n'allait jamais bien loin. La plupart de ses amis étaient trop gentils (ou peut-être trop conquis par son charme parfois enchanteur mais souvent épuisant) pour lui faire remarquer ces petites imperfections.

Pour accompagner ses grands salamalecs devant un Ben Hanscom bien gêné, Richie avait pris sa voix du nègre Jim. Bill le laissa s'égosiller un moment puis intervint : « Ne t'-t'inquiète pas, Ben. Ce n'est qu-que Ri-Richie. Il est c-cinglé. »

Richie bondit sur ses pieds. « J' t'ai entendu, Denbrough. T'as intérêt à me fiche la paix ou je te jette Meule de Foin dessus.

— Ce-ce qu'il y avait de m-meilleur en t-toi a coulé le l-long de la j-jambe de ton p-p-père.

— Exact, mais ce qui reste est pourtant pas mal, hein ? Comment ça va-t'y, Meule de Foin ? Richie Tozier, c'est mon nom, faire des voix, mon péché mignon. » Il tendit la main. Ne sachant que faire, Ben tendit la sienne ; Richie se retira. Ben était au comble de la confusion, mais Richie eut finalement pitié de lui.

« Moi, c'est Ben Hanscom, au cas où ça t'intéresserait.

— Je t'ai vu à l'école. (Il eut un geste de la main vers la mare qui s'agrandissait.) Ton idée, sans doute. Ces crétins ne seraient même pas capables d'allumer un pétard avec un lance-flammes.

— Parle pour toi, Richie, intervint Eddie.

— Oh ! Tu veux dire que l'idée serait de toi, Eds ? Seigneur, je suis désolé. » Il se laissa tomber aux pieds d'Eddie et reprit ses salamalecs de forcené.

« Arrête ça, tu me balances de la boue ! » cria Eddie.

Il bondit une fois de plus sur ses pieds et pinça la joue d'Eddie. « Qu'il est mignon, ce petit ! s'exclama-t-il.

— Arrête, j'ai horreur de ça !

— Laisse tomber, Eds. Qui a construit le barrage ?

— C'est B-Ben qui n-nous a montré.

— Bon travail. » Richie se tourna vers Stanley Uris qui attendait paisiblement derrière lui, mains dans les poches, la fin du numéro. « Tu vois ici le mec Uris, reprit Richie à l'intention de Ben. Stan est juif. Il a aussi tué le Christ. C'est en tout cas ce que m'a raconté Victor Criss, un jour. Depuis, je n'ai pas quitté Stan d'une semelle ; je me dis que s'il est si vieux que ça, il doit être en âge de nous payer une bière. Pas vrai, Stan ?

— C'était pas moi mais mon père, je crois bien », répondit Stan sans forcer la voix, qu'il avait agréable. Tout le monde éclata de rire,

Ben compris. Eddie, les larmes aux yeux, ne s'arrêta que lorsque sa respiration devint sifflante.

« Une bien bonne ! » s'écria Richie, se mettant à marcher à grands pas, bras levé comme un arbitre de football qui signalerait un point marqué. « Stan le Mec en a sorti une bien bonne ! Moment historique ! Ya-hou, ya-hou, YA-HOU !

— Salut, dit Stan à Ben, comme si Richie n'existait pas.

— Salut, répondit Ben. On était dans la même classe au cours élémentaire. Tu étais celui...

— Qui ne disait jamais rien, compléta Stan avec un demi-sourire.

— Exact.

— Stan ne dirait pas merde même s'il en avait la bouche pleine, intervint Richie. Ce qui lui arrive régulièrement, ya-hou, ya-hou, YA-HOU...

— La f-ferme un peu, R-Richie.

— D'accord, mais auparavant, j'ai une désagréable nouvelle à vous annoncer ; je crois que votre barrage va être emporté. Une terrible inondation menace la vallée, camarades. Les femmes et les enfants d'abord ! »

Et sans se soucier de relever son pantalon, ni même d'enlever ses tennis, Richie sauta dans l'eau et se mit à jeter de la terre sur l'aile la plus proche du barrage, là où le déversoir naturel entraînait de nouveau des filets boueux. Le bout du ruban adhésif qui maintenait la branche de ses lunettes, détaché, pendait sur sa joue et s'agitait pendant qu'il travaillait. Bill croisa le regard d'Eddie, sourit un peu et haussa les épaules. Richie tout craché, ça. Capable de vous faire tourner en bourrique, alors que l'on ne pouvait s'empêcher d'aimer l'avoir avec soi.

Ils travaillèrent sur le barrage pendant les deux heures suivantes. Richie obéit aux ordres de Ben (que ce renfort de deux gosses intimidait un peu) avec une parfaite bonne volonté, les exécutant à un rythme effréné. À la fin de chaque mission, il venait au rapport, saluant comme un officier anglais et claquant les talons boueux de ses tennis l'un contre l'autre. À la moindre occasion, il se mettait à haranguer ses compagnons en adoptant l'une ou l'autre de ses voix : le colonel allemand, Toodles, le maître d'hôtel britannique, le sénateur du Sud, le commentateur des actualités filmées.

Le travail avança à grands pas ; un peu avant cinq heures, le barrage terminé, ils se retrouvèrent tous assis sur la berge pour un repos bien mérité. La portière de voiture, le morceau de tôle ondulée et les vieux pneus avaient trouvé leur place, soutenus par une impressionnante levée de terre et de pierres. Bill, Ben et Richie fumaient ; Stan était allongé sur le dos. On aurait pu croire qu'il contemplait simplement le ciel ; mais Eddie, qui le connaissait bien, savait que Stan observait les arbres, sur l'autre rive de la rivière, à la recherche d'oiseaux dont il pourrait noter la présence dans son carnet, ce soir. Eddie lui-même, assis en tailleur, se sentait fatigué et un peu ramolli. Les autres lui donnaient le sentiment d'être le plus fantastique groupe de copains dont on pût rêver ; ils se sentaient vraiment bien ensemble, comme si leurs angles coïncidaient. Il n'arrivait pas à mieux s'expliquer son impression, mais comme il ne ressentait aucun besoin réel d'éclaircissement, il se contenta de s'y abandonner.

Il porta les yeux sur Ben, qui tenait maladroitement sa cigarette à demi consumée et crachait fréquemment, comme si son goût ne lui plaisait guère. Il l'éteignit, et couvrit le long mégot de terre.

Le regard de Ben croisa alors celui d'Eddie. Gêné, il détourna les yeux.

C'est à ce moment-là qu'Eddie vit sur le visage de Bill une expression qu'il n'aima pas. Ce dernier avait les yeux perdus au loin, sur l'autre rive, l'air songeur et mélancolique, hanté, presque.

Comme s'il avait deviné ses pensées, Bill regarda Eddie, qui lui sourit ; il ne répondit pas à son sourire. Il jeta alors sa cigarette et regarda les autres. Richie lui-même gardait le silence, perdu dans ses propres pensées — événement aussi fréquent qu'une éclipse de lune.

Eddie savait que Bill attendait toujours un moment de calme parfait avant de dire quoi que ce soit d'important, tellement s'exprimer lui était difficile. Il aurait bien aimé avoir lui-même quelque chose à raconter, ou que Richie se mette à prendre l'une de ses voix. Il eut soudain la certitude que lorsque Bill ouvrirait la bouche, ce serait pour dire quelque chose de terrible, quelque chose qui changerait tout. La main d'Eddie alla automatiquement chercher l'inhalateur au fond de sa poche et le tint prêt. Il avait agi inconsciemment.

« Est-ce q-que j-j-je peux vous d-dire quelque chose, l-les mecs ? » demanda Bill.

Tous les regards se tournèrent vers lui. *Sors-nous une blague, Richie !* pensa Eddie. *Sors-nous une blague, dis quelque chose, n'importe quoi, mets-le dans l'embarras, ça m'est égal, pourvu qu'il la ferme. Je ne veux pas savoir ce que c'est, je ne veux pas que les choses changent, je ne veux pas crever de frousse.*

Dans son esprit, une voix crépusculaire croassa : *Je le ferais pour dix cents.*

Eddie frissonna et s'efforça de chasser cette voix et l'image qu'elle avait subitement évoquée : la maison de Neibolt Street avec son jardin de devant envahi d'herbes et de tournesols géants s'inclinant dans le vent.

« Bien sûr, Grand Bill, dit Richie. De quoi il retourne ? »

Bill ouvrit la bouche (anxiété accrue pour Eddie), la referma (soulagement) et la rouvrit (anxiété double).

« Si v-vous riez, l-les mecs, ja-jamais plus je f-ferai des trucs a-avec vous. C'-c'est une histoire de f-fous, mais j-je vous jure que c'est v-vraiment a-arrivé.

— On ne rira pas, dit Ben, regardant à la ronde, n'est-ce pas ? »

Stan secoua la tête, imité par Richie.

Eddie aurait voulu dire : *Mais si, Bill, nous allons nous marrer à en hurler, on dira que tu es vraiment stupide ; alors pourquoi ne pas plutôt la fermer tout de suite ?* Mais bien sûr, il en était incapable. Il s'agissait du Grand Bill, après tout. Et lui aussi, malheureux, secoua la tête. Non, il ne se moquerait pas de Bill. Jamais de la vie il avait eu aussi peu envie de rire.

Tous assis en cet endroit qui surplombait le barrage que Ben leur avait permis de construire, leurs yeux allant du visage de Bill à l'étang qui s'agrandissait pour revenir sur Bill, ils écoutèrent en silence l'histoire de l'album de photographies du petit frère mort, du clin d'œil de l'image de George au sang qui avait ensuite coulé de la photo. Ce fut un récit long et laborieux ; à la fin, Bill était tout rouge et en sueur. Jamais Eddie ne l'avait autant entendu bégayer.

Quand il se tut, Bill les regarda tour à tour, une expression de défi mêlé de crainte sur le visage. Ben, Richie et Stan, s'aperçut Eddie, trahissaient un même sentiment de terreur et de solennité, sans la moindre trace d'incrédulité. Il se sentit poussé par un besoin presque irrépressible de bondir sur ses pieds et de crier : *Quelle histoire idiote ! Ne va pas me raconter que tu crois une histoire pareille ! Et si toi tu y crois, tu ne vas tout de même pas t'imaginer que nous allons avaler ça. On ne cligne pas de l'œil sur les photos ! Les albums ne peuvent pas saigner ! Tu es complètement siphonné, Grand Bill !*

Mais il en fut bien incapable, car il avait aussi sur le visage cette expression solennelle de peur. Il la sentait.

Reviens ici, petit ! murmura dans sa tête la voix éraillée. *Je vais te sucer pour rien. Reviens ici !*

Non, s'il te plaît, va-t'en, je ne veux plus penser à ça ! gémit intérieurement Eddie.

Reviens, petit.

C'est alors qu'Eddie vit quelque chose d'autre — pas sur le visage de Richie (il n'en était du moins pas sûr) mais sur ceux de Stan et de

Ben. Il savait de quoi il s'agissait, car son visage arborait aussi cette expression.

Tous avaient retrouvé une expérience personnelle dans le récit de Bill.

Je te sucerai pour rien.

La maison du 29, Neibolt Street se trouvait juste à côté de la gare de triage de Derry. Elle était vieille et ravaudée de planches ; son porche s'enfonçait peu à peu dans le sol, sa pelouse était envahie de mauvaises herbes au milieu desquelles gisait un vieux tricycle renversé et couvert de rouille, une roue en l'air.

Mais sur le côté gauche du porche, à la hauteur d'une zone sans herbe, on apercevait les fenêtres sales qui donnaient sur la cave de la maison, au milieu des fondations de briques branlantes. C'est à l'une de ces fenêtres qu'Eddie avait vu pour la première fois, six semaines auparavant, la tête du lépreux.

6

Le samedi, quand Eddie ne trouvait personne avec qui jouer, il lui arrivait souvent de se rendre à la gare de Derry, sans motif précis : l'endroit lui plaisait.

Il partait à bicyclette par Witcham Street, prenait au nord-ouest par la route numéro 2 ; l'école religieuse de Neibolt Street s'élevait à l'angle de cette route et de Neibolt Street à environ deux kilomètres de là. Ce bâtiment scolaire en bois, modeste mais pimpant, s'ornait de la devise LAISSEZ VENIR À MOI LES PETITS ENFANTS, en lettres dorées de soixante centimètres de haut, au-dessus de sa porte d'entrée. Parfois, le samedi, Eddie entendait de la musique et des chants en passant. Il s'agissait d'hymnes, mais le pianiste rappelait davantage Jerry Lee Lewis qu'un joueur d'harmonium. Les chants ne lui paraissaient pas tellement religieux non plus, même s'il était beaucoup question de « l'ami que nous avons en Jésus ». De l'avis d'Eddie, les chanteurs semblaient s'amuser un peu trop ; mais chants sacrés ou non, leur musique plaisait à Eddie (lui rappelant parfois Jerry Lee dans *Whole Lotta Shakin' Goin' On*) qui s'arrêtait parfois de l'autre côté de la rue, appuyait sa bicyclette contre un arbre et faisait semblant de lire alors qu'il n'avait d'oreilles que pour la musique.

Les samedis où l'école religieuse était fermée, il continuait jusqu'à la gare de Derry, jusqu'à l'endroit où finissait Neibolt Street, un ancien parking où l'herbe poussait dans les craquelures de l'asphalte.

Il appuyait sa bicyclette à la palissade et regardait les mouvements des trains ; ils étaient nombreux ce jour-là. Sa mère lui avait dit qu'autrefois, on pouvait prendre un train de passagers de la GS&WM à ce qui était alors la gare de passagers de Neibolt Street, mais que ce type de train avait cessé de circuler à peu près à l'époque de la guerre de Corée. On aurait pu partir de Derry et traverser tout le Canada avec un seul changement, lui avait-elle expliqué. Mais qui avait envie de prendre le train, alors qu'il suffisait de sauter dans sa voiture ?

Cependant, les longs trains de marchandises passaient encore par Derry, chargés de pâte à papier et de pommes de terre pour le sud, et de produits manufacturés en direction du nord — vers des villes comme Bangor, Millinocket ou Houlton. Eddie aimait particulièrement les trains qui partaient pour le nord, avec leur chargement de Ford ou de Chevrolet flambant neuves. *Un jour, j'aurai une voiture comme ça. Comme ça ou même mieux. Peut-être même une Cadillac,* s'était-il promis.

Il y avait en tout six voies qui convergeaient vers la gare, dont celle qui se dirigeait à l'est, vers la côte. Un ou deux ans auparavant, alors qu'Eddie se tenait près de cette dernière, un cheminot ivre lui avait lancé une bourriche depuis un wagon à bestiaux, alors que le train roulait lentement. Eddie eut un geste de recul, bien que le paquet fût tombé sur le ballast à trois mètres de lui. Il y avait des choses dedans qui grouillaient. « Dernier train de la ligne, mon garçon ! » lui avait crié l'homme, qui tira une petite bouteille plate de sa poche, la vida, tête renversée, et la jeta ensuite sur le ballast où elle vola en éclats. Puis le cheminot lui montra la bourriche. « Amène donc ça à ta maman ! Avec les compliments de la Southern Seacoast, la ligne qui mène tout droit au chômage ! » Il s'était penché en avant pour lancer ces derniers mots, le convoi prenant de la vitesse, et Eddie avait bien cru pendant un instant qu'il allait en tomber.

Une fois le train parti, Eddie s'approcha de la boîte et l'examina prudemment, sans y toucher. Les bestioles qui s'agitaient dedans avaient un aspect glissant et peu ragoûtant. Si l'homme avait dit qu'elles étaient pour lui, Eddie les aurait laissées là où elles étaient. Mais il lui avait demandé de les amener à sa maman, et comme Ben, Eddie bondissait à ce seul nom.

Il alla piquer un bout de corde dans l'un des ateliers déserts en tôle préfabriqués, et attacha la bourriche au porte-bagages de sa bicyclette. Sa mère avait commencé par étudier le colis avec autant de méfiance que lui, puis s'était mise à crier — mais de joie plus que de peur. La bourriche contenait quatre homards de plus d'un kilo chacun, les pinces immobilisées. Elle les avait fait cuire pour le dîner et avait manifesté de la mauvaise humeur lorsque son fils avait refusé d'y goûter.

« Qu'est-ce que tu crois que les Rockefeller sont en train de manger, dans leur propriété de Bar Harbor ? lui demanda-t-elle, indignée. Des sandwichs au beurre de cacahuète et à la gelée ? Non, du homard, exactement comme nous ! Allez, vas-y ; essaye, au moins ! »

Mais Eddie ne voulut pas. C'était peut-être vrai ce que disait sa mère, mais lui avait le sentiment qu'il ne pouvait pas, avec le souvenir de cet horrible grouillement dans la bourriche. Elle n'arrêtait cependant pas de lui répéter à quel point ils étaient délicieux et ne cessa de l'importuner que lorsqu'il se mit à haleter et dut avoir recours à son inhalateur.

Eddie battit en retraite dans sa chambre et lut. Sa mère appela une vieille amie, Eleanor. Celle-ci ne tarda pas à arriver, et les deux femmes se mirent à lire les ragots de vieux journaux de cinéma, qui les faisaient pouffer de rire, tout en s'empiffrant de salade de homard. Lorsque Eddie se leva, le lendemain, sa mère ronflait encore dans son lit en lâchant des pets fréquents, longs et langoureux comme un son de cornet. Mis à part des traces de mayonnaise, il ne restait plus rien dans le grand saladier.

Ce fut en effet le dernier train de la Southern Seacoast que vit Eddie. Quelque temps plus tard, il rencontra Mr. Braddock, le chef de gare, et lui demanda timidement ce qui s'était passé. « La compagnie a fait faillite, c'est tout. Si tu lisais les journaux, tu verrais que ça arrive partout en ce moment dans ce foutu pays. Tire-toi d'ici, maintenant. C'est pas un endroit pour un môme. »

Après cela, Eddie était allé parfois marcher le long de la voie de la Southern Seacoast, se repassant dans la tête les noms magiques des stations desservies : Camden, Rockland, Bar Harbor (prononcer Baa Haabaa), Wiscasset, Bath, Portland, Ogunquit, les Berwicks, avec l'accent doux et monotone de l'est ; il suivait ainsi la ligne jusqu'à ce que la fatigue le gagne. Les herbes qui poussaient entre les traverses l'attristaient. Il avait aperçu une fois des mouettes (du genre bien grasses qui fouillent les tas d'ordures et qui n'en ont rien à foutre de ne jamais avoir vu le grand large, mais ce jour-là, ça ne lui vint pas à l'esprit) virevolter en criant au-dessus de sa tête, et leur appel mélancolique l'avait même fait un peu pleurer.

La gare avait autrefois possédé un portail d'entrée mais il avait été jeté à bas au cours d'une tempête, et personne ne s'était soucié de le faire réparer, si bien qu'Eddie pouvait aller et venir à peu près à sa guise, en dépit de Mr. Braddock qui le virait *manu militari* quand il le voyait (ou quand il voyait n'importe quel gamin). Il fallait aussi se méfier des conducteurs de camions qui poursuivaient les gosses (mais jamais très loin) car ils les soupçonnaient (parfois à juste titre) de chaparder dans leur chargement.

Pour l'essentiel, c'était néanmoins un endroit tranquille. Il y avait une cabane de garde — mais elle était toujours vide et les carreaux cassés n'avaient jamais été remplacés. Le service de sécurité permanent n'existait plus depuis à peu près 1950. Mr. Braddock chassait les gosses à coups de pied le jour, et un veilleur de nuit passait trois ou quatre fois par nuit dans une vieille Studebaker équipée d'un projecteur directionnel à la hauteur du déflecteur. C'était tout.

Il y avait parfois des clochards et des vagabonds, cependant. Leur présence était bien la seule chose que redoutait Eddie — ces hommes aux joues non rasées, à la peau abîmée, aux mains couvertes d'ampoules, aux lèvres fendillées par le froid. Ils descendaient quelque temps avant de partir plus loin avec un autre train. Ils avaient parfois des doigts en moins, étaient en règle générale ivres et quémandaient toujours des cigarettes.

Un jour, Eddie avait vu l'un de ces gaillards ramper d'en dessous du porche de la maison du 29, Neibolt Street, et lui offrir de lui tailler une pipe pour vingt-cinq cents. Eddie avait battu en retraite, la peau glacée, la bouche aussi sèche que de l'amadou. L'une des narines du clochard avait disparu et exhibait un conduit rouge et galeux.

« J'ai pas vingt-cinq cents, avait répondu Eddie en reculant vers sa bicyclette.

— Je te le ferai pour dix cents », croassa l'homme, se rapprochant de lui. Il portait de vieux pantalons de flanelle verdâtres, sur le devant desquels du pus jaune avait durci. Il ouvrit sa braguette et passa la main à l'intérieur. Il s'efforçait de sourire ; son nez était une horreur sanguinolente.

« Je... je n'ai pas dix cents, non plus », dit Eddie qui pensa soudain : *Oh, mon Dieu, il a la lèpre ! S'il me touche, je vais l'attraper moi aussi !* Il perdit son sang-froid et courut. Il entendit le pas pesant du vagabond qui accélérait derrière lui ; ses chaussures, maintenues par des ficelles, produisaient des claquements mous dans l'herbe folle, devant la petite maison vide.

« Reviens, petit ! je te sucerai pour rien. Reviens ici ! »

Eddie avait bondi sur sa bicyclette, la respiration sifflante, sentant sa gorge se refermer et se réduire à une tête d'épingle. Un poids écrasait sa poitrine. Il pesa tant qu'il put sur les pédales et il commençait à prendre de la vitesse, lorsque l'une des mains du clochard s'empara du porte-bagages. La bicyclette oscilla. Eddie jeta un coup d'œil par-dessus son épaule et vit l'homme qui courait à la hauteur de la roue arrière (*IL GAGNE DU TERRAIN !!*), ses lèvres étirées découvrant des chicots noircis dans une expression qui pouvait tout aussi bien être du désespoir que de la fureur.

En dépit des pierres qui lui écrasaient la poitrine, Eddie n'en avait pas moins continué à pédaler de toutes ses forces, s'attendant à chaque instant à ce qu'une main couverte de gale se refermât sur son bras ; il se voyait déjà désarçonné et jeté dans un fossé, où l'homme lui ferait Dieu sait quoi. Il n'avait pas osé se retourner avant d'avoir atteint le carrefour de Neibolt Street et de la route numéro 2. Le vagabond avait disparu.

Eddie garda cette épouvantable histoire pour lui pendant presque une semaine, et la confia finalement à Richie Tozier et Bill Denbrough, un jour qu'ils lisaient des BD au-dessus du garage.

« Il n'avait pas la lèpre, hé, idiot ! se moqua Richie. Il avait la vérole ! »

Eddie consulta Bill du regard pour savoir si Richie ne le faisait pas marcher. Jamais il n'avait entendu parler de cette maladie ; Richie pouvait aussi bien l'avoir inventée.

« Ça existe vraiment, la vérole, Bill ? »

Bill acquiesça gravement. « Le v-vrai nom, c'est la s-syphilis. Vé-vérole, c'est de l'a-argot.

— Mais c'est quoi ?

— Une maladie qu'on attrape en baisant, dit Richie. Tu sais ce que c'est que baiser, hein, Eddie ?

— Bien sûr », dit Eddie, espérant qu'il ne rougissait pas trop. Il savait qu'en devenant plus grand, quelque chose sortait du pénis quand il était dur. Pour le reste, Vincent « Boogers » Taliendo l'avait mis au courant, un jour à l'école. D'après Boogers, quand on baisait, on frottait son zob contre le ventre d'une fille jusqu'à ce qu'il devienne dur (le zob). Puis on continuait de frotter jusqu'à ce qu'on éprouve « la sensation ». Quand Eddie lui demanda ce qu'il voulait dire, Boogers s'était contenté de secouer la tête d'un air mystérieux. C'était indescriptible, avait-il précisé ; on s'en rendait compte dès que ça arrivait. Il avait ajouté qu'on pouvait s'y exercer dans son bain, en se frottant le zob avec le savon Ivory (Eddie avait essayé, mais n'avait éprouvé au bout d'un moment qu'une banale envie d'uriner en fait de sensation). Dès qu'on avait la sensation, le truc sortait du pénis. La plupart des gosses appelaient ça la « purée », avait dit aussi Boogers, mais son grand frère prétendait que le nom scientifique était la « jute ». Toujours est-il que lorsque la sensation se manifestait, il fallait se prendre le zob, et le diriger à toute vitesse sur le nombril de la fille dès que la purée sortait. Elle entrait dans le ventre de la fille et y faisait un bébé.

« Est-ce que les filles aiment ça ? » avait demandé Eddie à Boogers Taliendo. Lui-même était glacé d'horreur. « Je suppose que oui », avait répondu l'autre, désarçonné.

« Maintenant, écoute-moi, Eds, dit Richie. Certaines femmes ont cette maladie. Certains hommes aussi, mais surtout des femmes. Un type peut l'attraper d'une femme...

— Ou-ou d'un autre ty-type, s'il est p-pédé.

— Exact. Ce qu'il faut savoir, c'est qu'on attrape la vérole en baisant avec quelqu'un qui l'a déjà.

— Qu'est-ce que ça fait ? demanda Eddie.

— Tu pourris », répondit simplement Richie.

Eddie ouvrit de grands yeux, horrifié.

« C'est moche, je sais, mais c'est la vérité. C'est ton nez qui part en premier. T'as certains types, qui perdent leur nez comme ça, d'un seul coup ! Puis c'est le zob.

— A-A-Arrête, Richie, j-je viens juste de m-manger.

— Hé, mec, c'est scientifique.

— Mais alors, quelle est la différence entre la lèpre et la vérole ? insista Eddie.

— Tu n'attrapes pas la lèpre en baisant », répliqua vivement Richie, partant dans un accès de fou rire qui laissa ses deux camarades interloqués.

7

À la suite de cette aventure, la maison du 29, Neibolt Street avait acquis un statut très particulier dans l'imagination d'Eddie. À la vue de sa cour envahie d'herbe, de son porche affaissé et des planches clouées en travers des fenêtres, il se sentait pris d'une fascination malsaine. Et six semaines auparavant, il avait garé sa bicyclette sur le bord de la route en gravier (le trottoir s'interrompait quatre maisons plus haut) avant de traverser le jardinet jusqu'au porche.

Il s'était retrouvé, le cœur cognant dans la poitrine, avec ce même goût sec dans la bouche que la première fois : à écouter le récit de la photo vivante de Bill, il comprit que ce qu'il avait ressenti en s'approchant de la maison était comparable à ce que Bill avait éprouvé dans la chambre de George. Il avait l'impression de ne plus contrôler ce qu'il faisait, mais d'être poussé par quelque chose.

Ce n'étaient pas ses pieds qui bougeaient, aurait-on dit, mais la maison, broyant du noir et silencieuse, qui paraissait s'avancer vers l'endroit où il se tenait.

Il entendait, venant de la gare, le bruit atténué d'un diesel ainsi que, de temps en temps, le claquement métallique et liquide à la fois des tampons. On enlevait des wagons, on en accrochait d'autres — on constituait un train.

Sa main s'empara de l'inhalateur, mais curieusement, son asthme ne vint pas lui étreindre la gorge comme le jour où il avait fui le clochard au nez pourri. Il n'avait conscience que du sentiment de son immobilité tandis qu'il regardait la maison s'avancer sournoisement vers lui, comme si elle glissait sur une voie invisible.

Eddie regarda sous le porche ; il n'y avait personne, ce qui n'avait rien d'étonnant. On était au printemps, et c'était plutôt de la fin septembre à la mi-novembre que les vagabonds passaient par Derry. Pendant cette période, ils arrivaient à trouver quelques journées de travail dans les fermes environnantes, s'ils étaient à peu près présentables ; il y avait la cueillette des pommes de terre et des pommes, les barrières à neige à retaper, les toits des granges et des hangars à rapiécer avant l'arrivée de décembre et de ses frimas.

Aucun clochard sous le porche, mais de nombreuses traces de leur passage : boîtes et canettes de bière vides, bouteilles d'alcool vides, une couverture raide de crasse allongée contre les fondations de brique comme un chien mort. Il y avait également des morceaux de papier journal chiffonnés et une vieille chaussure ; il régnait une lourde odeur de détritus. D'épaisses couches de feuilles mortes devaient pourrir là-dessous.

Eddie ne put s'empêcher de ramper sous ce porche ; il sentait les battements de son cœur jusque dans la tête, maintenant, accompagnés d'éclairs blancs qui traversaient son champ de vision.

L'odeur était encore pire en dessous — mélange de gnole, de sueur et du parfum brun des feuilles en décomposition. Ces dernières ne craquaient même pas sous ses mains et ses genoux, et n'émettaient qu'un chuintement mou.

Je suis un clochard, pensa absurdement Eddie. *Je suis un clochard et je brûle le dur. C'est mon truc. J'ai pas un rond, j'ai pas de baraque, mais j'ai récupéré une bouteille, un dollar et un coin pour roupiller. J' vais ramasser des pommes cette semaine et des patates la suivante et quand la terre sera verrouillée par le gel comme de l'argent dans un coffre de banque, eh bien, je sauterai dans l'un de ces wagons de la GS & WM qui empestent la betterave, je m'installerai dans un coin, sous du foin, je me taperai un godet et un morceau de quelque chose. Et si je ne me fais pas virer par un des mecs de la sécurité des trains, je sauterai sur un wagon de la 'Bama Star et je filerai vers le sud pour aller cueillir des citrons et des oranges. Et si on m'arrête pour vagabondage, j'irai construire des routes pour les touristes. Bon Dieu, je l'ai déjà fait, non ? Je suis juste un vieux clochard solitaire, j'ai pas un rond, j'ai pas de maison, mais il y a une chose que j'ai : une maladie qui me bouffe. Ma peau se fend, mes dents tombent, et savez quoi ? Je sens que je tourne à l'aigre comme une pomme qui pourrit, je le sens arriver, je sens que ça me bouffe de dedans, sans trêve ni répit.*

Eddie repoussa la couverture crasseuse du bout des doigts, ne pouvant retenir une grimace en la touchant. L'une des fenêtres basses qui donnaient sur la cave se trouvait juste derrière, un carreau brisé, l'autre rendu opaque par la crasse. Il s'inclina vers l'ouverture, se sentant presque hypnotisé. Il s'approcha des ténèbres de la cave, respirant cette odeur du temps — choses desséchées, moisissures — de plus en plus, et le lépreux l'aurait certainement attrapé si son asthme n'avait pas choisi cet instant précis pour déclencher une crise. Un poids terrible, indolore mais angoissant, écrasait ses poumons, tandis que sa respiration adoptait ce rythme sifflant familier qu'il avait en horreur.

Il recula, et c'est alors qu'apparut le visage. Il se présenta de manière si soudaine, si inopinée (et cependant en même temps si prévisible), que le jeune garçon n'aurait pas pu crier même s'il n'avait pas eu de crise d'asthme. Ses yeux s'agrandirent démesurément, sa bouche s'entrouvrit avec effort. Ce n'était pas le clochard au nez amputé, mais un être qui lui ressemblait. Terriblement. Et cependant... cette chose ne pouvait être humaine ; impossible d'être autant bouffé de partout et vivant en même temps.

Entaillée, la peau de son front laissait voir l'os blanc d'où s'épanchait une sorte de mucus jaunâtre et qui donnait une impression de projecteur blafard. Le nez se réduisait à deux arches de cartilage brut enjambant deux rigoles sanguinolentes. L'une des orbites abritait un œil bleu à l'expression joyeuse ; l'autre débordait d'une masse de tissus brun-noir. La lèvre inférieure pendait comme un morceau de foie. Le lépreux n'avait pas de lèvre supérieure, et exhibait un ricanement permanent de dents proéminentes.

Il lança une main par la vitre brisée, l'autre à travers le carreau intact, qu'il fit voler en éclats. Des mains avides de saisir et d'étreindre, couvertes de plaies et d'un grouillement de vermine.

Avec des miaulements et des hoquets, Eddie recula à quatre pattes, sur le point de ne plus pouvoir respirer. Son cœur était un moteur emballé incontrôlable dans sa poitrine. Le lépreux paraissait habillé d'un étrange costume argenté en haillons. Des choses grouillaient entre ses mèches de cheveux bruns.

« Que dirais-tu d'une petite pipe, Eddie ? » grinça l'apparition, un sourire cauchemardesque à ce qui lui restait de bouche. Il chantonna : « Bobby te fait ça pour dix cents, il te le fait quand tu veux, et c'est quinze cents pour le grand jeu. (Il cligna de son œil unique). Je m'appelle Bob Gray, Eddie. Et maintenant que nous avons été convenablement présentés... » L'une de ses mains vint s'abattre sur l'épaule d'Eddie, qui piaula faiblement.

« C'est très bien », reprit le lépreux. Avec un sentiment irréel d'épouvante, Eddie se rendit compte qu'il allait sortir en rampant par la fenêtre. L'armure osseuse de son front pelé fit éclater le mince montant de bois qui séparait les deux panneaux vitrés ; ses mains s'agrippaient à la terre et aux feuilles en décomposition. Ses épaules commencèrent à passer par l'ouverture, sans que l'unique œil bleu, flamboyant, ne quittât un instant Eddie.

« Voilà, Eddie, j'arrive, tout va bien, croassa-t-il. Tu vas aimer ça là en bas avec nous. Certains de tes amis s'y trouvent déjà. »

Les mains crochues se tendirent de nouveau, et dans un coin de son esprit en proie à la terreur panique, l'enfant eut soudain la froide certitude que si cette chose touchait sa peau nue, il se mettrait lui-même à se putréfier. Cette idée rompit la paralysie qui s'était emparée de lui. Il battit en retraite sur les mains et les genoux, se tourna et se précipita vers l'autre bout du porche. D'étroits rayons de soleil poudreux tombant entre les fentes du plancher venaient zébrer de temps en temps sa figure ; des toiles d'araignées s'accrochèrent à ses cheveux. Il jeta un coup d'œil derrière lui et vit que le lépreux était à demi sorti de la cave.

« Ça va te faire du mal de courir, Eddie ! » lui lança le lépreux.

Eddie avait atteint l'autre bout du porche, fermé par un léger treillis. Le soleil brillait au travers, imprimant des diamants de lumière sur ses joues et son front. Il baissa la tête et fonça sans la moindre hésitation, fracassant tout l'entrelacs de baguettes dans un grand bruit de clous rouillés arrachés. De l'autre côté l'attendait une jungle de rosiers à travers laquelle il se précipita en se remettant sur ses pieds, sans sentir les égratignures des épines sur les bras, les joues et le cou.

Il put enfin se retourner et partir sur ses jambes flageolantes, tout en tirant l'inhalateur de sa poche ; il en prit une bouffée. Cela ne s'était pas produit, ce n'était pas possible... Il n'avait fait qu'imaginer le clochard dans sa tête et il s'était simplement

(monté un spectacle)

raconté une histoire, un film d'horreur, comme ceux des séances du samedi après-midi avec Frankenstein ou le loup-garou, au Bijou, au Gem ou à l'Aladdin. C'était ça, bien sûr. Il s'était lui-même fichu la trouille ! Quel crétin il était !

Il eut même le temps d'un éclat de rire nerveux à l'idée de la vigueur insoupçonnée de son imagination, avant que les mains pourrissantes n'apparaissent d'en dessous le porche, s'accrochant aux rosiers avec une férocité brutale, tirant dessus et les dénudant non sans y déposer des perles de sang.

Eddie hurla.

Le lépreux se dégageait en rampant. Il vit alors qu'il portait un costume de clown, avec des gros pompons orange sur le devant en guise de boutons. La chose vit Eddie et sourit. Le cratère qui lui servait de bouche s'ouvrit, laissant pendre la langue. Eddie hurla de nouveau, mais personne n'aurait pu entendre le cri étouffé d'un enfant hors d'haleine depuis la gare où pilonnait le diesel. La langue du lépreux se mit à s'allonger et à se dérouler comme un serpentin de fête, se terminant en pointe de flèche. Elle rampait dans la boue, écumeuse, suintant d'une humeur jaunâtre épaisse, couverte d'un grouillement de vermine.

Les rosiers, sur lesquels le printemps avait posé les premières touches de vert tendre lorsque Eddie était passé au travers, noircissaient et se desséchaient.

« Une pipe », murmura le lépreux en se redressant sur ses pieds, chancelant.

Eddie bondit vers sa bicyclette. La même course effrénée que l'autre fois, si ce n'est qu'elle se déroulait maintenant comme un cauchemar dans lequel on avance avec une lenteur angoissante en dépit de tous ses efforts... Et dans ces rêves, n'entend-on pas ou ne sent-on pas toujours quelque chose, un Ça, qui gagne du terrain ? Est-ce que l'haleine pestilentielle de Ça ne vous étouffe pas toujours, une haleine comme celle qui venait maintenant aux narines d'Eddie ?

Il crut un instant — instant d'espoir insensé — qu'il s'agissait vraiment d'un cauchemar. Peut-être allait-il se réveiller dans son lit, en larmes... mais vivant. En sécurité, surtout. Puis il repoussa cette idée au charme mortel, au réconfort fatal.

Il n'essaya pas d'enfourcher immédiatement sa bicyclette, mais courut au contraire à côté, tête baissée, pesant sur le guidon. Il avait l'impression de se noyer, non pas dans de l'eau, mais dans sa propre poitrine.

« Une petite pipe, murmura de nouveau le lépreux. Reviens quand tu veux, Eddie. Amène tes copains. »

Il crut se sentir effleuré par les doigts putréfiés à la hauteur de la nuque, mais il ne s'agissait sans doute que d'une toile d'araignée accrochée sous le porche et qui lui pendait dans le cou. Sa peau se hérissa. Il bondit enfin sur sa bicyclette et se mit à pédaler comme un forcené, sans s'inquiéter de sa gorge réduite à un trou de tête d'épingle, sans en avoir rien à foutre de son asthme, sans se retourner. Il était presque arrivé chez lui lorsqu'il jeta pour la première fois un coup d'œil par-dessus son épaule, et bien entendu ne vit rien, sinon deux gosses qui se dirigeaient vers le parc pour y jouer au ballon.

Cette nuit-là, raide comme un piquet dans son lit, sa main droite tenant fermement l'inhalateur, scrutant les ténèbres, il entendit le lépreux murmurer : *Ça va te faire du mal de courir, Eddie.*

8

« Oh, là, là ! », fit Richie d'un ton respectueux ; c'était le premier commentaire depuis que Bill Denbrough avait terminé son récit.

« Est-ce q-qu'il t-te reste des ci-cigarettes, R-R-Richie ? »

Richie lui donna la dernière qui lui restait du paquet qu'il avait subtilisé, déjà à moitié vide, dans un tiroir du bureau de son père. Il lui donna même du feu.

« Ce n'était pas un rêve, Bill ? demanda soudain Stan.

— A-Absolument pas, répondit Bill en secouant la tête.

— C'est bien réel », dit Eddie à voix basse.

Bill lui jeta un regard aigu. « Q-Quoi ?

— J'ai dit que c'était bien réel, reprit Eddie, le regardant presque comme s'il lui en voulait. Ça s'est vraiment passé, ça s'est produit. » Et avant d'y songer, avant de savoir ce qu'il allait dire, il se retrouva en train de leur raconter l'histoire du lépreux sorti en rampant du sous-sol de la maison de Neibolt Street. Au milieu de son récit, l'air se mit à lui manquer et il lui fallut se servir de son inhalateur ; à la fin il éclata en sanglots suraigus qui secouèrent son petit corps.

Tous le regardaient, gênés, et Stan posa une main sur son épaule. Bill lui donna une accolade maladroite tandis que les autres détournaient les yeux.

« T-Tout v-va bien, E-Eddie, tout v-va bien.

— Moi aussi je l'ai vu », dit soudain Ben Hanscom, d'un ton de voix rude où perçait une note de frayeur en dépit de sa retenue.

Eddie releva la tête, le visage toujours inondé de larmes, les yeux rouges et tuméfiés. « Quoi ?

— J'ai vu le clown, reprit Ben. Sauf qu'il n'était pas comme tu l'as dit, en tout cas pas quand je l'ai rencontré. Il n'était pas du tout... visqueux. Tout sec, au contraire. (Il se tut, et regarda ses mains, posées sur ses cuisses éléphantesques.) J'ai cru que c'était la momie.

— Comme dans les films ? demanda Eddie.

— Oui, mais pas exactement, répondit Ben lentement. Dans les films, elle a l'air bidon. Ça fait peur, mais on se rend bien compte que c'est truqué, hein ? Les bandages sont trop impeccables, par exemple. Mais ce type... il avait l'air d'être une vraie momie... je veux dire, comme si on en trouvait une au fond d'une pyramide. Sauf le costume.

— Q-Q-Quel cos-costume ?

— Argenté, avec de gros pompons orange sur le devant », fit Ben en regardant Eddie.

Ce dernier en resta bouche bée. Au bout d'un instant, il dit : « Dis-le tout de suite si tu blagues... Il m'arrive encore de... de rêver à ce type sous le porche.

— Ce n'est pas une blague », assura Ben, qui commença à raconter son histoire, lentement, en partant du moment où il s'était porté volontaire pour aider Mrs. Douglas à ranger ses livres, pour finir par les mauvais rêves que lui aussi faisait. Il parlait sans regarder les autres, comme s'il éprouvait une grande honte pour son comportement. Il ne releva pas une seule fois la tête pendant tout son récit.

« Tu dois avoir rêvé, dit finalement Richie, qui, devant la grimace de Ben, reprit précipitamment : Ça n'a rien de personnel, Ben, mais tu dois bien te rendre compte que des ballons ne peuvent pas flotter comme ça, contre le vent...

— Les photos ne clignent pas de l'œil non plus », objecta Ben.

Troublé, Richie regarda tour à tour Ben et Bill. Accuser Ben de rêver tout éveillé était une chose ; en accuser Bill en était une autre. Bill était leur chef, celui vers lequel ils se tournaient tous. Personne ne l'avait jamais dit ; c'était inutile. Mais Bill était leur tête pensante, celui qui trouvait toujours quelque chose à faire un jour de pluie, celui qui se souvenait des jeux que les autres avaient oubliés. D'une certaine façon, bizarrement, ils sentaient qu'il y avait quelque chose d'adulte en Bill qui les rassurait ; son sens des responsabilités, peut-être, ou l'impression qu'il n'hésiterait pas à les prendre si cela devenait nécessaire. Et pour dire la vérité, Richie croyait l'histoire de Bill, aussi insensée qu'elle fût. Et peut-être n'avait-il aucune envie de croire à celle de Ben, voire à celle d'Eddie.

« Il ne t'est jamais rien arrivé de... semblable, hein ? » demanda Eddie à Richie.

Ce dernier garda quelques instants le silence, commença à dire quelque chose, secoua la tête, et finit par lancer au bout d'un moment : « La chose la plus effrayante que j'aie vue récemment, je vais vous dire ce que c'était : Mark Prenderlist en train de lansquiner dans le parc McCarron. Jamais rien vu d'aussi moche !

— Et toi, Stan ? demanda Ben.

— Non », répondit Stan un peu trop vivement en regardant ailleurs. Son petit visage était tout pâle et il avait les lèvres blanches à force de les serrer.

« Y-Y-Ya quelque chose, S-Stan ?

— Non, je vous ai dit ! » fit Stan en bondissant sur ses pieds. Il se dirigea vers la rive, mains dans les poches, et resta à regarder l'eau qui débordait du barrage original et continuait de monter derrière la deuxième tranche des travaux.

« Allons, Stanley, voyons ! » l'encouragea Richie en adoptant un fausset suraigu. C'était une autre de ses voix, grand-mère Grunt. Quand il l'adoptait, il marchait à pas menus, un poing dans le dos, et caquetait comme une poule effrayée. L'imitation était néanmoins bien loin d'être convaincante.

« Assez de chichis, Stanley, raconte à ta vieille Mamie comment tu as vu le méééééchant clown, et je te donnerai un biscuit au chocolat. Tu n'as qu'à me di...

— La ferme ! aboya brusquement Stan, fonçant sur Richie qui, pris de court, fit deux ou trois pas en arrière. La ferme !

— D'accord, d'accord, bwana », fit Richie en s'asseyant. Il observait Stan, incrédule. Ce dernier avait les joues écarlates, mais il paraissait plus effrayé que furieux.

« Ça va, intervint Eddie d'un ton calme. Ne te formalise pas, Stan.

— Ce n'était pas un clown », admit Stanley. Son regard sautait de l'un à l'autre, agité. Il paraissait lutter avec lui-même.

« T-T-Tu peux p-parler, dit Bill, lui aussi d'un ton calme. N-Nous l'avons bien f-fait.

— Ce n'était pas un clown. C'était... »

À cet instant précis, le baryton sonore et raboté au whisky de Mr. Nell l'interrompit, les faisant tous sursauter comme si on venait de leur tirer dessus : « Jai-sus-Christ à la jambe de bois ! Gardez-moi ce désastre ! Jai-sus-Christ ! »

CHAPITRE 8

La chambre de Georgie et la maison de Neibolt Street

1

Richie Tozier ferme la radio, qui l'assourdit avec Madonna dans Like a Virgin *sur WZON (la station de rock de Bangor, d'après ses propres déclarations hystériquement réitérées), s'engage sur le bas-côté de la route, coupe le moteur de la Mustang louée chez Avis à l'aéroport de Bangor et quitte le véhicule. Il entend sa propre respiration jusqu'à l'intérieur de sa tête. Il vient de voir un panneau indicateur qui a soulevé la chair de poule dans tout son dos.*

Il passe devant la voiture et s'appuie des mains sur le capot ; on entend les menus claquements que fait un moteur en se refroidissant. Un geai cajole brièvement puis se tait, tandis que les grillons continuent à striduler. C'est tout pour la bande sonore.

Il a vu le panneau, il l'a dépassé, et soudain, il est de nouveau à Derry. Au bout de vingt-cinq ans, Richie Tozier la Grande Gueule est de retour chez lui. Il a...

Brutalement, des aiguilles de douleur insupportable s'enfoncent dans ses yeux, balayant ses réflexions. Il pousse un petit cri étranglé et porte les mains à son visage. La seule fois où il a ressenti une douleur du même genre, mais en moins cuisant, remonte au jour où, au collège, un cil s'était pris sous l'un de ses verres de contact. Aujourd'hui, ce sont ses deux yeux qui le font souffrir.

Ses mains n'ont pas encore touché son visage que la douleur a disparu.

Il baisse lentement les bras, songeur, et regarde la route numéro 7. Il a quitté l'autoroute à la sortie Etna-Haven ; pour un motif qui lui reste obscur, il n'a pas voulu arriver par l'autoroute, qui était encore en construction dans la région de Derry, le jour où ses vieux et lui avaient secoué la poussière de la bizarre petite ville de leurs chaussures et pris la direction du Middle-West. Il aurait certes fait plus vite en restant sur l'autoroute, mais il aurait aussi commis une erreur.

C'est pourquoi il a d'abord emprunté la route numéro 9 et traversé le village endormi de Haven avant de tourner sur la route numéro 7. Le jour commençait à poindre tandis qu'il progressait.

Puis le panneau. Il était du même modèle que tous ceux qui marquent les limites des six cents et quelques villes que compte le Maine ; mais comme celui-ci lui a broyé le cœur !

Penobscot
County
D
E
R
R
Y
Maine

Au-delà, un panneau des Elks, un autre du Rotary Club, et pour compléter la trinité, un dernier proclamant LES LIONS DE DERRY RUGISSENT POUR LE FOND UNI *! Au-delà, ce n'est que la route numéro 7, continuant en ligne droite entre le moutonnement des pins et des sapins. Dans la lumière et le silence du jour qui triomphe de la nuit, ces arbres ont cette qualité rêveuse et irréelle de volutes de fumée gris-bleu, immobilisées dans l'air figé d'une pièce scellée.*

Derry, *pense-t-il.* Dieu me vienne en aide. Derry. Le diable m'emporte.

Il est sur la route numéro 7. À huit kilomètres de là, si le temps ou une tornade n'en a pas eu raison entre-temps, se trouve la ferme Rhulin, où sa mère achetait ses œufs et presque tous ses légumes. Trois kilomètres de plus, et la route numéro 7 devient la route de Witcham et bien entendu ensuite Witcham Street. Dieu nous donne, alléluia, un monde sans fin, amen. Quelque part entre la ferme Rhulin et la ville, il passera devant la ferme Bowers et la ferme Hanlon. Peu après la ferme Hanlon, il verra les premiers scintillements de la Kenduskeag et les premiers fouillis broussailleux de verdure empoisonnée. Les luxuriantes basses terres que pour une raison inexplicable on appelait les Friches-Mortes.

Je me demande vraiment si je vais être capable de tenir le coup ; autant dire toute la vérité, les gars. Je ne sais pas si je vais pouvoir.

La nuit précédente s'est déroulée pour lui comme un rêve. Un rêve qui s'est poursuivi tant qu'il a continué de voyager, d'avancer, d'aligner les kilomètres. Mais maintenant qu'il s'est arrêté (ou plutôt que le panneau l'a arrêté), il vient de s'éveiller à une étrange vérité : ce rêve était la réalité. Derry est la réalité.

On dirait qu'il est incapable d'arrêter l'évocation de ses souvenirs ; ceux-ci vont finir par le rendre fou, croit-il. Il se mord la lèvre, s'étreint les mains très fort, comme pour éviter de voler en éclats. Il sent qu'il ne va pas tarder à voler en éclats. On dirait qu'il y a au fond de lui un fou impatient de ce qui va arriver, mais en dehors de ça, il ne se demande qu'une chose : comment vais-je me débrouiller pour franchir l'étape des quelques prochains jours ? Il...

De nouveau ses pensées s'interrompent.

Un daim s'avance sur la route. Il entend même le bruit feutré de ses sabots sur la chaussée.

Richie s'arrête de respirer — avant de reprendre, en douceur. Il regarde, stupéfait, il n'avait jamais imaginé que sa vie mouvementée pourrait lui réserver un tel spectacle. Il fallait revenir ici pour trouver ça.

C'est en fait une biche, sortie du bois à droite ; elle s'arrête au milieu de la 7, de part et d'autre de la ligne blanche discontinue. Ses yeux noirs contemplent Richie Tozier avec douceur ; il lit de l'intérêt dans ce regard, mais pas de peur.

Il la regarde, émerveillé, et se dit qu'elle est un heureux présage, un signe quelconque à la Mrs. Azonka ou une connerie comme ça. C'est alors que lui revient, de manière inattendue, un souvenir lié à Mr. Nell. La frousse qu'il leur avait fichue ce jour-là, leur tombant dessus juste après que Bill, Eddie et Ben avaient raconté leur histoire !

Et tandis qu'il contemple la biche, Rich prend une profonde inspiration et se retrouve en train de parler l'idiome de l'une de ses voix... celle, pour la première fois depuis vingt-cinq ans ou plus, du flic irlandais, qu'il avait incorporée à son répertoire après cette journée mémorable. Elle débaroule dans le silence du matin comme une énorme boule de bowling, plus puissante encore qu'il s'y attendait :

« Jai-sus-Christ à la jambe de bois ! Qu'est-ce qu'une petite mignonne comme toi fabrique dans ce coin perdu ? Jaisus-Christ ! Ferais mieux de rentrer chez toi avant que j'en parle au père O'Staggers ! »

Avant que ne retombe l'écho, avant que le premier geai scandalisé ne commence à le tancer pour ce sacrilège, la biche exhibe sa queue blanche comme un drapeau d'armistice et disparaît au milieu des pins couleur de fumée, ne laissant derrière elle qu'un petit tas de crottin frais pour montrer que même à trente-sept ans, Richie Tozier est encore capable d'en sortir une bien bonne de temps en temps.

Il se met à rire. Doucement tout d'abord ; puis il est frappé par le ridicule achevé de la situation — sur le bord d'une route du Maine, au petit matin, à cinq mille kilomètres de chez lui, en train de hurler des incongruités à une biche avec l'accent d'un flic irlandais. Son rire enfle, se transforme en fou rire, le fou rire en hurlements ; il est finalement obligé de s'accrocher à la voiture, pleurant comme une fontaine, et se demandant vaguement s'il ne va pas mouiller son pantalon. Chaque fois qu'il reprend un peu le contrôle de lui-même, ses yeux se posent sur le petit tas de crottin et un nouvel accès de fou rire le prend.

Reniflant, hennissant, il finit par réussir à se glisser derrière le volant ; il fait repartir le moteur de la Mustang. Un camion-citerne passe, ronflement sonore accompagné d'une gifle d'air. Richie repart derrière lui. Pour Derry. Il se sent mieux, maintenant, maître de lui... à moins que ce ne soit le fait de se déplacer, d'avaler les kilomètres, qui favorise le retour du rêve ?

Il se reprend à penser à Mr. Nell — et au jour du barrage. Il leur avait demandé qui avait eu l'idée de cette petite plaisanterie. Il se revoit, lui et les quatre autres, échangeant des regards gênés, et se souvient comment Ben s'était finalement avancé, tout pâle, les yeux baissés, les bajoues tremblantes dans l'effort qu'il faisait pour ne pas bafouiller. Le pauvre gosse devait s'imaginer qu'il allait en prendre pour cinq ans au pénitencier de Shawshank, se dit Richie, mais il y était allé tout de même. Ce faisant, il les avait tous obligés à le soutenir. C'était ça ou passer pour des méchants à leurs propres yeux. Pour des froussards. Tout ce que n'étaient pas leurs héros, à la télé. Un geste qui avait soudé leur groupe, pour le meilleur et pour le pire. Et la soudure, apparemment, a tenu vingt-sept ans. Les événements font parfois comme les dominos ; le premier renverse le deuxième qui renverse le troisième — et c'est parti.

Quand, se demande Richie, a-t-il été trop tard pour revenir en arrière ? À quel moment Stan et lui étaient-ils arrivés, pour prendre part à la construction du barrage ? À quel moment Bill leur avait-il parlé de la photo d'école sur laquelle son frère lui avait cligné de l'œil ?... Aux yeux de Richie Tozier, il semble que le premier domino soit tombé quand Ben Hanscom s'était avancé et avait déclaré : « C'est moi qui leur ai montré

2

comment le faire. C'est ma faute. »

Mr. Nell était resté immobile, lèvres serrées, les mains sur sa grosse ceinture de cuir noir. Il regardait tour à tour Ben et le petit lac qui ne cessait de croître, avec la tête de quelqu'un qui n'arrive pas à croire ce qu'il voit. C'était un Irlandais corpulent, aux cheveux prématurément blanchis et ondulés, soigneusement peignés en arrière sous la casquette bleue de flic. Il avait des yeux d'un bleu éclatant, un nez d'un rouge éclatant, et des foyers de petits capillaires éclatés sur les joues. Il était d'une taille au-dessus de la moyenne, mais pour les cinq garçons qui se tenaient, penauds, devant lui, il devait bien mesurer deux mètres cinquante.

Mr. Nell ouvrit finalement la bouche pour parler, mais Bill s'avança à côté de Ben et ne lui en laissa pas le temps.

« C-C-C-C'est m-moi q-qui ai e-eu ce-cette -i-i-idée », réussit-il à sortir péniblement. Il prit une énorme bouffée d'air, et, sous l'œil d'un Mr. Nell impassible dont l'insigne flamboyait royalement au soleil, Bill bafouilla le reste de ce qu'il voulait dire : ce n'était pas la faute de Ben ; Ben n'avait fait que se pointer par hasard et leur montrer comment faire correctement ce qu'ils faisaient mal.

« Moi aussi, intervint soudain Eddie en venant se placer de l'autre côté de Ben.

— C'est quoi, ça, “ moi aussi ” ? demanda Mr. Nell. Ton nom ou ton adresse, cow-boy à la manque ? »

Eddie rougit violemment, jusqu'à la racine des cheveux. « J'étais avec Bill avant que Ben soit là, c'est tout ce que je voulais dire. »

Richie alla se placer à côté d'Eddie. L'idée de faire une ou deux voix lui traversa bien l'esprit, mais à la réflexion (ce phénomène était une chose aussi rare que délicieuse pour Richie), il se dit que cela risquerait d'empirer les choses ; Mr. Nell n'avait pas l'air d'être d'humeur ah-ah-nante, comme disait parfois Richie. Les ah-ah étaient même sans doute la dernière chose qu'il avait à l'esprit. C'est pourquoi Richie se contenta de dire : « J'étais aussi dans le coup », et la ferma.

« Comme moi », dit Stan en se plaçant à côté de Bill.

Ils se tenaient tous les cinq en rang d'oignons devant Mr. Nell. Ben regarda à sa droite et à sa gauche, plus que désorienté, comme stupéfait d'avoir leur soutien. Pendant un instant, Richie crut bien que Meule de Foin allait éclater en larmes de gratitude.

« Jai-sus ! » répéta Mr. Nell ; il prenait un ton dégoûté, mais son visage parut soudain trahir une envie de rire. « Vous me faites une belle bande de rigolos, tous les cinq. Si jamais vos parents apprennent où vous étiez aujourd'hui, va y avoir des derrières échauffés, ce soir. »

Richie ne put se retenir plus longtemps. Sa bouche s'ouvrit, c'est tout, et se mit à jacasser, comme d'habitude.

« Comme ça va-t'y dans vot' cambrousse, Mr. Nell ? beugla-t-il. Ah, ça fait ben plaisir de vous voèr, sûr et certain, v' s'êtes un sacré gaillard d'homme, j' vous jure qu...

— Et moi, j' te jure que tu ne vas plus pouvoir t'asseoir pendant dix jours si tu continues, mon jeune ami », le coupa sèchement Mr. Nell.

Bill se tourna vers Richie et gronda : « P-Pour l'amour d-d-de Dieu, R-Richie, f-f-ferme-la !

— Excellent conseil, maître William Denbrough, dit Mr. Nell. J' suis prêt à parier que Zack ignore que tu es en ce moment dans les Friches, en train de jouer au milieu des flottilles de colombins, hein ? »

Bill, les yeux baissés, secoua la tête. Des roses sauvages empourpraient ses joues.

Mr. Nell s'adressa à Ben : « Je n'ai pas retenu ton nom, fiston.

— Ben Hanscom, m'sieur », fit Ben dans un murmure.

Mr. Nell hocha la tête et examina de nouveau le barrage. « Ton idée, Ben ?

— C'est moi qui leur ai dit comment faire, oui. » Le murmure de Ben était devenu presque inaudible.

« Eh bien, en voilà un sacré ingénieur ! Dis-moi, mon bonhomme, tu connais que dale au système de drainage de Derry, j' suis prêt à parier ? »

Bill secoua la tête.

Presque gentiment, Mr. Nell expliqua : « C'est un système double. Une partie retient les déchets humains solides — la merde, si ça n'offense pas tes chastes oreilles —, et l'autre emporte les eaux usées, c'est-à-dire l'eau des toilettes, des éviers, des douches, des machines à laver. Cette eau s'écoule par les égouts de la ville.

« Bon, on peut dire que tu n'as causé aucun problème pour le système qui nous débarrasse des déchets solides, puisqu'ils sont déversés un peu plus bas dans la Kenduskeag, par pompage. Il doit y avoir une bonne tapée de colombins en train de sécher ici et là au soleil grâce à toi, mais aucun risque de voir la merde coller au plafond chez les gens.

« Mais pour ce qui est des eaux usées..., il n'existe pas de pompe, comprends-tu ? Elles s'écoulent le long des pentes dans ce que les grosse têtes d'ingénieur appellent des fosses de drainage. Et j' suis prêt à parier que tu sais où se déversent ces fosses, mon bonhomme, non ?

— Ici », fit Ben en montrant le secteur en amont du barrage, en grande partie submergé grâce à ses soins. Il n'avait pas levé les yeux ; de grosses larmes commençaient à couler lentement sur ses joues. Mr. Nell fit semblant de ne rien remarquer.

« Tout juste, mon gros p'tit père. Toutes les fosses de drainage se déversent dans des cours d'eau qui aboutissent dans les Friches. En fait, bon nombre des ruisseaux qui arrivent ici ne sont que des eaux usées ; les sorties sont tellement enfouies dans les broussailles qu'on ne les voit pas. La merde va d'un côté et tout le reste de l'autre, Dieu bénisse l'intelligence des hommes, et il ne vous est pas venu à l'esprit une seconde que vous aviez passé toute la sainte journée à patauger dans la pisse et les eaux sales de Derry, hein ? »

Eddie se mit soudain à haleter et dut se servir de son inhalateur.

« Savez ce que vous avez fait ? Toute l'eau a reflué dans six ou huit des bassins de décantation qui desservent Witcham, Kansas et Jackson, sans compter les petites rues qui les relient. (Mr. Nell fixa Bill Denbrough d'un regard froid.) L'un d'eux communique avec ton propre foyer, maître Denbrough. Et voilà comment l'eau ne va plus s'écouler des éviers, des machines à laver, et comment les évacuations vont joyeusement refluer vers les caves. »

Ben laissa échapper un gros sanglot, comme un aboiement. Les autres lui jetèrent un coup d'œil et se détournèrent. Mr. Nell posa sa grande main sur l'épaule de Ben ; elle était calleuse et dure, mais non sans une certaine douceur aussi.

« Allons, allons, ne dramatisons pas, mon bonhomme. On n'en est peut-être pas encore là ; disons que j'ai un poil exagéré pour que vous compreniez. On m'a envoyé voir si un arbre n'était pas tombé en travers du courant ; ça se produit de temps en temps. Après tout, en dehors de vous et moi, qui a besoin de savoir que ce n'était pas ça ? Il y a en ce moment en ville des affaires un peu plus sérieuses, qu'une petite histoire d'eau refoulée. Je dirai dans mon rapport que j'ai localisé le tronc en travers et que des garçons m'ont donné un coup de main pour le sortir de là. Sans donner de noms. Pas de citation à l'ordre de la nation pour la construction d'un barrage dans les Friches. »

Du coin de l'œil, il observait les cinq gamins. Ben s'essuyait furieusement les yeux avec son mouchoir, tandis que Bill regardait pensivement le barrage ; Eddie ne lâchait pas son inhalateur ; et Stan se tenait à côté de Richie, une main sur son bras, prêt à le lui broyer s'il manifestait la moindre intention de dire autre chose que « Merci, m'sieur ».

« Vous n'avez rien à faire dans un coin pareil, les enfants, reprit Mr. Nell. Il y a bien soixante maladies différentes qui mijotent dans ce potage. D'un côté la décharge, de l'autre des ruisseaux pleins de pisse et d'eaux sales, sans parler des moustiques, des mouches noires, des ronces et des sables mouvants... Non, vous n'avez rien à faire dans un endroit pareil. Quatre parcs tout propres dans la ville pour jouer au ballon à votre disposition, mes p'tits gars, et c'est ici que je vous trouve. Jai-sus-Christ !

— Ça nous p-p-plaît d'y ve-venir, dit soudain Bill, une note de défi dans la voix. Q-Q-Quand nous y-y ve-venons, p-personne n'est l-là p-p-pour nous c-c-c-cas-casser les p-p-pieds.

— Qu'est-ce qu'il raconte ? demanda Mr. Nell à Eddie.

— Que quand nous venons ici, il n'y a personne pour nous casser les pieds, dit Eddie, la voix menue et sifflante, mais le ton ferme. Et il a raison. Quand nous allons au parc pour jouer au base-ball, par exemple, les autres disent : “ Ouais, d'accord, vous voulez être deuxième ou troisième base ? ” »

Richie se mit à caqueter : « Eddie qui nous en sort une bien bonne ! Et... sous votre nez ! »

Mr. Nell tourna vivement la tête vers lui.

Richie haussa les épaules. « S'cusez. Mais il a raison. Bill aussi a raison. On aime bien venir ici. »

Richie crut bien que Mr. Nell allait se mettre en colère, mais le flic aux cheveux blancs le surprit — lui et les autres — en se contentant de sourire. « Ouais, ouais. Moi aussi j'aimais bien le coin quand j'étais gamin. Je ne vous l'interdirai pas. Mais faites bien gaffe à ce que je vais vous dire. (Il tendit un doigt vers eux, et tous le regardèrent, l'expression sérieuse.) Si vous venez jouer ici, que ce soit toujours en groupe, comme aujourd'hui. Ensemble. Vous me comprenez ? »

Ils hochèrent la tête en chœur.

« *Tout le temps* ensemble. Pas de jeu de cache-cache où chacun est seul dans son coin. Vous savez tous ce qui se passe en ce moment. Je vous interdis d'autant moins de venir ici que ça ne changerait rien. Mais pour votre propre bien, ici ou ailleurs, restez en groupe. (Il regarda Bill.) Tu n'es pas d'accord avec moi, maître Bill Denbrough ?

— S-S-Si, m'sieur, fit Bill. Nous r-resterons en-en...

— N'en dis pas plus. Donne-moi ta main. »

Bill tendit la main et Mr. Nell la serra.

Richie se débarrassa de la main de Stan et fit un pas en avant. « Sûr et certain, m'sieur Nell, v' s' êtes un prince parmi les hommes ! Un sacré, sacré type ! » Il prit l'énorme patte de l'Irlandais dans sa petite main et la secoua énergiquement, un large sourire sur la figure. Amusé, le flic reconnut une parodie lamentable de Franklin Roosevelt.

« Merci, mon garçon, dit Mr. Nell en récupérant sa main. Va falloir travailler un peu ça, parce que pour l'instant, tu as autant l'accent irlandais que Groucho Marx. »

Les autres garçons éclatèrent de rire, surtout de soulagement. Et rire n'empêcha pas Stan d'avoir un regard de reproche pour Richie : *Tu es vraiment incorrigible !*

Mr. Nell serra les mains à la ronde, en terminant par Ben.

« Tu n'as pas à avoir honte, mon bonhomme. Ce n'est qu'une erreur de jugement. Quant à votre truc, là en bas... C'est dans un livre que tu as trouvé le plan ? »

Ben secoua la tête.

« T'as inventé ça tout seul ?

— Oui, m'sieur.

— Eh bien, nom d'une pipe ! Tu feras de grandes choses, un jour ou l'autre, sûr. Mais pas dans les Friches, c'est pas le coin pour ça. (Il regarda autour de lui, songeur.) Ça n'a jamais été le coin pour ça ; trop pourri. (Il soupira.) Allez, les enfants, détruisez-moi ce truc. Je vais aller pisser un coup et m'asseoir là-haut à l'ombre en attendant que vous remettiez les choses en ordre. » Il jeta un regard ironique à Richie en disant ces derniers mots, comme s'il l'invitait à faire une autre de ses sorties.

« Oui, m'sieur », se contenta de dire humblement Richie. Mr. Nell acquiesça, satisfait, et les garçons se remirent au travail, se tournant une fois de plus vers Ben, mais cette fois-ci, pour qu'il leur dise comment défaire le plus rapidement possible ce qu'ils avaient bâti selon ses instructions. Mr. Nell tira une bouteille brune de sa tunique et ingurgita une large rasade. Il toussa, souffla bruyamment et regarda les enfants, les yeux humides, l'expression bienveillante.

« Et c' que c'est que v' savez dans vot' bouteille, m'sieur ? lui lança Richie d'où il se tenait, dans l'eau jusqu'aux genoux.

— Tu pourras jamais la fermer, Richie ? siffla Eddie.

— Ça ? » fit Mr. Nell, l'air légèrement surpris, regardant de nouveau sa bouteille dépourvue de toute étiquette. « C'est le sirop pour la gorge des dieux, mon garçon. Voyons maintenant si tu es capable de pelleter aussi vite que tu parles. »

3

Un peu plus tard, Bill et Richie se retrouvèrent dans la côte de Witcham Street. Bill poussait Silver ; après avoir construit puis détruit le barrage, il ne disposait tout simplement plus de l'énergie indispensable pour propulser l'engin à sa vitesse de croisière. Les deux garçons étaient sales, ébouriffés et recrus de fatigue.

Stan leur avait demandé s'ils ne voulaient pas venir chez lui faire une partie de Monopoly ou de Parcheesi, mais ils avaient refusé ; il se faisait tard. Ben, l'air épuisé et déprimé, avait dit préférer rentrer chez lui voir si personne n'avait rapporté les livres de la bibliothèque. Il avait quelque motif de l'espérer, car chaque volume contenait une carte où figuraient le nom et l'adresse de l'emprunteur. Eddie expliqua qu'il voulait voir *The Rock Show* à la télé ; Neil Sedaka devait passer, et il tenait à vérifier si Sedaka n'était pas un Noir. Stan lui dit qu'il était idiot, que Sedaka était blanc, qu'on s'en apercevait rien qu'en l'écoutant. Eddie protesta, et lui fit remarquer qu'il avait toujours pris Chuck Berry pour un Blanc, jusqu'au jour où il l'avait vu dans *Bandstand.*

« Ma mère pense toujours qu'il est blanc, ajouta Eddie, et c'est tant mieux. Elle ne me laisserait sans doute plus écouter sa musique si elle apprenait que c'est un nègre. »

Stan avait parié quatre BD à Eddie que Neil Sadaka était blanc, et ils étaient partis ensemble chez Eddie pour en avoir le cœur net.

Et c'est ainsi que Bill et Richie s'étaient retrouvés tout seuls, marchant dans la direction de la maison de Bill, sans beaucoup parler. Richie se mit à repenser à l'histoire de l'album de George, avec la photo qui s'animait. En dépit de sa fatigue, une idée lui vint à l'esprit. Une idée idiote... mais qui n'était pas non plus sans attrait.

« Billy mon pote, dit-il, arrêtons-nous cinq minutes, pause café, veux-tu ? J' suis mort.

— On n'aurait p-pas cette ch-chance ! » répondit Bill, qui néanmoins fit halte et posa soigneusement Silver en bordure de la pelouse du séminaire de Derry ; puis les deux garçons s'installèrent sur les marches qui conduisaient à l'entrée de la grande bâtisse victorienne.

« Quelle j-journée ! » fit Bill, morose. Il avait deux taches mauves sous les yeux, et son visage trahissait la fatigue de quelqu'un qui n'en peut plus. « Il vaudra mieux appeler chez t-t-toi quand on sera à la m-maison. S-inon tes v-vieux vont se ronger les sangs.

— Ouais, bien sûr. Écoute, Bill... »

Richie s'interrompit, repensant à la momie de Ben, au lépreux d'Eddie et à ce que Stan avait failli leur raconter. Pendant un instant, quelque chose affleura son esprit, quelque chose qui avait à voir avec la statue de Paul Bunyan. Mais, grâce à Dieu, il ne s'était agi que d'un rêve.

Il repoussa toutes ces absurdités et se lança :

« Si on allait dans la chambre de George, chez toi ? J'aimerais voir cette photo. »

Bill regarda Richie, bouleversé. Il voulut parler et n'y réussit pas, tant était forte la tension. Il se contenta de secouer violemment la tête.

« Tu as entendu l'histoire d'Eddie, Bill. Et celle de Ben. Est-ce que tu y crois ?

— J-Je ne sais p-pas. Je c-crois qu'ils ont d-dû voir quelque ch-chose.

— Ouais, moi aussi. Et je suis sûr que tous les autres gosses qu'on a tués dans le secteur auraient une histoire comme ça à raconter. La seule différence avec Ben et Eddie, c'est qu'ils n'ont pas été pris. »

Bill souleva les sourcils, mais sans manifester une grande surprise. Richie se doutait bien que Bill avait pu faire le même raisonnement ; il bafouillait, mais il n'était pas idiot.

« Réfléchis maintenant à ça, Grand Bill ; un type a très bien pu se déguiser en clown pour tuer les enfants. Ne me demande pas pourquoi, mais qui peut dire pour quelles raisons agissent les cinglés ?

— D'a-d'a-d'a...

— D'accord. C'est pas tellement différent du joker dans une histoire de Batman. » Le seul fait d'exposer ses idées excitait Richie. Il se demanda brièvement s'il essayait honnêtement de prouver quelque chose ou s'il n'était pas en train d'embobiner Bill afin de pouvoir voir la chambre et la photo. En fin de compte, c'était probablement sans importance. Le seul fait de voir une lueur d'excitation dans l'œil de Bill suffisait.

« M-Mais, et l'histoire d-de la ph-photo, dans tout ç-ça ?

— Qu'est-ce que tu en penses, toi ? »

À voix basse, sans regarder Richie, Bill répondit qu'il pensait qu'il n'y avait aucun rapport avec les meurtres. « Je c-crois que c'-c'était le f-fantôme de G-Geo-Georgie.

— Un fantôme dans une photo ? »

Bill acquiesça.

Richie resta pensif. L'idée de fantôme ne troublait nullement son jeune esprit. Il était convaincu de leur existence. Avec des parents méthodistes, Richie allait à l'église tous les dimanches et au catéchisme tous les mardis soir. Il connaissait déjà assez bien la Bible, et il savait qu'il y avait toutes sortes de choses bizarres dedans. D'après la Bible, Dieu lui-même était au moins un fantôme pour un tiers, mais ce n'était qu'un début. On croyait aux démons dans la Bible : Jésus en avait fait sortir tout un troupeau d'un type. Vraiment marrants, ceux-là. Quand Jésus avait demandé au type qui il était, les démons avaient répondu en lui disant de s'engager dans la Légion étrangère ; ou un truc comme ça. La Bible regorgeait d'histoires de ce genre, toutes parfaitement vraies, d'après le révérend Craig et les parents de Richie. Ce n'était donc pas tant l'explication elle-même de Bill qui le gênait que la logique qui la sous-tendait.

« Mais tu as dit que tu avais peur ; pourquoi aurais-tu peur du fantôme de George, Bill ? »

Bill porta une main tremblante à sa bouche avant de parler. « Il est p-probablement en-en c-colère a-après moi. C'est m-ma f-faute, s'il est m-mort. Je l'ai en-envoyé a-avec le b-b-b... » Il fut incapable de sortir le mot, et mima donc le bateau d'une ondulation de la main. Richie acquiesça pour montrer qu'il le comprenait... mais qu'il n'était pas d'accord.

« Je ne crois pas, dit-il. Si tu l'avais descendu, je dis pas. Ou même si tu lui avais donné un fusil chargé, par exemple, et s'il s'était accidentellement tué avec. Mais ce n'était pas un fusil, juste un bateau de papier. Tu ne voulais pas lui faire de mal ; en fait (Richie leva un doigt qu'il agita comme un avocat qui avance un argument), tu voulais seulement faire plaisir à ton petit frère, non ? »

Bill s'efforça de se souvenir, désespérément. Ce que Richie venait de lui dire l'avait fait se sentir un peu mieux, pour la première fois depuis la mort de George, c'est-à-dire depuis des mois. Mais il y avait quelque chose en lui qui tenait absolument à ce qu'il ne se sente pas mieux, qui tenait à ce que ce soit sa faute ; peut-être pas entièrement, mais au moins en partie.

Sinon, comment expliquer cette zone glaciale sur le canapé entre son père et sa mère ? Sinon, comment se faisait-il que plus personne ne parlait à table, pendant les repas ? On n'entendait plus que des bruits de couteaux et de fourchettes, et quand il n'en pouvait plus, il demandait qu'on l'ex-ex-excuse et filait.

Comme si le fantôme, c'était lui ; une présence qui parlait et se déplaçait, mais que l'on n'entendait pas, que l'on ne voyait pas ; on la sentait vaguement, sans en accepter la réalité.

L'idée qu'il était responsable ne lui plaisait pas, mais l'autre alternative, dans ce cas, lui plaisait encore moins : il aurait fallu, pour expliquer le comportement de ses parents, admettre que toute l'attention qu'ils lui avaient dévolue, tout l'amour qu'ils lui avaient porté, n'avaient été que le résultat de la présence de George ; George parti, il ne restait plus rien pour lui. Et tout cela s'était produit accidentellement, sans aucune raison. S'approcher de cette issue, c'était entendre les vents de la folie souffler au-delà.

Il revint donc sur ce qu'il avait fait, senti et dit le jour de la mort de Georgie, une part de lui-même espérant que Richie avait dit vrai, l'autre espérant tout autant que non. En tant que grand frère, il n'avait pas été un saint vis-à-vis de son cadet, rien n'était plus certain. Ils s'étaient souvent battus. N'y avait-il pas eu de bagarre, ce jour-là ?

Non, pas de bagarre. Lui-même s'était senti bien trop patraque pour prendre l'initiative d'une querelle avec George. Il avait dormi et rêvé de quelque chose, rêvé d'une

(tortue)

petite bestiole marrante, il ne se souvenait pas de quoi, et il s'était réveillé alors que s'affaiblissait le bruit de la pluie, dehors, et que George grommelait, boudeur, dans la salle à manger. Il lui avait alors demandé ce qui n'allait pas. George était venu dans sa chambre et lui avait dit qu'il essayait de fabriquer un bateau de papier en suivant les directives de son illustré favori, sans arriver à s'en sortir. Bill avait dit à George d'amener l'illustré (il voulait confirmer ses souvenirs du camp d'été où il avait appris la technique des bateaux de papier). Assis à côté de Richie sur les marches du séminaire, il se souvint du regard extasié de George quand il avait vu le bateau prendre forme ; il se rappela la joie que lui avait procurée ce regard ; Georgie le prenait vraiment pour un as, un champion, le genre de type qui triomphe de toutes les difficultés. Bref, il s'était senti un authentique grand frère.

Le bateau avait tué George, mais Richie avait raison : ce n'était pas comme s'il avait donné à Georgie un fusil chargé pour jouer avec. Bill n'avait aucune idée de ce qui allait lui arriver. Comment aurait-il pu deviner ?

Il prit une profonde inspiration qui le fit frissonner, et eut l'impression qu'un gros rocher (dont il n'avait jamais soupçonné la présence) venait d'être enlevé de sa poitrine. Il se sentit immmédiatement mieux, à tous points de vue.

Il ouvrit la bouche pour expliquer cela à Richie — mais au lieu de cela, il éclata en sanglots.

Inquiet, Richie passa un bras sur les épaules de Bill (non sans avoir jeté un rapide coup d'œil à la ronde pour être sûr que personne ne les prendrait pour un couple de tapettes).

« Tout va bien, Bill, tout va bien, d'accord ? Allez, vieux, fermemoi ces robinets.

— *Je n'ai ja-ja-jamais v-voulu qu-qu'il m-m-meure,* larmoya-t-il, bafouillant plus que jamais. *JA-JAMAIS J-J-JE N'AI P-P-PENSÉ UN T-T-TRUC P-PAREIL !*

— Nom d'une pipe, Bill, je le sais bien. Si t'avais voulu lui faire sa fête, tu l'aurais poussé dans l'escalier, ou un truc comme ça. (Maladroitement, Richie tapota l'épaule de Bill et le serra contre lui avant de le relâcher.) Bon, allez, on arrête de chialer, d'accord ? On dirait un bébé. »

Peu à peu, Bill se calma. Ça lui faisait toujours mal, mais la douleur lui paraissait en quelque sorte plus propre, comme s'il avait débridé une plaie et retiré ce qui était putréfié à l'intérieur. L'impression de soulagement persistait.

« J-Je n'ai ja-jamais v-voulu sa m-mort, et si t-tu racontes à-à quelqu'un que j'-j'ai chialé, j-je te f-fous mon p-poing dans la g-gueule.

— Je ne dirai rien, promis. C'était ton frère, nom d'une pipe. Si on me tuait mon frère, je chialerais comme une Madeleine.

— Mais t'-t'as pas de f-frère.

— Ouais, mais si j'en avais un.

— Tu chialerais ?

— Sûr. » Richie se tut, observant Bill d'un air inquiet ; il se demandait s'il en avait vraiment fini. Il avait les yeux rouges et continuait de se les essuyer avec son tire-jus, mais, conclut Richie, le gros de la crise était certainement passé. « Ce que je veux dire, c'est que je ne vois pas pourquoi George voudrait te hanter. C'est ce qui me fait dire que la photo a peut-être quelque chose à voir... euh, à voir avec l'autre, là. Le clown.

— M-mais peut-être q-que G-George ne le sait p-pas, lui. Peut-être q-qu'il p-pense que... »

Richie comprit où Bill voulait en venir et le coupa d'un geste de dénégation : « Quand t'es clamsé, tu sais tout ce que les gens pensaient de toi, Bill. (Il s'exprimait avec l'air indulgent d'un grand professeur corrigeant les idées stupides d'un cul-terreux.) C'est dans la Bible : " Ouais, si on ne peut pas voir à travers le miroir actuellement, nous verrons comme si c'était une vitre après notre mort. " C'est dans la première Épître aux Thessaloniciens ou la deuxième aux Babyloniens, j'ai oublié. Ça veut dire...

— J-J'ai compris.

— Alors, qu'est-ce que tu en dis ?

— Hein ?

— Allons dans sa chambre et regardons l'album. Ça nous donnera peut-être un indice sur celui qui tue les gosses.

— J'ai la frousse.

— Moi aussi. » Richie avait répondu d'instinct, histoire de décider Bill, puis quelque chose de lourd se déplaça en lui et il se rendit compte qu'il avait, effectivement, une peur bleue.

4

Les deux garçons se glissèrent dans la maison comme des fantômes.

Le père de Bill était encore au travail ; sa mère se trouvait dans la cuisine, plongée dans un livre de poche, assise à la table. L'odeur du repas — brandade de morue — parvenait jusque dans l'entrée. Richie appela chez lui pour que sa mère ne le croie pas mort, tout de suite en arrivant.

Mais la mère de Bill les entendit et s'enquit de ce qui se passait depuis la cuisine ; Richie expliqua que sa propre mère passerait le prendre dans un moment.

Ils allèrent à l'étage, dans la chambre de Bill. Elle était rangée comme une chambre de garçon, c'est-à-dire que sa mère n'aurait eu qu'un léger mal de tête en l'examinant. Les étagères croulaient sous les livres et les BD empilées à la diable, tandis que les 45-tours, les jouets et les modèles réduits disputaient la place à d'autres livres sur le bureau, où trônait également une machine à écrire, une vieille Underwood de bureau ; ses parents la lui avaient offerte pour Noël, deux ans auparavant, et Bill s'en servait de temps en temps pour écrire des histoires, avec plus de fréquence depuis la mort de George. Cette manière de « faire semblant » lui procurait un certain soulagement.

Le tourne-disque était posé à même le sol, des vêtements entassés dessus ; Bill les fourra dans un tiroir du bureau et prit une demi-douzaine de 45-tours qu'il empila sur le gros tube du distributeur. Les Fleetwoods commencèrent à chanter *Come Softly Darling*.

Richie se pinça le nez.

Bill ne put s'empêcher de sourire, en dépit de son cœur qui cognait. « Ils n-n'aiment p-pas le r-rock. C-Celui-là, c'est m-mon c-cadeau d'anniversaire. J'ai aussi d-deux P-Pat Boone et d-deux T-Tommy Sands. Je m-me passe L-L-Little R-Richard et J-Jay Hawkins quand i-ils ne sont p-pas là. Mais s-si elle entend la-la m-musique, elle n-nous croira d-dans ma ch-chambre. Viens. »

La chambre de George était de l'autre côté du couloir, la porte fermée. Richie la regarda et se passa la langue sur les lèvres.

« Elle n'est pas fermée à clef ? » murmura-t-il. Il se prit soudain à espérer qu'elle soit barricadée. Il avait du mal à croire que l'idée d'y pénétrer était de lui, tout d'un coup.

Bill, tout pâle, secoua la tête et tourna le bouton de porte. Il entra et se tourna vers Richie, qui hésita un instant avant de le suivre. Bill referma la porte derrière eux ; la musique se réduisit à un son étouffé. Le cliquetis de la serrure fit tressaillir Richie.

Il regarda autour de lui, à la fois mort de peur et dévoré de curiosité. La première chose qu'il remarqua fut l'odeur sèche de renfermé. *Ça doit faire longtemps que l'on n'a pas ouvert la fenêtre, ici... ça doit faire longtemps que quelqu'un n'y a pas respiré, c'est vraiment l'impression que ça donne,* pensa-t-il. Il frissonna de nouveau et de nouveau se passa la langue sur les lèvres.

Son regard tomba sur le lit de George et il pensa à l'enfant, dormant maintenant pour toujours sous un matelas de terre au cimetière de Mount Hope. Pourrissant. Sans avoir les mains croisées sur la poitrine, car pour cela il faut en avoir deux, et il manquait tout un bras à George quand on l'avait enterré.

Richie laissa échapper un petit bruit de gorge ; Bill se tourna et lui jeta un regard interrogateur.

« Tu as raison, fit-il d'une voix enrouée. C'est rudement inquiétant, ici. Je me demande comment tu as pu y venir seul.

— C'é-était m-mon frère, répondit simplement Bill. Par m-moments, j-j'en ai envie, c-c'est tout. »

Il y avait des posters sur les murs, des posters pour les petits. L'un d'eux représentait Tom Terrific, le personnage du dessin animé *Captain Kangaroo,* un autre les neveux de Donald, marchant dans la nature en bonnet de raton laveur. Sur un troisième, Mr. Do arrêtait la circulation pour qu'un groupe d'enfants puissent traverser la rue. ON ATTEND LA PRÉSENCE DU PRÉPOSÉ POUR TRAVERSER ! lisait-on en dessous. George l'avait lui-même colorié.

Il était pas très bon pour rester entre les lignes, le pauv' môme, pensa Richie, avec un frisson. Il n'aurait jamais l'occasion de s'améliorer. Richie regarda la table, près de la fenêtre. Alignés au garde-à-vous par Mrs. Denbrough, à demi ouverts, se tenaient les bulletins de notes de George. À les voir ainsi, sachant qu'il n'y en aurait pas d'autres, que l'enfant était mort avant d'être capable de rester entre les lignes qu'il coloriait et que sa vie s'était achevée irrévocablement, pour l'éternité, sur ces bulletins de la maternelle et de l'école, l'imbécile réalité de la mort vint frapper Richie de plein fouet, pour la première fois de sa vie. Comme si un gros coffre-fort de fer était venu s'enfouir dans son cerveau. *Je pourrais mourir!* s'écria-t-il en lui-même, horrifié par une sorte de sentiment de trahison. *Ça arrive à n'importe qui! À tout le monde!*

« Bon Dieu, bon Dieu de bon Dieu ! fit-il d'une voix chevrotante, incapable de dire autre chose.

— Ouais, fit Bill dans un souffle, s'asseyant sur le lit de George. Regarde. »

Richie suivit le doigt de Bill et vit l'album de photos qui gisait sur le plancher, refermé. MES PHOTOGRAPHIES, lut Richie. GEORGE ELMER DENBROUGH, 6 ANS.

Six ans! s'écria la voix intérieure, avec toujours le même sentiment d'avoir été trahie. *Six ans pour toujours! N'importe qui! Merde! Tout le monde!*

« Il é-était ou-ouvert, dit Bill. A-Avant.

— Eh bien, il s'est refermé de lui-même », dit Richie, mal à l'aise, en s'asseyant à côté de Bill. Sans quitter des yeux l'album de photos. « Comme un livre.

— Les p-p-pages, j-je veux bien, m-mais pas la c-couverture. E-Elle s'est re-refermée d-d'elle-même. (Il regarda Richie solennellement, les yeux très noirs dans son visage blême et fatigué.) I-Il veut q-que ce soit t-toi qui le r-rouvres. C'est ce-ce que j-je pense. »

Richie se leva, et se dirigea lentement vers l'album. Il gisait en dessous de la fenêtre masquée seulement par de légers rideaux. Dans la cour, il aperçut un pommier d'où pendait, de la plus grosse branche, torse et noire, une balançoire que faisait osciller le vent.

Ses yeux revinrent sur l'album de George.

Une tache marron s'étalait sur la tranche, vers les pages du milieu. Ce pouvait tout aussi bien être du ketchup desséché. Évidemment. Rien n'était plus facile que d'imaginer George regardant son album de photos un hot-dog ou un hamburger bien dégoulinant à la main ; il prenait une grosse bouchée, et un peu de ketchup giclait sur l'album. Les enfants sont sujets à ce genre de petits accidents involontaires. Ce pouvait être du ketchup, mais Richie savait que non.

Il effleura l'album et retira sa main : il lui avait donné une impression de froid. Il était pourtant placé de telle manière que le soleil d'été, puissant et à peine filtré par les légers rideaux, aurait dû le chauffer toute la journée ; il dégageait néanmoins une sensation de froid.

Eh bien, je ne vais pas y toucher, pensa Richie. *De toute façon, je n'ai aucune envie de regarder dans ce stupide album plein de têtes que je ne connais pas. Je crois que je vais dire à Bill que j'ai changé d'idée. Nous n'aurons qu'à aller dans sa chambre pour lire des illustrés un moment, après quoi je rentrerai chez moi, on mangera et j'irai me coucher tôt parce que je suis pas mal fatigué ; et quand je me réveillerai demain matin, je serai convaincu qu'il s'agit bien de ketchup. Voilà ce que je vais faire. Ben oui.*

C'est ainsi qu'il ouvrit l'album avec des mains à mille kilomètres de lui, tout au bout de longs bras de plastique, et qu'il regarda la tête des gens et les coins de rue, les oncles et les tantes, les bébés et les maisons, les vieilles Ford et les vieilles Studebaker, les lignes de téléphone, les boîtes aux lettres, les palissades, les jantes de voiture avec de l'eau croupissante dedans, la grande-roue de la foire d'East County, le château d'eau, les ruines des aciéries Kitchener...

Il tournait les pages de plus en plus vite ; brusquement, elles devinrent blanches. Il revint en arrière, bien décidé à s'en sortir tout seul. Il y avait une photo du centre de Derry, avec Main et Canal Street, datant des années 30, puis plus rien.

« Il n'y a pas la moindre photo de classe là-dedans, dit Richie, regardant Bill avec une expression où se mêlaient soulagement et exaspération. Qu'est-ce que tu nous as raconté ?

— Q-Q-Quoi ?

— La dernière, c'est cette photo du centre-ville, autrefois. Après, c'est vide. »

Bill se leva et vint rejoindre Richie. Il examina le document : Derry près de trente ans auparavant, avec des autos et des camions d'un modèle antique, des lampadaires tout aussi démodés avec des grappes de globes comme de gros raisins, des piétons près du canal, immobilisés un pied en l'air par l'objectif. Il tourna la page ; comme l'avait dit Richie, il n'y avait rien.

Non, un instant, pas tout à fait. Restait l'un de ces petits angles en papier noir et cellophane dans lesquels on glissait les photos pour les retenir.

« Elle é-était là, dit-il en tapotant l'angle de papier. Regarde.

— Nom d'une pipe ! Mais qu'est-ce qu'elle est devenue ?

— J-Je ne sais p-pas. »

Bill avait pris l'album des mains de Richie et le tenait maintenant sur ses genoux. Il revint en arrière, et étudia les photos accumulées par George. Il abandonna au bout d'une minute, mais les pages continuèrent à se tourner, toutes seules, lentement mais régulièrement, avec un fort bruit de froissement qui avait quelque chose de délibéré. Bill et Richie échangèrent un regard, l'un et l'autre l'œil exorbité, et revinrent à l'album.

Il arriva de nouveau à la dernière image, et les pages arrêtèrent de tourner. Le centre de Derry en couleur sépia, la ville telle qu'elle était bien avant leur naissance.

« Hé ! » fit tout d'un coup Richie en reprenant l'album à Bill. Il n'y avait plus de peur dans sa voix, maintenant, et une expression d'émerveillement venait de se peindre sur son visage. « Merde de merde !

— Q-Quoi. Qu'est-ce q-qu'il y a ?

— Nous ! C'est nous, là, sur la photo ! Jésouille-Christouille ! Mais regarde ! »

Bill saisit le livre par l'un des côtés. Penchés sur la page, ils avaient l'air de choristes déchiffrant une partition. Bill prit une profonde inspiration, et Richie comprit que lui aussi voyait la même chose.

Sous la surface brillante de la vieille photo en noir et blanc, deux jeunes garçons marchaient sur Main Street en direction de l'intersection avec Center Street — l'endroit où le canal passait sous terre pour un peu plus de deux kilomètres. Ils se détachaient nettement devant le muret de béton qui bordait le canal. L'un d'eux portait des pantalons de golf, l'autre quelque chose qui avait presque l'air d'un costume marin. Il avait une casquette de tweed perchée sur la tête. Ils étaient de profil trois quarts par rapport à l'objectif, et regardaient quelque chose de l'autre côté de la rue. Le garçon en pantalons de golf était sans aucun doute Richie Tozier, et son camarade en costume marin et casquette de tweed, Bill Denbrough.

Ils se contemplaient, hypnotisés, sur une photographie presque trois fois plus vieille qu'eux. Richie sentit sa bouche devenir aussi sèche que de l'amadou et aussi lisse que du verre. Quelques pas en avant des deux garçons se tenait un homme retenant son Fedora par le bord, un pan de manteau relevé par un coup de vent. Il y avait des Ford Modèle-T dans la rue, une Pierce-Arrow, des Chevrolet avec des marchepieds.

« Je n'a-arrive p-pas à c-c-croi... », commença Bill, et c'est à cet instant-là que la photo se mit à s'animer.

La Ford-T qui se trouvait au milieu du carrefour (et aurait dû y rester éternellement, ou du moins jusqu'à la dissolution de la photo) acheva de le franchir, en laissant derrière elle des fumées d'échappement. Une petite main blanche apparut à la vitre du conducteur pour indiquer un changement de direction à gauche. Elle s'engagea dans Court Street et sortit du cadre du cliché, disparaissant ainsi.

La Pierce-Arrow, les Chevrolet, les Packard se mirent toutes à rouler, s'évitant les unes les autres au croisement. Au bout de vingt-huit ans, le pan du manteau de l'homme retomba. Ce dernier enfonça vigoureusement son chapeau et se mit à marcher.

Les deux garçons achevèrent leur tour d'horizon et se présentèrent de face, et l'instant suivant, Richie comprit ce qu'ils avaient regardé quand il vit un chien galeux apparaître dans Center Street. Le garçon en costume marin — Bill — monta deux doigts à la bouche et siffla. Interloqué au point d'être incapable de bouger ou de penser, Richie se rendit compte qu'il avait entendu le sifflement, qu'il entendait le ronronnement irrégulier des automobiles. Le niveau sonore était faible, comme s'ils se trouvaient derrière un vitrage épais, mais les bruits étaient bien là.

Le chien lança un coup d'œil aux deux garçons et poursuivit son chemin. Ils se mirent à rire comme des baleines et reprirent leur marche ; c'est alors que le Richie de la photo prit Bill par un bras et lui montra le canal, vers lequel ils se tournèrent.

Non, ne fais pas ça, ne fais pas ça ! pensa Richie.

Ils s'avancèrent jusqu'au muret bas de béton et soudain le clown jaillit au-dessus comme un horrible diable de sa boîte — un clown qui avait la tête de Georgie, les cheveux ramenés en arrière et collés, un sourire hideux à la bouche, les lèvres barbouillées de blanc et sanguinolentes, les yeux comme deux trous noirs. L'une de ses mains tenait les ficelles de trois ballons. Avec l'autre, il essaya de prendre le garçon en costume marin par le cou.

« N-N-N-NON ! » cria Bill en portant la main à la photo.

En mettant la main *dans* la photo.

« Arrête, Bill ! » hurla Richie en lui attrapant la main.

Il s'en fallut d'un rien. Il vit le bout des doigts de Bill pénétrer la surface de la photo et passer dans un autre monde. Il vit le bout des doigts perdre les couleurs chaudes de la vie et prendre les teintes blêmes qui passent pour du blanc dans les vieux clichés. En même temps, ils devinrent petits et comme déconnectés. On aurait dit cette illusion d'optique particulière à l'eau : la partie de la main en dessous de la surface semble flotter indépendamment de la partie qui est au-dessus.

Une série de coupures en diagonales apparurent à l'endroit où les doigts de Bill devenaient ceux de la photo, comme s'il avait mis la main entre les pales d'un ventilateur en marche.

Richie le prit par l'avant-bras et tira de toutes ses forces. Tous deux tombèrent à la renverse, tandis que l'album était projeté à terre et se refermait dans un claquement sec. Bill porta les doigts à la bouche, des larmes de douleur dans les yeux. Du sang coulait sur ses paumes et ses poignets en filets délicats.

« Fais-moi voir, Bill.

— Ça f-fait mal », répondit Bill en tendant la main à Richie, paume vers le bas. Une série de coupures entaillait son index, son majeur et son annulaire. Le petit doigt avait à peine effleuré la surface de la photographie (en avait-elle une ?) et n'avait pas été touché, apparemment ; Bill confia plus tard à Richie que l'ongle avait cependant été coupé aussi nettement qu'avec des ciseaux de manucure.

« Seigneur, Bill, dit Richie, vite, du Tricostéril ! » C'était tout ce qui lui venait à l'esprit. Nom d'une pipe, ils avaient eu de la chance : s'il n'avait pas tiré sur son bras comme il l'avait fait, Bill aurait pu y laisser les doigts. « Il faut arranger ça. Ta mère risque...

— T-T'occupe pas de m-ma mère, répondit Bill, qui reprit l'album de photos en répandant des gouttes de sang sur le plancher.

— Ne retouche pas à ce truc ! s'écria Richie en le saisissant frénétiquement par les épaules. Tu as déjà failli perdre tes doigts ! »

Bill se débarrassa de lui d'un mouvement du torse et se mit à feuilleter l'album, avec sur le visage une sinistre expression, pleine de détermination, qui fit davantage peur à Richie que tout le reste — surtout quand il vit la lueur de folie dans l'œil de son ami. Ses doigts ensanglantés laissaient des taches rouges sur les feuilles. Ces taches, comme l'autre, ne tarderaient pas à ressembler à des traces de ketchup. Évidemment.

Il tomba enfin sur la photo du centre de Derry.

La Ford-T était revenue au milieu du carrefour. Les autres véhicules étaient figés aux mêmes endroits qu'auparavant. L'homme qui marchait tenait toujours le rebord de son Fedora, et le pan de son manteau se gonflait d'air.

Les deux garçons avaient disparu.

Il n'y avait aucun enfant sur le cliché. Mais...

« Regarde ! » murmura Richie, avec un geste prudent pour ne pas approcher le doigt trop près de l'image. Un demi-cercle apparaissait au-dessus du parapet du canal ; le sommet de quelque chose de rond.

Quelque chose comme un ballon.

5

Ils sortirent juste à temps de la chambre de George. La mère de Bill n'était pour l'instant qu'une voix au bas de l'escalier et une ombre contre le mur. « Êtes-vous en train de vous battre, les garçons ? demanda-t-elle sèchement. J'ai entendu un bruit de chute.

— On cha-chahutait j-juste un peu, M-M'an », répondit Bill en jetant à Richie un coup d'œil qui lui disait : *Toi, la ferme, hein !*

« Arrêtez-moi ça immédiatement. J'ai cru que le plafond allait me tomber sur la tête.

— O-Oui, Maman. »

Ils l'entendirent qui retournait vers le devant de la maison. Autour de sa main blessée, Bill avait enroulé son mouchoir, qui s'imbibait de sang ; il allait en dégoutter d'un instant à l'autre. Les garçons descendirent à la salle de bains, et Bill laissa la main sous le robinet jusqu'à ce qu'elle arrêtât de saigner. Une fois nettoyées, les coupures, pourtant très fines, se révélèrent profondes. Voir leurs lèvres blanches et la chair rouge à l'intérieur donna envie de vomir à Richie, qui les banda de Tricostéril aussi vite qu'il put.

« Ça f-fait ho-horriblement m-mal, dit Bill.

— On n'a pas idée, non plus, de fourrer la main dans un truc comme ça, crétin ! »

Bill, solennel, regarda les anneaux de tissu adhésif puis leva les yeux sur Richie. « C'é-était le c-clown. Il e-essayait de se-se f-faire p-passer pour G-G-George.

— Exact. Tout comme il essayait de se faire passer pour la momie dans l'histoire de Ben. Et pour le clochard malade dans celle d'Eddie.

— Le lépreux ?

— Oui.

— Mais est-ce q-que c'est v-vraiment un c-clown ?

— C'est un monstre, répondit carrément Richie. Une sorte de monstre. Qui se trouve quelque part ici, en plein Derry. Et qui tue les gosses. »

6

Peu de temps après l'incident du barrage dans les Friches, Mr. Nell et l'histoire de la photo qui bougeait, Richie, Ben et Beverly Marsh se trouvèrent face à face non pas avec un monstre, mais avec deux, un samedi. Ils payèrent même pour cela (Richie, du moins, paya). Ces deux monstres étaient certes effrayants, mais nullement dangereux, car ils poursuivaient leurs victimes sur l'écran du cinéma Aladdin tandis que Richie, Ben et Beverly assistaient à leurs exploits depuis le balcon.

L'un des monstres était un loup-garou, joué par Michael Landon. Il était chouette, car même quand il devenait le loup-garou, il conservait sa coupe de cheveux en catogan. L'autre était cette espèce d'affreux branleur, joué par Gary Conway, ramené à la vie par un descendant de Frankenstein, qui jetait en pâture tout ce qu'il ne gardait pas à des alligators installés dans son sous-sol. Également au programme : des actualités avec les dernières modes de Paris et la plus récente explosion au décollage d'une fusée Vanguard à Cape Carnaveral, deux dessins animés, et BIENTÔT SUR NOS ÉCRANS. Avec entre autres *J'ai épousé un monstre venu de l'espace* et *The Blob*, que Richie inscrivit immédiatement sur ses tablettes.

Ben resta particulièrement tranquille pendant le spectacle. Meule de Foin avait bien failli se faire repérer par Henry, Huggins et Victor un peu plus tôt, et Richie ne cherchait pas plus loin l'explication de son silence. Ben avait cependant complètement oublié la présence des trois voyous (assis en dessous, presque au premier rang, se passant du pop-corn et n'arrêtant pas de chahuter). La vraie raison de ce silence s'appelait Beverly. Sa proximité avait quelque chose de tellement enivrant qu'il en était presque malade. Son corps se couvrait de chair de poule, pour lui paraître l'instant suivant aussi brûlant que s'il était atteint de fièvre tropicale dès qu'il bougeait. Quand sa main effleura celle de la fille en attrapant du pop-corn, il se mit à trembler d'exaltation. Il se dit plus tard que ces trois heures passées dans la pénombre à côté de Beverly avaient été à la fois les plus longues et les plus courtes de toute sa vie.

Richie, loin de se douter que Ben était en train de vivre les affres d'un amour d'enfance, se sentait en pleine forme. Dans la hiérarchie de ses goûts cinématographiques, il ne connaissait rien de mieux que deux films d'horreur dans un cinéma envahi par des jeunes criant à qui mieux mieux aux passages les plus sanglants. Il ne faisait absolument pas le rapprochement entre les deux séries B d'American-International Pictures et ce qui se passait actuellement en ville... pas encore, du moins.

Il avait vu la projection annoncée dans le *Derry News* du vendredi matin et en avait presque immédiatement oublié la mauvaise nuit qu'il venait de passer — il avait fini par se lever pour allumer la lumière de sa penderie, un vrai stratagème de bébé, mais auparavant, il avait été incapable de fermer l'œil une minute. Le lendemain matin, cependant, les choses lui avaient paru normales... ou presque. Il commença par se dire que Bill et lui avaient été victimes d'une hallucination collective. Évidemment, les coupures aux doigts de Bill n'étaient pas une hallucination, mais peut-être s'était-il coupé aux feuilles de l'album de George ? Ça coupe, le papier. Peut-être. Et puis, aucune loi ne l'obligeait à y penser pendant les dix prochaines années, hein ? Aucune.

Et c'est ainsi, après avoir vécu des événements qui auraient conduit n'importe quel adulte chez le plus proche psychanalyste, que Richie

Tozier se leva, s'envoya un gigantesque petit déjeuner de crêpes, tomba sur l'annonce des deux films d'horreur dans la page spectacles du journal et fit le compte de ses fonds ; comme ils étaient plutôt bas (pour ne pas dire inexistants), il entreprit le siège de son père. But : obtenir des corvées.

Mr. Tozier, déjà vêtu de sa blouse de dentiste pour le petit déjeuner, reposa la page des sports et se versa une autre tasse de café. C'était un homme d'aspect agréable, au visage fin. Il portait des lunettes cerclées de métal, avait un début de calvitie, et devait mourir d'un cancer du larynx en 1973. Il regarda l'annonce que lui indiquait son fils.

« Des films d'horreur, hein ? fit Wentworth Tozier.

— Eh oui, répondit Richie, tout sourire.

— Quelque chose me dit que tu as envie d'aller les voir.

— Ouais !

— Quelque chose me dit aussi que tu vas être pris de convulsions mortelles si jamais tu ne peux aller voir ces deux navets.

— Ouais, ouais, j'en mourrai ! Je sais que j'en mourrai ! Graaaaaag ! » Richie se laissa tomber de sa chaise, s'étreignant la gorge, la langue sortie. C'était le procédé très particulier employé par Richie Tozier pour faire du charme.

« Seigneur, Richie, vas-tu arrêter ça ? lui lança sa mère depuis la cuisinière, où elle lui préparait deux œufs à mettre sur une crêpe.

— Bon sang, Rich, lui dit son père, tandis qu'il se remettait sur sa chaise, j'ai certainement dû oublier de te donner ton argent de poche, lundi dernier. Je ne vois pas comment expliquer autrement que tu sois sans le sou dès vendredi.

— Euh...

— Dépensé ?

— Euh...

— Voilà un sujet éminemment profond de réflexion pour un garçon à l'esprit aussi léger. » Wentworth Tozier posa un coude sur la table et vint appuyer son menton dans la paume de sa main, contemplant son unique fils avec ce qui semblait être une totale fascination. « Où est-il passé ? »

Richie adopta immédiatement la voix de Toodles, le maître d'hôtel britannique : « Ah, que Monsieur me pardonne, mais je l'ai dépensé, Monsieur. Ma contribution à l'effort de guerre. La pierre que j'ai apportée à notre lutte contre les Huns sanguinaires, Monsieur. Le...

— Le plus beau tas de foutaises que j'aie jamais entendues, oui, le coupa son père d'un ton aimable en tendant la main vers le pot de confiture de fraises.

— Épargne-moi tes grossièretés à table, s'il te plaît, intervint Maggie Tozier tandis qu'elle portait ses œufs à Richie. Quant à toi, Rich, je me demande vraiment pourquoi tu as tellement envie de te bourrer le crâne avec ces nullités.

— Voyons, Maman... », protesta Richie. Il prenait un air désespéré, mais il jubilait intérieurement. Il lisait dans ses parents comme dans un livre (un livre beaucoup feuilleté et très aimé) et il était tranquille : il allait obtenir ce qu'il voulait, des corvées et la permission d'aller au cinéma samedi après-midi.

Wentworth se pencha vers son fils, souriant largement. « Quelque chose me dit que tu te retrouves là où je voulais que tu sois, dit-il.

— Ah bon ? fit Richie en lui rendant son sourire, un peu mal à l'aise.

— Oh, oui ! Notre pelouse t'est bien connue, Richie ? Tu n'en ignores rien ?

— Monsieur sait que la pelouse n'a aucun secret pour moi, Monsieur. Elle est un peu... touffue, n'est-ce pas ?

— C'est bien cela, oui, admit Wentworth, prenant le même ton que son fils. Et c'est toi, Richie, qui vas remédier à cet intolérable état des choses.

— Moi ?

— Oui, toi. D'un bon coup de tondeuse.

— D'accord, Papa, entendu », dit Richie, soudain pris d'un terrible soupçon. Et si jamais son père pensait à toute la pelouse et non pas seulement à celle de devant ?

Le sourire de Mr. Tozier s'élargit, se transformant en une grimace prédatrice de requin. « TOUTE la pelouse, bien entendu, ô rejeton débile de mes reins féconds. Devant, derrière, sur les côtés. Et quand tu auras terminé, je poserai dans ta main deux rectangles de papier vert avec le portrait de George Washington d'un côté et une pyramide surmontée de l'œil éternellement ouvert de l'autre.

— Je ne te suis pas très bien, P'pa, dit Richie, qui redoutait au contraire d'avoir trop bien compris.

— Deux dollars.

— Deux dollars pour toute la pelouse ! s'exclama Richie, sincèrement mortifié. Mais c'est la plus vaste de tout le quartier ! Allons, P'pa ! »

Wentworth soupira et reprit son journal. Sur la page de titre, on lisait : NOUVELLE DISPARITION D'ENFANT. LA PEUR REVIENT. Richie pensa un bref instant à l'étrange album de George Denbrough pour se dire aussitôt qu'il avait dû être victime d'une hallucination... et que dans le cas contraire, ça s'était passé hier et qu'aujourd'hui était un autre jour.

« Je me dis que tu ne tiens pas tant que ça à voir ces films, en fin de compte », remarqua Mr. Toziez, dont les yeux, l'instant suivant, apparurent au-dessus du journal, étudiant Richie (l'air assez content de lui, il faut l'avouer). Comme un homme avec un carré en main étudie son adversaire au poker par-dessus ses cartes.

« Quand ce sont les jumeaux Clark qui la font, tu leur donnes deux dollars chacun !

— C'est exact, admit Wentworth. Mais autant que je sache, ils ne meurent pas d'envie d'aller au cinéma demain, eux. Ou alors, c'est qu'ils sont en fonds, car cela fait un moment qu'on ne les a pas vus débarquer pour vérifier l'état de l'herbage qui entoure notre domicile. Toi, en revanche, tu meurs d'envie d'y aller et tu n'en as pas les moyens. Cette sensation d'oppression au milieu de ton corps, Richie, vient peut-être des quatre crêpes et des deux œufs que tu viens d'enfourner, ou peut-être aussi de la pression que j'exerce sur toi. Hum ? » Les yeux de Mr. Tozier replongèrent derrière le journal.

« C'est du chantage, qu'il exerce sur moi ! » protesta Richie, outré, à l'intention de sa mère, qui grignotait un toast sans beurre (elle essayait de maigrir une fois de plus). C'est du chantage, j'espère que tu t'en rends compte ?

— Oui, mon chéri, je m'en rends compte. Tu as de l'œuf sur le menton. »

Richie s'essuya. « Trois dollars, et tout sera fait quand tu seras de retour ce soir », demanda-t-il au journal.

Les yeux de son père firent une nouvelle et brève apparition. « Deux dollars cinquante.

— Nom d'un chien ! Toi et Harpagon !

— Mon idole ! répliqua Wentworth de derrière son journal. Décide-toi, Richie. Je voudrais pouvoir lire ces résultats tranquillement.

— C'est d'accord », fit Richie avec un soupir. Quand tes vieux te tiennent par là où ça fait mal, ils savent vraiment y faire ; assez ah-ahnant, en y pensant bien.

Pendant qu'il tondait, il exerça ses voix.

7

Il en termina (devant, derrière et sur les côtés) à trois heures, vendredi après-midi, et se retrouva le samedi matin avec deux dollars et cinquante cents dans son jean. Quasiment une petite fortune. Il appela Bill, mais celui-ci lui annonça, morose, qu'il devait se rendre à Bangor pour un test orthophonique.

Richie compatit et ajouta : « En-envoie-les s-se f-f-faire foutre, G-Grand B-Bill !

— P-Parle à m-mon c-cul, ma t-tête est m-malade, T-Tozier ! » rétorqua Bill en raccrochant.

Richie appela ensuite Eddie Kaspbrak, qu'il trouva encore plus déprimé que Bill ; sa mère s'était procuré des billets de bus valables pour la journée, et ils allaient rendre visite à ses tantes à Haven, Bangor et Hampden. Toutes trois étaient grosses, comme Mrs. Kaspbrak, et toutes trois vieilles filles. « Elle vont me pincer les joues et me dire : “ Comme il a grandi, ce petit ”, tu vas voir, dit Eddie.

— C'est parce qu'elles te trouvent tout mignon, Eds, comme moi. Ah, l'adorable petit garçon, qu' j' me suis dit, la première fois qu' je t'ai vu !

— Tu es un vrai salopard, Richie.

— Quand tu en connais un, tu les connais tous. Tu descendras dans les Friches, la semaine prochaine ?

— Je pense, oui, si vous en êtes. On pourrait jouer aux cow-boys.

— Peut-être. Mais... je crois que Bill et moi, on a quelque chose à te raconter.

— Quoi ?

— Il me semble que c'est plutôt à Bill de te le dire. Allez, salut. Embrasse tes tantes pour moi.

— Très drôle. »

Son troisième appel fut pour Stan le Mec, mais ses parents étaient en pétard contre lui : il venait de casser la baie vitrée du salon. Il avait joué à la soucoupe volante avec un plat à tarte qui avait pris un mauvais virage. Patatras ! Il était de corvée pour tout le week-end et probablement pour le week-end suivant. Richie compatit de nouveau et demanda si on le verrait dans la semaine aux Friches-Mortes. Stan répondit que oui, probablement, sauf si son père le consignait à la maison.

« Nom d'une pipe, Stan, c'était juste une vitre.

— Ouais, mais t'as pas vu la taille », répondit Stan en raccrochant.

Richie était sur le point de quitter le séjour, lorsqu'il pensa à Ben Hanscom. Il trouva une seule Mrs. Hanscom dans l'annuaire, et supposa à juste titre que ce devait être sa mère.

« J'aimerais bien venir, mais j'ai déjà dépensé tout mon argent de la semaine », répondit Ben. Il avait l'air déprimé et un peu honteux de l'avouer, ayant tout gaspillé en bonbons, friandises et sodas divers.

Richie, qui roulait sur l'or (et n'aimait pas aller seul au cinéma), lui proposa un prêt.

« Ouais ? Vraiment ? Tu ferais ça ?

— Bien sûr, dit Richie, intrigué, pourquoi pas ?

— Alors, c'est d'accord ! lança joyeusement Ben. D'accord ! Ça va être très chouette ! Deux films d'horreur ! Tu as bien dit qu'il y avait une histoire de loup-garou ?

— Ouais.

— J'adore les histoires de loup-garou, mec !

— Mollo, Meule de Foin, tu vas mouiller ton froc ! »

Ben éclata de rire. « On se retrouve devant l'Aladdin, d'accord ?

— Ouais, parfait. »

Richie raccrocha et contempla le téléphone, pensif. Il prit soudain conscience de la solitude dans laquelle vivait Ben Hanscom, et du coup, se sentit plein de générosité. Il sifflait en montant les escaliers. Il se plongea dans des illustrés en attendant l'heure du spectacle.

8

Il faisait une agréable journée ensoleillée avec une légère brise. Claquant des doigts, Richie descendait Center Street en direction de l'Aladdin tout en chantonnnant *Rockin' Robin.* Il se sentait bien. Il se sentait toujours bien quand il allait au cinéma ; il aimait ce monde magique de rêves. Il était navré pour ses copains retenus par de mornes devoirs en un tel jour — Bill et son orthophoniste, Eddie et ses tantes, et le pauvre vieux Stan qui allait passer l'après-midi à récurer les marches du perron ou à balayer le garage, tout ça parce qu'un moule à tarte avait viré à droite alors qu'il aurait dû virer à gauche.

Richie n'avait pas oublié son yo-yo ; il le sortit de sa poche et essaya une fois de plus de le faire « dormir ». C'était un talent qu'il rêvait d'acquérir, sans résultat jusqu'ici. Ce petit con ne voulait rien savoir. Soit il descendait et remontait bille en tête, soit il descendait pour le compte et restait en bas, pendu au bout de sa ficelle.

À mi-chemin, il aperçut une fille en jupe plissée beige et en blouse blanche sans manches, assise sur un banc, non loin de Shook's Drugstore. Elle dégustait ce qui lui parut être une crème glacée à la pistache. Sa chevelure roux auburn chatoyante, avec des mèches cuivrées presque blondes, retombait jusqu'au milieu de son dos ou presque. C'était Beverly Marsh.

Beverly plaisait beaucoup à Richie — disons plutôt qu'il l'aimait bien. Il la trouvait agréable à regarder (il n'était pas le seul, il le savait ; des filles comme Sallie Muller et Greta Bowie la haïssaient, encore trop jeunes pour comprendre comment il était possible d'avoir tout ce que l'on voulait et d'être tout de même en compétition avec une fille qui vivait dans l'un des taudis du fin fond de Main Street), mais elle lui plaisait avant tout parce qu'elle n'était pas une mauviette et avait un excellent sens de l'humour. En outre, elle avait souvent des cigarettes. Il l'aimait bien, en somme, parce qu'elle était un chic type. Il s'était cependant surpris par une ou deux fois à se demander quelle pouvait être la couleur de ses sous-vêtements, ce qui n'est pas le genre de chose que l'on se demande à propos des autres types...

Et puis, devait admettre Richie, elle était rudement jolie pour un type.

En s'approchant du banc où elle mangeait sa crème glacée, Richie resserra la ceinture d'une gabardine invisible, rabaissa le bord d'un feutre tout aussi invisible et se glissa dans la peau d'Humphrey Bogart. En y ajoutant la voix, il devint vraiment Bogart, au moins à ses propres yeux. N'importe qui d'autre aurait trouvé simplement Richie Tozier un peu enrhumé.

« Salut, ma poulette, dit-il en nasillant, une fois près d'elle. Absurde d'attendre le bus ici. Les nazis ont coupé toute retraite. Le dernier avion part à minuit. Tu le prends. Il a besoin de toi, ma poulette. Comme moi..., mais je m'en sortirai.

— Salut, Richie », dit Bev. Quand elle se tourna vers lui, il aperçut un bleu qui tournait au violet-noir sur sa joue droite, comme l'ombre d'une aile de corbeau. Il fut une fois de plus frappé par son charme, et pour la première fois, prit conscience qu'elle était probablement très belle. Jusqu'alors, il n'avait jamais pensé qu'il puisse y avoir de femmes très belles ailleurs qu'au cinéma, ou qu'il soit possible pour lui d'en connaître une. C'était peut-être le bleu qui lui avait révélé sa beauté, par contraste, la marque attirant tout d'abord l'attention et renvoyant ensuite au reste : les yeux gris-bleu, les lèvres bien ourlées et naturellement rouges, la peau d'enfant crémeuse et sans défaut. Quelques taches de rousseur étaient dispersées sur son nez.

« Tu veux ma photo ? demanda-t-elle en relevant la tête d'un air provocant.

— J'ai celle de ton passeport, ma poulette (de nouveau Boggie), mais quand tu auras quitté Casablanca, faudra m'en envoyer une autre.

— Tu es nul, Richie. Tu ressembles autant à Humphrey Bogart que moi à Ida Lupino. » Mais elle souriait en disant cela.

Richie s'assit à côté d'elle. « Tu vas au cinéma ?

— Je suis fauchée. Est-ce que je peux voir ton yo-yo ? »

Il le lui tendit. « Je devrais le rendre ; il n'y a pas moyen de le faire " dormir ", alors qu'en principe il peut. Je me suis fait avoir. »

Beverly passa un doigt dans la boucle de la ficelle, tandis que Richie repoussait ses lunettes sur son nez pour voir si elle savait s'y prendre. Elle tenait le yo-yo dans le creux de la main, paume en l'air, et le laissa rouler le long de son index. Il descendit au bout de sa ficelle, et « s'endormit ». Elle eut un petit geste du doigt (Viens ici !) et le yo-yo se réveilla aussitôt, remontant la ficelle pour atterrir dans sa paume.

Mais elle n'en resta pas là, et enchaîna sur d'autres figures, terminant par deux « tours du monde » (dont l'un passa bien près d'une vieille dame qui leur jeta des regards furibonds), le yo-yo revenant docilement dans sa main pour terminer. Elle retourna s'asseoir à côté de Richie, qui la regardait bouche bée d'admiration non feinte. Son expression la fit éclater de rire.

« Ferme-la, tu vas attraper des mouches ! »

Richie obtempéra sur-le-champ.

« De toute façon, pour le dernier coup, j'ai eu de la chance. C'est la première fois de ma vie que je réussis deux " tours du monde " de suite. »

D'autres enfants arrivaient, en route pour le cinéma. Peter Gordon accompagnait Marcia Fadden. On prétendait qu'ils étaient ensemble, mais Richie soupçonnait que leurs liens étaient surtout de voisinage (leurs maisons se jouxtaient) et qu'ils étaient tellement crétins qu'ils avaient besoin l'un de l'autre pour se soutenir. Bien qu'à peine âgé de douze ans, Peter Gordon arborait déjà une acné virulente. Il lui arrivait parfois de traîner en compagnie de Bowers, Criss et Huggins, mais il était trop pusillanime pour entreprendre quelque chose de son propre chef.

Il y eut un échange de quolibets aigres-doux, qui se termina sur de vagues menaces : « On se reverra bientôt, binoclard (Gordon) !

— Le jour où tu voudras, tocard (Richie) ! » Réplique qui eut le don de faire hurler de rire Beverly. Elle s'appuya pendant un instant à l'épaule du garçon, qui eut le temps de trouver que ce contact et l'impression d'un poids léger qui l'accompagnait n'étaient pas vraiment désagréables. Ils se redressèrent.

« Quelle belle paire d'andouilles, dit-elle.

— Ouais, je parie que Mademoiselle pisse de l'eau de rose, dit Richie, faisant de nouveau pouffer Bev.

— Non, du Chanel numéro 5, répondit-elle d'une voix étouffée, car elle avait porté les mains à la bouche.

— Tu l'as dit, admit Richie, qui n'avait aucune idée de ce qu'était du Chanel numéro 5. Bev ?

— Oui ?

— Peux-tu me montrer comment le faire “ dormir ” ?

— Je crois. Je n'ai jamais essayé d'apprendre à quelqu'un d'autre.

— Mais toi, comment as-tu appris ? Qui t'a montré ? »

Elle lui jeta un regard dégoûté. « Personne ! J'ai trouvé toute seule. Comme pour faire tournoyer le bâton. Je me défends très bien au bâton...

— T'as pas les chevilles qui enflent, par hasard ?

— Mais c'est la vérité. Et pourtant, je n'ai pris aucun cours, rien.

— Tu peux vraiment faire la majorette ?

— Oui.

— Tu vas devenir capitaine de majorettes, au lycée, non ? »

Elle sourit — un sourire que Richie n'avait encore jamais vu : à la fois rusé, cynique et triste. Il eut un mouvement de recul devant le pouvoir mystérieux qu'il révélait, comme il avait eu un mouvement de recul quand la photo de l'album de George s'était animée.

« Ça, c'est bon pour Marcia Fadden, dit-elle, ou pour Sally Mueller et Greta Bowie. Des filles qui pissent de l'eau de rose. Leurs pères payent pour les équipements, les uniformes. Elles ont un avantage. Jamais je ne serai capitaine.

— Nom d'une pipe, Bev, ce n'est pas la bonne façon de voir...

— Si, c'est la bonne. (Elle haussa les épaules.) Je m'en fiche. Pourquoi voudrais-tu que j'aie envie de faire des sauts périlleux et de montrer ma petite culotte au monde entier ? Tiens, Richie, regarde. »

Pendant les dix minutes suivantes, Bev montra à Richie comment faire « dormir » son yo-yo, et il fit quelques progrès. Tout d'un coup, il leva les yeux sur l'horloge du bâtiment de la Merril Trust, de l'autre côté de la rue, et sauta sur ses pieds. « Nom d'une pipe, s'exclama-t-il en fourrant le yo-yo dans sa poche, faut que j'y aille, Bev ! Je dois retrouver Meule de Foin. Il va penser que j'ai oublié.

— Meule de Foin ?

— Oh, Ben Hanscom. C'est moi qui l'appelle comme ça. Comme Calhoun la Meule de Foin, le lutteur. »

Beverly lui fit les gros yeux. « Ce n'est pas très gentil. J'aime bien Ben.

— Me fouettez pas, bwana ! s'écria Richie, style négrillon des plantations, en roulant des grands yeux. Moi êt'e t'ès bon nèg'e, Ma'am !

— Richie », fit Bev, doucement.

Il se tut aussitôt. « Moi aussi, je l'aime bien. Nous avons tous construit un barrage dans les Friches, il y a deux jours et...

— Vous allez jouer là-bas ? Toi et Ben ?

— Bien sûr, toute une bande, même. C'est rudement chouette, ce coin. » Il jeta un nouveau coup d'œil à l'horloge. « Faut vraiment que je me tire ! Ben va attendre.

— D'accord. »

Mais au lieu de cela, il resta un bref instant hésitant et reprit : « Viens avec moi, si tu ne fais rien.

— Je te l'ai dit, je n'ai pas un sou.

— Je te paierai ta place. Je suis en fonds. »

Elle se retourna et jeta ce qui restait de son cône de crème glacée dans la poubelle, derrière le banc. Il y avait une sincère pointe d'amusement dans ses yeux gris-bleu clair, quand elle les tourna vers lui. Elle fit semblant d'arranger sa coiffure et lui demanda : « Oh, mon cher, serait-ce un rendez-vous ? »

Pour une fois (fait exceptionnel), Richie se trouva pris au dépourvu. Il sentit même le rouge lui monter aux joues. Il avait fait cette offre de la manière la plus naturelle, comme il l'avait faite à Ben... sauf qu'il avait parlé d'avancer l'argent à Ben, non ? Eh oui. Il n'avait rien dit de tel à Bev.

Richie se sentit tout d'un coup tout maladroit. Il avait baissé les yeux devant son regard amusé, et se rendait compte que sa jupe avait légèrement remonté dans le mouvement qu'elle avait fait pour jeter le cône de gauffre, ce qui découvrait ses genoux. Il leva les yeux, mais il tomba sur les légers renflements de sa poitrine naissante, et il ne se sentit pas mieux.

Comme souvent quand il se sentait gêné, Richie se réfugia dans les clowneries.

« Oui, c'est un rancart ! s'écria-t-il en se jetant à genoux devant elle, les mains jointes. Viens, je t'en prie, viens, je t'en supplie ! Si tu dis non, je me tue sur place !

— Oh, Richie, tu es vraiment cinglé ! » dit-elle, pouffant de nouveau... mais n'avait-elle pas une pointe de rouge aux joues ? Elle n'en était que plus jolie. « Allez, relève-toi avant qu'on t'embarque pour l'asile ! »

Il obtempéra et se sentit un peu plus à l'aise, comme s'il venait de retrouver l'équilibre. Une petite pointe de folie aidait toujours à se sortir des situations embarrassantes, croyait-il. « Alors, tu veux bien venir ?

— Bien sûr ! Merci beaucoup, Richie. Tu te rends compte ? Mon premier rendez-vous ! Attends seulement que je raconte tout ça dans mon journal, ce soir. » Les deux mains serrées contre sa poitrine naissante, elle se mit à battre rapidement des cils et éclata de rire.

« J'aimerais mieux si tu n'appelais pas ça comme ça, dit Richie.

— Tu n'es pas très romantique, lui reprocha-t-elle avec un soupir.

— Pas pour un sou. »

Il se sentait néanmoins extrêmement content de lui. Le monde lui parut soudain très clair et très amical. Il se surprit à jeter des coups d'œil furtifs à la jeune fille. Elle regardait les vitrines — robes et chemises de nuit dans celle de Cornell-Hopley's, linge de maison à la Grange aux affaires — et il observait sa chevelure, l'ovale de sa joue, ou la façon dont ses bras nus sortaient des ouvertures circulaires de la blouse. Tous ces détails le ravissaient. Il n'aurait su dire pour quelles raisons, mais jamais ce qui s'était passé dans la chambre de George, chez Bill Denbrough, ne lui avait semblé aussi loin. Il était temps de partir, temps d'aller retrouver Ben, mais il aurait volontiers prolongé ces instants, pendant que les yeux de Bev parcouraient les vitrines, tant il se sentait bien près d'elle.

9

Les gosses faisaient la queue au guichet de l'Aladdin, leur pièce de vingt cents à la main, puis entraient dans la salle. Regardant à travers les portes vitrées, Richie vit une foule de jeunes agglutinés autour du comptoir à friandises. La machine à pop-corn était en sur-régime et débitait cornet sur cornet. Pas de Ben.

« Peut-être est-il déjà entré, suggéra Beverly.

— Il a dit qu'il n'avait pas d'argent. Et c'est pas la Fille de Frankenstein, là, qui le laisserait entrer sans billet », répondit Richie avec un geste du pouce en direction de Mrs. Cole, qui avait commencé à vendre des billets à l'Aladdin au temps du muet. Ses cheveux, teints en rouge éclatant, étaient tellement clairsemés que l'on voyait la peau de son crâne ; elle avait d'énormes lèvres pendantes qu'elle barbouillait d'un rouge à lèvres violacé ; de féroces taches rouges recouvraient ses joues, et ses sourcils étaient passés au crayon noir. Mrs. Cole était une parfaite démocrate : elle éprouvait une haine identique pour tous les enfants.

« Je ne voudrais pas entrer sans lui, nom d'une pipe, mais la séance va commencer. Qu'est-ce qu'il peut bien fabriquer ?

— Achète-lui son billet et laisse-le à la caissière, proposa judicieusement Beverly. Quand il arrivera... »

Ben déboucha à cet instant-là du coin de la rue. Il était hors d'haleine, et son ventre ballottait sous son sweat-shirt. Il aperçut Richie et lui fit signe de la main ; c'est alors qu'il vit Bev. Sa main s'immobilisa. Ses yeux s'agrandirent. Il acheva son geste, puis s'avança d'un pas plus mesuré vers la marquise de l'Aladdin.

« Salut Richie », dit-il avec un bref coup d'œil pour Bev, comme s'il avait craint qu'un regard trop prolongé se traduise par une brûlure au second degré. « Salut, Bev.

— Bonjour, Ben », répondit-elle. Il se fit un étrange silence entre elle et Ben ; il ne s'agissait pas d'une gêne, pensa Richie, mais de quelque chose de presque puissant. Il sentit une petite pointe de jalousie, car il venait de se passer quelque chose entre eux et il en avait été exclu quelle qu'eût été cette chose.

« Nom d'une pipe, Meule de Foin, j'ai bien cru que tu t'étais dégonflé. Tu vas voir, mon vieux, ces films vont bien te faire perdre cinq kilos et à la fin t'auras les cheveux tout blancs ! Et tu vas tellement trembler de frousse qu'il faudra une civière pour te sortir.

— J'étais ici, répondit Ben à Richie qui s'avançait vers la caisse, mais j'ai été me planquer au coin de la rue quand ces types sont arrivés.

— Quels types ? demanda Richie, qui s'attendait à la réponse.

— Bowers, Criss et Huggins, et d'autres aussi. »

Richie émit un sifflement. « Ils doivent déjà être entrés. Ils ne sont pas au comptoir.

— Ouais, je crois.

— Moi, à leur place, je claquerais pas mon fric pour des films d'horreur. Je resterais à la maison et je me regarderais dans la glace. Autant d'économisé. »

Bev éclata joyeusement de rire, mais Ben ne fit qu'esquisser un sourire. Henry Bowers avait commencé en l'égratignant un peu vivement, mais avait terminé en voulant le tuer. Ben en était convaincu.

« Tu sais pas ? reprit Richie. On va aller au balcon. À tous les coups, ils seront au deuxième ou au troisième rang, les pieds sur les dossiers.

— Tu en es sûr ? » demanda Ben, craignant que Richie n'ait pas idée de ce que représentaient ces mauvaises nouvelles — la pire de toutes ayant nom Henry Bowers.

Richie, qui avait échappé de peu à ce qui aurait pu être une terrible raclée de la part de Henry Bowers et de sa clique de cinglés, trois mois auparavant (il avait réussi à les semer au rayon jouets de Freese's, un grand magasin), comprenait beaucoup mieux ce que Ben voulait dire que ce dernier ne l'imaginait.

« Si je n'en étais pas sûr, je ne rentrerais pas, dit-il. J'ai envie de voir ces films, Meule de Foin, mais pas au point de me faire faire la peau.

— Et puis, s'ils nous font des ennuis, il n'y aura qu'à dire à Foxy de les virer », remarqua Beverly. Foxy était le surnom de Mr. Foxworth, le patron de l'Aladdin, un homme de petit gabarit, au teint jaune et d'aspect sinistre. Il vendait les confiseries et le pop-corn, psalmodiant une éternelle litanie : « Chacun son tour, chacun son tour, chacun son tour. » Avec son smoking râpé et sa chemise amidonnée élimée, il avait tout à fait l'air d'un entrepreneur de pompes funèbres ayant fait de mauvaises affaires.

Le regard dubitatif de Ben se porta de Bev à Foxy et de Foxy à Richie.

« Tu ne peux tout de même pas les laisser contrôler ton existence, fit doucement Richie, non ?

— C'est vrai », soupira Ben. En réalité, il n'en était pas si sûr... Mais la présence de Beverly avait bouleversé les données du problème. Si elle n'avait pas été là, il aurait tenté de persuader Richie d'aller un autre jour au cinéma ; si Richie avait insisté, il aurait pris la tangente. Mais voilà : Bev était là. Il ne voulait pas avoir l'air d'une poule mouillée en sa présence. De plus, l'idée d'être à côté d'elle au balcon, dans l'obscurité (même si Richie se plaçait entre eux, ce qu'il craignait), exerçait sur lui un attrait puissant.

« Nous attendrons le début de la séance pour entrer, dit Richie, qui donna un coup de poing sur le bras de Ben et reprit, souriant : Merde, Meule de Foin, tu veux vivre éternellement ? »

Ben fronça un instant les sourcils, puis partit d'un rire hennissant, imité par Richie, puis par Bev.

Richie s'approcha de nouveau de la caisse. Lèvres en Tranches-de-Foie lui jeta un regard suspicieux.

« Bonjour-bonjour, chère madame, fit Richie (voix du baron Trouduc). Je souhaiterais procéder à l'achat de trois billets pour ce spectacle si typiquement américain.

— Pas de baratin et dis-moi ce que tu veux, petit ! » aboya Tranches-de-Foie à travers le rond découpé dans la vitre. Quelque chose dans la façon qu'elle avait d'abaisser et de soulever ses sourcils mit Richie tellement mal à l'aise qu'il se contenta de pousser un billet tout froissé d'un dollar dans le guichet et de gommeler : « Eh bien, trois places.

— Ne faites pas les idiots, ne jetez pas les cornets de pop-corn, ne criez pas, ne courez pas dans le hall et les allées, dit-elle en lui rendant vingt-cinq cents, tandis que les billets jaillissaient de la fente.

— Non, ma'am », dit Richie en retournant auprès de Bev et de Richie. « Ça fait toujours chaud au cœur de voir à quel point cette vieille péteuse adore les enfants. »

Ils attendirent le début de la séance à l'extérieur, sous le regard soupçonneux de Tranches-de-Foie dans sa cage de verre. Richie régala Beverly de l'histoire du barrage, déclamant les répliques de Mr. Nell avec sa nouvelle voix (flic irlandais). Bev commença par pouffer et ne tarda pas à rire aux éclats. Ben lui-même esquissa un sourire, mais son regard ne cessait d'aller des portes vitrées de l'Aladdin au visage de Beverly.

10

Le balcon était parfait. Pendant la première bobine de *Frankenstein Junior*, Richie repéra Henry Bowers et sa bande de tordus, juste au deuxième rang, comme il l'avait prévu. Ils étaient cinq ou six en tout, tous des septièmes, sixièmes ou cinquièmes, et tous leurs bottes de moto sur les dossiers de la première rangée. Foxy venait, leur disait de les mettre à terre ; ils obtempéraient. Dès qu'il avait tourné le dos, les bottes réapparaissaient. Dix minutes plus tard, la comédie recommençait. Foxy n'avait pas le courage de les vider, et ils le savaient.

Les films étaient vraiment bien. Le jeune Frankenstein était convenablement balourd. Le loup-garou adolescent faisait davantage peur... peut-être parce qu'il avait quelque chose de triste. Certes il avait été victime de l'hypnotiseur, mais c'était à cause de la rage et des mauvais sentiments qu'il avait en lui qu'il s'était transformé en loup-garou. Richie se demanda s'il y avait beaucoup de personnes comme ça, dissimulant d'ignobles sentiments. Bowers débordait de tels sentiments, mais ne se souciait guère de les cacher.

Beverly était assise entre les garçons, mangeait du pop-corn dans leurs cornets, criait, se cachait les yeux, riait parfois. Quand le loup-garou se mit à poursuivre la jeune fille, elle enfouit son visage dans le bras de Ben, et Richie entendit distinctement le hoquet de surprise qu'il eut, en dépit des hurlements des deux cents gosses du parterre.

Finalement, le loup-garou fut tué. Dans la dernière scène, un flic déclarait solennellement à un autre flic, que cet exemple devrait montrer aux gens qu'il ne vaut mieux pas jouer avec ce qui relève de Dieu. Le rideau tomba, les lumières s'allumèrent. Il y eut des applaudissements. Richie goûtait un bonheur sans mélange, si ce n'était un léger mal de tête ; il allait de nouveau falloir rendre visite au toubib-pour-les-yeux et changer de verres. Quand il entrerait au lycée, c'est des culs de bouteille qu'il allait avoir devant les mirettes, pensa-t-il, morose.

Ben tira sur sa manche. « Ils nous ont vus, Richie, dit-il d'un ton de voix sec et désolé.

— Quoi ?

— Bowers et Criss. Ils ont levé les yeux en sortant. Ils nous ont vus !

— D'accord, d'accord ! Calme-toi, Meule de Foin. Caaalme-toi, là. On va sortir par la porte de côté. Pas de quoi s'en faire. »

Ils descendirent l'escalier, Richie en tête, Bev au milieu et Ben fermant la marche en regardant par-dessus son épaule toutes les deux marches.

« Est-ce que ces types t'en veulent vraiment, Ben ? demanda Beverly.

— Ouais, je crois bien. Je me suis battu avec Henry Bowers le dernier jour de l'école.

— Est-ce qu'il t'a fait mal ?

— Pas autant qu'il aurait voulu. C'est pour ça qu'il est encore furieux. »

Richie intervint : « Not' bon vieux Bibendum s'est quelque peu fait écorcher, murmura Richie, d'après ce qu'on m'a dit. Je ne crois pas que ça lui a fait plaisir non plus. » Il poussa la porte de la sortie latérale, et les trois enfants se retrouvèrent dans l'allée qui séparait l'Aladdin et Nan's, un restaurant qui servait des sandwichs. Ils dérangèrent un chat qui fouillait dans une poubelle ; l'animal fila vers le fond de l'allée fermée par une palissade, sur laquelle il grimpa avant de disparaître. Il y eut un fracas de couvercle de poubelle, et Bev sursauta, saisissant le bras de Richie. Elle éclata d'un rire nerveux. « J'ai encore la frousse à cause du film ! s'exclama-t-elle.

— Salut, tête de nœud », fit la voix de Henry Bowers, derrière eux.

Le trio fit brusquement demi-tour. Henry, Victor et le Roteur se tenaient à l'entrée de l'allée. Il y avait deux autres types, un peu en retrait.

« Et merde, j'étais sûr que ça allait arriver », gémit Ben.

Richie se tourna vivement vers l'Aladdin, mais la porte s'était refermée et ne pouvait pas s'ouvrir de l'extérieur.

« Allez, dis bonjour, tête de nœud ! » lança Henry en se jetant soudainement sur Ben.

Ce qui arriva par la suite resta gravé dans la mémoire de Richie comme les images d'un film : de telles choses ne peuvent tout simplement pas se produire dans la vie. Dans la vie, les petits enfants reçoivent leur raclée, ramassent leurs dents et rentrent chez eux.

Mais les choses ne se passèrent pas ainsi cette fois.

Beverly fit un pas en avant, presque comme si elle avait eu l'intention d'aller (par exemple) serrer la main de Bowers, dont les bottes tintaient sur le sol. Il était suivi de Victor et du Roteur, les deux derniers montant la garde à l'entrée de l'allée.

« Laisse-le tranquille ! cria Beverly. Tu n'as qu'à t'attaquer à quelqu'un de ta taille !

— Il est aussi gros qu'un semi-remorque, salope ! gronda Henry, toujours aussi courtois. Et maintenant, sors de mon... »

Le pied de Richie partit — partit sans qu'il eût le temps d'y penser, comme en d'autres occasions sortaient de sa bouche des plaisanteries qui pouvaient être dangereuses pour sa santé. Henry s'entrava et s'effondra. Le sol de briques de l'allée était glissant, tant il était jonché des détritus qui débordaient des poubelles du restaurant. Henry glissa comme le poids d'un jeu de galet.

Il voulut se relever, la chemise maculée de marc de café, de boue et de feuilles de laitue. « *Je vais vous faire la* PEAU ! » brailla-t-il.

Ben était resté jusqu'à cet instant-là paralysé de terreur. En lui, quelque chose cassa. Il laissa échapper un rugissement et s'empara de l'une des poubelles. Il la tint en l'air pendant une seconde ou deux, ressemblant plus que jamais à Calhoun la Meule de Foin, tandis que les détritus en tombaient. Une expression de fureur peinte sur son visage plus blanc qu'un linge, il jeta la poubelle qui vint frapper Henry dans le bas du dos. Le voyou s'aplatit de nouveau.

« Barrons-nous d'ici ! » hurla Richie.

Ils partirent en courant vers la sortie de l'allée. Victor Criss se plaça d'un bond en face d'eux. Avec un nouveau rugissement, Ben baissa la tête et lui rentra dedans à mi-corps. Victor laissa échapper un cri étranglé et se retrouva au sol.

Le Roteur réussit à saisir Beverly par sa queue de cheval, la projetant rudement contre le mur de brique de l'Aladdin, sur lequel son bras frotta. Elle se dégagea et fonça, suivie de Richie qui saisit un couvercle de poubelle en passant. Huggins lança son poing, de la taille d'un jambonneau, mais Richie brandit le rond de métal galvanisé contre lequel il vint heurter. Il y eut un *booinng !* sonore, presque musical. Richie sentit l'impact lui remonter jusqu'à l'épaule ; mais Huggins poussa un hurlement et se mit à sautiller sur place en tenant sa main qui commençait à gonfler.

L'un des garçons en sentinelle avait attrapé Beverly, et Ben s'empoignait avec lui, tandis que le dernier de la bande lui martelait les reins. Une fois de plus, Richie lança son pied, qui entra sèchement en contact avec les fesses du boxeur. Ce dernier hurla de douleur. Richie prit le bras de Beverly d'une main, celui de Ben de l'autre.

« Courez ! » cria-t-il.

Le garçon qui était aux prises avec Ben lâcha Bev et envoya un coup de poing à Richie. Après une brève explosion de douleur, son oreille s'engourdit et devint toute chaude, tandis qu'un sifflement aigu remplissait sa tête. Comme celui des écouteurs dans un contrôle d'audition, à l'école.

Ils se précipitèrent dans Central Street. Les gens se retournaient pour les voir. La bedaine de Ben faisait du yo-yo ; la queue de cheval de Bev dansait. Richie tenait ses lunettes contre son nez pour ne pas les perdre. Ça sifflait toujours dans sa tête et il se disait que son oreille allait gonfler, mais il se sentait en pleine forme. Il se mit à rire, bientôt imité par Bev, puis par Ben.

Ils s'engouffrèrent dans Court Street et s'effondrèrent sur un banc en face du commissariat de police : le seul endroit de Derry où ils pouvaient être en ce moment en sécurité, leur semblait-il. Beverly passa un bras autour du cou de Ben, un autre autour de celui de Richie et les étreignit furieusement tous les deux.

« C'était fantastique, dit-elle, les yeux jetant des éclairs. Vous les avez vus, ces types ? Dites, vous les avez vus ?

— Pour les voir, je les ai vus, répondit Ben. Et j'aimerais bien que ce soit la dernière fois. »

Cette réplique suscita une nouvelle tempête d'éclats de rire. Richie s'attendait à voir d'un instant à l'autre Bowers et sa bande déboucher dans Court Street et leur tomber dessus, commissariat ou pas, mais il riait tout de même. Beverly avait raison. Ils avaient été fantastiques.

Le Club des Ratés en a réussi une bien bonne ! cria Richie, exubérant. Wacka-wacka-wacka ! (Il mit les mains en porte-voix devant sa bouche.) Ya-HOU, ya-HOU, ya-HOU ! »

Un flic passa la tête par une fenêtre ouverte au premier et cria : « Barrez-vous d'ici, les mômes, et qu' ça saute ! Allez faire un tour ! »

Richie ouvrit la bouche pour répliquer quelque chose de brillant (sans doute en adoptant sa dernière trouvaille, la voix du flic irlandais) mais Ben lui donna un coup de pied dans les tibias. « La ferme, Richie », dit-il, immédiatement surpris d'avoir pu proférer un tel ordre.

« Il a raison, Richie, ajouta Bev en le regardant avec gentillesse. Bip-bip !

— D'accord, d'accord. Qu'est-ce que vous voulez faire, les mecs ? Tiens, on devrait aller demander à ce brave Henry s'il n'a pas envie de faire une partie de Monopoly.

— Mords-toi la langue, Richie.

— Hein ? Qu'est-ce que ça veut dire ?

— Laisse tomber. Il y a des types tellement ignorants ! »

Avec hésitation, rouge jusqu'à la racine des cheveux, Ben demanda : « Il ne t'a pas fait mal, en te tirant sur la queue de cheval, Beverly ? »

Elle lui sourit gentiment, et acquit à cet instant la certitude que c'était lui (comme elle l'avait déjà soupçonné) l'auteur de la carte postale avec le beau haïku. « Non, ce n'était pas bien méchant.

— Descendons dans les Friches », proposa alors Richie.

C'est donc là qu'ils allèrent, ou plutôt qu'ils s'enfuirent. Richie se dit plus tard qu'ils avaient ce jour-là créé un précédent pour tout l'été. Les Friches étaient devenues leur coin. Tout comme Ben avant sa rencontre avec les garnements, Bev n'y était jamais « descendue ». Ils marchaient à la file indienne sur l'étroit sentier, Richie devant, Beverly au milieu, Ben derrière. Sa jupe oscillait agréablement et des vagues de sensations imprécises submergeaient Ben à ce spectacle, aussi puissantes que des crampes d'estomac. Elle portait le bracelet à sa cheville ; il scintillait au soleil de l'après-midi.

Ils traversèrent le bras de la Kenduskeag que les garçons avaient barré en utilisant des pierres émergées, découvrirent un autre chemin, et finirent par se retrouver sur la rive de l'embranchement est du cours d'eau, beaucoup plus dégagée que l'autre. La rivière était éblouissante dans cette lumière. Sur leur gauche, on apercevait deux de ces cylindres de béton recouverts d'une plaque. En dessous, surplombant la rivière, se trouvaient des tuyaux de ciment. Il en coulait deux filets d'eau trouble. *Quelqu'un fait sa crotte en ville, et voilà où ça aboutit,* songea Ben en se souvenant des explications de Mr. Nell sur le système des égouts de Derry. Il éprouva un pénible sentiment de colère impuissante. Les poissons abondaient certainement autrefois, dans cette rivière ; aujourd'hui, on n'aurait guère eu de chance d'attraper une truite — bien plus de pêcher un morceau de papier hygiénique.

« C'est tellement beau, ici ! fit Bev avec un soupir.

— Ouais, pas mal, admit Richie. Les mouches noires sont parties, et il y a assez de vent pour que les moustiques nous fichent la paix. » Il la regarda, une lueur d'espoir dans les yeux. « T'aurais pas des cigarettes, par hasard ?

— Non. J'en avais deux, mais je les ai fumées hier.

— Dommage », dit Richie.

Une sirène retentit, et ils regardèrent tous les trois passer en cahotant un long train de marchandises qui, sur la rive opposée des Friches-Mortes, se dirigeait vers la gare de triage. Nom d'une pipe, si c'était un train de voyageurs, ils auraient une sacrée vue, songea Richie. Tout d'abord les taudis des pauvres d'Old Cape, puis les marécages à bambous de l'autre côté de la Kenduskeag et enfin, juste avant de quitter les Friches, le dépotoir à ordures municipal, une ancienne gravière où couvait le feu.

Pendant un moment, il se prit à penser de nouveau à l'histoire d'Eddie — le lépreux et la maison abandonnée de Neibolt Street. Il chassa cette idée et se tourna vers Ben.

« Alors, qu'est-ce que tu as préféré, Meule de Foin ?

— Euh ? » fit Ben en se tournant vers lui, l'air coupable. Tandis que Bev regardait au-delà de la Kenduskeag, perdue dans ses propres pensées, il avait dévoré des yeux son profil... et s'était posé des questions sur le bleu qu'elle avait à la joue.

« Dans le film, idiot. Qu'est-ce que tu as préféré ?

— J'ai bien aimé quand le Dr Frankenstein a jeté les corps aux crocodiles, sous la maison, répondit Ben.

— C'était dégoûtant, dit Bev avec un frisson. J'ai horreur de ce genre de bêtes. Ça et les piranhas et les requins.

— Ouais ? C'est quoi, les piranhas ? demanda Richie, immédiatement intéressé.

— Des poissons minuscules, expliqua Beverly. Avec plein de dents minuscules, mais aiguisées comme des rasoirs. Et si tu tombes dans une rivière où il y en a, ils te mangent en moins de deux jusqu'à l'os.

— Houlà !

— J'ai vu un film une fois là-dessus. On voyait des indigènes qui avaient besoin de traverser la rivière ; leur passerelle s'était effondrée. Alors ils ont mis une vache à l'eau, au bout d'une corde, et ils ont traversé pendant que les piranhas mangeaient la vache. Quand ils ont tiré sur la corde, il ne restait plus que le squelette. J'en ai fait des cauchemars pendant une semaine.

— Si seulement j'avais des poissons comme ça ! s'exclama Richie. Je les mettrais dans la baignoire de Bowers !

— À mon avis, il ne prend jamais de bains, fit Ben en pouffant.

— Ça, je ne sais pas, dit Bev, mais je peux vous dire qu'il vaudrait mieux faire attention à ces types. (Elle toucha le bleu qui marquait sa joue.) Mon paternel m'est tombé dessus avant-hier parce que j'avais cassé une pile d'assiettes. Une fois par semaine, ça suffit. »

Il y eut un moment de silence qui aurait pu être embarrassant mais ne le fut pas. Richie le rompit en remarquant qu'il avait préféré le passage où le jeune loup-garou se fait le méchant hypnotiseur. Sur quoi ils parlèrent cinéma pendant une heure. Bev remarqua des pâquerettes et en cueillit une, qu'elle alla placer sous le menton de Richie puis sous celui de Ben pour savoir s'ils aimaient le beurre. Tandis qu'elle tenait la fleur sous leur menton, chacun d'eux eut nettement conscience de son contact léger contre leurs épaules et de l'odeur fraîche de ses cheveux. Son visage ne fut proche de celui de Ben que pendant deux ou trois secondes, mais la nuit même il rêva du regard qu'avaient eu ses yeux pendant cet intervalle de temps, bref et éternel.

La conversation se languissait quand ils entendirent des bruits de pas en provenance du sentier. Tous trois se tournèrent aussitôt dans cette direction et Richie prit soudain conscience, de manière aiguë, qu'ils avaient la rivière derrière eux. Toute retraite leur était coupée.

Les voix se rapprochèrent. Ils se levèrent, Richie et Ben se plaçant un peu en avant de Beverly sans même y penser.

Les broussailles s'agitèrent au débouché du sentier et soudain Bill Denbrough en émergea, accompagné d'un autre gosse que Richie connaissait vaguement. Il s'appelait Bradley quelque chose, était affligé d'un terrible zézaiement et, pensa Richie, avait dû se rendre à Bangor avec Bill chez l'orthophoniste.

« Grand Bill ! s'écria-t-il, puis, prenant la voix de Toodles : Nous sommes heureux de vous voir, Mr. Denbrough. »

Bill les regarda et sourit — et une étrange conviction s'empara de Richie, tandis que Bill regardait tour à tour Beverly, Ben, puis ce Bradley quelque chose. Beverly faisait partie du groupe, disaient les yeux de Bill ; Bradley Machin, non. Il pouvait rester un moment aujourd'hui, voire même revenir dans les Friches — personne ne lui dirait : « Désolé, le Club des Ratés affiche complet, nous avons déjà notre bafouilleur de service » —, mais il n'en faisait pas partie. Il n'était pas des leurs.

Cette pensée se traduisit par une peur aussi soudaine qu'irrationnelle. Richie se sentit pendant quelques instants comme un nageur qui s'est trop éloigné. *Nous sommes attirés dans quelque chose. Nous avons été choisis, élus. Il n'y a là rien d'accidentel. Sommes-nous déjà au complet ?* songea-t-il en un éclair d'intuition.

Puis cette intuition fut engloutie dans le flot anarchique de ses pensées, comme éclate en morceaux une vitre sur un sol de pierre. En outre, ça n'avait pas d'importance ; Bill était là et Bill s'en occuperait. Il ne laisserait pas les événements échapper à son contrôle. Il était le plus grand de la bande, et incontestablement le plus beau. Richie n'avait qu'à observer à la dérobée les yeux de Bev, posés sur Bill, et ceux de Ben, un peu plus loin, qui ne quittaient pas le visage de Bev, sans illusions et malheureux, pour le savoir. Bill était aussi le plus fort, et pas seulement physiquement. Il y avait encore bien autre chose, mais comme Richie ignorait le sens de termes comme « charisme » ou « magnétisme », il sentait simplement que la force de Bill avait des racines profondes et pouvait se manifester de bien des façons, parfois inattendues. Et Richie soupçonnait que si jamais Beverly avait « le béguin » pour lui, peu importait l'expression, Ben ne serait pas jaloux (comme lui le serait, se dit Richie, si elle avait eu le béguin pour lui) ; il accepterait la chose comme allant de soi. Il y avait également autre chose : Bill était bon. Stupide de penser une chose pareille (il la sentait d'ailleurs davantage qu'il la pensait), mais le fait était là. Bonté et force semblaient rayonner de Bill. Il était comme le chevalier d'un de ces vieux films, un film passablement ringard qui ne vous en fait pas moins pleurer et applaudir à la fin. Fort et bon. Et cinq ans plus tard, alors que s'étaient rapidement estompés les souvenirs que Richie avait conservés de cet été, il se dirait que John Kennedy lui rappelait Bill le Bègue.

Qui ? lui demanderait son esprit.

Il lèverait les yeux, vaguement intrigué, et secouerait la tête. *Un type que j'ai connu... un type que j'ai connu il y a longtemps,* ajouterait-il, en repoussant ses lunettes sur son nez pour dissiper la vague impression de malaise avant de retourner à ses devoirs.

Bill Denbrough mit les mains sur les hanches, eut un sourire solaire et dit : « Eh-Eh bien, n-nous voilà... qu'est-ce q-qu'on fait, m-maintenant ?

— T'as pas des cigarettes ? » fit Richie, plein d'espoir.

11

Cinq jours plus tard, alors que le mois de juin tirait à sa fin, Bill dit à Richie qu'il voulait aller à Neibolt Street, inspecter le porche sous lequel Eddie avait vu le lépreux.

Ils arrivaient juste devant la maison de Richie, Bill poussant Silver à la main. Il avait pris Richie sur le porte-bagages pendant l'essentiel du trajet (la balade à fond la caisse dans Derry avait été un grand moment), mais il valait mieux que la mère de son copain ne les vît pas arriver dans un tel équipage.

Dans le panier de Silver, se trouvaient des pistolets d'enfant avec lesquels ils avaient joué tout l'après-midi dans les Friches ; Beverly Marsh était arrivée vers trois heures, équipée d'un jean défraîchi et d'une vieille carabine à air comprimé dont la détonation avait perdu toute vigueur — au point que lorsqu'on appuyait sur la détente bricolée au sparadrap, elle émettait un son sifflant de matelas pneumatique qui se dégonfle. La spécialité de Bev était le tireur isolé japonais ; elle savait très bien monter aux arbres et s'y embusquer pour canarder ceux qui passaient au pied. Sur sa joue, le bleu n'était plus qu'une ombre jaunâtre.

« Qu'est-ce que tu as dit ? demanda Richie, choqué... mais aussi un peu intrigué.

— J-Je veux jeter u-un c-coup d'œil s-sous ce p-porche », expliqua Bill. Il y avait de l'entêtement dans son ton, mais il ne regardait pas Richie, et ses joues s'étaient empourprées.

Mrs. Tozier était installée devant la maison, en train de lire. Elle interpella les garçons quand elle les aperçut : « Voulez-vous une tasse de thé glacé ?

— On arrive, Maman, lança Richie avant de se tourner vers Bill. On y trouvera rien du tout, reprit-il. Il a sans doute vu un clochard et a complètement déformé l'histoire. Tu connais Eddie.

— O-Oui, je c-connais E-Eddie. Mais sou-souviens-toi de la ph-photo dans l'album. »

Mal à l'aise, Richie dansa d'un pied sur l'autre. Bill leva la main droite. Il ne portait plus de pansement, mais on distinguait parfaitement les cicatrices circulaires sur les trois premiers doigts.

— Ouais, mais...

— É-É-Écoute-moi. » Bill se mit à parler lentement, sans lâcher Richie du regard. Une fois de plus, il rappela les similitudes entre l'histoire de Ben et celle d'Eddie, et ce qu'ils avaient vu sur la photo qui s'était animée. Il avança l'idée que le clown avait pu assassiner les enfants que l'on avait retrouvés morts à Derry depuis le mois de décembre précédent. « S-Sans compter les au-autres, c-ceux qui ont dis-disparu, p-peut-être, co-comme E-E-Edie C-Corco-coran.

— Mais il avait la trouille de son beau-père, objecta Richie. Il manquait pas de raisons de se barrer, merde !

— J-Je veux b-bien. Je l-le co-connaissais, m-moi aussi. Et je s-sais que son p-père le b-battait. M-mais je-je sais aussi qu'il l-lui a-a-arrivait de p-passer la nuit de-dehors p-pour être l-loin de lui.

— Autrement dit, le clown l'aurait eu pendant une de ces nuits ? commenta Richie, songeur. C'est bien ça ? »

Bill acquiesça.

« Et toi, qu'est-ce que tu veux ? Un autographe ?

— Si l-le clown a t-tué les autres, a-a-alors il a t-tué G-Geo-Georgie », dit Bill, sans lâcher le regard de Richie. Ses yeux exprimaient une dureté sans compromis, sans pardon possible. « J-Je veux l-le tuer.

— Seigneur Jésus ! fit Richie. Mais comment vas-tu t'y prendre ?

— M-Mon père a un p-pistolet. (Il postillonnait en parlant, mais Richie s'en rendait à peine compte.) I-Il ne s-sait pas que j-je le sais. Il est s-sur l'éta-tagère du haut de s-son p-placard.

— Parfait si c'est un homme, objecta Richie, et si nous arrivons à le trouver sur une pile d'ossements d'enfants...

— J'ai versé le thé, les garçons ! leur lança joyeusement Mrs. Tozier. Venez donc tant qu'il est bien frais !

— On arrive, on arrive, M'man ! » répondit Richie avec un grand sourire parfaitement artificiel, qui disparut dès qu'il se retourna vers Bill. « Parce que moi, je ne tiens pas à descendre un type simplement parce qu'il est habillé en clown, Billy. Tu es mon meilleur ami, mais je ne le ferai pas et je ne te laisserai pas faire si je peux t'en empêcher.

— Et s-si on t-trouve la p-pile d'ossements ? »

Richie se passa la langue sur les lèvres et resta quelques instants sans rien dire. Puis il demanda à Bill : « Et si ce n'est pas un homme, Bill, que feras-tu ? Si c'est une espèce de monstre ? Si des choses pareilles existent réellement ? Ben Hanscom a dit que c'était une momie et que les ballons flottaient contre le vent, qu'elle ne projetait pas d'ombre. Quant à la photo dans l'album de ton frère... ou on l'a imaginé, ou c'était de la magie, et à mon avis, nous n'avons rien imaginé. Tes doigts n'ont rien imaginé, hein ? »

Bill secoua la tête.

« Alors, qu'est-ce qu'on va faire si ce n'est pas un homme, Bill ?

— F-Faudra essayer au-autre chose.

— Ah oui ? Je vois ça d'ici. Tu lui tires dessus toutes tes balles, il continue d'avancer comme le jeune loup-garou dans le film qu'on a vu, Ben, Beverly et moi. Alors tu te sers de ta fronde, ta Bullseye. Et si la Bullseye ne marche pas, je lui lance de ma poudre à éternuer. Et si la poudre à éternuer ne marche pas et qu'il continue à avancer, on lui crie : " Pouce, Monsieur le Monstre, c'est pas du jeu. Écoutez, on va aller à la bibliothèque faire quelques lectures et on revient tout de suite, veuillez nous excuser. " C'est ça, qu'on va lui dire, Grand Bill ? »

Il regardait son ami, agitant la tête rapidement. Il était déchiré entre l'envie de voir Bill insister pour aller examiner le porche et le désir désespéré qu'il abandonnât cette idée. D'une certaine manière, c'était comme s'ils venaient d'entrer dans l'un des films d'horreur du samedi après-midi à l'Aladdin, mais d'une autre — et c'était crucial —, ça n'avait strictement rien à voir. Parce qu'il n'y avait aucun danger dans un film où l'on savait soit que les choses se termineraient bien, soit que, de toute façon, ce n'était pas sa peau qui était en jeu. Déjà l'affaire de la photo de Georgie, ce n'était pas du cinéma. Il avait cru l'oublier, mais il n'avait jamais fait que se monter le coup, car il ne distinguait que trop bien les cicatrices qui encerclaient les doigts de Billy. S'il ne l'avait pas tiré en arrière...

Incroyablement, Bill souriait. Il souriait vraiment ! « T-Tu as voulu v-voir l'a-album de photos, dit-il. Mainte-tenant, j-je veux t'amener v-voir une m-maison. Un p-prêté pour u-un r-rendu.

— Un fauché qui parle de prêter ! » répliqua Richie, et tous deux éclatèrent de rire.

« De-demain m-matin, dit Bill, comme si la question était résolue.

— Et si c'est un monstre ? objecta Richie, ne lâchant pas son ami du regard, à son tour. Si le pétard ne l'arrête pas, s'il continue à avancer ?

— F-Faudra e-essayer au-autre chose, répéta Bill. On d-doit bien trouver. » Il rejeta la tête en arrière et rit comme un loufdingue, bientôt imité par Richie. Il était impossible d'y résister.

Ils remontèrent l'allée dallée qui conduisait au porche de chez Richie. Maggie Tozier avait préparé deux énormes verres de thé glacé amélioré à la menthe et un plateau de gaufres à la vanille.

« A-Alors tu v-veux bien ?

— Non, mais je viendrais tout de même », dit Richie.

12

« Tu l'as ? » demanda Richie avec anxiété.

Il était dix heures, le lendemain matin, et les deux garçons poussaient leurs bicyclettes sur Kansas Street, le long des Friches. Le ciel était gris et triste ; la pluie était annoncée pour l'après-midi. Richie n'avait pas réussi à s'endormir avant minuit, et il se disait que Denbrough avait l'air d'avoir connu le même problème ; ce bon vieux Bill exhibait une paire de Samsonite, une sous chaque œil.

« Je l'ai, répondit Bill en tapotant le duffel-coat vert qu'il portait.

— Fais-le voir, dit Richie, fasciné.

— Pas maintenant, objecta Bill avec un sourire. Quelqu'un d-d'autre p-pourrait le voir. M-Mais re-regarde ce que j-j'ai apporté. » Il passa la main sous le duffel-coat et en ramena sa fronde.

« Oh, merde, on est dans le pétrin ! » s'exclama Richie en se mettant à rire.

Bill fit semblant d'être vexé. « C'é-était t-ton idée, T-T-Tozier. »

La fronde datait de son précédent anniversaire, un compromis dû à Zack Denbrough : son fils désirait une 22 long rifle, et sa femme ne voulait pas entendre parler d'une arme à feu pour un gamin si jeune. « Entre des mains expertes, votre fronde Bullseye peut se révéler aussi efficace qu'un bon arc de frêne ou qu'une arme à feu », proclamait la notice qui l'accompagnait, précisant aussi qu'une fronde pouvait être dangereuse et que le propriétaire ne devait pas plus s'amuser à viser quelqu'un avec l'une des vingt billes d'acier données en prime qu'avec une arme à feu chargée.

Bill n'était toujours pas devenu un expert (et soupçonnait qu'il ne le deviendrait jamais), mais trouvait justifiés les conseils de prudence de la notice ; les élastiques étaient très puissants, et quand on atteignait une boîte de conserve, la bille y faisait un sacré trou.

« Tu t'en sors mieux qu'au début, Grand Bill ?

— Un p-peu », répondit-il, ce qui n'était vrai qu'en partie. Après avoir beaucoup étudié les croquis de la notice (mystérieusement appelés « figs », comme dans « fig. 1, fig. 2 », et ainsi de suite) et s'être exercé dans un parc au point de s'ankyloser le bras, il avait réussi à atteindre la cible (qui faisait également partie du cadeau) environ trois fois sur dix. Un jour, il avait même mis dans le mille. Enfin presque.

Richie tendit les élastiques, les laissa claquer et rendit la fronde à Bill. Il ne fit pas de commentaires, mais en lui-même il doutait qu'elle pût valoir le pistolet de Zack Denbrough s'il s'agissait d'abattre un monstre.

« Ah ouais ? dit-il. T'as amené ta fronde, d'accord, la belle affaire ! Regarde donc ce que j'ai amené, moi ! » Et de sa veste il tira un paquet orné d'un dessin où l'on voyait un homme, les joues aussi gonflées que celles de Dizzy Gillespie, en train d'éternuer. POUDRE À ÉTERNUER DU DR WACKY, lisait-on sur le paquet. SUCCÈS GARANTI !

Les deux garçons se regardèrent pendant quelques instants qui se prolongèrent, avant d'éclater simultanément de rire à en hurler.

« On est v-vraiment p-prêts à tout », commenta finalement Bill, toujours secoué de fou rire, en s'essuyant les yeux du revers de sa manche.

« T'as la tête comme mon cul, Bill le Bègue.

— Je c-croyais que c'était l'in-inverse ! Bon, é-coute. On v-va planquer t-ta bé-bécane dans les F-Friches. Là où j-je mets Silver q-quand n-nous jouons. T-Tu monteras d-derrière m-moi, s'il f-faut se t-tirer en vi-vitesse. »

Richie acquiesça, n'éprouvant aucun besoin de discuter. Sa Raleigh (il se cognait parfois les genoux au guidon quand il pédalait vite) avait l'air d'une naine à côté de l'édifice style portique décharné qu'était la bicyclette de Bill. Bill était plus fort, et Silver plus rapide ; il le savait.

Ils arrivèrent au petit pont, et Bill aida Richie à ranger sa bicyclette en dessous. Puis les deux garçons s'assirent et tandis que grondait un véhicule au-dessus de leur tête, Bill ouvrit son duffel-coat et prit l'arme de son père.

« Fais d-drôlement ga-gaffe, dit Bill en le tendant à Richie, après que celui-ci eut émis un sifflement admiratif. Y a p-pas de sé-sécurité s-sur un pis-pistolet comme ç-ça.

— Il est chargé ? » demanda Richie. L'arme, un PPK Walther que Zack Denbrough avait récupéré pendant l'Occupation, paraissait incroyablement lourde.

« P-Pas enco-core, répondit Bill en tapotant sa poche. J'ai l-les b-balles ici. Mais m-mon pater-ternel dit que si on f-fait pas a-attention, un re-revolver peut s-se char-charger t-tout seul. C'est co-comme ç-ça qu'on s-se f-fait tuer. » Un sourire étrange était apparu sur son visage tandis qu'il disait cela : il n'en croyait pas un mot tout en y souscrivant complètement.

Richie comprit. Une impression de menace latente, retenue, émanait de l'arme, impression que ne lui avaient jamais produite les fusils de son père (sauf peut-être celui à répétition, tel qu'il était, incliné, muet et huilé dans un coin du placard du garage). Mais ce pistolet, ce Walther... il n'avait été créé que dans un but, aurait-on dit : tuer des gens. Richie eut un frisson en se rendant compte qu'effectivement, il avait été conçu pour cela. Que pouvait-on faire d'autre avec ? Allumer ses cigarettes ?

Il tourna le canon vers lui, prenant soin d'éloigner son doigt de la détente. Un seul regard dans cet œil noir sans paupière lui fit parfaitement comprendre la raison du sourire de Bill. Il se souvint de son propre père lui disant : *Si tu n'oublies jamais qu'une arme déchargée est une chose qui n'existe pas, tu n'auras jamais de problème de ta vie avec les armes à feu, Richie.* Il rendit le revolver à Bill, soulagé d'en être débarrassé.

Bill le remit dans son duffel-coat. La maison de Neibolt Street parut soudain moins effrayante à Richie... en revanche, la possibilité que du sang fût versé lui parut beaucoup plus d'actualité.

Il regarda son ami, envisageant peut-être de lui rappeler cette éventualité, mais il vit l'expression du visage de Bill, la comprit et dit seulement : « Prêt ? »

13

Comme toujours, lorsque Bill finissait par lever de terre son deuxième pied, Richie éprouva la certitude qu'ils allaient tomber et fendre leur stupide crâne sur le ciment. Le grand vélo zigzaguait follement dans tous les sens. Les cartes à jouer fixées à la fourche cessèrent de tirer au coup par coup et mitraillèrent en rafale. Les embardées d'ivrogne s'accentuèrent et Richie ferma les yeux en attendant l'inévitable.

Bill mugit alors : « *Ya-hou, Silver,* EN AVANT*!* »

La bicyclette prit un peu de vitesse, les zigzags à donner mal au cœur s'atténuèrent et disparurent. Richie cessa d'étreindre comme un malade la taille de Bill, et s'accrocha au porte-bagages de la roue arrière. Ils traversèrent Kansas Street en diagonale, foncèrent dans la pente de plus en plus vite et prirent la direction de Witcham où ils débouchèrent bientôt comme un boulet de canon. Bill dut incliner la bicyclette à fond pour passer et mugit de nouveau : « *Ya-hou, Silver!*

— Lâche pas les pédales, Grand Bill ! cria Richie, tellement mort de frousse qu'il n'était pas loin d'en faire dans son pantalon, ce qui ne l'empêchait pas de rire comme un forcené. Tiens bon la route ! »

Pour lui donner raison, Bill redressa l'engin et, debout sur les pédales, se mit à pomper des deux jambes à un rythme infernal. À voir le dos de Bill, qui était d'une largeur exceptionnelle pour un gamin de onze ans allant sur ses douze ans, chaque épaule s'inclinant tour à tour sous le duffel-coat tandis qu'il faisait porter son poids d'une pédale sur l'autre, Richie se sentit soudain convaincu qu'ils étaient invulnérables... qu'ils vivraient éternellement. Euh... Bill, en tout cas. Bill ne se rendait pas compte à quel point il était fort, sûr de lui et parfait.

Ils continuaient de foncer, tandis que les maisons se faisaient plus rares et les carrefours plus espacés.

« *Ya-hou, Silver!* » beugla une fois de plus Bill, à quoi Richie répliqua sur le même ton de vocifération : « Ya-hou, Silve', Missié, voilà bien qui s'appelle fai'e du vélo ! Ya-hou, Silve', EN AVANT*!* »

Ils longeaient maintenant des champs tout verts, qui paraissaient plats et sans profondeur sous le ciel plombé. On devinait la vieille gare de briques, au loin. À sa droite, s'alignaient des hangars en préfabriqué. Silver cahota sur un premier passage à niveau, puis sur un deuxième.

Ils arrivèrent enfin à la hauteur de Neibolt Street, qui prenait sur la droite. GARE ET DÉPÔT DE DERRY, lisait-on sous le nom de la rue. Autrefois bleu, le panneau pendait de travers, tout rouillé. En dessous, une pancarte encore plus grande, lettres noires sur fond jaune, annonçait (comme un commentaire sur les chemins de fer eux-mêmes) : VOIE SANS ISSUE.

Bill s'engagea dans Neilbolt Street, s'approcha du trottoir sur lequel il posa le pied. « On v-va marcher à-à partir d'ici. »

Richie quitta le porte-bagages avec des sentiments mêlés de soulagement et de regret. « D'accord. »

Ils restèrent dans la rue, car le trottoir était craquelé et plein d'herbes. Dans le dépôt de triage, non loin de là, un diesel tournait lentement, paraissait s'arrêter et repartait. Une ou deux fois, ils entendirent le tintement de métal de wagons que l'on accouplait.

« T'as pas la frousse ? » demanda Richie.

Bill, qui poussait Silver par le guidon, tourna un instant la tête vers son ami et acquiesça. « Si. P-Pas t-toi ?

— Et comment ! »

Bill avait interrogé son père la veille sur Neibolt Street. Il lui avait dit, rapporta-t-il à Richie, que les employés des chemins de fer — ingénieurs, mécaniciens, mais aussi employés de la gare et des ateliers — occupaient presque toutes les maisons de cette rue jusqu'à la fin de la Deuxième Guerre mondiale. Le déclin de la rue avait suivi celui de la gare. Plus Bill et Richie s'avançaient, plus les maisons étaient espacées, miteuses et sales. Les trois ou quatre dernières, des deux côtés, avaient leurs ouvertures condamnées par des planches, leur jardin envahi d'herbes folles. Un panneau À VENDRE pendait, solitaire, agité par le vent, du porche de l'une d'elles. Il faisait à Richie l'impression d'être vieux de mille ans. Le trottoir s'interrompit ; ils marchaient maintenant sur un chemin de terre battue où poussaient de maigres touffes d'herbe.

Bill s'arrêta et fit un signe. « C'est l-là », dit-il doucement.

Le 29, Neibolt Street avait autrefois été une maison pimpante peinte en rouge style Cape Cod. Peut-être, pensa Richie, un ingénieur avait-il vécu ici ; il imaginait un célibataire toujours en jeans, un type qui ne passait chez lui que quatre ou cinq jours par mois et écoutait la radio tout en jardinant ; un type qui mangeait surtout des grillades (mais pas de légumes, même s'il en faisait pousser pour ses amis) et qui, le soir venu, pensait à la Fille-laissée-derrière-lui.

Le rouge n'était plus maintenant que du rose délavé, avec de grandes parties pelées qui avaient l'air de plaies. Les fenêtres étaient toutes aveuglées de planches, et la plupart des bardeaux de bois avaient sauté. Les mauvaises herbes poussaient anarchiquement des deux côtés de la maison, et devant, ce qui restait du gazon s'ornait de la première floraison de pissenlits de la saison. Sur la gauche, une haute palissade de bois, qui avait peut-être été autrefois blanche mais dont le gris s'accordait aujourd'hui à celui du ciel, s'enfonçait en ondulations d'ivrogne au milieu de broussailles humides. Vers le milieu, elle abritait un carré de tournesols monstrueux, dont le plus grand mesurait bien deux mètres cinquante. Ils avaient un aspect boursouflé déplaisant. La brise les agitait et ils semblaient se dire les uns aux autres : *Les garçons sont ici, quelle agréable surprise. Encore des garçons. NOS garçons.* Richie frissonna.

Tandis que Bill installait soigneusement Silver contre un orme, Richie observa la maison. Il remarqua la roue qui émergeait des herbes touffues, près du porche, et la montra à Bill. C'était le tricycle renversé mentionné par Eddie.

Ils regardèrent la rue dans les deux sens. Elle était complètement déserte. Le halètement du moteur croissait et décroissait, un son qui semblait suspendu dans le ciel bas comme un charme hypnotique. On entendait de temps en temps un véhicule passer sur la route numéro 2, mais on ne pouvait le voir.

Le diesel ronflait, se calmait, ronflait, se calmait.

Les grands tournesols hochaient gravement la tête. *Des garçons tout frais ? De bons garçons. NOS garçons.*

« Tu-tu es p-prêt ? demanda Bill, ce qui fit sursauter Richie.

— Tu sais, j'étais justement en train de me dire que je devais rendre aujourd'hui les livres à la bibliothèque. Je devrais peut-être bien...

— A-Arrête tes sa-salades, R-R-Richie. Es-t-tu prêt, oui ou-ou n-non ?

— Je crois que oui », répondit Richie, sachant fort bien qu'il ne l'était pas et qu'il ne le serait jamais pour ce genre de scène.

Ils traversèrent la pelouse foisonnante en direction du porche

« Re-regarde p-par là », dit Bill.

Sur le côté gauche du porche, le treillis de bois pendait, retenu par le fouillis des buissons. On voyait les clous rouillés qui avaient été arrachés. C'était un coin d'anciens rosiers, et tandis que les roses de part et d'autre du lattis démoli s'épanouissaient nonchalamment, celles qui étaient directement dans son axe ou tout à côté étaient fanées et mortes.

Bill et Richie échangèrent un coup d'œil sinistre. Tout ce qu'Eddie leur avait raconté se vérifiait jusqu'ici ; sept semaines après, les preuves étaient encore là.

« Tu ne veux tout de même pas aller là-dessous, hein ? demanda Richie, d'un ton presque de supplication.

— N-non, dit Bill, mais j-je vais t-tout de même y-y-y aller. »

Richie comprit, le cœur battant, qu'il était parfaitement sérieux. Cette lumière grise était de retour dans les yeux de Bill, où elle brillait de manière soutenue. Il y avait sur son visage une détermination, une volonté inébranlables qui le faisaient paraître plus âgé. *Il a réellement l'intention de le tuer, s'il est encore ici. De le tuer et peut-être de lui couper la tête pour la ramener à son père et lui dire : « Regarde, c'est ça qui a tué George, et peut-être maintenant vas-tu me parler le soir en rentrant, même si c'est pour me dire comment s'est passée la journée ou qui a perdu aux dés la tournée des cafés du matin. »*

« Bill... », dit-il. Mais Bill était déjà parti vers l'autre extrémité du porche, par où Eddie avait dû pénétrer. Richie fut obligé de courir pour le rattraper, et il faillit tomber lorsqu'il trébucha sur le tricycle que la rouille, en le rongeant, ramenait à la terre.

Il rejoignit Bill alors que celui-ci s'accroupissait pour regarder sous le porche. Il n'y avait pas trace de treillis à ce bout ; quelqu'un (un clochard, sans doute) l'avait arraché depuis longtemps pour accéder à l'abri en dessous, pour se protéger de la neige de janvier, des pluies froides de novembre ou des violents orages d'août.

Richie s'accroupit à côté de lui, le cœur lui martelant la poitrine. Il n'y avait rien sous le porche, sinon des amas de feuilles en décomposition, des journaux jaunâtres et des ombres. Trop d'ombres.

« Bill, répéta-t-il.

— Q-quoi ? » Bill avait ressorti le Walther de son père. Il fit tomber le chargeur dans son autre main et prit quatre balles dans sa poche, qu'il chargea soigneusement, une à une. Richie le regardait faire, fasciné, puis regarda de nouveau sous le porche. Il vit quelque chose d'autre, cette fois. Du verre brisé. Des éclats qui luisaient à peine dans la pénombre. Son estomac se mit à le tirailler douloureusement. Ce n'était pas un sot, et il comprit que ce détail était bien près de confirmer l'histoire d'Eddie. Ces éclats de verre sur les feuilles qui pourrissaient sous le porche signifiaient que la fenêtre avait été brisée récemment, de l'intérieur. Depuis la cave.

« Q-quoi ? » répéta Bill en se tournant vers Richie. Son visage, blanc comme un linge, avait une expression terrible.

« Rien, dit-il.

— T-tu viens ?

— Ouais. »

Ils rampèrent sous le porche.

L'arôme des feuilles en décomposition plaisait habituellement à Richie, mais l'odeur qui régnait là-dessous n'avait rien d'agréable. Leur amas spongieux cédait sous les mains et les genoux, et il avait l'impression qu'on aurait pu s'y enfoncer de plus de cinquante centimètres. Il se demanda soudain ce qu'il ferait si jamais une main ou une griffe surgissait d'entre les feuilles pour le saisir.

Bill examinait la fenêtre brisée. Il y avait des débris de verre tout alentour. Le montant de bois qui séparait auparavant les deux vitres, brisé en deux, avait volé jusque sous les marches du porche. Le haut du cadre de la fenêtre pointait vers l'extérieur comme un os fracturé.

« Quelque chose a cogné là-dessus rudement fort », fit Richie dans un souffle. Bill, qui regardait à l'intérieur — ou du moins essayait —, acquiesça.

Richie le poussa du coude jusqu'à ce qu'il puisse voir quelque chose lui aussi. La cave, plongée dans la pénombre, était jonchée de caisses et de boîtes diverses. Le sol de terre dégageait une odeur d'humidité semblable à celle des feuilles. Une chaudière imposante occupait un pan de mur sur la gauche ; des tuyaux en partaient vers le plafond bas. Un peu plus loin, dans le coin, Richie distingua une sorte de stalle fermée de planches. Il pensa tout d'abord à une stalle de cheval, mais a-t-on jamais mis des chevaux dans les caves ? Puis il lui vint à l'esprit que dans une maison aussi ancienne, la chaudière devait brûler du charbon et non du mazout. On ne l'avait pas changée parce que personne ne voulait de cette baraque. Le truc, là, sur le côté, était un seau à charbon. Sur la droite, on distinguait une volée de marches qui conduisait au rez-de-chaussée.

Et voici que Bill se mettait en position assise..., se courbait en avant... et avant que Richie eût pu se convaincre de ce qu'allait faire son ami, ses jambes disparaissaient par la fenêtre.

« Bill, pour l'amour du ciel ! siffla-t-il, qu'est-ce que tu fabriques ? Sors de là ! »

Bill ne répondit pas. Il glissa à l'intérieur par un mouvement de reptation, accrochant son duffel-coat à la hauteur du bas du dos, et manquant de peu un éclat de verre encore fiché dans le bois qui ne l'aurait pas arrangé. Une seconde après, Richie entendit le bruit de ses tennis contre le sol de terre battue.

« Qu'il aille se faire foutre ! » se dit à lui-même Richie d'une voix chevrotante, tout en scrutant le rectangle obscur dans lequel son ami venait de disparaître. « T'es complètement cinglé, Bill ! »

La voix de Bill monta jusqu'à lui. « T-Tu peux r-rester là-haut si-si tu v-veux, R-R-Richie. M-Monte la garde. »

Au lieu de cela, il roula sur lui-même et engagea les jambes dans ce qui restait du cadre avant de piquer une crise de nerfs, espérant ne pas se couper les mains ou le ventre sur les échardes de verre.

Quelque chose l'empoigna aux jambes, et il ne put retenir un hurlement.

« C-C'est j-juste m-moi », fit Bill à voix basse. Un instant plus tard, Richie se retrouvait à côté de lui dans la cave, rentrant sa chemise dans son pantalon. « Qui c-croyais-tu q-que c'était ? reprit Bill.

— Le père Fouettard, répliqua Richie avec un rire mal assuré.

— T-Toi, tu vas p-par là et m-m-moi, par i-ici...

— Ça va pas la tête, non ? » Il entendait les battements de son cœur jusque dans sa voix, dont l'émission était hachée et inégale. « Je te colle au cul, Grand Bill ! »

Ils se dirigèrent tout d'abord vers le tas de charbon, Bill en tête, le revolver à la main, suivi de près par Richie s'efforçant de regarder partout à la fois. Bill resta quelques instants immobile le long de la dernière planche qui isolait le tas de charbon du reste de la cave, puis en fit le tour d'un bond, pointant l'arme à deux mains. Richie ferma les yeux de toutes ses forces, dans l'attente de l'explosion. Elle ne vint pas. Il rouvrit prudemment les yeux.

« R-Rien que d-du charbon », dit Bill avec un petit rire nerveux.

Richie le rejoignit et constata qu'il restait en effet un tas de charbon qui rejoignait presque le plafond au fond de la stalle et descendait en pente douce jusqu'à leurs pieds.

« Allons... », commença Richie — et à cet instant, la porte en haut des marches s'ouvrit violemment, heurtant le mur à grand bruit ; un peu de la lumière du jour pénétra jusque dans la cave.

Les deux garçons hurlèrent.

Ils entendirent des grognements. Ils étaient puissants, comme ceux d'un animal sauvage en cage. Ils virent une paire de tennis apparaître sur les premières marches, puis par-dessus, des jeans délavés. Des mains qui se balançaient...

Sauf qu'il ne s'agissait pas de mains, mais de pattes. D'énormes pattes torses.

« *Gr-grimpe s-sur le t-t-tas de ch-charbon !* » hurla Bill à Richie qui restait paralysé, ayant soudain compris ce qui venait vers eux, ce qui allait les tuer dans cette cave qui empestait la terre humide et le vin frelaté que l'on avait renversé dans les coins. Mais il avait besoin de voir. « *Y a u-une f-fenêtre en haut d-du t-tas !* »

Les pattes étaient couvertes d'une épaisse toison brune frisée et torsadée ; des ongles ébréchés terminaient les doigts. Richie vit apparaître une veste de soie. Noire avec un liseré orange — les couleurs du lycée de Derry.

« *Gr-Gr-Grimpe !* » hurla Bill en donnant à Richie une gigantesque bourrade. Richie alla s'étaler dans le charbon, dont les angles et les arêtes aigus le reçurent douloureusement, le tirant de son hébétude. Du charbon lui roula sur les mains. Le grognement fou continuait, ininterrompu.

La panique engloutit l'esprit de Richie.

À peine conscient de ce qu'il faisait, il se précipita sur la montagne de charbon, avançant, glissant, repartant vers l'avant, sans cesser de hurler. En haut du tas, la fenêtre était noire de poussière de charbon et ne laissait pénétrer aucune lumière. Une crémone la fermait. Richie la saisit et voulut la tourner en y mettant toute sa force. Elle ne bougea pas. L'effrayant grognement se rapprochait.

Une détonation partit en dessous de lui, un bruit assourdissant dans cet endroit clos. L'odeur de la poudre, puissante et acide, vint piquer les narines de Richie. Elle le tira suffisamment de sa panique pour qu'il eût le temps de se rendre compte qu'il tournait la crémone dans le mauvais sens. Il inversa son effort, et elle céda avec un long grincement rouillé, tandis que de la poussière de charbon venait saupoudrer ses mains comme du poivre.

Il y eut une deuxième détonation, tout aussi assourdissante. Bill Denbrough hurla : « *TU AS TUÉ MON FRÈRE, ESPÈCE DE SALOPARD !* »

Pendant quelques instants, la créature qui avait descendu les escaliers émit des sons entre le rire et la parole — comme si quelque chien vicieux s'était mis à aboyer des mots ; et Richie crut comprendre que la chose en veston d'uniforme lycéen avait répondu : *Et je vais te tuer, toi aussi.*

« *Richie !* » cria alors Bill ; Richie entendit le charbon qui se remettait à rouler pendant que Bill se précipitait vers le sommet du tas. Les grognements et les rugissements continuaient ; il y eut un craquement de planche éclatée, tandis que se mêlaient aboiements et hurlements, des sons sortis tout droit d'un cauchemar.

Richie donna une poussée violente à la fenêtre, sans se soucier du verre qui pourrait lacérer ses doigts. C'était un détail, maintenant. Elle ne se brisa pas, mais s'ouvrit vers l'extérieur sur ses antiques gonds d'acier couverts de rouille. Nouvelle avalanche de poussière de charbon, cette fois sur le visage de Richie. Il sortit sur le côté de la maison en se tortillant comme une anguille et sentit l'odeur fraîche et douce de l'air tandis que les hautes herbes caressaient son visage. Il se rendit très vaguement compte qu'il pleuvait ; il voyait les énormes tiges des tournesols géants, vertes et velues.

Le Walther partit une troisième fois et la bête dans la cave hurla, un son primitif de rage pure. « *Il m-m'a eu, R-Richie! Au se-secours! Richie! I-Il m'a eu!* » cria alors Bill.

Richie se retourna et, à quatre pattes, vit le rond de terreur qu'était le visage de son ami, tourné vers la fenêtre sur-dimensionnée de la cave par laquelle autrefois, tous les mois d'octobre, on faisait rouler le charbon de l'hiver

Bill gisait étalé sur le charbon. Ses mains s'agitaient en direction de la fenêtre, mais inutilement car elle était hors de portée. Sa chemise et son duffel-coat étaient remontés jusqu'à mi-poitrine et il était tiré en arrière par quelque chose que Richie n'arrivait pas à distinguer nettement. Une chose comme une grande masse d'ombre qui se déplaçait derrière Bill. Une masse d'ombre qui grondait et produisait des sons inarticulés presque humains.

Richie n'avait pas besoin de la voir plus distinctement. Il l'avait déjà vue le samedi précédent, sur l'écran de l'Aladdin. Tout cela était fou, complètement fou, mais il ne vint pas une seule seconde à l'esprit de Richie de douter de sa propre raison ou des conclusions qu'il fallait tirer.

Le loup-garou adolescent venait d'avoir Bill Denbrough. Sauf que ce n'était pas Michael Landon, le visage grimé, le corps couvert d'une fausse fourrure. C'était bien réel.

Comme pour le prouver, Bill cria de nouveau.

Richie tendit les deux mains et s'empara de celles de Bill, qui tenait toujours le Walther dans la droite. Pour la deuxième fois, ce jour-là, Richie plongea son regard dans l'œil noir sans paupière... mais cette fois-ci il était chargé.

On se disputait Bill : Richie le tenant par les poignets, le loup-garou par les chevilles.

« *B-Barre-toi d'ici, R-R-Richie! Barre-toi!* »

Soudain la figure du loup-garou sortit de l'obscurité. Il avait un front bas et aplati, couvert de rares poils, les joues creuses et velues. Ses yeux, brun foncé, manifestaient une horrible compréhension. Sa mâchoire inférieure tomba et il se mit à gronder. Une écume blanche coulait des deux coins de son épaisse lèvre inférieure en deux filets qui gouttaient de son menton. Sur son crâne, les cheveux étaient ramenés en arrière dans une immonde parodie de catogan. Il rejeta la tête en arrière et rugit, sans quitter Richie des yeux.

Bill réussit à gagner du terrain; Richie le saisit par l'avant-bras et tira. Pendant un instant, il crut qu'il allait l'emporter. Le loup-garou s'empara alors de nouveau des chevilles de Bill, qui fut brutalement tiré en arrière, vers les ténèbres. La chose était plus forte. Elle s'était emparée de Bill et n'entendait pas y renoncer.

Alors — sans la moindre idée de ce qu'il faisait ni des raisons qui le poussaient à le faire —, Richie entendit la voix du flic irlandais lui sortir de la bouche, la voix de Mr. Nell. Non pas celle de Richie Tozier faisant l'une de ses imitations ringardes ; pas exactement non plus la voix de Mr. Nell. C'était la voix de tous les flics irlandais qui avaient battu le pavé dans l'histoire de la police américaine :

« *Laisse filer, mon garçon, ou j' te fends ton crâne épais ! Je l' jure par Jai-sus ! Lâche-le tout de suite, bâtard, ou tu auras ton propre cul pour déjeuner !* »

Dans la cave, la créature laissa échapper un rugissement de rage à crever les tympans... mais Richie eut l'impression qu'il s'y trouvait aussi une note de douleur, ou peut-être de peur.

Il tira de nouveau, de toutes ses forces, et Bill vola par la fenêtre, s'étalant sur l'herbe. Il regarda Richie, les yeux agrandis par l'horreur. Le devant de son duffel-coat était tout noir de charbon.

« V-Vi-Vite ! fit Bill, haletant. Il f-faut que... », ajouta-t-il dans un gémissement, s'accrochant à la manche de Richie.

Le charbon roulait de nouveau en avalanche dans la cave. L'instant suivant, la tête du loup-garou vint s'encadrer dans la fenêtre. Il leur montra les dents, grognant, tandis que ses mains s'accrochaient à l'herbe.

Bill tenait toujours le Walther — pas un seul instant il ne l'avait lâché. Il l'étreignait maintenant à deux mains, les yeux réduits à deux fentes. Il tira. Encore une détonation assourdissante. Richie vit une partie du crâne du loup-garou emportée, tandis qu'un torrent de sang ruisselait le long de sa joue, et venait poisser ses poils puis le col de son uniforme scolaire.

Avec un rugissement, il entreprit de passer par la fenêtre.

Avec lenteur, rêveusement, Richie alla cueillir le paquet avec l'image de l'homme qui éternuait dans sa poche arrière. Il le déchira pendant que la créature hurlante et pissant le sang s'extrayait du cadre, ses griffes creusant de profonds sillons dans la terre meuble. Richie écrasa alors le paquet et cria, avec la voix du flic irlandais : « *Barre-toi chez toi, morpion !* » Un nuage blanc vola dans la figure du loup-garou. Il arrêta instantanément de rugir et se mit à fixer Richie avec une expression de surprise presque comique, tout en émettant des sons sifflants. Rouges et larmoyants, ses yeux roulaient vers le garçon et paraissaient enregistrer ses traits pour l'éternité.

Puis il commença à éternuer.

Incoercibles, les éternuements se succédaient. Des jets filamenteux de salive giclaient de son museau. Des caillots de morve vert-noir jaillissaient de ses narines. L'un d'eux atteignit Richie et lui brûla la peau comme si c'était de l'acide. Il s'essuya vivement avec un cri de douleur et de répulsion.

On lisait toujours de la colère sur le visage de la bête, mais à cela s'ajoutait la douleur, impossible de s'y tromper. Bill l'avait peut-être blessée avec le revolver de son père, mais Richie lui avait davantage fait mal... tout d'abord avec la voix du flic irlandais, puis avec la poudre à éternuer.

Seigneur, si seulement j'avais aussi du poil à gratter et peut-être un caqueteur qui sait si je ne pourrais pas le tuer ? se demanda Richie, pendant que Bill le saisissait par le col et le tirait sèchement en arrière.

Ce fut une chance. Le loup-garou s'était arrêté d'éternuer aussi instantanément qu'il avait commencé, et se jetait sur Richie — vite, incroyablement vite.

Richie aurait tout aussi bien pu rester assis là, l'enveloppe vide de poudre à éternuer à la main, à contempler le monstre dans une espèce d'état d'émerveillement hébété — notant combien sa fourrure était brune, combien son sang était rouge, à quel point, dans la réalité, il n'y avait rien en noir et blanc —, jusqu'à ce que ses pattes viennent se refermer sur son cou, jusqu'à ce que ses griffes lui arrachent la gorge, si Bill ne l'avait empoigné et remis sur ses pieds.

Richie le suivit en trébuchant. Ils coururent jusque sur le devant de la maison, et Richie pensa : *Il ne va pas oser nous poursuivre plus loin, nous sommes déjà dans la rue ou presque, il ne va pas oser nous chasser, il ne va pas oser, pas oser...*

Il osa. Il pouvait l'entendre juste derrière lui, qui grognait, poussait des sons inarticulés et larmoyait.

Silver était toujours à sa place, appuyée contre un arbre. Bill jeta l'arme de son père dans le panier du porte-bagages (où il avait si souvent transporté ses faux revolvers !) et enfourcha son engin. Richie hasarda un coup d'œil tout en s'installant dans l'espace restreint entre la selle et le panier et vit le loup-garou qui traversait la pelouse et se dirigeait vers eux ; il était à moins de dix mètres. Sang, larmes et morve se mêlaient sur sa veste d'écolier ; sous la peau arrachée de sa tempe droite, on voyait luire un fragment de l'os frontal. Deux traînées pâteuses et blanchâtres de poudre à éternuer partaient de chacune de ses narines. Richie remarqua aussi deux autres détails qui achevaient de rendre le tableau parfaitement horrible. La veste que portait la chose ne comportait aucun système de fermeture ; au lieu de cela, il y avait ces espèces de gros boutons orange, duveteux comme des pompons. Le deuxième détail était encore pire ; il fut sur le point de lui faire perdre connaissance, ou du moins, il faillit s'abandonner au monstre et se laisser tuer. Un nom, cousu avec du fil d'or, apparaissait sur le revers de la veste — le genre de truc qu'on peut se faire faire chez Machen's pour un dollar si la fantaisie vous en prend.

Sur la partie gauche et ensanglantée de la veste, tachés mais lisibles, figuraient les mots RICHIE TOZIER.

Le loup-garou avançait toujours vers eux.

« *Vas-y, Bill !* » hurla Richie.

Silver se mit en mouvement, mais avec lenteur, avec beaucoup trop de lenteur. Il fallait tellement de temps à Bill pour la lancer...

Le loup-garou s'engagea dans la rue creusée d'ornières au moment où Bill était déjà debout sur les pédales au milieu de Neibolt Street. Du sang tachait les jeans délavés du monstre, et Richie, qui s'était de nouveau retourné, plein d'une épouvantable et incontrôlable fascination voisine de l'hypnose, vit que les coutures avaient craqué en plusieurs endroits et laissaient dépasser des touffes de poils rudes.

Silver zigzaguait follement dans tous les sens. Bill était tendu sur les pédales, tenant le guidon par en dessous, la tête tournée vers le ciel nuageux, les tendons de son cou gonflés et saillants. Les cartes à jouer tiraient encore au coup par coup.

Une patte se tendit vers Richie. Il poussa un hurlement de détresse et l'évita, rentrant la tête dans les épaules. Le loup-garou retroussa les babines et grogna. Il était tellement près que Richie distinguait la cornée jaunâtre de ses yeux et sentait l'odeur douceâtre de chair putréfiée que dégageait son haleine. Ses dents étaient des crocs déchiquetés.

Richie hurla de nouveau quand il lança une deuxième fois la patte, qui ne le manqua que de quelques centimètres. Le monstre y avait mis tellement de violence que les cheveux du garçon furent soufflés en arrière par le vent.

« *Ya-hou, Silver,* EN AVANT ! » hurla Bill à pleins poumons.

Ils venaient d'atteindre le point le plus haut d'une légère pente ; bien peu de chose, en fait, mais suffisamment pour permettre de lancer Silver. Les cartes à jouer commencèrent à mitrailler. Bill pompait des deux jambes comme un forcené. Les zigzags prirent fin, et Silver fonça tout droit en direction de la route numéro 2.

Dieu soit loué, Dieu soit loué, Dieu soit loué ! pensait Richie de manière incohérente.

Le loup-garou rugit de nouveau — *Oh, mon Dieu, on dirait qu'il est* JUSTE À CÔTÉ DE MOI ! — et Richie eut le souffle coupé par sa chemise et sa veste, tirées en arrière et venues écraser sa gorge. Il émit un gargouillis étouffé et réussit à attraper Bill par la taille juste avant d'être arraché à la bicyclette. Bill partit en arrière mais sans lâcher le guidon. Un instant, Richie crut bien que la grande bicyclette allait se soulever de l'avant et les renverser tous les deux. C'est alors que sa veste, déjà destinée depuis quelque temps au sac à chiffons, se déchira en deux dans un grand craquement, un bruit étrange comme un pet monumental. Richie respira de nouveau.

Il tourna la tête et plongea directement son regard dans les yeux bourbeux à l'expression meurtrière.

« Bill ! » essaya-t-il de hurler, mais l'appel sortit sans force de sa bouche. Bill parut néanmoins l'avoir entendu. Il se mit à pédaler avec encore plus de vigueur, comme il n'avait jamais pédalé de sa vie. Il avait l'impression de s'arracher les tripes et sentait dans le fond de sa gorge le goût épais et cuivré du sang, tandis que ses yeux, exorbités, semblaient prêts à lui sortir de la tête. Sa bouche, grande ouverte, avalait l'air en bouffées monstrueuses. Un sentiment insensé de joie s'empara de lui, impossible à nier ; il était fait de sauvagerie, de liberté, de l'impression de n'appartenir qu'à soi. Un désir. Il se tenait debout sur les pédales, les encourageait, les martelait.

Silver continuait de prendre de la vitesse. Elle commençait à sentir la route, commençait à planer. Bill la sentait s'éveiller.

« *Ya-hou, Silver, ya-hou, Silver,* EN AVANT *!* » cria-t-il de nouveau.

Richie n'entendait que trop le bruit de course des tennis sur le macadam retrouvé. Il se tourna. Le loup-garou le frappa juste au-dessus des yeux avec une force incroyable, et Richie crut bien un instant qu'il lui avait arraché le haut du crâne. Le paysage s'assombrit brusquement autour de lui, tandis que les sons tour à tour s'estompaient et s'amplifiaient. Le monde perdit ses couleurs. Richie se colla désespérément contre Bill tandis que du sang chaud venait lui picoter les yeux.

La patte frappa de nouveau, atteignant cette fois-ci le garde-boue. Richie sentit la bicyclette qui oscillait dangereusement, sur le point de verser, pour finir par se redresser. Bill poussa encore un coup son *ya-hou, Silver !* qui parut à Richie lointain comme l'ultime réverbération d'un écho.

Il ferma les yeux, s'accrocha à Bill et attendit la fin.

14

Bill avait lui aussi entendu le bruit des pas et compris que le clown n'avait pas abandonné la poursuite, mais il n'avait pas osé se retourner. Il le saurait toujours à temps s'ils étaient rattrapés et jetés à terre. C'était la seule chose qui importait.

Vas-y, mon garçon, pensa-t-il. *Mets tout le paquet maintenant! Mets tout ce que t'as dans les tripes! Allez, Silver,* ALLEZ*!*

Une fois de plus, Bill Denbrough se trouva donc en train de courir pour être plus fort que le diable, sauf que cette fois-ci, le diable se présentait sous la forme d'un clown au ricanement hideux, dont la figure dégoulinait de fond de teint, dont les lèvres se retroussaient sur un sourire ignoble de vampire et dont les yeux étaient deux pièces d'argent brillantes. Un clown qui, pour quelque invraisemblable raison, portait une veste aux couleurs du lycée de Derry par-dessus son costume argenté aux pompons orange.

Vas-y, mon garçon, vas-y, Silver! Qu'est-ce que t'en dis?

Neibolt Street défilait de plus en plus vite. Les cartes crépitaient joyeusement. Le martèlement de pieds de leur poursuivant ne s'était-il pas estompé légèrement? Il n'osait toujours pas se retourner pour regarder. Richie lui étreignait la taille à lui couper le souffle; il lui aurait bien dit de le serrer moins fort, mais il ne voulait pas gaspiller son énergie en paroles.

Devant eux, comme le plus beau des rêves, se dressait le panneau de stop du carrefour de Neibolt Street avec la route numéro 2. Plus loin, sur Witcham, passaient des voitures. Dans l'état d'épuisement épouvanté où il se trouvait, cela relevait quasiment du miracle pour Bill.

C'est alors qu'il risqua un coup d'œil par-dessus son épaule, car il allait lui falloir freiner sous peu (ou inventer quelque chose de vraiment original).

Ce qu'il vit lui fit donner un brutal coup de rétro-pédalage. Silver dérapa, laissant du caoutchouc sur le macadam avec sa roue arrière, et la tête de Richie vint brutalement heurter Bill à la hauteur de son épaule droite.

La rue était complètement vide.

Mais à environ vingt-cinq mètres derrière eux, près de la première des maisons abandonnées (sorte de cortège funéraire conduisant au dépôt des trains), il aperçut un bref éclair orange, à proximité d'une bouche d'égout qui s'ouvrait dans le trottoir.

Bill émit un son inarticulé, et se rendit compte, presque trop tard, que Richie était en train de tomber de Silver, les yeux renversés de telle manière qu'on ne lui voyait plus que l'arc inférieur de l'iris, à la limite de la paupière supérieure. La branche rafistolée de ses lunettes pendait de travers. Du sang coulait lentement de son front.

Bill le saisit par le bras, tous deux glissèrent vers la droite et Silver se déséquilibra. Ils s'effondrèrent au milieu de la rue, dans un enchevêtrement de bras et de jambes. Bill heurta violemment le sol du coude et poussa un cri de douleur ; le bruit fit tressaillir les paupières de Richie.

« Je vais vous montrer comment vous emparer de ces trésors, Señor, mais ce type, là, Dobbs, est bougrement dangereux », dit Richie en hoquetant. C'était sa voix Pancho Vanilla, mais ce qu'elle avait d'irréel, de complètement détaché de la situation, fit peur à Bill. Ce dernier vit quelques poils bruns épais accrochés à la blessure peu profonde que Richie avait à la tête ; ils étaient plus ou moins tire-bouchonnés, comme les poils pubiens de son père. Il se sentit encore plus effrayé en les voyant et envoya une grande gifle à Richie.

Celui-ci poussa un cri, ses paupières cillèrent et s'ouvrirent toutes grandes. « Pourquoi tu me frappes, Bill ? Tu vas casser mes lunettes. Elles ne sont pas bien brillantes, déjà, au cas où tu n'aurais pas remarqué.

— Je c-croyais que t-tu étais en train de m-mourir ou-ou un t-truc co-comme ç-ça », répondit Bill.

Richie s'assit lentement et porta une main à la tête. Puis il émit un grognement et dit : « Qu'est-ce qui s'est p... », et la mémoire lui revint. Ses yeux s'agrandirent d'effroi et il se releva sur les genoux, la respiration haletante.

« C-Calme-toi, R-R-Richie. C'est p-parti, c'est p-parti. »

Richie vit la rue vide où rien ne bougeait et éclata soudain en sanglots. Bill le regarda un instant et passa un bras autour de ses épaules, le serrant contre lui. Richie s'accrocha au cou de son ami et lui rendit son étreinte. Il aurait voulu dire quelque chose de marrant, comment par exemple que Bill aurait dû essayer de se servir de la fronde contre le loup-garou, mais rien ne sortit de sa bouche, sinon les sanglots qui continuaient de le secouer.

« A-Arrête, R-Richie, dit Bill. A-A... » Puis lui-même éclata à son tour en pleurs, et ils restèrent ainsi dans la rue, à genoux, serrés l'un contre l'autre à côté de la bicyclette renversée, et leurs larmes tracèrent des sillons nets sur leurs joues noircies par la poussière de charbon.

CHAPITRE 9

Nettoyage

1

Quelque part au-dessus de l'État de New York, dans l'après-midi du 29 mai 1985, Beverly Rogan est prise d'une envie de rire qu'elle étouffe en plaçant les deux mains devant la bouche, craignant d'être prise pour une folle, mais incapable de se contrôler.

On riait beaucoup à l'époque, *se dit-elle. C'était quelque chose de nouveau, une lumière de plus dans l'obscurité.* On avait tout le temps la frousse, mais on était incapables de s'arrêter de rire, comme moi en ce moment.

Le type assis à côté d'elle dans le siège proche de l'allée est un jeune homme aux cheveux longs et à l'aspect engageant. Il lui a lancé quelques coups d'œil admiratifs depuis le décollage de l'avion, à Milwaukee, vers quatorze heures trente, mais a respecté son désir manifeste de ne pas parler. Après deux tentatives d'engager la conversation auxquelles elle n'a réagi que par politesse, il a sorti un roman de Ludlum de son sac de voyage et s'est plongé dans la lecture.

Mais maintenant il le referme, le doigt glissé à la page où il s'est interrompu, et dit, avec une pointe d'inquiétude : « Vous êtes sûre que tout va bien ? »

Elle opine de la tête, s'efforçant de retrouver son sérieux, mais ne peut retenir un reniflement de rire rentré. Il esquisse un sourire, intrigué, l'air interrogatif.

« Ce n'est rien », dit-elle, s'efforçant toujours de prendre un air sérieux, mais sans succès ; plus elle s'obstine, plus elle a envie d'éclater. Comme au bon vieux temps. « Je viens juste de me rendre compte que

je ne sais même pas sur quelle compagnie je voyage. J'ai simplement aperçu cette espèce de grand c-canard sur le c-c-côté... », mais c'en est trop avec ce symbole. Elle est reprise d'un joyeux accès de fou rire. Autour d'elle on la regarde, et certains passagers froncent les sourcils.

« Republic, dit-il.

— Pardon ?

— Vous êtes propulsée dans le ciel à huit cents kilomètres à l'heure par les bons soins de Republic Airlines. C'est sur le dépliant. » Il retire celui-ci de la poche du dossier devant lui ; le symbole de Republic figure en effet dessus. On y explique comment se servir des masques à oxygène, comment prendre la position repliée en cas d'atterrissage forcé, où se trouvent les radeaux et les gilets de sauvetage. « Le dépliant pour l'entrée au paradis », ajoute-t-il. Et cette fois-ci, ils éclatent de rire tous les deux.

Il est vraiment beau garçon, *pense-t-elle soudain ; c'est une réflexion rafraîchissante, de celles qu'on s'attend à avoir au réveil, quand on a encore l'esprit reposé. Il est habillé d'un chandail et de jeans délavés, et porte les cheveux longs, retenus en arrière par un lacet de cuir ; ce détail lui rappelle l'éternelle queue de cheval de son enfance. Elle se dit :* Je suis prête à parier qu'il a une jolie petite queue de collégien. Assez longue pour s'amuser, mais pas assez grosse pour être vraiment prétentieuse.

Le fou rire la reprend, un fou rire impossible à contenir. Elle s'aperçoit qu'elle n'a même pas un mouchoir pour s'essuyer les yeux, ce qui la fait rire encore plus fort.

« Il vaudrait mieux vous calmer, sinon l'hôtesse va vous jeter par la portière », dit-il solennellement ; mais elle ne peut qu'acquiescer tout en continuant à s'esclaffer, l'estomac et les côtés douloureux.

Il lui tend un mouchoir blanc impeccable ; s'en servir contribue à l'aider à retrouver son calme. Elle ne s'arrête cependant pas tout de suite, son rire s'amenuisant en hoquets et petits reniflements. Et elle ne peut pas penser au canard du fuselage sans être reprise de bouffées d'hilarité.

Elle lui rend le mouchoir et le remercie.

« Bon sang, madame, qu'est-ce qui vous est arrivé aux doigts ? » dit-il en lui retenant la main un instant, l'air inquiet.

Elle baisse les yeux et voit ses ongles cassés lors de la bagarre avec Tom. Le souvenir du moment où elle a renversé la coiffeuse est plus douloureux que les élancements qui viennent de ses doigts, et cette fois-ci, elle s'arrête de rire pour de bon.

« Je me les suis coincés dans la portière, en arrivant à l'aéroport », répond-elle en pensant au nombre de fois où elle a menti à propos de

ce que Tom lui avait fait, au nombre de fois où elle a menti à propos de ce que son père lui avait fait. Est-ce la dernière fois, l'ultime mensonge ? Ce serait merveilleux... presque trop merveilleux pour être croyable. Une image lui vient : Celle d'un médecin qui va voir un malade atteint d'un cancer au stade terminal et qui lui dit : Votre radio montre que la tumeur est en train de se résorber. Nous ignorons pour quelles raisons, mais c'est pourtant ce qui se passe.

« Ça doit faire affreusement mal ! s'exclame-t-il.

— J'ai pris de l'aspirine. » Elle ouvre une fois de plus l'hebdomadaire du bord, même s'il sait sans aucun doute qu'elle l'a déjà parcouru deux fois.

« Quelle est votre destination ? »

Elle referme la revue et le regarde avec un sourire. « Vous êtes très gentil, mais je n'ai pas envie de parler. D'accord ?

— D'accord, lui répond-il en lui rendant son sourire. Mais si vous voulez prendre un verre à la santé du gros canard en arrivant à Boston, je suis votre homme.

— Merci, mais j'ai un autre avion à prendre. »

Elle ouvre encore le magazine mais se retrouve plongée dans la contemplation de ses ongles déchiquetés. Deux d'entre eux présentent une tache violacée. Dans son esprit, elle entend Tom qui hurle dans l'escalier : « Je te tuerai, salope ! Espèce de salope de pute ! », elle frissonne. Elle a froid. Une salope pour Tom, une salope pour les petites mains qui faisaient des conneries juste avant la présentation des collections, une salope pour son père bien avant Tom et les couturières.

Une salope.

Espèce de salope.

Putain de salope.

Elle ferme quelques instants les yeux.

Son pied, celui qu'elle a coupé sur un fragment de bouteille de parfum en fuyant la salle de bains, l'élance davantage que ses doigts. Kay lui a donné de l'Urgo, une paire de chaussures ainsi qu'un chèque de mille dollars qu'elle a encaissé dès neuf heures du matin.

En dépit des protestations de Kay, elle a rédigé un chèque équivalent sur une feuille de papier ordinaire. « Il paraît que l'on peut faire un chèque sur n'importe quoi », a-t-elle répondu à son amie, puis elle a ajouté, avec un rire gêné : « Mais à ta place, je l'encaisserais rapidement, avant que Tom pense à bloquer le compte. »

Bien qu'elle ne se sente pas fatiguée (elle se rend néanmoins compte qu'elle ne tient plus que sur les nerfs et grâce au café noir de Kay), la nuit qu'elle vient de passer a pris l'inconsistance d'un rêve.

Elle se souvient avoir été suivie par trois adolescents qui l'ont appelée et sifflée mais n'ont pas osé en faire davantage. Elle se souvient de son soulagement lorsqu'elle a aperçu les lumières d'un magasin « sept à onze » éclairant de ses fluos le trottoir d'un carrefour. Elle y est entrée et a laissé l'employé boutonneux plonger du regard dans l'ouverture de son corsage tandis qu'elle s'efforçait de le convaincre de lui prêter quarante cents pour le téléphone. Ce ne fut pas difficile, la vue étant ce qu'elle était.

Elle appela tout d'abord Kay, faisant le numéro de mémoire. Le téléphone sonna une douzaine de fois, et elle commença à croire que Kay était à New York. Puis la voix endormie de son amie grommela : « J'espère que ça vaut la peine, à une heure pareille ! » au moment où elle allait raccrocher.

« C'est Bev, Kay, dit-elle, hésitant quelques instants avant de reprendre. J'ai besoin d'aide. »

Il y eut un bref moment de silence puis Kay répondit, d'un ton de voix parfaitement réveillé : « Où es-tu ? Qu'est-ce qui s'est passé ?

— Je suis dans un sept à onze au coin de Streyland Avenue et d'une autre rue. Je... j'ai quitté Tom, Kay. »

La voix de Kay, emphatique et excitée : « Bien ! Enfin ! Bravo ! Je viens te chercher ! Ce fils de pute ! Ce fumier ! Je saute dans la foutue Mercedes et je passe te prendre ! Je vais engager une fanfare ! Je...

— Je vais prendre un taxi, Kay », la coupa Bev, qui tenait les deux autres pièces de dix cents dans sa paume en sueur. Dans le miroir circulaire du fond du magasin, elle vit l'employé boutonneux perdu dans la contemplation de ses fesses avec une concentration rêveuse. « Mais il faudra que tu le paies quand j'arriverai. Je n'ai pas un sou sur moi.

— Je lui filerai cinq dollars de pourboire, oui ! s'écria Kay. C'est la meilleure nouvelle depuis la démission de Nixon ! Tu ramènes tes fesses par ici, ma cocotte, et... (elle s'interrompit un instant, avant de reprendre, plus sérieuse, mais d'un ton de voix plein de sympathie et d'amour, au point que Bev en eut les larmes aux yeux) je remercie Dieu que tu te sois finalement décidée, Bev. Je suis sincère. Dieu soit loué ! »

Kay McCall est une ancienne modéliste qui s'est mariée riche, a divorcé plus riche encore et qui a découvert le féminisme en 1972, environ trois ans avant de rencontrer Beverly. À l'époque de sa plus grande popularité (controversée), elle fut accusée d'avoir adopté ses nouvelles idées après s'être servie des lois patriarcales archaïques pour extorquer à son industriel d'ex-mari jusqu'au dernier cent que ces lois lui accordaient.

« Des conneries! a une fois confié Kay à Bev. Les gens qui racontent ça n'ont jamais été obligés de coucher avec Sam Chacowicz. En deux temps trois mouvements, telle était sa devise, le cher homme. Je ne l'ai pas volé; j'ai simplement touché ma prime de risque rétroactivement. »

Elle a écrit trois ouvrages : l'un sur le féminisme et le travail des femmes, l'autre sur le féminisme et la famille, et le dernier sur le féminisme et la spiritualité. Les deux premiers ont connu un réel succès, mais elle est en quelque sorte passée de mode depuis le dernier, qui date de trois ans. Beverly pense qu'au fond, c'est un soulagement pour elle. Elle a fait des investissements judicieux (« Féminisme et capitalisme ne sont pas mutuellement exclusifs », a-t-elle dit un jour à Bev) et c'est maintenant une femme à la tête d'une petite fortune, avec une maison en ville et une autre à la campagne, et deux ou trois amants, assez virils pour tenir la distance au lit mais pas au point de la battre au tennis. (« Quand ils y arrivent, je les vire aussitôt », prétend-elle. Bev n'est pas sûre que ce ne soit qu'une plaisanterie.)

Avec les deux autres dix cents, Bev a appelé un taxi; ce fut un soulagement de s'y installer avec sa valise et de ne plus sentir le regard de l'employé posé sur elle.

Kay l'attendait à l'entrée de son allée, un vison passé par-dessus sa chemise de nuit, en mules roses avec de gros pompons duveteux aux pieds. Pas des pompons orange, Dieu merci — Bev serait repartie dans la nuit en hurlant. La balade en taxi a eu quelque chose de fantasmagorique : les choses lui revenaient, les souvenirs se bousculaient à une telle vitesse, clairs et précis, que la peur l'avait gagnée. Comme si on venait de lancer le moteur d'un énorme bulldozer dans sa tête, qui se serait mis à creuser un cimetière mental dont elle ignorait jusqu'à la présence. Simplement ce n'étaient pas des cadavres qu'il extrayait, mais des noms, qu'elle n'avait pas évoqués depuis des années : Ben Hanscom, Richie Tozier, Greta Bowie, Henry Bowers, Eddie Kaspbrak... Bill Denbrough. Bill en particulier, Bill le Bègue, comme ils l'appelaient avec cette franchise d'enfant que l'on appelle parfois de la candeur, parfois de la cruauté. Il lui avait paru si grand, si parfait... tant qu'il n'avait pas ouvert la bouche, du moins.

Des noms... des lieux... des événements qui se sont produits.

Se sentant tour à tour glacée et bouillante, elle s'est rappelée les voix dans les tuyaux d'évacuation... et le sang. Elle avait crié, et son père lui en avait balancé une bonne. Son père — Tom...

Elle eut les larmes aux yeux quand Kay paya le chauffeur (que le pourboire laissa stupéfait).

Kay la fit entrer, la poussa sous la douche, lui donna ensuite une robe, lui offrit du café qu'elle avait préparé entre-temps, examina ses blessures, badigeonna son pied coupé de mercurochrome avant de mettre un pansement adhésif. Elle versa une généreuse rasade de brandy dans la deuxième tasse de café de Bev et l'obligea à la descendre jusqu'à la dernière goutte. Après quoi, elle fit griller deux faux filets qu'elle servit accompagnés de petits champignons sautés.

« Très bien, dit-elle. Qu'est-ce qui s'est passé ? Est-ce qu'on appelle les flics ou est-ce qu'on se contente de t'envoyer à Reno ?

— Je ne peux pas te dire grand-chose, répondit Bev. Ça te paraîtrait trop démentiel. Ce qui est arrivé est surtout de ma faute... »

Kay porta sur la table une claque retentissante. Une véritable détonation qui fit sursauter Beverly.

« Je t'interdis de parler comme ça ! lança Kay, les joues en feu, les yeux étincelants. Depuis combien de temps sommes-nous amies ? Neuf ans, dix ans ? Si je t'entends encore dire une fois que c'était ta faute, je vais dégueuler. Tu m'entends ? Je vais TOUT *dégueuler. Ça n'a jamais été ta faute, ni aujourd'hui, ni hier, ni jamais, jamais ! Tous tes amis ne redoutaient qu'une chose, que tu te retrouves dans un fauteuil roulant, sinon au cimetière ! Oui, on avait peur qu'il te tue ! »*

Beverly la regardait, les yeux agrandis.

« Et c'est toi qui aurais été la coupable, dans ce cas, coupable au moins d'être restée à attendre que ça arrive. Mais maintenant tu l'as quitté. Dieu soit remercié pour ses petites faveurs. Mais arrête de me raconter que c'était ta faute alors que te voilà les ongles arrachés, le pied coupé et des marques de ceinture sur les épaules.

— Il ne m'a pas frappé avec sa ceinture », protesta Bev. Elle mentait par réflexe... comme fut un réflexe la rougeur qui lui monta brusquement aux joues, tant sa honte était profonde.

« Si tu en as fini avec Tom, autant en finir aussi avec ces mensonges », dit Kay doucement. Elle eut pour Bev un regard chargé de tellement de tendresse que celle-ci dut baisser les yeux. Elle sentait le sel de ses larmes au fond de la gorge. « Qui croyais-tu donc tromper ? » reprit Kay, toujours sur le même ton. Elle vint prendre les mains de Bev par-dessus la table. « Les lunettes de soleil, les blouses à manches longues et ras du cou..., c'était peut-être bon pour les clients. Mais pas pour tes amis, Bev, pas pour ceux qui t'aiment. »

Et c'est alors que Beverly s'était mise à pleurer, longuement, à gros sanglots, tandis que Kay la tenait contre elle. Plus tard, juste avant de se mettre au lit, elle dit à son amie ce qu'elle pouvait : qu'un vieil ami de Derry, la ville où elle avait grandi, venait de lui téléphoner et de lui rappeler une promesse faite très longtemps auparavant. Le moment de l'honorer était arrivé, avait-il dit. Viendrait-elle ? Oui, avait-elle répondu. C'est alors que ses ennuis avec Tom avaient commencé.

« Mais c'était quoi, cette promesse ? »

Beverly secoua lentement la tête. « C'est quelque chose que je ne peux pas te dire, Kay. Ce n'est pourtant pas l'envie qui m'en manque. »

Kay rumina un moment cette réponse et acquiesça. « Très bien. C'est correct. Qu'est-ce que tu vas faire de Tom quand tu reviendras du Maine ? »

Et Bev, qui avait de plus en plus l'impression qu'elle n'en reviendrait jamais, répondit seulement : « Je me rendrai directement chez toi, et nous en déciderons ensemble. D'accord ?

— Tout à fait d'accord. C'est une promesse, également ?

— Dès mon retour, fit Bev fermement. Tu peux y compter. » Sur quoi elle serra Kay très fort dans ses bras.

Une fois le chèque de Kay encaissé et les chaussures de Kay aux pieds, elle prit un car Greyhound pour Milwaukee, craignant que Tom ne fût à l'aéroport O'Hare à la guetter. Kay, qui l'avait accompagné à la banque et à la gare routière, essaya de la dissuader.

« O'Hare est bourré de gens des services de sécurité, objecta-t-elle. Tu n'as pas à avoir peur de lui. S'il s'approche, tu n'as qu'à hurler comme s'il t'égorgeait.

— Je préfère l'éviter, c'est le meilleur moyen.

— Tu ne craindrais pas par hasard qu'il te fasse changer d'idée ? » s'enquit Kay, le regard inquisiteur.

Beverly revit leur groupe, tous les sept debout dans le courant, Stanley avec le fragment de bouteille de Coke à la main brillant au soleil ; elle évoqua la légère douleur ressentie au creux de la paume lorsqu'il l'entailla, et cet instant où ils avaient formé un cercle en se prenant par la main et s'étaient promis de revenir si ça recommençait jamais... de revenir et de le tuer pour de bon.

« Non, répondit-elle. Il ne pourrait pas me dissuader d'y aller. Mais il pourrait me faire mal, service de sécurité ou pas. Tu ne l'as pas vu la nuit dernière, Kay.

— J'en ai assez vu à d'autres occasions, répondit Kay, sourcils froncés. Le salopard qui se prend pour un homme.

— Il était complètement fou. Les gardes risqueraient de ne pas l'arrêter assez vite. C'est mieux ainsi, crois-moi.

— Très bien », dit Kay à regret. Avec une pointe d'amusement, Bev se dit que son amie regrettait qu'il n'y eût pas de confrontation, pas de grande scène.

« Encaisse rapidement ton chèque, lui répéta Bev, avant qu'il ait l'idée de bloquer le compte. Il le fera, c'est sûr.

— Entendu. S'il fait ça, j'irai voir cet enfant de salaud avec un fouet et le mettrai hors service.

*— Ne t'approche pas de lui, Kay, dit vivement Bev. Il est dangereux. Crois-moi. On aurait dit (*mon père, *faillit-elle lâcher) un vrai sauvage.*

— C'est bon. Tâche de ne voir que le bon côté de la chose ; va honorer ta promesse. Mais n'oublie pas non plus celle que tu m'as faite.

— Je ne l'oublierai pas », répondit Bev, sachant qu'elle mentait. Il y avait trop d'autres choses auxquelles elle voulait penser : ce qui s'était passé l'été de ses onze ans, par exemple. Comment elle avait montré à Richie Tozier l'art de faire « dormir » un yo-yo. Aux voix dans la vidange. À quelque chose qu'elle avait vu, quelque chose de si horrible que son esprit refusait encore de le lui laisser évoquer au moment où elle embrassait Kay avant de monter dans le car dont le moteur ronronnait.

Maintenant, tandis que l'avion au canard sur le fuselage entame sa longue descente vers la région de Boston, son esprit revient sur ces événements... sur Stan Uris... sur un poème anonyme arrivé sur une carte postale... sur les voix... sur les quelques secondes où elle s'était trouvée face à face avec quelque chose qui était peut-être infini.

Elle se dit, le regard perdu par le hublot, que le mal que peut faire Tom n'est rien en comparaison du mal dont la chose qui les attend à Derry peut être l'auteur. La présence de Bill Denbrough sera la seule compensation, si on peut parler de compensation... Il fut un temps où une fillette de onze ans du nom de Beverly Marsh était amoureuse de Bill Denbrough. Elle se souvient de la carte postale avec le merveilleux poème. Elle a su autrefois qui l'avait écrit. Mais elle l'a oublié depuis, comme elle a oublié les mots du poème... mais elle pense que c'était peut-être Bill.

Lui revient soudain à l'esprit le soir où elle s'apprêtait à aller se coucher, ce samedi où elle était allée voir les films d'horreur avec Richie et Ben. Après son premier rendez-vous. Elle avait fait la maligne avec Richie — provoquer était sa manière de se défendre dans la rue, à cette époque — mais quelque chose en elle avait été touché, excité et même un peu effrayé. Richie avait tout payé, comme quand on sort avec un homme. Puis, après, il y avait eu ces garçons qui les avaient poursuivis... le reste de l'après-midi passé dans les Friches... Bill Denbrough qui était arrivé avec un autre môme, elle avait oublié qui, mais pas la façon dont les yeux de Bill s'étaient posés sur elle quelques instants, et le choc électrique qu'elle avait ressenti... le choc et la vague de chaleur qui avait parcouru tout son corps.

De tout cela elle se souvient : elle avait mis sa chemise de nuit et était allée se laver les dents dans la salle de bains ; elle avait pensé qu'il lui faudrait longtemps pour trouver le sommeil, tant elle avait de choses qui lui trottaient dans la tête, des choses sympathiques, car tous paraissaient des gosses gentils, avec lesquels on pouvait blaguer, en qui on pouvait même avoir confiance. Ce serait chouette. Ce serait... presque le paradis.

C'est en pensant à tout cela qu'elle avait pris son gant de toilette, qu'elle s'était inclinée sur le lavabo pour s'asperger d'eau et que la voix

2

était sortie du siphon, comme un murmure.

« Aide-moi... »

Beverly sursauta et laissa tomber le gant sur le sol. Elle secoua un peu la tête, comme pour s'éclaircir les idées, puis se pencha de nouveau sur le lavabo en observant le trou d'évacuation. La salle de bains se trouvait à l'arrière de l'appartement de quatre pièces qu'ils occupaient. Un western, dont le son lui parvenait faiblement, passait à la télé.

Le papier peint, hideux, s'ornait de grenouilles posées sur des nénuphars et n'arrivait pas à cacher les irrégularités du plâtre en dessous. Taché par endroits, il pelait littéralement à d'autres. La baignoire rouillait, le siège des toilettes était craquelé. Une ampoule nue de quarante watts saillait de son socle de porcelaine au-dessus du lavabo. Le sol était recouvert d'un lino dont les motifs avaient disparu, sauf en dessous du lavabo.

Une pièce peu avenante, mais que Beverly avait toujours connue ainsi ou presque, et qu'elle ne voyait plus.

Le lavabo lui-même présentait des marques d'usure ; l'évacuation se réduisait à un cercle barré d'une croix d'environ cinq centimètres de diamètre. Le chrome qui la protégeait à l'origine avait disparu depuis longtemps. Un bouchon de caoutchouc, attaché à une chaîne, pendait nonchalamment du robinet marqué C. Le trou d'évacuation était d'un noir d'encre et elle remarqua pour la première fois, en se penchant dessus, qu'il en émanait une odeur faible mais désagréable — une odeur de poisson. Elle fronça le nez de dégoût.

« Aide-moi... »

Elle eut un hoquet. C'était bien une voix. Elle avait cru à quelque bruit dans le tuyau transformé par son imagination... par le souvenir des films...

« Aide-moi, Beverly... »

Des bouffées alternativement brûlantes et glaciales la traversèrent. Elle avait enlevé le ruban qui maintenait ses cheveux ; elle sentit leur racine essayer de se redresser.

Sans réellement se rendre compte qu'elle allait parler, elle se pencha sur le lavabo et murmura : « Hé, y a quelqu'un là-dedans ? » On aurait dit la voix d'un très jeune enfant qui venait juste d'apprendre à parler, songea-t-elle. En dépit de la chair de poule de ses bras, son esprit cherchait une explication rationnelle. Les Marsh habitaient l'un des appartements du rez-de-chaussée ; peut-être un des gosses du reste de l'immeuble s'amusait-il à appeler dans l'évacuation. Et par quelque caprice de la transmission des sons...

« Y a-t-il quelqu'un ici ? » redemanda-t-elle, cette fois plus fort. Elle se dit que si jamais son père arrivait inopinément, il la croirait folle.

La vidange ne répondit pas, mais l'odeur désagréable parut soudain plus forte. Elle lui fit penser au coin des bambous, dans les Friches, et à la décharge qui se trouvait juste derrière. Images de fumées lentes et âcres, de boues noires qui retiennent les chaussures.

Néanmoins, il n'y avait aucun enfant en bas âge dans l'immeuble, là résidait le mystère. En dehors d'elle, le plus jeune était le fils Bolton, au deuxième face, qui avait quatorze ans.

« *Nous avons tous envie de te connaître, Beverly...* »

Elle porta les mains à la bouche et ses yeux s'agrandirent d'horreur. Pendant un instant... un bref instant... elle avait cru voir quelque chose bouger là-dedans. Elle prit brusquement conscience que ses cheveux pendaient en deux mèches épaisses, par-dessus ses épaules, et que leur extrémité était proche, très proche, du trou d'évacuation. D'instinct elle se redressa rapidement et éloigna ses cheveux.

Elle regarda autour d'elle. La porte de la salle de bains était bien fermée. Elle entendait toujours le bruit lointain de la télé et elle était seule. Mis à part, bien sûr, cette voix.

« Qui êtes-vous ? demanda-t-elle à voix basse.

— Matthew Clement, susurra la voix. Le clown m'a emporté là en bas dans les tuyaux, et je suis mort, et bientôt il va revenir et te prendre, toi, et Ben Hanscom, et Bill Denbrough et Eddie... »

Elle se prit le visage à deux mains et serra très fort. Ses yeux s'agrandirent démesurément et elle sentit son corps se glacer. La voix paraissait maintenant étouffée, vieillie... mais restait toujours empreinte d'une joie malsaine.

« *Tu flotteras en bas avec tes amis, Beverly, tous nous flottons ici, dis à Bill qu'il a le bonjour de Georgie, dis-lui qu'il lui manque mais qu'ils vont bientôt se revoir, dis-lui que Georgie sera un soir dans le placard avec un morceau de corde de piano qu'il lui enfoncera dans l'œil, dis-lui...* »

La voix fut alors prise d'une série de hoquets nauséeux et soudain, une bulle rouge brillante remonta du siphon et projeta des gouttelettes de sang sur la porcelaine jaunie.

La voix étouffée parlait maintenant à toute vitesse, se transformant au fur et à mesure : il y eut la voix du jeune enfant du début, puis celle d'une adolescente, enfin celle, épouvantable, d'une fille que Beverly avait connue... Veronica Grogan. Mais Veronica était morte, on avait retrouvé son cadavre dans une bouche d'égout.

« *Moi c'est Matthew... moi c'est Betty... moi c'est Veronica... nous sommes là en bas... en bas avec le clown... et la créature... et la momie... et le loup-garou... et toi, Beverly, nous sommes là en bas avec toi, et nous flottons, nous changeons...* »

Le siphon régurgita brutalement un caillot de sang, éclaboussant non seulement le lavabo mais le miroir et le papier mural avec ses grenouilles et ses nénuphars. Beverly ne put retenir un hurlement suraigu. Bondissant en arrière, elle alla heurter la porte, rebondit, l'ouvrit en l'empoignant avec violence, et courut jusqu'au séjour où son père était en train de se lever.

« Qu'est-ce qui t'arrive encore, nom d'un chien ? » lui demanda-t-il, les sourcils froncés. Ils étaient tous les deux seuls, ce soir-là ; la mère de Bev travaillait de quinze à onze heures au Green's Farm, le meilleur restaurant de Derry.

« La salle de bains, Papa ! cria-t-elle, hystérique. La salle de bains, dans la salle de bains...

— Quelqu'un qui te reluquait, Bev ? Hein, c'est ça ? » Il la prit sèchement par le bras et l'étreignit, les doigts s'enfonçant dans sa chair. Il y avait de l'inquiétude sur son visage, mais c'était celle d'un prédateur, et elle était plus effrayante que réconfortante.

« Non... le lavabo... dans le lavabo... le... le... », elle éclata en sanglots hystériques avant de pouvoir en dire davantage. Le cœur lui battait si fort dans la poitrine qu'elle avait l'impression qu'il allait éclater.

Al Marsh la repoussa brutalement de côté et fonça vers la salle de bains, une expression « qu'est-ce que c'est encore que cette connerie » sur le visage. Il y resta si longtemps que Beverly prit peur de nouveau.

Puis il vociféra : « Bev ! Viens ici tout de suite ! »

Pas question de ne pas répondre à cette injonction. S'ils s'étaient trouvés ensemble sur le bord d'une falaise et qu'il lui eût donné l'ordre de sauter, son obéissance instinctive l'aurait probablement fait faire le pas fatal avant que son esprit rationnel eût le temps d'intervenir.

La porte de la salle de bains était ouverte ; son père se tenait dans l'encadrement, grand, imposant. Il commençait à perdre les cheveux auburn qu'il avait passés à sa fille ; il portait encore sa salopette grise et sa chemise de même couleur (il était concierge à l'hôpital de Derry) et regardait Bev, le visage dur. Il ne buvait pas, il ne fumait pas, il ne courait pas les femmes. *Celles que j'ai à la maison me suffisent,* disait-il à l'occasion, avec un sourire plein de sous-entendus particuliers, qui, loin d'éclairer son visage, l'assombrissait plutôt, comme l'ombre d'un nuage sur un champ rocheux. *Elles s'occupent de moi et quand elles en ont besoin, je m'occupe d'elles.*

« Vas-tu m'expliquer, nom d'un chien, à quoi rime tout ça ? » lui demanda-t-il.

Bev sentit sa gorge se pétrifier, tandis que son cœur battait la chamade dans sa poitrine. Elle crut qu'elle allait vomir. Du sang dégoulinait du miroir en longs filets. Il y avait du sang jusque sur l'ampoule, au-dessus du lavabo : elle sentait l'odeur de grillé, sous l'effet de la chaleur des quarante watts. Du sang débordait aussi du lavabo et tombait en gouttes épaisses sur le lino.

« Papa... », commença-t-elle d'une voix étranglée.

Il se tourna, écœuré par sa fille (comme il l'était souvent) et se mit tranquillement à se laver les mains dans le lavabo plein de sang. « Ne fais pas la sotte, Bev. Dis ce que tu as à dire. Tu m'as fichu une frousse terrible ! Pour l'amour du ciel, explique-toi ! »

Elle pouvait voir sa salopette se couvrir de sang à l'endroit où elle frottait le lavabo ; et si jamais son front effleurait le miroir (il était très près), il en aurait sur la peau. Elle eut un spasme dans la gorge.

Il arrêta l'eau, prit une serviette qu'avaient aspergée deux jets de sang, et se sécha les mains. Elle le regardait, le cœur au bord des lèvres, tandis qu'il barbouillait de sang ses fortes articulations et la paume de ses mains. Le sang s'insinuait jusqu'en dessous de ses ongles, comme des marques de culpabilité.

« Eh bien ? J'attends ! » fit-il en jetant la serviette sur son support.

Il y avait du sang... du sang partout... *et son père ne le voyait pas !*

« Papa... » Elle n'avait aucune idée de ce qu'elle allait dire ensuite, mais il l'interrompit.

« Je me fais beaucoup de souci, dit Al Marsh. J'ai l'impression que tu ne vas jamais grandir, Beverly. Tu passes ton temps à courir dehors, c'est la croix et la bannière pour te faire faire le ménage, tu ne sais pas cuisiner, tu ne sais pas coudre. Tu passes la moitié de ton temps sur un petit nuage, le nez plongé dans un livre, et l'autre à avoir des vapeurs ou des migraines. Je me fais du souci. »

Soudain, une main partit et vint atterrir douloureusement sur ses fesses. Elle poussa un cri, sans le quitter des yeux. Il y avait une ligne pointillée de sang dans l'un de ses sourcils broussailleux. *Si je continue à regarder ça assez longtemps, je vais tout simplement devenir folle et plus rien n'aura d'importance*, pensa-t-elle confusément.

« Vraiment beaucoup de souci », insista-t-il en la frappant de nouveau, plus violemment, au bras. Un beau bleu en perspective pour demain.

« Vraiment beaucoup », dit-il avec un coup à l'estomac, porté brusquement, si bien que Bev en eut le souffle coupé. Elle se plia en deux, hoquetant, les larmes aux yeux. Son père la regardait, impassible. Il enfourna ses mains pleines de sang dans les poches de sa salopette.

« Il faut que tu arrêtes de faire l'enfant, Bev, dit-il d'un ton de voix adouci et indulgent. N'est-ce pas ? »

Elle acquiesça. Le sang battait dans ses tempes. Elle pleurait, mais en silence, sans quoi son père l'aurait accusée de « chialer comme un bébé » et la correction aurait tourné à la raclée. Al Marsh avait passé toute sa vie à Derry et disait à qui voulait l'entendre (voire même aux autres) qu'il avait bien l'intention d'y être enterré, à l'âge, espérait-il, de cent dix ans. « Aucune raison pour que je ne les atteigne pas, confiait-il parfois à Roger Aurlette, qui lui coupait les cheveux une fois par mois. Je n'ai aucun vice. »

« Maintenant, explique-toi, et vite, reprit-il.

— Il y avait... (elle déglutit, ce qui lui fit mal car elle avait la gorge complètement desséchée), il y avait une araignée. Une énorme araignée toute noire. Elle... elle est sortie du trou du lavabo... et je crois qu'elle y est retournée.

— Oh ! (Il eut un début de sourire, comme si l'explication le satisfaisait.) Ce n'était que ça ? Bon sang ! Si tu me l'avais dit, Beverly, je ne t'aurais pas frappée. Toutes les filles ont peur des araignées. Mais bon Dieu, pourquoi n'as-tu rien dit ? »

Il se pencha sur le lavabo et elle dut se mordre la lèvre pour ne pas lui crier de faire attention... tandis qu'une autre voix s'élevait au fond d'elle-même, une voix qui ne pouvait pas faire partie d'elle-même, qui ne pouvait être que celle du démon lui-même : *Qu'il le chope, s'il veut. Qu'il l'emporte là en bas. Bon débarras.*

Elle chassa cette voix, horrifiée. Envisager une telle possibilité, ne serait-ce qu'un instant, et elle était bonne pour l'enfer.

Il scruta l'intérieur du trou d'évacuation, les mains barbotant dans le sang répandu sur les bords du lavabo. Beverly dut réprimer un haut-le-cœur. Elle avait l'estomac douloureux, là où son père l'avait frappée.

« Je ne vois rien, Bev. Tous ces bâtiments sont anciens, vois-tu. Les tuyaux sont grands comme des autoroutes. Quand j'étais concierge à l'ancien lycée, il nous arrivait de temps en temps de retrouver un rat noyé dans les toilettes. Les filles étaient folles. (L'idée de ces vapeurs féminines le fit rire de bon cœur.) En particulier quand la Kenduskeag était haute. Il y a moins de bestioles dans les égouts depuis la mise en place du nouveau système, cependant. »

Il passa un bras autour d'elle et l'embrassa.

« Bon. Va te coucher et n'y pense plus, d'accord ? »

Elle sentit combien elle l'aimait. *Je ne te frappe jamais si tu ne le mérites pas, Beverly,* lui avait-il dit un jour qu'elle protestait contre une punition qu'elle jugeait injuste. Et ce devait être vrai, forcément, car il était capable d'amour. Il lui consacrait parfois toute une journée, soit à lui montrer comment faire des choses, soit à simplement lui parler en se promenant en ville ; et, devant ces manifestations de gentillesse, elle sentait son cœur gonfler comme s'il allait éclater. Elle l'aimait, et essayait de comprendre qu'il devait souvent la corriger car c'était (selon lui) la mission que Dieu lui avait donnée. D'après lui les filles avaient davantage besoin de corrections que les fils ; mais il n'avait pas de fils, et elle avait vaguement l'impression que c'était aussi en partie sa faute.

« D'accord, P'pa, je n'y penserai plus. »

Elle regarda par-dessus son épaule quand ils sortirent de la salle de bains, et elle vit le sang partout : dans le lavabo, sur la glace, sur les murs, sur le sol. La serviette ensanglantée dont son père s'était servi pendait normalement sur son support. Elle pensa : *Jamais je ne vais pouvoir revenir ici pour me laver ! Mon Dieu, je t'en prie, mon Dieu, je me repens d'avoir eu des mauvaises pensées sur mon père, et tu peux me punir pour ça si tu veux, me faire tomber et me faire mal ou me donner la grippe comme l'hiver dernier quand je toussais tellement qu'un jour j'ai vomi mais je t'en supplie mon Dieu, fais qu'il n'y ait plus de sang demain matin, je t'en supplie, d'accord, Dieu, d'accord ?*

Son père l'accompagna dans sa petite chambre, et la borda dans son lit comme il faisait toujours, avant de l'embrasser sur le front. Puis il resta là quelques instants, dans une attitude qu'elle considérait comme sa manière personnelle de se tenir, peut-être même sa manière d'être : légèrement incliné en avant, les mains profondément enfoncées (au-dessus du poignet) dans les poches, la regardant de ses yeux bleus brillants, une expression mélancolique de basset sur le visage. Bien plus tard, alors qu'elle avait depuis longtemps arrêté de penser à Derry, il lui arrivait d'être frappée par l'attitude d'un homme assis dans un bus, ou debout dans un coin, sa boîte à lunch à la main... oh, l'attitude des hommes, au crépuscule, comme en plein midi ou par une claire et venteuse journée d'automne, l'attitude des hommes, la loi des hommes, le désir des hommes... et Tom, si semblable à son père quand il enlevait sa chemise et se tenait légèrement incliné face à la glace de la salle de bains pour se raser. Silhouettes d'hommes.

« Il y a des moments où je me fais du souci pour toi, Bev », dit-il, mais sa voix ne trahissait ni inquiétude ni colère, maintenant. Il caressa doucement ses cheveux, dégageant le front.

La salle de bains est pleine de sang ! fut-elle sur le point de lui crier. *Comment, tu ne l'as pas vu ? Il y en avait partout ! Jusque sur l'ampoule, en train de cuire ! Tu ne l'as pas* VU *?*

Mais elle garda le silence tandis qu'il sortait et fermait la porte derrière lui, plongeant la pièce dans l'obscurité. Elle était toujours éveillée, les yeux grands ouverts dans le noir, quand sa mère arriva à onze heures et demie et que la télé s'éteignit. Elle entendit ses parents se rendre dans leur chambre, puis le craquement régulier du sommier tandis qu'ils faisaient leur truc de sexe. Beverly avait une fois surpris Greta Bowie disant à Sally Mueller que l'acte sexuel était terriblement douloureux et que jamais une fille bien ne pourrait avoir envie de le faire. (« À la fin l'homme te pisse dessus », sur quoi Sally s'était exclamée : « Oh, beurk ! Jamais je ne laisserai un homme me faire ça ! ») Si ça faisait si mal que cela, sa mère le gardait pour elle ; Bev l'avait entendue gémir une ou deux fois, à voix basse, mais on n'aurait pas dit un gémissement de douleur.

Le craquement des ressorts du sommier s'accéléra, atteignit un rythme presque frénétique, et s'interrompit. Il y eut un moment de silence, puis quelques échanges à voix basse ; Bev entendit ensuite les pas de sa mère qui se rendait dans la salle de bains. Beverly retint sa respiration, se demandant si sa mère allait ou non crier.

Elle ne cria pas. Il n'y eut que le bruit de l'eau coulant dans le lavabo, suivi d'éclaboussements légers. Puis ce fut le gargouillis familier de l'évacuation. Quelques instants plus tard le matelas grinça de nouveau, quand sa mère se remit au lit.

Cinq minutes après, son père se mettait à ronfler.

Une terreur noire s'empara de son cœur et se referma sur sa gorge. Elle se retrouva incapable de se placer sur le côté droit — celui qu'elle préférait pour s'endormir —, de peur de voir quelque chose la regarder par la fenêtre. Elle resta donc allongée sur le dos, raide comme un piquet, les yeux fixés au plafond. Quelques minutes ou quelques heures plus tard, elle n'aurait su dire, elle sombra dans un sommeil fragile et agité.

3

Beverly se réveillait toujours quand le réveil sonnait dans la chambre de ses parents. Elle s'habilla rapidement pendant que son père était dans la salle de bains. Elle s'arrêta un bref instant devant la glace pour contempler ses seins, pour voir s'ils n'avaient pas grossi pendant la nuit. Ils avaient commencé à se former à la fin de l'année précédente, avec de petites douleurs au début. Ils étaient encore tout petits, mais indiscutablement là. Oui, elle allait devenir adulte ; elle allait devenir une femme.

Elle sourit à son reflet et plaça une main derrière la tête, relevant ses cheveux et faisant ressortir sa poitrine. Elle partit d'un rire de fillette... et soudain se souvint du sang régurgité par le trou d'évacuation, la veille au soir. Le rire s'arrêta instantanément.

Elle examina son bras et vit le bleu qui s'était formé dans la nuit — une tache affreuse où l'on distinguait la marque des doigts.

Bruyante, la chasse d'eau coula.

Avec célérité, car elle ne voulait pas le mettre en colère ce matin (pas même qu'il s'aperçût de sa présence), Beverly enfila un jean et son sweat-shirt aux couleurs du lycée de Derry. Puis, comme elle ne pouvait s'attarder davantage, elle quitta sa chambre pour la salle de bains, croisant son père qui regagnait la sienne pour s'habiller, son pyjama bleu flottant autour de lui. Il grommela quelque chose qu'elle ne comprit pas.

« D'accord, P'pa », répondit-elle à tout hasard.

Elle resta quelques instants devant la porte fermée de la salle de bains, essayant de se cuirasser contre ce qu'elle risquait de voir de l'autre côté. *Au moins il fait jour*, pensa-t-elle, ce qui la réconforta un peu. Elle saisit le bouton de porte, tourna, et entra.

4

Beverly ne chôma pas, ce matin-là. Elle apporta son petit déjeuner à Al Marsh — jus d'orange, œufs brouillés, et ses rôties spéciales : le pain chaud, mais pas grillé. Assis à la table, barricadé derrière le journal, il avala le tout.

« Et le bacon ?

— On l'a fini hier, Papa. Y en a plus.

— Prépare-moi un hamburger.

— Il n'en reste pas beaucoup non plus, et... »

Le journal s'agita et retomba. Son œil bleu tomba de tout son poids sur elle.

« Qu'as-tu dit ? demanda-t-il doucement.

— J'ai dit tout de suite, Papa. »

Il la regarda quelques instants de plus. Puis le journal remonta et Beverly se dépêcha de retirer la viande du réfrigérateur.

Elle récupéra jusqu'aux plus petits morceaux de viande hachée congelée au fond de la boîte pour faire paraître plus gros le hamburger qu'elle lui prépara. Il le mangea en consultant la page des sports. Beverly s'occupa ensuite de son propre petit déjeuner : deux sandwichs au beurre de cacahuète et à la gelée, et un gros morceau du gâteau que sa mère avait ramené du Green's Farm la nuit dernière, avec une Thermos de café brûlant et trop sucré.

« Tu diras à ta mère de faire un peu le ménage aujourd'hui, dit-il en prenant sa boîte à lunch. On se croirait dans une porcherie ici. Bon Dieu ! Je passe la journée à nettoyer la merde, partout dans l'hôpital, et je n'ai pas envie de revenir dans une porcherie. J'espère que je me suis bien fait comprendre, Beverly.

— Oui, Papa, je lui dirai. »

Il l'embrassa sur la joue, la serra sans tendresse contre lui et partit. Comme elle le faisait toujours, Beverly alla jusqu'à la fenêtre de sa chambre et le regarda qui s'éloignait dans la rue. Et comme toujours, elle éprouva un secret sentiment de soulagement quand il disparut au coin..., se détestant de le ressentir.

Elle fit la vaisselle puis alla lire un moment sur les marches de derrière, attendant le réveil de sa mère. Quand celle-ci l'appela, elles changèrent les draps des deux lits, lavèrent les sols et cirèrent le lino de la cuisine. Sa mère se chargea de la salle de bains, ce dont Beverly lui fut profondément reconnaissante. Elfrida était une petite femme aux cheveux grisonnants à l'air triste. Les rides de son visage proclamaient à la face du monde qu'elle n'était pas née d'aujourd'hui et qu'elle avait l'intention de s'accrocher encore un bout de temps... elles disaient aussi que ça n'avait pas été tous les jours facile, et qu'elle n'attendait guère une amélioration de l'état des choses.

« Pourras-tu faire les vitres du séjour, Bevvie ? » demanda-t-elle en revenant de la cuisine. Elle avait mis son uniforme de serveuse. « Il faut que j'aille voir Cheryl à Saint-Joseph, à Bangor ; elle s'est cassé la jambe hier soir.

— Ouais, d'accord. Comment c'est arrivé ? » Cheryl était une collègue de travail de Mrs. Marsh.

« Elle a eu un accident de voiture avec son bon à rien de mari, fit Elfrida d'un ton sinistre. Il avait bu. Tu peux remercier le ciel tous les soirs d'avoir un père aussi sobre, Bev.

— Je le fais, M'man. » C'était vrai.

« Elle va perdre son travail, et lui est incapable d'en garder un. (Le ton d'Elfrida se fit encore plus sinistre : horrifié.) Ils devront quitter le pays, je suppose. »

C'était la pire des choses, aux yeux d'Elfrida. Perdre un enfant ou découvrir que l'on avait le cancer n'était rien à côté. On pouvait être pauvre, et passer sa vie à « gratter », comme elle disait. Mais pis que tout, il y avait la perspective de devoir quitter le pays, celle que devait maintenant envisager son amie Cheryl.

« Quand tu auras fini les fenêtres et sorti les poubelles, tu pourras aller jouer un moment, si tu veux. Ce soir, ton père va au bowling, et tu n'auras donc pas besoin de lui préparer son dîner, mais je veux que tu rentres avant la nuit ; tu sais pourquoi.

— D'accord, M'man.

— Mon Dieu, comme tu grandis vite », dit Elfrida, qui regarda quelques instants les embryons de seins qui pointaient sous le sweat-shirt de Beverly. Un regard où il y avait de l'amour, mais pas de pitié. « Je me demande ce que je vais bien pouvoir faire une fois que tu seras mariée et chez toi.

— Je serai toujours là, Maman », répondit Beverly avec un sourire.

Sa mère l'étreignit brièvement et l'embrassa sur le coin de la bouche de ses lèvres chaudes et sèches. « Je sais bien comment ça se passe, Bev. Mais je t'aime.

— Moi aussi, je t'aime, Maman.

— Fais bien attention à ce qu'il ne reste aucune trace sur ces fenêtres, ajouta Elfrida en prenant son sac. Sans quoi ton père va te tomber dessus.

— Je ferai attention. » Et comme sa mère ouvrait la porte, elle ajouta, d'un ton qu'elle s'efforça de faire paraître naturel : « Tu n'as rien vu de drôle dans la salle de bains, M'man ?

— De drôle ? fit Elfrida en se retournant, sourcils légèrement froncés.

— Eh bien..., j'ai vu une araignée dans le lavabo, hier au soir. Papa ne t'a pas dit ?

— Est-ce que tu as mis ton père en colère, Bevvie ?

— Non-non. Je lui ai dit qu'une araignée était sortie du trou et m'avait fait peur. Il m'a expliqué qu'autrefois il trouvait des rats noyés dans les toilettes, dans l'ancienne école. A cause des égouts. Il ne t'a pas parlé de l'araignée que j'ai vue ?

— Non.

— Ça n'a pas d'importance. Je me demandais si tu ne l'avais pas vue toi aussi. »

Sa mère resta tournée à l'observer, les lèvres tellement serrées qu'elles en disparaissaient presque. « Es-tu bien sûre que ton père ne s'est pas mis en colère contre toi, hier au soir ?

— Mais non !

— Bevvie, est-ce qu'il lui est arrivé de... te toucher ?

— Quoi ? » fit Bev, perplexe. Seigneur, son père la touchait tous les jours ! « Je ne comprends pas ce que...

— Ça n'a pas d'importance, la coupa Elfrida. N'oublie pas les ordures. Et s'il reste des traces sur ces vitres, tu n'auras pas besoin de ton père pour avoir la frousse...

— Je

(Est-ce qu'il lui est arrivé de... te toucher ?)

— n'oublierai pas.

— Et sois rentrée avant la nuit.

— Entendu. »

(Est-ce qu'il)

(Je me fais beaucoup de souci pour toi)

Elfrida partit. Beverly passa une fois de plus dans sa chambre et la regarda disparaître au coin de la rue, comme elle avait fait pour son père. Puis, une fois qu'elle fut sûre que sa mère était bien en route pour l'arrêt du car, elle alla chercher le seau, le Windex, et des chiffons sous l'évier. Ensuite elle se rendit dans le séjour et commença les vitres. L'appartement lui paraissait trop tranquille. Elle sursautait à chaque fois que le plancher craquait ou qu'une porte claquait. Elle poussa un soupir qui était presque un cri lorsque se déclencha la chasse d'eau des Bolton, au-dessus.

Et elle ne cessait de jeter des coups d'œil à la porte, fermée, de la salle de bains.

Elle finit par aller l'ouvrir. Sa mère avait nettoyé la pièce à fond, le matin même, et presque tout le sang qui s'était accumulé sous le lavabo avait disparu, comme sur les rebords. Mais il y avait toujours des traînées marron à l'intérieur, et des taches et des éclaboussures sur la glace et sur le papier mural.

Beverly regarda son reflet, tout pâle, et se rendit soudain compte, prise de terreur superstitieuse, que le sang sur le miroir donnait l'impression que sa tête saignait. De nouveau elle se dit : *Qu'est-ce que je vais faire, maintenant ? Est-ce que je deviens folle ? Est-ce que je l'imagine ?*

Tout d'un coup, le siphon émit un rot clapoteux.

Beverly poussa un hurlement et claqua violemment la porte ; cinq minutes plus tard, elle tremblait encore tellement qu'elle faillit lâcher la bouteille de Windex.

5

Il était environ trois heures de l'après-midi lorsque Beverly Marsh, après avoir fermé l'appartement et mis la clef au fond de la poche de son jean, s'engagea dans Richard's Alley, un passage étroit qui reliait Main Street et Center Street ; là, elle tomba sur Ben Hanscom, Eddie Kapsbrak et un garçon du nom de Bradley Donovan qui jouaient à lancer des pièces d'un cent.

« Salut, Bev ! lui lança Eddie. Pas de cauchemars, après ces films ?

— Pas un poil, répondit Beverly en s'accroupissant pour observer le jeu. Comment es-tu au courant ?

— Par Meule de Foin », fit Eddie en tendant un pouce vers Ben, qui rougissait violemment et, aux yeux de Bev, sans motif apparent.

« Quels films ? » intervint Bradley en zézayant. Beverly le reconnut ; c'était le garçon qui avait accompagné Bill Denbrough dans les Friches. Ils allaient chez la même orthophoniste à Bangor. Elle arrêta aussitôt de penser à lui. Si on lui avait demandé, elle aurait sans doute répondu qu'il était moins important que Ben ou Eddie, moins présent.

« Des histoires de monstres, répondit-elle en s'avançant, à croupetons, pour se placer entre Ben et Eddie. Vous lancez ?

— Oui, dit Ben, lui jetant un coup d'œil et détournant rapidement le regard.

— Qui gagne ?

— Eddie. Il est vraiment très fort. »

Elle regarda Eddie, qui se mit à se polir les ongles sur sa chemise en prenant un air suffisant, puis éclata de rire.

« Est-ce que je peux jouer ?

— Moi, je suis d'accord, dit Eddie. As-tu des sous ? »

Elle se tâta la poche et en extirpa trois cents.

« Bon Dieu ! Comment oses-tu sortir de chez toi avec un portefeuille aussi gonflé ? demanda Eddie. À ta place, j'aurais la frousse ! »

Ben et Bradley éclatèrent de rire.

« Les filles aussi peuvent être courageuses », répondit Bev — et tous rirent en chœur.

Bradley lança le premier, puis Ben, puis Beverly. Comme il gagnait, Eddie jouait en dernier. Ils expédiaient les piécettes contre le mur arrière de la pharmacie de Center Street. Parfois elles atterrissaient trop court, parfois elles rebondissaient sur le mur ; à la fin de chaque lancer, celui qui était arrivé le plus près du mur ramassait les mises des autres. Cinq minutes plus tard, Bev possédait vingt-quatre cents ; elle n'avait perdu qu'un seul lancer.

« Les filles trissent ! » s'exclama Bradley, dégoûté, en se levant pour partir. Sa bonne humeur avait disparu, et il regardait Bev avec une expression de colère et d'humiliation mêlées. « Les filles ne vraient pas être zautorizées à... »

Ben sauta sur ses pieds ; le spectacle de Ben bondissant était quelque chose d'impressionnant. « Retire ce que tu viens de dire ! »

Bradley regarda Ben, bouche bée. « Quoi ?

— Retire-le ! Elle n'a pas triché ! »

Le regard de Bradley passa de Ben à Eddie et Beverly, toujours agenouillés, puis revint sur Ben. « Tu veux que ze te f-fasse le nez comme un patate pour aller avec le rezte, trouduc ?

— Essaye donc ! » répondit Ben, le visage soudain traversé d'un sourire. Quelque chose dans ce sourire fit que Bradley recula maladroitement d'un pas, surpris. Peut-être cela tenait-il à ce qu'après s'être par deux fois colleté avec Henry Bowers (et s'en être par deux fois honorablement sortı), Ben Hanscom n'allait pas se laisser terroriser par ce grand échalas de Donovan (qui, en plus d'être affligé de ce zézaiement cataclysmique, avait des verrues plein les mains).

« C'est za, siffla-t-il, et vous-z-allez touz vous mettre contre moi ! » dit Bradley en faisant un autre pas en arrière.

Sa voix trahissait de l'incertitude, et il avait les larmes aux yeux. « Toute une bande de trisseurs !

— Retire simplement ce que tu as dit d'elle, fit Ben.

— Laisse tomber, Ben, intervint Beverly en tendant une poignée de piécettes de cuivre à Bradley. Prends tes sous. Je jouais juste pour m'amuser. »

Des larmes d'humiliation débordèrent des paupières de Bradley. Il donna sur la main tendue de Bev un coup qui éparpilla la monnaie, et fonça en courant vers Center Street. Les autres le regardèrent se défiler, stupéfaits. Une fois à bonne distance, Bradley se retourna et cria : « T'es zuste une ezpèsse de salope, z-z'est tout ! Trisseuse ! Trisseuse ! Ta mère n'est qu'une pute ! »

Beverly suffoqua. Ben remonta à son tour l'allée en courant, mais ne réussit qu'à se prendre les pieds dans une caisse vide et à s'étaler par terre. Bradley avait disparu et Ben ne se faisait aucune illusion sur ses capacités de le rattraper. Au lieu de cela, il se tourna vers Beverly pour voir comment elle allait. L'insulte l'avait autant atteint qu'elle.

Elle vit l'inquiétude sur le visage du gros garçon. Elle ouvrit la bouche pour lui dire de ne pas s'en faire, que tout allait bien, qu'une insulte faisait moins mal qu'un coup, lorsque cette étrange question posée par sa mère lui revint à l'esprit.

(Est-ce qu'il lui est arrivé de... te toucher ?)

Une étrange question, oui. Simple, et pourtant incompréhensible, pleine de sous-entendus menaçants, bourbeuse comme du vieux marc de café. Au lieu de dire qu'elle se moquait bien des insultes, elle éclata en sanglots.

Eddie la regardait, mal à l'aise ; il prit son inhalateur et s'injecta une dose. Puis il se courba et commença à ramasser les piécettes éparpillées. Il avait ce faisant une expression concentrée et méticuleuse sur le visage.

Ben s'approcha instinctivement de Bev, pris de l'envie de la saisir dans ses bras et de la consoler, mais s'arrêta dans son élan. Elle était trop jolie. Devant tant de beauté, il se sentait impuissant.

« T'en fais pas, c'est rien », dit-il, sachant qu'il devait avoir l'air idiot, mais incapable de trouver quelque chose de plus intelligent. Il posa deux mains légères sur ses épaules (elle-même se cachait les yeux et les joues dans les siennes) puis les retira comme si son contact le brûlait. Il avait le visage cramoisi, apoplectique. « T'en fais pas, Beverly. »

Elle baissa les mains et s'écria, d'une voix aiguë, furieuse : « Ma mère n'est pas une pute ! C'est... c'est une serveuse ! »

Sa protestation fut accueillie par un silence absolu. Ben la regardait, bouche bée. Eddie, la main pleine de pièces, leva les yeux sur elle. Et tout d'un coup, ils se mirent tous les trois à rire hystériquement.

« Une serveuse ! » caqueta Eddie. Il n'avait que la plus vague idée de ce qu'était une pute, mais quelque chose dans la comparaison lui paraissait néanmoins délicieusement comique. « C'est donc ça qu'elle est ! Une serveuse !

— Oui, c'est ça, c'est ça ! » hoqueta Bev, le rire encore mêlé de larmes.

Ben riait tellement fort qu'il fut incapable de rester debout. Il s'assit lourdement sur une poubelle, mais son poids défonça le couvercle et il s'écroula sur un côté. Eddie, un doigt pointé sur lui, hurlait de rire. Beverly l'aida à se remettre sur pied.

Une fenêtre s'ouvrit au-dessus d'eux et une femme leur cria : « Fichez-moi le camp d'ici, les gosses ! Y a des gens qui sont de quart de nuit, figurez-vous ! Disparaissez ! »

Sans y penser, les trois enfants se prirent par la main, Beverly au milieu, et coururent jusqu'à Center Street. Ils riaient toujours.

6

Ils mirent leurs ressources en commun et s'aperçurent qu'ils disposaient de quarante cents, assez pour deux bonnes boissons glacées. Comme Mr. Keene était un vieux ronchon qui refusait de laisser les moins de douze ans consommer à côté de la fontaine à soda (à cause de la présence des billards électriques, source de corruption, prétendait-il), les trois enfants se rendirent jusqu'à Bassey Park. Ben avait du café et Eddie de la fraise ; assise entre les deux garçons, Bev prélevait tour à tour chez l'un et chez l'autre à l'aide d'une paille, comme butine une abeille. Elle se sentait vraiment bien pour la première fois depuis que le siphon avait éructé son caillot de sang, la veille — vidée, certes, et épuisée émotionnellement, mais en paix avec elle-même. Pour le moment, en tout cas.

« Je me demande ce qui est arrivé à Bradley, remarqua finalement Eddie, sur un ton un peu maladroit d'excuse. Il ne se comporte jamais comme ça d'habitude.

— Tu m'as défendue, dit Beverly, qui se tourna vers Ben et l'embrassa sur la joue. Merci ! »

Ben se trouva de nouveau écarlate. « Tu ne trichais pas », bredouilla-t-il — sur quoi il engloutit la moitié de son café glacé en trois gorgées monstrueuses, qui furent suivies d'un rot aussi violent qu'un coup de feu.

« T'es toujours armé, papounet ? » demanda Eddie, ce qui eut le don de faire rire Beverly au point de se tenir le ventre.

« Arrêtez ! pouffa-t-elle. Arrêtez, ça me fait mal à l'estomac ! »

Ben souriait. Cette nuit, avant de s'endormir, il rejouerait la scène du baiser mille fois avant de s'endormir.

« Est-ce que ça va vraiment bien, maintenant ? » demanda-t-il.

Elle acquiesça. « Ce n'était pas à cause de Bradley. Ce n'était même pas à cause de ce qu'il a dit de ma mère. Mais à cause de quelque chose qui est arrivé hier au soir (elle hésita, regardant Ben et Eddie tour à tour). Je... Il faut que je le dise à quelqu'un. Ou que je le montre à quelqu'un. Il faut que je fasse quelque chose. Je crois que j'ai pleuré parce que j'avais peur de devenir cinglée.

— Qu'est-ce que tu racontes, " devenir cinglée " ? » fit une nouvelle voix.

C'était Stanley Uris, comme toujours menu, mince et surnaturellement impeccable — bien trop impeccable pour un gamin d'à peine onze ans. Avec sa chemise immaculée prise sans un faux pli dans des jeans tout aussi immaculés, ses cheveux bien peignés et ses chaussures de basket aussi nettes que celles des vitrines, il avait plutôt l'air du plus petit adulte au monde. Puis il sourit, et l'illusion disparut.

Elle ne va rien dire maintenant, songea à part lui Eddie, *parce qu'il n'était pas là quand Bradley a insulté sa mère.*

Mais après un instant d'hésitation, Beverly parla. Car Stanley était différent de Bradley ; sa présence avait davantage de réalité.

Stanley est des nôtres, pensa Beverly, se demandant ce qui soudain lui donnait la chair de poule. *Ce n'est pas un cadeau que je leur fais en parlant. Ni à eux ni à moi.*

Mais c'était trop tard. Elle avait commencé. Stan s'assit avec eux, le visage calme et grave. Eddie lui offrit ce qui lui restait de sa boisson glacée à la fraise, mais Stan se contenta de secouer la tête, sans quitter Beverly des yeux. Aucun des garçons ne l'interrompit.

Elle leur parla des voix. Comment elle avait reconnu celle de Ronnie Grogan. Elle savait que Ronnie était morte ; mais c'était tout de même sa voix. Elle leur parla du sang, comment son père ne l'avait ni vu ni senti, comment sa mère ne l'avait pas vu non plus ce matin.

Quand elle eut terminé, elle les regarda les uns après les autres, craignant de lire de l'incrédulité sur les visages. Il n'y en avait pas. De l'effroi, oui, mais pas de l'incrédulité.

« Allons-y voir », dit finalement Ben.

7

Ils passèrent par la porte de derrière, non point parce que c'était celle dont Bev avait la clef, mais parce que, leur dit-elle, son père la tuerait si jamais il apprenait par Mrs. Bolton, la voisine, qu'elle était entrée dans l'appartement en compagnie de trois garçons pendant que ses parents n'étaient pas là.

« Pourquoi ? demanda Eddie.

— Tu ne comprendrais pas, triple buse, dit Stan. Tais-toi donc. »

Eddie était sur le point de répondre, mais en voyant le visage blanc et tendu de Stan, il referma la bouche.

La porte ouvrait sur la cuisine, silencieuse et envahie par le soleil de l'après-midi finissant. La vaisselle du petit déjeuner scintillait sur l'évier. Les quatre enfants restèrent regroupés autour de la table, et ils sursautèrent tous avec des rires nerveux lorsqu'une porte claqua dans l'immeuble.

« Où c'est ? » demanda Ben dans un murmure.

Le sang battant à ses tempes, Bev les conduisit jusque dans le petit couloir ; d'un côté se trouvait la chambre de ses parents et au fond la salle de bains, fermée. Elle l'ouvrit, entra d'un pas décidé à l'intérieur et plaça le bouchon sur le trou d'évacuation. Puis elle revint se placer entre Ben et Eddie. Le sang s'était desséché, laissant des traces et des traînées marron sur la glace, le lavabo et le papier mural. Elle trouvait soudain plus facile de regarder le sang que de regarder ses camarades.

D'une toute petite voix qu'elle ne se connaissait pas, elle demanda : « Est-ce que vous le voyez ? L'un de vous le voit-il ? Il est bien là, non ? »

Ben avança d'un pas, et elle fut une fois de plus frappée par l'aisance avec laquelle se déplaçait le gros garçon. Il toucha l'une des traces de sang ; puis une autre ; puis une longue traînée sur le miroir. « Ici. Ici. Ici, dit-il d'un ton froid et autoritaire.

— Sapristi ! On dirait qu'on a égorgé un cochon là-dedans, fit Stan doucement, stupéfait.

— Et tout est sorti du siphon ? » demanda Eddie, que la vue de tout ce sang rendait malade. Sa respiration se faisait plus courte ; il étreignit son inhalateur.

Beverly dut lutter pour éviter d'éclater de nouveau en larmes ; elle s'y refusait, redoutant d'être considérée avec mépris comme une fille comme les autres. Elle dut cependant s'accrocher au bouton de porte, tandis qu'une onde de soulagement, d'une puissance effrayante, la parcourait. Elle ne s'était pas rendu compte, jusqu'à cet instant, à quel point elle était convaincue de devenir folle, d'avoir des hallucinations.

« Et ton père et ta mère n'ont rien vu », s'émerveilla Ben. Il toucha une tache de sang qui avait séché sur le bord du lavabo, puis retira sa main, qu'il essuya sur un pan de sa chemise. « Nom de Dieu de nom de Dieu !

— Je me demande comment je vais faire pour entrer encore ici, dit Bev. Pour faire ma toilette et me laver les dents, vous comprenez ?

— Pourquoi ne pas tout nettoyer ? demanda soudain Stan.

— Tout nettoyer ? fit Beverly.

— Bien sûr. On n'arrivera peut-être pas à tout enlever sur le papier, qui n'est pas, euh, en très bon état, mais on pourra enlever le reste. Tu n'as pas de chiffons ?

— Si, sous l'évier de la cuisine. Mais ma mère va se demander où ils sont passés.

— J'ai cinquante cents, dit calmement Stanley, sans quitter des yeux la zone aspergée de sang. Nous nettoierons le mieux possible ; après nous irons à la laverie automatique laver les chiffons, et nous les remettrons ensuite à leur place sous l'évier, avant le retour de tes vieux.

— Ma mère dit que c'est impossible d'enlever du sang sur un vêtement, objecta Eddie. Il paraît que ça s'incruste, un truc comme ça. »

Ben ne put retenir un éclat de rire hystérique. « Qu'est-ce que ça peut faire si les chiffons ont encore du sang dessus ? Ils ne peuvent pas le voir. »

Personne n'eut besoin de lui demander qui étaient ces « ils ».

« Très bien, dit Bev. Essayons. »

8

Pendant la demi-heure suivante, tous quatre s'activèrent comme des elfes sévères, et Beverly se sentait le cœur de plus en plus léger au fur et à mesure que le sang disparaissait des murs, de la glace et du lavabo à la porcelaine jaunie. Ben et Eddie s'occupèrent du miroir et du lavabo pendant que Beverly s'attaquait au lino ; quant à Stan, il prenait le plus grand soin du papier mural, qu'il nettoyait avec un chiffon à peu près sec. À la fin, ils en étaient presque complètement venus à bout. Ben termina le travail en remplaçant l'ampoule par une autre de réserve.

Ils se servirent du seau d'Elfrida, de son Ajax et de quantité d'eau chaude : ils en changeaient souvent, aucun d'eux n'aimant voir leurs mains devenir roses.

Stanley fit quelques pas en arrière, examinant la salle de bains avec l'œil critique d'un garçon chez qui propreté et ordre n'étaient pas seulement inculqués, mais innés. « Je crois qu'on ne peut faire mieux », dit-il.

Il y avait encore de légères marques sur le papier peint, à la gauche du lavabo, là où il était tellement usé et abîmé que Stan n'avait fait que le frotter le plus doucement possible. Cependant, même ici les taches avaient perdu leur ancien pouvoir menaçant, et se réduisaient à des traces pastel sans signification.

« Merci », leur dit Beverly, s'adressant à tous. Jamais elle n'avait autant éprouvé de gratitude de sa vie. « Merci beaucoup, tous.

— Pas de problème, bredouilla Ben, qui, bien entendu, rougit une fois de plus.

— Pas de problème, confirma Eddie.

— Allons nettoyer ces chiffons », dit Stan. Son visage était calme, presque sévère. Plus tard, Beverly pensa que Stan fut peut-être le seul, ce jour-là, à comprendre qu'ils venaient de faire un pas de plus vers quelque confrontation inouïe.

9

Mis à part une femme en blouse blanche d'infirmière attendant la fin du séchage de son linge, il n'y avait personne dans la laverie. La femme jeta un coup d'œil méfiant aux quatre gosses et replongea dans son édition de poche de *Peyton Place*.

« Eau froide, dit Ben à voix basse. Ma mère dit qu'il faut laver le sang à l'eau froide. »

Ils chargèrent la machine, mirent la poudre à laver qu'ils avaient emportée, et Stan glissa les pièces dans la fente. Beverly avait dépensé presque toutes ses pièces d'un cent pour les boissons glacées, mais elle retrouva quatre survivantes au fond de sa poche gauche et les offrit à Stan, qui prit un air peiné. « Seigneur, dit-il, je file un rancart à une fille à la laverie, et voilà qu'elle prend la mouche ! »

Beverly eut un petit rire. « Tu es bien sûr ?

— Tout à fait sûr, dit Stan d'un ton sec. En réalité, ça me fend le cœur d'abandonner ces quatre cents, Beverly, mais je suis sûr de moi. »

Ils allèrent s'asseoir sur les chaises disposées dans un coin de la boutique, gardant le silence. La machine haletait et clapotait, rejetant des giclées mousseuses contre le hublot épais. Au début, la mousse fut rougeâtre, et Bev avait un peu mal au cœur en la voyant — sans pour autant pouvoir en détacher son regard. La mousse sanglante exerçait sur elle une sorte d'épouvantable fascination. La femme en uniforme d'infirmière leur jetait des coups d'œil de plus en plus fréquents par-dessus son livre. Elle s'était sans doute attendue à du chahut, si bien que leur silence l'énervait. Dès que son linge fut sec, elle l'emballa et fila, en leur lançant un dernier regard intrigué sur le pas de la porte.

Dès qu'elle eut tourné les talons, Ben jeta abruptement, presque rudement : « Nous ne sommes pas seuls.

— Quoi ? demanda Beverly.

— Nous ne sommes pas seuls, répéta Ben. Vois-tu... »

Il s'arrêta et regarda Eddie, qui acquiesça. Puis il regarda Stan, lequel avait un air malheureux, mais qui haussa les épaules et acquiesça à son tour.

« Mais de quoi parlez-vous donc, à la fin ? » s'écria Beverly. Elle en avait assez des gens qui tenaient des propos inexplicables, aujourd'hui. Elle saisit Ben à l'avant-bras. « Si tu sais quelque chose là-dessus, il faut me le dire !

— Tu ne veux pas le faire ? » demanda Ben à Eddie.

Eddie secoua la tête, sortit son inhalateur et en tira une monstrueuse bouffée.

Parlant lentement, choisissant ses mots, Ben raconta à Beverly comment il avait rencontré Bill Denbrough et Eddie Kaspbrak dans les Friches le premier jour des vacances — une semaine à peine, aussi incroyable que cela parût. Il lui dit comment ils avaient construit le barrage le lendemain ; il lui rapporta l'histoire de la photo de l'album de George, et ce qui lui était arrivé avec la momie, près du canal, la momie qui marchait sur la glace et dont les ballons flottaient contre le vent. Beverly l'écoutait avec un sentiment croissant d'horreur. Ses yeux s'agrandissaient tandis que ses extrémités devenaient glacées.

Ben s'arrêta et regarda Eddie. Eddie prit une nouvelle bouffée de son inhalateur, et répéta l'histoire du lépreux de Neibolt Street, parlant aussi vite que Ben avait parlé lentement, les mots se bousculant sur ses lèvres tant il avait envie d'en finir. Il termina sur un demi-sanglot reniflé, mais cette fois ne pleura pas.

« Et toi ? demanda Bev en se tournant vers Stan.

— Je... »

Il y eut un soudain silence qui les fit tous sursauter, tout autant que l'aurait fait une détonation.

« La lessive est finie », dit Stan.

Ils le regardèrent se lever — petit, efficace, gracieux — et ouvrir la machine. Il sortit le paquet de chiffons et les examina.

« Il reste quelques taches, mais ce n'est pas trop mal, on dirait du jus d'airelles. »

Il leur montra, et tous approuvèrent gravement, comme s'il s'agissait de documents importants. Beverly sentit de nouveau l'impression de soulagement qui l'avait envahie dans la salle de bains une fois propre. Elle pourrait supporter les taches pastel sur le papier peint, comme elle pourrait supporter les taches légèrement rougeâtres sur les chiffons de sa mère. Ils avaient fait quelque chose, et c'était ce qui paraissait important. Ce n'était pas parfait, mais toutefois suffisant pour lui donner la paix du cœur.

Stan jeta les chiffons dans l'un des séchoirs cylindriques et introduisit ses deux dernières pièces de cinq cents. L'appareil se mit à tourner, et Stan revint prendre sa place entre Ben et Eddie.

Pendant un moment ils restèrent tous les quatre assis en silence, regardant les chiffons tourner et retomber. Le ronronnement du séchoir à gaz avait quelque chose de calmant, presque de soporifique. Une femme passa avec son chariot de commissions archiplein devant la porte grande ouverte de la laverie, leur jeta un coup d'œil et poursuivit son chemin .

« J'ai bien vu quelque chose, commença soudain Stan. Je n'avais pas envie d'en parler, parce que je voulais me persuader que c'était un rêve, ou peut-être même une crise de quelque chose comme le petit Stavier. Vous le connaissez ? »

Ben et Bev secouèrent la tête. « Celui qui a des crises d'épilepsie ? demanda Eddie.

— Oui, c'est ça. Tu vois le genre. Je crois bien que j'aurais préféré que ce soit un truc comme ça que de me dire que j'ai vu quelque chose... de réellement réel.

— Qu'est-ce que c'était ? » demanda Bev, sans être pourtant bien sûre de vouloir le savoir. Ce n'était pas comme écouter des histoires de fantômes autour d'un feu de camp tout en dégustant des saucisses grillées et des guimauves à demi fondues, que les flammes ont rendues noires et craquantes. Ils étaient assis dans la laverie, un vrai sauna, avec d'énormes moutons de poussière sous les machines (des colombins de fantôme, disait son père), des moucherons dansant dans les rayons de soleil qui perçaient la crasse des vitres, et de vieux magazines à la couverture arrachée. Rien que des choses normales. De chouettes choses normales et barbantes. Mais elle avait peur. Affreusement peur. Parce que, se rendait-elle compte, aucune de ces histoires n'était inventée, aucun de ces monstres n'était en carton : la momie de Ben, le lépreux d'Eddie... L'un ou l'autre, ou les deux, pourraient surgir à la tombée de la nuit. Elle imaginait aussi le frère de Bill Denbrough, manchot implacable, patrouillant les égouts, sous la ville, avec deux pièces d'argent à la place des yeux.

Cependant, comme Stan ne répondait pas tout de suite, elle répéta sa question.

Parlant avec précaution, Stan se décida : « Je me trouvais dans ce petit parc, là où il y a le château d'eau...

— Oh, Seigneur ! Voilà bien un coin que je n'aime pas, dit Eddie, lugubre. S'il y a un bâtiment hanté dans Derry, c'est celui-là !

— Quoi ? s'exclama Stan. Qu'est-ce que tu racontes ?

— Tu n'en as jamais entendu parler ? s'étonna Eddie. Ma mère ne me laissait pas m'en approcher, alors que les... les meurtres d'enfants n'avaient pas encore commencé. Elle... elle fait très attention à moi. (Il leur adressa un sourire gêné et étreignit son inhalateur.) Des enfants ont été noyés là-dedans. Trois ou quatre. Ils... Stan ? Stan, ça va bien ? »

Le visage de Stan avait pris la couleur du plomb. Sa bouche s'ouvrait, mais pas un son n'en sortait. Ses yeux se mirent à rouler jusqu'à disparaître presque complètement sous la paupière supérieure. L'une de ses mains tenta de se raccrocher au vide et retomba contre sa cuisse.

Eddie fit la première chose qui lui vint à l'esprit. Il passa un bras autour des épaules de Stan, en train de s'effondrer, lui enfonça l'inhalateur dans la bouche et lui envoya une énorme bouffée.

Stan toussa, s'étouffa, s'étrangla. Il se redressa, les yeux de nouveau en face des trous. Il éternua dans ses mains et se laissa retomber contre son siège.

« Qu'est-ce que c'était ? demanda-t-il.

— Mon médicament pour l'asthme, répondit Eddie sur un ton d'excuse.

— Bon sang, on dirait de la vieille crotte de chien ! »

Tout le monde rit à cette repartie, mais d'un rire nerveux, tout en continuant d'observer Stan. Les couleurs lui revenaient peu à peu aux joues.

« C'est assez dégueulasse, admit Eddie, non sans quelque fierté.

— Oui, mais est-ce que c'est cacher ? » répliqua Stan, ce qui eut le don de les faire une fois de plus éclater de rire même si tous (Stan compris) ignoraient ce qu'était exactement un produit cacher.

Stan s'arrêta de rire le premier et regarda attentivement Eddie. « Dis-moi ce que tu sais sur le château d'eau. »

C'est Eddie qui commença, mais Ben et Bev complétèrent son

récit. Le château d'eau de Derry s'élevait sur Kansas Street à environ deux kilomètres à l'ouest du centre-ville, non loin de la limite sud des Friches. Vers la fin du siècle dernier, il suffisait aux besoins en eau de Derry, contenant environ cinq millions de litres. Comme la galerie non fermée située juste en dessous du toit du réservoir offrait une vue spectaculaire sur la ville et la campagne environnante, elle était restée un but de promenade très apprécié jusque vers les années 30. Les familles se rendaient au minuscule Memorial Park, le samedi ou le dimanche matin, par beau temps, et grimpaient les cent soixante marches qui menaient à la galerie par l'intérieur du château d'eau, afin de jouir de cette vue. Il arrivait même souvent que l'on pique-nique là-haut par la même occasion.

L'escalier était placé entre la paroi du château d'eau (d'un blanc éblouissant à l'extérieur) et le manchon intérieur, un grand cylindre en acier inoxydable de trente-cinq mètres de haut ; cet escalier s'élevait en une spirale serrée.

Juste en dessous de la galerie, une lourde porte de bois donnait sur une plate-forme qui surplombait l'eau elle-même, petit lac noir, tout rond, aux faibles ondulations, qu'éclairaient des ampoules au magnésium fixées à des réflecteurs de tôle. Il y avait exactement dix mètres d'eau lorsque le réservoir était à son maximum.

« Mais d'où venait cette eau ? » demanda Ben.

Tous se regardèrent ; aucun ne le savait.

« Et les enfants qui se sont noyés ? »

Ils étaient un peu moins ignorants là-dessus. Il semblait qu'à cette époque, on ne verrouillait jamais la porte donnant sur la plate-forme. Un soir, deux enfants (ou un seul, ou trois) auraient trouvé ouverte l'entrée au niveau du sol. Ils seraient montés par défi, auraient abouti par erreur non sur la galerie mais sur la plate-forme et seraient tombés dans le réservoir avant même de se rendre compte de ce qui leur arrivait.

« C'est Vic Crumly qui me l'a raconté, et il le tenait de son père, dit Beverly. Je ne vois pas pourquoi il aurait menti. Le père de Vic aurait dit aussi qu'une fois tombés dans l'eau, ils étaient fichus, parce qu'il n'y avait rien à quoi se raccrocher. La plate-forme était hors de portée. Ils ont sans doute barboté toute la nuit en appelant à l'aide. Mais personne ne les a entendus, ils ont été de plus en plus fatigués, et… »

Elle n'acheva pas sa phrase, ressentant toute l'horreur de cette fin. Elle imaginait ces enfants, réels ou inventés, en train de se débattre, comme des chiots que l'on noie, coulant et remontant à la surface, nageant de moins en moins au fur et à mesure que la panique les gagnait. Les tennis pleines d'eau s'alourdissant, les doigts grattant inutilement les parois d'acier lisses à la recherche d'une prise. Elle sentait le goût de toute l'eau qu'ils avaient dû avaler, elle entendait se répercuter l'écho de leurs cris. Combien de temps ? Un quart d'heure, une demi-heure ? Combien de temps avant que ne cessent leurs cris, et qu'ils flottent sur le ventre, épouvantable pêche en perspective pour le gardien, le lendemain matin ?

« Seigneur, dit Stan sans emphase.

— J'ai aussi entendu dire qu'une femme y avait perdu son bébé, dit soudain Eddie. C'est après cela qu'on a fermé l'endroit pour de bon. En tout cas, c'est ce que j'ai compris. On laissait les gens monter, ça je le savais. Puis un jour, il y a eu cette femme et son bébé. Je ne sais pas quel âge avait le bébé. Mais il paraît que cette plate-forme dépasse au-dessus de l'eau. La femme s'est avancée jusqu'au garde-fou ; elle tenait son bébé et elle l'a lâché, ou il a gigoté dans ses bras, quelque chose comme ça. J'ai aussi entendu dire qu'un type a essayé de le sauver, de jouer les héros. Il a plongé, mais le bébé avait disparu. Il était peut-être habillé de quelque chose de lourd ; on dit qu'avec des vêtements mouillés, on est tiré vers le fond. »

Soudain, Eddie mit la main à la poche et en retira un petit flacon brun. Il l'ouvrit, et prit deux cachets blancs qu'il avala tout sec.

« Qu'est-ce que c'était ? demanda Bev.

— De l'aspirine. J'ai mal à la tête. » Il la regarda, sur la défensive, mais Beverly n'insista pas.

Ben prit le relais. Après l'affaire du bébé (qui d'après lui aurait en réalité été une fillette de trois ans), le conseil municipal aurait décidé la fermeture complète au public du château d'eau, mettant fin aux pique-niques sous la galerie. Depuis, il était toujours resté fermé. Certes, le gardien continuait d'effectuer ses rondes, les services d'entretien passaient régulièrement, et des visites guidées avaient lieu de temps en temps. Mais la porte donnant sur le réservoir restait hermétiquement close.

« Est-ce qu'il y a toujours de l'eau ? demanda Stan.

— Je suppose, dit Ben. J'ai vu les pompiers venir remplir leurs citernes pendant les incendies de broussailles, l'été dernier. Ils se branchaient sur une prise, au pied du château d'eau. »

Stanley avait de nouveau les yeux perdus sur le séchoir, où le paquet de chiffons s'était défait, certains retombant comme des parachutes.

« Qu'est-ce que tu y as vu ? » demanda doucement Bev.

On put croire un instant qu'il n'allait pas répondre. Puis il prit une profonde inspiration dans laquelle passa un frisson, et commença par parler de quelque chose qui semblait n'avoir qu'un rapport lointain avec l'affaire. « On l'a appelé Memorial Park en souvenir du régiment de Derry, le 23ᵉ du Maine. Il y avait une statue, à l'origine, mais elle a été détruite par une tempête au cours des années 40. Comme la municipalité n'avait pas assez d'argent pour la réparer, on a installé à la place un bain pour les oiseaux. Un gros bassin de pierre. »

Tous le regardaient. Stan déglutit ; on entendit distinctement un *clic !* au fond de sa gorge.

« J'observe les oiseaux, vous comprenez. J'ai un album, une paire de jumelles, tout ce qu'il faut. (Il regarda Eddie.) Est-ce qu'il te reste de l'aspirine ? »

Eddie lui tendit son flacon. Stan prit deux cachets, hésita, en prit un troisième. Il rendit la bouteille et les avala l'un après l'autre, en faisant la grimace. Puis il reprit son histoire.

10

La rencontre avait eu lieu lors d'une soirée d'avril pluvieuse, deux mois auparavant. Stan avait mis son ciré, placé son guide des oiseaux et ses jumelles dans un sac imperméable et pris le chemin de Memorial Park. En général il accompagnait son père, mais ce dernier avait un travail supplémentaire à terminer, ce soir-là, et avait appelé chez lui à l'heure du dîner pour parler spécialement à Stan.

L'un des clients de son agence, également amateur d'oiseaux, avait repéré ce qu'il croyait être un cardinal mâle — *fringillidae richmondena* — buvant au bain pour oiseaux de Memorial Park ; le cardinal est un oiseau qui aime manger, boire et se baigner au crépuscule. Il était très rare de repérer un tel oiseau si loin du Massachusetts. Stan ne pourrait-il pas tenter une observation ? Il savait que le temps était bien mauvais, mais...

Stan avait accepté. Sa mère lui avait fait promettre de garder le capuchon de son ciré sur la tête, ce qu'il aurait fait de toute manière. C'était un garçon méticuleux. Il n'y avait jamais besoin de se bagarrer pour lui faire mettre ses caoutchoucs ou ses pantalons matelassés, l'hiver.

Il parcourut les deux kilomètres qui le séparaient de Memorial Park sous une pluie qui n'était qu'un crachin, un brouillard qui se déposait. Si les sons étaient ouatés, il y avait néanmoins une certaine excitation dans l'air, qui, en dépit des derniers tas de neige en train de fondre sous les buissons et les bosquets (comme des piles de taies d'oreillers crasseuses, aux yeux de Stan), était chargé d'un parfum de sève. Les branches des ormes, des chênes et des érables lui paraissaient s'épaissir, silhouettées contre le ciel couleur de plomb. Les bourgeons allaient éclater dans une semaine ou deux, et dérouler leurs feuilles d'un vert délicat, presque transparent.

L'air sent la verdure, ce soir, pensa-t-il, souriant légèrement.

Il marchait rapidement, parce qu'il n'aurait guère plus d'une heure de jour. Il était aussi méticuleux dans ses observations que dans ses vêtements et ses habitudes de travail, et si jamais la lumière lui faisait défaut pour être sûr à cent pour cent, il ne consignerait pas le passage du cardinal, même si, au fond de lui-même, il était persuadé de l'avoir bien vu.

Il coupa Memorial Park en diagonale. Le château d'eau élevait sa masse blanche à sa gauche ; à peine lui jeta-t-il un coup d'œil.

Le parc formait un rectangle approximatif et en pente. L'herbe (pour l'instant grise et morte) était régulièrement tondue pendant l'été, et des massifs de fleurs décoraient les pelouses. On ne trouvait cependant ni terrain de jeux, ni installations sportives ; on considérait ce parc comme réservé aux adultes.

À l'autre extrémité, la pente s'atténuait avant de plonger brusquement vers Kansas Street et les Friches, au-delà. Le bassin des oiseaux se trouvait dans cette zone plus plate. C'était une pierre circulaire et peu profonde, montée sur un lourd piédestal en maçonnerie, bien trop grand pour les fonctions qu'il avait à remplir. Le père de Stan lui avait raconté qu'on avait tout d'abord envisagé de relever la statue du soldat.

« J'aime mieux le bain pour oiseaux, Papa, avait dit Stan.

— Moi aussi, fiston, avait répondu Mr. Uris en ébouriffant les cheveux de Stan. Plus de bains, moins de balles, telle est ma devise. »

Une autre devise figurait en haut du piédestal, gravée dans la pierre. Stanley la lut sans la comprendre ; le seul latin qu'il connaissait était celui de la classification des oiseaux dans son livre. On lisait cette inscription :

Apparebat eidolon senex.
Pline

Stan s'installa sur un banc, prit son guide des oiseaux et examina une dernière fois l'image du cardinal, se familiarisant avec les points d'identification. Il serait difficile de confondre un mâle avec une autre espèce — il était aussi rouge qu'une voiture de pompier, quoique nettement moins imposant — mais Stan était un être d'habitudes et de conventions ; celles-ci le rassuraient et renforçaient ses sentiments d'appartenance à un endroit et au monde. Il consacra donc trois bonnes minutes à l'image avant de refermer l'ouvrage, dont les feuilles se cornaient sous l'effet de l'humidité, et de le ranger. Puis il sortit les jumelles de leur étui et les porta aux yeux, bien qu'il n'y eût nul besoin de les régler : la dernière fois qu'il les avait utilisées, c'était exactement au même endroit.

Méticuleux — et patient. Il ne tambourinait pas des doigts. Il ne se levait pas pour faire quelques pas. Il ne tournait pas les jumelles dans toutes les directions, au cas où il y aurait autre chose à voir. Il restait tranquillement assis, les oculaires ne déviant pas d'un pouce du bain pour oiseaux, tandis que la brume se rassemblait en grosses gouttes sur son ciré.

Il ne s'ennuyait pas. Il observait l'équivalent aviaire d'un congrès. Quatre moineaux bruns vinrent s'ébrouer quelque temps, plongeant le bec dans l'eau et s'aspergeant de gouttelettes ; puis arriva un geai bleu, comme un flic débusquant un complot de pilleurs. Le geai était grand comme une maison dans les jumelles de Stan, et ses cris, en comparaison, paraissaient absurdement faibles. (Au bout d'un moment, on oubliait la distance à laquelle on se trouvait réellement.) Les moineaux vidèrent les lieux. Le geai, seul maître à bord, pataugea, s'ébroua, en eut assez et s'envola à son tour. Les moineaux rappliquèrent, mais battirent de nouveau en retraite à l'arrivée de deux rouges-gorges qui naviguèrent dans le bassin en discutant (pourquoi pas ?) d'affaires importantes aux yeux de la société des oscreux. Mr. Uris avait ri quand Stan avait émis en hésitant l'hypothèse que les oiseaux parlaient. Stan ne doutait pas que son père eût raison lorsqu'il évoquait leur cerveau réduit, mais bon sang, ils avaient vraiment l'air de se parler !

Un autre oiseau se joignit aux rouges-gorges. Il était rouge. Stan joua un instant avec le réglage de ses jumelles. Était-ce ?... Non. Il s'agissait d'un tangara rouge, un bel oiseau, mais pas le cardinal qu'il attendait. Puis arriva un colapte doré, visiteur assidu du bain pour oiseaux de Memorial Park, que Stan reconnut à son aile droite abîmée. Comme toujours, il se demanda de quel accident il avait pu être victime — une rencontre avec un chat sauvage semblait l'explication la plus probable. D'autres oiseaux vinrent et repartirent. Stan observa un mainate, aussi maladroit et moche qu'un fourgon, un rouge-gorge bleu, un autre colapte doré. Il fut finalement récompensé par un nouvel oiseau — non pas le cardinal mais un carouge, énorme et l'air idiot — dans les jumelles. Il laissa retomber ces dernières et chercha hâtivement son guide, avec l'espoir que l'oiseau resterait assez longtemps pour confirmer l'observation. Au moins aurait-il quelque chose à ramener à son père. De plus, il était temps de partir ; l'obscurité grandissait, et le froid humide le pénétrait. Il consulta le livre, et reprit les jumelles ; l'oiseau était toujours là, immobile sur le bord du bain, l'air idiot. C'était un carouge, il en était à peu près certain. Sans marques distinctives repérables à cette distance et du fait de la lumière déclinante, il était difficile d'être sûr à cent pour cent. Il examina de nouveau l'image du livre, sourcils froncés, mais à peine portait-il les jumelles à ses yeux qu'un grand bruit creux et prolongé effraya le carouge qui s'envola. Stan essaya de le suivre, sachant que ses chances étaient minces. Il le perdit et émit un sifflement de dépit entre ses dents. Étant venu une fois, il viendrait peut-être une deuxième. Et ce n'était qu'un carouge

(probablement qu'un carouge)

après tout, et non un aigle doré ou un pingouin.

Stan rangea les jumelles et le guide puis se leva, regardant autour de lui pour voir ce qui avait pu être responsable de ce tapage soudain. Il ne s'agissait ni d'une détonation ni d'une pétarade de moteur ; plutôt d'une lourde porte se refermant, comme dans les films de château hanté... y compris avec un écho se démultipliant.

Il ne vit rien.

Il partit en direction de Kansas Street. Le château d'eau s'élevait maintenant à sa droite, cylindre de craie fantomatique dans la brume et le crépuscule grandissant. On aurait presque dit qu'il... flottait.

C'était une idée bizarre. Elle était forcément de lui, se dit-il, mais elle avait quelque chose d'étranger.

Il étudia plus attentivement le château d'eau et obliqua dans sa direction sans même y penser. À intervalles réguliers, des fenêtres s'ouvraient dans le bâtiment, leur succession dessinant une spirale, trous noirs faisant penser à des yeux, sous le gonflement d'un sourcil de bardeaux blancs. *Me demande comment ils ont fait ça*, pensa Stan (Ben Hanscom aurait été beaucoup plus intrigué) ; c'est à ce moment-là qu'il remarqua une tache d'ombre nettement plus grande à la base de l'édifice circulaire. Une porte.

Le bruit que j'ai entendu... c'était la porte.

Il regarda autour de lui, dans ce crépuscule précoce et triste. Le ciel plombé prenait des nuances violettes, et la brume s'épaississait pour donner la pluie qui tomberait pendant toute la nuit. Le crépuscule, la brume, et pas le moindre vent.

Il fallait donc que quelqu'un l'ait ouverte. Mais qui donc ? Et pourquoi ? En plus, cette porte avait l'air bien trop lourde pour pouvoir être lancée violemment et produire un bruit aussi puissant. Quelqu'un de particulièrement fort... peut-être...

Sa curiosité piquée, Stan alla voir de plus près.

La porte était encore plus imposante que ce qu'il avait tout d'abord cru, notamment par son épaisseur ; les planches étaient reliées entre elles par des bandes de laiton. Stan la fit pivoter en position entrouverte ; elle se déplaça en douceur et facilement en dépit de ses proportions — et sans un seul grincement. Il ne vit aucune trace des dommages qu'elle aurait pu causer en s'ouvrant aussi brutalement. Mystère-Ville, comme aurait dit Richie.

Eh bien, ce n'est pas la porte que j'ai entendue, c'est tout. Peut-être un avion à réaction de la base de Loring qui est passé au-dessus de Derry. La porte devait déjà être grande ouverte et...

Son pied heurta quelque chose. Stan baissa les yeux et vit une serrure... ou plutôt, ce qu'il en restait. On aurait dit que quelqu'un avait versé de la poudre dans le trou de la clef et mit le feu. Une fleur de métal, aux arêtes comme des rasoirs, s'ouvrait, pétrifiée, au centre de la serrure. L'épais moraillon ne tenait plus que par un boulon aux trois quarts arraché, les quatre autres gisant, dispersés, sur l'herbe mouillée. Ils étaient tordus comme des bretzels.

Sourcils froncés, Stan rouvrit la porte et regarda à l'intérieur. Un escalier étroit montait en colimaçon, se perdant dans la pénombre.

« Est-ce qu'il y a quelqu'un ? » demanda Stan.

Pas de réponse.

Il hésita, puis avança de manière à mieux voir l'étroite cage d'escalier. Rien. C'était Trouille-Ville, ici, comme aurait aussi dit Richie. Il se tourna pour partir... et entendit de la musique.

Un son lointain, mais immédiatement reconnaissable.

De la musique d'orgue de Barbarie.

Il redressa la tête, l'oreille tendue tandis que se dissipait son froncement de sourcils. De l'orgue de Barbarie, la musique des carnavals et des fêtes foraines. Elle évoquait des souvenirs aussi délicieux qu'éphémères : pop-corn, barbe à papa, beignets grésillant dans l'huile bouillante, cliquetis des manèges entraînés par des chaînes.

Son visage esquissait un sourire, maintenant. Il mit un pied sur la première marche, l'autre sur la deuxième, la tête toujours tournée vers le haut. Puis il s'arrêta. On aurait dit que penser à la fête suffisait à en créer une bien réelle ; il sentait vraiment le pop-corn, la barbe à papa, les beignets... mais aussi le piment, le chili-dogs, le tabac et la sciure. Et l'odeur piquante du vinaigre blanc, comme celui qu'on verse sur les frites par le petit trou de la bouteille, celle de la moutarde, d'un jaune éclatant et irritant le nez, que l'on étend sur les hot-dogs avec une spatule de bois.

C'était stupéfiant... incroyable... irrésistible.

Il monta une nouvelle marche, et c'est alors qu'il entendit le bruit de frottement de pas descendant l'escalier au-dessus de lui d'une allure précipitée. L'orgue de Barbarie jouait maintenant plus fort, comme pour dissimuler les bruits de pas ; il reconnut même l'air : c'était *Camptown Races.*

Des bruits de pas, oui, mais qui ne produisaient pas exactement un frottement ; on aurait dit plutôt qu'ils faisaient gicler un liquide, comme si ceux qui descendaient marchaient dans des caoutchoucs pleins d'eau.

Stan vit alors des ombres s'agiter sur le mur, au-dessus de lui. Une terreur soudaine le saisit à la gorge — comme s'il venait d'avaler quelque chose d'horrible et de brûlant à la fois, un remède qui vous secouait comme une décharge électrique. Tel fut l'effet de ces ombres.

Il ne les aperçut qu'un instant ; un très bref instant, pendant lequel il vit qu'elles étaient deux, bossues, et avaient quelque chose d'anormal ; un très bref instant car les ténèbres gagnaient, gagnaient beaucoup trop vite, et, quand il se retourna, la lourde porte du château d'eau se referma pesamment.

Stanley bondit dans l'escalier (il avait monté une douzaine de marches, alors qu'il ne se souvenait que des deux ou trois premières), saisi d'effroi maintenant. Il faisait trop noir, impossible de distinguer quoi que ce fût. Il entendait sa propre respiration, il entendait l'orgue qui moulinait sa musique au-dessus de lui

(qu'est-ce qu'un orgue de Barbarie peut bien fabriquer là-haut dans le noir ? Et qui en joue ?)

il entendait les bruits de pas mouillés, qui, à présent, se rapprochaient de lui.

Il heurta la porte de ses deux mains tendues, assez violemment pour qu'un picotement douloureux lui remontât les deux bras jusqu'au coude. Elle avait pivoté si facilement auparavant... et voici qu'elle ne voulait plus bouger.

Non... c'était inexact. Elle avait tout d'abord bougé un peu, suffisamment pour lui permettre d'apercevoir, dérisoire, une ligne de lumière grise courant verticalement sur le côté gauche.

Haletant, terrifié, Stan pesa sur la porte de toute sa force ; les bandes de laiton lui pénétraient dans les mains. Rien.

Il fit demi-tour, et s'adossa à la porte, bras écartés. Une sueur épaisse et chaude lui coulait du front. La musique de l'orgue de Barbarie se faisait encore plus tonitruante, et se répercutait en écho dans l'escalier en spirale. Mais elle n'avait plus rien de joyeux ; elle s'était transformée en un chant funèbre, elle gémissait comme les eaux et le vent, et Stan imagina alors une foire à la fin de l'automne, où les rafales chargées de pluie balayent une esplanade désertée, tandis que claquent les oriflammes et que les toiles de tentes se gonflent et retombent, battant comme des ailes de chauve-souris. Il vit des manèges vides, échafaudages tendus vers le ciel aux angles étranges desquels la bise gémissait et hululait. Il comprit soudain que la mort hantait cet endroit, qu'elle venait vers lui des ténèbres et qu'il ne pouvait pas s'enfuir.

De l'eau se mit tout d'un coup à cascader sur les marches. Ce n'était plus l'odeur du pop-corn, des beignets et de la barbe à papa qui parvenait à ses narines maintenant, mais la puanteur de la putréfaction, l'infection d'une viande pourrie sur laquelle grouillent les vers dans un coin loin du soleil.

« *Qui est là ?* » lança-t-il d'une voix aiguë et tremblante.

Lui répondit une voix sans force, dont les balbutiements évoquaient une bouche emplie de boue et d'eau croupie.

« Les morts, Stanley. Nous sommes les morts. Nous avons coulé, mais maintenant nous flottons... et tu vas flotter, toi aussi. »

Il sentait l'eau monter à ses pieds. Il se recroquevilla contre la porte, fou de terreur. Ils étaient maintenant très près de lui : il éprouvait physiquement leur proximité. Leur odeur le submergeait. Quelque chose s'accrocha à sa hanche, tandis qu'il heurtait la porte à coups redoublés, dans un effort absurde et inutile pour s'enfuir.

« Nous sommes morts, mais parfois nous nous amusons à faire les clowns, Stanley. Parfois nous... »

Son guide des oiseaux.

Sans réfléchir, Stan le saisit. Il était glissé dans la poche imperméable et ne voulait pas en sortir. L'un d'*eux* était en bas ; on entendait son pas traînant sur la dalle qui précédait l'escalier. Il allait le rejoindre dans un instant, et il sentirait sa chair glacée.

Il tira violemment, et le livre se retrouva dans ses mains. Il le tint devant lui comme un bouclier dérisoire, sans penser à ce qu'il faisait, soudain pris de la certitude qu'il avait raison.

« Rouges-gorges ! » cria-t-il dans l'obscurité, et pendant un instant, la chose qui approchait (et qui était maintenant à moins de cinq pas de lui, certainement) hésita — il en fut pratiquement sûr. N'avait-il pas aussi senti la porte commencer à céder légèrement sous son poids ?

Mais il n'était plus recroquevillé contre elle ; il se tenait debout, droit dans les ténèbres. Qu'est-ce qui s'était passé ? Pas le temps de s'y attarder. Stan passa la langue sur ses lèvres sèches et commença à réciter : « Rouges-gorges ! Aigrettes grises ! Grèbes huppés ! Tangaras rouges ! Mainates ! Piverts ! Piverts à tête rouge ! Mésanges ! Troglodytes ! Péli... »

La porte s'ouvrit avec un grincement de protestation, et d'une enjambée géante, Stan se retrouva dans l'air embrumé. Il s'étala dans l'herbe mouillée, le guide à moitié plié à côté de lui. Plus tard dans la soirée, il découvrirait la marque de ses doigts, profondément imprimée dans la couverture, comme si elle avait été en pâte à modeler et non en carton rigide.

Il n'essaya pas de se relever tout de suite, mais partit à reculons en poussant des talons dans l'herbe, où ses fesses laissèrent un sillon. Un rictus lui tendait les lèvres et découvrait ses dents. Dans l'encadrement sombre de la porte, il devinait deux paires de jambes vêtues de jeans en lambeaux, pourris et violacés. Des fils orange pendaient des coutures et de l'eau en coulait, formant des flaques autour de chaussures tellement trouées et déchirées que l'on voyait des orteils gonflés et mauves à l'intérieur.

Les mains tombaient mollement, trop longues, d'un blanc trop cireux ; à chaque doigt se trouvait fixé un pompon orange.

Tenant son guide des oiseaux devant lui, le visage barbouillé de crachin, de larmes et de sueur, Stan reprit sa mélopée enrouée : « Gros-becs... oiseaux-mouches... albatros... kiwis... »

L'une de ces mains se retourna, exhibant une paume où l'eau avait fini par gommer toutes les lignes, la laissant aussi bêtement lisse que celle d'un mannequin dans une vitrine. Un doigt se déplia et se replia. Le pompon dansait au bout de ce doigt.

Il lui faisait signe.

Stan Uris qui allait mourir vingt-sept ans plus tard dans sa baignoire, les poignets entaillés en croix, se mit sur les genoux puis sur ses pieds et courut. Il traversa Kansas Street sans même faire attention à la circulation et ne s'arrêta que de l'autre côté, haletant, pour regarder derrière lui.

D'où il était, il ne pouvait voir la porte à la base du château d'eau ; seulement l'édifice lui-même, lourd et cependant gracieux, se dressant dans le brouillard.

« Ils étaient morts », murmura Stan pour lui-même, encore sous le choc.

Puis il se détourna et partit vers la maison en courant.

11

Le séchoir s'était arrêté. Stan aussi.

Les trois autres continuèrent à le regarder pendant un long moment. Sa peau était presque aussi grise que le ciel de cette soirée d'avril dont il venait de leur parler.

« Bon Dieu, finit par lâcher Ben avec une expiration hachée et sifflante.

— C'est vrai, dit Stan. Je jure sur les Évangiles que c'est la vérité.

— Je te crois, intervint Beverly. Après ce qui s'est passé chez moi, je suis prête à croire n'importe quoi. »

Elle se leva soudain, manquant renverser sa chaise, et alla jusqu'au séchoir, où elle entreprit de sortir le linge sec. Elle leur tournait le dos, mais Ben la soupçonnait de pleurer. Il aurait voulu la rejoindre, mais manqua de courage.

« Il faut parler de tout ça à Bill, dit Eddie. Lui saura ce qu'il faut faire.

— Ce qu'il faut faire ? souligna Stan en le regardant. Qu'est-ce que tu veux dire, “ faire ? ” »

Eddie le regarda, mal à l'aise. « Eh bien...

— Moi je ne veux rien faire, reprit Stan, avec un regard d'une telle violence, d'une telle férocité, qu'Eddie se tortilla sur sa chaise. Ce que je veux, c'est oublier tout ça. Voilà ce que j'ai envie de faire.

— Pas si facile », remarqua Beverly d'un ton calme. Elle se retourna ; Ben ne s'était pas trompé. La lumière oblique qui tombait des vitres sales faisait briller les traces laissées par les larmes sur ses joues. « Il ne s'agit pas que de nous, continua-t-elle. J'ai reconnu Ronnie Grogan. Pour le petit garçon que j'ai entendu en premier..., je crois que c'était peut-être le fils Clement. Celui qui a disparu de son tricycle.

— Et alors ? lança Stan sur un ton de défi.

— Et alors, s'il en attrape d'autres ? renvoya-t-elle. D'autres gosses ? »

Les yeux bleus de Beverly restèrent fixés sur les yeux bruns de Stan, qui répondaient en silence à la question.

Mais Beverly ne détourna pas son regard, et c'est Stan qui finit par baisser le sien... peut-être seulement parce qu'elle pleurait encore, mais peut-être aussi parce que le souci qu'elle manifestait la rendait plus forte.

« Eddie a raison, dit-elle. Nous devrions parler à Bill. Ensuite au chef de la police, peut-être.

— Exactement », la coupa Stan, s'efforçant de prendre un ton méprisant sans y arriver vraiment. Sa voix n'était que fatiguée. « Les gosses morts dans le château d'eau. Du sang que seuls les gosses peuvent voir, pas les adultes. Des clowns qui se promènent sur le canal gelé. Des ballons qui avancent contre le vent. Des momies. Un lépreux sous un porche. Borton va crever de rire... après quoi il nous fera enfermer chez les cinglés.

— Si nous allions le voir tous ensemble ? suggéra Ben.

— Encore mieux, dit Stan. Continue, Meule de Foin. Écris-moi donc un livre ! » Il se leva et alla jusqu'à une fenêtre, mains dans les poches, l'air à la fois en colère, bouleversé et terrorisé. Il regarda dehors un moment, les épaules raides et accusatrices sous sa chemise impeccable. Sans se retourner, il reprit : « Écris-moi donc un foutu bouquin !

— Non, dit Ben, c'est Bill qui écrira des livres. »

Stan se retourna, surpris, et les autres le regardèrent. Ben avait une expression de totale surprise sur le visage, comme s'il venait de se donner lui-même une gifle sans y penser.

Bev rangea les derniers chiffons.

« Les oiseaux, dit Eddie.

— Quoi ? » firent ensemble Beverly et Ben.

Eddie regardait Stan. « Tu t'en es sorti en leur criant des noms d'oiseaux, non ?

— Peut-être, admit Stan comme à regret. Ou peut-être la porte était-elle simplement coincée et a fini par céder.

— Sans que tu t'appuies dessus ? » demanda Bev.

Stan haussa les épaules. Ce n'était pas de la bouderie ; il traduisait seulement son ignorance.

« Moi, je crois que ce sont les noms de ces oiseaux que tu leur as criés, insista Eddie. Mais pourquoi les oiseaux ? Dans les films, on brandit une croix...

— Ou on dit le *Notre Père*, ajouta Ben.

— Ou le vingt-troisième psaume, fit Beverly.

— Je connais le vingt-troisième psaume, dit Stan d'un ton de colère, mais je ne m'en sortirais pas aussi bien avec la croix. Je suis juif, je vous le rappelle. »

Gênés, ils détournèrent leurs regards.

« Les oiseaux, reprit Eddie, tenace. Seigneur Jésus ! » Il jeta un coup d'œil coupable à Stan, mais celui-ci regardait de nouveau dans la rue, la mine sombre, l'immeuble de Bangor Hydro.

« Bill saura quoi faire, dit soudain Ben comme s'il tombait finalement d'accord avec Beverly et Eddie. Je vous parie ce que vous voulez.

— Écoutez, dit Stanley, les regardant tous, l'air grave. Je veux bien. Nous pouvons en parler à Bill, si vous le voulez. Pour moi, les choses s'arrêteront là. Appelez-moi poule mouillée ou lâcheur, je m'en fous. Je ne suis pas une poule mouillée. Je ne crois pas. C'est simplement que ces choses, dans le château d'eau...

— Si tu n'avais pas peur d'un truc comme ça, c'est que tu serais cinglé, Stan, fit Beverly doucement.

— Ouais, j'ai eu très peur, mais ce n'est pas le problème, objecta Stan en s'animant. Ce n'est même pas de ce dont je parle qu'il est question. Est-ce que vous ne comprenez pas... »

Ils le regardaient, attendant ce qu'il allait dire, espoir et crainte se mêlant dans leur expression, mais Stan se rendit compte qu'il était incapable d'expliquer ce qu'il ressentait. C'était comme une brique compacte de sentiments en lui, l'étouffant presque, qu'il ne pouvait faire passer par sa gorge. Aussi impeccable et sûr de lui qu'il fût, ce n'était qu'un gamin de onze ans avec une année de retard scolaire.

Il voulait leur dire qu'il y avait pis que d'être effrayé. On pouvait avoir peur de se faire écraser par une voiture à bicyclette, ou peur d'attraper la polio avant le vaccin de Salk ; on pouvait avoir peur de ce cinglé de Kroutchev, ou de se noyer si l'on perdait pied. De tout cela, on pouvait avoir peur et cependant continuer à fonctionner.

Mais ces choses dans le château d'eau...

Il voulait leur dire que ces enfants morts qui s'étaient traînés dans les escaliers en colimaçon avaient fait quelque chose de pire que l'effrayer : ils l'avaient offensé.

Oui, offensé. C'était le seul mot qui lui venait à l'esprit, et ils allaient rire s'il s'en servait. Ils l'aimaient bien, il n'en doutait pas ; ils l'avaient accepté parmi eux, mais ils riraient tout de même. Il n'empêche qu'il existait des choses qui n'auraient pas dû exister. Elles offensaient le sens de l'ordre de toute personne saine d'esprit, elles offensaient cette idée fondamentale que Dieu avait donné une chiquenaude sur l'axe terrestre afin que le crépuscule dure douze minutes à l'équateur et plus d'une heure ou davantage là où les Eskimos construisent leurs igloos. Il avait fait cela et Il avait dit, en effet : « Très bien, si vous pouvez imaginer l'inclinaison de l'axe terrestre, vous pouvez vous représenter n'importe quoi. Parce que même la lumière possède un poids, parce que, lorsque le sifflet d'un train baisse soudainement d'un ton, on a affaire à un effet Doppler, et parce que, quand un avion franchit le mur du son, ce ne sont pas les anges qui applaudissent ou les démons qui pètent, mais qu'il se produit un effondrement brutal de l'air. J'ai donné la chiquenaude et j'ai été un peu plus loin pour assister au spectacle. Je n'ai rien d'autre à déclarer, sinon que deux et deux font quatre, que les lumières dans le ciel sont des étoiles, que s'il y a du sang, les adultes doivent le voir aussi bien que les enfants, et que si des enfants sont morts, ils le restent. »

On peut vivre avec la peur, aurait dit Stan, s'il l'avait pu. Peut-être pas toujours, mais en tout cas longtemps, très longtemps. Mais c'est ce scandale offensant avec lequel on ne peut vivre, parce qu'il ouvre une brèche dans votre rationalité ; si l'on se penche dessus, on s'aperçoit qu'il existe là au fond des créatures vivantes dont les yeux jaunes ne cillent jamais, qu'il en monte une puanteur innommable et on finit par se dire que c'est tout un univers qui se tapit au cœur de ces ténèbres, avec une lune carrée dans le ciel, des étoiles au rire glacial, des triangles à quatre côtés, sinon cinq, voire encore cinq à la puissance cinq. Tout conduit à tout, aurait-il dit, s'il avait pu. Allez donc dans vos églises écouter l'histoire de Jésus marchant sur les eaux ; moi, si je vois un type faire ça, je vais hurler, hurler ! Car pour moi, il ne s'agira pas d'un miracle, mais d'un scandale qui m'offensera.

Mais comme il ne pouvait dire tout cela, il ne fit que répéter : « Avoir peur, ce n'est pas le problème. Je ne veux pas me retrouver dans une histoire qui se terminera chez les mabouls.

— Viendras-tu lui parler avec nous ? demanda Bev. Pour voir ce qu'il va dire ?

— Bien sûr, fit Stan, qui éclata de rire. Je devrais même amener mon guide des oiseaux ! »

Tous rirent avec lui, et l'atmosphère se détendit un peu.

12

Beverly rentra seule chez elle rapporter les chiffons propres. L'appartement était toujours vide.

Elle se refusa tout d'abord à retourner dans la salle de bains, et s'installa devant la télé. Mais au bout d'un moment elle revint dans la cuisine, et ouvrit le placard au-dessus de l'évier, là où son père gardait ses outils. Parmi eux se trouvait un mètre à ruban ; elle le prit et se dirigea vers la salle de bains.

Elle était impeccable, silencieuse. Quelque part, très loin aurait-on dit, elle entendait Mrs. Doyon qui interpellait son fils pour qu'il ne reste pas dans la rue.

Elle s'avança jusqu'au lavabo et plongea son regard dans le trou d'évacuation.

Elle resta ainsi un certain temps, les jambes aussi froides que du marbre dans ses jeans, la pointe des seins si dure et tendue qu'elle aurait pu couper du papier, les lèvres complètement desséchées. Elle attendit les voix.

Rien ne vint.

Elle laissa échapper un petit soupir chevrotant, et commença à introduire le ruban d'acier dans l'évacuation. Il descendit sans peine — comme l'épée dans la gorge d'un phénomène de foire. Vingt centimètres, vingt-cinq, trente. Il s'arrêta, sans doute bloqué par le coude du siphon, pensa Beverly. Elle l'agita tout en l'enfonçant doucement, et finalement le ruban franchit l'étranglement. Cinquante centimètres, soixante, quatre-vingt-dix.

Elle regardait le ruban jaune sortir de son boîtier d'acier, usé sur les bords par les grosses mains de son père. Elle l'imaginait se couvrant de débris bourbeux, faisant sauter des écailles de rouille ; là-dedans, là où le soleil ne brillait jamais et où la nuit était éternelle, pensa-t-elle.

Elle imagina le petit butoir d'acier, pas plus gros qu'un ongle, s'ouvrant un chemin dans les ténèbres, et quelque chose en elle s'écria : *Qu'est-ce que tu fais donc ?* Elle ne pouvait ignorer cette voix, mais elle ne pouvait pas davantage en tenir compte. Elle voyait maintenant le début du ruban descendre tout droit, dans la cave ; elle le voyait atteindre le collecteur... et à cet instant-là, il se bloqua de nouveau.

De nouveau, elle l'agita, et le ruban, mince et souple, rendit un son léger, étrange, lui rappelant un peu celui d'une scie égoïne que l'on plie entre ses jambes.

Elle se le représentait se tortillant contre le fond de ce tuyau plus large, avec sa surface en céramique... elle le voyait plier... puis elle réussit à le pousser plus loin.

Elle arriva à deux mètres. Deux mètres cinquante. Trois.

Tout d'un coup, le ruban se mit à se dérouler de lui-même, comme si on le tirait à l'autre bout — comme si on courait en le tirant ! Elle contemplait les barres des centimètres qui défilaient à toute vitesse, bouche bée de peur — de peur, oui, pas de surprise. N'avait-elle pas eu l'intuition que quelque chose comme ça allait se produire ?

Le ruban arriva au bout de son rouleau. Six mètres.

Un petit rire léger monta du trou d'évacuation, suivi d'un murmure bas, où il y avait une nuance de reproche. « *Beverly, Beverly, Beverly... tu ne peux pas lutter contre nous... tu mourras si tu essayes... mourras si tu essayes... mourras si tu essayes... Beverly... Beverly... Beverly... ly-ly-ly...* »

Il y eut un cliquetis dans le boîtier métallique, et soudain le ruban d'acier se mit à se réenrouler rapidement, chiffres et tirets brouillés par la vitesse. Près de la fin — sur les deux derniers mètres —, le jaune se changea tout d'un coup en un rouge sombre et dégoulinant ; elle poussa un hurlement et laissa le ruban tomber sur le sol, comme s'il s'était transformé en un serpent vivant.

Du sang frais coulait des bords de porcelaine et retournait dans l'œil grand ouvert de l'évacuation. Elle se courba, secouée de sanglots, sa peur comme un poids glacé au creux de l'estomac, et récupéra le ruban. Elle le saisit entre l'index et le pouce de la main droite, délicatement, et, le tenant devant elle, l'emporta dans la cuisine. Tout en marchant, des gouttes de sang tombaient sur le lino décoloré du couloir et de la cuisine.

Elle réussit à se raffermir en pensant à ce que son père lui dirait — ou plutôt lui ferait — s'il s'apercevait qu'elle avait couvert de sang son mètre à ruban. Évidemment, c'était un sang qu'il ne verrait pas, mais ce stratagème l'aidait.

Elle prit l'un des chiffons propres — qui avait conservé une chaleur de pain fraîchement défourné de son passage au séchoir — et retourna dans la salle de bains. Avant de commencer le nettoyage, elle mit le dur bouchon de caoutchouc sur le trou d'évacuation, condamnant cet œil trop grand. Le sang était frais, et se nettoyait facilement. Elle suivit sa trace sur le lino, essuya toutes les taches, rinça le chiffon, l'essora et le mit de côté.

Avec un autre chiffon, elle nettoya le ruban de son père. Là, le sang était épais, visqueux, avec quelques grumeaux noirs et spongieux.

Le ruban n'avait beau être ensanglanté que sur moins de deux mètres, elle le nettoya sur toute sa longueur pour enlever toutes traces de la gadoue des égouts. Cela fait, elle le remit en place dans le placard, au-dessus de l'évier, et emporta les deux chiffons tachés à l'arrière de l'appartement. Mrs. Doyon poursuivait encore son fils de ses cris. Sa voix était claire et résonnait comme du bronze dans la chaleur de la fin de l'après-midi.

Au fond de la cour de derrière, où régnaient surtout la terre nue, les mauvaises herbes et les cordes à linge, se trouvait un vieil incinérateur rouillé. Beverly y jeta les chiffons puis s'assit sur les marches du petit perron. Les larmes jaillirent brusquement avec une violence surprenante, mais, cette fois-ci, elle ne fit aucun effort pour les retenir.

Elle passa les bras autour des genoux, enfouissant sa tête contre eux, et pleura tout son soûl tandis que Mrs. Doyon demandait à son fils quand il allait obéir à la fin ; tenait-il tant que ça à se faire écraser par une voiture ?

DERRY
DEUXIÈME INTERMÈDE

Quaeque ipsa miserrima vidi,
Et quorum pars magna fui.

Virgile

On ne fait pas le con avec l'infini.

Mean Streets

Le 14 février 1985
Saint-Valentin

Deux autres disparitions la semaine dernière — encore des enfants. Juste au moment où je commençais à me sentir mieux. Un adolescent de seize ans, Dennis Torrio, et une fillette qui venait d'avoir cinq ans, qui faisait de la luge dans ces espèces de soucoupes volantes. On n'a retrouvé que l'engin de plastique. Il y avait eu une averse de neige la nuit précédente, une dizaine de centimètres. Aucune autre trace en dehors des siennes, m'a dit, Rademacher, le chef de la police, quand je lui ai téléphoné. Je crois que je commence à lui taper sur les nerfs.

Je lui ai demandé si je pouvais voir les photos de la police. Il a refusé.

Je lui ai demandé si les traces ne conduisaient pas jusqu'à une grille d'égout. Il resta un long moment sans répondre. Puis il m'a dit : « Je commence à penser que vous seriez peut-être bien inspiré de voir un médecin, Hanlon, du genre psy-quelque chose. La petite a été enlevée par son père. Vous ne lisez pas les journaux ?

— Le fils Torrio a-t-il été enlevé par son père ? »

Autre long silence.

« Foutez-nous la paix, Hanlon. Foutez-moi la paix. »

Il raccrocha.

Je lis d'autant plus les journaux que c'est moi qui les dispose dans la salle de lecture de la bibliothèque municipale, tous les matins. À la suite d'un divorce difficile, l'ex-Mrs. Winterbarger avait obtenu la garde de sa fille Laurie, au printemps 1982. La police part de l'hypothèse que son ex-mari, Horst Winterbarger, qui, paraît-il, travaille comme mécanicien en Floride, serait venu en voiture dans le Maine pour enlever sa petite fille. On suppose qu'il a garé son véhicule à proximité de la maison et qu'il a appelé sa fille, ce qui expliquerait l'absence de traces autres que celles de l'enfant. Ils sont moins bavards sur le fait que celle-ci n'avait pas vu son père depuis trois ans. Une des raisons qui avaient rendu particulièrement pénible le divorce avait été l'accusation, portée par la mère, d'agression sexuelle du père sur la fillette ; cette dernière avait demandé que lui fût refusé le droit de visite, ce que le tribunal lui avait accordé, en dépit des furieuses dénégations de Horst. Cette décision, raisonnait Rademacher, qui avait eu pour effet de couper complètement Winterbarger de son enfant, l'aurait poussé à l'enlever. Pourquoi pas, en effet ? Mais imagine-t-on une fillette de cinq ans qui reconnaît son père dès qu'il l'appelle, alors qu'elle ne l'a pas vu depuis près de trois ans ? Oui, prétend Rademacher. Je ne le crois pas. D'autant plus que la mère de la petite Laurie disait lui avoir bien expliqué de ne suivre aucun étranger et de ne pas même leur parler — leçon que se font rabâcher très tôt tous les enfants de Derry. Rademacher dit avoir chargé la police de Floride d'enquêter sur Winterbarger et que ses responsabilités s'arrêtent là.

« Les questions de garde d'enfant regardent davantage les avocats que la police », aurait déclaré cet imbécile obèse et prétentieux, d'après le *Derry News*.

Le cas du fils Torrio, en revanche, est plus difficile à escamoter. Vie familiale exemplaire. Jouait au football dans l'équipe des Derry Tigers. Étudiant très bien noté. Avait passé avec brio des épreuves de survie en milieu naturel au cours de l'été 1984. Ne touchait pas à la drogue. Avait une petite amie dont apparemment il était fou. Toutes les raisons d'être heureux et de ne pas quitter Derry, au moins pour les deux ans à venir.

Et malgré tout ça, il disparaît.

Que lui est-il arrivé ? Pris d'un violent et soudain désir de voir du pays ? Écrasé par un ivrogne au volant, qui aurait fait disparaître le corps ? À moins qu'il ne soit toujours à Derry, côté ténèbres, en compagnie de Betty Ripsom, Patrick Hockstetter, Eddie Corcoran et tous les autres. Est-ce...

(Plus tard)

Ça recommence. Je tourne en rond, toujours sur les mêmes questions, sans rien accomplir de constructif, ne faisant que me tendre moi-même jusqu'à l'insupportable. Je sursaute au moindre craquement de l'escalier de fer menant à la réserve. Je sursaute au passage d'une ombre. Je me surprends à me demander comment je réagirais si je me trouvais là-haut, en train de ranger des bouquins sur les étagères, poussant devant moi le petit chariot à roues de caoutchouc, et qu'une main crochue se tendît vers moi, entre deux piles de livres...

Éprouvé cet après-midi un besoin quasi insurmontable de les appeler. J'ai même commencé à faire le 404, le code d'Atlanta, avec le numéro de Stanley Uris devant moi. J'ai gardé l'écouteur à l'oreille, et suis resté à me demander si je l'appelais parce que j'étais sûr, sûr à cent pour cent, ou bien si c'était parce que je me sentais tellement hanté que je ne pouvais plus supporter d'être seul ; qu'il me fallait parler à quelqu'un capable de comprendre...

Mais le fait est que je ne suis pas sûr à cent pour cent. Si on découvre un autre corps, j'appellerai... mais jusque-là, je dois supposer que même un âne bâté comme Rademacher peut avoir raison. Elle se souvenait peut-être de son père, après tout ; elle avait peut-être une photo de lui. Et je me dis qu'un adulte, s'il sait se montrer persuasif, peut convaincre une enfant de monter dans sa voiture, en dépit des avertissements donnés.

Une autre angoisse me hante. Rademacher a l'air de penser que je deviens cinglé. Je ne le pense pas, mais si j'appelle maintenant, ce sont eux qui risquent de me croire cinglé. Pis que ça : et s'ils m'avaient complètement oublié ? *Mike Hanlon ? Qui ça, Mike Hanlon ? Je ne me souviens absolument pas de vous. Quelle promesse ?*

J'ai l'impression que viendra le moment opportun de les appeler... et qu'alors je le saurai. Leurs propres circuits seront ouverts à ce moment-là. Comme si deux grandes roues convergeaient lentement, de toute leur puissance, l'une vers l'autre : moi-même et Derry d'un côté, et tous mes amis d'enfance de l'autre.

Quand le moment viendra, ils entendront la voix de la Tortue.

Je vais donc attendre, et tôt ou tard, je saurai. La question n'est plus de les appeler ou non.

La question est quand.

Le 20 février 1985

L'incendie du Black Spot.

« Un parfait exemple de ce que la chambre de commerce peut tenter pour réécrire l'histoire, Mike », m'aurait sans doute dit en caquetant le vieil Albert Carson. « Ils essayent et parfois réussissent presque... mais les vieux se souviennent de la façon dont les choses se sont passées. Toujours. Et parfois ils acceptent de parler, si on leur demande gentiment. »

Il y a des gens qui vivent à Derry depuis vingt ans et qui n'ont jamais entendu parler du baraquement « spécial » réservé aux sous-offs, dans l'ancien camp de l'armée de l'air de Derry ; un baraquement qui se trouvait à un bon kilomètre du reste de la base ; et en plein mois de février, quand le thermomètre flirtait avec les moins vingt degrés et que le vent soufflait sur les pistes dégagées, abaissant encore le taux de refroidissement, ce kilomètre supplémentaire pouvait vous valoir engelures, voire gel des extrémités, sinon vous tuer.

Les sept autres baraquements disposaient du chauffage au mazout, de doubles vitrages et de parois isolantes. Ils étaient agréables et accueillants. Le baraquement « spécial », qui abritait les vingt-sept homme de la section E, était chauffé par un vieux poêle à bois rétif. Quant au bois, c'était le système D pour se le procurer. Les rameaux de pins et de sapins que les hommes disposaient tout autour constituaient la seule isolation. L'un des hommes réussit à récupérer un jeu complet de doubles vitrages, un jour où comme par hasard les vingt-sept hommes de la section E furent envoyés un peu plus tard en mission spéciale à Bangor ; quand ils revinrent, recrus de fatigue et glacés, tous ces doubles vitrages avaient été cassés. Tous.

Cela se passait en 1930, quand la moitié des forces aériennes américaines était composée de biplans. À Washington, Billy Mitchell était passé en cour martiale et se trouvait réduit à piloter un bureau, son insistance de mouche du coche pour bâtir des forces aériennes modernes ayant fini par irriter ses supérieurs.

Les avions étaient donc rares sur la base de Derry, en dépit de ses trois pistes (dont une seule en dur, il est vrai). Les activités militaires qui s'y déroulaient étaient du même ordre : on occupait les hommes.

L'un des soldats de la section E venu s'établir à Derry à la fin de son service militaire, en 1937, était mon père. Voici l'histoire qu'il m'a racontée :

Un jour de printemps, en 1930, environ six mois avant l'incendie du Black Spot, je revenais d'une permission de trois jours que j'avais passée à Boston avec quatre copains.

Après avoir franchi le portail, nous sommes tombés sur un espèce de grand balèze, à côté du poste de contrôle, appuyé à une pelle, en train de se faire dorer la pilule. Un sergent du Sud. Cheveux carotte ; dents de travers ; boutonneux. À peine mieux qu'un gorille mal rasé, si tu vois ce que je veux dire. Ils étaient nombreux dans son genre, à l'armée, durant la Crise.

Et nous on se ramène, cinq permissionnaires rigolards, et on voyait bien à son regard qu'il ne demandait qu'à nous coincer. On l'a donc salué comme s'il était le général Pershing lui-même. Je crois qu'on aurait pu s'en tirer, si ça n'avait pas été un superbe après-midi d'avril ensoleillé, et si j'avais tenu ma langue. « Bien le bonjour, sergent Wilson », je lui dis. Il m'a sauté dessus à pieds joints.

« Est-ce que je vous ai donné la permission de m'adresser la parole, soldat ? qu'il fait.

— Non, Sergent. »

Il regarde les autres et leur balance : « Y a ce nègre avec qui j'ai un compte à régler. Si vous autres, bandes d'abrutis, vous ne voulez pas lui donner un coup de main à creuser un fossé puant pour le reste de la journée, v's avez intérêt à filer pour vot' baraquement, à ranger vos affaires et à vous présenter dare-dare au rapport. Pigé ? »

Ils n'ont pas demandé leur reste et Wilson a beuglé : « Et au pas de gymnastique, branleurs ! Que j' vois la semelle de vos pompes de merde ! »

Wilson m'a donné la pelle et m'a conduit dans un grand terrain, là où se trouve aujourd'hui le terminal Airbus de North-East Airlines. Alors il me regarde, avec un espèce de sourire à la noix, il me montre le sol et dit : « Tu vois ce trou, là, le nègre ? »

Il n'y avait pas de trou, alors j'ai cru bien faire et j'ai répondu que oui, que je le voyais. Il m'a balancé son poing dans la figure ; je suis tombé par terre et je me suis mis à saigner du nez sur la dernière chemise propre que j'avais.

« Non tu ne vois rien, crétin, parce qu'il a été rempli par un plus crétin encore ! » qu'il me crie. Il avait deux taches rouges aux joues, mais il souriait et on voyait qu'il s'amusait bien. C'est alors que ça a commencé. Il m'a fait faire un trou qui faisait presque ma taille, puis il m'a dit qu'il ne voulait pas d'un trou creusé par un nègre. Je l'ai rebouché. La nuit tombait quand il m'a demandé ce que je voyais.

« Un trou plein de terre », j'ai dit. Sur quoi il m'a encore frappé. Seigneur, Mikey, j'ai vu le moment où j'allais lui sauter dessus à coups de pelle. Mais si j'avais fait ça, je n'aurais jamais revu le ciel, sinon à travers des barreaux.

« C'est mon trou, et il est plein de terre ! il a hurlé. Vide-moi ça, soldat ! »

Alors j'ai recommencé : je l'ai vidé, je l'ai rempli. J'étais bon pour repartir pour un tour lorsqu'un de ses copains est arrivé avec une lanterne pour lui dire qu'il venait de manquer une inspection surprise. Il était furieux, il a été obligé de me laisser partir.

J'ai attendu de voir apparaître son nom sur la liste des punis, les jours suivants, mais il avait dû trouver comme excuse qu'il était occupé à mater une grande gueule de nègre le jour de l'inspection, et on avait dû lui donner une médaille au lieu de lui faire peler les patates. Ça te donne une idée de l'ambiance à la section E ici, à Derry.

C'est vers 1958 que mon père m'a raconté cette histoire ; il avait la cinquantaine bien sonnée, et ma mère seulement quarante et quelque. Je lui demandai pourquoi il était revenu à Derry, dans ces conditions.

« Je n'avais que seize ans quand je me suis engagé, Mike. J'avais menti sur mon âge, mais comme j'étais grand, on m'a cru. D'ailleurs, c'est ma mère qui m'a poussé. Vois-tu, chez nous, en Caroline du Nord, on ne voyait de viande à table qu'après la récolte du tabac, ou parfois l'hiver, si mon père attrapait un raton laveur ou un opossum. Un ragoût d'opossum, c'est à peu près mon seul bon souvenir de Burgaw.

« Quand mon père est mort dans un accident avec une machine agricole, ma mère a dit qu'elle allait amener Philly Loubird à Corinth, chez des parents. Philly était le bébé de la famille.

— Tu veux dire l'oncle Phil ? » dis-je, souriant à l'idée que l'on puisse l'appeler Philly Loubird. Il était avocat à Tucson et siégeait au conseil municipal depuis six ans. Quand j'étais gosse, je le croyais riche ; je suppose que pour un Noir, en 1958, c'était être riche que de gagner vingt mille dollars par an.

« C'est bien ça, me répondit mon père. Mais à cette époque, c'était un môme de douze ans avec une salopette rapiécée et pas de chaussures aux pieds. Il était le plus jeune, et je venais juste avant. Parmi les aînés, il y en avait deux de morts, deux de mariés et un en prison. Howard. Toujours été un bon à rien, celui-là.

« “ Tu vas t'engager dans l'armée, m'a dit ta grand-mère. Je ne sais pas si on te paye tout de suite ou non, mais dès qu'on le fera, tu m'enverras une pension tous les mois. Ça me fait horreur de te voir partir, fils, mais je ne sais pas ce qui va nous arriver si tu ne t'occupes pas de Philly et de moi. » Elle m'a donné mon certificat de naissance pour le montrer au service de recrutement, et j'ai vu qu'elle avait trafiqué la date.

« J'ai donc été au service de recrutement de l'armée et j'ai demandé à m'engager. L'officier m'a montré les papiers et la ligne où je devais faire une croix. " Je peux écrire mon nom ", je lui dis, ce qui l'a fait éclater de rire.

« — Eh bien, écris-le, jeune Noir.

« — Attendez une minute, je réponds, j'ai une ou deux questions à vous poser.

« — Ouvre le feu, mon gars, je peux répondre à tout.

« — Est-ce qu'on a de la viande deux fois par semaine, à l'armée ? C'est ce que dit ma mère, mais elle tient beaucoup à ce que je m'engage.

« — Non, répond l'officier, pas deux fois par semaine.

« — C'est bien ce que je craignais ", je dis, en pensant que ce type avait beau l'air d'un vrai croquemitaine, au moins était-il un croquemitaine honnête.

« Alors il a ajouté : " À l'armée tu en mangeras tous les soirs ", et je me suis demandé comme j'avais pu le croire honnête.

« — Vous devez me prendre pour un vrai demeuré, je dis.

« — On ne peut rien te cacher, le nègre.

« — Si je m'engage, je dois faire quelque chose pour ma mère et pour Philly Loubird. Ma mère dit que c'est une pension.

« — C'est ce truc-là, il répond en me montrant le formulaire. Quelque chose d'autre encore ?

« — Oui. Comment fait-on pour suivre la formation d'officier ? »

« Il a tellement rigolé quand je lui ai dit ça que j'ai cru qu'il allait s'étouffer. Puis il a dit : " Fiston, il y aura des officiers noirs dans cette armée le jour où l'on verra notre Seigneur Jésus-Christ danser le charleston. Bon, maintenant, tu signes ou tu disparais. Ma patience est épuisée. Et ça commence à sentir mauvais ici. "

« Alors j'ai signé, il a agrafé le formulaire pour la pension de ma mère à mon engagement, il m'a fait prêter serment, et je me suis retrouvé soldat. Je pensais qu'on m'enverrait dans le New Jersey, où l'armée construisait des ponts, puisqu'il n'y avait pas de guerre. Au lieu de cela, je me suis retrouvé à Derry, dans le Maine, section E. »

À l'époque de ce récit, nous avions l'une des fermes les plus importantes de Derry, et probablement le point de vente en bordure de route le mieux fourni au sud de Bangor. Nous travaillions très dur tous les trois, et mon père engageait un journalier pendant les moissons ; mais nous nous en sortions.

Voici ce qu'il a ensuite ajouté : « Je suis revenu, parce que j'avais vu le Sud et j'avais vu le Nord. C'était la même haine partout. Ce n'est pas le sergent Wilson qui m'en a convaincu. Ce n'était rien d'autre qu'un crétin de Géorgie, qui emportait le Sud avec lui partout où il allait. Il n'avait pas besoin d'être en dessous de la ligne Mason-Dixon pour haïr les Noirs. Non, c'est l'incendie du Black Spot qui m'a convaincu. Vois-tu, Mikey, d'une certaine manière... (il jeta un coup d'œil à ma mère, en train de tricoter. Elle n'avait pas levé les yeux, mais je savais qu'elle écoutait avec attention, et je pense que mon père s'en était aussi rendu compte), d'une certaine manière, c'est le jour de cet incendie que je suis devenu un homme. Il a fait soixante morts, dont dix-huit de la section E. Il ne restait rien de la section une fois le feu éteint. Henry Whitsun... Stork Anson... Alan Snopes... Everett McCaslin... Horton Sartoris..., tous mes amis sont morts dans cet incendie. Incendie allumé par le vieux sergent Wilson et ses copains à la mie de pain de maïs. Allumé par la Légion de la Décence blanche, branche du Maine. Dis-toi bien que parmi tes copains d'école, fiston, il y en a dont les pères ont craqué les allumettes qui ont mis le feu au Black Spot. Et je ne parle pas des plus pauvres, non plus.

— Mais pourquoi, Papa ? Pourquoi ont-ils fait ça ?

— Il y a quelque chose qui tient à Derry, directement, dit-il avec un froncement de sourcils. Pourquoi ici ? Je l'ignore et je ne sais pas l'expliquer ; et pourtant ça ne me surprend pas.

« La Légion de la Décence blanche était la version nordique du Ku Klux Klan, vois-tu. Mêmes tuniques blanches, mêmes croix de feu, mêmes lettres de menace aux Noirs qui, à leur avis, s'élevaient au-dessus de leur condition ou prenaient des postes dévolus normalement à des Blancs. Dans les églises où les prédicateurs parlaient d'égalité des Noirs, il leur arrivait d'employer la dynamite. On parle beaucoup plus du KKK que de la Légion dans la plupart des livres d'histoire ; des tas de gens ne savent même pas que la Légion de la Décence blanche existait. À mon avis, c'est parce que l'histoire est surtout écrite par les gens du Nord, et qu'ils ont honte.

« La Légion recrutait surtout dans les grandes villes et dans les zones industrielles. New York, Detroit, Baltimore, Boston — toutes ces villes avaient leur chapitre. Elle a essayé de s'implanter dans le Maine, mais il n'y a qu'à Derry qu'elle a vraiment réussi. C'est l'incendie du Black Spot qui lui a donné un coup d'arrêt ; le contrôle des événements lui échappait. Comme ça arrive de temps en temps dans cette ville, on dirait. »

Il se tut un moment, tirant sur sa bouffarde.

« Comme si la Légion de la Décence blanche n'avait été qu'une graine, Mikey, qui aurait trouvé un sol favorable pour pousser à Derry. C'était un club d'hommes riches. Après l'incendie, ils se sont contentés de replier leurs tuniques, de se mentir les uns aux autres et de faire circuler une version des faits qui les arrangeait. (Il avait pris un ton de mépris cynique, et ma mère leva les yeux, sourcils froncés.) Après tout, qui avait-on tué ? Dix-huit nègres de l'armée, quatorze ou quinze nègres civils, les quatre membres nègres d'un orchestre de jazz... et une bande de tordus qui aimaient les nègres. Qu'est-ce que ça pouvait faire ?

— Will, dit doucement ma mère, ça suffit.

— Non, protestai-je, je veux tout savoir !

— Il est temps d'aller au lit, Mikey, louvoya mon père en ébouriffant mes cheveux de sa grosse main calleuse. Je veux juste te dire encore quelque chose. Je ne crois pas que tu le comprendras, parce que je ne suis pas sûr de le comprendre moi-même. Ce qui est arrivé ce soir-là au Black Spot — pourtant c'était épouvantable ! —, eh bien, ce n'était pas parce que nous étions noirs, à mon avis. Ni même parce qu'on se trouvait à proximité de West Broadway, où vivaient les Blancs riches de Derry, et où ils vivent encore. Et si la Légion prospérait ici, je ne crois pas que c'était parce qu'on détestait les Noirs et les clochards davantage à Derry qu'ailleurs dans le Maine. C'est à cause du sol. On dirait que ce qu'il y a de plus mauvais et de plus affreux, dans cette ville, vient directement de son sol. J'y ai souvent pensé au cours des années. Je ne sais pas pourquoi il en est ainsi... cependant le fait est là.

« Mais on trouve aussi des braves gens, ici ; et à l'époque il y en avait aussi. Des milliers de gens sont venus aux funérailles, aussi bien pour les Noirs que pour les Blancs. Les entreprises sont restées fermées pendant presque une semaine ; on a soigné gratuitement les blessés à l'hôpital. Les gestes généreux n'ont pas manqué. C'est à cette époque que j'ai rencontré mon ami Dewey Conroy, et il a beau être aussi blanc que de la crème à la vanille, il est comme mon frère. Je risquerais ma vie pour lui s'il me le demandait, et même si on ne connaît jamais vraiment le cœur d'un autre homme, je crois qu'il en ferait autant.

« Bref, l'armée a dispersé les survivants de l'incendie, et c'est comme ça que je me suis retrouvé à Fort Hood, où j'ai rencontré ta mère. Je l'ai épousée chez ses parents, à Galveston. Mais je n'avais jamais oublié Derry. Nous y sommes venus après la guerre. Et puis tu es né. Et nous voilà, pas même à cinq kilomètres de l'endroit où se trouvait le Black Spot en 1930. Et je crois que c'est l'heure d'aller au lit, mon bonhomme !

— Je veux que tu me racontes l'incendie ! m'exclamai-je. Raconte-moi, Papa ! »

Il me regarda alors avec ce froncement de sourcils qui me faisait toujours taire... peut-être parce qu'il ne s'en servait pas souvent. C'était un homme plutôt souriant. « Ce n'est pas une histoire pour les enfants. Une autre fois, Mikey. Dans quelques années. »

Il me fallut finalement attendre quatre années de plus pour savoir ce qui était arrivé au Black Spot, et mon père était alors au bout de celles qui lui restaient à vivre. Il me le raconta sur son lit d'hôpital, bourré de tranquillisants, entre deux assoupissements, tandis que le cancer rongeait ses intestins.

Le 26 février 1985

Je viens de relire ce qui précède et à mon propre étonnement, cette évocation de mon père m'a fait éclater en larmes, alors qu'il est mort depuis vingt-trois ans maintenant. Je me souviens de mon chagrin, qui a duré deux bonnes années. Puis, le jour où j'ai réussi mon examen, à la sortie du lycée, ma mère m'a dit : « Comme ton père aurait été fier de toi ! » — et nous avons pleuré dans les bras l'un de l'autre. Je croyais avoir terminé mon deuil ce jour-là. Mais qui sait ce que peut durer un chagrin ? N'est-il pas possible qu'il se réveille, vingt, trente ou quarante ans après la perte d'un être cher, à l'idée de ce vide définitif, de ce sentiment que rien ne viendra le combler, peut-être même pas la mort ?

Il quitta l'armée en 1937 avec une pension d'invalidité ; une jeune recrue, morte de frousse, avait dégoupillé et laissé tomber une grenade au lieu de la jeter : elle avait roulé jusqu'au pied de mon père et explosé. Il avait alors rang de sergent.

Grâce à sa prime d'invalidité, il put épouser ma mère un an avant ce qu'il avait prévu ; ils partirent alors pour Houston, où ils travaillèrent pour l'effort de guerre jusqu'en 1945, mon père, comme contremaître dans une usine fabriquant des corps d'obus, ma mère comme riveteuse. Mais, comme il me l'avait dit, le souvenir de Derry ne l'avait jamais quitté. Et maintenant, je me demande si cette chose aveugle n'était pas alors déjà entrée en action, l'attirant dans cette région pour que je puisse tenir ma place dans le cercle, au cœur des Friches, un certain soir d'août. Peut-être est-il vrai que dans l'univers, le bien équilibre toujours le mal ; mais le bien peut aussi avoir quelque chose de terrible.

Mon père était abonné au *Derry News.* Il surveillait les annonces d'exploitations à vendre ; mes parents avaient mis pas mal d'argent de côté. Ils trouvèrent finalement une ferme qui, sur le papier du moins, paraissait une bonne affaire. Ils vinrent du Texas en autocar, la visitèrent et l'achetèrent le jour même, en faisant un emprunt sur dix ans. Et ils s'installèrent.

« On a eu quelques problèmes au début, m'avait confié mon père lors d'une autre occasion. Il y en avait qui refusaient d'avoir des nègres comme voisins. On savait que ce serait comme ça ; je n'avais pas oublié le Black Spot. On s'est fait tout petits et on a attendu. Des gosses nous lançaient des cailloux ou des boîtes de bière. J'ai bien dû remplacer vingt carreaux la première année. Il n'y avait pas que les gosses. Un jour, en me réveillant, j'ai trouvé une croix gammée barbouillée sur le poulailler et toutes les poules mortes. On avait empoisonné leur nourriture. C'est la dernière fois que j'ai élevé des poulets.

« Mais le shérif du comté — à l'époque il n'y avait même pas de chef de la police à Derry — s'est intéressé à l'affaire, et sérieusement. C'est pourquoi je dis qu'il y a aussi du bon ici, Mikey. Pour lui, que j'aie la peau noire et les cheveux crépus ne faisait aucune différence. Il est venu une demi-douzaine de fois, il a parlé aux gens, et finalement il a trouvé le coupable. Et devine un peu de qui il s'agissait ? Je te le donne en mille !

— Je ne sais pas », dis-je.

Mon père éclata de rire au point d'en avoir les larmes aux yeux. « Eh bien, Butch Bowers, pardi ! Le père de ce garnement qui brutalise tout le monde à l'école, si je t'ai bien compris. Le père est une ordure et le fils un déchet d'ordure.

— À l'école, j'ai des copains qui disent que le père de Henry est cinglé. » Je devais être en neuvième ou huitième, à l'époque, et j'avais eu le droit de me faire botter les fesses par Henry Bowers à plusieurs reprises... et au fait, c'est dans la bouche de ce voyou que j'ai entendu la plupart des épithètes péjoratives pour « Noir » ou « nègre » qui m'aient jamais été lancées.

« Il y a peut-être du vrai là-dedans, fiston ; on dit qu'il n'était plus le même quand il est revenu du Pacifique. Il a servi dans les marines, là-bas. Toujours est-il que le shérif l'a mis au trou et que Butch gueulait qu'il était victime d'un coup monté. Il allait tous nous poursuivre en justice, à l'en croire, à commencer par moi, le shérif Sullivan, la ville de Derry et Dieu seul sait qui encore.

« Quant à ce qui s'est passé exactement ensuite..., je ne peux pas jurer que ce soit vrai, mais je le tiens de Dewey Conroy. D'après lui, le shérif serait allé voir Butch en prison, à Bangor. Il lui aurait dit : " C'est le moment de fermer ta gueule et d'écouter un peu ce que j'ai à te dire, Butch. Ce Noir, il ne tient pas à faire des poursuites et à t'envoyer à Shawshank ; tout ce qu'il veut, c'est le prix de ses poulets. Il estime qu'avec deux cents dollars, il serait dédommagé. "

« Butch a répondu au shérif qu'il pouvait se mettre les deux cents dollars là où le soleil ne brille pas. Alors Sullivan lui a dit : " Ils ont un atelier de citronnade à Shank, Butch, et il paraît qu'au bout de trois ans, on y a la langue aussi verte qu'une menthe à l'eau. Alors tu choisis : trois ans à peler des citrons ou deux cents dollars. Qu'est-ce que tu en penses ?

« — Il n'y a pas un jury dans le Maine qui me mettra en taule pour avoir tué les quatre poulets d'un nègre.

« — Je le sais.

« — Alors pourquoi m'emmerder avec ça ?

« — Réveille-toi un peu, Butch. C'est pas pour les poulets qu'ils te mettront au trou, mais pour la croix gammée peinte sur le poulailler après les avoir tués. "

« D'après Dewey, Butch serait resté bouche bée, tandis que Sullivan s'en allait pour le laisser réfléchir. Au bout de trois jours, Butch a dit à son frère (celui qui est mort de froid il y a environ deux ans en allant chasser, complètement saoul) de vendre sa nouvelle Mercury, qu'il avait achetée avec son pécule de soldat. C'est comme ça que j'ai eu mes deux cents dollars, et que Butch a commencé à aller raconter partout qu'il foutrait le feu chez moi. Alors, un après-midi, je l'ai coincé. Il avait acheté une vieille Ford d'avant-guerre pour remplacer la Mercury, et j'avais ma camionnette. Je lui ai coupé la route sur Witcham, pas loin du dépôt des chemins de fer, et je suis descendu avec la Winchester.

« " Une allumette en flamme jetée dans ma cour, et tu te fais canarder par un méchant Noir, vieille carne.

« — T'as pas le droit de me parler comme ça, négro ", il me dit ; il ne savait pas s'il devait se mettre en colère ou s'il avait la frousse. " C'est pas un bougnoule comme toi qui peut dire ça à un Blanc. "

« J'en avais par-dessus la tête, de cette affaire, Mikey. Et je savais que si je ne lui fichais pas vraiment la trouille, jamais je n'aurais la paix. Il n'y avait personne autour. J'ai passé une main par la portière, et je l'ai empoigné par la crinière, la crosse de la Winchester appuyée à ma ceinture, le canon enfoncé sous son menton. Et j'ai dit : " Appelle-moi encore une seule fois négro ou bougnoule, et ta cervelle va couler du plafonnier, Butch. Alors surtout, n'oublie pas : une seule allumette, et je décroche la Winch. Pour toi, ou pour ta femme, ou pour ton morpion de fils, ou pour ton nullard de frangin. J'en ai plein les bottes. »

« Alors il s'est mis à pleurer, et c'est le spectacle le plus moche que j'aie vu de toute ma vie. “ Et dire qu'on en est rendus là, pleurnicha-t-il, un nég- un bou- un type peut menacer un travailleur en pleine lumière du jour au bord d'une route !

« — Ouais, c'est peut-être le monde qui s'écroule quand un truc pareil arrive. Mais pour l'instant, c'est sans importance. Tout ce qui compte, c'est que nous soyons bien d'accord tous les deux, à moins que tu ne préfères respirer par un trou dans le crâne. ”

« Il a reconnu que nous étions parfaitement d'accord, et je n'ai plus eu le moindre ennui avec Butch Bowers, sauf peut-être quand Mister Chips, ton chien, est mort. Mais je n'ai pas de preuve que c'était lui. Chippy a pu tout aussi bien manger un appât empoisonné.

« Depuis ce jour on nous a laissés tranquilles, et quand je réfléchis à tout ça, je n'ai aucun regret. Nous avons mené une existence agréable ici, et s'il m'arrive certaines nuits de rêver encore à cet incendie, je me dis que personne n'a passé toute une vie sans faire quelques cauchemars. »

Le 28 février 1985

Cela fait des jours que je me promets d'écrire l'histoire de l'incendie telle que mon père me l'a racontée sans m'y résoudre. C'est dans *Le Seigneur des anneaux*, je crois, qu'un personnage parle de chemins menant à des chemins, qu'il suffit d'un pas dans une direction pour aboutir... n'importe où. Il en va de même avec les histoires. Une histoire mène à une autre, puis à une autre ; elles vont peut-être dans la direction souhaitée, peut-être pas. Qui sait, en fin de compte, si la voix qui raconte les histoires n'est pas plus importante que les histoires elles-mêmes ?

C'est de la voix de mon père dont je me souviens ; sa voix grave et lente, ses petits gloussements comme ses grands éclats de rire. Les silences pendant lesquels il allumait sa pipe ou se mouchait. Cette voix, qui est pour moi toutes les voix, la voix des années, la voix qui incarne ces lieux et qui n'est nulle part, même pas sur un de mes enregistrements.

La voix de mon père.

Il est dix heures, la bibliothèque est fermée depuis une heure ; à l'extérieur, un vieux tacot s'efforce de démarrer. J'entends les minuscules particules de glace qui crépitent contre le vitrage du corridor qui relie les deux bâtiments. J'entends aussi d'autres bruits, craquements mystérieux au-delà du cercle de lumière dans lequel je suis assis, en train d'écrire sur les pages jaunes lignées d'un bloc administratif. Simplement les bruits d'un ancien bâtiment. C'est ce que je me dis. Mais je me demande... comme je me demande si l'on ne risque pas de rencontrer, cette nuit, un clown vendant des ballons dans la tempête.

Peu importe. Je crois que j'ai enfin trouvé le moyen de raconter la dernière histoire de mon père. Celle qu'il m'a confiée sur son lit d'hôpital six semaines avant sa mort.

J'allais le voir chaque après-midi avec ma mère, après l'école, et j'y retournais seul tous les soirs. Ma mère devait rester à la maison pour ses différentes corvées, mais elle tenait à ce que j'y aille, à bicyclette. Pas question de me laisser faire du stop, quatre ans encore après la fin des meurtres.

Ce furent six semaines épouvantables pour l'adolescent de quinze ans que j'étais alors. J'adorais mon père, mais je ne tardais pas à détester ces visites nocturnes — le voir se rapetisser, s'amenuiser, les rides de souffrance creusant de plus en plus son visage. En dépit de ses efforts pour se retenir, il lui arrivait parfois de pleurer. Il faisait nuit quand je rentrais à la maison, et je ne pouvais m'empêcher de penser à l'été 58 ; j'avais peur de regarder derrière moi et d'apercevoir le clown... ou le loup-garou... ou la momie de Ben... ou mon oiseau. Mais avant tout, j'avais peur que quelle que soit la forme que prenne la chose, elle exhibe le visage ravagé par le cancer de mon père. Je pédalais aussi vite que je pouvais, sans me soucier de mon cœur battant à toute vitesse ni d'arriver tout rouge, hors d'haleine, trempé de sueur. « Pourquoi rouler aussi vite, Mikey ? Tu vas te rendre malade. » Et moi je répondais : « Je voulais revenir assez tôt pour te donner un coup de main. » Sur quoi elle m'embrassait et me disait que j'étais un bon garçon.

De plus, au bout de quelque temps, je ne savais plus de quoi lui parler. Je me creusais la tête pendant la traversée de la ville, redoutant le moment où j'allais manquer de sujets de conversation. Sa mort me terrifiait, m'enrageait, mais elle me gênait aussi ; il me semblait alors (et il me semble toujours) que la mort devrait être une chose rapide ; le cancer faisait davantage que le tuer, il le dégradait, l'avilissait.

Jamais nous ne parlions du cancer et je me disais que nous l'aurions dû, quand se prolongeaient ces silences, mais cette seule idée me rendait presque fou, tandis que je cherchais désespérément quelque chose à dire pour éviter d'avoir à reconnaître la chose qui détruisait maintenant mon père, l'homme qui avait un jour saisi Butch Bowers par les cheveux et lui avait mis son fusil sous le menton, pour exiger d'avoir la paix. Si nous étions venus à en parler, j'aurais pleuré, et à quinze ans, la seule idée de pleurer devant mon père me terrorisait et me rendait malheureux plus que n'importe quoi.

C'est pendant l'un de ces interminables silences que je lui posai la question de l'incendie du Black Spot. Il était bourré de calmants, ce soir-là, tant il souffrait, et s'il parlait par moments clairement, il passait par des épisodes léthargiques durant lesquels il s'exprimait dans un langage exotique, rebut de ses rêves. Il s'adressait parfois à moi, mais parfois aussi me confondait avec son frère Phil. Je ne sais trop comment l'incendie du Black Spot m'est venu à l'esprit, mais je sautais sur ce thème.

Son regard se fit plus vif, et il eut un léger sourire. « Tu n'as jamais oublié ça, hein, Mikey ? Eh bien, je vais te raconter l'histoire. À quinze ans, tu es assez grand, après tout. Et ta mère n'est pas là pour m'arrêter. De plus, tu dois savoir la vérité. J'ai par moments l'impression que ça ne pouvait arriver qu'à Derry, et c'est aussi quelque chose que tu dois savoir. Afin d'être sur tes gardes. Les conditions pour qu'une telle chose se produise semblent bien dépendre de cette ville. Tu fais attention, n'est-ce pas, Mikey ?

— Oui, P'pa.

— Bien. Très bien. » Sa tête retomba sur l'oreiller, et je crus qu'il allait de nouveau sombrer dans la somnolence, mais au lieu de cela il commença à parler.

« Quand j'étais à la base aérienne, en 29 et 30, il y avait un club pour les sous-offs qui n'était qu'une baraque en tôle, mais que les gars avaient gentiment aménagée à l'intérieur : moquette par terre, box le long des murs, juke-box. On pouvait aller y boire des boissons non alcoolisées en fin de semaine... à condition d'être blanc, évidemment. Des orchestres venaient le samedi soir, et j'ai entendu dire qu'on pouvait se procurer des boissons un peu plus corsées... à condition d'avoir une petite étoile verte sur sa carte militaire. Et d'être blanc.

« Les gars de la section E n'avaient même pas le droit d'en approcher, bien sûr. Pour leurs soirées libres, ils allaient en ville. Le commerce du bois était encore actif à Derry, à cette époque, et on y trouvait une dizaine de bars, à peu près tous dans le même quartier — le Demi-Arpent de l'Enfer. Rien de la classe des " speakeasy " des grandes villes ; on appelait ça des " cochons aveugles ". Bien vu : la plupart des clients se comportaient comme des cochons et ils ne voyaient plus très clair quand ils en sortaient. Le shérif et les flics étaient au courant, et je suppose qu'on avait dû graisser quelques pattes, mais peut-être pas autant qu'on pourrait croire ; à Derry, les gens ont l'art de regarder dans l'autre direction. En plus de la bière, on y trouvait des boissons fortes, et de qualité, encore. C'était cher, et on pouvait se rabattre sur la production des alambics du coin ; elle tuait rarement, et quand on devenait aveugle, c'était temporaire. On pouvait aussi lever des femmes dans ces cochons, sans trop de peine. Mais à l'idée de s'offrir une pute — une pute blanche —, on n'était pas très tranquilles, mes copains et moi. »

Comme je l'ai dit, mon père était bourré de calmants, ce soir-là ; sans quoi, je crois qu'il ne m'aurait jamais raconté tout ça ; je n'avais que quinze ans.

« Mais ça ne pouvait pas durer. Un membre du conseil municipal a demandé une entrevue avec le major Fuller. Pour parler, selon lui, de “ problèmes entre les citoyens et les soldats ”, et des “ inquiétudes des électeurs ”. Mais ce qu'il voulait était clair comme de l'eau de roche : pas de négros de l'armée dans les troquets, harcelant les femmes blanches et buvant de la gnole illégale à un bar où seuls les hommes blancs avaient le droit de boire de la gnole illégale.

« Une vraie farce. Cette fine fleur de la féminité pour laquelle il s'inquiétait tant n'était qu'un troupeau de poivrotes, et pour ce qui était d'aller avec les hommes ! Quant aux types qui fréquentaient ces bouis-bouis, ce n'étaient pas les bourgeois du coin, mais les draveurs et les bûcherons dans leurs épaisses vestes à carreaux noirs et blancs, les mains couturées de cicatrices quand il ne leur manquait pas un doigt ou un œil, ayant tous perdu une bonne partie de leurs dents, dégageant tous une odeur de sciure et de résine. Ils portaient des pantalons de flanelle verte fourrés dans des bottes en caoutchouc vert, laissaient des traînées de neige sale sur le plancher qui en devenait noir. Ils sentaient fort, Mikey, ils marchaient en force, ils parlaient fort — ils étaient forts. Un soir, au Wally's Spa, j'ai vu un type déchirer sa chemise pendant une partie de bras de fer. Ou plutôt la faire exploser autour de son bras ! Tout le monde a applaudi.

« Tout ça pour te faire comprendre que ces gaillards qui fréquentaient les cochons aveugles le samedi soir, en sortant des bois, pour boire du whisky et baiser des femmes au lieu de trous dans les planches graissés au lard, s'ils n'avaient pas voulu de nous, ils nous auraient virés sans difficultés. Mais manifestement, ils n'en avaient rien à foutre.

« L'un d'eux m'a pris à part un soir — il mesurait bien un mètre quatre-vingt-cinq, ce qui était bougrement grand pour l'époque, et empestait l'alcool à plein nez. Il m'a regardé et m'a dit : " Mon gars, j' vais te demander quelque chose. Est-ce que t'es un nègre ?

« — Oui, bien sûr.

« — *Comment ça va ?* il me dit dans ce français de la vallée de Saint-Jean qui ressemble à celui de la Louisiane, avec un grand sourire qui exhibait les quatre dents qui lui restaient. Hé ! J'en étais sûr ! J'en ai vu un une fois dans un livre. Il avait les mêmes — il n'arrivait pas à trouver comment exprimer son idée, alors de la main il vint me toucher la bouche.

« — Grosses lèvres ?

« — Ouais, ouais ! il s'exclame, riant comme un gosse. Grosses lèvres ! *Lèvres épaisses !* Je vais te payer une bière, moi. "

« Je ne voulais pas le contrarier alors j'ai accepté, et sais-tu ce qu'il m'a dit ? " T'es sûr que t'es un nègre ? À part les lèvres épaisses, t'as vraiment l'air d'un Blanc qu'aurait la peau brune. " »

Ce souvenir fit rire mon père, et je me joignis à lui. Il s'esclaffa tellement fort que son ventre commença à lui faire mal et il dut se le tenir, grimaçant, les yeux au plafond, se mordant la lèvre.

« Veux-tu que j'appelle l'infirmière, Papa ?

— Non... non, ça va aller. Le pire, avec cette saloperie, c'est que tu ne peux même pas rire quand tu en as envie, Mikey. C'est pourtant pas souvent... C'était la première fois qu'un Blanc me payait une bière. »

Il resta quelques instants silencieux, et je me rendis compte que, pour la première fois, on avait presque failli parler de ce qui le tuait. Peut-être aurions-nous dû aller plus loin, ce jour-là, aussi bien pour lui que pour moi.

Il prit une gorgée d'eau et continua son récit.

« Bref, ce n'était ni les femmes ni les bûcherons qui fréquentaient les cochons aveugles que nous avions contre nous. C'était les cinq vieux chnoques du conseil municipal et la vieille garde de Derry, une douzaine de types, qui voulaient nous flanquer à la porte. Jamais un seul d'entre eux n'avait franchi la porte du Paradise ou du Wally's Spa : ils s'imbibaient dans leur country club, qui se trouvait alors sur les hauteurs de Derry. Mais ils voulaient être sûrs que même les poivrotes et les bûcherons ne soient pas pollués par les Noirs de la section E.

« Le major Fuller leur a répondu que lui-même n'avait jamais voulu de Noirs sur la base, que c'était une erreur, et qu'il s'arrangerait pour les faire renvoyer vers le Sud.

« " Ce n'est pas mon problème ", a répondu ce pet foireux. Mueller, je crois qu'il s'appelait Mueller.

— Le père de Sally Mueller ? » demandai-je, surpris. Sally Mueller était dans la même classe que moi.

Mon père eut un petit sourire tordu, amer. « Non, mais son oncle, sans doute. L'autre devait encore être au collège quelque part. Et au cas où tu te demanderais comment je sais tout ça, j'ajouterais que je le tiens de Trevor Dawson, qui faisait les parquets ce jour-là dans les bureaux du major et a tout entendu.

« “ Où vous enverrez ces garçons, c'est votre problème, pas le mien, a dit Mueller à Fuller. Mon problème, c'est que vous les laissez descendre en ville les vendredis et samedis soir, et qu'il risque d'y avoir du grabuge. ” »

« Fuller a réglé le problème. La base aérienne de Derry occupait un sacré morceau de terrain, à l'époque, même s'il n'y avait pas grand-chose dessus. Plus de cent arpents, limités au nord par une simple ceinture verte qui la séparait de West Broadway ; le Black Spot se trouvait à l'emplacement actuel de Memorial Park.

« Ce n'était qu'une vieille grange, réquisitionnée au début des années 30 ; le major Fuller a réuni toute la section E et nous a annoncé qu'elle serait “ notre ” club. Tout juste s'il ne se prenait pas pour le Père Noël. Après quoi il a ajouté en douce que les cochons aveugles nous étaient dorénavant interdits. Nous étions furieux de cette décision, mais que pouvions-nous faire ? Nous n'étions qu'un groupe de simples soldats sans aucun pouvoir. C'est l'un de nous, un certain Dick Hallorann, qui a eu la bonne idée : arranger notre grange le mieux possible.

« C'est ce que nous avons fait, et on ne s'en est pas si mal sortis que ça, tout bien considéré. La première fois que nous nous y sommes pointés, quelle déprime ! Il y faisait noir, ça sentait mauvais, c'était plein de vieux outils et de cartons bourrés de papier bouffé par l'humidité. Il n'y avait que deux petites fenêtres et pas d'électricité. Le sol était en terre battue.

« Mais on s'y est tout de même mis, Hallorann, Carl Roone et moi, puis ensuite Trev Dawson, qui était un excellent charpentier, et bientôt tout le monde est venu donner un coup de main. Trev a ouvert d'autres fenêtres, et Alan Snopes s'est ramené un jour avec des vitrages. “ Réquisitions de minuit ”, disait-il, quand on lui demandait d'où ils venaient. On a monté une cloison dans le fond, et installé une cuisine derrière ; on a posé un bar sur un côté, mais il n'y avait pas une goutte d'alcool. On avait compris la leçon.

« Le sol était toujours en terre, mais on l'entretenait bien. Puis Trev et Snopes ont réussi à amener l'électricité (sans doute d'autres réquisitions de minuit !). En juillet, on pouvait déjà venir n'importe quel samedi soir et manger un hamburger en buvant un Coke. C'était chouette. Il n'a jamais été achevé ; on travaillait encore dessus quand il a brûlé ; c'était comme notre passe-temps... ou une manière de faire un bras d'honneur au conseil municipal et à Fuller. Nous avons senti que c'était bien à nous quand nous avons posé notre enseigne, Ev McCaslin et moi : THE BLACK SPOT, et dessous : " Section E et ses invités. " Comme si nous n'admettions pas n'importe qui !

« C'était si chouette que les autres ont commencé à râler et se sont mis à arranger le mess des sous-offs. Ils ont ajouté un nouveau salon et une cafétéria. Comme s'ils faisaient un concours avec nous. Mais nous, on n'en avait aucune envie. »

De son lit d'hôpital, mon père me sourit.

« On était tous jeunes, sauf Snopesy, mais on n'était pas idiots. On savait bien que dans une course avec les Blancs, il faut toujours rester un peu derrière. Sans quoi y en a toujours un pour te casser les jambes, histoire de te ralentir. Nous, nous avions ce que nous voulions, et ça nous suffisait... mais voilà, on s'est aperçus de quelque chose. » Il se tut et fronça les sourcils.

« Et de quoi donc, Papa ?

— On s'est aperçus que nous avions de quoi faire un orchestre de jazz parmi nous, répondit-il lentement. Martin Devereaux, qui était caporal, jouait de la batterie. Ace Stevenson du cornet à pistons. Pop Snopes se défendait joliment au piano pour plaquer des accords. On avait un autre type qui jouait du saxo, George Brannock, et même un clarinettiste. D'autres venaient de temps en temps avec leur guitare, leur harmonica ou leur guimbarde, ou encore prenaient un peigne et du papier ciré.

« Ça ne s'est pas fait d'un seul coup, comprends-tu, mais à la fin août, il y avait tous les vendredis et les samedis soir un bon petit orchestre Dixieland qui jouait au Black Spot. Et qui jouait de mieux en mieux alors que l'automne arrivait. Non pas qu'on pouvait les comparer à des professionnels, évidemment, mais ils avaient une manière de jouer plus... plus... » Il agita ses mains décharnées au-dessus des draps.

« Plus culottée ? suggérai-je avec un sourire.

— C'est ça ! s'exclama-t-il en me rendant mon sourire. Ils jouaient du Dixieland culotté ! Sur quoi les gens de la ville ont commencé à venir dans notre club, figure-toi. Et même aussi des soldats blancs de la base. Au point qu'il y avait foule chaque week-end. Ça non plus, ce n'est pas arrivé tout de suite. Au début, ces têtes de Blancs avaient l'air de grains de sel dans une poivrière, mais il en est venu de plus en plus.

« C'est la venue de tous ces Blancs qui nous a fait oublier d'être prudents, Mikey. Ils amenaient leur propre gnole dans des sacs en papier kraft, et la plupart du temps, c'était de la bonne. À côté, ce qu'on servait dans les cochons n'était que du pipi de chat. Non, c'était de la gnole de riches : Chivas, Glendiffich, ou du champagne comme on en sert sur les paquebots. On aurait dû s'arranger pour ne pas laisser faire, mais que veux-tu, c'était des gens de la ville ! Des Blancs !

« Nous étions jeunes, et fiers de ce que nous avions fait. Pas une seconde on a imaginé que les choses pourraient tourner aussi mal. On se doutait bien que Mueller et ses amis devaient avoir entendu parler de ce qui se passait, mais nous n'avions pas la moindre idée qu'il en était fou furieux — je dis bien fou furieux. Ils s'emmerdaient dans leurs grandes baraques victoriennes de West Broadway, à même pas cinq cents mètres de chez nous, tandis qu'on écoutait *Aunt Hagar's Blues* ou *Digging my Potatoes*. Ça, c'était pas possible. Surtout que leur belle jeunesse était aussi avec nous, joue contre joue. Parce que ce n'était pas les poivrotes et les bûcherons qui se pointaient, tandis qu'arrivait le mois d'octobre : le Black Spot était devenu l'endroit à la mode en ville. Les jeunes venaient boire et danser sur la musique de cet orchestre sans nom jusqu'à une heure du matin. Il en venait aussi de Bangor, de Newport, de Haven et de tous les patelins des alentours. En principe, c'était un club réservé aux soldats et à leurs invités. Mais en fait, on ouvrait la porte à sept heures et on la refermait à une heure du matin. À la mi-octobre, on était serrés comme des sardines sur la piste de danse — il n'y avait plus de place pour danser, et on faisait du surplace en se tortillant. Jamais je n'ai entendu quelqu'un faire de remarques sans être remis à sa place. »

Il se tut, prit une autre gorgée d'eau et continua ; son regard brillait, maintenant.

« Oui, oui... Fuller aurait certainement fini par y mettre un terme, tôt ou tard. Moins de gens seraient morts, s'il s'y était pris plus tôt. Il n'avait qu'à envoyer la police militaire et faire confisquer les bouteilles de gnole que les gens emmenaient avec eux. Il y aurait eu la cour martiale et le bataillon disciplinaire pour deux ou trois d'entre nous, et on aurait dispersé les autres dans des unités différentes. Mais Fuller était lent. Si bien que comme il hésitait, c'est la Légion de la Décence blanche qui s'en est occupée. Ils sont venus dans leurs draps blancs, début novembre, et se sont fait un barbecue. »

Il se tut de nouveau, mais sans prendre d'eau cette fois-ci, le regard mélancoliquement perdu vers un coin de la chambre, tandis qu'au loin tintait une cloche et qu'une infirmière passait devant l'entrée ouverte, ses semelles émettant un crissement caoutchouteux sur le lino. On entendait faiblement une télé, ainsi qu'une radio venant d'ailleurs. Je me souviens du vent qui soufflait à l'extérieur, reniflant l'angle du bâtiment ; on avait beau être en août, ces gémissements me refroidissaient.

« Certains d'entre eux sont arrivés par la ceinture de verdure qui nous séparait de West Broadway, reprit-il enfin. Ils avaient dû se retrouver chez quelqu'un qui habitait par là, pour enfiler leurs draps et préparer les torches.

« J'ai entendu dire que d'autres seraient arrivés jusqu'au Black Spot par la route principale qui conduisait alors à la base ; qu'ils se seraient pointés dans une Packard flambant neuve, déjà habillés en blanc, le capuchon sur les genoux, les torches au fond de la voiture. Il y avait bien un poste de garde, mais l'officier de service les a laissés entrer sans problème.

« C'était un samedi soir, et la boîte était bourrée à craquer ; deux cents personnes au moins s'y entassaient, sinon trois cents. Et voilà qu'approchent ces hommes, des Blancs, six ou huit dans leur Packard vert bouteille, tandis que d'autres s'avancent entre les arbres qui nous cachaient les maisons luxueuses de West Broadway. Ils n'étaient plus tout jeunes, dans l'ensemble, et je me demande parfois combien de cas d'angine de poitrine et d'ulcères il y a eu le lendemain matin. Beaucoup, j'espère. Ces espèces de fumiers d'assassins.

« La Packard s'est arrêtée sur la colline et a fait deux appels de phares. Quatre hommes en sont sortis et ont rejoint les autres. Certains avaient de ces bonbonnes de dix litres que l'on pouvait acheter dans les stations-service, à cette époque. Tous tenaient des torches. L'un d'eux est resté au volant de la Packard. Au fait, Mueller avait une Packard. Verte.

« Ils se sont retrouvés à l'arrière du Black Spot et ont arrosé leurs torches d'essence. Peut-être voulaient-ils simplement nous ficher la frousse. C'est ce qu'ont dit certains. J'aime autant cette version, car même aujourd'hui, je n'ai pas envie de croire le pire.

« De l'essence a pu couler sur la poignée des torches au moment où ils les ont allumées et dans leur panique, ceux qui les tenaient les ont jetées n'importe où. Toujours est-il que soudain la nuit de novembre s'est trouvée illuminée de torches brandies ; certains les agitaient, et il en tombait des morceaux de toile enflammée ; d'autres riaient. Mais il y en a qui les ont jetées par la fenêtre du fond, celle qui donnait dans notre cuisine. En moins d'une minute et demie, il y faisait un feu d'enfer.

« Tous les hommes, dehors, avaient enfilé leur capuchon pointu. Quelques-uns nous criaient : “ Sortez, négros, sortez, négros ! Sortez, négros ! ” Peut-être certains voulaient-ils nous faire peur, mais il me plaît de me dire que d'autres voulaient nous avertir — comme j'aime à croire que les torches sont arrivées par accident dans la cuisine.

« De toute façon, c'était sans importance. L'orchestre jouait plus fort qu'une sirène d'usine. Tout le monde s'en donnait à cœur joie et s'amusait. Personne ne s'est aperçu de rien, jusqu'au moment où Gerry McCrew, qui faisait office d'aide-cuisinier ce soir-là, ouvre la porte de la cuisine. Tout juste s'il n'a pas été transformé sur-le-champ en torche humaine. Des flammes de trois mètres ont jailli ; elles ont brûlé sa veste et presque tous ses cheveux.

« J'étais assis le long du mur est avec Trev Dawson et Dick Hallorann quand c'est arrivé, et j'ai tout d'abord cru que la bonbonne de gaz de la cuisinière avait explosé. Le temps de me mettre debout, j'étais renversé par des gens qui se précipitaient vers la porte. Il m'en est bien passé deux douzaines sur le dos, et je crois que c'est le seul moment où j'ai vraiment eu très peur. J'entendais les gens qui hurlaient et qui se disaient les uns aux autres de sortir, que la baraque flambait. Mais chaque fois que j'essayais de me relever, quelqu'un me renversait de nouveau ; un pied m'a même atterri sur la tête et j'en ai vu trente-six chandelles. J'avais le nez écrasé contre la terre huilée ; j'en avais plein les narines et me suis mis à éternuer et tousser en même temps. Quelqu'un d'autre m'a marché sur le bas du dos. J'ai senti le talon-aiguille d'une femme s'enfoncer entre mes fesses et je te le dis, fiston, jamais je n'ai eu d'hémorroïdes de la taille de cet œdème. Si le fond de mon treillis n'avait pas tenu, j'aurais saigné comme un veau.

« Ça semble presque comique, maintenant, mais j'ai bien failli mourir pendant cette débandade. J'avais pris tellement de coups que j'étais incapable de marcher le lendemain. Je hurlais, mais personne ne semblait faire attention à moi.

« C'est Trev qui m'a tiré de là. J'ai vu sa grande main brune en face de moi, et je l'ai attrapée comme une bouée de sauvetage. Il m'a tiré et je me suis relevé. J'ai pris à cet instant-là un coup de pied au cou, ici (il se massa le dessous de l'oreille) et ça m'a tellement fait mal que je crois bien être tombé dans les pommes pendant une minute. Mais je n'ai pas lâché la main de Trev une seconde, et lui n'a pas lâché la mienne. J'ai réussi à me relever complètement, en fin de compte, juste au moment où la cloison qui séparait la cuisine du reste de la salle s'est effondrée, avec le même bruit qu'une flaque d'essence à laquelle on met le feu. Elle est tombée avec une nuée d'étincelles, et j'ai vu des gens courir pour y échapper ; certains ont réussi ; d'autres non. L'un de nos copains — Hort Sartoris, je crois — est resté enseveli dessous, et pendant une seconde, j'ai vu sa main dépasser de cet énorme tas de braises en s'ouvrant et se refermant. Il y avait une fille, une Blanche, qui ne devait pas avoir plus de vingt ans, et dont la robe a pris feu dans le dos. Elle était avec un autre jeune qu'elle a appelé, qu'elle a imploré ; il a donné deux coups sur les flammes puis il s'est enfui avec les autres, tandis que toute sa robe s'embrasait.

« L'emplacement de la cuisine était comme la gueule de l'enfer ; avec des flammes tellement brillantes qu'elles étaient impossibles à regarder. Il faisait une chaleur de four à céramique, Mikey, tu sentais ta peau commencer à griller, les poils de ton nez qui cramaient.

« " Faut sortir d'ici n'importe comment ! a crié Trev en commençant à me tirer le long du mur. Amène-toi ! " »

« Dick Hallorann l'a pris alors par l'épaule. Il n'avait pas plus de dix-neuf ans, avec des yeux écarquillés, on aurait dit deux boules de billard, mais il a gardé pourtant la tête plus froide que nous. Il nous a sauvé la vie. " Pas par la porte ! il a hurlé, par là ! " et il nous a montré la direction de l'estrade de l'orchestre... autrement dit celle du feu.

« " T'es cinglé ! " a hurlé Trev à son tour. Il avait une voix qui était un vrai mugissement de taureau, et pourtant c'est à peine si nous l'entendions entre le grondement de l'incendie et les hurlements des gens. " Crève si tu veux, Will et moi, on se tire ! "

« Il me tirait toujours par la main et m'a tiré de nouveau vers la porte, mais les gens s'y empilaient au point qu'on ne la voyait même pas. Moi, je l'aurais suivi ; j'étais tellement sonné que j'aurais fait n'importe quoi. Tout ce que je savais, c'est que je ne voulais pas terminer comme une dinde un soir de réveillon.

« Dick a empoigné Trev par les cheveux aussi brutalement qu'il a pu et lui a envoyé une grande gifle quand il s'est tourné. Je me souviens de la tête de Trev allant heurter la paroi. J'ai cru que Dick était devenu fou. Alors il lui a crié : " Tu vas vers la porte et tu crèves, négro ! Ils sont tous coincés devant !

« — Qu'est-ce que t'en sais ? " a hurlé Trev à son tour. Il y a eu alors un *BANG !* assourdissant — pas la fin du feu d'artifice, mais la grosse caisse de Marty Devereaux que la chaleur faisait exploser. Le feu commençait à courir le long des poutres au-dessus de nos têtes et à prendre dans l'huile de vidange répandue sur le sol.

« " J'en suis sûr, s'est égosillé Dick, j'en suis sûr ! "

« Il m'a pris par l'autre main, et pendant un instant, je me suis senti comme la corde du jeu basque. Trev a regardé vers la porte et a finalement suivi Dick qui nous a amenés jusqu'à une fenêtre. Il s'est emparé d'une chaise pour la démolir, mais le feu l'a précédé et l'a fait exploser à cet instant-là. Il a pris alors Trev Dawson par le fond du pantalon et l'a soulevé. “ Grimpe, espèce d'enfoiré ! ” il a hurlé, et Trev a grimpé, disparaissant la tête la première par-dessus le rebord.

« Dick m'a empoigné tout de suite après ; j'ai saisi le rebord à deux mains ; le bois commençait à se carboniser, et le lendemain, je me suis retrouvé avec des ampoules aux doigts et aux paumes. J'ai débarqué tête la première, et je crois que je me serais rompu le cou si Trev ne m'avait pas rattrapé.

« Nous nous sommes retournés ; une vision comme dans le pire des cauchemars, Mikey. La fenêtre n'était plus qu'un rectangle de lumière aveuglante. Les flammes sortaient d'entre les tôles du toit en une dizaine d'endroits, et à l'intérieur, les gens hurlaient toujours.

« J'ai vu deux mains brunes s'agiter sur le fond de flammes, les mains de Dick. Trev Dawson m'a fait la courte échelle, je suis arrivé à la hauteur de la fenêtre et j'ai pris les mains de Dick. Son poids m'a fait m'appuyer de l'abdomen contre la paroi, et j'ai eu l'impression de me frotter à un poêle qui commence à bien chauffer. Le visage de Dick est apparu au-dessus du rebord, et pendant quelques instants, j'ai bien cru que nous n'y arriverions pas. Il avait avalé son content de fumée, et il était sur le point de s'évanouir ; il avait les lèvres toutes fendillées, le dos de sa chemise commençait à fumer.

« Et j'ai bien failli le lâcher, à cause de l'odeur des gens qui brûlaient à l'intérieur. J'ai entendu dire que c'est la même odeur que lorsqu'on fait griller des côtes de porc au barbecue, mais c'est faux. C'est plutôt comme quand on castre les chevaux, dans certains coins. Ils font un grand feu et balancent toute cette saloperie dedans ; au bout d'un moment, les couilles de cheval explosent comme des châtaignes ; c'est comme ça que sentent les gens quand ils commencent à brûler dans leurs vêtements. J'ai compris que je ne le supporterais pas bien longtemps, alors j'ai tiré un grand coup, de toutes mes forces, et j'ai entraîné Dick. Il avait perdu une chaussure.

« Je suis tombé des mains de Trev, et Dick s'est effondré sur moi, et je peux te dire que le négro avait la tête dure ! J'en ai eu le souffle coupé, et je suis resté là, à me rouler par terre en me tenant le ventre.

« Puis j'ai pu me mettre sur les genoux, et sur les pieds. C'est alors que j'ai vu ces silhouettes qui couraient vers la ceinture verte. J'ai tout d'abord cru que c'étaient des fantômes, et puis j'ai vu des chaussures. L'incendie avait pris de telles proportions qu'on y voyait comme en plein jour autour du Black Spot. J'ai vu les chaussures, et j'ai compris que c'était des hommes qui se cachaient sous les draps. L'un d'eux était un peu en arrière des autres, et j'ai vu... »

Il laissa mourir sa voix, et se passa la langue sur les lèvres.

« Qu'est-ce que tu as vu, Papa ?

— T'occupe pas, Mikey. Donne-moi mon eau. »

Je lui tendis son verre ; il le vida presque et se mit à tousser. Une infirmière qui passait mit la tête à la porte et demanda : « Vous n'avez besoin de rien, Mr. Hanlon ?

— Si. Un nouveau jeu de boyaux, répondit mon père. Z'avez quelque chose sous la main, Rhoda ? »

Elle lui adressa un sourire contraint et poursuivit son chemin. Mon père me rendit le verre, que je mis sur la table. « C'est plus long à raconter que pour s'en souvenir. Tu n'oublieras pas de me remplir ce verre avant de partir ?

— Bien sûr que non, Papa.

— Tu crois pas que cette histoire va te donner des cauchemars, Mikey ? »

Sur le point de répondre un mensonge, je me repris. Je crois d'ailleurs qu'il en serait resté là si je lui avais menti. Il en avait pourtant déjà dit beaucoup, mais il n'avait pas tout dit.

« C'est bien possible, avouai-je.

— Ce n'est peut-être pas si mal. Nous pouvons penser le pire, dans les cauchemars. À mon idée, c'est à ça qu'ils servent. »

Il me tendit la main, et je la pris entre les miennes pour la fin de son récit.

« J'ai regardé autour de moi juste à temps pour voir Trev et Dick qui fonçaient vers l'avant du bâtiment et j'ai couru sur leurs talons tout en essayant de reprendre haleine. Il y avait peut-être une cinquantaine de personnes par là, qui pleuraient, dégueulaient ou hurlaient, certaines faisant les trois en même temps, aurait-on dit. D'autres étaient étendues sur l'herbe, évanouies à cause de la fumée. La porte était fermée, et on entendait les cris des gens de l'autre côté, implorant qu'on les laisse sortir, pour l'amour de Dieu, qu'ils étaient en train de brûler.

« En dehors de la porte arrière qui donnait sur la cuisine, cette porte était la seule du bâtiment ; mais elle ouvrait vers l'intérieur et non vers l'extérieur.

« Certains avaient réussi à sortir, mais sous la poussée des autres, le battant s'était refermé ; et comme ceux qui étaient derrière poussaient de plus belle pour s'éloigner des flammes, tout le monde était coincé dans la cohue ; les personnes au premier rang s'écrasaient contre le panneau, dans l'incapacité de faire le moindre mouvement pour l'ouvrir. Ils étaient là, pris comme des rats, tandis que le feu gagnait derrière eux.

« C'est grâce à Trev Dawson qu'il n'y a eu que quatre-vingts morts et non pas cent ou deux cents, et ce n'est pas une médaille qu'il a eue pour sa peine, mais deux ans de bataillon disciplinaire. Parce que, figure-toi qu'à ce moment-là, on a vu arriver un gros camion de l'armée avec devine qui derrière le volant ? Mon vieil ami le sergent Wilson, l'homme qui possédait tous les trous dans les bases, les creusés et les pas creusés.

« Il est descendu de son bahut et s'est mis à gueuler des ordres idiots que de toute façon personne n'entendait. Trev m'a pris par le bras, et nous avons couru vers lui. J'avais perdu Dick Hallorann de vue, et je ne l'ai revu que le lendemain.

« “ Sergent, il me faut votre camion, lui a crié Trev en plein visage.

« — Pousse-toi de mon chemin, négro ! ” a répondu Wilson en lui flanquant une bourrade, pour se remettre à gueuler ses inepties. Personne n'y faisait attention, mais il n'a pas eu le temps de se fâcher parce que Trevor Dawson a bondi sur ses pieds comme un diable à ressort et l'a descendu.

« Trev pouvait faire très mal, et n'importe qui serait resté au tapis, mais ce salopard avait la tête dure. Il s'est relevé, saignant du nez et de la bouche, et il a dit : “ Pour ça, je vais te tuer, négro. ” Trev n'a pas attendu et l'a aligné au ventre de toutes ses forces ; Wilson s'est plié en deux, et j'en ai profité pour le cogner à la nuque en y mettant tout ce que je pouvais. Pas très courageux, mais à situation désespérée, action désespérée. Et je te mentirais, Mikey, si je te disais que de cogner ce pauvre salopard ne m'avait pas fait plaisir en passant.

« Il s'est allongé pour le compte. Trev a couru au camion, l'a fait partir et l'a manœuvré de façon à faire face au Black Spot, mais sur le côté gauche de la porte. Il est passé en première, a embrayé et a lancé ce tas de ferraille !

« “ *Attention devant ! Gaffe au camion !* ” j'ai hurlé à la foule alentour.

« Ils se sont dispersés comme des cailles et par miracle Trev n'en a renversé aucun. Il est rentré dans le côté du bâtiment à quelque chose comme quarante à l'heure, au moins, et sa tête est allée porter violemment contre le volant. J'ai vu le sang lui voler des narines quand il a secoué la tête pour retrouver ses idées. Il est passé en marche arrière, a reculé d'une cinquantaine de mètres et a foncé de nouveau. *Bam !* Le Black Spot n'était rien d'autre que de la tôle ondulée et le second coup a été le bon. Tout le côté s'est effondré, et les flammes sont montées en grondant. Comment il pouvait y avoir encore des gens en vie là-dedans, c'est un mystère ; mais le fait est là. Les gens ont la peau plus dure qu'on le croit, Mikey, et si tu es sceptique, tu n'as qu'à me regarder, accroché à la vie par le bout des ongles. On se serait crus à côté d'un haut fourneau, c'était un enfer de flammes et de fumée, mais les gens en sortaient, un vrai torrent. Il y en avait tellement que Trev n'a même pas osé faire marche arrière de peur d'en écraser. Il est donc descendu et a couru lui aussi, laissant le camion là où il était.

« On restait là, à regarder la suite. Tout ça n'avait pas duré cinq minutes, alors qu'on aurait cru que ça faisait des heures. Les derniers qui sont sortis du Black Spot, une douzaine, étaient en feu. Des gens les attrapaient et les roulaient sur le sol, pour éteindre les flammes ; à l'intérieur, on voyait s'agiter encore d'autres silhouettes, mais nous savions déjà qu'ils n'arriveraient jamais à s'en tirer.

« Trev m'a pris la main et je l'ai serré aussi fort qu'il me serrait. On est restés comme ça à se tenir la main comme nous faisons toi et moi en ce moment, lui le nez ruisselant de sang, les yeux qui commençaient à gonfler, et nous regardions ces malheureux. Ce sont de véritables fantômes que nous avons vus cette nuit-là, des spectres tremblotants à forme humaine qui se dirigeaient vers l'ouverture pratiquée par Trev. Certains avaient les bras tendus, comme s'ils espéraient que quelqu'un allait les saisir. Les autres marchaient, au hasard on aurait dit. Sans doute étaient-ils déjà aveugles. Leurs vêtements flambaient, leur visage coulait comme de la cire. Ils se sont effondrés les uns après les autres et n'ont plus bougé, invisibles dans les décombres.

« La dernière à tomber a été une femme. Sa robe avait complètement brûlé, et il ne lui restait plus que son slip. Elle brûlait comme une chandelle. J'ai eu l'impression qu'elle me regardait, et je me suis rendu compte que ses paupières étaient en feu. Elle s'est affaissée, et tout a été terminé. La grange n'était plus qu'une colonne de feu. Le temps qu'arrivent les pompiers de la base et ceux de Derry, le feu avait déjà diminué. Voilà ce qu'a été l'incendie du Black Spot, Mikey. »

Il vida le fond de son verre et me le tendit pour que j'aille le remplir au distributeur du hall. « Je crois que je vais pisser au lit cette nuit, Mikey. »

Je l'embrassai sur la joue et allai chercher son eau. Quand je revins, il somnolait de nouveau, le regard vitreux et contemplatif. Il murmura un merci à peine audible lorsque je posai le verre sur la table de nuit, à côté du réveil, qui indiquait huit heures. Il était temps pour moi de rentrer à la maison.

Je me penchai sur lui pour l'embrasser, mais au lieu de lui dire : « Au revoir », je m'entendis murmurer : « Qu'est-ce que tu as vu ? »

Ses yeux, qui étaient sur le point de se fermer, se tournèrent vers moi, presque imperceptiblement. Peut-être savait-il que c'était moi, peut-être croyait-il avoir imaginé ma voix. « Hein ?

— La chose que tu as vue... », murmurai-je. Je ne voulais pas le savoir, mais il fallait pourtant que je le sache. J'avais à la fois froid et chaud, mes yeux me brûlaient et j'avais les mains glacées. Mais il fallait que je sache. Comme, je suppose, la femme de Loth avait besoin de savoir lorsqu'elle s'est retournée pour regarder la destruction de Sodome.

« C'était un oiseau, dit-il. Juste au-dessus des derniers en train de courir. Un faucon, peut-être ; un genre de crécerelle. Mais gros. Jamais dit à personne. On m'aurait enfermé. Il devait bien faire vingt mètres d'envergure. La taille d'un Zéro japonais. Mais j'ai vu... j'ai vu ses yeux... et je crois... qu'il m'a vu... »

Sa tête glissa de côté, vers la fenêtre, vers la nuit qui tombait.

Mon père s'endormit.

Le 1er mars 1985

C'est revenu. C'est une certitude, maintenant. Je vais attendre encore, mais au fond de mon cœur, j'en suis sûr. Je ne sais pas si je vais pouvoir le supporter. Gosse, j'y arrivais, mais c'est différent quand on est enfant. Fondamentalement différent.

J'ai écrit ce qui précède la nuit dernière dans une sorte de frénésie. Je n'aurais pas pu rentrer chez moi, de toute façon. Derry est pris dans une épaisse couche de glace, et rien ne bouge, en dépit de l'apparition du soleil.

J'ai écrit jusqu'à trois heures passées ce matin, gribouillant de plus en plus vite, essayant de ne rien omettre. J'avais oublié l'histoire de l'oiseau géant, celui de mes onze ans. C'est celle de mon père qui me l'a rappelée... et depuis, elle m'est restée dans la mémoire. Je n'en ai rien oublié. D'une certaine manière, ce fut son dernier cadeau. Un cadeau terrible, et pourtant merveilleux, néanmoins — à sa façon.

J'ai dormi là où je me trouvais, la tête dans les bras, à côté de mon carnet et de mon stylo. Je me suis réveillé ce matin les fesses engourdies et le dos douloureux, mais avec un sentiment d'être libéré... comme purgé de cette vieille histoire.

C'est alors que j'ai vu que j'avais eu de la compagnie, cette nuit.

Les empreintes, traces légères de boue, allaient de la porte de devant de la bibliothèque (que je ferme toujours) jusqu'au bureau où j'ai dormi.

Aucune n'en repartait.

Ce qui est venu dans la nuit, quoi que ce fût, m'a laissé son talisman et a tout simplement disparu.

Accroché à ma lampe de lecture, se trouvait un unique ballon. Rempli d'hélium, il flottait dans les rayons obliques du soleil matinal qui tombaient des hautes fenêtres.

Dessus, on voyait mon portrait, sans yeux, du sang coulant des orbites déchiquetées, la bouche tordue par un cri sur la fine enveloppe de caoutchouc.

Je poussai un hurlement en le voyant. Son écho se répercuta dans la bibliothèque, faisant vibrer l'escalier de fer conduisant à la réserve.

Le ballon explosa.

TROISIÈME PARTIE

ADULTES

La descente
faite de désespoirs
où rien ne s'accomplit
provoque un nouveau réveil :
qui est l'envers
du désespoir.
Pour ce que nous ne pouvons accomplir, ce qui
est refusé à l'amour,
ce que nous avons perdu par anticipation —
Une descente s'ensuit,
interminable et indestructible.

William Carlos Williams
Paterson
(Tr. J. Saunier-Ollier, Aubier-Montaigne, 1981)

T'as pas envie de rentrer chez toi, maintenant ?
T'as pas envie de rentrer chez toi ?
Tous les enfants de Dieu se fatiguent d'errer,
T'as pas envie de rentrer chez toi ?
T'as pas envie de rentrer chez toi ?

Joe South

CHAPITRE 10

La Réunion

1
Bill Denbrough prend un taxi

Le téléphone sonnait, le tirant par à-coups d'un sommeil trop profond pour les rêves. Il le chercha à tâtons, sans ouvrir les yeux, sans se réveiller complètement. Aurait-il arrêté de sonner à ce moment-là, il se serait à nouveau glissé dans le sommeil sans la moindre difficulté, aussi simplement qu'il descendait autrefois en luge les pentes enneigées des collines du McCarron Park.

Ses doigts touchèrent le cadran, glissèrent, remontèrent. Il avait le vague pressentiment qu'il devait s'agir de Mike Hanlon, Mike Hanlon qui l'appelait de Derry pour lui dire de revenir, de se souvenir qu'il avait fait un serment, Stan Uris leur avait entaillé les paumes avec un éclat de verre et ils avaient fait une promesse...

Sauf que tout cela s'était déjà produit.

Il était arrivé la veille en fin d'après-midi, un peu avant six heures, en fait. S'il avait été le dernier sur la liste des coups de fil donnés par Mike, tous les autres, se disait-il, devaient être arrivés avant lui, et certains avaient peut-être même passé une bonne partie de la journée sur place. Il n'avait pour sa part vu personne, il n'avait éprouvé le besoin de voir personne. Il était simplement monté dans sa chambre, avait commandé un repas qu'il avait été incapable de manger, puis s'était effondré sur le lit où il avait dormi d'un sommeil sans rêves jusqu'à la sonnerie du téléphone.

Bill entrouvrit un œil, et porta la main au combiné qu'il fit tomber sur la table de nuit. Il s'en empara maladroitement, ouvrant son autre œil. Il se sentait la tête complètement vide, totalement débranchée, comme fonctionnant sur piles.

Il réussit à saisir le combiné et à le porter à l'oreille, accoudé dans le lit. « Allô ?

— Bill ? » C'était bien la voix de Mike Hanlon ; sur ce point au moins, il avait raison. La semaine dernière, il n'avait aucun souvenir de lui, et maintenant, une seule syllabe suffisait à l'identifier. Plutôt merveilleux... mais d'une manière inquiétante.

« Ouais, Mike.

— Je t'ai réveillé, hein ?

— Ouais, en effet. Ça va. » Sur le mur, au-dessus de la télé, était accrochée une croûte sans nom où l'on voyait des pêcheurs en ciré jaune relever des casiers à homards. À la contempler, Bill se souvint de l'endroit où il se trouvait : au Derry Town House, sur la partie chic de Main Street. À moins d'un kilomètre de Bassey Park, du pont des Baisers... et du canal. « Quelle heure est-il, Mike ?

— Dix heures et quart.

— Quel jour ?

— Le 30. » Il y avait une pointe d'amusement dans la voix de Mike.

« Ouais, bon.

— J'ai prévu une petite réunion, reprit Mike d'un ton différent.

— Ah bon ? fit Bill en s'asseyant sur le bord du lit. Tout le monde est arrivé ?

— Tout le monde, sauf Stan Uris, dit Mike avec maintenant dans la voix quelque chose d'indéchiffrable. Bev est arrivée la dernière, hier au soir tard.

— Pourquoi dis-tu “ la dernière ”, Mike ? Stan peut aussi bien arriver aujourd'hui, non ?

— Stan est mort, Bill.

— Quoi ? Comment ? Est-ce que son avion...

— Pas du tout. Écoute, si ça ne t'ennuie pas, je préférerais attendre que nous soyons tous réunis. Ce serait mieux si je pouvais vous le dire à tous en même temps.

— Y a-t-il un rapport ?

— Oui, je crois. » Mike se tut un instant. « J'en suis sûr. »

Bill sentit le poids familier de la terreur venir de nouveau se poser sur son cœur — était-ce donc quelque chose à quoi il était possible de s'habituer tout de suite ? Ou bien avait-il toujours porté ce poids, sans y penser, sans le sentir, comme on porte avec soi la connaissance de sa mort inévitable ?

Il prit une cigarette, l'alluma et souffla l'allumette en rejetant la première bouffée.

« Personne ne s'est encore vu, depuis hier ?

— Non, je ne crois pas.

— Et tu n'as encore vu personne ?

— Non. Tout s'est fait par téléphone.

— Bien. Où a lieu la réunion ?

— Tu te souviens où se trouvait l'ancienne aciérie ?

— Bien sûr : Pasture Road.

— Tu retardes, mon vieux. Aujourd'hui, ça s'appelle Mall Road. Nous nous enorgueillissons du troisième plus grand centre commercial de tout l'État, à Derry. Quarante-huit commerçants différents réunis sous un même toit pour mieux vous servir !

— Voilà qui fait très a-a-américain.

— Bill ?

— Quoi ?

— Tu vas bien ?

— Oui. » Mais son cœur battait trop vite, et le bout de sa cigarette tressautait légèrement. Il avait bégayé ; Mike l'avait entendu.

Il y eut un instant de silence, puis Mike reprit : « Juste après le centre commercial se trouve un restaurant, le Jade of the Orient. Il dispose de salons privés pour les groupes. J'en ai réservé un hier. Nous pourrons l'avoir pour tout l'après-midi, si nous voulons.

— Tu penses que ça pourrait durer aussi longtemps ?

— Aucune idée.

— Un taxi saura bien m'amener jusque-là ?

— Bien sûr.

— Très bien », dit Bill. Il écrivit le nom du restaurant sur le bloc. « Pourquoi là plutôt qu'ailleurs ?

— Parce qu'il est nouveau, je crois, répondit Mike avec lenteur. C'est un peu comme... je ne sais pas...

— Comme un terrain neutre ? proposa Bill.

— Oui, il me semble.

— On y mange bien ?

— Je l'ignore. As-tu de l'appétit ? »

Bill exhala de la fumée et eut un petit rire entrecoupé de toux. « Je l'ai un peu perdu, vieille branche.

— Ouais, je vois ce que tu veux dire.

— Alors, à midi ?

— Plutôt vers une heure. Je préférerais laisser Beverly récupérer un peu. »

Bill écrasa sa cigarette. « Est-elle mariée ? »

De nouveau, Mike eut une hésitation. « On se racontera tout tout à l'heure, dit-il.

— Exactement comme lorsqu'on va à une réunion d'anciens élèves dix ans après, hein ? Ceux qui sont devenus gros, ceux qui sont devenus chauves, ceux qui ont des g-g-gosses.

— Si seulement c'était ça !

— Ouais, comme tu dis, Mike. »

Il raccrocha, resta longtemps sous la douche et commanda un petit déjeuner dont il n'avait pas réellement envie et qu'il ne fit que picorer. Vraiment, son appétit n'était plus ce qu'il était.

Bill fit le numéro de la compagnie de taxi Yellow Cab et demanda qu'on vienne le prendre à une heure moins le quart, estimant que quinze minutes suffiraient largement pour gagner Pasture Road (il n'arrivait pas à se l'imaginer sous son nouveau nom, même quand il vit le centre commercial), mais il avait largement sous-estimé les embouteillages de midi... ainsi que la croissance de Derry.

En 1958, Derry n'était rien de plus qu'un gros bourg, comptant quelque trente mille habitants dans les limites de la ville et environ sept mille dans la campagne environnante.

C'était maintenant une ville véritable, certes minuscule comparée à New York ou Londres, mais non aux autres villes du Maine où Portland, la plus importante, ne comptait que trois cent mille habitants.

Tandis que le taxi avançait au pas sur Main Street (*Nous sommes maintenant au-dessus du canal ; on ne peut pas le voir, mais il court là en dessous, dans le noir,* pensa Bill) puis tournait sur Center, il se fit cette réflexion banale que la ville avait bien changé. Réflexion toutefois accompagnée d'un profond sentiment d'effroi auquel il ne se serait jamais attendu. Il se souvenait de son enfance comme d'une époque de frayeur, de nervosité... pas seulement à cause de l'été 58, pendant lequel ils avaient tous les sept tenu tête à la terreur, mais aussi à cause de la mort de George, à cause de l'espèce de rêve sans fond dans lequel ses parents avaient plongé après sa disparition, à cause des rages dans lesquelles le mettait son bégaiement, à cause de Bowers, Huggins et Criss ne cessant de les harceler après la bataille à coups de cailloux dans les Friches

(*Bowers, Huggins, Criss, oh, Seigneur ! Bowers, Huggins, Criss !*)

et il sentait la froideur de Derry, que Derry était dur, que Derry n'en avait rien à foutre que l'on vive ou que l'on meure, que l'on triomphe ou non de Grippe-Sou le Clown. Les citoyens de Derry vivaient depuis longtemps en compagnie de Grippe-Sou sous toutes ses formes... et peut-être, de quelque manière insensée, avaient-ils fini par le comprendre. Par l'aimer, par avoir besoin de lui. L'aimer ? Pourquoi pas, au fond ?

Alors, pour quelle raison, cette épouvante consternée ?

Peut-être du fait de tout ce qu'avait de sinistre ce changement. Ou peut-être parce que Derry lui semblait avoir perdu son visage authentique.

Le cinéma le Bijou n'existait plus, remplacé par un parking (VÉHICULES AUTORISÉS SEULEMENT. LES CONTREVENANTS SERONT REMORQUÉS, lisait-on à l'entrée). Le Shoeboat et le Bailley's Lunch, qui se trouvaient tout à côté, avaient également disparu et laissé la place à une succursale de banque. Un cadran numérique en dépassait et donnait l'heure et la température, celle-ci exprimée en degrés Fahrenheit et en degrés Celsius. La pharmacie de Center Street, le repaire de Mr. Keene, où Bill était allé chercher le médicament d'Eddie, disparue aussi.

Le taxi fit un bond en avant. « Ça va prendre un bout de temps, grogna le chauffeur. Si seulement ces foutues banques ne fermaient pas toutes à la même heure, nom de Dieu ! — Excusez mon français, si vous êtes croyant.

— Pas de problème », répondit Bill. Le ciel était couvert, et quelques gouttes commençaient à tomber sur le pare-brise. La radio grommela quelque chose à propos d'un aliéné mental évadé de quelque part et qu'on disait très dangereux, puis parla des Red Sox, une équipe qui ne l'était guère. Averses, puis éclaircies. Quand Barry Manilow se mit à bêler sur les malheurs de Mandy, qui donnait sans jamais prendre, le chauffeur coupa l'émission. « Quand se sont-elles installées ? reprit Bill.

— Quoi donc, les banques ?

— Oui.

— Oh, vers la fin des années 60, début des années 70 », répondit le chauffeur, un homme corpulent au cou épais. Il portait une veste de chasse à carreaux rouges et noirs. Une casquette orange fluo tachée d'huile de moteur lui descendait jusqu'aux sourcils. « La ville a reçu des fonds pour sa modernisation, le partage des revenus, qu'ils appellent. Pour partager, on fout tout par terre. Alors les banques sont arrivées. Il n'y avait qu'elles qu'avaient les moyens. Renouvellement de l'urbanisme, qu'ils disent. De la merde en bâton, que j' dis. Excusez mon français, si vous êtes croyant. Des discussions pour savoir comment animer le centre-ville, ça, y en a eu. Et pour animer, ils ont animé. Z'ont foutu tous les vieux magasins en l'air pour mettre des banques et des parkings. Ça n'empêche pas que vous trouvez pas une putain de place pour vous garer. Il faudrait pendre par la queue tous ces mecs du conseil municipal, sauf la Polock. Elle, c'est par les nénés qu'il faudrait la pendre. À la réflexion, c'est pas une bonne idée, m'a l'air aussi plate qu'une planche à repasser, la conne. Excusez mon français, si vous êtes croyant.

— Je le suis, fit Bill avec un sourire.

— Alors, descendez de mon taxi et allez faire vos prières ! fit l'homme avec un gros rire communicatif.

— Longtemps que vous habitez ici ? demanda Bill.

— Depuis toujours. J' suis né au Derry Home, notre bon vieil hosto, et on m'enterrera au cimetière de Mount Hope.

— Bonne affaire.

— Tout juste », admit le chauffeur. Il se racla la gorge, baissa la vitre et propulsa un énorme glaviot vert-jaune dans l'air pluvieux. Son attitude, contradictoire — une sorte de sinistre bonne humeur —, était attirante, piquante presque. « Celui qui va le choper n'aura pas besoin de chewing-gum pendant une semaine, commenta-t-il. Excusez mon français...

— Tout n'a pas changé », dit Bill. Après la déprimante balade entre les banques et les parkings, ils venaient d'attaquer la côte de Center Street. Arrivés en haut, et une fois passée la First National Bank, ils prirent un peu de vitesse. « L'Aladdin est toujours debout.

— Ouais, mais faut voir comme il tient. Ces branleurs ont aussi essayé de l'avoir.

— Pour faire encore une banque ? » demanda Bill, moitié amusé, moitié stupéfait à cette idée. Il n'arrivait pas à imaginer que quelqu'un de bon sens ait pu envisager la destruction de ce dôme majestueux avec son grand lustre de verre, son escalier à double révolution conduisant au balcon, et son rideau de scène titanesque, qui, au lieu de s'ouvrir en deux au début du spectacle, s'élevait en plis magiques allant s'empilant, tandis que des projecteurs le paraient d'en dessous de toutes les couleurs et que les poulies, dans les coulisses, cliquetaient et grinçaient. *Non, pas l'Aladdin !* protesta-t-il en lui-même. *Comment pouvait-on envisager une seconde de détruire l'Aladdin pour construire une* BANQUE *à la place ?*

« Tout juste, une banque. Z'avez vingt sur vingt, bordel. Excusez mon français, puisque vous êtes croyant. L'idée, c'était de faire " un centre bancaire intégré ", qu'ils disaient. Ils avaient tous les papelards du conseil municipal, les autorisations, tout. Mais une bande de types a formé un comité — des gens qui vivaient à Derry depuis longtemps — pour préparer des pétitions, organiser des marches et faire un tel raffut, qu'il a fallu organiser une séance publique du conseil ; c'est

Hanlon qui a eu la peau de ces branleurs, conclut le chauffeur d'un ton très satisfait.

— Hanlon ? demanda Bill, estomaqué, Mike Hanlon ?

— Et oui, pardi ! » fit l'homme en se retournant un instant pour jeter un coup d'œil à Bill, exhibant un visage rond à grosses joues et des lunettes en corne avec de vieilles taches de peinture sur les branches. « Le bibliothécaire. Un Noir. Vous le connaissez ?

— Je l'ai connu », répondit Bill, évoquant ce jour de juillet 1958 où il l'avait rencontré. Une fois de plus, Bowers, Huggins et Bowers étaient dans le coup... Évidemment. Bowers, Huggins et Criss

(oh, Seigneur !)

à chaque tournant, jouant leur rôle, étau inconscient resserrant à chaque fois davantage leur groupe, le soudant. « Nous jouions ensemble quand nous étions gamins. Et puis on a déménagé.

— Ouais, et vous voilà. Le monde est vraiment foutrement petit. Excusez...

— Mon français si vous êtes croyant, finit Bill à sa place.

— Vous voilà de retour », continua le chauffeur sans se démonter. Ils roulèrent en silence pendant un moment, et il reprit : « Derry a beaucoup changé, c'est un fait, mais pas mal de choses sont restées, tout de même. Le Town House, où je vous ai pris. Le château d'eau de Memorial Park. Vous vous souvenez de ce coin, m'sieur ? On croyait qu'il était hanté, quand on était gosses.

— Oui, je m'en souviens.

— Tenez, regardez : l'hôpital. Vous le reconnaissez ? »

Ils passaient devant le Derry Home Hospital, derrière lequel coulait la Penobscot, avant d'aller se jeter dans la Kenduskeag. Sous le ciel pluvieux du printemps, les eaux avaient la couleur de l'étain. L'hôpital dont Bill se souvenait — une construction en bois toute blanche, avec deux ailes et deux étages — se trouvait toujours là, mais entouré par tout un ensemble de bâtiments, douze au moins. Il estima à cinq cents le nombre des véhicules garés dans l'immense parking voisin.

« Mon Dieu, ce n'est plus un hôpital, mais un foutu campus universitaire ! » s'écria-t-il.

Le chauffeur s'esclaffa : « N'étant pas croyant, j'excuserai votre français. Ouais, vous avez raison. Ils ont des salles de rayons X, un centre de thérapie et six cents chambres, sans parler de leur propre laverie et Dieu sait quoi encore. C'est l'administration qui occupe l'ancien bâtiment. »

Bill éprouva une curieuse sensation de dédoublement, comme la première fois où il avait regardé un film en relief. Son esprit essayait de superposer deux images qui ne coïncidaient pas ; on arrivait bien à mystifier ses yeux et son esprit, se souvenait-il, mais au prix d'un sacré mal de tête... et il sentait monter la migraine. Très bien, le nouveau Derry ; mais l'ancien se trouvait toujours là, comme les bâtiments en bois du Derry Home. L'ancien Derry était enfoui sous les nouvelles constructions... mais on ne pouvait s'empêcher de chercher des yeux les anciennes...

« Je suppose que la gare et le triage ont dû disparaître, non ? » demanda Bill.

L'homme s'esclaffa de nouveau : « Pour quelqu'un parti d'ici encore tout gosse, vous avez une sacrée mémoire, m'sieur ! (*Si tu m'avais rencontré seulement la semaine dernière, mon ami francophone !* se dit Bill.) Toujours là, mais plus rien que des baraques en ruine et des rails qui rouillent. Même les trains de marchandises ne s'arrêtent plus. Y a un type qui voulait tout racheter pour installer un parc d'attractions — tirs, mini-golf, karts, baraques de jeux vidéo, et j' sais pas quoi encore — mais il paraît que c'est la grosse embrouille sur qui possède quoi, là-dedans. Il finira bien par y arriver, c'est un entêté, notre homme. Pour l'instant, c'est devant les tribunaux.

— Et le canal, murmura Bill tandis qu'ils s'engageaient sur Pasture Road (qui s'appelait bien Mall Road, maintenant, comme en faisait foi un panneau vert), le canal est toujours là ?

— Eh oui ! Il y sera toujours, je crois. »

Le centre commercial s'étendait sur la gauche de Bill, qui éprouva de nouveau cette même sensation de dédoublement. Il n'y avait là autrefois qu'un champ immense plein d'herbes exubérantes et de gigantesques tournesols, frontière nord-est des Friches. Vers l'ouest, se trouvaient les HLM d'Old Cape. Il se souvenait avoir exploré ce champ, en prenant bien soin de ne pas tomber dans le sous-sol défoncé des ruines de l'aciérie Kitchener — celle qui avait explosé le jour de Pâques, en 1906. Ils en avaient déterré les reliques avec autant de sérieux que des archéologues désensablant un temple égyptien, exhumant des briques, des cuillères de fondeur, des morceaux de métal où s'accrochaient encore des boulons rouillés, des fragments de vitre et des bouteilles pleines d'une bourbe innommable qui empestait comme le pire des poisons. Quelque chose de sinistre s'était également passé tout près, dans la gravière proche de la décharge, mais il ne se rappelait plus quoi. Seul un nom lui revenait à l'esprit, Patrick Humboldt, et il avait quelque chose à voir avec un réfrigérateur. Il y avait aussi cet oiseau qui avait poursuivi Mike Hanlon. Que... ?

Il secoua la tête. Bribes. Fétus de paille dans le vent. Rien de plus.

Le champ avait disparu, et avec lui les restes de l'usine. Bill se souvint tout d'un coup de la grande cheminée de l'aciérie, carrelée sur sa face externe, noire de suie sur ses trois derniers mètres, allongée dans l'herbe comme un tuyau gigantesque. Ils avaient grimpé dessus et marché comme des danseurs de corde, bras écartés, en riant...

De nouveau il secoua la tête, comme pour chasser le mirage du centre commercial, une abominable enfilade de bâtiments surmontés de panneaux annonçant : SEARS, ou J. C. PENNEY, ou WOOLWORTH'S, ou CVS, ou YORK'S STEAK HOUSE, et des douzaines d'autres. Un entrelacs de routes conduisait dans les parkings. Les aciéries Kitchener avaient disparu, ainsi que les herbes folles qui avaient poussé autour de leurs ruines. La réalité, ce n'étaient pas les souvenirs, mais le centre commercial.

D'une certaine manière, il n'arrivait pas à y croire.

« Vous voilà arrivé, m'sieur », dit le conducteur du taxi en pénétrant dans un parking ; l'édifice qu'il desservait était une pagode en plastique géante. « Avec un peu de retard, mais mieux vaut tard que jamais, n'est-ce pas ?

— Comme vous dites, répondit Bill en lui tendant un billet de cinq dollars. Gardez la monnaie.

— Magnifique, bordel ! s'exclama l'homme. Si vous avez besoin d'un taxi, appelez Yellow Cab et demandez Dave.

— Je demanderai simplement le croyant, le type qui a son petit carré sur Mount Hope.

— Bien envoyé, fit le chauffeur en riant. Passez une bonne journée.

— Vous aussi, Dave. »

Il resta quelques instants sous la pluie, à regarder le taxi s'éloigner. Il s'aperçut qu'il avait eu l'intention de poser une autre question, mais qu'il ne l'avait pas fait — sans doute volontairement.

Il avait pensé demander à Dave s'il aimait vivre à Derry.

Bill Denbrough fit brusquement demi-tour et pénétra dans le Jade of the Orient. Mike Hanlon se trouvait dans le hall, mais sur une chaise d'osier au dossier surélevé. Il se leva, et Bill fut envahi d'une puissante sensation d'irréalité — envahi jusqu'au tréfonds de lui-même. L'impression de dédoublement se manifesta de nouveau, mais en bien pis.

Il se souvenait d'un garçon d'un mètre cinquante et quelques, soigné et agile. Devant lui se tenait un homme d'un mètre soixante-dix et quelques, décharné, dans des vêtements qui avaient l'air de pendre sur lui. Les rides de son visage lui donnaient l'air d'avoir quarante ans largement dépassés et non seulement trente-huit.

Sans doute le choc éprouvé par Bill dut-il se lire sur son visage, car Mike lui dit calmement : « Je sais la tête que j'ai. »

Bill rougit. « Elle n'est pas si mal, Mike. C'est simplement que je me souvenais d'un gamin. C'est tout.

— Crois-tu ?

— Tu as l'air un peu fatigué, c'est vrai.

— Je suis très fatigué, mais je tiendrai le coup. J'espère. » Il sourit alors, et ce sourire illumina son visage. Bill vit alors le garçon qu'il avait connu vingt-sept ans plus tôt. De même que le vieil hôpital de bois disparaissait presque, envahi par le verre et le béton, de même les inévitables accessoires de l'âge adulte avaient-ils envahi le visage de l'enfant. Des rides plissaient son front, deux sillons s'étaient creusés de part et d'autre de sa bouche, descendant presque jusqu'au menton, et ses cheveux grisonnaient aux tempes. Mais de même que le vieil hôpital restait visible, en dépit de l'invasion, de même était encore visible le garçon que Bill avait connu.

Mike tendit la main et dit : « Bienvenue à Derry, Grand Bill. »

Bill délaissa la main et prit Mike dans ses bras. Celui-ci l'étreignit à son tour avec force, et Bill sentit ses cheveux frisottés contre son cou.

« Quoi qui se passe, Mike, on va s'en occuper », déclara Bill. Il se moquait des sanglots qui lui montaient dans la gorge. « On l'a vaincu une fois, on le vaincra en-en-encore. »

Mike se détacha de lui, et le tint à longueur de bras ; il souriait toujours, mais ses yeux brillaient un peu trop. Il prit son mouchoir et se les essuya. « Bien sûr, Bill, tu parles !

— Ces messieurs veulent-ils bien me suivre », fit alors une voix, celle de leur hôtesse, une Orientale souriante habillée d'un délicat kimono rose. Ses cheveux aile de corbeau s'élevaient sur sa tête en un haut chignon retenu par des aiguilles d'ivoire.

« Je connais le chemin, Rose, dit Mike.

— Très bien, Mr. Hanlon, fit-elle en leur souriant à tous deux. Vous êtes très liés, à ce que je vois.

— J'en ai bien l'impression, répondit Mike. Par ici, Bill. »

Il le conduisit par un corridor peu éclairé sur lequel donnait la salle principale, et ils arrivèrent à une porte fermée d'un rideau de perles.

« Les autres..., commença Bill.

— Sont tous ici, maintenant. Tous ceux qui ont pu venir. »

Bill hésita un instant devant le rideau de perles, soudain pris de frayeur. Ce n'était ni l'inconnu ni le surnaturel qui lui faisait peur, tout d'un coup, mais l'idée qu'il mesurait quarante centimètres de plus qu'en 1958 et qu'il avait perdu la plupart de ses cheveux. Il se sentait soudainement mal à l'aise, presque terrifié, à l'idée de revoir tous ces visages dans lesquels s'étaient dissous les traits de l'enfance, comme l'hôpital de bois était englouti sous le béton et le verre. Avec dans la tête des images de banques et non plus de palais enchantés.

Nous avons grandi, pensa-t-il. *Nous ne pensions pas que cela nous arriverait, pas à nous. Mais si je rentre dans cette pièce, la réalité me rattrapera définitivement : nous sommes tous des adultes, maintenant.*

Il se tourna vers Mike, égaré, intimidé. « De quoi ont-ils l'air, Mike ? s'entendit-il dire d'une voix hésitante. De quoi ont-ils l'air, Mike ?

— Entre, et tu le sauras », répondit Mike gentiment en le poussant dans le petit salon privé.

2
Ce que vit Bill Denbrough

L'illusion tint peut-être au faible éclairage de la pièce ; elle ne dura qu'un très bref instant, mais Bill se demanda plus tard s'il n'y avait pas eu là une sorte de message destiné à lui seul : à savoir que le destin pouvait aussi se montrer bienveillant.

Pendant ce bref instant, il eut l'impression qu'aucun d'eux n'avait grandi, que ses amis, comme Peter Pan, étaient restés des enfants.

Richie Tozier, en équilibre sur les deux pieds de derrière de sa chaise, s'appuyait contre le mur et disait quelque chose à Beverly Marsh, qui, se cachant la bouche de la main, retenait un fou rire ; Richie avait sur le visage son sourire familier de petit malin. Eddie Kaspbrak était assis à la gauche de Beverly, et devant lui, sur la table, à côté d'un verre rempli d'eau, se trouvait un inhalateur de plastique avec une détente d'arme à feu. Les détails en étaient plus perfectionnés, mais il remplissait toujours la même fonction. Assis au bout de la table, contemplant les trois autres avec une expression où se mêlaient anxiété, amusement et concentration, il y avait Ben Hanscom.

Bill se surprit à porter la main à son crâne et se rendit compte avec un amusement un peu triste qu'il avait presque cru, un instant, que ses cheveux avaient magiquement repoussé — ces cheveux roux et fins qu'il avait commencé à perdre dès l'âge de dix-huit ans.

Son entrée arrêta la conversation. Richie ne portait pas de lunettes, et Bill pensa : *Il s'est probablement converti aux verres de contact ; oui, très probablement. Il détestait ses lunettes.* Les éternels T-shirts et pantalons de velours côtelé d'autrefois avaient laissé la place à un costume qui venait de chez le bon faiseur, et que Bill estima à neuf cents dollars au moins.

Beverly Marsh (si son nom était toujours Marsh) s'était transformée en une femme éblouissante. Au lieu de la banale queue de cheval d'autrefois, elle coiffait ses cheveux en les laissant librement tomber en cascade sur ses épaules où ils prenaient toutes les nuances de roux sur son chemisier d'un blanc éclatant. On aurait dit, dans la demi-pénombre de la pièce, qu'il s'y cachait des morceaux d'ambre. À la lumière du jour (même d'une journée comme celle-ci), Bill se dit qu'ils devaient flamboyer. Et il se prit à imaginer ce qu'il éprouverait s'il plongeait les mains dans cette crinière. *La plus vieille histoire du monde,* songea-t-il ironiquement. *J'aime ma femme, mais fichtre...*

Eddie avait beaucoup grandi et avait pris, assez bizarrement, un faux air à la Anthony Perkins. Son visage prématurément ridé (alors qu'il y avait quelque chose de plus jeune dans ses mouvements que chez Richie ou Ben) paraissait encore plus âgé du fait des lunettes non cerclées qu'il portait — tout à fait celles d'un avocat anglais s'apprêtant à plaider ou feuilleter un dossier. Il portait les cheveux courts, coupés dans un style qui avait été à la mode dans les années 50-60. Son gros manteau à carreaux avait l'air de venir d'un décrochez-moi-ça... mais la montre, à son poignet, était une Patek Philippe, et un rubis lançait ses feux au petit doigt de sa main droite. La pierre était trop grossièrement vulgaire et ostentatoire pour être autre chose.

Ben était de loin celui qui avait le plus changé, et une nouvelle sensation d'irréalité déferla sur Bill quand il le regarda mieux. Son visage était le même, et ses cheveux, bien que grisonnants et plus longs, étaient peignés comme autrefois, la raie sur le côté. Mais Ben était devenu mince. Il portait un blouson de cuir sans ornements, ouvert sur une chemise de travail en grosse toile bleue, un Levi's étroit et des bottes de cow-boy ; une boucle en argent battu retenait sa large ceinture de cuir. Ces vêtements tombaient bien sur ce corps mince aux hanches étroites. Il avait au poignet droit un bracelet fait de lourds anneaux de cuivre et non d'or. *Il est devenu maigre, l'ombre de ce qu'il était autrefois... Ce bon vieux Ben est devenu maigre. C'est un miracle.*

Le silence qui régna quelques instants, alors qu'ils se trouvaient tous les six réunis, fut au-delà de toute description. Il resta pour Bill Denbrough comme l'un des moments les plus étranges de toute sa vie. Stan était absent, remplacé néanmoins par une septième présence. Là, dans le salon privé de ce restaurant, Bill l'éprouva si intensément qu'elle en fut presque incarnée — non sous la forme d'un vieillard en robe blanche, la faux sur l'épaule, mais sous celle d'un grand vide sur la carte entre 1958 et 1985, une zone qu'un explorateur aurait pu appeler *Terra Incognita.* Bill se demandait ce qui pouvait s'y trouver. Beverly Marsh en minijupe qui découvrait très haut ses longues cuisses nerveuses, une Beverly Marsh en bottes fantaisie, la chevelure partagée par le milieu, la permanente impeccable ? Richie Tozier, avec un écusson ARRÊTEZ LA GUERRE d'un côté, et un second VIREZ LA PMS DU CAMPUS de l'autre ? Ben Hanscom en casque jaune de chantier, un drapeau en décalcomanie sur le devant, aux commandes d'un bulldozer, protégé du soleil par une bâche, torse nu, l'estomac de moins en moins proéminent ? Cette septième créature était-elle noire ? Sans aucun rapport avec H. Rap Brown ou Grandmaster Flash, ce type portait des chemises blanches et des pantalons de confection, hantait la bibliothèque de l'université du Maine et écrivait des articles sur l'origine des notes de bas de page ou sur les avantages de la classification ISBN des ouvrages, tandis que des manifestants défilaient à l'extérieur, que Phil Ochs chantait : « Trouve-toi une autre patrie, Richard Nixon ! » et que des hommes mouraient le ventre ouvert, pour des villages dont ils ne savaient même pas prononcer le nom ; il le voyait assis (Bill le voyait réellement), studieusement penché sur son travail qu'éclairait un froid rayon de lumière hivernale, le visage calme, l'expression absorbée, sachant que devenir bibliothécaire était approcher, pour un être humain, d'aussi près que possible le siège suprême du moteur de l'éternité. Était-il le septième ? Ou bien était-ce encore ce jeune homme debout devant une glace, contemplant la poignée de cheveux roux restée entre les dents du peigne et voyant se refléter une pile de carnets de notes qui contenaient la première ébauche achevée et raturée d'un roman intitulé *Joanna,* lequel serait publié un an plus tard ?

L'un, l'autre ou tous, aucun.

En fait, cela n'avait pas d'importance. Le septième était là et en ces quelques instants, chacun éprouva sa présence..., comprenant peut-être mieux que jamais la puissance terrifiante de la chose qui les avait fait revenir. *Elle vit,* pensa Bill. *Œil de salamandre, queue de dragon, Main de Gloire... quoi que ce soit, c'est là de nouveau, à Derry. Ça.*

Et il sentit brusquement que c'était *Ça* le septième ; que Ça et le temps étaient en quelque sorte interchangeables, que Ça empruntait leur visage à tous, aussi bien que les milliers d'autres de ceux qu'il avait terrifiés et massacrés. Et l'idée qu'*eux* pussent devenir *Ça* était ce qu'il y avait de plus épouvantable là-dedans. *Combien de nous-mêmes avons-nous laissés ici, derrière nous ?* songea-t-il soudain avec un sentiment croissant de terreur. *Combien de nous-mêmes avons-nous laissés dans les conduits et les égouts où Ça vit et où Ça se nourrit ? Est-ce pour cela que nous avons oublié ? Parce que, en chacun de nous, une part de nous-mêmes n'a jamais eu d'avenir, n'a jamais grandi, n'a jamais quitté Derry ? Est-ce pour cela ?*

Aucune réponse sur les visages tournés vers lui..., seulement ses propres interrogations qui lui étaient renvoyées.

Les pensées se constituent et passent — c'est une question de secondes ou de centièmes de seconde ; elles créent leur propre cadre temporel, et tout ceci ne prit pas plus de cinq secondes dans l'esprit de Bill Denbrough.

Puis Richie Tozier, le dossier de sa chaise toujours appuyé contre le mur, sourit à nouveau et lança : « Ah ben ça alors ! Bill Denbrough a adopté la coupe en boule de billard ! Je parie que tu te le passes au Miror, Grand Bill ! »

Et Bill, sans même savoir ce qu'il allait dire, ouvrit la bouche et s'entendit répondre : « Va te faire foutre, toi et le bourrin sur lequel tu es arrivé, Grande Gueule ! »

Il y eut un bref instant de silence, et la salle explosa de rires. Bill se dirigea vers eux et se mit à serrer des mains ; et alors qu'il y avait quelque chose d'horrible dans ce qu'il éprouvait maintenant, il y avait aussi autre chose de réconfortant : le sentiment d'être rentré pour de bon à la maison.

3
Ben Hanscom perd du poids

Mike Hanlon commanda des apéritifs, et tout le monde se mit à parler en même temps, comme si chacun voulait combler le silence qui avait précédé. Beverly Marsh s'appelait maintenant Beverly Rogan. Elle dit être mariée à un homme merveilleux de Chicago qui avait bouleversé sa vie et transformé son talent pour la couture en une entreprise rentable dans le vêtement. Eddie Kaspbrak possédait une entreprise de véhicules de grande remise à New York. « Pour autant que je sache, ma femme pourrait fort bien se trouver dans le même lit qu'Al Pacino en ce moment », dit-il avec un léger sourire, faisant éclater les autres de rire.

Tous savaient ce que Bill et Ben faisaient, mais Bill eut l'étrange intuition que c'était en réalité très récent. Beverly sortit deux exemplaires de ses œuvres en livre de poche, *Joanna* et *Les Rapides des ténèbres*, et lui demanda une dédicace. Bill s'exécuta, non sans remarquer que les deux bouquins étaient flambant neufs, comme si elle les avait achetés à la librairie de l'aéroport en descendant de l'avion.

De même, Richie dit à Ben combien il avait admiré, à Londres, son Centre de communication pour la BBC... mais il restait une sorte d'expression intriguée dans son regard, comme s'il n'arrivait pas à associer l'image de ce bâtiment et l'idée que Ben en était l'architecte... ou avec le souvenir du gros garçon sérieux qui leur avait montré comment inonder la moitié des Friches avec des planches barbotées et une portière de voiture rouillée.

Richie était disc-jockey en Californie. Il leur dit être connu comme l'Homme aux mille voix, et Bill grommela : « Bon Dieu, Richie, tes voix ont toujours été nulles !

— Vos compliments ne serviront à rien, cher maîîîître ! » répliqua hautainement Richie.

« La bibliothèque est-elle restée la même ? » demanda Ben à Mike Hanlon.

Mike sortit de son portefeuille un cliché aérien de l'édifice, avec la même fierté que quelqu'un qui montre des photos de ses enfants quand on lui demande s'il a de la famille. « Elle a été prise par un type depuis un petit avion, dit-il, tandis qu'elle passait de main en main. J'ai essayé de convaincre le conseil municipal et quelques éventuels riches donateurs d'en faire faire un agrandissement pour la bibliothèque des enfants, mais sans succès, jusqu'ici. C'est une bonne photo, non ? »

Tous dirent que oui. Ce fut Ben qui la garda le plus longtemps, comme s'il ne pouvait en détacher les yeux. Finalement, il tapota de l'ongle le passage vitré qui reliait les deux bâtiments. « Est-ce que ça ne te dit pas quelque chose, Mike ? »

Ce dernier sourit. « C'est ton Centre de communication », répondit-il, et tout le monde éclata de rire.

Les boissons arrivèrent. Ils s'assirent.

De nouveau le silence se fit — gêne et perplexité. Ils se regardaient les uns les autres.

« Eh bien, demanda Beverly de sa voix douce et légèrement voilée, à quoi buvons-nous ?

— À nous », répondit brusquement Richie. Il ne souriait plus. Ses yeux croisèrent ceux de Bill et, avec une puissance bien près de le submerger, un souvenir envahit Bill : Richie et lui à genoux dans

Neibolt Street, après que la chose qui aurait pu être un clown ou un loup-garou avait disparu, se serrant dans les bras l'un de l'autre, étouffés de sanglots. Il prit son verre d'une main tremblante, renversant quelques gouttes sur la nappe.

Richie se mit lentement debout et tous l'imitèrent les uns après les autres ; Bill tout d'abord, puis Ben et Eddie, Beverly, et enfin Mike Hanlon. « À nous, dit Richie dont la voix tremblait à l'instar de la main de Bill. Au Club des Ratés de 1958.

— Aux Ratés, reprit Beverly, avec une pointe d'amusement.

— Aux Ratés », dit Eddie. Il avait un visage pâle et vieilli derrière ses verres sans monture.

« Aux Ratés, fit à son tour Ben, le fantôme d'un sourire douloureux venant relever le coin de ses lèvres.

— Aux Ratés, murmura Mike Hanlon.

— Aux Ratés », conclut Bill.

Les verres se touchèrent, et ils burent.

Le silence se fit de nouveau, mais cette fois, Richie ne le brisa pas ; ce silence-là paraissait nécessaire.

Ils se rassirent, et Bill dit alors : « Allez, vide ton sac, Mike. Raconte-nous ce qui se passe ici, et ce que nous pouvons faire.

— Mangeons d'abord, répondit Mike. Nous parlerons ensuite. »

Ils mangèrent donc... longtemps et bien. Comme dans la vieille plaisanterie du condamné à mort, pensa Bill ; mais jamais il n'avait eu si bon appétit, cependant. Jamais depuis son enfance, avait-il presque envie de dire. Sans être extraordinaire, la nourriture était de bonne qualité et abondante. Ils se mirent à échanger des morceaux, et Richie ne trouva rien de mieux que de s'amuser à griller tout ce qui passait par son assiette sur le feu de table qu'il partageait avec Beverly, y compris un aspic d'œuf et quelques gros haricots rouges. « J'adore les plats flambés sur la table, dit-il à Ben. Je boufferais de la merde en bâton pourvu qu'elle soit flambée à ma table.

— Cela t'est certainement arrivé, ne t'inquiète pas », commenta Bill. Beverly fut prise d'un tel fou rire qu'elle dut recracher dans une serviette ce qu'elle avait dans la bouche.

« Seigneur, je crois que je vais gerber ! » fit Richie, imitant à s'y tromper la voix de Don Pardo, ce qui ne fit qu'amplifier la crise de fou rire de Beverly ; elle était rouge comme une pivoine.

« Arrête, Richie, réussit-elle à articuler. Je t'avertis !

— Avertissement enregistré. Bon appétit, ma chère. »

C'est Rose elle-même qui leur apporta le dessert, une imposante omelette norvégienne qu'elle flamba depuis le bout de la table, où Mike était assis.

« Un plat de plus flambé à ma table ! » s'exclama Richie de la voix d'un homme mort qui vient d'arriver au ciel. Voilà peut-être le meilleur repas que j'aie fait de toute ma vie.

— Mais je n'en doute pas, fit Rose avec une modestie étudiée.

— Mon vœu sera exaucé, si je le souffle ? lui demanda Richie.

— Tous les vœux faits au Jade of the Orient sont exaucés, monsieur. »

Le sourire de Richie disparut soudainement. « Je suis sensible au compliment, mais je dois vous avouer que j'éprouve des doutes sur sa véracité. »

Ils mirent en pièces l'omelette norvégienne. Quand Bill, repu, se laissa aller sur sa chaise, gêné par sa ceinture, il remarqua les verres sur la table. Il y en avait des centaines, aurait-on dit. Il esquissa un sourire, se rappelant avoir lui-même descendu deux Martini avant le repas et Dieu seul savait combien de bouteilles de bière Kirin pendant. Mais les autres n'avaient pas été en reste. Dans leur état, ils auraient trouvé à leur goût des morceaux de bois grillés. Et cependant, il ne se sentait pas ivre.

« Je n'ai pas mangé comme ça depuis que j'étais gosse », remarqua Ben. Tous le regardèrent. Ses joues avaient pris un peu de couleur. « Plus exactement, c'est sans doute mon repas le plus pantagruélique depuis ma deuxième année de collège.

— As-tu suivi un régime ? demanda Eddie.

— Ouais, dit Bill. Le Régime libérateur de Ben Hanscom.

— Qu'est-ce qui t'a poussé ? demanda à son tour Richie.

— Vous ne voulez tout de même pas que je vous raconte cette vieille histoire ?

— Pour les autres, je ne sais pas, mais moi, j'aimerais bien. Vas-y, Ben. Raconte-nous ce qui a fait de Meule de Foin Calhoun la gravure de mode que nous avons sous les yeux. »

Richie eut un petit reniflement. « Meule de Foin ! J'avais oublié ça.

— En fait, l'histoire est très simple, ce n'en est même pas une, au fond. Après cet été, celui de 1958, nous sommes restés deux ans à Derry. Puis ma mère a perdu son boulot et nous avons atterri dans le Nebraska, où elle avait une sœur qui lui avait offert le gîte et le couvert, le temps qu'elle retombe sur ses pieds. C'était pas terrible. Ma tante Jean était une épouvantable emmerdeuse qui n'arrêtait pas de m'expliquer quelle était ma place dans l'ordre universel des choses, la chance que j'avais d'avoir une tante comme elle qui pouvait nous faire la charité, la chance que j'avais de ne pas dépendre des allocations aux pauvres, et ainsi de suite. J'étais si gros que je la dégoûtais. Elle ne pouvait s'empêcher de me tarabuster là-dessus :

“ Tu devrais faire davantage d’exercice, Ben. — Tu auras une crise cardiaque avant quarante ans si tu ne perds pas du poids, Ben. — Tu devrais avoir honte de toi, Ben, avec tous ces petits enfants qui meurent de faim dans le monde. ” »

Il se tut un instant, et but une gorgée de bière.

« Le problème, c’est qu’elle me ressortait aussi le coup des petits enfants mourant de faim si je ne nettoyais pas mon assiette. » Richie acquiesça en riant. « Toujours est-il que comme le pays sortait à peine d’une récession, il a fallu pratiquement un an à ma mère pour trouver un travail stable. Entre le moment où nous sommes arrivés chez tante Jean à La Vista et celui où nous avons enfin été chez nous, à Omaha, j’avais bien pris quarante kilos de plus par rapport à l’époque où vous me connaissiez. Simplement pour contrarier la brave femme, je crois. »

Eddie émit un petit sifflement. « Tu devais donc en être...

— À quatre-vingt-quinze kilos, exactement, dit Ben gravement. J’allais à l’époque à l’East Side High School d’Omaha, et les cours d’éducation physique se passaient... plutôt mal. Les autres gosses m’appelaient la Cruche, pour vous donner une idée.

« Les brimades se sont poursuivies pendant environ sept mois, et puis un jour, alors que nous nous habillions dans le vestiaire après la gym, deux ou trois autres types ont commencé à... à me claquer le ventre. Ils appelaient ça “ ramer dans la graisse ”. Deux autres se sont joints à eux, puis quatre ou cinq, je ne sais plus. Bientôt ils s’y étaient tous mis, me poursuivant dans tout le vestiaire et jusque dans l’entrée, me claquant le bide et les fesses, le dos et les jambes. J’ai pris peur et me suis mis à crier, ce qui les a fait rire comme des fous.

« C’est la dernière fois, voyez-vous, autant qu’il m’en souvienne, dit-il en tripotant ses couverts, que je me suis rappelé Henry Bowers, jusqu’au coup de fil de Mike. Le type qui avait commencé à me claquer était un petit paysan avec les mêmes grosses mains, et pendant qu’ils me poursuivaient, je n’ai pas pu m’empêcher de penser que Henry Bowers était revenu. Je crois — non, j’en suis sûr — que c’est à ce moment-là que j’ai paniqué.

« Ils m’ont poursuivi dans le corridor au-delà des vestiaires. J’étais nu comme un ver et rouge comme un homard. J’avais perdu tout sentiment de ma dignité ou... de moi-même, pourrait-on dire. Je ne savais plus où j’étais. Je hurlais à l’aide. Et ils me couraient tous après en criant : “ Venez ramer dans la graisse, ramer dans la graisse ! ” Il y avait un banc...

— Tu n’es pas obligé de revivre tout ça, Ben », intervint soudain

Beverly. Son visage était devenu couleur de cendre. Elle faillit renverser le verre d'eau qu'elle tripotait.

« Laisse-le finir », dit Bill.

Ben le regarda un instant et acquiesça. « Il y avait donc un banc au bout du corridor. J'ai trébuché dessus et je me suis cogné la tête. Quelques secondes plus tard, ils étaient tous autour de moi, puis j'ai entendu une voix qui disait : " Bon, ça suffit les gars. Allez vous changer. "

« C'était celle du prof de gym. Il se tenait dans l'entrée, en survêt bleu avec des bandes blanches sur le côté et T-shirt blanc. Impossible de dire depuis combien de temps il se trouvait là. Ils se sont tous tournés vers lui, certains avec le sourire, certains avec un air coupable, d'autres avec une expression neutre. Puis ils sont partis. J'ai éclaté en sanglots.

« Il ne bougeait pas de l'entrée du corridor conduisant au gymnase et il me regardait. Il regardait ce garçon obèse et nu, la peau toute rouge de claques qui chialait, effondré sur le sol. Et finalement il a dit : " Hé, Benny ! Si tu fermais ta gueule de con, hein ? "

« J'ai été tellement choqué d'entendre un prof s'exprimer ainsi que je me suis tu. Il est venu s'asseoir sur le banc contre lequel j'avais trébuché et il s'est penché sur moi. Le sifflet pendu à son cou est venu me cogner le front. Pendant un instant, j'ai cru qu'il allait m'embrasser ou quelque chose comme ça et je me suis recroquevillé — mais il m'a pris par les nénés et s'est mis à serrer. Puis il m'a lâché et il s'est essuyé les mains sur son pantalon comme s'il venait de toucher quelque chose de sale.

« Il m'a dit : " Tu t'imagines que je vais te consoler ? Eh bien, pas question. Tu les dégoûtes, et tu me dégoûtes aussi. Pas pour les mêmes raisons, mais c'est parce que ce sont des mômes et moi pas. Moi, c'est parce que je te vois enterrer le corps solide que t'a donné le bon Dieu sous des tonnes de graisse. C'est une répugnante manière de se dorloter, qui me donne envie de dégueuler. Maintenant, écoute-moi, Benny, parce que je ne te le répéterai pas deux fois. J'ai une équipe de football et une équipe de basket-ball à entraîner, sans parler des coureurs, des sauteurs et des nageurs. Alors je ne te le dirai qu'une fois. C'est ici que t'es gros. " Et il m'a tapoté le front à l'endroit où son foutu sifflet m'avait cogné. " C'est toujours là qu'on est gros. Tu mets au régime ce que tu as entre les oreilles, et tu perdras du poids. Mais les types comme toi ne le font jamais. "

— Quel salopard ! s'exclama Beverly, indignée.

— Ouais, fit Ben avec un sourire, mais il était tellement con qu'il ne le savait même pas. Il avait probablement vu Jack Webb dans son film sur le sergent instructeur soixante fois, et il pensait sincèrement me rendre service. C'est d'ailleurs ce qui est arrivé, en fin de compte. Parce qu'à ce moment-là, j'ai pensé à quelque chose. Je me suis dit... »

Il regarda au loin, sourcils froncés — et Bill fut pénétré de l'étrange impression qu'il savait ce qu'allait dire Ben.

« En fait, ce n'est pas au moment où les autres me poursuivaient dans le corridor que j'ai pensé pour la dernière fois à Henry Bowers. C'est au moment où le prof s'est levé pour partir que je me suis souvenu vraiment de ce que nous avions fait pendant l'été 58. J'ai pensé... »

Il hésita de nouveau, les regardant tour à tour, scrutant chaque visage. Il reprit, choisissant avec soin ses mots :

« J'ai pensé à quel point nous avions été *bien* ensemble. J'ai pensé à ce que nous avions fait, à la manière dont nous l'avions fait, et il m'est soudain venu à l'esprit que si ce prof avait dû faire face à un truc comme ça, ses cheveux seraient probablement devenus blancs d'un seul coup et son cœur se serait arrêté de battre dans sa poitrine comme un vieux réveil. Ce n'était pas très juste, mais avait-il été juste vis-à-vis de moi ? Ce qui est arrivé est simple...

— Tu es devenu fou furieux, le coupa Bill.

— Exactement, fit Ben avec un sourire. Je l'ai appelé. “ Prof ! ” Il s'est tourné et m'a regardé. “ Vous dites que vous entraînez les coureurs ? — Exact. Je ne vois pas le rapport avec toi. — Écoutez un peu, espèce de fils de pute au crâne épais ”, je lui ai balancé. Il est resté bouche bée, les yeux exorbités. “ Je serai prêt pour l'équipe d'athlétisme en mars prochain. Qu'est-ce que vous en pensez ? — Je pense que tu ferais mieux de fermer ta gueule avant que les ennuis sérieux ne commencent pour toi. — Je vais battre tous vos types. Je vais battre tous vos meilleurs. Après quoi vous me ferez vos putains d'excuses. ”

« J'ai vu ses poings se serrer, et pendant quelques secondes, j'ai bien cru qu'il allait me rentrer dedans. Au lieu de ça, il a dit doucement : “ Tout ça c'est que du bla-bla-bla, morpion. De belles paroles qui ne coûtent rien. Le jour où tu pourras battre mes meilleurs coureurs, je donne ma démission et retourne cueillir du maïs. ” Et là-dessus il se tire.

— Tu as perdu du poids ? demanda Richie.

— Et comment ! Mais le prof se trompait ; ce n'était pas dans ma tête que ça commençait, mais avec ma mère. Quand je suis rentré à la maison, ce soir-là, je lui ai annoncé que j'avais décidé de maigrir. Ça s'est terminé en une vraie bagarre, on pleurait tous les deux. Elle a repris sa vieille rengaine, que je n'étais pas vraiment gros, que j'avais seulement une ossature forte, et qu'un gosse costaud qui voulait devenir un adulte costaud devait continuer à manger. C'était... je crois que c'était une sorte de sécurité qui la rassurait. C'était dur pour elle, d'essayer d'élever un garçon toute seule. Elle n'avait reçu aucune éducation et n'avait aucune aptitude particulière, sinon la volonté de travailler dur... et quand elle pouvait me resservir... ou quand elle me regardait par-dessus la table et me voyait florissant...

— Elle avait l'impression de gagner une bataille, continua Mike.

— Oui. » Ben finit le reste de sa bière et essuya du revers de la main la moustache d'écume qui était restée sur sa lèvre supérieure. « La grande bagarre, ç'a donc été avec elle, pas dans ma tête. Pendant des mois, elle s'est interdit de l'accepter. Refusant de rétrécir mes vêtements ou de m'en acheter de nouveaux. J'ai alors commencé à courir ; je courais partout, et parfois j'avais le cœur qui battait tellement fort que j'avais l'impression d'être sur le point d'y rester. La première fois que j'ai couru le quinze cents mètres, j'ai terminé en m'évanouissant après avoir dégueulé. Puis, pendant un certain temps, je n'ai plus fait que dégueuler. Ensuite, je devais retenir mes pantalons en courant.

« J'ai obtenu un boulot de distribution de journaux ; je courais le sac autour du cou ; il rebondissait sur ma poitrine tandis que je retenais mon pantalon. Mes chemises ne tardèrent pas à avoir l'air de voiles. Et le soir, quand je rentrais à la maison et que je ne mangeais que la moitié de ce que ma mère mettait dans mon assiette, elle éclatait en sanglots et gémissait que je me laissais mourir de faim, que je ne l'aimais plus, que je m'en fichais qu'elle ait travaillé aussi dur pour moi.

— Seigneur, murmura Richie en allumant une cigarette, comment t'as pu t'en sortir ?

— Je n'avais qu'à imaginer la tête de mon prof de gym. Quand il m'avait pris par les nénés dans le corridor. C'est comme ça que j'y suis arrivé. Je me suis acheté de nouvelles frusques avec l'argent de la distribution de journaux, et le cordonnier du rez-de-chaussée a percé de nouveaux trous dans ma ceinture — cinq, il me semble. J'aurais pu me souvenir de la seule autre fois où j'avais été obligé de m'acheter de nouveaux jeans : c'était quand Henry m'avait fait tomber dans les Friches et me les avait mis en lambeaux.

— Ouais, fit Eddie avec un sourire. Et tu m'as conseillé le coup du chocolat au lait. Tu t'en souviens ? »

Ben acquiesça. « Si jamais je m'en suis souvenu, ça n'a été qu'un instant, reprit Ben. Je m'étais aussi inscrit à un cours de diététique, et j'avais découvert que je pouvais manger à peu près tout ce que je voulais de légumes verts frais sans prendre de poids. Un soir, ma mère m'a donc préparé une salade avec de la laitue, des épinards crus, des morceaux de pomme, et peut-être un reste de jambon. Je ne peux pas dire que je raffole d'herbes à lapin, mais je pouvais en avaler trois portions ; j'ai donc fait celui qui se régalait devant ma mère.

« Ce truc m'a beaucoup aidé à résoudre le problème : elle ne s'inquiétait pas tant de ce que je mangeais que des quantités que j'ingurgitais. Je croulais sous les salades. Je n'ai pratiquement mangé que ça pendant trois ans. Il y avait des moments où je me regardais dans la glace pour vérifier que mon nez ne remuait pas.

— Comment ça s'est finalement passé avec le prof ? demanda Eddie. Es-tu allé sur la piste ? » Il toucha son inhalateur comme si la seule idée de courir lui coupait le souffle.

« Oh oui, bien sûr. Je courais le deux cents mètres et le quatre cents. À ce moment-là, j'avais perdu trente kilos et gagné cinq centimètres ; ce qui restait était mieux distribué. Le premier jour des épreuves, j'ai gagné le deux cents mètres de six longueurs et le quatre cents de huit. J'ai été voir le prof, qui était dans un état à bouffer sa casquette, et je lui ai dit : " On dirait bien que c'est le moment de retourner à la cueillette du maïs. Quand partez-vous pour le Kansas ? "

« Tout d'abord, il n'a rien dit, puis, au bout d'un moment, il m'a balancé une châtaigne qui m'a expédié par terre. Après, il m'a ordonné de quitter le stade. Il ne voulait pas d'une grande gueule comme moi dans son équipe d'athlétisme.

« " Je ne voudrais pas en faire partie même si le président Kennedy me le demandait, je lui ai répondu tout en essuyant le sang qui coulait de ma bouche. Et comme c'est vous qui m'avez jeté ce défi, je ne vous tiendrai pas rigueur de ça... Mais la prochaine fois que vous vous taperez un épi de maïs grillé, ne pensez surtout pas à moi. "

« Alors, il m'a dit que si je ne disparaissais pas sur-le-champ, il allait me faire la peau. » Ben esquissa un sourire, mais un sourire qui n'avait rien de rassurant ni de nostalgique. « Ce sont exactement ses mots. Tout le monde nous regardait, y compris ceux que j'avais battus ; ils avaient l'air drôlement gênés. Après, j'ai ajouté : " Je vais vous dire, prof. Vous en avez eu un gratis, du fait que vous êtes un mauvais perdant, et maintenant, vous êtes trop vieux pour apprendre la politesse. Mais un de plus, et je vous garantis que je fais tout pour que vous perdiez votre boulot. Je ne suis pas sûr d'y arriver, mais pour essayer, j'essaierai. J'ai perdu du poids pour des questions de dignité et de tranquillité. Ce sont des choses qui valent la peine qu'on se batte... " »

Bill l'interrompit. « Tout ça est rudement bien envoyé, Ben... mais l'écrivain en moi se demande si jamais un gosse a pu parler comme ça. »

Ben hocha la tête, avec toujours ce même sourire inquiétant au coin des lèvres. « Je me demande si un gosse qui ne serait pas passé par où nous sommes passés aurait jamais pu parler comme ça, répondit-il. Mais c'est bien ce que je lui ai dit. Et je le pensais. »

Bill réfléchit un instant et acquiesça. « Très bien.

— Le prof est resté les mains sur les hanches ; il a ouvert la bouche et il l'a refermée. Personne n'a rien dit. Je suis parti, et c'est la dernière fois que j'ai eu affaire à ce type. Sur mon bulletin, à la fin de l'année, on avait écrit à la machine " dispensé " en face d'éducation physique, et il avait apposé ses initiales.

— Tu te l'es fait ! s'exclama Richie en agitant les poings au-dessus de la tête. Ça c'est un coup fumant ! »

Ben haussa les épaules. « C'est surtout quelque chose en moi que j'ai vaincu, dans cette affaire. Le prof a servi de déclencheur, je crois... mais c'est de penser à vous qui m'a persuadé que je pouvais y arriver. Et j'y suis arrivé. »

Ben haussa les épaules d'un geste désinvolte, mais Bill crut voir de fines gouttes de sueur sur le haut de son front. « Fin des Authentiques Confessions. Sauf que je m'enverrais bien une autre bière. Parler donne soif. »

Mike fit signe à la serveuse.

Tous les six commandèrent une autre consommation, et en attendant, la conversation ne porta plus que sur des sujets sans importance. Bill, les yeux plongés dans sa bière, regardait les petites bulles remonter le long du verre, à la fois amusé et stupéfait de prendre conscience qu'il espérait que quelqu'un d'autre allait entreprendre le récit de ces années intermédiaires : que Beverly, par exemple, leur parlerait de l'homme merveilleux qu'elle avait épousé (même s'il était d'un ennui mortel, comme la plupart des hommes merveilleux), ou que Richie Tozier leur raconterait la vie dans une station de radio avec tous ses incidents amusants, ou qu'Eddie Kaspbrak leur dirait comment Ted Kennedy était vraiment, les pourboires que laissait Robert Redford... et leur permettrait ainsi de commencer à comprendre pourquoi il s'accrochait encore à son inhalateur alors que Ben avait été capable de perdre trente kilos.

Le fait est que Mike va se mettre à parler d'un moment à l'autre, pensait-il, *et que je ne suis pas sûr d'avoir envie de l'écouter. Le fait est que mon cœur bat légèrement trop vite et que mes mains sont légèrement trop froides. Le fait est que je suis trop vieux de vingt-cinq ans pour être effrayé à ce point et que nous le sommes tous. Alors que quelqu'un dise quelque chose, vite. Parlons carrières, épouses, et de l'effet que ça fait de revoir ses vieux copains de jeux et de se rendre compte qu'ils ont pris quelques bons coups dans la gueule du temps lui-même. Parlons de cul, de base-ball, du prix de l'essence ou de l'avenir des nations du Pacte de Varsovie. De n'importe quoi, sauf de ce qui nous a réunis ici...*

Et quelqu'un parla : Eddie Kaspbrak. Mais pas de Ted Kennedy ou de Robert Redford, ni des raisons qu'il avait de toujours s'accrocher à ce que Richie appelait parfois autrefois son « décoince-poumons ». Il demanda à Mike quand Stan Uris était mort.

« Avant-hier. Le soir où j'ai donné les coups de téléphone.

— Est-ce qu'il y a... un rapport ?

— Je pourrais répondre qu'étant donné qu'il n'a laissé aucun message, je n'en suis pas sûr, mais comme c'est arrivé immédiatement après mon appel, je crois pouvoir affirmer que oui.

— Il s'est donc suicidé, fit Beverly tristement. Oh, Seigneur, pauvre Stan... »

Tout le monde regardait Mike, qui finit son verre et répondit : « Oui, il s'est suicidé. D'après ce que j'ai compris, il est monté dans sa salle de bains après le coup de fil, il a rempli la baignoire, s'est mis dedans et s'est ouvert les poignets. »

Autour de la table, Bill eut l'impression de ne plus voir des corps, mais seulement des visages blancs, consternés, de simples cercles pâles comme des ballons blancs, lunaires, attachés par une vieille promesse que le temps aurait dû rendre caduque depuis longtemps.

« Comment l'as-tu appris ? demanda Richie. Pas par les journaux d'ici, tout de même ?

— Non. Mais depuis pas mal de temps, je suis abonné aux journaux locaux des régions que vous habitez. J'ai rempli des fiches.

— Un espion parmi nous ! s'exclama Richie. Merci, Mike.

— C'était ma responsabilité, répondit simplement Mike.

— Pauvre Stan, répéta Beverly, qui paraissait abasourdie, incapable d'admettre l'information. Lui qui était si courageux, alors... si déterminé.

— Les gens changent, remarqua Eddie.

— Crois-tu ? demanda Bill. Stan était... (il eut un geste des mains en cherchant ses mots) une personne d'ordre. Du genre à avoir ses livres rangés par catégories sur ses étagères. Et alphabétiquement dans chaque catégorie. Je n'ai pas oublié ce qu'il m'a dit un jour ; je ne me souviens plus où nous étions ni ce que nous faisions, mais je crois que c'était vers la fin. Il a déclaré qu'il pouvait supporter d'avoir peur, mais pas d'être sale. Ça me paraît l'essence de sa personnalité. L'appel de Mike lui a peut-être fait passer une barrière invisible. Il avait à choisir entre rester vivant et se salir, ou mourir propre. Les gens ne changent peut-être pas autant que nous le pensons... ils ne font que se raidir, je crois. »

Il y eut un moment de silence et Richie intervint alors : « Très bien, Mike. Qu'est-ce qui se passe à Derry ? Vas-y.

— Je peux vous dire un certain nombre de choses, comme par exemple ce qui arrive en ce moment, ainsi que certains faits qui vous concernent. Mais pas tout ce qui s'est passé en 1958. Je ne crois pas d'ailleurs que j'aurai à le faire ; cela finira par vous revenir de soi-même. Et je crois que si je vous en disais trop, avant que vos esprits ne soient prêts à se souvenir, ce qui est arrivé à Stan...

— Pourrait nous arriver ? demanda calmement Ben.

— Oui, fit Mike, c'est exactement ce que je redoute.

— Alors, dis-nous ce que tu peux nous dire, Mike, conclut Bill.

— Très bien, je commence. »

4

Le Club des Ratés obtient un scoop

« Les assassinats ont recommencé », reprit Mike d'un ton neutre.

Il parcourut la table des yeux et son regard s'arrêta sur Bill.

« Le premier de ces " nouveaux meurtres ", si vous me permettez cette sinistre expression, a eu pour cadre le pont de Main Street ; il a commencé dessus, et s'est achevé dessous. La victime était un homosexuel au caractère encore enfantin du nom d'Adrian Mellon. Il souffrait d'asthme aigu. »

La main d'Eddie vint effleurer son inhalateur.

« Ça s'est passé l'été dernier, le 21 juillet, la dernière nuit des fêtes du canal, une sorte de manifestation qui... euh...

— Un rituel à la Derry », proposa Bill doucement. De ses longs doigts il se massait les tempes, et il n'était pas difficile de deviner qu'il pensait à son frère George... George, qui avait lui aussi certainement été le premier, l'autre fois.

« Un rituel, oui », répondit calmement Mike.

Il leur rapporta succintement l'histoire d'Adrian Mellon, et vit sans plaisir les yeux s'agrandir. Il leur révéla ce qui avait été publié dans le *Derry News*, mais aussi ce qui ne l'avait pas été, et notamment le témoignage de Don Hagarty et de Christopher Unwin à propos d'un certain clown qui se serait trouvé sous le pont comme le troll de la légende, un clown qui aurait été un Ronald McDonald mâtiné de Bozo, d'après la description de Hagarty.

« C'était lui, fit Ben, écœuré, d'une voix enrouée. Ce salopard de Grippe-Sou.

— Il y a autre chose, poursuivit Mike en regardant Bill. L'un des policiers — celui qui a sorti en personne Adrian Mellon du canal — s'appelle Harold Gardener.

— Seigneur Jésus ! s'exclama Bill d'une voix chevrotante.

— Bill ? » Beverly le regarda et posa une main sur son bras. Sa voix trahissait son inquiétude. « Qu'est-ce qui ne va pas, Bill ?

— Harold devait avoir environ cinq ans, à l'époque, dit Bill, cherchant confirmation dans le regard de Mike.

— En effet.

— De quoi s'agit-il, Bill ? demanda Richie.

— Ha-Harold G-G-Gardener était le fils de D-Dave Gardener. Dave vivait à l'époque dans notre rue, en contrebas, quand George a été tué. C'est lui qui a trouvé G-G... mon frère le premier, et qui l'a ramené à la maison, enroulé dans une c-couverture. »

Ils gardèrent le silence, et pendant un bref instant, Beverly se cacha les yeux de la main.

« Ça ne colle que trop bien, non ? dit finalement Mike.

— En effet, dit Bill. Ça colle parfaitement.

— Comme je vous l'ai dit tout à l'heure, j'ai fait des fiches sur vous six, depuis des années, reprit Mike. Mais ce n'est que récemment que j'ai compris pour quelles raisons ; en fait, je poursuivais un but concret. J'ai cependant attendu, attendu de voir la tournure qu'allaient prendre les choses. J'avais besoin d'une certitude absolue, comprenez-vous, avant de... de perturber vos existences. Pas à quatre-vingt-dix ou quatre-vingt-quinze pour cent, mais à cent pour cent.

« En décembre l'an dernier, on a retrouvé le corps d'un garçonnet de huit ans dans Memorial Park, Steven Johnson. Comme Adrian Mellon, il avait été sauvagement mutilé, avant ou après sa mort, mais il donnait l'impression d'avoir tout aussi bien pu mourir d'épouvante.

— Agression sexuelle ? demanda Eddie.

— Non, rien que des mutilations.

— Combien de cas, en tout ? poursuivit Eddie, l'air de quelqu'un qui n'a pas réellement envie de connaître la réponse.

— Neuf. Jusqu'ici.

— Ce n'est pas possible ! s'écria Beverly. On en aurait parlé dans les journaux... à la télévision ! Quand ce cinglé de flic a tué toutes ces femmes à Castle Rock... et tous ces enfants qui ont été assassinés à Atlanta...

— C'est vrai, dit Mike. J'y ai beaucoup réfléchi. Atlanta est le cas le plus proche de ce qui se passe ici, et Bev a raison : la nouvelle a fait le tour du pays. D'une certaine manière, la comparaison avec Atlanta est ce qui m'épouvante le plus. Le meurtre de neuf enfants..., nous devrions avoir tous les correspondants des chaînes de télé chez nous, des revendications de cinglés, des journalistes du *Atlantic Monthly* comme de *Rolling Stone...*, tout le cirque des médias, autrement dit.

— Et ils ne sont pas venus, dit Bill.

— Non. Oh, on trouve bien un papier dans le supplément du dimanche du *Telegram* de Portland, un autre en cherchant bien dans le *Globe* de Boston ; un programme d'informations régionales d'une télé de Boston a consacré quelques minutes en février dernier aux meurtres restés sans solution, et l'un des spécialistes a fait allusion au cas de Derry, simplement en passant... en tout cas, il s'est bien gardé de dire que des séries de crimes identiques s'y étaient déjà produites en 1957-1958 et en 1929-1930.

« On trouve évidemment des explications superficielles : Atlanta, New York, Chicago ou Detroit sont de grandes villes médiatisées, et du coup, la moindre chose qui s'y passe y connaît un retentissement proportionnel. Il n'y a ni radio ni télé à Derry ; dans ce domaine, c'est Bangor qui tient le haut du pavé.

— À l'exception du *Derry News,* remarqua Eddie, les faisant tous rire.

— Sauf que nous savons tous que ce n'est qu'une feuille de chou. Mais enfin le réseau de communications existe, et l'histoire aurait dû émerger sur le plan national à un moment ou un autre. Or rien de tel n'est arrivé. Et cela, à mon avis, pour une raison très simple : Ça ne veut pas.

— Ça, murmura Bill, presque pour lui-même.

— Oui, Ça, répéta Mike. Si nous devons donner un nom à Ça, autant l'appeler Ça. Voyez-vous, j'ai commencé à me dire que Ça est ici depuis si longtemps... quelle que soit la réalité de Ça... que Ça fait maintenant partie de Derry, un peu comme le château d'eau, le canal ou Bassey Park. Sauf que ce n'est pas une question de géographie extérieure, comprenez-vous. Peut-être en a-t-il été ainsi à une époque ; mais aujourd'hui, Ça est dedans... d'une manière ou d'une autre, à l'intérieur. C'est la seule façon que j'aie trouvée pour comprendre les choses affreuses qui se sont déroulées ici — celles qui paraissent à peu près explicables comme celles qui ne le sont absolument pas. Il s'est produit un incendie dans une boîte de nuit pour Noirs, le Black Spot, en 1930. Une année auparavant, un gang de hors-la-loi issus de la Crise avait été massacré sur Canal Street, en plein milieu de l'après-midi.

— Le gang Bradley, intervint Bill. C'est le FBI qui les a eus, non ?

— Ça, c'est la version officielle, mais on est loin de la vérité. D'après ce que j'ai pu trouver — et j'aurais donné beaucoup pour qu'il en soit autrement, parce que j'aime cette ville —, les sept hommes et femmes du gang Bradley ont été abattus par les bons et honnêtes citoyens de Derry. Je vous raconterai ça une autre fois.

« Il y a eu aussi l'explosion des aciéries Kitchener pendant une chasse aux œufs de Pâques, en 1906. On trouve la même année toute une série de mutilations affreuses sur des animaux, dont la trace remonte jusqu'à Andrew Rhulin, le grand-oncle du propriétaire actuel de la ferme Rhulin. Il aurait été tué à coups de poignard par les trois policiers chargés de l'arrêter. Aucun d'eux n'a jamais fait l'objet de poursuites. »

Mike sortit un petit carnet de notes d'une de ses poches et se mit à le feuilleter, parlant sans lever les yeux. « En 1877, on dénombre quatre lynchages dans les limites de la ville. L'un de ceux qui a eu droit à la cravate de chanvre était un prédicateur laïc de l'Église méthodiste, qui aurait noyé ses quatre enfants dans sa baignoire comme s'il s'agissait de petits chats, et aurait ensuite abattu sa femme d'un coup de fusil en pleine tête. Il avait placé l'arme entre ses mains pour faire croire à un suicide, mais personne ne s'y est trompé. Un an auparavant, on avait trouvé quatre bûcherons morts dans leur cabanon au bord de la Kenduskeag ; littéralement mis en pièces. On trouve dans de vieux journaux intimes des cas de disparitions d'enfants, voire de familles entières... dont on ne parle jamais dans les documents officiels. Et ça continue comme ça, mais sans doute avez-vous saisi le principe.

— Je crois que oui, dit Ben. Il se passe quelque chose ici, mais c'est... privé. »

Mike referma son carnet, le remit dans sa poche et les regarda, l'air sérieux.

« Si j'étais assureur et non pas bibliothécaire, je vous dessinerais peut-être un graphique. Il montrerait un taux inhabituellement élevé de tous les crimes violents imaginables, y compris les viols, les incestes, les effractions, les vols d'autos, les femmes et les enfants battus, les agressions.

« Il existe au Texas une ville de taille moyenne où le taux de criminalité est très en dessous de ce à quoi on pourrait s'attendre pour une ville de ce type, où plusieurs races cohabitent. On a attribué l'exceptionnelle placidité de ses habitants à la qualité de l'eau... une sorte de tranquillisant naturel s'y trouverait. C'est exactement le contraire ici. En année ordinaire, Derry est déjà une ville violente. Mais tous les vingt-sept ans, même si le cycle est en réalité un peu approximatif, cette violence atteint des sommets de fureur... sans qu'il y ait jamais eu un retentissement national.

— Comme si une sorte de cancer était à l'œuvre ici ? demanda Beverly.

— Pas du tout. Quand il n'est pas traité, un cancer tue invariablement. Non seulement Derry ne meurt pas, mais la ville est florissante... d'une manière qui n'a rien de spectaculaire, certes. C'est simplement une petite ville gentiment prospère dans un État relativement peu peuplé, et où se passent en temps ordinaire des choses un peu trop macabres et des choses franchement abominables tous les quarts de siècle environ.

— Cela se vérifie-t-il systématiquement ? » demanda Ben.

Mike acquiesça. « Systématiquement : 1715-1716 ; puis 1740 jusqu'aux environs de 1743 — sans doute une période particulièrement dure —, 1769-1770, et ainsi de suite. Jusqu'à nos jours sans interruption. J'ai l'impression, en outre, que c'est allé en empirant, peut-être simplement parce que Derry était davantage peuplé à chaque cycle, mais on ne peut exclure d'autres raisons. En 1958, le cycle semble s'être interrompu prématurément ; ce dont nous sommes responsables. »

Bill Denbrough se pencha en avant, les yeux soudain brillants. « Es-tu sûr de cela ? Vraiment sûr ?

— Oui, répondit Mike. Tous les autres cycles ont culminé au mois de septembre, se terminant en apothéoses macabres. La vie retrouve en général son cours ordinaire vers la Noël... Pâques au plus tard. En d'autres termes, on trouve des " mauvaises années " de quatorze à vingt mois tous les vingt-sept ans. Mais la " mauvaise année " qui a débuté en octobre 1957 avec la mort de ton frère s'est abruptement interrompue en août 1958.

— Et pourquoi ? » demanda vivement Eddie. Son souffle s'était raccourci ; Bill se souvint du sifflement aigu que produisait sa respiration, et comprit qu'il n'allait pas tarder à avoir recours au bon vieux décoince-poumons. « Qu'avons donc nous fait de spécial ? »

La question resta suspendue en l'air. Mike parut l'examiner... et finalement secoua la tête. « Vous vous en souviendrez, dit-il. Le moment venu, vous vous en souviendrez.

— Et sinon ? demanda Ben.

— Alors que Dieu nous vienne en aide.

— Neuf gosses massacrés cette année, murmura Richie. Seigneur !

— Lisa Albrecht et Steven Johnson fin 1984, reprit Mike. Disparition en février d'un garçon, un adolescent du nom de Dennis Torrio. On a retrouvé son corps à la mi-mars, dans les Friches, mutilé. Pas loin d'ici. »

Il sortit une photo de la poche où il avait rangé son carnet et lui fit faire le tour de la table. Beverly et Eddie la regardèrent, intrigués, mais Richie Tozier réagit violemment et la laissa tomber comme si elle le brûlait. « Seigneur Jésus, Mike ! » Il leva les yeux, des yeux agrandis, terrifiés. Puis il poussa la photo vers Bill.

Bill la regarda et eut l'impression que le monde devenait tout gris et onduleux autour de lui. Il eut un instant la certitude qu'il allait s'évanouir. Il entendit un grognement, et comprit qu'il en était l'auteur. Il laissa tomber la photo.

« Qu'est-ce que c'est ? entendit-il dire à Bev. Qu'est-ce que ça signifie, Bill ?

— C'est la photo de classe de mon frère, finit par répondre Bill. C'est Geo-Georgie. La photo de son album. Celle qui s'est animée. Celle où il a cligné de l'œil. »

La photo finit de faire le tour, tandis que Bill restait pétrifié à l'autre bout de la table, les yeux perdus dans l'espace. C'était en fait la photo d'une photo. Le cliché était celui d'une photo d'école en mauvais état posée sur un fond blanc — des lèvres souriantes qui, en s'écartant, laissaient voir les deux trous où n'avaient jamais poussé de nouvelles dents (*À moins qu'elles ne poussent dans le cercueil*, pensa Bill avec un frisson). Dans le bas on lisait : AMIS D'ÉCOLE 1957-1958.

« On l'a trouvée cette année ? » reprit Beverly. Mike acquiesça et elle se tourna vers Bill. « Quand l'as-tu vue pour la dernière fois, Bill ? »

Il se mouilla les lèvres, faisant un effort pour parler ; rien ne sortit. Il essaya de nouveau, sentant les mots se bousculer dans sa tête, conscient du bégaiement qui revenait, luttant contre lui, luttant contre la terreur.

« Je n'ai pas revu cette photo depuis 1958. Pendant le printemps qui a suivi la mort de George. Quand j'ai voulu la montrer à Richie, elle était p-partie. »

Il y eut comme un grand hoquet prolongé, et tous sursautèrent, tandis qu'Eddie, un peu embarrassé, déposait son inhalateur sur la table.

« Eddie Kaspbrak au décollage ! » s'écria Richie d'un ton joyeux ; puis soudain, surnaturellement, la voix du commentateur des actualités filmées des années 50 surgit de la bouche de Richie : « Aujourd'hui à Derry, toute la ville était dans les rues pour assister à la parade des asthmatiques, dont la grande vedette fut Ed le Grand Morveux, connu partout en Nouvelle-Angleterre en tant que... »

Il s'arrêta brusquement, et porta une main à son visage, comme pour se cacher les yeux. Bill pensa soudain : *Non, non, ce n'est pas ça. Pas pour se cacher les yeux mais pour remonter les lunettes sur son nez. Les lunettes qu'il ne porte plus. Oh, Seigneur, qu'est-ce qui nous arrive ?*

« Je suis désolé, Eddie, dit Richie. C'était... cruel. Je me demande à quoi je pensais. » Il les regardait les uns après les autres, abasourdi.

C'est Mike Hanlon qui rompit le silence.

« Après la découverte du corps de Steven Johnson, je m'étais promis que si quoi que soit d'autre arrivait, si un seul autre cas indiscutable se produisait, je vous appellerais — il m'a fallu deux mois pour le faire. C'était comme si ce qui se passait m'hypnotisait par la *conscience* et la *détermination* que ça manifestait. On a trouvé la photo de George près d'un tronc couché à moins de trois mètres du corps de Torrio. Elle n'était pas cachée, bien au contraire, comme si le tueur avait voulu qu'on la trouve. Je suis sûr qu'il le voulait.

— Comment as-tu obtenu la photo de la police, Mike ? demanda Ben. C'est une photo de police, non ?

— Oui, c'est bien ça. Il y a un type, au département de police, qui ne déteste pas se faire un peu d'argent de poche. Je lui donne vingt billets par mois, c'est tout ce que je peux faire. Il me file des tuyaux.

« On a trouvé le cadavre de Dawn Roy quatre jours après celui de Torrio, dans McCarron Park. Treize ans. Décapité.

« Le 23 avril dernier, celui d'Adam Terrault. Seize ans. Disparition signalée la veille : n'était pas revenu d'un entraînement sportif. Trouvé à côté du chemin qui traverse la ceinture verte juste derrière West Broadway. Également décapité.

« Le 6 mai. Frederick Cowan. Deux ans et demi. Trouvé noyé dans les toilettes d'une salle de bains au premier.

— Oh, Mike ! s'écria Beverly.

— Je sais, c'est moche, fit Mike, presque d'un ton de colère. Crois-tu que je ne m'en rende pas compte ?

— La police n'a-t-elle pas adopté la thèse de l'accident ? » insista Bev.

Mike secoua la tête. « Sa mère était en train de mettre du linge à sécher dans la cour. Elle a entendu un bruit de lutte — ou du moins son fils crier. Elle a couru aussi vite qu'elle a pu. Elle dit que le bruit de la chasse des toilettes lui est parvenu, tirée à plusieurs reprises, alors qu'elle montait l'escalier ainsi qu'un rire, un rire qui d'après elle n'aurait rien eu d'humain.

— Et elle n'a rien vu d'autre ? demanda Eddie.

— Si, son fils. La colonne vertébrale brisée, le crâne fracturé. La séparation vitrée de la douche était cassée. Il y avait du sang partout. La mère se trouve actuellement à l'hôpital psychiatrique de Bangor. D'après mon... ma source au département de police, elle est devenue complètement folle.

— Foutrement pas étonnant, fit Richie, la voix rauque. Quelqu'un a une cigarette ? »

Beverly lui en tendit une, qu'il alluma d'une main visiblement tremblante.

« La thèse de la police est que le tueur est entré par le devant de la maison pendant que la mère du petit Cowan étendait son linge à l'arrière. Puis, quand il a entendu les pas de celle-ci dans l'escalier, il aurait sauté depuis la fenêtre de la salle de bains dans la cour qu'elle venait de quitter, et aurait ainsi disparu. Sauf que la fenêtre n'est qu'une imposte qu'un gosse de sept ans aurait du mal à franchir. Et cela représente un saut de huit mètres sur les dalles d'un patio. Rademacher n'apprécie pas qu'on parle de ces détails et personne dans la presse — en tout cas pas dans le *Derry News* — ne l'a interpellé là-dessus. »

Mike prit un verre d'eau et fit circuler un deuxième cliché. Il ne venait pas de la police ; on y voyait un écolier souriant d'environ treize ans. Il s'était mis sur son trente et un pour la photo et avait les mains sagement posées sur les genoux ; mais il y avait une petite lueur diabolique dans son œil. Il était noir.

« Jeffrey Holly, dit Mike. 13 mai. Une semaine après la mort du petit Cowan. Éventré. Trouvé dans Bassey Park, près du canal.

« Neuf jours après ça, on a trouvé un petit huitième du nom de John Feury dans Neibolt Street. Mort... »

Eddie laissa échapper un cri aigu et tremblant. Il chercha son inhalateur mais le fit tomber de la table, d'où il roula jusqu'aux pieds de Bill, qui le lui ramassa. Le visage d'Eddie avait pris une nuance jaunâtre maladive, et sa respiration n'était qu'un halètement sifflant.

« Donnez-lui quelque chose à boire ! s'écria Ben. Que quelqu'un lui... »

Mais Eddie secouait la tête. Il s'envoya une dose de l'inhalateur ; sa poitrine se souleva sous la violence de l'aspiration. Il déclencha une deuxième dose et se laissa aller sur son siège, les yeux à demi fermés, haletant.

« Ça va aller, dit-il d'une voix entrecoupée. Donnez-moi une minute, et je suis à vous.

— Tu es sûr, Eddie ? demanda Beverly. Peut-être devrais-tu t'allonger un...

— Ça va aller très bien, répéta-t-il sèchement. C'était juste... le choc. J'avais complètement oublié Neibolt Street. »

Personne ne répondit. C'était inutile. Bill pensa : *On croit qu'on a atteint le summum de l'horreur et Mike nous sort un autre nom comme dans un tour de magie noire plein de malveillance, et on se retrouve de nouveau sur le cul.*

Il y en avait trop pour pouvoir faire face à tout en même temps. Trop de manifestations d'une inexplicable violence qui semblait plus ou moins dirigée contre les six personnes présentes ici — c'était du moins ce que semblait suggérer la photo de George.

« Les deux jambes du gamin avaient disparu, continua Mike doucement, mais d'après l'examen médical, elles lui avaient été arrachées après sa mort. Son cœur a lâché. Comme s'il était littéralement mort de peur. C'est le facteur qui l'a découvert. Il a vu une main qui dépassait d'en dessous d'un porche.

— Celui du 29, c'est bien ça ? » le coupa Rich, auquel Bill jeta un bref regard. Richie le lui rendit, acquiesça lentement et se tourna de nouveau vers Mike. « Le 29, Neibolt Street ?

— Oh oui, répondit Mike, toujours de la même voix calme. Au 29. » Il prit un peu d'eau. « Ça va bien, Eddie ? »

Eddie acquiesça ; sa respiraiton était plus libre.

« Rademacher a procédé à une arrestation le lendemain de la découverte du corps du petit Feury, reprit Mike. Il y avait un éditorial à la une du *Derry News,* ce jour-là, qui demandait sa démission.

— Au bout de huit meurtres inexpliqués ? ricana Ben. Quelle audace de leur part, vous ne trouvez pas ? »

Beverly voulut savoir qui avait été arrêté.

« Un type qui vit dans une petite baraque au bord de la route numéro 7, presque au-delà des limites de la ville du côté de Newport. Une sorte d'ermite. Il brûle des débris de bois dans son poêle et son toit est fait de bardeaux volés et d'enjoliveurs de roues. Harold Earl. Il ne lui passe probablement pas plus de deux cents dollars de liquide entre les mains par an. Quelqu'un qui passait en voiture l'a aperçu sur le pas de sa porte qui examinait le ciel, le jour où on a découvert le corps du petit Feury. Ses vêtements étaient couverts de sang.

— Alors peut-être..., commença Richie, une note d'espoir dans la voix.

— Alors rien du tout. Il venait de dépecer trois daims dans son appentis. Des daims qu'il avait braconnés du côté de Haven. Le sang de ses vêtements était bien du sang de daim. Rademacher lui a demandé s'il avait tué Feury, et il aurait répondu : " Ben ça oui, j'ai tué des tas de gens. Surtout pendant la guerre. " Il a aussi déclaré avoir vu des choses dans le bois, la nuit. Des lumières bleues, flottant à quelques centimètres au-dessus du sol. Des feux de cadavres, comme il les appelle.

« On l'a expédié à l'hôpital psychiatrique de Bangor. D'après les résultats de l'examen médical, il aurait le foie gros comme un pois chiche. Il a bu du diluant à peinture...

— Oh, mon Dieu ! s'exclama Beverly.

— Et il est sujet à des hallucinations. Mais Rademacher s'accroche à cette version, et il y a encore trois jours, il le tenait pour le suspect le plus vraisemblable. Il y a huit types à lui qui creusent les environs de la baraque d'Earl, à la recherche des têtes et des membres manquants, ou d'abat-jour faits en peau humaine — ou Dieu sait quoi encore. »

Mike se tut un instant, la tête baissée, avant de reprendre, un léger début d'enrouement dans la voix : « J'avais retardé, retardé. C'est avec la dernière affaire, que j'ai décroché mon téléphone et que je vous ai appelés. Je regrette simplement de ne pas l'avoir fait plus tôt.

— Voyons cette affaire, dit Ben abruptement.

— La victime était du même âge que le petit Feury, c'était d'ailleurs un de ses camarades de classe. On l'a trouvé tout à côté de Kansas Street, à proximité de l'endroit où Bill cachait sa bicyclette quand nous allions jouer dans les Friches. Il s'appelait Jerry Bellwood. Il a été mis en pièces. On a trouvé ce... ce qui restait de lui au pied du remblai bétonné édifié il y a une vingtaine d'années le long de la rue pour arrêter l'érosion du sol. Cette photo de la police a été prise moins d'une demi-heure après l'enlèvement du corps. »

Mike passa le document à Rich Tozier qui l'examina avant de la tendre à Beverly. Celle-ci y jeta un bref coup d'œil, grimaça et le donna à Eddie, qui l'examina longuement, comme fasciné, avant de le passer à Ben. Ben ne fit que l'effleurer du regard et le tendit à Bill.

On lisait ces mots, rédigés en caractères grossiers sur la paroi de béton :

VENEZ À LA MAISON

Bill leva les yeux vers Mike, l'expression farouche. Il était passé par des sentiments d'affolement et d'épouvante ; il éprouvait maintenant les premiers coups d'aiguillon de la colère. Il s'en réjouissait. La colère n'est peut-être pas un sentiment très positif, mais elle valait mieux que l'état de choc, mieux qu'une peur lamentable. « Était-ce écrit avec l'encre à laquelle je pense ?

— Oui, répondit Mike, avec le sang de Jerry Bellwood. »

5
Richie déclenche des bip-bip

Mike reprit ses clichés. Il avait pensé que Bill lui demanderait la dernière photo de classe de George ; il n'en fut rien. Il les remit donc dans sa poche, et tout le monde (Mike y compris) éprouva un sentiment de soulagement quand elles furent hors de vue.

« Neuf enfants, dit doucement Beverly. Je n'arrive pas à y croire. Je veux dire... je sais que c'est vrai, mais quelque chose en moi n'arrive pas à l'admettre. Neuf mômes et rien ? Rien du tout ?

— Ce n'est pas du tout comme ça, corrigea Mike. Les gens sont en colère, les gens ont peur... du moins en apparence. Il est vraiment impossible de distinguer ceux qui sont sincères de ceux qui simulent.

— *Qui simulent ?*

— Est-ce que tu te souviens, Beverly, quand nous étions gamins, de cet homme qui s'était contenté de replier son journal et de rentrer chez lui alors que tu l'appelais au secours ? »

Quelque chose passa dans son regard, et elle eut pendant un instant une expression de compréhension et de terreur. Puis elle parut seulement intriguée. « Non... quand était-ce ?

— Peu importe. Ça te reviendra le moment voulu. Ce que je voulais seulement dire est que les choses ont l'air de se passer normalement à Derry. Confrontés à cette affreuse série de meurtres, les gens font tout ce qu'on s'attend à les voir faire — exactement comme en 1958, au moment des assassinats et des disparitions d'enfants. Le Comité pour la sauvegarde de nos enfants s'est reconstitué, seul le lieu de réunion a changé. La police d'État nous a envoyé un renfort de seize détectives, sans parler d'un contingent du FBI, et le couvre-feu a été rétabli.

— Oh, oui, le couvre-feu, intervint Ben en se frottant le cou lentement et délibérément. Il a fait des merveilles en 58. Je m'en souviens très bien.

— J'oubliais l'Association des mères accompagnatrices, qui vérifie que tous les enfants qui vont à l'école, de la maternelle à la quatrième, sont bien escortés jusqu'à chez eux. Le *Derry News* a reçu plus de deux mille lettres, rien qu'au cours de ces trois dernières semaines, exigeant une solution rapide. Et bien entendu, l'émigration a repris. Il y a des fois où je me dis que c'est le seul critère authentique pour distinguer ceux qui sont vraiment sincères dans leur désir qu'il soit mis un terme à ces horreurs ; ceux-là ont réellement peur et préfèrent s'en aller.

— Il y a vraiment des gens qui partent ? demanda Richie.

— Chaque fois que le cycle reprend. Il est impossible de dire exactement combien, car il ne s'est jamais déclenché exactement la même année qu'un recensement depuis 1850. Mais ils s'en vont en quantités non négligeables. Comme des gosses qui s'aperçoivent qu'en fin de compte, la maison est vraiment hantée.

— Venez à la maison, venez à la maison ! » dit doucement Beverly. Quand elle releva les yeux, ce fut vers Bill qu'elle regarda, et non vers Mike. « Ça voulait que nous revenions. Pourquoi ?

— Ça peut vouloir que nous revenions tous, dit Mike un peu énigmatiquement. C'est possible, Ça peut vouloir se venger. Après tout, nous l'avons forcé à battre en retraite, une fois.

— Se venger... ou peut-être simplement remettre les choses en ordre », dit Bill.

Mike acquiesça. « Il y a aussi un certain désordre dans vos existences, voyez-vous. Aucun de vous n'est parti indemne de Derry... Ça vous a laissé sa marque. Vous avez tous oublié ce qui s'est passé ici, et les souvenirs que vous conservez de cet été sont fragmentaires. Et il y a ce fait étonnant que vous êtes tous riches.

— Allons voyons ! s'exclama Richie. C'est à peine si...

— Doucement, doucement, fit Mike, une main levée en esquissant un sourire. Je ne vous accuse pas de quoi que ce soit ; j'essaie simplement de mettre les faits sur la table. Par rapport au bibliothécaire d'une petite ville qui ne se fait même pas onze gros billets par an après impôts, vous êtes riches, d'accord ? »

Mal à l'aise, Richie haussa les épaules dans son costume à neuf cents dollars. Ben était profondément absorbé dans le découpage en fines lamelles de sa serviette de papier. À part Bill, personne ne regardait Mike dans les yeux.

« D'accord aussi, personne ici ne se trouve dans la catégorie des Rockefeller, reprit Mike, mais vous êtes tous très à l'aise, même selon les normes de la classe dite " moyenne supérieure " américaine. Nous sommes entre amis, ici, alors, pas de manières. Si l'un de vous a déclaré moins de quatre-vingt-dix mille dollars de revenus aux impôts en 1984, qu'il ou qu'elle lève la main ».

Ils se regardèrent les uns les autres, presque furtivement, gênés, comme le sont toujours les Américains quand leur propre succès s'étale ; comme si l'argent était des œufs cuits durs et l'aisance les inévitables pets dus à une surconsommation. Bill sentait le rouge lui monter aux joues — ainsi que son incapacité à le contrôler. Il avait reçu dix mille dollars de plus que la somme mentionnée par Mike rien que pour produire la première ébauche de son dernier scénario. Et on lui en avait promis vingt mille de plus pour chaque nouvelle mouture qu'il faudrait éventuellement faire. Sans parler des pourcentages... ni des confortables avances sur droits d'auteur prévues par le dernier contrat pour deux ouvrages qu'il venait de signer. Combien avait-il déclaré, en 1984 ? Dans les huit cent mille dollars, non ? Largement de quoi, de toute façon, paraître monstrueux en comparaison des onze mille dollars de salaire de Mike Hanlon.

C'est donc le salaire que tu reçois pour monter la garde au phare, Mike, vieux gosse ? N'y avait-il pas moyen de demander une augmentation ? pensa Bill.

Mike dit : « Bill Denbrough, écrivain à succès dans une société où l'on ne trouve que peu de romanciers et où seule une minorité d'entre eux ont la chance de vivre de leur plume. Beverly Rogan, qui fait dans le chiffon, un secteur où il y a beaucoup d'appelés et peu d'élus. Elle est en fait la créatrice la plus recherchée dans un bon tiers du pays, à l'heure actuelle.

— Oh, ce n'est pas moi ! » protesta Beverly. Elle eut un petit rire nerveux et alluma une nouvelle cigarette au mégot de la précédente. « C'est Tom. Sans lui, j'en serais encore à retoucher les robes et à coudre les ourlets. Je n'ai aucun sens des affaires, même Tom le dit. C'est juste... Tom. Et de la chance, voyez-vous. » Elle tira une seule longue bouffée sur sa cigarette puis l'écrasa.

« M'est avis que la jeune dame p'oteste t'op fo't », fit Richie malicieusement.

Elle se tourna vivement sur son siège et lui jeta un regard courroucé, le visage empourpré. « Qu'est-ce que tu veux dire exactement, Richie Tozier ?

— Me battez pas, Miss Sca'lett ! » gémit Richie de sa voix négrillon du Sud, aiguë et tremblante. À cet instant-là, Bill revit, avec une limpidité surnaturelle, le garçon qu'il avait connu ; non pas une ombre en surimpression floue sur l'image nette de l'adulte qu'il était devenu, mais une créature ayant presque plus de réalité que l'homme qu'il avait sous les yeux. « Me battez pas ! J' vais vous appo'ter un aut'e cocktail de f'uits, Miss Sca'lett ! Pou' boi'e sous le po'che là où il fait un peu plus f'ais ! Fouettez pas le pauv'e ga'çon !

— Tu es impossible, Richie, dit froidement Beverly. Quand te décideras-tu à grandir ? »

Richie la regarda, son visage souriant prenant une expression d'incertitude. « Avant de revenir ici, je croyais que c'était fait.

— Rich, lui, reprit Mike, est peut-être le disc-jockey le plus populaire des États-Unis. Tu tiens Los Angeles dans le creux de ta main, sans aucun doute. Le tout couronné par deux programmes dont l'un est le Top Quarante le plus suivi de la côte Ouest et l'autre quelque chose qui s'appelle, je crois, *Les Cinglés des années 40...*

— Gaffe, gaffe, mec ! le coupa Richie de sa voix de voyou, ce qui ne l'empêchait pas de rougir. M'en vais te mettre la tête à la place du cul, moi. Je vais...

— Eddie, continua Mike en ignorant Richie, possède une florissante entreprise de véhicules de grande remise, dans une ville où on doit zigzaguer entre des limousines grandes comme des péniches quand on traverse la rue. Deux entreprises de grande remise font faillite par semaine dans la Grande Pomme, mais Eddie, lui, s'en sort admirablement.

« Quant à Ben, c'est probablement le jeune architecte le plus prometteur de la planète. »

Ben ouvrit la bouche, probablement pour protester, puis la referma brusquement.

Mike leur sourit et tendit les mains. « Je ne veux mettre personne dans l'embarras, mais il faut jouer cartes sur table. Certes, on trouve des gens qui réussissent jeunes, des gens qui réussissent dans des domaines hautement spécialisés — s'il n'y en avait pas, personne ne voudrait tenter sa chance. S'il s'agissait d'un ou deux d'entre vous seulement, on pourrait parler de coïncidences. Mais il s'agit de vous tous, y compris Stan Uris, l'expert-comptable dont l'étoile ne cessait de monter à Atlanta... c'est-à-dire dans tout le Sud. J'en conclus que votre réussite trouve son origine dans ce qui s'est passé il y a vingt-sept ans ici. Si vous aviez tous absorbé de l'amiante à cette époque et si vous vous retrouviez tous aujourd'hui avec un cancer du poumon, la corrélation ne serait pas plus claire et plus probante. L'un de vous conteste-t-il cette analyse ? »

Il regarda autour de lui. Personne ne lui répondit.

« Tous sauf toi, Mike, dit Bill au bout de quelques instants. Qu'est-ce qui t'est arrivé ?

— N'est-ce pas évident ? répondit Mike avec un sourire. Je suis resté sur place.

— Tu as gardé le phare », lança Ben. Bill sursauta à ces mots, et se tourna vers lui, mais Ben regardait Mike intensément et n'y fit pas attention. « Je ne m'en sens pas mieux pour autant, Mike. Je dirais même que je me sens comme un de ces cons de papillons.

— Amen ! » dit Beverly.

Mike secoua patiemment la tête. « Vous n'avez pas à vous sentir coupables de quoi que ce soit. Vous imaginez-vous que c'est moi qui ai choisi de rester ici et que c'est vous qui avez choisi de partir ? Bon sang, nous n'étions que des gosses. Pour une raison ou une autre, vos parents ont déménagé, et vous faisiez partie des bagages. Mes parents sont restés. Pensez-vous que ce fut leur décision ? Je ne crois pas. Pour aucun. Qui est-ce qui a décidé de ceux qui partiraient et de ceux qui resteraient ? Le hasard ? Le destin ? Ça ? Autre chose ? Je l'ignore. Mais en tout cas, sûrement pas nous. Alors, arrêtez.

— N'en ressens-tu pas... un peu d'amertume ? lui demanda timidement Eddie.

— J'ai été trop occupé pour ça. J'ai passé beaucoup de temps à veiller et à attendre... Je veillais et j'attendais même avant de m'en rendre compte, je crois ; mais depuis cinq ans, environ, je suis en alerte rouge, pourrait-on dire. Depuis le début de l'année, je rédige un journal. Et quand on écrit, on pense plus intensément... ou peut-être avec plus de précision, simplement. Et une des choses qui ont occupé mes réflexions, écrites ou non, a été la nature de Ça. Je crois Ça capable de nous manipuler et de laisser sa marque sur les gens du fait de ce qu'il est. Comme on sent encore la mouffette quand elle nous a pissé dessus, même après un bon bain. »

Mike défit lentement les boutons de sa chemise et l'ouvrit. Tous pouvaient voir les cicatrices roses laissées par des griffes sur la peau brune et lisse de sa poitrine, entre les seins.

« Comme les griffes laissent des cicatrices, dit-il.

— Le loup-garou ! s'exclama Richie d'une voix presque gémissante. Oh, Seigneur, Grand Bill, le loup-garou ! Quand nous sommes revenus à Neibolt Street !

— Quoi ? fit Bill. Qu'est-ce que tu dis ?

— Comment, tu ne t'en souviens pas ?

— Si... Toi aussi ?

— Je... presque... » L'air effrayé, Richie n'insista pas.

« Es-tu en train de dire que cette chose n'est pas mauvaise ? » demanda soudain Eddie à Mike. Il avait l'air hypnotisé par les cicatrices. « Qu'elle fait simplement partie... de l'ordre de la nature ?

— Il ne s'agit pas de comprendre un élément de l'ordre de la nature ou de lui trouver des excuses, répondit Mike en reboutonnant sa chemise. Et je ne vois aucune raison d'agir sur une autre base que celle que nous, nous comprenons : que Ça tue, que Ça tue notamment des enfants, et que c'est mal. C'est Bill qui, le premier d'entre nous, l'a compris. Tu t'en souviens, Bill ?

— Je me souviens que je voulais tuer Ça, confirma Bill, qui se rendit compte que le pronom venait pour la première fois dans sa bouche de prendre le statut définitif de nom propre. Mais je n'avais pas une vision globale de la question, si vous voyez ce que je veux dire ; je voulais simplement tuer Ça, parce que Ça avait tué George.

— Et tu le veux toujours ? »

Bill réfléchit intensément à la question. Il regarda ses mains posées à plat sur la table et évoqua l'image de George dans son ciré jaune, capuchon relevé, tenant à la main le bateau en papier journal paraffiné. Puis il leva les yeux sur Mike.

« P-P-Plus que jamais. »

Mike acquiesça, comme si c'était la réponse qu'il attendait. « Ça a laissé sa marque sur nous. Ça nous a imposé sa volonté, exactement comme Ça impose sa volonté sur toute cette ville, la semaine comme les jours fériés, même au cours de ces longues périodes où Ça dort, hiberne ou je ne sais quoi, entre ses périodes... plus actives. (Mike leva un doigt.) Mais si sa volonté a de l'effet sur nous, *notre volonté a également de l'effet sur Ça*, à un moment donné. Nous avons arrêté Ça avant que Ça en ait fini, c'est une certitude. L'avons-nous affaibli ? Blessé ? Je crois que oui. Je crois que nous avons été si près de tuer Ça que nous sommes repartis en croyant l'avoir fait.

— Mais tu ne te souviens pas non plus de cette partie, n'est-ce pas ? demanda Ben.

— Non. Je me souviens avec une précision presque parfaite de tout ce qui est arrivé jusqu'au 15 août 1958. En revanche, c'est le black-out total pour la période qui suit, environ jusqu'au 4 septembre, la date de la rentrée des classes ; elle n'est pas floue ou vague, elle a été complètement effacée de ma mémoire, à une exception près : il me semble me souvenir de Bill criant à propos de ce qu'il appelait les lumières-mortes. »

Un violent tressaillement agita le bras de Bill, et il renversa une bouteille de bière vide qui alla rouler sur le sol.

« Tu t'es coupé ? demanda Beverly, esquissant le geste de se lever.

— Non », répondit-il, la voix râpeuse, le ton sec. La chair de poule tirait la peau de ses deux bras, et il lui semblait que son crâne venait de grossir. Il sentait

(les lumières-mortes)

sa pression s'exercer sur la peau tendue de son visage en élancements réguliers qui l'engourdissaient.

« Je voulais ramasser la...

— Non, assieds-toi. » Il aurait voulu la regarder mais était incapable de détacher ses yeux de Mike.

« Te souviens-tu des lumières-mortes ? lui demanda doucement celui-ci.

— Non », répondit Bill. Sa bouche lui donnait la même impression que lorsqu'un dentiste a abusé de la novocaïne.

« Ça te reviendra.

— Dieu m'en préserve.

— Ça te reviendra tout de même. Pas pour le moment. À moi non plus, d'ailleurs. Et vous ? »

Tous, les uns après les autres, secouèrent la tête.

« Mais nous avons accompli quelque chose, reprit Mike d'un ton calme. Nous nous sommes montrés capables, à un moment donné, d'exercer une sorte de volonté de groupe. À un moment donné, nous avons atteint un certain degré de compréhension, consciemment ou non. » Il s'agita nerveusement. « Si seulement Stan était ici ! Quelque chose me dit qu'avec son esprit ordonné, Stan aurait peut-être une idée...

— Peut-être en avait-il une, en effet, dit Beverly. Et peut-être est-ce ce qui l'a tué. Peut-être avait-il compris qu'il s'agissait d'une forme de magie inaccessible aux adultes.

— Je ne la crois pas inaccessible, dit Mike. Parce qu'il y a encore une chose que nous avons tous en commun. Je me demande s'il y en a parmi vous qui s'en sont rendu compte. »

Ce fut au tour de Bill d'ouvrir la bouche et de la refermer sans avoir rien dit.

« Vas-y, lui lança Mike, parle. Je vois sur ta figure que tu sais de quoi il s'agit.

— Je n'en suis pas sûr, répliqua Bill, mais je crois qu'aucun de nous n'a d'enfant. Est-ce b-bien ç-ça ? »

Il y eut quelques instants de silence, pour encaisser le choc.

« Ouais, dit Mike, c'est ça.

— Seigneur Tout-Puissant ! s'exclama Eddie. Qu'est-ce que cela a à voir, au nom du ciel, avec le prix du haricot rouge au Pérou ? Pourquoi faudrait-il que tout le monde ait des enfants ? Ça ne tient pas debout !

— Avez-vous des enfants, toi et ta femme ? demanda Mike.

— Si tes fiches sont bien tenues, tu sais foutrement bien que non. Je n'en affirme pas moins que ça n'a pas de rapport.

— As-tu essayé d'avoir des enfants ?

— Nous n'employons aucun contraceptif, si c'est ce que tu veux savoir. » Eddie s'exprimait avec une dignité étrange et émouvante, mais il avait les joues en feu. « Il se trouve simplement que ma femme est un peu... Et puis au diable ! Elle est obèse. Nous sommes allés voir un médecin qui nous a dit qu'elle risquait de ne jamais avoir d'enfant si elle ne perdait pas un peu de poids. On n'est pas des criminels pour autant !

— T'énerve pas, Eds ! fit Richie d'un ton apaisant en se penchant vers lui.

— Et toi, ne m'appelle pas Eds et ne t'avise pas de me pincer la joue ! rétorqua-t-il. Tu sais que j'ai horreur de ça ! que j'en ai toujours eu horreur ! »

Richie, clignant des yeux, se recroquevilla sur son siège.

« Et avec Tom, Beverly ? poursuivit Mike.

— Pas d'enfant, répondit-elle, et pas de contraceptifs non plus. Tom en voudrait... et moi aussi, évidemment », ajouta-t-elle précipitamment en jetant un rapide coup d'œil autour d'elle. Bill lui trouva les yeux un peu trop brillants, comme ceux d'une comédienne faisant un excellent numéro. « Ça n'est pas encore arrivé, simplement.

— As-tu fait faire des examens ? lui demanda Ben.

— Oh oui, bien sûr », dit-elle avec un petit rire pouffé. Et, par l'un de ces sauts qualitatifs de compréhension dont sont capables les personnes douées à la fois de curiosité et de profondeur de vue, Bill en sut d'un seul coup beaucoup sur les rapports de Beverly et de son Grand Homme. Beverly avait subi un test de fertilité ; sa thèse était que le Grand Homme en question avait refusé d'envisager, ne serait-ce qu'un instant, l'idée que quelque chose pût aller de travers dans le sperme manufacturé par les Capsules Sacrées.

« Et ta femme et toi, Bill ? demanda Richie. Avez-vous essayé ? » Tout le monde le regarda avec curiosité... car tous savaient qui était la femme de Bill. Audra n'était pas, et de loin, l'actrice la plus connue et la plus populaire au monde, mais elle jouissait de cette forme particulière de célébrité qui a plus ou moins remplacé le talent en cette deuxième moitié du XXe siècle. On voyait de temps en temps sa photo dans les magazines, et cette étrangère avait un visage délicieux qui leur était connu. Beverly lui parut particulièrement curieuse de sa réponse.

« Nous avons essayé à plusieurs reprises au cours des six dernières années, dit Bill. Pas pendant les huit derniers mois, à cause du tournage de notre film. Audra estime qu'elle ne peut pas se permettre de tomber enceinte juste au moment de commencer une période de dix semaines de tournage, à être malade tous les matins. Mais nous voulons des enfants, oui. Et pour essayer, nous avons essayé.

— Tests de fertilité ? demanda Ben.

— Oui, oui. Il y a quatre ans, à New York. Les médecins ont découvert une très petite tumeur bénigne sur l'utérus d'Audra et nous ont dit que c'était une chance, car elle aurait pu provoquer une grossesse extra-utérine. Mais nous sommes fertiles tous les deux. »

Entêté, Eddie répéta : « Ça ne prouve toujours rien.

— C'est tout de même un peu étonnant, murmura Ben.

— Et toi Ben, pas de petit accident de ton côté ? lui demanda Bill, à la fois frappé et amusé d'avoir failli l'appeler Meule de Foin.

— Je ne me suis jamais marié, j'ai toujours fait attention, et je n'ai aucun procès en recherche de paternité. À part ça, je ne peux rien affirmer.

— Voulez-vous que je vous raconte une histoire marrante ? » demanda Richie. Il souriait, mais pas des yeux.

« Pourquoi pas, répondit Bill. C'est ta spécialité, non ?

— Ta tête comme mon cul, mec », fit Richie avec la voix du flic irlandais. Une fabuleuse voix de flic irlandais. *Tu t'es amélioré de façon incroyable, Richie. Gosse, tu étais incapable de faire un flic irlandais, en dépit de tous tes efforts. Sauf une fois... ou deux... quand (les lumières-mortes)*

était-ce ?

« Ta tête comme mon cul, n'oublie pas cette comparaison, mon bon ami, et... »

Ben Hanscom se pinça soudain le nez et cria d'une voix aiguë d'enfant : « Bip-bip, Richie, bip-bip ! Bip-bip ! »

Eddie ne tarda pas à l'imiter, bientôt rejoint par Beverly.

« D'accord, d'accord, fit Richie en riant lui-même. D'accord, je laisse tomber, nom de Dieu ! »

Eddie s'effondra sur son siège, riant aux larmes. « On t'a baisé ce coup-ci, Grande Gueule. Bien vu, Ben ! »

Ben souriait, mais il avait l'air un peu désorienté.

« Bip-bip, reprit Bev, pouffant de rire. J'avais complètement oublié ce truc. On était constamment obligés de te biper, Richie.

— Vous n'avez jamais su apprécier le véritable talent, vous autres », répliqua Richie, décontracté. Comme autrefois, on pouvait le déséquilibrer, mais il était comme ces poussahs dont la base arrondie est lestée de sable, et il revenait toujours en position. « Ce fut l'une de tes petites contributions au Club des Ratés, hein, Meule de Foin ?

— Ouais, je crois bien.

— Quel homme ! » fit Richie d'une voix tremblante d'admiration et de crainte ; puis il se mit à faire des salamalecs à tout le monde, manquant de peu de plonger du nez dans sa tasse de thé. « Quel homme ! Oh, Mama mia, quel homme !

— Bip-bip, Richie », dit Ben solennellement, et il explosa en une nouvelle crise de fou rire, d'une voix de baryton bien éloignée des trilles aiguës de son enfance. « Tu es toujours le même vieux Road-Runner.

— Bon, vous voulez l'entendre, cette histoire, oui ou non ? Je n'en fais pas une affaire ; bipez-moi si elle ne vous plaît pas. Je peux supporter les brimades.

— Vas-y donc », dit Bill. Il jeta un coup d'œil à Mike, et se rendit compte qu'il avait l'air plus heureux — ou du moins plus détendu — qu'au début du repas. Était-ce parce qu'il voyait se renouer sous ses yeux les fils épars de leur ancienne amitié, et chacun retrouver sans difficulté son rôle d'autrefois, chose rarissime quand se retrouvent des copains d'enfance qui se sont perdus de vue ? C'était ce que pensait Bill, qui se disait : *S'il existe des conditions préalables à la croyance en la magie qui rendent possible l'utilisation de la magie, alors ces conditions préalables se mettront en place d'elles-mêmes, peut-être.* Réflexion peu rassurante, qui lui donnait l'impression d'être ficelé à la pointe d'un missile téléguidé.

Bip-bip plus que jamais !

« Eh bien, disait Richie, je pourrais en faire une histoire longue et triste ou une bande dessinée ; je vais tenter d'éviter ces deux extrêmes. J'étais installé depuis un an en Californie lorsque j'ai rencontré une fille. Cela marchait très fort entre nous. On a commencé à vivre ensemble. Elle prenait la pilule, au début, mais elle la supportait très mal. Elle a envisagé de se faire poser un stérilet, mais ça ne m'enthousiasmait pas, au vu des histoires que l'on lisait sur leurs défaillances dans les journaux.

« Les gosses, on en avait parlé, et nous n'en voulions pas, même si nous pensions un jour régulariser notre situation. Le gros baratin sur l'irresponsabilité qu'il y avait à faire des enfants dans un monde pareil, dangereux, surpeuplé, foutons une bombe dans les chiottes de la Bank of America et revenons fumer un joint sur les décombres pour parler de la différence entre maoïsme et trotskisme, si vous voyez ce que je veux dire.

« Je noircis peut-être un peu le tableau ; on était jeunes et idéalistes, au fond. Bref, le résultat fut que je me suis fait couper les canaux déférents — les ficelles, pour employer le vocabulaire vulgairement chic de Beverly Hills. Je n'ai souffert d'aucun effet secondaire ; mais ça peut arriver. Un de mes copains a vu ses couilles gonfler, de vrais pneus de Cadillac 59. J'étais sur le point de lui offrir des bretelles et deux tonneaux pour son anniversaire, mais elles se sont dégonflées entre-temps.

— Explications données avec ton tact habituel », commenta Bill ; Beverly ne put s'empêcher de rire à nouveau.

Richie lui adressa un grand sourire. « Merci, Bill, pour ces quelques mots d'encouragement. Tu utilises le terme “ enculer ” deux cent six fois dans ton dernier bouquin ; j'ai compté.

— Bip-bip, Grande Gueule », le coupa Bill, et tous éclatèrent de rire. Bill n'arrivait pas à croire qu'ils étaient en train de parler d'assassinats d'enfants moins de dix minutes auparavant.

« Dépêche-toi, Richie, intervint Ben. L'heure tourne.

— Sandy et moi avons vécu ensemble deux ans et demi, reprit Richie. On a bien failli se marier. Étant donné la façon dont les choses ont tourné, on s'est épargné bien des emmerdements, soit dit en passant. Bref, elle a eu une proposition d'une société juridique de Washington à peu près au moment où j'en recevais une de KLAD : disc-jockey pendant les week-ends, pas grand-chose, mais un pied dans la place. Elle m'a dit que c'était la chance de sa vie, qu'il fallait que je sois le phallocrate le plus insensible des États-Unis pour traîner ainsi des pieds et que de toute façon, elle en avait ras le bol de la Californie. Je lui ai dit que pour moi aussi c'était une chance. Ç'a été la bagarre, nous nous sommes mutuellement virés et Sandy est finalement partie.

« Environ un an après, je me suis mis à regretter la vasectomie et j'ai décidé de tenter l'opération inverse. Sans motif précis, et tout en sachant que les chances de succès étaient minces.

— Tu avais de nouveau une relation sérieuse à ce moment-là ? demanda Ben.

— Non, et c'est ce qui est curieux, répondit Richie, fronçant les sourcils. Je me suis réveillé un beau matin avec... avec cette idée qui me trottait dans la tête.

— Il fallait être maboul, dit Eddie. Anesthésie générale, hein, pas locale ? Chirurgie ? Une semaine d'hosto ?

— Ouais, les médecins m'ont expliqué tout ça. Que l'opération ne serait pas une partie de plaisir ; que le succès n'était pas garanti. Mais qu'auparavant, ils voulaient un échantillon de sperme. Les régénérations spontanées de canaux déférents, ça existe, paraît-il. On fait le nécessaire, et trois jours après, le toubib me rappelle. “ Par quoi je commence, la bonne ou la mauvaise nouvelle ? — Disons la bonne. — L'opération n'est pas nécessaire. La mauvaise nouvelle, c'est que toutes les filles avec lesquelles vous avez couché depuis deux ou trois ans pourraient vous poursuivre en recherche de paternité sans problème. »

« Sur quoi j'ai appelé Sandy à Washington. " Rich ! Ça me fait plaisir de t'entendre ! " (Et la voix de Richie était soudain devenue celle de cette Sandy qu'aucun d'eux ne connaissait ; pas une imitation, mais plutôt une peinture auditive.) " Je viens de me marier. — Félicitations ! Tu aurais dû m'envoyer un faire-part. Je me serais chargé des petites cuillères. — T'as pas changé, Rich, toujours le mot pour rire. — Eh oui, toujours le même. Au fait, Sandy, tu ne te serais pas par hasard retrouvée enceinte en quittant Los Angeles, ou un truc comme ça ? — Ça, c'est un gag que je n'apprécie pas ", elle a répondu.

« Et je me suis rendu compte qu'elle était sur le point de raccrocher. Je lui ai alors expliqué ce qui se passait. Elle s'est mise à rire, très fort cette fois, comme nous quand on était gosses et que nous nous racontions des conneries. Quand elle a commencé à se calmer, je lui ai demandé ce qu'il y avait de si drôle. " C'est que pour une fois, la victime de la plaisanterie, c'est Monsieur 33-tours Tozier. Combien de bâtards as-tu conçus depuis mon départ, Rich ? — Je suppose que tu n'as pas encore connu les joies de la maternité, si je comprends bien ? — C'est pour juillet prochain, seulement. D'autres questions ? — Comment se fait-il que tu aies changé d'idée et ne trouves plus immoral de faire des enfants ? — Parce que je suis tombée sur un type qui n'était pas un salopard. " Et elle a raccroché. »

Bill se mit à rire, au point d'en avoir les larmes aux yeux.

« Ouais, dit Richie. Je crois qu'elle s'est dépêchée de raccrocher pour être sûre d'avoir le dernier mot, mais ce n'était pas nécessaire. Je sais reconnaître quand j'ai été battu. J'ai été revoir mon toubib une semaine après, pour lui demander des précisions sur les chances de voir se produire ce genre de régénération spontanée. Pour la période 1980-1982, m'a-t-il dit, l'Association médicale américaine, l'AMA, avait enregistré vingt-trois cas. Six étaient en fait des opérations ratées. Six autres étaient bidons ou des faux — histoire de tirer un peu de fric des médecins. Onze cas authentiques en trois ans, autrement dit.

— Onze sur combien ? demanda Beverly.

— Vingt-huit mille six cent dix-huit », répondit calmement Richie.

Personne ne dit mot.

« J'avais davantage de chances de gagner le gros lot au loto. Et de plus, toujours pas d'enfant comme preuve définitive. Ça ne te fait pas ah-ah-ner, Eds ? »

Avec toujours le même entêtement, Eddie répliqua : « Cela ne prouve toujours pas...

— Non, admit Bill, cela ne prouve rien. Troublant, tout de même. La question est : Qu'est-ce que nous faisons maintenant ? Y as-tu pensé, Mike ?

— Bien entendu ; mais je ne pouvais rien décider avant que cette réunion ait eu lieu et que nous ayons parlé comme nous venons de le faire. Il m'était impossible de prévoir ce qui en sortirait. »

Il se tut pendant un long moment, les regardant tous pensivement.

« J'ai bien une idée, reprit-il finalement, mais avant de vous en faire part, je crois bon de décider si oui ou non nous avons quelque chose à faire ensemble ici. Voulons-nous tenter une deuxième fois ce que nous avons déjà tenté il y a vingt-sept ans ? Voulons-nous essayer de tuer Ça ? Ou bien partageons-nous la note en six et retournons-nous chacun à nos petites affaires ?

— On dirait que si..., commença Beverly, mais Mike, qui n'avait pas fini, secoua la tête.

— Il faut bien comprendre qu'il est impossible de dire quelles sont nos chances de réussir. Je sais qu'elles ne sont pas très bonnes, et qu'elles auraient été meilleures, Stan présent. Sûrement pas idéales, mais meilleures. Stan disparu, le cercle que nous avions formé ce jour-là est rompu. J'ai bien peur que nous ne puissions pas tuer Ça, ni même le chasser pour un bon moment avec un cercle rompu. Je crois que Ça va nous tuer, les uns après les autres, et de manière extrêmement horrible. Enfants, nous avons bouclé un cercle complet d'une façon que je ne comprends toujours pas. Si nous décidons d'attaquer, je pense que nous devons essayer de former un cercle plus petit. J'ignore si c'est possible. Je crois qu'il est possible de se convaincre de l'avoir fait, et de découvrir trop tard... qu'il est trop tard. »

Mike les regarda à nouveau tour à tour, une expression de fatigue sur son visage brun, les yeux enfoncés dans les orbites. « C'est pourquoi j'estime que nous devons voter. Ou nous restons et nous essayons, ou nous rentrons chez nous. Tel est le choix. Je vous ai fait revenir ici par la force d'une promesse ancienne ; je n'étais même pas sûr que vous vous en souviendriez. Mais je ne peux pas vous faire rester ici sur la force de cette promesse ; le résultat serait encore pire. »

Il regarda Bill, et Bill sut alors ce qui se préparait. Ça lui répugnait, il était impuissant à l'arrêter, puis, avec le même sentiment de soulagement que, à son avis, devait ressentir un candidat au suicide quand il lâche le volant de sa voiture lancée à pleine vitesse pour se cacher les yeux, il l'accepta. Mike les avait réunis, Mike avait posé le problème en termes clairs... Il abandonnait maintenant la direction des opérations ; elle devait revenir à la personne qui la détenait en 1958.

« Qu'est-ce que tu en dis, Bill ? À toi de poser la question.

— Avant cela, dit Bill, je veux être sûr que tout le monde a bien compris la question. Tu voulais dire quelque chose, Beverly ? »

Elle secoua la tête.

« Très bien. Je suppose que cette question peut se résumer ainsi : restons-nous pour nous battre, ou bien oublions-nous toute l'affaire ? Ceux qui sont pour rester ? »

Autour de la table, personne ne bougea pendant peut-être cinq secondes, ce qui fit penser à Bill à ces ventes aux enchères où un objet atteint soudain un prix stratosphérique, et où ceux qui ne veulent plus surenchérir se transforment en statues ; on a peur de se gratter le nez, tant on redoute que le commissaire priseur ne se trompe sur notre geste.

Bill pensa à Georgie, Georgie qui ne voulait de mal à personne, qui avait simplement eu envie de sortir jouer dans la rue après être resté enfermé toute la semaine, Georgie avec ses joues bien rouges, son bateau en papier journal d'une main, enfonçant les boutons-pression de son ciré jaune de l'autre, Georgie le remerciant... puis se penchant sur lui pour déposer un baiser sur sa joue enfiévrée. *Merci Bill. C'est un bateau super.*

Il sentit l'ancienne colère remonter en lui ; mais il était maintenant plus âgé, et sa perspective s'était élargie. Il ne s'agissait plus seulement de Georgie. Une atroce ronde de noms tourbillonnait dans sa tête : Betty Ripsom, trouvée gelée sur le sol ; Cheryl Lamonica, repêchée dans la Kenduskeag ; Matthew Clement, arraché à son tricycle ; Veronica Grogan, retrouvée à neuf ans dans un egout ; Steven Johnson, Lisa Albrecht et tous les autres, sans compter les disparus dont on était sans nouvelles.

Il leva la main lentement et dit : « Tuons Ça. Cette fois-ci, tuons Ça pour de bon. »

Pendant quelques instants, sa main fut la seule levée, comme celle de l'unique élève à avoir compris la question en classe, l'élève que tous les autres détestent. Puis Richie poussa un soupir, leva la main et dit : « Qu'est-ce que j'en ai à foutre ! Peut pas être pire que d'interviewer Ozzy Osbourne. »

Beverly leva la main. Ses couleurs lui étaient revenues, deux taches malsaines, haut sur ses pommettes. Elle avait l'air à la fois follement excitée et morte de frousse.

Mike leva la main.

Ben en fit autant.

Eddie s'était enfoncé dans son siège comme s'il avait voulu s'y incruster et y disparaître. Sa figure aux traits fins et délicats exprimait une terreur pitoyable pendant qu'il regardait à droite et à gauche ; puis ses yeux revinrent sur Bill. Un instant, ce dernier crut bien qu'Eddie allait repousser sa chaise, se lever, et foncer hors de la pièce sans un seul regard en arrière. Puis il leva une main, étreignant plus que jamais son inhalateur de l'autre.

« Voilà qui est parlé, Eds ! s'exclama Richie. On va vraiment se payer quelques bons ah-ah maintenant, je te parie.

— Bip-bip, Richie », fit Eddie d'une voix rien moins qu'assurée.

6
Les Ratés prennent un dessert

« Bon, quelle est donc ton idée, Mike ? » demanda Bill. L'ambiance venait d'être rompue par Rose, l'hôtesse, venue avec un plat de biscuits de « bonne fortune ». Elle avait regardé ces six personnes qui restaient là, la main levée, avec une absence de curiosité soigneusement étudiée. Ils rabaissèrent rapidement le bras, et le silence régna jusqu'à son départ.

« La simplicité même, répondit Mike. Pourrait être aussi fichtrement dangereux.

— J' m'en balance, dit Richie.

— Il me semble que nous devrions nous séparer pour le reste de la journée ; que chacun de nous devrait retourner à l'endroit de Derry dont il se souvient le mieux... en dehors des Friches, évidemment. Je crois que pour l'instant, nous devrions tous nous abstenir de nous y rendre. Faites ça comme une sorte de pèlerinage, si vous voulez.

— Mais dans quel but, Mike ? demanda Ben.

— Difficile de répondre ; vous devez comprendre que je me fie beaucoup à mon intuition...

— Et celle-là a un bon rythme sur lequel on peut danser », intervint Richie.

Les autres sourirent, mais Mike non ; il acquiesça, au contraire : « C'est une façon d'exprimer la chose qui en vaut une autre. Se fier à son intuition, c'est comme assimiler un rythme et se mettre à danser dessus. Se fier à son intuition, c'est difficile pour des adultes, c'est pourquoi je considère fondamental de le faire. Après tout, c'est ainsi que fonctionnent les gosses dans quatre-vingts pour cent des cas, en gros, du moins jusque vers l'âge de quatorze ans.

— Au fond, ce dont il est question, c'est de se replonger dans l'ancienne situation, remarqua Eddie.

— Il me semble. C'est en tout cas mon option. Si aucun endroit particulier ne vous vient à l'esprit, laissez vos pieds vous emmener où ils le veulent. On se retrouve ce soir à la bibliothèque, pour se faire part de ce qui se sera produit.

— Si quoi que ce soit se produit, dit Ben.

— Oh, je crois que nous aurons des choses à nous dire.

— De quel genre ? » demanda Ben.

Mike secoua la tête. « Aucune idée. Sinon que ce seront des choses désagréables, à coup sûr. Il est même possible que l'un de nous ne réapparaisse pas ce soir à la bibliothèque. Je n'ai aucune raison particulière de penser cela..., ce n'est qu'une histoire d'intuition, aussi. »

Le silence accueillit cette remarque.

« Pourquoi seuls ? demanda finalement Beverly. Puisque nous sommes censés devoir agir en groupe, pourquoi commencer seuls, Mike ? En particulier si nous courons des risques aussi élevés que tu as l'air de le penser ?

— Je crois pouvoir répondre, intervint Bill.

— Alors, vas-y, Bill, dit Mike.

— Pour chacun de nous, ça a commencé par une aventure personnelle, expliqua Bill. Je ne me souviens pas de tout, pas encore, mais de ça au moins je suis sûr. La photo qui s'est animée dans la chambre de George pour moi. La momie de Ben. Le lépreux d'Eddie sous le porche de la maison de Neibolt Street. Mike découvrant les traces de sang près du canal, dans Bassey Park, et son oiseau... Il y avait bien une histoire d'oiseau, n'est-ce pas, Mike ? »

Mike acquiesça d'un air sinistre. « Un gros oiseau.

— Pour Beverly, ç'a été la voix dans le tuyau de vidange et le sang qui en est sorti, continua Bill. Et pour Richie... » Mais là il se tut, intrigué.

« Je dois être l'exception qui confirme la règle, Grand Bill, dit Richie. Mon premier contact avec quelque chose de bizarre, cet été-là, de vraiment bizarre, remonte au jour où nous sommes allés ensemble dans la chambre de George. Quand nous avons regardé dans son album la photo de Center Street qui s'est mise à bouger. Tu t'en souviens ?

— Oui. Mais es-tu sûr qu'il n'y avait rien eu avant, Richie ? Absolument rien ?

— Je... (Quelque chose passa brièvement dans le regard de Richie.) Eh bien, dit-il lentement, il y a eu ce jour où Henry Bowers et ses copains m'ont poursuivi. C'était avant la fin des classes, et je leur ai échappé en me cachant dans le rayon des jouets de Freese's. Je suis revenu au centre et je me suis assis sur un banc ; et là, il me semble avoir vu... mais c'est juste quelque chose que j'ai rêvé.

— C'était quoi, ce rêve ? demanda Beverly.

— Rien, fit Richie, presque sèchement. Un rêve, c'est tout. (Il regarda Mike.) Une petite marche me fera du bien, je crois ; elle fera passer le temps, ou plutôt, elle me le fera remonter.

— Alors, on est d'accord ? » fit Bill.

Tous acquiescèrent.

« Nous nous retrouvons donc ce soir à la bibliothèque à... Quelle heure proposes-tu, Mike ?

— Sept heures. Sonnez si vous êtes en retard. On ferme à sept heures pendant l'année scolaire.

— Sept heures, entendu », conclut Bill, parcourant le groupe des yeux. Et faites attention. N'oublions pas que nous ne savons pas exactement ce que n-nous faisons ; il ne s'agit pas d'une reconnaissance. Si vous voyez quoi que ce soit, ne vous battez pas, courez !

— Je suis amant, pas combattant, dit Richie d'une voix rêveuse à la Michael Jackson.

— Eh bien, autant commencer tout de suite, lança Ben, l'esquisse d'un sourire relevant le coin droit de ses lèvres. Je serais cependant bien embêté de vous dire où je vais aller, les Friches étant exclues. Descendre là-dedans avec vous — c'est pour moi le meilleur souvenir. » Ses yeux se portèrent sur Beverly, la fixèrent un moment et se détournèrent. « Aucun autre endroit n'a autant de signification pour moi. Je vais probablement marcher au hasard pendant deux ou trois heures, le nez au vent, en me mouillant les pieds.

— Tu trouveras bien un coin où aller, Meule de Foin, lança Richie. Tu n'as qu'à rendre visite aux pâtisseries que tu fréquentais dans le temps. »

Ben éclata de rire. « Je n'ai plus les mêmes capacités qu'à onze ans, et de loin ! Je suis tellement repu que vous allez devoir me rouler pour me faire sortir, les gars !

— Moi, je suis prêt, dit Eddie.

— Un instant ! s'exclama Beverly alors qu'ils commençaient tous à repousser leurs chaises. Les gâteaux secs de bonne fortune, ne les oubliez pas !

— Ouais, fit Richie, je lis déjà d'ici ce qu'il y a dans le mien ! TU SERAS BIENTÔT BOUFFÉ PAR UN MONSTRE ÉNORME. BONNE JOURNÉE. »

Tout le monde rit, et Mike fit passer le plat de gâteaux secs à Richie, qui en prit un, et fit suivre autour de la table. Bill remarqua que personne n'entama le sien avant la fin de la distribution ; ils restaient assis, le gâteau à la main ou posé devant eux, et au moment où Beverly, toujours souriante, prenait le sien, Bill sentit l'envie de crier : *Non ! Non, ne le fais pas, cela fait partie de Ça, repose-le, ne le brise pas !* monter à sa gorge.

Mais c'était trop tard ; Beverly venait de le rompre, imitée par Ben et par Eddie, qui se servait du bord de sa fourchette ; et comme le sourire de Beverly se transformait en une grimace d'horreur, Bill eut encore le temps de penser : *Nous le savions, d'une manière ou d'une autre, nous le savions, car personne n'a mordu dans son gâteau, ce que l'on aurait dû normalement faire. Il y a en nous quelque chose qui se souvient... qui se souvient de tout.*

Et il trouva plus horrible que tout de prendre conscience de cette connaissance obscure des choses ; elle parlait plus éloquemment que Mike n'aurait pu le faire pour expliquer combien ils avaient été réellement et profondément touchés par Ça... et combien Ça les tenait encore dans son emprise.

Du sang jaillit du gâteau de Beverly comme d'une artère coupée ; il éclaboussa sa main et la nappe blanche qui couvrait la table, en une large tache d'un rouge brillant qui s'imbiba dans le tissu et étendit des doigts roses avides.

Eddie Kaspbrak poussa un cri étranglé et eut un violent mouvement de recul, dans un désordre de bras et de jambes qui manqua renverser sa chaise. Un énorme insecte à la carapace chitineuse d'un brun jaunâtre hideux sortait de son gâteau comme d'un cocon, ses yeux aveugles d'obsidienne tournés vers l'avant ; comme il rampait sur l'assiette à pain d'Eddie, des miettes de gâteau tombèrent en une petite averse sur la nappe, et leur minuscule crépitement vint hanter un rêve que fit Bill un peu plus tard dans l'après-midi, au cours d'une sieste. Une fois complètement libéré, l'insecte se frotta les pattes arrière l'une contre l'autre dans un bruit de roseaux froissés, et Bill se rendit compte qu'il s'agissait d'une espèce d'abominable grillon mutant. Il atteignit le rebord de l'assiette et bascula par-dessus, tombant sur le dos.

« Oh, Seigneur ! réussit à proférer Richie d'une voix étranglée. Oh, Seigneur, Grand Bill, c'est un œil, bon Dieu, c'est un putain d'œil ! »

Bill tourna brusquement la tête et vit Richie, incapable de détacher son regard du gâteau, les lèvres retroussées en un abominable ricanement. Un morceau de la pâtisserie venait de se détacher et laissait voir un trou d'où un œil humain le fixait avec une intensité glacée. Des miettes étaient posées sur son iris brun, d'autres noyées dans le blanc.

Ben Hanscom rejeta le sien — non pas d'un geste calculé, mais d'un mouvement réflexe, celui d'une personne victime d'une horrible surprise. Le gâteau sec roula sur la table, et Bill vit que deux dents s'y trouvaient enfoncées, leurs racines couvertes de grumeaux de sang. Elles s'entrechoquaient comme des graines dans une coloquinte creuse.

Il reporta son regard sur Beverly et s'aperçut qu'elle était sur le point de se mettre à hurler ; elle ne quittait pas des yeux la chose qui venait de sortir du gâteau d'Eddie, la chose qui gigotait maintenant mollement sur le dos.

Bill agit. Sans réfléchir, par pure réaction. *Par intuition*, eut-il absurdement le temps de se dire, tandis que, bondissant de son siège, il posait sèchement la main sur la bouche de Beverly juste avant qu'elle ne pousse son cri. *Me voici donc en train d'agir par intuition. J'espère que Mike est fier de moi.*

Ce n'est qu'un son étouffé qui sortit de la bouche de Beverly.

Eddie émettait ces sons sifflants dont Bill se souvenait si bien. Pas de problème, là ; un bon coup de décoince-poumons et l'affaire serait réglée — réglée comme du papier à musique — et Bill se demanda (ce n'était pas la première fois) comment des idées aussi aberrantes peuvent nous venir à l'esprit en de tels moments.

Il regarda précipitamment les autres, et ce qui lui sortit de la bouche remontait de très loin, d'un ancien été, et sonnait à la fois archaïque et incroyablement juste : « Bouclez-la, tous ! Vous entendez ? Bouclez-la ! »

Richie se passa la main sur les lèvres. Le teint de Mike était maintenant d'un gris douteux, mais il hocha la tête vers Bill. Tous s'éloignèrent de la table. Bill n'avait pas ouvert son propre gâteau de bonne fortune, mais il le voyait se contracter et se dilater sur les côtés, lentement, se dilater, se contracter sous la pression de la surprise qui lui était destinée.

« Huummmh ! fit encore Beverly contre la paume de Bill qu'elle chatouillait de son haleine.

— Boucle-la, Bev ! » dit-il en retirant sa main.

Ses yeux agrandis lui dévoraient le visage ; un tic faisait tressaillir sa bouche. « Bill... Bill..., est-ce que tu as vu... ? » Son regard ne quitta qu'un instant la bestiole, apparemment en train de mourir. Ses yeux rugueux semblaient lui rendre son regard, et Bev commença à gémir.

« A-A-Arrête ça, Bev ! fit Bill d'un ton sévère. Revenons à la table.

— Je ne peux pas, Billy, je ne peux pas approcher de cette chose...

— Si, tu le peux ! Il le faut ! » Il venait d'entendre un bruit de pas, rapides et légers, approchant dans le petit couloir, de l'autre côté du rideau de perles. Il jeta un regard circulaire. « Revenez tous à la table ! Prenez un air naturel ! Parlez ! »

Beverly le regarda, les yeux suppliants, mais Bill secoua la tête. Il s'assit et avança sa chaise contre la table, s'efforçant de ne pas s'intéresser au gâteau sec dans son assiette. Il gonflait comme un immonde furoncle se remplissant de pus, non sans continuer à se dilater et se contracter. *Dire que j'ai failli mordre là-dedans !* pensa-t-il confusément.

Eddie déclencha son inhalateur pour la deuxième fois, et le mélange émit un long gémissement délicat en descendant dans ses poumons.

« D'après toi, qui va finalement remporter le trophée ? » demanda Bill à Mike, un sourire dément sur le visage. Rose franchit le rideau de perles à cet instant-là, arborant une expression légèrement interrogative. Du coin de l'œil, Bill vit que Bev s'était de nouveau mise à table. *Tu es une bonne fille,* pensa-t-il.

« À mon avis, les Chicago Bears conservent toutes leurs chances, répondit Mike.

— Tout va bien ? demanda Rose.

— À-À la perfection, dit Bill, montrant Eddie de la main. Notre ami a simplement eu une crise d'asthme ; mais il a pris son médicament, et il va mieux maintenant. »

Rose eut un regard inquiet pour Eddie.

« ... va mieux, siffla Eddie.

— Voulez-vous que je desserve ?

— Dans une minute, répondit Mike, un grand sourire complètement artificiel sur le visage.

— Le repas vous a plu ? » De nouveau ses yeux parcouraient la table, une légère pointe de doute n'entamant pas un profond puits de sérénité. Elle ne voyait ni le grillon, ni l'œil, ni l'espèce de respiration du gâteau de Bill. Elle ne remarqua pas non plus la flaque de sang sur la nappe.

« Tout était excellent », intervint Beverly en lui adressant un sourire nettement plus naturel que ceux de Mike et de Bill. Rose parut rassurée et convaincue que si quelque chose était allé de travers, ce n'était une question ni de cuisine ni de service. *Elle ne manque pas de cran,* pensa Bill.

« Les prédictions des gâteaux étaient bonnes ? demanda Rose.

— Eh bien, je ne sais pas pour les autres, répondit Richie, mais pour ma part, je n'en ai jamais eu d'aussi bonnes à l'œil. »

Bill entendit un minuscule bruit de craquement. Il regarda dans son assiette et vit une patte s'agiter à l'aveuglette, frottant contre la porcelaine.

Dire que j'ai failli mordre là-dedans ! se répéta-t-il, sans se départir de son sourire. « Excellentes », dit-il.

Richie regardait l'assiette de Bill. Une énorme mouche noirâtre surgissait des débris fragiles du gâteau, bourdonnant faiblement. Un liquide jaunâtre épais s'écoula paresseusement entre les miettes et fit une flaque sur la porcelaine. Une odeur lourde et écœurante de plaie infectée s'en dégageait.

« Eh bien, si je ne peux pas vous être utile pour le moment...

— Non, pas pour le moment, admit Ben. Un merveilleux repas. Tout à fait... inhabituel.

— Je vous laisse », dit-elle. Elle s'inclina et disparut derrière le rideau de perles. Celles-ci ondulaient et tintinnabulaient encore que tous déjà s'éloignaient de nouveau de la table.

« Qu'est-ce que c'est ? demanda Ben, la voix enrouée, avec un geste vers ce qui s'agitait dans l'assiette de Bill.

— Une mouche, dit Bill. Une mouche mutante. Que nous devons, je crois, à l'imagination d'un écrivain du nom de George Langlahan. Il a écrit une nouvelle intitulée *La Mouche.* On en a fait un film, pas terrible. Mais l'histoire m'avait flanqué une frousse épouvantable. Ça recommence ses vieux tours de con, très bien. Cette histoire de mouche me trotte par la tête depuis quelque temps, car j'ai envisagé d'écrire un roman sur le même thème...

— Excusez-moi, dit Beverly d'un ton distant. Mais je crois que je vais vomir. »

Elle était partie avant qu'aucun des hommes n'eût le temps de se lever.

Bill déplia sa serviette et la jeta sur la mouche, qui avait maintenant la taille d'un jeune moineau. Impossible qu'une bestiole de cette taille fût sortie d'un petit gâteau sec chinois... et pourtant ! Elle bourdonna par deux fois et se tut.

« Seigneur ! dit faiblement Eddie.

— Barrons-nous d'ici, bordel, barrons-nous ! fit Mike. Bev nous rejoindra dans l'entrée. »

La jeune femme sortit des toilettes au moment où ils se regroupaient autour de la caisse. Elle était pâle, mais maîtresse d'elle-même. Mike paya, fit la bise à Rose, et tous sortirent pour se retrouver sous la pluie de l'après-midi.

« Cela fait-il changer d'avis à quelqu'un ? demanda Mike.

— Non, pas à moi, dit Ben.

— À moi non plus, ajouta Eddie.

— Quel avis ? » demanda Richie.

Bill secoua la tête et regarda Beverly.

« Je reste, dit-elle. Bill, que voulais-tu dire quand tu as parlé de ses vieux tours de con ?

— J'avais envie d'écrire une histoire d'insectes, et du coup, ça m'a rappelé l'histoire de ce Langlahan. C'est ainsi que j'ai vu la mouche, tandis que pour toi c'était du sang, Beverly. Mais au fait, pourquoi du sang ?

— À cause de celui qui est sorti du trou d'évacuation, répondit aussitôt Beverly. Tu sais, l'évier de cette salle de bains dans notre vieille baraque, quand j'avais onze ans. »

Était-ce vraiment cela ? Elle ne le croyait pas. Car ce qui lui était immédiatement venu à l'esprit, quand le sang chaud avait jailli entre ses doigts, c'était l'empreinte sanglante laissée par son pied quand elle avait marché sur le fragment de bouteille de parfum. Tom. Et

(Je me fais vraiment du souci pour toi, Bevvie)

son père.

« Toi aussi tu as eu droit à un insecte, dit Bill à Eddie. Pourquoi ?

— Pas n'importe quel insecte, mais un grillon, répondit Eddie. Un grillon. Nous en avons plein le sous-sol. Une maison à deux cent mille dollars, et impossible de se débarrasser des grillons. La nuit, ils nous rendent fous. Deux ou trois jours avant l'appel de Mike, j'ai fait un cauchemar épouvantable. J'ai rêvé que je me réveillais et que le lit était rempli de grillons. Je voulais les tuer à coups d'inhalateur, mais à chaque fois que j'appuyais sur la détente, il se mettait à crépiter et je me rendais compte qu'il en était plein lui aussi. C'est alors que je me suis réveillé.

— L'hôtesse n'a rien vu, dit Ben à Beverly. Tout comme tes parents n'ont jamais vu le sang qui avait éclaboussé partout.

— En effet », répondit-elle.

Ils restaient debout dans la fine pluie de printemps, se regardant les uns les autres.

Mike consulta sa montre. « Il y a un bus dans vingt minutes, dit-il. Sinon, je peux prendre quatre personnes dans ma voiture, en se serrant un peu. Ou bien on peut appeler des taxis. Comme vous voudrez.

— Je crois que je vais partir d'ici à pied, dit Bill. Je ne sais pas où je vais aller, mais un peu d'air frais est ce qui me fait le plus envie pour le moment.

— Je vais appeler un taxi », dit Ben.

Richie s'invita dans le taxi de Ben, et Beverly et Eddie décidèrent d'attendre le bus.

« Sept heures ce soir, leur rappela Mike. Et soyez prudents, tous. »

Ils promirent de l'être, mais Bill resta dubitatif sur la valeur d'une telle promesse, quand on est confrontés à des menaces aussi formidables qu'inconnues.

Il voulut le leur dire, mais lut sur les visages qu'ils le savaient déjà.

Il s'éloigna donc, avec un geste d'adieu de la main. L'air humide était agréable au visage. Il y avait une bonne trotte, jusqu'en ville, mais c'était parfait. Il voulait réfléchir à un certain nombre de choses. Il était soulagé que la réunion fût terminée et la décision prise.

CHAPITRE II

Promenades

1

Ben Hanscom bat en retraite

Richie Tozier quitta le taxi au carrefour des trois rues, Kansas, Center et Main, tandis que Ben se faisait conduire jusqu'en haut de la côte de Up-Mile Hill. Le conducteur était le « Francophone » de Bill, mais il était tombé dans un silence morose, et Ben et Richie n'eurent pas droit à son numéro pittoresque. Ben aurait tout aussi bien pu descendre avec Richie, toutefois, il semblait plus judicieux de commencer seul.

Debout au coin de Kansas Street et de Daltrey Close, les mains enfoncées dans les poches, il suivit des yeux le taxi qui se glissait dans la circulation, tout en essayant d'oublier l'abominable conclusion du déjeuner. Il n'y arrivait pas ; ses pensées ne cessaient de revenir à la mouche noire s'extrayant du gâteau de bonne fortune de Bill, ses ailes veinées collées sur le dos. Il avait beau se forcer à penser à autre chose, cinq minutes plus tard, il s'apercevait que son esprit y était retourné.

J'essaie de trouver un moyen de justifier ça, se dit-il, d'un point de vue plus mathématique que moral. On construit un immeuble en observant certaines lois naturelles, qu'on peut exprimer par des équations, qui elles-mêmes doivent être justifiées. Où se trouvait la justification de ce qui s'était passé moins d'une demi-heure auparavant ?

Laisse tomber, se répéta-t-il pour la énième fois. *C'est impossible à justifier, alors laisse tomber.*

Si le conseil était bon, il avait l'inconvénient de ne pouvoir être suivi. Il se souvenait que le lendemain du jour où il avait vu la momie sur le canal gelé, sa vie avait continué comme de coutume. Il avait pourtant compris qu'il avait bien failli se faire avoir, mais son existence s'était poursuivie, inchangée : école, devoir d'arithmétique, visite à la bibliothèque, appétit toujours aussi formidable à chaque repas. Il avait simplement intégré la chose vue sur le canal à sa vie ; quant à risquer de peu de se faire tuer, c'est l'un des risques de l'enfance. Les gosses foncent dans la rue sans regarder, ils barbotent jusqu'en des endroits où ils n'ont pas pied, ils tombent des balançoires ou des arbres.

Et à présent, devant la vitrine d'une quincaillerie (une boutique de prêteur sur gages en 1958, Ben s'en souvenait, avec des armes, des guitares et des rasoirs à l'étalage), sous le crachin qui allait diminuant, il lui vint à l'esprit que les enfants étaient meilleurs pour ce qui était de manquer mourir de peu et pour incorporer l'inexplicable à leur vie. Les enfants croient implicitement au monde invisible. Les miracles, bons ou nuisibles, méritent d'être pris en considération, certes, mais le monde ne s'en arrête pas pour autant de tourner. Une brusque manifestation de beauté ou d'épouvante, à dix ans, n'interdit pas un bon repas une heure plus tard.

En grandissant, tout cela change. On ne reste plus allongé dans son lit à se dire que quelque chose est accroupi dans la penderie ou gratte à la fenêtre. En revanche, quand il se passe vraiment quelque chose, quelque chose qui dépasse toute explication rationnelle, nos circuits sont en surtension. On commence à s'agiter dans tous les sens, les neurones en ébullition, on tremble, on joue des castagnettes, l'imagination s'emballe et nous met les nerfs en pelote ; on est tout simplement incapable d'intégrer ce qui vient d'arriver à l'expérience que l'on a de la vie. Ça ne passe pas. L'esprit ne cesse d'y revenir, à petits coups de patte légers de chaton... jusqu'à ce que finalement, bien entendu, on devienne fou ou jusqu'à ce qu'on se réfugie en un endroit où l'on ne peut plus fonctionner.

Si jamais c'est ce qui arrive, pensa Ben, *je suis foutu. Nous sommes foutus.*

Il commença de remonter Kansas Street, sans avoir conscience de s'être fixé un but. Une pensée lui traversa soudain l'esprit : *Qu'avons-nous fait du dollar d'argent ?*

Il ne se souvenait toujours pas.

Le dollar d'argent, Ben... Beverly t'a sauvé la vie avec. La tienne... et peut-être celle de tous les autres... et en particulier celle de Bill. Ça a bien failli m'étriper avant que Beverly... ne fasse quoi ? Qu'a-t-elle donc fait ? Et comment a-t-elle réussi ? Elle a fait reculer Ça, et nous l'avons aidée. Mais comment ?

Un mot lui revint tout d'un coup à l'esprit, un mot qui n'avait aucun sens et qui pourtant lui donna la chair de poule :

Chüd.

Il baissa les yeux sur le trottoir et vit la silhouette d'une tortue dessinée à la craie ; pendant un moment, ce fut comme si le monde dansait sous ses yeux. Il les ferma, très fort, et se rendit compte en les rouvrant qu'il ne s'agissait pas d'une tortue, mais d'une simple marelle à demi effacée par la pluie.

Chüd.

Qu'est-ce que cela voulait dire ?

« Je l'ignore », dit-il à voix haute. En jetant un rapide coup d'œil autour de lui pour voir si personne ne l'avait entendu, il s'aperçut qu'il avait quitté Kansas Street pour Costello Avenue. Lors du déjeuner, il avait prétendu que le seul endroit où il s'était senti heureux à Derry avait été les Friches... Mais c'était loin d'être vrai. Il y en avait un autre. Et par hasard ou inconsciemment, il se retrouvait devant cet autre endroit : la bibliothèque municipale de Derry.

Il resta planté une minute ou deux devant la façade, les mains toujours au fond des poches. Elle n'avait pas changé ; autant qu'autrefois, il en admira la structure. Comme nombre de bâtiments de pierre bien conçus, elle réussissait à résoudre, pour l'œil le plus observateur, un certain nombre de contradictions : la lourdeur de la pierre était compensée par la délicatesse des arches et la finesse des colonnes ; elle avait à la fois la solidité trapue d'une banque et l'élégance élancée d'une église. Ces contradictions la sauvaient de la laideur, et il ne fut pas tout à fait surpris de ressentir un élan de tendresse pour l'édifice.

Costello Avenue non plus n'avait guère changé. La Maison communale de Derry était toujours là, un peu plus loin, et Ben se demanda si le marché à la jonction avec Kansas Street (l'avenue décrivait un arc de cercle) n'avait pas disparu.

Il s'avança sur la pelouse de l'édifice, sans faire attention à ses bottes qui se mouillaient, pour aller jeter un coup d'œil sur le passage vitré qui reliait la bibliothèque des adultes à celle des enfants. Il était toujours là, et d'où il se tenait, juste devant les branches retombantes d'un saule pleureur, il voyait les gens aller et venir. L'ancienne et merveilleuse impression l'envahit, et pour la première fois, il oublia complètement ce qui s'était passé à la fin de la réunion. Il se souvenait être souvent venu à cet endroit précis en plein hiver, s'ouvrant un chemin dans la neige qui lui montait jusqu'aux hanches, et être resté là un bon quart d'heure. Il se rappela ainsi un crépuscule et ces contrastes qui le fascinaient, tandis que le bout de ses doigts devenait gourd et que la neige fondait à l'intérieur de ses bottes en caoutchouc vert. Là, il avait vécu la tombée de la nuit, les ombres précoces des brèves journées d'hiver s'étirant, violettes, sur le monde, le ciel couleur de cendre à l'est et d'ambre à l'ouest. Là, il avait subi des températures glaciales, moins douze peut-être, plus froid encore quand le vent arrivait des Friches pétrifiées par le gel.

Et pourtant, à moins de quarante mètres de là, circulaient des gens en manches de chemise. À moins de quarante mètres s'allongeait un passage brillamment éclairé de tubes fluorescents. De petits enfants passaient en pouffant de rire, des couples de collégiens amoureux s'avançaient main dans la main (la bibliothécaire y mettait bon ordre si elle s'en apercevait). Il y avait là quelque chose de magique, d'une bonne magie, qu'il était encore trop jeune pour ramener à des explications aussi terre à terre que l'électricité et le chauffage central. La magie tenait à ce cylindre lumineux de vie reliant les deux bâtiments sombres comme une artère vitale ; la magie, c'était le spectacle de ces gens qui traversaient, de nuit, une étendue enneigée, sans être gênés pas l'obscurité ou atteints par le froid. Ils en acquéraient beauté et divinité.

Il finissait toujours par s'éloigner (comme il le faisait maintenant) en contournant le bâtiment pour rejoindre l'entrée principale (comme il le faisait maintenant), mais s'arrêtait toujours pour regarder une dernière fois (comme il le faisait maintenant) ce délicat ombilic avant qu'il ne soit caché par la masse de la bibliothèque des adultes.

Le cœur pincé par cet accès de nostalgie, Ben gravit les marches qui conduisaient à l'ancien bâtiment et s'arrêta un instant dans l'étroite véranda, juste entre les piliers, un endroit tout en hauteur et toujours frais quelle que soit la chaleur du jour. Puis il poussa le battant bardé de fer et pénétra dans la quiétude de la bibliothèque.

La force du souvenir lui fit presque tourner la tête pendant quelques instants, tandis qu'il s'avançait dans la lumière douce que distribuaient les globes de verre. Une force qui n'avait rien de matériel, comme une claque ou un coup de poing. Une force qui ressemblait plutôt à cette étrange impression du temps qui revient sur lui-même que l'on appelle, à défaut de mieux, déjà-vu. C'est une impression que Ben avait déjà ressentie, mais jamais elle ne l'avait frappé et désorienté à ce point ; pendant les quelques instants qu'il passa dans l'entrée, il se sentit littéralement perdu dans le temps, ne sachant plus l'âge qu'il avait. Trente-huit ans ou onze ans ?

Ici régnait toujours le même calme tissé de murmures et de chuchotements occasionnels, ponctué du coup de tampon d'un bibliothécaire sur les fiches des livres ou du froissement des pages d'un journal que l'on tourne. La qualité de la lumière lui plaisait autant qu'autrefois ; elle pénétrait en biais par les hautes fenêtres, grise comme des ailes de pigeon en cet après-midi pluvieux, une lumière qui invitait à la somnolence et à la rêverie.

Il traversa un grand espace recouvert d'un lino aux motifs noirs et rouges presque complètement effacés, essayant comme jadis d'atténuer le bruit de ses pas : un dôme couronnait la bibliothèque des adultes, et tous les bruits s'y répercutaient.

Il vit que les deux escaliers de fer en colimaçon conduisant aux réserves se trouvaient toujours au même endroit, de part et d'autre du bureau principal en forme de fer à cheval, mais aussi que l'on avait, à un moment donné, ajouté un minuscule ascenseur-cage, pendant le quart de siècle qui avait suivi son déménagement avec sa maman. Ce fut presque un soulagement — un premier accroc dans l'impression suffocante de déjà-vu.

Il se sentait comme un intrus, comme un espion débarquant d'un autre pays. Il s'attendait presque à s'entendre interpeller par la bibliothécaire installée derrière le bureau, d'une voix forte et autoritaire qui tirerait tous les lecteurs de leur livre et tournerait les regards vers lui : « *Hé, vous ! Que faites-vous ici ? Vous êtes de l'Extérieur ! Vous n'avez rien à faire ici ! Vous venez d'Autrefois ! Retournez d'où vous venez ! Tout de suite, avant que j'appelle la police !* »

La bibliothécaire leva bien les yeux ; elle était jeune et jolie, et pendant un instant, absurdement, Ben crut que ce qu'il venait de fantasmer allait se produire quand le regard bleu pâle rencontra le sien et qu'il sentit son cœur lui monter dans la gorge. Puis les yeux bleus le quittèrent, indifférents, et Ben s'aperçut qu'il pouvait de nouveau marcher. S'il était un espion, on ne l'avait pas repéré.

Il passa sous l'enroulement mortellement raide de l'un des escaliers en fer forgé pour gagner le corridor qui conduisait à la bibliothèque des enfants et se rendit compte avec amusement (mais seulement après coup) qu'il avait retrouvé une autre des réactions de son enfance. Il avait levé les yeux dans l'espoir de voir (comme il l'espérait étant gosse) une fille en jupe descendre cet escalier. Il se souvint soudain d'avoir une fois regardé en l'air sans raison particulière, alors qu'il avait huit ou neuf ans ; il avait eu droit à la vision de la petite culotte rose d'une charmante adolescente. De même que le bref reflet du soleil sur le bracelet de cheville de Beverly Marsh avait suscité en lui quelque chose de plus primitif que simplement de l'amour ou de l'affection lors du dernier jour d'école en 1958, de même, la vue des dessous de la lycéenne l'avait-elle fortement troublé ; il se souvenait s'être assis à une table de la bibliothèque des enfants, et y avoir rêvé une bonne vingtaine de minutes, les joues et le front brûlants, un livre sur l'histoire des chemins de fer ouvert devant lui, son pénis, dans son pantalon, dur comme une branche qui aurait poussé des racines jusque dans son ventre. Il s'était vu marié à l'adolescente et vivant avec elle dans une petite maison à la périphérie de la ville, se livrant à des plaisirs dont il n'avait pas la moindre idée.

Ces impressions avaient disparu aussi rapidement qu'elles étaient venues, mais il n'avait jamais pu repasser sous l'escalier de fer sans jeter un coup d'œil en l'air.

Il avança lentement dans le corridor vitré, non sans remarquer d'autres changements. On avait collé au-dessus des interrupteurs des étiquettes jaunes qui disaient : L'OPEP ADORE VOUS VOIR DÉPENSER DE L'ÉNERGIE : ÉPARGNEZ LES WATTS ! Sur le mur du fond, dans ce monde de tables et de chaises miniatures en bois blond, où la fontaine d'eau fraîche ne dépassait pas un mètre de haut, ce n'étaient pas les portraits de Dwight Eisenhower ou de Richard Nixon que l'on voyait, mais ceux de Ronald Reagan et George Bush...

Mais...

De nouveau le submergeait le sentiment de déjà-vu. Il était impuissant à le contenir, et ressentit ce coup-ci l'engourdissement horrifié d'un homme qui commence à se rendre compte, après une heure d'efforts inutiles, que la côte ne se rapproche pas et qu'il va se noyer.

C'était l'heure du conte, et dans un coin, une douzaine de petits, solennellement assis en demi-cercle sur leurs minuscules chaises, écoutaient attentivement. « *Qui heurte si fort à ma porte ?* » était en train de dire une jeune femme en prenant un ton terrifié. Et Ben pensa : *Quand elle va relever la tête, je vais m'apercevoir que c'est Miss Davies, oui, ce sera Miss Davies et elle n'aura pas vieilli d'un jour...*

Mais quand la conteuse se redressa, c'est une femme encore plus jeune que la Miss Davies qu'il avait connue qu'il aperçut.

Certains des enfants se cachaient la bouche de la main et pouffaient, tandis que d'autres la regardaient, simplement, avec dans le regard la lumière de cette fascination éternelle qu'exercent les contes de fées ; le monstre serait-il vaincu, ou bien allait-il dévorer les petits cochons ?

« Ouvre-moi ta maison de paille, petit cochon », continua la jeune femme, tandis que Ben, tout pâle, passait.

Comment est-il possible que ce soit la même histoire ? Exactement la même ? Dois-je me persuader qu'il s'agit d'une simple coïncidence ? Mais ce n'est pas possible, je ne peux y croire.

Il s'inclina sur la fontaine, obligé de se courber au point qu'il avait l'impression d'être Richie en train de faire ses salamalecs-salamis.

Il faudrait pouvoir parler à quelqu'un, pensa-t-il, paniqué. *Mike... Bill... quelqu'un. Quelque chose est-il en train de superposer passé et présent, ici, ou n'est-ce que mon imagination ? Parce que sinon, je ne suis pas sûr d'avoir topé pour ce marché-là. Je...*

Il regarda vers le bureau de contrôle, et éprouva l'impression que son cœur s'était arrêté de battre quelques instants dans sa poitrine avant de repartir au galop. L'affiche était simple, brutale, familière. Elle disait simplement :

N'OUBLIEZ PAS LE COUVRE-FEU
19 H
SERVICES DE POLICE DE DERRY

Instantanément, tout lui parut clair ; tout lui parvint en un sinistre éclair de compréhension, quand il se rendit compte que le vote auquel ils avaient procédé était une farce. Il n'existait aucun moyen d'y échapper, il n'y en avait jamais eu. Ils avançaient sur des rails aussi solidement posés qu'étaient inscrits dans son cerveau les souvenirs comme celui qui lui avait fait lever la tête sous l'escalier. Ici, à Derry, retentissait un écho, un écho mortel, et ce qu'ils pouvaient espérer de mieux était que cet écho évolue suffisamment en leur faveur pour qu'ils puissent s'enfuir encore en vie.

« Seigneur, murmura-t-il, se frottant rudement la joue de la main.

— Puis-je vous aider, monsieur ? » demanda une voix juvénile à côté de lui, le faisant légèrement sursauter. C'était une jeune fille d'environ dix-sept ans, ses cheveux blond foncé retenus par deux barrettes au-dessus de son joli minois d'écolière. Une assistante-bibliothécaire, évidemment ; il y en avait déjà en 1958, des collégiens et des collégiennes qui rangeaient les livres, montraient aux petits comment se servir du catalogue et venaient en aide aux chercheurs perdus dans les notes et les références. Ils touchaient un salaire de misère, mais on trouvait toujours de jeunes volontaires ; c'était un travail agréable.

Dans la foulée, il décrypta plus précisément le sourire agréable mais interrogateur de l'assistante, et se souvint qu'il n'était pas à sa place en ce lieu — qu'il était Gulliver à Lilliput. Un intrus. S'il avait craint, dans la bibliothèque des adultes, de se voir poser des questions, ici, c'était un soulagement. Cela prouvait qu'il était encore un adulte ; en outre, le fait que la jeune fille ne portait manifestement pas de soutien-gorge sous sa chemise style western le calmait plus qu'il ne l'excitait ; il ne pouvait y avoir de preuve plus éclatante que l'on était en 1985 et non en 1958 que la manière dont la pointe de ses seins se dessinait sous le coton.

« Non, merci, mademoiselle », répondit-il, ajoutant aussitôt, de façon incompréhensible pour lui-même : « Je cherchais mon fils.

— Ah ? Quel est son nom ? Je l'ai peut-être vu. (Elle sourit.) Je connais presque tous les enfants.

— Il s'appelle Ben Hanscom, mais je ne le vois pas ici.

— Décrivez-le-moi, et je lui transmettrai un message, si vous le désirez.

— Eh bien, dit Ben, mal à l'aise et furieux de s'être fourré dans cette situation, il est du genre bien en chair et il me ressemble de visage. Mais ce n'est pas bien grave, mademoiselle. Si vous le voyez, dites-lui simplement que son père s'est arrêté en passant.

— Je n'y manquerai pas », dit-elle avec un sourire, mais un sourire qui n'arriva pas jusqu'à ses yeux. Ben se rendit brusquement compte qu'elle n'était pas venue lui parler par simple politesse et désir de l'aider. Elle était assistante dans une bibliothèque d'enfants, sise dans une ville où neuf enfants venaient d'être massacrés en huit mois. Un homme bizarre arrive dans ce monde à échelle réduite où les adultes ne passent guère que pour laisser leurs gosses et les reprendre — et l'on devient soupçonneux, évidemment.

« Merci », dit-il, lui adressant un sourire qu'il espéra rassurant, avant de s'enfuir.

Il battit en retraite par le corridor vitré et, poussé par une impulsion qu'il ne comprenait pas, il se dirigea vers le bureau en fer à cheval, une fois dans la bibliothèque des adultes... Après tout, ils étaient censés suivre leurs impulsions, cet après-midi, non ? Les suivre, et voir où cela les conduisait.

Carole Danner : tel était le nom de la jeune bibliothécaire, gravé sur une plaque posée sur le bureau. Derrière elle donnait une porte en verre dépoli sur laquelle était écrit : MICHAEL HANLON BIBLIOTHÉCAIRE EN CHEF.

« Puis-je vous aider ? demanda la jeune femme.

— Je crois, répondit Ben, ou du moins, je l'espère. J'aimerais avoir une carte de lecteur.

— Mais bien sûr, dit-elle en prenant aussitôt un formulaire d'inscription. Résidez-vous à Derry ?

— Pas actuellement.

— Votre adresse ?

— Route rurale numéro 2, Hemingford Home, Nebraska. » Il se tut un instant, s'amusant de voir s'agrandir les yeux de la jeune femme, puis débita le numéro de code : « Cinq-neuf-trois-quatre-un. Je m'appelle Ben Hanscom.

— Est-ce une plaisanterie, Mr. Hanscom ?

— Nullement.

— Vous envisagez alors de venir habiter Derry ?

— Non plus.

— Cela fait un peu loin pour venir emprunter des livres, vous ne trouvez pas ? N'y aurait-il pas de bibliothèques, dans le Nebraska ?

— C'est plus ou moins une affaire sentimentale », expliqua Ben. Il aurait cru gênant de donner ces précisions à un étranger, mais il n'en fut rien. « J'ai grandi à Derry, comprenez-vous. C'est la première fois que j'y reviens depuis mon enfance. J'ai fait un tour pour regarder ce qui avait changé, ce qui était resté. Je me suis tout d'un coup rendu compte que j'y avais passé dix ans, entre trois et treize ans, et que je n'avais rien pour évoquer cette période, même pas une carte postale. J'avais des dollars d'argent, mais j'en ai perdu un et j'ai donné les autres à un ami. Je crois que ce qui me ferait plaisir serait un souvenir de mon enfance. C'est un peu tard, mais ne vaut-il pas mieux tard que jamais, comme on dit ? »

Carole Danner sourit et son visage, de simplement joli, devint ravissant. « Je trouve ça adorable, dit-elle. Si cela ne vous ennuie pas de patienter une quinzaine de minutes, je vais vous faire votre carte. »

Ben esquissa un sourire. « Je suppose qu'il y a une cotisation à payer, surtout en tant qu'étranger à la ville.

— Aviez-vous une carte, autrefois ?

— Bien sûr. » Son sourire s'agrandit. « En dehors de mes amis, je crois que cette carte était la chose la plus importante…

— Veux-tu venir ici, Ben ? » lança soudain une voix, déchirant le silence de la salle avec une précision de scalpel.

Il fit brusquement demi-tour, avec cette expression de culpabilité qu'ont les gens quand quelqu'un crie dans une bibliothèque. Il ne vit personne de sa connaissance… et ne tarda pas à se rendre compte qu'aucun lecteur n'avait levé les yeux ou montré le moindre signe d'impatience ou d'ennui. Les vieux messieurs lisaient toujours dans leur coin le *Derry News*, le *Boston Globe*, le *National Geographic*, le *Time*, *Newsweek*, ou *U.S. New & World Report*. À l'une des tables de la salle du catalogue, deux lycéennes étaient toujours penchées sur une pile de papiers et de cartes de référence. Plusieurs personnes feuilletaient les livres d'un présentoir (NOUVELLES ACQUISITIONS-FICTION). Un vieil homme, coiffé d'une casquette de chauffeur ridicule et une pipe éteinte serrée entre les dents, parcourait un album de dessins, des pin-up de Luis de Vargas.

Il se retourna vers la jeune femme qui le regardait, intriguée.

« Quelque chose ne va pas ?

— Non, répondit Ben. J'ai cru entendre quelque chose. Le décalage horaire m'a plus perturbé que je ne le croyais. Que disiez-vous ?

— En fait, c'est vous qui parliez. Mais j'étais sur le point de vous expliquer que votre nom devait toujours figurer dans notre fichier si vous avez eu une carte autrefois. Tout est sur microfilms, maintenant. Un changement, depuis que vous étiez enfant, non ?

— Tout à fait. Bien des choses ont changé à Derry... et cependant, beaucoup d'autres sont restées.

— Je peux consulter le fichier et procéder à un simple renouvellement. Gratuitement.

— Magnifique », dit Ben. Mais avant qu'il ait pu la remercier, la voix rompit de nouveau le silence religieux de la salle de lecture, plus forte, chargée d'un enjouement plein de menaces : « *Amène-toi, Ben ! Amène-toi un peu, espèce de tas de lard de merde ! C'est à la vie à la mort, Ben Hanscom !* »

Ben s'éclaircit la gorge. « J'apprécie beaucoup, dit-il.

— C'est la moindre des choses, répondit la jeune femme en inclinant la tête de côté. Le temps s'est-il réchauffé, dehors ?

— Un peu. Pourquoi ?

— Vous...

— *C'est Ben Hanscom, le coupable !* hurla la voix venant d'en haut, des rayons de la réserve. *C'est Ben Hanscom qui a tué les enfants ! Prenez-le ! Attrapez-le !*

— ... transpirez, acheva-t-elle.

— Vraiment ? demanda-t-il bêtement.

— Je vais vous la préparer tout de suite.

— Merci. »

Elle se dirigea vers un coin du bureau où trônait une vieille machine à écrire.

Ben s'éloigna lentement, le cœur battant la chamade. Oui, il était en sueur, une sueur qu'il sentait couler le long de son front, de ses aisselles, et qui collait les poils de sa poitrine. Il leva les yeux et vit Grippe-Sou le Clown en haut de l'escalier de gauche, les yeux baissés sur lui. Il avait le visage tout blanc d'un fard épais, et sa bouche, barbouillée d'un rouge sanglant, s'étirait sur un sourire de tueur. Ses yeux n'étaient en fait que deux orbites vides, et il tenait d'une main un lot de ballons, de l'autre un livre.

Pas lui, pensa Bill. *Pas Ça. Je me trouve au centre de la rotonde de la bibliothèque de Derry, nous sommes en 1985 et c'est la fin d'un après-midi de printemps, je suis un adulte — et me voici face à face avec le plus épouvantable cauchemar de mon enfance. Face à face avec Ça.*

« Ramène-toi, Ben, lui lança Grippe-Sou. Je ne te ferai aucun mal. J'ai un livre pour toi ! Un livre... et un ballon. Allez, ramène-toi ! »

Ben ouvrit la bouche pour répondre : *Tu es cinglé si tu crois que je vais monter là-haut,* mais se rendit compte à temps que tout le monde allait le regarder et se demander si ce n'était pas lui le cinglé.

« Oh, je sais que tu ne peux pas répondre, reprit Grippe-Sou avec un ricanement. J'ai quand même bien failli t'avoir, non ? “ Pardon, m'dame, est-ce ici qu'on repasse ?... Oui ? Eh bien, je repasserai ! ” “ Pardon, m'sieur, il marche votre frigo ?... Oui ? Qu'est-ce que vous attendez pour lui courir après ? ” »

De son palier, le clown rejeta la tête en arrière et partit d'un rire strident qui gronda et se répercuta sous le dôme de la rotonde comme un vol de noires chauves-souris, et il fallut à Ben faire un terrible effort de volonté pour ne pas se plaquer les mains sur les oreilles.

« Allons, Ben, ramène-toi, le relança Grippe-Sou. Nous parlerons. En terrain neutre. Qu'est-ce que tu en dis ? »

Je ne monterai pas là-haut. Le moment où je m'approcherai de toi, tu n'auras plus envie de me voir, je crois. Nous allons te tuer, pensa Ben.

De nouveau, le clown éclata de son rire suraigu. « Me tuer ? Me tuer, moi ? » Et soudain, de manière horrible, sa voix fut celle de Richie Tozier — non pas sa voix ordinaire, mais la voix négrillon du Sud : « Missié toi pas me tuer ! Moi bon nèg'e, t'ès bon nèg'e, toi pas tuer ce pauv'e ga'çon noi', Meule de Foin ! » Éclat de rire hystérique.

Pris de frissons, le visage de craie, Ben traversa le centre de la bibliothèque, convaincu qu'il n'allait pas tarder à vomir. Il se tenait debout devant un rayonnage de livres, et il en prit un au hasard d'une main agitée de tremblements. « C'est ta dernière et unique chance, Meule de Foin ! Fous le camp de la ville. Fous le camp avant la nuit. Je me mettrai en chasse ce soir. Après toi... et après les autres. Tu es trop vieux pour m'arrêter, Ben. Vous êtes tous trop vieux. Tout juste bons à vous faire tuer. Tire-toi donc, Ben. Tiens-tu absolument à assister à ça, ce soir ? »

Il se tourna lentement, tenant toujours le livre dans ses mains tremblantes. Il ne voulait pas regarder, mais on aurait dit qu'un doigt glacé le tirait par le menton et lui soulevait la tête.

Le clown avait disparu. À sa place se tenait Dracula, mais pas le Dracula du film — ni Bela Lugosi, ni Christopher Lee, ni Frank Langella ou aucun autre. Une chose vaguement humaine à la figure tordue comme une racine, mortellement pâle, les yeux rouge-mauve comme des grumeaux de sang, le regardait du palier de l'escalier de gauche. Sa bouche s'ouvrit toute grande et révéla une double rangée de lames Gillette enfoncées dans les gencives sous des angles divers ; on avait l'impression d'être en face d'un labyrinthe de miroirs dans lequel le moindre faux pas pouvait être mortel.

La chose poussa un cri strident et referma brusquement ses mâchoires. Du sang noirâtre se mit à couler de sa bouche, des fragments de ses lèvres entaillées tombèrent sur la soie blanche étincelante de sa chemise de soirée et laissèrent en glissant des traînées d'escargot sanguinolentes.

« *Qu'est-ce que Stan Uris a vu avant de mourir ?* hurla le vampire avec un rire, la bouche comme un grand trou sanglant. *David Crockett le roi de la Frontière sauvage ? Qu'a-t-il donc vu, Ben ? Veux-tu le voir aussi ? Qu'a-t-il donc vu ? Qu'a-t-il donc vu ?* » Puis il éclata de nouveau de ce même rire strident, et Ben comprit qu'il était lui-même sur le point de hurler, oui, qu'il ne pourrait pas s'en empêcher, pas moyen, rien à faire. Du sang s'écoulait goutte à goutte du palier en une averse sinistre. Une goutte avait atterri sur la main déformée par l'arthrite d'un vieil homme en train de lire *The Wall Street Journal.* Elle coula le long de ses articulations sans qu'il la vît ou la sentît.

Ben inspira de l'air, certain qu'il ne l'accumulait que pour crier, chose impensable dans la quiétude de cet après-midi de crachin léger, aussi choquante qu'un coup de couteau... ou une bouche pleine de lames de rasoir.

Au lieu de cela, à demi avalés, prononcés à voix basse comme une prière, ces mots se bousculèrent dans sa bouche : « Nous en avons fait des balles, évidemment. Nous avons fait des balles avec le dollar d'argent. »

L'homme en casquette de mécanicien qui feuilletait l'album de Vargas leva la tête, le regard perçant. « Absurde ! » dit-il. Du coup, des gens levèrent la tête, et quelqu'un fit « Chhhhut » en direction du vieil homme, d'un ton de reproche.

« Je suis désolé », dit Ben d'une voix basse et tremblante. Il avait vaguement conscience que son visage dégoulinait maintenant de transpiration et que sa chemise lui collait au corps. « Je pensais à voix haute...

— Absurde, reprit l'homme, un ton plus haut. Il est impossible de fondre des balles avec un dollar d'argent. Préjugé populaire. Fiction de BD. Le problème est qu'avec une gravité spécifique... »

Soudain la jeune femme, Carole Danner, se trouva à leurs côtés. « Il faut garder le silence, Mr. Brockhill, dit-elle gentiment. Les gens lisent, et...

— Il est malade, la coupa sèchement Brockhill en retournant à son livre. Donnez-lui donc une aspirine, Carole. »

Carole Danner se tourna vers Ben et son visage prit une expression inquiète. « Êtes-vous malade, Mr. Hanscom ? Je sais que c'est très impoli de faire ce genre de remarque, mais vous avez une mine épouvantable.

— Je... j'ai mangé dans un restaurant chinois à midi. Je crois que ça ne passe pas.

— Si vous voulez vous allonger, il y a un canapé dans le bureau de Mr. Hanlon. Vous pourriez...

— Non. Je vous remercie, ça va aller. » Ce n'était pas s'allonger qu'il voulait, mais foutre le camp de la bibliothèque de Derry. Il regarda vers le palier. Clown et vampire avaient disparu. Mais attaché à la balustrade de fer forgé, flottait un ballon. Sur son ventre tendu on pouvait lire ces mots : BONNE FIN D'APRÈS-MIDI ! CE SOIR TU MEURS !

« J'ai votre carte, dit-elle en posant une main légère sur son bras. La voulez-vous toujours ?

— Oui, merci beaucoup, dit Ben en prenant une profonde inspiration traversée de frissons. Je suis désolé pour cet incident.

— J'espère simplement qu'il ne s'agit pas d'une intoxication alimentaire, dit-elle.

— Ça marcherait pas, reprit Mr. Brockhill sans lever les yeux de l'album ni retirer la pipe de la bouche. C'est un truc de mauvaise science-fiction. »

Et sans aucune idée de ce qu'il allait dire, Ben s'entendit répondre : « En fait, c'était de la grenaille, pas des balles. On s'est presque tout de suite rendu compte qu'on n'y arriverait pas. Nous n'étions que des gosses, comprenez-vous. C'était moi qui avais eu l'idée de...

— Chhhut ! » fit quelqu'un d'autre.

Brockhill jeta un coup d'œil surpris à Ben, parut sur le point de répliquer, puis retourna à ses dessins.

Au bureau, Carole Danner lui tendit une petite carte orange avec la mention BIBLIOTHÈQUE MUNICIPALE DE DERRY. Amusé, Ben s'aperçut que c'était sa première carte de lecteur adulte ; celle de son enfance avait été jaune canari.

« Êtes-vous sûr que vous ne voulez pas vous allonger, Mr. Hanscom ?

— Je me sens un petit peu mieux, merci.

— Vraiment ? »

Il réussit à lui adresser un sourire. « Vraiment.

— C'est vrai, vous avez l'air un peu mieux », admit-elle, mais avec une pointe de doute, comme si elle pensait que c'était ce qu'il fallait dire et non la vérité.

Puis elle passa un livre dans l'appareil qui servait à enregistrer les prêts, et Ben se sentit pris d'une forme quasi hystérique d'amusement. *C'est le bouquin que j'ai piqué au hasard quand le clown s'est mis à faire la voix de négrillon ; elle pense que je désire l'emprunter. C'est le premier retrait que je fais à la bibliothèque de Derry en vingt-cinq ans et je ne sais même pas ce que c'est. En plus, je m'en fous. Qu'on me laisse sortir d'ici, c'est tout ce que je demande.*

« Merci, dit-il en glissant l'ouvrage sous son bras.

— Vous êtes tout à fait le bienvenu, Mr. Hanscom. Êtes-vous sûr de ne pas vouloir un peu d'aspirine ?

— Absolument, répondit-il avant d'ajouter, non sans une hésitation : Vous ne sauriez pas par hasard ce qu'est devenue Mrs. Starrett ? Barbara Starrett ? Elle était autrefois responsable de la bibliothèque des enfants.

— Elle est morte, dit Carole Danner. Il y a trois ans de cela. Une attaque, si j'ai bien compris. Désolant. Elle était relativement jeune, cinquante-huit ou cinquante-neuf ans, je crois. Mr. Hanlon a fait fermer la bibliothèque ce jour-là.

— Oh ! » dit Ben, qui sentit un vide se creuser dans son cœur. Voilà ce qui arrivait quand on revenait sur les lieux de son enfance ; le glaçage du gâteau était délicieux, mais le contenu amer. Les gens vous oubliaient, mouraient, perdaient leurs cheveux ou leurs dents. Parfois, on s'apercevait qu'ils avaient aussi perdu l'esprit. Oh, c'est quelque chose, d'être en vie, bon Dieu de bon Dieu.

« Je suis désolée, dit-elle. Vous l'aimiez bien ?

— Tous les gosses aimaient Mrs. Starrett, répondit Ben, inquiet de sentir les larmes lui monter aux yeux.

— Est-ce que vous... »

Qu'elle me demande une fois de plus si je vais bien, et je vais vraiment me mettre à pleurer ou à crier, n'importe quoi.

Il jeta un coup d'œil à sa montre et dit : « Il faut vraiment que je parte. Merci pour votre gentillesse.

— Bonne fin de journée, Mr. Hanscom. »

Et comment ! Vu que ce soir, je meurs.

Il eut un geste du doigt en sa direction et retraversa la salle. Mr. Brockhill lui jeta un bref regard, perçant et plein de suspicion.

Ben leva une dernière fois les yeux sur le palier de l'escalier gauche. Le ballon y flottait toujours, au bout de son fil. Mais le texte avait changé, et on lisait maintenant :

J'AI TUÉ BARBARA STARRETT !
GRIPPE-SOU LE CLOWN

Il détourna le regard, sentant à nouveau son cœur lui monter dans la gorge. Il fut surpris, en sortant, de trouver le soleil ; les nuages se dissipaient et laissaient place aux tièdes rayons d'un après-midi de mai qui donnait à l'herbe un vert d'une incroyable luxuriance. Ben sentit se dissiper le poids qu'il avait sur la poitrine, comme s'il avait abandonné dans la bibliothèque quelque insupportable fardeau... puis ses yeux tombèrent sur le livre qu'il avait involontairement emprunté, et sa mâchoire se crispa avec une brutalité douloureuse. Il s'agissait de *Bulldozer*, de Stephen Meader, l'un des ouvrages qu'il avait sous le bras le jour où il avait plongé dans les Friches pour échapper à Henry Bowers et ses acolytes.

Et à propos de Henry, l'empreinte de sa botte de mécano salissait toujours la couverture.

Faisant tourner les pages d'une main de nouveau tremblante, il s'arrêta à la dernière. La bibliothèque disposait maintenant d'un contrôle des fiches par microfilm : il venait de voir l'appareil fonctionner. Mais il y avait toujours une pochette collée à la jaquette cartonnée, avec une carte glissée dedans. Sur chaque ligne figurait un nom suivi de la date de remise marquée au tampon.

NOM DE L'EMPRUNTEUR	DATE DE REMISE
Charles Brown	14 mai 58
David Hartwell	1er juin 58
Joseph Brennan	17 juin 58

Et la dernière ligne de la carte portait sa propre signature enfantine, tracée lourdement au crayon :

Benjamin Hanscom 9 juillet 58

Cette carte était couverte d'un tampon, qui se retrouvait sur la page de garde, sur l'épaisseur de la tranche et un peu partout, un tampon qui avait bavé de l'encre rouge comme du sang et qui disait : ANNULÉ.

« Oh, Seigneur Dieu ! » murmura Ben. Il ne savait pas quoi dire d'autre ; cette exclamation semblait résumer toute la situation. « Oh, Seigneur Dieu, Seigneur Dieu ! »

Debout dans la lumière toute neuve du soleil, il se demanda ce qui était arrivé aux autres.

2
Eddie Kaspbrak réussit une prise

Eddie quitta le bus à l'angle de Kansas Street et de Kossuth Lane. Cette dernière descendait sur quatre cents mètres avant de s'arrêter abruptement à la hauteur de la ravine qui donnait sur les Friches. Il ignorait totalement pour quelles raisons il avait choisi cet endroit pour quitter le bus ; Kossuth Lane ne signifiait rien de particulier pour lui, et il n'avait connu personne dans ce quartier. Il ne savait qu'une chose : c'était le bon endroit, et ça suffisait pour le moment. Beverly était descendue à l'un des arrêts de Lower Main avec un petit salut de la main, Mike était allé en voiture à la bibliothèque.

Le bus, un petit Mercedes un peu ridicule, s'éloignait, et il se demandait ce qu'il fabriquait ici, à ce coin de rue obscur d'une ville obscure à huit cents kilomètres de Myra, qui devait sans aucun doute se faire un sang d'encre à son sujet. Un brusque vertige le saisit, presque douloureux, et il se souvint en portant sa main à la poche qu'il avait laissé sa Dramamine à l'hôtel avec le reste de sa pharmacopée. Il avait cependant de l'aspirine sur lui (il ne serait pas plus sorti sans aspirine que sans pantalon). Il en avala deux, à sec, et commença de remonter Kansas Street avec la vague idée de gagner la bibliothèque ou Costello Avenue. Le temps commençait à s'éclaircir, et il se dit qu'il pourrait même pousser jusqu'à West Broadway pour admirer les vieilles maisons victoriennes du seul quartier vraiment chic de Derry.

Il y avait alors la maison des Bowie, celle des Mueller avec ses tourelles, toutes deux voisines, ce qui explique peut-être l'amitié de Greta Bowie et Sally Mueller. En été, on apercevait toujours des meubles de jardin éparpillés sur la pelouse, un hamac tendu entre deux arbres, un jeu de croquet installé en permanence. Eddie savait tout ça sans avoir été une seule fois invité à venir y jouer : en passant (du pas de quelqu'un qui a un but), il entendait le *clac !* des balles, des rires, des réflexions. Un jour, il avait même aperçu Greta, un verre de limonade à la main, son maillet de croquet de l'autre, mince et jolie comme dans un rêve (en dépit du coup de soleil qu'elle avait sur les épaules, ce qui avait paru être le comble du charme au petit garçon de neuf ans), courant après sa boule qu'un coup malheureux avait éloignée du parcours du jeu.

Il était devenu un peu amoureux d'elle ce jour-là, ou du moins de la cascade de cheveux blonds qui retombaient sur sa robe d'un bleu froid. Elle avait jeté un coup d'œil circulaire et il avait cru pendant un instant qu'elle l'avait vu ; mais sans doute il n'en était rien, car lorsqu'il avait levé la main pour un timide salut, elle ne lui avait pas répondu et avait donné un grand coup dans sa balle pour la renvoyer sur le gazon, hors de sa vue, avant de partir en courant derrière. Il s'était éloigné sans éprouver de déception (il croyait sincèrement qu'elle ne l'avait pas vu) et sans lui en vouloir de ne jamais avoir été invité aux parties de croquet du samedi après-midi : pourquoi une fille aussi ravissante que Greta Bowie inviterait-elle un garçon comme lui ? Il avait la poitrine étroite, de l'asthme et l'air d'un rat à demi noyé.

Ouais, pensa-t-il, remontant sans but Kansas Street, *j'aurais dû retourner sur West Broadway et jeter un coup d'œil sur ces maisons... celle des Mueller, celle des Bowie, celle du Dr Hale, le dépôt des Tracker...*

Ses réflexions s'interrompirent brusquement à ce dernier nom, car — parlez du loup ! — il se trouvait juste en face du dépôt de camions des frères Tracker.

« Toujours debout ! s'exclama Eddie à voix haute. Nom d'un chien ! »

La maison de Phil et Tony Tracker, célibataires impénitents, était certainement la plus charmante de la rue : d'un blanc immaculé, entourée d'un gazon et de ravissants massifs de fleurs qui rivalisaient de couleurs tout le printemps et tout l'été. L'allée, goudronnée de frais chaque automne, gardait en permanence l'éclat d'un miroir noir, et le vert des bardeaux du toit, aux pans multiples, était exactement du vert de la pelouse ; si bien qu'il arrivait que des curieux s'arrêtent pour prendre des photos de la maison avec ses fenêtres à meneaux, très anciennes et remarquables.

« Ils doivent être un peu particuliers pour entretenir une maison de cette façon », avait remarqué d'un ton de mépris la mère d'Eddie — lequel n'avait pas osé demander d'explications.

Le dépôt se situait de l'autre côté de l'avenue, par rapport à la maison Tracker. C'était une construction basse, dont les briques branlantes et vieilles commençaient à s'effondrer par endroits et passaient d'un orange sale à un noir de suie au pied. Les fenêtres étaient uniformément encrassées, à l'exception du panneau du bas de celle du bureau, où avait été ménagé un rond propre. Il était l'œuvre des gosses — avant et après Eddie — et tenait au fait que le contremaître avait un calendrier *Play-Boy* au-dessus de son bureau. Aucun d'eux ne venait faire une partie de base-ball improvisée sans s'arrêter devant cette fenêtre et nettoyer la vitre du gant pour admirer la pin-up du mois.

Le dépôt était entouré sur trois côtés d'un vaste terrain en gravier. Les grands semi-remorques, tous portant en grosses lettres la mention TRACKER BROS. DERRY NEWTON PROVIDENCE HARTFORD NEW YORK, y stationnaient parfois en désordre ; des fois ils étaient bien rangés, d'autres fois il n'y avait que des tracteurs ou au contraire des remorques, silencieuses sur leurs roues arrière et leurs béquilles avant. Les deux frères garaient dans la mesure du possible leurs camions à l'arrière du bâtiment, car tous deux étaient des fanatiques de base-ball et aimaient beaucoup que les enfants viennent jouer sur leur terrain. Les garçons ne voyaient guère Phil Tracker, chauffeur lui-même, mais Tony, avec ses bras comme des jambons et une bedaine en proportion, qui s'occupait de la paperasserie et des comptes, leur était familier. (Eddie aussi le connaissait, même si, bien entendu, il ne jouait jamais, parce que sa mère l'aurait tué si elle avait appris qu'il risquait d'avaler de la poussière dans ses poumons délicats en courant, sans compter Dieu sait quoi d'autre.)

Souriant au souvenir de ce bon géant et de ses coups de gueule *(Allez, vas-y, le Rouquin ! Plus vite, demi-portion ! Regarde un peu ce que tu fais !)*, Eddie s'approcha un peu plus près. Son sourire s'évanouit. Le long bâtiment de brique, où les ordres avaient claqué, où on avait réparé les camions et entreposé temporairement des marchandises, était maintenant sombre et silencieux. Des herbes poussaient entre les graviers, et on ne voyait pas un camion en stationnement... rien qu'une remorque qui rouillait de partout.

Un panneau À VENDRE avait été placé à une fenêtre.

La tristesse qui l'envahit surprit Eddie ; c'était comme si quelqu'un était mort. Il était content, maintenant, de n'avoir pas poussé jusqu'à West Broadway. Si les frères Tracker avaient fait faillite, eux qui paraissaient éternels, qu'était-il advenu des autres ? Il se rendit compte, mal à l'aise, qu'il préférait ne pas le savoir. Il ne voulait pas voir Greta Bowie avec des cheveux gris et la taille épaisse pour avoir trop paressé, trop mangé, trop bu ; il valait mieux (c'était plus prudent) rester dans l'ignorance.

C'est ce que nous aurions tous dû faire, rester au large. Nous n'avons rien à faire ici. Revenir à l'endroit où l'on a grandi, c'est comme faire l'un de ces absurdes exercices de yoga où l'on se met le gros orteil dans la bouche et où l'on s'avale soi-même, si bien qu'il ne reste bientôt plus rien. C'est impossible à réaliser, ce dont toute personne saine d'esprit devrait se réjouir... Qu'a-t-il bien pu arriver à Tony et Phil Tracker, au fait ?

Crise cardiaque pour Tony, peut-être ; avec les quelque trente kilos de graisse en trop qu'il trimbalait sur sa carcasse... Il valait mieux faire attention à son cœur. Et Phil ? Un accident de la route, probablement. Eddie savait ce qu'est la solitude du chauffeur de fond, avec pour seule distraction les feux rouges du véhicule qui vous précède.

« Quelle merde, le temps qui passe ! » soupira Eddie dans un murmure, sans se rendre compte qu'il avait parlé à voix haute.

Se sentant à la fois attendri et malheureux (ce qui lui arrivait plus souvent qu'il ne le pensait), Eddie fit le tour du bâtiment, ses pompes Gucci crissant sur le gravier, pour aller revoir le terrain où les gosses jouaient au base-ball — à une époque où, lui semblait-il, quatre-vingt-dix pour cent de la population était composée d'enfants.

Le terrain n'avait guère changé, mais il suffisait de le voir pour se rendre compte qu'on n'y jouait plus au base-ball. La tradition ne s'était pas perpétuée, pour d'obscures raisons.

En 1958, ce n'étaient pas des lignes blanches de chaux qui délimitaient le périmètre de jeu, mais les sillons creusés par les pieds des coureurs. Il n'existait pas de vraies bases pour ces garçons (tous plus vieux que ceux du Club des Ratés, bien que Stan, se souvenait Eddie, eût parfois joué avec eux ; il n'était pas très puissant à la batte, mais courait comme un lièvre et avait les réflexes d'un ange en défense), mais Tony gardait quatre morceaux de toile à bâche crasseux, que l'on disposait cérémonieusement avant une partie, et que l'on rangeait tout aussi cérémonieusement ensuite sous l'un des ponts de chargement, derrière le bâtiment de brique, quand le crépuscule mettait définitivement fin au jeu.

Eddie ne voyait plus trace des sillons d'autrefois ; les mauvaises herbes avaient proliféré en îlots au milieu des graviers. Ici et là, des bouteilles brisées de soda et de bière lançaient leurs reflets ; à l'époque, les débris de verre étaient religieusement enlevés. La seule chose qui demeurait était la barrière métallique servant à fermer le terrain, à l'arrière, haute de quatre mètres et aussi rouillée que du sang séché. Elle encadrait le ciel d'une multitude de pointes de diamant.

C'était le terrain de jeu, songea Eddie, debout, les mains dans les poches à l'endroit où se trouvait la plaque de but, vingt-sept ans auparavant. *Et au-delà de la barrière, ce sont les Friches. La barrière, ils l'appelaient l'Automatique.* Il rit tout fort et regarda nerveusement autour de lui, comme si c'était un fantôme qui s'était esclaffé et non un type dans un costard à trois mille balles, un type aussi solide que... euh, aussi solide que... que...

Arrête ton char, Eds, sembla lui murmurer la voix de Richie. *T'es rien moins que solide, et au cours des dernières années, les ah-ah ont été de plus en plus rares et espacés, non ?*

« Ouais, ouais », admit Eddie à voix basse en donnant des coups de pied dans des cailloux qui allèrent rouler plus loin.

En vérité, il n'avait vu que par deux fois la balle franchir la barrière pour aller se perdre dans les Friches, et les deux fois, c'est le même garçon qui l'avait expédiée : Huggins le Roteur. Huggins, qui mesurait pratiquement un mètre quatre-vingts à douze ans, était d'une taille presque comique pour son âge, d'autant qu'il pesait bien quatre-vingts kilos. Il tenait son surnom de son talent pour lâcher des rots retentissants et d'une longueur stupéfiante — croisement de cris de crapaud-buffle et de crissement de cigale dans ses meilleurs jours.

Huggins était fort, sans être véritablement obèse, Eddie s'en souvenait maintenant, mais c'était comme si Dieu n'avait jamais eu l'intention qu'un gamin de douze ans atteigne une telle taille ; s'il n'était pas mort cet été-là, il aurait pu atteindre deux mètres ou plus, et peut-être apprendre à manœuvrer ce corps démesuré dans un monde de demi-portions. Il aurait même pu, pensa Eddie, apprendre la douceur. Mais à douze ans, à la fois maladroit et méchant, il avait l'air d'un retardé mental, tant il était lourdaud. Il n'avait rien de la promptitude de Stanley ; on aurait dit qu'il n'existait entre le cerveau de Huggins et son corps que des communications intermittentes — son corps existant dans son cosmos autonome de tonnerre au ralenti. Eddie se souvint du jour où une longue balle peu rapide était partie tout droit dans la direction du Roteur, en défense : il n'avait même pas bougé. Il était resté immobile, et s'était contenté de lever sa main gantée d'un geste imprécis, et *bong !* la balle était venue le frapper à la tête au lieu de tomber dans le gant. Elle avait fait le même bruit que si elle avait rebondi sur le toit d'une voiture. Après une chandelle de deux mètres, elle avait fini sa course dans le gant de Huggins. Un malheureux gamin avait eu le malheur de rire ; le Roteur lui avait botté si fort les fesses que l'enfant était reparti chez lui en larmes, le fond du pantalon troué. Personne d'autre n'avait ri. Eddie supposait que si Richie s'était trouvé présent, le Roteur l'aurait probablement envoyé à l'hôpital. Huggins était également lent à se déplacer, et facile à mettre hors jeu. Mais quand il réussissait à prendre une balle, elle allait très, très loin. Les deux qu'il avait expédiées par-dessus la barrière avaient été miraculeuses. On n'avait jamais retrouvé la première, alors qu'ils avaient été une bonne douzaine à fouiller la pente raide qui descendait dans les Friches.

Quant à la deuxième... c'était Stringer Dedham, un élève de cinquième, qui avait lancé ce qu'il imaginait être un « coup ralenti vicieux » à Huggins. Mais les balles lentes étaient celles qui convenaient parfaitement au Roteur ; il avait frappé celle-ci avec une telle vigueur, que l'enveloppe, déjà un peu fatiguée, était retombée au sol à un mètre à peine de la deuxième base, comme un gros papillon, tandis que la balle elle-même s'élançait dans une superbe lumière de crépuscule tout en s'effilochant, et que les enfants se tournaient pour suivre sa progression, frappés d'admiration. Elle s'élevait encore quand elle avait franchi la barrière et Eddie se rappela l'exclamation de Stringer Dedham : « Sainte merde ! » lancée à voix retenue et stupéfaite, tandis qu'elle décrivait son arc suivie d'une chevelure de comète. Elle n'avait sans doute pas encore touché le sol que déjà une demi-douzaine de gamins grimpaient comme des singes à la barrière. Tony Tracker riait, l'air idiot, et avait crié : « Celle-là serait sortie du Yankee Stadium, vous m'entendez ? Celle-là serait sortie de ce putain de stade ! »

C'était Peter Gordon qui l'avait trouvée, non loin du ruisseau que le Club des Ratés allait barrer moins de trois semaines plus tard. À vrai dire, il n'en restait plus grand-chose, sauf que, et c'était presque un miracle, le fil ne s'en était pas rompu.

Sans se concerter, les garçons avaient ramené les restes de la balle à Tracker, qui les avait examinés sans dire un mot, entouré du groupe silencieux des enfants. De loin, on aurait pu voir dans le tableau de cet homme imposant entouré de gosses la célébration de quelque culte de vénération pour un saint objet. Huggins n'avait même pas pris la peine de faire le tour des bases en courant ; il était resté au milieu des autres, sans idée précise sur ce qu'il faisait. La pelote que Tony Tracker lui avait tendue était à peine plus grosse qu'une balle de golf.

Perdu dans ses souvenirs, Eddie franchit le monticule du lanceur (qui n'avait jamais été un monticule, mais plutôt une dépression, le gravier en ayant été peu à peu chassé) et poursuivit sa promenade coupée d'arrêts. Frappé par le silence, il s'approcha enfin de la barrière qui, plus rouillée que jamais, était envahie par une plante grimpante très laide, mais tenait toujours debout. Regardant au travers, il vit la pente abrupte envahie d'une végétation d'un vert agressif.

Les Friches ressemblaient plus que jamais à une jungle, et pour la première fois, il se demanda comment une étendue aussi verdoyante et luxuriante avait pu recevoir le nom de Friches-Mortes : elle était tout ce que l'on voulait, mais sûrement pas une friche, et encore moins morte. Pourquoi pas les Grands-Fourrés, ou la Jungle ?

Les Friches-Mortes.

Un nom qui sonnait comme une menace, presque sinistre, qui évoquait non pas un fouillis de buissons et d'arbres tellement dense que les plantes luttaient à mort pour la lumière, mais plutôt des dunes de sable en constant déplacement, ou des étendues grises de terre latérisée. Mortes. C'est-à-dire stériles. Mike avait remarqué plus tôt qu'ils étaient tous stériles, et cela ne paraissait que trop vrai. Sept, et pas un seul enfant. Même en ces temps de planning familial, voilà qui ne cadrait pas avec les statistiques.

Il regarda par les ouvertures en forme de diamant, entendant, un ton plus bas que le grondement lointain des véhicules sur Kansas Street, les bruits d'éclaboussement et d'écoulement de l'eau en dessous. Il l'apercevait par endroits qui scintillait comme des éclats de verre sous le soleil printanier. La futaie de bambous se trouvait toujours au même endroit, d'une blancheur maladive, comme rongée de champignons au milieu de toute cette verdure. Au-delà, dans les étendues marécageuses qui longeaient la Kenduskeag, on racontait qu'il y avait des sables mouvants.

J'ai passé les moments les plus heureux de mon enfance là en bas, dans ce bourbier, pensa-t-il avec un frisson.

Il était sur le point de faire demi-tour quand un détail accrocha son regard : un cylindre de ciment fermé d'un lourd couvercle d'acier. Les trous de Morlock, comme les appelait Ben, la bouche rieuse, mais pas les yeux. Quand ils étaient gamins, ils leur arrivaient à la taille et ils pouvaient lire dessus : SECTION DES TRAVAUX PUBLICS DE DERRY, en lettres estampées en demi-cercle dans le métal. Et il en montait un bourdonnement, un bruit de machine qui avait l'air de venir de très loin.

Les trous de Morlock.

C'est là-dedans que nous sommes descendus. En août. À la fin. Nous sommes descendus dans l'un des trous de Morlock de Ben, dans les égouts, mais au bout d'un moment, il ne s'agissait plus d'égouts, mais de... de... quoi ?

Patrick Hockstetter y était. Avant que Ça l'emporte, Beverly l'a vu faire quelque chose de mal. Elle en riait, mais elle savait que c'était mal. Quelque chose qui avait à voir avec Henry Bowers, non ? Oui, avec Henry. Et...

Il se tourna brusquement et regarda vers le dépôt abandonné, ne voulant plus voir les Friches car il n'aimait pas les pensées qui lui étaient venues à l'esprit. Il voulait être chez lui, avec Myra. Mais pas ici, surtout pas ici. Il...

« Attrape, le môme ! »

Il se tourna vers la voix, et vit arriver une sorte de balle qui franchit la barrière et vint rebondir sur le gravier. Eddie tendit la main et l'attrapa. D'un geste réflexe d'une élégante spontanéité.

Il regarda ce qu'il tenait, et tout devint froid et sans force à l'intérieur de lui. Une ancienne balle de base-ball. Ce n'était plus qu'une boule entourée de ficelle, car l'enveloppe avait disparu. Il revit la queue de la comète franchissant la barrière de métal avant de disparaître dans les Friches.

Oh, Seigneur ! pensa-t-il. *Oh, Seigneur, Ça est ici avec moi* MAINTENANT *!*

« Viens donc jouer en bas, Eddie ! » fit la voix de l'autre côté de la barrière ; et Eddie se rendit compte, horrifié à s'évanouir, que c'était celle de Huggins le Roteur, qui avait été assassiné dans les boyaux de Derry en août 1958. Et c'était ce même Huggins qui montait péniblement la pente des Friches, de l'autre côté de la barrière.

Il portait l'uniforme des Yankees, l'équipe de base-ball de New York, un uniforme taché de vert, auquel s'accrochaient des débris de feuillage. C'était le Roteur mais aussi le lépreux, une créature hideuse sortie de son tombeau humide après des années. La chair de son lourd visage pendait en lambeaux putréfiés. Une de ses orbites était vide. Des choses grouillaient dans sa chevelure. Il tenait à la main un gant de base-ball couvert de mousse. Il passa les doigts pourrissants de son autre main à travers les trous de la grille de métal, et quand il les replia, Eddie entendit un ignoble bruit de liquide qui giclait, le rendant presque fou.

« Celle-là serait sortie du Yankee Stadium », fit Huggins avec un sourire. Un crapaud d'un blanc maladif tomba de sa bouche en se tortillant, puis rampa sur le sol. « Vous m'entendez ? Celle-là serait sortie de ce putain de stade ! Et au fait, Eddie, t'as pas envie d'un petit pompier ? Je te le fais pour dix sous. Bon Dieu ! Je te le fais pour rien. »

Le visage du Roteur se transforma. Le nez bulbeux et gélatineux s'effondra, révélant les deux conduits sanguinolents qu'Eddie avait vus dans ses rêves. Ses cheveux s'épaissirent et reculèrent sur ses tempes, prenant une couleur de toile d'araignée. La peau en putréfaction de son front éclata, révélant la blancheur de l'os couverte d'une membrane muqueuse, comme le verre trouble d'une lampe-torche. Le Roteur avait disparu et il avait maintenant en face de lui la chose du porche du 29, Neibolt Street.

« Bobby te taille une pipe pour dix sous », roucoula la chose en entreprenant l'escalade de la barrière. De petits fragments de chair restaient pris dans l'entrecroisement en tête de diamant des fils de fer. La barrière s'agita et grinça sous son poids. Lorsqu'il touchait les plantes grimpantes, celles-ci devenaient noires. « Il me le fait n'importe quand ; quinze sous si ça dure trop longtemps. »

Eddie essaya de hurler. C'est à peine si un petit piaulement sec sortit de sa gorge. Ses poumons lui donnaient l'impression d'être le plus vieil accordéon du monde. Il regarda la balle qu'il tenait encore à la main et soudain du sang commença à jaillir de l'enroulement de ficelle. Il coula sur le sol et éclaboussa ses chaussures.

Il jeta la balle et fit deux pas chancelants en arrière, les yeux exorbités, se frottant la main sur sa chemise. Le lépreux venait d'atteindre le haut de la barrière. La silhouette oscillante de sa tête se découpait contre le ciel, forme cauchemardesque comme une citrouille congestionnée de Halloween. Sa langue pendait hors de sa bouche de plus d'un mètre et rampait le long du grillage comme un serpent.

Puis d'un seul coup, plus rien.

Il ne disparut pas progressivement, comme un fantôme dans un film, mais en un clin d'œil. Eddie entendit cependant un son qui confirma sa solidité fondamentale : un *pop !* comme un bouchon de champagne, le bruit de l'air qui venait remplir l'espace qu'avait occupé le lépreux.

Il se tourna et se mit à courir, mais à peine avait-il parcouru trois ou quatre mètres que trois formes raides s'envolaient de l'ombre en dessous du pont de chargement du dépôt abandonné. Il crut tout d'abord avoir affaire à des chauves-souris et cria en se protégeant la tête... Puis il s'aperçut qu'il s'agissait de morceaux de bâche — ceux-là mêmes qui avaient servi de base quand les grands jouaient au base-ball.

Ils voletèrent et tourbillonnèrent dans l'air calme ; il dut en esquiver un. Puis les quatre morceaux allèrent se poser tous ensemble à leur place habituelle en soulevant de petits nuages de poussière : première, deuxième, troisième base.

Haletant, la respiration de plus en plus courte, Eddie franchit la plaque de but en courant, les lèvres crispées, le visage aussi blanc que du fromage frais.

Whack! Bruit d'une batte frappant une balle fantôme. Et alors...

Eddie s'arrêta, les jambes paralysées, et un gémissement franchit ses lèvres. Le sol se renflait en ligne droite entre la plaque de but et la première base, comme si un rongeur géant avait creusé un tunnel à toute vitesse juste sous la surface du sol. Du gravier roulait des deux côtés. La forme souterraine atteignit la première base et le morceau de bâche vola en l'air, si brusquement qu'il émit un claquement — rappelant celui que produit un petit cireur de bottes qui tend joyeusement son chiffon. Le sol commença à se soulever entre la première et la deuxième base, de plus en plus vite ; le second morceau de bâche claqua en bondissant en l'air comme le premier, et à peine était-il retombé au sol que la forme franchissait la troisième base et fonçait sur la plaque de but.

Celle-ci s'envola comme les autres mais elle était encore en l'air lorsque la chose surgit du sol comme un diable de sa boîte, version sinistre : c'était Tony Tracker, le visage réduit à l'état de squelette, auquel s'accrochaient encore des lambeaux de chair noircie, sa chemise blanche n'étant qu'un magma en charpie de fils pourrissants. Il sortit de terre jusqu'à la taille et resta ainsi, oscillant comme un lombric grotesque.

« Tu peux t'envoyer autant de giclées de ton bidule que tu veux, Souffle-Court ! » lança Tony d'une voix qui broyait du sable. Il arborait un sourire démentiellement amical. « Peu importe, on t'aura. Toi et tes amis. Ça va être votre fête ! »

Eddie hurla et s'éloigna en trébuchant. Une main se posa sur son épaule ; il s'en écarta. La main serra plus fort pendant un instant, puis le lâcha. Il se tourna. C'était Greta Bowie. Morte. La moitié de son visage avait disparu ; des asticots grouillaient dans les cavités où restait de la chair. Elle tenait un ballon vert à la main.

« Accident de voiture », déclara la moitié reconnaissable de sa bouche, qui sourit. Ce sourire déclencha un bruit d'arrachement indescriptible, et Eddie vit les tendons bouger comme d'affreux liens. « J'avais dix-huit ans, Eddie. J'étais saoule, complètement pétée. Tes amis sont ici, Eddie. »

Eddie recula, mains tendues devant lui ; elle avança dans sa direction. De longues traînées de sang séché collaient à ses jambes. Elle portait des tennis.

C'est alors que derrière elle, il aperçut l'ultime horreur : Patrick Hockstetter s'avançait à son tour vers lui d'au-delà du périmètre de jeu, habillé également de l'uniforme des Yankees de New York.

Eddie courut. Greta le saisit par sa chemise, qu'elle déchira en laissant couler sur lui un liquide innommable. Tony Tracker se dégageait de son terrier calibré pour homme. Patrick Hockstetter trébuchait et zigzaguait. Eddie courut, sans savoir où il trouvait l'air pour respirer, mais il courut. Et pendant sa course, il vit des mots flotter devant lui, les mots qu'il avait vus sur le ballon vert que Greta Bowie tenait :

LES REMÈDES CONTRE L'ASTHME DONNENT LE CANCER DU POUMON ! AVEC LES COMPLIMENTS DE LA PHARMACIE CENTRALE !

Eddie courut. Courut, courut, courut jusqu'à ce qu'il s'effondre, à demi mort, près de McCarron Park ; les enfants qui le virent s'écartèrent de lui car ils le prirent pour un ivrogne qui aurait bien pu avoir quelque maladie bizarre et ils le soupçonnèrent même d'être le tueur. Ils parlèrent d'aller le signaler à la police mais en fin de compte n'en firent rien.

3
Bev Rogan rend une visite

L'air absent, Beverly quitta le Derry Town House, où elle était allée se changer (adoptant un jean et une blouse d'un jaune éclatant), et s'engagea sur Main Street. Elle ne songeait pas à sa destination ; au lieu de cela, un poème chantait dans sa tête :

Feux d'hiver, braises de janvier,
Ta chevelure :
Ici brûle aussi mon cœur.

Elle l'avait caché au fond de son dernier tiroir, en dessous de ses sous-vêtements. Sa mère aurait pu l'y voir, mais ça ne faisait rien. L'important était que son père ne regardait jamais dans ce tiroir. Si jamais il l'avait découvert, il lui aurait lancé ce regard brillant, presque amical et totalement paralysant qui lui était particulier, et lui aurait demandé, sur un ton presque gentil : « N'as-tu pas fait quelque chose que tu n'aurais pas dû faire, Beverly ? Quelque chose avec des garçons ? » Qu'elle eût répondu oui ou non, elle aurait eu droit à un rapide aller-retour, si rapide et si sec qu'il ne lui aurait pas fait mal sur le coup : il fallait quelques secondes avant que ne se dissipe le vide et que la douleur ne vienne remplir l'endroit où il y avait eu ce vide. Et sa voix, toujours presque amicale, se serait de nouveau élevée : « Je m'inquiète beaucoup pour toi, Beverly, vraiment beaucoup. Tu n'es plus un bébé, est-ce que tu comprends ça ? »

Son père vivait peut-être encore à Derry ; il s'y trouvait toujours la dernière fois qu'elle avait eu des nouvelles de lui. Mais ça datait de... de combien d'années, en fait ? Dix ans ? Bien avant son mariage avec Tom de toute façon. Elle avait reçu une carte postale de lui, non pas une toute simple comme celle sur laquelle avait été écrit le poème, mais une qui montrait l'abominable monument de plastique à Paul Bunyan, situé en face du Centre communautaire. On avait érigé cette statue au cours des années 50 et elle faisait partie des hauts lieux de son enfance ; mais la carte de son père n'avait évoqué aucun souvenir, provoqué aucune nostalgie ; elle aurait tout aussi bien pu représenter le Golden Gate à San Francisco.

« J'espère que tu vas bien et que tu t'en sors, disait la carte. J'espère que tu m'enverras quelque chose si tu peux, car je ne suis pas bien riche. Je t'aime, Bevvie. Papa. »

Il l'avait aimée et elle se doutait que ce n'était pas sans rapport avec la manière dont elle était tombée désespérément amoureuse de Bill Denbrough au cours de ce long été 1958 : de tous les garçons, Bill était celui de qui émanait le plus cette autorité qu'elle associait à son père... mais c'était une forme différente d'autorité — une autorité qui écoutait.

Mais peu importent les raisons. À la fin de leur première rencontre comme groupe au grand complet en juillet de cette année-là, rencontre au cours de laquelle Bill avait si naturellement pris leur tête, elle était tombée follement amoureuse de lui. En parler comme d'une passion d'écolière serait comme dire d'une Rolls-Royce que c'est un véhicule à quatre roues. Elle ne se mettait pas à pouffer hystériquement et à rougir quand elle le voyait, elle n'écrivait pas son nom à la craie sur les arbres ou sous le pont des Baisers. Elle vivait simplement en permanence avec son image dans son cœur, une présence à la fois délicieuse et douloureuse en elle. Elle serait morte pour lui.

Il était assez naturel qu'elle eût désiré croire que Bill était l'auteur du poème... sans pouvoir jamais, cependant, s'en convaincre totalement. Non, elle avait toujours su qui l'avait écrit. Et plus tard, Ben ne l'avait-il pas plus ou moins admis ? Oui, il le lui avait avoué (même si, pour le moment, elle était absolument incapable de se souvenir en quelles circonstances), alors qu'il avait caché son amour pour elle presque aussi bien qu'elle avait dissimulé le sien pour Bill.

(Mais tu lui as dit, Bevvie, tu lui as dit que tu aimais)

Et pourtant cet amour était évident pour un observateur attentif (et bienveillant), à la manière dont Ben conservait toujours un certain espace entre eux, à celle dont sa respiration changeait quand elle lui touchait la main ou le bras, à celle dont il s'habillait quand il savait qu'il allait la voir. Cher Ben, si tendre et... si gras.

Cette délicate situation triangulaire préadolescente s'était finalement dénouée, mais comment ? Cela ne lui revenait toujours pas. Il lui semblait que Ben avait avoué être l'auteur du petit poème d'amour ; il lui semblait qu'elle avait avoué à Bill qu'elle l'aimait et qu'elle l'aimerait toujours et que d'une certaine manière, ces deux aveux avaient contribué à leur sauver la vie à tous... en était-elle sûre ? Elle ne savait plus. Ces souvenirs (ou plutôt ces souvenirs de souvenirs) étaient comme des îles qui ne sont pas réellement des îles mais seulement les parties saillantes d'une longue dorsale corallienne que le hasard fait dépasser des eaux mais sans continuité. Néanmoins, à chaque fois qu'elle tentait de plonger plus profondément pour voir le reste, une image démentielle venait s'interposer : celle des mainates qui, tous les printemps en Nouvelle-Angleterre, encombraient les fils du téléphone, les arbres et les toits, en se bagarrant pour les meilleurs emplacements et emplissaient l'air encore vif de mars de leur babil de crécelle. Cette image lui revenait sans cesse, comme un puissant brouillage radio occulte le signal que l'on souhaite capter.

Ce fut un choc pour elle de se rendre compte qu'elle se trouvait juste à la hauteur de la laverie automatique Kleen-Kloze, là où avec Stan, Ben et Eddie, elle était venue laver les chiffons à la fin juin — ces chiffons tachés d'un sang qu'eux seuls pouvaient voir. Les vitres avaient été passées au blanc d'Espagne et un panneau À VENDRE était accroché à la porte. Dans les intervalles des coups de pinceau, elle aperçut une salle vide, avec des rectangles plus clairs sur le sol sale : ceux des emplacements des machines.

Je rentre à la maison, pensa-t-elle, lugubre ; mais elle poursuivit son chemin.

Le quartier n'avait guère changé. Il manquait quelques arbres, sans doute des ormes atteints par la maladie. Les maisons avaient l'air un peu plus miteux ; il lui semblait que les carreaux cassés étaient légèrement plus nombreux que lorsqu'elle était petite. On avait remplacé certains avec du carton, d'autres non.

Et voici qu'elle se trouvait devant l'immeuble de rapport du 127, Lower Main Street. Toujours debout. Le blanc écaillé dont elle se souvenait s'était transformé en un brun chocolat tout aussi écaillé au cours des années, mais c'était bien lui. Elle reconnut la fenêtre de sa chambre, celle de la cuisine.

(Jimmy, sale gosse, ne reste pas dans la rue ! Tu veux donc te faire écraser ?)

Elle frissonna, croisa les bras sur la poitrine en se tenant les coudes.

Si ça se trouve, Papa habite encore ici ; oui, c'est fort possible. Il ne déménagerait que contraint et forcé. Il suffit d'aller jusque dans l'entrée, Beverly, et de regarder les boîtes aux lettres. Trois boîtes pour trois appartements, comme autrefois. Et s'il y en a une avec MARSH *écrit dessus, tu peux sonner et tu entendras bientôt un pas traînant chaussé de pantoufles dans le couloir, la porte s'ouvrira et tu pourras le voir, l'homme dont le sperme t'a donné tes cheveux roux et auquel tu dois d'être gauchère et bonne en dessin... Tu te souviens comme il dessinait ? Il faisait ce qu'il voulait. Trop de choses l'inquiétaient, j'imagine. Mais lorsqu'il s'y mettait, tu restais assise des heures à le regarder te dessiner des chats, des chiens, des chevaux et des vaches avec les* MEUH ! *qui sortaient de leur mufle dans des ballons. Tu riais, et il riait et te disait :* À toi, Bevvie, maintenant, *et quand tu tenais le crayon, il te guidait la main et tu voyais apparaître le chat, la vache ou l'homme qui souriait sous tes doigts, tout en sentant l'odeur de son eau de toilette Mennen et la chaleur de sa peau. Vas-y, Beverly. Appuie sur la sonnette. Il viendra, il sera vieux, le visage creusé de rides profondes, et ses dents (celles qui lui restent) seront jaunes, il te regardera et il dira : Mais c'est Bevvie, Bevvie qui est venue à la maison voir son vieux Papa, entre donc, Bevvie, je suis si content de te voir, si content parce que je m'inquiète beaucoup pour toi, Bevvie, vraiment* BEAUCOUP.

Elle remonta lentement l'allée, et les herbes qui poussaient dans les craquelures du béton vinrent effleurer son jean. Elle observa attentivement les fenêtres du premier, mais elles étaient fermées de rideaux. Elle regarda les boîtes aux lettres.

Troisième, STARKWEATHER. Deuxième, BURKE. Premier — sa respiration s'arrêta —, MARSH.

Non, je ne vais pas aller sonner. Je ne veux pas le voir. Je ne sonnerai pas.

Voilà qui était enfin une décision courageuse ! Une décision qui ouvrait les portes à toute une vie de décisions courageuses, intelligentes, utiles ! Elle allait redescendre l'allée ! Retourner en ville ! au Derry Town House, son hôtel ! Faire ses bagages ! prendre un taxi ! un avion ! Dire à Tom d'aller se faire foutre ! Réussir sa vie ! Mourir heureuse !

Elle sonna.

Elle entendit le tintement familier arriver de la salle de séjour — un tintement qui lui avait toujours paru avoir quelque chose de chinois : *Tching-tchong !* Pas de réponse. Silence. Elle se mit à déplacer son poids d'un pied sur l'autre, prise soudain d'une envie de faire pipi.

Personne à la maison, je peux partir maintenant, pensa-t-elle, soulagée.

Mais au lieu de cela, elle sonna de nouveau : *Tching-tchong !*

Toujours pas de réponse. Elle pensa au délicieux petit poème de Ben et essaya de se souvenir où et quand exactement il en avait reconnu la paternité, et de comprendre pourquoi, pendant un bref instant, l'événement évoqua aussi ses premières règles. Les aurait-elle eues à onze ans ? Sûrement pas — et pourtant, les premiers signes de croissance (douloureux) de ses seins s'étaient manifestés durant l'hiver. Pourquoi... ? Puis ce fut l'écran de milliers de mainates sur les toits et les lignes téléphoniques, caquetant tous sous un ciel blanc de printemps.

Je vais partir, maintenant. J'ai sonné deux fois, ça suffit.

Mais elle sonna de nouveau.

Tching-tchong !

Elle entendit alors quelqu'un approcher, et le bruit était exactement celui qu'elle avait imaginé : le chuintement fatigué de vieilles pantoufles. Elle jeta des regards affolés autour d'elle et fut sur le point de prendre ses jambes à son cou. Aurait-elle le temps de courir jusqu'au coin de la rue en laissant croire à son père que c'étaient des gamins qui lui avaient joué un tour ?

Elle poussa un soupir bref et forcé et dut se contracter pour retenir ce qui était un rire de soulagement. Ce n'était pas du tout son père ; la porte venait de s'ouvrir sur une femme de grande taille de près de quatre-vingts ans. Elle avait les cheveux longs, blancs pour la plupart, mais encore rehaussés de fils de l'or le plus pur. Derrière des verres sans monture, la regardaient deux yeux bleus comme l'eau des fjords sur lesquels ses ancêtres avaient peut-être navigué. Elle portait une robe mauve en soie moirée, élimée, mais de bonne coupe. On lisait la bonté sur son visage ridé.

« Oui, mademoiselle ?

— Je suis désolée », dit Beverly, dont l'envie de rire était passée aussi vite qu'elle était venue. Elle remarqua que la vieille femme portait au cou un camée très certainement en ivoire, et entouré d'un liseré d'or si fin qu'il était presque invisible. « J'ai dû me tromper de porte. (*Ou me tromper exprès de porte,* lui murmura son esprit.) Je voulais sonner chez les Marsh.

— Les Marsh ? » Son front se rida délicatement.

« Oui, voyez-vous...

— Il n'y a pas de Marsh, ici.

— Mais...

— À moins que... vous ne voulez pas parler d'Alvin Marsh, n'est-ce pas ?

— Si, dit Beverly, mon père ! »

La vieille femme porta la main à son camée. Elle regarda Beverly plus attentivement, la faisant se sentir ridiculement jeune, comme si elle avait été une girl-scout venue vendre ses biscuits ou des autocollants de l'équipe de football de Derry. Puis la vieille femme sourit... mais d'un sourire plein de tristesse.

« Quel malheur que vous ayez perdu contact, mademoiselle. Je suis désolée d'avoir à vous l'apprendre, moi qui ne suis qu'une étrangère, mais votre père est mort depuis cinq ans.

— Mais... sur la sonnette... » Elle regarda de nouveau et émit un petit bruit affolé qui n'avait rien d'un rire. Dans son agitation, et dans sa certitude inconsciente mais inébranlable que son père serait encore là, elle avait lu MARSH au lieu de KERSH.

« Vous... vous êtes Mrs. Kersh ? » demanda-t-elle, étourdie par ce qu'elle venait d'apprendre de son père, mais aussi parce qu'elle se sentait stupide de s'être trompée — la dame allait la prendre pour une analphabète.

« Oui, Mrs. Kersh.

— Vous... avez-vous connu mon père ?

— Oh, presque pas. Nous nous sommes croisés de temps en temps, puis il est allé habiter sur Roward Lane, vous connaissez ?

— Oui », répondit Beverly, qui ne s'était pas sentie depuis bien longtemps agitée d'émotions aussi contradictoires. Roward Lane donnait un peu plus bas sur Lower Main Street, et les appartements y étaient encore plus petits et désespérément minables.

« Il m'arrivait aussi de le voir au marché de Costello Avenue, reprit Mrs. Kersh, ainsi qu'à la laverie, avant sa fermeture. On échangeait quelques mots de temps en temps. Nous — vous êtes bien pâle, ma fille. Je suis désolée. Entrez donc et permettez-moi de vous offrir le thé.

— Non, je ne pourrais pas », répondit faiblement Beverly : mais en réalité elle se sentait pâle, comme ces vitres opaques à travers lesquelles on devine quelque chose. Elle pouvait accepter une tasse de thé et une chaise où s'asseoir.

« Mais si, vous le pouvez et vous le ferez, dit chaleureusement Mrs. Kersh. C'est le moins que je puisse faire après vous avoir appris une si terrible nouvelle. »

Avant d'avoir pu protester, Beverly se retrouva à l'intérieur de son ancien appartement au couloir sombre, qui lui paraissait maintenant beaucoup plus petit mais plus sûr — plus sûr, se dit-elle, parce que tout y était différent. À la place de la table en formica rose entourée de ses trois chaises, il y en avait une autre en bois, ronde, à peine plus grande qu'un guéridon, avec un vase contenant des fleurs en tissu. Au lieu du vieux réfrigérateur Kelvinator, un Frigidaire couleur bronze. La cuisinière était petite, mais avait l'air efficace. Des rideaux d'un bleu éclatant pendaient aux fenêtres, à l'extérieur desquelles étaient accrochés des bacs à fleurs. On avait enlevé le vieux linoléum qui recouvrait le sol, laissant le plancher à nu. Ciré régulièrement, il luisait dans des nuances délicates.

Mrs. Kersh se retourna après avoir posé une bouilloire sur la cuisinière. « Vous avez grandi ici ?

— Oui. Mais c'est bien différent, maintenant... si propre, si charmant... merveilleux !

— Vous êtes trop gentille », répondit Mrs. Kersh. Son sourire la rajeunissait, il rayonnait : « J'ai un peu d'argent, voyez-vous. Pas beaucoup, mais ma retraite me suffit largement. J'ai passé ma jeunesse en Suède. Je suis venue dans ce pays en 1920, alors que j'avais quatorze ans et pas un sou — ce qui est la meilleure façon de connaître la valeur de l'argent, n'est-ce pas ?

— En effet.

— J'ai travaillé à l'hôpital pendant de nombreuses années ; à partir de 1925, en fait. Je suis montée en grade et j'ai obtenu le poste de surveillance en chef. J'avais toutes les clefs. Mon mari investissait notre argent très judicieusement. Regardez autour de vous, mademoiselle, pendant que l'eau bout.

— Je ne peux pas me permettre...

— Je vous en prie... sinon je vais me sentir coupable. Regardez, si vous en avez envie ! »

Elle regarda donc. La chambre de ses parents était maintenant celle de Mrs. Kersh, et les différences étaient radicales. La pièce paraissait plus claire, plus aérée ; une grosse commode en cèdre, portant les initiales R.G., répandait son arôme délicat dans l'air ; un gigantesque couvre-pieds à motifs recouvrait le lit : on y voyait une femme tirant de l'eau, des enfants gardant du bétail, des hommes soulevant des meules de foin. Un couvre-pieds merveilleux.

Sa chambre était devenue une lingerie. Une machine à coudre Singer trônait sur une table aux pieds en fer forgé, éclairée par deux puissantes lampes. Sur l'un des murs, une représentation de Jésus ; sur l'autre, une photo de Kennedy au-dessus d'une ravissante vitrine contenant non point des bibelots mais des livres, ce qui ne la déparait absolument pas.

Elle termina par la salle de bains.

Elle avait été repeinte en un rose délicat, dont la tonalité agréable n'avait rien de criard. Tous les éléments étaient neufs, et en dépit du vieux cauchemar qui lui revenait, elle s'approcha du lavabo ; elle voulait regarder dans l'œil noir et sans paupière de l'écoulement, le murmure allait recommencer et alors le sang...

Elle se pencha sur le lavabo, après avoir brièvement aperçu le reflet de son visage pâle et de ses yeux sombres dans la glace, et se mit à fixer cet œil, dans l'attente des voix, des grognements, du sang.

Combien de temps aurait-elle pu rester ainsi inclinée ? Elle n'en saurait jamais rien, car c'est la voix de Mrs. Kersh qui la tira de sa contemplation. « Le thé, mademoiselle ! »

Elle sursauta, son état de semi-hypnose se dissipa et elle quitta la salle de bains. Si quelque magie ténébreuse s'était cachée dans ce siphon, il avait maintenant disparu... ou bien était en sommeil.

« Oh, vous n'auriez pas dû ! »

Mrs. Kersh leva les yeux sur elle, avec un grand sourire. « Si vous saviez combien je reçois rarement de visite, mademoiselle, vous ne diriez pas ça. Figurez-vous que j'en fais plus encore pour le releveur d'Hydro-Bangor quand il vient ! Je le fais engraisser ! »

Un délicat service de porcelaine était disposé sur la table, d'un blanc éclatant avec une bordure bleue. Il y avait une assiette de petits gâteaux et de biscuits ; à côté, de la vapeur au parfum suave montait paresseusement d'une théière.

« Asseyez-vous, mademoiselle, asseyez-vous, je vais vous servir.

— Je ne suis pas une demoiselle », fit Beverly en soulevant la main gauche afin de montrer son anneau.

Mrs. Kersh eut un geste désinvolte de la main. « Pour moi, toutes les jolies jeunes femmes sont des demoiselles, dit-elle. Simple habitude. Ne vous formalisez pas.

— Non, bien sûr », répondit Beverly. Mais, sans savoir clairement pourquoi, elle éprouva une petite pointe de gêne : le sourire de la vieille dame avait eu quelque chose de... de quoi ? De désagréable ? De faux ? De rusé ? Mais c'était ridicule, n'est-ce pas ?

« J'aime beaucoup la façon dont vous avez arrangé l'appartement.

— Vraiment ? » dit Mrs. Kersh en versant le thé. Le breuvage paraissait sombre, bourbeux. Beverly n'était pas sûre d'avoir envie de le boire... et soudain, elle se sentit prise du désir de ne plus être ici.

Il y avait bien écrit Marsh sous la sonnette, lui murmura soudain son esprit, et elle eut peur.

Mrs. Kersh lui tendit sa tasse.

« Merci », dit Beverly. Le thé avait peut-être l'air peu engageant ; mais il dégageait un arôme merveilleux. Elle le goûta. Excellent. *Arrête d'avoir peur de ton ombre,* se dit-elle. « Cette commode en particulier est un petit chef-d'œuvre, reprit-elle

— Une antiquité, celle-là », répondit la vieille dame en riant.

Beverly remarqua que sa beauté était entachée d'un défaut, assez courant ici dans le nord. Elle avait les dents en mauvais état. Solides, mais abîmées. Elles étaient jaunâtres, et les deux de devant se chevauchaient ; les canines paraissaient très longues, de vraies défenses.

Elles étaient blanches... quand elle a ouvert la porte, elle a souri et je me suis fait la réflexion qu'elles étaient très blanches.

Brusquement, sa légère appréhension laissa place à de la vraie peur ; brusquement, elle voulut être à mille lieues de cet appartement.

« Elle est très vieille, oh oui ! » s'exclama Mrs. Kersh, qui avala sa tasse de thé d'un seul coup avec un bruit choquant de déglutition. Elle sourit à Beverly — ou plutôt lui grimaça un sourire. Les yeux de la femme venaient également de changer. La cornée en était maintenant jaune, vieillie et marquée de points rouges troubles. Ses cheveux, plus clairsemés, paraissaient maladifs et n'étaient plus ces fils d'argent brodés d'or, mais avaient une nuance grise triste.

« Très vieille », marmonna Mrs. Kersh au-dessus de sa tasse vide, avec un regard matois de ses yeux jaunes. Son sourire repoussant, presque paillard, exhiba ses dents saillantes. « Il est venu avec moi de la maison. Vous avez remarqué les lettres gravées, R.G. ?

— Oui. » Sa voix venait de très loin, et une partie de son cerveau lui criait : *Si elle ne sait pas que tu as remarqué le changement, peut-être que tu ne risques encore rien, si elle ne le sait pas, si elle ne voit pas...*

« Mon père... », dit la femme avec un accent germanique. Beverly se rendit compte que sa robe avait également changé. Elle était devenue d'un noir curieux, décoloré par endroits. Le camée s'était transformé en crâne à la mâchoire pendante. « Il s'appelait Robert Gray, mieux connu sous celui de Bob Gray et encore plus sous celui de Grippe-Sou le Clown dansant. Ce n'était d'ailleurs pas son nom. Mais il aimait la plaisanterie, mon père. »

Elle rit de nouveau. Certaines de ses dents étaient devenues aussi noires que sa robe. Les rides de sa peau s'étaient creusées profondément. Sa peau laiteuse et rose avait pris une teinte d'un jaune maladif. Ses doigts étaient des griffes. Elle grimaça un sourire. « Mangez donc quelque chose, chère enfant. » Sa voix avait grimpé d'une octave, mais s'était éraillée et produisait les grincements d'une porte de crypte s'agitant absurdement sur des gonds pleins de sable noir.

« Non, merci », s'entendit dire Beverly d'une voix aiguë d'enfant trahissant son envie de fuir. Les mots paraissaient provenir non pas de son cerveau mais de sa seule bouche ; elle ne savait les avoir prononcés qu'après les avoir entendus.

« Non ? » demanda la socière avec un autre sourire-grimace. Ses griffes s'abattirent sur l'assiette et elle commença à enfourner les biscuits secs et les délicates tranches de gâteau à pleines poignées. Ses dents plongeaient et reculaient, plongeaient et reculaient, horribles ; noirs et crasseux, ses ongles s'enfonçaient dans les douceurs ; des miettes dévalaient son menton osseux en galoche. Son haleine avait l'odeur de choses mortes depuis longtemps, que les gaz qu'elles engendrent viennent de faire éclater. Son rire était maintenant un caquet lugubre. Ses cheveux s'étaient encore éclaircis ; par endroits, on voyait la peau de son crâne.

« Oh, il aimait la plaisanterie, mon père ! Voici une plaisanterie, mademoiselle, si vous les aimez : mon père m'a portée plus que ma mère. Il m'a chiée par le trou du cul, hé-hé-hé-hé !

— Il faut que je parte », s'entendit dire Beverly, toujours du même filet de voix aiguë — celle d'une petite fille devenue affreusement embarrassée lors de sa première surprise-partie. Elle n'avait plus de force dans les jambes. Elle avait très vaguement conscience que ce n'était plus du thé qu'elle avait dans sa tasse mais de la merde, de la merde liquide, le cadeau de surboum des égouts en dessous de la ville. Elle en avait *bu*, rien qu'une gorgée, *oh, mon Dieu, mon Dieu, doux Jésus, je t'en prie, je t'en prie...*

La vieille femme se ratatinait sous ses yeux, se réduisait à une espèce de débris surmonté d'une tête de poupée rabougrie comme une pomme, assise en face d'elle, qui poussait des glapissements suraigus en se balançant d'avant en arrière.

« Oh, mon père et moi ne faisons qu'un, rien que moi, rien que lui, et si vous étiez avisée, ma chère, vous partiriez en courant et retourneriez d'où vous venez, et vite, car rester serait pire que la mort. Personne de ceux qui meurent à Derry ne meurt vraiment. Vous saviez cela auparavant ; croyez-le maintenant. »

D'un mouvement lent, Beverly ramena ses jambes sous elle. Comme si elle avait été à l'extérieur d'elle-même, elle se vit se remettre sur ses pieds et reculer de la table et de la sorcière dans une angoisse mortelle faite d'horreur et d'incrédulité, d'incrédulité parce qu'elle venait juste de se rendre compte que la jolie petite table de la salle à manger n'était pas en chêne sombre mais en une sorte de mousse au chocolat. Et tandis qu'elle regardait autour d'elle, la sorcière, toujours glapissant de rire, ses yeux jaunes à l'expression rusée tournés vers un coin de la pièce, en rompit un morceau qu'elle fourra dans le piège à rats bordé de noir qu'était sa bouche.

Les tasses étaient en écorce blanche, le bord bleu en sucre glace teinté. Les images de Jésus et de John Kennedy étaient des œuvres tissées avec du sucre filé, presque transparentes ; et elle vit Jésus tirer la langue et Kennedy lui adresser un clin d'œil salace.

« Tous nous t'attendons, croassa la vieille sorcière dont les ongles s'enfoncèrent dans le dessus de la table, où ils laissèrent de profonds sillons. « Oh oui, oh oui ! »

Les globes de la suspension étaient en sucre candi. Les lambris, en pâte à caramel. Elle baissa les yeux et vit que ses chaussures laissaient des empreintes sur le plancher, fait non pas de planches, mais de tranches de chocolat. L'odeur de sucré était étouffante.

Oh, Seigneur, c'est Hansel et Gretel, c'est la sorcière, celle qui m'a toujours fait le plus peur parce qu'elle mangeait les enfants...

« *Toi et tes amis,* s'égosilla la sorcière, toujours riant, *toi et tes amis ! Dans la cage ! Dans la cage tant que le four est chaud !* » Elle hurla de rire, et Beverly se précipita vers la porte, mais d'un mouvement ralenti comme dans un rêve. Le rire de la sorcière claquait des ailes autour de sa tête, tel un nuage de chauves-souris. À son tour, Beverly hurla. L'entrée empestait le sucre, le nougat, le caramel et un écœurant parfum de fraise synthétique. Le bouton de porte, en faux cristal quand elle était entrée, se présentait maintenant comme un monstrueux diamant de sucre...

« *Je m'inquiète pour toi, Bevvie... je m'inquiète* BEAUCOUP *!* »

Elle se tourna, des mèches de cheveux roux venant flotter à la hauteur de son visage, pour voir son père qui se dirigeait vers elle en trébuchant dans le couloir, portant la robe noire et le camée à tête de mort de la sorcière ; son visage était d'une chair pâteuse et coulante, avec des yeux noirs d'obsidienne ; ses mains s'ouvraient et se serraient, sa bouche grimaçait un sourire plein d'une ferveur dégoulinante.

« *Je te battais parce que je voulais te* BAISER, *Bevvie, je ne voulais rien faire d'autre, je voulais te* BAISER, *je voulais te* BOUFFER, *je voulais te bouffer la* CHATTE, *je voulais sucer ton* CLITORIS *entre mes dents, miam-miam, Bevvie, ooooohhhh, et faire chauffer le four... je voulais te mettre dans une cage... sentir ton* CON, *ton* CON *pulpeux... et quand il aurait été pulpeux à souhait, je l'aurais bouffé... bouffé...* BOUFFÉ... »

Avec un hurlement, elle s'empara du bouton de porte gluant et jaillit sous un porche décoré de pralines et parqueté de gâteau au chocolat. Loin, très loin, floues comme si elle les voyait à travers de l'eau, passaient des voitures ; une femme revenait de Costello en poussant son chariot d'épicerie.

Il faut que je sorte d'ici, pensa-t-elle, au bord de l'incohérence. *C'est la réalité à l'extérieur, si seulement je peux atteindre le trottoir...*

« Ça ne te servira à rien de courir, Bevvie, fit la voix de son père, riant. Nous avons longtemps attendu ce moment. Qu'est-ce qu'on va se marrer ! Qu'est-ce que ça va être bon ! »

Elle regarda de nouveau derrière elle ; son père mort ne portait plus la robe noire de la sorcière mais la tenue de clown aux gros boutons orange. Il arborait un bonnet à la David Crockett, comme celui du film de Walt Disney. D'une main, il tenait une poignée de ballons, de l'autre, la jambe d'un enfant, comme un pilon de poulet. Sur chacun des ballons figurait cette phrase : JE VIENS DU LOINTAIN ESPACE.

« Dis à tes amis que je suis le dernier d'une race qui se meurt, lança-t-il avec un horrible sourire tandis qu'il chancelait lourdement en descendant les marches du porche derrière elle. L'unique survivant d'une planète en train de mourir. Je suis venu voler tous les hommes... violer toutes les femmes et apprendre à danser le twist. »

Il se lança dans une gigue effrénée, les ballons d'une main, la jambe d'enfant coupée de l'autre. Le costume de clown ondulait et claquait, mais Beverly ne sentait aucun vent. Elle s'emmêla les jambes et s'effondra sur le trottoir, jetant les mains en avant pour amortir le choc qui se répercuta jusque dans ses épaules. La femme au chariot d'épicerie s'arrêta, lui jeta un coup d'œil dubitatif, et repartit d'un pas plus rapide. Le clown s'avança de nouveau vers elle, abandonnant la jambe coupée. Elle atterrit sur le gazon avec un bruit mat indescriptible. Beverly ne resta qu'un instant allongée sur le trottoir, sûre qu'il fallait que quelque part au-dedans d'elle, elle se réveille rapidement, que tout ça ne pouvait être vrai, qu'elle devait rêver...

Elle comprit qu'il n'en était rien juste avant que le doigt à l'ongle crochu du clown ne la touche. C'était bien réel ; il pouvait la tuer. Comme il avait tué les enfants.

« *Les mainates connaissent ton nom véritable !* » hurla-t-elle soudain. Il recula, et il lui sembla que pendant quelques instants, le sourire qui étirait ses lèvres à l'intérieur du grand sourire peint autour de sa bouche se transformait en une grimace de haine et de douleur... et peut-être également de peur. Peut-être n'avait-elle fait qu'imaginer tout ça, et elle n'avait aucune idée de ce qui l'avait poussée à crier cette absurdité ; au moins cela lui avait-il permis de gagner du temps.

Elle était debout, elle courait. Des freins grincèrent et une voix enrouée, à la fois furieuse et effrayée, lui jeta : « Tu pourrais regarder un peu où tu vas, bougre d'idiote ! » Il ne lui resta qu'une vague impression du véhicule de livraison qui avait manqué de la renverser, quand elle s'était précipitée dans la rue comme un enfant derrière une balle, et elle se retrouva de l'autre côté, haletante, un point de côté brûlant à la hauteur de la rate. Le véhicule poursuivit sa route.

Le clown avait disparu. La jambe sectionnée aussi. La maison était toujours là, mais à présent en ruine et abandonnée, les fenêtres clouées de planches, les marches conduisant au porche fendues et brisées.

Suis-je vraiment rentrée là-dedans, ou bien ai-je rêvé ?

Mais son jean était sale, sa blouse jaune tachée de poussière. Et elle avait du chocolat sur les doigts.

Elle les frotta sur les jambes de son pantalon et s'éloigna d'un pas vif, le visage en feu, le dos froid comme de la glace, avec l'impression que ses globes oculaires pulsaient en mesure avec les battements accélérés de son cœur.

On ne peut pas battre Ça. Quoi que ce soit, nous ne pouvons pas le battre. Ça veut régler un vieux compte. Y peut pas se contenter d'un match nul, à mon avis. Il faut nous barrer d'ici... un point c'est tout.

Quelque chose vint effleurer son mollet, aussi délicatement que la patte d'un chat qui vient quémander quelque chose.

Elle bondit de côté avec un petit cri, regarda au sol et se rétracta, la main sur la bouche.

C'était un ballon, du même jaune que sa blouse. Sur un côté, en lettres d'un bleu électrique, on lisait : TOUT JUSTE, AUGUSTE.

Sous ses yeux, le ballon poursuivit sa course légère et bondissante dans la rue, emporté par l'agréable brise de printemps.

4
Richie Tozier prend la poudre d'escampette

Il y a bien eu ce jour où Henry et ses copains m'ont poursuivi — avant la fin des classes, oui, avant...

Richie marchait le long de Outer Canal Street, après Bassey Park. Il s'arrêta, mains dans les poches, le regard perdu au-dessus du pont des Baisers qu'il ne voyait pas vraiment.

J'ai réussi à les semer dans le rayon des jouets de Freese's...

Depuis la délirante conclusion du déjeuner, il avait marché au hasard, s'efforçant d'expliquer rationnellement ce qui s'était passé avec les gâteaux secs de bonne chance... ou ce qui leur avait semblé se passer. Son idée était qu'en réalité rien ne s'était produit, qu'ils avaient été victimes d'une hallucination collective née des histoires abracadabrantes qu'ils s'étaient racontées. Rose, qui n'avait rien vu, en était la meilleure preuve. Certes, les parents de Beverly non plus n'avaient jamais décelé la moindre goutte de sang dans l'évacuation de leur lavabo ; mais ce n'était pas la même chose.

Ah non ? Et pourquoi ?

« Parce que nous sommes des adultes, maintenant », grommela-t-il — découvrant aussitôt que cette réflexion était sans force et sans logique ; elle avait l'absurdité d'une comptine d'enfants accompagnant le saut à la corde.

Il prit sa marche.

Je me suis rendu près du Centre communautaire, je me suis assis un moment sur un banc du parc et je crois avoir vu...

Il s'arrêta de nouveau, sourcils froncés.

Vu quoi ?

... mais c'est seulement quelque chose que j'ai rêvé.

Pourtant, avait-il vraiment rêvé ?

Il regarda à sa gauche et vit le grand bâtiment de brique, acier et verre, qui paraissait tellement moderne dans les années 50 et avait aujourd'hui un petit air ancien et délabré.

Et me voilà de retour. En plein devant ce putain de Centre communautaire. La scène de cette autre hallucination. Ou de ce rêve. Ou de je ne sais pas quoi.

Les autres le voyaient comme le clown de la classe, le cinglé marrant, et il avait rejoué facilement et impeccablement ce rôle. *Ah, nous avons tous rejoué facilement et impeccablement nos rôles, t'as pas remarqué ?* Cela avait-il quelque chose d'extraordinaire ? Il se disait qu'on devait assister au même phénomène à n'importe quelle réunion d'anciens élèves au bout de vingt ans — le comédien de la classe qui s'était, à un moment donné, découvert une vocation pour la prêtrise redevenait presque automatiquement, après deux verres, le pédant sentencieux d'antan ; le fou de littérature anglaise devenu concessionnaire des camions GM se mettait tout d'un coup à sortir du Irving et du Shakespeare ; le type qui avait joué avec les « Chiens hurlants » le samedi soir avant de devenir professeur de mathématiques à Cornell finissait par se retrouver sur la scène avec l'orchestre, la guitare dans les mains, pour beugler *Gloria* ou *Surfin' Bird* avec une joyeuse férocité avinée. N'est-ce pas Springsteen qui parle de ne jamais se rendre, de ne jamais battre en retraite ? Plus facile, pourtant, de croire aux airs d'antan sur le tourne-disque après quelques verres et un ou deux joints.

Mais, se disait Richie, c'était le retour en arrière, l'hallucination, pas la vie actuelle. L'enfant est peut-être le père de l'homme, mais pères et fils partagent souvent des intérêts très différents et n'ont que des ressemblances superficielles. Ils...

Mais tu as parlé d'adultes, et voilà qui sonne comme une absurdité, comme du charabia. Pourquoi, Richie, pourquoi ?

Parce que Derry est toujours aussi bizarre. Pourquoi ne pas le laisser tel qu'il est ?

Parce que les choses n'étaient pas aussi simples, voilà pourquoi.

Gosse, il avait été un fumiste, un comédien parfois vulgaire, parfois amusant, parce que c'était un moyen de s'en sortir vivant avec des voyous comme Henry Bowers et sa bande, et d'éviter de devenir fou de solitude et d'ennui. Il se rendait maintenant compte qu'une bonne partie du problème tenait à son propre esprit, qui tournait en général dix à vingt fois plus vite que celui de ses camarades de classe. On l'avait trouvé tour à tour bizarre, cinglé, voire même suicidaire, selon les frasques dans lesquelles il se lançait, mais il ne s'agissait peut-être que d'un simple cas de sur-régime mental, si être en permanence en sur-régime mental pouvait être quelque chose de simple.

C'était toutefois le genre de chose que l'on finissait par contrôler, ou du moins auquel on trouvait des dérivatifs, comme Porte-Doc Délirant et autres. Voilà ce qu'avait découvert Richie peu de temps après avoir franchi la porte de la station de radio du collège — tout à fait par hasard. Tout ce qu'il pouvait souhaiter, il l'avait quand il était derrière un micro. Il n'avait pas été très bon, au début, trop excité pour cela. Puis il avait fini par découvrir peu à peu le grand principe qui fait tourner l'univers, au moins en ce qui concerne carrière et succès : débusquer le cinglé qui bat les buissons en soi et fout votre vie en l'air. L'acculer dans un coin, s'en emparer, mais surtout, ne pas le tuer. Le harnacher, le sangler, et lui faire tirer la charrue. Le cinglé travaille comme un forcené une fois dans la bonne voie. Et il vous fournit votre content de ah-ah. C'est aussi simple que ça, et ça suffiit.

Il avait été marrant, d'accord, un rire à la minute, mais il avait fini par enfouir les cauchemars qui se tapissaient du côté sombre de ces rires. Ou du moins il l'avait cru. Jusqu'à aujourd'hui, jusqu'au moment où le mot « adulte » avait perdu toute signification pour lui, soudainement. Et maintenant il y avait autre chose à affronter ou qui, en tout cas, méritait réflexion ; l'énorme et parfaitement grotesque statue de Paul Bunyan en face du Centre communautaire.

Je dois être l'exception qui confirme la règle, Grand Bill.

Es-tu sûr qu'il n'y avait rien, Richie ? Rien du tout ?

Du côté du Centre communautaire... J'ai cru voir...

Une douleur aiguë lui vrilla les yeux pour la deuxième fois de la journée ; il y porta les mains, avec un gémissement de surprise. La douleur disparut, aussi vite qu'elle s'était manifestée. Mais il avait également senti une odeur, non ? Quelque chose qui ne se trouvait pas réellement là, mais qui s'y était trouvé, qui lui avait fait penser à

(je suis ici avec toi, Richie, tiens-moi la main, est-ce que tu peux bien la tenir)

Mike Hanlon. C'était de la fumée qui lui avait piqué les yeux et les lui avait fait pleurer. Vingt-sept ans auparavant, ils avaient respiré cette fumée ; à la fin il ne restait plus que Mike et lui-même, et ils avaient vu...

Mais le souvenir avait disparu.

Il se rapprocha d'un pas de la statue de Paul Bunyan, aussi estomaqué par sa joyeuse vulgarité qu'il avait été, enfant, époustouflé par sa taille. Le personnage de légende mesurait plus de six mètres de haut, sans compter le socle de deux mètres sur lequel il s'élevait. Il souriait aux véhicules et aux piétons de Outer Canal Street. Le Centre communautaire datait des années 1954-1955 ; le conseil municipal avait voté les crédits pour la statue l'année suivante, en 1956.

Pendant six mois, ce projet avait soulevé des controverses passionnées (parfaitement représentatives de ces tempêtes dans un verre d'eau qui agitent parfois les villes, grandes ou petites) mais tout à fait inutiles : la statue avait été achetée, et même si les conseillers municipaux avaient pris la décision aberrante (en particulier pour la Nouvelle-Angleterre) de ne pas utiliser un objet dont elle avait fait l'acquisition, où, au nom du ciel, l'aurait-on remisé ? On avait donc finalement installé la statue (non pas vraiment sculptée mais moulée en plastique) sur son socle, enroulée dans suffisamment de métrage de toile pour servir de voile à un trois-mâts. Elle avait été inaugurée le 13 mai 1957, jour du cent cinquantenaire de la fondation de la ville, soulevant un chœur de protestations d'un côté et des applaudissements de l'autre, ce qui était prévisible.

Paul portait la traditionnelle salopette, la traditionnelle chemise à carreaux rouges et blancs, et arborait une splendide barbe noire tout à fait bûcheronnesque. Une hache en plastique (la Godzilla de toutes les haches en plastique, sans aucun doute !) pendait à son épaule, et il souriait imperturbablement en direction du nord.

C'était en mars de l'année suivante que Richie, épuisé et terrifié, avait atterri sur l'un des bancs qui faisaient face à la statue après avoir échappé (de vraiment très très peu) à Bowers, Criss et Huggins, après une course poursuite qui, partie de l'école élémentaire de Derry, avait traversé à peu près tout le centre-ville pour s'achever dans un grand magasin, le Freese's.

À Derry, la succursale de Freese's était assez minable comparée à celle de Bangor, mais Richie, qui ne cherchait qu'un port dans la tempête, s'en fichait pas mal. À ce moment-là, Bowers n'était qu'à quelques mètres derrière lui et Richie commençait à faiblir sérieusement. Il s'était jeté en dernier ressort dans la porte à tambour du grand magasin ; Henry, qui manifestement ne comprenait guère le principe de ce genre de système, avait failli laisser le bout des doigts dans l'engin en voulant attraper Richie au moment où celui-ci le faisait pivoter et pénétrait dans l'immeuble.

Fonçant vers le sous-sol, pan de chemise au vent, il avait entendu une série de détonations presque aussi fortes qu'à la télé, en provenance de la porte à tambour, et compris que Larry, Moe et Curly étaient toujours à ses trousses. Il riait en arrivant en bas, mais c'était purement nerveux, car il se sentait aussi terrorisé qu'un lapin pris au collet. Cette fois, ils avaient vraiment l'intention de lui flanquer une bonne raclée (Richie ne se doutait pas que dans moins de douze semaines, la bande, et Henry en particulier, deviendrait capable de tout sauf de meurtre, et aurait verdi d'effroi s'il avait su que même cette réserve disparaîtrait au moment de l'apocalyptique bataille de cailloux de juillet). Dire que tout avait commencé d'une manière tellement stupide !

Richie et les autres garçons de sixième étaient entrés en rangs dans le gymnase. Roulant des épaules comme un taureau au milieu de vachettes, Henry en était sorti au même moment, car il faisait la gymnastique avec les plus grands. Depuis quelque temps, un tuyau percé était responsable d'une flaque à l'entrée ; Henry ne la vit pas, glissa et tomba sur les fesses.

Avant qu'il ait pu l'arrêter, la bouche de Richie, traîtresse, claironnait : « Visez le mec, avec ses pompes en peau de banane ! »

Il y avait eu une explosion de rires générale, mais pas la moindre trace d'humour sur le visage de Henry quand il s'était relevé : en fait il avait la couleur de la brique réfractaire qui vient de sortir du four.

« Tu perds rien en attendant, Quat'Zyeux ! » avait-il lancé en s'éloignant.

Les rires cessèrent instantanément. Dans le hall, tout le monde regarda Richie comme s'il était déjà mort. Henry ne s'arrêta pas pour observer les réactions. Il poursuivit son chemin, tête baissée, les coudes rougis par la chute, une large tache d'humidité au fond de son pantalon. À ce spectacle, Richie sentit sa bouche à l'humour suicidaire s'ouvrir de nouveau... mais cette fois-ci, il la referma si vite qu'il faillit se sectionner le bout de la langue.

Bof, il va oublier, s'était-il dit, mal à l'aise, en se changeant. *Bien sûr, qu'il va oublier. Sa mémoire n'a pas assez de circuits en état de marche pour se souvenir de tout ça. Chaque fois qu'il fait sa crotte, il doit regarder dans le manuel d'instructions comment on fait pour se torcher. Ah-ah.*

Ah-ah.

« T'es foutu, la Grande Gueule, lui avait dit Vince " Boogers " Taliendo avec un certain respect plein de tristesse. T'en fais pas, je t'apporterai des fleurs.

— Coupe-toi les oreilles et amène des choux-fleurs », avait répliqué sans se démonter Richie ; et tout le monde avait ri, même ce bon vieux Boogers Taliendo. Après tout, c'était permis, non ? Qu'est-ce qu'ils en avaient à foutre ? Eux, ils seraient peinards à la maison, devant la télé, pendant que Richie se magnerait le cul du rayon lingerie féminine à celui des articles de maison pour finalement atterrir aux jouets. La sueur qui coulait de son dos faisait un filet entre ses fesses, et il avait les couilles tellement contractées qu'il avait l'impression de les avoir accrochées à la ceinture. Bien sûr, ils pouvaient rigoler. Ha-ha-ha-ha !

Henry n'avait pas oublié. Richie était sorti par la porte du côté de la maternelle, juste au cas où, mais Henry y avait dépêché le Roteur, lui aussi juste au cas où. Ha-ha-ha-ha.

Richie avait heureusement vu Huggins le premier : sans quoi il aurait été cuit. Le Roteur regardait en direction de Derry Park, tenant une cigarette non allumée d'une main et dégageant rêveusement le fond de son pantalon qui lui rentrait dans les fesses de l'autre. Le cœur battant à tout rompre, Richie avait traversé le terrain de jeux d'un pas tranquille et il avait presque rejoint Charter Street lorsque Huggins tourna la tête et le vit. Il appela à grands cris Henry et Victor, et c'est ainsi que la chasse avait commencé.

Le rayon des jouets était complètement désert. Horrible. N'y traînait même pas un seul vendeur — un adulte qui aurait été le bienvenu pour mettre un terme à l'affaire avant qu'elle ne tourne mal. Il entendait se rapprocher les trois dinosaures de l'Apocalypse, mais il était à bout de souffle. Chaque inspiration s'accompagnait d'un douloureux élancement du côté gauche.

Son regard tomba sur une porte marquée SORTIE DE SECOURS UNIQUEMENT ! ALARME AUTOMATIQUE ! Il sentit l'espoir renaître.

Il courut entre deux rangées de Donald Duck, de tanks américains fabriqués au Japon, de tenues de cow-boy, de voitures à remontoir. Il atteignit la porte et enfonça aussi fort qu'il put la barre qui la verrouillait. Celle-ci s'ouvrit, laissant pénétrer l'air frais de mars ; l'alarme se déclencha, stridente. Richie fit immédiatement demi-tour et alla se mettre à quatre pattes dans une autre allée. Il était par terre avant que la porte ne fût refermée.

Henry, le Roteur et Criss débouchèrent à grand fracas dans le rayon jouets au moment où la porte se refermait et où l'alarme s'interrompait. Ils se précipitèrent, Henry en tête, une expression de calme détermination sur le visage.

Un vendeur se présenta finalement, au petit trot. Il portait une blouse de nylon bleue par-dessus une veste de sport à carreaux d'une laideur inimaginable. Il arborait des lunettes à monture rose qui lui faisaient un œil de lapin blanc. Richie fut sur le point d'éclater de rire.

« Hé, les garçons ! s'exclama le lapin. Hé là ! Vous ne pouvez pas sortir par ici ! C'est une issue de secours ! Hé là ! Vous m'entendez ? »

Victor lui lança un regard nerveux, mais les deux autres ne tournèrent même pas la tête. Victor les suivit. L'alarme retentit de nouveau, plus longtemps cette fois, alors que le trio chargeait dans l'allée. Mais déjà Richie était debout et se dirigeait vers la lingerie féminine au petit trot.

C'est ainsi qu'il s'était retrouvé à plus d'un kilomètre de Freese's, devant le Centre communautaire... et, espérait-il, hors de portée pour ses poursuivants. Au moins pour le moment. Il était épuisé. Il s'assit sur le banc à la gauche de la statue, ne souhaitant qu'être tranquille le temps de retrouver ses esprits. Après quoi il prendrait la direction de la maison, mais pour l'instant c'était trop agréable de rester là assis, dans le soleil de l'après-midi. La journée avait commencé avec une petite pluie fine, mais on avait maintenant l'impression que le printemps arrivait.

Un peu plus loin, sur la marquise du Centre communautaire, on pouvait lire en grandes lettres bleues ce message :

HÉ LES ENFANTS !
LE 28 MARS
LE GROUPE DE ROCK' N' ROLL ARNIE « WOO-WOO » GINSBERG !
JERRY LEE LEWIS
LES PENGUINS
FRANKIE LYMON ET LES TEEN-AGERS
GENE VINCENT ET LES BLUE CAPS
FREDDY « BOOM-BOOM » CANNON
UNE SOIRÉE ABSOLUMENT EXCEPTIONNELLE !!!

Richie aurait bien voulu assister à ce spectacle, mais il n'avait pas l'ombre d'une chance de se procurer une place. L'idée que sa mère se faisait d'une soirée exceptionnelle ne comprenait pas Jerry Lee Lewis expliquant aux jeunes Américains que nous avons des poulets dans la basse-cour, dans quelle basse-cour, la basse-cour de qui, ma basse-cour. Pas plus que Freddy Cannon, dont la môme de Tallahassee avait un châssis de compétition. Sa mère admettait qu'à douze ans, les concerts de Sinatra l'avaient rendue hystérique (même si elle l'appelait maintenant Frankie le Gommeux) mais, comme la mère de Bill Denbrough, elle était hermétique au rock and roll.

Richie aimait Arnie Ginsberg, Frankie Ford, et Eddie Cochran dont les rythmes lui insufflaient une véritable vigueur et le transportaient de joie. Il idôlatrait Fats Domino (à côté, même Ben Hanscom avait l'air mince) et Buddy Holly qui, comme lui-même, portait des lunettes ; ou encore Screaming Jay Hawkins, qui commençait ses concerts en jaillissant d'un cercueil, et les Dovells, qui dansaient aussi bien que des Noirs.

Ou presque.

Mais il aurait un jour son heure car, contrairement à ce que pensait sa mère, le rock and roll, à son avis, n'était pas une mode passagère. Mais pas le 28 mars, ni en 1958 ni en 1959...

Ses yeux s'étaient éloignés de la marquise et alors... il avait dû s'endormir. C'était la seule explication qui tenait debout. Car ce qui était ensuite arrivé ne pouvait se produire que dans les rêves.

Et voici qu'il était de nouveau au même endroit, un Richie Tozier qui avait pu se saouler de rock and roll à loisir... et dont la soif n'était pas étanchée, heureusement, pour autant. Ses yeux se portèrent sur la marquise du Centre communautaire et il vit, avec l'impression de faire une hideuse trouvaille, les mêmes lettres bleues qui annonçaient :

LE 14 JUIN
HEAVY METAL MANIA !
JUDAS PRIEST
IRON MAIDEN
BILLETS EN VENTE SUR PLACE
OU CHEZ LES DISTRIBUTEURS AGRÉÉS

Ils ont laissé tomber la « soirée exceptionnelle » en cours de route, mais en dehors de ça, il n'y a pas la moindre différence, se dit Richie.

Le regard de Richie revint sur Paul Bunyan, le saint patron de Derry — Derry qui, selon la légende, devait son existence au fait que les bois flottés créaient régulièrement des embâcles à cet endroit-là. Il y avait eu une époque où, au printemps, on pouvait traverser la Kenduskeag (si l'on avait le pied agile) sans se mouiller plus haut que le troisième œillet de son lacet, en passant de bûche en bûche. Telles étaient du moins les histoires que l'on racontait lorsque Richie était petit, des histoires où il y avait toujours un peu de Paul Bunyan.

Ce vieux Paul! pensa-t-il en examinant la statue. *Qu'est-ce que tu as fabriqué depuis que je suis parti? Tu as creusé une nouvelle rivière? un nouveau lac, afin de pouvoir prendre un bain jusqu'au cou? As-tu terrorisé les enfants comme tu m'as terrorisé ce jour-là?*

Et tout d'un coup, tout lui revint, comme revient un mot qu'on avait sur le bout de la langue.

Il s'était trouvé au même endroit, sous un agréable soleil de mars, somnolant plus ou moins, envisageant de rentrer chez lui regarder la dernière heure d'une émission de rock, quand soudain une vague d'air chaud était venue caresser son visage, repoussant ses cheveux en arrière. En levant les yeux, il avait vu l'énorme tête en plastique de Paul Bunyan juste en face de lui, plus grande que dans un gros plan de cinéma, remplissant tout. Le souffle d'air était venu du mouvement qu'il avait fait pour se baisser... mais il ne ressemblait plus du tout à Paul. Il avait maintenant le front bas et fuyant ; des touffes de poil comme du crin sortaient d'un nez aussi rouge que celui d'un vieil ivrogne ; ses yeux étaient injectés de sang et l'un d'eux recouvert d'une taie légère.

La hache avait quitté son épaule. Paul s'appuyait sur son manche, et le dessus du fer avait ouvert une tranchée dans le trottoir. Il souriait toujours, mais son expression n'avait plus rien de joyeux. D'entre ses gigantesques dents jaunâtres provenait une puanteur de petits animaux en train de se putréfier dans un sous-bois par temps chaud.

« Je vais te dévorer », avait dit le géant d'une voix grave et grondante. Elle avait les sonorités de rochers s'entrechoquant pendant un tremblement de terre. « À moins que tu ne me rendes ma poule, ma harpe et mes sacs d'or, je vais te bouffer jusqu'au trognon ! »

Le souffle qui portait ces mots fit voler et claquer la chemise de Richie comme une voile dans la tempête. Il se recroquevilla sur le banc, les yeux exorbités, les cheveux tout raides sur la tête, étouffant dans l'odeur nauséabonde de la charogne.

Le géant se mit à rire. Il passa la main autour du manche de la hache et la fit sortir du trou qu'elle avait ouvert dans le trottoir. Puis il l'éleva en l'air, et elle produisit un bruit sifflant menaçant. Richie comprit tout d'un coup que le géant avait l'intention de le fendre en deux, comme une bûche.

Il se rendit compte qu'il était incapable de bouger ; il venait d'être saisi d'une insurmontable apathie. Qu'est-ce que ça faisait ? Il somnolait, et ce n'était qu'un rêve. Une voiture finirait bien par donner un coup d'avertisseur, ou un gamin par traverser la rue en courant, et il se réveillerait.

« Tout juste, gronda le géant, tu te réveilleras, en enfer ! » Et au dernier moment, alors que la hache atteignait l'apogée de sa course et s'y arrêtait, Richie comprit qu'il ne s'agissait nullement d'un rêve... ou que si c'était un rêve, ce rêve pouvait tuer.

Essayant de hurler mais incapable de produire le moindre son, il roula du banc sur le gravier ratissé entourant ce qui avait été une statue, et qui se réduisait maintenant à un socle d'où dépassaient deux boulons d'acier à l'emplacement des pieds. Le bruit de la hache qui redescendait emplit l'air de son sifflement insistant ; le sourire du géant s'était transformé en une grimace de meurtrier. Ses lèvres se retroussaient tellement qu'elles exhibaient ses gencives de plastique, d'un rouge hideux et brillant.

La lame de la hache frappa le banc à l'endroit où Richie se tenait l'instant précédent. Elle était tellement bien effilée qu'il n'y eut presque pas de bruit, mais le banc se retrouva instantanément coupé en deux moitiés qui pendaient chacune de leur côté, le bois, à l'intérieur, paraissant d'un blanc maladif par rapport à la couche de peinture verte.

Richie se retrouva sur le dos. Toujours essayant de hurler, il se poussa des talons. Du gravier passa par le col de sa chemise et descendit jusque dans son pantalon. Et Paul était là, debout, le dominant de ses six mètres, et le regardant avec des yeux comme des couvercles ; Paul qui contemplait le petit garçon essayant de se faire encore plus petit sur le gravier.

Le géant fit un pas vers lui. Richie sentit le sol trembler quand la botte noire retomba, faisant jaillir une gerbe de cailloux.

Richie roula sur le ventre et se releva d'un pas chancelant. Ses jambes commencèrent à courir alors qu'il n'était pas encore tout à fait debout, avec pour résultat qu'il s'étala de nouveau. Il entendit le brusque chuintement de l'air chassé de ses poumons, et les cheveux lui tombèrent sur les yeux. Entre les mèches, il vit les véhicules aller et venir paisiblement dans la rue, comme si de rien n'était, comme si personne, dans ces voitures, ne s'apercevait ou ne se souciait que la statue de Paul Bunyan se fût animée et eût descendu de son piédestal afin de commettre un assassinat avec une hache de la taille d'un camion.

Quelque chose cachait le soleil ; Richie gisait dans une tache d'ombre ayant forme humaine.

Il se mit précipitamment à genoux, faillit de nouveau tomber, réussit enfin à se relever et courut aussi vite qu'il le put, les genoux hauts à se cogner la poitrine, les coudes comme des pistons. Il entendait derrière lui l'affreux et persistant murmure qui enflait une fois de plus, un son qui paraissait ne pas être tout à fait un son mais plutôt une pression sur la peau et les tympans. *Swiiiiiippppp !*

La terre trembla. Les dents de Richie s'entrechoquèrent comme de la vaisselle pendant un séisme. Il n'eut pas besoin de regarder pour savoir que la lame venait de s'enfoncer de moitié dans le trottoir à quelques centimètres de ses pieds.

Dans son esprit en proie au délire, il crut entendre les Dovells chanter : *Oh, the kids in Bristol are sharp as a pistol when they do the Bristol stomp...*

Il quitta l'ombre du géant et se retrouva au soleil — et se mit à rire, du même rire d'épuisement qui l'avait saisi quand il avait déboulé les escaliers de Freese's. Haletant, le point de côté de nouveau douloureux, il avait finalement risqué un coup d'œil par-dessus son épaule.

La statue de Paul Bunyan se dressait sur le piédestal où elle s'était toujours trouvée, la hache sur l'épaule, la tête tournée vers le ciel, les lèvres figées dans l'éternel sourire du héros mythique. Le banc coupé en deux était intact, merci. Les graviers dans lesquels Paul avait enfoncé son pied gigantesque étaient parfaitement ratissés, sauf à l'endroit où Richie était tombé pendant qu'il

(fuyait le géant)

rêvait qu'il fuyait le géant. Pas d'empreintes de pas, pas de trottoir défoncé à coups de hache. Il n'y avait là qu'un garçon que venaient de poursuivre des voyous plus grands que lui et qui se réveillait d'un rêve bref (mais particulièrement réaliste) dans lequel un colosse homicide... un Henry Bowers format économique géant... voulait le massacrer.

« Merde », avait dit Richie d'une petite voix tremblotante, avec un rire incertain.

Il était resté là encore quelques instants, attendant de voir si la statue allait ou non se remettre à bouger — ne serait-ce qu'un clin d'œil ou passer sa hache d'une épaule à l'autre, voire descendre du piédestal et lui courir après. Mais bien entendu, rien de tout cela ne s'était produit.

Bien entendu.

Qu'est-ce que j'en ai à foutre ? Ah-ah-ah-ah.

Un roupillon. Un rêve. Rien de plus.

Cependant, comme l'avait remarqué Lincoln ou Socrate ou un

type comme ça ; trop, c'est trop. Il était temps de retourner à la maison et de se calmer.

Et bien qu'il eût été plus rapide de couper par le centre-ville, il avait préféré ne pas passer de nouveau à proximité de cette statue. Il avait donc fait un grand détour et le soir même avait presque oublié l'incident.

Jusqu'à aujourd'hui.

Ici est assis un homme, pensa-t-il, *habillé sport par le meilleur tailleur de Rodeo Drive, avec des pompes haut de gamme aux pieds et des sous-vêtements Calvin Klein sur les fesses ; ici est assis un homme avec des lentilles de contact extra-souples évoquant le rêve d'un jeune garçon qui croyait qu'une chemise de collège avec des fruits dessus était le comble de l'élégance ; ici est assis un adulte qui regarde la même vieille statue. Hé, Paul, le Grand Paul, je suis ici pour te dire que tu n'as pas changé, que tu n'as pas pris une putain de ride.*

La vieille explication sonnait toujours juste dans sa tête : un rêve.

S'il le fallait, il voulait bien croire aux monstres ; ce n'était pas une affaire. Ne lui était-il pas arrivé d'être assis devant un micro, en train de lire des dépêches parlant d'Idi Amin Dada, de Jim Jones, ou de ce type qui avait descendu tout le monde dans un MacDonald ? Les monstres, ça courait les rues ! Et s'il pouvait croire en la variété Jim Jones, il pouvait aussi croire en celle de Mike Hanlon, au moins pour un certain temps. Au fond, Ça avait une sorte de charme : venant de l'espace, personne n'en avait la responsabilité... Mais une statue en plastique de six mètres de haut qui descendait de son piédestal et entreprenait de vous tailler en pièces avec sa hache de plastique ? Ça dépassait un peu la mesure. Comme Lincoln ou Socrate ou Tartampion l'avait également déclaré : je peux manger de la chair ou du poisson, mais il y a des merdes que je n'avalerai pas. C'était simplement...

L'impression d'une aiguille qui s'enfonçait dans ses yeux le reprit de nouveau, brusquement, lui arrachant un cri de détresse. Il fut pire que les précédents, plus profond, dura plus longtemps et lui flanqua une frousse terrible. Il porta les mains à ses yeux et ses doigts commencèrent à tirer instinctivement sur la paupière inférieure afin de faire tomber les verres de contact. *C'est peut-être une sorte d'infection*, pensa-t-il vaguement, *mais qu'est-ce que ça fait mal !*

Il tirait sur ses paupières et était sur le point de donner l'unique battement des paupières supérieures qui suffisait toujours à les faire glisser hors de l'œil (après quoi il passerait les quinze minutes suivantes à les chercher à tâtons dans le gravier, autour du banc, mais bon Dieu il s'en foutait, il avait l'impression que des ongles s'enfonçaient dans ses yeux), lorsque la douleur disparut. Elle ne s'estompa pas, mais cessa instantanément. Il larmoya légèrement, puis tout fut fini.

Il abaissa lentement les mains, le cœur battant, prêt à cligner des yeux si la douleur reprenait. Mais rien ne se produisit. Et soudain lui revint à l'esprit le seul film d'horreur qui lui eût jamais réellement fait peur quand il était gosse, peut-être à cause de tous les emmerdements que lui valaient ses lunettes et du temps passé à s'occuper de ses yeux. Il s'agissait de *L'œil qui rampe*, avec Forrest Tucker. Pas fameux. Les autres gosses avaient hurlé de rire, mais lui n'avait même pas souri. Il était resté de marbre et muet, pour une fois incapable de faire appel à l'une de ses voix, tandis qu'un œil gélatineux bardé de tentacules surgissait du brouillard synthétique d'un studio de cinéma anglais. La confrontation avec cet œil avait été catastrophique ; il incarnait de multiples peurs et angoisses pour Richie. Peu de temps après, une nuit, il avait rêvé qu'il se regardait dans un miroir et enfonçait une grosse aiguille dans l'iris de son œil, lentement, sentant un écoulement aqueux et paralysant au fond de son orbite remplie de sang. Il se rappelait (oui, il se le rappelait, maintenant) s'être réveillé pour découvrir qu'il avait mouillé son lit. Qu'il se soit senti soulagé et non pas honteux devant son incontinence nocturne prouve à quel point le cauchemar avait été épouvantable pour lui ; il s'était accroché au drap mouillé de tout son corps, bénissant la réalité de ce qu'il voyait.

« Rien à foutre ! » dit Richie Tozier d'une voix basse, loin d'être assurée, en se préparant à partir.

Il allait retourner au Derry Town House faire un petit somme. Tant qu'à rouler rue du Souvenir, il préférait encore les avenues de Los Angeles aux heures de pointe. La douleur de ses yeux n'était sans doute rien de plus qu'un signe d'épuisement dû au décalage horaire, à quoi s'ajoutait le choc de retrouver tout d'un coup son passé. Les chocs, les explorations de souvenirs, ça suffisait. Il n'aimait pas du tout la façon dont son esprit sautait d'un sujet à l'autre. Il était temps de piquer une ronflette et de reprendre du poil de la bête.

Comme il se levait, son regard tomba sur la marquise du Centre communautaire. Les jambes brusquement en coton, il se rassit sur le banc. Brutalement.

RICHIE TOZIER L'HOMME AUX MILLE VOIX
DE RETOUR À DERRY VILLE DES MILLE DANSES

EN L'HONNEUR DU RETOUR DE LA GRANDE GUEULE
LE CENTRE COMMUNAUTAIRE EST FIER DE PRÉSENTER
LE CONCERT ROCK DE « RICHIE TOZIER, LES CLAMSÉS & CO »

AVEC
BUDDY HOLLY RICHIE VALENS LE BIG BOPPER FRANKIE LYMON
GENE VINCENT MARVIN GAYE
ET
JIMI HENDRIX GUITARE SOLO
JOHN LENNON GUITARE D'ACCOMPAGNEMENT
PHIL LINOTT GUITARE BASSE
KEITH MOON PERCUSSIONS

CHANTEUR INVITÉ JIM MORRISON

BIENVENU CHEZ TOI RICHIE !
TOI AUSSI TU ES CLAMSÉ !

Il eut l'impression de ne plus pouvoir respirer, comme si on lui avait volé son air... Puis il entendit de nouveau le chuintement, ce bruit qui était aussi une pression sur la peau et les tympans, ce froissement furtif homicide — *Swiiiipppppp !*. Il roula du banc et tomba sur le gravier, se disant : *C'est donc ça que l'on appelle la sensation de déjà-vu, maintenant tu es au parfum, tu n'auras plus besoin de poser la question...*

Il heurta le sol de l'épaule et roula, levant les yeux sur la statue de Paul Bunyan — qui n'était plus Paul Bunyan. À sa place se tenait le clown, resplendissant et évident, fantastique avec ses six mètres de haut, tout de couleurs éclatantes, son visage peinturluré surmontant une fraise d'un comique sidéral. Des boutons orange en plastique, tous de la taille d'un ballon de volley, ornaient son costume argenté. Au lieu d'une hache, il tenait à la main une énorme grappe de ballons de plastique. Deux légendes étaient imprimées sur chacun : POUR MOI C'EST TOUJOURS LE ROCK et LES CLAMSÉS & CO DE RICHIE TOZIER.

Il partit à reculons, poussant des talons et de la paume des mains. Du gravier pénétra dans son pantalon à la hauteur de la ceinture. Il entendit se déchirer une couture de sa veste sport Rodeo Drive. Il roula sur lui-même, se remit sur ses pieds, tituba, regarda derrière lui. Le clown lui rendit son regard, les yeux roulant, humides, dans leur orbite.

« T'aurais-je fichu la trouille, m-mec ? » gronda-t-il.

Et, en toute indépendance de son cerveau pétrifié, Richie entendit sa bouche répondre : « De la roupie de sansonnet, Trucmuche, rien de plus. »

Le clown sourit et hocha la tête comme si c'était le genre de réaction qu'il attendait. Ses lèvres peintes d'un rouge sanguinolent s'écartèrent pour exhiber des dents comme des défenses, toutes aussi pointues que des alênes. « Je pourrais t'avoir tout de suite si je voulais, dit-il. Mais ça va être beaucoup plus drôle autrement.

— Drôle pour moi aussi, s'entendit rétorquer Richie. Et le plus drôle sera quand on te fera sauter la tête, mon gros. »

Le sourire du clown s'élargit encore davantage. Il leva une main gantée de blanc, et Richie sentit le vent du mouvement soulever les cheveux de son front, comme vingt-sept ans auparavant. L'index du clown pointa vers lui ; il avait la taille d'une poutre.

La taille d'une pou..., pensa Richie ; et de nouveau la douleur frappa. Elle enfonçait des pointes rouillées dans la molle gelée de ses yeux. Il hurla et se prit la tête dans les mains.

« Avant de vouloir enlever la paille dans l'œil de ton voisin, occupe-toi de la poutre qui est dans le tien », déclara solennellement le clown, la voix riche de grondements vibrants. Une fois de plus la puanteur de la chair en décomposition entoura Richie.

Il leva les yeux et fit une demi-douzaine de pas en arrière. Le clown se penchait, maintenant, les mains gantées posées sur les genoux. « Tu veux encore jouer avec moi, Richie ? Et si je pointais ton zizi du doigt et te collais le cancer de la prostate ? Je pourrais aussi te refiler une bonne tumeur au cerveau, même si certains ne manqueraient pas de remarquer que ça ne changerait pas grand-chose. Je pourrais pointer mon doigt sur ta langue, et elle ne serait plus qu'une plaie purulente, aussi bien pendue qu'elle soit. Je le peux, Richie. Veux-tu voir ? »

Ses yeux s'agrandissaient, s'agrandissaient, et dans ces pupilles noires grandes comme des soucoupes, Richie crut apercevoir les démentielles ténèbres qui doivent exister au-delà des limites de l'univers ; un bonheur ignoble qui, il le savait, finirait par le rendre fou. À ce moment-là, il comprit que Ça pouvait faire ce qu'il disait, et bien plus encore.

Et il entendit une fois de plus parler sa bouche ; mais pour le coup, ce n'était pas sa voix, ni aucune de ses voix inventées, actuelles ou passées ; non, une voix qu'il n'avait jamais entendue. Plus tard, il raconterait aux autres, en hésitant, que c'était une sorte de voix négro-Trouduc, forte et orgueilleuse, criarde, s'autoparodiant. « Ti'e-toi de chez moi, espèce de g'os vieux clown bouffi ! cria-t-il, se mettant soudain à rire. A'ête tes conne'ies, mon kiki ! J' peux ma'cher, j' peux pa'ler et j'ai une g'osse queue pou' bien baiser ! Et si tu m' fais chier, c'est toi qui se'as dans la me'de ! T'as pigé ça, t'ouduc ? »

Richie crut voir le clown se recroqueviller, mais il ne traîna pas dans le secteur pour vérifier. Il courut, coudes au corps, les pans de sa veste battant comme deux ailes dans son dos, sans se soucier de ce papa qui s'était arrêté avec son bambin pour admirer la statue de Paul Bunyan et qui le regardait, l'air inquiet, comme s'il le prenait pour un fou. *À dire vrai, les amis, j'ai bien l'impression d'être devenu cinglé. Dieu m'en préserve ! Et sans doute ai-je fait la super-super-imitation de toute l'histoire, puisque le truc a marché, d'une manière ou d'une autre...*, pensa Richie.

C'est alors que gronda et tonna la voix du clown. Le père du petit garçon ne l'entendit pas, mais le visage du gamin se contracta et il commença à sangloter. L'homme prit l'enfant dans ses bras, affolé, et l'étreignit ; en dépit de sa propre terreur, Richie observa parfaitement le déroulement de ce drame secondaire. Peut-être la voix du clown dénotait-elle une joyeuse colère, peut-être seulement de la colère : « *On garde un œil sur toi, Richie, tu m'entends ? L'homme qui rampe. Si tu ne veux pas voler, si tu ne veux pas dire au revoir, viens donc un peu faire un tour en dessous de la ville, saluer un certain grand œil ! Viens quand tu veux. Vraiment quand tu veux. Tu m'entends, Richie ? Amène ton yo-yo. Arrange-toi pour que Beverly porte une grosse jupe avec quatre ou cinq jupons en dessous ; qu'elle mette l'anneau de son époux autour du cou ! Qu'Eddie porte ses godasses à semelles de crêpe ! On jouera quelques be-bop, Richie ! On jouera* TOUS LES TUUUBES ! »

En atteignant le trottoir, Richie osa regarder par-dessus son épaule, et ce qu'il vit ne le rassura pas. Il n'y avait ni statue de Paul Bunyan, ni clown sur le socle. À la place s'élevait la statue de Buddy Holly, faisant six mètres de haut ; il arborait un badge sur le revers étroit de sa veste à carreaux. FESTIVAL ROCK RICHIE TOZIER LES CLAMSÉS & CO, lisait-on sur le badge.

L'une des branches des lunettes de Buddy avait été réparée avec du sparadrap.

Le petit garçon continuait de pousser des cris hystériques dans les bras de son père, lequel se dirigea à grands pas vers le centre-ville, après avoir contourné Richie à distance.

Richie se mit en mouvement

(je ne m'emmêle pas les pinceaux, maintenant)

en essayant de ne pas penser

(on jouera tous les TUUUBES *!)*

à ce qui venait de se passer. Il ne voulait penser qu'à une seule chose, la monstrueuse lampée de scotch qu'il allait s'envoyer une fois de retour à l'hôtel, avant d'aller faire sa sieste.

La simple idée d'un verre — même du modèle le plus courant — le fit se sentir légèrement mieux. Il regarda une dernière fois par-dessus son épaule et le fait de voir Paul Bunyan de retour à sa place, souriant au ciel, la hache de plastique à l'épaule, le fit se sentir encore mieux. Richie commença à marcher plus vite, sans demander son reste histoire de mettre la plus grande distance possible entre lui et la statue. Il en était déjà à envisager l'hypothèse d'une hallucination quand la douleur le frappa de nouveau aux yeux, violente, angoissante, lui arrachant un cri rauque. Une jolie jeune fille qui marchait devant lui, rêveuse, les yeux perdus dans les nuages, se retourna, hésita, puis se précipita vers lui.

« Quelque chose ne va pas, monsieur ?

— Ce sont mes verres de contact, répondit-il d'une voix tendue. Mes foutus verres de contact — oh, mon Dieu, ça fait mal ! »

Cette fois-ci, il approcha si vivement ses doigts qu'il faillit se les mettre dans les yeux. Il baissa les paupières inférieures et pensa : *Je vais être capable de les faire sortir, c'est ça qui va se passer, je ne vais pas être foutu de les faire tomber et ça va simplement continuer à me faire, à me faire mal, à me faire mal jusqu'à ce que je devienne aveugle devienne aveugle aveugle...*

Mais le clignement de paupières fonctionna comme il avait toujours fonctionné. L'image aiguë et bien définie du monde, avec ses couleurs qui restaient exactement dans leurs limites et où les choses que l'on voyait avaient la limpidité précise de l'évidence, se brouilla complètement. À la place, il n'y eut plus que des bandes floues couleur pastel. Et en dépit de ses efforts et de ceux de la jeune étudiante, qui se montra pleine de bonne volonté et serviable, aucun des deux ne put retrouver les lentilles ; après avoir scruté tous les recoins du trottoir et du caniveau, ils abandonnèrent les recherches au bout d'un quart d'heure.

Tout au fond de sa tête, Richie crut entendre le rire du clown.

5
Bill Denbrough voit un fantôme

Bill ne vit pas Grippe-Sou cet après-midi-là ; en revanche, il vit un fantôme. Un vrai fantôme. C'est du moins ce que crut Bill sur le coup, et rien, plus tard, ne put le faire changer d'avis.

Il avait remonté Witcham Street et s'était arrêté un moment auprès de la bouche d'égout qui avait servi de cadre à la fin tragique de George, par une journée pluvieuse d'octobre 1957. Il s'accroupit et scruta l'ouverture pratiquée dans le rebord du trottoir. Son cœur battait à grands coups, mais il regarda tout de même.

« Sors donc d'ici, de qui as-tu peur ? » dit-il à voix basse, avec l'idée (pas si insensée que cela) que ses paroles volaient le long de galeries noires et dégoulinantes d'eau, sans mourir, et continuaient à progresser toujours plus loin et plus profond, rebondissant d'écho en écho, s'en nourrissant, parmi des murs couverts de mousse et des machines rouillées depuis longtemps. Il les sentait flotter au-dessus d'eaux croupies paresseuses, et peut-être même faiblement ressortir de cent autres bouches d'égout dans les autres quartiers de la ville.

« Sors donc de là, ou bien c'est nous qui irons te dé-dé-loger. »

Il attendit nerveusement une réponse, accroupi, les mains pendant entre les cuisses comme un receveur, au base-ball, entre deux lancers. Il n'y eut aucune réaction.

Il était sur le point de se relever quand une ombre passa sur lui.

Bill releva vivement la tête, en alerte, prêt à tout... mais ce n'était qu'un garçonnet de dix ou onze ans tout au plus. Il portait un short de boy-scout élimé qui mettait ses genoux écorchés bien en vue. Il tenait une glace à l'eau d'une main et de l'autre une planche à roulettes en fibre de verre qui paraissait aussi mal en point que ses rotules. La glace à l'eau était d'un orange fluo éclatant, la planche d'un vert fluo non moins vif.

« Vous avez l'habitude de parler aux égouts, m'sieur ? demanda le garçon.

— Seulement à Derry », répondit Bill.

Ils se regardèrent pendant quelques instants solennellement, puis éclatèrent de rire en même temps.

« J'aimerais te poser u-une question un peu s-stupide, reprit Bill.

— D'accord, dit le garçon.

— As-tu jamais entendu quelque chose qui venait de là-dedans ? »

L'enfant regarda Bill comme si ce dernier venait de perdre les pédales.

« D'accord, ou-oublie que je te l'ai de-demandé. »

Il se releva et s'était éloigné d'une douzaine de pas, tout au plus (en direction de la colline avec la vague idée d'aller revoir la maison de son enfance), lorsque le gamin le rappela : « Hé, monsieur ! »

Bill se retourna. Il avait enlevé sa veste, qu'il tenait par un doigt sur son épaule. Son col était défait, sa cravate desserrée. Le gamin l'examinait attentivement, comme s'il regrettait déjà son envie de parler. Puis il haussa les épaules, comme s'il se disait : *Oh, et après tout !*

« Ouais.

— Ouais ?

— Ouais.

— Qu'est-ce que ça disait ?

— Je sais pas. C'était une langue étrangère. Je l'ai entendu qui sortait d'une des stations de pompage, en bas dans les Friches. Vous savez, ces stations de pompage ? On dirait des tuyaux qui sortent de terre...

— Je sais ce que tu veux dire. Est-ce que c'est un gosse que tu as entendu ?

— Oui, c'était un gosse, au début. Après on aurait dit un homme. (Le garçonnet se tut un instant.) J'ai eu la frousse. Je suis rentré en courant à la maison et je l'ai raconté à mon père. Il m'a dit que c'était peut-être un écho, ou un truc comme ça, venu d'une maison par les égouts.

— Tu l'as cru ? » fit Bill qui s'était rapproché de quelques pas.

Le garçon lui adressa un adorable sourire. « J'ai lu dans mon livre, vous savez, *Croyez-le ou non*, l'histoire de ce type qui faisait de la musique avec ses dents. C'était une radio. Il avait des fausses dents qui faisaient transistor. Je me dis que si je crois cette histoire, je peux bien croire n'importe quoi.

— Évidemment. Mais est-ce que tu l'as vraiment cru ? »

À contrecœur, l'enfant secoua la tête.

« T'est-il arrivé d'entendre encore ces voix ?

— Une fois, pendant que je prenais un bain. Une voix de fille. Elle pleurait, c'est tout. J'avais peur de vider la baignoire quand j'ai eu fini. Vous comprenez, j'aurais pu la noyer, peut-être. »

Bill acquiesça de nouveau.

L'enfant regardait maintenant Bill ouvertement, le regard brillant, l'air fasciné. « Vous savez quelque chose sur ces voix, m'sieur ?

— Je les ai entendues. Il y a très, très longtemps. Connaissais-tu l'un des gosses qui ont été... assassinés, fiston ? »

Dans les yeux du garçon, l'éclat disparut, remplacé par la méfiance et l'inquiétude. « Mon père dit que je ne dois pas parler aux étrangers. Il dit que n'importe qui peut être le tueur. » Du coup il s'éloigna de Bill de quelques pas, se réfugiant à l'ombre d'un orme contre lequel Bill avait foncé à bicyclette vingt-sept ans auparavant. Il était tombé et avait tordu son guidon.

« Pas moi, fiston, se défendit Bill. J'étais en Angleterre au cours des quatre derniers mois. Je suis arrivé hier à Derry.

— Je ne dois tout de même pas vous parler.

— C'est vrai. Nous s-sommes dans un pays li-libre. »

L'enfant ne répondit pas tout de suite. « J'avais l'habitude de jouer avec Johnny Feury, de temps en temps. Il était gentil. J'ai pleuré », ajouta-t-il froidement. Sur quoi il engloutit le reste de sa glace puis, au bout d'un instant, sortit une langue d'un orange éclatant pour lécher les gouttes tombées sur son poignet.

« Reste éloigné des égouts et des tuyaux, dit calmement Bill. N'approche pas des endroits vides ou déserts. Ne va pas à la gare de triage. Mais avant tout, fuis tout ce qui est égout et canalisation souterraine. »

L'œil du garçon retrouva son éclat, et il resta silencieux pendant un très long moment. Puis : « M'sieur ? Vous voulez que je vous dise quelque chose de marrant ?

— Bien sûr.

— Vous connaissez ce film avec le grand requin qui mange les gens, non ?

— Comme tout le monde, oui, *Les Dents de la mer.*

— Eh bien, j'ai un copain. Il s'appelle Tommy Vicananza, et il n'est pas très malin. Il a une araignée dans le plafond, si vous voyez ce que je veux dire.

— Ouais, je vois.

— Il croit qu'il a vu ce requin dans le canal. Il était tout seul dans Bassey Park, il y a deux semaines à peu près, et il dit qu'il a vu son aileron. Il dit aussi qu'il faisait dans les trois mètres de haut, cet aileron, vous vous rendez compte ? Rien que l'aileron ! Et il a dit : " C'est ce qui a tué Johnny et les autres gosses. C'était le Grand Requin. Je le sais parce que je l'ai vu. " Alors je lui ai répondu : " Le canal est tellement pollué que rien ne peut y vivre, pas même un poisson-chat. Et tu nous racontes que tu as vu le Grand Requin dedans ! Tu as une araignée dans le plafond, Tommy. " Mais Tommy a même ajouté que le Grand Requin était sorti de l'eau comme à la fin du film et qu'il avait essayé de l'attraper, mais qu'il s'était reculé juste à temps. C'est tout de même marrant, non, m'sieur ?

— Très marrant, admit Bill.

— Une araignée dans le plafond, non ? »

Bill hésita. « Reste tout de même à l'écart du canal, c'est plus prudent.

— Vous voulez dire que vous croyez ça ? »

Bill hésita ; son intention était de hausser les épaules. Au lieu de cela, il acquiesça.

Le gosse laissa échapper un long soupir sifflant. Il se tenait tête basse, comme s'il avait honte. « Ouais. Parfois je me dis que c'est moi qui dois avoir une araignée dans le plafond.

— Je comprends ce que tu veux dire, le rassura Bill en s'avançant vers le garçon, qui cette fois ne s'éloigna pas de lui mais le regarda, l'air sérieux. Tu te démolis les genoux sur cette planche, fiston. »

Le gamin eut un coup d'œil pour ses écorchures et sourit. « Ouais, on dirait. Il m'arrive de prendre des vols planés.

— Est-ce que je peux essayer ? » demanda soudain Bill.

Le garçonnet le regarda, bouche bée, puis éclata de rire. « Ça serait marrant, dit-il. Je n'ai jamais vu un adulte sur un skate.

— Je te donnerai vingt-cinq cents.

— Mon père dit...

— De ne jamais a-accepter d'argent ou de bonbons d'un in-inconnu. Excellent conseil. Je te donnerai tout de même la pièce. Qu'est-ce que tu en dis ? Pas plus l-loin que le coin avec Jackson Street.

— Laissez tomber la pièce, fit le gamin en éclatant de nouveau de rire — un son joyeux et simple. J'en ai pas besoin. J'ai déjà deux dollars. En somme, je suis riche. Mais j'ai bien envie de voir ça. Pourtant, ne m'en voulez pas si vous vous cassez quelque chose.

— Ne t'en fais pas, je suis assuré. »

Il lança l'une des roulettes du bout des doigts, s'émerveillant de l'aisance et de la rapidité avec lesquelles elle tournait : on aurait dit qu'elle était montée sur un million de billes. Le bruit était agréable et évoquait quelque chose de très ancien qui serrait la poitrine de Bill. Un désir aussi chaud qu'un manque, aussi délicieux que l'amour. Il sourit.

« À quoi pensez-vous ? demanda l'enfant.

— Que je v-vais me tuer », répondit Bill, ce qui fit rire le garçon.

Bill mit le skate sur le trottoir et y posa un pied précautionneux, le faisant aller et revenir sous l'œil du gosse. Bill s'imagina en train de dévaler la pente de Witcham sur la planche vert avocat du gamin, basques au vent, son crâne chauve brillant au soleil, les genoux ployés dans cette position incertaine des apprentis skieurs qui, dans leur tête, sont déjà tombés. Il était prêt à parier que le garçonnet ne se tenait pas comme ça. Prêt à parier qu'il fonçait

(pour battre le diable)

comme s'il n'y avait pas de lendemain.

L'agréable sentiment disparut de sa poitrine. Il ne vit que trop clairement la planche valser sous ses pieds, filer tout droit dans la pente, il se vit lui-même tombant sur les fesses, voire sur le dos. Hôpital. La moitié du corps plâtré. Arrivée d'un docteur qui lui dit : « Vous avez commis deux erreurs majeures, Mr. Denbrough. La première, mauvais pilotage d'un skateboard. La deuxième : oublier que maintenant, vous approchez la quarantaine. »

Il se baissa, ramassa l'engin et le tendit au gamin. « Je pense qu'il vaut mieux pas.

— Poule mouillée, fit le garçon sans méchanceté. Bon, il faut que je rentre à la maison.

— Sois prudent là-dessus.

— On ne peut pas être prudent sur une planche ! » répliqua l'enfant avec un regard pour Bill, comme si c'était ce dernier qui avait une araignée dans le plafond.

« Exact. D'accord. Comme on dit dans les studios de ciné, bien reçu. Mais ne t'approche pas des égouts et des canalisations. Et reste avec tes copains. »

Le garçon acquiesça. « Je suis juste à côté de chez moi. »

Mon frère aussi était juste à côté de chez nous.

« Ce sera de toute façon bientôt fini, dit Bill.

— Vous croyez ?

— Je le crois.

— Très bien. À la prochaine... poule mouillée ! »

Comme Bill l'avait soupçonné, le gamin fonçait avec une aisance parfaite et à une vitesse suicidaire. Bill éprouva un soudain amour pour ce petit garçon, une jubilation, le désir d'être cet enfant et en même temps une terreur qui le suffoquait presque. Le gamin roulait comme si la mort et le fait de vieillir n'existaient pas. Il y avait quelque chose d'éternel et d'inéluctable dans ce garçon en short de boy-scout kaki et tennis effilochées, sans chaussettes, les chevilles crasseuses, les cheveux virevoltant derrière lui.

Fais gaffe, môme, tu vas rater ton virage ! pensa Bill, inquiet. Mais l'enfant eut un mouvement des hanches, ses orteils pivotèrent sur la planche en fibre de verre, et il négocia sans effort l'angle de Jackson Street, supposant simplement qu'il n'y aurait personne sur son chemin, de l'autre côté. *Ce ne sera pas toujours comme ça, môme,* songea Bill.

Il poussa jusqu'à son ancien domicile mais ne s'arrêta pas, se contentant de ralentir le pas. Il y avait des gens sur la pelouse : une maman dans un transat, un bébé endormi dans les bras, surveillant deux enfants, dix et huit ans, peut-être, qui jouaient au badminton sur l'herbe encore mouillée de la pluie du matin. Le plus jeune, un garçon, réussit à renvoyer le volant par-dessus le filet. « Bien joué, Sean ! » lança la femme.

La maison était toujours du même vert foncé, avec toujours la même imposte au-dessus de la porte d'entrée, mais le parterre de fleurs de sa mère avait disparu. Ainsi, autant qu'il pouvait en juger, que le portique que son père leur avait fabriqué avec des tuyaux de récupération.

Il vit ce qui était resté, ce qui avait disparu. L'idée lui traversa l'esprit d'aller dire à cette femme qu'il avait habité dans cette maison, mais que lui demander ? Est-ce que la tête qu'il avait soigneusement gravée dans l'une des poutres du grenier (qui avait parfois servi de cible aux fléchettes de Georgie) était toujours là ? Oui, il l'aurait pu, mais il sentit qu'il allait se mettre à bégayer horriblement s'il tentait de se montrer charmant. Et voulait-il connaître les réponses à ses questions ? Un froid glacial s'était abattu sur cette maison après la mort de Georgie, et s'il était revenu à Derry, ce n'était pas pour la revoir.

Il repartit, et ne s'arrêta qu'une fois qu'il fut à la hauteur de la barrière qui surplombait les Friches-Mortes. La barrière était un peu plus branlante, les Friches avaient le même aspect... peut-être plus touffu. Seules différences : l'épaisse fumée noire qui montait de la décharge avait disparu (on avait installé une usine moderne de retraitement des ordures) et une boucle d'accès sur pilotis à l'autoroute mordait sur l'un des flancs.

Non, les Friches n'avaient guère changé, odeurs comprises. Le lourd parfum des plantes en pleine croissance de printemps n'arrivait toujours pas à masquer complètement l'odeur de déchets et d'excréments humains. Odeur presque imperceptible, mais sans équivoque. Odeur de corruption ; une bouffée du monde d'en dessous.

C'est là que ça s'est terminé autrefois, et c'est là que ça va se terminer cette fois. Là-dedans. Sous la ville, songea Bill.

Il n'arrivait pas à repartir, convaincu qu'il allait être le témoin d'une manifestation quelconque de l'horreur qu'il était revenu combattre. Rien. Il entendait l'eau babiller, le vent chuchoter dans les buissons et le haut des arbres qu'il agitait, c'était tout. Pas de signe, vraiment rien. Il reprit sa marche, toujours en direction du centre-ville.

Un autre enfant croisa son chemin, une fillette cette fois, en pantalon de velours côtelé à taille haute et blouse rouge passé. Elle faisait rebondir une balle d'une main et tenait, par les cheveux, une poupée blonde de l'autre.

« Hé ! dit Bill.

— Quoi ? dit-elle en levant les yeux.

— Quelle est la meilleure boutique de Derry ? »

Elle réfléchit. « Pour moi, ou pour n'importe qui ?

— Pour toi.

— Rose Doccaze, vêtements d'occase, répondit-elle sans hésiter un instant.

— Je te demande pardon ?

— Vous demandez quoi ?

— Je veux dire... ce n'est pas un nom de magasin, ça.

— Bien sûr que si », dit-elle avec un regard apitoyé pour ce faible d'esprit. « Rose Doccaze, vêtements d'occase, ça rime. Ma mère dit que c'est un broc minable, mais je l'aime bien. On y trouve des vieilles choses, comme des disques qu'on n'a jamais entendus. Des cartes postales, aussi. Ça sent le grenier. Il faut que je rentre à la maison maintenant. Salut ! »

Elle s'éloigna sans regarder en arrière, faisant rebondir sa balle, ballottant sa poupée.

« Hé ! » lui lança-t-il.

Elle se retourna et le regarda d'un air intrigué. « Je vous demande comme-vous-dites ?

— Le magasin, où est-il ?

— Tout droit. Juste en bas de Up-Mile Hill. »

Bill eut le sentiment du passé qui se repliait sur lui-même, qui se repliait sur lui. Il n'avait pas eu l'intention de demander quoi que ce soit à la fillette lorsqu'il l'avait interpellée ; la question avait jailli de ses lèvres comme un bouchon de bouteille de champagne.

Pas mal de choses avaient changé au carrefour de Up-Mile Hill ; à la place de l'annexe des frères Tracker, on lisait une enseigne en caractères anciens : ROSE DOCCAZE VÊTEMENTS D'OCCASE. La peinture jaune des briques datait d'une bonne dizaine d'années, et avait atteint le stade du jaune pipi, comme disait Audra.

Bill se dirigea lentement vers la boutique, de nouveau étreint par un sentiment de déjà-vu. Il raconta plus tard aux autres qu'il savait quel genre de fantôme il allait voir avant de l'avoir réellement vu.

La vitrine de Rose Doccaze était plus que pisseuse : crasseuse. Rien à voir avec un magasin d'antiquités chic, plein d'objets délicats éclairés de spots invisibles. « Un vrai mont-de-piété », aurait dit sa mère avec un parfait mépris. Il y régnait le plus grand désordre, les affaires s'y entassaient n'importe comment ; vêtements en piles, guitares pendues par le cou comme des criminels ; boîtes bourrées de 45 tours (10 CTS LE DISQUE, DOUZE POUR 1 DOLLAR, disait une affichette. ANDREWS SISTERS, PERRY COMO, JIMMY ROGERS, DIVERS) ; vêtements d'enfants et chaussures d'aspect sinistre (USAGÉES MAIS ENCORE BONNES ! 1 DOLLAR LA PAIRE) ; des télés qui avaient essuyé les plâtres des premières émissions de l'histoire (l'une d'elles, allumée, donnait une image d'un gris presque uniforme) ; une boîte de livres de poche aux couvertures arrachées (DEUX POUR 25 CTS, DIX POUR 1 DOLLAR, SÉRIE « OSÉE » À L'INTÉRIEUR) posée sur un énorme poste de radio ; des fleurs en plastique dans des vases sales...

Mais toutes ces choses ne constituaient que l'arrière-plan chaotique de l'objet sur lequel les yeux de Bill s'étaient immédiatement fixés, sans pouvoir s'en détacher, une expression d'incrédulité sur le visage. Des ondes de chair de poule lui parcouraient le corps ; il avait le front brûlant, les mains glacées, et pendant un instant, il crut que toutes ses portes intérieures allaient s'ouvrir en grand et qu'il se souviendrait de tout.

Dans la partie droite de la vitrine trônait Silver.

La bicyclette ne possédait toujours pas de béquille et la rouille avait envahi ses garde-boue, mais la trompe était toujours accrochée au guidon, son bulbe de caoutchouc tout fendillé. Le pavillon de la trompe, que Bill avait toujours soigneusement entretenu et fait briller, était terne et piqué. Le porte-bagages plat qui avait souvent servi de siège de passager à Richie se trouvait toujours au-dessus du garde-boue arrière, mais tordu et maintenant en place par un seul boulon. Quelqu'un l'avait recouvert de fausse peau de panthère, mais le tissu était tellement usé et effiloché qu'on en distinguait à peine les motifs.

Silver.

Inconsciemment, Bill, de la main, essuya les larmes qui coulaient sur ses joues. Après avoir complété ce débarbouillage avec son mouchoir, il pénétra dans le magasin.

Le temps et l'humidité donnaient à Rose Doccaze vêtements d'occase une puissante odeur de renfermé. C'était bien, comme l'avait dit la fillette, une odeur de grenier, mais pas une bonne odeur de grenier, comme il en existe. Ce n'était pas celle de l'huile de lin dont on a frotté une ancienne table, ni celle de la peluche ou du velours d'un antique canapé. Non, c'était l'odeur des reliures de livres en décomposition, des coussins en vinyle à demi cuits par la chaleur des étés, de la poussière, des crottes de souris.

De la télé de la vitrine montait le caquet d'un animateur, qui devait lutter avec la voix d'un disc-jockey en provenance d'une radio — lequel se présentait comme « votre copain Bobby Russel » et promettait le nouvel album de Prince au premier auditeur qui pourrait donner le nom de l'acteur qui avait joué Wally dans *Leave it to Beaver*. Bill le savait (Tony Dow) mais se fichait de l'album de Prince. La radio était posée tout en haut d'une étagère, parmi des portraits du siècle passé. Le propriétaire était assis en dessous. C'était un homme dans la quarantaine, d'une maigreur à faire peur, portant un jean de marque et un T-shirt en mailles de filet. Les cheveux soigneusement peignés en arrière, les pieds sur son bureau, il était à demi dissimulé par une pile de gros livres de compte et une ancienne caisse enregistreuse ornée de motifs. Il lisait un roman qui n'avait jamais dû être en compétition pour le prix Pulitzer, *Les Étalons du bâtiment.* Sur le sol, devant le bureau, se dressait l'une de ces enseignes tournantes de coiffeur, dont les bandes de couleurs différentes semblent se dérouler à l'infini. Son cordon électrique effiloché allait se raccorder à une prise de la plinthe comme un serpent fatigué. Le carton, posé contre sa base, proclamait : UNE ESPÈCE EN VOIE DE DISPARITON ! 250 DOLLARS.

Au tintement de la clochette placée sur la porte, l'homme avait marqué la page de son livre avec une pochette d'allumettes et levé les yeux. « J' peux vous aider ?

— Oui », répondit Bill, ouvrant la bouche pour demander le prix de la bicyclette de la vitrine. Mais avant qu'il ait pu parler, son esprit se trouva envahi par une seule phrase entêtante, des mots qui chassaient toute autre pensée :

Les chemises de l'archiduchesse sont-elles sèches, archi-sèches, pour les six spectres ?

Mais au nom du ciel, qu'est-ce que...

(archi-sèches)

« Vous cherchez quelque chose de particulier ? » demanda le propriétaire. Son ton était parfaitement courtois, mais il observait attentivement Bill.

Il me regarde comme si j'avais fumé de cette herbe qui fait planer les musiciens, pensa Bill, amusé en dépit de sa détresse.

« Oui, je m'in-intéresse à-à-à...

(archi-sèches pour les six spectres)

— à ce sp-sp...

— À cette enseigne de barbier ? » Il y avait maintenant dans l'œil de l'homme cette expression que, même dans son état présent de confusion, Bill n'avait pas oubliée depuis son enfance et qu'il détestait : l'anxiété de quelqu'un qui est obligé d'écouter parler un bègue, le besoin de finir ses phrases pour lui et de couper court aux bafouillements du malheureux. *Mais je ne bégaie plus ! J'en suis venu à bout ! JE NE BÉGAIE PLUS, BORDEL ! JE...*

(les chemises de l'archiduchesse)

Les mots avaient une telle clarté dans sa tête que l'on aurait dit que quelqu'un d'autre les prononçait, qu'il était comme cet homme de la Bible possédé des démons, envahi par quelque présence venue de l'Extérieur. Et cependant, il reconnaissait la voix : c'était la sienne. Il sentit des gouttes chaudes de sueur jaillir sur son visage.

« Je pourrais vous faire

(les six spectres)

un prix sur cette enseigne, disait le propriétaire. À dire la vérité, personne n'en veut à ce prix. Je vous la laisse à cent soixante-quinze. Qu'est-ce que vous en dites ? C'est la seule véritable antiquité de la maison.

— *Spectre*, cria presque Bill, ce n'est pas le sp... l'enseigne qui m'intéresse ! »

Le propriétaire eut un petit mouvement de recul. « Est-ce que vous vous sentez bien, monsieur ? » L'inquiétude du regard démentait la sollicitude du ton, et Bill vit la main de l'homme quitter le bureau. Il comprit, dans un éclair de lucidité qui relevait plus de la déduction que de l'intuition, qu'il y avait un tiroir entrouvert invisible pour lui et que le propriétaire venait certainement de poser la main sur un revolver ou une arme quelconque. Il craignait peut-être les voleurs ; plus vraisemblablement, il avait tout simplement peur. Après tout, il était manifestement homosexuel, et on était dans la ville où des jeunes gens avaient fait prendre un bain mortel à Adrian Mellon.

(Les chemises de l'archiduchesse sont-elles sèches, archi-sèches pour les six spectres ?)

La litanie repoussait toute pensée ; c'était comme s'il devenait fou. D'où cela sortait-il ?

Et ça se répétait, se répétait.

Par un effort surhumain, Bill s'y attaqua, s'obligeant pour cela à traduire en français la phrase venue d'ailleurs. C'était de cette manière qu'il avait vaincu son bégaiement quand il était adolescent. Au fur et à mesure que les mots défilaient dans son esprit, il les changeait... et il sentit soudain se détendre l'étreinte du bégaiement.

Il se rendit compte que le propriétaire venait de dire quelque chose.

« Ex-excusez-moi ?

— Je dis que si vous devez piquer une crise, allez faire ça dehors. Je n'ai pas besoin de conneries comme celles-là ici. »

Bill prit une profonde inspiration.

« On re-repart à zéro, dit-il. Faites comme si-si je venais j-juste d'entrer.

— Entendu, fit le propriétaire, sans se fâcher davantage. Vous venez d'entrer. Et maintenant ?

— La bé-bécane dans la vitrine. Combien voulez-vous pour cette bécane ?

— Disons vingt dollars. » L'homme paraissait maintenant plus à l'aise, mais sa main gauche n'avait toujours pas reparu. « C'était une Schwinn à l'origine, je crois, mais elle s'est un peu abâtardie. »

De l'œil, il évalua la taille de Bill. « Une grande bicyclette, mais vous pourriez la monter. »

Pensant au skate vert fluo du gamin, Bill répondit : « J'ai bien peur d'avoir fait déjà mon temps comme cycliste, vous sa-savez. »

L'homme haussa les épaules. Sa main gauche, finalement, revint sur le bureau. « Vous avez un garçon ?

— Ou-oui.

— De quel âge ?

— Onze ans.

— Un peu haute pour un gamin de onze ans.

— Accepterez-vous un chèque de voyage ?

— S'il fait dix dollars de plus que le montant de vos achats.

— Je vous en ferai un de vingt. Me permettez-vous de passer un coup de fil ?

— Aucun problème tant que c'est en ville.

— C'est le cas.

— Je vous en prie. »

Bill appela la bibliothèque municipale. Mike s'y trouvait.

« Où es-tu, Bill ? demanda-t-il avant d'ajouter presque immédiatement : Tout va bien, au moins ?

— Très bien. As-tu des nouvelles des autres ?

— Non. On se reverra ce soir. » Il y eut un bref silence. « C'est-à-dire... je le suppose. Qu'est-ce que je peux faire pour toi, Grand Bill ?

— Je suis en train d'acheter une bicyclette, Mike, expliqua calmement Bill. Je me demandais si je ne pourrais pas la pousser jusqu'à chez toi. As-tu un garage ou un coin où je pourrais la ranger ? »

Il y eut un silence qui se prolongea.

« Mike ? Tu m'entends ?

— Je suis toujours là. C'est Silver ? »

Bill regarda le propriétaire de la boutique. Il était de nouveau plongé dans sa lecture... ou peut-être faisait-il semblant et était-il tout ouïe.

« Oui, dit-il.

— Où es-tu ?

— Un magasin qui s'appelle Rose Doccaze, vêtements d'occase.

— Très bien. J'habite au 61, Palmer Lane. Tu n'as qu'à remonter Main Street...

— Je trouverai.

— D'accord. Je t'attendrai là. Veux-tu que je m'occupe du dîner ?

— Ce serait une bonne idée. Peux-tu quitter ton travail ?

— Aucun problème. Carole me remplacera. » Mike eut un instant d'hésitation. « Elle m'a dit qu'un type était venu, environ une heure avant mon retour, et qu'il avait l'air d'un fantôme. Je lui ai demandé de me le décrire. C'était Ben.

— T'es sûr ?

— Oui. C'est comme la bécane. Ça fait partie du tout, non ?

— Vaut mieux pas se poser la question, répondit Bill, un œil sur le propriétaire qui paraissait toujours aussi absorbé par son livre.

— On se retrouve donc chez moi, reprit Mike. Le 61, n'oublie pas.

— Je n'oublierai pas. Merci, Mike.

— Dieu te bénisse, Grand Bill. »

Bill raccrocha. L'homme referma aussitôt son livre. « Vous vous êtes trouvé un coin pour la remiser, l'ami ?

— Ouais. » Bill prit un chèque de voyage, le signa. Le vendeur compara les signatures avec un soin qu'en d'autres circonstances Bill aurait trouvé plutôt insultant.

Puis il alla chercher la bicyclette, et quand Bill posa la main sur le guidon pour l'aider, il fut pris d'un nouveau frisson. Silver. Encore une fois. C'était Silver qu'il tenait à la main et

(Les chemises de l'archiduchesse sont-elles sèches archi-sèches pour les six spectres ?)

il dut repousser cette pensée car elle le faisait se sentir affaibli et bizarre.

« Le pneu arrière est un peu dégonflé », dit l'homme (il était en réalité plat comme une crêpe ; le pneu avant avait meilleure mine, même s'il était usé au point de laisser apparaître la corde).

« Pas de problème, dit Bill.

— Vous pouvez y aller à pied depuis ici ?

— Il me semble. Merci beaucoup.

— Il n'y a pas de quoi. Et si cette enseigne de barbier vous intéresse, revenez quand vous voulez. »

L'homme lui tint la porte. Bill s'engagea dans la rue, poussant Silver, sous le regard amusé et curieux des passants.

La chaîne est rouillée, pensa-t-il. *Celui qui l'avait n'a guère fait d'efforts pour l'entretenir.*

Il s'arrêta quelques instants, sourcils froncés (de plus il faisait chaud et pousser un engin comme Silver quand on a la quarantaine essoufflée n'était pas si facile que ça), se demandant ce que la bicyclette était devenue. L'avait-il vendue ? donnée ? perdue, peut-être ? Impossible de s'en souvenir. Au lieu de cela, la phrase absurde

(Les chemises de l'archiduchesse sont-elles sèches)

refit surface, aussi étrange et déplacée qu'une chaise percée sur un champ de bataille, un tourne-disque dans une cheminée, une rangée de crayons dépassant d'un trottoir en ciment.

Bill secoua la tête, et la phrase se dispersa comme de la fumée. Puis il poussa Silver jusqu'à chez Mike.

6
Mike Hanlon établit un rapport

Mike arriva dans Palmer Lane en même temps que Bill, au volant d'une vieille Ford aux flancs mangés de rouille et à la vitre arrière craquelée ; Bill se souvint alors de ce que Mike leur avait calmement fait remarquer : aucun des six membres du Club des Ratés qui avaient quitté Derry n'était resté un raté. Demeuré sur place, Mike était le seul à tirer le diable par la queue.

Bill fit rouler Silver dans le garage de Mike ; comme le reste de la maison, il était impeccable. Des outils s'alignaient, accrochés à des clous. Fichées dans des boîtes de conserve, des ampoules donnaient un éclairage de salle de billard. Bill appuya Silver contre un mur. Les deux hommes regardèrent l'engin pendant un moment, sans rien dire.

C'est Mike qui rompit le premier le silence : « C'est bien Silver. J'ai tout d'abord pensé que tu avais pu te tromper. Mais c'est bien ton vélo. Que vas-tu en faire ?

— Du diable si je le sais ! As-tu une pompe ?

— Ouais. Et aussi une trousse de réparation, il me semble. Est-ce que ce sont des pneus sans chambre ?

— Depuis toujours. » Bill se pencha pour examiner le pneu à plat. « Oui. Sans chambre.

— Prêt à remonter dessus ?

— Bien sûr que non ! fit vivement Bill. Mais j'ai horreur de la voir dans c-cet état.

— Comme tu voudras, Bill. C'est toi le patron. »

Bill tourna brusquement la tête sur cette réplique, mais Mike était déjà parti chercher une pompe à vélo au fond du garage. Dans un petit placard, il retrouva la trousse dont il avait parlé et la tendit à Bill, qui l'examina avec curiosité. Il avait conservé, depuis son enfance, le souvenir de ce genre d'objet : une petite boîte de métal à peu près de la même taille que celles dans lesquelles certains fumeurs placent les cigarettes qu'ils roulent eux-mêmes, si ce n'était le couvercle, qui faisait office de râpe afin de rendre rugueux le caoutchouc autour du trou à reboucher. La boîte avait l'air flambant neuf et portait encore l'étiquette du prix : $ 7,23. Il croyait se rappeler qu'elles ne valaient qu'un peu plus d'un dollar quand il était enfant.

« Ce n'est pas un hasard si tu avais ça là, constata Bill.

— Non. Je l'ai achetée la semaine dernière, dans une boutique du centre commercial.

— As-tu une bicyclette ?

— Non, répondit Mike, dont le regard croisa celui de Bill.

— Tu as acheté cette trousse. Comme ça.

— J'en ai éprouvé le besoin, admit Mike, sans quitter son ami des yeux. Je me suis réveillé en pensant que ça pourrait me servir, et ça m'a trotté dans l'esprit toute la journée. Alors... je l'ai achetée. Et toi tu vas t'en servir.

— Et moi je vais m'en servir, répéta Bill. Mais comme on dit dans tous les romans de gare, qu'est-ce que tout cela signifie, cher ami ?

— Demande aux autres, ce soir.

— Crois-tu qu'ils viendront tous ?

— Je ne sais pas, Grand Bill. » Il se tut un instant et ajouta : « Il me semble qu'il y a peu de chances qu'ils soient tous là. Un ou deux vont peut-être filer à l'anglaise. Ou... » Il haussa les épaules.

« Et alors, que ferons-nous ?

— Je l'ignore. » Mike montra la trousse de réparation du doigt. « J'ai sorti sept billets pour ce truc. Vas-tu en faire quelque chose ou continuer à le regarder ? »

Bill accrocha soigneusement sa veste à l'un des clous libres du mur, puis plaça Silver à l'envers, sur la selle et le guidon. Il fit tourner lentement la roue arrière. Le grincement rouillé du moyeu lui déplut, et il se souvint du chuintement presque inaudible des roulements à billes du skate du gamin. *Une bonne giclée d'huile arrangera ça,* pensa-t-il. *Ça ne fera pas de mal à la chaîne, non plus. Elle est couverte de rouille... Et les cartes à jouer ! Il faut mettre des cartes à jouer contre les rayons. Je parie que Mike en a. Des bonnes. Celles avec ce revêtement qui les rend si rigides et glissantes qu'elles échappent la première fois qu'on essaye de les mélanger. Des cartes à jouer, maintenues par des pinces à linge, bien sûr...*

Il s'arrêta, pris d'une soudaine sueur froide.

Au nom du ciel, à quoi es-tu en train de penser ?

« Quelque chose ne va pas, Bill ? demanda doucement Mike.

— Non, rien. » Ses doigts touchèrent quelque chose de petit, rond et dur. Il glissa deux ongles dessous et tira. Un clou minuscule sortit du pneu. « Voilà le cou-coupable », dit-il, tandis que de nouveau s'élevait dans son esprit la voix, étrange, inattendue et puissante : *Les chemises de l'archiduchesse sont-elles sèches, archi-sèches pour les six spectres ?* Mais cette fois-ci, la voix, sa voix, fut suivie de celle de sa mère disant : *Essaie encore, Billy. Tu y es presque arrivé cette fois.*

Il frissonna, puis secoua la tête. *Même maintenant je ne pourrais pas répéter ça sans bégayer,* pensa-t-il. Et pendant un bref instant, il fut sur le point de comprendre ce que tout cela signifiait. Puis la lueur de compréhension disparut.

Il ouvrit le nécessaire et se mit au travail. Cela lui prit pas mal de temps. Mike restait appuyé au mur dans un rayon de soleil oblique de fin d'après-midi, les manches de chemise roulées, la cravate desserrée, sifflant un air que Bill finit par identifier : *She Blinded Me with Science.*

En attendant que la colle sèche, Bill entreprit (simplement pour avoir quelque chose à faire, se dit-il) de huiler la chaîne, les pignons et les moyeux de Silver. Le vélo n'en avait pas meilleure mine, mais le grincement disparut et les roues tournèrent bien. De toute façon, Silver n'était pas faite pour les prix de beauté. Sa seule vertu était d'être capable de filer comme le vent.

À ce moment-là (vers cinq heures trente), il avait presque oublié la présence de Mike, tant il s'était absorbé dans les tâches infimes mais infiniment satisfaisantes de l'entretien. Il vissa l'embout souple de la pompe sur la valve du pneu arrière, qu'il gonfla au jugé. Il eut la satisfaction de constater que la pièce tenait bien.

Il était sur le point de redresser Silver, lorsqu'il entendit derrière lui un bruit de cartes que l'on battait rapidement. Il se retourna si vivement qu'il faillit renverser la bicyclette.

Mike était là, un jeu de cartes à dos bleu à la main. « Tu les veux ? »

Bill laissa échapper un long soupir haletant. « J'imagine que tu as aussi des épingles à lin-linge ?

— Ouais, un truc dans le genre. »

Bill prit les cartes et voulut les faire claquer, mais ses mains tremblaient et il ne réussit qu'à les répandre sur le sol. Il y en avait partout, mais deux seulement retombèrent à l'endroit. Bill les regarda, puis regarda Mike, dont les yeux restaient fixés sur le jeu éparpillé. Sa bouche, tirée en arrière par un rictus, découvrait ses dents.

Deux as de pique.

« C'est impossible, murmura Mike. Je viens juste de l'ouvrir, regarde. » Bill vit l'emballage de cellophane déchiré, posé sur l'établi. « Comment un paquet de cartes neuf peut-il avoir deux as de pique ? »

Bill se pencha et les ramassa. « Comment peut-on, en faisant tombér un paquet de cartes, n'en retrouver que deux à l'endroit ? demanda-t-il. La question est encore meil... »

Il venait de retourner les cartes. L'une avait le dos bleu, l'autre rouge. Il les montra à Mike.

« Seigneur Jésus ! Dans quelle aventure nous sommes-nous fourrés, Mikey ?

— Qu'est-ce que tu vas en faire ? demanda Mike, la voix éteinte.

— Les mettre en place, pardi ! répondit Bill en éclatant soudain de rire. C'est bien ce que je suis censé faire, non ? S'il faut certaines conditions préalables à la magie, celles-ci doivent inévitablement se mettre en place d'elles-mêmes. Tu ne crois pas ? »

Mike ne répliqua pas. Il regarda Bill fixer les cartes à la fourche de la roue arrière ; ses mains tremblaient encore et il lui fallut un certain temps, mais il finit par y arriver. Il prit alors une profonde inspiration et lança la roue ; les cartes crépitèrent bruyamment contre les rayons dans le silence du garage.

« Allez, viens, dit Mike doucement. Viens, Grand Bill. Je vais faire la bouffe. »

Après le dîner — hamburgers, champignons et salade —, ils restèrent assis à fumer, en regardant le crépuscule céder la place à la nuit dans la cour à l'arrière de la maison. Bill sortit son portefeuille, prit une carte de visite, et écrivit dessus la phrase qui l'avait poursuivi depuis qu'il avait vu Silver dans la vitrine de Rose Doccaze. Il la montra à Mike qui la lut attentivement, une moue aux lèvres.

« Est-ce que ça te dit quelque chose ? demanda Bill.

— Les chemises de l'archiduchesse sont-elles sèches, archi-sèches pour les six spectres... » Il acquiesça.

« Eh bien, dis-le-moi... à moins que tu me sortes encore ton babaratin comme quoi je dois trouver tout seul ?

— Non, dit Mike. En l'occurrence, je crois que je peux te le dire. C'est une phrase difficile à prononcer qui est devenue un exercice pour les bègues et les zézayeurs. Ta mère essayait de te la faire dire au cours de cet été-là. L'été 1958. Ça t'arrivait de t'exercer à voix basse devant nous.

— Ah bon ? dit Bill, qui ajouta bientôt lentement, répondant à sa propre question : Oui, c'est vrai.

— Tu devais beaucoup tenir à lui faire plaisir. »

Bill, qui se rendit compte qu'il était sur le point de pleurer, n'osa pas parler et se contenta de hocher la tête.

« Tu n'y es jamais arrivé, reprit Mike, je m'en souviens. Ce n'est pas faute d'avoir essayé, mais tu t'emmêlais toujours les pinceaux.

— Et pourtant je l'ai dite, répliqua Bill, je l'ai dite au moins une fois.

— Quand ? »

Bill abattit si violemment les poings sur la petite table qu'il se fit mal. « Je l'ai oublié ! » cria-t-il. Puis, d'un air morne, il répéta : « Je l'ai complètement oublié. »

CHAPITRE 12

Trois qui s'invitent

1

Le lendemain du jour où Mike Hanlon passa ses coups de fil, Henry Bowers commença à entendre des voix. Elles lui parlèrent toute la journée. À un moment donné, Henry crut comprendre qu'elles venaient de la lune. À la fin de l'après-midi, lorsqu'il leva les yeux vers le ciel bleu clair depuis l'endroit où il binait la terre, il la vit, petite et pâle. Une lune fantôme.

C'est pour cela qu'il crut qu'elle lui parlait ; seule une lune fantôme pouvait parler avec des voix de fantômes — les voix de ses vieux copains et les voix de ces petits morveux qui, il y avait bien longtemps, jouaient dans les Friches. Plus une autre voix, qu'il n'osait pas nommer.

Victor Criss fut le premier qui parla de la lune. *Ils reviennent, Henry, ils reviennent tous, mec. Ils reviennent à Derry.*

C'est ensuite Huggins le Roteur qui parla de la lune, peut-être depuis sa face cachée. *Tu es le seul qui reste, Henry. Le seul d'entre nous. Faut que tu te les fasses pour moi et Vic. Ce ne sont pas des morveux comme ça qui vont nous marcher sur les pieds, hein ? Hé ! Un jour, j'ai frappé une balle chez les frères Tracker, et Tony a dit qu'elle serait sortie du Yankee Stadium !*

Il continua de biner, les yeux levés vers la lune fantôme dans le ciel, et au bout d'un moment, Fogarty arriva et lui flanqua un coup sur la nuque qui l'envoya la tête dans la terre.

« Hé ! T'es en train d'arracher les pois en même temps que les mauvaises herbes, taré ! »

Henry se releva, essuya la terre de son visage, secoua celle de ses cheveux. Fogarty se tenait devant lui, un grand costaud en veste et pantalon blancs, le tissu tendu pas sa bedaine. Il était interdit aux gardiens (qu'ici, à Juniper Hill, on appelait « conseillers ») de porter des matraques ; c'est pourquoi quelques-uns — les pires étaient Fogarty, Adler et Koontz — se baladaient avec de gros rouleaux de pièces de vingt-cinq cents dans la poche. Ils frappaient presque toujours au même endroit, à la nuque. Aucun règlement n'interdisait les rouleaux de pièces ; on ne les classait pas parmi les armes mortelles à Juniper Hill, institution pour les dérangés d'esprit sise dans la banlieue d'Augusta, près de Sidney.

« Je m'excuse, Mr. Fogarty », dit Henry en grimaçant un sourire qui exhiba une rangée de dents jaunes et irrégulières. On aurait dit les derniers piquets d'une barrière de maison hantée ; Henry avait commencé à perdre ses dents à l'âge de quatorze ans environ.

« Ouais, tu peux t'excuser, répondit Fogarty, et que je t'y reprenne pas, Henry.

— Oui, chef, oui, Mr. Fogarty. »

L'homme s'éloigna, laissant de grandes empreintes brunes dans la terre du jardin. Henry profita de ce qu'il avait le dos tourné pour regarder subrepticement autour de lui. On les avait expédiés au jardin pour biner dès que les nuages s'étaient levés, tous ceux du pavillon bleu. On était au pavillon bleu quand on s'était montré particulièrement dangereux et qu'on l'était un peu moins ; l'installation était conçue pour les fous criminels. Henry s'y trouvait après avoir été reconnu coupable du meurtre de son père en 1958, à la fin de l'automne. Une année fameuse pour les procès criminels, 1958, un cru exceptionnel.

Sauf qu'on ne le soupçonnait pas d'avoir tué seulement son père ; auquel cas il n'aurait pas passé vingt ans à l'hôpital psychiatrique de l'État, à Augusta, la plupart du temps dans une camisole de force — ou une camisole chimique. Non, pas seulement son père ; les autorités étaient convaincues qu'il les avait tous tués, ou du moins qu'il était l'auteur de la majorité des crimes commis cet été-là.

À la suite du verdict, le *Derry News* avait publié un éditorial intitulé « La fin de la longue nuit ». On y récapitulait les faits saillants de l'affaire : la ceinture de Patrick Hockstetter, l'un des disparus, retrouvée dans le bureau de Henry ; la pile de livres scolaires, certains appartenant à Huggins et d'autres à Victor Criss, l'un et l'autre également disparus et les meilleurs amis connus du fils Bowers, découverte dans sa penderie ; et, plus accablant encore, la petite culotte formellement identifiée par une marque de laverie comme ayant appartenu à feu Veronica Grogan et qui était dissimulée dans le matelas du garçon, fendu à cet effet.

Henry Bowers, concluait le journal, était bien le monstre qui avait hanté Derry au cours du printemps et de l'été 1958.

Mais le *Derry News* avait eu beau proclamer la fin de la « longue nuit » en première page, le 6 décembre 1958, même un demeuré comme Henry savait qu'à Derry, la nuit ne s'achevait jamais.

On l'avait matraqué de questions, mis dans un cercle de doigts accusateurs. Par deux fois, le chef de la police l'avait giflé, et un enquêteur du nom de Lottman l'avait frappé au ventre, lui intimant de se mettre à table, et en vitesse.

« Il y a des gens là-dehors qui ne sont pas très contents, lui avait déclaré ce Lottman. Ça fait longtemps qu'il n'y a pas eu de lynchage à Derry, ce qui ne veut pas dire qu'il ne pourrait pas y en avoir un. »

Ils l'auraient harcelé aussi longtemps que nécessaire, non parce qu'ils redoutaient de voir les braves gens de Derry envahir le poste de police pour s'emparer de Henry et le pendre à la première branche venue, mais parce qu'ils ressentaient un besoin désespéré de refermer le livre d'horreur et de sang ouvert au début de l'été. Oui, ils ne l'auraient pas lâché, et Henry le savait. Ils voulaient le voir tout avouer, comprit-il au bout d'un moment. Henry s'en fichait. Après ce qu'il avait vécu dans les égouts, après ce qui était arrivé à Huggins et à Victor, il paraissait se ficher de tout. Oui, admit-il, c'est vrai, j'ai tué mon père. C'était exact. Ou, j'ai tué Victor Criss et Huggins le Roteur. C'était vrai au sens où il les avait conduits dans les boyaux où ils avaient été massacrés. Ou, j'ai tué Patrick ; oui, Veronica aussi. Oui, celui-ci ; oui, tous. Faux, mais ça n'avait pas d'importance. Il fallait bien que quelqu'un porte la responsabilité de ces crimes. C'est peut-être pour cela qu'il avait été épargné. Alors que s'il avait refusé...

Pour la ceinture de Patrick, il comprenait : il l'avait gagnée à la suite d'un pari avec lui en avril, s'était aperçu qu'elle ne lui allait pas et l'avait jetée dans son bureau. Pour les livres aussi, il comprenait : ils étaient toujours fourrés ensemble, tous les trois, et ils se foutaient autant de leurs livres de classe d'été que des autres — c'est-à-dire complètement. Leurs placards devaient certainement contenir des livres à lui, et les flics ne l'ignoraient probablement pas.

Mais la petite culotte... non, il n'avait aucune idée de la façon dont elle s'était retrouvée dans son matelas.

Il pensait cependant savoir qui — ou quoi — s'en était occupé.

Autant ne rien dire de ce genre de choses.

Valait mieux jouer les idiots.

C'est ainsi qu'on l'avait envoyé à Augusta et qu'en 1979, on l'avait transféré à Juniper Hill. Henry n'y avait eu des ennuis qu'en une seule occasion, et encore, parce que personne n'avait compris. Un type avait essayé d'éteindre sa veilleuse nocturne. Elle représentait Donald Duck en train de soulever sa coiffure de marin. Sans lumière, des *choses* pouvaient entrer. Barbelés et serrures ne les arrêtaient pas. Elles pénétraient comme une brume. *Des choses.* Elles parlaient, elles riaient... et parfois elles vous agrippaient. Des *choses* poilues, ou lisses, avec des yeux. Ces *choses* mêmes qui avaient tué Vic et le Roteur, lorsqu'ils avaient pourchassé les mômes, tous les trois, dans les boyaux en dessous de Derry en août 1958.

Autour de lui se tenaient les autres occupants du pavillon bleu George DeVille, qui avait massacré sa femme et ses quatre enfants une nuit d'hiver, en 1962. Tête servilement baissée, ses cheveux blancs agités par la brise, il binait, faisant danser et osciller son gros crucifix de bois ; de la morve lui coulait du nez. Jimmy Donlin, dont les journaux avaient simplement rapporté qu'il avait tué sa mère à Portland en 1965, omettant d'ajouter qu'il avait expérimenté une méthode nouvelle pour se débarrasser du corps : il en avait dévoré plus de la moitié (dont la cervelle) au moment de son arrestation. « Ça m'a rendu deux fois plus intelligent », avait-il confié un jour à Bowers après l'extinction des feux (moins la veilleuse).

Derrière Jimmy, binant avec frénésie et chantonnant toujours la même mélodie, se trouvait Benny Beaulieu, un petit Français pyromane. Le refrain qu'il répétait inlassablement était des Doors : « *Try to set the night on fire, try to set the night on fire, try to set...* (J'ai essayé d'embraser la nuit...) »

Ça finissait rapidement par vous taper sur les nerfs.

Venait ensuite Franklin D'Cruz, auteur de plus de cinquante viols ; ses victimes avaient entre trois et quatre-vingts ans. Pas très regardant, F. D'Cruz. Puis Arlen Weston, pour qui la houe était un objet de contemplation bien plus qu'un outil de travail. Le trio des conseillers avait employé sur lui le rouleau de pièces pour le convaincre de se bouger un peu, mais un jour, Koontz avait dû le frapper un peu fort, car il avait saigné non seulement du nez mais des oreilles et avait été pris de convulsions le soir même. Oh, pas très longtemps. Mais depuis, Arlen n'avait fait que dériver un peu plus avant dans ses ténèbres intérieures, et c'était maintenant un cas désespéré, presque totalement déconnecté du monde réel. Enfin, il y avait...

« Alors, Henry, tu t'y mets ou tu veux un autre coup de main ! » aboya Fogarty. Bowers se mit à biner précipitamment. Il ne voulait pas avoir de convulsions, et finir comme Arlen.

Bientôt les voix recommencèrent. Mais c'était cette fois les voix des autres, celles des gosses qui l'avaient entraîné là-dedans, et qui murmuraient depuis la lune fantôme.

T'étais même pas capable d'attraper un gros plein de soupe, Bowers, lui susurra l'une d'elles. *Maintenant je suis riche, et toi tu bines les pois. Deux ah-ah pour toi, trouduc !*

T'é-étais m-même pas ca-capable d'attraper un rh-rhume, Bowers ! As-t-tu lu quelque ch-chose de bien depuis que t'es là-là-dedans ? J'ai é-écrit des t-tas de bouquins. Je suis ri-riche et t-toi, t'es à J-Ju-Juniper Hill ! Deux ah-ah pour toi, espèce de stupide trouduc !

« La ferme ! » murmura Bowers à l'intention des voix fantômes, binant plus vite, et arrachant de nouveau des jeunes pousses de pois en même temps que les mauvaises herbes. De la sueur roulait sur ses joues comme des larmes. « On aurait pu vous avoir. On aurait pu. »

On a réussi à te faire enfermer, hé, trouduc ! ricana une autre voix. *Tu m'as couru aux trousses et t'as pas été foutu de me rattraper moi non plus, et maintenant je suis riche ! T'as toujours tes pompes en peau de banane, mec ?*

« La ferme ! grogna Henry à voix contenue. Allez-vous la fermer, à la fin ? »

En voulais-tu à ma petite culotte ? vint le taquiner une quatrième voix. *C'est trop bête ! J'ai laissé tous les autres me baiser, j'étais une vraie pute, mais maintenant, moi aussi je suis riche et nous sommes de nouveau tous réunis, on n'arrête pas de le faire ensemble, mais toi tu ne pourrais pas, même si j'étais d'accord, parce que tu ne pourrais pas bander, alors deux ah-ah pour toi, Henry, ah-ah pour toi !...*

Il se mit à biner frénétiquement, faisant voler la terre, les plants de pois et les mauvaises herbes ; les voix fantômes de la lune fantôme parlaient maintenant très fort, résonnant dans sa tête tandis que Fogarty courait vers lui en poussant des beuglements — mais Henry ne l'entendait pas. À cause des voix.

Même pas fichu de choper un négro comme moi, hein ? On vous a écrasés, les mecs, dans cette bataille de cailloux, on vous a salement écrasés, bande d'enfoirés ! Ah-ah ! ah-ah pour vous ! Encore une autre voix moqueuse qui lui carillonnait dans la tête.

Puis toutes se mirent à jacasser ensemble, riant de lui, le traitant de tout, lui demandant s'il avait aimé les électrochocs, au pavillon rouge, au début de son séjour, s'il se plaisait à Ju-Juniper Hill, le houspillant, riant, le houspillant, riant : Henry laissa tomber sa houe, et se mit à crier vers la lune fantôme dans le ciel bleu, des hurlements de fureur, tout d'abord, et c'est alors que la lune elle-même changea pour se transformer en visage de clown, un visage comme du fromage blanc raviné et pourri, les yeux réduits à deux trous noirs, son sourire rouge sanguinolent transformé en un ricanement si ingénument obscène qu'il en était insupportable... Henry cria alors non plus de fureur, mais d'épouvante, une épouvante mortelle, car le clown se mit à parler depuis la lune fantôme et voici ce qu'il disait : *Il faut que tu y retournes, Henry. Il faut que tu y retournes et que tu finisses ton travail. Il faut que tu retournes à Derry et que tu les tues tous. Pour moi. Pour...*

C'est alors que Fogarty, qui se tenait à côté de Henry depuis près de deux minutes, aboyant des ordres (tandis que les autres détenus s'étaient immobilisés dans leurs rangées, le manche de la houe à la main comme autant de phallus comiques, l'expression non pas exactement intéressée mais, oui, presque songeuse, comme s'ils comprenaient que ce n'était qu'une partie du mystère qui les avait fait se retrouver tous ici, que la trouille bleue qui venait de saisir brutalement Bowers dans le jardin avait un intérêt plus que technique), c'est alors que Fogarty, donc, en eut assez de hurler inutilement et porta à Henry un coup à assommer un bœuf ; Henry Bowers dégringola comme une tonne de briques, la voix du clown le poursuivant dans ce tourbillon d'obscurité, dans ce trou d'épouvante, répétant son refrain, inlassable : *Tous les tuer, Henry, tous les tuer, Henry, tous les tuer, Henry.*

2

Henry Bowers était étendu, réveillé.

La lune s'était couchée et il en ressentait un immense sentiment de gratitude. Elle était moins fantomatique la nuit, plus réelle, et s'il avait dû revoir cette abominable tête de clown dans le ciel, voguant sur les collines, les champs et les bois, il se disait qu'il en serait mort d'épouvante.

Il était étendu sur le côté, sans quitter des yeux sa veilleuse. Donald Duck avait fini par claquer ; il avait été remplacé par Mickey Mouse, lequel avait été remplacé par Oscar de *Sesame Street,* lequel avait cédé la place, l'année précédente, à Fozzie Bear. Henry mesurait son temps d'internement en termes de veilleuses claquées.

À exactement 2 h 04 le matin du 30 mai, sa veilleuse s'éteignit. Un petit gémissement lui échappa, rien de plus. Cette nuit-là, Koontz était de garde à la porte du pavillon bleu. Koontz, le pire du lot, pire même que Fogarty, celui qui l'avait frappé tellement fort l'après-midi même qu'il avait du mal à tourner la tête.

Autour de lui dormaient les autres détenus du pavillon. Benny Beaulieu dans une camisole élastique. On l'avait malencontreusement autorisé à assister à une rediffusion de *La Tour infernale* dans la salle de télé, après la séance de binage, et vers six heures, il avait commencé à s'agiter et à s'égosiller — « *Try to set the night on fire, try to set the night on fire, try to set the night on fire !* » — sans la moindre interruption. On l'avait bourré de tranquillisants, ce qui l'avait calmé pendant quatre heures, après quoi il avait recommencé. Re-tranquillisants et camisole de force. Maintenant il dormait, son petit visage aussi grave, dans la pénombre, que celui d'Aristote.

Des lits environnants provenaient des ronflements, légers ou bruyants, des grognements et, de temps en temps, des pets. Il entendait respirer Jimmy Donlin ; même à cinq lits de là, on ne s'y trompait pas. Rapide, légèrement sifflante, sa respiration évoquait pour Bowers une machine à coudre. D'au-delà de la porte lui parvenait le son affaibli de la télé de Koontz, qui regardait le dernier bulletin d'informations sur Canal 38, en buvant de la bière pour accompagner ses sandwichs. Il aimait en particulier ceux au beurre de cacahuète (une couche épaisse) et aux oignons. En apprenant cela, Henry s'était dit que tous les fous n'étaient pas enfermés.

Cette fois-ci, la voix n'arriva pas de la lune.

Mais d'en dessous du lit.

Il la reconnut immédiatement. C'était celle de Victor Criss, qui avait eu la tête arrachée quelque part sous Derry, vingt-sept ans auparavant. Arrachée par le monstre à la Frankenstein. Henry avait assisté à la scène ; après quoi les yeux du monstre étaient venus poser leur regard jaune et aqueux sur lui. Oui, le monstre à la Frankenstein avait tué Vic puis le Roteur, mais Vic était de nouveau ici, comme une rediffusion fantomatique en noir et blanc des foutues années 50, quand le Président était chauve et les Buick agrémentées d'espèces de sabords.

Et maintenant que c'était arrivé, que les voix étaient revenues, Henry se rendit compte qu'il était calme et n'avait plus peur. Qu'il était même soulagé.

« Henry ! dit Victor.

— Vic ! s'exclama Henry, qu'est-ce que tu fous là-dessous ? »

Benny Beaulieu ronfla et grommela dans son sommeil. Le bruit nasal et net de machine à coudre de Jimmy s'interrompit quelques instants. De l'autre côté de la porte, le volume du son de la télé baissa, et Henry imagina Koontz, une main sur le bouton du Sony portatif, l'autre s'approchant du cylindre de pièces, l'oreille aux aguets.

« Tu n'as pas besoin de parler à voix haute, Henry, dit Vic. Je peux t'entendre simplement si tu penses. Et eux ne peuvent pas du tout m'entendre. »

Qu'est-ce que tu veux, Vic ? demanda Henry.

La réponse tarda à venir. Henry pensa que Vic était peut-être parti. Derrière la porte, le volume du son de la télé remonta. Il y eut un bruit de frottement venant d'en dessous du lit ; les ressorts grincèrent légèrement et une ombre noire en sortit. Vic leva la tête vers lui et sourit. Henry lui rendit son sourire, mal à l'aise. Ces jours-ci, Vic ressemblait lui-même un peu au monstre de Frankenstein. Une cicatrice comme en ont les pendus lui entourait le cou. Henry se dit qu'on lui avait sans doute recousu la tête. Ses yeux avaient une couleur gris-vert étrange, et leur cornée paraissait flotter sur une substance visqueuse et aqueuse.

Vic avait toujours douze ans.

« Je veux la même chose que toi, dit Vic. Leur rendre la monnaie de leur pièce. »

Leur rendre la monnaie de leur pièce, répéta rêveusement Henry.

« Mais il faut sortir d'ici pour ça, reprit Vic. Il faut que tu retournes à Derry. J'ai besoin de toi, Henry. Nous avons tous besoin de toi. »

Ils ne peuvent pas te faire de mal, fit Henry, comprenant qu'il ne parlait pas seulement à Vic.

« Ils ne peuvent pas me faire de mal s'ils n'y croient qu'à moitié. Mais il y a eu quelques signes inquiétants, Henry. On ne les aurait jamais crus capables de nous battre, alors. Et pourtant, le gros plein de soupe t'a échappé dans les Friches. Le gros, la grande gueule et la pute nous ont échappé une autre fois à la sortie du ciné. Et la bataille à coups de cailloux, quand ils ont sauvé le négro... »

Parle pas de ça ! cria Henry à Vic, et pendant un instant il y eut dans son intonation toute la dureté péremptoire qui avait fait de lui leur chef. Puis il s'aplatit, dans la crainte que Vic ne lui fît mal — il devait pouvoir faire ce qu'il voulait puisqu'il était un fantôme — mais l'apparition se contenta de sourire.

« Je peux m'en occuper s'ils croient seulement à moitié, dit-il, mais tu es vivant, toi. Qu'ils croient complètement, à moitié ou pas du tout, tu peux les avoir. Un par un ou tous ensemble. Leur rendre la monnaie de la pièce. »

Leur rendre la monnaie de la pièce, répéta Henry. Puis il regarda de nouveau Vic d'un air dubitatif. Mais je ne peux pas sortir d'ici, Vic. Il y a des barreaux aux fenêtres et Koontz est de garde cette nuit. Koontz, c'est le pire. La nuit prochaine, peut-être...

« Ne t'en fais pas pour Koontz », dit Vic en se mettant debout. Henry s'aperçut qu'il portait toujours le jean qu'il avait ce jour-là, tout éclaboussé de la merde des égouts. « Koontz, j'en fais mon affaire. » Vic tendit la main.

Au bout de quelques instants, Henry la saisit. Tous deux s'avancèrent vers la porte. Ils y étaient presque lorsque Jimmy Donlin, l'homme qui avait dévoré la cervelle de sa mère, s'éveilla. Ses yeux s'agrandirent lorsqu'il vit le visiteur nocturne de Henry. C'était sa mère. Sa combinaison dépassait un peu, comme elle l'avait toujours fait ; il lui manquait le sommet du crâne ; ses yeux, horriblement rouges, se tournèrent vers lui, et quand elle sourit, Jimmy vit les traces de rouge à lèvres qui avaient taché ses dents jaunes, comme toujours. Jimmy se mit à hurler : « Non, M'man ! Non, M'man ! Non, M'man ! »

La télé s'arrêta brusquement et la porte s'ouvrit en claquant avant que les autres aient eu le temps de bouger. « D'accord, trouduc, fit Koontz, prépare-toi à rattraper ta tête au rebond. J'en ai ma claque.

— Non, M'man ! Non M'man ! Je t'en supplie. Non, M'man ! »

Koontz fonça. Il vit tout d'abord Bowers, grand, bedonnant et assez ridicule avec ses caleçons longs, ses chairs molles comme de la pâte à beignet dans la lumière qui arrivait du corridor. Puis il regarda plus à gauche et s'époumona en silence sur un cri en verre filé. À côté de Bowers se tenait une créature en costume de clown. Elle faisait bien deux mètres cinquante de haut. De gros pompons orange couraient sur sa tenue argentée et il portait aux pieds des chaussures ridicules, beaucoup trop grandes. Mais sa tête n'était pas celle d'un homme ou d'un clown : c'était celle d'un doberman, le seul animal de la terre capable de faire peur à John Koontz. Ses yeux étaient rouges et ses babines retroussées laissaient apparaître d'énormes crocs blancs.

Le rouleau de pièces tomba des doigts sans force de Koontz, qui avala de l'air pour essayer de crier de nouveau, tandis que le clown se déplaçait pesamment vers lui.

« C'est l'heure de la parade ! » lança le clown d'une voix grondante, tandis que sa main gantée de blanc s'abattait sur l'épaule du conseiller.

Si ce n'est qu'à l'intérieur du gant, la main donnait l'impression d'une patte.

3

Tom Rogan avait appelé Kay McCall vers midi, c'est-à-dire quelques heures après que Beverly eut pris le bus en toute sécurité. Il voulait savoir, dit-il, si Kay avait vu Beverly. Il paraissait calme, raisonnable, nullement bouleversé. Kay lui répondit que cela faisait deux semaines qu'elle ne l'avait pas vue. Tom la remercia et raccrocha.

Vers une heure, on sonna à la porte, pendant qu'elle écrivait à son bureau.

« Qui est là ? demanda-t-elle avant d'ouvrir.

— Le fleuriste, madame », fit une voix aiguë — mon Dieu, qu'elle avait été bête de ne pas se rendre compte qu'il s'agissait de Tom ayant pris une mauvaise voix de fausset, qu'elle avait été bête de croire que Tom pût abandonner aussi facilement, qu'elle avait été bête d'ôter la chaîne avant d'ouvrir !

Il était entré, et elle n'avait pas pu dire autre chose que « Fiche le camp d'i... », avant que le poing de Tom ne surgisse de nulle part, l'atteignant violemment à l'œil droit. L'œil se ferma, et un éclair de douleur abominable lui traversa la tête. Elle était partie à reculons dans l'entrée, essayant de se raccrocher aux objets pour ne pas tomber ; un vase délicat avait explosé sur le carrelage et un portemanteau s'était renversé. Elle se remettait sur ses pieds au moment où Tom fermait la porte derrière lui.

« Fous le camp d'ici, lui avait-elle crié.

— Dès que tu m'auras dit où elle se trouve », répondit Tom en se dirigeant vers elle. Elle se rendit vaguement compte qu'il n'avait pas l'air très bien (qu'il avait l'air salement amoché aurait été une estimation plus juste) et elle eut le temps d'éprouver une fugitive mais féroce satisfaction. Beverly l'avait manifestement remboursé avec intérêts de ce qu'il avait bien pu lui faire. De quoi le mettre hors de combat pendant une journée — et il paraissait encore sérieusement mal en point.

Mais il paraissait également fou de rage et animé des pires intentions.

Kay battit en retraite, sans le quitter des yeux — comme on regarde une bête féroce échappée d'une cage.

« Je t'ai dit que je ne l'avais pas vue et c'est la vérité, dit-elle. Et maintenant, fiche le camp avant que j'appelle la police.

— Tu l'as vue », répondit Tom. Ses lèvres tuméfiées esquissaient un sourire. Elle vit que ses dents n'étaient plus rangées comme d'habitude. Celles de devant étaient en partie cassées. « Je te téléphone, reprit-il, pour dire que je ne sais pas où elle est. Et tu réponds que tu ne l'as pas vue depuis quinze jours. Pas une seule question. Même pas une réflexion sarcastique, alors que je sais très bien que tu me hais. Où est-elle, espèce de sale connasse ? Dis-le-moi. »

Kay fit alors brusquement demi-tour et courut jusqu'à l'autre bout du couloir avec l'idée d'entrer dans le salon, de repousser la porte coulissante sur ses rails et de mettre le verrou. Elle y arriva avant lui — il boitait — mais il avait engagé une partie de son corps dans l'entrée avant qu'elle ait pu fermer le battant. D'une poussée convulsive, il se dégagea. Elle se tourna pour courir de nouveau, mais il l'attrapa par sa robe et tira si violemment qu'il la déchira de la nuque jusqu'à la taille. *C'est ta femme qui a conçu cette robe*, pensa-t-elle absurdement, tandis qu'il la faisait tourner.

« Où est-elle ? » hurla-t-il.

Kay leva la main pour parer une claque monumentale qui renvoya sa tête en arrière et fit saigner de nouveau la coupure qu'elle avait à la joue gauche. Il la saisit par les cheveux et son poing vint s'abattre sur sa figure. Elle eut l'impression, pendant un instant, que son nez venait d'exploser. Elle hurla, avala une goulée d'air pour crier encore et commença à cracher son propre sang, prise d'une quinte de toux. Elle était complètement terrorisée, maintenant ; jamais elle aurait cru que l'on pouvait éprouver un tel sentiment d'épouvante. Cette espèce de salopard allait la tuer.

Elle hurla, hurla, et son poing s'abattit sur son ventre, lui coupant le souffle et réduisant sa respiration à un faible hoquet. Elle toussait et respirait à petits coups en même temps et elle fut convaincue, pendant quelques secondes terrifiantes, qu'elle allait étouffer.

« Où est-elle ?! »

Kay secoua la tête. « Je ne l'ai... pas vue... Police... t'iras en taule... trou-du-cul... », gargouilla-t-elle.

Il la remit brutalement sur ses pieds et elle sentit quelque chose se rompre dans son épaule. La douleur fut tellement forte qu'elle eut envie de vomir. Il la fit tournoyer, la maintenant par un bras, et le lui tordit dans le dos ; elle se mordit la lèvre inférieure, se promettant de ne plus crier.

Où est-elle ?!

Kay secoua la tête silencieusement.

Il tordit un peu plus son bras, avec un tel effort qu'elle l'entendit grogner. Des bouffées de son haleine chaude chatouillaient son oreille. Elle sentit son propre poing venir heurter son omoplate et cria de nouveau ; dans son épaule, ça se cassait un peu plus.

« Où est-elle ?

— ... s'pas...

— Comment ?

— *Je ne* SAIS PAS *!* »

Il la lâcha d'une bourrade. Elle s'effondra sur le sol, en sanglots, un mélange de morve et de sang coulant de son nez. Elle entendit alors un craquement, un son presque musical, et quand elle releva la tête, Tom se penchait sur elle. Il avait brisé un autre vase, un cristal de Waterford, cette fois. Il le tenait par la base ; les éclats ébréchés de ce qu'il en restait étaient à quelques centimètres de son visage. Elle les regardait, hypnotisée.

« Laisse-moi t'expliquer quelque chose, fit-il, les mots lui arrivant par petites bouffées haletantes d'air chaud. Tu vas me dire où elle est allée, sinon tu vas ramasser les morceaux de ta gueule à la petite cuiller. Tu as trois secondes pour ça, peut-être moins. On dirait que le temps passe beaucoup plus vite quand je suis en pétard. »

Ma figure, pensa-t-elle — et c'est finalement cette idée qui la fit flancher... ou plutôt s'effondrer : l'image de ce monstre entaillant son visage avec les éclats pointus du Waterford.

« Elle est retournée chez elle, sanglota Kay. Dans sa ville natale. À Derry, un patelin dans le Maine.

— Comment est-elle partie ?

— Elle a pris un car jusqu'à-à-à Milwaukee. Elle de-devait prendre un avion de là.

— La sale petite connasse ! » gronda Tom en se relevant. Il se mit à décrire des cercles, marchant sans but ; ses cheveux, dans lesquels il passait machinalement les mains, se dressaient en mèches hirsutes. « Cette conne, cette pétasse, cette espèce de salope ! » Il s'empara d'une délicate sculpture en bois (un homme et une femme faisant l'amour, un objet qu'elle possédait depuis des années) et la projeta dans la cheminée, où elle vola en morceaux. Il se retrouva à un moment donné face à son image, dans le miroir au-dessus du foyer, et resta là, les yeux écarquillés, comme s'il voyait un fantôme. Puis il prit quelque chose dans la poche de sa veste qui se révéla être, à la grande stupéfaction de Kay, un roman en livre de poche. La couverture était presque complètement noire, en dehors du titre en lettres rouges et d'une image qui représentait un groupe de personnes debout sur un promontoire dominant une rivière. *Les Rapides des ténèbres.*

« Qui c'est, cet enculé ?

— Hein ? Quoi ?

— Denbrough, Denbrough ! » répondit-il en secouant avec impatience le livre sous son nez ; puis il la frappa soudain avec. Une flambée de douleur envahit sa joue avant de se réduire à une simple brûlure, comme un feu qui couve. « Qui c'est, ce type ? »

Elle commença à comprendre.

« Ils étaient amis. Quand ils étaient enfants. À Derry. »

Il la gifla de nouveau avec le livre, cette fois sur l'autre joue.

« Je t'en supplie, pleurnicha-t-elle, Tom, je t'en supplie. »

Il saisit une chaise de style colonial américain, de celles qui ont des pieds délicats en bois, la retourna, et s'assit dessus à califourchon, coudes sur le dossier. Sa tête bouffie de guignol la surplombait.

« Écoute-moi bien, dit-il. Écoute bien Tonton Tommy. Tu dois pouvoir faire ça, espèce de brûleuse de soutiens-gorge, non ? »

Elle acquiesça. Chaud, cuivré, le goût du sang lui emplissait la gorge. Elle avait l'épaule en feu ; elle priait pour qu'elle ne soit que luxée et non pas cassée. Mais ce n'était pas le pire. *Mon visage... il était sur le point de me défigurer...*

« Si tu appelles la police et leur racontes que j'étais ici, je le nierai. Tu ne peux rien prouver, rien du tout. C'est le jour de congé de la bonne, et nous sommes tout seuls. Bien entendu, ils pourraient tout de même m'arrêter, c'est toujours possible, hein ? »

Elle acquiesça de nouveau machinalement, comme si des ficelles faisaient bouger sa tête.

« Si ça arrive, je paye ma caution et je reviens tout droit ici. On retrouvera tes nichons sur la table de la cuisine et tes yeux dans le bocal à poissons. Suis-je assez clair ? On a bien compris Tonton Tommy ? »

Kay éclata de nouveau en sanglots. Les ficelles attachées à sa tête fonctionnaient toujours et l'affligeaient d'un hochement permanent.

« Pourquoi ?

— Quoi ? Je... je ne...

— Réveille-toi, bon sang ! Pourquoi est-elle retournée là-bas ?

— Je n'en sais rien ! » fit Kay, hurlant presque.

Il agita le morceau de vase brisé devant elle.

« Je n'en sais rien, reprit-elle à voix plus basse. C'est vrai. Elle n'a rien voulu me dire. Je t'en supplie, ne me fais pas mal. »

Il jeta le vase dans une corbeille à papiers et se leva.

Il partit sans se retourner, tête basse, d'une pesante démarche de plantigrade.

Elle se précipita derrière lui pour fermer à clef, puis elle fonça dans la cuisine pour en verrouiller aussi la porte. Après quoi elle se traîna jusqu'au premier (aussi vite que son ventre douloureux le lui permit) et alla fermer à clef les portes-fenêtres qui donnaient sur la véranda

— on ne pouvait exclure la possibilité qu'il grimpe le long d'un pilier. Il était blessé, mais il était aussi cinglé.

Elle se rendit alors auprès du téléphone, mais à peine avait-elle posé la main dessus qu'elle se souvint de ce qu'il avait dit.

Je paye ma caution... les seins sur la table de la cuisine... les yeux dans le bocal à poissons...

Elle lâcha le téléphone.

Elle se rendit dans la salle de bains et contempla son nez en patate qui dégoulinait et son œil au beurre noir. Elle ne pleurait plus ; la honte et l'horreur qu'elle ressentait allaient au-delà des larmes. *Oh, Bev, j'ai fait ce que j'ai pu, ma chérie... mais ma figure... il a dit qu'il voulait me couper la figure*, pensa-t-elle.

Elle avait du Darvon et du Valium dans l'armoire à pharmacie. Elle hésita, et en avala finalement un de chaque. Puis elle se rendit à Assistance-femmes battues pour se faire soigner ; elle connaissait le Dr Geffin qui, sur le moment, lui parut le seul représentant du sexe masculin qu'elle regretterait, au cas où tous les hommes disparaîtraient de la surface de la planète.

Puis elle revint chez elle en clopinant.

Par la fenêtre de la chambre, elle vit que le soleil était bas sur l'horizon. Le crépuscule devait s'achever sur la côte Est, où il était sans doute à peu près sept heures.

Pour les flics, on verra plus tard. L'important, pour l'instant, c'est d'avertir Beverly.

Les choses seraient bougrement plus faciles si tu m'avais dit où tu descendais, Beverly chérie. Mais je suppose que tu ne le savais pas toi-même.

Elle avait arrêté de fumer deux ans auparavant ; néanmoins, elle avait conservé un paquet de Pall Mall pour les cas d'urgence dans le tiroir de son bureau. Elle prit une cigarette, l'alluma, fit la grimace. Elle était encore plus moisie que le projet sur l'Égalité des Droits dans les tiroirs du sénat de l'Illinois. Elle ne l'en fuma pas moins, une paupière à demi fermée par la fumée, l'autre à demi fermée, point. Délicatesse de Tom Rogan.

De la main gauche (ce salopard lui avait disloqué le bras droit), elle composa maladroitement le numéro de l'assistance à l'annuaire du Maine, et demanda le nom et le numéro de téléphone de tous les hôtels et motels de Derry.

« Ça risque de prendre un certain temps, madame, répondit l'opératrice.

— Plus encore que vous ne pensez, petite sœur, car je vais écrire de la main gauche. La droite est en congé maladie.

— Il n'est pas dans nos attributions de...

— Écoutez un instant, la coupa Kay, mais sans se fâcher. Je vous appelle de Chicago et j'essaie de joindre l'une de mes amies qui vient juste de quitter son mari et est retournée à Derry, où elle a passé son enfance. Son mari a obtenu cette information de moi en me battant comme plâtre. Cet individu est psychopathe. Il faut absolument qu'elle sache qu'il est à ses trousses. »

Il y eut un long silence, puis l'opératrice, d'un ton nettement plus humain, répondit : « J'ai l'impression que c'est du numéro de la police dont vous avez le plus besoin.

— Juste. Je vais aussi le prendre. Mais il faut qu'elle soit prévenue. Et... (elle pensa aux joues entaillées de Tom, à ses bosses, au front et à la tempe, à ses lèvres affreusement enflées, à sa claudication) si elle sait qu'il vient, ça suffira. »

Il y eut encore un silence.

« Vous êtes toujours en ligne, petite sœur ?

— Arlington Motor Lodge, répondit l'opératrice, 643-8146. Bassey Park Inn, 648-4083. Bunyan Motor Court...

— Un peu moins vite, s'il vous plaît », demanda-t-elle, griffonnant furieusement. Du regard, elle chercha un cendrier, n'en vit pas, et écrasa le mégot sur le buvard du sous-main. « OK, continuez.

— Clarendon Inn... »

4

La chance lui sourit, partiellement, à son cinquième appel. Beverly était descendue au Derry Town House, mais elle n'était pas à l'hôtel. Elle laissa son nom, son numéro et un message : que Beverly la rappelle, quelle que soit l'heure, dès son retour.

L'employé répéta le message. Kay remonta dans sa chambre, prit un autre Valium et s'allongea, attendant la venue du sommeil. Mais il ne vint pas. *Je suis navrée, Bev*, pensa-t-elle, les yeux perdus dans le noir, flottant sur le nuage de la drogue. *Ce qu'il menaçait de faire à mon visage... Je n'ai pas pu le supporter. Appelle vite, Bev. Je t'en prie, appelle vite. Et fais gaffe au fils de pute que tu as épousé.*

5

Le fils de pute que Bev avait épousé se débrouilla mieux que Beverly la veille, en matière de correspondances, car il partit d'O'Hare, plaque tournante de l'aviation commerciale des États-Unis. Pendant le vol, il lut à plusieurs reprises la courte note biographique sur l'auteur, au dos du livre avec lequel il avait giflé Kay. Natif de la Nouvelle-Angleterre, disait-elle, William Denbrough était l'auteur de trois autres romans ; lui et son épouse, l'actrice Audra Phillips, vivaient en Californie ; il avait un autre roman en cours. L'édition de poche datant de 1976, Tom supposa que ce type devait en avoir écrit d'autres depuis.

Audra Phillips... il l'avait vue au cinéma, non ? Il remarquait rarement les actrices (il n'aimait que les films policiers et d'horreur, ou les westerns), mais si cette môme était celle à laquelle il pensait, elle avait attiré son attention à cause de sa grande ressemblance avec Beverly : de longs cheveux roux, des yeux verts et des nénés qui tenaient en place.

Il se redressa un peu sur son siège en se tapotant la cuisse avec le livre de poche, essayant d'ignorer sa bouche et sa tête qui lui faisaient mal. Oui, il en était sûr. Audra Phillips était cette rouquine avec de beaux nénés. Il l'avait vue dans un film avec Clint Eastwood, puis un an plus tard dans un film d'horreur. Beverly était venue avec lui, et en sortant de la salle, il avait fait la remarque que l'actrice lui ressemblait : « Je ne trouve pas, avait répondu Bev. Je suis plus grande, mais elle est plus jolie. J'ai aussi les cheveux plus clairs. » C'était tout. Depuis, il n'y avait plus repensé.

Tom avait un certain sens spontané de la psychologie ; il s'en était servi pour manipuler sa femme depuis qu'ils étaient mariés. Et maintenant, quelque chose de désagréable commençait à le titiller, plus une impression qu'une pensée. Ça partait du fait qu'enfants, Bev et ce Denbrough avaient joué ensemble, et que Denbrough avait plus tard épousé une femme qui, en dépit des dénégations de Beverly, ressemblait de manière époustouflante à Mrs. Tom Rogan.

À quel jeu avaient donc joué Denbrough et Beverly quand ils étaient petits ? À la marchande ? Au Monopoly ?

Ou à autre chose ?

Une fois à Bangor, il eut beau faire tous les comptoirs de location de voitures, il n'en trouva pas une seule ; les hôtesses jetaient des coups d'œil inquiets à son visage ravagé à l'expression sinistre en lui répondant qu'elles étaient désolées.

Tom alla acheter un journal de Bangor et l'ouvrit aux petites annonces, sans se soucier des regards que les gens lui jetaient. Il en repéra trois, et tomba dans le mille à son second appel.

« Vous dites dans votre annonce que vous avez un break LTD 76. Pour quatorze cents billets.

— Oui, en effet.

— Écoutez, dit Tom en touchant inconsciemment son portefeuille, qui contenait six mille dollars en liquide. Vous me l'amenez à l'aéroport, et on traite l'affaire sur place. Vous me laissez la voiture avec un acte de vente et la carte grise. Je vous paierai en liquide. »

Le type à la Ford LTD resta un instant silencieux puis dit : « Il va falloir que j'enlève mes plaques.

— Oui, bien sûr.

— Comment vous reconnaîtrai-je, Mr.... ?

— Mr. Barr. » Tom avait les yeux sur le guichet des BAR HARBOR AIRLINES. « Je serai près de la dernière porte. Vous n'aurez pas de mal à me reconnaître, car j'ai pris hier une gamelle terrible en patins à roulettes. C'est surtout la figure qui a pris.

— Je suis désolé, Mr. Barr.

— Oh, ça guérira. Vous m'amenez la voiture, mon vieux. »

Le vendeur de la LTD était un tout jeune homme. L'affaire conclue, il enleva ses plaques et Tom lui donna trois dollars de mieux pour son tournevis. La voiture était une vraie casserole : la transmission grinçait, la carrosserie gémissait de partout, les freins étaient ramollis.

Peu importait. Tom se rendit dans le parking longue durée et se gara à côté d'une Subaru couverte de poussière. Avec le tournevis du jeune homme, il en dévissa les plaques et les posa sur la LTD tout en fredonnant.

À dix heures, il était déjà sur la route numéro 2, une carte routière ouverte à côté de lui. La radio de la LTD ne fonctionnait pas et il roulait donc en silence. C'était parfait. Il devait réfléchir à beaucoup de choses. À toutes les choses merveilleuses qu'il allait faire à Beverly lorsqu'il l'aurait retrouvée, par exemple.

Il était sûr, au fond de lui-même, tout à fait sûr que Beverly n'était pas loin.

En train de fumer.

Oh, ma petite, tu as commis une grave erreur le jour où tu as couché avec Tom Rogan. Et la question est la suivante : que va-t-on faire de toi, au juste ?

La Ford avançait pesamment dans la nuit, pleins phares. Le temps d'arriver à Newport, Tom savait. Il trouva un bar tabac encore ouvert sur l'artère principale, où il acheta une cartouche de Camel, qu'il jeta sur le siège arrière avant de repartir. Puis il s'engaga sur la route numéro 7, lentement, pour ne pas manquer l'embranchement : HAVEN 21 DERRY 15, lisait-on sur le panneau, celui qui précédait la route numéro 3. Il tourna et accéléra.

Il eut un coup d'œil pour la cartouche de cigarettes et sourit. Dans la lumière verte du tableau de bord, sa tête, avec ses bosses et ses ecchymoses, avait quelque chose d'étrange et de macabre.

Je t'ai amené des sèches, Bev, dit-il en lui-même tandis que défilaient pins et sapins de part et d'autre de la route de Derry, sur laquelle il roulait à un peu plus de cent à l'heure. *Oh, bon Dieu, oui ! Toute une cartouche. Et quand je te retrouverai, mon amour, je te les ferai bouffer une à une. Et si ce mec, Denbrough, a besoin de se faire tirer les oreilles, tu peux aussi compter sur moi, Bevvie. Je m'en occuperai.*

Pour la première fois depuis que cette foutue salope l'avait traité en péquenot et s'était tirée, Tom commença à se sentir mieux.

6

Audra Denbrough eut la chance de trouver une place en première classe sur un vol de la British Airways qui faisait une escale technique à... Bangor, pour faire le plein avant de rejoindre sa destination finale, Los Angeles.

La journée avait été un cauchemar délirant. Freddie Firestone, le producteur d'*Attic Room,* avait bien entendu réclamé la présence de Bill. Il y avait eu une embrouille avec la cascadeuse qui devait remplacer Audra pour une chute dans un escalier. Elle avait fait son quota de cascades pour la semaine et son syndicat voulait qu'elle soit payée double tarif, ou qu'on prenne une autre cascadeuse. Il n'y en avait pas de la taille d'Audra. Un homme avec une perruque ? Non. Discrimination sexuelle.

Dans le monde du cinéma, le mauvais caractère de Freddie était célèbre. Le représentant syndical était grand et gros, mais Freddie était très costaud : le gros s'était fait virer avec perte et fracas. Revenu méditer dans son bureau, Freddie en était ressorti vingt minutes plus tard en réclamant Bill à cor et à cri. Il avait décidé de lui faire réécrire toute la scène et de sucrer la chute dans l'escalier. C'est ainsi qu'Audra fut obligée de lui avouer que son écrivain d'époux n'était plus en Angleterre. Ni même en Grande-Bretagne.

« Quoi ? beugla Freddie, qui resta quelques instants la bouche grande ouverte. Je n'ai pas dû comprendre.

— On l'a rappelé aux États-Unis. Tu as bien entendu. »

Le producteur parut sur le point de l'empoigner et la jeune

femme eut un mouvement de recul. Freddy baissa les yeux sur ses mains qu'il mit dans ses poches au bout d'un instant ; puis il regarda de nouveau Audra.

« Je suis désolée, Freddie, fit-elle d'une toute petite voix. Vraiment. »

Elle se leva et alla se préparer une tasse de café à la machine du bureau. Ses mains tremblaient légèrement. En se rasseyant, elle entendit la voix amplifiée de Freddie sur les haut-parleurs du studio. Il renvoyait tout le monde pour la journée. Audra grimaça. Vingt mille livres de foutues en l'air, au bas mot.

Freddie coupa la communication sur l'intercom, se leva pour aller lui aussi se préparer une tasse de café. Puis il se rassit et tendit à Audra son paquet de cigarettes.

La jeune femme secoua la tête.

Freddie en prit une, l'alluma et se mit à la regarder, les yeux plissés à cause de la fumée. « C'est sérieux, alors ?

— Oui, fit Audra, s'efforçant de rester aussi maîtresse d'elle-même que possible.

— Qu'est-ce qui s'est passé ? »

Et comme elle aimait sincèrement Freddie, comme elle lui faisait sincèrement confiance, elle lui raconta tout ce qu'elle savait. Il l'écouta avec attention, l'air grave. Elle eut vite fait ; les portes claquaient et les moteurs tournaient déjà dans le parking, en bas, quand elle eut terminé.

Le producteur garda un moment le silence, le regard perdu. Puis ses yeux revinrent sur elle. « Il a dû faire une sorte de dépression nerveuse. »

Audra secoua la tête. « Non. Ce n'était pas ça. Il n'était pas comme ça. » Elle avala sa salive et ajouta : « Peut-être aurais-tu dû être là. »

Freddie eut un sourire torve. « Tu devrais savoir que les adultes se sentent rarement obligés d'honorer des promesses faites lorsqu'ils étaient enfants. Tu as lu les bouquins de Bill ; tu sais combien il y parle souvent de l'enfance et qu'il le fait rudement bien. Avec beaucoup de justesse. L'idée qu'il aurait pu oublier tout ce qui lui est arrivé alors est absurde.

— Mais les cicatrices sur ses mains... Jamais je ne les avais vues avant ce matin.

— Foutaises ! Tu ne les avais tout simplement jamais remarquées. »

Elle eut un haussement d'épaule d'impuissance. « Je les aurais vues. »

Elle se rendait compte qu'il ne la croyait pas.

« Qu'est-ce qu'on va faire ? » lui demanda Freddie ; elle ne put que secouer la tête. Il alluma une autre cigarette sur le mégot de la précédente. « Je peux me rabibocher avec le représentant syndical, peut-être ; pour l'instant, il préférerait me voir crever que de me donner un seul cascadeur. J'enverrai Teddy Rowland faire le siège de son bureau. Teddy est un empaffé, mais il pourrait faire descendre un oiseau d'un arbre rien qu'en lui parlant. Mais après ? Il nous reste quatre semaines de tournage et voilà que ton homme a filé au Massachusetts...

— Non, dans le Maine.

— Peu importe, fit-il avec un geste de la main. Et comment vas-tu t'en sortir sans lui ?

— Je...

— Je t'aime bien Audra, la coupa-t-il en se penchant en avant. Vraiment. Et j'aime aussi beaucoup Bill, même en dépit de tout ce bordel. Je crois qu'on peut s'en tirer. S'il faut remanier le script, je suis capable de le remanier. J'en ai rapetassé plus d'un dans le temps, crois-moi... S'il n'aime pas mon boulot, il ne pourra s'en prendre qu'à lui. Je peux m'en tirer sans Bill, mais pas sans toi. Je ne peux pas te laisser courir après ton bonhomme aux États-Unis, et il faut en plus que tu sortes tes tripes pour ce film. Le pourras-tu ?

— Je ne sais pas.

— Moi non plus. Je voudrais cependant que tu réfléchisses à ceci. On peut arranger tout ça sans faire de vagues, peut-être même jusqu'à la fin du tournage, si tu tiens le coup comme un brave petit soldat et fais ton boulot. Mais si tu pars, des vagues, il y en aura. Je peux être chiant, mais je ne suis pas vindicatif de nature, et je ne vais pas te raconter que plus jamais tu ne trouveras un bon rôle si tu files maintenant. Mais tu dois savoir que c'est finalement ce qui arrivera si tu te tailles une réputation de fille capricieuse. Je te morigène comme un vieil oncle, je sais. M'en veux-tu ?

— Non », répondit-elle, apathique. En vérité, peu lui importait. Elle ne pouvait penser qu'à une chose : Bill. Freddie était bien gentil, mais il ne comprenait pas. En dernière analyse, gentil ou pas, il n'y avait qu'une chose qui le préoccupait, le sort de son film. Il n'avait pas vu ce regard dans les yeux de Bill... il ne l'avait pas entendu bégayer.

« Bon. Il se leva. Allons faire un tour au Hare and Hounds. Un verre ne nous fera pas de mal. »

Elle secoua la tête. « C'est la dernière chose dont j'aie besoin. Je vais chez moi réfléchir à tout ça.

— Je fais venir une voiture.

— Non, j'irai en train. »

Il la regarda fixement, une main sur le téléphone. « À mon avis, tu as l'intention de lui courir après. Je me permets de te signaler que c'est une grave erreur, ma chère enfant. Il a un grain, je veux bien, mais dans le fond, c'est un gars solide. Il va se reprendre et il reviendra quand ça ira mieux. S'il avait voulu que tu viennes, il te l'aurait dit.

— Je n'ai encore rien décidé. » Elle mentait ; en fait, sa décision était prise, avant même que la voiture ne soit venue la chercher, le matin.

« Prends soin de toi, ma chérie, dit Freddie. Ne fais rien que tu puisses regretter plus tard. »

Elle sentit la puissance de sa personnalité peser de tout son poids sur elle, exigeant qu'elle abandonnât, respectât son contrat, fît son travail, attendît patiemment le retour de Bill... ou sa disparition dans ce trou du passé d'où il avait surgi.

Elle s'approcha du producteur et l'embrassa légèrement sur la joue. « À bientôt, Freddie. »

Elle retourna chez elle et appela la British Airways. Elle expliqua à l'employée qu'elle désirait gagner une petite ville du Maine du nom de Derry, si c'était possible. Il y eut un silence, le temps que la femme consulte son terminal... puis arriva la nouvelle, comme un signe venu du ciel : le vol BA n° 23 s'arrêtait à Bangor, à quatre-vingts kilomètres de Derry.

« Dois-je vous réserver une place, madame ? »

Audra ferma les yeux et revit le visage buriné à l'expression sérieuse mais fondamentalement sympathique de Freddie. *Prends soin de toi, ma chérie. Ne fais rien que tu puisses regretter plus tard.*

Freddie ne voulait pas la laisser partir ; Bill n'avait pas voulu d'elle ; pourquoi donc quelque chose dans son cœur lui criait-il qu'il fallait partir ? *Seigneur, je suis tellement perdue...*

« Allô ? Êtes-vous toujours en ligne, madame ?

— Réservez-la-moi... », dit Audra, prise d'une dernière hésitation. Peut-être devrait-elle se reposer, et mettre un peu de distance entre elle-même et toute cette histoire de fous. Elle se mit à fouiller dans son sac, à la recherche de sa carte de crédit. « Pour demain matin. En première classe, s'il vous en reste, sinon, n'importe quoi. » *Et si je change d'avis, je peux annuler. C'est sans doute ce que je ferai. J'aurai retrouvé mes esprits quand je me réveillerai, et tout sera clair.*

Mais le lendemain matin, tout était toujours aussi embrouillé, et son cœur lui commandait plus que jamais de partir ; son sommeil n'avait été qu'une suite ininterrompue de cauchemars. Elle avait alors appelé Freddie, avec l'impression qu'elle lui devait bien ça. Elle n'eut pas le temps d'en lire long — elle essaya maladroitement de lui expliquer combien, elle en était sûre, Bill devait avoir besoin d'elle — car le *clic !* d'un téléphone qu'on raccroche lui parvint tout de suite de l'autre bout de la ligne. Il avait coupé la communication sans ajouter un mot à son bonjour initial.

D'une certaine manière, ce petit *clic !* disait tout ce qu'il y avait à dire.

7

L'avion atterrit à Bangor à 7 h 09, heure locale. Audra fut la seule passagère à débarquer et les autres la regardèrent avec une sorte de curiosité songeuse, se demandant qui pouvait bien avoir à faire dans ce trou perdu. Audra eut envie de leur crier : *Je cherche mon mari, c'est tout. Il est revenu dans une petite ville proche d'ici car l'un de ses copains d'école lui a passé un coup de fil et lui a rappelé une promesse qu'il avait complètement oubliée. Il s'est du coup rendu compte qu'il n'avait pas pensé une seule fois en vingt-sept ans à son frère mort. Oh oui : il s'est remis à bégayer... et des cicatrices blanches marrantes sont apparues dans ses mains.*

Après quoi, se dit-elle, les douaniers ne tarderaient pas à faire venir dare-dare les hommes en blouse blanche.

Elle alla prendre son unique valise — qui avait l'air bien seule sur le carrousel — et s'approcha des comptoirs de location de voitures, comme Tom Rogan allait le faire une heure plus tard. Mais elle eut plus de chance que lui, et trouva une Datsun chez National Car Rental.

L'hôtesse remplit le contrat et Audra le signa.

« Il me semblait bien que c'était vous, fit timidement la jeune fille. Pourrais-je avoir un autographe ? »

Audra le lui donna au dos d'un formulaire et pensa : *Profites-en tant que tu peux, ma fille. Si Freddie Firestone a raison, elle ne vaudra pas un clou dans cinq ans d'ici, cette signature.*

Non sans un sentiment d'amusement, elle remarqua qu'elle n'était pas depuis une heure sur le sol américain que déjà elle pensait de nouveau en Américaine.

Elle se procura une carte routière et la jeune fille, qui pouvait à peine parler, victime du syndrome de la star, réussit à lui indiquer l'itinéraire pour rejoindre Derry.

Dix minutes plus tard, elle était sur la route, obligée de faire un effort à chaque carrefour pour ne pas rouler à gauche ; il s'agissait de ne pas se faire virer de la chaussée.

Et tout en conduisant, elle se rendit compte qu'elle n'avait jamais éprouvé une telle peur de sa vie.

8

Par l'un de ces étranges caprices du destin, ou l'une de ces coïncidences qui se produisent parfois (et qui, en vérité se produisent plus souvent à Derry qu'ailleurs), Tom avait pris une chambre au Koala Inn, sur Outer Jackson Street, et Audra au Holiday Inn ; les deux établissements étaient côte à côte et un simple trottoir surélevé séparait les deux parkings. La Datsun de location d'Audra et la Ford LTD de Tom se retrouvèrent garées nez à nez, uniquement séparées par ce trottoir. Tous deux dormaient à présent, Audra sur le côté, silencieuse, et Tom sur le dos, ronflant tellement fort qu'il faisait claquer ses lèvres tuméfiées.

9

Henry passa ce jour-là à se cacher — dans les fourrés qui longeaient la route numéro 9. Par moments, il dormait. À d'autres, il regardait passer les voitures de police qui patrouillaient comme des chiens de garde. Pendant que les Ratés déjeunaient, Henry entendit des voix lui parler de la lune.

Et lorsque la nuit tomba, il sortit des buissons et tendit le pouce.

Au bout d'un moment, un pauvre inconscient s'arrêta et l'embarqua.

DERRY
TROISIÈME INTERMÈDE

Un oiseau descendit l'allée
— Il ne me savait pas là à regarder —
Il coupa un lombric en deux
Et dévora la bestiole, crue.

Emily Dickinson
« *Un oiseau descendit l'allée* »

Le 17 mars 1985

L'incendie du Black Spot eut lieu à la fin de l'automne, en 1930. Autant que je puisse en juger, cet incendie — celui dont mon père avait réchappé de justesse — mit un terme au cycle des meurtres et des disparitions des années 1920-1930, de même que l'explosion des aciéries avait mis un terme au cycle précédent. Comme s'il fallait un sacrifice monstrueux à la fin de chacun pour apaiser la terrible puissance à l'œuvre ici... pour envoyer Ça dormir pendant un nouveau quart de siècle.

Mais si un sacrifice est nécessaire pour mettre un terme à chaque cycle, on dirait qu'un événement du même ordre est indispensable pour les mettre en branle.

Ce qui m'amène à l'affaire de la bande à Bradley.

Leur exécution eut lieu à l'embranchement de trois rues : Canal, Main et Kansas —, à peu de distance, en fait, de l'endroit où avait été prise la photo de Bill, celle qui s'était animée sous ses yeux et ceux de Richie, un certain jour de juin 1958 — environ treize mois avant l'incendie du Black Spot en octobre 1929, quelques jours avant le krach boursier.

De nombreux habitants de Derry affectent, comme pour l'incendie du Black Spot, de ne pas se souvenir de cette affaire. Ils n'étaient justement pas en ville ce jour-là ; ils faisaient la sieste et n'ont appris la nouvelle qu'à la radio... ou ils vous regardent bien en face et vous sortent un gros mensonge.

Les registres de la police indiquent que ce jour-là, le chef Sullivan n'était pas à Derry (*Sûr que je m'en souviens,* m'a dit Aloysius Nell, installé dans son fauteuil sur la terrasse ensoleillée de la maison de retraite Paulson, à Bangor. *C'était ma première année dans la police, je ne risque pas de l'oublier. Le chef était quelque part dans le Maine, à la chasse. On avait emballé et emporté les corps le temps qu'il revienne. J' l'ai jamais vu aussi furax !*) ; néanmoins, j'ai trouvé une photo dans un ouvrage de référence sur les gangsters où l'on voit un homme souriant à côté du cadavre criblé de balles d'Al Bradley, à la morgue, et si ce type n'est pas le chef Sullivan, c'est qu'il a un frère jumeau.

C'est finalement de Mr. Keene que j'ai obtenu ce que je crois être la version authentique de l'histoire — Norbert Keene, qui fut propriétaire de la pharmacie de Center Street de 1925 à 1975. Il se confia très volontiers mais, comme le père de Betty Ripsom, il me fit arrêter mon magnétophone avant de déballer son histoire (c'est d'ailleurs sans importance ; je peux encore entendre sa voix fragile — encore une voix *a cappella* dans le fichu chœur de la ville).

« Pourquoi ne pas te le dire ? commença-t-il. Personne ne l'imprimera et de toute façon, personne ne le croirait. » Le vieil homme me tendit un antique pot de pharmacie. « Tu veux des réglisses, Mikey ? Si je me souviens bien, tu avais un petit faible pour les rouges. »

J'en pris une. « Le chef Sullivan était-il sur place, ce jour-là ? » demandai-je.

Mr. Keene rit, et prit à son tour une bande de réglisse. « Tu te poses la question, hein ?

— Je me la pose », dus-je admettre en mâchant un morceau de réglisse rouge. C'était ma première depuis l'enfance, depuis l'époque où je tendais mes piécettes à un Mr. Keene nettement plus jeune et fringuant. C'était toujours aussi délicieux.

« Tu es trop jeune pour te souvenir du jour où Bobby Thomson a frappé son coup de circuit pour les Giants de New York, en 1951, reprit Mr. Keene. Toujours est-il qu'un article parut dans le journal, deux ou trois ans plus tard, et à les en croire, au moins un million de New-Yorkais se trouvaient dans le stade ce jour-là. » Mr. Keene se mit à mâcher sa réglisse et un peu de salive noire coula du coin de sa bouche ; il s'essuya méticuleusement le menton. Nous étions assis dans le bureau, à l'arrière de la pharmacie, car il avait beau avoir quatre-vingt-cinq ans et être à la retraite depuis dix ans, il tenait toujours la comptabilité de son petit-fils.

« Eh bien, c'est tout le contraire pour la bande à Bradley ! » Il sourit, mais l'expression n'avait rien d'agréable : elle était cynique et trahissait la froideur du souvenir. « Derry devait bien compter vingt mille habitants, à l'époque. Main Street et Canal Street étaient asphaltées depuis quatre ans, mais Kansas Street était encore en terre. Des nuages de poussière l'été, des fondrières en mars et en novembre.

— Vingt mille personnes vivaient donc en ville, me hâtai-je d'intervenir.

— Oh..., ah oui. Sur ces vingt mille, il y en a bien la moitié qui sont morts, sinon davantage ; c'est long, cinquante ans. Et les gens ont une curieuse façon de mourir à Derry. C'est l'air, peut-être. Mais parmi ceux qui restent, je te parie que tu n'en trouveras pas plus de douze pour admettre qu'ils étaient là le jour où la bande à Bradley s'est fait cueillir. Si, Butch Rowden le boucher, qui avait mis une photo de l'une de leurs voitures sur le mur de sa boutique ; ou encore Charlotte Littlefield, à condition de la prendre dans son bon jour ; elle enseigne au lycée et même si elle ne devait avoir que dix ou douze ans à l'époque, je suis sûr qu'elle se rappelle un tas de choses. Carl Snow... Aubrey Stacey... Eben Stampnell... et ce vieil original qui passe ses soirées à picoler au Wally's — Pickman, si je ne me trompe pas —, ils s'en souviendraient. Ils étaient tous là... »

Sa voix mourut tandis qu'il contemplait le reste de réglisse dans sa main. Je fus tenté de le relancer mais finalement m'en abstins.

« La plupart des autres mentiraient, reprit-il au bout d'un moment, comme tous ceux qui se vantaient d'avoir assisté au coup de circuit de Thomson, c'est ce que je veux dire. Mais les uns mentent parce qu'ils auraient aimé voir ce coup ; les autres parce qu'ils auraient préféré être ailleurs qu'à Derry. Tu comprends, fiston ? »

J'acquiesçai.

« Tu es sûr de vouloir entendre la suite ? Je te trouve l'air un peu tendu, Mikey.

— Mais non. De toute façon, autant la connaître, non ?

— D'accord », répondit doucement Mr. Keene. Pour les souvenirs, c'était ma journée ; comme il me tendait de nouveau le pot aux réglisses, je me rappelai soudain un programme de radio qu'écoutaient ma mère et mon père quand j'étais tout gosse : *Mr. Keene, l'homme qui retrouve les personnes perdues.*

« Le shérif était bien là le jour en question. Il devait aller à la chasse, mais il a changé bougrement vite d'idée quand Lal Machen est venu lui dire qu'il s'attendait à avoir la visite d'Al Bradley l'après-midi même.

— Comment Lal Machen le savait-il ?

— En elle-même, l'histoire est instructive, me répondit Mr. Keene, le visage plissé par le même sourire cynique. Bradley n'a jamais été l'ennemi public n° 1, mais cela faisait un an ou deux que le FBI aurait tout de même bien aimé mettre la main sur lui. Ne serait-ce que pour montrer qu'il pouvait faire quelque chose. Al Bradley et son frère George avaient attaqué six ou sept banques du Middle-West et enlevé un banquier contre rançon. La rançon a été payée — trente mille dollars, une belle somme pour l'époque — mais ils ont tout de même tué le banquier.

« Du coup, la région était devenue un terrain miné pour eux, si bien qu'avec les jeunes chiens fous qui les suivaient, les deux frères se sont repliés vers le Nord-Ouest, c'est-à-dire par ici. Ils ont loué une grosse ferme juste à l'extérieur de la ville, à Newport, pas loin de là où se trouve encore la ferme Rhulin.

« Je ne me souviens plus si c'était en juillet ou août, ou peut-être au début septembre... en tout cas, c'était l'été. Ils étaient huit en tout : Al et George Bradley, Joe Conklin et son frère Cal, un Irlandais du nom d'Arthur Malloy dit “ la Taupe ” parce qu'il était myope et ne mettait ses lunettes qu'en cas de nécessité absolue, et Patrick Caudy, un jeune type de Chicago qui passait pour un fou de la gâchette, mais qui était beau comme un Adonis. Plus deux femmes : Kitty Donahue, épouse légitime de George Bradley, et Marie Hauser, qui appartenait à Caudy mais que les autres se partageaient aussi de temps en temps, d'après ce qui se racontait.

« Ils ont commis une erreur de jugement quand ils ont débarqué dans le coin, fiston : ils se sont crus assez loin de l'Indiana pour être en sécurité.

« Ils sont restés discrets pendant un moment, puis ils ont commencé à s'ennuyer. Alors ils ont décidé d'aller chasser. Ils possédaient un véritable arsenal, mais étaient à court de munitions. À partir de là, je connais les dates. Le 7 octobre, ils se sont tous ramenés à Derry, dans deux voitures. Patrick Caudy est allé faire les boutiques avec les deux femmes tandis que les autres se présentaient au magasin de sport de Machen. Kitty Donahue est morte deux jours plus tard dans la robe qu'elle avait achetée ce jour-là chez Freese's.

« C'est Lal Machen qui s'est occupé en personne de ses clients. Il est mort en 1959. Obèse. Il avait toujours été trop gros. Cependant il avait le coup d'œil, et il disait qu'au bout de dix minutes, il savait qu'il avait affaire à Al Bradley. Il a cru reconnaître les autres, sauf Malloy, qu'il n'a identifié que lorsqu'il a mis ses lunettes pour regarder des couteaux dans une vitrine.

« Al Bradley lui a dit : “ On aimerait acheter quelques munitions.
— Vous êtes venus au bon endroit ”, lui a répondu Machen.

« Bradley lui a tendu un papier et Lal l'a lu Il a été perdu, pour autant que je le sache, mais Lal disait que ça faisait froid dans le dos. Ils voulaient cinq cents cartouches de calibre 38, huit cents de calibre 45, soixante de calibre 50 — un calibre qui n'existe même plus —, des cartouches à plombs pour le petit et le gros gibier, mille cartouches de 22 long, mille de 22 court. Plus — accroche-toi bien — seize mille cartouches de pistolet-mitrailleur de 45.

— Nom de Dieu ! » m'exclamai-je.

Mr. Keene eut de nouveau son sourire cynique et me tendit encore le pot aux réglisses. Je secouai tout d'abord la tête mais finis par en prendre une de plus.

« " Dans le genre liste de commissions, c'est pas mal, les gars, leur a dit Lal. — Tu vois bien, Al, a dit Malloy la Taupe, je t'avais dit qu'on ne trouverait rien dans un bled pareil. Allons à Bangor. Ils n'auront sans doute rien là-bas non plus, mais ça nous fera faire un tour. — On se calme, les gars, a dit Lal, aussi froid qu'un pain de glace. C'est une sacrée bonne commande et ça me ferait mal de la laisser à ce Juif de Bangor. Je peux vous donner tout de suite les 22 et les cartouches pour le gibier. Plus cent cartouches de 38 et cent de 45. Je pourrai avoir le reste... (j'imagine très bien Lal, les yeux mi-clos, faisant semblant de calculer) après-demain. Qu'est-ce que vous en pensez ? "

« Bradley a dit que c'était parfait pour lui. Cal Conklin voulait encore aller à Bangor, mais l'avis des autres a prévalu.

« " Maintenant, si vous n'êtes pas sûr de pouvoir nous livrer, autant le dire tout de suite, a fait Al Bradley. Parce que je suis très gentil, mais quand je me fâche, vaut mieux pas faire le malin avec moi. Vous m' suivez ? — Très bien, a répondu Lal, je vous aurai toutes les munitions que vous pouvez souhaiter, monsieur... ? — Rader, a dit Bradley. Richard D. Rader. "

« Il a tendu la main et Lal la lui a serrée avec un grand sourire. " Ravie de faire votre connaissance, monsieur Rader. "

« Bradley lui a alors demandé à quel moment passer et Lal Machen lui a proposé deux heures de l'après-midi. Quand ils sont repartis, Lal les a observés tandis qu'ils retrouvaient les deux femmes et Caudy, qu'il a reconnu également.

« Et qu'est-ce que tu crois que Lal a fait ? me demanda alors Mr. Keene, le regard brillant. À ton avis, il a appelé la police ?

— J'en doute, vu la manière dont ça s'est passé. Moi, je me serais cassé une jambe en sautant sur le téléphone.

— Peut-être que oui, peut-être que non », dit Mr. Keene avec toujours ce même sourire cynique intense ; et je frissonnai car je savais ce qu'il voulait dire... et il savait que je le savais. Une fois que quelque chose de bien lourd commence à rouler, on ne peut pas l'arrêter ; ça continue sa course jusqu'à ce que ça arrive sur un terrain assez plat et assez long pour perdre tout élan. On peut se mettre en travers : on n'y gagne qu'à se faire aplatir, sans l'arrêter pour autant.

« Peut-être que oui, peut-être que non, répéta Mr. Keene. Mais je peux te dire ce qu'a fait Lal Machen. Pendant le reste de la journée et tout le lendemain, dès qu'un client venait — un homme —, eh bien, il leur disait qu'il savait qui on avait entendu dans les bois, près de la ligne Derry-Newport, en train de tirer sur des daims et des perdrix et Dieu seul sait quoi encore avec des machines à écrire à gâchette. C'était la bande à Bradley. Il en était sûr, car il les avait reconnus. Et il leur disait que Bradley et ses hommes devaient revenir le surlendemain (ou le lendemain) vers deux heures pour prendre le reste de leurs munitions. Il ajoutait qu'il leur avait promis toutes les munitions qu'ils voulaient, et que c'était une promesse qu'il entendait bien tenir.

— Combien ? » demandai-je. Je me sentais hypnotisé par ce regard brillant. Soudain, l'odeur de cette arrière-boutique, odeur de drogues, de sirops, de poudres, d'onguents, de cataplasmes, me parut suffocante. Mais je n'aurais pas pu davantage la quitter que j'aurais pu me suicider en retenant ma respiration.

« À combien d'hommes Lal a passé le mot ? » demanda Mr. Keene.

J'acquiesçai.

« Je ne sais pas exactement. Je n'y ai pas monté la garde, pendant ces deux jours. Tous ceux en qui il sentait pouvoir avoir confiance, sans doute. Moi, je suis passé le lendemain matin, pour voir si mon rouleau de photos avait été développé (Lal s'en occupait, à cette époque) ; mais j'ai décidé de prendre quelques munitions pour ma Winchester par la même occasion. Lal, qui venait de me confier son histoire, m'a demandé ce que je comptais en faire.

« “ Oh, juste pour tirer sur quelques nuisibles ”, je lui ai dit, et ça nous a fait rigoler. » Mr. Keene éclata de rire à ce souvenir et se tapa sur les cuisses, comme s'il s'agissait de la meilleure plaisanterie qu'il ait jamais entendue. Puis il s'inclina vers moi et me tapota le genou. « Tout ce que je veux dire, fiston, c'est que seuls ceux qui avaient besoin d'être au courant ont été au courant. C'est ça, une petite ville. Parle à qui il faut, et le mot passera comme il faut... Tu me suis, Mikey ? Encore une réglisse ? »

J'en pris une, les doigts comme engourdis.

« Ça fait grossir », fit Mr. Keene avec un rire caquetant. Il eut l'air vieux, soudain... Extrêmement vieux, avec ses lunettes à double foyer qui glissaient sur l'arête étique de son nez et sa peau tellement émaciée aux joues qu'elle n'avait pas de rides.

« Le lendemain, je suis venu à la pharmacie avec mon fusil. Bob Tanner, le meilleur assistant que j'aie jamais eu, est arrivé comme par hasard avec le fusil de chasse de son paternel. Vers onze heures, Gregory Cole est entré prendre du bicarbonate de soude, et que je sois pendu s'il n'avait pas un colt 45 passé à la ceinture.

« " Te fais pas sauter les valseuses avec ça, Greg, je lui ai dit. — J'arrive tout droit du fond des bois pour ça et j'ai un foutu mal au crâne, a répondu Greg. J' crois bien que je vais faire sauter les valseuses de quelqu'un avant le coucher du soleil. "

« Vers une heure et demie, j'ai mis le panneau DE RETOUR DANS DIX MINUTES, VEUILLEZ PATIENTER sur la porte, j'ai pris mon fusil et je suis passé par l'allée de derrière. J'ai demandé à Bob Tanner s'il voulait m'accompagner, mais il préférait terminer l'ordonnance qu'il avait en cours. " Je vous rejoins dans un moment, il m'a dit. Tâchez de m'en laisser un vivant. " Mais je ne pouvais rien lui promettre.

« Il n'y avait pas grand monde sur Canal Street, à pied comme en voiture. Un camion de livraison passait de temps en temps, et c'était à peu près tout. J'ai vu Jake Pinnette traverser, un fusil dans chaque main. Il a rejoint Andy Criss, et tous les deux, ils se sont installés sur l'un des bancs à côté de l'ancien monument aux morts, tu sais, à l'endroit où le canal devient souterrain.

« Petie Vanness, Al Nell et Jimmy Gordon étaient assis sur les marches du palais de justice, en train de manger leur casse-croûte en échangeant des morceaux, exactement comme des gosses. Tous étaient armés. Jimmy Gordon, je m'en souviens, avait un Springfield de la Première Guerre mondiale qui paraissait plus grand que lui.

« J'ai vu un gosse prendre en direction de Up-Mile Hill ; il me semble bien qu'il s'agissait de Zack Denbrough, le père de ton vieux copain, celui qui est devenu écrivain, et Kenny Borton, qui se trouvait dans le bâtiment de la Christian Science, lui a lancé par une fenêtre : " Tire-toi de là, le môme, va y avoir des coups de fusil. " Zack lui a jeté un coup d'œil et a détalé comme un lapin.

« Il y avait des hommes partout, tous avec des armes, dans les entrées, sur les marches des porches, derrière les fenêtres. Greg Cole, le 45 sur les genoux, dans une porte. Bruce Jagermeyer et Olaf Theramenius, le Suédois, sous la marquise du Bijou, dans l'ombre. »

Mr. Keene me regarda, ou plutôt regarda à travers moi. À présent, son regard avait perdu tout brillant ; il était au contraire tout embrumé de souvenirs, et avait cette douceur qu'ont les yeux des hommes quand ils évoquent l'un des meilleurs moments de leur vie — la première truite qu'ils ont pêchée, la première femme qui a bien voulu faire l'amour avec eux.

« Je me rappelle, fiston... Le vent soufflait, reprit-il rêveusement, et j'ai entendu sonner deux heures à l'horloge du tribunal. Bob Tanner est arrivé derrière moi, et j'étais tellement nerveux que j'ai failli le descendre.

« Il m'a juste fait un signe de tête et il a traversé pour aller dans la boutique de Vannock, traînant son ombre derrière lui.

« On aurait pu penser qu'à deux heures dix, puis deux heures vingt, les types en auraient eu assez et seraient partis, non ? Mais ça ne s'est pas passé comme ça du tout. Personne n'a bougé. Parce que...

— Parce que vous étiez sûrs qu'ils allaient venir, dis-je. La question ne se posait même pas. »

Mr. Keene me fit un grand sourire de prof satisfait d'une bonne réponse. « Exactement ! Nous en étions sûrs. Personne n'en avait parlé, personne n'a dit : " Bon, dans cinq minutes, s'ils ne sont pas là, j'ai du boulot qui m'attend. " Tout le monde est resté bien tranquille et vers deux heures vingt-cinq, deux voitures, une rouge et une bleu foncé, sont arrivées par Up-Mile Hill vers l'intersection. Il y avait une Chevrolet et une La Salle. Les frères Conklin, Patrick Caudy et Marie Hauser étaient dans la Chevrolet ; les Bradley, Malloy et Kitty Donahue dans la La Salle.

« Ils se sont engagés dans le carrefour et c'est alors qu'Al Bradley a freiné tellement brutalement que Caudy a bien failli lui rentrer dedans. La rue était trop calme et Bradley l'avait remarqué. Ce n'était qu'une brute, une bête, mais un rien met une bête en alerte quand elle a été poursuivie pendant quatre ans comme une belette dans le blé.

« Il a ouvert la porte de la La Salle et il est resté quelques instants debout sur le marchepied. Il a jeté un coup d'œil circulaire puis fait signe à Caudy de faire demi-tour. Caudy a dit : " Pourquoi, patron ? " Je l'ai entendu parfaitement ; c'est d'ailleurs la seule chose que je leur aie entendu dire, ce jour-là. Il y a eu aussi un reflet de soleil, je me rapelle ce détail : il venait du miroir du poudrier de la fille Hauser qui se remaquillait.

« À ce moment-là, Lal Machen et son aide, Biff Marlow, sont sortis en courant du magasin de Machen. " Bras en l'air, Bradley, t'es pris au piège ! " lui crie Lal ; mais avant que Bradley ait le temps de tourner la tête, Lal se met à canarder. N'importe comment, au début, puis il réussit à lui en loger une dans l'épaule. Le raisiné s'est mis aussitôt à couler. Bradley a plongé dans la voiture, passé une vitesse et c'est alors que tout le monde a commencé à tirer.

« L'affaire n'a pas duré plus de quatre ou cinq minutes, et pourtant, on aurait dit que ça n'en finissait pas. Petie, Al et Jimmy Gordon, toujours assis sur les marches du palais de justice, tiraient sur l'arrière de la Chevrolet. J'ai vu Bob Tanner à genoux, qui faisait feu et manœuvrait la culasse de son vieux Springfield comme un fou. Jagermeyer et Theramenius mitraillaient le côté droit de la La Salle de dessous la marquise du cinéma et Greg Cole, debout dans le caniveau, tenait son gros automatique 45 à deux mains et appuyait sur la détente aussi vite qu'il pouvait.

« Il devait bien y avoir cinquante ou soixante types qui tiraient en même temps. Après, Lal Machen a compté les balles qui s'étaient fichées dans les murs de brique de son magasin : trente-six. Et encore, c'était trois jours plus tard, et tous les garnements de la ville étaient déjà venus arracher un trophée à coups de canif. À un moment donné, on aurait cru la bataille de la Marne. Je ne te dis pas le nombre de vitres cassées autour de la boutique de Machen.

« Bradley a fait faire le demi-tour le plus rapide de sa vie à la La Salle, mais c'était sur quatre pneus crevés. Les phares étaient réduits en miettes, le pare-brise avait explosé. Malloy la Taupe et George Bradley étaient chacun à l'une des vitres arrière, et tiraient au revolver. J'ai vu une balle pénétrer dans le cou de Malloy et le déchiqueter complètement ; il a eu le temps de tirer encore deux fois avant de s'écrouler, les bras pendant par la portière.

« Caudy a essayé de faire la même manœuvre avec la Chevrolet, mais n'a réussi qu'à enfoncer l'arrière de la La Salle. Ç'a été le commencement de la fin pour eux, fiston. Le pare-chocs avant de la Chevrolet s'est coincé sous celui de la La Salle, et je ne vois pas comment ils auraient pu s'en tirer.

« Joe Conklin a bondi de l'arrière et, debout au milieu du carrefour, un pistolet dans chaque main, il a commencé à tirer en direction de Jack Pinnette et d'Andy Criss. Ils sont tombés tous les deux de leurs bancs et Andy Criss s'est mis à hurler : “ Il m'a eu ! Il m'a eu ! ” sans s'arrêter, alors qu'il n'avait même pas une égratignure, pas plus que Jack, d'ailleurs.

« Ce Joe Conklin, eh bien, il a eu le temps de vider ses deux chargeurs avant d'être lui-même touché. Sa veste claquait comme un drapeau et ses pantalons s'agitaient comme si une femme invisible lui refaisait un ourlet. Il portait un chapeau de paille qui s'est envolé de sa tête, et on a vu qu'il avait la raie au milieu. Il avait l'un de ses pétards sous le bras et tentait de recharger l'autre quand quelqu'un l'a atteint aux jambes. Il s'est écroulé ; Kenny Borton a prétendu plus tard que c'était lui qui l'avait eu, mais il n'y avait aucun moyen de savoir.

« Le frère de Conklin, Cal, est sorti aussitôt pour venir le chercher, mais il s'est écroulé à son tour comme une tonne de briques, un trou dans la tête.

« Alors Marie Hauser aussi est sortie. Peut-être voulait-elle se rendre, je ne sais pas. Elle tenait encore son poudrier à la main. Je crois qu'elle criait, mais c'était dur d'entendre quelque chose. Elle a reculé vers la voiture après avoir reçu une balle à la hanche, et elle a réussi à ramper à l'intérieur, je ne sais pas trop comment.

« Bradley a mis toute la gomme avec La Salle, et a fini par la faire avancer. Elle a tiré la Chevrolet sur trois ou quatre mètres avant que l'un des pare-chocs ne soit arraché.

« Les garçons ont commencé à la mitrailler. Toutes les vitres ont sauté. L'une des ailes est tombée dans la rue. Malloy, toujours pendu à sa portière, était bien mort, mais les deux frères Bradley toujours en vie. George tirait de l'arrière, avec à côté de lui sa femme morte, un trou à la place d'un œil.

« Al Bradley a réussi à arriver jusqu'au carrefour, mais l'auto est montée sur le trottoir et n'en a plus bougé. Il est sorti de derrière son volant et s'est engouffré dans Canal Street. Il a été criblé de balles.

« Patrick Caudy est alors sorti de la Chevrolet. Pendant un moment, il a eu l'air de vouloir se rendre, puis il a saisi un .38 qu'il cachait dans un holster, sous sa veste. Il a eu le temps de tirer peut-être trois fois, au hasard, puis sa chemise a explosé, brûlant littéralement. Il a glissé le long de la Chevy et s'est retrouvé assis sur le marchepied. Il a tiré encore une fois et pour autant que je sache, c'est la seule de leurs balles qui ait fait mouche ; en ricochant, elle est allée égratigner le dos de la main de Greg Cole. Elle lui a laissé une cicatrice qu'il exhibait quand il avait bu un coup de trop, jusqu'au jour où quelqu'un — peut-être bien Al Nell — l'a pris à part pour lui dire que ce serait sans doute une bonne idée s'il fermait sa gueule sur ce qui s'était passé avec la bande à Bradley.

« La fille Hauser est sortie et là, il n'y avait aucun doute qu'elle voulait se rendre, car elle avait les mains en l'air. Peut-être que personne n'avait l'intention de la tuer, mais elle s'est avancée dans un tir croisé.

« George Bradley a pu courir jusqu'au banc à côté du monument aux morts, puis quelqu'un lui a réduit le crâne en bouillie d'un coup de chevrotines. Il est tombé raide mort, les pantalons mouillés de pisse... »

Inconsciemment ou presque, je piochai dans le pot aux réglisses.

« Ils ont canardé les deux voitures pendant encore une bonne minute avant de se calmer, reprit Mr. Keene. Quand les hommes ont le sang qui leur monte à la tête, la pression ne redescend pas vite. C'est à ce moment-là que j'ai aperçu le chef Sullivan derrière les autres, sur les marches du tribunal, qui tirait sur la pauvre Chevy avec une Remington à pompe. Que personne ne vienne te raconter qu'il n'était pas là ; tu as devant toi Norbert Keene qui te dit qu'il l'a vu de ses propres yeux.

« Quand la fusillade s'est enfin arrêtée, les deux voitures étaient méconnaissables, de vrais tas de ferraille avec du verre partout autour. Personne ne parlait. On entendait que le vent et le bruit du verre écrasé par les pieds. C'est à ce moment-là qu'on a commencé à prendre des photos : ça voulait dire que c'était bel et bien fini, comme tu devrais le savoir, fiston. »

Mr. Keene fit balancer sa chaise à bascule, ses pantoufles venant rebondir avec placidité sur le plancher, et me regarda.

« Je n'ai rien vu de tel dans le *Derry News* », dis-je, incapable de trouver autre chose. Le lendemain, il titrait en effet : BATAILLE RANGÉE ENTRE LA BANDE À BRADLEY ET LE FBI ET LA POLICE D'ÉTAT. Avec en sous-titre : La police locale leur a prêté main-forte.

« Bien sûr que non ! me répondit Mr. Keene avec un petit rire. J'ai vu le directeur, Mack Laughlin, tirer deux fois sur Joe Conklin.

— Seigneur !

— As-tu eu ton content de réglisse, fiston ?

— Tout à fait, dis-je en me léchant les lèvres. Mais Mr. Keene, comment a-t-on pu... camoufler... une affaire d'une telle ampleur ?

— Il n'y a pas eu camouflage, me répondit-il, l'air honnêtement surpris. Simplement, personne n'en a beaucoup parlé. Et au fond, qui s'en souciait ? Ce n'était pas le Président ou Mr. Hoover qui s'était fait descendre, ce jour-là. Ce n'était pas pire que d'avoir abattu des chiens enragés qui, eux, n'auraient pas hésité à tuer pour le moindre prétexte.

— Mais les femmes ?

— Deux putes, c'est tout, dit-il, indifférent. En plus, ça s'est passé à Derry, pas à New York ou à Chicago. L'endroit compte autant que la nouvelle, fiston. C'est pourquoi les manchettes sont plus grosses quand un tremblement de terre tue douze personnes à Los Angeles que lorsqu'il tue trois mille païens quelque part en Orient. »

En plus, ça s'est passé à Derry.

C'était une phrase que j'avais déjà entendue, et je suppose que je l'entendrai encore si je poursuis cette enquête. Encore et encore... On vous l'a dit comme si on s'adressait à un demeuré ; comme on répondrait : « À cause de la gravité », si on demandait pourquoi on reste cloué au sol quand on marche. Comme si c'était une loi naturelle que tout homme sensé devrait comprendre. Et le pire, c'est bien entendu que je comprends très bien.

J'avais encore une question à poser à Norbert Keene.

« Avez-vous vu quelqu'un ce jour-là que vous ne connaissiez absolument pas, avant la fusillade ? »

La réponse de Mr. Keene vint si rapidement que la température de mon sang me donna l'impression d'avoir baissé d'un seul coup de cinq degrés. « Tu veux dire le clown ? Comment en as-tu entendu parler, fiston ?

— Oh, je ne sais plus très bien.

— C'est à peine si je l'ai aperçu. Quand les choses ont commencé à chauffer, je me suis surtout occupé de mes propres affaires. À un moment donné, j'ai jeté un coup d'œil de côté et je l'ai vu dans la rue, un peu après les Suédois planqués sous la marquise du Bijou. Il n'était absolument pas habillé en clown ; il portait une salopette de fermier avec une chemise en coton en dessous. Mais il avait le visage maquillé avec cette espèce d'emplâtre blanc dont ils se servent, et un grand sourire rouge de clown peint par-dessus. Et ces touffes de faux cheveux, tu sais. Orange. Assez marrantes.

« Lal Machen ne l'a pas vu, mais Biff, si. Sauf qu'il devait être un peu embrouillé, car il croyait l'avoir aperçu à l'une des fenêtres d'un appartement, sur ma gauche. Une fois, j'ai demandé à Jimmy Gordon — il est mort à Pearl Harbor, il a coulé avec son bateau —, pour lui, le type était derrière le monument aux morts. »

Mr. Keene secoua la tête avec un léger sourire.

« C'est marrant de voir comment sont les gens pendant un truc comme ça, et de voir ce dont ils se souviennent après. On peut te le raconter seize fois, tu auras seize histoires différentes qui ne concorderont pas entre elles. Tiens, par exemple, le coup du fusil de ce clown...

— Le fusil ? Il tirait, lui aussi ?

— Pardi ! La fois où je lui ai jeté ce coup d'œil, on aurait bien dit qu'il tenait une Winchester, celle à réarmement par le pontet. Ce n'est que bien plus tard que je me suis dit que je l'avais cru parce que c'était l'arme que j'avais, moi. Biff a cru voir une Remington, et il en avait une. Quant à Jimmy, il était sûr qu'il tirait avec un vieux Springfield, tout comme lui. Marrant, non ?

— Marrant, réussis-je à articuler. Mr. Keene... est-ce qu'aucun de vous ne s'est jamais demandé ce qu'un clown, un clown habillé en plus en salopette de fermier, pouvait bien diable fabriquer là ?

— Bien sûr. On en a parlé, mais l'explication est simple, c'était sans doute quelqu'un qui ne voulait pas être reconnu. Peut-être un membre du conseil municipal. Un type comme Horst Mueller ou peut-être même Trace Naugler, qui était maire, à l'époque. Ou un médecin ou un avocat qui ne voulait pas être vu. Je n'aurais pas reconnu mon propre père dans un accoutrement pareil. »

Il rit un peu, et je lui demandai ce qu'il trouvait drôle.

« Si ça se trouve, c'était peut-être un clown véritable. Dans les années 20 et 30, la foire du comté d'Esty avait lieu beaucoup plus tôt dans la saison, et elle battait son plein au moment de l'affaire Bradley. Or, il y avait des clowns à cette foire. L'un d'eux a peut-être entendu parler de notre petit carnaval et a eu envie de venir faire un tour. »

Il m'adressa un sourire froid.

« J'ai à peu près tout dit, reprit-il, mais il y a une chose que je voudrais ajouter, parce que tu m'as l'air vraiment intéressé et que tu écoutes bien. C'est quelque chose que Biff Marlow m'a confié un jour qu'on prenait un verre, bien quinze ans plus tard, au Pilot's, à Bangor. Il m'a raconté ça comme ça. Il m'a dit que le clown était tellement penché à la fenêtre qu'il ne comprenait pas pourquoi il ne tombait pas. Il n'y avait pas que sa tête et ses épaules qui dépassaient, disait Biff, mais tout le corps jusqu'aux genoux, suspendu en l'air, tirant d'en haut sur les voitures dans lesquelles était venue la bande à Bradley, avec ce grand sourire rouge barbouillé sur la figure. “ Il était attifé comme une citrouille de Halloween entaillée de travers ”, ce sont exactement ses mots.

— Comme s'il flottait, en somme.

— Tout juste. Et Biff a dit qu'il y avait aussi quelque chose d'autre, quelque chose qui l'a turlupiné pendant des semaines après l'affaire. Quelque chose d'anormal qu'il n'arrivait pas à se figurer, comme ces mots qu'on a sur le bout de la langue et que l'on n'arrive pas à trouver. Et ça lui est finalement venu une nuit, alors qu'il s'était levé pour se soulager la vessie. Il était là, en train de pisser dans le bol, sans penser à rien de particulier, quand ça lui est venu d'un seul coup : il était deux heures vingt-cinq, ce jour-là, quand la fusillade a commencé ; le soleil brillait, mais le clown ne projetait aucune ombre. Pas la moindre. »

QUATRIÈME PARTIE

JUILLET 1958

Toi léthargique, qui m'attends, qui attends
le feu et moi
qui m'occupe de toi, secoué par ta beauté
Secoué par ta beauté
Secoué.

William Carlos Williams
Paterson
(Tr. J. Saunier-Ollier, Aubier-Montaigne, 1981)

CHAPITRE 13

Une apocalyptique bataille de cailloux

1

Bill est là le premier. Il est assis sur l'une des chaises de la salle de lecture, et observe Mikey qui s'occupe des quelques derniers abonnés de la soirée — une vieille dame avec tout un assortiment de livres de poche sur le Moyen Âge, un homme qui tient un énorme volume sur la Guerre civile et un adolescent maigrichon avec un roman d'où dépasse le titre de prêt de sept jours. Sans la moindre impression qu'il s'agisse là d'un hasard extraordinaire, Bill constate que ce livre est son dernier roman. Il a le sentiment qu'il est au-delà de toute surprise, que les coïncidences stupéfiantes sont des réalités auxquelles on veut bien croire et qui se révèlent n'être que des rêves.

*Une jolie jeune fille, sa jupe écossaise maintenue fermée par une grosse épingle de sûreté dorée (*Seigneur, cela fait des années que je n'en ai pas vu, reviendraient-elles à la mode ? *songe-t-il), alimente en pièces un photocopieur et reproduit des tirés à part, un œil sur la pendule placée derrière le bureau. Ce ne sont que bruits étouffés et rassurants de bibliothèque, chuintement des semelles sur le lino noir et rouge, battement régulier de l'horloge qui égrène les secondes à coups secs, ronronnement de petit félin du photocopieur.*

Le garçon prend son roman de William Denbrough et va rejoindre la jeune fille en jupe écossaise ; elle vient de finir, et il range les pages photocopiées.

« Tu n'as qu'à laisser ce tiré à part sur mon bureau, Mary, lui dit Mike. Je le rangerai. »

Elle lui adresse un beau sourire. « Merci, Mr. Hanlon.

— Bonsoir, Mary, bonsoir, Billy. Rentrez directement chez vous, les enfants.

— Le père Fouettard vous attrapera si vous ne faites pas attention ! chantonne Billy, le maigrichon, en passant un bras de propriétaire autour de la taille mince de la jeune fille.

— Il ne voudrait sûrement pas d'un couple aussi moche que vous, rétorque Mike, mais faites tout de même attention.

— Nous ferons attention, Mr. Hanlon, répond Mary sérieusement, en donnant un léger coup de poing à l'épaule de son compagnon. Allez, viens, espèce d'affreux », ajoute-t-elle avec un petit rire. Son geste la transforme : elle n'est plus tout à fait la collégienne mignonne et vaguement désirable d'il y a un instant, mais plutôt la pouliche nullement gauche qu'était Beverly Marsh à onze ans... et quand ils passent, Bill est troublé par sa beauté..., il a peur ; il voudrait dire au garçon, très sérieusement, qu'il ne doit passer que par des rues bien éclairées et ne répondre à aucune voix en rentrant chez lui.

On ne peut pas être prudent sur un skate, m'sieur, *murmure une voix fantôme dans sa tête. Et Bill a un sourire d'adulte, un sourire lugubre.*

Le garçon tient la porte ouverte pour la jeune fille. Ils passent dans le vestibule, se rapprochant, et Bill est prêt à parier ses droits d'auteur sur le livre que ce Billy tient sous le bras, qu'il lui a volé un baiser avant de gagner la porte d'entrée. Bien fou si tu ne l'as pas fait, mon petit Billy. Et maintenant, ramène-la chez elle sans traîner. Sans traîner !

Mike l'interpelle : « Dans une minute je suis à toi, Grand Bill. Je finis de ranger ça. »

Bill acquiesce et croise les jambes. Sur ses genoux, le sac en papier fait un bruit de froissement. Il contient une pinte de bourbon ; jamais il n'a autant eu envie d'un verre de toute sa vie, se rend-il compte. Mike aura bien de l'eau, sinon de la glace. De toute façon, très peu d'eau suffira, vu son humeur.

Il pense à Silver, qu'il a laissée appuyée contre le mur du garage de Mike. De fil en aiguille, il pense à cette journée où ils s'étaient tous retrouvés (à l'exception de Mike) dans les Friches, et où chacun avait de nouveau raconté son histoire : le lépreux sous le porche, la momie qui marchait sur la glace, le sang dans le lavabo, les enfants morts du château d'eau, les photos qui s'animaient, le loup-garou qui poursuivait les petits garçons dans les rues désertes.

Ils s'étaient enfoncés plus profondément dans les Friches, se souvient-il, en cette veille de fête nationale du 4 Juillet. Il faisait chaud en ville, mais plus frais à l'ombre de la végétation luxuriante de la rive est de la Kenduskeag. Il se rappelle qu'il y avait à proximité l'un de ces cylindres de béton qui bourdonnait pour lui-même, comme la photocopieuse venait de ronronner pour la jolie jeune fille à l'instant. Il évoque tout cela et aussi comment, une fois les récits terminés, tous se sont tournés vers lui.

Ils avaient attendu de lui qu'il leur dise ce qu'ils devaient faire, comment procéder ; et lui n'en savait rien. Son ignorance l'avait rempli d'un sentiment de désespoir.

Bill voit l'ombre démesurée que projette Mike, maintenant dans la salle du catalogue, et il est brusquement envahi d'une certitude : il ne savait rien alors, parce qu'ils n'étaient pas encore au complet, ce 3 juillet. Ils ne le furent que plus tard, dans la gravière abandonnée, au-delà de la décharge, d'où l'on pouvait facilement quitter les Friches, soit par Kansas Street, soit par Merit Street. Exactement dans le coin au-dessus duquel passe maintenant la nationale. La gravière n'avait pas de nom ; elle était ancienne, et ses pentes rugueuses étaient envahies d'herbes et de buissons. Mais les munitions n'y manquaient pas : de quoi se lancer dans une apocalyptique bataille de cailloux.

Mais avant cela, sur la rive de la Kenduskeag, il n'avait su que dire — qu'attendaient-ils qu'il dise ? Il se souvient de les avoir regardés les uns après les autres : Ben, Bev, Eddie, Stan, Richie. Et la musique lui revient. Little Richard. « Whomp-bomp-a-lomp-bomp... »

2

Richie avait accroché son transistor à la branche la plus basse de l'arbre auquel il était adossé. L'eau de la Kenduskeag renvoyait le soleil sur les chromes de l'appareil, et de là, dans les yeux de Bill.

« En-enlève ce t-t-truc de là, R-Richie, dit Bill. Ça m'a-aveugle.

— Bien sûr, Bill », répondit aussitôt Richie, sans faire la moindre réflexion. Il décrocha le transistor et le coupa. Bill aurait préféré laisser la musique ; le silence, que ne rompaient que le clapotis de l'eau et le lointain ronronnement des stations de pompage, devenait oppressant. Tous les yeux étaient tournés vers lui ; il avait envie de leur dire de regarder ailleurs ; que croyaient-ils qu'il était, un monstre ?

Évidemment il n'en était pas question, car ils attendaient simplement de lui un verdict sur la conduite à tenir. Ils venaient de faire connaissance avec l'horreur et ils avaient besoin de savoir comment agir. *Pourquoi moi ?* aurait-il voulu leur crier ; mais bien sûr, là encore, il connaissait la réponse. Que cela lui plût ou non, il avait été choisi pour occuper ce poste. Parce qu'il était le type avec des idées, celui qui avait perdu un frère du fait de la chose, quelle qu'elle soit, mais surtout parce qu'il était devenu, par des détours obscurs qu'il ne comprendrait jamais tout à fait, le Grand Bill.

Il jeta un coup d'œil à Beverly et détourna rapidement les yeux de ce regard plein d'une confiance calme. Il se sentait tout drôle au creux de l'estomac quand il la regardait.

« On p-peut pas a-aller à la po-police », dit-il finalement. Sa voix avait quelque chose de rude et d'un peu trop fort, même à ses propres oreilles. « On p-peut rien di-dire n-non plus à n-nos pa-parents. À moins... » Une note d'espoir dans le regard, il se tourna vers Richie. « Si on en p-parlait aux t-tiens, Quat-Zyeux ? Ils ont l'air p-particulièrement c-corrects.

— Mon brave monsieur (voix de Toodles le maître d'hôtel), vous ne comprenez de toute évidence rien à Monsieur mon père et Madame ma mère. Ils...

— Parle américain, Richie », lança Eddie, assis à côté de Ben. Il avait choisi cet endroit pour la simple raison que l'ombre de Ben était suffisamment vaste pour l'abriter. Son petit visage, pincé et inquiet, lui donnait l'air vieux. Il tenait son inhalateur de la main droite.

« Ils me croiraient prêt pour un séjour à Juniper Hill », corrigea Richie. Il portait ce jour-là une vieille paire de lunettes. La veille, un copain de Henry Bowers, un certain Gard Jagermeyer, était arrivé dans le dos de Richie au moment où il sortait du Derry Ice Cream Bar, une glace à la pistache à la main.

« Touché, c'est à toi ! » avait crié ce Jagermeyer, qui rendait près de vingt kilos à Richie, en lui donnant une bourrade à deux mains dans le dos. Richie était allé atterrir dans le caniveau, dans lequel étaient tombées aussi ses lunettes et la glace à la pistache. Le verre gauche s'était brisé, et sa mère, qui accordait peu de foi aux explications de Richie, était furieuse. Elle n'avait rien voulu savoir, lui avait rappelé combien son père travaillait dur, et l'avait abandonné, tout malheureux, dans la cuisine, tandis qu'elle mettait la télé un peu trop fort dans le séjour.

C'est ce souvenir qui fit que Richie secoua de nouveau la tête. « Mes parents sont très bien, mais jamais ils n'avaleront une histoire comme ça.

— Et l-les autres mô-mô-mes ? »

Tous regardèrent autour d'eux, se souvint Bill des années plus tard, comme à la recherche d'un absent.

« Qui donc ? demanda Stan, dubitatif. Je ne vois personne à qui on peut faire confiance.

— C'est c-comme m-moi... », dit Bill d'un ton troublé. Le silence se fit, tandis que Bill se creusait la tête pour savoir ce qu'il allait bien pouvoir dire ensuite.

3

Si on le lui avait demandé, Ben aurait assuré que Henry Bowers le détestait plus que n'importe qui du Club des Ratés, non seulement à cause de la dégringolade dans les Friches, de la manière dont il lui avait échappé avec Bev et Richie, à la sortie du cinéma, mais surtout parce que, l'ayant empêché de copier pendant les examens, Ben avait en quelque sorte envoyé Henry en classe d'été. Et Henry avait dû faire face à la fureur de son père, Butch Bowers, qui passait pour cinglé.

Richie Tozier aurait pour sa part répondu que c'était lui que Henry détestait le plus, à cause du jour où il les avait semés, lui et ses mousquetaires, dans les rayons de Freese's.

Même chose pour Stan Uris qui aurait argué du fait qu'il était juif (quand Stan était en huitième, Henry l'avait une fois frotté avec de la neige jusqu'à le faire saigner, tandis qu'il pleurait hystériquement de peur et de douleur).

Bill Denbrough pensait que Henry le détestait plus que les autres parce qu'il était maigre, parce qu'il bégayait et parce qu'il aimait bien s'habiller. (« Re-re-re-gardez-moi ce f-f-foutu pé-pédé ! » s'était exclamé Henry le jour des Carrières et Métiers de l'école, en avril, pour lequel Bill était venu avec une cravate ; avant la fin de la journée, elle lui avait été arrachée et s'était retrouvée accrochée à une branche d'arbre.)

Il les haïssait tous les quatre, mais le garçon de Derry qui était en tête de liste dans le carnet personnel des haines inexpiables de Henry Bowers n'appartenait pas au Club des Ratés en ce 3 juillet ; il s'agissait d'un jeune Noir du nom de Mike Hanlon, qui vivait dans une ferme à cinq cents mètres de celle des Bowers.

Le père de Henry, qui était absolument aussi cinglé qu'il en avait la réputation, s'appelait Oscar, « Butch » de son surnom. Butch Bowers attribuait son déclin financier, physique et mental à la famille Hanlon en général et au père de Mike en particulier. Will Hanlon, aimait-il à rappeler à ses rares amis et à son fils, était l'homme qui l'avait fait jeter en prison à cause de quelques poulets crevés. « Comme ça, il a pu avoir l'argent de l'assurance, ajoutait Butch avec un regard de défi pour son auditoire. Il a été soutenu par les mensonges de ses copains et c'est comme ça que j'ai été obligé de vendre la Mercury. »

« Qui c'était, ses copains, Papa ? » avait demandé Henry quand il avait huit ans, outré de l'injustice faite à son père. Il s'était dit que quand il serait grand, il trouverait tous ces faux témoins, les enduirait de miel et les attacherait sur des foumilières, comme dans certains de ces westerns qu'on projetait au Bijou le samedi après-midi.

Et comme en tant qu'auditoire, Henry était infatigable, Papa Bowers avait rebattu les oreilles de son fils avec la litanie de ses coups du sort et de ses haines. Il lui expliqua que bien que tous les nègres fussent stupides, certains étaient aussi très malins et détestaient les hommes blancs au fond d'eux-mêmes, ne rêvant que de baiser les femmes blanches. Ce n'était peut-être pas seulement pour l'argent de l'assurance après tout, disait Butch ; peut-être Hanlon jalousait-il son éventaire de fruits et légumes en bordure de route. Toujours est-il qu'il l'avait fait mettre en taule, et que tout un tas de nègres blancs en ville avaient fait de faux témoignages en sa faveur, le menaçant de la prison d'État au cas où il ne rembourserait pas ce négro. « Et pourquoi pas, hein ? demandait Butch à son fils qui le regardait en silence, les yeux ronds, le cou crasseux. Pourquoi pas ? Moi je ne suis qu'un homme qui a combattu les Japs pendant la guerre. Des types comme moi, il y en a des tas ; mais lui était le seul nègre du comté. »

L'affaire des poulets n'avait été que le premier d'une succession d'incidents malheureux ; le tracteur avait coulé une bielle ; sa meilleure charrue s'était brisée contre un rocher ; un bouton à son cou s'était infecté, il avait fallu l'inciser, mais il s'était de nouveau infecté et une intervention chirurgicale s'était avérée nécessaire ; le négro s'était mis à se servir de son argent mal acquis pour faire des prix plus bas que Butch, lui faisant perdre sa clientèle.

Pour Henry, c'était la litanie quotidienne : le nègre, le négro, le nègre, le négro. Tout était de la faute du nègre. Le nègre avait une jolie maison blanche à étage avec un poêle à mazout alors que Butch, sa femme et son fils vivaient dans une baraque qui n'aurait pas déparé un bidonville. Quand Butch ne gagnait pas assez d'argent avec la ferme et qu'il était obligé d'aller couper du bois en forêt, c'était la faute du nègre. Quand son puits se trouva à sec en 1956, c'était évidemment la faute du nègre.

Plus tard, cette même année, alors que Henry avait dix ans, il commença à donner des restes à Mr. Chips, le chien de Mike. Bientôt, Mr. Chips remuait la queue et accourait quand Henry l'appelait. Quand l'animal fut bien habitué à ces bons traitements, Henry l'appela un jour et lui donna une livre de steak haché à laquelle il avait mêlé du poison pour les insectes. Il avait trouvé l'insecticide au fond du hangar et économisé sou à sou pendant trois semaines pour acheter la viande chez Costello's.

Mr. Chips avait mangé la moitié de la viande empoisonnée et s'était arrêté. « Allez, finis ton festin, Clébard-de-Nègre », lui avait dit Henry. Mr. Chips remua la queue ; comme Henry l'appelait toujours comme ça, il pensait que c'était son surnom. Quand les douleurs commencèrent, Henry sortit du fil à linge et attacha Mr. Chips à un bouleau pour qu'il n'allât pas se réfugier chez lui. Puis il s'assit sur un rocher plat qu'avait chauffé le soleil et regarda mourir le chien, le menton appuyé dans la paume des mains. Cela prit un certain temps ; du point de vue de Henry, ce temps ne fut pas perdu. À la fin, Mr. Chips fut pris de convulsions et une bave verte se mit à couler de ses mâchoires.

« Alors, ça te plaît, Clébard-de-Nègre ? » lui demanda Henry. Au son de cette voix, le chien roula des yeux mourants et essaya de remuer la queue. « As-tu aimé ton déjeuner, sale cabot merdeux ? »

Quand le chien fut mort, Henry le détacha, revint chez lui et raconta son exploit à son père. Oscar Bowers atteignait les ultimes degrés de la folie à cette époque ; moins d'un an après, sa femme le quittait après qu'il l'eut presque tuée en la battant. Henry redoutait aussi son père et il lui arrivait parfois d'éprouver pour lui une haine terrible ; mais il l'aimait, pourtant. Et cet après-midi-là, après avoir parlé, il se rendit compte qu'il avait trouvé la clef qui lui ouvrait le cœur de son père, car celui-ci lui avait donné une claque dans le dos (si brutale que Henry avait failli tomber), puis l'avait emmené dans le séjour pour partager une bière avec lui. C'était sa première, et pendant tout le reste de sa vie, il allait associer la bière avec des émotions positives : triomphe et amour.

« Voilà du beau boulot bien fait », lui avait dit ce cinglé de Butch. Ils trinquèrent en entrechoquant leurs bouteilles et burent. Pour autant que Henry le sût, les nègres n'avaient jamais découvert qui avait tué leur chien, mais il supposait qu'ils avaient des soupçons. En fait, il l'espérait.

Ceux du Club des Ratés connaissaient Mike de vue — le contraire eût été étonnant dans une ville où il était le seul enfant noir — mais c'était tout, car Mike n'allait pas à l'école élémentaire de Derry. Baptiste dévote, sa mère l'envoyait à l'école confessionnelle de Neibolt Street. Entre les leçons de géographie, de lecture et d'arithmétique, on commentait la Bible ou on leur exposait des sujets comme la signification des dix commandements dans un monde sans Dieu ; il y avait aussi des discussions sur la façon d'aborder les problèmes moraux quotidiens (si on surprenait un copain à voler à l'étalage, par exemple, ou si on entendait un professeur invoquer hors de propos le nom de Dieu).

Mike ne voyait pas d'objection à fréquenter cette école. Il y avait bien des moments où il soupçonnait vaguement qu'il lui manquait certaines choses — plus de contacts avec des gosses de son âge, par exemple —, mais il était prêt à attendre le lycée pour que cela se produisît. Cette perspective le rendait un peu nerveux parce qu'il avait la peau brune, mais son père et sa mère avaient été traités correctement dans cette ville, autant que Mike pouvait en juger, et il pensait qu'il serait bien traité s'il traitait les autres bien.

L'exception à cette règle, bien entendu, s'appelait Henry Bowers.

Il avait beau s'efforcer de le dissimuler de son mieux, Mike vivait dans la terreur permanente de Henry. En 1958, il était mince et bien bâti, plus grand que Stan Uris mais pas autant que Bill Denbrough. Il était rapide et agile, ce qui lui avait permis déjà d'échapper à plusieurs corrections ; et, bien sûr, il fréquentait une autre école que celle de son ennemi. De ce fait et vu la différence d'âge, leurs chemins se croisaient rarement, et Mike prenait grand soin d'éviter toute rencontre. L'ironie du sort voulait que, bien que haï le plus par Henry Bowers, Mike était de tous celui qui avait eu le moins à souffrir de ses sévices.

Oh, il y avait bien eu quelques escarmouches. Le printemps qui suivit le meurtre de Mr. Chips, Henry bondit un jour des buissons alors que Mike partait à pied pour la bibliothèque. On était à la fin mars et il faisait assez doux pour prendre la bicyclette, mais à cette époque, Witcham Road n'était plus goudronnée après la ferme Bowers, ce qui signifiait qu'elle se transformait en vrai bourbier en cette saison. Mauvais pour les vélos.

« Salut, négro ! » lui avait lancé Henry en surgissant des buissons, sourire aux lèvres.

Mike recula, jetant des coups d'œil inquiets à droite et à gauche, à l'affût de la moindre chance de s'échapper. Il savait que s'il arrivait à feinter Henry, il pourrait le distancer. Henry était gros, Henry était costaud, mais Henry était lent.

« J' vais me faire un bébé-goudron, reprit Henry en s'avançant sur le petit garçon. Tu n'es pas assez noir, je vais t'arranger ça. »

Mike eut un bref coup d'œil à gauche, suivi d'un mouvement du corps dans la même direction. Henry mordit à l'hameçon et rompit de ce côté — avec trop d'énergie pour se reprendre. Mike, en revanche, dégagea avec aisance et rapidité sur la droite. Il aurait facilement semé Henry s'il n'y avait eu la boue, dans laquelle il tomba à genoux. Avant qu'il eût pu se relever, Henry était sur lui.

« *Négronégronégro !* » se mit à hurler Henry, pris d'une véritable extase religieuse en renversant Mike. De la boue passa par le col de la chemise de Mike et descendit jusque dans son pantalon ; il la sentait qui se glissait aussi, poisseuse, dans ses chaussures. Mais il ne commença à crier que lorsque Henry entreprit de lui jeter de la boue à la figure, lui bouchant les narines.

« Voilà, tu es noir, maintenant ! vociféra joyeusement Henry en lui frottant les cheveux de boue. Maintenant, tu es vraiment-vraiment noir ! » Il releva en la déchirant la veste de popeline et le T-shirt du garçonnet et lança un gros paquet de boue à la hauteur de son nombril. « Maintenant, tu es aussi noir qu'à minuit dans un tunnel ! » Henry hurla de triomphe et jeta encore de la boue dans les oreilles de Mike. Puis il se releva et passa ses mains encrassées dans sa ceinture. « *J'ai tué ton clébard, noiraud !* » hurla-t-il. Mais Mike ne l'entendit pas à cause de la terre qu'il avait dans les oreilles et de ses propres sanglots d'épouvante.

D'un coup de pied, Henry lança une dernière giclée de boue à Mike et repartit chez lui sans se retourner. Au bout d'un moment, le jeune Hanlon se leva et fit de même, toujours en larmes.

Évidemment furieuse, sa mère aurait voulu que Will Hanlon appelle le chef Borton ; que ce dernier vienne chez les Bowers avant le coucher du soleil : « Ce n'est pas la première fois qu'il attaque Mikey. » Il était assis dans le baquet de la salle d'eau, tandis que ses parents étaient dans la cuisine. C'était son deuxième bain, le premier était devenu tout noir dès qu'il y avait mis les pieds et s'y était assis. Dans sa colère, sa mère recourait à un épais patois texan et c'est à peine si Mike la comprenait : « Tu lui mets la loi dessus, Will Hanlon ! Ce chien enragé et son chiot ! La loi sur eux, tu m'entends ? »

Will entendit mais ne fit pas ce que lui demandait sa femme. Finalement, quand elle fut calmée (deux heures plus tard, Mike dormait déjà), il la mit en face de quelques vérités. Le chef Borton n'était pas le chef Sullivan. Si Borton avait été shérif lors de l'affaire des poulets empoisonnés, Will n'aurait jamais touché ses deux cents dollars. Certains hommes vous soutiennent, d'autres non. Borton était en fait mou comme une méduse.

« D'accord, Mike a déjà eu des ennuis avec ce morveux, dit-il à Jessica. Mais pas tant que ça ; il se méfie de ce Henry Bowers. Maintenant, il se méfiera encore plus. Je me doute bien que Bowers a raconté à son fils les ennuis qu'il a eus avec moi, et le gamin nous hait à cause de ça et aussi parce qu'il lui a dit qu'il était normal de haïr les nègres. Tout est là. Notre fils est un Noir et il devra faire avec pendant tout le reste de sa vie, comme toi et moi nous l'avons fait. Jusque dans cette école baptiste à laquelle tu tiens tant, on le lui rappelle. Un professeur leur a dit que les Noirs n'étaient pas aussi bien que les Blancs parce que le fils de Noé, Cham, a regardé son père pendant qu'il était ivre et nu, alors que les autres ont détourné les yeux. C'est pourquoi les fils de Cham ont été condamnés à rester coupeurs de bois ou porteurs d'eau, a-t-elle expliqué. Et, d'après le gosse, elle regardait Mikey en racontant son histoire. »

Jessica regardait son mari, muette et malheureuse. Deux grosses larmes coulèrent de ses yeux et roulèrent lentement sur ses joues. « N'y aura-t-il donc jamais moyen d'en sortir ? »

Il répondit avec douceur, mais implacablement ; c'était un temps où les épouses croyaient leur mari, et Jessica n'avait aucune raison de douter de son Will.

« Non, jamais. Le mot " nègre " nous colle à la peau. Non, pas dans le monde où nous vivons, toi et moi. Dans le Maine, les paysans noirs sont des nègres comme ailleurs. Il m'arrive de me dire que je suis revenu à Derry parce que c'était le meilleur endroit pour ne pas l'oublier. J'en parlerai à Mikey. »

Le lendemain, il appela son fils dans la grange. Will était assis sur le joug de sa charrue et invita Mike à prendre place à côté de lui.

« Ce que tu veux, c'est ne pas avoir affaire à ce Henry Bowers, hein ? »

Mike acquiesça.

« Son père est cinglé. »

Mike acquiesça de nouveau. C'était ce qu'on disait partout. Ce jugement n'avait fait que se renforcer les rares fois où il avait aperçu Mr. Bowers.

« Pas simplement un peu barjot, reprit Will en allumant une cigarette roulée à la main, avec un regard pour son fils. Il n'a qu'un pas à faire pour se retrouver à Juniper Hill. Il est revenu comme ça de la guerre.

— Henry aussi est cinglé, je crois », dit Mike. Il avait parlé à voix basse mais sans hésiter, et cela avait donné du courage à Will... bien qu'il fût, même après une vie émaillée d'incidents (y compris celui d'avoir failli brûler vif dans un clandé appelé le Black Spot), incapable de croire qu'un gosse comme Henry pût être cinglé.

« Qu'est-ce que tu veux, il a trop écouté son père, mais c'est bien naturel », répondit Will. Son fils, cependant, était plus proche de la vérité. Que ce fût la fréquentation constante de son père ou pour quelque raison plus profonde, Henry était en train de devenir cinglé, lentement mais sûrement.

« Je ne tiens pas à ce que tu passes ta vie à fuir, reprit Will, mais comme tu es un nègre, tu cours plus qu'un autre le risque de te faire malmener. Tu vois ce que je veux dire ?

— Oui, Papa. »

Mike pensa à son copain d'école Bob Gautier, qui avait tenté de lui expliquer que « nègre » n'était pas un mot péjoratif parce que son père l'employait tout le temps. En fait, avait-il continué, c'est même un très bon mot. Quand un type, dans une série policière à la télé, prenait une bonne raclée mais restait tout de même debout, son père disait : « Il a la tête aussi dure que celle d'un nègre » ; quand quelqu'un travaillait d'arrache-pied, son père disait : « Il travaille comme un nègre. » « Et mon père est tout aussi chrétien que le tien », avait conclu Bob. Mike n'avait pas oublié le petit visage blanc, pincé et sérieux de Bob, encadré par le capuchon de sa parka bordée de fourrure mitée : il n'avait pas ressenti de colère, mais une insondable tristesse qui lui avait donné envie de pleurer. Il avait lu honnêteté et bonnes intentions sur le visage de Bob, mais il n'avait éprouvé que solitude et déréliction, comme un grand vide entre lui-même et l'autre garçon.

« Je vois que tu comprends ce que je veux dire, dit Will en ébouriffant les cheveux de son fils. La conclusion, c'est que tu dois faire attention où tu mets les pieds. Il faut te demander si par exemple le jeu en vaut la chandelle avec Henry Bowers.

— Non, je ne crois pas », répondit Mike. Il allait falloir attendre le 3 juillet 1958, en fait, pour qu'il change d'idée.

4

Pendant que Henry Bowers, Huggins le Roteur, Victor Criss, Peter Gordon et un lycéen légèrement retardé du nom de Steve Sadler, dit « Moose », poursuivaient un Mike Hanlon hors d'haleine du dépôt de chemin de fer jusqu'aux Friches sur près d'un kilomètre, Bill et le reste du Club des Ratés étaient toujours assis au bord de la Kenduskeag, penchés sur le même cauchemardesque problème.

« Je s-sais où Ça s-se-se p-planque, déclara Bill, rompant enfin le silence.

— Dans les égouts », dit Stan. Il y eut un bruit soudain, une sorte de raclement brutal, et tous sursautèrent. Eddie eut un sourire embarrassé en reposant l'inhalateur sur ses genoux.

Bill acquiesça. « J'en ai-ai p-parlé avec mon p-père, il y a quelques j-jours. »

« À l'origine, lui avait expliqué Zack Denbrough, cette zone était entièrement marécageuse, et les fondateurs de la ville se sont arrangés pour placer le centre dans la pire partie. La section du canal qui passe sous Center et Main et débouche dans Bassey Park n'est qu'une évacuation qui sert aussi à faire couler les eaux de la Kenduskeag. Les canalisations sont presque vides pendant l'essentiel de l'année, mais elles jouent un rôle important au moment de la fonte des neiges et des inondations... (il s'était tu un instant à ce moment-là, songeant peut-être que c'était lors de la dernière inondation, à l'automne, qu'il avait perdu son plus jeune fils) à cause des pompes, termina-t-il.

— Des p-pompes ? » demanda Bill tout en détournant la tête sans même y penser. Quand il achoppait sur des occlusives, il envoyait des postillons.

« Oui, celles du système de drainage, dans les Friches. Des manchons de béton qui dépassent d'environ un mètre du sol...

— B-B-Ben Hanscom les appelle des t-trous de M-Morlock », le coupa Bill avec un sourire.

Son père lui rendit ce sourire... mais ce n'était plus que l'ombre de son ancien sourire. La scène se déroulait dans l'atelier de Zack, où celui-ci tournait des barreaux de chaise sans beaucoup s'y intéresser. « Ce ne sont que des pompes de puisard, mon gars. Elles sont placées dans des cylindres, environ à trois mètres sous terre. Elles pompent les eaux usées là où il n'y a pas de pente ou une pente négative. Ce sont de vieilles machines, et la ville devrait les faire remplacer, mais le conseil municipal ne trouve jamais le budget. Si on m'avait donné un dollar à chaque fois que j'ai été en rafistoler une, dans le caca jusqu'aux genoux... mais ça ne doit pas t'intéresser tellement, Billy. Pourquoi ne vas-tu pas regarder la télé ?

— S-Si, ça m'in-intéresse, avait répondu Bill, et pas seulement parce qu'il en était arrivé à la conclusion que quelque chose d'effroyable se terrait en dessous de Derry.

— Qu'est-ce que tu veux que je te raconte à propos d'un tas de pompes à merde ?

— Un-un ex-exposé pour l'é-école, expliqua précipitamment Bill.

— Mais vous êtes en vacances !

— C'est pour la r-r-rentrée.

— Ce n'est pas bien drôle comme sujet. Ton prof va sans doute te donner un cinq sur vingt pour l'avoir fait dormir. Regarde, voici la

Kenduskeag (il traça une ligne droite dans la sciure de son établi), et là les Friches. Comme le centre-ville est plus bas que les quartiers résidentiels, il faut pomper la plupart de ses déchets pour les rejeter dans la rivière. Les eaux usées des maisons, de leur côté, s'écoulent à peu près toutes seules dans les Friches. Tu vois ?

— Ou-Oui, dit Bill en se rapprochant légèrement de son père, assez près pour que son épaule vienne lui toucher le bras.

— Un jour, on finira par arrêter de pomper les déchets bruts de cette façon. Mais pour le moment, ce sont ces pompes que nous avons dans les..., comment appelle-t-il ça, ton copain ?

— Des trous de Morlock, répondit Bill sans bégayer, ce que ni lui ni son père ne remarquèrent.

— Ouais. C'est à ça que servent les pompes des trous de Morlock, et elles s'en tirent pas mal, sauf quand il a trop plû et que les rivières débordent. Parce que, même si en principe drainage par gravité et drainage par pompage sont des systèmes indépendants, en réalité ils s'entrecroisent partout. Tu vois ? » Il traça une série de X qui coupaient la Kenduskeag, et Bill acquiesça. « Il n'y a qu'une chose à savoir sur le drainage de l'eau : elle coule là où elle peut. Quand le niveau monte, elle remplit les canalisations aussi bien que les égouts ; quand elle est assez haute, dans les canalisations, pour atteindre ces pompes, elle les bloque. C'est là que commencent mes ennuis, car je dois les réparer.

— Dis, Papa, qu-quelle est la t-taille des é-égouts et des ca-canalisations ?

— Tu veux parler de leur diamètre ? »

Bill acquiesça.

« Les principaux collecteurs font un peu plus d'un mètre quatre-vingts de diamètre ; les égouts secondaires, ceux des quartiers résidentiels, entre un mètre et un mètre vingt, je crois. Certains sont peut-être un peu plus gros. Et crois-moi, Bill, et tu pourras le répéter à tes amis : n'allez jamais là-dedans, au grand jamais, ni pour jouer, ni pour faire les malins, jamais.

— Pourquoi ?

— Ce système a été construit sous douze conseils municipaux successifs depuis 1885, à peu près. Pendant la Crise, on a installé tout un réseau secondaire et tertiaire, à une époque où il y avait beaucoup d'argent pour les travaux publics. Mais le type qui avait dirigé les travaux est mort pendant la Deuxième Guerre mondiale, et cinq ans plus tard, le Service des eaux s'est aperçu que l'essentiel des plans avait disparu. Ce sont cinq kilos de plans qui se sont ainsi évaporés entre 1937 et 1950. Ce que je veux dire, c'est que plus personne ne sait où vont tous ces conduits souterrains.

« Tant qu'ils fonctionnent, tout le monde s'en fiche. Quand ça coince, ce sont trois ou quatre ploucs du Service des eaux qui doivent se débrouiller pour trouver la pompe en rideau ou le bouchon. Et quand ils descendent là-dedans, ils n'oublient pas le casse-croûte. Il fait noir, ça pue, et il y a des rats. Autant de bonnes raisons de ne pas y aller : mais la meilleure des raisons, c'est qu'on risque de s'y perdre. C'est déjà arrivé. »

Perdu sous Derry. Perdu dans les égouts. Perdu dans le noir. Il y avait quelque chose de si lugubre et inquiétant dans cette idée que Bill resta un moment silencieux. Puis il dit : « Mais est-ce qu'on a en-envoyé p-personne faire le p-plan de...

— Il faut que je finisse ces barreaux, le coupa abruptement Zack en lui tournant le dos. Va donc voir ce qu'il y a à la télé.

— Mais, Papa...

— Laisse-moi, Bill. » Et Bill sentit retomber l'habituelle chape glaciale. Ce froid qui transformait les repas en séances de torture, comme s'ils avaient mangé des aliments congelés sans les avoir fait passer par le four. Parfois, ensuite, il allait dans sa chambre et pensait, des crampes à l'estomac : *Les chemises de l'archiduchesse sont-elles sèches, archi-sèches.* Il se répétait souvent la phrase que sa mère lui avait apprise par jeu, il se la répétait souvent depuis la mort de Georgie. Son rêve secret (que pour tout l'or du monde, il n'aurait avoué à personne) était d'aller la lui réciter d'une traite. Sa mère lui sourirait, serait contente, elle se réveillerait comme la Belle au Bois dormant après le baiser du Prince Charmant.

Mais ce 3 juillet, il raconta simplement à ses amis ce que son père lui avait appris sur les égouts et le drainage de Derry. C'était un garçon à l'esprit inventif (qui trouvait même parfois plus facile d'inventer que de dire la vérité) et la scène qu'il dépeignit était assez différente de la réalité : lui et son paternel regardaient la télévision en prenant le café.

« Ton père te permet de boire du café ? demanda Eddie.

— Bien s-sûr.

— Eh bien ! Ma mère ne voudrait jamais. Elle dit qu'il y a de la caféine dedans et que c'est dangereux. » Il marqua une pause. « Pourtant elle en boit pas mal.

— Mon père me laisse boire du café quand je veux, intervint Beverly, mais il me tuerait s'il savait que je fume.

— Comment êtes-vous aussi sûrs que Ça se trouve dans les

égouts ? demanda Richie en regardant tour à tour Bill et Stan pour revenir à Bill.

— On retombe tou-toujours d-dessus, dit Bill. Les v-voix de Be-Beverly venaient de là. Et le s-sang. Quand le c-clown nous a p-poursuivis, les b-boutons orange étaient à-à côté d'une bouche d'é-égout. Et Ge-George...

— Ce n'était pas un clown, Grand Bill, l'interrompit Richie, je te l'ai déjà dit. Je sais bien que c'est fou, mais c'était un loup-garou. » Il regarda les autres, sur la défensive. « Je ne blague pas. Je l'ai vu.

— C'était u-un l-loup-garou p-pour toi.

— Quoi ?

— Tu comprends pas ? C-C'était un l-loup-garou p-pour toi, parce que tu-tu as v-vu ce f-film stupide à l'A-A-Aladdin.

— Je pige pas.

— Moi si, je crois, fit Ben doucement.

— J'ai été à-à la b-bibliothèque et j-j'ai cherché. Je crois que c-c'est un gl-gl (il s'arrêta, la gorge serrée par l'effort) un *glamour*, finit-il par cracher.

— Un glammer ? demanda dubitativement Eddie.

— Non, g-g-glamour », répondit Bill qui épela le mot. D'après les renseignements qu'il avait glanés, c'était le nom gaélique de la créature qui hantait Derry ; d'autres races et d'autres cultures lui donnaient d'autres noms, mais tous signifiaient la même chose. Pour les Indiens des plaines, c'était un manitou, qui pouvait prendre la forme d'un lion des montagnes, d'un élan ou d'un aigle ; ils croyaient que l'esprit d'un manitou pouvait les posséder ; ils étaient alors capables de donner aux nuages la forme des animaux d'après lesquels ils désignaient leurs demeures. Dans l'Himalaya, c'était un *tallus* ou *tællus*, un esprit mauvais ayant le pouvoir de lire dans vos pensées et de prendre la forme de la chose qui vous effrayait le plus. En Europe centrale, on parlait d'*eylak*, frère du *vurderlak*, ou vampire. Et si en France on disait « loup-garou », il pouvait en fait aussi bien prendre la forme d'un faucon, d'un mouton ou même d'un insecte que d'un loup.

« Expliquait-on dans tes bouquins comment battre un glamour ? » demanda Beverly.

Bill acquiesça, mais son expression ne fut pas rassurante. « Les Hi-Himalayens ont un ri-rituel pour s'en dé-débarrasser, mais c'est plutôt ré-répugnant. »

Tous le regardèrent, ne désirant l'écouter qu'à contrecœur.

« Ça s'a-appelle le r-ri-rituel de *Chü-Chüd* », reprit Bill, qui expliqua comment les chamans de l'Himalaya traquaient un tællus : le tællus tirait la langue ; le chaman la tirait à son tour ; les deux langues se superposaient, les deux protagonistes s'avançant l'un vers l'autre en mordant dedans, et bientôt se trouvaient en quelque sorte agrafés ensemble, œil contre œil.

« Oh, je crois que je vais dégueuler », fit Beverly en roulant sur elle-même. Ben lui tapota timidement le dos, puis regarda autour de lui pour voir si on l'avait observé, mais les autres, hypnotisés, ne quittaient pas Bill des yeux.

« Et alors ? demanda Eddie.

— Eh bien, ç-ça paraît i-idiot, mais le l-livre dit qu'ils co-commençaient alors à ra-raconter des b-blagues et à p-poser des de-devinettes.

— Quoi ? » s'exclama Stan.

Bill confirma d'un hochement de tête, avec l'expression de quelqu'un qui ne fait que rapporter une information et n'est pour rien dedans. « Si-si. T-Tout d'abord le m-monstre en dit u-une, après le ch-chaman en dit u-une, et ça c-continue comme ça, ch-chacun à-à son tour. »

Beverly se redressa et s'assit genoux contre la poitrine, mains aux chevilles. « Je ne vois pas comment les gens pourraient parler avec leurs langues... euh, clouées ensemble ! »

Richie tira immédiatement la langue, l'attrapa avec les doigts et s'écria : « Mon père travaille à la pompe à merde ! » ce qui les fit tous éclater de rire pendant un moment, même si c'était une blague de bébé.

« P-Peut-être est-ce p-par té-télépathie, dit Bill. Bref, s-si l'homme r-rit le p-premier en dé-dépit de la d-d-d-d...

— Douleur ? » proposa Stan.

Bill acquiesça. « Alors le tællus le t-t-tue et le m-mange. En-enfin son â-âme, je crois. Mais s-si l'ho-homme f-fait rire le t-tællus le p-premier, il d-doit disparaître p-pour c-cent ans.

— Est-ce que le livre disait d'où pouvait venir une chose pareille ? » demanda Ben.

Bill secoua la tête.

« Est-ce que t'y crois ? » demanda à son tour Stan — on aurait dit qu'il voulait en rire sans arriver à en trouver le courage ou la force.

Bill haussa les épaules et répondit : « P-Presque. » Il eut l'air de vouloir ajouter quelque chose mais garda le silence.

« Ça explique beaucoup de choses, fit Eddie, songeur. Le clown, le lépreux, le loup-garou... » Il regarda Stan. « Les garçons morts aussi, il me semble.

— Ça m'a tout l'air d'un boulot pour Richie Tozier, lança Richie avec la voix du speaker des actualités. L'homme aux mille blagues et aux six mille devinettes.

— Si c'est toi qu'on envoie, répliqua Ben, on claquera tous. Lentement, en souffrant beaucoup. » Cette repartie provoqua un nouvel accès de rire.

« En conclusion, qu'est-ce qu'on fait ? » demanda impérativement Stan ; mais une fois de plus, Bill ne put que secouer la tête... avec l'impression qu'il le savait presque. Stan se leva. « Allons donc ailleurs, je commence à avoir mal aux fesses.

— Moi, j'aime bien ce coin, objecta Beverly. Il y a de l'ombre, il est agréable. » Elle jeta un coup d'œil à Stan. « Je suppose que tu as envie de faire des bêtises de gosse, comme casser des bouteilles à coups de cailloux.

— J'adore casser des bouteilles à coups de cailloux, intervint Richie en ralliant Stan. C'est le voyou qui sommeille en moi. » Il releva son col et se mit à marcher comme James Dean dans *La Fureur de vivre.*

« J'ai des pétards », dit Stan. Et du coup, ils oublièrent glamours, manitous et autres mauvaises imitations de Richie comme Stan exhibait un paquet de Black Cats. Bill lui-même était impressionné.

« S-Seigneur Jé-Jésus, S-Stan, où les a-as-tu dénichés ?

— Je les ai échangés contre un lot de Superman et de Little Lulu. Au gros avec qui je vais parfois à la synagogue.

— Allons les faire péter ! s'écria Richie, quasiment apoplectique de joie. Allons les faire péter ! Stanny, je te promets que je ne dirai plus jamais que toi et ton paternel, vous avez tué le Christ, qu'est-ce que tu dis de ça, hein ? Je dirai que tu as un petit nez, Stanny ! Je dirai que tu n'es pas circoncis ! »

Là-dessus, Beverly se mit à hurler de rire, le visage écarlate avant d'avoir pu le cacher dans ses mains. Bill rit aussi, bientôt imité par Eddie, puis par Stan lui-même. Ce son joyeux traversa le cours large mais peu profond de la Kenduskeag à cet endroit, en cette veille du 4 Juillet, un son estival, aussi éclatant que les rayons lumineux qui rebondissaient sur l'eau comme des flèches ; et aucun d'eux ne vit les deux yeux orange qui les observaient depuis un fouillis de buissons et de ronciers sans mûres, sur leur gauche. Ce taillis occupait toute la rive de la Kenduskeag sur une dizaine de mètres, avec au centre l'un des trous de Morlock. C'était de ce cylindre vertical de béton que les yeux, espacés de plus de soixante centimètres, les observaient.

5

Ce fut précisément parce que le lendemain était le glorieux 4 Juillet que le 3, Mike tomba sur Henry Bowers et sa bande de lurons pas si joyeux que ça. L'école baptiste s'enorgueillissait d'une clique dans laquelle Mike jouait du trombone. La clique devait participer à la parade annuelle et jouer *L'Hymne de bataille de la République*, *En avant, soldats du Christ*, et *Amérique la Belle*. Cela faisait plus d'un mois que Mike en rêvait. Il se rendait à pied à l'ultime répétition, car il avait cassé la chaîne de son vélo. La répétition ne devait avoir lieu qu'à deux heures et demie mais il était parti en avance car il voulait polir son instrument, remisé dans la salle de musique de l'école, jusqu'à ce qu'il fût éclatant. Il avait un flacon de Miror dans une poche et deux ou trois chiffons qui dépassaient d'une autre. Jamais Henry Bowers n'avait été aussi loin de ses pensées.

Un seul coup d'œil par-dessus son épaule au moment où il approchait de Neibolt Street lui aurait immédiatement rendu le sens des réalités : Henry, Victor, le Roteur, Peter Gordon et Moose Sadler occupaient toute la largeur de route derrière lui. Auraient-ils quitté la ferme Bowers cinq minutes plus tard, Mike aurait été hors de vue à cause d'un mouvement de terrain ; l'apocalyptique bataille de cailloux n'aurait pas eu lieu, et tout ce qui s'ensuivit se serait déroulé différemment, ou pas du tout.

C'est cependant Mike lui-même qui, des années plus tard, émit l'idée qu'aucun d'eux, peut-être, n'avait été le maître des événements au cours de cet été-là ; et que si la chance et le libre arbitre avaient joué un rôle, les leurs avaient alors été bien circonscrits. Au déjeuner des retrouvailles, il avait fait remarquer aux autres un certain nombre de ces étonnantes coïncidences, mais il en était au moins une dont il n'avait pas conscience. La réunion dans les Friches, ce jour-là, s'interrompit lorsque Stan Uris sortit des Black Cats et que le Club des Ratés se dirigea vers la décharge pour les faire sauter. De leur côté, Victor et les autres s'étaient rendus à la ferme Bowers, parce que Henry détenait non seulement des pétards ordinaires, mais aussi des « bombes-cerises » et des M-80 (qui furent frappés d'interdiction quelques années plus tard). La bande à Bowers envisageait de descendre de l'autre côté du tas de charbon du dépôt pour faire exploser les trésors de Henry.

Aucun d'eux, pas même le Roteur, ne venait d'ordinaire à la ferme — tout d'abord à cause du cinglé de père de Henry, mais aussi parce qu'ils se trouvaient toujours embrigadés pour aider Henry dans ses corvées, désherber, enlever sans fin les cailloux, ranger le bois, tirer de l'eau, rentrer le foin, cueillir ce qui était mûr à ce moment-là, pois, concombres, tomates ou pommes de terre. Ces garçons n'étaient pas vraiment allergiques au travail, mais ils ne manquaient pas de corvées chez eux et n'éprouvaient aucun besoin, en plus, de suer pour le père de Henry qui frappait facilement au hasard. Recevoir une bûche de bouleau (c'était arrivé à Victor pour avoir renversé un panier de tomates) dans les jambes était déjà assez désagréable ; mais le pire était que Butch Bowers s'était mis à hululer : « Je vais tuer tous les Japs ! Je vais tuer tous ces salauds de Japs ! » après avoir lancé la bûche.

Aussi bête qu'il fût, c'était Huggins qui avait le mieux exprimé son sentiment. « Je fais pas joujou avec des cinglés », avait-il déclaré à Victor deux ans auparavant. Ce dernier avait ri et acquiescé.

Mais le parfum de ces pétards avait exercé un attrait trop puissant.

« On se retrouve au tas de charbon à une heure, si tu veux, avait répondu Victor lorsque Henry l'avait invité, vers neuf heures du matin.

— Pointe-toi là à une heure, et tu me verras pas. J'ai trop de corvées. Si t'arrives au tas de charbon à trois heures, j'y serai. Et mon premier M-80 sera pour tes fesses, mon pote. »

Vic hésita, puis accepta de venir l'aider à terminer ses corvées.

Les autres vinrent aussi, et à cinq, tous de solides gaillards se démenant comme des diables, ils en avaient terminé en tout début d'après-midi. Lorsque Henry demanda à son père la permission de s'en aller, Bowers l'aîné eut un simple geste languide de la main pour son fils. Retranché sous le porche arrière, une bouteille de lait pleine d'un cidre maison quasiment aussi fort que du calva, le poste de radio portatif à portée de la main, il attendait sur sa chaise berçante la retransmission d'un match qui promettait : les Red Sox contre les Washington Senators. En travers de ses genoux, était dégainé un sabre japonais, souvenir de guerre qu'il prétendait avoir saisi sur un Japonais mourant, dans l'île de Tarawa, mais qu'il avait en réalité échangé à Honolulu contre six bouteilles de bière et trois joints. Depuis quelque temps, Butch Bowers sortait presque toujours son sabre quand il buvait. Et étant donné que les garçons, y compris Henry, étaient secrètement convaincus qu'il finirait un jour ou l'autre par s'en servir sur quelqu'un, il valait mieux être loin de là quand l'arme apparaissait sur ses genoux.

À peine les garçons avaient-ils mis le pied sur la route que Henry remarqua Mike, à quelque distance devant eux. « Hé, c'est le nègre ! » lança-t-il, ses yeux s'allumant comme ceux d'un enfant qui attend l'arrivée imminente du Père Noël le 24 décembre.

« Le nègre ? » Huggins eut l'air perplexe. Il n'avait vu les Hanlon qu'à de rares occasions ; puis un peu de lumière se fit dans son regard éteint. « Ah, oui ! Le nègre ! On se le fait, Henry ? »

Huggins voulut partir sans attendre, imité par les autres, mais Henry le saisit au collet. Henry avait plus d'expérience qu'eux dans la chasse au Hanlon, et savait que l'attraper était plus facile à dire qu'à faire. Un vrai lièvre, ce négrillon.

« Il ne nous a pas vus. Marchons simplement rapidement, jusqu'à ce qu'on soit le plus près possible de lui. »

Ce qu'ils firent. Un observateur aurait été amusé : on aurait dit que tous les cinq s'étaient lancés dans une compétition de marche à pied. La considérable bedaine de Moose Sadler rebondissait sous son T-shirt aux armes du lycée de Derry. De la sueur coulait sur le visage du Roteur, de plus en plus rouge. Mais la distance qui les séparait de Mike diminuait. Deux cents mètres, cent cinquante, cent — et jusqu'ici le petit Bamboula n'avait pas jeté un regard en arrière. Ils l'entendaient siffler.

« Qu'est-ce que tu vas lui faire, Henry ? » demanda Victor Criss à voix basse. Il avait l'air simplement intéressé, mais en réalité il était mal à l'aise. Depuis quelque temps, Henry l'inquiétait. Il lui était égal que Henry veuille flanquer une raclée au petit Hanlon, voire même lui déchirer la chemise, et jeter son pantalon et ses sous-vêtements dans un arbre ; il craignait que Henry n'ait pas que ça en tête. Un certain nombre d'affrontements désagréables avaient eu lieu cette année avec les gosses de l'école élémentaire de Derry, désignés comme « les petits merdeux » par Henry. Ce dernier avait l'habitude de les terroriser, mais depuis mars, il avait été tenu en échec à plusieurs reprises. Henry et ses copains avaient poursuivi l'un d'eux, Quat-Zyeux Tozier, jusqu'à chez Freese's et l'avaient perdu au moment où ils étaient sur le point de le coincer. Puis le dernier jour d'école, le môme Hanscom…

Mais Victor n'aimait pas y penser.

Ce qui l'inquiétait s'énonçait simplement : Henry risquait d'aller TROP LOIN. Victor n'aimait pas trop penser à ce que ce « TROP LOIN » pouvait être… mais un sentiment de malaise lui avait fait se poser la question.

« On va le choper et l'amener au tas de charbon, dit Henry. On mettra une paire de pétards dans ses chaussures pour voir s'il sait danser.

— Mais pas des M-80, tout de même ? »

Si c'était ce qu'envisageait Henry, Victor préférait prendre la poudre d'escampette. Un M-80 dans chaque chaussure arracherait les pieds du nègre, et ça, c'était aller TROP LOIN.

« Je n'en ai que quatre », répondit Henry sans quitter des yeux le dos de Mike Hanlon. Ils n'étaient plus qu'à quelque soixante-quinze mètres de lui, et il parlait aussi à voix basse. « Tu ne crois pas que je vais en gaspiller deux sur un foutu négro ?

— Non, Henry, évidemment.

— On foutra juste une paire de Black Cats dans ses pompes. Puis on le mettra cul nu et on enverra ses fringues dans les Friches. Pour qu'il se brûle les fesses sur le lierre-poison.

— On devrait aussi le rouler dans le charbon, fit le Roteur, son regard jusqu'ici atone devenu tout brillant. D'accord, Henry ? C'est pas chouette ?

— Très chouette, répondit Henry sur un ton détaché qui ne plut pas à Victor. On le roulera dans le charbon, comme je l'avais roulé dans la boue l'autre fois. Et... (Henry sourit, exhibant des dents qui commençaient à pourrir alors qu'il n'avait que douze ans) j'ai quelque chose à lui dire. Je crois qu'il n'a pas entendu la première fois.

— C'est quoi, Henry ? » demanda Peter Gordon, intéressé et excité. Peter appartenait à l'une des « bonnes familles » de Derry ; il vivait à West Broadway et dans deux ans, irait au lycée de Groton — c'était du moins ce qu'il croyait en ce 3 juillet. Il était plus intelligent que Victor, mais n'avait pas suffisamment fréquenté Henry pour se rendre compte à quel point il se dégradait.

« Tu le verras bien, répondit Henry. Maintenant la ferme. On se rapproche. »

Ils étaient à vingt-cinq mètres derrière Mike et Henry était sur le point de donner l'ordre de charger quand Moose Sadler fit partir le premier pétard de la journée. Il avait descendu trois assiettes de haricots la veille, et le pet fut une véritable détonation d'arme à feu.

Mike tourna la tête. Henry vit ses yeux s'agrandir.

« Chopez-le ! » hurla-t-il.

Mike resta un instant pétrifié ; puis il démarra, courant pour sauver sa peau.

6

Les Ratés suivaient un itinéraire sinueux parmi les bambous des Friches, dans cet ordre : Bill, Richie, Beverly (mince et gracieuse dans son jean et sa blouse blanche sans manches, sandales aux pieds), Ben (s'efforçant de ne pas souffler trop fort ; en dépit des vingt-six degrés qu'affichait le thermomètre, il portait l'un de ses volumineux haut de survêt), Stan ; Eddie fermait la marche, l'embout de son inhalateur dépassant de la poche droite de son pantalon.

Comme cela lui arrivait souvent dans cette partie des Friches, Bill avait décidé qu'ils étaient en safari dans la jungle. Hauts et blancs, les bambous limitaient la visibilité sur le sentier qu'ils avaient fini par ouvrir. La terre était noire et s'enfonçait avec un bruit de succion sous le pied, avec des flaques tellement détrempées qu'il fallait les franchir d'un bond pour ne pas avoir de boue dans les chaussures. Ces flaques présentaient d'étranges arcs-en-ciel aplatis. Une odeur lourde flottait, mélange des effluves de la décharge et de la végétation pourrissante.

Bill s'arrêta à un coude et se tourna vers Richie. « Un t-tigre devant, T-To-Tozier. »

Richie acquiesça et se tourna vers Beverly. « Tigre, souffla-t-il.

— Tigre, dit-elle à Ben.

— Mangeur d'hommes ? demanda Ben en déployant des efforts pour ne pas haleter.

— Il est tout couvert de sang, répondit Beverly.

— Tigre mangeur d'hommes », murmura Ben à Stan, lequel transmit l'information à Eddie dont le petit visage était empourpré d'excitation.

Ils se fondirent parmi les bambous, laissant magiquement vierge le sentier boueux qui serpentait dans cette jungle. Le tigre passa devant eux et ils le virent presque : lourd (deux cents kilos, peut-être), sa musculature jouant avec grâce et puissance sous son pelage rayé à l'aspect soyeux. Ils virent presque ses yeux verts, les taches de sang sur son museau datant de son dernier repas, une poignée de Pygmées qu'il avait dévorés vivants.

Les bambous s'entrechoquèrent légèrement, un son à la fois musical et fantastique et de nouveau tout fut calme. Ce pouvait être le passage d'une bouffée de brise estivale... ou celui d'un tigre africain.

« Parti ! » dit Bill, qui laissa échapper une profonde expiration et retourna sur le chemin, suivi des autres.

Richie était le seul à être venu armé (d'un pistolet à bouchon à la détente réparée à l'adhésif). « J'aurais pu l'avoir si tu n'avais pas bougé, Grand Bill », dit-il, maussade. Il repoussa ses vieilles lunettes sur le haut de son nez.

« Il y a des cannibales dans le s-secteur. V-Veux-tu nous f-faire repérer ?

— Oh ! » dit Richie, convaincu.

Bill leur fit signe d'avancer, et ils reprirent leur marche sur le chemin qui se rétrécissait. Puis ils retrouvèrent la rive de la Kenduskeag, qu'ils franchirent sur une série de pierres ; Ben leur avait montré comment les disposer.

« Bill ! s'écria Beverly, au milieu de la rivière.

— Quoi ? dit Bill, s'immobilisant sur sa pierre, bras écartés, sans se retourner.

— Y a des piranhas ! Je les ai vus dévorer une vache entière, il y a deux jours. Une minute après, il ne restait plus que les os. Ne tombe pas !

— Bien, dit Bill. Faites attention, les mecs. »

Avec des mouvements d'équilibristes sur un fil, ils poursuivirent leur progression. Un train de marchandises passa sur le remblai de la voie ferrée, et son brutal coup de sifflet fit sursauter Eddie, alors à mi-chemin. Presque déséquilibré, il regarda dans l'eau brillante et pendant un instant, entre les flèches aiguës que lui lançaient les reflets du soleil, il vit vraiment les piranhas qui rôdaient. Ils ne faisaient pas partie de la fiction inventée par Bill, il en était sûr. Les poissons qu'il aperçut ressemblaient à des poissons rouges géants avec les énormes affreuses mâchoires des poissons-chats ou des mérous. Des crocs en dents de scie dépassaient de leurs lèvres épaisses et ils avaient la même nuance orange que les poissons rouges. Orange comme les pompons duveteux qui ornaient parfois le costume des clowns.

Ils décrivaient des cercles dans l'eau peu profonde, claquant des dents.

Eddie se mit à faire des moulinets avec les bras. *Je vais me ficher à l'eau,* pensa-t-il, *et ils vont me bouffer vivant...*

Mais Stan Uris le rattrapa fermement par un poignet et le remit d'aplomb.

« C'était moins une, dit Stan. Si jamais t'étais tombé, qu'est-ce que ta mère t'aurait passé ! »

Pour une fois, sa mère était la dernière de ses préoccupations. Les autres, déjà sur la rive, comptaient les wagons du train. Eddie jeta un regard affolé à Stan, puis se tourna de nouveau vers l'eau. Il vit un sachet de chips vide passer en bouchonnant, et rien d'autre. Il leva les yeux vers Stan.

« Stan, j'ai vu...

— Quoi ? »

Eddie secoua la tête. « Oh rien, je crois. Je suis juste un peu *(mais ils y étaient oui ils y étaient et ils m'auraient bouffé vivant)* nerveux. C'est l'histoire du tigre, sans doute. Continuons. »

Cette rive occidentale de la Kenduskeag (rive d'Old Cape) devenait une vraie fondrière en période de pluie ou de fonte des neiges, mais il n'avait presque pas plu depuis plus de quinze jours et elle s'était transformée en une espèce de sol lunaire vitrifié et craquelé, d'où sortaient plusieurs cylindres de béton, jetant leur ombre sinistre. À une vingtaine de mètres, un conduit de ciment qui surplombait la rivière rejetait un filet régulier d'une eau brune à l'aspect peu engageant.

D'un ton calme, Ben dit : « Ça fiche la trouille, ici », et les autres acquiescèrent.

Sous la conduite de Bill, ils quittèrent la rive pour s'enfoncer dans l'épaisseur des broussailles où les insectes bourdonnaient et stridulaient. De temps en temps, un brusque et puissant battement d'ailes signalait l'envol d'un oiseau. Un écureuil leur coupa à un moment donné le chemin et, cinq minutes plus tard, alors qu'ils se rapprochaient du talus bas qui ceinturait la décharge, à l'arrière, ils virent passer un rat, un morceau de cellophane encore pris dans la moustache, trottinant sur son itinéraire secret vers sa propre jungle microscopique.

Les relents des détritus s'imposaient maintenant avec force ; une colonne de fumée noire s'élevait dans le ciel. En dépit de la végétation, toujours dense (sauf sur leur étroite sente), le sol était de plus en plus couvert de débris. (« La tête de la décharge a des pellicules », avait déclaré Bill au grand ravissement de Richie, qui lui avait conseillé de noter ça.)

Pris dans les branches, des papiers s'agitaient et claquaient comme des drapeaux au rabais ; des boîtes de conserve renvoyaient un reflet argenté du fond d'un trou envahi d'herbes ; une bouteille de bière brisée lançait un rayon aveuglant. Beverly aperçut une poupée, dont la peau de celluloïd était tellement rose qu'elle avait l'air ébouillantée. Elle la ramassa puis la relâcha avec un petit cri en voyant les bestioles grisâtres qui grouillaient sous son jupon moisi et le long de ses jambes en décomposition. Elle s'essuya les doigts sur son jean.

Ils grimpèrent sur le talus et regardèrent en contrebas, vers la décharge.

« Oh, merde ! » dit Bill, qui enfonça les mains dans ses poches tandis que les autres se regroupaient autour de lui.

On faisait brûler le secteur nord ce jour-là, mais ici, de leur côté, Armando Fazio (frère célibataire du concierge de l'école élémentaire de Derry), le responsable de la décharge, était en train de bricoler son vieux bulldozer datant de la Deuxième Guerre mondiale. Il avait enlevé sa chemise, et sa radio sur piles, posée sous la toile qui protégeait le siège de l'engin du soleil, débitait bruyamment des informations sur le match imminent entre les Red Sox et les Senators ; Fazio était dur d'oreille.

« On peut pas y descendre », conclut Ben. Mandy Fazio n'était pas un mauvais bougre, mais il chassait impitoyablement de la décharge tous les enfants qu'il voyait — à cause des rats, à cause du poison qu'il répandait régulièrement pour limiter la population des rongeurs, à cause des risques de coupure, de chute, de brûlure... mais avant tout parce qu'il estimait que la décharge publique n'était pas un terrain de jeux pour des enfants.

« On peut vraiment pas. Va falloir changer de programme », admit Richie.

Ils restèrent quelque temps à regarder Mandy réparer son bulldozer, dans l'espoir qu'il y renoncerait et s'en irait, mais sans y croire vraiment : la présence du poste de radio attestait qu'il avait prévu d'y passer l'après-midi. De quoi faire chier le pape, pensa Bill. Il n'y avait pas de meilleur endroit, pour les pétards, que la décharge. On les plaçait dans des boîtes de conserve que l'explosion envoyait valdinguer, ou bien dans des bouteilles — après quoi il fallait courir comme un dératé. Les bouteilles n'éclataient pas toujours, mais presque.

« Si seulement on avait des M-80 ! soupira Richie, loin de se douter qu'il n'allait pas tarder à en recevoir un sous peu à la tête.

— Ma mère dit que les gens devraient se trouver heureux de ce qu'ils ont », fit Eddie d'un ton tellement sentencieux qu'ils éclatèrent tous de rire.

Quand les rires s'arrêtèrent, tous regardèrent de nouveau vers Bill.

Bill réfléchit pendant quelques instants et dit : « J-Je connais un c-coin. Il y a u-une an-ancienne gra-gra-vière dans les F-Friches, à côté du d-dépôt de ch-chemin de f-fer...

— Ouais ! s'exclama Stan, bondissant sur ses pieds. Je la connais aussi ! T'es un génie, Bill !

— On peut être sûr qu'il y aura de l'écho, remarqua Beverly.

— Eh bien, allons-y », conclut Richie.

Tous les six — le nombre magique, à un près — partirent à la queue leu leu le long du talus qui contournait la décharge. Mandy Fazio leva une fois le nez et vit leurs silhouettes d'Indiens sur le sentier de la guerre se découper sur le ciel bleu. Il fut sur le point de les apostropher — les Friches n'étaient pas un endroit pour des gosses — mais au lieu de cela il se remit à son moteur. Au moins n'étaient-ils pas dans la décharge.

7

Mike Hanlon passa en courant devant l'école baptiste et fonça dans Neibolt Street, en direction de la gare de Derry. Il y avait bien un concierge à l'école, mais il était vieux et encore plus sourd que Mandy Fazio. En plus, il aimait à faire la sieste par les chaudes journées d'été dans la fraîcheur du sous-sol, alors que la chaudière était silencieuse, installé dans un vieux fauteuil inclinable, son journal sur les genoux. Mike aurait pu rester des heures à cogner à la porte, et Bowers et sa bande auraient eu tout le temps de le rattraper et de lui tordre le cou.

C'est pourquoi Mike ne ralentit même pas.

Mais il ne donnait pas tout ce qu'il pouvait ; il essayait d'adopter un rythme régulier et de contrôler sa respiration. Henry, Huggins et Sadler ne présentaient aucun problème ; même relativement frais, ils couraient comme des bisons blessés. Criss et Gordon, en revanche, étaient rapides. En passant devant la maison où Bill et Richie avaient vu le clown — ou le loup-garou —, il jeta un coup d'œil derrière lui et constata avec angoisse que Peter Gordon se rapprochait dangereusement. Il arborait un sourire joyeux — sourire de vainqueur de course ou de match, sourire devant un spectacle réussi — et Mike se dit : *Je me demande s'il sourirait comme ça s'il savait ce qui va se passer, au cas où ils m'attraperaient... Est-ce qu'il croit que Henry va juste dire : « Touché, c'est à toi ! » et repartir dans l'autre sens ?*

Une fois en vue du portail du dépôt (PROPRIÉTÉ PRIVÉE LES CONTREVENANTS SERONT POURSUIVIS), Mike se vit forcé de mettre toute la gomme. Il n'avait pas mal ; sa respiration, rapide, restait contrôlée. Mais il savait qu'il allait souffrir s'il lui fallait garder ce rythme trop longtemps.

Le portail était entrouvert. Il jeta un autre coup d'œil en arrière et vit qu'il avait repris un peu de terrain par rapport à Peter. Victor était à une dizaine de pas derrière lui, et les autres à quarante ou cinquante mètres en arrière. Ce bref coup d'œil suffit à Mike pour lire une colère noire sur le visage de Henry.

Il se glissa dans l'entrebâillement, et claqua le portail derrière lui ; il entendit le *clic !* du verrou. L'instant suivant, Peter se heurtait au grillage, bientôt suivi de Criss. Peter ne souriait plus et affichait une expression boudeuse et contrariée. Le loquet était à l'intérieur, et ils ne pouvaient pas ouvrir.

Il eut le culot de dire : « Allons, le môme, ouvre ce portail. Ce n'est pas du jeu.

— C'est quoi pour toi, du jeu ? À cinq contre un ? demanda Mike.

— Ce n'est pas du jeu », répéta Peter, comme s'il n'avait pas entendu la question de Mike.

Mike regarda Victor, et vit dans son regard qu'il était troublé. Il voulut parler, mais les autres arrivèrent à ce moment-là.

« Ouvre-moi ça, négro ! » vociféra Henry. Il se mit à secouer le grillage avec une telle férocité que Peter le regarda, inquiet. « Ouvre ça tout de suite, t'entends ?

— J'ouvrirai pas, répliqua Mike tranquillement.

— Ouvre ! hurla le Roteur. Ouvre donc, espèce de foutu bamboula ! »

Mike recula, le cœur cognant dans la poitrine. Jamais il n'avait eu aussi peur, jamais il n'avait été aussi bouleversé. Ils étaient alignés le long du grillage du portail, criant, lui jetant des épithètes méprisantes pour sa négritude qu'il n'aurait jamais soupçonnées — Oubangui, as de pique, panier de mûres, rat de jungle, sac de café. À peine se rendit-il compte que Henry tirait un objet de sa poche, enflammait une allumette avec l'ongle et que quelque chose de rond et rouge volait vers lui à travers le grillage ; il s'écarta instinctivement et la bombe-cerise alla exploser à sa gauche, en soulevant de la poussière.

La détonation les fit taire quelques instants ; Mike les regardait à travers le grillage, incrédule, et eux lui rendaient son regard. Peter Gordon avait l'air complètement sous le choc, et la stupéfaction se lisait jusque sur le visage du Roteur.

Ils ont peur de lui, maintenant, se rendit-il brusquement compte, et une voix nouvelle s'éleva en lui, peut-être pour la première fois, une voix adulte au point d'en être inquiétante. *Ils en ont peur, mais ce n'est pas ça qui va les arrêter. Il faut que tu fiches le camp, Mikey, ou ça va mal tourner. Tous ne veulent peut-être pas que ça tourne mal, Victor, par exemple, Peter Gordon sans doute, mais ça tournera mal tout de même parce que Henry fera tout pour ça. Alors fiche le camp, Mikey, fiche le camp très vite.*

Il recula de nouveau de deux ou trois pas, et c'est alors que Henry Bowers lâcha : « C'est moi qui ai tué ton clébard, négro. »

Mike resta pétrifié, avec l'impression d'avoir été atteint à l'estomac par une boule de bowling. Il scruta le regard de Henry et comprit qu'il disait la vérité : il avait tué Mr. Chips.

Cet instant parut se prolonger indéfiniment pour Mike ; tandis qu'il contemplait les yeux fous, auréolés de sueur, et l'expression brûlante de haine de Henry, il lui sembla que d'innombrables choses, tout d'un coup, s'éclairaient pour la première fois, et le fait que Henry était bien plus cinglé que tout ce qu'il avait pu imaginer n'était pas le moindre. Il prit par-dessus tout conscience que le monde était sans tendresse et ce fut surtout cette prise de conscience qui lui arracha ce cri : « Espèce de salopard de bâtard de Blanc ! »

Henry poussa un hurlement de rage et se jeta sur la barrière, à laquelle il monta avec une terrifiante vigueur de brute. Mike attendit encore un instant, voulant savoir si la voix adulte qui avait parlé en lui était bien réelle ; et effectivement, après la plus légère des hésitations, les autres commencèrent l'escalade.

Mike fit demi-tour et repartit en courant, sprintant au milieu des voies de triage, suivi d'une ombre courte. Le train qu'avaient vu les Ratés depuis les Friches était maintenant loin, et les seuls bruits qui parvenaient aux oreilles de Mike étaient sa propre respiration et les grincements du grillage sous le poids de Henry et des autres.

Mike traversa ainsi trois voies, ses tennis soulevant des scories de charbon. Il trébucha sur la deuxième, et une douleur, vive et passagère, monta de sa cheville. Il se releva et repartit. Il entendit le bruit mat produit par Henry Bowers, retombé de l'autre côté de la grille. « Attends un peu que je t'attrape, négro ! » hurla-t-il.

Ce qui raisonnait encore logiquement dans Mike avait décidé que sa seule chance de salut restait les Friches. S'il arrivait à se cacher dans l'épaisseur des fourrés ou parmi les bambous... ou si la situation devenait désespérée, il pourrait toujours chercher refuge dans une canalisation et attendre.

Il y arriverait peut-être... mais il avait sur le cœur un charbon ardent de rage qui n'avait rien à voir avec le raisonnement. Il comprenait à la rigueur que Henry le poursuive à l'occasion, mais Mr. Chips ?... Pourquoi tuer Mr. Chips ? *Mon chien n'était pas un négro, espèce de fumier de bâtard !* pensa Mike tout en courant : sa colère ne fit que se déchaîner.

Il entendait maintenant une autre voix, celle de son père. *Je ne tiens pas à ce que tu passes ta vie à fuir... La conclusion, c'est que tu dois faire attention où tu mets les pieds. Il faut te demander si par exemple le jeu en vaut la chandelle avec Henry Bowers...*

Mike avait couru en ligne droite vers les entrepôts, derrière lesquels un autre grillage séparait le dépôt de chemin de fer des Friches. Il avait tout d'abord pensé escalader cette barrière pour sauter de l'autre côté ; mais au lieu de cela, il obliqua brusquement à droite, en direction du trou de la gravière.

Celui-ci avait servi à remiser le charbon jusqu'en 1935, environ ; Derry était alors un point de ravitaillement pour les trains qui y transitaient. Puis vinrent les moteurs diesel, puis les locomotives électriques. Le charbon disparut (ce qu'il en restait fut pillé par les possesseurs de poêles à charbon) ; un entrepreneur reprit l'exploitation de la grave, puis déposa son bilan en 1955. Elle fut ensuite abandonnée ; l'embranchement qui y conduisait existait toujours, mais les rails rouillaient et l'herbe poussait entre les traverses qui pourrissaient. Ces mêmes herbes folles prospéraient dans la gravière elle-même, en compétition avec les solidages et les tournesols à la tête inclinée. Les scories de charbon abondaient encore au milieu de cette végétation.

Tout en courant, Mike ôta sa chemise. Une fois en bordure du trou, il regarda derrière lui. Henry commençait de traverser les voies, entouré de ses copains. Peut-être pas si mal, au fond.

Aussi vite qu'il put, avec sa chemise comme sac, Mike ramassa une demi-douzaine de poignées de mâchefer bien dur. Puis il retourna jusqu'au grillage qui dominait les Friches, tenant sa chemise par les manches. Mais au lieu d'escalader la barrière, il s'y adossa, fit rouler les petits blocs de mâchefer en tas, se baissa et en prit un dans chaque main.

Henry ne vit pas les projectiles : simplement que le nègre était acculé au grillage. Il courut sur lui en hurlant.

Celui-là est pour mon chien, salopard ! cria Mike sans même s'en rendre compte. Il lança le morceau de mâchefer, qui suivit une trajectoire tendue et vint frapper Henry au front avec un *bonk !* sonore et rebondit en l'air. Henry tomba à genoux et porta les mains à la tête. Du sang se mit à couler entre ses doigts, comme par magie.

Les autres freinèrent brutalement et s'immobilisèrent, une expression d'incrédulité sur le visage. Henry poussa un terrible cri de douleur et se releva, se tenant toujours la tête. Mike lui lança un deuxième projectile, qu'il repoussa d'une main, presque nonchalamment. Il souriait, maintenant.

« Tu vas voir un peu la surprise qui t'attend, dit-il. Oh, mon Dieu ! » Henry voulut ajouter quelque chose, mais ne réussit à émettre que des gargouillis.

Mike l'avait bombardé une troisième fois et atteint directement à la gorge. Henry retomba à genoux. Peter Gordon poussa un soupir d'effroi. Moose Sadler avait le front tout plissé, comme s'il essayait de résoudre un difficile problème de math.

Mais qu'est-ce que vous attendez, les mecs ? arriva à articuler Henry, tandis que le sang continuait de couler entre ses doigts. Il avait une voix étrange, rouillée. « Mais attrapez-le ! Attrapez-moi ce petit fumier ! »

Mike n'attendit pas de voir s'ils obéissaient ou non. Il abandonna sa chemise et se lança sur le grillage. Il était sur le point d'arriver en haut, lorsque des mains le saisirent rudement par un pied. Abaissant les yeux, il vit le visage déformé de Henry, couvert de sang et de débris charbonneux. Mike tira sur sa jambe et sa chaussure de tennis resta entre les mains de Henry. Alors il lança son pied nu au visage de celui qui avait tué son chien, et entendit un bruit de craquement. Henry poussa de nouveau un hurlement affreux, et tituba en arrière, tenant cette fois-ci son nez dégoulinant.

Une autre main — celle de Huggins — s'accrocha un instant à l'ourlet de son jean, mais là aussi il put se libérer. Il lança une jambe par-dessus le grillage et quelque chose le frappa alors sur le côté du visage avec une force qui l'aveugla. Un liquide chaud coula sur sa joue. Quelque chose d'autre le frappa à la hanche, à l'avant-bras, à la cuisse. Ils lui lançaient ses propres munitions.

Il resta un instant suspendu par les mains puis se laissa tomber, roulant deux fois sur lui-même. À cet endroit, le terrain broussailleux était en pente, ce qui lui sauva la vue et peut-être même la vie ; Henry s'était de nouveau approché de la barrière et lançait par-dessus l'un de ses M-80. Il explosa avec une détonation terrifiante dont l'écho se répercuta, et mit un grand cercle de sol à nu.

Des tintements dans les oreilles, Mike roula cul par-dessus tête et se remit avec peine sur ses pieds. Il était maintenant dans une végétation plus haute, à la limite des Friches. La main qu'il passa sur sa joue se couvrit de sang. Ce sang ne l'inquiétait pas particulièrement ; il ne s'était pas attendu à s'en sortir intact.

Henry lança une bombe-cerise, mais Mike la vit venir et s'en éloigna facilement.

« Chopons-le ! rugit Henry qui entreprit d'escalader le grillage.

— Bon sang, Henry, je ne sais pas si... » Les choses étaient allées trop loin pour Peter Gordon, qui jamais ne s'était trouvé dans une situation d'une telle sauvagerie. Normalement, le sang n'aurait pas dû couler — au moins pour son équipe, qui avait la supériorité du nombre et de la force.

« Fallait y penser avant ! » gronda Henry, déjà à mi-hauteur de la barrière. Il restait accroché là comme une araignée humaine venimeuse, congestionnée. Il jeta un regard sinistre à Peter, le tour des yeux rouge de sang. Le coup de pied de Mike lui avait cassé le nez, mais il lui faudrait quelque temps pour s'en apercevoir. « Fallait y penser avant, ou c'est moi qui vais m'occuper de toi, après, espèce d'enfoiré minable ! »

Les autres se mirent à escalader le grillage, Peter et Victor à contrecœur, Huggins et Moose toujours aussi bêtement ravis de l'aventure.

Mike n'attendit pas d'en savoir davantage. Il fit demi-tour et s'enfonça dans les broussailles, tandis que Henry beuglait derrière lui : « Je te trouverai, négro ! Je te trouverai ! »

8

Les Ratés venaient d'atteindre le côté opposé de la gravière qui, trois ans après l'enlèvement du dernier chargement de cailloux, n'était plus qu'une vaste dépression herbeuse. Ils entouraient Stan, examinant en connaisseurs son paquet de Black Cats, lorsque se produisit la première détonation. Eddie sursauta : il était toujours sous l'effet des piranhas qu'il croyait avoir vus (il ignorait à quoi ressemblaient de vrais piranhas, mais sûrement pas, à son avis, à des poissons rouges géants munis de dents).

Ils étaient tous excités à la perspective de faire sauter les pétards et supposèrent que d'autres gamins avaient eu la même idée qu'eux. « Ouvre-les, dit Beverly. J'ai des allumettes. »

Stan procéda avec précaution. Des caractères chinois exotiques figuraient sur l'étiquette noire, ainsi qu'un laconique avertissement en anglais qui fit pouffer de nouveau Richie. « Ne pas garder à la main après allumage », disait-il.

« Ils font bien de m'avertir, gloussa Richie. Moi qui croyais que ça servait à se débarrasser des doigts qu'on a en trop. »

Lentement, presque religieusement, Stan retira l'enveloppe de cellophane rouge et posa dans le creux de sa main le bloc de petits tubes, rouges, bleus et verts ; leurs mèches étaient tressées ensemble.

« Je vais défaire les... », commença Stan, lorsqu'il y eut une deuxième détonation, beaucoup plus forte, dont l'écho se répercuta dans les Friches. Un nuage de mouettes s'éleva côté est de la décharge, avec de véhémentes protestations. Cette fois-ci, ils sursautèrent tous. Stan lâcha les pétards et dut les ramasser.

« Est-ce que c'était de la dynamite ? » demanda nerveusement Beverly. Elle regardait Bill qui, la tête redressée, les yeux grands ouverts, ne lui avait jamais paru aussi beau — avec cependant quelque chose de trop tendu dans son attitude. Comme un daim humant l'odeur de l'incendie.

« Je crois que c'était un M-80, fit calmement Ben. Le 4 Juillet dernier, j'étais dans le parc, et des grands en ont mis un dans une poubelle en acier. C'était le même bruit.

— Je parie que la poubelle a été trouée, Meule de Foin, dit Richie.

— Non, mais un côté s'est déformé. Comme si quelqu'un avait donné un coup de poing dedans. Ils se sont enfuis.

— La deuxième explosion était plus proche, remarqua Eddie, lui aussi tourné vers Bill.

— Dites, les gars, est-ce que vous voulez qu'on lance ceux-là ou non ? » demanda Stan. Il venait de préparer une douzaine de pétards et avait remis le reste dans le papier ciré.

« Bien sûr, dit Richie.

— Non, r-range-les. »

Tous regardèrent Bill, intrigués et un peu effrayés — plus par son ton abrupt que par ce qu'il avait dit.

« J-Je t'ai d-dit de les r-r-ranger », répéta Bill, le visage déformé par l'effort qu'il faisait pour cracher les mots. Des postillons volaient de sa bouche. « I-Il v-va se p-p-produire quel-quel-quelque chose. »

Eddie se passa la langue sur les lèvres, Richie repoussa ses lunettes du pouce sur l'arête en sueur de son nez et Ben se rapprocha de Beverly sans même y penser.

Stan ouvrit la bouche pour dire quelque chose lorsque se produisit une troisième explosion, plus faible, celle d'une bombe-cerise.

« Des c-cailloux, dit Bill.

— Quoi ? demanda Stan.

— C-Cailloux. Mu-Munitions. » Bill se mit aussitôt à ramasser des cailloux, qui bientôt gonflèrent ses poches. Les autres le regardaient comme s'il était devenu fou... et Eddie sentit la sueur qui perlait à son front. Il sut tout d'un coup à quoi ressemblait une attaque de malaria. Il avait ressenti quelque chose du même genre le jour où Bill avait rencontré Ben (que lui aussi commençait à appeler Meule de Foin), et où Henry Bowers l'avait fait saigner du nez : mais aujourd'hui c'était pire. Comme si l'heure d'Hiroshima était arrivée pour les Friches.

Ben se mit à son tour à ramasser des cailloux, imité par Richie ; ils faisaient vite, en silence. Les lunettes de Richie dévalèrent la pente de son nez et tombèrent sans se casser sur les graviers ; il les ramassa machinalement et les glissa dans la poche de sa chemise.

« Pourquoi tu fais ça ? lui demanda Beverly d'une petite voix un peu trop tendue.

— J' sais pas, la môme, dit Richie en continuant de sélectionner des cailloux.

— Beverly ? fit Ben. Il vaudrait peut-être mieux que, euh, tu retournes vers la décharge.

— Tu peux toujours courir, Ben Hanscom », répondit-elle en se mettant elle-même à ramasser des munitions.

Stan les regardait, l'air pensif, comme si c'étaient des paysans fous cueillant des pierres. Puis il s'y mit lui-même, lèvres serrées, imité au bout d'un instant par Eddie. *Pas cette fois, pas si mes amis ont besoin de moi,* songeait-il, tandis que se manifestait la sensation familière de son gosier se réduisant à un trou d'épingle.

9

Henry Bowers avait grandi trop vite pour pouvoir faire preuve de vitesse et d'agilité dans des circonstances ordinaires. Mais celles-ci ne l'étaient pas. Il était pris d'une véritable frénésie, faite de douleur et de rage, ce qui décupla brièvement ses forces physiques. Toute pensée consciente avait été bannie de son esprit, devenu comme ces crépuscules rose-rouge et gris de fumée lors des incendies de prairie, à la fin de l'été. Il fonça vers Mike Hanlon comme un taureau sur un chiffon rouge. Mike suivait un sentier rudimentaire sur l'un des bords de la gravière, sentier qui finirait par le conduire à la décharge, mais Henry n'en était plus au stade où l'on se soucie d'un sentier : il chargeait en ligne droite au travers des buissons et des ronces, sans sentir ni les minuscules coups d'aiguilles des épines ni les gifles des jeunes rameaux qui lui fouettaient le visage, le cou et les bras. Une seule chose comptait, la tête de ce sale nègre qui se rapprochait. Henry tenait un M-80 de la main droite et une allumette de la main gauche. Quand il aurait attrapé le nègre, il allumerait le gros pétard et le lui fourrerait dans son pantalon.

Mike savait que Henry gagnait du terrain, sans compter que les autres étaient sur ses talons. Il essaya d'accélérer. Il était maintenant terrifié, et devait déployer de terribles efforts de volonté pour ne pas être pris de panique. Il s'était fait bien plus mal à la cheville, en traversant les voies, qu'il l'avait cru sur le moment, et il commençait à traîner la jambe. Les craquements et froissements qui signalaient la progression de Henry lui donnaient la désagréable impression d'être poursuivi par un chien dressé pour tuer ou par un ours solitaire.

Le sentier s'ouvrit juste devant lui, et Mike tomba plutôt qu'il ne courut dans la gravière. Il roula jusqu'au fond, se remit sur ses pieds et l'avait déjà à moitié traversée lorsqu'il se rendit compte qu'il y avait d'autres gosses, six en tout, alignés, avec une curieuse expression sur le visage. Ce ne fut que plus tard, lorsqu'il eut le temps de revenir sur ce qui s'était passé, qu'il comprit ce qu'il y avait eu de si curieux dans cette expression : on aurait dit qu'ils l'attendaient.

« Aidez-moi ! » haleta Mike tout en boitillant vers eux. Instinctivement, il s'adressa au plus grand, celui aux cheveux roux. « Des grands, des costauds... »

C'est à ce moment-là que Henry déboucha dans la gravière. Il aperçut le groupe et s'arrêta en dérapant. Il manifesta un instant de l'incertitude et regarda par-dessus son épaule. Il vit ses troupes, et quand il se tourna de nouveau vers les Ratés (Mike se tenait maintenant à côté et légèrement en arrière de Bill Denbrough), il avait le sourire.

« Je te connais, morveux, dit-il en s'adressant à Bill. Et toi aussi. Où sont tes lunettes, Quat-Zyeux ? » Et avant que Richie ait pu lui répondre, il vit Ben. « Fils de pute ! Y a aussi le gros lard et le juif ! C'est ta petite amie, gros lard ? »

Ben tressaillit devant cette obscénité.

Peter Gordon arriva alors à hauteur de Henry, suivi de Victor qui se plaça de l'autre côté de son chef, puis de Huggins et Moose Sadler. Les deux groupes se faisaient maintenant face, alignés comme à la parade ou presque.

Hors d'haleine, avec encore quelque chose d'un minotaure, Henry leur lança par à-coups : « J'ai des comptes — à régler — avec pas mal d'entre vous — mais ça peut — attendre. C'est le nègre — que je veux — aujourd'hui. Alors — tirez-vous — petits merdeux !

— Ouais, tirez-vous ! parada le Roteur.

— Il a tué mon chien ! cria Mike d'une voix suraiguë et brisée. C'est lui qui l'a dit !

— Toi, tu te ramènes — tout de suite, lui dit Henry. Et peut-être que je te tuerai pas. »

Mike tremblait mais ne bougeait pas.

Parlant sans forcer mais clairement, Bill intervint : « Les Friches, c-c'est notre t-territoire. C'est v-vous qui allez vous barrer. »

Les yeux de Henry s'agrandirent, comme s'il venait d'être frappé de manière inattendue.

« Et qui va nous virer ? demanda-t-il. Toi peut-être, gros malin ?

— O-Ou-Oui. On en a-a notre c-claque de tes c-conneries, B-Bowers. Ti-Tire-toi.

— Espèce de bégayeur à la con ! » repartit Henry, qui baissa la tête et chargea. Bill tenait une poignée de cailloux ; tous en tenaient une, sauf Beverly, qui n'avait qu'un caillou à la main, et Mike, qui n'en avait aucun. Bill commença à les lancer vers Henry, sans précipitation, mais avec vigueur et une belle précision, sauf pour le premier, qui le rata de peu. Le deuxième l'atteignit à l'épaule, et le troisième à la tête. Si ce dernier l'avait manqué, peut-être Henry aurait-il eu le temps d'arriver jusqu'à Bill et de le jeter à terre.

Henry poussa un cri de surprise et de douleur, leva les yeux... et reçut une volée de quatre pierres : une de Richie Tozier à la poitrine, une d'Eddie qui ricocha sur son épaule, une de Stan au tibia, et celle de Beverly qui l'atteignit au ventre.

Il les regardait, incrédule, et soudain l'air fut plein de missiles. Henry s'effondra en arrière, avec toujours la même expression de souffrance et d'incrédulité sur le visage. « Hé, les mecs ! hurla-t-il. Venez m'aider !

— On ch-charge ! » dit Bill à voix basse. Sans attendre de voir s'il serait ou non obéi, il fonça.

Tous le suivirent, lançant leurs cailloux non seulement à Henry mais aux autres ; ceux-ci s'étaient penchés, cherchant frénétiquement des munitions, mais ils furent bombardés avant d'avoir pu en rassembler beaucoup. Peter Gordon poussa un cri : un caillou lancé par Ben venait de rebondir sur sa pommette et le sang coulait. Il recula de quelques pas, lançant à son tour un ou deux cailloux sans conviction... puis s'enfuit. Il en avait son content. Ce n'était pas ainsi que se passaient les choses, sur West Broadway.

Henry, gêné par le M-80 qu'il tenait toujours, rassembla en balayant du bras un monceau de munitions qui, heureusement pour les Ratés, était surtout constitué de petits galets. Il jeta l'un des plus gros sur Beverly et lui entailla le bras ; elle poussa un cri.

Avec un mugissement, Ben fondit sur Bowers, qui eut le temps de le voir arriver mais pas de sortir de son chemin. Henry n'était pas bien calé sur ses jambes et Ben dépassait déjà les soixante-dix kilos. Résultat inévitable : Henry ne s'étala pas, il vola, atterrit sur le dos et glissa. Ben courut de nouveau sur lui, n'ayant que vaguement conscience d'une sensation douloureuse montant de son oreille, que venait de toucher un projectile de la taille d'une balle de golf, lancé par le Roteur.

Henry se remettait en chancelant sur ses genoux lorsque Ben le rejoignit et lui allongea un coup de pied violent qui le heurta à la hanche. Il foudroya Ben du regard.

« On ne lance pas de cailloux à une fille ! » rugit Ben. Il ne se souvenait pas d'avoir jamais été autant scandalisé de sa vie. « Tu ne... »

C'est alors qu'il vit une flamme dans la main de Henry, qui venait de gratter son allumette. Il enflamma le gros cordon du M-80 et jeta l'explosif à la tête de Ben. Instinctivement, Ben repoussa l'engin de la paume de la main, comme un volant avec une raquette de badminton. La grenade — le mot n'est pas trop fort — retomba. Henry la vit venir. Ses yeux s'élargirent, et il plongea pour s'en écarter. Le M-80 explosa une fraction de seconde plus tard, noircissant le dos de la chemise de Henry et la lui déchirant.

L'instant suivant, un caillou lancé par Moose Sadler touchait Ben, qui tomba à genoux. Ses dents se refermèrent sur sa langue, qui se mit à saigner. Sonné, il regarda autour de lui. Moose se précipitait vers lui, mais avant d'avoir pu l'atteindre, Bill arrivait par-derrière et bombardait le gros garçon de cailloux. Moose pivota et vociféra. « Tu m'as frappé par-derrière, espèce de ventre-jaune ! Espèce de lâche ! »

Il s'apprêtait à charger Bill, lorsque Richie intervint et lui lança une rafale de projectiles. La rhétorique de Sadler sur le comportement des ventres-jaunes n'impressionna pas Richie ; il avait vu cinq gros gaillards lancés aux trousses d'un gosse affolé, et il n'y avait pas là, à son avis, de quoi le faire admettre à la Table ronde du Roi Arthur. L'un des cailloux de Richie ouvrit l'arcade sourcilière de Moose, lequel poussa un hurlement.

Eddie et Stan arrivèrent à la rescousse, suivis de Beverly, dont le bras saignait, mais dont le regard brillait de détermination. Les cailloux volèrent. Huggins cria quand l'un d'eux l'atteignit à la pointe du coude ; il se mit à danser comme un ours, se frottant le bras. Henry se releva, le dos de sa chemise en haillons, mais la peau, en dessous, miraculeusement intacte. Cependant, avant d'avoir fini son mouvement, Ben Hanscom le touchait à la nuque et il retomba à genoux.

C'est finalement Victor Criss qui fit le plus de dégâts parmi les Ratés, en partie parce qu'il était bon lanceur, mais surtout — paradoxalement — parce qu'il était de tous les assaillants celui qui s'impliquait le moins dans les événements. Il avait de plus en plus envie d'être ailleurs. On pouvait se blesser sérieusement dans une bataille de cailloux, avoir le crâne fendu, des dents cassées, même perdre un œil. Mais tant qu'à s'y trouver, il entendait bien ne pas se laisser faire.

Son sang-froid lui avait donné trente secondes de plus pour ramasser une poignée de pierres de bonne taille. Il en lança une à Eddie qui l'atteignit au tibia, au moment où les Ratés se regroupaient. Eddie tomba en pleurant ; le sang se mit à couler tout de suite. Ben se tourna vers lui mais Eddie se relevait déjà, les yeux plissés, son sang brillant avec un éclat affreux sur sa peau pâle.

Victor s'attaqua à Richie et l'atteignit à la poitrine ; Richie répliqua, mais Vic évita facilement le caillou et en lança un autre à Bill Denbrough. Ce dernier rejeta la tête de côté, mais pas tout à fait assez vite ; le projectile lui ouvrit la joue.

Bill se tourna vers Victor ; leurs regards se croisèrent et Vic lut dans le regard du Bègue quelque chose qui l'épouvanta. Bêtement, les mots *Pouce, je dis pouce !* lui vinrent aux lèvres... sauf que ce n'était pas ce qu'on disait à de petits morveux. Pas si l'on refusait d'être relégué au banc d'infamie par ses copains.

Bill commença alors à s'avancer vers Victor, et Victor à marcher vers Bill. Au même instant, comme sur le déclenchement d'un signal télépathique, ils commencèrent à se lancer des cailloux, toujours en se rapprochant l'un de l'autre. Autour d'eux, la bataille fléchit au fur et à mesure que les autres se tournaient pour regarder. Henry lui-même tourna la tête.

Victor esquivait, sautillait ; Bill, non. Les cailloux de Victor vinrent l'atteindre à la poitrine, à l'épaule, à l'estomac ; un autre lui frôla l'oreille. Indifférent en apparence à ce bombardement, Bill lançait pierre après pierre, en y mettant toute sa force. La troisième toucha Victor au genou ; il y eut un craquement sec. Victor laissa échapper un gémissement étouffé ; il était à court de munitions, alors qu'il restait un caillou dans la main de Bill. Il était lisse et blanc, avec des éclats de quartz, et à peu près de la taille d'un œuf de cane. Il paraissait extrêmement dur.

Bill était maintenant à moins de deux mètres de Criss.

« V-Vous v-vous barrez d'ici, t-tout de suite, ou-bien j-je te fends le c-crâne. Je-Je suis s-sérieux. »

Victor vit dans son regard que Bill était en effet sérieux. Sans un mot, il fit demi-tour et déguerpit par le même chemin qu'avait emprunté Peter Gordon.

Huggins et Moose Sadler jetaient des coups d'œil incertains autour d'eux. Le premier saignait abondamment du cuir chevelu, le second du coin de la bouche.

Les lèvres de Henry bougèrent, mais il n'émit aucun son.

Bill se tourna alors vers lui. « B-Barre-toi, dit-il.

— Sinon ? » demanda Henry, s'efforçant de prendre un ton menaçant, mais Bill lut quelque chose de différent dans ses yeux. Il avait la frousse et il allait partir. Bill aurait dû s'en réjouir, éprouver même un sentiment de triomphe — mais il ne se sentait que fatigué.

« Si-Sinon, c'est n-nous qui a-a-allons te t-t-omber dessus. A n-nous six, on se-sera b-bien capables de t-t-t'envoyer à-à-à l'hosto.

— Nous sept », le corrigea Mike, qui venait de rejoindre le groupe des Ratés. Il tenait dans chaque main une pierre de la taille d'une balle de base-ball. « Amène-toi donc, Bowers. J'adorerais ça.

— Espèce de fumier de nègre ! » Les vociférations de Henry s'étranglèrent, comme s'il allait pleurer. Ce timbre de voix fit perdre à Huggins et à Moose leur reste de combativité ; ils battirent en retraite, laissant tomber les cailloux qu'ils tenaient encore. Le Roteur regarda autour de lui, comme s'il ne savait pas exactement où il se trouvait.

« Barrez-vous de notre coin ! dit Beverly.

— La ferme, connasse ! gronda Henry. Tu... » Quatre cailloux volèrent en même temps et frappèrent Henry en quatre endroits différents. Il hurla et recula frénétiquement, à quatre pattes sur le sol où poussaient quelques rares touffes d'herbe, les restes de sa chemise lui battaient les flancs. Il regarda les visages enfantins vieillis d'une expression sinistre, puis se tourna vers ceux, pleins d'effroi, du Roteur et de Moose. Aucune aide à attendre de là, aucune. Gêné, Moose se détourna.

Henry se remit sur ses pieds, sanglotant et reniflant comme il pouvait par son nez cassé. « Je vous tuerai tous ! » dit-il, prenant tout d'un coup le pas de course en direction du sentier. En quelques instants, il avait disparu.

« F-Fiche le camp ! dit Bill à Huggins. Di-Disparaissez et n-ne remettez p-plus les pieds i-ici. Les F-Friches sont à n-nous.

— Vous allez regretter d'avoir foutu Henry en colère, les mômes, répondit le Roteur. Allez, viens », ajouta-t-il à l'intention de Moose.

Ils s'éloignèrent, la tête basse, sans regarder derrière eux.

Ils se tenaient tous les sept en un demi-cercle approximatif ; aucun sans plaie saignante sur le corps. L'apocalyptique bataille de cailloux avait duré moins de quatre minutes, mais Bill se sentait comme s'il venait de faire la Deuxième Guerre mondiale sur les deux fronts, sans une seule permission.

Les hoquets et les râles d'Eddie Kaspbrak à la recherche de son air rompirent le silence. Ben se dirigea vers lui, puis sentit l'assortiment de confiseries (trois Twinky et quatre Ding-Dong) qu'il avait englouti en chemin sur la route des Friches qui se mettait à jouer au yo-yo dans son estomac ; il courut alors jusqu'aux buissons où il vomit de manière aussi privée et discrète que possible.

Mais Richie et Bev entouraient déjà Eddie. Beverly passa un bras autour de la taille mince du garçonnet, tandis que Richie extrayait l'inhalateur de sa poche. « Mords là-dedans, Eddie », dit Richie. Et Eddie prit une aspiration entrecoupée et hoquetante, tandis que Richie appuyait sur la détente.

« Merci », réussit à dire Eddie.

Ben ressortit des buissons, écarlate, s'essuyant la bouche du pan de son survêt. Beverly s'approcha de lui et lui prit les mains.

« Merci pour ce que tu as fait pour moi », dit-elle.

Ben acquiesça, les yeux sur la pointe de ses tennis toutes sales. À ton service, môme », répondit-il.

Les uns après les autres, ils se tournèrent vers Mike, Mike et sa peau noire. Ils l'observaient avec soin et prudence, songeurs. Mike avait déjà été l'objet d'une telle curiosité (en réalité, il en avait toujours été ainsi) et il leur rendit leurs regards en toute candeur.

Bill se tourna vers Richie ; leurs yeux se rencontrèrent. Et Bill crut presque entendre le *clic!* qui signalait que l'ultime pièce d'une machine aux fonctions inconnues venait de se mettre en place. Il sentit de petites pointes de glace lui picorer le dos. *Nous voici tous réunis, maintenant,* pensa-t-il ; cette idée détenait une telle force, une telle *justesse,* que pendant un instant il ne sut plus s'il l'avait ou non exprimée à voix haute. Mais il n'y avait bien sûr nul besoin de parler ; il lisait la même chose dans les yeux de Richie, dans ceux de Ben, dans ceux d'Eddie, dans ceux de Beverly, dans ceux de Stan.

Nous voici tous réunis, maintenant, songea-t-il à nouveau. *Que Dieu nous vienne en aide. Maintenant ça commence vraiment. Je t'en supplie, mon Dieu, aide-nous !*

« Comment tu t'appelles, petit ? demanda Beverly.

— Mike Hanlon.

— T'as pas envie de faire sauter des pétards avec nous ? » intervint alors Stan. Le sourire que leur adressa Mike répondait assez pour lui

CHAPITRE 14

L'Album

1

Bill n'est pas le seul à avoir apporté de l'alcool : tout le monde a eu la même idée.

Outre la bouteille de bourbon de Bill, il y a celle de Ben, la vodka (plus le jus d'orange) de Beverly, le pack de bières de Richie, ainsi que celui qui est déjà dans le petit frigo de la salle du personnel de Mike.

Eddie arrive le dernier, tenant lui aussi un sac en papier brun.

« Que caches-tu là-dedans, Eddie ? lui demande Richie. Sirop pour la toux ou infusions ? »

Avec un sourire nerveux, Eddie en tire tout d'abord une bouteille de gin, puis une de jus de prune.

Dans le silence foudroyant qui s'ensuit, s'élève, calme, la voix de Richie : « Il faut appeler d'urgence les hommes en blouse blanche. Eddie Kaspbrak a fini par basculer.

— Il se trouve que le gin au jus de prune est très bon pour la santé », réplique Eddie, sur la défensive... puis ils éclatent tous d'un rire tonitruant qui se répercute en interminables échos dans la bibliothèque silencieuse, et roule, par le couloir en plexi, jusqu'à la bibliothèque des enfants.

« Tu pars au quart de tour, Eddie, au quart de tour, dit Ben en essuyant les larmes qui lui coulent des yeux. Prêt à parier que ça te débourre aussi les intestins. »

Sourire aux lèvres, Eddie remplit une tasse en carton, aux trois quarts, de jus de prune, auquel il ajoute parcimonieusement deux bouchons de gin.

« Oh, Eddie je t'adore ! » lui dit Beverly ; Eddie lève les yeux, surpris, mais toujours souriant. Du regard, elle fait le tour de la table. « Je vous aime TOUS, *ajoute-t-elle.*

— N-Nous t'aimons au-aussi, B-Bev, murmure Bill.

— Oui, convient Ben, nous t'aimons. » Ses yeux s'agrandissent légèrement, et il rit. « Je crois que nous nous aimons tous les uns les autres... Imaginez-vous à quel point ce doit être rare ? »

Il y a un moment de silence, et Mike constate sans surprise que Richie porte des lunettes.

« Mes lentilles ont commencé à me brûler et j'ai dû les enlever, répond brièvement Richie à la question de Mike. Si on passait aux choses sérieuses ? »

Tous se tournent alors vers Ben, comme ils avaient fait dans la gravière, et Mike pense : Ils regardent Bill quand ils ont besoin d'un chef, Eddie quand ils ont besoin d'un navigateur. Passer aux choses sérieuses, voilà une sacrée expression. Dois-je leur dire que les corps d'enfants qui ont été retrouvés ici et là n'avaient subi aucun sévice sexuel, qu'ils n'étaient même pas vraiment mutilés mais partiellement dévorés ? Que j'ai sept casques de mineurs, de ceux qui sont dotés d'une puissante lampe électrique, rangés chez moi et dont l'un était destiné à Stan Uris, le type qui a raté son entrée en scène ? Ou suffit-il de les envoyer se coucher pour prendre une bonne nuit de sommeil, car tout sera terminé demain, au plus tard dans la nuit — pour Ça ou pour nous ?

Peut-être rien de tout cela n'est-il indispensable à déclarer, et pour une raison déjà avancée : ils s'aiment toujours tous. Bien des choses ont changé, au cours des vingt-sept dernières années, mais cela, miraculeusement, est demeuré. Voilà, *songe Mike,* notre seul véritable espoir.

Reste seulement à en finir avec Ça, à achever notre tâche, à faire se refermer le présent sur le passé, à boucler cette boucle mal foutue. Oui, *pense Mike,* c'est ça. Notre boulot, ce soir, c'est de reconstituer cette boucle ; nous verrons demain si elle tourne toujours... comme elle a tourné quand on a chassé les grands de la gravière, dans les Friches.

« Le reste t'est-il revenu ? » demande Mike à Richie.

Richie avale un peu de bière et secoue la tête. « Je me suis souvenu du jour où tu nous as parlé de l'oiseau... et de la cheminée. » Un sourire apparaît sur le visage de Richie « Je m'en suis souvenu en venant ici à pied ce soir, avec Bev et Ben. Un véritable film d'horreur...

*— Bip-bip », fait Beverly avec un sourire.

Richie sourit aussi, et repousse les lunettes sur son nez d'un geste qui évoque surnaturellement le Richie d'autrefois. Il cligne de l'œil en direction de Mike. « Toi et moi, pas vrai, Mikey ? »

Mike a un grognement de rire et acquiesce.

« Miss Sca'lett, Miss Sca'lett ! Y commence à fai're un peu chaud là-dedans, Miss Sca'lett ! » s'écrie Richie de sa voix négrillon du Sud.

En riant, Bill dit : « Encore un triomphe architectural et technologique de Ben Hanscom. »

Beverly acquiesce à son tour. « On était en train de creuser le trou pour le Club, quand tu as apporté l'album de photos de ton père, Mike.

— Oh, Seigneur ! s'exclame Bill, se redressant soudain, droit comme un I. Et les photos... »

Richie hoche la tête, sinistre. « Le même truc que dans la chambre de Georgie. Sauf que cette fois, nous l'avons tous vu. »

Ben dit alors : « Je me souviens de ce qui est arrivé au dollar d'argent qui manquait. »

Tous se tournent et le regardent.

« J'ai donné les trois autres à un ami avant de venir ici, explique calmement Ben. Pour ses gosses. Je savais qu'il y en avait eu un quatrième, mais impossible de me rappeler ce qu'il était devenu. Maintenant, c'est revenu. » Il regarde en direction de Bill. « Nous en avons fait une balle d'argent, hein ? Toi, moi et Richie. »

Bill acquiesce lentement. Le souvenir s'est mis naturellement à sa place, et il entend encore le même clic ! *bas mais distinct à ce moment-là.* On se rapproche, *songe-t-il.*

« Nous sommes retournés sur Neibolt Street, reprend Richie. Tous.

— Tu m'as sauvé la vie, Grand Bill, dit soudain Ben, mais Bill secoue la tête. Si, pourtant », insiste Ben. Et cette fois-ci, Bill ne bouge pas. Ça ne lui paraît pas impossible, mais il ne se souvient pas encore... et était-ce bien lui ? Il pense que peut-être Beverly... mais on n'en est pas encore là.

« Excusez-moi un instant, dit Mike. J'ai un pack de six dans mon frigo.

— Prends une des miennes, lui propose Richie.

— Hanlon pas boi'e la biè'e de l'homme blanc, parodie Mike. Pas la tienne en pa'ticulier, G'ande Gueule.

— Bip-bip, Mikey ! » dit solennellement Richie, et Mike part chercher sa bière sur la houle chaude de leurs rires.

Il allume la lumière dans la salle du personnel, une petite pièce minable aux sièges fatigués, équipée d'un réchaud auquel un coup de paille de fer ferait le plus grand bien, et d'un tableau d'informations où sont épinglés vieilles notices, horaires et dessins humoristiques aux coins racornis découpés dans le New Yorker. *Il ouvre le petit frigo et sent le coup s'enfoncer en lui et le glacer à blanc jusqu'aux os — comme glace février quand on a l'impression qu'avril ne viendra jamais. Des ballons orange et bleus surgissent à la douzaine, par grappes entières, et au milieu de sa terreur, lui vient absurdement l'idée qu'ils n'ont besoin que d'une chose, Guy Lombardo susurrant* Auld Lang Syne. *Ils effleurent son visage et montent vers le plafond. Il essaie de crier, ne peut pas, car il voit ce qui a été placé derrière les ballons, ce que Ça a fait surgir derrière ses bières, comme pour un casse-croûte nocturne, après que ses vauriens d'amis auront raconté leurs histoires insignifiantes avant de regagner leur lit de location dans cette ville natale qui n'est plus la leur.*

Mike recule d'un pas, portant les mains au visage pour ne plus voir. Il trébuche sur une chaise, manque de tomber de peu et ses mains quittent ses yeux ; toujours là, Ça. La tête de Stan Uris, coupée, posée à côté des six canettes de bière, non pas la tête d'un homme, mais celle d'un garçon de onze ans, dont la bouche est ouverte sur un cri silencieux. Mike n'y voit ni dents ni langue, car elle a été bourrée de plumes brun clair d'une taille aberrante. Il ne sait que trop bien de quel oiseau elles proviennent. Oh oui ! Il l'a vu en mai 1958, tous l'ont vu au début août, cette même année, et, bien des années plus tard, sur son lit de mort, son père lui a confié l'avoir vu aussi, au moment de l'incendie du Black Spot. Le sang du cou déchiqueté de Stan a dégouliné et s'est figé en une mare sur l'étagère la plus basse du frigo. Il luit, rubis sombre, dans la lumière brutale qui éclaire l'intérieur de l'appareil.

« Euh... euh... euh... », réussit, en tout et pour tout, à articuler Mike. La tête alors ouvre les yeux ; ce sont ceux, argentés, de Grippe-Sou le Clown. Ils roulent dans sa direction et les lèvres de la bouche se tortillent autour du paquet de plumes. Il essaie de parler, il tente peut-être de prophétiser, comme l'oracle d'une tragédie grecque.

Je viens juste de penser que je devais me joindre à vous, Mike ; vous ne pouvez pas gagner sans moi. Vous auriez eu une chance si j'étais venu, mais mon cerveau américain grand teint n'a pas pu supporter la tension, si tu vois ce que je veux dire, mon mignon. Tout ce que vous pourrez faire tous les six, c'est remâcher vos vieux souvenirs et aller ensuite à l'abattoir. Alors je me suis dit que vous auriez besoin d'une tête pour vous diriger. Une tête ! Drôle, non ? T'as pigé, vieille branche ? T'as pigé, espèce d'immonde négro ?

Tu n'es pas réel ! *crie-t-il, mais aucun son ne sort de sa bouche, comme lorsque le volume du son, à la télé, est ramené à zéro.*

Grotesque, insupportable, la tête lui adresse un clin d'œil.

Je suis tout ce qu'il y a de plus réel. Et tu sais de quoi je parle, Mikey. Vous savez ce que vous faites, tous les six ? Vous essayez de faire décoller un avion sans train d'atterrissage. Stupide de prendre l'air si on ne peut pas redescendre, non ? Stupide de se poser si on ne peut redécoller, aussi. Jamais vous ne trouverez les bonnes blagues et les bonnes devinettes. Jamais vous ne me ferez rire, Mikey. Vous avez oublié comment crier à l'envers. Bip-bip, Mikey, qu'est-ce que t'en dis ? Tu te souviens de l'oiseau ? Un simple moineau, ouais, mais tu parles d'un morceau ! Grand comme une grange, comme un monstre dans ces films japonais imbéciles qui te faisaient peur, quand tu étais petit. L'époque où tu as su détourner cet oiseau de ta porte est révolue pour toujours. Crois-moi, Mikey. Si vous savez vous servir de votre tête, vous allez ficher le camp de Derry sur-le-champ. Et si vous ne savez pas, vous terminerez comme celle-là. Aujourd'hui, le panneau indicateur sur la grand-route de ta vie te dit : Sers-t'en avant de la perdre, bonhomme.

La tête s'effondre sur elle-même (avec un affreux bruit d'écrasement des plumes dans la bouche) et tombe du frigo ; elle fait un bruit mat sur le sol et roule vers lui comme une abominable boule de bowling, cheveux poisseux de sang, visage grimaçant un sourire ; elle roule vers lui en laissant une traînée de sang gluant et des fragments de plumes, tandis que s'agite la bouche.

Bip-bip, Mikey ! *crie-t-elle, tandis que Mike bat en retraite, affolé, mains tendues devant lui comme pour l'écarter.* Bip-bip, bip-bip, bip-bip, bordel de bip-bip !

Bruit soudain de bouchon de bouteille de mousseux bon marché. La tête disparaît (réelle, elle était réelle, rien de surnaturel dans ce bruit, celui de l'air qui remplit un espace soudain vide, *se dit Mike, horrifié*). *Un filet de gouttelettes de sang reste suspendu en l'air et retombe. Inutile de nettoyer la salle ; Carole ne verra rien quand elle viendra demain, même si elle doit s'ouvrir un chemin au milieu des ballons pour aller jusqu'au réchaud préparer sa première tasse de café. Comme c'est pratique ! Il part d'un rire suraigu.*

Il lève les yeux : les ballons sont toujours là. On lit sur les bleus : LES NÈGRES DE DERRY SIFFLÉS PAR L'OISEAU. *Et sur les orange :* LES RATÉS RATENT TOUJOURS MAIS STAN URIS NE S'EST PAS RATÉ.

Absurde de s'envoler si l'on ne peut atterrir et d'atterrir si l'on ne peut s'envoler, a affirmé la tête qui parlait. Il repense soudain aux casques de mineurs. Puis à ce premier jour où il est retourné dans les Friches après la bataille de cailloux. Le 6 juillet, deux jours après avoir défilé pour la parade du 4 Juillet, deux jours après avoir vu Grippe-

Sou le Clown en personne pour la première fois. Ce fut après cette journée dans les Friches, après avoir écouté leurs histoires puis, avec hésitation, raconté la sienne, qu'il était revenu chez lui et avait demandé à son père s'il pouvait regarder son album de photos.

Pourquoi exactement était-il retourné dans les Friches, ce 6 juillet ? Savait-il qu'il les y trouverait ? Il le lui semblait ; et pas seulement qu'ils y seraient, mais où. Ils avaient mentionné un lieu, le Club, lui donnant l'impression qu'ils en parlaient à cause de quelque chose d'autre qu'ils ne savaient comment aborder.

Mike lève la tête vers les ballons, qu'il ne voit plus réellement, essayant de se souvenir de ce qui s'est précisément passé ce jour-là, alors qu'il faisait si chaud. Il lui paraît tout d'un coup très important de se rappeler tout dans le moindre détail, jusqu'à l'état d'esprit dans lequel il se trouvait.

Car c'est à ce moment-là que les choses sérieuses avaient commencé. Auparavant, les autres avaient bien parlé de tuer Ça, mais sans plan, sans début d'action. Avec l'arrivée de Mike, le cercle s'était refermé, la roue avait commencé à rouler. Ce fut plus tard, ce même jour, que Bill, Richie et Ben se rendirent à la bibliothèque et entreprirent de sérieuses recherches à partir d'une idée qu'avait eue Bill — un jour, une semaine ou un mois auparavant. Tout avait com...

« Mike ? lance Richie depuis la salle du catalogue où les autres sont réunis. T'es mort ou quoi ? »

Presque, *pense Mike, contemplant les ballons, le sang et les plumes restées dans le frigo.*

Il répond : « Je crois, les gars, que vous feriez mieux de venir faire un tour ici. »

Frottements de chaises repoussées, murmures de voix. Richie : « Oh, Seigneur ! Qu'est-ce qui arrive encore ? » Et une autre oreille, celle de sa mémoire, entend Richie dire quelque chose d'autre : soudain, il se souvient de ce qu'il cherchait ; mieux, il comprend pourquoi cela lui échappait. La réaction des autres lorsqu'il s'était avancé dans la petite clairière, au milieu de la partie la plus touffue et la plus inextricable des Friches, avait été... une absence de réaction. Pas de surprise, aucune question sur la manière dont il les avait trouvés. Bill mangeait un Twinkie, Bev et Richie fumaient, Bill était allongé sur le dos, mains derrière la tête, perdu dans la contemplation du ciel, et Eddie et Stan regardaient, dubitatifs, les cordes reliées à des piquets, qui délimitaient un carré d'environ un mètre cinquante de côté.

Ils n'en avaient pas fait tout un plat. Il s'était montré, on l'avait accepté. Comme si, sans même le savoir, ils l'attendaient. Et dans cette oreille supplémentaire de la mémoire, il entendit s'élever la voix négrillon du Sud de Richie, comme quelques instants auparavant : « Dieu me pa'donne, Miss Sca'lett, voici qu'a'ive

2

enco'e ce petit Noi' ! Doux Jésus, n'impo'te qui f'équente les F'iches, de nos jou's ! » Bill ne détourna même pas la tête. Il continua sa contemplation rêveuse des gros nuages d'été qui défilaient dans le ciel. Richie ne s'en offensa pas et il fallut un « Bip-bip ! » énergique de Ben, entre deux bouchées de Twinkie, pour le faire taire.

« Salut ! » dit Mike d'un ton peu rassuré. Son cœur battait un peu trop fort, mais il était déterminé à ne pas reculer. Il leur devait des remerciements, et son père disait qu'il fallait toujours payer ses dettes — et le plus tôt possible, avant que les intérêts ne deviennent trop élevés.

Stan leva la tête. « Salut ! » Puis il revint aux cordes fichées par leurs piquets au centre de la clairière. « Es-tu sûr que ça va marcher, Ben ?

— Oui, dit Ben. Salut, Mike.

— Tu veux une cigarette ? demanda Beverly. Il m'en reste deux.

— Non, merci. » Il prit une profonde inspiration. « Je voulais tous vous remercier pour votre aide, l'autre jour. Ces types étaient prêts à m'amocher sérieusement. Je suis désolé de ce que vous avez pris pour moi. »

D'un geste de la main, Bill rejeta ces explications. « N-Ne t'en f-fais pas pour ça. Ils s-sont a-après nous de-depuis u-un an au m-moins. » Il se rassit, et regarda Mike, une soudaine lueur d'intérêt dans les yeux. « Est-ce q-que je p-peux te de-demander que-quelque chose ?

— Ouais, bien sûr », répondit Mike. Il s'assit avec précaution. Il avait déjà entendu ce genre de préambule. Le gars Denbrough allait lui demander quel effet ça fait d'être noir.

Mais au lieu de cela, Bill dit : « Quand Larsen a fait s-son coup fa-fameux dans les s-séries m-mondiales, il y a d-deux ans, crois-tu que c'était j-juste un coup de p-pot ? »

Richie tira une grosse bouffée sur sa cigarette et se mit à tousser. Beverly lui tapa sans façon dans le dos. « T'es un débutant, Richie, ça viendra.

— J'ai peur que ça s'écroule, déclara Eddie d'un ton inquiet, en regardant les piquets. Je peux pas dire que l'idée d'être enterré vivant me tente beaucoup.

— Tu ne seras pas enterré vivant, dit Ben. Sinon, t'auras qu'à sucer ton foutu inhalateur jusqu'à ce qu'on vienne te chercher, c'est tout ! »

Cette repartie parut délicieusement comique à Stan Uris qui, appuyé sur un coude, se mit à rire à gorge déployée, la tête tournée vers le ciel, jusqu'à ce qu'Eddie, d'un coup de pied dans le tibia, le fît taire.

« Le pot, finit par dire Mike. Dans ce genre de coup, il y a plus de chance que d'adresse, c'est ce que je pense.

— M-Moi aussi », approuva Bill. Mike attendit la suite, mais Bill avait l'air satisfait et s'allongea de nouveau, mains croisées sous la nuque, et se remit à l'étude des nuages.

« Qu'est-ce que vous mijotez, les gars ? demanda Mike en examinant le carré délimité par les ficelles.

— Oh, c'est la trouvaille de la semaine de Ben, expliqua Richie. La dernière fois, il a inondé les Friches, c'était assez réussi ; mais ça, c'est le grand jeu ! Creusez vous-mêmes votre Club, et...

— T'as p-pas besoin de te m-moquer de B-Ben, le coupa Bill, les yeux toujours au ciel. C'est u-une bonne i-idée. »

Ben expliqua alors son plan à Mike : creuser un trou de pas plus d'un mètre cinquante (pour ne pas tomber sur la nappe phréatique), renforcer les parois (coup d'œil à Eddie, l'air toujours aussi inquiet), fabriquer un plafond solide avec une trappe, et camoufler le tout sous de la terre et des aiguilles de pin. « On pourra s'y cacher, termina-t-il, et les gens — des gens comme Henry Bowers — pourront marcher dessus sans savoir que nous y sommes.

— C'est toi qui as trouvé ça ? s'exclama Mike. Bon sang, c'est fantastique ! »

Ben sourit — et rougit.

Bill se mit soudain sur son séant et regarda Mike. « Tu es d'a-d'accord pour nous ai-aider ?

— Oui... bien sûr. Ça sera marrant. »

Les autres échangèrent des regards que Mike sentit autant qu'il les vit. *Voici que nous sommes sept, ici,* pensa-t-il. Sans raison aucune, il frissonna.

« Quand est-ce qu'on attaque ?

— Dans pas longtemps », répondit Bill et Mike comprit — très clairement — qu'il ne parlait pas seulement du Club souterrain de Ben. Ce dernier le comprit aussi, comme Richie, Beverly et Eddie. Stan Uris, souriant l'instant d'avant, redevint sérieux. « On v-va lancer c-ce projet d-dans t-t-très bientôt. »

Il y eut un silence, et Mike prit conscience qu'ils voulaient lui dire quelque chose..., quelque chose qu'il était loin d'être sûr de vouloir entendre. Ben avait ramassé un bout de bois et griffonnait dans la terre, le visage caché par les cheveux. Richie se rongeait les ongles, pourtant déjà bien entamés. Seul Bill regardait directement Mike.

« Quelque chose ne va pas ? » demanda le garçon.

Parlant très lentement, Bill répondit : « N-Nous sommes un c-club. T-Tu peux en f-faire partie si tu v-veux, mais t-tu dois ga-garder nos s-secrets.

— Comme l'emplacement du Club ? fit Mike, plus mal à l'aise que jamais. Bien sûr, je...

— On a un autre secret, môme, intervint Richie, sans regarder Mike. Et ce que veut dire le Grand Bill, c'est que nous aurons des choses plus importantes à faire, cet été, que de creuser des clubs souterrains.

— C'est exact », confirma Ben.

Il y eut un hoquet sifflant et soudain Mike sursauta. Ce n'était qu'Eddie qui s'envoyait une giclée. Il eut une expression pour s'excuser, haussa les épaules et acquiesça.

« Eh bien, dit Mike, ne me faites pas languir. Parlez. »

Bill regarda les autres. « Y a-t-il qu-quelqu'un qui n-ne le v-veut pas au Club ? »

Personne ne répondit ni ne leva la main.

« Qui v-veut p-parler ? » demanda Bill.

Il y eut un silence prolongé et cette fois-ci, Bill ne le rompit pas. Beverly finit par pousser un soupir et leva les yeux vers Mike.

« Les gosses qui ont été tués, dit-elle. On sait qui a fait ça. Ce n'est pas un être humain. »

3

Ils lui racontèrent un par un : le clown sur la glace, le lépreux sous le porche, le sang et les voix des évacuations, les gamins morts du château d'eau. Richie parla de ce qui s'était passé lorsqu'il était revenu avec Bill sur Neibolt Street et Bill prit la parole en dernier pour expliquer l'histoire des photos, celle qui s'était animée, celle dans laquelle il avait mis la main. Il finit par expliquer comment Ça avait tué son frère Georgie et que le Club des Ratés s'était voué à la destruction du monstre... quel qu'il fût en réalité.

En rentrant chez lui ce soir-là, Mike se dit qu'il aurait dû les écouter avec une incrédulité grandissante, puis avec horreur et finalement prendre ses jambes à son cou sans un regard en arrière, convaincu soit d'être mené en bateau par une bande de morveux blancs n'aimant pas les Noirs, soit d'être la victime de six authentiques cinglés à la folie communicative, virulente comme une grippe dans une classe.

Mais il ne s'était pas enfui, car en dépit de l'horreur, il éprouvait un étrange sentiment de soulagement. Et quelque chose de plus fondamental : l'impression d'être enfin chez soi. *Voici que nous sommes sept, ici,* pensa-t-il de nouveau lorsque Bill se tut.

Il ouvrit la bouche sans trop savoir encore ce qu'il allait dire.

« J'ai vu le clown, déclara-t-il.

— Quoi ? demandèrent en chœur Richie et Stan, tandis que Beverly tournait la tête si vivement que sa queue de cheval passa d'une épaule à l'autre.

— Le 4 Juillet », reprit Mike lentement. Il garda quelques instants de silence, pensant à part lui : *Mais je le connaissais. Je le connaissais car ce n'était pas la première fois que je le voyais. Et ce n'était pas la première fois que je voyais quelque chose... quelque chose qui clochait.*

Il pensa alors à l'oiseau ; ce fut la première fois qu'il s'y autorisa (ses cauchemars exceptés) depuis le mois de mai. Il avait cru avoir une crise de folie. Ce fut un soulagement de voir qu'il n'était pas fou, mais un soulagement peu rassurant, à la vérité. Le regard aigu et concentré de Bill ne le quittait pas, exigeant qu'il continuât. Il se mouilla les lèvres.

« Vas-y, dit Bev, impatiente. Dépêche-toi.

— Eh bien voilà. J'étais dans la parade. Je...

— Je t'ai vu, le coupa Eddie. Tu jouais du saxophone.

— Non, en fait, du trombone. Je joue dans la clique de l'école baptiste de Derry, l'école de Neibolt Street. Bref, j'ai vu le clown. Il donnait des ballons aux gosses au carrefour des trois rues, dans le centre-ville. Il était exactement comme Ben et Bill ont dit. Costume argenté, boutons orange, maquillage blanc sur la figure, grand sourire rouge. Je ne sais pas si c'était du rouge à lèvres ou du maquillage, mais on aurait dit du sang. »

Les autres acquiesçaient, tout excités à présent, mais Bill continuait d'observer attentivement Mike. « Des t-touffes de cheveux o-range ? » lui demanda-t-il, avec un geste de la main inconscient au-dessus de la tête.

Mike hocha la tête.

« À le voir comme ça, j'ai eu peur... Et tandis que je le regardais, il s'est tourné et m'a fait signe de la main, comme s'il avait lu dans mes pensées, ou dans mes sentiments, comme vous voulez. Je ne savais pas pourquoi, à ce moment-là, mais il m'a flanqué une telle frousse que pendant deux ou trois secondes, je n'ai pas pu souffler dans mon trombone. Je n'avais plus une goutte de salive dans la bouche et j'ai senti... »

Il eut un bref coup d'œil pour Beverly. Il se souvenait de tout, maintenant, avec la plus grande clarté ; comment le soleil lui avait paru brusquement aveuglant et insupportable sur le laiton de son instrument et les chromes des voitures, la musique trop bruyante, le ciel trop bleu. Le clown avait soulevé une main gantée de blanc (l'autre retenait une grappe de ballons) et l'avait agitée lentement d'avant en arrière, son sourire ensanglanté trop rouge et trop épanoui, comme un cri inversé. La peau de ses testicules s'était mise à se plisser, une impression de chaleur et de relâchement était montée de son ventre comme s'il allait négligemment faire caca dans son pantalon. C'était cependant des choses qu'il ne pouvait raconter devant Beverly. Des choses à ne pas dire en présence des filles, même quand elles sont du genre devant lesquelles on s'autorise à jurer. « ... je me suis senti effrayé », conclut-il, se rendant compte que cette répétition était un peu faible, mais ne sachant pas comment expliquer le reste. Tous acquiesçaient, néanmoins, comme s'ils avaient compris et une indescriptible impression de soulagement le balaya. D'une certaine manière, voir ce clown le regarder, avec son sourire ensanglanté, sa main agitée d'un mouvement ralenti de pendule... avait été pire que d'être poursuivi par Henry Bowers et sa bande. Bien pire.

« Puis on l'a dépassé, poursuivit Mike. Nous avons remonté Main Street Hill. En haut, je l'ai revu, qui tendait des ballons aux gosses ; sauf que la plupart ne voulaient pas les prendre. Les plus petits pleuraient, parfois. Je n'arrivais pas à comprendre comment il avait pu arriver si vite. Je me suis dit qu'en réalité il devait y avoir deux clowns habillés de la même manière. Une équipe. Mais quand il s'est tourné et m'a encore salué de la main, j'ai bien vu que c'était lui. Le même homme.

— Ce n'est pas un homme », dit Richie, et Beverly frissonna. Bill passa un bras autour de ses épaules et elle le regarda avec gratitude.

« Il m'a fait signe... puis il a cligné de l'œil. Comme si nous avions un secret. Ou peut-être... comme s'il savait que je l'avais reconnu. »

Bill abandonna l'épaule de Beverly. « Tu l'as re-re-reconnu ?

— Je crois. Il faut que je vérifie quelque chose avant de dire que j'en suis sûr. Mon père a quelques photos... il les collectionne... écoutez, les gars, vous jouez souvent ici, non ?

— Bien sûr, répondit Ben. C'est pour ça qu'on veut construire le Club souterrain. »

Mike acquiesça. « Je vérifierai pour voir si j'ai raison. Si j'ai raison, je pourrai amener les photos.

— De v-v-vieilles photos ?

— Oui.

— Et q-quoi en-encore ? »

Mike ouvrit la bouche, puis la referma. Il les regarda, une expression d'incertitude sur le visage. « Vous allez vous dire que je suis cinglé. Ou que je mens.

— Est-ce que t-tu crois que n-nous so-sommes cinglés ? »

Mike secoua la tête.

« Pas un poil, dit Eddie. J'ai bien des trucs qui vont de travers, mais je n'ai pas d'araignée dans le plafond, je ne crois pas.

— Je ne le crois pas non plus, dit Mike.

— Eh bien, on-on n-ne croira pas que t'es ci-cin-cin... fou, nous n-non plus. »

Mike les regarda à nouveau, s'éclaircit la gorge et dit : « J'ai vu un oiseau. Il y a deux ou trois mois. Un oiseau. »

Stan Uris leva la tête. « Quel genre d'oiseau ? »

Parlant plus à contrecœur que jamais, Mike répondit : « On aurait dit un moineau, au fond, ou un rouge-gorge ; il avait la poitrine orange.

— Mais qu'est-ce qu'il avait de spécial ? demanda Ben. On trouve plein d'oiseaux comme ça à Derry. » Il se sentait cependant mal à l'aise et, en regardant Stan, il eut la certitude que ce dernier se souvenait de ce qui s'était passé dans le château d'eau, comment il avait réussi à arrêter ce qui était en train de se produire en criant des noms d'oiseaux. Mais il oublia tout cela et le reste quand Mike reprit la parole.

« Cet oiseau était plus grand qu'un camion », dit-il.

Le choc et la stupéfaction se peignirent sur les visages. Il attendit leurs rires, mais rien ne vint. Stan avait l'air d'avoir reçu une brique sur la tête. Il avait la couleur d'un soleil voilé de novembre tant il était pâle.

« Je jure que c'est vrai, reprit Mike. C'était un oiseau géant, comme dans les films avec des monstres de la préhistoire.

— Ouais, comme dans *The Giant Claw*, dit Richie.

— Sauf qu'il n'avait pas l'air préhistorique du tout. Ni d'un de ces oiseaux de la mythologie grecque ou romaine, sais plus comment on les appelle...

— Oi-Oiseau r-roc ? proposa Bill.

— Oui, il me semble. Eh bien, pas du tout comme ça. Un mélange de moineau et de rouge-gorge, les deux oiseaux les plus communs..., ajouta-t-il avec un petit rire nerveux.

— Où-Où... ? commença Bill.

— Raconte », dit simplement Beverly. Mike réfléchit quelques instants et entreprit son récit ; et de voir leurs visages qui devenaient de plus en plus inquiets et effrayés au lieu d'afficher de l'incrédulité et de la dérision au fur et à mesure qu'il parlait, il sentit un poids formidable ôté de sa poitrine. Comme Ben avec sa momie, Eddie avec son lépreux ou Stan avec les petits noyés, il avait vu quelque chose qui aurait rendu un adulte fou, non pas simplement de terreur, mais du fait d'un sentiment d'irréalité d'une puissance fracassante, impossible à ignorer comme à expliquer de façon rationnelle. La lumière de Dieu avait noirci le visage d'Élie ; c'était du moins ce que Mike avait lu. Mais Élie était vieux, à ce moment-là, et peut-être cela faisait-il une différence. Mais est-ce qu'il n'y avait pas un autre type dans la Bible, à peine plus grand qu'un gamin, qui s'était battu avec un ange ?

Il l'avait vu et avait poursuivi son existence ; le souvenir s'était intégré à sa vision du monde. Du fait de sa jeunesse, le champ de cette vision demeurait encore très vaste. Mais ce qui s'était passé ce jour-là n'en avait pas moins hanté les recoins les plus sombres de son esprit, et parfois, dans ses rêves, il lui arrivait de fuir cet oiseau grotesque dont l'ombre venait le recouvrir. Il gardait le souvenir de certains de ses rêves, pas de tous ; cependant ils étaient là, comme des ombres qui se seraient déplacées d'elles-mêmes.

À quel point il l'avait peu oublié et à quel point il en avait été troublé (alors qu'il accomplissait ses tâches quotidiennes, coups de main à son père, école, courses pour sa mère, attente des groupes noirs dans l'émission de jazz) ne pouvait peut-être se mesurer que d'une façon : à l'intensité du soulagement qu'il ressentait en partageant ce souvenir avec les autres. Il s'aperçut que c'était la première fois qu'il s'autorisait à l'évoquer sans réserve, depuis ce jour où, tôt le matin, il avait vu les étranges empreintes... et le sang.

4

Mike raconta l'histoire de l'oiseau dans la vieille aciérie et comment il s'était réfugié dans un conduit de cheminée pour y échapper. Un peu plus tard, trois des Ratés — Ben, Richie, Bill — partirent pour la bibliothèque de Derry. Ben et Richie étaient sur leurs gardes, redoutant Bowers et Compagnie, mais Bill restait perdu, sourcils froncés, dans la contemplation du trottoir. Mike les avait quittés environ une heure après avoir fait son récit, disant que son père l'attendait à quatre heures pour récolter des pois. Beverly avait des courses à faire et devait préparer le dîner de son père, Eddie et Stan leurs propres obligations. Mais avant de se séparer, ils commencèrent à creuser ce qui allait devenir, si les calculs de Ben étaient justes, leur Club souterrain. Un acte symbolique, songea Bill, qui soupçonna les autres d'avoir eu la même idée que lui. Ils avaient commencé. Quoi que ce fût qu'ils eussent à faire en tant que groupe, en tant qu'unité, le départ était pris.

Ben demanda à Bill s'il croyait à l'histoire de Mike Hanlon. Ils passaient devant la maison communautaire de Derry et la bibliothèque n'était plus très loin, vaisseau de pierre dans l'ombre agréable d'ormes centenaires que n'avait pas encore atteints la maladie.

« Ouais, dit Bill. Je c-crois que c'était v-vrai. Dé-Dément, mais vrai. Et t-toi, Ri-Richie ?

— Moi aussi. Ça me fait horreur d'y croire, si vous voyez ce que je veux dire, mais je ne peux pas m'en empêcher. Vous vous souvenez de ce qu'il a dit à propos de la langue de l'oiseau ? »

Bill et Ben acquiescèrent. Des pompons orange dessus.

« C'est l'indice, reprit Richie. Comme le méchant dans une BD. Il laisse toujours une carte de visite. »

Bill hocha la tête, songeur. Comme un méchant de BD. Parce qu'ils le voyaient ainsi ? L'imaginaient ainsi ? Oui, peut-être. C'étaient des mômeries, mais il semblait bien que c'était grâce à des mômeries que la chose prospérait.

Ils traversèrent la rue, en direction de la bibliothèque.

« J'ai de-demandé à Stan s'il a-avait jamais entendu p-parler d'oiseaux c-comme ça. Pas f-f-forcément aussi gros, mais...

— Un véritable oiseau ? suggéra Richie.

— Oui. Il a dit p-peut-être en A-Amérique du Sud ou en Afrique, m-mais pas p-par ici.

— Il ne l'a pas cru, alors ?

— Si. » Puis Bill lui parla d'une idée qui était venue à Stan, et dont il lui avait parlé lorsqu'il l'avait accompagné à l'endroit où il avait laissé sa bicyclette. Pour Stan, personne n'aurait pu voir cet oiseau avant Mike ; c'était son monstre personnel, en quelque sorte. Mais maintenant, cet oiseau était la propriété de tout le Club des Ratés, non ? N'importe qui d'entre eux pouvait le voir. Pas forcément sous la même forme, mais voir un oiseau géant. Bill avait alors fait remarquer à Stan que dans ce cas tous pourraient voir le lépreux d'Eddie, la momie de Ben, ou même les enfants morts.

« Ce qui veut dire qu'on a intérêt à agir vite si on veut arriver à quelque chose, avait répondu Stan. Ça est au courant...

— Qu-quoi ? avait protesté Bill. De t-tout ce que nous sa-savons ?

— Bon Dieu, si Ça est au courant, on est foutus, avait répondu Stan. Mais tu peux parier que Ça sait que nous sommes au courant de son existence. Je pense qu'il va essayer de nous avoir. Tu n'as pas oublié ce dont nous avons parlé hier ?

— Non.

— Je voudrais pouvoir vous accompagner.

— Il y aura B-Ben et R-Ri-Richie. B-Ben est v-vraiment bien et Ri-Richie aussi, quand il n-ne fait pas l'i-idiot. »

Maintenant, juste devant la porte de la bibliothèque, Richie demandait à Bill ce qu'il avait exactement en tête. Bill le leur expliqua, parlant lentement afin de ne pas trop bafouiller. L'idée lui trottait dans la tête depuis deux semaines, mais l'histoire de l'oiseau de Mike l'avait en quelque sorte cristallisée.

Que faire pour se débarrasser d'un oiseau ?

Un coup de fusil paraissait une solution radicale.

Que faire pour se débarrasser d'un monstre ?

D'après les films, lui tirer dessus une balle d'argent était une solution radicale.

Ben et Richie prêtèrent une oreille attentive à Bill. Puis Richie lui demanda : « Et comment se procure-t-on une balle en argent, Grand Bill ? Par correspondance ?

— T-Très drôle. Il f-faudra la fa-fabriquer nous-mêmes.

— Comment ?

— Je suppose que c'est pour ça que nous sommes à la bibliothèque », dit Ben.

Richie acquiesça et repoussa ses lunettes sur son nez. Il avait une expression concentrée et songeuse... mais aussi dubitative, jugea Ben. Lui-même était assailli de doutes. Au moins ne lisait-on pas de folie dans le regard de Richie ; c'était déjà ça.

« Tu es en train de penser au Walther de ton père ? demanda Richie. Celui que nous avons amené à Neibolt Street ?

— Oui, dit Bill.

— Admettons que nous sachions fabriquer une balle en argent, objecta Richie. Où allons-nous trouver le métal ?

— Ça, je m'en occupe, dit calmement Ben.

— Ah... parfait. On laisse Meule de Foin s'en occuper. Et ensuite ? Neibolt Street ? »

Bill acquiesça. « Oui. On re-retourne sur N-N-Neibolt Street et on l-lui fait sau-sauter la t-t-tête. »

Ils restèrent immobiles encore quelques instants, se regardant solennellement, puis ils pénétrèrent dans la bibliothèque.

5

Une semaine venait de s'écouler ; on était presque à la mi-juillet, et le Club souterrain était en bonne voie.

Quand Mike Hanlon arriva, en début d'après-midi, il trouva Ben qui étayait le trou et Richie qui faisait une pause cigarette. (« Mais tu n'as pas de cigarettes », avait objecté Ben. « Ça ne change rien au principe », avait rétorqué Richie.)

Mike tenait l'album de photos de son père sous le bras. « Où sont les autres ? » demanda-t-il. Il savait que Bill au moins devait être dans les parages, ayant laissé sa bicyclette rangée sous le pont à côté de Silver.

« Bill et Eddie sont partis pour la décharge tâcher de dégoter d'autres planches, expliqua Richie, et Stannie et Bev sont à la quincaillerie. Pour les gonds. Je ne sais pas ce que mijote Meule de Foin, mais ce doit être un sacré potage — mijoter, potage, t'as pigé ? Ah-ah ! Il faut garder un œil sur lui, tu comprends. Au fait, tu nous dois vingt-trois cents si tu veux toujours faire partie du Club. Participation pour les gonds. »

La cotisation payée, il restait en tout et pour tout dix cents à Mike, qui s'avança jusqu'au trou et l'examina.

Mais ce n'était plus un vulgaire trou. Les côtés étaient bien droits et avaient été étayés. Les planches étaient toutes de récupération, mais Bill, Ben et Stan les avaient très bien retaillées aux bonnes dimensions grâce aux outils de l'atelier de Zack Denbrough (outils que Bill ramenait scrupuleusement tous les soirs après les avoir nettoyés). Ben et Beverly avaient cloué des entretoises. Le trou rendait encore Eddie un peu nerveux, mais Eddie était nerveux de nature. Soigneusement rangées de côté, il y avait des mottes de terre engazonnées ; elles seraient plus tard collées sur le toit.

« Je suppose que vous savez ce que vous faites, les gars, dit Mike.

— Bien sûr, répondit Ben qui montra l'album. C'est quoi, ce truc ?

— L'album que mon père a fait sur Derry. Il collectionne les vieux documents et les articles sur la ville. C'est son passe-temps. Je vous avais dit qu'il me semblait y avoir vu le clown. Il y est bien, j'ai vérifié. Alors je vous l'ai amené. » Il eut honte d'ajouter qu'il n'avait pas osé demander la permission à son père pour cela. Redoutant les questions que cette requête aurait pu susciter, il l'avait sorti de la maison pendant que son père était au champ et que sa mère étendait du linge dans la cour de derrière. « J'ai pensé que ça vous intéresserait.

— Eh bien, voyons, dit Richie.

— Je préférerais attendre que tout le monde soit là. Je crois qu'il vaut mieux.

— D'accord. » À la vérité, Richie ne tenait pas tellement à voir encore des images de Derry, pas après ce qui s'était passé dans la chambre de Georgie. « Veux-tu nous aider à finir le talus ?

— Et comment ! » Mike posa l'album sur un endroit propre suffisamment loin du trou pour être à l'abri d'une malencontreuse pelletée de terre et s'empara de la pelle de Ben.

« Creuse juste ici, dit Ben en lui montrant un emplacement, sur trente centimètres à peu près. Après quoi je tiendrai une planche bien serrée contre le bord pendant que tu remettras la terre.

— Astucieux, mec », commenta Richie avec componction. Il était assis au bord de l'excavation, les pieds pendants.

« Qu'est-ce qui t'arrive ? lui demanda Mike.

— Un os. J'ai un os dans la jambe, répondit-il, imperturbable.

— Et ton projet avec Bill ? » Mike s'interrompit, le temps de retirer sa chemise, puis se mit à creuser. Il faisait chaud, même ici, au fond des Friches. Les grillons stridulaient paresseusement dans les broussailles, comme des réveils d'été mal remontés.

« Eh bien... pas trop mal », dit Richie. Mike eut l'impression qu'il lançait à Ben un regard plus ou moins de mise en garde. « Enfin, je crois.

— Pourquoi tu branches pas ta radio, Richie ? demanda Ben en mettant une planche en place.

— Les piles sont fichues. J'ai dû te refiler mes derniers vingt-cinq cents pour les gonds. Cruel Meule de Foin, très cruel ! Après tout ce que j'ai fait pour toi. Et puis tout ce que j'attrape, c'est la WABI et son rock à la gomme.

— Hein ? fit Mike.

— Meule de Foin s'imagine que Tommy Sands et Pat Boone jouent du rock, mais c'est parce qu'il est malade. Elvis chante du rock ; Ernie K. Doe, Carl Perkins, Bobby Darin, Buddy Holly chantent du rock. “ *Ah-oh, Peggyyyy... my Peggyyyy Su-uh-oo...* ”

— Richie, arrête ! dit Ben.

— Y a aussi Fats Domino, fit Mike en s'appuyant sur sa pelle, Chuck Berry, Little Richard, Shep et les Limelights, LaVerne Baker, Frankie Lymon, Hank Ballard, les Coasters, les frères Isley, les Crests, les Chords, Stick McGhee... »

Ils le regardaient avec une telle expression de stupéfaction qu'il éclata de rire.

« Tu m'as largué après Little Richard », admit Richie. Il l'aimait bien, mais son héros secret de rock, cet été-là, c'était Jerry Lee Lewis. Il fit retomber ses cheveux devant sa figure et commença à chanter : « *Come on over Baby all the cats are at the high school rocking...* »

Ben se mit à tituber au bord du trou, mains sur le ventre comme s'il allait vomir. Mike se pinçait le nez, mais riait tellement fort que les larmes lui coulaient des yeux.

« Qu'est-ce qui cloche, les gars ? demanda Richie. Qu'est-ce qui vous prend ? C'était bien, vraiment très bien, pourtant !

— Oh, mon vieux, hoqueta Mike, presque incapable de parler, ça n'avait pas de prix... aucun prix !

— Les nègres n'ont aucun goût, renifla Richie. Je crois même que c'est écrit dans la Bible.

— Oui, Maman ! » dit Mike, se tenant toujours les côtes. Lorsque Mike, sincèrement étonné, lui demanda ce qu'il voulait dire, Mike s'assit lourdement et commença à se balancer d'avant en arrière, hurlant de rire.

« Tu t'imagines que je suis jaloux, dit Richie. Tu crois que je voudrais être un nègre. »

Ce fut au tour de Ben de s'effondrer en s'esclaffant de manière irrépressible. Tout son corps ondulait et tressautait de manière alarmante. Les yeux lui sortaient de la tête. « Arrête, Richie, réussit-il à dire, je vais faire dans mon froc ! Je vais crever si t'arrêtes pas...

— Je n'ai aucune envie d'être un nègre, reprit Richie. Qui voudrait habiter Boston, porter des pantalons roses et acheter des pizzas en tranches ? Je veux être juif comme Stan. J'ouvrirais une brocante et je vendrais aux gens des crans d'arrêt, des crottes de chien en plastique et des guitares cassées. »

Ils étaient maintenant deux à hurler de rire. Des rires dont les échos se répercutaient dans les frondaisons et les ravines broussailleuses des Friches les mal nommées ; les oiseaux s'envolaient, les écureuils se pétrifiaient sur leur branche. C'était un son jeune, vif, pénétrant, vivant, sans apprêt, libre. Tout ou presque de ce qui était en vie aux alentours y réagit de la même manière ; cependant, la chose que cracha un gros collecteur qui se déversait dans la Kenduskeag n'était pas vivante. La veille, s'était produit un orage violent (qui n'avait guère affecté le futur Club souterrain, protégé par une bâche subtilisée derrière le Wally's Spa) et le niveau avait monté pendant deux ou trois heures dans les canalisations, en dessous de Derry. C'était un bref mascaret qui avait poussé le déplaisant colis au soleil, pour la plus grande joie des mouches.

Il s'agissait du corps de Jimmy Cullum, neuf ans. À part le nez, il n'avait plus de visage, remplacé par un magma sanglant. Ses chairs à vif étaient couvertes de profondes marques noires que seul, sans doute, Stan Uris aurait identifiées : des coups de bec. Des coups d'un très gros bec.

L'eau ruisselait sur le pantalon boueux de Jimmy. Ses mains blanches flottaient comme des poissons morts. Elles avaient aussi été picorées, quoique un peu moins. Sa chemise à motifs se gonflait et s'affaissait, se gonflait et s'affaissait, comme une vessie.

Bill et Eddie, chargés des planches qu'ils avaient barbotées dans la décharge, traversèrent la rivière sur les pierres à moins de quarante mètres de là. Ils entendirent Mike, Ben et Richie qui riaient à gorge déployée, sourirent et pressèrent le pas, sans voir ce qui restait de Jimmy Cullum, afin d'apprendre ce qu'il y avait de si drôle.

6

Ils riaient encore lorsque Bill et Eddie arrivèrent dans la clairière, en sueur sous leur chargement. Même Eddie, dont le teint était généralement plus proche du fromage blanc, avait des couleurs aux joues. Ils laissèrent tomber les nouvelles planches sur le peu qui restait de la réserve. Ben sortit du trou pour les inspecter.

« Bien joué, les gars ! Ouah ! Excellent ! »

Ben avait apporté son propre outillage et se mit aussitôt à inspecter le nouvel arrivage, arrachant les clous et retirant les vis. Il jeta l'une des planches parce qu'elle était fendue, une autre parce qu'elle rendait un son creux de bois pourri. Eddie l'observait, assis sur un tas de terre. Il prit une giclée de son inhalateur au moment où Ben retirait un clou rouillé avec le côté griffe de son marteau ; le clou protesta par un grincement, comme un petit animal que l'on aurait piétiné.

« Tu risques d'attraper le tétanos si tu te coupes avec un clou rouillé, déclara Eddie à l'intention de Ben.

— Ah oui ? dit Richie. Qu'est-ce que c'est, le téton-en-os ? On dirait une maladie de femme, plutôt.

— T'es un idiot. J'ai dit le " tétanos ", pas le " téton-en-os ". Ça veut dire " les mâchoires serrées ". Ce sont des microbes particuliers qui vivent dans la rouille et qui entrent dans ton corps si tu te coupes, et qui te bousillent les nerfs. » Eddie devint encore plus rouge et s'envoya une nouvelle giclée.

« Mâchoires serrées, Seigneur ! fit Richie, impressionné. Ça ne doit pas être marrant.

— Tu l'as dit. Au début, tu as les mâchoires tellement serrées que tu ne peux plus les ouvrir, même pas pour manger. On te fait un trou dans la joue pour t'alimenter avec des liquides, par un tuyau.

— Nom de Dieu ! » s'exclama Mike en se redressant dans la fosse du futur Club. Les yeux agrandis, la cornée en paraissait d'autant plus blanche à côté de sa peau brune. « Tu blagues pas ?

— Non, c'est ma mère qui me l'a dit. Après, c'est ta gorge qui se serre et tu ne peux plus du tout manger. Et tu meurs. »

En silence, ils songèrent à cette horrible perspective.

« Il n'y a aucun remède », dit Eddie pour parachever le tableau.

Nouveau silence.

« C'est pourquoi je fais toujours attention aux clous rouillés et aux saloperies comme ça, reprit Eddie. J'ai été une fois vacciné contre le tétanos et ça m'a fait drôlement mal.

— Dans ce cas, demanda Richie, pourquoi es-tu allé à la décharge pour chercher toutes ces cochonneries de planches ? »

Eddie eut un bref regard pour Bill, qui lui-même contemplait la fosse en train de prendre forme, et il y avait dans ce regard tout l'amour et toute l'adoration pour un héros qui suffisaient à répondre à la question. Mais Eddie ajouta doucement : « Il y a des trucs qu'il faut faire, même si c'est risqué. C'est la première chose importante que j'aie apprise et que je ne tienne pas de ma mère. »

Le silence qui suivit n'était pas du tout désagréable. Puis Ben se mit à écraser ou arracher les clous rouillés, et au bout d'un instant, Mike vint l'aider.

Le transistor de Richie, muet (du moins jusqu'à ce que Richie touche son argent de poche ou trouve une pelouse à tondre), se balançait au bout de sa branche, dans la brise légère. Bill songeait (il en avait le temps) à l'étrangeté de tout ceci ; à ce mélange d'étrangeté et de perfection : qu'ils soient tous ici ensemble, cet été. Des gosses qu'ils connaissaient étaient allés chez des parents ; d'autres étaient en vacances à Disneyland ou à Cape Cod, voire même à des distances inimaginables dans le cas de l'un d'eux : à Gstaad. D'autres encore étaient en colo, en camp d'été, chez les scouts, en camp pour riches où l'on apprenait à jouer au golf ou au tennis, et à dire : « Bien joué ! » et non : « Espèce d'enfoiré ! » quand votre adversaire vous matraquait d'un service gagnant. Il y avait enfin des gosses que les parents avaient emmenés LOIN d'ici. Pour Bill, c'était compréhensible. Il connaissait des gamins ayant envie d'être LOIN d'ici par peur du père Fouettard qui patrouillait Derry cet été-là, mais soupçonnait que les parents qui le redoutaient étaient encore plus nombreux...

Et malgré tout, aucun de nous n'est parti LOIN *d'ici,* songea Bill tout en observant Ben et Mike qui débarrassaient de leurs vieux clous de vieilles planches tandis qu'Eddie allait faire un tour pour pisser (il faut y aller dès qu'on a envie, avait-il expliqué une fois à Bill, afin de ne pas fatiguer sa vessie, mais il fallait aussi faire attention au lierre-poison, parce que sur la quéquette...). *Nous sommes tous ici, à Derry. Pas de colos, pas de parents, pas de vacances, pas de* LOIN *d'ici. Tous bel et bien présents et prêts à participer.*

« Il y a une porte là-bas, dit Eddie qui revenait en remontant la fermeture de sa braguette.

— J'espère que tu l'as bien secouée, Eds, lança Richie. On attrape le cancer si on ne la secoue pas à chaque fois. C'est ce que m'a dit ma maman. »

Eddie parut surpris, légèrement inquiet, même, puis il vit le sourire de Richie. Il essaya de le traiter par le mépris et poursuivit son idée : « Elle était trop lourde pour être portée à deux. Mais Bill a dit qu'à tous on pouvait y arriver.

— Évidemment, on peut jamais se la secouer complètement, insista Richie. Tu veux savoir ce que m'a dit un jour un petit malin, Eds ?

— Non, et arrête de m'appeler Eds. Je ne t'appelle pas Rics, moi, et...

— Il m'a dit : “ Secoue-la tant que tu veux, Oscar, la dernière goutte est pour le falzar ”, et c'est pour ça qu'il y a tant de cancers dans le monde, Eddie mon chou.

— Non, c'est parce qu'il y a des crétins comme toi et Beverly Marsh qui fument des cigarettes, répliqua Eddie.

— Beverly n'est pas une crétine, intervint Ben d'un ton sans réplique. Fais gaffe à ce que tu dis, Eddie.

— Bip-bip, les mecs, fit Bill d'un ton absent. Et à propos de B-Beverly, elle est ru-rudement costaud. Elle p-pourrait nous d-donner un coup de m-main pour cette p-p-porte. »

Ben demanda quel genre de bois c'était.

« De l'a-a-acajou, je c-crois.

— Quelqu'un a balancé une porte *en acajou* ? » s'exclama Ben, estomaqué mais non incrédule.

« Les gens jettent absolument n'importe quoi, dit Mike. Moi, ça me tue d'aller dans cette décharge. Ça me tue vraiment.

— Ouais, convint Ben. Y a des tas de trucs qu'on pourrait facilement réparer. Et dire qu'il y a des gens en Asie et en Afrique qui n'ont rien ! C'est ce que dit ma mère.

— On trouve des gens qui n'ont rien ici, dans le Maine, mon bon monsieur, remarqua, très sérieux, Richie.

— Qu'est-ce que c-c'est q-que ce t-truc ? » demanda Bill qui venait d'apercevoir l'album. Mike le lui expliqua, et dit qu'il montrerait la photo où figurait le clown lorsque Stan et Beverly seraient de retour avec les gonds.

Bill et Richie échangèrent un regard.

« Qu'est-ce qu'il y a ? demanda Mike. C'est à cause de ce qui est arrivé dans la chambre de ton frère, Bill ?

— Ouais », répondit Bill qui ne s'expliqua pas davantage.

Ils travaillèrent chacun leur tour dans la fosse jusqu'au retour de Stan et Beverly. Pendant que Mike parlait, Ben resta assis en tailleur et bricola des trappes qui s'ouvraient dans deux des plus fortes planches. Seul Bill, peut-être, remarqua à quelle vitesse et avec quelle aisance bougeaient ses doigts ; ils avaient la précision et la sûreté de ceux d'un chirurgien. Bill était admiratif.

« Certaines de ces images remontent à plus de cent ans, d'après mon père, leur expliqua Mike, l'album ouvert sur les genoux. Il les trouve dans les ventes aux enchères que les gens font dans leur garage, ou chez des brocanteurs. Parfois il en échange avec d'autres collectionneurs. Il y en a même en relief, et il faut cet appareil comme des jumelles pour les voir.

— Qu'est-ce qui l'intéresse, là-dedans ? » demanda Beverly. Elle portait un jean ordinaire, si ce n'est qu'elle avait cousu deux bandes de tissu à motif aux revers, ce qui leur donnait un petit air fantaisie.

« Ouais, Derry, c'est plutôt la barbe, en général, dit Eddie.

— Eh bien, je ne sais pas exactement, mais je crois que c'est parce qu'il n'est pas né ici, répondit Mike, non sans hésiter. C'est un peu comme... tout est nouveau pour lui... vous comprenez, comme s'il était arrivé au milieu d'un film...

— On v-veut voir le dé-début, ouais, dit Bill.

— C'est ça. Il y a toute une histoire de Derry, vous savez. Moi aussi, ça m'intéresse. Et je crois que ça a quelque chose à voir avec la chose, le Ça, puisque vous voulez l'appeler ainsi. »

Il regarda vers Bill et celui-ci acquiesça, songeur.

« C'est pourquoi je l'ai regardé après la parade du 4 Juillet ; je savais. Tenez, regardez. »

Il ouvrit l'album, le feuilleta et le tendit à Ben, assis à sa droite.

« Ne t-touchez p-pas aux pages ! » s'écria Bill avec une telle intensité qu'il les fit tous sursauter. La main qui avait eu les doigts coupés était maintenant serrée en un poing, vit Richie. Un poing farouche, protecteur.

« Bill a raison », dit à son tour Richie. Le ton de sa voix lui ressemblait tellement peu qu'il parut d'autant plus convaincant. « Faites attention. C'est comme Stan l'a dit. Si nous l'avons vu se produire, vous pouvez le voir aussi.

— Le sentir », compléta Bill.

L'album passa de main en main, chacun le prenant avec la plus extrême précaution, comme un vieux paquet de dynamite qui aurait sué des gouttes de nitroglycérine.

Il revint à Mike, qui l'ouvrit sur l'une des premières pages.

« Papa dit qu'il n'y a aucun moyen de dater ce dessin, mais il remonte probablement au début du XVIIIe siècle, commença-t-il. Il a réparé la scie à ruban d'un type en échange d'une caisse pleine de vieux bouquins et d'images. C'est là qu'il l'a trouvé. Il dit qu'il vaut quarante billets, sinon plus. »

Il s'agissait d'une gravure sur bois, de la taille d'une grande carte postale. Quand ce fut au tour de Bill de l'examiner, il constata avec soulagement que le père de Mike, méticuleux, plaçait ses documents sous des feuilles de plastique transparent. Il regarda, fasciné, et pensa : *Eh bien, voilà. Je le vois — ou plutôt je vois Ça. Je le vois vraiment. C'est le visage de l'ennemi.*

La gravure montrait un type à l'allure comique qui jonglait avec des quilles géantes au milieu d'une rue boueuse, avec quelques maisons de part et d'autre et une poignée de baraques qui devaient être, supposa Bill, des magasins ou des entreprôts commerciaux, il ne savait plus comment on les appelait à l'époque. Ça ne ressemblait en rien à Derry, exception faite du canal ; il y était, pavé avec soin sur les deux bords. À l'arrière-plan, en haut, on voyait un attelage de mules sur le chemin de halage, en train de tirer une péniche.

Un groupe d'une demi-douzaine d'enfants, environ, entourait le personnage comique. L'un d'eux portait un chapeau de paille de paysan ; un autre tenait un cerceau avec le bâton pour le faire rouler — une simple branche d'arbre. On distinguait encore les nœuds de bois à vif, là où les branchettes avaient été coupées grossièrement. *Ce truc-là n'a pas été fabriqué au Japon ou à Taïwan,* songea Bill, fasciné à l'image de ce garçon qu'il aurait pu être, s'il était né quelques générations auparavant.

Le type marrant arborait un large sourire. On ne distinguait pas de maquillage (néanmoins pour Bill ce visage n'était que maquillage), mais il était chauve, à l'exception de deux touffes de cheveux qui se dressaient comme des cornes au-dessus de ses oreilles, et Bill n'eut pas de difficultés à l'identifier. *Deux cents ans, sinon davantage,* se dit-il, tandis qu'il était pris d'un brusque accès de terreur, de colère et d'excitation mêlées. Vingt-sept ans plus tard, dans la bibliothèque de Derry, évoquant ce premier coup d'œil à l'album du père de Mike, il se rendit compte qu'il avait ressenti ce que devait éprouver un chasseur en tombant sur les premières déjections récentes d'un vieux tigre mangeur d'hommes. *Deux cents ans... si longtemps, et Dieu seul sait depuis combien plus de temps encore.* Cela le conduisit à se demander depuis quand l'esprit de Grippe-Sou le Clown hantait Derry — mais il n'eut pas envie d'explorer davantage cette voie.

« Donne-le-moi, Bill ! » disait Richie ; mais Bill conserva l'album quelques instants de plus, ne pouvant détacher les yeux de la gravure, sûr qu'elle allait s'animer : les quilles (s'il s'agissait bien de quilles) allaient s'élever et retomber, les gamins s'esclafferaient et applaudiraient, les mules qui tiraient la péniche franchiraient la limite de l'image. Certains des enfants, loin de rire et d'applaudir, crieraient et s'enfuiraient, peut-être.

Mais rien ne se produisit, et Mike tendit l'album à Richie.

Quand il revint à Mike, celui-ci tourna d'autres pages. « Ici, dit-il. Celle-là date de 1856, quatre ans avant l'élection de Lincoln à la présidence. »

L'album circula de nouveau. Il s'agissait d'une image en couleurs — sorte de dessin humoristique — où l'on voyait un groupe d'ivrognes devant un saloon qui écoutaient un gros politicien aux favoris en côtelettes d'agneau, en train de discourir, juché sur une planche posée sur deux barriques. Il tenait une chope de bière débordant de mousse à la main ; la planche pliait considérablement sous son poids. À quelque distance, un groupe de femmes en bonnet contemplait avec réprobation cette démonstration d'intempérance et de bouffonnerie. En dessous, une légende disait : À DERRY LA POLITIQUE DONNE SOIF, DÉCLARE LE SÉNATEUR GARNER !

« Papa dit que ce genre d'images était très populaire avant la guerre de Sécession, dit Mike. On les appelait “ cartes de fous ” et les gens se les envoyaient. Elles étaient comme les blagues dans *Mad,* au fond.

— C'étaient des d-dessins sa-satiriques.

— Ouais. Mais regarde donc dans le coin de celui-ci. »

L'image rappelait également *Mad*, mais d'une autre manière ; elle était remplie de détails comme une page de Mort Drucker dans la partie cinéma du magazine. On voyait un gros bonhomme versant de la bière dans la gueule d'un chien tacheté ; une femme tombée sur le derrière au milieu d'une flaque ; deux petits voyous qui glissaient en douce des allumettes soufrées dans les semelles d'un homme d'affaires à la mine prospère ; une fille se balançant à un orme et qui exhibait ses sous-vêtements. Mais en dépit du fouillis de détails qui composaient ce dessin, Mike n'eut besoin de montrer à personne où se trouvait le clown. Habillé d'une pesante tenue à carreaux de tambour, il jouait au bonneteau avec un groupe de bûcherons ivres. Il clignait de l'œil à l'adresse de l'un d'eux, qui, à en juger par son expression étonnée et sa bouche grande ouverte, venait de soulever la mauvaise carte. Le clown-tambour se faisait donner une pièce.

« Encore lui, dit Ben. Environ... un siècle après, non ?

— À peu près, oui. Et en voici une autre de 1891. »

Il s'agissait cette fois d'une première page du *Derry News*. HOURRA ! proclamait avec exubérance la manchette. DÉMARRAGE DES ACIÉRIES ! En dessous, un sous-titre disait : *Toute la ville au pique-nique d'inauguration.* Le dessinateur avait immortalisé l'instant où avait été coupé le ruban à l'entrée des aciéries Kitchener. Un bonhomme en jaquette et haut-de-forme brandissait une paire d'énormes ciseaux au-dessus du ruban, en présence d'une foule d'environ cinq cents personnes. Sur la gauche se tenait un clown — leur clown — lancé dans une acrobatie devant un groupe d'enfants ; l'artiste l'avait saisi au moment où il rebondissait sur les mains, si bien que son sourire avait l'air d'un cri.

Bill passa rapidement le livre à Richie.

L'image suivante était une photo sous-titrée par Will Hanlon : FIN DE LA PROHIBITION À DERRY — 1933. Les garçons n'avaient qu'une vague idée de ce qu'avait été la prohibition, mais le document parlait de lui-même ; il avait été pris devant le Wally's Spa, dans le Demi-Arpent d'Enfer. Le débit était plein à craquer d'hommes en chemise blanche à col ouvert, d'autres en tenue de bûcheron, d'autres en costume de banquier. Tous brandissaient verres et bouteilles d'un air de victoire. Deux calicots annonçaient en grandes lettres : BIENVENUE FRÈRE GNOLE et CE SOIR BIÈRE GRATUITE ! Le clown, habillé en mauvais garçon caricatural (chaussures blanches, guêtres, pantalon étroit), un pied sur le marchepied d'un coupé, buvait du champagne dans la chaussure à talon aiguille d'une femme.

« Mille neuf cent quarante-cinq », dit Mike.

De nouveau le *Derry News.* Manchette : REDDITION DU JAPON. FINI ! GRÂCE À DIEU, FINI ! Une parade zigzaguait le long de Main Street en direction de Up-Mile Hill. Le clown se trouvait au second plan, avec son costume d'argent aux boutons orange, immobilisé dans l'entrecroisement de points du bélino, et paraissait suggérer — au moins aux yeux de Bill — que rien n'était terminé, que personne ne s'était rendu, que rien n'était gagné, qu'on en était toujours au point zéro, et surtout, que tout était perdu d'avance.

Bill eut une impression de froid, de peur.

Soudain, les points de l'image disparurent et elle commença à bouger.

« R-regardez ! s'exclama Bill, le mot tombant de sa bouche comme un glaçon en train de fondre. *Tous ! R-Regardez-m-moi tous Ça !* »

Ils se massèrent autour de lui.

« Oh, mon Dieu ! murmura Beverly, épouvantée.

— C'est Ça ! » cria presque Richie en tambourinant du poing sur le dos de Bill, tant il était excité. Il regarda le visage blanc et tiré d'Eddie, celui, pétrifié, de Stan Uris. « C'est ce que nous avons vu dans la chambre de Georgie ! C'est exactement ce que...

— Chut ! dit Ben. Écoutez ! » Puis il ajouta, presque en sanglots : « On peut les entendre, Seigneur, on peut les entendre ! »

Et dans le silence que rompait à peine la brise légère de l'été, ils se rendirent tous compte que c'était vrai. La clique jouait un air martial, ténu à cause de la distance... ou du passage du temps... ou de quoi que ce fût. Les cris de la foule étaient comme le son qui sort d'un poste mal réglé. On entendait aussi de petits bruits secs, faisant penser à des claquements de doigts étouffés.

« Des pétards, murmura Beverly qui se passa devant les yeux des mains qui tremblaient. Ce sont des pétards, non ? »

Personne ne répondit. Ils scrutaient la photo, la figure mangée par les yeux.

La parade s'avançait vers eux, mais juste au moment où les premiers rangs allaient atteindre le point où ils auraient dû sortir du cadre et pénétrer dans un monde plus vieux de treize ans, ils disparurent, comme avalés par quelque courbe invisible. Les autres suivirent, tandis que la foule se déplaçait. Confettis et pages d'annuaire tombaient en pluie des immeubles de bureaux qui bordaient la rue. Le clown faisait des cabrioles et des sauts périlleux le long du défilé, mimant un tireur, un salut militaire. Et Bill, pour la première fois, remarqua que les gens s'écartaient de lui, non pas tout à fait comme s'ils l'avaient vu, mais plutôt comme s'ils avaient senti un courant d'air ou une mauvaise odeur.

Seuls les enfants le voyaient — et s'en éloignaient.

Ben tendit la main vers l'image mouvante, comme l'avait fait Bill dans la chambre de George.

« N-N-NON ! cria Bill.

— Je crois que ça ne risque rien, Bill. Regarde. » Et Ben posa quelques instants sa main sur le revêtement de plastique.

« Mais si on enlevait la protection... »

Beverly poussa un cri. Le clown avait abandonné son numéro quand Ben avait retiré sa main. Il se ruait vers eux, maintenant, sa bouche ensanglantée se tordant en grimaces et ricanements. Bill fit aussi la grimace mais ne s'écarta pas pour autant du livre, car il pensait que le clown allait disparaître comme la parade avec ses soldats, sa clique, ses scouts et la Cadillac exhibant Miss Derry 1945.

Mais il ne s'évanouit pas selon la courbe qui semblait délimiter cette ancienne existence. Au lieu de cela, il bondit avec une grâce effrayante sur un réverbère au tout premier plan de la photo, sur la gauche. Il l'escalada comme un singe et son visage vint soudain se presser contre la solide feuille de plastique qui recouvrait chacune des pages de l'album de Will Hanlon. Beverly cria de nouveau, imitée cette fois par Eddie qui ne poussa qu'un faible couinement. Le plastique se déforma : tous, plus tard, durent admettre l'avoir vu se gonfler. Le bulbe rouge de son nez s'aplatit, comme lorsque l'on s'appuie contre une vitre.

Le clown riait et criait : « *Tous vous tuer ! Essayez de m'arrêter et je vous tuerai tous ! Vous rendrai fou et vous tuerai tous ! Pouvez pas m'arrêter ! Je suis le bonhomme en pain d'épice ! Je suis le loup-garou des adolescents !* »

Et pendant un instant, il fut le loup-garou — une tête de lycanthrope argentée par le clair de lune les observant à la place de celle du clown, babines retroussées sur des crocs.

« *Pouvez pas m'arrêter, je suis le lépreux !* »

C'était maintenant le visage hanté et pelé du lépreux, couvert de plaies purulentes qui les regardait avec les yeux d'un mort-vivant.

« *Pouvez pas m'arrêter, je suis la momie !* »

Le visage du lépreux se mit à vieillir et à se couvrir de fissures. D'antiques bandelettes se détachèrent à moitié de sa peau et se pétrifièrent ainsi. Ben détourna à demi la tête, blanc comme un linge, une main collée à l'oreille.

« *Pouvez pas m'arrêter, je suis les garçons morts !* »

« *Non !* » hurla Stan Uris. Pris dans deux croissants de chair meurtrie, ses yeux s'exorbitèrent — *choc somatique,* pensa Bill, hagard. Il utiliserait l'expression dans un roman, douze ans plus tard, sans la moindre idée de son origine, se contentant de l'adopter comme le font les écrivains de ces cadeaux qui arrivent des espaces extérieurs

(autres espaces)

d'où viennent parfois les bonnes expressions.

Stan lui arracha l'album des mains et le referma sèchement, pressant si fort les deux couvertures que les tendons de ses avant-bras et de ses poignets saillaient. Il se mit à dévisager les autres avec dans les yeux quelque chose de presque dément. « Non, non, non, non, non », répéta-t-il rapidement.

Et Bill se rendit soudain compte que les dénégations répétées de Stan l'inquiétaient davantage que le clown ; il comprit que c'était précisément le genre de réaction que Ça cherchait à provoquer, parce que...

Parce qu'il a peut-être peur de nous... Ça a peut-être peur pour la première fois de sa longue, longue vie.

Il saisit Stan aux épaules et le secoua sèchement par deux fois, sans le lâcher. Les dents du garçon s'entrechoquèrent et il laissa échapper l'album. Mike le ramassa et le déposa plus loin, vivement, peu enclin à le toucher après ce qu'il avait vu. Mais ce n'en était pas moins la propriété de son père, et il comprenait, intuitivement, que celui-ci ne verrait jamais ce qu'il venait de voir lui-même.

« Non, dit Stan doucement.

— Si, dit Bill.

— Non.

— Si. Nous l'a-a...

— Non.

— a-vons t-tous vu, Stan, termina Bill en regardant les autres.

— Si, dit Ben.

— Si, dit Richie.

— Si, dit Mike, oh, si !

— Si, dit Beverly.

— Si », réussit à gargouiller Eddie avant que sa gorge ne se referme davantage.

Bill regarda Stan, l'obligeant à ne pas détourner les yeux. « Ne t-te laisse pas a-avoir par Ça, m-mec. T-Tu l'as vu, t-toi aussi.

— Je ne voulais pas ! » gémit Stan. Des perles de sueur huileuses brillaient à son front.

« Mais t-tu l'as v-vu. »

Stan les dévisagea tous, tour à tour. Il passa les mains dans ses cheveux courts et poussa un profond soupir tremblé. La pointe de folie qui avait tant inquiété Ben parut disparaître de son regard.

« Oui, dit-il, d'accord. Oui, c'est ce que vous voulez ? Oui. »

Bill pensa : *Nous sommes toujours ensemble. Ça ne nous a pas arrêtés. Nous pouvons toujours tuer Ça. Nous pouvons toujours le tuer... si nous sommes courageux.*

Bill parcourut à son tour les visages qui l'entouraient et découvrit quelque chose de l'hystérie de Stan dans chaque paire d'yeux. Pas aussi manifeste, mais là tout de même.

« Ou-Ouais », dit-il avec un sourire qui s'adressait à Stan. Au bout d'un instant, Stan lui rendit son sourire et ce qu'il y avait d'encore horrifié dans son regard disparut. « C'est ce-ce que n-nous voulons, espèce d'i-idiot.

— Bip-bip, gros malin », répliqua Stan, et tous éclatèrent de rire. Un rire nerveux et hystérique, certes, mais qui valait mieux que pas de rire du tout, admit Bill.

« A-Allons ! fit-il, parce qu'il fallait bien que quelqu'un dise quelque chose. Fi-Finissons le C-Club souterrain. D'a-accord ? »

Il lut de la gratitude dans leurs yeux, mais la joie qu'il en éprouva fut de peu d'effet sur l'horreur qu'il ressentait. En fait, il y avait dans cette gratitude quelque chose qui lui donnait envie de les haïr. Pourrait-il jamais exprimer sa propre terreur, sans risquer de faire sauter les fragiles soudures qui maintenaient leur cohésion ? Était-il seulement juste de penser cela ? Car, au moins dans une certaine mesure, il se servait d'eux, ses amis ; il risquait leur vie pour venger son frère mort. Mais n'y avait-il pas autre chose ? Si : car George était mort, et ce n'était qu'au nom des vivants qu'on pouvait exercer une vengeance. N'était-il donc pas, en fin de compte, qu'un simple petit morveux égoïste agitant son épée de bois et essayant de se faire passer pour le Roi Arthur ?

Oh, Seigneur, grogna-t-il en lui-même, *si ce sont là les trucs auxquels pensent les adultes, je préfère ne jamais grandir !*

Sa détermination était toujours aussi forte, mais s'était chargée d'amertume.

Oui, d'amertume.

CHAPITRE 15

La cérémonie de la petite fumée

1

Richie Tozier repousse ses lunettes sur son nez (un geste qui déjà lui paraît parfaitement familier, même si cela fait vingt ans qu'il porte des verres de contact) et constate avec stupéfaction que l'atmosphère de la salle s'est transformée pendant que Mike leur rapportait ses mésaventures avec l'oiseau, dans l'aciérie en ruine, et leur rappelait comment la photo s'était animée dans l'album de son père.

Richie a senti une sorte d'énergie démente et roborative monter et croître. Il a pris de la cocaïne huit ou neuf fois au cours des deux dernières années — surtout pendant des soirées ; il faut se méfier de la coke, en particulier quand on est un disc-jockey en vue — et la sensation était presque la même. Sauf que celle qu'il éprouve aujourd'hui lui semble plus pure, avoir quelque chose de plus fondamental ; c'est comme une impression d'enfance, celle qu'il ressentait quotidiennement et qui lui paraissait alors aller de soi. Il suppose que s'il avait pu jamais s'interroger sur ce flux souterrain d'énergie, étant enfant (il ne se souvient pas l'avoir fait), il l'aurait considéré comme parfaitement naturel, comme la couleur de ses yeux et ses horribles doigts de pieds trop gros.

Mais cela ne s'est pas avéré. Cette énergie dans laquelle on puise avec tant de profusion quand on est enfant, cette énergie qui paraît inépuisable, elle disparaît en douce entre dix-huit et vingt-quatre ans pour être remplacée par quelque chose qui n'en a pas l'éclat, loin s'en faut, et d'aussi factice qu'une euphorie à la coke : des intentions ou des buts, peu importe le terme, c'est l'esprit chambre de commerce.

Ça se passe sans histoires, la disparition n'est pas instantanée, elle ne s'accompagne d'aucun éclat. Et peut-être, se dit Richie, est-ce là ce qui fait le plus peur. Cette façon de ne pas arrêter d'un seul coup d'être un enfant, avec un gros boum ! *comme un de ces ballons de clown qui explosent pour les besoins d'un gag. L'enfant qui est en soi fuit comme crève un pneu sans chambre : lentement. Un jour, on se regarde dans un miroir, et c'est un adulte qui vous renvoie votre regard. On peut continuer à porter des blue-jeans, à écouter Bruce Springsteen, on peut se teindre les cheveux, mais dans le miroir, c'est toujours un adulte qui vous regarde. Peut-être que tout se passe pendant le sommeil, comme la visite de la petite souris, la fée des dents de lait.*

Non, *pense-t-il,* pas la fée des dents de lait, la fée de l'Âge.

Il rit de l'absurdité de cette image, tout fort, et lorsque Beverly l'interroge du regard, il agite la main. « Ce n'est rien, mon chou, juste une idée stupide. »

Mais maintenant cette énergie est de retour. Non, pas entièrement, mais en cours de reconstitution. Et il n'est pas seul en cause ; il la sent qui remplit la salle. Pour la première fois depuis ce déjeuner épouvantable où ils se sont tous retrouvés, Mike lui paraît aller bien. Lorsque Richie est arrivé dans la salle de réception du restaurant et qu'il y a vu Mike assis avec Ben et Eddie, il a ressenti un choc et s'est dit : Voici un homme en train de devenir fou, peut-être bientôt prêt à se suicider. *L'impression a disparu ; elle ne s'est pas simplement sublimée, elle a vraiment disparu. Assis ici, Richie vient de voir ce qu'il en restait s'évanouir au fur et à mesure que Mike revivait les épisodes de l'oiseau et de l'album. Ses batteries se sont rechargées. Il en est de même pour tous. Cela se lit sur leur visage, dans leur voix, dans leurs gestes.*

Eddie se prépare un autre gin au jus de prune. Bill se verse une nouvelle rasade de bourbon et Mike ouvre une deuxième bière. Beverly jette un bref coup d'œil à la grappe de ballons que Mike a attachée à l'appareil à microfilms et finit hâtivement sa vodka-orange. Tous ont bu avec enthousiasme, mais aucun n'est ivre. Richie ignore d'où provient cette énergie, mais en tout cas ce n'est pas de la bouteille.

LES NÈGRES DE DERRY SIFFLÉS PAR L'OISEAU : bleus.

LES RATÉS RATENT TOUJOURS MAIS STAN URIS NE S'EST PAS RATÉ : orange.

C'est finalement Eddie qui rompt le silence. « Que pensez-vous que Ça sache au juste de ce que nous tramons ? demande-t-il.

— Ça... il était présent, non ? dit Ben.

*— Je ne suis pas sûr que cela veuille dire quelque chose », répond Eddie.

Bill acquiesce. « Ce ne sont que des images. Rien ne prouve que Ça puisse nous voir, ou que Ça sache ce que nous avons l'intention de faire. On peut voir un journaliste à la télé, mais lui ne peut pas nous voir.

— Ces ballons ne sont pas de simples images, remarque Beverly avec un geste du pouce. Ils sont bien réels.

— Et pourtant, ce n'est pas exact, dit Richie ; tous le regardent. Les images sont réelles. Bien sûr. Elles... »

Et soudain, quelque chose se met en place — quelque chose de nouveau — avec une telle force qu'il en porte les mains aux oreilles. Derrière ses lunettes, ses yeux s'agrandissent.

« Oh, mon Dieu ! » s'écrie-t-il. Il cherche à tâtons la table, se redresse à moitié puis retombe sur sa chaise, lourdement. Il renverse sa bière en voulant la prendre, la redresse, et boit ce qu'il en reste. Il se tourne vers Mike tandis que les autres le regardent avec inquiétude.

« La brûlure ! crie-t-il presque. Les yeux qui me brûlaient ! Mike, la brûlure... »

Mike hoche la tête, un demi-sourire aux lèvres.

« R-Richie ? demande Bill. De q-quoi s'agit-il ? »

Mais Richie l'entend à peine. La force du souvenir le balaie comme une vague, le faisant passer par des alternatives de chaud et de froid, et il comprend brusquement pour quelle raison ces souvenirs sont remontés un par un. Si tout lui était revenu d'un coup, il aurait subi l'équivalent psychologique d'une détonation d'arme à feu déclenchée à deux centimètres de son oreille — de quoi vous faire sauter le haut du crâne.

« On l'a vu venir, dit-il à Mike. On l'a vu venir, n'est-ce pas ? Toi et moi... ou bien juste moi ? (Il saisit la main de Mike, posée sur la table.) L'as-tu vu, toi aussi, ou moi seulement ? L'incendie de forêt ? Le cratère.

— Je l'ai vu », répond paisiblement Mike en serrant la main de Richie, qui ferme un instant les yeux. Il lui semble n'avoir jamais ressenti une aussi chaude et puissante impression de soulagement de sa vie, même pas quand le vol de la PSA, au décollage, a dérapé au-dehors de la piste et s'est arrêté là, sans casse ; quelques bagages à main étaient simplement tombés des casiers. Il avait bondi jusqu'à la sortie d'urgence et aidé une femme à quitter l'avion. La femme s'était foulé une cheville en courant dans l'herbe ; elle riait et n'arrêtait pas de dire : « Je n'arrive pas à croire que je suis vivante, je n'y arrive pas ! » Sur quoi Richie, qui la portait à moitié d'un bras et qui de l'autre faisait signe aux pompiers, dont les gestes leur enjoignaient de

s'éloigner de l'appareil, avait répondu : « D'accord, vous êtes morte, morte, est-ce que vous vous sentez mieux, maintenant ? » Et tous deux avaient ri comme des fous... un rire de soulagement. Mais le soulagement qu'il éprouve en ce moment est encore plus grand.

« De quoi parlez-vous, les gars ? » demande Eddie en les regardant tour à tour.

Richie interroge Mike du regard, mais celui-ci secoue la tête. « C'est à toi, Richie. J'ai déjà assez parlé pour la soirée.

— Vous ne le savez pas ou vous l'avez oublié, car vous étiez partis, explique Richie aux autres. Mikey et moi avons été les deux derniers Injuns dans la petite fumée.

— La petite fumée, répète Bill songeur, le regard perdu.

— La sensation de brûlure dans mes yeux, sous mes lentilles de contact... je l'ai ressentie tout de suite après le coup de fil de Mike en Californie. J'ignorais alors ce que c'était, mais maintenant je le sais. C'était la fumée. Une fumée vieille de vingt-sept ans. » Il se tourne vers Mike. « Psychologique ? Psychosomatique ? Quelque chose remonté de l'inconscient ?

— Je ne dirais pas cela, répond tranquillement Mike. Mais plutôt que la sensation avait la même réalité que les ballons ou que la tête que j'ai vus dans le frigo, ou que le cadavre de Tony Tracker vu par Eddie. Explique-leur, Richie.

— C'était quatre ou cinq jours après l'incident de l'album du père de Mike. Peu après la mi-juillet, très probablement. Le Club souterrain était achevé. Mais... la petite fumée, c'était ton idée, Meule de Foin. Tu avais trouvé ça dans un de tes bouquins. »

Ben a un léger sourire et acquiesce.

Richie pense : Il faisait très gris ce jour-là ; pas de vent. De l'orage dans l'air. Comme le jour, un mois plus tard environ, où nous avons formé le cercle dans la rivière et où Stan a entaillé nos mains avec cet éclat d'une bouteille de Coke. L'atmosphère était comme écrasée au sol, dans l'attente d'un événement, et plus tard, Bill a dit que c'est devenu suffocant aussi rapidement parce qu'il n'y avait aucun appel d'air.

Le 17 juillet, oui, le 17. Le jour de la petite fumée. Un mois après le début des vacances et alors que le noyau des Ratés — Bill, Eddie et Ben — s'était formé dans les Friches. Voyons..., *pense Richie,* les prévisions météo pour cette journée vieille de presque vingt-sept ans... Je peux dire ce qu'elles annonçaient avant de les avoir lues. Richard Tozier, ou le Grand Mentaliseur. « Chaud, humide, risque d'orages. Surveiller les visions qui peuvent naître de la petite fumée... »

Cela se passait deux jours après la découverte du corps de Jimmy Cullum, le lendemain du jour où Mr. Nell était redescendu dans les Friches et s'était assis juste au-dessus du Club sans s'en douter un instant car le toit avait été installé et Ben en personne avait veillé à son camouflage. À moins de se mettre à quatre pattes et de tout examiner à la loupe, jamais on n'aurait pu deviner quoi que ce fût. Comme le barrage, le Club souterrain de Ben avait été un succès retentissant, mais cette fois-ci, Mr. Nell n'en sut rien.

Il les avait interrogés avec soin, officiellement, notant toutes les réponses dans son carnet noir, mais ils n'avaient que peu de chose à déclarer — du moins en ce qui concernait Jimmy Cullum — et le policier était reparti en leur rappelant une fois de plus qu'ils ne devaient jamais venir jouer seuls dans les Friches, au grand jamais. Sans doute les en aurait-il chassés si on avait cru, au département de police de Derry, que le petit Cullum avait été tué ici ; mais tout le monde savait bien qu'avec ce système d'égouts et de canalisations, tout finissait par y être rejeté.

Mr. Nell était venu le 16, oui, par une journée également chaude et humide, mais ensoleillée. Le ciel s'était couvert le 17.

« Vas-tu nous parler ou non, Richie ? » demande Bev. Elle esquisse un sourire, les lèvres pleines, maquillées en rouge-rose pâle, le regard animé.

« Je me demandais par où commencer », répond-il en enlevant ses verres qu'il essuie sur un pan de chemise. Et tout d'un coup, il sait : au moment où le sol s'est ouvert devant lui et Bill. Il connaissait pourtant le Club, mais ça l'impressionnait toujours de voir cette fente noire s'entrebâiller dans la terre.

Il se souvient que Bill l'avait pris sur le porte-bagages de Silver à leur point de rendez-vous habituel de Kansas Street, puis comme ils avaient rangé la bicyclette sous le pont. Il se souvient de leur marche jusqu'à la petite clairière, sur un sentier si étroit qu'il fallait avancer de profil par moments dans l'enchevêtrement des broussailles — on était en plein été et la végétation des Friches était à son apogée. Il se souvient des claques qu'il se donnait pour chasser les moustiques qui zonzonnaient à ses oreilles, de quoi rendre fou ; il se souvient même de Bill disant (oh, comme tout lui revient avec clarté, non pas comme si c'était arrivé hier, mais comme si c'était en train de se produire) : « B-Bouge pas, R-R-

2

« Richie, y a-a un g-gros ba-balèze sur ton c-cou.

— Oh, bon Dieu ! » s'exclama Richie qui détestait les moustiques. Des saloperies de petits vampires volants, pas autre chose. « Tue-le, Bill. »

La main de Bill s'abattit sur la nuque de son ami.

« Houlà !

— Re-regarde. »

Un moustique écrasé gisait au cœur d'une tache irrégulière de sang dans la paume de Bill. *Mon sang, que j'ai versé pour toi et pour bien d'autres,* pensa Richie. « Beurk, fit-il.

— T'en f-fais pas. Ce pe-petit b-branleur ne redansera p-plus jamais le t-tango. »

Ils poursuivirent leur chemin ponctué de gifles (pour les moustiques) et de moulinets (contre les nuages de mouches noires sans doute attirées par leur odeur de transpiration).

« Quand vas-tu parler aux autres des balles en argent, Bill ? » demanda Richie au moment où ils approchaient de la clairière. « Les autres » étaient en l'occurrence Bev, Eddie, Mike et Stan, même s'ils se doutaient que ce dernier soupçonnait quelque chose. Stan était brillant, trop brillant pour son propre bien, se disait parfois Richie. Il avait pratiquement paniqué le jour où Mike avait amené l'album de son père et Richie aurait parié, sur le coup, que le Club des Ratés allait perdre un membre et devenir un sextuor. Stan avait néanmoins fait sa réapparition, le lendemain, et Richie l'en respectait d'autant plus. « Tu vas leur dire aujourd'hui ?

— N-Non, pas aujourd'hui.

— T'as peur que ça ne marche pas, hein ? »

Bill haussa les épaules et Richie, qui fut peut-être celui qui comprit le mieux Bill Denbrough jusqu'à l'arrivée d'Audra Phillips dans la vie de ce dernier, eut l'intuition de tout ce qu'il lui aurait répondu s'il n'y avait eu la barrière de son bégaiement : que les gosses qui fondent des balles d'argent, c'est des trucs romanesques, des trucs de BD, même... en un mot, que c'était que dale. Bien sûr, ils pouvaient toujours essayer. Dans un film, ça marcherait, ouais. Mais...

« Alors ?

— J'ai une i-i-idée. Plus s-simple. Mais seulement si B-Be-verly...

— Si Beverly quoi ?

— L-Laisse tomber. »

Et Bill n'en dit pas plus sur la question.

Ils pénétrèrent dans la clairière. En y regardant de près, on aurait peut-être remarqué que l'herbe avait un air légèrement piétiné ; on aurait pu même se dire qu'il y avait quelque chose d'artificiel — presque un peu trop bien disposé — dans la façon dont étaient éparpillées feuilles et aiguilles de pin sur le gazon. Bill ramassa l'emballage d'une confiserie (venant sans aucun doute de Ben) et le mit machinalement dans sa poche.

Au moment où les garçons allaient atteindre le milieu de la clairière, un fragment de sol d'une trentaine de centimètres se souleva dans un désagréable grincement de charnières, révélant une paupière noire. Des yeux apparurent sur ce fond de ténèbres et Richie ne put retenir un frisson. Mais ce n'étaient que ceux d'Eddie Kaspbrak, à qui il rendrait visite, une semaine plus tard, à l'hôpital, Eddie qui entonna d'une voix creuse : « Qui heurte si fort à ma porte ? »

Rires étouffés d'en dessous, bref éclair d'une lampe de poche.

« Cé sonne les *rurales,* Señor, répondit Richie (qui s'était accroupi et tortillait une moustache invisible) en prenant sa voix Pancho Vanilla.

— Ah oui ? fit Beverly. Montrez-nous vos insignes.

— Nos cent signès ? cria Richie, ravi. Nous n'avons pas béssoin, dé cent signès ! Ouné seul souffit !

— Va te faire foutre, Pancho ! » répliqua Eddie en refermant sèchement la grosse paupière. D'autres rires étouffés montèrent du sol.

« *Sortez tous les mains en l'air !* » gronda Bill d'une voix basse et autoritaire d'adulte. Il se mit à piétiner lourdement le toit de gazon du Club. C'est à peine si l'on voyait bouger le sol sur son passage ; ils avaient fait du bon travail. « *Vous n'avez pas l'ombre d'une chance !* » reprit-il sur le même ton, se voyant lui-même comme l'intrépide Joe Friday de la police de Los Angeles. « *Sortez tous de là, bande de rats ! Ou bien on ouvre le feu !* »

Il sauta lourdement sur place pour accentuer l'effet. Cris et rires d'en dessous. Bill souriait, sans se rendre compte que Richie l'observait attentivement — non pas comme un enfant regarde un autre enfant, mais, pendant un bref instant, comme un adulte regarde un enfant.

Il ne sait pas qu'il ne le fait pas toujours, pensa Richie.

« Laisse-les entrer, Ben, avant qu'ils démolissent tout », dit Bev. Bientôt s'ouvrit une trappe comme une écoutille de sous-marin. La tête de Ben apparut, toute rouge. Richie comprit aussitôt que Ben devait être assis à côté de Beverly.

Bill et Richie descendirent par la trappe que Ben referma Ils étaient tous réunis, assis contre les parois de planches, genoux remontés, la lumière de la lampe de poche de Ben révélant mal les visages.

« A-Alors, qu'est-ce qui s-se p-pa-passe ? demanda Bill.

— Pas grand-chose », répondit Ben. Il était bien assis à côté de Beverly, et si sa figure était écarlate, il avait aussi l'air heureux. « On était juste...

— Dis-leur, Ben, l'interrompit Eddie. Dis-leur l'histoire ! Faut voir ce qu'ils en pensent.

— Ce ne serait pas recommandé pour ton asthme », remarqua Stan du ton il-faut-bien-qu'il-y-ait-quelqu'un-de-raisonnable-ici.

Richie était assis entre Mike et Ben, mains jointes aux genoux. L'endroit était délicieusement frais, et avait quelque chose de délicieusement secret. « De quoi parliez-vous ?

— Ben nous a raconté une histoire de cérémonie indienne, répondit Bev. Mais Stan a raison ; ça ne serait pas très bon pour ton asthme, Eddie.

— Ça me fera peut-être rien, objecta Eddie, d'un ton dont l'assurance, remarqua Richie, lui faisait honneur. En général, les crises se produisent quand je m'énerve. Je voudrais bien essayer, de toute façon.

— Mais es-essayer quoi ?

— La cérémonie de la petite fumée, dit Eddie.

— Qu'est-ce q-que c'est ?

— Eh bien, j'ai trouvé ça dans un livre de la bibliothèque, la semaine dernière, commença Ben. *Fantôme des Grandes Plaines.* Il parle des tribus indiennes qui vivaient dans l'Ouest, il y a cent cinquante ans. Les Paioutes, les Pawnees, les Kiowas, les Otoes, les Commanches. C'est vraiment un bon livre. Qu'est-ce que j'aimerais aller dans les États où ils vivaient, l'Iowa, le Nebraska, le Colorado, l'Utah...

— Arrête et parle-nous de la cérémonie de la petite fumée, fit Beverly en le poussant du coude.

— Oui, d'accord. » Et Richie se dit qu'il aurait répondu la même chose si Bev lui avait demandé de boire une fiole de poison.

« Presque tous ces Indiens avaient des cérémonies spéciales, et c'est notre Club souterrain qui m'y a fait penser. À chaque fois qu'ils avaient des décisions importantes à prendre — s'il fallait ou non suivre les troupeaux de bisons, trouver de nouvelles sources, ou faire la guerre à leurs ennemis —, ils creusaient un grand trou, qu'ils recouvraient de branches en laissant juste un petit passage pour la fumée. Quand l'installation était terminée, ils allumaient un feu dans la fosse. Ils se servaient de bois vert pour qu'il y ait beaucoup de fumée, et tous les braves s'asseyaient autour de ce feu. Le trou ne tardait pas à se remplir de fumée. Le livre dit que c'était une cérémonie religieuse, mais on peut aussi parler de compétition, je crois. Au bout d'une demi-journée, à peu près, la plupart des braves en sortaient à quatre pattes, ne pouvant plus supporter la fumée. Il en restait deux ou trois. Ceux-ci, dit-on, avaient des visions.

— Ouais, je crois que j'en aurais aussi si je respirais de la fumée pendant cinq ou six heures, remarqua Mike, ce qui les fit tous rire.

— En principe, ces visions expliquaient à la tribu ce qu'elle devait faire, reprit Ben. Et je ne sais pas si c'est vrai ou non, mais d'après le livre, elles faisaient presque toujours prendre la bonne décision. »

Il y eut un silence et Richie regarda Bill. Il se rendit compte qu'ils le regardaient tous et il eut l'impression, une fois de plus, que l'histoire de la petite fumée de Ben était quelque chose de plus qu'un exemple qu'on prend dans un livre pour ensuite jouer soi-même à l'apprenti chimiste ou magicien. Il le savait, tous le savaient. C'était quelque chose qu'ils étaient censés faire.

Ceux-ci, dit-on, avaient des visions... ces visions faisaient presque toujours prendre la bonne décision.

Richie pensa : *Je parie que si on lui demande, Ben nous dira que c'est tout juste si ce livre ne lui a pas sauté dans les mains. Comme si quelque chose avait voulu lui voir lire celui-ci et pas un autre, pour qu'il nous parle ensuite de la cérémonie de la petite fumée. Parce qu'il y a bien une tribu, ici, non ? Ouais. Nous. Et nous avons bougrement besoin de savoir ce que nous devons faire.*

Cette réflexion en amena une autre : *Tout cela était-il censé arriver ? Depuis le moment où Ben a eu l'idée du Club souterrain au lieu de la cabane dans les arbres, cela devait-il arriver ? Qu'est-ce qui relève de notre initiative, là-dedans, et qu'est-ce qui... vient d'ailleurs ?*

Il se dit que d'une certaine manière, cette idée avait quelque chose de réconfortant. Il était agréable d'imaginer que quelque chose de plus puissant que soi, de plus intelligent que soi, réfléchissait à votre place, comme les adultes font quand ils prévoient les repas, achètent les vêtements et organisent l'emploi du temps des enfants ; et Richie était convaincu que la force qui les avait rassemblés, celle qui s'était servie de Ben pour leur faire connaître la cérémonie de la petite fumée, n'était pas la même que celle qui tuait les enfants. C'était une sorte de contre-force qui s'opposait à... Ça. Néanmoins, il ne trouvait pas très agréable cette impression de ne pas contrôler ses propres actions, d'être dirigé, utilisé.

Tous regardaient Bill ; tous attendaient de voir ce qu'il allait dire.

« V-Vous savez, ça m'a-a l'air p-pas mal du t-tout. »

Beverly soupira et Stan s'agita, mal à l'aise ; ce fut tout.

« P-Pas m-mal du t-tout », répéta Bill en se regardant les mains. Peut-être cela tenait-il à la lumière vacillante de la lampe que Ben tenait à la main, mais Richie trouva que Bill, en dépit de son sourire, était un peu pâle et avait l'air d'avoir très peur ; c'était peut-être aussi son imagination. « U-Une vision peut n-nous être utile pour s-savoir quoi f-faire. »

Et si quelqu'un doit avoir une vision, pensa Richie, *ce sera Bill.* Mais sur ce point il se trompait.

Ben intervint : « Ça ne marche probablement que pour les Indiens, mais on peut toujours essayer.

— Ouais, on va sans doute tous s'évanouir à cause de la fumée et crever dans notre trou, fit Stan d'un ton sinistre. Ça vaudra vraiment le coup.

— Tu ne veux pas, Stan ? demanda Eddie.

— Si, même si je ne suis pas très enthousiaste. » Il soupira. « Vous êtes en train de me rendre cinglé, les mecs, savez-vous ? Quand ? ajouta-t-il en regardant Bill.

— Il ne f-faut ja-jamais remettre à-à plus t-tard... »

Il y eut un silence stupéfait, puis songeur. Finalement Richie se redressa et ouvrit la trappe, laissant pénétrer dans le Club la lumière grise et brillante de cette tranquille journée d'été.

« J'ai ma hachette, dit Ben en le suivant à l'extérieur. Qui veut m'aider à couper un peu de bois vert ? »

En fin de compte, tout le monde donna un coup de main.

3

Il leur fallut environ une heure pour être prêts. Ils coupèrent quatre ou cinq brassées de branchages que Ben débarrassa de leurs feuilles. « Pour fumer, ça devrait fumer, remarqua-t-il. Je me demande même si on arrivera à les faire brûler. »

Beverly et Richie se rendirent sur la rive de la Kenduskeag dont ils ramenèrent plusieurs gros galets, la veste d'Eddie servant de sac. (Sa mère lui donnait toujours une veste, même s'il faisait plus de vingt-cinq degrés ; il pouvait pleuvoir, et avec une veste, le cher petit ne serait pas mouillé.) Au retour, une idée traversa l'esprit de Richie. « Tu ne peux pas participer à la cérémonie, Bev. Tu es une fille. Ben a dit que c'étaient les braves qui descendaient dans le trou, pas les squaws. »

Beverly s'arrêta, et regarda Richie avec une expression où se mêlaient l'amusement et l'irritation. Une mèche de cheveux s'était détachée de sa queue de cheval. Elle avança la lèvre inférieure et souffla, la chassant de son front.

« Je te prends à la lutte quand tu veux, Richie. Tu le sais parfaitement bien.

— Aucun 'appo't, Miss Sca'lett, fit Richie en ouvrant de grands yeux. V' sêtes toujou's une fille et vous se'ez toujou's une fille ! Jamais un b'ave Injun !

— Alors je serai une bravette. Et maintenant on ramène ces cailloux au Club, ou tu préfères que je démolisse ta sale caboche avec ? »

Richie n'avait été qu'à demi sérieux lorsqu'il avait parlé d'exclure Bev de la cérémonie du fait de son sexe, mais apparemment Bill l'était tout à fait.

Elle se tenait debout devant lui, mains sur les hanches, rouge de colère. « Tu ne vas pas t'en sortir comme ça, Bill le Bègue ! Ou je suis dans le coup, ou je ne fais plus partie de votre foutu Club ! »

Patiemment, Ben répondit : « Ce n'est p-pas co-comme ça, Be-Beverly, et t-tu le sais b-bien. Il faut q-que quelqu'un r-reste à-à l'extérieur.

— Pourquoi ? »

Bill voulut répondre, mais sentit son bégaiement empirer ; il se tourna vers Eddie pour chercher de l'aide.

« À cause de ce qu'a dit Stan, expliqua calmement Eddie, à propos de la fumée. Bill dit que ça peut réellement arriver. Qu'on s'évanouisse tous, et qu'on meure. Il dit que c'est ce qui arrive la plupart du temps dans les incendies. Les gens meurent d'asphyxie, pas brûlés. Ils...

— Bon, d'accord, le coupa Bev en se tournant vers lui. Et il veut que quelqu'un reste dehors, c'est ça ? »

L'air d'un chien battu, Eddie acquiesça.

« Dans ce cas, pourquoi ce ne serait pas toi ? C'est toi qui as de l'asthme, pas moi. »

Eddie ne répondit rien. Elle se tourna à nouveau vers Bill. Les autres se tenaient un peu plus loin, regardant la pointe de leurs tennis.

« C'est parce que je suis une fille, hein ? c'est bien ça ?

— Be-Be-Be-Be...

— T'as pas besoin de parler, lança-t-elle sèchement. Hoche la tête si c'est oui. Ta tête ne bégaie pas, je suppose ? C'est parce que je suis une fille ? »

À contrecœur, Bill hocha la tête.

Elle le regarda quelques instants, lèvres tremblantes, et Richie eut l'impression qu'elle était sur le point de pleurer. Au lieu de cela, elle explosa.

« Eh bien, allez vous faire foutre ! » Elle se tourna brusquement vers les autres, et aucun n'osa soutenir son regard. « Allez tous vous faire foutre si vous pensez la même chose ! » Elle revint vers Bill et se mit à parler à toute vitesse : « C'est autre chose tout de même que les petits jeux de gosses comme chat perché, le gendarme et les voleurs ou les cow-boys ! Tu le sais très bien, Bill ! C'est quelque chose que nous devons faire, nous le devons ! La petite fumée en fait partie. Et tu ne vas pas me virer juste parce que je suis une fille, tu comprends ça ? T'as intérêt, parce que sinon, je me barre tout de suite. Et si je pars, c'est définitif. C'est pour de bon. Tu comprends ? »

Elle s'arrêta. Bill la regarda ; il avait l'air d'avoir retrouvé son calme, mais Richie eut peur. Il avait l'impression qu'ils étaient en train de perdre le peu de chances qu'ils avaient de gagner, de trouver un moyen d'en finir avec la chose qui avait tué Georgie Denbrough et les autres enfants, de trouver Ça et de le tuer. Il se dit : *Sept, c'est le nombre magique. Il faut que nous soyons sept. C'est comme ça que cela doit être.*

Quelque part un oiseau chanta, s'interrompit, recommença.

« T-Très b-bien, dit Bill, et Richie poussa un soupir. Mais il f-faut q-que quelqu'un r-reste dehors. Qui v-veut le f-faire ? »

Richie pensa que Stan ou Eddie allaient se porter volontaires, mais personne ne bougea. Eddie ne dit rien, Stan garda un silence songeur et Mike passa les pouces dans sa ceinture comme Steve McQueen dans *Wanted : Dead or Alive.* Ben n'avait même pas relevé la tête.

« A-Allons, les g-gars », dit Bill, et Richie prit conscience que tous les masques étaient tombés, maintenant ; le discours passionné de Bev et l'expression sérieuse et adulte de Bill ne permettaient plus de se faire d'illusions. La cérémonie de la petite fumée faisait partie intégrante des événements et présentait peut-être les mêmes dangers que ceux que Bill et lui-même avaient courus lors de l'expédition au 29, Neibolt Street. Ils le savaient… et personne ne reculait. Il fut soudain très fier d'eux, très fier d'être avec eux. Après tant d'années d'exclusion, il était enfin admis. Étaient-ils encore des ratés ou non ? Il l'ignorait, mais il savait en revanche qu'ils étaient ensemble, qu'ils étaient amis. De sacrés bons amis. Richie enleva ses lunettes et les essuya vigoureusement à un pan de sa chemise.

« Je sais comment faire », dit Beverly en sortant une boîte d'allumettes de sa poche. Elle prit une allumette, l'enflamma et l'éteignit aussitôt ; puis elle en prit six autres intactes, se détourna, et y ajouta l'allumette brûlée, tenant le tout dans son poing fermé. Quand elle leur fit de nouveau face, les sept allumettes, à l'envers, dépassaient de son poing. « Prends-en une, dit-elle en s'adressant tout d'abord à Bill. Celui qui aura l'allumette brûlée restera dehors et se chargera de sortir ceux qui s'évanouiraient. »

Bill la regarda droit dans les yeux. « T-Tu es sûre que c'est ce-ce que tu v-veux ? »

Elle lui sourit, et son visage rayonna. « Ouais, gros bêta, c'est ce que je veux. Et toi ?

— J-Je t'aime, B-Bev », dit-il, et les joues de Beverly s'empourprèrent vivement.

Bill ne parut pas s'en rendre compte. Il étudiait les extrémités des allumettes dépassant de son poing, et finit par en prendre une. Elle était intacte. Bev se tourna vers Ben et lui tendit les six qui restaient.

« Moi aussi je t'aime », déclara Ben, la voix enrouée. Il avait rougi jusqu'à la racine des cheveux et paraissait sur le point d'avoir une attaque. Mais personne ne rit. Un peu plus loin dans les Friches, l'oiseau chanta de nouveau. *Stan sait sûrement de quelle espèce il est,* pensa Richie sans savoir pourquoi.

« Merci », dit-elle avec un sourire, et Ben prit une allumette. Intacte.

Ce fut le tour d'Eddie. Il sourit, un sourire timide d'une extraordinaire douceur qui trahissait une vulnérabilité à fendre le cœur. « Je crois bien que je t'aime, moi aussi, Bev », dit-il en prenant une allumette au hasard. Intacte.

Elle se tourna vers Richie. « Ah, je vous aime, Miss Sca'lett ! » minauda Richie d'une voix suraiguë et avec un geste exagéré des lèvres comme un baiser. Puis il se sentit soudain tout honteux. « Je t'aime vraiment, reprit-il en effleurant ses cheveux de la main. T'es une chouette fille.

— Merci. »

Il prit une allumette et l'examina, convaincu d'avoir tiré la mauvaise. Intacte aussi.

« Je t'aime », dit aussi Stan quand vint son tour ; l'allumette qu'il tira était également intacte.

« C'est entre toi et moi, Mike », dit-elle en lui tendant les deux allumettes restantes.

Il fit un pas en avant. « Je ne te connais pas assez pour t'aimer, dit-il, mais je t'aime tout de même. Tu pourrais donner des leçons de gueulante à ma mère, je crois. »

Tous éclatèrent de rire, et Mike tira son allumette. Intacte.

« En f-fin de compte, ce se-sera toi », dit Bill.

L'air écœuré — toute cette comédie pour rien —, Beverly ouvrit la main.

La tête de la dernière allumette était également intacte.

« T-Tu les as tra-trafiquées ! l'accusa Bill.

— Non, je n'ai rien trafiqué du tout. » Elle avait parlé non pas sur un ton de colère et de protestation, ce qui aurait été suspect, mais sur celui de la plus grande surprise. « Je le jure devant Dieu, je n'ai pas triché. »

Elle leur montra alors sa paume ; tous virent la légère trace noire laissée par le bout charbonneux.

« Bill, je te le jure sur la tête de ma mère ! »

Bill l'étudia quelques instants et acquiesça. Sans se concerter, ils tendirent tous leur allumette à Bill. Aucune des sept n'était brûlée. Stan et Eddie se mirent à examiner le sol de près, mais aucune allumette brûlée n'y traînait.

« Je n'ai pas triché, dit fermement Beverly, sans s'adresser à quiconque en particulier.

— Qu'est-ce que nous faisons, alors ? demanda Richie.

— Nous descendons t-t-tous de-dedans, répondit Bill. P-Parce que c'est ce que n-nous sommes cen-censés f-faire.

— Et si on tombe tous dans les pommes ? » demanda Eddie.

Bill regarda Beverly. « S-Si B-Bev dit la vé-vérité, et elle la d-dit, ça n'a-arrivera p-pas.

— Comment tu le sais ? demanda Stan.

— Je l-le sais, c'est t-tout. »

Le chant de l'oiseau s'éleva de nouveau.

4

Ben et Richie descendirent les premiers, et les autres leur tendirent les galets un par un. Richie les passait à Ben, qui les disposa en cercle au milieu du sol en terre du Club souterrain. « Parfait, dit-il, ça suffit. »

Les autres le rejoignirent, chacun tenant une poignée de branchettes prises dans celles qui avaient été préparées. Bill descendit le dernier. Il ferma la trappe et ouvrit la petite fenêtre sur charnières. « V-Voilà, dit-il, ce sera n-notre trou de f-fumée. Est-ce qu'on a d-de quoi l'a-allumer ?

— On peut se servir de ça, dit Mike en tendant une BD toute froissée. Je l'ai déjà lue. »

Bill arracha les pages une à une, avec lenteur et gravité. Les autres étaient alignés le long du mur, épaule contre épaule, genou contre genou. Il régnait une tension à la fois lourde et tranquille.

Bill déposa des brindilles et des branches sur le papier et regarda Beverly. « C'est t-toi qui as les a-allumettes », dit-il.

Elle en enflamma une, petite lueur jaunâtre vacillante, dans la pénombre. « Cette fichue cochonnerie ne va sans doute pas prendre », dit-elle d'une voix qui manquait d'assurance en mettant le feu au papier à plusieurs endroits. Quand la flamme de l'allumette s'approcha trop de ses doigts, elle la jeta au milieu du foyer.

Les flammes s'élevèrent, jaunes, avec des craquements, accusant les reliefs de leurs visages, et dès cet instant-là, Richie n'eut aucun mal à admettre la véracité de la légende indienne ; il se dit qu'il en avait été ainsi en ces temps où l'idée d'un homme blanc n'était rien de plus qu'une rumeur, une histoire à dormir debout, pour ces Indiens qui suivaient des troupeaux de bisons tellement énormes que leur passage secouait la terre comme un séisme. Il se les représentait, Kiowas, Pawnees ou autres, accroupis dans la fosse de la petite fumée, genou contre genou et épaule contre épaule, les yeux sur le feu qui s'enfonçait avec des sifflements dans les plaies qu'il s'ouvrait dans le bois, à l'écoute du léger chuintement régulier de la sève bavant à l'extrémité des tiges humides. Attendant la vision.

Ouais. Assis ici, maintenant, Richie pouvait y croire... et à voir la sombre expression avec laquelle tous contemplaient les flammes en train de dévorer la BD de Mike, il comprenait que chacun le croyait aussi.

Les branches prenaient. Le Club souterrain commença à se remplir de fumée. Une partie de celle-ci, blanche comme des signaux d'Indiens dans un western de série B, s'échappa par l'ouverture. Mais au-dehors, il n'y avait pas le moindre souffle susceptible de créer l'appel d'air qui aurait assuré un minimum de tirage, si bien que presque toute la fumée resta à l'intérieur. Sa morsure âcre piquait les yeux et prenait à la gorge. Richie entendit Eddie tousser par deux fois — un son sec comme deux planches heurtées — puis le silence retomba. *Il n'aurait pas dû rester ici...*, pensa-t-il, mais quelque chose d'autre, apparemment, voyait le problème différemment.

Bill jeta une nouvelle poignée de branches vertes sur le feu hésitant et demanda, d'une voix ténue, très inhabituelle chez lui : « Quelqu'un a-a-t-il une vi-vision ?

— La vision que je sors d'ici ! » dit Stan Uris, ce qui fit rire Beverly — mais son rire se transforma en quinte de toux.

Richie s'appuya de la nuque contre la paroi et leva les yeux sur le trou de fumée, mince rectangle de ciel gris. Il pensa à la statue de Paul Bunyan, en mars dernier... mais sans doute n'était-ce qu'un mirage, une hallucination, une

(*vision*)

« La fumée me tue, oh là là ! s'exclama Ben.

— Alors sors », murmura Richie sans quitter des yeux le trou de fumée. Il avait l'impression de maîtriser en partie ce qui se passait, d'avoir perdu cinq kilos. Et il aurait juré que le Club souterrain était devenu plus vaste. Là-dessus, il aurait été catégorique. Il était assis avec la grosse cuisse de Ben calée contre la sienne et l'épaule osseuse de Bill qui lui rentrait dans le bras ; or maintenant, il ne touchait aucun des deux. Il regarda paresseusement à sa droite et à sa gauche pour vérifier qu'il ne se trompait pas, et il avait raison : Ben était à trente centimètres de lui sur la gauche, environ. À sa droite, Bill paraissait encore plus éloigné.

« Nous avons plus de place, amis et voisins », dit-il. Il prit une profonde inspiration et se mit à tousser violemment. Cela lui faisait mal, très mal dans la poitrine, comme lorsqu'on a une bronchite ou la grippe ou un truc comme ça. Pendant un moment, il crut que jamais il ne s'arrêterait, et qu'il continuerait à tousser jusqu'à ce qu'on le tire de là. *S'ils en sont encore capables,* pensa-t-il ; mais l'idée lui parut tellement lointaine qu'elle en perdit tout ce qu'elle avait d'effrayant.

Bill lui tapa alors sur l'épaule et la toux passa.

« Tu ne sais pas que tu ne le fais pas toujours », dit Richie. Il regardait toujours le trou de fumée, et non Bill. Comme l'ouverture lui paraissait éclatante ! Quand il fermait les yeux, il voyait toujours le rectangle de lumière, flottant dans le noir, mais d'un vert brillant et non plus gris-blanc.

« Qu'est-ce que t-tu veux di-dire ?

— Ton bégaiement. » Il se tut, conscient que quelqu'un toussait sans qu'il puisse dire qui. « C'est toi qui devrais imiter des voix, Bill, pas moi. Tu... »

La toux devint plus forte. La lumière du jour envahit soudain le Club, avec une telle force que Richie dut plisser les yeux. C'est à peine s'il distingua Stan Uris qui se précipitait à l'extérieur.

« Désolé, réussit à dire Stan au milieu des spasmes de sa toux. Désolé, j'peux pas...

— T'en fais pas, Richie, s'entendit-il dire. T'as pas besoin de t'excuser. » Il avait l'impression que sa voix venait d'un autre corps que le sien.

La trappe se referma, mais suffisamment d'air frais avait pénétré pour lui éclaircir un peu les idées. Avant que Ben ne se fût déplacé pour profiter de la place libérée par Stan, Richie prit conscience de la pression de la cuisse du gros garçon contre la sienne ; comment avait-il pu éprouver l'impression que le Club s'était agrandi ?

Mike Hanlon jeta encore un peu de bois sur le feu. Richie recommença à respirer à petits coups, les yeux toujours tournés vers le trou de fumée. Il n'avait aucune idée du temps qui pouvait s'être écoulé, mais il se rendait compte que, en plus d'être enfumé, le Club devenait agréable et chaud.

Il regarda autour de lui, vers ses amis. On les devinait mal, dans les volutes de fumée et le peu de lumière terne qui tombait du trou de fumée. Bev avait la tête rejetée en arrière contre un étai, mains aux genoux, les yeux fermés, des larmes coulant sur ses joues jusqu'au lobe de ses oreilles. Bill était assis en tailleur, le menton sur la poitrine. Quant à Ben...

Mais soudain Ben sauta sur ses pieds et ouvrit de nouveau la trappe.

« L'ami Ben nous quitte », commenta Mike ; il était assis à l'indienne, directement en face de Richie, et avait les yeux aussi rouges que ceux d'une belette.

Une fraîcheur relative leur arriva une fois de plus, tandis que des volutes de fumée sortaient par l'ouverture. Ben toussait et éructait, et Stan dut l'aider à sortir. Avant qu'ils n'eussent eu le temps de refermer la trappe, Eddie s'était levé en chancelant, le visage d'une pâleur mortelle, sauf sous les yeux. Sa poitrine étroite se soulevait spasmodiquement, sur un rythme rapide. Il attrapa à tâtons le bord de la trappe et il serait retombé si Ben ne l'avait saisi d'une main et Stan de l'autre.

« Désolé », réussit à couiner faiblement Eddie, soudain aspiré à l'extérieur. La trappe se referma.

Il y eut une longue période tranquille. La fumée s'épaissit jusqu'à former un épais brouillard. *Une vraie purée de pois, mon cher Watson,* pensa Richie qui, pendant quelques instants, se prit pour Sherlock Holmes remontant d'un pas décidé Baker Street ; Moriarty n'était pas loin, un fiacre l'attendait et tout était en place.

Le tableau était d'une stupéfiante solidité. Il avait presque du poids et ne ressemblait en rien à ces petites rêveries qu'il s'octroyait souvent ; c'était quelque chose de presque réel.

Il lui restait encore assez de bon sens pour se dire que si tout ce qu'il tirait d'une vision était de se voir en Sherlock Holmes arpentant Baker Street, la notion de vision était rudement surfaite.

Sauf bien sûr que ce n'est pas Moriarty qui nous attend dehors. Ce qui nous attend, c'est Ça. Et c'est réel, Ça.

La trappe s'ouvrit alors et Beverly sortit, toussant sèchement, une main devant la bouche. Ben la prit par une main et Stan la souleva par-dessous le bras. Se poussant, tirée, elle disparut de son champ de vision.

« C'est p-p-plus g-grand », dit Bill.

Richie regarda autour de lui. Il vit le cercle de pierres à l'intérieur duquel le feu se consumait pauvrement, dégageant des volutes de fumée. En face de lui, Mike était assis, jambes croisées comme un totem taillé dans de l'acajou, et le regardait à travers le feu de ses yeux rougis. Sauf que Mike se trouvait à vingt mètres de lui, au bas mot, et que Bill était encore plus loin sur sa droite. Le Club souterrain avait maintenant les dimensions d'une salle de bal.

« Cela n'a pas d'importance, dit Mike. Ça va venir rapidement ; quelque chose va venir.

— Ou-Oui, dit Bill. Mais je... je... je... »

Il se mit à tousser. Il essaya de se contrôler, mais la toux empira, irrépressible, un vrai bruit de crécelle. Vaguement, Richie vit Bill se lever, repousser la trappe et l'ouvrir.

« Bo-Bonne ch-ch-ch... »

Puis il disparut, soulevé par les autres.

« On dirait bien que ça va se jouer entre toi et moi, mon vieux Mikey, dit Richie, qui se mit lui-même à tousser. J'étais sûr que ce serait Bill... »

La toux redoubla. Il se plia en deux, incapable de respirer, la tête bourdonnant d'élancements violents, les yeux pleins de larmes.

De loin, très loin, il entendit la voix de Mike : « Sors d'ici s'il le faut, Richie. Tu vas pas te laisser crever, tout de même. »

Il leva la main et adressa un signe de dénégation à Mike. Peu à peu, il réussit à reprendre le contrôle de sa toux. Mike avait raison ; quelque chose était sur le point de se passer. Il voulait être encore sur place à ce moment-là.

Il pencha la tête en arrière et regarda de nouveau le trou de fumée. La quinte de toux l'avait laissé la tête allégée et il avait maintenant l'impression de flotter sur un coussin d'air. Une impression agréable. Il respira à petites bouffées et se dit : *Je deviendrai un jour une star du rock and roll. Oui, c'est ça. Je serai célèbre. Je ferai des disques, des albums, des films. J'aurai une veste de sport noire, des chaussures blanches et une Cadillac jaune. Et quand je reviendrai à Derry, ils en crèveront tous de jalousie, Henry Bowers en particulier. Je porte des lunettes, mais qu'est-ce que j'en ai à foutre ? Buddy Holly aussi porte des lunettes. Je vais blueser jusqu'à ce que je devienne noir. Je serai la première étoile du rock à venir du Maine. Je...*

La rêverie s'effilocha. Peu importait. Il découvrit qu'il n'avait même plus besoin de respirer à petits coups. Ses poumons s'étaient adaptés. Il pouvait respirer autant de fumée qu'il voulait. Peut-être venait-il de Vénus.

Mike jeta d'autre bois dans le feu. Pour ne pas être en reste, Richie en fit autant.

« Comment tu te sens ? » demanda Mike.

Richie sourit. « Mieux. Presque bien. Et toi ? »

Mike lui rendit son sourire et acquiesça. « Je me sens bien. T'as pas eu des idées marrantes ?

— Si. Je me suis pris pour Sherlock Holmes pendant une minute. Puis pour une star du rock. Tes yeux sont tellement rouges que c'en est incroyable.

— Les tiens aussi. Un vrai couple de belettes dans un poulailler, c'est nous, ça.

— Ah oui ?

— Ouais.

— Tu veux dire que ça va bien ?

— Très bien. Tu veux dire que tu as le mot ?

— Je l'ai, Mikey.

— Ouais, OK. »

Ils échangèrent un sourire et Richie laissa sa tête retomber en arrière, contre le mur, les yeux perdus sur le trou de fumée. Presque tout de suite, il se mit à dériver... Non, pas à dériver, à monter. Il dérivait vers le haut. Comme

(nous flottons tous là en bas)

un ballon.

« Di-dites, les g-gars, ça va, là en bas ?

La voix de Bill leur parvenait par le trou de fumée. Leur arrivait de Vénus, inquiète. Richie se sentit retomber brusquement à l'intérieur de lui-même.

« Très bien, s'entendit-il dire de très loin, d'un ton irrité. Très bien, on te dit très bien, calme-toi, Bill, laisse-nous attraper le mot, on te dit qu'on va attraper le

(monde)

mot. »

Le Club souterrain était plus vaste que jamais, avec maintenant un plancher de bois poli. La fumée était redevenue une purée de pois, et c'est à peine si l'on voyait le feu. Ce plancher ! Seigneur Jésus ! On aurait dit qu'ils étaient dans la salle de bal d'une superproduction de la MGM. Mike le regardait depuis l'autre côté, silhouette qu'il distinguait à peine dans le brouillard.

On y va, mon vieux Mikey.

Quand tu voudras, Richie.

T'as toujours envie de dire que ça va bien ?

Ouais... mais prends ma main... est-ce que tu peux l'attraper ?

Je crois.

Richie tendit la main et bien que Mikey fût de l'autre côté de cette énorme salle de bal, il sentit ses solides doigts bruns se refermer sur son poignet. Et c'était un bon contact, c'était bon de trouver la consolation dans le désir et le désir dans la consolation, la substance dans la fumée et la fumée dans la substance...

Il pencha la tête en arrière et regarda le trou de fumée, si blanc, si petit. Il était très loin, maintenant, à des kilomètres de hauteur. Un ciel vénusien.

Ça y était. Il commença à flotter. *Allons-y donc*, pensa-t-il ; et il se mit à s'élever de plus en plus vite dans la fumée, la brume, le brouillard — peu importait ce que c'était.

5

Ils ne se trouvaient plus à l'intérieur.

Ils se tenaient tous les deux au milieu des Friches, et le crépuscule tombait.

C'étaient bien les Friches, il le savait, mais tout paraissait différent. Le feuillage était plus luxuriant, plus profond et sauvagement parfumé. Il y poussait des plantes qu'il n'avait jamais vues et Richie se rendit compte que dans certains cas, ce qu'il avait pris pour des arbres était en fait des fougères géantes. On entendait un bruit d'eau courante, mais plus fort que ce qu'il aurait dû être ; ce n'était pas le babil paresseux de la Kenduskeag mais plutôt le rugissement du Colorado (tel qu'il se l'imaginait) s'ouvrant un chemin dans le Grand Canyon.

Il faisait aussi très chaud. Certes il pouvait faire chaud dans le Maine, pendant l'été ; une chaleur humide telle, parfois, que l'on gisait, moite, dans son lit, jusqu'au milieu de la nuit ; cependant, jamais de sa vie il n'avait ressenti une telle impression de chaleur et d'humidité. Des lambeaux d'une brume épaisse et fumeuse stagnaient dans les dépressions du relief et s'enroulaient autour de leurs jambes. Elle avait l'odeur âcre du bois vert qui brûle.

Mike et lui se dirigèrent en silence vers le grondement de l'eau, s'ouvrant un chemin dans l'étrange végétation. Des lianes comme des cordes pendaient entre certains arbres, semblables à des hamacs de toile d'araignée, et Richie entendit une fois un bruit de branche écrasée, dans les buissons, qui évoquait un animal plus gros qu'un daim.

Il s'arrêta, le temps de regarder autour de lui et de faire le tour de l'horizon. Le gros cylindre blanc du château d'eau ne se dressait pas à son emplacement. Le dépôt aux multiples voies de la gare avait également disparu, tout comme le lotissement d'Old Cape, remplacés par des monticules de grès rouge qui dépassaient au milieu des fougères géantes et des pins.

Il y eut un bruit de battements d'ailes au-dessus d'eux ; les deux garçons se tapirent au passage d'une escadrille de chauves-souris. Jamais Richie n'en avait vu d'aussi gigantesques et pendant un instant il fut encore plus terrifié que le jour où Bill bataillait pour faire prendre de la vitesse à Silver tandis que le loup-garou se lançait à leur poursuite. La tranquillité et la totale étrangeté de ce paysage étaient quelque chose de terrible, mais son abominable familiarité avait quelque chose de pire encore.

Pas besoin de paniquer, se dit-il à lui-même, *ce n'est qu'un rêve, une vision ou quelque chose comme ça. Le vieux Mike et moi, on se trouve en réalité dans le Club souterrain, en train de s'étrangler avec la fumée. Le Grand Bill ne va pas tarder à être pris de frousse de ne pas entendre de réponse et il va venir nous tirer de là avec Ben. Tout ça, comme dit l'autre, c'est juste pour faire semblant.*

N'empêche, l'une des chauves-souris avait une aile en lambeaux au point qu'il voyait le soleil brumeux briller à travers, et quand ils passèrent en dessous d'une des fougères géantes, ils aperçurent une chenille jaune bien grasse qui arpentait une large feuille verte, laissant son ombre derrière elle. Des bestioles minuscules grouillaient sur le corps de la chenille. Si ce n'était qu'un rêve, jamais il n'en avait fait d'aussi clair.

Ils continuèrent en direction du bruit de l'eau et le tapis de brume qui recouvrait le terrain jusqu'à la hauteur des genoux était tellement épais qu'il ignorait si ses pieds touchaient ou non le sol. Ils arrivèrent à un endroit où il n'y avait plus ni brouillard ni sol. Richie n'en croyait pas ses yeux ; ce n'était pas la Kenduskeag, et pourtant c'était elle. Le torrent dévalait en bouillonnant une passe étroite ouverte dans cette même roche friable — sur l'autre rive, on voyait les strates de pierre érodée qui marquaient l'enfoncement du lit, rouge, orange, rouge encore. Pas question de traverser ce tumulte sur des rochers ;

un pont suspendu en corde aurait été nécessaire. En cas de chute, on aurait été immédiatement entraîné. Le grondement de l'eau dénotait une sorte de rage folle et amère et tandis que Richie contemplait ce spectacle bouche bée, un poisson rose argenté bondit, faisant un saut d'une hauteur vertigineuse, pour engloutir les insectes qui tourbillonnaient en nuage au-dessus de l'eau. Jamais, non plus, il n'avait vu de poissons semblables de sa vie, même pas dans un livre.

Les oiseaux se mirent à pulluler dans le ciel en poussant des cris rauques, non pas par douzaines, mais par myriades, au point qu'à un moment donné, leur nuage noir cacha le soleil. Quelque chose d'autre produisit un bruit pesant d'écrasement dans les buissons, un bruit qui se prolongea, cette fois. Richie fit vivement demi-tour, le cœur battant à tout rompre, et vit un animal qui avait l'air d'une antilope passer en un éclair, en direction du sud-est.

Quelque chose va se produire. Les animaux le savent.

Les oiseaux passèrent, sans doute pour aller se poser en masse un peu plus loin au sud. D'autres bêtes bondirent à grand bruit près d'eux... puis il se fit un silence que ne troublait que le grondement régulier de la rivière. Mais c'était un silence d'attente, lourd de menace, que Richie n'aimait pas. Il sentit se hérisser les cheveux de sa nuque et chercha de nouveau la main de Mike.

« *Sais-tu où nous sommes ?* cria-t-il à Mike. *Est-ce que tu as le mot ?*

— *Seigneur oui ! Je l'ai ! Nous sommes autrefois, Richie, autrefois !* » répondit Mike sur le même ton.

Richie acquiesça. Autrefois, comme dans « il était une fois » ; il y avait très, très longtemps, quand nous vivions tous dans la forêt et que personne ne vivait ailleurs. Ils se trouvaient dans les Friches, Dieu seul savait combien de milliers d'années avant Jésus-Christ ; dans quelque inimaginable passé, bien avant l'époque glaciaire, quand la Nouvelle-Angleterre connaissait un climat aussi tropical que l'Amazonie aujourd'hui... si aujourd'hui existait toujours. Il regarda encore autour de lui, nerveusement, s'attendant presque à voir un brontosaure redresser son cou immense contre le ciel et baisser son regard sur eux, la gueule pleine de boue et de plantes déracinées, ou un tigre à dents de sabre bondir du sous-bois.

Nous sommes autrefois, il y a un million d'années, peut-être, ou dix millions, mais nous y sommes bien et quelque chose va se produire, j'ignore quoi, mais quelque chose et j'ai très peur je veux que ça finisse je veux revenir je t'en prie, Bill, je t'en prie, tire-nous de là c'est comme si on était tombés dans une image je t'en supplie aide-nous...

La main de Mike se raidit dans la sienne et il se rendit compte que le silence venait d'être rompu. Il ressentait plus qu'il n'entendait une vibration grave et régulière qui triturait la peau tendue de son tympan et croissait régulièrement. Elle n'avait aucune tonalité ; elle était simplement là :

(au commencement était le verbe, au commencement le mot, le monde le)

un son sans âme. À tâtons, sa main alla toucher l'arbre auprès duquel ils se tenaient, et sa paume, incurvée sur l'arrondi de l'écorce, sentit la vibration prisonnière à l'intérieur du tronc. Il se rendit compte au même instant qu'il la ressentait par les pieds sous la forme d'un picotement régulier qui montait le long de ses chevilles, de ses mollets, de ses genoux et transformait ses tendons en diapasons excités.

La vibration augmentait, augmentait.

Elle venait du ciel. Incapable de s'en empêcher, Richie leva la tête. Le soleil était une pièce fondue, un cercle de feu dans les brumes basses, entouré d'un halo d'humidité. En dessous, la luxuriante et verdoyante étendue qu'étaient les Friches gardait un silence absolu. Richie crut comprendre ce que signifiait cette vision : ils étaient sur le point d'assister à l'arrivée de Ça.

La vibration se dota d'une voix — un grondement grave qui alla crescendo jusqu'à devenir insupportable. Richie se boucha vivement les oreilles et cria sans entendre son cri. A côté de lui Mike Hanlon faisait la même chose et Richie vit qu'il saignait un peu du nez.

À l'ouest, les nuages n'étaient plus qu'un rougeoiment d'incendie se dirigeant vers eux, un ruisseau de flammes qui devint rivière, puis fleuve à la couleur menaçante ; puis un objet en feu rompit dans sa chute la couche nuageuse et un vent s'éleva. Un vent brûlant, desséchant, âcre de fumée et suffocant. La chose dans le ciel était gigantesque, tête de chalumeau trop éclatante pour être regardée. Des arcs électriques en jaillissaient comme des coups de fouet au sillage de tonnerre.

« *Un vaisseau spatial !* s'écria Richie qui tomba à genoux et se cacha les yeux. *Oh, mon Dieu, c'est un vaisseau spatial !* »

Il croyait cependant — ce qu'il tenterait d'expliquer aux autres, plus tard, le mieux possible — qu'en fait il ne s'agissait pas vraiment d'un vaisseau spatial, même s'il s'était déplacé à travers l'espace pour arriver là. Quelle que fût la chose tombée du ciel en ce jour de temps si reculés, elle était venue d'un lieu bien plus loin qu'une autre étoile ou une autre galaxie, et si le terme « vaisseau spatial » était ce qui lui était tout d'abord venu à l'esprit, peut-être cela venait-il de ce que son esprit n'avait pas d'autre moyen de catégoriser ce que ses yeux voyaient.

Il y eut ensuite une explosion, un rugissement prolongé suivi d'une secousse séismique qui les jeta tous les deux à terre. Ce fut Mike, cette fois-ci, qui chercha à tâtons la main de Richie. À la deuxième explosion, Richie ouvrit les yeux et vit une boule flamboyante surmontée d'une colonne de fumée qui se perdait dans le ciel.

« *Ça !* » cria-t-il à Mike, pris d'une terreur extatique. Jamais dans sa vie, avant ou après, il n'éprouverait aussi profondément une émotion, jamais ne le submergerait autant un sentiment. « *C'est Ça ! Ça ! Ça !* »

Mike l'aida à se remettre debout et ils coururent le long de la rive surélevée de la jeune Kenduskeag sans une seule fois prendre garde à quel point ils étaient près du bord. Mike trébucha, à un moment donné, et glissa à genoux ; puis ce fut au tour de Richie de tomber ; il se pela le tibia et déchira son pantalon. Avec le vent, leur parvenait l'odeur de la forêt qui brûlait. La fumée alla s'épaississant et Richie prit conscience, vaguement, qu'ils n'étaient pas les deux seuls à courir. Les bêtes couraient aussi, fuyant la fumée, le feu et la mort dans le feu. Fuyaient aussi Ça, peut-être ; le nouvel arrivant dans leur monde.

Richie commença à tousser et entendit Mike, à côté de lui, qui en faisait autant. La fumée était plus dense et oblitérait les verts, les gris et les rouges du jour. Mike tomba une fois de plus, et Richie perdit sa main. Il la chercha à tâtons, sans pouvoir la trouver.

« *Mike !* cria-t-il, pris de panique, secoué par la toux. *Mike, où es-tu ? Mike ! MIKE !* »

Mais Mike avait disparu ; Mike n'était nulle part.

« Richie ! Richie ! Richie ! »

(!!SENSAS!!)

« Richie ! Richie, tu te

6

sens bien ? »

Ses yeux papillonnèrent et il vit Beverly agenouillée à côté de lui qui lui essuyait la bouche avec un mouchoir. Les autres — Bill, Eddie, Stan et Ben — se tenaient derrière elle, l'expression grave et inquiète. Il avait très mal d'un côté de la figure ; il voulut parler mais ne put émettre qu'un croassement. Il essaya de s'éclaircir la gorge et crut qu'il allait vomir. Son gosier et ses poumons lui donnaient l'impression d'être tapissés de fumée.

Il réussit finalement à dire : « Tu m'as giflé, Beverly ?

— C'est la seule chose qui m'est venue à l'esprit, répondit-elle

— Sensas, la sensation, murmura-t-il.

— J'ai cru que... que ça tournait mal pour toi, c'est tout », fit Beverly en éclatant soudain en larmes.

Richie lui tapota maladroitement l'épaule et Bill posa une main sur sa nuque. D'un geste vif elle la prit dans la sienne et la serra de toutes ses forces.

Richie se redressa péniblement sur son séant. Le monde se mit à être agité de vagues. Quand il s'immobilisa, Richie vit Mike adossé à un arbre, tout à côté, l'air sonné et le visage couleur de cendre.

« Est-ce que j'ai dégobillé ? » demanda Richie à Bev.

Elle acquiesça entre deux sanglots.

« J' t'en ai foutu dessus, mignonne ? » fit-il avec sa voix de flic irlandais, une voix râpeuse et bafouillante.

Bev éclata de rire à travers ses larmes et secoua la tête. « Je t'ai tourné la tête de côté. J'avais peur... p-peur que tu-tu t'étouffes avec, expliqua-t-elle en se remettant à sangloter de plus belle.

— C'est p-pas s-sympa, dit Bill, qui lui tenait toujours la main. C'est m-moi qui bé-bégaye ici, p-pas toi.

— Bien envoyé, Grand Bill », apprécia Richie. Il essaya de se mettre debout mais retomba lourdement sur les fesses. Le monde s'était remis à ondoyer. Il commença à tousser et détourna la tête, se rendant compte qu'il allait vomir de nouveau d'un instant à l'autre. Cette fois-ci, ce ne fut qu'un mélange d'écume verdâtre et de salive épaisse qui sortit en filets de sa bouche. Il ferma très fort les yeux et croassa : « Qui veut un casse-croûte ?

— Oh merde, c'est pas vrai ! s'exclama Ben, dégoûté, sans pouvoir s'empêcher de rire.

— Plutôt du dégueulis, à mon avis, riposta Richie, les yeux cependant toujours fermés. La merde sort en général par l'autre bout chez moi. J' sais pas pour toi, Meule de Foin. »

Quand finalement il rouvrit les yeux, il vit qu'il était à une vingtaine de mètres du Club souterrain dont la trappe et la fenêtre étaient toutes les deux grandes ouvertes. Il en montait encore un peu de fumée.

Cette fois-ci, Richie fut capable de se lever. Il eut un instant l'impression qu'il allait encore vomir, ou s'évanouir, ou les deux. « Sensas », murmura-t-il en voyant le monde qui ondulait devant ses yeux. Quand il se stabilisa, le garçon se rendit comme il put auprès de Mike. Ce dernier avait toujours ses yeux rouges de belette, et à ses ourlets de pantalon mouillé, Richie se dit que lui aussi devait avoir eu des ennuis avec son estomac.

« Pour un Blanc, tu ne t'en es pas mal sorti », croassa Mike en lui donnant un faible coup de poing sur l'épaule.

Richie se trouva à court de mots — une situation d'une exquise rareté.

Bill les rejoignit, suivi des autres.

« C'est vous qui nous avez sortis ? demanda Richie.

— B-Ben et moi. Vouv v-vous êtes m-mis à-à crier, tous les deux. M-M-Mais... » Il leva les yeux sur Ben.

« C'était sans doute la fumée, Bill », fit le gros garçon avec un indéniable manque de conviction.

Froidement, Richie leur lança : « Est-ce que tu veux dire ce que je crois que tu veux dire ? »

Bill haussa les épaules. « Qu-Quoi ? »

C'est Mike qui répondit : « Nous n'y étions pas, hein ? Vous êtes descendus parce que vous nous avez entendus crier, mais il n'y avait personne.

— C'était vraiment très enfumé, objecta Ben. Rien que de vous entendre crier comme ça, qu'est-ce que ça nous a fichu la trouille ! Mais ces cris... ils avaient l'air... euh...

— De ve-venir de t-très loin », termina Bill. Bégayant abominablement, il leur dit que lorsqu'ils étaient descendus tous les deux, ils n'avaient vu ni Richie ni Mike. Ils s'étaient mis à les chercher frénétiquement, pris de panique et terrifiés à l'idée qu'ils risquaient de mourir étouffés par la fumée. Bill avait fini par agripper une main, celle de Richie. Il avait tiré de toutes ses forces et Richie était sorti en vol plané de la pénombre, à peine conscient. Quand Bill s'était tourné, il avait vu Ben qui étreignait Mike dans ses bras, chacun toussant à qui mieux mieux. Ben avait littéralement propulsé Mike par la trappe.

Ben hocha la tête et prit la parole :

« Je n'arrêtais pas de refermer mes mains sur le vide, comme si je voulais serrer des mains dans tous les sens. C'est alors que tu m'as pris au poignet, Mike. Il était fichtrement temps que tu m'attrapes, mon vieux. Un peu plus, et tu étais dans les pommes.

— À vous entendre, tous les deux, remarqua Richie, on croirait que le Club était beaucoup plus grand ; vous dites que vous avez cherché dans tous les sens, hein ? Et pourtant, il ne fait qu'un mètre cinquante de côté. »

Il y eut un moment de silence pendant lequel tous regardèrent Bill, sourcils froncés de concentration.

« Il é-é-était p-plus grand, admit-il finalement. N'est-ce p-pas, B-Ben ? »

Ben haussa les épaules. « On aurait dit, c'est sûr. Mais c'était peut-être la fumée.

— Ce n'était pas la fumée, dit Richie. Juste avant que ça arrive — avant notre sortie —, je me souviens d'avoir pensé qu'il était au moins aussi grand qu'une salle de bal dans un film, comme dans ces comédies musicales à grand spectacle. C'est à peine si je pouvais voir Mike sur la paroi opposée.

— Avant votre sortie ? demanda Beverly.

— Euh... ce que je veux dire... c'est que... »

Elle saisit Richie par le bras. « C'est arrivé, hein ? C'est vraiment arrivé ! Vous avez eu une vision, comme dans le livre de Ben ? » Elle rayonnait. « C'est vraiment arrivé ! »

Richie s'examina, puis regarda Mike. L'une des jambes du pantalon de velours de Mike était déchirée au genou et la peau que l'on voyait par le trou était égratignée et saignait.

« Si c'était une vision, j'aime autant ne jamais en avoir d'autre, dit-il. J' veux pas parler pour le grand chef, là, mais je sais que quand je suis descendu dans ce truc, mes pantalons n'étaient pas troués. Ils sont pratiquement neufs, bon sang ! Qu'est-ce que ma mère va me passer !

— Qu'est-ce qui est arrivé ? » demandèrent ensemble Ben et Eddie.

Richie et Mike échangèrent un regard, mais Richie commença par demander une cigarette à Beverly. Il lui en restait deux, mais à la première bouffée Richie se mit à tousser avec une telle violence qu'il lui rendit celle qu'il venait d'allumer. « J' peux pas, dit-il, désolé.

— C'était le passé, dit Mike.

— Des clous, oui. Ce n'était pas juste le passé. C'était il y a très, très longtemps.

— Ouais, c'est vrai ; on se trouvait dans les Friches, mais la Kenduskeag coulait à cent à l'heure et était très profonde. C'était sauvage comme vous pouvez pas imaginer. Et il y avait du poisson dedans. Du saumon, je crois.

— Mon p-père dit que ça f-fait une paye qu'y a-a pas eu un s-seul poisson dans la K-Kenduskeag. À cause d-des égouts.

— Vous n'avez pas compris, c'était il y a vraiment très longtemps, fit Richie en les regardant tous, une expression d'incertitude sur le visage. Il y a au moins un million d'années, à mon avis. »

Un silence stupéfait suivit. C'est Beverly, au bout d'un moment, qui le rompit : « Mais qu'est-ce qui s'est passé ? »

Richie sentit les mots monter dans sa gorge, mais il eut de la peine à les faire sortir ; c'était comme s'il allait encore vomir. « Nous avons vu Ça venir, finit-il par dire. En tout cas je pense que c'était Ça.

— Mon Dieu, murmura Stan. Oh, mon Dieu. »

Il y eut un bref chuintement sifflé sonore ; Eddie venait de se servir de son inhalateur.

« C'est descendu du ciel, reprit Mike. J'espère bien ne plus jamais revoir un truc pareil de toute ma vie. Ça dégageait une telle chaleur qu'on ne pouvait même pas le regarder, et Ça lançait des éclairs, Ça faisait du tonnerre. Le bruit... » Il secoua la tête et regarda Richie. « On aurait dit la fin du monde. Et quand Ça a atterri, Ça a mis le feu à la forêt. On n'en a pas vu davantage.

— Est-ce que c'était un vaisseau spatial ? demanda Ben.

— Oui, dit Richie.

— Non », dit Mike.

Les deux garçons se regardèrent.

« Eh bien, je suppose qu'il s'agissait d'un vaisseau spatial », dit Mike au moment où Richie admettait que ce n'en était pas réellement un mais que...

Ils se turent tous les deux tandis que les autres les regardaient, perplexes.

« Raconte, toi, dit Richie à Mike. Je crois qu'on veut dire la même chose mais ils ne pigent pas. »

Mike toussa dans sa main puis leva les yeux sur ses amis, presque comme s'il s'excusait. « Je ne sais pas comment vous expliquer tout ça.

— Essaie, au-au m-moins, l'encouragea Bill.

— C'est bien arrivé du ciel, répéta Mike, mais ce n'était pas un vaisseau spatial, pas exactement. Ce n'était pas non plus un météore. C'était plutôt comme... eh bien... comme l'Arche d'Alliance dans la Bible... qui est censée contenir le Saint-Esprit de Dieu... sauf que ce n'était pas Dieu. Juste le seul fait de sentir Ça, de voir Ça arriver, on savait que Ça n'avait que de mauvaises intentions, que c'était mauvais. »

Il les regarda tous.

Richie acquiesça. « Ça venait de... de l'extérieur. C'est l'impression que j'ai eue : d'ailleurs, de l'extérieur.

— De l'extérieur de quoi, Richie ? demanda Eddie.

— De l'extérieur de tout. Et quand Ça a touché terre..., Ça a fait le trou le plus énorme que tu aies jamais vu de ta vie. La colline a été transformée en beignet, tu sais, ceux avec un trou au milieu... Ça a atterri exactement à l'endroit où se trouve maintenant le centre-ville de Derry. »

Il se tut, les regarda et ajouta : « Est-ce que vous pigez ? »

Beverly laissa tomber la cigarette à demi fumée et l'écrasa du talon.

Mike prit la parole : « Ça s'est toujours trouvé là, depuis le commencement des temps... avant même l'apparition des premiers hommes sur la Terre, ou peut-être il y en avait quelques-uns en Afrique qui bondissaient dans les arbres ou se cachaient dans des grottes. Le cratère a disparu, aujourd'hui. Ce sont sans doute les glaciers qui ont tout raboté. La vallée s'est creusée et le trou s'est bouché d'une manière ou d'une autre... mais il était toujours ici, endormi, peut-être, attendant la fonte des glaciers, attendant la venue des hommes.

— Voilà pourquoi Ça utilise les égouts et les canalisations, remarqua Richie. Pour Ça, ce doit être comme des autoroutes.

— Vous n'avez pas vu à quoi Ça ressemblait ? » demanda abruptement Stan, d'une voix un peu étranglée.

Ils secouèrent la tête.

« Peut-on tuer Ça ? demanda Eddie dans le silence qui se prolongeait. Un truc pareil ? »

Personne ne répondit.

CHAPITRE 16

Eddie passe un mauvais quart d'heure

1

Le temps que Richie finisse, tous acquiescent de la tête. Eddie fait comme les autres, se souvient comme les autres, quand soudain une douleur court le long de son bras gauche. Court ? Non : le déchire. On dirait que quelqu'un est en train d'essayer d'aiguiser une scie rouillée sur l'os. Il grimace et porte la main à la poche de sa veste, trie plusieurs fioles et flacons au toucher et sort l'Excedrine. Il en avale deux cachets à l'aide d'une gorgée de gin au jus de prune. Ce bras l'a fait souffrir de manière irrégulière pendant toute la journée. Il a tout d'abord attribué cela aux petites douleurs qui l'assaillent souvent par temps humide. Mais alors que Richie est au milieu de son récit, un nouveau souvenir se met en place et il comprend l'origine de la douleur. Ce n'est plus le chemin des souvenirs que nous arpentons, *pense-t-il,* ça ressemble de plus en plus à l'autoroute de Long Island.

Cinq ans auparavant, pendant une visite médicale de routine (comme toutes les six semaines), le médecin lui avait déclaré : « Dis donc, Ed, tu as une vieille fracture, là... N'es-tu pas tombé d'un arbre étant gosse ?

— Quelque chose comme ça, avait-il répondu, peu soucieux d'expliquer au Dr Robbins que sa mère aurait eu un transport au cerveau à la seule idée que son fils monte aux arbres. Mais à la vérité, il ne s'était pas rappelé exactement dans quelles conditions il s'était cassé le bras. Cela ne lui avait pas paru important (même si, pense maintenant Eddie, ce manque d'intérêt était en lui-même tout à fait étrange de la part d'un homme qu'inquiète un éternuement ou le

moindre changement de couleur de ses selles). Mais c'était une fracture ancienne, une irritation mineure, quelque chose qui s'était produit bien des années auparavant, au cours d'une enfance dont il ne se souvenait guère et dont il n'avait aucune envie de se souvenir. Cela le faisait un peu souffrir lorsqu'il devait conduire pendant de longues heures, les jours de pluie. Deux aspirines en venaient à bout. Pas de quoi fouetter un chat.

Mais maintenant ce n'est plus une irritation mineure ; il y a un fou qui veut absolument aiguiser cette scie, débiter ses os, et il se rappelle que c'est ce qu'il a ressenti à l'hôpital, tard dans la nuit, en particulier au cours des trois ou quatre premiers jours... allongé dans le lit, transpirant dans la chaleur de l'été, dans l'attente de l'infirmière et de calmants, tandis que des larmes silencieuses coulaient le long de ses joues et allaient s'accumuler dans le creux de ses oreilles. Et il se disait : On dirait un branquignole qui aiguise sa scie là-dedans.

Si c'est ça le chemin du Souvenir, je l'échange tout de suite pour un grand lavage de cerveau.

« C'est Henry Bowers qui m'a cassé le bras, dit-il soudain sans savoir qu'il allait parler. Est-ce que vous vous en souvenez ? »

Mike acquiesce. « Juste avant la disparition de Patrick Hockstetter. La date ne me revient pas.

— Moi si, dit sobrement Eddie. Le 20 juillet. La disparition du petit Hockstetter a été signalée... quand ?... le 23 ?

— Non, le 22 », intervient Beverly Rogan, qui n'explique pas comment elle est aussi sûre d'elle : c'est parce qu'elle a vu Ça s'emparer de l'enfant. Elle ne leur dit pas non plus qu'elle croyait alors et qu'elle croit toujours que ce Patrick Hockstetter était cinglé, peut-être encore plus cinglé que Henry Bowers. Elle leur dira, mais c'est maintenant le tour d'Eddie. Elle parlera ensuite puis, suppose-t-elle, ce sera Ben qui racontera les moments paroxystiques des événements de juillet... la balle d'argent, celle qu'ils n'auraient jamais imaginé fabriquer. Un calendrier cauchemardesque s'il en fut jamais un, se dit-elle, mais ce sentiment de folle jubilation persiste. Quand s'est-elle sentie aussi jeune pour la dernière fois ? Elle a du mal à rester assise sur sa chaise.

« Le 20 juillet, répète Eddie, songeur. Trois ou quatre jours après l'affaire de la petite fumée. J'ai passé le reste de l'été avec un plâtre, vous vous rappelez ? »

Richie se frappe le front d'un geste qui évoque pour tous l'ancien temps. « Mais bien sûr ! Tu l'avais quand nous avons été faire un tour sur Neibolt Street, non ? Et plus tard... dans le noir... » Richie, cependant, secoue la tête doucement, intrigué.

« Qu'y a-t-il, R-Richie ? demande Bill.

— Impossible de me souvenir de la suite, pour l'instant, admet Richie. Et toi ? » Bill secoue lentement la tête.

« Hockstetter était avec eux ce jour-là, dit Eddie. C'est la dernière fois que je l'ai vu vivant. Peut-être était-il là pour remplacer Peter Gordon. Je crois que Henry n'en voulait plus depuis le jour où il s'était enfui, pendant la bataille de cailloux.

— Ils sont tous morts, non ? demande tranquillement Beverly. Après Jimmy Cullum, tous ceux qui sont morts étaient des amis... ou d'anciens amis de Bowers.

— Tous sauf Bowers, confirme Mike en jetant un coup d'œil aux ballons accrochés au lecteur de microfilms. Quant à lui, il se trouve à Juniper Hill. Un asile d'aliénés privé d'Augusta. »

Bill intervient : « Co-Comment ç-ça s'est p-p-passé quand i-ils t'ont c-cassé le b-bras, E-E-Eddie ?

— Ton bégaiement empire, Grand Bill, dit Eddie le plus sérieusement du monde avant de finir son verre d'une seule lampée.

— T'occupe pas de ç-ça. Raconte-n-nous.

— Raconte-nous », répète Beverly en posant une main légère sur son bras. Un élancement douloureux le traverse.

« Très bien », dit Eddie. Il se verse un autre verre, l'étudie et reprend : « Deux jours après ma sortie de l'hôpital, vous êtes venus chez moi pour me montrer vos espèces de billes en argent. Tu t'en souviens, Bill ? »

Bill acquiesce.

Eddie regarde Beverly. « Bill t'a demandé si tu les tirerais, s'il fallait en arriver là... parce que tu avais le meilleur coup d'œil. Il me semble que tu as refusé, en disant que tu aurais trop peur. Mais tu as ajouté autre chose, dont je n'arrive pas à me souvenir. C'est... » Eddie tire la langue et se la pince entre deux doigts, comme s'il y avait eu quelque chose de collé dessus. « Est-ce que ça ne concernait pas Hockstetter ?

— Oui, répond Beverly. J'en parlerai quand tu auras fini. Continue.

— C'est après votre départ ce jour-là que ma mère est arrivée et que nous avons eu une sacrée bagarre. Elle ne voulait plus me voir traîner avec aucun de vous. Et elle aurait pu finir par me faire accepter — elle avait une manière de présenter les choses, vous savez... »

Bill acquiesce encore. Il se rappelle Mrs. Kaspbrak, une femme énorme avec un étrange visage de schizophrène : capable d'avoir l'air de marbre et furieux, et pitoyable et effrayé en même temps.

« Ouais, elle aurait pu me forcer à accepter, reprend Eddie. Mais quelque chose s'était passé le jour même où Henry Bowers m'avait cassé le bras. Quelque chose qui m'avait rudement secoué. »

Il émet un petit rire et songe en lui-même : Tu parles si ça m'a secoué... C'est tout ce que tu trouves à dire ? À quoi sert de parler si tu n'es pas capable de dire ce que tu as réellement ressenti ? Dans un livre ou dans un film, cette découverte aurait transformé ma vie pour toujours et rien ne se serait passé de la même manière... Dans un livre ou un film, j'aurais été libéré, je ne me serais pas trimbalé une pleine valise de médicaments, je n'aurais pas épousé Myra et ce foutu inhalateur ne me déformerait pas les poches. Car...

Soudain, sous leurs yeux, l'inhalateur d'Eddie se met à rouler de lui-même sur la table où il était posé ; il produit un petit crépitement sec, comme des maracas ou des osselets... sorte de rire sardonique. Lorsqu'il atteint le bout, entre Richie et Ben, l'objet saute en l'air tout seul et retombe sur le sol. Richie a un geste pour le rattraper mais Bill lui crie vivement : « Ne l-le t-touche pas !

— Les ballons ! » s'exclame Ben. Tous tournent la tête.

Sur les ballons accrochés au lecteur de microfilms, on lit maintenant : LES MÉDICAMENTS POUR L'ASTHME DONNENT LE CANCER ! *Des crânes grimacent en dessous du slogan. Les ballons explosent simultanément.*

Eddie, la bouche sèche, sent monter en lui la sensation familière de suffocation, comme si un étau se refermait sur sa gorge et sa poitrine.

Bill se tourne vers lui. « Qui t-t-t'a parlé et q-qu'est-ce qu'on t'a d-dit ? »

Eddie se passe la langue sur les lèvres, désirant, sans oser le faire, récupérer son inhalateur. Qui sait ce qu'il peut y avoir à l'intérieur, maintenant ?

Il repense à ce 20 juillet, à la chaleur qu'il faisait, à sa mère qui lui avait donné un chèque signé sans inscrire le montant et un dollar, son argent de poche.

« Mr. Keene, dit-il d'une voix qui paraît lointaine à sa propre oreille, dépourvue de puissance. C'était Mr. Keene.

— Pas vraiment l'homme le plus sympathique de Derry », remarque Mike. Perdu dans ses pensées, Eddie l'entend à peine.

Oui, il faisait très chaud ce jour-là, mais agréablement frais dans la pharmacie de Center Street, dont les ventilateurs de bois tournaient paresseusement, brassant les odeurs rassurantes de pommades et d'orviétan. C'était le lieu où l'on vendait la santé — telle était la conviction jamais formulée mais clairement communiquée de sa mère ; avec une horloge interne marquant onze ans et demi, Eddie ne soupçonnait pas que sa mère pût se tromper en ceci comme en tout le reste.

Eh bien, Mr. Keene a mis un terme à tout ça, pour sûr, *se dit-il maintenant avec une sorte de douce colère.*

Il se souvient s'être arrêté devant le rayon BD du magasin, pour voir s'il n'y avait pas quelque nouveau numéro de Batman *ou de* Superboy *ou encore de son préféré,* Plastic Man. *Il avait ensuite donné la liste de sa mère (qui l'envoyait à la phamarcie comme d'autres envoient leurs enfants à l'épicerie) et le chèque à Mr. Keene, qui apposait l'ordre et le montant et lui rendait un reçu — tout cela était pure routine pour Eddie. Trois ordonnances différentes pour sa mère plus une bouteille de Geritol, car, lui avait-elle dit mystérieusement : « C'est plein de fer, Eddie, et les femmes ont besoin de davantage de fer que les hommes. » La liste comprenait également des vitamines et l'élixir du Dr Swett pour les enfants, ainsi, bien entendu, qu'une recharge pour son inhalateur.*

Les choses se passaient toujours de la même façon. Il s'arrêterait ensuite au Costello Avenue Market, achèterait des confiseries et un Pepsi. Il mangerait les uns, boirait l'autre et repartirait en tripotant la monnaie au fond de sa poche. Mais cette journée était différente ; elle allait se terminer pour lui à l'hôpital, ce qui était indiscutablement inhabituel, mais elle commença aussi inhabituellement, quand Mr. Keene l'appela. Car au lieu de lui tendre le sac blanc imposant plein de médicaments et les ordonnances (en lui intimant de mettre ces dernières dans sa poche pour ne pas les perdre), Mr. Keene le regarda pensivement et lui dit : « Viens

2

donc une minute dans mon bureau, Eddie. Il faut que je te parle. »

Eddie resta quelques instants à le regarder, clignant des yeux, un peu effrayé. L'idée l'effleura brièvement que le pharmacien le soupçonnait peut-être de vol à l'étalage. Près de l'entrée, un panneau qu'il lisait chaque fois disait (en caractères si gros que même Richie Tozier, était-il prêt à parier, les aurait déchiffrés sans lunettes) : LE VOL À L'ÉTALAGE N'EST PAS UN JEU, MAIS UN DÉLIT. LES CONTREVENANTS SERONT POURSUIVIS !

Eddie n'avait jamais rien volé de sa vie dans un magasin, mais cet avertissement avait le don de le faire se sentir coupable — comme si Mr. Keene savait sur lui des choses que lui-même ignorait.

Puis Mr. Keene ne fit qu'accroître sa confusion en ajoutant : « Qu'est-ce que tu dirais d'un soda à la crème glacée ?

— Euh...

— Oh, c'est sur le compte de la maison. J'en prends toujours un au bureau à ce moment de la journée. C'est riche en énergie, sauf si l'on doit surveiller son poids, ce qui n'est ni ton cas ni le mien. Ma femme dit que j'ai l'air d'une ficelle engraissée. Ce serait plutôt ton ami Hanscom qui devrait faire attention à son poids. Quel parfum, Eddie ?

— Euh, ma mère m'a dit de revenir tout de suite à la maison et...

— Tu as une tête à aimer le chocolat. Au chocolat, ça te va ? » Mr. Keene cligna de l'œil, mais c'était un clignement sec, comme un reflet de mica sous le soleil du désert. C'est du moins ainsi que l'interpréta Eddie, grand amateur de la littérature de Max Brand et Archie Jocelyn.

« Bien sûr », dit Eddie en renonçant à discuter. La façon dont Mr. Keene remonta ses lunettes cerclées d'or sous son nez le rendit nerveux ; et la façon dont le pharmacien avait lui-même l'air nerveux mais aussi satisfait ne lui plut pas. Il n'avait aucune envie de se rendre dans le bureau de Mr. Keene. La glace, ce n'était qu'un prétexte. Pour quelle affaire ? — ce ne devait pas être très réjouissant.

Il va peut-être me dire que j'ai un cancer ou un truc comme ça, pensa Eddie, affolé. *Le cancer des enfants, la leucémie. Seigneur !*

Oh, tu es vraiment trop bête, se répondit-il lui-même en esprit, s'efforçant de trouver le ton autoritaire de Bill le Bègue. En tant que héros aux yeux d'Eddie, Bill avait remplacé Jock Mahoney, le ranger d'un feuilleton télévisé. Même s'il n'arrivait pas à s'exprimer correctement, le Grand Bill paraissait toujours tout contrôler. *Ce type est un pharmacien, pas un médecin, bon Dieu.* Mais Eddie restait nerveux.

Mr. Keene avait soulevé le rabat du comptoir et lui faisait signe de passer, d'un doigt osseux. Eddie s'avança à contrecœur.

Ruby, la vendeuse, installée derrière la caisse, lisait une revue de cinéma. « Pouvez-vous nous en préparer deux, Ruby ? Un au chocolat, l'autre au café ?

— Bien sûr », répondit la jeune femme, qui marqua la page de sa revue avec un emballage de chewing-gum.

« Apportez-les au bureau.

— D'accord.

— Suis-moi, fiston. Je ne vais pas te mordre. » Sur quoi Mr. Keene cligna vraiment de l'œil, ce qui laissa Eddie estomaqué.

Il n'était jamais passé derrière le comptoir, et il étudiait bouteilles, flacons et pots avec intérêt. S'il l'avait pu, il se serait attardé pour examiner le mortier et son pilon, la balance et ses poids, le bocal à poissons plein de capsules. Mais Mr. Keene le poussa jusque dans le bureau et ferma la porte derrière eux. Au claquement de la serrure, Eddie ressentit la raideur annonciatrice dans sa poitrine et la combattit. Il y avait une nouvelle recharge pour son inhalateur dans la commande, et il pourrait s'envoyer une longue et satisfaisante pulvérisation en sortant d'ici.

Un flacon plein de bandes de réglisse se trouvait sur le coin du bureau de Mr. Keene, qui en offrit à Eddie.

« Non, merci », refusa-t-il poliment.

Mr. Keene s'installa dans la chaise pivotante, derrière le meuble, et en prit une. Puis il ouvrit l'un des tiroirs du bureau et en sortit un objet qui déclencha l'alarme chez Eddie : un inhalateur. Mr. Keene s'inclina dans sa chaise pivotante, au point que sa tête touchait presque le calendrier, sur le mur derrière lui. Et...

... et pendant un cauchemardesque instant, pendant que Mr. Keene ouvrait la bouche pour parler, Eddie se souvint de ce qui était arrivé dans le magasin de chaussures quand il était petit et que sa mère avait crié parce qu'il avait posé le pied sur la machine à rayons X. Pendant cet instant de cauchemar, il crut que Mr. Keene allait lui dire : « Eddie, sur dix médecins, neuf admettent que ce médicament pour l'asthme provoque le cancer, comme la machine à rayons X du magasin de chaussures. Tu dois déjà l'avoir essayé. Je me suis dit que tu devais être mis au courant. »

Mais ce que Mr. Keene lui dit, en fait, fut si étrange qu'Eddie resta sans réaction, assis comme un nigaud sur sa chaise à dossier droit, de l'autre côté du bureau.

« La comédie a duré assez longtemps. »

Eddie ouvrit la bouche et la referma.

« Quel âge as-tu, Eddie ? Onze ans, n'est-ce pas ?

— Oui, monsieur », dit faiblement Eddie. Sa respiration devenait réellement plus courte. Il ne sifflait pas encore comme une bouilloire (plaisanterie favorite de Richie : *Vite, sortez la bouilloire du feu ! Eddie bout !)*, mais cela pouvait arriver n'importe quand. Il eut un regard d'envie pour l'inhalateur posé sur le bureau, et comme il lui semblait qu'il devait ajouter autre chose, il précisa : « J'aurai douze ans en novembre. »

Mr. Keene acquiesça puis se pencha en avant comme un pharmacien dans une pub à la télé, mains serrées. Ses lunettes brillaient dans la forte lumière des tubes fluo du plafonnier.

« Est-ce que tu sais ce qu'est un placebo, Eddie ? »

Nerveusement, Eddie répondit ce qui lui parut le plus probable : « C'est pas ce qu'on met en place sur les vaches pour les traire ? »

Mr. Keene partit d'un petit rire et se renversa dans sa chaise. « Non », dit-il. Eddie se sentit rougir jusqu'à la racine des cheveux. Il avait l'impression de sentir le sifflement se glisser dans sa respiration. « Un placebo, c'est... »

Deux coups rapides frappés à la porte interrompirent Mr. Keene. Sans attendre la réponse, Ruby entra avec un verre de soda-crème glacée à l'ancienne mode dans chaque main. « Celui au chocolat est sans doute pour toi », dit-elle à Eddie avec un sourire. Il le lui rendit du mieux qu'il put, mais jamais, dans toute son histoire personnelle, son intérêt pour les crèmes glacées n'avait été aussi faible. Il se sentait effrayé d'une manière à la fois vague et précise : comme lorsqu'il était assis sur la table d'examen du Dr Handor, en sous-vêtements, attendant l'arrivée du médecin et sachant que sa mère était installée dans la pièce à côté, occupant l'essentiel du canapé, un livre (sur les pouvoirs de la pensée ou la médecine traditionnelle) à la main, tenu solidement comme un psautier. Dévêtu, sans défense, il se sentait pris entre les deux.

Il avala un peu de crème glacée au moment où Ruby sortait, mais en sentit à peine le goût.

Mr. Keene attendit que la porte fût refermée, et eut de nouveau ce sourire reflet-de-mica. « Détends-toi, Eddie ; je ne vais ni te mordre ni te faire mal. »

Eddie acquiesça, car Mr. Keene était un adulte et parce qu'il fallait à tout prix toujours être d'accord avec les adultes (sa mère le lui avait appris), mais en son for intérieur, il pensait : *J'ai déjà entendu ce genre de baratin.* Le médecin disait à peu près la même chose au moment où il ouvrait le stérilisateur et où lui parvenait l'odeur entêtante et redoutée de l'alcool, piquant ses narines. C'était l'odeur des piqûres et c'était l'odeur du baratin et ça revenait au même. Quand on vous disait : « Rien qu'une petite égratignure », on était sûr que cela allait faire effroyablement mal.

Il aspira sans conviction un peu de soda avec la paille, mais ça ne lui fit aucun bien ; il avait besoin de toute la place qui restait dans son gosier pour respirer. Il jeta un coup d'œil à l'inhalateur posé au milieu du sous-main de Mr. Keene, songea à le lui demander, mais n'osa pas. Une idée bizarre lui passa par la tête : Mr. Keene savait peut-être qu'il le voulait et n'osait pas le lui dire, et peut-être Mr. Keene était-il en train de le

(*torturer*)

taquiner. Sauf que c'était là une idée stupide, n'est-ce pas ? Un adulte — en particulier un adulte qui soignait les gens — ne se serait pas amusé à taquiner un petit garçon de cette manière. Sûrement pas. Ce n'était même pas envisageable, car envisager une telle hypothèse aurait pu l'obliger à une terrifiante réévaluation du monde tel qu'Eddie se le figurait.

Mais il était posé là, juste là, à la fois tout proche et très loin, comme l'eau que ne peut atteindre un homme mourant de soif dans le désert. Posé là, sur le bureau, sous les yeux au sourire de mica de Mr. Keene.

Plus que tout au monde, Eddie aurait voulu se trouver au milieu de ses amis, dans les Friches. L'idée d'un monstre, d'un monstre gigantesque rôdant sous la ville où il était né et avait grandi, rôdant par les collecteurs et les égouts — une telle idée était terrifiante, et encore plus terrifiante celle de le combattre et de l'affronter... mais ceci était d'une certaine façon encore pire. Comment combattre un adulte qui disait qu'il n'allait pas vous faire mal alors qu'on était sûr du contraire ? Comment combattre un adulte qui vous posait des questions bizarres et disait des choses vaguement menaçantes comme : *La comédie a duré assez longtemps* ?

Et presque par hasard, comme une simple idée secondaire, Eddie découvrit l'une des grandes vérités de son enfance. *Ce sont les adultes les véritables monstres.* Cette pensée ne lui fit pas l'effet d'une flamboyante révélation, annoncée à grand renfort de trompettes et de carillons. Elle lui vint à l'esprit et s'évanouit, presque complètement submergée par une autre, bien plus forte : *Je veux mon inhalateur et je veux partir d'ici.*

« Détends-toi, reprit Mr. Keene. La plupart de tes ennuis, Eddie, viennent de ce que tu es si tendu et si raide, tout le temps. Tiens, ton asthme, par exemple. Regarde. »

Mr. Keene ouvrit le tiroir de son bureau, fouilla à l'intérieur et en retira un ballon. Gonflant autant qu'il le pouvait son buste étroit, Mr. Keene souffla dedans. Puis il le pinça au col et le tint devant lui. « Imagine un instant que ceci est un poumon, reprit-il, ton poumon. Évidemment, je devrais normalement en gonfler deux, mais étant donné que c'est le dernier qui me reste...

— Est-ce que je peux avoir mon inhalateur, Mr. Keene ? » le coupa Eddie. Ça commençait à cogner dans sa tête ; sa trachée-artère se refermait. Son cœur battait à toute vitesse et de la sueur perlait à son front. Le soda à la crème glacée restait sur le coin du bureau, tandis que la cerise s'enfonçait lentement dans la crème fouettée.

« Dans un instant, répondit Mr. Keene. Écoute-moi bien, Eddie. Je veux t'aider. Il est temps que quelqu'un le fasse. Si Russ Handor n'a pas le courage de le faire, alors ce sera moi. Ton poumon est comme ce ballon, sauf qu'il est entouré par un ensemble de muscles ; ces muscles sont comme les bras de quelqu'un qui fait fonctionner un soufflet, vois-tu ? Chez une personne en bonne santé, les muscles n'ont aucune peine à aider les poumons à se dilater et se contracter. Mais si le propriétaire de ces poumons, pourtant sains, est constamment raide et contracté, les muscles se mettent à travailler contre les poumons au lieu de cela. Regarde ! »

Mr. Keene entoura le ballon d'une main osseuse et serra. Le ballon se bossela sous la pression et Eddie grimaça, s'attendant à le voir éclater. Simultanément, il sentit sa respiration s'arrêter complètement. Il se pencha sur le bureau et s'empara de l'inhalateur. Son épaule heurta le lourd verre de soda à la crème glacée qui tomba sur le sol, où il explosa comme une bombe.

C'est à peine si Eddie entendit quelque chose. Il étreignait l'appareil dont il fourra l'embout dans sa bouche. Il appuya sur la détente et inspira de toutes ses forces, ses pensées saisies de la même panique qu'un rat pris au piège, comme c'était toujours le cas dans ces moments-là : *Je t'en supplie Maman je suffoque je peux pas* RESPIRER *oh mon Dieu oh Seigneur Jésus je vous en prie je ne veux pas mourir je ne veux pas mourir je vous en prie...*

Puis la brume de l'inhalateur se condensa sur les parois gonflées de sa gorge et il put de nouveau respirer.

« Je vous demande pardon, dit-il, les larmes aux yeux. Je vous demande pardon pour le verre... je nettoierai et je paierai pour les dégâts... mais je vous en prie, ne dites rien à ma mère, d'accord ? Je suis désolé, Mr. Keene, mais je n'arrivais plus à respirer... »

Sa respiration recommençait à siffler dans sa gorge. Il prit une autre inhalation et repartit dans ses excuses maladroites. Il ne se tut que lorsqu'il vit que Mr. Keene lui souriait de ce sourire si particulier. Mr. Keene avait les mains croisées sur lui. Le ballon, dégonflé, était posé sur le bureau. Une idée vint à l'esprit d'Eddie ; une idée qu'il aurait voulu chasser, sans y parvenir. À voir Mr. Keene, on avait l'impression qu'il appréciait davantage la crise d'asthme d'Eddie que sa crème glacée au café à demi finie.

« Ne t'inquiète pas, dit-il finalement. Ruby nettoiera tout ça plus tard ; et pour te dire la vérité, je suis plutôt content que tu aies brisé ce verre. Car je te promets de ne rien dire à ta mère si toi tu me promets de ne pas lui raconter notre petit entretien.

— Oh, je vous le promets, fit vivement Eddie.

— Très bien. Nous nous sommes compris. Et tu te sens bien mieux maintenant, non ? »

Eddie acquiesça.

« Pourquoi ?

— Pourquoi ? Eh bien... à cause de mon médicament. » Il regarda Mr. Keene de la même manière qu'il regardait Mrs. Casey, à l'école, quand il donnait une réponse dont il n'était pas sûr.

« Mais tu n'as pris aucun médicament, dit Mr. Keene. Ce que tu as pris, c'est un placebo. Un placebo, Eddie, est quelque chose qui ressemble à un médicament, qui a le goût d'un médicament mais qui n'en est pas un. Un placebo ne contient aucun élément actif. Ou alors, si c'est un médicament, il est d'un type très particulier : c'est un médicament psychologique. » Mr. Keene souriait. « Comprends-tu ça, Eddie ? Psychologique. »

Eddie comprenait très bien ; Mr. Keene lui disait qu'il était cinglé. Pouvant à peine articuler, il répondit : « Non, je ne vous suis pas.

— Laisse-moi te raconter une petite histoire. En 1954, on a effectué une série d'expériences médicales sur des malades atteints d'ulcère à l'estomac, à l'université DePaul. On a donné à cent d'entre eux des pilules en leur disant qu'elles soigneraient leur ulcère, mais cinquante d'entre eux, en réalité, avaient reçu des placebos... autrement dit de la mie de pain sous un glaçage de sucre. Sur les cent malades, quatre-vingt-treize ont déclaré éprouver une amélioration certaine de leur état, et quatre-vingt-un se portaient réellement mieux. Alors, qu'est-ce que tu en penses ? Quelles conclusions peut-on tirer d'une telle expérience, Eddie ?

— Je sais pas », fit Eddie d'une toute petite voix.

D'un geste solennel, Mr. Keene se tapota le front. « La plupart des maladies commencent ici, voilà ce que je pense. Cela fait bien longtemps que je suis pharmacien et j'en connaissais un sacré bout sur les placebos avant cette expérience des médecins de DePaul. En général, ce sont les gens âgés qui fonctionnent aux placebos ; ils vont voir leur médecin, convaincus qu'ils souffrent de diabète ou qu'ils ont un cancer. Mais dans la plupart des cas, ils n'ont rien. Ils ne se sentent pas bien parce qu'ils sont vieux, c'est tout. Cependant, qu'est-ce que le médecin doit faire ? Leur dire qu'ils sont comme des montres dont le ressort est au bout du rouleau ? Sûrement pas. Les médecins ont besoin de leurs honoraires. » Le sourire de Mr. Keene, maintenant, tenait davantage du ricanement muet.

Eddie restait pétrifié sur sa chaise, attendant que ça finisse, que ça finisse, que ça finisse. *Mais tu n'as pris aucun médicament :* les mots résonnaient encore dans sa tête.

« Les médecins ne leur disent pas, et je ne le leur dis pas moi non plus. Pourquoi se mettre martel en tête ? Parfois, je vois arriver des vieux avec une ordonnance sur laquelle il y a carrément écrit : *Placebo,* ou : *25 cachets de Ciel bleu,* comme disait le vieux docteur Pearson. »

Mr. Keene eut un rire bref et caquetant, puis prit un peu de crème glacée.

« Eh bien, qu'est-ce qu'il y a de mal à ça ? » demanda-t-il à Eddie, qui resta muet comme une carpe, si bien qu'il répondit à sa propre question : « Rien, rien du tout ! Du moins, normalement. Les placebos sont une bénédiction pour les personnes âgées. Mais il y a les autres. Les gens avec un cancer, avec une maladie cardiaque dégénérative, des gens avec des choses épouvantables que nous ne comprenons pas encore, des enfants comme toi, parfois, Eddie ! Dans ces cas-là, si un placebo permet au malade de se sentir mieux, où est le mal ? Vois-tu le mal, Eddie ?

— Non, monsieur », dit Eddie en baissant les yeux sur le gâchis de crème glacée au chocolat, de crème fouettée, de soda et de débris de verre sur le plancher. Au milieu, accusatrice comme une tache de sang sur les lieux du crime, se tenait la cerise au marasquin. Ce spectacle le fit de nouveau se sentir bloqué.

« Alors on est parfaitement d'accord. Il y a cinq ans, lorsque Vernon Maitland a eu son cancer de l'œsophage — une forme de cancer particulièrement douloureuse — et que les médecins se sont trouvés à bout de ressources en matière d'analgésiques, les produits contre la douleur, je suis allé lui rendre visite à l'hôpital avec une bouteille de pilules au sucre. C'était un ami, comprends-tu. Et je lui ai dit : “ Vern, ce sont des pilules expérimentales spéciales. Tes médecins ne savent pas que je te les ai apportées, alors pour l'amour du ciel, pas de blague : ne va pas me trahir. Elles ne marcheront peut-être pas, mais moi j'ai bon espoir. N'en prends pas plus d'une par jour, et seulement si la douleur est trop insupportable. ” Il m'a remercié avec des larmes dans les yeux. Des larmes, Eddie ! Et elles ont marché pour lui, oui ! Ce n'était que de la mie de pain sucrée, mais elles faisaient disparaître une bonne partie de la douleur.... parce que la douleur, c'est là. »

Du même geste solennel, Mr. Keene se tapota le front.

Eddie remarqua : « Mon médicament aussi fait de l'effet.

— Je le sais, répondit Mr. Keene avec un irritant sourire condescendant d'adulte. Il fait de l'effet sur ta poitrine parce qu'il fait de l'effet sur ta tête. Ton HydrOx, Eddie, c'est de l'eau avec une pointe de camphre pour lui donner un goût de médicament.

— Non », dit Eddie, dont la respiration sifflait de nouveau.

Mr. Keene but un peu de soda, prit quelques cuillerées de crème en train de fondre et se tamponna méticuleusement les lèvres avec son mouchoir pendant qu'Eddie prenait une inhalation de plus.

« Je veux partir, maintenant, reprit Eddie.

— Laisse-moi finir, s'il te plaît.

— Non ! Je veux partir, vous avez votre argent et je veux partir !

— Laisse-moi finir ! » répéta Mr. Keene d'un ton si autoritaire qu'Eddie retomba sur sa chaise. Les adultes pouvaient être tellement détestables avec leurs abus de pouvoir, par moments. Tellement détestables.

« Une partie de ton problème tient à ce que ton médecin, le Dr Russ Handor, est un faible. Une autre partie tient à ce que ta mère est bien déterminée à ce que tu sois malade. Tu es pris entre deux feux, Eddie.

— Je ne suis pas cinglé ! » murmura Eddie d'une voix voilée.

La chaise de Mr. Keene grinça comme un grillon monstrueux. « Quoi ?

— Je dis que je ne suis pas cinglé ! » cria Eddie. Il se mit aussitôt à rougir, honteux.

Mr. Keene sourit. Pense ce que tu veux, disait ce sourire ; moi aussi je pense ce que je veux.

« Tout ce que je te dis, Eddie, c'est que tu n'es pas malade physiquement. Ce ne sont pas tes poumons qui ont de l'asthme, c'est ta tête.

— Vous voulez dire que je suis cinglé. »

Mr. Keene se pencha en avant, le regardant attentivement par-dessus ses mains croisées.

« Je ne sais pas, dit-il doucement. Le crois-tu ?

— Tout ça c'est des mensonges ! » cria Eddie, surpris que les mots puissent sortir avec une telle force de sa poitrine comprimée. Il pensait à Bill, comment Bill réagirait devant des accusations aussi stupéfiantes. Bill saurait que répondre, bégaiement ou non. Bill saurait se montrer courageux. « Rien que de gros mensonges ! J'ai de l'asthme, j'ai de l'asthme !

— Oui, admit Mr. Keene, dont le sourire sec avait maintenant quelque chose de la grimace d'une tête de mort, mais qui te l'a donné, Eddie ? »

Dans la tête d'Eddie, ça cognait et tourbillonnait. Il se sentait pris de nausées, il se sentait très malade.

« Il y a quatre ans, en 1954 — la même année que l'expérience de DePaul, par une curieuse coïncidence —, le Dr Handor t'a fait ta première ordonnance d'HydrOx. HydrOx, c'est pour hydrogène et oxygène, les deux composants de l'eau. J'ai toléré cette tromperie depuis lors, mais je ne la tolérerai plus. Ton médicament pour l'asthme fait de l'effet au niveau de ta tête et non à celui de ton corps. Ton asthme n'est que le résultat d'une contraction nerveuse de ton diaphragme qui a son origine dans ta tête... ou dans celle de ta mère. Tu n'es pas malade. »

Il se fit un silence terrible.

Eddie ne bougeait pas de sa chaise, l'esprit chaotique. Il envisagea un instant cette possibilité : que Mr. Keene disait la vérité. Mais cela entraînait tellement de conséquences qu'il ne pouvait que refuser une telle idée. Et cependant, pourquoi Mr. Keene mentirait-il, en particulier à propos de quelque chose d'aussi sérieux ?

Mr. Keene ne bougeait pas davantage, arborant toujours son sourire sec venu du désert, dépourvu de cordialité.

J'ai de l'asthme. J'ai vraiment de l'asthme. Le jour où Henry Bowers m'a donné un coup de poing sur le nez, le jour où Bill et moi nous avons essayé de faire un barrage sur la rivière, j'ai failli mourir. Comment croire que c'est mon esprit qui... simulait tout cela ?

Mais pourquoi mentirait-il ? (Ce ne fut que plus tard, à la bibliothèque, qu'Eddie se posa la question la plus angoissante : *Pourquoi me dirait-il la vérité ?*)

Vaguement, il entendit Mr. Keene qui disait : « Je n'ai jamais cessé de t'observer, Eddie. Je t'ai expliqué tout cela parce que tu es maintenant assez grand pour comprendre, mais aussi parce que j'ai remarqué que tu t'étais fait des amis, finalement. Et ce sont de bons amis, non ?

— Oui.

— Et je parie que ta mère ne les aime pas beaucoup, n'est-ce pas ? fit Mr. Keene en inclinant sa chaise en arrière.

— Elle les aime beaucoup. » (En répondant, Eddie pensa aux propos qu'elle avait tenus sur Richie Tozier : « cet insolent qui doit fumer, j'ai senti son haleine », sur Stan Uris à qui il ne fallait pas prêter d'argent « parce qu'il était juif » et à son mépris manifeste pour Bill Denbrough et « ce gros ».)

« Elle les aime beaucoup, répéta-t-il.

— Vraiment ? » Mr. Keene ne cessait de sourire. « Peut-être a-t-elle raison, peut-être a-t-elle tort, mais au moins, tu as des amis. Pourquoi ne leur parlerais-tu pas de ton problème..., de cette faiblesse mentale ? Pour voir ce qu'ils en pensent. »

Eddie ne répondit pas. Ça lui paraissait plus sûr. Il en avait sa claque de parler avec Mr. Keene. Il craignait de se mettre à pleurer s'il ne s'en allait pas rapidement.

« Bon, dit Mr. Keene en se levant. Je pense qu'il n'y a plus rien à ajouter, Eddie. Si je t'ai bouleversé, j'en suis désolé. Je ne faisais que mon devoir tel que je le conçois. Je... »

Mais avant qu'il ait pu ajouter un mot de plus, Eddie s'était emparé de l'inhalateur, du sac plein de pilules et autres panacées et s'enfuyait. L'un de ses pieds glissa dans la flaque de crème, sur le sol, et il faillit tomber. Il courut, s'éloignant de la pharmacie comme un boulet de canon en dépit de sa respiration sifflante. Ruby lui jeta un regard effaré par-dessus sa revue de cinéma et resta bouche bée.

Il avait l'impression que Mr. Keene, derrière lui, était debout dans l'entrée de son arrière-boutique et suivait des yeux, par-dessus le comptoir, sa pitoyable retraite. Mr. Keene, très maigre, impeccable, songeur, souriant. De ce sourire sec de mica dans le désert.

Il ne s'arrêta qu'une fois rendu au triple carrefour de Main, Center et Kansas Streets. Il prit une nouvelle grande bouffée de son inhalateur, assis sur le mur bas près de l'arrêt du bus ; il avait maintenant la gorge poisseuse et le goût du médicament

(rien que de l'eau avec une pointe de camphre)

était tellement écœurant qu'il se dit qu'il allait vomir tripes et boyaux s'il devait y avoir recours encore une fois.

Il glissa l'appareil dans sa poche et regarda la circulation. Le soleil lui tapait sur la tête, brûlant. Chaque voiture qui passait lui envoyait un éclair aveuglant dans les yeux, et la migraine commença à battre à ses tempes. Il n'arrivait pas à trouver un moyen de se mettre en colère contre Mr. Keene, mais n'avait aucune peine à se sentir désolé pour Eddie Kaspbrak. Il se dit que Bill Denbrough ne perdait sans doute jamais de temps à se plaindre sur soi, mais Eddie ne voyait pas comment s'en empêcher.

Plus que tout, il aurait voulu faire ce que lui avait suggéré le pharmacien : se rendre dans les Friches et tout raconter à ses amis, voir comment ils réagiraient, les réponses qu'ils lui fourniraient. Mais c'était pour le moment impossible ; sa mère l'attendait avec les médicaments

(dans ta tête... ou dans celle de ta mère)

et s'il ne rentrait pas

(ta mère est bien déterminée à ce que tu sois malade)

les ennuis ne tarderaient pas. Elle supposerait qu'il était allé retrouver Bill, Richie ou « ce petit juif », comme elle appelait Stan (en faisant bien remarquer que ce n'était pas par préjugé qu'elle le désignait ainsi, qu'elle ne faisait que jouer « cartes sur table » — son expression favorite quand il s'agissait de dire la vérité dans des situations difficiles). Tout seul à ce carrefour, multipliant les efforts désespérés pour mettre de l'ordre dans ses pensées, Eddie se douta de ce qu'elle dirait si elle apprenait qu'un autre de ses amis était un nègre et un autre une fille — une fille assez grande pour avoir des nénés.

Il partit lentement en direction de Up-Mile Hill, angoissé à l'avance à l'idée de grimper le raidillon par une chaleur telle qu'on aurait pu faire cuire un œuf sur le trottoir. Pour la première fois, il en vint à souhaiter la reprise des classes et la fin de cet épouvantable été.

Il s'arrêta à mi-chemin dans la montée, à peu de distance de l'endroit où Bill retrouverait Silver vingt-sept ans plus tard, et tira l'inhalateur de sa poche. *Brumisateur HydrOx. Utiliser selon les besoins,* lisait-on sur l'étiquette.

Un nouvel élément se mit en place. *Utiliser selon les besoins.* Il n'était encore qu'un gamin et du lait lui sortait du nez quand on le pressait (comme le lui disait parfois sa mère dans les séances où elle jouait « cartes sur table »), mais même à onze ans on peut comprendre qu'un médicament dont on peut user à volonté n'est pas un vrai médicament. Avec un vrai médicament, on pourrait se tuer en cas d'abus ; cela pouvait même arriver, soupçonnait-il, avec la bonne vieille aspirine.

Il regarda fixement l'inhalateur, sans prêter attention aux coups d'œil que lui jeta une vieille dame qui passait, son sac à provisions sous le bras. Il se sentait trahi. Il fut un instant sur le point de jeter le flacon de plastique dans le caniveau — mieux encore, dans la bouche d'égout qui s'ouvrait un peu plus loin. Et pourquoi pas, en effet ? Il n'avait qu'à le lui filer, à Ça, le balancer dans ses boyaux et ses tunnels. Tape-toi ce placebo, hé, ordure aux cent têtes ! Il éclata d'un rire de forcené et fut à deux doigts de le faire. Mais en fin de compte, l'habitude fut la plus forte. Il remit l'inhalateur dans la poche droite de son pantalon et reprit sa marche, sans prêter attention aux coups d'avertisseur occasionnels ou au ronronnement du bus de Bassey Park quand il le croisa. Il n'avait pas la moindre idée qu'il était sur le point de découvrir ce que voulait dire avoir mal — avoir vraiment mal.

3

Quand il sortit du Costello Avenue Market, vingt-cinq minutes plus tard, avec deux barres de confiserie et un Pepsi, Eddie eut la désagréable surprise de voir Henry Bowers, Victor Criss, Moose Sadler et Patrick Hockstetter agenouillés sur les gravillons, à la droite de la boutique, en train de mettre leurs fonds en commun sur la chemise de Victor. Les livres des cours d'été étaient empilés en désordre à côté d'eux.

En temps ordinaires, Eddie aurait subrepticement battu en retraite dans le magasin et demandé à Mr. Gedreau de passer par l'arrière-boutique. Mais on n'était pas en temps ordinaires. Eddie se pétrifia sur place, une main sur la porte à moustiquaire avec ses réclames de cigarettes, l'autre tenant le sac blanc de la pharmacie et le sac brun de l'épicerie.

Victor Criss le vit et donna du coude à Henry, qui leva les yeux, ainsi que Patrick Hockstetter. Moose, dont les rouages fonctionnaient au ralenti, continua de compter les piécettes pendant quelques secondes avant de remarquer le silence et de redresser à son tour la tête.

Henry se leva en chassant de la main les gravillons restés pris aux genoux de sa salopette. Il arborait un gros pansement sur le nez et sa voix avait une tonalité nasillarde de corne de brume. « Hé ! Que j' sois pendu si ça n'est pas l'un de nos lanceurs de cailloux ! Où sont tes potes, trou-du-cul ? Dedans ? »

Eddie secoua la tête négativement, hébété, avant de se rendre compte qu'il venait de commettre une deuxième erreur.

Le sourire de Henry s'élargit. « Eh bien, c'est parfait. Ça m'est égal de vous prendre un par un. Viens donc un peu par ici, trou-du-cul. »

Victor se tenait à côté de Henry ; Patrick était un peu en arrière, avec ce même air porcin et abruti qu'Eddie connaissait bien depuis l'école. Moose n'avait pas fini de se relever.

« Allez, viens, trouduc, dit Henry. Si on parlait un peu de lancer des cailloux, hein ? Si on en parlait ? »

Maintenant qu'il était trop tard, Eddie décida qu'il serait sage de retourner à l'intérieur du magasin. Là où se trouvait un adulte. Mais au premier geste qu'il fit, Henry fonça et l'attrapa. Il tira sur le bras d'Eddie, violemment, et son sourire se transforma en ricanement. La main du gamin fut arrachée au montant de la porte. Il serait allé s'étaler la tête la première sur les gravillons si Victor ne l'avait saisi brutalement sous les bras. Eddie réussit à rester sur ses pieds, mais en tournant par deux fois sur lui-même. Les quatre garçons l'entouraient maintenant, le plus près de lui étant Henry, sourire aux lèvres. Un épi de cheveux se dressait sur sa tête.

Un peu en arrière, sur sa gauche, se tenait Patrick Hockstetter, un gosse authentiquement sinistre. Eddie, jusqu'à ce jour, ne l'avait jamais vu avec personne. Gros, il avait l'estomac qui débordait de sa ceinture à grosse boucle et un visage parfaitement rond, aussi pâle, d'ordinaire, que du fromage blanc. Un coup de soleil lui avait cependant donné des couleurs, et son nez pelait. À l'école, Patrick aimait à tuer les mouches à coups de règle ; il les plaçait ensuite dans son plumier. Il montrait parfois sa collection de cadavres à un nouveau, dans un coin de la cour de récré, un sourire étirant ses lèvres épaisses, une expression songeuse et tranquille dans son regard gris-vert. Jamais il ne parlait dans ces cas-là, quoi que l'autre gosse lui dise. C'était cette expression qu'il avait maintenant.

« Comment ça va, le mec aux cailloux ? demanda Henry en faisant un pas en avant. T'as pas de cailloux sur toi ?

— Laisse-moi tranquille, fit Eddie d'une voix tremblante.

— Laisse-moi tranquille ! » reprit Henry d'un ton moqueur, agitant les mains pour feindre la peur. Victor rit. « Et qu'est-ce que tu vas faire, sinon, l'homme aux cailloux, hein ? » Sa main s'envola, vive comme l'éclair, et vint atterrir sur la joue d'Eddie avec un bruit de détonation ; sa tête partit en arrière, et des larmes commencèrent à couler de son œil gauche.

« Mes amis sont dedans, dit Eddie.

— Mes amis sont dedans ! cria Patrick d'une voix de fausset. Ooooh ! Ooooh ! Ooooh ! » Puis il contourna Eddie par la droite.

Eddie voulut partir dans cette direction ; mais la main de Henry s'abattit de nouveau et c'est son autre joue, cette fois-ci, qui se mit à le brûler.

Ne pleure pas, c'est ce qu'ils veulent, mais il ne faut pas, Bill ne pleurerait pas, lui, Bill ne pleurerait pas, ne pleu...

Victor avança d'un pas et lui donna une bourrade du plat de la main, au milieu de la poitrine. Eddie partit en arrière, trébuchant, et s'effondra par-dessus Patrick qui s'était accroupi juste derrière lui. Il heurta sèchement les gravillons et s'écorcha les bras. Il en eut le souffle coupé.

L'instant suivant, Henry Bowers était à califourchon sur lui, les fesses pesant sur son estomac, les genoux clouant ses bras au sol.

« T'as pas de munitions, l'homme aux cailloux ? » lui cracha Henry à la figure. Eddie éprouva plus de peur à voir la lueur de folie dans les yeux de Henry qu'aux difficultés qu'il avait à retrouver sa respiration ou à la douleur dans ses bras. Henry était cinglé. Quelque part tout près, Patrick gloussa.

« T'as envie de lancer des cailloux, hein ? Je vais t'en donner, moi, des cailloux ! Tiens ! Voilà des cailloux ! »

Henry ramassa une poignée de gravillons et les jeta au visage d'Eddie. Puis il les frotta sur sa peau, lui entaillant les joues, les paupières, les lèvres. Eddie ouvrit la bouche et hurla.

« Tu veux des cailloux ? Je vais t'en donner, moi ! Tiens, l'homme aux cailloux ! Tiens, bouffe ! Bouffe ! »

Projetés dans sa bouche, les gravillons écorchèrent ses gencives, frottèrent sur ses dents, crissèrent sur ses plombages. Il hurla encore et recracha les graviers.

« Comment, t'en as pas assez ? T'en veux encore ? Qu'est-ce que tu dirais de...

— Arrête ! Arrête ça tout de suite ! Tu m'entends ! Sale gosse ! Laisse-le tout de suite ! Laisse-le tranquille ! »

À travers les larmes qui brouillaient sa vue, Eddie vit une grosse main descendre et saisir Henry par le col de sa chemise et la bretelle droite de sa salopette. La main tira et Henry fut soulevé ; à peine avait-il atterri sur le sol qu'il se relevait. Eddie se remit plus lentement sur pied. Il voulait aller vite, mais l'accélérateur était temporairement hors d'usage. La respiration entrecoupée de hoquets, il recracha des gravillons ensanglantés.

C'était Mr. Gedreau, avec son grand tablier blanc, et il avait l'air furieux. Il n'y avait pas la moindre trace de peur sur son visage, alors que Henry faisait bien huit centimètres et probablement vingt kilos de plus que lui. Aucune trace de peur parce qu'il était un adulte et que Henry était un enfant. Sauf que, pensa Eddie, ça ne signifiait peut-être rien. Mr. Gedreau ne comprenait pas ; il ne comprenait pas que Henry était cinglé.

« Fichez-moi le camp d'ici, fit Mr. Gedreau en avançant jusqu'à se trouver face à face avec le garçon à la mine boudeuse et au gros pansement sur le nez. Fichez le camp d'ici et que je ne vous revoie plus. J'ai les brimades en horreur. J'ai en horreur qu'on se mette à quatre contre un. Qu'est-ce que penseraient vos mères ? »

Il les regarda tour à tour, la colère toujours dans les yeux. Moose et Victor se mirent à étudier le bout de leurs chaussures. Seul Patrick soutint le regard de Mr. Gedreau, avec toujours cette même expression vacante. Mr. Gedreau revint à Henry et put encore dire : « Prenez vos bicyclettes et... »

À ce moment-là, Henry lui donna une puissante bourrade. Une expression de surprise, qui aurait pu être comique en d'autres circonstances, se peignit sur le visage de Mr. Gedreau, tandis qu'il trébuchait à reculons en faisant jaillir des gravillons sous ses semelles. Il heurta du talon la première marche qui conduisait au magasin et s'assit rudement dessus.

« Comment oses-tu... ? »

L'ombre de Henry vint le recouvrir. « Rentrez, dit-il.

— Tu... », commença Mr. Gedreau, qui cette fois s'arrêta spontanément. Il l'avait finalement vue, se dit Eddie, la petite lueur dans les yeux de Henry. Il se leva rapidement, tablier au vent, grimpa les marches aussi rapidement qu'il le put, trébuchant sur la deuxième et retombant brièvement sur un genou. Il se releva aussitôt, mais ce faux pas, aussi court qu'il eût été, parut le dépouiller de ce qui lui restait de son autorité de grande personne.

Il fit demi-tour avant d'entrer et cria : « J'appelle les flics ! »

Henry fit comme s'il s'apprêtait à lui bondir dessus, et Mr. Gedreau recula. Cette fois-ci, c'était bel et bien fichu, se rendit compte Eddie. Aussi incroyable et impensable que cela pût paraître, il était ici sans la moindre protection. Il était temps de filer.

Pendant que Henry se tenait au pied des marches en train de fusiller l'épicier des yeux et que les autres, pétrifiés, contemplaient cette scène qui les horrifiait — Patrick excepté — plus ou moins, Eddie comprit qu'il fallait saisir sa chance. Il fit demi-tour et prit ses jambes à son cou.

Il avait déjà parcouru la moitié de la distance jusqu'au prochain coin de rue lorsque Henry se retourna, les yeux jetant des éclairs. « Chopez-le ! » beugla-t-il.

Asthme ou non, Eddie fit un sacré parcours ce jour-là. Il ne savait plus très bien, par moments, si les semelles de ses tennis touchaient encore terre. Il crut même à un moment donné, chose inouïe, qu'il arriverait à les distancer.

Au moment où il allait s'engager dans Kansas Street et peut-être trouver la sécurité, un petit, monté sur un tricycle, déboucha d'une allée privée droit dans les jambes d'Eddie. Celui-ci essaya de l'éviter, mais à la vitesse à laquelle il était lancé, il aurait été mieux inspiré de sauter par-dessus le bambin (dont le nom était Richard Cowan ; il allait grandir, se marier et avoir un fils du nom de Frederick qui finirait noyé dans des toilettes, à demi dévoré par une chose montée de la porcelaine comme une fumée noire avant de prendre une forme abominable), ou du moins d'essayer.

L'un des pieds d'Eddie se prit dans l'arrière du tricycle ; grâce aux roulettes latérales, le jeune Cowan oscilla à peine, alors qu'Eddie partait en vol plané. Il atterrit sur l'épaule, rebondit sur le trottoir, retomba et glissa sur trois mètres en se pelant la peau des coudes et des genoux. Il essayait de se relever au moment où Henry lui rentra dedans comme une charge de bazooka et l'étendit à nouveau par terre. Le nez d'Eddie vint heurter sèchement le trottoir. Du sang jaillit.

Henry fit un roulé-boulé de parachutiste et se remit debout. Il saisit Eddie à la nuque et par le poignet droit. Sa respiration, qui passait difficilement, bruyante, à travers les épaisseurs du pansement, était chaude et humide.

« Tu veux des cailloux, mec ? Merde ! » fit-il en tordant le bras d'Eddie derrière son dos. Eddie cria. « Des cailloux pour l'homme aux cailloux, hein ? » Il remonta encore d'un cran le bras du garçon. Eddie hurla, cette fois. Il entendit vaguement, derrière lui, les autres qui approchaient et le gamin, sur son tricycle, qui se mettait à brailler. *Bienvenu au club, morveux !* pensa-t-il ; et en dépit de la douleur, en dépit des larmes et de la peur, il ne put retenir un rire comme un braiment d'âne.

« Tu trouves ça marrant ? s'exclama Henry, l'air encore plus étonné que furieux. Tu trouves ça marrant ? » Mais n'y avait-il pas une note de peur dans la voix de Henry ? Des années plus tard, Eddie répondrait à cette question : *Oui, il y avait une note de peur dans sa voix.*

Eddie essaya d'arracher son poignet à la prise de Henry ; la transpiration l'avait rendu glissant, et il y arriva presque. C'est peut-être à cause de cela que Henry lui tordit un peu plus le bras ; il y eut un craquement, comme celui d'une branche qui se brise sous le poids de la neige. Une onde de douleur, grise et puissante, remonta du membre cassé. Il poussa un hurlement, mais le son lui parut lointain. Le monde se décolorait sous ses yeux et quand Henry le lâcha d'une bourrade, il eut l'impression de flotter jusqu'au trottoir, que sa chute n'en finissait pas. Il distingua toutes les craquelures du revêtement, il eut le temps d'admirer la façon qu'avait le soleil de juillet de se refléter sur les particules de mica prises dans les vieilles dalles. Il eut même celui de relever la présence, presque complètement effacée, d'une ancienne marelle tracée à la craie rose. Celle-ci, pendant un bref instant, se mit à ondoyer, prenant la forme de quelque chose d'autre. La forme, aurait-on dit, d'une tortue.

Il se serait sans doute évanoui s'il n'était retombé sur son bras cassé ; un nouvel élancement, aigu, éclatant, brûlant, terrible, le parcourut. Il sentit les esquilles des deux parties de la fracture frotter les unes contre les autres et se mordit la langue. Un goût salé lui emplit la bouche. Il roula sur le dos et vit Henry, Victor, Moose et Patrick qui le dominaient de toute leur hauteur. Ils lui paraissaient incroyablement grands, incroyablement hauts, comme des croque-morts contemplant le fond d'une tombe.

« Ça te plaît, l'homme aux cailloux ? demanda Henry dont la voix lui parvint de loin, flottant à travers la masse cotonneuse de la douleur. Le numéro t'a plu, l'homme aux cailloux ? C'est pas du boulot, ça ? »

Patrick Hockstetter gloussa.

« Ton père est complètement cinglé, s'entendit dire Eddie. Et toi aussi. »

Sur le visage de Henry le sourire disparut aussi vite que s'il venait de recevoir une gifle. Il leva un pied pour frapper... et l'appel d'une sirène retentit dans le calme et la chaleur de l'après-midi. Henry arrêta son mouvement. Victor et Moose regardèrent autour d'eux, mal à l'aise.

« Je crois qu'on ferait mieux de se barrer, Henry, dit Moose.

— Je sais très bien que je vais me barrer, moi », déclara Victor à son tour. Comme ces voix lui paraissaient lointaines ! Semblables aux ballons du clown, elles avaient l'air de flotter. Victor partit en direction de la bibliothèque, en coupant par le McCarron Park pour ne pas rester dans la rue.

Henry hésita encore un instant, espérant peut-être que les flics étaient appelés ailleurs et qu'il pourrait continuer tranquillement. Mais la sirène s'éleva de nouveau, plus insistante. « T'as de la chance, tête de nœud », dit-il avant de prendre avec Moose la même direction que Victor.

Patrick attendit encore un peu. « Tiens, fit-il de sa voix basse et râpeuse, un petit supplément pour toi. » Il se racla la gorge et cracha un énorme mollard verdâtre sur le visage ensanglanté et couvert de sueur d'Eddie, tourné vers le ciel. « T'es pas obligé de tout bouffer tout de suite, reprit Patrick, son sourire de zombie aux lèvres. Tu peux en garder pour le dessert. »

Puis il se détourna lentement et partit.

Eddie essaya de se débarrasser du crachat avec son bras valide, mais même ce simple mouvement suffit à faire flamboyer une nouvelle onde de douleur.

Dis donc, quand tu es parti pour la pharmacie, tu n'aurais jamais imaginé te retrouver sur le trottoir de Costello Avenue avec un bras cassé et la morve de Patrick Hockstetter sur la figure, hein ? Tu n'as même pas eu le temps de boire ton Pepsi. La vie est pleine de surprises, non ?

L'incroyable est qu'il trouva la force de rire de nouveau. Un son bien faible, qui se transmit douloureusement à son bras, mais qui lui fut agréable. Et il y avait quelque chose d'autre : pas trace d'asthme. Il respirait librement, au moins pour l'instant. Une bonne chose. Il aurait été incapable d'atteindre son inhalateur. Totalement incapable.

La sirène était maintenant très proche, un hurlement lancinant. Eddie ferma les yeux, et ne vit plus que du rouge derrière ses paupières. Puis le rouge devint noir, et une ombre vint le recouvrir. C'était le petit garçon au tricycle.

« T'es pas bien ?

— Est-ce que j'ai l'air bien ?

— Non, t'as pas l'air bien », répondit le bambin en s'éloignant d'un coup de pédale, une comptine à la bouche.

Eddie se mit à pouffer. La voiture des flics arrivait : il entendit le grincement des freins. Il se prit à espérer vaguement que Mr. Nell serait du nombre, alors qu'il savait bien que Mr. Nell patrouillait à pied.

Au nom du ciel, qu'est-ce qui peut bien te faire rire ?

Il l'ignorait, tout comme il ignorait pour quelles raisons, en dépit de la douleur, il éprouvait une aussi intense impression de soulagement. Peut-être était-ce parce qu'il était encore en vie et qu'il ne s'en tirait qu'avec un bras cassé, qu'on pouvait encore le raccommoder ? Il ne chercha pas plus loin, mais des années plus tard, alors qu'assis dans la bibliothèque, un verre de gin au jus de prune à la main, son inhalateur posé devant lui, il décrivait la scène aux autres, il leur dit qu'il y avait eu quelque chose de plus, qu'il avait été assez âgé pour ressentir mais non pour comprendre ou exprimer.

Je crois que c'était la première fois de ma vie que j'avais réellement mal, leur dirait-il. *Ce n'était pas du tout ce que j'aurais cru. Cela ne me détruisait pas en tant que personne... Il me semble que... cette expérience m'a donné une base de comparaison : j'ai découvert que l'on pouvait continuer à exister à l'intérieur de la douleur, en dépit de la douleur.*

Eddie tourna lentement la tête sur sa droite et vit de gros pneus Firestone, des enjoliveurs aveuglants et des lumières bleues qui clignotaient. Puis il entendit la voix de Mr. Nell, une voix à l'accent irlandais épais, on ne peut plus irlandais, plus proche de la parodie de Richie que de la voix véritable de Mr. Nell... mais peut-être était-ce la distance.

« Seigneur Jésus ! Mais c'est le petit Kaspbrak ! »

C'est à cet instant-là qu'Eddie perdit connaissance.

4

À une exception près, il demeura longtemps dans cet état.

Il reprit en effet brièvement conscience dans l'ambulance. Il aperçut Mr. Nell assis à côté de lui, qui prenait une rasade à sa petite bouteille brune et feuilletait un livre de poche avec, sur la couverture, une fille avec des seins énormes comme Eddie n'en avait jamais vu. Ses yeux se portèrent sur le chauffeur, qui se tourna à ce moment-là et lui adressa un grand sourire grimaçant ; il avait la peau livide, fardée de blanc et de talc, les yeux aussi brillants que des pièces neuves. C'était Grippe-Sou.

« Mr. Nell... », grogna Eddie.

Le flic leva les yeux et sourit. « Comment te sens-tu, mon bonhomme ?

— ... le conducteur... le conducteur...

— T'en fais pas, on arrive dans une minute, dit Mr. Nell en lui tendant la petite bouteille brune. Prends-en un coup. Tu te sentiras encore mieux après. »

Eddie eut l'impression d'avaler un feu liquide. Il toussa, ce qui lui fit mal au bras. Il regarda vers l'avant et revit le chauffeur. Un type ordinaire aux cheveux taillés en brosse. Pas un clown.

Il plongea de nouveau.

Beaucoup plus tard, il se retrouva en salle d'urgence, tandis qu'une infirmière le débarrassait du sang, de la terre, de la morve et des gravillons avec un linge frais. Cela le piquait, mais la sensation était en même temps merveilleuse. Il entendit sa mère qui mugissait, trompettait et tempêtait à l'extérieur, et il voulut dire à l'infirmière de ne pas la laisser entrer ; mais, en dépit de tous ses efforts, les mots refusaient de franchir ses lèvres.

« ... s'il est mourant, je veux le savoir ! rugissait Mrs. Kaspbrak. Vous m'entendez ? J'ai le droit de savoir, comme j'ai le droit de le voir ! Je peux vous poursuivre, figurez-vous ! Je connais des avocats, des tas d'avocats ! Certains de mes meilleurs amis sont avocats !

— N'essaie pas de parler », dit l'infirmière à Eddie. Elle était jeune, et il sentait ses seins peser contre son bras valide. Pendant un instant, il s'imagina, stupidement, que cette infirmière était en réalité Beverly Marsh, puis il plongea de nouveau dans l'inconscience.

Lorsqu'il revint à lui, sa mère était dans la pièce et parlait à deux cents à l'heure au Dr Handor. Sonia Kaspbrak était une montagne de femme. Ses jambes, gainées de solides bas de maintien, étaient de vrais troncs d'arbre, mais bizarrement lisses. Deux taches rouges à ses pommettes faisaient d'autant plus ressortir la pâleur générale de ses traits.

« M'man, réussit à proférer Eddie,... suis bien... suis très bien...

— Non, tu vas mal, très mal ! » gémit Mrs. Kaspbrak en se tordant les mains. Eddie entendit ses articulations qui craquaient et grinçaient. Il commença à sentir sa respiration qui se raccourcissait à la voir — à voir dans quel état elle se trouvait, à quel point elle était atteinte par son accident. Il aurait voulu lui dire de ne pas s'en faire, qu'elle allait avoir une attaque cardiaque, mais il en fut incapable. Il avait la gorge trop sèche. « Tu n'es pas bien du tout, tu viens d'avoir un accident sérieux, un accident TRÈS sérieux, mais tout ira TRÈS bien, même s'il faut faire venir tous les spécialistes de l'annuaire, oh, Eddie, ton bras... Eddie, ton pauvre bras... »

Elle éclata en sanglots sonores, trompettants. Eddie remarqua que l'infirmière qui s'était occupée de lui la regardait sans aménité.

Tout au long de son numéro, le Dr Handor n'avait cessé de bafouiller : « Sonia... je vous en prie... Sonia... Sonia... » C'était un homme maigre à l'air fragile doté d'une petite moustache étique et de plus mal taillée, plus longue d'un côté que de l'autre. Il avait l'air nerveux. Eddie se souvint de ce que Mr. Keene lui avait dit ce matin même et fut peiné pour le Dr Handor.

Finalement, rassemblant toute son énergie, il finit par lâcher : « Si vous n'arrivez pas à vous contrôler, vous allez devoir sortir, Sonia ! »

Elle se tourna brusquement vers lui. « Jamais de la vie, vous m'entendez ! Comment osez-vous ? C'est mon fils qui est ici à l'agonie ! MON FILS QUI GÎT SUR SON LIT DE DOULEUR ! »

Eddie prit tout le monde par surprise en retrouvant sa voix : « Je veux que tu sortes, M'man. S'ils me font quelque chose qui me fait crier, et ça va sûrement arriver, ce sera mieux si tu n'es pas là. »

Elle se tourna vers lui, à la fois stupéfaite et blessée. À voir cette expression de chagrin sur son visage, il sentit sa poitrine se contracter inexorablement. « Il n'en est pas question ! s'écria-t-elle. C'est odieux de ta part de dire une chose pareille, Eddie ! Tu délires ! Tu ne comprends pas ce que tu dis, c'est la seule explication possible !

— Je ne sais pas quelle est la bonne explication et je m'en moque, intervint l'infirmière. Tout ce que je sais, c'est que nous restons là à ne rien faire alors que nous devrions être en train de remettre le bras de votre fils en place.

— Insinueriez-vous..., commença Sonia, dont la voix monta à des hauteurs stratosphériques, comme à chaque fois qu'elle était au comble de l'énervement.

— Je vous en prie, Sonia, dit le Dr Handor. Ne nous disputons pas ici. Il faut aider Eddie. »

Sonia se retint, mais son regard meurtrier — les yeux d'une lionne qui voit son petit en danger — promettait toutes sortes d'ennuis à l'infirmière, pour l'avenir. Voire même un procès. Puis ses yeux s'embrumèrent, noyant ou cachant la colère. Elle prit la bonne main d'Eddie et l'écrasa si rudement qu'il grimaça.

« Tu vas mal, mais tu iras bien très vite, dit-elle. Très vite, je te le promets.

— Bien sûr, M'man, fit Eddie, la voix sifflante. Est-ce que je peux avoir mon inhalateur ?

— Évidemment. » Sonia Kaspbrak adressa un regard de triomphe à l'infirmière, comme si elle venait d'être lavée d'une accusation criminelle ridicule. « Mon fils a de l'asthme. C'est très sérieux, mais il réagit magnifiquement.

— Parfait », répondit sèchement l'infirmière.

Sa maman lui tint l'inhalateur pour qu'il puisse aspirer. Un moment plus tard, le Dr Handor entreprenait d'explorer le bras cassé ; il faisait aussi doucement que possible, mais la douleur était encore terrible. Pour s'empêcher de crier, Eddie grinçait des dents ; il avait peur que sa mère se mette à hurler si lui-même criait. De grosses gouttes de sueur se formaient sur son front.

« Vous lui faites mal, intervint Mrs. Kaspbrak. Je sais que vous lui faites mal ! Arrêtez ! C'est inutile ! C'est inutile de lui faire mal ! Il est très délicat ! Il est incapable de supporter de telles souffrances ! »

Eddie vit l'infirmière, furieuse, croiser les yeux inquiets et fatigués du Dr Handor. Il déchiffra la conversation silencieuse qui prit place : *Virez-moi cette bonne femme d'ici, docteur. — Je ne peux pas, je n'ose pas.*

Il y avait une grande clarté au milieu de toute cette douleur (même si c'était une clarté, en vérité, dont Eddie ne souhaitait pas faire l'expérience trop souvent, car le prix à payer était trop élevé), et pendant cette conversation silencieuse, il accepta tout ce que Mr. Keene avait dit. Son inhalateur d'HydrOx ne contenait que de l'eau parfumée. Son asthme n'était pas dans sa gorge ou sa poitrine, mais dans sa tête. D'une façon ou d'une autre, c'était une vérité qu'il allait devoir affronter.

Il regarda sa mère, et la vit avec la plus grande précision dans sa douleur : chaque fleur de sa robe à ramages, les taches de transpiration à ses aisselles, chaque éraflure de ses chaussures. Il vit combien ses yeux étaient rétrécis dans leurs poches de chair et une pensée terrible lui vint à l'esprit : ces yeux étaient presque ceux d'un prédateur, comme les yeux du lépreux qui avait rampé d'en dessous du porche, au 29, Neibolt Street. *J'arrive, j'arrive... ça ne te servira à rien de courir ; Eddie...*

Le Dr Handor plaça ses mains délicatement autour du bras d'Eddie et appuya. Explosion de douleur.

Eddie sombra.

5

On lui donna quelque chose à boire et le Dr Handor réduisit la fracture. Eddie l'entendit déclarer à sa mère que c'était une fracture tout à fait bénigne, comme s'en font les gosses qui montent aux arbres. « Eddie ne grimpe jamais aux arbres ! protesta-t-elle avec fureur. Je veux savoir la vérité ! Comment va-t-il vraiment ? »

Puis l'infirmière lui donna une pilule. Il sentit de nouveau ses seins contre son épaule et goûta leur pression rassurante. Même dans la brume dans laquelle il se trouvait, il se rendait compte que l'infirmière était en colère et il crut lui dire : *Elle n'est pas le lépreux, je vous en supplie, ne pensez pas cela, elle me dévore simplement parce qu'elle m'aime,* mais peut-être qu'aucun son ne sortit de sa bouche parce que l'expression de colère, sur son visage, ne changea pas.

Il eut vaguement conscience d'être poussé le long d'un corridor, dans une chaise roulante, tandis que la voix de sa mère, derrière lui, s'estompait : « Qu'est-ce que ça veut dire, les heures de visite ? Vous n'allez tout de même pas m'imposer des heures de visite, non ? C'est mon FILS ! »

S'estompait..., il était content qu'elle s'estompât, que lui-même s'estompât. La douleur avait disparu, et avec elle la clarté. Il ne voulait pas penser ; il voulait flotter. Il se rendait compte que son bras droit était très lourd et il se demanda si on avait déjà posé le plâtre. Il n'arrivait pas à s'en assurer. On le glissa ensuite entre deux draps frais et raides. Une voix lui dit qu'il aurait sans doute mal dans la nuit, mais de ne sonner que si cela devenait vraiment insupportable. Eddie demanda s'il pouvait avoir de l'eau. On lui en donna à l'aide d'une paille avec un coude en accordéon, ce qui permettait de la plier ; l'eau était fraîche et bonne, il but tout.

Il souffrit au cours de la nuit, il souffrit même beaucoup. Il resta réveillé dans son lit, la main gauche sur le bouton d'appel qu'il ne pressa pas. Le temps était à l'orage, et au premier éclair bleu il détourna le visage des fenêtres de crainte de voir apparaître, gravée au feu électrique contre le ciel, une tête monstrueuse et grimaçante.

Il finit par s'endormir et par faire un rêve dans lequel il vit Bill, Ben, Richie, Stan, Mike et Bev — ses amis — arriver à l'hôpital à bicyclette (Richie sur le porte-bagages de Silver). Ils venaient dans son rêve pour la visite de deux heures, et sa mère, qui attendait patiemment depuis onze heures, criait tellement fort que tout le monde se tournait pour la regarder.

Si vous vous imaginez que vous allez entrer, vous vous faites des illusions ! hurlait-elle ; et le clown, resté jusqu'ici tranquillement assis dans la salle d'attente (mais loin dans un coin, la figure cachée par un magazine), bondit sur ses pieds et mima des applaudissements de ses mains gantées de blanc. Il dansait et cabriolait, poussant un chariot ici, exécutant un saut périlleux là, pendant que Mrs. Kaspbrak vitupérait les compagnons-Ratés d'Eddie, lesquels, l'un après l'autre, s'étaient réfugiés derrière Bill. Bill ne bougeait pas ; il était pâle mais d'un calme absolu, les mains profondément enfoncées dans les poches de son jean (afin peut-être que personne, même pas Bill lui-même, ne voie si elles tremblaient ou non). Personne ne voyait le clown sauf Eddie... cependant un bébé, qui dormait paisiblement dans les bras de sa mère, s'éveilla et se mit à piailler à gorge déployée.

Vous avez fait suffisamment de dégâts comme ça ! hurlait la mère d'Eddie. *Je sais qui sont ces garçons ! Ils ont eu des problèmes à l'école, ils ont eu des problèmes avec la police ! Et ce n'est pas une raison parce que ces voyous ont quelque chose contre vous pour qu'ils s'en prennent à* LUI. *C'est ce que je lui ai dit, et il est d'accord avec moi. Il vous fait dire qu'il ne veut plus vous voir, qu'il en a fini avec vous. Il ne veut plus de votre soi-disant amitié ! D'aucun de vous ! Je savais que ça se terminerait mal, et regardez ce qui est arrivé ! Mon Eddie est à l'hôpital ! Un garçon si délicat...*

Le clown bondissait et cabriolait, marchait sur les mains. Son sourire était bien réel maintenant et Eddie comprit, dans son rêve, que c'était bien entendu ce que voulait le clown : semer la zizanie entre eux, les disperser et détruire toute possibilité d'action concertée. Dans une sorte d'ignoble extase, il exécuta une double cabriole et alla embrasser sa mère sur la joue de façon burlesque.

C-Ces g-garçons qui ont f-fait..., commença Bill.

Je t'interdis de me répondre ! s'égosilla Mrs. Kaspbrak. *Comment oses-tu ? C'est terminé avec vous, j'ai dit !* TERMINÉ *!*

Un interne arriva à cet instant au pas de course dans la salle d'attente et intima à la mère d'Eddie soit de se taire, soit de quitter l'hôpital. Le clown commença à s'estomper, à se délaver et ce faisant, il se transforma. Eddie vit le lépreux, la momie, l'oiseau ; il vit le loup-garou et un vampire dont les dents étaient des lames de rasoir Gillette, plantées selon des angles aberrants comme les miroirs dans un labyrinthe de glaces ; il vit la créature de Frankenstein, et quelque chose de charnu faisant penser à un coquillage, qui s'ouvrait et se fermait comme une bouche ; il vit une douzaine d'autres choses épouvantables, il en vit une centaine. Mais juste avant la disparition définitive du clown, il vit la plus terrible de toutes : le visage de sa mère.

Non ! voulut-il crier. *Non ! Non ! Pas elle ! Pas ma maman !*

Mais personne ne détourna la tête, personne n'entendit. Et dans ces instants où le rêve s'effaçait, il comprit, saisi d'une horreur froide et grouillante, qu'on ne pouvait pas l'entendre. Il était mort. Ça l'avait tué, et il était mort. Un fantôme.

6

Le sentiment de triomphe doux-amer éprouvé par Sonia Kaspbrak, une fois débarrassée des soi-disant amis de son fils, fut de courte durée, car il disparut presque dès l'instant où elle mit le pied dans la chambre d'Eddie, en ce 21 juillet. Elle n'aurait su dire pour quelle raison il s'évanouit ainsi, pour quel motif une peur sans objet était venue le remplacer ; cela tenait à quelque chose dans les traits pâles du garçon, dont les yeux, loin d'être brouillés par la douleur ou l'anxiété, avaient une expression qu'elle ne se souvenait pas lui avoir jamais vue. Aiguë. Oui, aiguë, alerte et composée.

La confrontation entre la mère et les amis d'Eddie n'avait pas eu lieu dans la salle d'attente, comme dans son rêve ; elle s'était doutée qu'ils allaient venir — ces « amis » qui lui apprenaient certainement à fumer malgré son asthme, ces « amis » qui avaient une telle emprise sur lui qu'ils étaient son seul sujet de conversation quand il rentrait le soir, ces « amis » à cause desquels il avait eu le bras cassé. C'était ce qu'elle avait expliqué à sa voisine, Mrs. Van Prett. « Le moment est venu, lui avait-elle dit, de jouer cartes sur table. » Mrs. Van Prett, qui souffrait d'horribles problèmes de peau et sur qui elle pouvait compter pour l'approuver avec enthousiasme, en général, avait eu en l'occurrence le toupet de ne pas être d'accord.

« J'aurais cru que vous seriez contente de lui voir se faire des amis », lui avait dit Mrs. Van Prett pendant qu'elles étendaient leur linge dans la fraîcheur du matin, avant de partir au travail (on était alors dans la première semaine de juillet). « En plus, il est plus en sécurité avec d'autres enfants, vous ne pensez pas, Mrs. Kaspbrak ? Avec tout ce qui se passe en ville, et tous ces pauvres enfants qui ont été assassinés... »

La réponse de Mrs. Kaspbrak s'était réduite à un reniflement de colère (en fait, rien ne lui était venu à l'esprit, même si par la suite elle avait trouvé une douzaine de répliques, certaines mordantes à souhait), et quand Mrs. Van Prett l'avait appelée le soir avant leur sortie habituelle, elle avait répondu qu'elle préférait rester chez elle.

Elle avait donc traîné sous l'auvent de la façade de l'hôpital, sachant qu'ils finiraient par se montrer, froidement déterminée à mettre un terme définitif à cette soi-disant « camaraderie » qui s'était terminée par un bras cassé et des souffrances pour son petit.

Ils vinrent, en effet, comme elle savait qu'ils le feraient, et vit avec horreur que l'un d'eux était nègre. Oh, elle n'avait rien contre les nègres ; elle estimait qu'ils avaient tout à fait le droit de monter dans le bus de leur choix, là-bas dans le Sud, ou de manger dans les mêmes restaurants que les Blancs, ou encore qu'on ne devait pas les obliger à s'installer au poulailler, dans les cinémas, sauf s'ils ennuyaient les

(Blanches)

les gens ; elle croyait cependant en ce qu'elle appelait la théorie des oiseaux : les merles volent avec les autres merles, pas avec les rouges-gorges ; les mainates nichent avec les mainates, pas avec les rossignols. Chacun chez soi, telle était sa devise, et voir Mike Hanlon au milieu d'eux sur son vélo, comme s'il était des leurs, ne fit que la conforter dans ses convictions en accroissant sa colère et son dépit. Elle se dit, avec un ton de reproche comme si Eddie pouvait l'entendre : *Tu m'avais caché que l'un de tes « amis » est un nègre.*

Eh bien, pensa-t-elle vingt minutes plus tard en pénétrant dans la chambre où son fils gisait, le bras pris dans un énorme plâtre collé à sa poitrine (elle avait mal rien que de le voir), elle les avait expédiés en moins de deux. Aucun d'eux, mis à part le petit Denbrough, celui qui était affligé d'un horrible bégaiement, n'avait eu le culot de lui répondre. La fille, d'où qu'elle sorte *(de Lower Main Street ou d'un endroit encore pire)*, l'avait bien fusillée du regard avec ses yeux verts d'aguicheuse, mais avait eu la sagesse de ne rien dire. Eût-elle simplement ouvert la bouche, Sonia Kaspbrak lui aurait donné un échantillon de son bagout ; elle ne se serait pas gênée pour lui dire comment on appelle les filles qui traînent avec les garçons. Et elle ne voulait pour rien au monde que son fils ait affaire avec elle.

Les autres s'étaient contentés de contempler leurs chaussures en frottant le sol. Elle n'en attendait pas moins. Quand elle en eut fini avec ce qu'elle avait à dire, ils avaient repris leurs bicyclettes et étaient repartis. Le petit Denbrough avait pris le petit Tozier sur le porte-bagages de son énorme engin (certainement dangereux), et Mrs. Kaspbrak dut réprimer un frisson à l'idée que peut-être son Eddie en avait fait autant, au risque de se rompre le cou.

J'ai fait cela pour toi, Eddie, se dit-elle tout en entrant dans l'hôpital, la tête haute. *Je sais que tu te sentiras peut-être un peu déçu, tout d'abord ; c'est bien naturel. Mais les parents sont plus avertis que les enfants ; Dieu a fait les parents avant tout pour les guider, les instruire... les protéger.* Après cette déception passagère, il comprendrait. Et si elle éprouvait un certain soulagement, c'était pour Eddie, pas pour elle. On devait se sentir soulagé d'avoir arraché son enfant à de mauvais camarades.

Si ce n'est que cette impression de soulagement était contrariée par un sentiment de malaise, maintenant qu'elle regardait le visage de son enfant. Il ne dormait pas, comme elle l'avait pensé. Au lieu de l'état de somnolence artificielle où il aurait été diminué, désorienté et psychologiquement vulnérable, qu'elle s'était attendue à trouver, il y avait ce regard aigu et attentif, si différent de ses habituels coups d'œil timides et doux. Comme Ben Hanscom (mais elle l'ignorait), Eddie était du genre à regarder rapidement un visage, comme pour en jauger le climat émotionnel, et à détourner les yeux tout de suite après. Mais il l'observait fixement, maintenant *(Ce sont peut-être les médicaments, bien sûr, ce sont les médicaments ; il va falloir que j'en parle au Dr Handor)*, et c'est elle qui se sentit obligée de détourner les yeux. *On dirait qu'il m'attendait*, pensa-t-elle, ce qui aurait dû lui faire grand plaisir (un petit garçon qui attend sa maman est certainement le plus grand cadeau du ciel).

« Tu as renvoyé mes amis. » Il avait parlé d'un ton calme et ferme, sans nuancer la phrase d'un doute ou d'une interrogation.

Elle marqua le coup comme si elle se sentait coupable, et la première idée qui lui vint à l'esprit trahissait en effet un sentiment de culpabilité : *Comment peut-il le savoir ? Il n'avait aucun moyen de deviner...* Sur quoi elle fut immédiatement furieuse (contre elle et contre lui) d'avoir eu cette réaction. Elle lui sourit donc.

« Comment te sens-tu aujourd'hui, Eddie ? »

Cela, c'était la bonne réaction. Quelqu'un — un écervelé colporteur de ragots, voire même cette infirmière incompétente et agressive d'hier — avait raconté des histoires. Quelqu'un.

Eddie ne répondait toujours pas.

Elle s'avança un peu plus dans la pièce, détestant l'hésitation, presque la timidité qu'elle ressentait et s'en méfiant, elle qui ne s'était jamais sentie hésitante et timide auparavant devant Eddie. Elle éprouvait aussi une pointe de colère. De quel droit la faisait-il se sentir ainsi, après ce qu'elle avait fait pour lui, après tout ce qu'elle lui avait sacrifié ?

« J'ai parlé avec le Dr Handor, et il m'a assuré que tu irais parfaitement bien, dit Sonia précipitamment en s'asseyant sur la chaise droite en bois, juste à côté du lit. Bien entendu, s'il y a le moindre problème, nous irons voir un spécialiste à Portland. À BOSTON, même, s'il le faut. » Elle sourit, comme si elle lui accordait une grande faveur. Eddie ne lui rendit pas son sourire et continua de garder le silence.

« Eddie, tu m'écoutes ?

— Tu as renvoyé mes amis, répéta-t-il.

— Oui », admit-elle, cessant de simuler une surdité sélective. Elle n'ajouta rien. C'était un jeu que l'on pouvait jouer à deux. Elle se contenta de le regarder.

Mais une chose étrange se produisit ; une chose terrible, en vérité. Les yeux d'Eddie parurent... s'agrandir d'une façon mystérieuse. Les paillettes d'argent de ses iris avaient l'air de se déplacer, comme des nuages d'orage. Elle se rendit soudain compte qu'il ne « faisait pas la tête », qu'il n'était pas simplement « grognon ». Il était furieux contre elle... et Sonia eut soudain peur car on aurait dit qu'il y avait quelque chose d'autre que son fils dans cette pièce. Elle baissa les yeux et ouvrit maladroitement son sac, se mettant à la recherche d'un Kleenex.

« Oui, je les ai renvoyés, dit-elle, et elle trouva que son ton était aussi ferme et assuré qu'il le fallait... tant qu'elle ne le regardait pas. Tu as été gravement blessé, Eddie. Pour l'instant, tu n'as besoin d'aucune visite en dehors de celle de ta mère, et de toute façon, tu n'as pas besoin de visites de ce genre. Sans eux, tu serais maintenant à la maison en train de regarder la télé ou de construire ta voiture à pédales dans le garage. »

Eddie caressait le rêve de construire une voiture à pédales et d'aller concourir à Bangor ; s'il gagnait, il irait, tous frais payés, à Akron, dans l'Ohio, pour le Derby national des « caisses à savon ». Sonia n'avait rien contre ce rêve, du moins tant que l'achèvement de l'engin (à base de caisses d'oranges et de roulettes de récupération) restait purement hypothétique. Elle n'avait aucune intention de laisser Eddie risquer sa vie dans un engin aussi dangereux, pas plus à Derry qu'à Bangor ou qu'à Akron — encore moins à Akron puisque le voyage se faisait en avion et que la course se déroulait dans une pente terrible alors que les véhicules n'avaient même pas de freins. Mais, comme sa mère le répétait souvent, on ne pouvait souffrir de quelque chose que l'on ignorait (ce qui ne l'empêchait pas de déclarer aussi que « toute vérité est bonne à dire » quand cela l'arrangeait).

« Ce ne sont pas mes amis qui m'ont cassé le bras, répondit Eddie de ce même ton ferme et froid. C'est ce que j'ai dit au Dr Handor hier au soir et c'est ce que j'ai dit à Mr. Nell quand il est venu ce matin. C'est Henry Bowers qui m'a cassé le bras. Il y avait d'autres garçons avec lui, mais c'est Henry Bowers qui l'a fait. Si j'avais été avec mes amis, ça ne serait jamais arrivé. C'est arrivé parce que j'étais tout seul. »

Du coup, Sonia pensa à la remarque de Mrs. Van Prett sur le fait qu'il était plus sûr d'avoir des amis, ce qui eut le don de la mettre en rage. Elle releva brusquement la tête. « C'est sans importance et tu le sais bien. Qu'est-ce que tu t'imagines, Eddie ? Que ta maman est née de la dernière pluie ? C'est ça ? Je sais très bien que c'est Henry Bowers qui t'a cassé le bras. Cette espèce d'Irlandais est aussi venu à la maison. Ce voyou t'a cassé le bras parce que toi et tes amis vous l'avez embêté les premiers. Te rends-tu compte que tout cela ne serait pas arrivé si tu m'avais écouté, si tu étais resté tranquillement à la maison ?

— Non. Et je crois que quelque chose de bien pire encore aurait pu arriver.

— Tu ne crois pas à ce que tu dis, Eddie.

— Si, j'y crois. » Elle sentit le pouvoir qui émanait de lui, comme des ondes. « Bill et mes autres amis vont revenir, M'man. J'en suis absolument sûr. Et quand ils viendront, tu les laisseras tranquilles. Tu ne leur diras rien. Ce sont mes amis, et tu ne vas pas me séparer de mes amis sous prétexte que tu as peur de te retrouver toute seule. »

Elle écarquilla les yeux, estomaquée et terrifiée. Puis elle se mit à pleurer, et les larmes coulèrent sur ses joues, dont elles humectèrent la poudre. « Alors, c'est comme ça que tu parles à ta maman maintenant ! sanglota-t-elle. C'est peut-être ainsi que tes amis parlent à leurs parents ; tu as dû apprendre cela avec eux, je m'en doute bien. »

Pleurer la rassura. D'habitude, quand elle pleurait, Eddie en faisait autant. Une arme méprisable, aurait-on pu estimer, mais quelle arme était méprisable, quand il s'agissait de protéger son enfant ? Aucune, à son avis.

Elle le regarda, les yeux débordant de larmes, se sentant indiciblement triste, dépossédée, trahie... et sûre d'elle. Eddie ne pourrait pas résister à une telle manifestation de chagrin. Son visage se dépouillerait de ce regard froid et aigu. Peut-être se mettrait-il à mal respirer et à siffler un peu, et ce serait un signe — le signe, comme toujours, que la bagarre était terminée et qu'elle avait une fois de plus remporté la victoire... pour son plus grand bien, cela va de soi. Toujours pour son plus grand bien.

Elle éprouva un tel choc en se rendant compte qu'il n'avait pas changé d'expression — et si elle avait changé, elle n'avait fait que se durcir — qu'elle s'étrangla au milieu d'un sanglot. Il y avait bien du chagrin sous son expression, mais même ce chagrin l'effrayait : il avait quelque chose d'adulte, remarqua-t-elle, et penser à Eddie en tant qu'adulte, de toute manière, avait tendance à lui donner le tournis. C'était ce qu'elle ressentait, les rares fois où elle se demandait ce qui se passerait si Eddie voulait aller poursuivre ses études dans une institution d'où il ne pourrait pas rentrer tous les soirs, ce qui se passerait s'il rencontrait une fille, tombait amoureux et voulait se marier. *Où est ma place dans tout cela ?* piaillait le petit oiseau pris de panique qui voletait dans sa tête, lorsque ces pensées étranges, presque cauchemardesques, lui venaient à l'esprit. *Où serait ma place dans une telle existence ? Je t'aime, Eddie ! Je t'aime ! Je m'occupe de toi et je t'aime ! Tu ne sais ni faire la cuisine, ni changer les draps, ni laver tes sous-vêtements ! Et pourquoi le saurais-tu ? Puisque je m'en charge ! Je m'en charge parce que je t'aime !*

Il le lui dit à ce moment-là : « Je t'aime, M'man. Mais j'aime aussi mes amis. Je crois... il me semble que tu te fais pleurer toute seule.

— Tu me fais tellement de mal, Eddie », murmura-t-elle, tandis que de nouvelles larmes venaient sillonner son visage pâle. Si ses premiers pleurs avaient été calculés, ceux-ci ne l'étaient pas. Elle était solide à sa manière : elle avait accompagné la dépouille de son époux jusqu'à sa tombe sans s'effondrer, elle avait décroché du travail dans une période où les emplois ne se trouvaient pas facilement, elle avait élevé son fils et s'était battue pour lui quand il avait fallu. Ces larmes étaient les premières, depuis bien des années, qu'elle versait sans la moindre affectation, sans le plus petit calcul ; peut-être depuis cette bronchite d'Eddie, alors qu'il avait cinq ans : elle avait été sûre qu'il allait mourir quand elle l'avait vu gisant sur son lit de douleur, rouge de fièvre, toussant à perdre haleine. Elle pleurait maintenant à cause de cette expression terriblement adulte et d'une certaine façon tout à fait étrangère, apparue sur son visage. Elle avait peur pour lui, mais avait aussi peur de lui, peur de cette aura qui émanait de lui... et qui semblait exiger quelque chose d'elle.

« Ne m'oblige pas à choisir entre toi et mes amis, M'man », dit Eddie. Il parla d'un ton inégal, tendu, mais qu'il contrôlait toujours. « Parce que ce n'est pas honnête.

— Mais ce sont de MAUVAIS amis ! cria-t-elle, à la limite de la frénésie. Je le sais, je le sens avec tout mon cœur, ils ne te vaudront que peines et chagrins ! » Et ce qu'il y avait de plus horrible était qu'elle en était convaincue ; elle en avait eu l'intuition en croisant le regard du petit Denbrough, celui qui était resté debout devant elle les mains dans les poches, sa chevelure de rouquin flamboyant au soleil. Des yeux si graves, si distants, si étranges..., comme les yeux d'Eddie, maintenant.

Et n'y avait-il pas eu autour de lui la même aura qu'elle découvrait en ce moment autour d'Eddie ? La même, mais encore plus forte ? Elle pensait que oui.

« M'man... »

Elle se leva si brusquement qu'elle faillit renverser la chaise. « Je reviendrai ce soir, dit-elle. C'est le choc, l'accident, la douleur, toutes ces choses, qui te font parler comme ça. Je le sais. Tu... tu... » Elle allait à tâtons, recherchant le bon texte dans la confusion de son esprit. « Tu as eu un accident sérieux, mais tu vas aller parfaitement bien. Et tu verras que j'ai raison, Eddie. Ce sont de MAUVAIS amis. Ils ne sont pas de notre genre. Ils ne sont pas pour toi. Réfléchis, et demande-toi si ta maman s'est jamais trompée jusqu'ici. Réfléchis et... et... »

Et voilà que je fuis ! se dit-elle, prise d'une affreuse et douloureuse consternation. *Je fuis mon propre fils ! Ô, mon Dieu, ne laissez pas faire cela !*

« M'man... »

Elle fut un instant sur le point de réellement s'enfuir, épouvantée par lui, par ce garçon qui n'était plus son Eddie ; elle sentait les autres à travers lui, ses « amis » et quelque chose d'autre au-delà d'eux ; elle redoutait l'éclair qui pourrait l'atteindre. C'était comme s'il se trouvait sous l'emprise de quelque chose, de quelque sinistre fièvre, comme il avait été sous l'emprise de la bronchite quand, à cinq ans, il avait failli mourir.

Elle s'immobilisa, la main sur le bouton de porte, ne voulant pas entendre ce qu'il avait à dire... et quand il le dit, ce fut tellement inattendu qu'elle resta quelques instants sans comprendre. Mais quand la lumière se fit, elle lui tomba dessus comme un chargement de ciment et elle crut qu'elle allait s'évanouir.

« Mr. Keene dit que mon médicament pour l'asthme, c'est juste de l'eau.

— Quoi ? Quoi ? » Elle le regarda, une flamme de colère dans les yeux.

« Juste de l'eau. Avec un truc ajouté dedans pour lui donner un goût de médicament. Il dit que c'est un placebo.

— C'est un mensonge ! Un pur mensonge ! Pourquoi Mr. Keene est-il allé te raconter un mensonge pareil ? Il y a d'autres pharmacies à Derry, figure-toi. Je...

— J'ai eu le temps d'y réfléchir, reprit Eddie d'une voix douce mais implacable, sans la quitter des yeux, et je crois, moi, qu'il dit la vérité.

— Je te dis que non, Eddie ! » La panique était de retour et voletait dans sa tête.

« Je crois que c'est la vérité, car sinon il y aurait écrit dessus les précautions qu'il faut prendre, pas plus de tant de fois par jour, par exemple. Pour ne pas en mourir ou être malade. Même...

— Je ne veux pas entendre ça, Eddie ! cria-t-elle en portant les mains à ses oreilles. Tu es... tu es... tu n'es pas toi-même et c'est tout ce qu'il y a à dire !

— Même quand c'est quelque chose qu'on peut acheter sans

ordonnance, il y a toujours des recommandations spéciales », continua-t-il sans élever la voix. Il avait toujours ses yeux gris fixés sur elle, et elle était incapable de les lui faire baisser ou même de le faire ciller. « Même sur les bouteilles de sirop Vicks... ou sur ton Geritol. »

Il se tut. Elle laissa retomber les mains ; cela lui paraissait trop pénible de les garder en l'air. Elles lui semblaient peser un poids énorme, tout d'un coup.

« Et aussi... tu devais être certainement au courant, M'man.

— Eddie ! » Ce fut presque un gémissement.

« Parce que, continua-t-il comme si elle n'avait rien dit (il frônçait les sourcils, maintenant, concentré sur le problème), parce que les parents sont forcément au courant pour les médicaments. Je me servais de l'appareil cinq ou six fois par jour ; tu ne m'aurais pas laissé faire s'il y avait eu un danger. Parce que c'est ton travail de me protéger. Je le sais, c'est ce que tu dis tout le temps. Alors... est-ce que tu le savais, M'man ? Est-ce que tu savais que c'était juste de l'eau ? »

Elle ne répondit rien. Ses lèvres tremblaient ; tout son visage, aurait-on dit, tremblait. Elle ne pleurait plus. Elle avait trop peur pour cela.

« Parce que si tu le savais, continua Eddie, toujours sourcils froncés, je veux savoir pourquoi. Il y a des choses que j'arrive à comprendre, mais pas pourquoi ma maman veut que je croie que de l'eau est un médicament... ou que j'aie de l'asthme ici (il indiqua sa poitrine) alors que Mr. Keene dit que c'est là seulement. » (Il montra sa tête.)

Elle pensa pouvoir tout lui expliquer ; elle le ferait calmement, avec logique. Comment elle avait cru qu'il allait mourir quand il avait cinq ans, et comment cette idée l'avait rendue folle, alors qu'elle venait de perdre son mari à peine deux ans avant. Comment elle en était venue à se rendre compte que l'on ne pouvait protéger son enfant qu'en veillant constamment sur lui et en l'aimant, qu'il faut s'occuper d'un enfant comme d'un jardin ; qu'il faut le fertiliser, le désherber et aussi, oui, l'émonder et l'éclaircir de temps en temps, même si c'est douloureux. Elle allait lui dire qu'il vaut mieux parfois qu'un enfant — en particulier un enfant délicat comme lui — pense être malade plutôt que l'être vraiment. Et elle conclurait en lui parlant de la folie meurtrière des médecins et du merveilleux pouvoir de l'amour ; elle lui dirait qu'elle savait, elle, qu'il avait de l'asthme et que peu importait ce qu'en pensaient les médecins et ce qu'ils lui donnaient contre cela. Elle lui dirait qu'on peut préparer des médicaments avec autre chose qu'avec un vulgaire mortier de pharmacien. Elle lui dirait : *Eddie, c'est un médicament parce que l'amour de ta mère en fait un médicament et c'est quelque chose que je pourrais réussir tant que tu le voudras et que tu me le permettras. C'est un pouvoir que Dieu accorde aux mères aimantes et attentives. Je t'en prie, Eddie, je t'en prie, amour de mon cœur, tu dois me croire.*

Mais en fin de compte elle ne dit rien. Elle avait trop peur.

« Au fond, nous n'avons peut-être pas besoin d'en parler, reprit Eddie. Mr. Keene a pu vouloir plaisanter avec moi. Des fois les adultes... tu sais, ils aiment faire des blagues aux enfants. Parce que les enfants croient presque tout. C'est moche de faire ça aux enfants, mais ça arrive tout de même.

— Oui, fit vivement Sonia Kaspbrak. Ils aiment faire des blagues et elles sont parfois stupides... moches... et...

— Alors je continuerai de voir Bill et mes autres copains et je continuerai à prendre mon médicament pour l'asthme. C'est probablement la meilleure solution, non ? »

Elle comprit seulement maintenant, alors qu'il était trop tard, qu'elle venait de se faire piéger, impeccablement, cruellement. Il se livrait à un véritable chantage avec elle, mais quel choix avait-elle ? Elle voulut lui demander comment il pouvait se montrer aussi calculateur, aussi machiavélique. Elle ouvrit la bouche... puis la referma. Il était vraisemblable que, dans son état d'esprit actuel, il répondît.

Il y avait cependant une chose qu'elle savait. Oui. Et sans conteste. Jamais au grand jamais elle ne remettrait de sa vie les pieds dans la pharmacie de Parker Keene-le-Fouineur.

Soudain étrangement timide, la voix d'Eddie l'interrompit dans ses pensées. « M'man ? »

Elle releva la tête et elle vit que c'était son Eddie, rien que son Eddie qui la regardait : elle alla avec joie vers lui.

« Tu ne veux pas m'embrasser, M'man ? »

Elle le serra contre elle, mais avec précaution, pour ne pas lui faire mal (ou risquer de déplacer une esquille qui, sait-on jamais, se glissant dans une veine remonterait jusqu'à son cœur — quelle mère tuerait son fils par trop d'amour ?) et Eddie lui rendit son baiser.

7

Pour ce qui était d'Eddie, il était grand temps que sa mère parte. Pendant l'horrible confrontation avec elle, il avait senti l'air s'accumuler et s'accumuler dans ses poumons ; ses voies respiratoires, paralysées, rances et saumâtres, menaçaient de l'étouffer.

Il tint jusqu'à ce que la porte fût refermée sur elle et commença alors à hoqueter et siffler. L'air vicié prisonnier de sa gorge allait et venait comme un tisonnier tiède. Il saisit son inhalateur (il se fit mal au bras, mais peu importait) et propulsa une longue bouffée dans sa bouche. Il aspira profondément la brume camphrée, se disant : *Qu'est-ce que ça fait si c'est un placebo ? Les mots ne comptent pas, si un truc marche.*

Il se laissa retomber sur ses oreillers, les yeux fermés, respirant pour la première fois librement depuis qu'elle était entrée. Il avait peur, très peur. Les choses qu'il lui avait dites, la manière dont il avait agi — c'était lui, et pourtant pas lui du tout en même temps. Il y avait eu quelque chose à l'œuvre à l'intérieur de lui, à l'œuvre à travers lui, comme une force... et sa mère l'avait également senti. Il l'avait vu à son regard, à ses lèvres tremblantes. Rien ne lui laissait supposer que cette puissance était maligne, mais son énorme force avait quelque chose de terrifiant. Comme s'il était monté sur un de ces engins de foire conçus pour donner des sensations fortes et s'était aperçu que c'était réellement dangereux seulement une fois dedans ; impossible de faire quoi que ce soit, sinon attendre la fin du tour, advienne que pourra.

Pas la peine de tourner autour du pot, pensa Eddie, oppressé par le poids du plâtre qui lui tenait chaud et le démangeait déjà. *Personne ne retournera à la maison tant que ce ne sera pas fini. Mais que j'ai peur, oh mon Dieu que j'ai peur !* Et il se rendit compte que la raison profonde pour laquelle il avait exigé de ne pas être séparé de ses amis était quelque chose qu'il n'aurait jamais pu lui expliquer : *Je ne peux pas y faire face tout seul.*

Il pleura alors un petit peu, avant de tomber progressivement dans un sommeil agité. Il rêva de ténèbres dans lesquelles des machines, des pompes, tournaient sans relâche.

8

La pluie menaçait encore, ce soir-là, lorsque Bill et la bande des Ratés retournèrent à l'hôpital. Eddie ne fut pas surpris de les voir débarquer. Il avait toujours su qu'ils reviendraient.

Il avait fait chaud toute la journée (on convint plus tard que la troisième semaine de juillet avait été la plus chaude d'un été exceptionnellement chaud) et les cumulus d'orage commencèrent à s'empiler vers seize heures, violacés, colossaux, gros d'averses et d'éclairs. Les gens se pressaient de terminer leurs courses, un peu mal à l'aise, un œil surveillant le ciel. Il allait certainement tomber des hallebardes vers l'heure du dîner, disait-on, ce qui débarrasserait cette suffocante humidité de l'atmosphère. Les parcs et les terrains de jeux de Derry, déjà sous-peuplés pendant l'été, se retrouvèrent complètement désertés vers dix-huit heures. Mais la pluie ne tombait toujours pas, et les balançoires pendaient, immobiles et sans faire d'ombre, dans une bizarre lumière jaunâtre. Le tonnerre roulait sourdement ; ce bruit, l'aboiement d'un chien et la rumeur étouffée de la circulation sur Outer Main Street étaient les seuls sons à parvenir jusqu'à Eddie par la fenêtre de sa chambre jusqu'à l'arrivée des Ratés.

Bill entra le premier, suivi de Richie, puis de Beverly, Stan et Mike ; Ben entra le dernier. Il avait l'air de souffrir le martyre dans un sweater à col roulé blanc.

Ils s'approchèrent de son lit, le visage grave ; même Richie ne souriait pas.

Leurs figures, bon Dieu, leurs figures ! pensa Eddie, fasciné.

Il voyait sur ces visages ce que sa mère y avait vu l'après-midi même : une étrange combinaison de force et d'impuissance. La lumière blême et jaunâtre de l'orage qui montait leur donnait l'air de spectres, lointains et ténébreux.

Nous allons franchir une étape. Nous allons passer dans quelque chose de nouveau — nous sommes sur la frontière. Mais qu'y a-t-il de l'autre côté ? Où allons-nous nous retrouver ? Où ? pensa Eddie.

« S-Salut, E-E-Eddie, dit Bill, co-comment ça v-va ?

— Bien, Grand Bill, répondit Eddie en essayant de sourire.

— Sacrée journée, hier, hein ? » remarqua Mike. Un roulement de tonnerre souligna sa phrase. Ni le plafonnier ni la lampe de chevet n'étaient allumés et leurs traits s'estompaient ou se précisaient avec les changements de lumière, une lumière malsaine. Eddie imagina cette lumière répandue en ce moment même au-dessus de Derry, recouvrant paisiblement le McCarron Park, s'infiltrant par les trous du pont des Baisers en rayons maniérés et troubles, transformant la Kenduskeag en verre fumé, dans son lit large et peu profond au milieu des Friches ; il pensa aux jeux de bascule dans la cour de récré de l'école élémentaire de Derry, immobilisés selon des angles divers tandis que continuaient à s'accumuler les nuages violacés ; il pensa à cette lumière jaunâtre et orageuse, à ce calme, comme si toute la ville s'était endormie... ou venait de trépasser.

« Oui, répondit-il, une sacrée journée.

— M-Mes parents i-iront au ci-cinéma a-après-demain s-soir. Quand l-le programme ch-change. On l-les fe-fera à ce m-moment-là. Les b-b-b...

— Les billes d'argent, compléta Richie

— Des billes ? Je croyais...

— C'est mieux comme ça, intervint Ben. Il me semble toujours que nous aurions pu faire des balles, mais il ne suffit pas de le croire. Si nous étions des grandes personnes...

— Oh ! ouais, le monde serait chouette si nous étions des adultes, le coupa Beverly. Les adultes peuvent faire tout ce qu'ils veulent, non ? Tout ce qu'ils veulent, et ce n'est jamais mal. (Elle rit, mais d'un rire nerveux et haché.) Bill veut que ce soit moi qui tire. Non mais, est-ce que tu te rends compte, Eddie ? Appelle-moi Calamity Bev, maintenant !

— Je ne vois pas de quoi vous parlez », dit Eddie qui pensait cependant avoir son idée — ou du moins quelque chose qui s'en rapprochait.

Ben lui donna les explications. Leur projet était de faire fondre l'un de ses dollars en argent et d'en tirer deux billes légèrement plus petites que dans des roulements. Après quoi, s'il y avait réellement un loup-garou au 29, Neibolt Street, Beverly lui collerait une bille dans la tête avec la fronde de Bill, une Bullseye. À dégager, le loup-garou ! Et s'ils avaient raison en ce qui concernait la créature aux multiples visages, à dégager, Ça !

L'expression qui se peignit sur le visage d'Eddie devait être assez pittoresque, car Richie éclata de rire en acquiesçant.

« Je comprends ce que tu ressens, mec ! J'ai commencé par me dire que Bill était en train de perdre définitivement les pédales quand il s'est mis à nous parler d'utiliser sa fronde au lieu du revolver de son père. Mais cet après-midi (il s'interrompit et s'éclaircit la gorge : *Cet après-midi, après que ta mère nous ait virés avec perte et fracas,* avait-il été sur le point de dire, ce qui n'aurait pas été convenable), nous sommes descendus à la décharge. Bill avait pris sa Bullseye avec lui. Regarde. » De sa poche-revolver, Richie tira une boîte de conserve aplatie, bosselée, qui, en des temps meilleurs, avait contenu des tranches d'ananas. Elle était déchiquetée par un trou d'environ cinq centimètres de diamètre en plein milieu. « Beverly a fait ça avec un caillou, à plus de six mètres. Un vrai trou de calibre 38, à mon avis. Voilà qui a convaincu la Grande Gueule ; et quand la Grande Gueule est convaincue, elle est vraiment convaincue.

— Démolir une boîte de conserve, c'est une chose, dit Beverly.

Mais si c'était... un être vivant. Bill, il vaudrait mieux que ce soit toi, vraiment.

— Non. N-Nous avons t-tous tiré à-à notre tour. Tu as b-bien vu ce que ç-ça donnait.

— Et qu'est-ce que ça a donné ? » demanda Eddie.

Lentement, en bafouillant, Bill expliqua pendant que Bev regardait par la fenêtre, les lèvres tellement serrées qu'elles en étaient blanches. Pour des motifs qu'elle n'arrivait pas à s'expliquer elle-même, elle était plus qu'effrayée : comme profondément gênée par ce qui s'était produit aujourd'hui. En chemin pour l'hôpital, elle avait passionnément tenté de les convaincre de revenir à leur première idée : des balles... non pas parce qu'elle les croyait plus efficaces que le pensaient Bill ou Richie, mais parce que — s'il se passait quelque chose dans la maison abandonnée — l'arme serait dans les mains de

(Bill)

quelqu'un d'autre.

Mais les faits étaient les faits. Chacun avait pris dix cailloux et tiré sur dix boîtes posées à six mètres de distance. Richie en avait touché une sur dix (en fait purement par hasard), Ben en avait atteint deux, Bill quatre, Mike cinq.

Beverly, tirant apparemment sans conviction, et donnant l'air de ne même pas viser, en avait descendu neuf sur dix, en plein milieu. Son dixième caillou avait touché le bord de la boîte et l'avait renversée simplement.

« Mais i-il f-faut co-commencer par fa-fabriquer les munitions.

— Après-demain ? Normalement, je devrais être sorti », dit Eddie. Sa mère allait protester que... mais il pensait qu'elle ne protesterait pas trop. Pas après ce qui s'était passé.

« Est-ce que ton bras te fait mal ? » demanda Beverly. Elle portait une robe rose (pas comme celle, bleue, qu'elle avait dans le rêve où il avait vu sa mère les renvoyer), sur laquelle elle avait attaché des petites fleurs, ainsi que des bas de soie ou en nylon ; elle avait l'air à la fois très adulte et très enfantine, comme une fillette qui se serait déguisée. Elle le regardait, l'expression rêveuse et distante. Eddie pensa : *Je parie que c'est l'air qu'elle a quand elle dort.*

« Pas trop », répondit-il.

Ils parlèrent encore un moment, la conversation ponctuée par les roulements du tonnerre. Eddie ne leur demanda pas ce qui s'était passé lors de leur première tentative pour lui rendre visite, en début d'après-midi, et aucun d'eux n'y fit allusion. Richie prit son yo-yo, le fit « dormir » deux fois, puis le remit dans sa poche.

Bientôt, les échanges se ralentirent, et pendant l'un des silences, il y eut un petit cliquetis qui attira l'attention d'Eddie. Bill tenait quelque chose à la main, et pendant un instant, Eddie sentit son cœur battre plus fort : il avait cru que c'était un couteau. Stan se décida à ce moment-là à allumer le plafonnier, et il se rendit compte que Bill tenait tout simplement un stylo à bille. Dans la lumière, ils venaient tous de retrouver leur naturel, leur réalité ; c'étaient ses amis.

« Je pense qu'on devrait signer ton plâtre, Eddie », fit Bill sans bégayer, fixant son ami des yeux.

Mais c'est pas du jeu, pensa le garçonnet avec une soudaine et alarmante clarté d'esprit. *C'est un contrat. C'est un contrat, Grand Bill, ou en tout cas c'est ce qui y ressemble le plus, non ?* Il avait peur... puis il eut honte et se sentit en colère contre lui-même. S'il s'était cassé le bras avant cet été, qui aurait signé son plâtre ? Qui, en dehors de sa mère et peut-être du Dr Handor ? Ses tantes de Haven ?

Ces six gosses étaient ses AMIS, et sa mère avait tort : ce n'étaient pas de mauvais amis. *Peut-être que ces histoires de bons et mauvais amis, cela n'existe pas ; peut-être n'y a-t-il que des amis, un point c'est tout, c'est-à-dire des gens qui sont à vos côtés quand ça va mal et qui vous aident à ne pas vous sentir trop seul. Peut-être vaut-il toujours la peine d'avoir peur pour eux, d'espérer pour eux, de vivre pour eux. Peut-être aussi vaut-il la peine de mourir pour eux, s'il faut en venir là. Bons amis, mauvais amis, non. Rien que des personnes avec lesquelles on a envie de se trouver ; des personnes qui bâtissent leur demeure dans votre cœur.*

« D'accord, répondit Eddie, d'une voix un peu enrouée. C'est une bonne idée, Bill. »

Le plus sérieusement du monde, Bill s'inclina alors sur le lit et écrivit son nom sur le moulage bosselé en plâtre de Paris dans lequel était enfermé le bras de son ami, en grosses lettres à boucles. Richie signa avec des fioritures. L'écriture de Ben était aussi minuscule qu'il était gros, et les lettres penchaient en arrière, l'air prêtes à s'effondrer à la moindre poussée. Le griffonnage de Mike Hanlon fut maladroit, car il était gaucher et écrivait sous un angle défavorable pour lui. Il plaça son nom au-dessus du coude d'Eddie et l'entoura d'un cercle. Quand Beverly se pencha sur lui, il sentit se dégager d'elle un léger parfum floral. Elle signa avec application, en lettres script. Puis Stan, enfin, apposa son nom en petites lettres serrées à la hauteur du poignet d'Eddie.

Tous s'écartèrent alors un peu, comme s'ils prenaient conscience de ce qu'ils venaient de faire. À l'extérieur, le tonnerre grommelait de façon de plus en plus menaçante. De grands éclairs bégayants vinrent illuminer brièvement la façade de bois de l'hôpital.

« Ça y est ? » demanda Eddie.

Bill acquiesça. « V-viens chez m-moi après le d-dîner, dans d-deux j-jours si t-tu peux, d'accord ? »

Eddie acquiesça à son tour, et la question fut réglée.

Il y eut encore quelques moments d'une conversation décousue, sans but. Elle porta en partie sur les sujets à sensation de l'été, à Derry — le procès de Richard Macklin, accusé d'avoir battu à mort son beau-fils Dorsey, et la disparition du frère aîné de Dorsey, Eddie Corcoran. Il allait falloir attendre encore deux jours pour voir Macklin s'effondrer et se confesser, en larmes sur le banc des témoins, mais les membres du Club des Ratés étaient tous d'accord pour dire que Macklin n'avait probablement rien à voir avec la disparition d'Eddie Corcoran. Soit le gamin avait fugué..., soit il s'était fait avoir par Ça.

Ils le quittèrent aux environs de sept heures moins le quart ; la pluie ne s'était pas encore décidée à tomber. Elle continua de menacer pendant longtemps : la mère d'Eddie eut le temps de venir lui rendre visite et de rentrer chez elle (non sans avoir été horrifiée à la vue des signatures sur le plâtre de son fils, et encore plus horrifée de ce qu'il était bien déterminé à quitter l'hôpital le lendemain : elle avait envisagé un séjour d'au moins une semaine dans une absolue tranquillité, afin que les deux bouts puissent se « recoller », comme elle disait).

Finalement, les nuages se dissipèrent et furent emportés par le vent. Pas une goutte d'eau n'était tombée sur Derry. L'humidité demeura et cette nuit-là, les gens dormirent sous leur porche, dans leur jardin ou dans les champs.

La pluie ne tomba que le lendemain, peu de temps après que Beverly eut assisté à ce qui était arrivé à Patrick Hockstetter. Quelque chose de terrible.

CHAPITRE 17

Autre affaire de disparu : La mort de Patrick Hockstetter

1

Quand il en a terminé, Eddie se prépare un autre verre d'une main plus tout à fait sûre. Il regarde Beverly et dit : « Tu as vu Ça, n'est-ce pas ? Tu as vu Ça prendre Patrick Hockstetter le lendemain du jour où vous avez signé mon plâtre ? »

Les autres se tournent vers elle.

Beverly repousse en arrière le nuage flamboyant de sa chevelure. Son visage, en dessous, paraît d'une pâleur extrême. Elle extirpe maladroitement une nouvelle cigarette de son paquet — la dernière — et allume son briquet. Mais elle ne semble pas capable de guider la flamme jusqu'à la pointe de sa cigarette. Au bout de quelques instants, Bill lui prend le poignet, délicatement mais avec fermeté, et dirige le briquet au bon endroit. Beverly le remercie d'un regard et exhale un nuage de fumée gris-bleu.

« Ouais, j'ai assisté à ce spectacle. »

Elle est parcourue d'un frisson.

« Il était cin-cinglé », dit Bill, qui pense aussi : Le seul fait que Henry se soit promené en compagnie d'un maboul comme Patrick Hockstetter pendant cet été en dit déjà assez long, non ? Soit Henry était en train de perdre de son charme, de son pouvoir de séduction, soit sa propre folie avait accompli de tels progrès que le Patrick en question lui paraissait tout à fait bien. De toute façon, cela revient au même. À la... quel est le mot ? la dégradation, la dégénérescence ? Oui, à la lumière de ce qui s'est passé et dont cela s'est terminé pour lui, il s'agit bien d'une dégringolade, à mon sens.

Il y a également autre chose qui vient renforcer cette hypothèse, *songe Bill ; mais pour l'instant, c'est encore trop vague. Lui, Richie et Beverly s'étaient rendus jusque sur le périmètre des frères Tracker — on était au tout début d'août, alors, et les cours d'été qui leur avaient épargné d'avoir Henry Bowers en permanence à leurs trousses étaient sur le point de s'achever — et n'était-ce pas Victor Criss qui les avait approchés ? Un Victor Criss sincèrement terrifié ? Oui, c'était bien cela. Déjà les événements se précipitaient et Bill en vient à penser, maintenant, que tous les gosses de Derry l'avaient senti — en particulier les Ratés et la bande à Bowers. Mais là il anticipe.*

« Oh, pour être cinglé, il était cinglé, approuve Beverly d'un ton net. Pas une fille ne voulait s'asseoir devant lui en classe. Tu étais tranquillement assise là, à faire un devoir d'arithmétique ou de grammaire, et tout d'un coup tu sentais cette main... presque aussi légère qu'une plume, mais chaude et humide de sueur et — comment dire ? — trop charnue. » Elle déglutit avec un petit clappement de gorge ; tout le monde, autour de la table, garde son sérieux. « Tu la sentais sur tes hanches, ou bien sur ta poitrine. Pourtant, aucune de nous n'avait grand-chose dans le genre, à l'époque. Mais Patrick avait l'air de s'en foutre.

« Tu sentais ce... contact, et tu sursautais pour t'en éloigner ; et quand tu te retournais, tu voyais Patrick, un sourire épanoui sur ses grosses lèvres caoutchouteuses. Il possédait un plumier...

— Plein de mouches, la coupe brusquement Richie. En effet. Il les tuait avec cette espèce de règle verte qu'il avait, puis il les mettait dans ce plumier. Je me rappelle même à quoi il ressemblait : il était rouge, avec comme couvercle une glissière en plastique. »

Eddie a un hochement de tête d'approbation.

« On s'écartait brusquement, reprend Beverly, et il arrivait alors qu'il ouvre son plumier pour nous montrer ce qu'il y avait dedans. Et ce qu'il y avait de pire, de vraiment horrible, c'était la manière qu'il avait de sourire sans dire un seul mot. Mrs. Douglas était au courant ; Greta Bowie le lui avait dit, et je crois que Sally Mueller lui en avait aussi parlé une fois. Cependant... je reste avec l'impression que Mrs. Mueller en avait également peur. »

Ben s'est incliné sur les pieds arrière de sa chaise, les mains croisées derrière la nuque. Elle n'arrive toujours pas à croire qu'il puisse être mince à ce point. « Ton impression est justifiée, j'en ai la certitude, dit-il.

— Et qu'est-ce q-qui lui est a-arrivé, Beverly ? »

Elle déglutit de nouveau, dans un effort pour lutter contre la force cauchemardesque de ce qu'elle a vu ce jour-là dans les Friches, ses patins à roulettes attachés ensemble et pendant à son épaule, un genou encore douloureux de la chute qu'elle avait faite sur Saint Crispin's Lane, encore une de ces rues bordées d'arbres qui se terminent en cul-de-sac, maintenant comme autrefois, au-dessus des Friches. Elle se rappelle (oh, comme ces souvenirs sont clairs et puissants quand ils remontent à l'esprit !) qu'elle portait un short en toile — un short qui méritait bien son nom parce qu'il était vraiment très court : les ourlets cachaient à peine la bordure de sa petite culotte. Elle commençait à prendre conscience de son corps, depuis un an — depuis surtout les six derniers mois, en réalité, son corps qui se mettait à prendre des courbes et à se féminiser. Le miroir était l'une des raisons de cette prise de conscience renforcée, bien entendu, mais pas la principale ; la principale raison était que son père paraissait plus violent depuis quelque temps, plus enclin à la gifler, voire à se servir de ses poings sur elle. Il paraissait agité, come une bête en cage, et elle était de plus en plus nerveuse quand il tournait autour d'elle, de plus en plus sur ses gardes. C'était comme s'ils avaient fabriqué une odeur entre eux deux, une odeur qui n'existait pas quand elle était seule dans l'appartement, et qui n'avait jamais existé quand ils étaient ensemble avant cet été-là. Et lorsque sa mère s'absentait, c'était pire. S'il existait une odeur, une certaine odeur, alors il le savait aussi car Bev le vit de moins en moins tandis que persistaient les chaleurs, en partie à cause des tournois de bowling auxquels il participait, en partie parce qu'il aidait son ami Joe Tammerly à réparer des voitures... mais elle soupçonnait que c'était aussi en partie à cause de cette odeur, cette odeur qu'ils produisaient quand ils étaient ensemble, sans qu'aucun des deux ne le voulût, ce qui ne les empêchait cependant pas de la distiller : ils étaient aussi impuissants à ne pas la produire qu'ils l'étaient à s'empêcher de transpirer dans la chaleur de ce mois de juillet.

La vision de centaines d'oiseaux, de milliers même, s'abattant sur le toit des maisons et les antennes de télévision, sur les fils du téléphone, s'imposa de nouveau à elle.

« Et le lierre-poison, dit-elle à voix haute.

— Q-Quoi ? demanda Bill.

— Quelque chose à propos du lierre-poison, répond-elle avec lenteur en le regardant. Mais ce n'en était pas. Cela donnait juste l'impression d'en être. Mike ?

— Ne t'inquiète pas. Ça reviendra. Raconte-nous ce dont tu te souviens, Bev. »

Je me souviens de mon short bleu, *aurait-elle voulu dire,* et combien il était délavé ; comme il me serrait aux hanches et aux fesses. J'avais un demi-paquet de Lucky Strike dans une poche et la Bullseye dans l'autre...

« Est-ce que tu te souviens de la Bullseye ? demande-t-elle à Richie — mais tous acquiescent. C'est Bill qui me l'avait donnée. » Elle adresse un sourire un peu incertain à Bill. « Impossible de dire non au Grand Bill, ça ne se discutait pas. Je l'avais donc sur moi, et c'est à cause d'elle que j'étais sortie ce jour-là. Pour m'exercer. Je pensais encore que je n'aurais pas le courage de m'en servir le moment voulu. Sauf que... je m'en suis servie ce jour-là. Je n'avais pas le choix. J'ai tué l'un d'eux... l'une des parties de Ça. C'était terrible. Maintenant encore, je trouve très dur de l'évoquer. Et l'un des autres m'a eue. Regardez. »

Elle lève le bras et le tourne de façon à ce qu'ils puissent tous voir la cicatrice qui boursoufle la partie la plus ronde de son avant-bras. On dirait qu'un objet circulaire brûlant, de la taille d'un havane, a été appliqué contre sa peau. La cicatrice comporte une petite dépression en son milieu, et Mike Hanlon est pris d'un frisson en la voyant. C'est l'un des épisodes de l'histoire dont il a soupçonné les grandes lignes sans jamais l'avoir entendu raconter, comme le face-à-face à contrecœur entre Eddie et Mr. Keene.

« Tu avais raison sur un point, Richie, reprend-elle. Cette fronde pouvait tirer des coups mortels. J'en avais peur, mais d'une certaine façon, je l'aimais bien aussi. »

Richie éclate de rire et la frappe légèrement dans le dos. « Nom de Dieu ! Je le savais bien !

— Vraiment ?

— Oui, vraiment. Quelque chose dans ton regard, Bevvie.

— Ce que je veux dire, c'est qu'on aurait dit un jouet, mais elle était bien réelle. On pouvait faire des trous dans les choses, avec.

— Et tu as fait un trou dans une chose ce jour-là, n'est-ce pas ? hasarde Ben.

— Est-ce Patrick Hocks...

— Non, grands dieux, non ! s'exclame Beverly. C'était l'autre... attendez. » Elle éteint sa cigarette, prend une gorgée dans son verre et retrouve le contrôle d'elle-même. Enfin, pas tout à fait. Elle a cependant l'impression qu'en la matière, c'est ce qu'elle pourra faire de mieux de la soirée. « J'étais partie à patins à roulettes, voyez-vous. J'ai fait une chute et je me suis salement écorché le genou. C'est alors que j'ai décidé de descendre m'exercer dans les Friches. J'ai commencé par me rendre au Club souterrain, voir si quelqu'un s'y trouvait déjà. Personne. Rien que cette odeur de fumée. Je ne sais pas si vous vous en souvenez, mais cette odeur est restée très longtemps. »

Tous acquiescent avec des sourires.

« Je suis donc partie pour la décharge, puisque c'était là que nous... procédions aux essais — je crois que c'est comme cela que nous disions —, étant donné qu'il y avait des tas de choses sur lesquelles tirer. Peut-être bien aussi des rats. » Elle se tait un instant ; une fine brume de transpiration imprègne maintenant son front. « C'était là-dessus, en réalité, que j'avais envie de tirer, dit-elle finalement. Sur quelque chose de vivant. Pas une mouette — je sais que je n'aurais pas pu tirer sur une mouette — mais un rat... je voulais voir si j'en étais capable.

« La chance a voulu que j'arrive par le côté de Kansas Street et non par celui d'Old Cape, près du remblai de la voie de chemin de fer ; là, il n'y avait guère de végétation et ils m'auraient vue. Dieu sait alors ce qui se serait passé.

— Qui t-t'aurait v-vue ?

— EUX, répond Berverly. Henry Bowers, Victor Criss, Huggins le Roteur et Patrick Hockstetter. Ils étaient en bas, dans la décharge, et... »

Soudain, à la stupéfaction générale, elle se met à pouffer de rire comme une enfant, et ses joues deviennent toutes roses. Elle rit jusqu'à ce que les larmes lui viennent aux yeux.

« Bon Dieu, qu'est-ce qu'il y a, Beverly ? demande Richie. On aimerait connaître cette bonne blague !

— Oh, pour une blague, c'en était une, d'accord. Une blague, mais je crois qu'ils auraient pu me tuer s'ils avaient su que j'avais vu.

— Je m'en souviens maintenant ! s'écrie Ben en se mettant aussi à rire. Je me rappelle que tu nous l'as raconté ! »

Toujours secouée d'un irrépressible fou rire, Beverly lâche : « Ils avaient baissé leurs culottes et mettaient le feu à des pets. »

Suit un instant de silence absolu — et tous se mettent à s'esclaffer avec elle, les échos de leurs rires se répercutant dans la bibliothèque.

Beverly réfléchit à la meilleure manière de leur raconter la mort de Patrick Hockstetter ; la première chose qui lui vient à l'esprit est que lorsque l'on approchait de la décharge municipale depuis Kansas Street, on avait l'impression de pénétrer dans une sorte de ceinture d'astéroïdes démente. Un chemin creusé d'ornières (en réalité l'une des voies de la ville, puisqu'elle portait même un nom : Old Lyme Street) courait de Kansas Street jusqu'au dépôt d'ordures ; c'était d'ailleurs le seul véritable chemin carrossable qui pénétrait dans les Friches, à l'usage des camions des éboueurs. Beverly marchait à proximité d'Old Lyme Street, et non sur le chemin lui-même ; elle était devenue plus prudente (elle supposait que tous l'étaient devenus) depuis l'affaire du bras cassé d'Eddie. En particulier lorsqu'elle était seule.

Elle suivait donc un itinéraire sinueux dans l'épaisseur des taillis, évitant les zones de lierre-poison et ses feuilles rougeâtres et huileuses, l'odeur de putréfaction et de fumée de la décharge dans les narines, tandis que des mouettes criaient au-dessus d'elle. Sur sa gauche, elle apercevait de temps en temps Old Lyme Street.

Les autres la regardent et attendent. Elle ouvre son paquet de cigarettes, et découvre qu'il est vide. Sans un mot, Richie lui lance une des siennes.

Elle l'allume, regarde autour d'elle et dit : « Partir de Kansas Street en direction de la décharge municipale, c'était un peu comme

2

entrer dans une ceinture d'astéroïdes démente. La ceinture d'orduroïdes. Tout d'abord, on ne remarquait rien sur le sol spongieux sur lequel foisonnaient buissons et arbustes, puis on tombait sur un premier orduroïde : une boîte de conserve rouillée ayant autrefois contenu de la sauce à spaghetti, peut-être, ou une bouteille de limonade sur laquelle grouillaient des bestioles attirées par les restes de sucre ; un fragment de papier d'aluminium, pris dans des branchages, envoyait des reflets de soleil. On pouvait voir un ressort de matelas (ou trébucher dessus, si on ne faisait pas attention où l'on mettait les pieds), un gros os à demi rongé, amené et abandonné par un chien... »

La décharge elle-même n'était pas si terrible ; Beverly estimait même, au fond, qu'on pouvait la trouver intéressante. Ce qui était désagréable (et quelque peu inquiétant) était la façon qu'elle avait de s'étendre ; de créer cette ceinture d'orduroïdes.

Elle se rapprochait, maintenant ; les arbres, surtout des sapins, devenaient plus gros et les buissons s'éclaircissaient. Les mouettes n'arrêtaient pas de piailler de leur voix querelleuse et suraiguë et l'air était imprégné de l'odeur lourde des déchets qui brûlaient.

Sur sa droite, Beverly vit à ce moment-là un vieux réfrigérateur Amana, appuyé de guingois contre une sapinette, mangé de rouille. Elle y jeta un coup d'œil, pensant vaguement à ce policier qui était venu leur faire un laïus en classe, quand elle était plus petite. Il leur avait dit que des objets abandonnés comme les vieux réfrigérateurs pouvaient être dangereux — un gosse s'y dissimule pendant un jeu de cache-cache, par exemple, et y meurt à petit feu, incapable d'en ressortir seul. Bien qu'on se demande qui pourrait avoir l'idée d'aller se planquer dans un vieux frigo rouillé qui...

Elle entendit un cri, si proche qu'il la fit sursauter, suivi d'un éclat de rire. Ils étaient donc ici ! Sans doute avaient-ils quitté le Club souterrain à cause de l'odeur de la fumée pour venir casser des bouteilles à coups de cailloux ou simplement prospecter les richesses de la décharge.

Elle commença à marcher un peu plus vite, sa méchante écorchure oubliée, dans sa hâte de les voir... de le voir, avec ses cheveux roux comme les siens, et peut-être ce curieux sourire qui remontait plus d'un côté que de l'autre qu'elle aimait tant. Elle savait qu'elle était trop jeune pour aimer ce garçon, trop jeune pour vivre autre chose que des « toquades », mais elle n'en aimait pas moins Bill. Elle accéléra donc le pas, les patins se balançant brutalement contre son dos, le cuir de la fronde battant légèrement sa fesse gauche.

Elle faillit bien leur tomber dessus avant de se rendre compte que ce n'était pas sa bande, mais celle de Bowers.

Quand elle déboucha de l'abri des buissons, la partie la plus escarpée de la décharge se trouvait à environ soixante-dix mètres devant elle — avalanche scintillante de détritus qui dévalaient sur la gravière. Le bulldozer de Mandy Fazio ronronnait plus loin sur la gauche. Mais juste devant elle, s'étendait une jungle d'un autre genre : elle était faite d'épaves de voitures. À la fin de chaque mois, elles étaient compressées et expédiées à Portland pour la récupération ; mais pour le moment elles gisaient là, posées sur des jantes sans pneus, sur le côté ou encore sur le toit, comme des chiens crevés. Au nombre d'une douzaine, environ, elles étaient disposées en deux rangées et Beverly s'avançait dans l'allée grossièrement dessinée et tapissée de détritus qui les séparait, comme la petite fiancée-souillon d'un avenir de science-fiction, se demandant au passage si la Bullseye serait assez puissante pour casser un pare-brise. Le renflement d'une des poches de devant de son short bleu indiquait la présence de ses munitions d'entraînement, de petits roulements à bille.

Voix et rires venaient d'un point situé au-delà des épaves et sur la gauche, c'est-à-dire de la limite de la décharge proprement dite. Beverly fit le tour de la dernière voiture, une Studebaker à laquelle manquait tout l'avant, mais son bonjour mourut sur ses lèvres et la main qu'elle s'apprêtait à agiter retomba, ou mieux, parut brusquement se faner.

Sa première pensée trahit avant tout sa gêne : *Oh, mon Dieu, pourquoi sont-ils tout nus ?*

Ce n'est qu'ensuite qu'elle vit à qui elle avait affaire. Elle se pétrifia devant la demi-Studebaker, son ombre collée à ses talons. Pendant un instant, elle resta parfaitement visible pour eux ; il aurait suffi que l'un ou l'autre lève les yeux — ils étaient en cercle, accroupis — et ils n'auraient pas pu ne pas la découvrir : une fille plutôt grande pour son âge, une paire de patins jetée par-dessus une épaule, du sang perlant encore à l'un des genoux de ses longues jambes de pouliche, bouche bée, les joues empourprées.

Avant de plonger à l'abri de la Studebaker, elle se rendit compte qu'en réalité ils n'étaient pas complètement nus ; ils avaient leur chemise sur eux et n'avaient fait qu'abaisser pantalons et sous-vêtements sur leurs chevilles, comme s'ils étaient allés faire leurs grosses commissions (sous le choc de cette vision, l'esprit de Beverly s'était replié sur l'expression que l'on utilisait avec elle quand elle était petite). Mais comment imaginer quatre garçons ayant besoin de faire en même temps leurs grosses commissions ?

Une fois hors de vue, sa première idée fut de battre en retraite, et vite. Son cœur battait à tout rompre, et des flots d'adrénaline inondaient ses muscles. Elle regarda autour d'elle, étudiant ce qu'elle n'avait pas pris garde d'examiner en arrivant, quand elle croyait que les voix qu'elle entendait étaient celles de ses amis. La rangée des épaves, sur sa gauche, n'avait en réalité rien de compact ; les véhicules étaient bien loin d'être rangés porte à porte, comme ils le seraient juste avant l'arrivée de l'épaviste chargé de les transformer en blocs grossiers de métal scintillant. Elle avait été visible à plusieurs reprises en avançant jusqu'au point où elle se trouvait actuellement. Elle le serait de nouveau si elle repartait et courait le risque d'être repérée.

Elle éprouvait également quelque chose comme de la curiosité, même si elle en avait honte : que diable pouvaient-ils bien fabriquer ainsi ?

Elle avança un œil prudent le long de la carrosserie.

Henry et Victor Criss étaient plus ou moins placés face à elle. Patrick Hockstetter était sur la gauche de Henry, et Huggins lui tournait le dos. Elle eut tout le loisir d'observer que le Roteur avait un derrière à la fois très imposant et très velu, et elle sentit soudain bouillonner dans sa gorge, comme montent les bulles dans un verre de bière, les premières contractions d'un fou rire à demi hystérique. Elle dut s'appuyer des deux mains sur la bouche et se remettre à l'abri de la Studebaker pour contenir la crise qui montait.

Il faut que tu te tires d'ici, Beverly. Si jamais ils t'attrapent...

Elle examina de nouveau la rangée d'épaves, les mains toujours serrées sur la bouche. L'allée faisait quelque chose comme trois mètres de large, avec éparpillés dessus des boîtes de conserve et des débris de verre Securit semblables à des pièces de puzzle ; quelques touffes d'herbe poussaient ici et là. Au moindre bruit qu'elle ferait, ils risquaient l'entendre...

Mais que diable peuvent-ils bien fabriquer ?

Calmée, elle regarda de nouveau, et vit la scène dans tous ses détails. Livres et cahiers étaient éparpillés n'importe comment autour d'eux ; ils venaient de sortir des classes d'été, autrement dit, de ce que la plupart des gosses appelaient « classes d'idiots » ou « classes bidons ». Et comme Henry et Victor lui faisaient face, elle pouvait voir leurs choses. C'étaient les premières *choses* qu'elle voyait de sa vie, en dehors des images d'un petit ouvrage maculé que Brenda Arrowsmith lui avait montrées l'année précédente, images sur lesquelles, en fait, on ne pouvait pas voir grand-chose. Elle remarqua que ces choses étaient comme de petits tubes leur pendant entre les jambes. Celle de Henry était petite et glabre, mais celle de Victor, en revanche, était de belle taille et surmontée d'un fin nuage de duvet noir.

Bill est fait comme ça, pensa-t-elle — et tout d'un coup, on aurait dit que tout son corps rougissait : la vague de chaleur qui monta en elle eut une telle puissance que la tête lui tourna et qu'elle se sentit faible et comme prise de mal au cœur. À cet instant-là, elle éprouva quelque chose de très semblable à ce que Ben Hanscom avait ressenti le dernier jour des classes, lorsqu'il avait remarqué son bracelet de cheville et la manière dont il brillait au soleil... il n'avait cependant pas éprouvé, en même temps, le sentiment de terreur qui était le sien à ce moment-là.

Une fois de plus, elle regarda derrière elle. Le chemin qui, entre les voitures, conduisait vers le salut — le sous-bois des Friches — lui parut beaucoup plus long. Elle avait peur de bouger. S'ils se doutaient qu'elle avait vu leurs *choses,* il fallait s'attendre au pire. Ils allaient lui faire mal, et pas qu'un peu.

Le Roteur poussa soudain un mugissement qui la fit sursauter et Henry s'écria : « Un mètre ! C'est pas des blagues, Roteur ! Elle faisait un mètre ! C'est pas vrai, Vic ? »

Victor répondit que oui, et tous s'esclaffèrent d'un gros rire de troll.

Beverly passa de nouveau un œil par l'avant de la Studebaker en ruine.

Patrick Hockstetter s'était tourné et à moitié relevé, si bien qu'il avait les fesses pratiquement à la hauteur du nez de Henry. Ce dernier tenait dans les mains un objet argenté et brillant ; Bev finit par comprendre qu'il s'agissait d'un briquet.

« Je croyais que t'en avais un qui venait, dit Henry.

— J'en ai un, répondit Patrick, j'en ai un. Tiens-toi prêt !... Tiens-toi prêt ! Tiens... maintenant ! »

Henry alluma le briquet. Au même moment, il y eut la détonation, parfaitement reconnaissable, que produit un vrai gros pet. On ne pouvait s'y tromper ; c'est un bruit que Beverly avait entendu assez souvent à la maison, notamment le samedi soir après les saucisses de Francfort et les haricots. Les haricots agissaient avec une régularité de métronome sur les intestins de son père. Au moment où Patrick se soulageait à la hauteur de la flamme du briquet, elle vit quelque chose qui la laissa bouche bée. Une autre flamme, bleue et brillante, parut sortir directement du cul de Patrick. Une flamme du même genre que celle d'une veilleuse de chauffe-eau à gaz, pensa Beverly.

Les garçons partirent de leurs gros rires de troll, et Beverly dut de nouveau se retirer à l'abri de l'épave, pour retenir un fou rire nerveux. Elle riait, certes, mais non pas parce qu'elle était amusée. Certes, il y avait bien quelque chose de marrant dans cette scène, mais elle riait avant tout car elle éprouvait des sentiments de révulsion et d'horreur mêlés. Elle riait car elle ne trouvait aucun autre moyen de réagir face à la situation. Ce n'était pas sans rapport avec le fait d'avoir vu les « choses » des garçons, mais en tout état de cause, ce n'était qu'un élément secondaire dans ce qu'elle ressentait. Après tout, elle n'ignorait pas que les garçons avaient des « choses » comme ça, de même que les filles avaient les leurs, qui étaient différentes. Cette vision n'avait fait que confirmer ce qu'elle savait déjà. En revanche, leur comportement lui paraissait si étrange, si grotesque et en même d'un tel primitivisme, qu'en dépit de son accès de fou rire, elle se retrouva en train de désespérément rechercher ce qui était au cœur d'elle-même.

Arrête, se dit-elle, comme si là était la réponse, *arrête, sinon ils vont t'entendre ! Arrête tout de suite, Bevvie !*

Mais c'était impossible. Le mieux qu'elle pût faire était de rire en comprimant ses cordes vocales, si bien qu'elle ne produisait que des sons étouffés, les mains écrasées sur la bouche, les joues aussi rouges que des cerises, les yeux baignés de larmes.

« Nom de Dieu, ça brûle ! rugit Victor.

— Quatre mètres ! vociféra Henry. Je te le jure par Dieu, Vic, quatre putains de mètres ! Sur la tête de ma mère !

— J'en ai rien à foutre même si c'était dix mètres ! Tu m'as brûlé le cul ! » rugit Victor, et tous de s'esclaffer encore plus fort. Toujours en train de s'efforcer de contenir ses rires, Beverly, à l'abri de l'épave de voiture, pensa tout d'un coup à un film qu'elle avait vu à la télé. Il y était question d'une tribu dans la jungle et de son rituel secret : si un étranger y assistait, il était sacrifié à leur dieu, une idole de pierre gigantesque. Cela ne lui coupa pas l'envie de rire, la rendant au contraire encore plus frénétique. Elle était secouée de spasmes qui ressemblaient de plus en plus à des sanglots. Son ventre lui faisait mal, et des larmes coulaient le long de ses joues.

3

C'est à cause de Rena Davenport que Henry, Victor, le Roteur et Patrick s'étaient retrouvés à la décharge, ce jour-là, en train de se faire brûler mutuellement leurs pets.

Henry savait quelles étaient les conséquences d'une ingestion trop copieuse de haricots. Rien n'illustrait mieux ce résultat, peut-être, qu'une petite chansonnette que lui avait apprise son père alors qu'il portait encore des culottes courtes : *Fayots, fayots, fruit des poètes ! Plus t'en bouffes et plus tu pètes ! Et plus tu pètes, plus ça fait de bien ! T'es alors prêt à rebouffer, petit vaurien !*

Butch Bowers avait courtisé Rena Davenport pendant près de huit ans. Elle était grasse, quadragénaire et habituellement crasseuse. Henry supposait que son père devait la baiser de temps en temps, bien qu'incapable d'imaginer comment on pouvait en avoir envie.

Sa façon de cuisiner les haricots faisait l'orgueil de Rena. Elle les mettait à tremper le samedi soir et les faisait cuire à petit feu pendant tout le dimanche. Henry n'y voyait rien à redire — c'était quelque chose à s'enfourner dans le gosier et sur quoi se faire les dents, après tout — mais au bout de huit ans, n'importe quel plat finit par perdre de son charme.

En plus, Rena ne se contentait pas d'en faire un plat ; elle les préparait en quantités industrielles. Quand elle arrivait le dimanche soir dans sa vieille De Soto verte (une poupée en caoutchouc, nue, pendait à son rétroviseur, ressemblant tout à fait à la plus jeune personne jamais victime d'un lynchage), les haricots destinés à la maison Bowers fumaient en général sur le siège à côté d'elle, dans une bassine en acier galvanisé qui devait bien contenir quarante litres. Ils mangeaient tous les trois leurs haricots le soir même (Rena se complimentant elle-même sur sa cuisine, ce cinglé de Butch Bowers grommelant et sauçant le jus avec une tranche de pain précoupé ou lui disant simplement de la fermer s'il y avait une retransmission de match à la radio, Henry dévorant son assiettée, le regard perdu par la fenêtre, plongé dans ses propres pensées — c'était d'ailleurs en se bâfrant de haricots qu'il avait conçu le projet d'empoisonner le chien de Mike Hanlon, Mr. Chips), et Butch faisait réchauffer le reste le lendemain soir. Les mardis et les mercredis, Henry en amenait à l'école, dans une boîte Tupperware pleine à ras bord. Vers le jeudi et le vendredi, ni le père ni le fils ne pouvaient en avaler. Les deux chambres de la maison empestaient le pet moisi en dépit des fenêtres ouvertes. Butch prenait alors les restes des restes et les mélangeait à des détritus et des épluchures pour les donner à Bip et Bop, les deux cochons de la ferme Bowers. Rena revenait ou non le dimanche soir suivant, et si oui, le cycle recommençait.

Ce matin-là, Henry avait récupéré une énorme quantité de haricots de rabiot, et les quatre garçons avaient tout nettoyé en guise de déjeuner, assis sur la pelouse du terrain de jeux, à l'ombre du grand orme ; ils avaient bâfré jusqu'à s'en faire péter la sous-ventrière.

C'était Patrick qui avait eu l'idée de descendre jusqu'à la décharge, un endroit où ils auraient toutes les chances d'être bien tranquilles au milieu de l'après-midi d'un jour ouvrable de l'été. Le temps qu'ils arrivent, les haricots commençaient à produire leur effet de manière tout à fait satisfaisante.

4

Peu à peu, Beverly finit par reprendre le contrôle d'elle-même. Elle savait qu'il lui fallait sortir de ce guêpier ; en fin de compte, il lui paraissait moins dangereux de battre en retraite que de rester à traîner dans le coin. Ils étaient très absorbés par leur petit jeu, et si le pire devait se produire, elle aurait au moins une longueur d'avance, le temps qu'ils remontent leurs pantalons (et elle avait également décidé, tout au fond d'elle-même, que quelques billes lancées par la Bullseye pourraient les décourager).

Elle était sur le point de s'esquiver en catimini, lorsque Victor déclara qu'il devait partir : son père le réclamait pour l'aider à ramasser son maïs.

« Oh merde, dit Henry, il peut bien se passer de toi.

— Non, il est furieux contre moi, déjà. À cause de ce qui s'est passé l'autre jour.

— Qu'il aille se faire foutre, s'il peut pas comprendre une plaisanterie. »

Beverly écouta plus attentivement, soupçonnant qu'il s'agissait de l'échauffourée qui s'était terminée par le bras cassé de Mike.

« Non, il faut que j'y aille.

— Il doit avoir mal au cul, remarqua Patrick.

— Fais gaffe à ce que tu dis, tête de nœud, répliqua Victor, tu pourrais le payer cher.

— Moi aussi je dois partir, dit le Roteur.

— Ton paternel a du maïs à ramasser ? » lui demanda Henry d'un ton de colère. C'était sans doute une réflexion qui devait passer pour humoristique dans l'esprit de Henry ; le père de Huggins était mort.

« Non, mais j'ai un boulot. La distribution d'un journal, ce soir. Le *Weekly Shopper.*

— Qu'est-ce que c'est encore que cette merde de journal ? » Cette fois, il y avait autant d'inquiétude que de colère dans la voix de Henry.

« Un boulot, répondit Huggins sans s'impatienter. Un boulot pour se faire un peu de fric. »

Henry émit un son dégoûté et Beverly hasarda un autre coup d'œil depuis sa cachette. Victor et le Roteur étaient debout, en train de boucler leur ceinture. Henry et Patrick, toujours accroupis, avaient encore les fesses à l'air ; le briquet brillait dans les mains de Henry.

« Tu te tires pas comme un froussard, toi ? demanda Henry à Patrick.

— Mais non, répondit Patrick.

— T'es sûr que t'as pas de maïs à ramasser ou un boulot idiot à faire ?

— Mais non, répéta Patrick.

— Bon, eh bien... salut ! fit le Roteur d'une voix incertaine. À bientôt, Henry.

— Ouais, c'est ça, à bientôt », fit Henry qui lança un crachat à quelques centimètres des sabots de Huggins.

Vic et le Roteur partirent en direction de la double rangée d'épaves... en direction de la Studebaker derrière laquelle Beverly était accroupie. Elle ne fut tout d'abord capable que de se recroqueviller, pétrifiée de peur comme un lapin. Puis elle se faufila le long du côté gauche de la Studebaker et recula jusqu'à la Ford bosselée et privée de portes qui se trouvait juste après. Elle s'arrêta un instant, jetant des regards éperdus de droite et de gauche, les entendant se rapprocher. Elle hésita, la bouche sèche comme de l'amadou, le dos lui démangeant tant elle transpirait. Hébétée, une partie de son esprit se demandait de quoi elle aurait l'air avec un plâtre comme celui d'Eddie, enjolivé de la signature de tous les Ratés. Puis elle plongea du côté passager de la Ford. Elle se roula en boule sur le plancher crasseux du véhicule et s'efforça de se faire aussi petite que possible.

Il faisait une chaleur à crever dans l'habitacle et il y régnait une telle puanteur — un mélange d'odeur de poussière, de garnitures de sièges pourries et d'anciennes crottes de rat — qu'elle manqua s'étrangler en luttant pour éviter d'éternuer ou de tousser. Elle entendit passer les deux garçons, qui parlaient tranquillement ; puis il n'y eut plus rien.

Elle éternua trois fois rapidement et sans bruit, les mains en coupe contre sa bouche.

Elle supposa qu'elle pouvait filer, maintenant, en étant prudente. La meilleure façon de s'y prendre consistait à se glisser du côté du conducteur, à repasser dans l'allée, puis à faire un fondu au noir dans le décor. Elle croyait pouvoir y parvenir, mais le choc d'avoir failli de peu être découverte lui avait enlevé tout courage, du moins pour l'instant. Elle se sentait plus en sûreté dans la Ford. Par ailleurs, maintenant qu'il y en avait deux de partis, peut-être que Henry et Patrick ne tarderaient pas à s'éloigner aussi. Elle retournerait alors au Club souterrain. Elle avait perdu tout désir de tirer à la fronde.

Et puis, elle avait envie de faire pipi.

Allez, bon sang, dépêchez-vous de partir ! Fichez le camp, je vous en supplie ! pensa-t-elle.

« Deux mètres ! vociféra Henry. Une vraie torche de chalumeau ! J' te jure devant Dieu ! »

Un moment de silence. De la sueur coule le long de son dos. À travers le pare-brise craquelé, le soleil tombe sur sa nuque. Sa vessie s'alourdit.

Henry poussa un tel hurlement que Beverly, qui venait de sombrer dans une espèce de somnolence en dépit de sa situation inconfortable, faillit elle-même crier. « Nom de nom de Dieu, Patrick ! Tu m'as brûlé le cul ! Qu'est-ce que tu fabriques avec ce foutu briquet ?

— Trois mètres ! s'exclama en pouffant l'autre garçon (rien que ce ricanement suffit à Beverly pour le trouver répugnant, comme si elle avait vu un ver sortir en se tortillant de sa salade). Trois mètres, largement ! Bleu brillant, Henry ! Trois mètres largement ! J' te jure !

— Donne-moi ça », grogna Henry.

Il y eut un nouveau silence.

Je ne veux pas regarder, je ne veux pas voir ce qu'ils trafiquent maintenant, en plus ils pourraient me voir, en fait ils vont sûrement me voir parce que j'ai épuisé toutes mes réserves de chance pour la journée. Alors reste ici bien tranquille, ma fille. On n'est pas au spectacle...

Mais sa curiosité fut plus forte que son bon sens. Ce silence avait une qualité étrange, quelque chose d'un peu inquiétant. Elle leva la tête, centimètre par centimètre, jusqu'à ce qu'elle pût voir la scène à travers le pare-brise craquelé. Elle n'avait nul besoin de s'inquiéter d'être vue ; les deux garçons étaient beaucoup trop concentrés sur ce que Patrick était en train de faire. Elle ne comprenait pas ce qu'elle voyait, mais devinait tout de même que c'était sale... elle ne s'attendait d'ailleurs pas à autre chose de la part de Patrick, qui était tellement tordu.

Il avait placé une main entre les cuisses de Henry et une autre entre les siennes. Avec la première il tripotait doucement la chose de Henry, avec la seconde, la sienne. Ce n'était pas exactement comme une caresse ; il serrait avec un mouvement de va-et-vient, laissant retomber la chose de Henry.

Mais qu'est-ce qu'ils peuvent bien fabriquer ? se demanda une nouvelle fois Beverly, effarée.

Elle l'ignorait, ou du moins ce n'était pas clair, mais elle avait peur. Elle ne pensait pas avoir eu aussi peur depuis le jour où l'évacuation de la salle de bains avait régurgité tout ce sang et éclaboussé les murs. Quelque chose, tout au fond d'elle-même, lui criait que s'ils découvraient jamais qu'elle avait assisté à ça (quoi que ce fût), ils seraient capables de lui faire plus que mal ; ils seraient capables de la tuer.

Et cependant, elle n'arrivait pas à détourner son regard.

Elle s'aperçut que la chose de Patrick était devenue un peu plus longue, mais guère ; elle pendait toujours entre ses jambes comme un serpent sans colonne vertébrale. Celle de Henry, en revanche, avait grossi dans des proportions stupéfiantes. Elle s'était redressée et se tenait, raide et dure contre son nombril dans lequel elle rentrait presque. La main de Patrick montait et descendait, montait et descendait, s'arrêtant parfois pour la presser et chatouiller ce bizarre petit sac qui pendait lourdement sous la chose de Henry.

C'est ça qu'ils appellent les couilles, pensa Beverly. *Est-ce que les garçons se promènent toujours avec ces trucs-là ? Bon Dieu, je deviendrais cinglée !... Bill a les mêmes choses,* lui murmura un autre coin de son cerveau. De lui-même, son esprit l'imagina en train de faire ce que faisait Patrick ; elle se voyait les tenant dans ses mains, les soupesant, en éprouvant le contact... et cette sensation brûlante lui parcourut de nouveau tout le corps, la faisant rougir furieusement.

Henry contemplait la main de Patrick, comme hypnotisé. Le briquet, posé à côté de lui sur des cailloux, renvoyait la lumière du soleil.

« Tu veux que je la mette dans ma bouche ? » demanda Patrick.

Ses grosses lèvres, semblables à des tranches de foie, s'étirèrent sur un sourire de satisfaction.

« Hein ? fit Henry, comme si on le tirait d'une profonde rêverie.

— Je peux te la mettre dans la bouche, si tu veux. Ça m'est égal de... »

La main de Henry jaillit, pas tout à fait refermée en un poing. Patrick alla s'étaler et sa tête heurta le gravier avec un bruit mat. Beverly plongea de nouveau sous le tableau de bord, le cœur battant la chamade, les dents serrées pour retenir le gémissement qui montait en elle. Après avoir renversé Patrick, Henry s'était tourné et pendant un instant, juste avant qu'elle ne se roulât en boule à côté de la bosse faite par la boîte de vitesses, elle eut l'impression que son regard et celui de Henry se croisaient.

Je vous en supplie, mon Dieu, il avait le soleil dans les yeux. Je vous en supplie, mon Dieu, je me repens d'avoir regardé, je vous en supplie, mon Dieu.

Il y eut un nouveau et angoissant silence. La transpiration collait sa blouse blanche à sa peau. Des gouttelettes, comme des grains de perle, brillaient sur la peau cuivrée de ses bras. Sa vessie lui faisait de plus en plus mal ; elle sentait qu'elle n'allait pas tarder à mouiller son pantalon. Elle attendait de voir apparaître d'un instant à l'autre la figure démente de Henry dans l'encadrement dépouillé de la porte de la vieille Ford, elle était sûre qu'il allait venir — comment aurait-il pu ne pas la voir ? Il la tirerait au-dehors et il la battrait. Il lui...

Une nouvelle et encore plus terrifiante idée lui vint soudain à l'esprit tandis qu'elle luttait désespérément pour ne pas mouiller son pantalon. Et si jamais il décidait de lui faire quelque chose avec sa chose ? Si jamais il lui prenait la fantaisie de la mettre dans sa chose à elle ? Elle savait que la chose des garçons devait aller dans celle des filles — un savoir qui lui était venu à l'esprit tout d'un coup, complet. Elle pensa que si jamais Henry essayait de faire cela, elle deviendrait folle.

Je vous en supplie, mon Dieu, faites qu'il ne m'ait pas vue, je vous en supplie, d'accord ?

C'est alors que Henry parla et elle se rendit compte avec une horreur croissante qu'il s'était rapproché. « Je ne marche pas dans ces trucs de tapette ! »

Puis la voix de Patrick lui parvint, d'un peu plus loin : « T'aimerais ça, tu verras.

— J'aime pas ça ! Et si tu racontes que tu me l'as fait, je te tuerai, espèce de sale tantouze !

— T'as triqué comme un âne. » À la voix de Patrick, on sentait son sourire, un sourire qui n'aurait pas surpris Beverly. Patrick était cinglé, peut-être même encore plus que Henry, et des gens cinglés à ce point n'ont peur de rien, même pas d'un Henry Bowers. « Je l'ai vu. »

Bruits de pas écrasant le gravier, de plus en plus proches. Beverly leva la tête, les yeux exorbités. À travers le pare-brise craquelé de la Ford, elle apercevait maintenant la nuque de Henry, qui tournait la tête ; il regardait en direction de Patrick mais si jamais il avait l'idée de se retourner...

« Si t'en parles à quelqu'un, je dirai que t'es rien qu'un suceur de pines, et après je te tuerai.

— Tu me fais pas peur, Henry, dit Patrick avec un ricanement. Peut-être que je dirai rien si tu me donnes un dollar. »

Henry eut un mouvement énervé, ce qui le fit changer de position ; Beverly le voyait maintenant de trois quarts. *Je vous en supplie, mon Dieu, je vous en supplie,* pria-t-elle, incohérente, tandis que sa vessie lui élançait encore plus douloureusement.

« Si tu parles, fit alors Henry à voix basse mais d'un ton délibéré, j'irai raconter ce que tu as fait avec les chats. Et aussi avec les chiens. Je leur parlerai de ton frigo. Et tu sais ce qui se passera, Hockstetter ? Ils viendront te prendre pour t'enfermer chez les cinglés. »

Silence de Patrick.

Des doigts, Henry tambourinait sur le capot de la Ford dans laquelle Beverly se cachait. « T'as bien compris ?

— Ouais, ouais. » Patrick parlait maintenant d'un ton boudeur. Boudeur et un peu effrayé. Puis il éclata : « Mais ça t'a plu ! T'as bandé ! La plus grosse queue que j'aie jamais vue !

— Ouais, je suis sûr que t'en as vu pas mal, espèce de petit enculé de pédé. Souviens-toi simplement de ce que je t'ai dit pour le frigo. Ton frigo. Et si je te retrouve dans les parages, je te casse la tête. »

Nouveau silence de Patrick.

Henry se déplaça. Beverly tourna la tête et le vit passer du côté conducteur de la Ford. S'il avait jeté un simple coup d'œil à gauche, il l'aurait vue à coup sûr. Mais il ne regarda pas. L'instant suivant, elle l'entendait qui s'éloignait dans la même direction que Victor et Huggins.

Ne restait plus que Patrick.

Beverly attendit, mais rien ne se produisit. Cinq minutes s'écoulèrent. Elle éprouvait maintenant un besoin désespéré d'uriner. Elle ne se sentait pas capable de se retenir plus de deux ou trois minutes. Et elle était mal à l'aise à l'idée qu'elle ignorait où Patrick se trouvait exactement.

Elle regarda de nouveau au ras du pare-brise et le vit qui était assis toujours au même endroit. Henry avait oublié son briquet. Patrick avait replacé ses livres dans un petit sac de toile qu'il avait passé autour de son cou comme un livreur de journaux, mais il avait toujours sous-vêtements et pantalons sur les chevilles. Il jouait avec le briquet. Il faisait tourner la roulette, laissait un instant brûler une flamme presque invisible dans la clarté du jour, puis rabattait le couvercle. Ensuite il recommençait ; il paraissait hypnotisé. Un filet de sang allait de sa bouche à son menton et ses lèvres gonflaient du côté droit. Il paraissait ne pas s'en rendre compte et Beverly éprouva de nouveau le même sentiment de répulsion grouillante. Patrick était cinglé, c'était un fait ; jamais de sa vie elle n'avait autant souhaité être loin de quelqu'un.

Se déplaçant avec le plus grand soin, elle recula jusque sous le volant en passant par-dessus la bosse du changement de vitesses. Puis elle posa un pied sur le sol et se glissa jusqu'à l'arrière de la Ford. Une fois là, elle partit en courant sur le chemin qu'elle avait emprunté pour venir. Quand elle entra sous le couvert des pins, juste au-delà des épaves de voitures, elle jeta un coup d'œil par-dessus son épaule. Personne en vue. La décharge somnolait sous le soleil. Elle sentit avec soulagement se détendre les cercles de tension qui lui comprimaient la poitrine et l'estomac, et ne se retrouva plus qu'avec le besoin d'uriner, qui avait atteint de telles proportions qu'elle en avait mal au cœur.

Elle fit encore quelques pas rapides sur le chemin puis obliqua sur la droite ; le sous-bois ne la dissimulait pas encore complètement qu'elle dégrafait son short. Elle jeta un regard rapide autour d'elle pour vérifier l'absence de tout lierre-poison, puis elle s'accroupit, accrochée au tronc solide d'un gros buisson pour garder l'équilibre.

Elle était en train de se rhabiller lorsqu'elle entendit un bruit de pas qui se rapprochait, en provenance de la décharge. Elle ne put apercevoir, à travers l'épaisseur des broussailles, que le bleu d'un jean et le motif écossais décoloré d'une chemise d'écolier. C'était Patrick. Elle se dissimula et, accroupie, attendit qu'il regagnât les abords de Kansas Street. Elle se sentait plus sûre de la position où elle se trouvait ; elle était bien cachée, l'envie de faire pipi ne la lancinait plus, et Patrick était perdu dans son univers de barjot. Quand il aurait disparu, elle ferait demi-tour pour se rendre au Club.

Mais Patrick, au lieu de continuer, s'arrêta sur le chemin, à peu près à la hauteur de l'endroit où elle se tenait, et resta là à contempler le vieux frigo Amana tout rouillé.

Beverly pouvait l'observer par une trouée dans le feuillage avec peu de chances d'être vue elle-même. Soulagée et rassérénée, sa curiosité lui était revenue ; de toute façon, si jamais Patrick l'apercevait, elle se croyait capable de le distancer. S'il n'était pas aussi gros que Ben, il était assez replet. Elle prit cependant la précaution de sortir la Bullseye de sa poche-revolver et glissa une douzaine de billes d'acier dans la poche de poitrine de son vieux chemisier. Cinglé ou pas, un bon coup dans le genou découragerait sans doute un type comme Patrick en cas de poursuite.

Elle se souvenait parfaitement bien du réfrigérateur. Ce n'étaient pas les vieux frigos au rebut qui manquaient, dans la décharge, mais il lui vint soudain à l'esprit que celui-ci était le seul, à sa connaissance, que Mandy Fazio n'eût pas achevé soit en en détruisant le mécanisme de fermeture d'une torsion de pince, soit en enlevant complètement la porte.

Patrick se mit alors à fredonner en se balançant d'avant en arrière en face du vieux frigo, et un frisson glacé parcourut Beverly. On aurait dit un personnage de film d'horreur occupé à faire apparaître les morts au fond d'une crypte.

Qu'est-ce qu'il peut bien faire ?

Si elle avait connu la réponse à cette question et su ce qui allait se passer une fois que Patrick aurait terminé son rituel et ouvert le vieil Amana rouillé, elle aurait pris la poudre d'escampette, aussi vite que possible.

5

Personne — même pas Mike Hanlon — ne se doutait à quel point Patrick Hockstetter était réellement cinglé. Âgé de douze ans, il était le fils d'un marchand de peintures. Sa mère, une catholique pratiquante, mourut d'un cancer du sein en 1962, quatre ans après que la ténébreuse entité qui hantait Derry et son sous-sol eut consommé son fils. Avec un quotient intellectuel normal (bien que légèrement en dessous de la moyenne), Patrick avait déjà redoublé deux classes, la dixième et la huitième, et s'il prenait des cours d'été cette année-là, c'était pour ne pas avoir à redoubler une fois de plus. « Élève apathique », inscrivirent plusieurs de ses professeurs sur les maigres six lignes que leur réservait l'administration dans le carnet de notes, sous la rubrique : COMMENTAIRES DES PROFESSEURS. Ceux-ci le trouvaient également inquiétant, même si, en revanche, aucun n'en fit la remarque ; il s'agissait d'un sentiment trop vague, trop diffus pour être exprimé en soixante lignes et encore moins en six. S'il était né dix ans plus tard, un psychologue scolaire aurait sans doute envoyé Patrick consulter un psychiatre pour enfants qui aurait (ou n'aurait pas : Patrick était bien plus malin que ne le laissaient croire ses médiocres résultats aux tests du Q.I.) pu prendre conscience des gouffres effrayants que dissimulait ce visage blême et mou.

C'était un psychopathe qui était peut-être bien parvenu, en ce brûlant été de 1958, à pleine maturité — si l'on peut dire. Il n'avait aucun souvenir d'un temps où les autres — ce qui comprenait non seulement les êtres humains mais toutes les créatures vivantes — avaient eu une présence réelle pour lui. Il se considérait lui-même comme une créature véritable, probablement la seule de l'univers, sans être pour autant convaincu que cela lui conférait la moindre « réalité ». Il ignorait totalement ce qu'était faire mal tout comme ce qu'était avoir mal (son indifférence au violent coup de poing de Henry, pendant leur querelle, était une illustration de ce trait). Cependant, si le concept de réalité était complètement dépourvu de sens à ses yeux, il comprenait par contre à la perfection celui de « règles ». Et alors que tous ses professeurs l'avaient trouvé bizarre (Mrs. Douglas, son institutrice actuelle, et Mrs. Weems, qui l'avait eu en huitième, connaissaient l'existence du plumier plein de cadavres de mouches, et si aucune d'elles n'en ignorait les implications, elles avaient chacune près de trente autres élèves, et tous avaient leurs problèmes particuliers), pas un seul n'avait de sérieux problème de discipline avec lui. Il lui arrivait de rendre des copies parfaitement blanches — ou alors simplement décorées d'un grand point d'interrogation — et Mrs. Douglas s'était aperçue qu'il valait mieux le garder à l'écart des filles à cause de ses mains pleines de doigts : mais il était tranquille, si tranquille, même, qu'on aurait pu parfois le prendre pour un gros tas d'argile sommairement modelé afin de ressembler à un garçon. Il était facile d'ignorer Patrick, qui échouait paisiblement, quand on avait à faire face à des énergumènes comme Henry Bowers ou Victor Criss, insolents et toujours prêts à semer la pagaille, garnements capables de voler l'argent du lait, vandales qui ne demandaient qu'à détériorer le matériel scolaire à la moindre occasion, ou encore à des filles comme la malheureuse qui s'appelait Elizabeth Taylor, une épileptique dont les neurones ne fonctionnaient que par intermittence et qu'il fallait empêcher de soulever sa robe dans la cour de récréation afin de montrer sa nouvelle petite culotte. En d'autres termes, l'école élémentaire de Derry était assez typique de la foire éducative et de sa confusion, un cirque avec tant de pistes que Grippe-Sou lui-même y serait passé inaperçu. Aucun de ses professeurs (pas plus que ses parents, en l'occurrence) n'avait en tout cas le moindre soupçon sur le fait qu'à l'âge de cinq ans, Patrick avait assassiné son petit frère, Avery, alors encore bébé.

Patrick s'était senti très mécontent lorsque sa mère était revenue de l'hôpital avec Avery dans les bras. Peu lui importait (c'est tout du moins ce qu'il se dit tout d'abord) que ses parents aient deux, cinq ou douze gosses, tant que le ou les gosses en question n'interféraient pas avec le bon déroulement de son existence. Mais Avery interférait. Les repas se trouvaient retardés. Les pleurs du bébé le réveillaient la nuit. On aurait dit que ses parents passaient leur temps autour du berceau, et il constata qu'il échouait souvent à attirer leur attention. Ce fut l'une des rares fois de sa vie où Patrick eut peur. Il lui vint à l'esprit que si ses parents l'avaient amené, lui, Patrick, de l'hôpital et qu'il était bien « réel », alors Avery pouvait bien être « réel » lui aussi. Il pourrait également se faire que, lorsque Avery serait assez grand pour parler et marcher, pour ramener à son père le journal posé sur les marches du perron et pour tendre les récipients à sa mère quand elle cuisait le pain, ils décident de se débarrasser définitivement de lui Patrick. Il ne craignait pas qu'ils aiment Avery davantage que lui (pour lui, il était évident qu'ils l'aimaient plus, en fait, en quoi il ne se trompait probablement pas). Non, ce qui l'inquiétait, c'était que : (1) les règles avaient été rompues ou changées depuis l'arrivée d'Avery, (2) qu'il y ait une possibilité qu'Avery soit réel et (3) qu'il puisse être jeté au rancart en faveur d'Avery.

Patrick se rendit dans la chambre d'Avery un après-midi vers quatorze heures trente, peu après être descendu du bus scolaire qui le ramenait de la maternelle. On était en janvier. À l'extérieur, la neige commençait à tomber. Un vent puissant soufflait en rafales dans le McCarron Park, et faisait vibrer les doubles vitrages des fenêtres du premier étage. Sa mère faisait une sieste dans sa chambre ; Avery l'avait gardée éveillée une bonne partie de la nuit précédente. Son père était au travail. Avery dormait sur le ventre, la tête tournée de côté.

Patrick, le visage lunaire, dépourvu de toute expression, déplaça la tête d'Avery de manière à ce que le visage du bébé s'enfonçât directement dans l'oreiller ; Avery eut un petit reniflement et remit la tête de côté. Patrick resta à l'observer un moment pendant que la neige de ses bottes fondait et laissait une flaque sur le plancher. Environ cinq minutes s'écoulèrent ainsi (Patrick ne se caractérisait pas par une pensée rapide), après quoi Patrick tourna de nouveau le visage du bébé contre l'oreiller et le maintint ainsi quelques instants. Avery s'agita et se débattit sous ses mains, mais sans beaucoup de force. Patrick le lâcha. Avery tourna de nouveau la tête de côté, émit un petit cri reniflé et se rendormit. Les rafales de vent se succédaient à la vitre qu'elles secouaient. Patrick attendit de voir si ce cri unique avait réveillé sa mère ; celle-ci ne bougea pas.

Une puissante vague d'excitation l'envahit alors. Pour la première fois, il avait une vision précise du monde en face de lui. Ses capacités émotives étaient gravement défectueuses, et pendant ce court instant, il fut comme une personne totalement incapable de voir les couleurs... ou comme un drogué en manque quand la piqûre tant attendue commence à produire son effet sur son cerveau. Il avait affaire à quelque chose de nouveau, dont il n'avait pas soupçonné l'existence.

Très doucement, il remit le visage du bébé le nez dans l'oreiller. Cette fois-ci, quand il se débattit, Patrick ne le lâcha pas. Il enfonça au contraire plus profondément la tête de l'enfant dans le coussin. Avery poussait maintenant des cris réguliers mais étouffés et Patrick sut qu'il était réveillé. Il avait vaguement dans l'idée que son petit frère pourrait le dénoncer à sa mère s'il le lâchait maintenant. Il le maintint. Un vent échappa au bébé, qui se débattait de moins en moins. Mais Patrick ne bougea pas, attendant son immobilité complète. Quand elle arriva, il garda la même position pendant encore cinq minutes, sentant le paroxysme d'excitation qui l'avait envahi commencer à refluer : l'effet de la piqûre se dissipait, le monde redevenait gris, tout retrouvait sa somnolence habituelle.

Patrick retourna au rez-de-chaussée, se prépara une assiette de biscuits maison et un verre de lait ; sa mère descendit une demi-heure plus tard et lui dit qu'elle ne l'avait même pas entendu rentrer tellement elle était fatiguée (*Tu ne le seras plus jamais, M'man, ne t'en fais pas, je m'en suis occupé*, pensa-t-il). Elle s'assit avec lui, grignota l'un des biscuits et lui demanda comment l'école s'était passée. Patrick lui répondit : « Très bien », et lui montra un dessin où l'on voyait une maison et un arbre. Il était recouvert de boucles griffonnées informes faites aux crayons noir et brun. Sa mère lui dit qu'il était très joli. Patrick ramenait à la maison les mêmes gribouillis brun et noir tous les jours. Il disait parfois que c'était une dinde, parfois que c'était un arbre de Noël, parfois que c'était un garçon. Sa mère lui répondait toujours qu'il était très joli... bien que de temps en temps, dans un recoin profondément enfoui au fond d'elle-même, elle s'inquiétât. Il y avait quelque chose d'angoissant dans ces grosses boucles de noir et de brun qui s'emmêlaient.

Elle ne découvrit la mort d'Avery que vers dix-sept heures ; jusque-là, elle avait simplement supposé qu'ayant mal dormi la nuit précédente, il faisait une sieste un peu plus longue que d'ordinaire. À ce moment-là, Patrick regardait un programme pour enfants à la télé, et il ne quitta pas des yeux le petit écran de vingt-cinq centimètres pendant toute la tempête qui suivit. Une série venait de commencer quand Mrs. Henley, la voisine, fit irruption (sa mère s'était précipitée, hurlante, à la porte de la cuisine, croyant follement que l'air frais pourrait le rendre à la vie ; Patrick eut froid et alla prendre un chandail dans le placard du bas). *Highway Patrol,* l'émission favorite de Ben Hanscom, avait remplacé la série précédente lorsque Mr. Hockstetter arriva de son travail. Le temps que le médecin débarque, *Science Fiction Theater* prenait la place des flics de la route. « Qui peut savoir les choses étranges que contient l'univers ? » était en train de dire le présentateur, Truman Bradley, tandis que la mère de Patrick poussait des cris suraigus et se débattait dans les bras de son mari, dans la cuisine. Le médecin remarqua bien le calme profond et le regard fixe, nullement interrogateur, de Patrick, mais il attribua son attitude à un état de choc ; il voulut lui faire prendre une pilule, et Patrick n'y vit pas d'objection.

On diagnostiqua une mort subite pendant le sommeil. Quelques dix ou vingt ans plus tard, on se serait sans doute posé des questions sur ce décès, qui ne présentait pas la gamme habituelle des symptômes caractérisant la mort subite des nourrissons. Mais cette fois-là, le médecin constata simplement la mort, signa le permis d'inhumer et le bébé fut enterré. Une fois le calme revenu, Patrick eut la satisfaction de constater que l'on mangeait de nouveau à des heures régulières dans la maison.

Dans la folle agitation de la fin de l'après-midi et de la soirée — des gens entrant et sortant, les portes qui claquaient, la lumière rouge de l'ambulance de l'hôpital qui se reflétait sur les murs, Mrs. Hockstetter hurlant et gémissant tour à tour, refusant de se laisser consoler —, seul le père de Patrick fut à un cheveu de découvrir la vérité. Il se tenait debout, hébété, auprès du berceau vide d'Avery, environ vingt minutes après que l'on eut emporté le petit corps ; il se tenait simplement là, incapable d'admettre ce qui venait de se passer. Ses yeux finirent par tomber sur deux empreintes sur le plancher ; celles laissées par la neige ayant fondu des bottes jaunes de Patrick. Il les contempla, et soudain une ignoble pensée s'éleva dans son esprit, un bref instant, comme les gaz délétères qui montent d'un puits de mine. Sa main se porta lentement à sa bouche et ses yeux s'agrandirent ; une image se forma dans son cerveau. Mais avant qu'elle ait pu se préciser, il quitta la pièce en claquant si violemment la porte que l'encadrement de bois se fendilla.

Il ne posa jamais la moindre question à son fils.

Patrick s'était abstenu de renouveler ce genre d'exploit depuis, mais il n'aurait pas hésité si l'occasion s'en était présentée. Il n'éprouvait aucune culpabilité, ne faisait aucun cauchemar. Comme le temps passait, il devint néanmoins de plus en plus conscient de ce qui lui serait arrivé s'il s'était fait prendre. Des règles existaient. Des choses désagréables s'ensuivaient si on ne les respectait pas... ou si on était pris à ne pas les respecter. On risquait de se retrouver derrière des barreaux, voire même sur une chaise électrique.

Mais le sentiment d'excitation qu'il n'avait pas oublié — sensation de couleurs dans un univers de grisaille — restait quelque chose de trop puissant et de trop merveilleux pour qu'il y renonce complètement. Patrick se mit à tuer des mouches. Il commença en se servant de la tapette à mouches de sa mère, puis découvrit un jour la plus grande efficacité d'une règle plate en plastique. Il s'initia également aux joies du papier tue-mouches. Un long ruban gluant ne coûtait que deux cents au Costello Avenue Market et Patrick était capable de rester deux heures d'affilée dans le garage à contempler les mouches qui atterrissaient dessus et se débattaient ; il restait là, bouche bée, une étincelle d'excitation brillant dans ses yeux habituellement embrumés, la sueur coulant sur son visage poupin et son corps grassouillet. Patrick tuait également d'autres insectes, coléoptères et autres, mais de préférence après les avoir capturés vivants. Il dérobait parfois une longue aiguille dans la travailleuse de sa mère, empalait dessus un scarabée et, assis jambes croisées sur le sol, suivait son agonie. Son expression, dans ces moments-là, était celle d'un garçon qui lit un ouvrage passionnant. Il découvrit une fois un chat qu'une voiture avait fauché, en train de mourir dans un caniveau de Lower Main Street, et était resté à l'observer jusqu'à ce qu'une vieille femme le vît pousser du pied la chose broyée et miaulante ; elle lui donna un coup du balai dont elle se servait pour dégager le trottoir devant chez elle. *File à la maison ! T'es cinglé, ou quoi ?* lui avait-elle lancé. Il n'en avait pas voulu à la vieille femme ; elle n'avait fait que le surprendre à transgresser les règles, un point c'est tout.

Puis, l'année dernière (Mike Hanlon et tous les autres, au point où ils en étaient, n'auraient pas été surpris d'apprendre que c'était ce même jour que George Denbrough avait été assassiné), Patrick avait découvert le vieux réfrigérateur Amana rouillé — l'un des plus gros orduroïdes dans la ceinture entourant la décharge municipale proprement dite.

Comme Beverly, il avait entendu les mises en garde contre ce genre de matériel abandonné et appris comment chaque année des ribambelles d'enfants stupides s'y faisaient piéger comme des rats. Il était resté longtemps à le contempler tout en se tripotant lui-même à travers la poche. Son excitation était revenue, plus forte qu'elle n'avait jamais été, mis à part la fois où il s'était occupé d'Avery. Excitation qui tenait à ce que Patrick, dans le désert glacial et cependant troué de fumerolles qui lui tenait lieu de cerveau, avait découvert une idée.

Les Luces, une famille qui habitait à trois maisons de celle des Hockstetter, constatèrent la disparition de leur chat, Bobby, une semaine plus tard. Les enfants des Luces, qui ne se souvenaient même pas d'un temps où Bobby n'était pas là, passèrent la maison et le voisinage au peigne fin pendant des heures. Ils allèrent même jusqu'à se cotiser pour faire passer une annonce dans le *Derry News* (Animaux perdus). Sans résultat. Et si l'un d'eux avait aperçu Patrick ce jour-là, plus volumineux que jamais dans sa parka d'hiver qui sentait l'antimite (après les inondations de l'automne 1957, il s'était mis brusquement à faire très froid), une boîte en carton sous le bras, il n'en aurait rien pensé de particulier.

Les Engstrom, qui habitaient dans une rue parallèle, si bien que leur jardin jouxtait pratiquement celui des Hockstetter, perdirent leur chiot, un cocker, environ dix jours avant le Thanksgiving. D'autres familles perdirent des chats et des chiens au cours des six ou huit mois qui suivirent, et c'était bien entendu Patrick le responsable de toutes ces disparitions ; on mentionnera pour mémoire la douzaine d'animaux errants du Demi-Arpent d'Enfer qui subit le même sort.

Il plaça ses victimes une à une dans le vieil Amana près de la décharge. Chaque fois qu'il amenait un nouveau supplicié, le cœur cognant dans la poitrine, les yeux brûlants et humides d'excitation, il s'attendait à constater que Mandy Fazio venait de détruire la serrure de l'appareil ou avait fait sauter les gonds avec son marteau de trois livres. Mais Mandy ne toucha jamais le réfrigérateur en question. Peut-être ne s'était-il pas rendu compte de sa présence, peut-être la force de volonté de Patrick l'en éloignait… à moins que ce ne fût une autre force qui obtînt ce résultat.

C'est le cocker des Engstrom qui tint le plus longtemps. En dépit du froid, descendu largement en dessous de zéro, il était encore en vie lorsque Patrick revint le lendemain, puis le surlendemain, puis le troisième jour, même s'il avait perdu toute envie de folâtrer. (Il avait remué la queue en lui léchant frénétiquement les mains lorsque, le premier jour, il l'avait tiré de la boîte pour le placer dans le réfrigérateur.) Le lendemain, ce fichu chiot avait bien failli se faire la belle. Patrick avait dû le poursuivre pratiquement jusqu'à la décharge avant de pouvoir plonger sur lui et l'attraper par une patte arrière. Le chiot l'avait pincé avec ses petites dents aiguës, mais Patrick s'en moquait. Sans se soucier des morsures, il avait ramené l'animal dans l'appareil. Il était en érection à ce moment-là. Cela lui arrivait souvent.

Le deuxième jour, le chiot avait une fois de plus tenté de s'évader, mais il avait perdu de sa vivacité. Patrick le repoussa à l'intérieur, claqua la porte du frigo et s'appuya contre elle. Il entendait l'animal qui grattait à l'intérieur, il entendait ses gémissements étouffés. « Bon chien, murmura Patrick, les yeux fermés, la respiration rapide. Ça c'est un bon chien. » Le troisième jour, le petit cocker ne put que rouler les yeux vers Patrick quand celui-ci ouvrit la porte ; ses côtes se soulevaient rapidement, d'un mouvement sans amplitude. Lorsque le garçon y retourna le lendemain, le chien était mort et une mousse pétrifiée par le froid s'était accumulée sur son museau. Elle fit penser à Patrick à du sorbet à la noix de coco, et c'est en riant à gorge déployée qu'il sortit le cadavre glacé de sa machine à tuer pour aller le jeter dans les buissons.

Son contingent de victimes (que Patrick évoquait, quand il y pensait, en les traitant « d'animaux d'expérimentation ») s'était amenuisé avec l'été. En dehors de ce sens de la réalité qui lui faisait défaut, il avait celui de sa propre conservation et une intuition fort développée. Il soupçonnait qu'on le soupçonnait. Qui, il n'en était pas sûr. Mr. Engstrom ? Peut-être. Mr. Engstrom s'était retourné et l'avait longuement observé, au cours du printemps, un jour qu'il l'avait croisé dans le supermarché du coin. Mr. Engstrom achetait des cigarettes, et on avait envoyé Patrick chercher du pain. Mrs. Joseph ? Peut-être. Elle restait parfois dans son salon à lorgner à travers son télescope et c'était, d'après Mrs. Hockstetter, une « fouine qui mettait son nez partout ». Mr. Jacubois, qui avait un autoadhésif de la SPA collé à son pare-chocs arrière ? Mr. Nell ? Quelqu'un d'autre ? Patrick n'en était pas absolument certain, mais son intuition lui disait qu'il était soupçonné et il prenait toujours ses intuitions au sérieux. Il ne s'était emparé que de quelques animaux errants qu'il avait dégottés, amaigris, malades, parmi les constructions en ruine du Demi-Arpent, et c'était tout.

Il avait cependant découvert que le réfrigérateur rouillé de la décharge exerçait une puissante et étrange attraction sur lui. Il se mit à le dessiner à l'école quand il s'ennuyait. Il lui arrivait d'en rêver la nuit, et dans ses rêves, l'Amana mesurait vingt-cinq mètres de haut : sépulcre blanchi, crypte pesante pétrifiée dans la lumière glaciale du clair de lune. La porte s'ouvrait, et il voyait deux yeux énormes dont le regard tombait sur lui. Il se réveillait, couvert d'une sueur froide, mais était incapable de renoncer complètement aux joies que lui procurait le réfrigérateur.

Il avait découvert aujourd'hui que ses soupçons étaient fondés : Bowers savait. Et savoir que Henry détenait le secret de la machine à tuer mettait Patrick dans un état aussi proche de la panique qu'il était pour lui possible de l'être. Ce qui n'était pas très proche, à la vérité, mais il trouvait néanmoins cette impression — il ne s'agissait pas tant de peur que d'une sorte de vague inquiétude — oppressante et désagréable. Henry savait. Savait que Patrick, parfois, ne respectait pas les règles.

Sa dernière victime était un pigeon qu'il avait découvert deux jours auparavant sur Jackson Street. Il s'était heurté à une voiture et ne pouvait plus voler. Patrick était allé chez lui récupérer sa boîte dans le garage, et y avait enfermé le pigeon. Le pigeon avait piqué à plusieurs reprises du bec la main du garçon, y laissant de petites écorchures, mais il n'en avait cure. Quand il était revenu visiter le réfrigérateur, le lendemain, le pigeon était tout à fait mort, mais il n'avait pu se résoudre à se débarrasser du cadavre. Néanmoins, après les menaces de dénonciation de Henry, il décida qu'il valait mieux se débarrasser tout de suite de cette preuve. Peut-être allait-il même revenir avec un seau d'eau et des chiffons pour nettoyer l'intérieur de l'appareil. Il sentait vraiment mauvais. Si Mr. Nell, averti par Henry, décidait de venir vérifier, il en déduirait que quelque chose (plusieurs quelque chose) était mort là-dedans.

S'il me dénonce, pensa Patrick, debout au milieu du bouquet de pins, tout en contemplant l'Amana rouillé, *je dirai que c'est lui qui a cassé le bras d'Eddie Kaspbrak*. Évidemment, tout le monde le savait déjà, mais on n'avait rien pu prouver contre eux car ils avaient déclaré qu'ils étaient en train de jouer ce jour-là à la ferme de Henry ; son cinglé de père les avait soutenus. *Mais s'il parle, je parlerai. Un prêté pour un rendu.*

Pour l'instant, peu importait. Il devait avant tout commencer par se débarrasser de l'oiseau. Il laisserait la porte ouverte et reviendrait avec des chiffons et de l'eau pour le nettoyer. Bien.

Patrick ouvrit la porte du réfrigérateur, la porte qui donnait sur sa propre mort.

Il fut tout d'abord simplement intrigué, incapable de se figurer ce qu'il voyait exactement. Pour lui, cela ne signifiait rien ; le spectacle avait quelque chose d'indéchiffrable. Patrick le contemplait sans bouger, la tête penchée d'un côté, ouvrant de grands yeux.

Le pigeon se réduisait à un squelette d'oiseau entouré d'un chaos de plumes. Il ne restait pas la moindre trace de chair sur les os. Et tout autour, collés sur les parois intérieures de l'appareil, pendant d'en dessous du compartiment de congélation, ou se balançant à la grille des différentes étagères, il y avait des douzaines d'objets couleur chair qui faisaient penser à d'énormes moules à macaronis, ou à des coquillages. Le garçon les vit osciller, légèrement, comme si soufflait une brise. Si ce n'est qu'il n'y avait pas le moindre souffle d'air. Il fronça les sourcils.

Soudain l'une des choses qui ressemblaient à des moules ou des coquillages se mit à déplier des ailes d'insecte. Avant que Patrick eût seulement le temps d'enregistrer le phénomène, la chose les avait déployées, s'était envolée et franchissait l'espace qui séparait Patrick du réfrigérateur pour se cogner à son bras gauche avec un son mat. Il éprouva une brève sensation de chaleur et tout lui parut redevenir normal... mais l'étrange créature vira alors de couleur pour devenir rose puis, avec une étonnante rapidité, rouge carmin.

Patrick avait beau n'avoir peur à peu près de rien, au sens le plus commun de l'expression (difficile de redouter des choses qui ne sont pas « réelles »), il existait au moins une créature qui l'emplissait d'un dégoût profond. Il était sorti du lac Brewster, par une chaude journée de l'été de ses sept ans, et avait découvert quatre ou cinq sangsues accrochées à son estomac et à ses jambes. Il avait hurlé à en perdre la voix jusqu'à ce que son père les lui ait retirées.

Actuellement, pris d'une soudaine et mortelle inspiration, il se rendait compte avoir affaire à quelque variété monstrueuse de sangsues volantes. Elles s'étaient multipliées dans son frigo.

Il se mit à crier et tapa sur la chose collée à son bras ; elle avait plus que doublé de volume et atteignait la taille d'une balle de tennis. Au troisième coup elle se déchiqueta avec un bruit mouillé écœurant. Du sang — son sang — inonda son bras du poignet au coude mais la tête sans yeux et gélatineuse de la chose maintint sa prise. Elle évoquait d'une certaine manière une tête étroite d'oiseau du fait de la structure allongée qui la terminait ; elle n'était cependant ni plate ni pointue comme un bec, mais tubulaire et ouverte, comme la trompe d'un moustique. Cette trompe s'enfonçait dans le bras du garçon.

Toujours hurlant, il pinça les débris sanguinolents de la créature entre ses doigts et tira. La trompe sortit sans casser, suivie d'un mélange aqueux teinté de sang et d'un liquide blanc jaunâtre comme du pus. Le trou dans son bras, bien qu'indolore, avait la taille d'une pièce de cinq cents.

Et la créature, en dépit de son corps déchiqueté, continuait de se tordre et de se tortiller dans ses doigts comme pour le piquer encore.

Patrick la jeta, se retourna et... d'autres sangsues volantes se précipitèrent sur lui tandis qu'il cherchait désespérément la poignée de l'Amana. Elles atterrirent sur ses mains, ses bras, son cou. Une se posa sur son front. Lorsque Patrick leva le bras pour la chasser, il en vit quatre sur sa main, agitées d'un minuscule tremblement, qui devenaient roses puis d'un beau rouge carmin.

Il ne ressentait aucune douleur... mais éprouvait en revanche une sensation hideuse, celle de se vider. Hurlant, tournant sur lui-même et se donnant des coups sur la tête et le cou de ses mains où s'inscrustaient les sangsues, son esprit se mit à geindre : *Ce n'est pas réel, c'est juste un mauvais rêve, ne t'en fais pas, ce n'est pas réel, rien n'est réel...*

Mais le sang qui dégoulinait des sangsues écrasées ne paraissait que trop réel, le vrombissement de leurs ailes ne semblait que trop réel... et sa propre épouvante ne lui semblait que trop réelle.

L'une des bestioles tomba à l'intérieur de sa chemise et se colla à sa poitrine. Tandis qu'il la frappait frénétiquement et voyait s'élargir la tache de sang là où elle l'avait piqué, une autre se posa sur son œil droit. Patrick le ferma, mais cela n'arrangea pas les choses ; il éprouva une brève sensation de brûlure comme la trompe de la chose s'enfonçait à travers sa paupière et se mettait à sucer le fluide de son globe oculaire. Il sentit son œil qui s'affaissait sur lui-même dans son orbite, et il hurla de plus belle. Une sangsue vint alors atterrir dans sa bouche et se ficher dans sa langue.

Tout se passa presque sans douleur.

Patrick partit en titubant le long du sentier qui conduisait aux épaves de voitures. Il était couvert de parasites. Certains d'entre eux buvaient au point de finir par éclater comme des ballons de baudruche ; lorsque cela se produisait, c'était un quart de litre de sang ou presque qui se répandait sur le garçon, chaud et poisseux. Il sentit la sangsue à l'intérieur de sa bouche qui gonflait et il écarta les mâchoires, la seule pensée cohérente qui lui fût venue à l'esprit étant qu'il ne fallait pas qu'elle éclatât à l'intérieur. Il ne le fallait pas, il ne le fallait pas.

Mais elle éclata. Patrick cracha un énorme jet de sang auquel étaient mêlés des débris de chair du parasite, comme s'il vomissait. Il s'effondra sur le sol couvert de gravillons et se mit à rouler sur lui-même, sans s'arrêter un instant de crier. Mais peu à peu sa plainte devint moins vigoureuse et parut plus lointaine.

Juste avant de s'évanouir, il aperçut une silhouette qui s'avançait entre la double rangée d'épaves. Patrick crut tout d'abord que c'était quelqu'un, Mandy Fazio, peut-être ; il allait être sauvé. Mais comme la silhouette se rapprochait, il vit qu'elle possédait un visage qui dégoulinait comme s'il était fait de cire. Par instants il donnait l'impression de durcir et se figer, si bien qu'il ressemblait à quelque chose — ou à quelqu'un — mais il se remettait aussitôt à dégouliner, comme s'il n'arrivait pas à se décider sur le personnage ou la chose qu'il voulait être.

« Bonjour et au revoir », fit une voix pleine de grosses bulles à l'intérieur de la coulée de suif de ses traits évanescents. Patrick voulut crier encore. Il refusait de mourir comme cela ; en tant que seule personne « réelle », il n'était pas censé mourir. S'il mourait, tous les autres, dans le monde, mourraient avec lui.

La silhouette humaine le prit par ses bras sur lesquels grouillaient les sangsues et commença à le traîner vers les Friches. Le sac qu'il avait toujours accroché autour du cou, couvert de sang, rebondissait et se heurtait aux bosses du sol derrière lui. Patrick, qui s'efforçait toujours de crier, perdit connaissance.

Il ne s'éveilla qu'une fois : lorsque, dans quelque enfer ténébreux, nauséabond, fangeux, Ça commença à s'alimenter.

6

Sur le coup, Beverly ne fut pas sûre de comprendre ce qu'elle voyait et ce qui se passait... elle aperçut simplement Patrick Hockstetter qui se mettait à se débattre, danser sur place et crier. Elle se redressa avec précaution, tenant la fronde d'une main et deux billes de l'autre. Puis elle entendit le garçon s'éloigner lourdement sur le sentier sans cesser de hurler comme un possédé. En cet instant précis, Beverly eut tout de la jeune femme ravissante qu'elle allait devenir, et si Ben Hanscom s'était trouvé dans les parages pour la voir ainsi, on peut se demander si son cœur aurait été capable de le supporter.

Elle se redressait de toute sa taille, la tête tournée vers la gauche, les yeux agrandis, ses cheveux tressés retenus par deux petits rubans de velours rouge qu'elle avait achetés chez Dahlie pour cinq cents. Son attitude était celle d'une concentration et d'une attention absolues : un lynx aux aguets. Elle avait esquissé un pas en avant du pied gauche, le corps à demi tourné, comme si elle s'apprêtait à courir derrière Patrick ; son short remonté laissait apparaître l'ourlet de sa petite culotte de coton jaune. Délicatement musclées, ses jambes étaient déjà superbes en dépit des bleus, des croûtes d'écorchures et des salissures de terre.

C'est un piège. Il m'a vue, et il se doute qu'il ne pourra pas m'attraper en me courant simplement après, alors il essaie de me faire sortir. N'y va pas, Bevvie !

Mais quelque chose d'autre, en elle, lui faisait remarquer qu'il y avait trop de douleur et de terreur dans ces cris. Elle regrettait de n'avoir pas vu exactement ce qui lui était arrivé — s'il lui était arrivé quelque chose. Mais par-dessus tout, elle aurait bien aimé s'être rendue dans les Friches par un itinéraire différent et avoir échappé à tout ce bazar dément.

Les cris de Patrick cessèrent ; l'instant suivant, Beverly entendit quelqu'un parler, mais comprit que ce ne pouvait être que son imagination. C'était en effet la voix de son père disant : « Bonjour et au revoir. » Son père ne se trouvait même pas à Derry ce jour-là, puisqu'il était parti pour Brunswick dès huit heures du matin, avec son ami Joe Tammerly, afin de prendre livraison d'un camion Chevrolet dans cette ville. Elle secoua la tête comme pour s'éclaircir les idées. La voix ne reparla plus. Son imagination, évidemment.

Elle sortit des buissons et s'engagea sur le sentier, prête à s'enfuir si elle voyait Patrick la charger, ses réflexes tendus à craquer, aussi sensibles que des moustaches de chat. Elle baissa les yeux sur la piste, et ils s'agrandirent encore : du sang s'y trouvait répandu. Beaucoup de sang.

C'est du faux sang, lui vint-il à l'esprit. *On peut en acheter une bouteille chez Dahlie pour quarante-neuf cents. Fais attention, Bevvie !*

Elle s'agenouilla et d'un geste vif trempa un doigt dans le liquide rouge. Elle l'examina attentivement. C'était du vrai sang.

Un éclair de chaleur parcourut son bras gauche, juste en dessous du coude. Elle baissa les yeux et vit quelque chose qu'elle prit tout d'abord pour un bouton de bardane, ces teignes qui s'accrochent partout. Mais ce n'en était pas un. Les boutons de bardane sont des plantes : ils ne se tortillent pas, ils ne volettent pas. Il s'agissait d'une bestiole vivante — qui, se rendit-elle soudain compte, était en train de la mordre. Elle la frappa sèchement du dos de sa main gauche, et la chose éclata, répandant du sang. Elle recula d'un pas, prête à crier maintenant que c'était fini… mais vit alors que cela ne l'était pas. La tête informe de la chose restait accrochée à son bras, à moitié enfouie dans sa chair.

Avec un cri aigu de peur et de dégoût, elle la retira et aperçut la trompe qui sortait de son bras comme une petite dague de son fourreau, dégoulinante de sang. Elle comprit alors la présence de sang sur le sentier, oh oui ! et ses yeux se portèrent sur le réfrigérateur.

La porte était refermée et verrouillée, mais un certain nombre de parasites, restés à l'extérieur, rampaient paresseusement sur la carrosserie blanche piquée de rouille. Pendant que Beverly regardait, l'une des bestioles déploya ses ailes — membranes délicates semblables à celles des mouches — et fonça en bourdonnant sur elle.

Beverly agit sans réfléchir, introduisant une bille dans le cuir de la fronde et tendant les caoutchoucs. Tandis que les muscles de son bras gauche se contractaient, elle vit du sang s'écouler de la plaie ouverte dans son bras par la chose. Elle lâcha automatiquement la bille en direction de la bestiole volante.

Merde ! Manquée ! pensa-t-elle au moment où le cuir de la fronde claqua sur la fourche et où la bille fila, petite pointe argentée dans la lumière diffuse du soleil. Elle raconterait plus tard aux autres qu'elle *savait* qu'elle l'avait manquée, de la même manière qu'un joueur de bowling sait qu'il a manqué son coup dès que la boule a quitté sa main. Elle vit alors la trajectoire de la bille s'incurver et frapper la chose volante qu'elle réduisit en bouillie. Il y eut une pluie de débris jaunâtres qui vinrent consteller le chemin.

Beverly partit à reculons, lentement tout d'abord, les yeux exorbités, les lèvres tremblantes, le visage d'un blanc de craie. Son regard ne se détachait pas du vieux réfrigérateur, avide de savoir si les autres bestioles l'avaient sentie d'une manière ou d'une autre. Mais elles se contentaient d'arpenter lentement l'appareil, comme des insectes à demi paralysés par le froid à la fin de l'automne.

Finalement elle fit demi-tour et courut.

Elle sentait les ténèbres de la panique venir battre à sa raison, mais elle ne s'y abandonna pas complètement. Elle gardait la Bullseye à la main gauche et regarda de temps en temps par-dessus son épaule. Elle découvrit de nouvelles traînées de sang qui brillaient sur le chemin mais aussi parfois sur les feuilles des buissons, de chaque côté, comme si Patrick avait zigzagué d'un bord à l'autre tout en s'enfuyant.

Beverly déboucha de nouveau dans le secteur des épaves. Devant elle s'étendait une tache de sang plus grosse que les autres, en train de s'infiltrer entre les graviers du sol qui paraissait avoir été bouleversé, et des sillons de terre noire s'ouvraient au milieu de sa surface d'un blanc poudreux. Comme si un combat s'y était déroulé. Deux sillons plus profonds, séparés d'environ cinquante centimètres, partaient de l'endroit.

Beverly s'arrêta, hors d'haleine. Elle examina son bras et fut soulagée de constater qu'elle saignait moins abondamment, même si tout son avant-bras, jusqu'à la paume de la main, était ensanglanté et gluant. En revanche, il commençait à lui faire mal, à coups d'élancements sourds et réguliers. Cette même impression que l'on a dans la bouche en sortant de chez le dentiste, quand l'effet de la novocaïne commence à se dissiper.

Elle regarda de nouveau derrière elle, ne vit rien, et reporta ses yeux sur le double sillon qui s'éloignait des épaves et de la décharge pour s'enfoncer dans les Friches.

Ces choses étaient dans le réfrigérateur. Patrick avait dû en avoir partout sur lui, certainement, il n'y a qu'à voir tout ce sang. Il a couru jusqu'ici et alors

(bonjour et au revoir)

il est arrivé quelque chose d'autre. Mais quoi ?

Elle redoutait de le savoir. Les sangsues étaient une partie de Ça, et elles avaient entraîné Patrick dans une autre des parties de Ça, tout à fait comme un bovin pris de panique est entraîné dans le conduit d'où il tombe à l'intérieur de l'abattoir.

Barre-toi d'ici ! Barre-toi, Bevvie !

Au lieu de cela, elle suivit les sillons dans le sol, étreignant la fronde dans sa main en sueur.

Va au moins chercher les autres !

Je vais le faire... dans un petit moment.

Elle continua d'avancer ; les sillons descendaient le long d'une pente dont le sol était plus mou, pour s'enfoncer de nouveau sous le feuillage. Une cigale commença à striduler quelque part, très fort, puis s'arrêta, rendant le silence pesant. Des moustiques vinrent se poser sur son bras couvert de sang. Elle les chassa. Ses dents s'enfonçaient dans sa lèvre inférieure.

Quelque chose était posé sur le sol, devant elle, qu'elle ramassa et examina. Il s'agissait d'un portefeuille fabriqué à la main, du genre de ceux que faisaient les enfants dans le cadre des exercices de travaux manuels de la Maison communale. À ceci près que le gosse qui avait peiné sur celui-ci n'était guère doué pour les travaux manuels. La couture grossière de plastique commençait à se défaire et le compartiment réservé aux billets était à moitié détaché et pendait. Elle trouva une pièce de vingt-cinq cents dans celui réservé à la monnaie. Le portefeuille ne contenait qu'une seule autre chose, une carte d'abonnement à la bibliothèque au nom de Patrick Hockstetter. Elle jeta le portefeuille dans les fourrés, avec tout ce qu'il contenait, et s'essuya les mains sur son short.

Vingt mètres plus loin, elle découvrit une chaussure de tennis. Le sous-bois était maintenant trop dense pour qu'il fût possible de suivre les sillons, mais il n'y avait nul besoin d'être un trappeur expérimenté pour se fier aux traînées de sang qui dégoulinaient des buissons.

La piste dévalait ensuite une courte ravine. Bev perdit à un moment donné l'équilibre, glissa, et alla se frotter aux ronces. De petites lignes de sang apparurent sur le haut de sa cuisse. Elle respira vite, et la sueur collait des mèches de cheveux sur son front et son crâne. Les taches de sang reprenaient sur l'une des sentes à peine visibles qui serpentaient dans les Friches. La Kenduskeag coulait non loin de là.

L'autre chaussure de Patrick, les lacets pleins de sang, gisait abandonnée sur la sente.

Elle approcha de la rivière, la fronde à demi tendue. Les sillons avaient fait leur réapparition, moins profonds. *C'est parce qu'il a perdu ses tennis,* pensa-t-elle.

Une dernière courbe et elle arriva en vue de la rivière. Les sillons descendaient sur la rive et arrivaient finalement à l'un de ces cylindres de béton — ceux des stations de pompage. Le couvercle de fonte était entrouvert.

Elle y jeta un coup d'œil. À ce moment-là, un éclat de rire monstrueux, épais, monta brièvement jusqu'à elle.

C'en était trop. La panique qui couvait depuis un moment fut la plus forte. Elle fit demi-tour et s'enfuit vers la clairière et le Club, son bras gauche ensanglanté levé pour se protéger des branches qui la fouettaient au passage.

Moi aussi des fois je m'inquiète, Papa, pensa-t-elle dans son affolement. *Des fois je m'inquiète* BEAUCOUP.

7

Quatre heures plus tard, tous les Ratés, à l'exception d'Eddie, se retrouvaient accroupis près de l'endroit où Beverly s'était cachée au moment où elle avait aperçu Patrick Hockstetter s'approcher du vieux réfrigérateur et l'ouvrir. Au-dessus d'eux, de lourds cumulus étaient venus assombrir le ciel, et l'odeur de la pluie se répandait de nouveau dans l'air. Bill tenait à la main l'extrémité d'une longue corde à linge. Les six enfants avaient mis leurs ressources en commun pour l'acheter, ainsi qu'une petite trousse de secours pour soigner Beverly ; Bill avait délicatement placé sur la blessure une triple épaisseur de gaze maintenue par du sparadrap.

« T-Tu diras à t-tes pa-parents que t-tu es tombée en f-faisant du pa-patin à r-r...

— Mes patins ! » s'exclama Beverly, affolée. Elle les avait complètement oubliés.

« Là-bas », dit Ben avec un geste de la main. Ils gisaient en tas, non loin d'eux, et elle bondit pour aller les récupérer avant qu'aucun des autres n'eût le temps de bouger. Elle venait de se souvenir qu'elle les avait posés ainsi avant d'uriner, et ne voulait pas les voir aller dans le coin.

Bill avait lui-même attaché l'autre extrémité de la corde à linge à la poignée de l'Amana, même s'ils s'en étaient tous approchés ensemble, à pas prudents, prêts à détaler au premier signe suspect. Beverly avait proposé à Bill de lui restituer la fronde, mais il avait insisté, au contraire, pour qu'elle la gardât. Rien, néanmoins, n'avait bougé. Bien que la partie du chemin à la hauteur du réfrigérateur fût couverte de sang, les parasites avaient disparu. Peut-être avaient-ils pris leur vol pour aller plus loin.

« On pourrait bien faire venir ici le chef Borton, Mr. Nell et cent autres flics, que ça n'y changerait strictement rien, fit Stan Uris d'un ton amer.

— Strictement rien. Ils ne trouveraient pas la moindre anomalie, approuva Richie. Comment va ton bras, Bev ?

— Ça fait mal. » Elle se tut un instant, et son regard alla de Bill à Richie et retourna sur Bill. « Est-ce que tu crois que mon père et ma mère vont voir le trou que la chose a fait dans mon bras ?

— Je n-ne c-crois pas, répondit Bill. S-Soyez prêts à vous b-barrer. J-Je vais l'a-attacher. »

Il passa l'extrémité en boucle de la corde à linge sur la poignée chromée et piquée de rouille de l'Amana, travaillant avec la précision d'un artificier qui désamorcerait une bombe. Puis il serra le nœud coulant et commença à reculer en déroulant la corde.

Il eut un petit sourire contraint pour les autres quand ils furent à une certaine distance. « Ouf ! Je-Je suis b-bien content que ç-ça soit fait. »

Maintenant qu'ils étaient à distance de sécurité (espéraient-ils) de l'appareil, Bill leur répéta d'être prêts à fuir en courant. Le tonnerre éclata à cet instant juste au-dessus de leurs têtes, et tous sursautèrent. Les premières grosses gouttes de pluie commencèrent à tomber.

Bill tira sur la corde à linge aussi sèchement qu'il le put. Son nœud coulant se détacha de la poignée, mais seulement après avoir ouvert le mécanisme de la porte. Une avalanche de pompons orange dégringola de l'appareil, vision qui arracha un gémissement douloureux à Stan. Les autres se contentèrent d'ouvrir de grands yeux, bouche bée.

La pluie se mit à tomber plus drue. Le tonnerre claqua comme un fouet au-dessus de leurs têtes — instinctivement ils se recroquevillèrent — puis un éclair bleu violacé zébra l'air au moment où la porte du réfrigérateur s'ouvrait en grand. Richie vit le premier ce qu'il y avait dessus, et laissa échapper un cri aigu d'animal blessé. Bill ne put retenir un grognement où se mêlaient peur et colère. Les autres gardèrent le silence.

Écrits sur l'intérieur de la porte, écrits en lettres de sang en train de sécher, il y avait ces mots :

ARRÊTEZ MAINTENANT SINON JE VOUS TUE
AVIS AUX PETITS MALINS DE LA PART DE
GRIPPE-SOU

De la grêle se mit à se mêler à la pluie. La porte du réfrigérateur oscillait au gré du vent qui se levait ; les lettres grossièrement tracées commençaient à dégouliner et couler, et prenaient l'aspect dépenaillé, menaçant, d'une affiche de film d'horreur.

Ce n'est que lorsqu'elle le vit s'avancer sur le chemin que Bev se rendit compte que Bill n'était plus à ses côtés. Il se dirigeait vers le réfrigérateur, secouant ses deux poings. La pluie lui collait la chemise sur le dos.

« Nous a-allons te t-tuer ! » hurla-t-il. Le tonnerre craqua violemment. Il y eut un éclair aveuglant si proche qu'elle en sentit l'odeur ; il fut suivi du bruit déchirant du bois qui éclate. Un arbre tomba.

« Reviens, Bill ! cria Richie. Reviens, mec ! » Il voulut se lever mais Ben l'obligea à rester accroupi.

« *Tu as tué mon frère George, espèce de salopard ! Espèce de fumier, de tas d'ordures ! Montre-toi, maintenant, qu'on voie un peu ta sale gueule !* »

L'averse de grêle se fit plus serrée ; elle les atteignait même à travers la protection du feuillage. Beverly leva un bras pour se protéger le visage ; elle aperçut de petits points rouges sur les joues de Ben, dégoulinantes de pluie.

« Bill, reviens ! » lança-t-elle à son tour, au désespoir ; mais il y eut un nouveau coup brutal de tonnerre qui, en roulant sur les Friches, noya son appel.

« *Montre-toi et nous t'attendrons au tournant, salopard !* »

Bill donna de grands coups de pied dans les pompons qui s'étaient déversés du réfrigérateur. Puis il fit demi-tour et revint plus lentement vers eux, tête baissée ; il paraissait ne pas sentir la grêle qui couvrait pourtant le sol comme de la neige.

Il fonça à l'aveuglette dans les buissons, et Stan dut le saisir par un bras pour lui éviter d'atterrir dans les ronces. Il pleurait.

« Tout va bien, Bill, dit Ben en passant maladroitement un bras autour de ses épaules.

— Ouais, fit à son tour Richie. Ne t'en fais pas. On va pas se dégonfler. » Il les regarda tous, une expression sauvage dans les yeux. « Y en a qui veulent se dégonfler ? »

Les Ratés secouèrent la tête.

Bill leva alors les yeux tout en se les essuyant. Ils étaient tous trempés jusqu'aux os et avaient l'air d'une portée de chiots qui viendraient de traverser une rivière à gué. « Ç-Ça a p-peur de nous, dit-il. C'est un t-truc que j-je peux s-sentir. Je j-jure par D-Dieu que je l-le sens ! »

Beverly acquiesça sans emphase. « Je crois que tu as raison.

— Ai-Aidez-m-moi, j-je vous en p-prie. Ai-Ai-Aidez-moi.

— Nous t'aiderons », répondit Beverly en prenant Bill dans ses bras. Elle ne s'était pas figuré comme il serait facile à ses bras de l'entourer, combien il était mince. Elle sentait son cœur battre sous la chemise ; elle le sentait battre, proche du sien. Jamais aucun contact ne lui avait paru à la fois si doux et si fort.

Richie passa un bras autour de leurs deux épaules, inclina la tête sur celle de Beverly. Ben fit la même chose de l'autre côté. Mike hésita un instant, puis passa un bras autour de la taille de Beverly et posa l'autre sur les épaules frissonnantes de Bill. Stan en fit autant entre Richie et Ben. Ils restèrent ainsi, s'étreignant tandis que la grêle laissait peu à peu la place à un abat d'eau incroyablement violent. Les éclairs arpentaient le ciel, le tonnerre grondait. Personne ne disait mot. Beverly gardait les yeux fermés, paupières serrées. Agglutinés, ils restaient sous la pluie, à l'écouter siffler sur les buissons. De tous, ce souvenir était le plus précis : le bruit de la pluie, le silence qu'ils partageaient et la peine vague qu'Eddie ne fût pas avec eux. Oui, cela, elle se le rappelait.

Elle se souvenait aussi s'être sentie très jeune et très forte.

CHAPITRE 18

La Bullseye

1

« D'accord, Meule de Foin, dit Richie. À ton tour. Les deux rouquins ont fumé toutes leurs sèches et une bonne partie des miennes. Il commence à se faire tard. »

Ben jette un coup d'œil à l'horloge. Oui, il est tard : près de minuit. Juste le temps de raconter une autre histoire, *se dit-il.* Une autre histoire avant minuit. Histoire de nous garder en forme. Mais quelle histoire ? *Cette dernière remarque n'est bien entendu qu'une plaisanterie, et encore fort médiocre ; il ne reste qu'une histoire, ou du moins, il ne se souvient que d'une histoire, celle des chevrotines d'argent : comment ils les fabriquèrent dans l'atelier de Zack Denbrough dans la nuit du 23 juillet et comment ils les utilisèrent le 25.*

« J'ai aussi mes cicatrices, dit-il. Vous vous souvenez ? »

Beverly et Eddie secouent négativement la tête, mais Bill et Richie acquiescent. Mike reste silencieux, le regard attentif, les traits tirés de fatigue.

Ben se lève et déboutonne la chemise de travail qu'il porte. Il en écarte les pans, et une ancienne cicatrice en forme de H apparaît. Même si les lignes zigzaguent — son ventre était beaucoup plus rebondi à l'époque où la cicatrice a été faite —, on peut encore en identifier la forme.

Mais une deuxième cicatrice, plus profonde et plus nette, part de la barre du H. Elle a l'air d'une corde de pendu tire-bouchonnée dont on aurait coupé le nœud coulant.

Beverly porte une main à la bouche. « Le loup-garou ! Dans cette maison ! Ô, Seigneur Jésus ! » Elle se tourne vers la fenêtre, comme pour vérifier s'il ne rôde pas dans les ténèbres.

« C'est exact, dit Ben. Et veux-tu que je te dise quelque chose de drôle ? Cette cicatrice n'était pas là il y a deux nuits de ça. La carte de visite de Henry s'y trouvait bien ; je le sais, parce que je l'ai montrée à l'un de mes amis, un barman du nom de Ricky Lee, chez moi, à Hemingford. Mais celle-ci... (il a un petit rire sans joie et se reboutonne), celle-ci vient juste de revenir.

— Comme celles sur nos mains.

— Ouais, approuve Mike. Le loup-garou. Nous avons tous vu qu'il s'agissait du loup-garou, cette fois-là.

— P-Parce que c'est co-comme ç-ça que Ri-Richie l'avait vu la f-fois précédente, murmure Bill. C'est bien cela, non ?

— Oui, dit Mike.

— Nous étions très proches, n'est-ce pas ? s'émerveille Beverly d'un ton nostalgique. Proches au point de lire dans la pensée les uns des autres.

— L'ignoble Gros-Poilu a bien failli se faire une jarretière avec tes intestins, Ben », dit Richie. Mais il est loin de sourire. Il repousse ses lunettes rafistolées sur le haut de son nez ; il a l'air hagard derrière ses verres. Cela, plus son teint blême, lui donne l'air d'un spectre.

« Bill t'a sauvé la mise, dit Eddie abruptement. Je veux dire, c'est Bev qui nous a tous sauvés, mais si tu n'avais pas été là, Bill...

— Oui, vient confirmer Ben. J'étais comme perdu dans un palais des glaces. »

Bill a un geste bref en direction de la chaise vide. « Stan Uris m'a donné un coup de main. Et il a payé pour cela. Il est même peut-être mort à cause de cela. »

Ben Hanscom secoue la tête. « Ne dis pas ça, Bill.

— M-Mais c'est vrai. Et si c'est t-ta faute, c'est aussi la m-mienne, c'est la faute de t-tout le monde, parce qu'on a continué. Même après Patrick et ce qu'il y avait d'écrit sur le réfrigérateur, nous avons continué. Au fond, c'est s-surtout m-ma faute, a-vant tout, je crois, car je v-voulais que nous c-continuions tous. À cause de G-Geo-George. Peut-être aussi p-parce que j-je croyais que s-si je t-tuais ce qui a-avait tué G-George, mes parents m'-m'-m'...

— T'aimeraient de nouveau ? demande doucement Beverly.

— Oui, bien sûr. Mais p-pour St-Stan, ce n'était la faute de p-personne en particulier, à-à mon avis. Cela t-tenait à ce qu'il é-était.

— Il était incapable d'y faire face », intervient Eddie. Il pense aux révélations de Mr. Keene sur son asthme, ce qui ne l'a pas empêché de continuer à se servir de son médicament. Il se dit qu'il aurait pu se

défaire de l'habitude d'être malade ; c'est l'habitude de CROIRE *dont il n'a pas pu se débarrasser. Et étant donné la manière dont les choses ont évolué, cette habitude lui a peut-être sauvé la vie.*

« Il a été magnifique ce jour-là, dit Ben. Stan... Stan et ses oiseaux. »

Le groupe est parcouru d'un murmure rieur, et tous regardent en direction de la chaise où il aurait dû se trouver assis, dans un monde juste et sain, un monde où les bons gagnent tout le temps. Il me manque, *pense Ben.* Dieu qu'il me manque ! *« Richie, tu te souviens de la fois, dit-il à voix haute, où tu lui as répété qu'on t'avait raconté quelque part qu'il avait tué le Christ, et qu'il t'a répondu, sérieux comme un pape : " Moi ? Non. Je pense que c'était mon père. "*

— Je m'en souviens », dit Richie, si bas que sa réponse est à peine audible. Il tire un mouchoir de sa poche, enlève ses lunettes, range son mouchoir. Et c'est sans quitter ses mains des yeux qu'il reprend : « Pourquoi ne leur racontes-tu pas, Ben ?

— Ça fait mal, hein ?

— Et comment, murmure Richie la voix enrouée. Et comment. »

Ben regarde autour de lui, puis acquiesce. « Très bien. Encore une histoire avant minuit. Juste pour nous garder en forme. Bill et Richie avaient eu l'idée des balles...

— Pas tout à fait, l'interrompt Richie. C'est Bill qui y a pensé le premier, et il a été le premier à devenir nerveux.

— J'ai co-commencé à-à m'inquiéter...

— Cela n'a pas réellement d'importance, je crois, le coupe Ben. On a rudement bossé à la bibliothèque tous les trois, cet été-là. Nous voulions découvrir comment fabriquer des balles en argent. Le métal, je le possédais : quatre dollars d'argent qui me venaient de mon père. Puis Bill a commencé à se faire du mouron, quand il s'est mis à s'imaginer dans quels sales draps nous serions si jamais l'arme s'enrayait au moment où une espèce de monstre serait sur le point de nous sauter à la gorge. Et quand il s'est rendu compte que Beverly était d'une stupéfiante adresse avec sa fronde, nous avons fini par renoncer aux balles pour fabriquer à la place des billes, comme de la grosse chevrotine. Nous avons pris ce qu'il fallait, puis nous nous sommes tous rendus chez Bill. Toi aussi, Eddie...

— J'ai raconté à ma mère que nous allions jouer au Monopoly, confirme Eddie. Mon bras me faisait vraiment mal, et il me fallait marcher. Elle était tellement furieuse contre moi qu'elle ne m'aurait pas amenée. Je sautais en l'air chaque fois que j'entendais des pas derrière moi, croyant que c'était Bowers. Ce n'était pas ça qui me soulageait. »

Bill sourit. « Et en réalité nous avons regardé Ben fabriquer les munitions. Je c-crois que B-Ben aurait été capable de fa-fa-briquer des balles d'argent.

— Oh, je n'en suis pas aussi convaincu », proteste Ben, qui cependant en est encore sûr. Il se souvient du crépuscule, qui s'avançait paisiblement dehors (Mrs. Denbrough avait promis de tous les ramener en voiture), du chant des grillons dans l'herbe, du clignotement des premiers vers luisants, au-delà des fenêtres. Bill avait soigneusement disposé le Monopoly sur la table de la salle à manger, comme s'ils jouaient déjà depuis une bonne heure.

Il se rappelle cela, il se rappelle aussi le rond net de lumière jaune qui tombait sur l'établi de Zack. Il se rappelle Bill déclarant : « Faut f-faire b-bien a-a...

2

attention. Pas q-question de l-laisser de ba-bazar. Mon père serait f- (il fit chuinter un certain nombre de f) furax », finit-il par dire.

Richie, d'une manière burlesque, esquissa le geste de s'essuyer les joues. « Tu ne fournis pas les serviettes avec les douches, Bill la Bafouille ? »

Bill fit semblant de lui donner un coup de poing. Richie prétendit avoir très peur et protesta de sa voix négrillon du Sud.

Ben ne s'occupait pas d'eux. Il surveillait simplement les gestes de Bill qui déposait, un par un, les outils sur l'établi, à côté du matériel. Plus ou moins consciemment, il se disait qu'il aimerait bien avoir un jour une installation aussi perfectionnée ; mais l'essentiel de ses réflexions allait à la tâche qui l'attendait. Elle ne posait pas autant de problèmes que la fabrication de balles d'argent, mais elle n'en était pas pour autant facile. On n'est pas excusable de faire un mauvais boulot. Ce n'était pas quelque chose qu'on lui avait appris, ou qu'il aurait entendu dire : il le savait, un point c'est tout.

Bill avait exigé que Ben fût responsable de la fabrication des billes, tout comme il avait exigé que Beverly fût responsable de la fronde. C'étaient des choses dont on pouvait discuter (elles l'avaient été), mais ce n'est que vingt-sept ans plus tard, en racontant l'histoire, que Ben prit conscience que pas un seul d'entre eux n'avait émis le moindre doute sur le fait qu'une balle ou une bille d'argent arrêterait automatiquement un monstre — ils avaient de leur côté le poids de ce qui paraissait être des milliers de films d'horreur.

« Parfait, dit Ben en faisant craquer ses articulations, les yeux levés sur Bill. As-tu les moules ?

— Oh ! fit Bill, sursautant légèrement. Les v-voici. » Il porta la main à la poche de son pantalon et en sortit un mouchoir qu'il déplia sur l'établi. À l'intérieur se trouvaient deux boulettes d'acier de couleur terne, chacune avec un petit trou ; c'étaient des moules à roulements.

Après s'être décidé pour des billes au lieu de balles, Bill et Richie étaient retournés à la bibliothèque pour s'initier à la fabrication des roulements à billes. « Vous êtes débordants d'activité, les garçons ! s'était exclamée Mrs. Starrett. Les balles une semaine, les roulements à billes une autre ! Et dire que ce sont les grandes vacances !

— On aime bien apprendre des choses, répondit Richie. N'est-ce pas, Bill ?

— E-Exact. »

Il s'avéra que la fabrication de roulements était la simplicité même, une fois que l'on disposait de moules adéquats. Une ou deux questions anodines (apparemment) posées à Zack Denbrough étaient venues à bout de ce problème... et aucun des Ratés ne fut tellement surpris d'apprendre que le seul endroit de Derry où l'on pouvait se procurer des moules de ce genre était l'entreprise d'outillage de précision Kitchener & Cie. Le Kitchener qui la dirigeait était un arrière-arrière-petit-neveu des frères Kitchener, propriétaires des aciéries du même nom.

Bill et Richie s'étaient rendus ensemble avec tout l'argent liquide que les Ratés avaient été capables de réunir en vingt-quatre heures — soit dix dollars et cinquante-neuf cents — dans la poche de Bill. Lorsque Bill demanda combien coûteraient deux moules pour des roulements de cinq centimètres, Carl Kitchener — qui avait l'air d'un vétéran des championnats d'ivrognerie et dégageait une odeur de vieille couverture de cheval — demanda quel usage deux gamins entendaient faire de moules de ce calibre. Richie eut l'habileté de laisser Bill s'expliquer, sachant qu'ils s'en tireraient mieux par ce moyen : les enfants se moquaient du bégaiement de Bill, qui avait en revanche le don de mettre les adultes mal à l'aise. Ce détail se révélait parfois fort utile.

Bill n'en était pas à la moitié de ses laborieuses explications, que Richie avait complétées en parlant d'un modèle réduit de moulin à vent pour le projet de travaux pratiques de l'année prochaine, que

Kitchener lui faisait signe de se taire et déclarait qu'il leur en coûterait le prix incroyable de cinquante cents le moule.

Ayant toutes les peines du monde à croire à cet heureux coup du sort, Bill tendit un billet d'un dollar.

« Ne vous attendez pas à ce que je vous donne un sac pour ce prix », dit Carl Kitchener avec tout le mépris imbibé d'un homme qui croit avoir tout vu dans le monde, et la plupart des choses deux fois. « Il faut dépenser au moins cinq dollars pour avoir droit à un sac.

— Ça i-ira très b-bien comme ça, m'sieur, dit Bill.

— Et ne traînez pas devant le magasin, ajouta Kitchener, vous avez besoin de vous faire couper les cheveux, tous les deux. »

Une fois à l'extérieur, Bill dit : « T'-T'as pas remarqué, Ri-Richie, qu'en d-dehors des bonbons et des b-bandes dessinées, p-peut-être aussi des b-billets de ci-cinéma, les a-adultes ne te v-vendent ja-jamais rien s-sans de-demander d'abord ce-ce que l'on v-veut en faire ?

— Si.

— M-Mais p-pourquoi ?

— Parce qu'ils nous croient dangereux.

— Ah o-oui ? T-Tu crois ?

— Ouais, répondit Richie en se mettant à pouffer. Si on traînait un peu devant la vitrine, hein ? On se relèverait les cols, on ferait la grimace aux gens et on se laisserait pousser encore plus les cheveux !

— T'es c-con », dit Bill.

3

« Très bien », dit Ben. Il examina soigneusement les moules avant de les reposer. « Bon. Maintenant... »

Ils lui laissèrent un peu plus de place, le regard plein d'espoir — le regard qu'un homme qui a des ennuis de moteur et qui ne connaît rien aux automobiles a pour un mécanicien. Ben ne remarqua pas leur expression ; il se concentrait sur son travail.

« Donne-moi cet obus, dit-il, et la lampe à souder. »

Bill lui tendit un culot d'obus. Il s'agissait d'un souvenir de guerre que Zack avait ramassé cinq jours après la traversée du Rhin par les troupes du général Patton, auxquelles il appartenait. Il y avait eu une époque, quand Bill était très jeune et George encore un nourrisson, où son père s'en était servi comme cendrier. Puis il avait arrêté de fumer, et le culot d'obus avait disparu. Bill l'avait retrouvé au fond du garage, moins d'une semaine auparavant.

Ben disposa le culot d'obus dans l'étau de Zack, le bloqua, et prit la lampe à souder des mains de Beverly. De sa poche, il retira un dollar d'argent qu'il laissa tomber dans le creuset improvisé, où il rendit un son creux.

« C'est ton père qui te l'a donné, n'est-ce pas ? demanda Beverly.

— Oui, dit Ben, mais je ne me souviens pas très bien de lui.

— Es-tu bien sûr que tu veux t'en servir pour ça ? »

Il leva les yeux sur elle, sourit et répondit : « Tout à fait. »

Elle lui rendit son sourire ; cela suffisait à Ben. Lui eût-elle souri deux fois, il aurait coulé suffisamment de billes pour descendre un escadron de loups-garous. Il détourna vivement le regard. « C'est bon. On y va. Pas de problème. Simple comme bonjour, hein ? »

Non sans hésitation, ils acquiescèrent.

Des années plus tard, en racontant tout cela, Bill pensa : *À notre époque, un gamin n'a pas de problème pour acheter une lampe à souder au propane... ou alors son père en possède une dans son atelier.*

En 1958, les choses n'étaient pas aussi simples ; l'idée de se servir en cachette des outils de Zack Denbrough rendait Beverly nerveuse. Ben sentait cette nervosité ; il aurait voulu lui dire de ne pas s'en faire, mais redoutait que sa voix tremblât.

« Ne t'inquiète pas, dit-il en s'adressant à Stan, qui se tenait à côté d'elle.

— Quoi ? fit Stan, qui le regarda en clignant des yeux.

— Je te dis de ne pas t'en faire.

— Je ne m'en fais pas.

— Ah. Je croyais. Je voulais simplement que tu saches qu'il n'y a pas le moindre danger, juste au cas où. Au cas où tu te serais inquiété, je veux dire.

— Tu te sens bien, Ben ?

— Impec, grommela Ben. Donne-moi les allumettes, Richie. »

Richie lui tendit la pochette. Ben ouvrit le robinet de la bonbonne de gaz et enflamma une allumette juste en dessous de l'ajustage de la torche. Il y eut un *flump !* suivi d'un embrasement bleu et orange. Ben régla la flamme vers le bleu et commença à chauffer la base du culot d'obus.

« Tu as bien l'entonnoir ? demanda-t-il à Bill.

— S-sous la m-main. » Bill lui montra l'objet que Ben avait fabriqué lui-même un peu plus tôt. Le petit conduit, à la base, s'adaptait presque parfaitement au trou des moules. Ben l'avait bricolé sans prendre une seule mesure. Bill en était resté littéralement baba, émerveillé, mais il avait craint de gêner son ami en le lui disant.

Absorbé dans ce qu'il faisait, Ben était capable d'adresser la parole à Beverly — s'exprimant avec la précision d'un chirurgien qui parle à une infirmière.

« C'est toi qui as la main la plus sûre, Bev. Place l'entonnoir sur le trou du moule. Mets l'un de ces gants pour ne pas risquer de te brûler. »

Bill lui tendit l'un des gants de travail de son père. Beverly emboîta l'entonnoir de tôle dans le minuscule trou du moule. Personne ne disait mot. Le sifflement de la lampe à souder paraissait démesurément bruyant. Tous regardaient en plissant fortement les yeux.

« A-Attends ! » dit tout à coup Bill, qui fonça dans la maison. Il revint quelques instants plus tard avec une paire de lunettes enveloppantes — à bon marché — qui traînaient dans un tiroir de la cuisine depuis un an sinon davantage. « M-Mets ça sur t-tes yeux, M-Meule de Foin. »

Ben les prit, sourit et les enfourcha sur son nez.

« Merde, on dirait Fabian ! s'exclama Richie. Ou Frankie Avalon, ou l'un des Ritals de *Bandstand* !

— La ferme, Grande Gueule ! » dit Ben, sans toutefois pouvoir s'empêcher de pouffer. L'idée d'être comparé à Fabian ou à un héros de ce genre était trop délirante. La flamme se mit à zigzaguer et il reprit son sérieux ; d'un seul coup, toute son attention fut ramenée à un seul point.

Deux minutes plus tard, il tendit la torche à Eddie qui la tint avec précaution de sa bonne main. « C'est prêt, dit-il à Bill. Passe-moi l'autre gant, vite ! Vite ! »

Bill le lui tendit. Ben l'enfila et retint le culot d'obus de sa main gantée tout en desserrant l'étau de l'autre.

« Ne bouge surtout pas, Bev.

— Je suis prête. Pas la peine de m'attendre », rétorqua-t-elle.

Ben inclina le culot d'obus au-dessus de l'entonnoir. Les autres regardèrent le filet d'argent fondu couler d'un récipient à l'autre. Ben versa avec précision, sans en répandre une goutte à côté. Et pendant un instant, il se sentit galvanisé. Il lui semblait qu'un rayonnement blanc éclatant magnifiait toutes choses. Pendant cet unique moment il oublia qu'il était ce bon gros Ben Hanscom, le garçon qui portait d'amples sweat-shirts pour dissimuler sa bedaine et ses nénés ; il se sentait comme Thor, martelant éclairs et tonnerre à la forge des dieux.

Puis cette impression s'évanouit.

« Bien, dit-il. Il va falloir que je fasse réchauffer l'argent. Que quelqu'un enfonce ce clou dans le bout de l'entonnoir pour empêcher qu'il reste bouché par le métal en fusion. »

Stan manipula le clou que Ben avait prévu.

Puis Ben replaça le culot d'obus dans l'étau et reprit la torche des mains d'Eddie.

« Parfait, numéro deux, maintenant. »

Et il se remit au travail.

4

Dix minutes après, tout était terminé.

« Qu'est-ce qu'on fait, maintenant ? demanda Eddie.

— On joue au Monopoly pendant une heure, répondit Ben, le temps que l'argent durcisse dans les moules. Je les ouvrirai ensuite au ciseau à froid. Un sillon est prévu pour cela. Et ce sera tout. »

Richie jeta un regard inquiet au cadran craquelé de sa Timex qui, en dépit de tout ce qu'elle avait subi, continuait vaillamment de lui donner l'heure. « Quand tes parents rentreront-ils, Bill ?

— P-Pas a-avant dix heures ou-ou d-dix heures t-trente. Il y a d-deux f-films à l'A-A-A...

— À l'Aladdin, dit Stan.

— Ouais. Et après, ils iront manger une p-pizza. Ils le f-font presque t-toujours.

— On a donc tout notre temps », remarqua Ben.

Bill acquiesça.

« Alors, allons-y, dit Bev. J'ai promis d'appeler chez moi, et je veux le faire. Et vous, fermez-la pendant ce temps. Il croit que je suis à la Maison communale et que quelqu'un me ramènera en voiture.

— Et si jamais l'idée lui prenait de venir te prendre un peu plus tôt ? demanda Mike.

— Eh bien, je serais dans un fichu pétrin », répondit Beverly.

Ben songe : *Je te protégerai, Bev.* Dans sa tête, commence alors à se jouer un scénario improvisé, un scénario dont la fin est tellement suave qu'il en frissonne. Le père de Bev, au début, fait passer un sale quart d'heure à Beverly (même dans son fantasme, Ben est fort loin d'imaginer ce que peut-être un sale quart d'heure pour Bev entre les mains d'Al Marsh). Ben se jette alors entre elle et lui, et intime à Al Marsh l'ordre de laisser tomber.

Si tu veux des ennuis, mon gros bonhomme, continue donc à vouloir protéger ma fille.

Hanscom, quelqu'un d'ordinairement tranquille, le nez toujours plongé dans les livres, peut se transformer en un tigre redoutable si on le met en colère. Il répond à Al Marsh avec la plus grande sincérité : *Si vous voulez l'attraper, il faudra d'abord me passer dessus.*

Marsh fait un pas en avant... et là, la lueur farouche dans l'œil de Hanscom l'empêche d'aller plus loin.

Tu le regretteras, grommelle-t-il, mais il est évident qu'il a perdu toute combativité. Ce n'est qu'un tigre de papier, en fin de compte.

Voilà qui m'étonnerait, rétorque Hanscom avec un sourire ironique à la Gary Cooper ; le père de Beverly se défile.

Qu'est-ce qui t'est arrivé, Ben ? s'écrie Bev, dont les yeux brillent et sont pleins d'étoiles. *Tu avais l'air prêt à le tuer !*

Le tuer ? dit Hanscom, le sourire à la Gary Cooper encore sur les lèvres. *Jamais de la vie, mignonne. C'est peut-être une fripouille, mais c'est tout de même ton père. Je l'aurais peut-être un peu bousculé, mais c'est simplement parce que les mains me démangent très vite quand on n'est pas correct avec toi. Tu piges ?*

Elle jette ses bras autour de lui et lui donne un baiser (sur les lèvres, sur les LÈVRES !). *Je t'aime, Ben,* dit-elle dans un sanglot. Il sent ses petits seins qui viennent peser fermement contre sa poitrine et...

Il eut un léger frisson et dut faire un effort pour chasser de son esprit cette image lumineuse, terriblement précise. Richie, dans l'encadrement de la porte, lui demandait ce qu'il fabriquait ; Ben se rendit compte alors qu'il était tout seul dans l'atelier.

« Rien, rien. J'arrive, dit-il en sursautant légèrement.

— Tu commences à devenir sénile, ma parole, Meule de Foin », le taquina Richie. Mais il lui donna une claque sur l'épaule au moment où il passa la porte. Ben sourit, et le prit un instant par le cou.

5

Il n'y eut pas de problème avec le père de Beverly. Il était rentré tard de son travail, lui répondit sa mère au téléphone. Il s'était endormi en regardant la télévision, et s'était ensuite réveillé juste assez longtemps pour se mettre au lit.

« Tu as quelqu'un pour te ramener, Bevvie ?

— Oui. Le père de Bill Denbrough a toute une tournée à faire. »

Une note d'inquiétude se glissa dans la voix de Mrs. Marsh. « Tu... tu n'es pas sortie avec un garçon, au moins, Bevvie ?

— Non, M'man, bien sûr que non ! » protesta Beverly. Elle se tenait dans la pénombre à l'entrée, et regardait à travers l'arche qui la séparait de la salle à manger, où les autres étaient assis autour du jeu de Monopoly. *Mais je préférerais, oh oui !* « Les garçons, beurk ! Mais ils ont organisé un tour, ici. Chaque soir, un des parents est chargé de ramener les enfants à la maison. » Ce détail, au moins, était exact. Le reste n'était qu'un tissu de mensonges si éhontés qu'elle se sentit rougir dans l'obscurité du hall.

« Très bien, reprit sa mère. Je voulais simplement en être sûre. Parce que si ton père te prenait avec un garçon à ton âge, il serait fou furieux. Moi aussi, d'ailleurs, ajouta-t-elle après coup.

— Ouais, je sais », répondit Bev, regardant toujours vers la salle à manger. Et effectivement, elle le savait ; et néanmoins, elle se trouvait ici, non pas avec un garçon, mais avec six, dans une maison d'où les parents étaient absents. Elle vit Ben qui la regardait, anxieux, et elle esquissa un petit salut à son intention, accompagné d'un sourire. Il rougit mais lui rendit aussitôt son petit salut.

« Et est-ce que tes copines sont là aussi ?

Quelles copines, M'man ?

— Eh bien oui, il y a Patty O'Hara ; et aussi Ellie Geiger, je crois. Elles jouent aux galets, en bas. » L'aisance avec laquelle les mensonges lui venaient aux lèvres lui fit honte. Elle aurait préféré parler à son père ; elle aurait eu davantage la frousse mais éprouvé moins de honte. Elle se dit qu'au fond elle ne devait pas être une très bonne fille.

« Je t'aime, Maman, dit-elle.

— Moi aussi, Bev », répondit sa mère, qui ajouta, après un bref silence : « Fais attention. Le journal dit qu'il y en a peut-être un autre. Un garçon du nom de Patrick Hockstetter. Il a disparu. Est-ce que tu le connaissais, Bevvie ? »

Un instant, elle ferma les yeux. « Non, M'man.

— Bon... eh bien, à tout à l'heure.

— À tout à l'heure, M'man. »

Elle rejoignit les autres à la table ; pendant une heure, ils jouèrent au Monopoly. Pour le moment, c'était Stan le grand gagnant.

« Les juifs sont très doués pour les affaires », commenta Stan en plaçant un hôtel sur la rue de la Paix et deux autres maisons sur la rue de Vaugirard. Tout le monde sait cela.

— Seigneur Jésus, faites-moi juif ! » s'exclama aussitôt Ben, et tous se mirent à rire. Ben était au bord de la faillite.

De temps en temps, Beverly jetait par-dessus la table un coup d'œil en direction de Bill. Elle remarqua ses mains impeccables, ses yeux bleus, ses cheveux roux si fins. Tandis qu'il déplaçait la minuscule chaussure argentée qui lui servait de pion sur les cases du jeu, elle pensa : *S'il me prenait la main, je crois que je serais tellement contente que j'en mourrais.* Une chaude lumière rayonna un bref instant dans sa poitrine, et elle sourit secrètement en regardant ses mains.

6

La fin de la soirée se déroula presque dans la banalité. Ben emprunta l'un des ciseaux à froid de Zack et ouvrit facilement, en quelques coups de marteau, les moules des billes. Quand elles en tombèrent, on pouvait encore distinguer, en les regardant de près, les trois derniers chiffres d'une date : 925 sur l'une, et sur l'autre, des lignes sinueuses dans lesquelles Beverly voulut voir absolument ce qui restait de la chevelure de la statue de la Liberté. Ils les examinèrent pendant un moment sans parler, puis Stan en saisit une.

« C'est pas très gros, dit-il.

— Tout comme le caillou dans la fronde de David avant qu'il le lance sur Goliath, remarqua Mike. Moi, elles me paraissent redoutables. »

Ben se retrouva en train d'acquiescer ; il éprouvait la même impression.

« Ça y est, on est prêts ? demanda Bill.

— Fin prêts, répondit Ben. Tiens. » Il lui lança l'une des billes que Bill, surpris, manqua laisser tomber.

Les deux billes circulèrent. Chacun les examina à loisir, s'émerveillant de leur rondeur, leur poids, leur réalité. Quand elles revinrent dans les mains de Ben, celui-ci regarda Bill. « Et qu'est-ce qu'on en fait, maintenant ?

— Do-Donne-les à B-Beverly.

— Non ! »

Bill se tourna vers elle. S'il y avait de la gentillesse dans son expression, on trouvait aussi de la fermeté. « On a dé-déjà discuté de t-tout cela, B-Bev, et...

— Je le ferai, dit-elle. Je tirerai ces foutus bidules quand le moment sera venu. Si le moment vient jamais. On y passera sans doute tous, mais je le ferai. Simplement je ne veux pas les amener à la maison. L'un de mes parents

(mon père)

pourrait les trouver. Je vous dis pas les ennuis !

— Tu n'as pas une cachette secrète ? demanda Richie. Bon sang, j'en ai au moins trois ou quatre !

— J'ai bien un coin », admit Beverly. Au fond de son placard, une fente dans laquelle elle glissait cigarettes, illustrés, et, depuis quelque temps, journaux de cinéma. « Mais je ne la trouve pas assez sûre pour quelque chose comme ça. Garde-les, Bill. Jusqu'à ce qu'on en ait besoin, garde-les.

— D'a-accord », dit doucement Bill. À cet instant précis, la lumière de phares vint balayer l'allée de la maison. « S-Sainte-merde, i-ils rentrent tôt ! Ti-Tirons-nous d'ici ! »

Ils venaient tout juste de s'asseoir autour de la table du Monopoly lorsque Sharon Denbrough fit son entrée par la porte de la cuisine.

Richie se mit à rouler des yeux et fit semblant d'essuyer la sueur de son front ; les autres rirent de bon cœur. Richie en avait encore sorti une bien bonne.

L'instant suivant, Mrs. Denbrough faisait son apparition dans la salle à manger. « Ton père attend tes amis dans la voiture, Bill.

— T-Très bien, M'man. On ve-venait j-uste de finir, de toute fa-façon.

— Qui a gagné ? » demanda Sharon, en adressant un sourire chaleureux aux amis de son fils. La fillette allait être ravissante, songea-t-elle. Dans une année ou deux, ces enfants auraient besoin d'être discrètement surveillés, si des filles se joignaient à la bande des garçons. Mais il était certainement trop tôt pour craindre de voir pointer l'ignoble tête de la sexualité.

« C'est S-Stan qui a gagné, dit Bill. Les j-juifs sont t-très forts en a-affaires.

— Bill... ! » s'exclama-t-elle, scandalisée, le rouge aux joues, puis elle les regarda, stupéfaite, tandis qu'ils éclataient tous de rire, Stan y compris. Mais sa stupéfaction se teinta d'appréhension, même si plus tard, au lit, elle n'en dit mot à son mari. Il y avait quelque chose dans l'air, quelque chose comme de l'électricité statique, simplement en beaucoup plus violent, beaucoup plus inquiétant ; terrifiant, presque. Elle avait l'impression que si elle touchait n'importe lequel d'entre eux, elle allait recevoir une décharge formidable. *Qu'est-ce qui leur est arrivé ?* pensa-t-elle, interloquée — et elle ne fut pas loin de poser la question à voix haute. Puis Bill dit qu'il était désolé (mais il avait gardé cet éclat diabolique au coin de l'œil), et Stan ajouta que ce n'était qu'une plaisanterie qu'il avait été le premier à faire ; sur quoi elle se trouva tellement confuse qu'elle ne sut que répondre.

Elle se sentit soulagée quand tous les enfants furent partis et lorsque son propre fils, bègue et inquiétant, fut enfermé dans sa chambre.

7

Le jour où le Club des Ratés affronta Ça en combat rapproché, le jour où Ça manqua de peu se faire des jarretières avec les intestins de Ben Hanscom, fut le 25 juillet 1958. L'air était calme, et il faisait chaud et humide. Ben se souvenait avec précision du temps qu'il faisait. Ce jour-là avait été le dernier d'une longue période de canicule ; lui avait succédé un temps plus frais et couvert.

Ils arrivèrent au 29, Neibolt Street vers dix heures du matin, Bill avec Richie sur le porte-bagages de Silver, Ben les fesses débordant largement de part et d'autre de la selle de sa Raleigh. Beverly arriva sur sa bicyclette de fille, une Schwinn, ses cheveux roux retenus par un bandeau vert qui voletait derrière elle. Mike fit ensuite son apparition, seul aussi, et Stan et Eddie, venus à pied, furent cinq minutes plus tard les derniers à se présenter.

« C-Comment va t-ton bras, E-Eddie ?

— Assez bien. Ça me fait mal si je me tourne de côté quand je dors. Tu as amené les trucs ? »

Il y avait un paquet entouré de tissu dans le sac du porte-bagages de Silver. Bill le prit et le déroula. Il tendit la fronde à Beverly, qui eut une grimace en la prenant mais ne dit rien. Restait une petite boîte métallique que Bill ouvrit, pour leur montrer les deux billes d'argent. Ils les regardèrent en silence, serrés les uns contre les autres sur le gazon pelé du 29, Neibolt Street — un gazon sur lequel seul le chiendent avait l'air de vouloir pousser. Bill, Richie et Eddie connaissaient déjà la maison, les autres l'examinaient avec curiosité.

Les fenêtres ressemblent à des yeux, pensa Stan, dont la main alla machinalement au livre de poche qu'il portait sur lui. Il le toucha comme un porte-bonheur. Il traînait cet ouvrage presque partout : il s'agissait de son *Guide des oiseaux d'Amérique du Nord. Elles ressemblent à d'ignobles yeux aveugles.*

Ça pue, pensa Beverly. *Je le sens, même si ce n'est pas exactement avec mon nez.*

C'est comme la fois où j'ai été sur les ruines de l'aciérie, songea Mike. *J'ai la même impression... comme si Ça nous invitait à entrer.*

Ben aussi se fit une réflexion : *C'est l'un de ses coins, c'est sûr. Comme les trous de Morlock. Un coin par lequel il peut entrer et sortir. Il sait que nous sommes là dehors. Il attend que nous entrions.*

« V-Vous voulez tous t-toujours ? » demanda Bill.

Leur regards convergèrent sur lui ; ils étaient pâles, sérieux. Personne ne dit non. Eddie alla pêcher son inhalateur au fond de sa poche et s'en envoya une bonne giclée sifflante.

« Passe-m'en un peu », dit soudain Richie.

Eddie le regarda, surpris, attendant l'astuce.

Richie tendit la main. « C'est pas des blagues, Coco. Je peux en avoir un peu ? »

Eddie haussa sa bonne épaule — un mouvement curieusement décalé — et lui tendit l'appareil. Richie en prit une profonde inhalation. « J'en avais besoin », ajouta-t-il en le lui rendant. Il toussa un peu, mais il n'y avait pas trace d'humour dans ses yeux.

« Moi aussi, dit Stan. D'accord ? »

Si bien que tous, les uns après les autres, utilisèrent l'inhalateur d'Eddie. Quand l'appareil lui revint, il le glissa dans sa poche arrière, laissant dépasser l'embout.

« Y a des gens qui habitent dans cette rue ? demanda Beverly.

— Non, pas sur cette partie, répondit Mike. Plus personne, sinon les clochards. Ils y restent quelque temps, puis ils repartent avec un train de marchandises.

— Ils ne doivent rien voir, remarqua Stan. Ils ne risquent rien, à mon avis. Au moins dans la plupart des cas. » Il regarda Bill. « Qu'est-ce que tu en penses, Bill ? Crois-tu que les adultes peuvent voir Ça ?

— Je n-ne s-sais pas. Certains d-oivent p-pouvoir, sans d-doute.

— J'aimerais bien qu'il y en ait un avec nous, fit Richie, la mine sombre. C'est pas un boulot pour des gosses, un truc pareil, si vous voyez ce que je veux dire... »

Bill ne le voyait que trop bien. Dans tous les illustrés, dans toutes les bandes dessinées, dans tous les feuilletons télévisés où des enfants étaient mis en scène, il y avait toujours une héroïque grande personne pour intervenir au dernier moment, à l'instant fatidique, pour empêcher les méchants de triompher — d'expédier par exemple la jeune fille, poings et pieds liés, au fond d'un puits de mine abandonné.

« Dommage qu'il n'y en ait pas un dans le secteur », reprit Richie, tout en examinant la maison fermée avec sa peinture qui s'écaillait, ses vitres sales, son porche sinistre. Il poussa un soupir. Pendant quelques instants, Ben sentit leur résolution vaciller.

Puis Bill prit la parole : « Venez d-donc f-faire un tour par i-ici. Regardez ce-cela. »

Ils contournèrent le côté gauche du porche, à l'endroit où le treillis de bois était arraché. Les rosiers épineux, à demi retournés à l'état sauvage, étaient toujours là... et ceux que le lépreux d'Eddie avait touchés toujours noirs et morts.

« Ça les a juste touchés et ils sont devenus comme ça ? » demanda Beverly, horrifiée.

Bill acquiesça. « A-Alors les g-gars, vous êtes s-sûrs ? »

Pendant un moment, personne ne répondit. Ils étaient loin d'être sûrs d'eux ; ils avaient beau savoir, rien qu'à regarder le visage de Bill, que celui-ci irait tout seul, au besoin, ils n'étaient pas sûrs. On devinait aussi quelque chose comme de la honte dans l'expression de Bill. Comme il le leur avait dit auparavant, il était le seul à avoir perdu un frère ainsi.

Mais tous les autres gosses, pensa Ben. *Betty Ripsom, Cheryl Lamonica, le petit Clement, Eddie Corcoran (peut-être), Ronnie Grogan... et même Patrick Hockstetter. Ça tue des enfants, nom de Dieu, des* ENFANTS *!*

« Je viens avec toi, Grand Bill, dit-il.

— Merde, moi aussi, fit Beverly.

— Bien sûr, déclara à son tour Richie. Si tu t'imagines qu'on va te laisser te marrer tout seul ! »

Bill les regarda, déglutit, et acquiesça de la tête avant de tendre la petite boîte de métal à Beverly.

« Tu sais ce que tu fais, Bill ?

— Tout à-à fait. »

Elle hocha la tête, à la fois terrifiée par sa responsabilité et ensorcelée par la confiance qu'il lui faisait. Elle ouvrit la boîte, en retira les billes et glissa la première dans la poche de devant de son jean. Elle mit l'autre dans le cuir de la Bullseye, et c'est par le cuir qu'elle porta la fronde. Elle sentait la bille, bien serrée dans son poing, qui se réchauffait peu à peu.

« Allons-y, dit-elle d'une voix mal affermie. Allons-y avant que je me dégonfle. »

Bill acquiesça, puis regarda attentivement Eddie. « Pourras-t-tu f-faire ça, E-Eddie ?

— Pas de problème. J'étais tout seul, la dernière fois. Aujourd'hui, je suis avec mes amis, non ? » Il les regarda et eut un sourire hésitant. Fragile, timide, son expression était émouvante.

Richie lui donna une petite claque dans le dos. « Bien dit, Señor, fit-il avec son accent Pancho Vanilla. Le premier qui veut te piquer ton inhalateur, on le zigouille. Mais on le zigouille lentement, promis.

— C'est terrible, Richie, fit Bev, ne pouvant s'empêcher de rire un peu.

— S-Sous le p-porche, dit Bill. T-Tous derrière m-moi. Ensuite d-dans la ca-cave.

— Si tu descends le premier et que la chose te saute dessus, demande Beverly, qu'est-ce que je fais ? Je tire à travers toi ?

— S'il l-le f-faut, oui, dit Bill. M-Mais je te s-suggère d'essayer de m-me contourner d'a-abord. »

Cette réplique eut le don de faire rire Richie aux éclats.

« On f-fera tout le-le tour de c-cette ba-baraque s'il le f-faut. » Il haussa les épaules. « S-Si ça se t-trouve, il n'y aura r-rien.

— C'est ce que tu crois ? lui demanda Mike.

— Non. C'est là », répondit-il brièvement.

Ben était du même avis. C'est comme si la maison du 29, Neibolt Street était prise dans un fourreau empoisonné. Une enveloppe invisible, mais que l'on sentait. Il se passa la langue sur les lèvres.

« P-Prêts ? » leur demanda Bill.

Tous le regardèrent. « Prêts, Bill, répondit Richie.

— A-Alors, on y v-va. Reste j-juste derrière m-moi, B-Bev. » Il se laissa tomber à genoux, et pénétra sous le porche entre les rosiers flétris.

8

Ils s'avancèrent dans cet ordre : Bill, Beverly, Ben, Eddie, Richie, Stan et Mike. Sous le porche, les feuilles mortes craquaient et dégageaient une odeur de choses vieilles et rances. Ben plissa les narines. Des feuilles mortes ont-elles jamais eu cette odeur ? Il pensait que non. Une idée déplaisante le frappa alors : elles avaient la puanteur qu'il imaginait être celle d'une momie, juste au moment où l'on soulève pour la première fois le couvercle de son cercueil, toute de poussière et d'antique acide tannique.

Bill venait d'atteindre la fenêtre cassée donnant sur la cave, par laquelle il regarda. Beverly rampa à côté de lui. « Tu vois quelque chose ? »

Il secoua la tête. « Mais ça ne s-signifie pas qu'il n'y a r-rien là-dedans. Re-Regarde, c'est le t-tas de charbon dont on s'est s-servis avec R-Ri-Richie pour s-sortir. »

Ben l'aperçut également en regardant entre eux. Il sentait l'excitation le gagner, se faire aussi intense que sa peur ; il s'en réjouit, car il se rendit compte, instinctivement, qu'il disposait là d'une arme. Apercevoir ce tas de charbon, c'était comme se trouver en face d'un monument célèbre que l'on n'aurait connu que par les livres ou les témoignages des autres.

Bill pivota, et se glissa par la fenêtre. Beverly confia la Bullseye à Ben, refermant sa main sur le cuir et la bille qui y était prise. « Donne-la-moi dès que j'ai le pied par terre, dit-elle. À la seconde même.

— Bien compris. »

Elle se faufila facilement, en souplesse. Il y eut — au moins pour Ben — un instant palpitant pendant lequel sa blouse sortit de son jean, laissant voir un ventre plat et blanc. Puis ce fut l'excitation de sa main se posant sur la sienne au moment où il lui tendit la fronde.

« C'est bon, je la tiens. À ton tour. »

Ben se tourna et commença à se tortiller pour franchir la fenêtre. Il aurait dû prévoir ce qui ne manqua pas d'arriver : il resta coincé. C'était inévitable. Son derrière heurtait l'encadrement rectangulaire et refusait de s'effacer davantage. Il voulut ressortir et se rendit compte alors, pour sa plus grande horreur, qu'il risquait d'y laisser son pantalon, sinon son caleçon ; autrement dit, de se retrouver avec le derrière à l'air pratiquement à la hauteur du nez de sa bien-aimée — son si gigantesque derrière...

« Dépêche-toi ! » gronda Eddie.

Bill poussa des deux mains, une expression féroce sur le visage. Le blue-jean lui remonta douloureusement dans l'entrejambes, lui écrasant les roustons. Le haut de la fenêtre lui retroussa la chemise jusqu'aux omoplates. C'était maintenant à la hauteur de la bedaine qu'il était coincé.

« Allez, rentre le ventre, Meule de Foin, fit Richie avec un rire hystérique. T'as intérêt, sans quoi, il va falloir que Mike aille chercher son paternel avec la remorque et le treuil !

— Bip-bip, Richie ! » répliqua Ben, les dents serrées. Il rentra le ventre autant qu'il put, ce qui le fit avancer d'un cran ; puis il resta de nouveau bloqué.

Il fit pivoter sa tête de côté et dut lutter contre la panique et la claustrophobie qui le gagnaient. Il était écarlate, en sueur. L'âcre odeur des feuilles mortes lui emplissait les narines, étouffante. « Bill ! Vous pouvez me tirer, là en bas ? »

Il sentit Bill le prendre par une cheville, Beverly par l'autre. De nouveau il rentra le ventre, et l'instant suivant, il dégringolait de la fenêtre. Bill le rattrapa, et les deux garçons furent à deux doigts de tomber. Ben se sentait incapable de regarder Beverly. Jamais de sa vie il n'avait été aussi embarrassé.

« Tout v-va b-bien, mec ?

— Ouais. »

Bill émit un rire chevrotant, imité par Beverly ; Ben fut lui-même capable de rire un peu, aussi, mais il allait lui falloir des années avant de découvrir ce qu'il pouvait bien y avoir de drôle là-dedans.

« Hé ! lança Richie depuis l'extérieur. Eddie a besoin d'un coup de main, d'accord ?

— D'a-a-accord. » Bill et Ben prirent position en dessous de la fenêtre, dans laquelle Eddie se glissa sur le dos. Bill le saisit par les jambes, juste au-dessus du genou.

« Fais gaffe à ce que tu fais, dit Eddie d'une voix maussade et nerveuse. Je crains les chatouilles.

— Ramon mucho chatouilleux, Señor ! » leur parvint la voix de Richie.

Ben attrapa de son côté Eddie par la taille en s'efforçant de ne pas appuyer sur le plâtre et l'écharpe. Bill et lui descendirent leur camarade comme si c'était un cadavre. Eddie lâcha un cri, une fois, et ce fut tout.

« E-E-Eddie ?

— Ouais, dit Eddie, tout va bien, c'était pas trop dur. » Cependant, de grosses gouttes de sueur perlaient à son front, et il parlait d'une voix haletante. À coups d'œil rapides, il parcourut la cave du regard.

Bill recula d'un pas. Beverly se tenait près de lui, agrippant maintenant la fronde à deux mains, prête à tirer si nécessaire. Elle ne cessait de parcourir la cave des yeux. Richie arriva ensuite, suivi de Stan et de Mike, et tous se faufilèrent par la fenêtre avec une grâce et une aisance que Ben leur envia profondément. Ils se retrouvèrent alors tous en bas, dans cette cave où Bill et Richie s'étaient trouvés face à face avec Ça à peine un mois auparavant.

La pièce était sombre, mais pas obscure. Des rayons d'une lumière crépusculaire pénétraient par les vitres et faisaient des taches claires sur le sol de terre battue. Cette cave parut très grande à Ben, presque trop grande, comme s'il était victime de quelque illusion d'optique. Des chevrons poussiéreux s'entrecroisaient au-dessus de leurs têtes ; les tuyaux de la chaudière étaient mangés de rouille. Quelque chose ressemblant à un chiffon blanc crasseux pendait, accroché à un tuyau d'eau, complètement effiloché. La même puanteur régnait dans le sous-sol. Une puanteur de boues jaunâtres. Ben pensa : *Il est ici, Ça est ici. Oh oui.* Bill se dirigea vers l'escalier ; les autres le suivirent. Il s'arrêta en bas de la première marche, et regarda en dessous. Du pied, il en fit sortir quelque chose, qu'ils contemplèrent tous sans un mot. C'était un gant blanc de clown, couvert de terre et de boue.

« En haut », dit Bill.

Ils montèrent l'escalier et arrivèrent dans une cuisine crasseuse. Une chaise ordinaire à dossier droit était abandonnée au milieu du vieux linoléum bosselé : c'était le seul mobilier de la pièce. Des bouteilles d'alcool vides gisaient dans un coin. Ben en aperçut d'autres dans le placard. La pièce dégageait une odeur de gnole — ou de vin — et de tabac froid. Ces odeurs étaient dominantes, mais la puanteur devenait plus forte à chaque instant.

Beverly alla ouvrir la porte du placard. Elle poussa un cri perçant au moment où en jaillit, presque à la hauteur de son visage, un énorme rat d'égout au pelage brun noirâtre. L'animal les regarda de son œil noir et féroce. Toujours criant, Beverly tendit la fronde.

« NON ! » rugit Bill.

Elle se tourna vers lui, pâle et terrifiée. Puis elle acquiesça et détendit son bras, sans avoir tiré la balle d'argent. Mais Ben pensa qu'il s'en était fallu de très très peu. Elle recula lentement, heurta Ben et sursauta. Il passa un bras autour d'elle et la serra fort.

Le rat courut le long de son étagère, sauta sur le sol et disparut par le fond du placard.

« Ça voulait que je tire dessus, fit Beverly d'une petite voix. Que je gaspille la moitié de nos munitions dessus.

— Ouais, dit Bill. C'est comme l-le centre d'en-entraînement du FBI à Q-Quantico, un p-peu. Il f-faut descendre cette r-rue et i-ils font re-relever des ci-cibles. Si t-tu tires s-sur d'honnêtes ci-citoyens, au l-lieu des b-bandits, t-tu perds des p-points.

— J'y arriverai pas, Bill, dit-elle. Je vais tout gâcher. Tiens. Prends-la, ajouta-t-elle en lui tendant la Bullseye, mais Bill secoua la tête.

— C'est toi qui dois le f-faire, Be-Beverly. »

Un vagissement monta d'un autre placard.

Richie s'en approcha.

« Ne va pas trop près ! aboya Stan. Il pourrait... »

Richie regarda à l'intérieur, et une expression de dégout se dessina sur son visage. Il claqua la porte du placard, et le bruit se répercuta comme un écho mort dans la maison vide.

« Une nichée, fit Richie, du ton de quelqu'un qui va avoir mal au cœur. La plus énorme que j'aie jamais vue... que quiconque ait jamais vue, probablement. Ils sont des centaines là-dedans. » Il regarda ses amis, sa lèvre soulevée d'un tic d'un côté. « Leurs queues... elles étaient toutes emmêlées ensemble, Bill. Nouées (il fit la grimace). Comme des serpents. »

Le son des gémissements était étouffé, mais encore audible. *Des rats*, pensa Ben, regardant le visage blanc comme un linge de Bill, et, par-dessus l'épaule de ce dernier, celui couleur de cendres de Mike. *Tout le monde a peur des rats ; Ça le sait, aussi.*

« A-Allez, venez ! dit Bill. I-Ici, sur N-Neibolt Street, la f-fête ne s'a-a-arrête jamais. »

Ils gagnèrent l'entrée. Là régnait un mélange peu appétissant d'odeurs ; celle du plâtre qui pourrit et celle de l'urine éventée. À travers les salissures des vitres, ils virent la rue et leurs bicyclettes. Celles de Ben et de Beverly reposaient sur leur béquille. Celle de Bill s'appuyait à un érable tronqué. Aux yeux de Ben, ces bicyclettes se trouvaient à des milliers de kilomètres, comme des choses regardées par le mauvais bout d'un télescope. La rue déserte, avec ses fondrières approximativement comblées, son ciel gris et chargé d'humidité, le *ding-ding-ding* d'une locomotive haut le pied en manœuvre..., tout cela lui faisait l'effet d'un rêve, d'hallucinations. La seule réalité était cette entrée sordide avec sa puanteur et ses ombres.

Il y eut un bruit de bouteilles brisées en provenance d'un coin — des bouteilles de bière.

Dans un autre coin, gonflée d'humidité, traînait une revue, de celles dites de charme. Sur la couverture, on voyait une femme courbée sur une chaise, les jupes relevées pour exhiber des bas résille et une petite culotte noire. Ben ne trouva pas cette image excitante et ne fut même pas gêné que Beverly eût le temps de l'apercevoir. L'humidité avait jauni la peau de la femme et plissé le papier de rides qui déformaient son visage. Son expression salace n'était plus que le ricanement d'une putain morte.

(Des années plus tard, tandis que Ben racontait cet épisode, Beverly s'écria soudain, les faisant tous sursauter — ils revivaient l'histoire plus qu'ils ne l'écoutaient : « C'était elle ! Mrs. Kersh ! C'était elle ! »)

Pendant que Ben regardait, la vieille/jeune femme de la couverture lui adressa un clin d'œil, puis tortilla des fesses en une invite obscène.

Couvert d'une transpiration glacée, Ben détourna les yeux.

Bill poussa une porte sur la gauche ; tous le suivirent dans une pièce qui donnait une impression de crypte et qui aurait pu autrefois être un salon. Un pantalon fripé pendait de la suspension électrique ; comme la cave, cette salle parut beaucoup trop grande à Ben ; elle donnait l'impression d'avoir la taille d'un wagon ; autrement dit, d'être beaucoup trop longue pour une maison qui leur était apparue de dimensions modestes de l'extérieur.

Oui, mais c'était à l'extérieur, fit une nouvelle voix dans sa tête. Une voix paillarde, au ton facétieux ; avec un sentiment de certitude absolue, Ben prit soudain conscience que c'était celle de Grippe-Sou lui-même. Grippe-Sou s'adressait à lui, comme par quelque délirant système de transmission mentale. *Vues de l'extérieur, les choses ont toujours l'air plus petites qu'elles ne le sont réellement, n'est-ce pas, Ben ?*

« Va-t'en », fit Ben entre ses dents.

Richie se tourna vers lui, le visage tendu et pâle. « T'as dit quelque chose ? »

Ben secoua la tête. La voix avait disparu. C'était une chose importante, une bonne chose. Cependant

(à l'extérieur)

il avait compris. Cette maison était un lieu spécial, une sorte d'étape, de relais, l'un des endroits de Derry (et peut-être l'un des nombreux endroits de Derry) à partir duquel Ça était capable de gagner le monde du dessus. Oui, cette maison pourrie et nauséabonde où tout sonnait faux. Ce n'était pas le seul fait qu'elle paraisse plus grande ; les angles étaient faux, les perspectives aberrantes. Ben se tenait encore dans l'encadrement de la porte qui, de l'entrée, donnait sur le salon : les autres s'éloignaient de lui dans un espace qui lui semblait maintenant aussi vaste que Bassey Park... mais au lieu de paraître devenir plus petits, leur taille allait croissant ! Le plancher donnait l'impression d'être en pente et...

Mike se tourna. « Ben ! » cria-t-il. Ben lut de l'inquiétude sur son visage. « Ben ! Rejoins-nous ! Nous te perdons ! » À peine put-il distinguer les derniers mots ; on aurait dit qu'ils lui avaient été lancés d'un train s'éloignant à toute vitesse.

Soudain terrifié, il se mit à courir. Derrière lui, la porte se referma avec un bruit soud. Il hurla... et quelque chose, crut-il, balaya l'air juste dans son dos, faisant gonfler sa chemise. Il se retourna un instant, mais ne vit rien. Il resta cependant convaincu qu'il y avait eu quelque chose.

Il rattrapa les autres. Il haletait, hors d'haleine, et aurait juré qu'il venait de courir au moins sur huit cents mètres... mais quand il regarda derrière lui, la cloison du salon n'était pas à trois mètres.

Mike le prit par l'épaule si vigoureusement qu'il lui fit mal. « Tu m'as fichu la frousse, mec », dit-il. Richie, Stan et Eddie jetèrent un coup d'œil interrogateur à Mike, qui reprit : « Il avait l'air petit. Comme s'il était à un kilomètre.

— Bill ! »

Bill se retourna.

« Nous devons absolument rester les uns à côté des autres, fit Ben, toujours soufflant. Cet endroit... c'est comme le palais des glaces d'une foire, ou le labyrinthe. On risque de se perdre. Je crois que Ça veut que nous nous perdions. Que nous soyons séparés. »

Bill le regarda quelques instants, les lèvres serrées. « Très bien, dit-il. On n-ne se sé-sépare plus. Pas de t-traînards. »

Tous acquiescèrent, effrayés. La main de Stan alla tâter son encyclopédie des oiseaux, dans sa poche arrière. Eddie tenait son inhalateur à la main ; ses doigts se contractaient dessus puis le relâchaient, comme un poids plume en train de faire de la musculation sur une balle de tennis.

Bill ouvrit la porte suivante et ils tombèrent sur un autre hall, plus étroit. Le papier peint, qui s'ornait d'un motif de roses et d'elfes en bonnet vert, se détachait en grands lambeaux du revêtement de plâtre spongieux. Des taches d'humidité dessinaient des ronds séniles au plafond. À l'autre bout de la pièce, une fenêtre couverte de crasse laissait filtrer une lumière brouillée.

Le corridor parut soudain s'allonger. Le plafond s'éleva et se mit à rapetisser comme une fusée démente. Les portes croissaient avec le plafond, étirées comme du caramel. Les visages d'elfes, en s'allongeant, prenaient des airs d'extraterrestres et leurs yeux devenaient des trous noirs sanguinolents.

Stan cria et se cacha les yeux dans les mains.

« C-Ce n'est p-pas R-R-RÉEL ! hurla Bill.

— SI ! répondit Stan sur le même ton, ses petits poings serrés contre ses yeux. C'est réel, tu sais bien que c'est réel ! Mon Dieu, je deviens fou, tout ça c'est fou, fou...

— Regarde ! » rugit alors Bill à l'adresse de Stan, mais aussi des autres. Ben, pris de tournis, vit le rouquin s'accroupir, puis bondir en l'air. Son poing gauche fermé ne frappa rien, absolument rien, mais il y eut pourtant un craquement bruyant. Des débris de plâtre tombèrent d'un endroit où l'on ne voyait plus de plafond... lequel réapparut alors. Le corridor-hall était redevenu ce qu'il était auparavant : étroit, bas de plafond, sale, et ses murs ne reculaient plus à l'infini. Il n'y avait que la main gauche de Bill qui saignait, couverte de poussière de plâtre. Au-dessus de leurs têtes, la marque laissée par son poing dans le revêtement ramolli par l'humidité se voyait parfaitement.

« C-Ce n'est p-pas r-r-réel, reprit-il pour Stan et pour tous les autres. C'est un-un f-faux visage. C-Co-Comme un masque de Ha-Halloween.

— Pour toi, peut-être », répondit Stan d'un ton lugubre. Ses traits trahissaient un état de choc et de l'épouvante. Il regardait autour de lui, comme s'il ne savait plus où il se trouvait. À le voir ainsi, avec l'odeur âcre de la peur qui sourdait de tous ses pores, Ben, que la victoire de Bill avait revigoré, se sentit de nouveau envahi par la terreur. Stan était sur le point de craquer. Il n'allait pas tarder à devenir hystérique, à pousser des hurlements, peut-être, et que se passerait-il alors ?

« Pour toi, répéta Stan. Mais si je n'avais pas essayé cela, rien ne serait arrivé. Parce que... il y a eu ton frère, Bill ; mais moi je n'ai rien. » Il regarda autour de lui, tout d'abord en direction du salon, dans lequel régnait maintenant une atmosphère sombre, brunâtre, si dense et brumeuse qu'ils distinguaient à peine la porte par laquelle ils étaient entrés ; puis ses regards revinrent dans le corridor, où il faisait clair, mais d'une clarté appauvrie, sale, avec quelque chose de totalement dément. Les elfes, sur le papier peint moisi, cabriolaient entre les cascades de rosiers. Le soleil brillait sur les vitres, à l'autre bout du hall, et Ben sut que s'ils se rendaient jusque-là, ils trouveraient des mouches mortes... des morceaux de verre brisé... et puis quoi ? Le plancher s'écarterait, les faisant basculer dans des ténèbres mortelles où des doigts crochus n'attendaient que de les saisir ? Stan avait raison ; Dieu, pourquoi étaient-ils donc venus dans son antre sans rien d'autre que deux stupides billes d'argent et une fronde de merde ?

Il vit la panique de Stan sauter de l'un à l'autre, semblable à un incendie de prairie attisé par un vent brûlant ; elle s'élargit dans les yeux d'Eddie, fit tomber la mâchoire de Bev en un hoquet blessé et contraignit Richie à repousser à deux mains ses lunettes sur son nez, puis à regarder autour de lui comme s'il avait été poursuivi par le démon.

Ils restaient là, tremblants, sur le point de s'enfuir, l'avertissement de Bill déjà presque oublié, n'entendant plus que le vent de panique qui hurlait à leurs oreilles. Comme dans un rêve, Ben crut percevoir la voix de Miss Davies, l'assistante bibliothécaire, qui lisait pour les tout-petits : *Qui heurte si fort à ma porte ?* Et il les vit, tous les bambins, penchés en avant, le visage calme et sérieux, leurs yeux reflétant l'éternelle fascination provoquée par les contes de fées : le monstre serait-il vaincu, ou bien aurait-il sa pâture ?

« Je n'ai rien, rien du tout ! » gémit Stan Uris, qui parut soudain très petit, si petit qu'il aurait presque pu passer par l'une des fentes du plancher, comme une lettre humaine. « Toi tu as ton frère, mon vieux, moi je n'ai rien !

— Si, tu as quelque ch-chose ! » cria à son tour Bill qui attrapa Stan de telle façon que Ben crut qu'il allait lui en balancer une dans la figure ; et dans sa tête, il le supplia : *Non, Bill, je t'en prie, ce sont les méthodes de Henry, si tu fais un truc pareil, Ça va nous tuer sur-le-champ !*

Mais Bill ne frappa pas Stan. Il lui fit faire sèchement demi-tour et arracha de sa poche le livre des oiseaux.

« Rends-moi ça ! » hurla Stan en se mettant à pleurer. Les autres restaient là, frappés de stupeur, avec un mouvement de recul pour ce nouveau Bill dont les yeux paraissaient jeter des flammes. Son front brillait comme une lampe et il brandissait le livre de Stan comme un prêtre la croix destinée à repousser un vampire.

« T-Tu a-a-as tes o-oi-oi-oi... »

Il redressa la tête ; dans son cou, les tendons saillaient et sa pomme d'Adam avait l'air d'une pointe de flèche fichée dans sa gorge. Ben se sentit pris à la fois de peur et d'une pitié débordante pour son ami Bill Denbrough ; mais il éprouvait également un intense soulagement. Aurait-il douté de Bill ? Auraient-ils tous douté de lui ? *Oh, Bill, dis-le, je t'en supplie, Bill, ne peux-tu pas le dire ?*

Et finalement, il y arriva : « Tu as t-tes oi-oiseaux, tes OI-OISEAUX ! »

Il jeta le livre dans les mains de Stan qui s'en empara, regardant Bill d'un air stupide. Des larmes brillaient sur ses joues. Il serrait tellement l'ouvrage qu'il en avait les doigts blancs. Bill le regarda, puis regarda les autres.

« V-Venez, dit Bill.

— Est-ce que les oiseaux vont marcher ? demanda Stan d'une voix basse et enrouée.

— Ils ont bien marché dans le château d'eau, non ? » lui fit remarquer Beverly.

Stan lui jeta un regard incertain.

Richie lui donna une claque sur l'épaule. « Allons, Stanec le Mec. Sommes-nous un homme ou une souris ?

— Je dois être un homme, répondit Stan d'une voix tremblante en s'essuyant les mains du revers de la main gauche. Et pour ce que j'en sais, les souris ne font pas dans leur froc ! »

Ils rirent tous, et Ben aurait juré avoir senti la maison se rétracter, s'éloigner de ce son joyeux. Mike se tourna. « La grande pièce ! Celle par laquelle nous venons de passer ! Regardez ! »

Ils regardèrent. Le salon était maintenant presque totalement noir. Ce n'était ni de la fumée, ni aucune sorte de gaz ; rien que des ténèbres, des ténèbres dotées d'une consistance presque solide. Elles semblaient onduler et se contracter, comme une gelée qui aurait pris sous leurs yeux.

« V-Venez ! »

Ils tournèrent le dos aux ténèbres et avancèrent dans le corridor. Trois portes s'y ouvraient : deux avec des boutons de porte en porcelaine, sales, et la troisième dépouillée de son système de fermeture, dont ne restait que le trou. Bill saisit la première poignée, la tourna et poussa la porte. Bev, juste à côté de lui, leva la fronde.

Ben suivit, imité par les autres qui se massaient autour de Bill comme un vol de cailles apeurées. La pièce était une chambre — à en juger par le matelas taché qui en était le seul mobilier. Les ressorts d'un sommier disparu depuis longtemps avaient laissé leur empreinte sur la toile jaunâtre du matelas. De l'autre côté de la fenêtre, les tournesols s'inclinaient et hochaient la tête.

« Il n'y a rien... », déclara Bill, au moment où le matelas se mit à s'agiter de gonflements rythmiques. Soudain, il se déchira par le milieu. Un fluide noir et gluant commença à s'en écouler, salissant le matelas, puis à se diriger vers la porte, en étirant de longues vrilles poisseuses.

« Ferme cette porte, Bill ! cria Richie. Ferme cette putain de porte ! »

Bill la claqua violemment, les regarda tous et hocha la tête. « Venez ! » À peine avait-il touché le deuxième bouton de porte — de l'autre côté, cette fois, de l'étroit corridor — que s'élevait, derrière le contre-plaqué, un gémissement comme un bourdonnement.

9

Bill lui-même eut un mouvement de recul devant ce cri inhumain. Ben eut l'impression qu'il pouvait devenir fou ; il s'imaginait un grillon géant tapi derrière la porte, comme dans ces films où la radioactivité transforme les insectes en animaux géants — *The Beginning of the End*, peut-être, ou *The Black Scorpion*, ou encore celui sur les fourmis qui envahissent les égouts de Los Angeles. Il aurait été incapable de courir, même si cette horreur au bourdonnement rugueux avait fait éclater les panneaux de la porte et commencé à le caresser avec ses grandes pattes poilues. Il sentait Eddie, à côté de lui, qui respirait en hoquets entrecoupés.

Le cri se fit plus aigu, sans rien perdre de son timbre de bourdonnement d'insecte. Bill recula d'un autre pas, pâle comme un linge, les yeux exorbités, les lèvres réduites à une cicatrice violette sous le nez.

« Tire, Beverly ! s'entendit crier Ben. Tire à travers la porte, tire avant qu'il nous chope ! » La lumière qui tombait de la fenêtre sale, à l'autre bout du couloir, avait quelque chose de pesant et de fiévreux.

Beverly tendit la fronde comme une fille dans un rêve tandis que le bourdonnement devenait plus fort, plus fort, plus fort.

Mais avant qu'elle eût fini son mouvement, Mike lui cria : « Non ! Non ! Ne tire pas, Bev ! Ô Seigneur ! J'ai failli me faire avoir ! » Chose incroyable, il riait en disant cela. Il s'avança, saisit la poignée et poussa. La porte se dégagea avec un bref grincement de son encadrement gonflé d'humidité. « C'est juste un sifflet à orignaux ! Un simple sifflet à orignaux ! C'est tout, un truc pour faire peur aux corbeaux ! »

La pièce n'était qu'un cube vide. Sur le plancher, gisait le cylindre d'une boîte de conserve vide dont les deux couvercles avaient été découpés. Au milieu, tendue sur deux axes fichés dans des trous percés sur les côtés, il y avait une corde enduite de cire. Bien qu'il n'y eût pas le moindre souffle d'air dans la salle — l'unique fenêtre, fermée, était en outre aveuglée de planches clouées n'importe comment, qui laissaient filtrer ici et là des rayons de soleil —, le bourdonnement provenait sans aucun doute de cette boîte.

Mike entra et alla lui donner un vigoureux coup de pied. Le bourdonnement s'interrompit et la boîte valsa jusque dans le coin de la pièce.

« Un vulgaire sifflet à orignaux, dit-il aux autres, comme s'il s'excusait. On en met contre les corbeaux. C'est rien. Rien qu'une blague minable. J' suis pas un corbeau. » Il regarda Bill et s'il ne riait plus, il souriait encore. « J'ai toujours peur de Ça, comme tout le monde, je suppose, mais Ça a aussi peur de nous. Et à dire la vérité, je crois que Ça a même une sacrée frousse.

— M-Moi aussi, j-je le c-crois », dit Bill.

Ils se rendirent jusqu'à la dernière porte du corridor, et tandis que Ben regardait Bill introduire un doigt dans l'orifice de l'axe du bouton de porte absent, il comprit que c'était ici que tout allait se jouer ; ce n'était pas quelque stupide plaisanterie qui les attendait derrière cette porte. L'odeur ne faisait qu'empirer, et l'impression parfumée au tonnerre de deux puissances opposées tourbillonnant autour d'eux se faisait plus forte. Il jeta un coup d'œil à Eddie, avec son bras en écharpe, qui étreignait l'inhalateur de sa bonne main ; il regarda Bev de l'autre côté qui, le visage de craie, tenait sa fronde comme l'os de chance d'un poulet. Il pensa : *S'il faut nous enfuir, j'essaierai de te protéger, Beverly. Je jure que j'essaierai.*

On aurait dit qu'elle avait senti sa pensée, car elle se tourna vers lui et lui adressa un sourire contraint, que Ben lui rendit.

Bill ouvrit la porte. Les gonds émirent un grincement sinistre puis se turent. C'était une salle de bains... mais il y avait quelque chose qui n'allait pas. *Quelqu'un a dû casser quelque chose là-dedans,* fut la seule conclusion qui vint tout d'abord à l'esprit de Ben. *Pas une bouteille de gnole... Quoi ?*

Des éclats et des échardes, de couleur blanche, parés d'inquiétants reflets, gisaient sur le sol, éparpillés partout. Puis il comprit. C'était l'énormité qui couronnait le tout. Il rit, imité par Richie.

« On dirait que quelqu'un a lâché l'ancêtre de tous les pets », remarqua Eddie. Mike acquiesça avec un petit rire.

Les débris blancs qui jonchaient le sol étaient des fragments de porcelaine. La cuvette des toilettes avait explosé ; le réservoir baignait dans une flaque d'eau et n'avait évité un effondrement total que parce qu'il se trouvait coincé dans un angle de la pièce où il était resté, de guingois.

Ils se regroupèrent derrière Bill et Beverly, leurs chaussures écrasant les restes de porcelaine. *Je ne sais pas comment cela s'est passé, mais ces pauvres chiottes ont dégusté,* pensa Ben. Il imagina Henry Bowers jetant deux ou trois de ses M-80 dedans, rabaissant le couvercle et prenant la poudre d'escampette. En dehors de la dynamite, il ne voyait vraiment pas ce qui avait pu produire un tel cataclysme. Il y avait quelques débris plus gros, mais en bien petit nombre ; pour l'essentiel, on ne voyait que de minuscules éclats effilés et tranchants. Le papier mural — cascades de roses et elfes, comme dans le corridor — était grêlé de trous tout autour de la pièce ; on aurait dit qu'il avait subi le feu d'un fusil de chasse tirant du petit plomb, mais Ben savait que ce n'était que des débris de porcelaine que la force de l'explosion avait enfoncés dans le mur.

Il y avait une baignoire trônant sur des pieds de griffon, avec des générations de crasse déposées entre les griffes grossières. Bill jeta un coup d'œil dedans et y découvrit un dépôt bourbeux desséché, comme si, après une marée basse, la mer n'était jamais remontée. Une pomme de douche rouillée la surplombait. Un lavabo, surmonté d'une armoire à pharmacie aux portes entrouvertes exhibant des étagères vides, s'appuyait contre un mur. On voyait des ronds couleur de rouille sur ces étagères, à l'endroit où avaient été posés flacons et fioles.

« Je ne m'approcherai pas trop de ce truc, Grand Bill », fit Richie d'une voix tendue, et Ben tourna la tête.

Bill se dirigeait vers le trou, dans le sol, au-dessus duquel s'était auparavant trouvé le siège des toilettes. Il s'inclina au-dessus... puis se retourna vers les autres.

« On en-entend le b-bruit des ma-machines de p-pompage, c-co-comme dans les F-Friches ! »

Bev se rapprocha de Bill, et Ben la suivit ; oui, il pouvait l'entendre, ce bourdonnement régulier. Sauf que l'écho qui se répercutait dans la tuyauterie n'évoquait nullement un bruit de machine. Ce bourdonnement semblait émis par quelque chose de vivant.

« C'est d-de là qu'il v-vient », dit Bill. Il avait toujours la figure d'une pâleur mortelle, mais une lueur d'excitation brillait dans ses yeux. « C'est de l-là qu'il est v-venu ce j-jour-là, et c'est de là qu'il est t-toujours ve-venu ; des t-tuyaux d'évacuation ! »

Richie rectifia : « On était dans la cave, mais ce n'est pas de là qu'il est arrivé, puisqu'il est descendu par l'escalier.

— Et c'est Ça qui a provoqué cette explosion ? demanda Beverly.

— À m-mon avis il était p-pressé », répondit gravement Bill.

Ben regarda dans le conduit. Il faisait trente centimètres de diamètre et était aussi noir qu'un puits de mine. Une croûte de matière dont il préférait ignorer la provenance exacte recouvrait la paroi intérieure de la céramique. Le bourdonnement sourd avait quelque chose d'hypnotique... et soudain, il vit quelque chose ; non pas avec ses yeux, matériellement, mais avec un sens profondément enfoui dans son esprit.

Ça se précipitait vers eux, se déplaçant à la vitesse d'un train express, remplissant d'un bord à l'autre le sombre conduit. C'était sous sa forme réelle, quelle qu'elle fût, que Ça fonçait, maintenant. Ça prendrait une forme tirée de leur esprit le moment venu. Ça venait, venait des noires catacombes, de son antre ignoble sous la terre, une lueur féroce de prédateur dans ses yeux d'un jaune verdâtre. Ça venait, venait.

Puis, tout d'abord comme deux étincelles, Ben aperçut ses yeux dans l'obscurité. Ils prirent forme, flamboyants, mauvais. Un autre son vint se superposer au bourdonnement de machine. *Whoooooooooo...* L'ouverture déchiquetée de l'évacuation éructa une odeur nauséabonde, et il fit un bond en arrière, toussant et s'étouffant.

« Ça vient, hurla-t-il, je l'ai vu, Bill, Ça vient ! »

Beverly mit la fronde en position. « Bien », dit-elle.

Ce fut une explosion à la bouche de la tuyauterie. Ben, lorsqu'il tenta plus tard de se souvenir de cette première confrontation, n'arriva à se rappeler que d'une vague forme couleur orange argenté et changeante. Elle n'avait rien d'un spectre ; elle était solide, mais il sentait la présence d'autre chose, d'une forme ultime derrière Ça... si ce n'est que ses yeux ne pouvaient saisir ce qu'ils voyaient, en tout cas pas avec précision.

C'est alors que Richie trébucha en reculant, une expression de terreur répandue sur le visage, et se mit à répéter en s'égosillant : « Le loup-garou, Bill ! Le loup-garou ! C'est le loup-garou ! » Et soudain cette forme devint réelle pour Ben et pour tous les autres.

Le loup-garou se tenait au-dessus de l'évacuation, un pied posé sur chaque bord. Au milieu de ce visage animal, deux yeux les regardaient ou plutôt les fusillaient. Ses babines se retroussaient et une écume d'un blanc jaunâtre se mit à dégouliner entre ses crocs. Il émit un hurlement assourdissant. Ses bras se tendirent en direction de Beverly, et les manches de son blouson d'étudiant remontèrent sur ses avant-bras couverts de poils. Son odeur brûlante et brutale avait quelque chose de meurtrier.

Beverly hurla à son tour. Ben la saisit par le dos de sa blouse et tira si violemment que les coutures cédèrent sous les bras. Une main griffue vint balayer l'air à l'endroit exact où elle se trouvait l'instant auparavant. Beverly partit à reculons et en trébuchant contre un mur. La bille d'argent surgit du cuir de la fronde, brillant pendant une brève seconde avant de tomber vers le sol. Mike, rapide comme l'éclair, la rattrapa au moment où elle l'effleurait et la lui rendit.

« Descends-moi Ça, ma poulette, dit-il d'une voix parfaitement calme, presque sereine. Descends-moi Ça tout de suite. »

Le loup-garou poussa un deuxième rugissement encore plus assourdissant que le premier, qui se transforma en un ululement à faire dresser les cheveux sur la tête, le museau tourné vers le plafond.

Puis le ululement devint un rire. Il tendit un bras vers Bill au moment où celui-ci se tournait pour regarder Beverly. Ben lui donna une bourrade pour l'écarter, et Bill alla s'étaler.

« Tire, Bev ! brailla Richie. Pour l'amour de Dieu, tire ! »

Le loup-garou fit un bond en avant et pour Ben il fut évident (sentiment qu'il conserva toujours) qu'il savait parfaitement qui était le chef de leur groupe. C'est sur Bill qu'il se jeta. Beverly tendit sa fronde et tira. La bille fila dans une mauvaise direction, mais le miracle de la trajectoire qui s'incurvait ne se produisit pas. Elle manqua Ça de plus de trente centimètres et fit un trou dans le papier mural au-dessus de la baignoire. Bill, les bras saupoudrés de débris de porcelaine et saignant par une douzaine de plaies différentes, lança une malédiction tonitruante.

Le loup-garou tourna brusquement la tête ; il examina Beverly de ses yeux verts brillants. Sans réfléchir, Ben alla se placer devant elle tandis qu'elle fouillait dans sa poche pour prendre la deuxième bille d'argent. Elle portait un jean trop serré. Il ne s'agissait pas de provocation de sa part ; c'était simplement comme ça (comme pour le short un peu trop court qu'elle portait le jour de la mort de Patrick Hockstetter). Ses doigts glissèrent une première fois sur la bille d'argent ; elle la saisit de nouveau, retourna sa poche en tirant et éparpilla quatorze cents, deux billets d'entrée usagés pour l'Aladdin et une certaine quantité de ces débris mystérieux qui s'accumulent dans les coutures des poches.

Le loup-garou s'avança alors sur Ben qui se tenait devant elle, protecteur... et lui bloquait son angle de tir. Ça tenait sa tête avec l'attitude prédatrice et mortelle de l'attaque ; ses mâchoires claquaient. Ben le frappa à l'aveuglette. Dès cet instant, aurait-on dit, il n'y eut plus de place pour la terreur dans ses réactions ; il ressentait au contraire une sorte de colère lucide mêlée d'une immense stupéfaction, et avait le sentiment que, de manière incompréhensible, le temps venait brusquement de s'arrêter. Ses mains s'enfoncèrent dans un crin épais — sa fourrure, pensa-t-il, je touche la fourrure de Ça — sous lequel il sentit les os épais du crâne. Il repoussa de toute sa force cette tête lupine, sans le moindre effet. S'il n'avait pas trébuché en arrière (allant heurter le mur), la chose lui aurait ouvert la gorge d'un coup de dents.

Ça vint sur lui, le flamboiement jaunâtre rallumé dans ses yeux verts, rugissant à chaque respiration. Il dégageait une puanteur d'égout mais aussi de quelque chose d'autre, odeur sauvage et néanmoins désagréable de noisettes pourrissantes. L'une de ses lourdes pattes s'éleva et Ben l'esquiva du mieux qu'il put. Les grosses griffes ouvrirent des sillons dans le papier mural ainsi que dans le plâtre en dessous, aussi mou que du fromage. Il entendit vaguement Richie qui hurlait quelque chose, tandis qu'Eddie, d'une voix suraiguë, disait à Beverly de tirer sur Ça. Mais Beverly ne tirait pas. Cette bille était sa dernière chance ; peu importait : il s'agissait de n'avoir besoin que de celle-là. Sa vision acquit soudainement une froide clarté, un phénomène unique qui ne se reproduisit jamais pour elle. Toute chose lui apparaissait avec une précision absolue dans ses trois dimensions. Elle maîtrisait chaque nuance colorée, chaque angle, chaque intervalle d'espace. Sa peur s'était évanouie. Elle n'éprouvait que cette simple convoitise du chasseur pour la consommation finale quand il est sûr de son coup. Son pouls s'était ralenti. Le tremblement hystérique qui avait agité la main qui étreignait la Bullseye cessa, pour laisser la place à une saisie ferme et assurée. Elle inspira profondément, et on aurait dit que ses poumons ne se rempliraient jamais complètement. Lointain et vague, le bruit lui parvint de petites explosions. Peu importait, peu importait. Elle se tourna vers la gauche, attendant que la tête improbable du loup-garou tombât exactement au milieu de la fourche de la fronde et du V étiré des deux gros élastiques.

Toutes griffes dehors, la patte s'abattit de nouveau. Ben fit ce qu'il put pour y échapper, mais se retrouva brusquement pris dans une poigne puissante qui se mit à le secouer comme s'il n'était qu'une poupée de chiffons. Les lourdes mâchoires s'ouvrirent en claquant.

« Salopard ! »

Ben enfonça un pouce dans l'un des yeux de Ça, qui poussa un mugissement de douleur tandis que de son autre patte il déchirait la chemise du garçon. Celui-ci rentra le ventre tant qu'il put, mais l'une des griffes ouvrit une longue entaille brûlante sur son buste ; du sang s'écoula sur son pantalon, ses chaussures de sport et jusque sur le sol. Le loup-garou le jeta alors dans la baignoire. Ben se cogna la tête, vit des étoiles, se débattit pour reprendre la position assise et s'aperçut qu'il avait du sang partout.

Le loup-garou fit brusquement demi-tour. Avec toujours la même lucidité démente, Ben remarqua qu'il portait un jean Levi-Strauss décoloré dont les coutures avaient craqué. Un gros mouchoir rouge raide de mucosités, du genre de ceux qui servent de foulards aux mécaniciens de locomotive, pendait de sa poche arrière. Sur le dos de son blouson d'université, on lisait : ÉQUIPE DES TUEURS DU LYCÉE DE DERRY. En dessous : GRIPPE-SOU. Et au milieu un numéro : 13.

Ça s'attaqua de nouveau à Bill, qui s'était remis debout ; appuyé contre le mur, il le regardait sans ciller.

« Mais tire donc, Beverly ! hurla de nouveau Richie.

— Bip-bip, Richie ! » s'entendit-elle répondre d'une distance qui s'évaluait au moins en milliers de kilomètres. Et la tête du loup-garou s'encadra soudain dans la fourche de la fronde ; elle cacha l'un des yeux verts avec le cuir et lâcha. Elle ne ressentit pas la moindre secousse ; elle avait tiré avec autant de souplesse et de naturel que le jour où ils s'étaient tous entraînés, dans la décharge, à viser de vieilles boîtes de conserve pour voir qui serait le meilleur.

Ben eut tout juste le temps de penser : *Oh Beverly, si tu le rates cette fois, on est tous foutus et je ne veux pas crever dans cette baignoire immonde dont je ne peux pas sortir.* Mais elle ne le manqua pas. Un œil rond — non pas vert mais d'un noir absolu — s'ouvrit soudain haut dans son museau : elle avait frappé à moins de deux centimètres à peine de l'œil droit qu'elle avait visé.

Son cri — un cri presque humain où se mêlaient surprise, douleur, peur et rage — fut assourdissant. Ben en eut les oreilles qui tintèrent. Puis le trou noir parfaitement rond disparut, inondé de sang. Un sang qui ne coulait pas simplement mais jaillissait de la plaie comme jaillit l'eau d'une conduite forcée. Le jet noya le visage et les cheveux de Bill sous un flot de sang. *Ça n'a pas d'importance*, pensa follement Ben. *Ne t'en fais pas, Bill. Personne ne pourra le voir quand nous serons sortis d'ici. Si nous en sortons jamais.*

Bill et Beverly avancèrent sur le monstre, tandis que derrière eux, d'une voix hystérique, Richie criait : « Tire encore, Beverly, tue Ça !

— Tue Ça ! rugit à son tour Mike.

— Oui, tue Ça ! fit Eddie de sa voix aiguë.

— Tue Ça ! » gronda Bill, la bouche étirée en un arc renversé par son ricanement. De la poussière de plâtre, d'un blanc jaunâtre, striait ses cheveux roux. « Tue Ça, Beverly, ne le laisse pas échapper. »

Plus de munitions, pensa alors Ben. *Plus une seule bille. De quoi parlez-vous donc ?* Mais il regarda Beverly et comprit. Si son cœur ne lui avait déjà appartenu, il aurait été instantanément conquis ce jour-là. Elle avait de nouveau tendu la fronde ; ses doigts, refermés sur le cuir, dissimulaient le fait qu'il était vide.

« Tue Ça ! » cria à son tour Ben en se hissant maladroitement pardessus le rebord de la baignoire. Son jean et son caleçon étaient imbibés de sang ; il n'avait aucune idée de la gravité de sa blessure. L'impression de brûlure avait été fugitive, et depuis la plaie ne lui faisait pas très mal ; mais il pissait une impressionnante quantité de sang.

Les yeux verdâtres du loup-garou allaient de l'un à l'autre ; on y lisait maintenant autant d'incertitude que de souffrance. Un flot de sang coulait sur le devant de son blouson.

Bill Denbrough sourit. Un sourire doux, plutôt charmant... à condition de ne pas regarder ses yeux. « Tu n'aurais jamais dû toucher à mon frère, dit-il. Envoie-moi cette ordure au diable, Beverly. »

L'incertitude quitta le regard de la créature : Ça les croyait, maintenant. Avec un mouvement souple et gracieux, Ça tourna et plongea dans le trou d'évacuation, se transformant pendant l'opération. Le blouson du lycée de Derry se fondit dans son pelage, lequel perdit toute couleur. La forme de son crâne s'allongea, comme s'il avait été fait d'une cire qui serait en train de s'assouplir et de fondre. Sa silhouette générale changea. Pendant un instant, Ben crut bien qu'il avait été sur le point de voir quelle était réellement sa forme, et il sentit son cœur s'arrêter dans sa poitrine tandis qu'un hoquet bloquait sa respiration.

« Je vous tuerai tous ! » rugit une voix dans l'évacuation. Une voix épaisse, sauvage, nullement humaine. « Tuerai tous... Tuerai tous... Tuerai tous... » Les mots s'estompèrent, se brouillèrent, diminuèrent, s'éloignèrent... et finirent par se fondre avec le ronronnement bas et grave des stations de pompage qui emplissait les conduits.

La maison parut reprendre sa position, avec un choc aux limites de l'audible. Mais elle ne reprenait pas simplement position, se rendit compte Ben : d'une manière étrange, elle rétrécissait, retrouvait sa taille normale. La magie employée par Ça pour faire paraître plus grande la maison du 29, Neibolt Street ne jouait plus. La maison se rétracta comme un élastique. Ce n'était plus qu'une baraque ordinaire, maintenant, sentant le moisi et pourrissante, une baraque sans mobilier où les ivrognes et les clochards venaient parfois boire, parler et dormir à l'abri de la pluie.

Ça était parti.

Dans son sillage, le silence paraissait très bruyant.

10

« Il f-faut qu'on s-sorte d'i-ici », dit Bill. Il se dirigea vers Ben qui essayait de se relever et saisit l'une des mains qu'il lui tendait. Beverly se tenait près du trou d'évacuation. Elle s'examina et toute la froideur qui s'était emparée d'elle disparut, emportée par une vague qui la drapa d'une chaleur retrouvée. Elle avait réellement pris une très profonde inspiration. Les petits bruits d'explosion qu'elle avait vaguement entendus étaient venus des boutons de sa blouse qui tous, sans exception, avaient sauté. Les pans s'étaient écartés et révélaient nettement sa poitrine naissante. Elle les referma vivement.

« R-R-Richie, dit Bill, v-viens m'aider a-avec B-Ben. Il est... »

Richie obtempéra, imité par Mike et Stan ; à tous les quatre, ils remirent Ben sur ses pieds. Eddie était allé rejoindre Beverly et avait passé, maladroitement, un bras autour de ses épaules. « Tu as été formidable », lui dit-il. Elle éclata en larmes.

Ben fit deux grandes enjambées titubantes jusqu'au mur, contre lequel il s'appuya pour ne pas s'effondrer de nouveau. La tête lui tournait, comme si elle était trop légère ; le monde perdait ses couleurs pour les retrouver l'instant d'après, et il se sentait sur le point de vomir.

Puis il y eut le bras de Bill autour de ses épaules, solide et réconfortant.

« Est-ce q-que c'est gr-grave, M-Meule de Foin ? »

Ben s'obligea à regarder son estomac. Il trouva qu'accomplir ces deux gestes — ployer le cou et ouvrir les pans de sa chemise — lui demandait plus de courage que ce qu'il lui en avait fallu pour entrer dans la maison. Il s'attendait à voir ses entrailles pendre comme un pis grotesque. Au lieu de cela, il s'aperçut que le flot de sang s'était presque tari et se réduisait à un filet paresseux. L'entaille faite par le loup-garou était longue et assez profonde mais pas mortelle, apparemment.

Richie s'était approché ; il examina l'estafilade, qui suivait un tracé sinueux sur la poitrine de Ben et venait mourir sur le renflement supérieur de sa bedaine, puis il leva les yeux, l'expression sévère, sur son ami. « Un peu plus, et il se taillait des bretelles dans tes tripes, Meule de Foin. Savais-tu cela ?

— Arrête tes conneries, Richie. »

Les deux garçons se regardèrent, songeurs, pendant un long moment, puis éclatèrent en même temps d'un rire hystérique, s'arrosant mutuellement de postillons. Richie prit Ben dans ses bras et lui donna des claques dans le dos. « Nous l'avons eu, Meule de Foin ! Nous l'avons eu !

— N-Non, nous ne-ne l'avons pas eu, corrigea Bill, la mine sévère. C'est d-de la ch-chance que nous a-avons eue. B-Barrons-nous d'i-ici avant qu'il dé-décide de r-revenir.

— Où ? demanda Mike.

— Dans les F-Friches. »

Beverly s'approcha d'eux, retenant toujours sa blouse par la main ; elle avait les joues écarlates. « Au Club ? »

Bill acquiesça.

« Est-ce que quelqu'un peut me passer une chemise ? » demanda-t-elle, rougissant de plus belle. Bill lui jeta un coup d'œil et le sang lui monta brusquement au visage. Il détourna à la hâte son regard, mais cet instant avait suffi pour que Ben comprenne et ressente de la jalousie ; oui, il avait suffi de cette brève seconde pour que Bill prenne conscience d'elle d'une manière que jusqu'ici seul Ben avait perçue.

Les autres aussi avaient regardé et détourné les yeux. Richie se mit à tousser, la main devant la bouche. Stan devint tout rouge. Et Mike Hanlon recula d'un ou deux pas comme si la vue du renflement latéral de cette petite poitrine que la main de Beverly ne dissimulait pas entièrement lui avait fait peur.

Beverly releva la tête, secouant ses cheveux ébouriffés pour les rejeter en arrière. Elle rougissait toujours, mais son visage n'en était pas moins ravissant.

« J'y peux rien si je suis une fille, dit-elle, et si je commence à... changer du haut... Bon, est-ce que quelqu'un veut bien me prêter sa chemise ?

— B-Bien sûr », dit Bill, qui fit passer son T-shirt blanc par-dessus sa tête, découvrant une poitrine étroite, des côtes bien visibles et des épaules couvertes de taches de rousseur. « Tiens.

— Merci, Bill », dit-elle ; et pendant un court instant, brûlant, fumant, leurs regards se rencontrèrent. Bill ne détourna pas les yeux, cette fois ; son expression était ferme, adulte.

« A-Avec plaisir », dit-il.

Bonne chance, Grand Bill, songea Ben qui se tourna pour ne plus voir ce regard. Il lui faisait mal, mal en un endroit bien plus profond que ce que serait capable d'atteindre n'importe quel vampire ou loup-garou. Mais cela ne l'empêchait pas de ressentir quelque chose comme un sentiment de propriété. Il ignorait par quelle expression le traduire, mais l'idée en était claire. Les observer pendant qu'ils se regardaient ainsi aurait été aussi indécent que de regarder les seins de Beverly pendant qu'elle lâchait les pans de sa blouse pour enfiler le T-shirt de Bill. *Puisqu'il faut qu'il en soit ainsi. Mais jamais tu ne l'aimeras comme moi. Jamais.*

Le T-shirt de Bill lui descendait presque jusqu'aux genoux ; sans le jean qui dépassait, on aurait pu croire qu'elle ne portait qu'une petite culotte en dessous.

« P-Partons, p-partons, répéta Bill. Je n-ne sais p-pas pour vous, les m-mecs, mais moi, j-j'en ai m-ma claque pour la j-journée. »

Tous en avaient leur claque.

11

Une heure plus tard, ils se retrouvaient tous dans le Club souterrain, fenêtre et trappe ouvertes. Il faisait frais à l'intérieur, et le silence qui régnait ce jour-là sur les Friches était une bénédiction. Ils restaient assis, ne parlant guère, chacun perdu dans ses propres pensées. Richie et Bev firent circuler un paquet de Marlboro. Eddie prit une petite giclée de son inhalateur. Mike éternua à plusieurs reprises et s'excusa. Il expliqua qu'il prenait froid.

« C'est la sola cosa qué té capablé de prener, Señor ! » dit Richie, mais le cœur n'y était pas vraiment.

Ben continuait d'attendre que l'intermède délirant de la maison de Neibolt Street prenne les nuances atténuées d'un rêve. *Le souvenir va s'éloigner et s'éparpiller,* songeait-il, *comme un cauchemar. On se réveille, haletant et en sueur, mais un quart d'heure plus tard, on ne se rappelle même pas ce que l'on vient de rêver.*

Le phénomène, cependant, ne se produisit pas. Tout ce qui s'était passé, depuis le moment où il avait dû forcer son chemin par la fenêtre de la cave jusqu'à celui où Bill s'était servi de l'unique chaise de la cuisine pour démolir une fenêtre afin qu'ils pussent sortir, tout restait fixé, clair et précis, dans sa mémoire. Il ne s'était pas agi d'un rêve. La blessure sur son ventre et sa poitrine, avec son sang figé, n'était pas un rêve, et peu importait que sa mère la vît ou non.

Finalement Beverly se leva. « Il faut que je rentre à la maison. Je veux me changer avant que ma mère rentre. Si elle me voit avec un T-shirt de garçon, elle va me tuer.

— Té touer, Señorita, si, mais lento.

— Bip-bip, Richie. »

Bill la regardait, l'air grave.

« Je te rendrai ton T-shirt, Bill. »

Il acquiesça avec un geste de la main pour signifier que c'était sans importance.

« Tu ne vas pas te faire attraper, si tu rentres comme cela chez toi ?

— N-non. C'est à-à peine s'ils m-me remarquent quand j-je suis l-là. »

Beverly hocha la tête et se mordit la lèvre inférieure ; elle avait onze ans, était grande pour son âge et tout simplement ravissante.

« Qu'est-ce qu'on va faire, Bill ?

— J-Je sais p-pas.

— Ce n'est pas terminé, dis ? »

Bill secoua la tête.

« Il va vouloir plus que jamais nous avoir, maintenant, remarqua Ben.

— D'autres billes d'argent ? » lui demanda-t-elle. Il se rendit compte qu'il avait toutes les peines du monde à soutenir son regard. *Je t'aime, Beverly... laisse-moi au moins cela. Tu peux avoir Bill, le monde, tout ce que tu veux. Mais laisse-moi continuer de t'aimer, c'est tout, je crois que ce sera suffisant.*

« Je ne sais pas, dit Ben. On pourrait bien, mais... » Il ne finit pas sa phrase et haussa les épaules. Il n'arrivait pas à expliquer ce qu'il éprouvait, se sentait incapable de trouver les mots pour le dire — que c'était comme dans un film d'horreur et pourtant pas vraiment. La momie lui avait paru différente, à certains points de vue... des points de vue qui confirmaient sa réalité fondamentale. Il en allait de même avec le loup-garou : de cela il pouvait en témoigner, car il l'avait vu en un gros plan paralysant qui n'était pas du cinéma, même pas en cinémascope, même pas en relief ; il avait plongé les mains dans les crins ébouriffés de son pelage, il avait aperçu une petite lueur orange maléfique (comme un pompon !) briller dans l'un de ses yeux verts. Ces choses étaient... comment dire ?... des rêves concrétisés. Et une fois que de tels rêves accédaient à la réalité, ils échappaient à la maîtrise du rêveur et acquéraient une autonomie mortelle leur permettant d'agir indépendamment. La bille d'argent avait été efficace parce qu'ils partageaient tous les sept la conviction absolue qu'elle le serait. Mais elle n'avait pas tué Ça. Et la prochaine fois, Ça se présenterait sous une autre forme, sur laquelle les billes d'argent seraient sans aucun pouvoir.

Le pouvoir, le pouvoir, pensa Ben en regardant Beverly. Tout allait bien, maintenant. De nouveau, les yeux de la fillette et de Bill s'étaient croisés, et ils se regardaient, perdus en un même songe. Cela ne dura que quelques instants, qui parurent très longs à Ben.

On en revient toujours au pouvoir. J'aime Beverly Marsh, et elle détient un pouvoir sur moi. Elle aime Bill Denbrough et il détient un pouvoir sur elle. Mais — je crois — il commence à l'aimer. Peut-être cela est-il venu de son visage, de l'expression qu'elle a eue quand elle a dit qu'elle n'y pouvait rien si elle était une fille. Peut-être était-ce d'avoir aperçu l'un de ses seins pendant une seconde. Peut-être est-ce simplement son aspect dans un certain éclairage, ou ses yeux. Ça n'a pas d'importance. Mais s'il commence à l'aimer, elle commence aussi à détenir un certain pouvoir sur lui. Superman a du pouvoir, sauf lorsqu'il y a de la kryptonite dans le secteur. Batman a du pouvoir, mais malgré tout il ne peut ni voler, ni regarder à travers les murs. Ma mère détient du pouvoir sur moi, et son patron, à l'usine, détient du pouvoir sur elle. Tout le monde en détient un peu... sauf peut-être les petits enfants et les bébés.

Puis il se fit la remarque que même les petits enfants et les bébés détenaient du pouvoir ; ils pouvaient pleurer jusqu'à ce que l'on agisse pour les faire taire.

« Ben ? l'interpella Beverly. Le chat t'a mangé la langue ?

— Hein ? Ah, non. Je réfléchissais au pouvoir. Au pouvoir des billes. »

Bill l'observait attentivement.

« Je me demandais d'où leur venait ce pouvoir, dit Ben.

— I-I-Il v-... », commença Bill, qui ne poursuivit pas. Son visage prit une expression songeuse.

« Cette fois, il faut vraiment que je parte, dit Beverly. On se revoit tous, hein ?

— Bien sûr, dit Stan. Reviens demain. On cassera le deuxième bras d'Eddie. »

Tout le monde rit ; Eddie fit semblant de lancer son inhalateur sur Stan.

« Eh bien, salut ! » dit Beverly en se hissant par la trappe.

Ben regarda Bill et s'aperçut qu'il ne s'était pas joint aux rires des autres. Il arborait toujours la même expression songeuse, et Ben comprit qu'il allait devoir l'appeler deux ou trois fois avant d'obtenir une réponse. Il savait à quoi pensait Bill. Il y penserait lui-même au cours des jours à venir. Pas tout le temps, non. Il y aurait le linge à étendre et à rentrer pour sa mère, les jeux dans les Friches et des parties démentes de Parcheesi au cours des quatre premiers jours d'août, à cause d'une pluie battante, dans la maison de Richie Tozier. Sa mère lui annoncerait que Pat Nixon était à son avis la plus jolie femme des États-Unis et aurait une réaction horrifiée lorsque Ben porterait son choix sur Marilyn Monroe (en dehors de la couleur des cheveux, il trouvait que Bev ressemblait à Marilyn Monroe). Il aurait le temps de dévorer toutes les confiseries sur lesquelles il pourrait mettre la main — Twinkies, Ring-Dings, Devil Dogs — et le temps de rester assis sous le porche à lire *Lucky Starr and the Moons of Mercury*. Il aurait le temps pour toutes ces choses pendant que guérirait la blessure sur son buste et son ventre — se transformant en une cicatrice qui se mettrait à le démanger —, parce que la vie continuait et qu'à onze ans, aussi brillant et doué que l'on soit, on n'a pas encore le sens des perspectives. Il pouvait continuer à vivre après ce qui s'était passé au 29, Neibolt Street. Le monde, après tout, était rempli de merveilles.

Mais il y avait ces étranges moments, ces arrêts dans le temps pendant lesquels il exhumait de nouveau les questions pour les examiner : le pouvoir des billes, le pouvoir de l'argent — d'où un tel pouvoir pouvait-il provenir ? D'où provenait le pouvoir, quelque forme qu'il prît ? Comment l'obtenait-on ? Comment s'en servait-on ?

Il lui semblait que c'était leur vie même qui dépendait peut-être de la réponse à ces questions. Une nuit, alors que le sommeil commençait à le gagner et tandis que la pluie produisait son crépitement régulier et apaisant sur le toit et contre les fenêtres, il lui vint à l'esprit qu'il existait une autre question, laquelle était peut-être la seule question, au fond. Ça possédait une forme réelle ; il avait presque réussi à voir Ça sous cette forme ultime. Voir sa forme était découvrir son secret. Cela était-il également vrai du pouvoir ? C'était possible. Car n'était-il pas vrai que le pouvoir, comme Ça, avait le don de transformation ? Qu'il s'agisse d'un bébé se mettant à pleurer au milieu de la nuit, d'une bombe atomique, d'une bille d'argent, de la manière dont Beverly regardait Bill ou de la manière dont celui-ci lui rendait son regard.

En fin de compte, le pouvoir, qu'est-ce que c'était exactement ?

12

Rien de bien remarquable ne se produisit au cours des deux semaines suivantes.

DERRY
QUATRIÈME INTERMÈDE

Faut bien perdre,
On peut pas gagner tout le temps
Faut bien perdre,
On peut pas gagner tout le temps, non ?
Je sais, mignonne,
Les embêtements se pointent.

John Lee Hooker
You Got to Lose

le 6 avril 1985,

Je vais vous dire un truc, chers amis et voisins : je suis fin saoul ce soir. Rond comme une balle. Whisky, bourbon, etc. Suis descendu chez Wally's, et c'est là que j'ai démarré. Puis j'ai été dans la boutique de Central Street une demi-heure avant la fermeture et je me suis offert une bouteille de whisky. Je sais ce que je fais. Je bois à bon marché ce soir, je paierai cher demain. Voilà le tableau : un nègre ivre, installé dans une bibliothèque après la fermeture, ce cahier ouvert en face de lui et la bouteille d'Old Kentucky à sa gauche. « Dis la vérité, et honte au diable ! » avait l'habitude de dire ma mère, mais il y a des moments où l'on ne peut faire honte à Mr. Piedfourchu pour qu'il reste sobre. Les Irlandais le savent, mais ce sont bien entendu les nègres blancs de Dieu, et qui sait, ils ont peut-être un point d'avance.

J' veux écrire sur la boisson et sur le diable. Vous vous souvenez de *L'Île au trésor* ? Le vieux loup de mer, l'amiral Benbow ? « *We'll do'em yet, Jacky !* » Je suis prêt à parier que le vieux saligaud y croyait. Avec le plein de rhum — ou de whisky —, on peut croire n'importe quoi.

La boisson et le diable. Très bien.

J' m'amuse parfois à me demander combien de temps je tiendrais si je décidais de publier certains de ces trucs que j'écris au cœur de la nuit. Si je sortais quelques-uns des squelettes qui traînent dans les placards de Derry. Il y a un conseil d'administration de la bibliothèque. Onze types, en tout. L'un d'eux est un écrivain de soixante-dix ans qui a eu une hémorragie cérébrale il y a deux ans et qu'il faut le plus souvent aider à trouver à quel moment il doit intervenir dans l'ordre du jour imprimé (et que l'on a aussi parfois observé en train d'extirper de considérables crottes de nez de ses narines poilues pour les déposer délicatement dans le creux de ses oreilles, en lieu sûr, en somme). Il y a également une femme arrogante venue de New York avec son mari médecin, lancée dans un perpétuel monologue gémissant sur le provincialisme indécrottable de Derrry, sur le fait qu'ici personne ne comprend l'EXPÉRIENCE JUIVE et sur celui qu'il faille aller jusqu'à Boston pour trouver une robe mettable. La dernière fois que cette cinglée d'anorexique m'a adressé la parole sans le service d'un intermédiaire remonte à la soirée de Noël du conseil d'administration. Elle avait consommé une certaine quantité de gin et m'avait demandé si seulement quelqu'un, à Derry, comprenait l'EXPÉRIENCE NOIRE. J'avais également consommé une certaine quantité de gin et je lui ai répondu : « Mrs. Gladry, les juifs constituent peut-être un grand mystère, mais tout le monde comprend les nègres. » Elle faillit s'étouffer sur son verre et fit un demi-tour si brutal que sa robe s'envola et révéla un instant sa petite culotte (vision sans grand intérêt ; dommage que ce ne fût pas Carole Danner !) ; ainsi se termina ma première conversation privée avec Mrs. Ruth Gladry. La perte n'est pas énorme.

Les autres membres du bureau sont des descendants des seigneurs du bois en grume. Le soutien qu'ils apportent à la bibliothèque est une forme d'expiation héritée : ils ont pillé les forêts et s'occupent maintenant des livres comme un libertin pourrait décider, l'âge venant, de s'occuper des bâtards qu'il a joyeusement conçus dans sa jeunesse. Ce sont les grands-pères et les arrière-grands-pères de ces hommes qui ont, très concrètement, fait reculer la forêt au nord de Derry et de Bangor et violé ces vierges parées de vert avec leurs haches. Ils ont coupé, taillé, débité, sans jamais un seul regard en arrière. Ils ont déchiré l'hymen de ces grandes forêts à l'époque où Grover Cleveland était président, et le travail était à peu près achevé au moment où Woodrow Wilson fit son hémorragie cérébrale. Ces ruffians en rubans et dentelles ont violé les grands bois, ont sali leurs sols de débris et de sciure, et transformé Derry : de la petite ville endormie ils ont fait un bastringue à la croissance anarchique, où les débits à gin ne fermaient jamais et où les putes faisaient des passes à longueur de nuit. Un vieux de la vieille, Egbert Thoroughgood, aujourd'hui âgé de quatre-vingt-treize ans, m'a raconté comment il s'était envoyé une pute maigre comme un coucou dans un claque de Baker Street (une rue qui n'existe plus ; un ensemble de résidences de standing moyen s'élève à l'endroit où elle se trouvait auparavant).

« Ce n'est qu'après avoir tiré mon coup que je me suis rendu compte qu'elle baignait dans une mare de foutre qui devait bien faire deux centimètres. On aurait dit un truc comme de la gelée. " Dis donc, la môme, que je lui fais, ça t'arrive jamais de te laver ? " Alors elle a regardé et tu sais ce qu'elle m'a dit ? " Je vais changer les draps si tu veux remettre ça. Doit y en avoir une paire dans la commode du hall, je crois. Je vois bien dans quoi je suis jusqu'à neuf ou dix heures, mais après minuit, j'ai le con tellement engourdi qu'il pourrait tout aussi bien être à dix bornes de là. " »

Telle était donc la ville de Derry pendant les vingt premières années, en gros, du XXe siècle ; une ville champignon où la gnole et le sperme coulaient à flots. La Penobscot et la Kenduskeag débordaient de bois en grume, depuis le dégel d'avril jusqu'à ce que les glaces reprennent, en général en novembre. Les affaires commencèrent à péricliter au cours des années 20, une fois privées de l'impulsion donnée par la guerre ; elles s'arrêtèrent complètement avec la Crise. Les seigneurs du bois en grume placèrent leur fric dans les banques de New York ou de Boston qui avaient survécu au Krach, et laissèrent l'économie de Derry se débrouiller pour survivre ou crever. Ils se replièrent dans leurs riches demeures de West Broadway et envoyèrent leurs enfants dans les écoles privées chics du New Hampshire, du Massachusetts ou de New York. Et ils vécurent de leurs intérêts et de leurs relations politiques.

Tout ce qui restait de leur suprématie, soixante-dix années et quelques après qu'Egbert Thoroughgood se fut soulagé de son besoin d'amour avec une pute à un dollar, dans un lit baigné de sperme de la défunte Baker Street, se réduisait à des forêts massacrées et embroussaillées dans les comtés de Penobscot et d'Aroostook, aux grandes baraques victoriennes qui s'élevaient entre deux coins de rue sur West Broadway… et, bien entendu, à ma bibliothèque. Sauf que ces bonnes gens de West Broadway me feraient tricard de ma bibliothèque en trois coups de cuillère à peau (noire, évidemment, jeu de mots on ne peut plus volontaire) si je publiais quoi que ce fût sur la Légion de la Décence, l'incendie du Black Spot, le massacre de la bande à Bradley… ou sur l'affaire de Claude Héroux et du Silver Dollar.

Le Silver Dollar était un caboulot où l'on servait de la bière, et c'est au Silver Dollar qu'a eu lieu ce qui reste peut-être comme la plus étrange affaire de l'histoire américaine en matière de meurtres en masse, en septembre 1905. On trouve encore quelques anciens, à

Derry, qui prétendent s'en souvenir, mais le seul récit qui m'inspire confiance est celui de Thoroughgood, qui avait dix-huit ans lors des événements.

Thoroughgood vit maintenant à la maison de retraite Paulson. Il n'a pas de dents, et son accent (une variante franco-canadienne, celle de la vallée de la Saint-Jean) est tellement épais que seul un folkloriste averti du Maine pourrait comprendre ses discours si on les rapportait phonétiquement. C'est d'ailleurs Sandy Ives, folkloriste à l'université du Maine et à qui j'ai déjà fait allusion plus haut dans ces pages décousues, qui m'a aidé à retranscrire mes enregistrements *.

À en croire Thoroughgood, Claude Héroux était une « espèce de fils de pute qui te regardait avec de gros yeux affolés de jument au clair de lune ».

Thoroughgood m'a dit qu'il croyait (comme tous ceux qui avaient approché Héroux) que l'homme était aussi matois qu'un renard voleur de poules... ce qui rend son massacre à la hache du Silver Dollar encore plus surprenant : il n'est pas dans l'esprit du personnage. Jusqu'à ce jour-là, les talents de Héroux, au dire des bûcherons de Derry, se réduisaient surtout à allumer des incendies dans les bois. Le plus important de tous, qu'il admit plus tard lui-même avoir provoqué en posant simplement une bougie allumée au milieu d'un tas de débris de bois et de branchettes, eut lieu dans la forêt de Big Injun près de Haven. Il détruisit vingt mille arpents de bois de haute futaie, et on pouvait sentir l'odeur de la fumée à cinquante kilomètres de là ; c'était l'époque où les tramways qui grimpaient Up-Mile Hill, à Derry, étaient encore tirés par des chevaux.

Au printemps de cette année-là, il avait été plus ou moins question de la création d'un syndicat. Quatre bûcherons s'étaient lancés dans un travail d'organisation (quoiqu'il n'y eût guère à organiser ; les travailleurs du Maine étaient alors des antisyndicalistes notoires, comme ils le sont encore majoritairement à l'heure actuelle). L'un de ces hommes était Claude Héroux, qui vit probablement dans l'activité syndicale une occasion d'ouvrir sa grande gueule et de passer beaucoup de temps à boire dans les troquets de Baker et Exchange Streets. Héroux et ses trois camarades se dénommaient les « organisateurs » ; les patrons les appelaient des « meneurs ». Ils firent afficher des avis sur la cabane des

* Le traducteur a renoncé à transposer en français cette prononciation (tout comme l'accent irlandais de la voix de Richie T.) car l'effet, ridicule et horripilant à la lecture, avait pour résultat d'entraver la progression du récit.

cuistots dans tous les camps de la forêt, de Haven Village jusqu'à Millinocket en passant par Summer Plantation, informant les bûcherons que tous ceux que l'on entendrait parler de syndicat seraient immédiatement licenciés.

En mai, il y eut une courte grève près de Trapham Notch ; et même s'il y fut mis fin vigoureusement, à la fois par des briseurs de grève et par des « policiers municipaux » (une chose assez étonnante, figurez-vous, étant donné qu'il y eut en action quelque trente « policiers municipaux » brandissant des manches de haches et pelant nombre de scalps, alors qu'avant cette belle journée de mai, on aurait eu bien des difficultés à en trouver un seul dans Trapham Notch, où l'on avait recensé quatre-vingt-dix habitants en 1900), Héroux et ses camarades organisateurs n'en considéraient pas moins que c'était là une grande victoire pour leur cause. En conséquence, ils débarquèrent à Derry pour s'enivrer et pour poursuivre leur tâche d' « organisateurs » ou de « meneurs », selon le point de vue. Peu importe, d'ailleurs, c'était un boulot à faire à jeun, de toute façon. Ils accostèrent à presque tous les bars du Demi-Arpent d'Enfer et finirent par échouer au Silver Dollar, se tenant par les épaules, ivres à se pisser dessus, chantant alternativement des chansons syndicalistes et des airs — grotesques par contraste — comme *Les yeux de ma mère me regardent depuis le ciel.* Je me dis que si leurs mères avaient en effet jeté un coup d'œil sur leurs gamins et les avaient vus dans cet état-là, elles auraient été bien excusables de regarder ailleurs.

À en croire Egbert Thoroughgood, une seule chose pouvait expliquer la présence de Claude Héroux dans ce mouvement : Davey Hartwell. Hartwell était l'organisateur des « organisateurs » ou le meneur des « meneurs », comme on voudra, et Héroux l'idolâtrait. Il n'était pas le seul ; la plupart des sympathisants à la cause syndicale aimaient Hartwell profondément et passionnément, de cet amour orgueilleux que les hommes éprouvent pour ceux de leur sexe dotés d'un magnétisme qui leur donne quelque chose de divin. Comme le disait Thoroughgood, dans son langage imagé : « Davey Hartwell était un homme qui marchait comme si la moitié du monde lui appartenait, et comme s'il avait une option sur l'autre moitié. »

Héroux avait suivi Hartwell dans cette histoire de syndicat tout comme il l'aurait suivi s'il avait décidé d'aller sur les chantiers de construction navale de Brewer ou de Bath, ou dans le bâtiment dans le Vermont — il l'aurait suivi si son héros avait voulu rétablir les lignes du Pony Express dans l'Ouest. Héroux était un hypocrite et un saligaud, et je suppose que dans tout roman digne de ce nom, cela l'empêcherait de se voir attribuer la moindre qualité. Parfois, cependant, quand un homme a passé sa vie à se méfier d'individus qui se méfiaient de lui, a constamment vécu en solitaire (ou en éternel perdant) à la fois par choix et du fait de l'opinion que la société se faisait de lui, il arrive qu'il trouve un ami ou soit pris de passion et qu'il ne vive plus que pour la personne qui lui inspire cette amitié ou cette passion, comme un chien ne vit que pour son maître. C'est ainsi que les choses semblent s'être passées entre Héroux et Hartwell.

Bref, ces quatre gaillards allèrent passer le reste de la nuit au Brentwood Arms Hotel, que les bûcherons appelaient alors le Chien Flottant (pour quelque raison engloutie, comme l'hôtel lui-même, dans les ténèbres du temps). Des quatre, aucun ne ressortit sur ses pieds et par la porte le lendemain matin. L'un d'eux, Andy DeLesseps, s'évanouit complètement, corps et biens. Pour ce que l'histoire en révèle, il peut très bien avoir passé le reste de sa vie à se la couler douce à Portsmouth, mais quelque chose me dit qu'il n'en est rien. On retrouva deux des autres « meneurs », Amsel Bickford et Davey Hartwell lui-même, flottant sur le ventre dans la Kenduskeag. Bickford n'avait plus de tête ; un coup d'une grande cognée de bûcheron l'avait séparée du corps. Quant à Hartwell, il lui manquait les deux jambes, et ceux qui le découvrirent jurèrent n'avoir jamais vu une telle expression de terreur et d'horreur sur un visage humain. Quelque chose lui distendait la mâchoire et lui gonflait les joues ; quand on le retourna et qu'on voulut lui refermer la bouche, sept de ses orteils tombèrent dans la boue. Certains pensaient qu'il avait perdu les trois autres à l'époque où il maniait la hache dans les bois ; d'autres étaient d'avis qu'il les avait avalés avant de mourir.

Un papier était épinglé au dos de leur chemise, avec écrit dessus un seul mot : SYNDICAT.

Claude Héroux ne comparut jamais devant un tribunal pour ce qui se passa au Silver Dollar dans la soirée du 9 septembre 1905, si bien qu'il n'y a aucun moyen de savoir par quel miracle il échappa au sort de ses camarades, en cette nuit de mai. On ne peut que faire des suppositions ; il avait longtemps vécu en solitaire, il avait appris à filer au quart de tour, ou encore il avait développé ce talent qu'ont certaines fripouilles pour disparaître quand les ennuis sérieux commencent. Mais pourquoi n'a-t-il rien fait pour Hartwell ? A-t-il été conduit dans les bois avec les trois autres « agitateurs » ? Peut-être l'avait-on gardé pour la bonne bouche, et avait-il trouvé moyen de fausser compagnie à leurs ravisseurs pendant que retentissaient les hurlements de Hartwell (hurlements de plus en plus étouffés au fur et à mesure qu'on lui fourrait ses orteils dans la bouche) au cœur de la nuit, réveillant les oiseaux perchés sur leurs arbres. Il n'y a aucun moyen de le savoir, d'avoir une certitude, même si cette dernière hypothèse est celle qui me paraît la plus vraisemblable.

Claude Héroux devint quelque chose comme un spectre. Il arrivait tranquillement dans un camp de forêt de la vallée de la Saint-Jean, par exemple, se mettait en rang devant la cabane du cuistot avec le reste des bûcherons, se faisait servir une assiettée de ragoût, la mangeait et disparaissait avant que quiconque eût remarqué qu'il ne faisait pas partie de l'équipe. Quelques semaines plus tard, il réapparaissait dans un caboulot de Winterport, parlait syndicalisme et jurait qu'il vengerait ses amis et trouverait leurs assassins : les noms de Hamilton Tracker, William Mueller et Richard Bowie étaient ceux qui revenaient le plus souvent. Tous vivaient à Derry, et leurs maisons à multiples pignons, coupoles et avant-toits se dressent encore aujourd'hui sur West Broadway. Des années plus tard, eux et leurs descendants mettraient le feu au Black Spot.

On ne peut douter qu'il n'y eût des gens qui auraient bien aimé être débarrassés de Claude Héroux, en particulier après le début des incendies, en juin de cette année. Cependant, on avait beau apercevoir souvent le personnage, celui-ci était rapide et possédait un sens du danger quasi animal. Je n'ai rien trouvé qui laisse à penser qu'un magistrat avait émis un mandat d'arrestation portant son nom ; quant à la police, elle ne se mêla jamais de cette histoire. Peut-être craignait-on les déclarations de Héroux, au cas où on l'enverrait devant la justice en tant qu'incendiaire.

Toujours est-il que les incendies de forêt se multiplièrent autour de Derry et Haven au cours de l'été, qui fut très chaud. Des enfants disparurent, il y eut davantage de bagarres et de meurtres que d'habitude, et un drap funèbre de peur, aussi réel que la fumée que l'on pouvait sentir d'en haut de Up-Mile Hill, recouvrit la ville.

La pluie arriva finalement le 1er septembre, et elle ne cessa de tomber de toute la semaine. La ville basse fut inondée, ce qui n'avait rien d'exceptionnel, mais les grandes maisons de West Broadway dominaient ce secteur et il dut se pousser des soupirs de soulagement dans nombre d'entre elles. Ce cinglé de Héroux n'a qu'à se cacher pendant tout l'hiver dans les bois, si cela lui chante, auraient-ils pu dire. Son boulot estival est terminé, et on l'attrapera avant que la sécheresse revienne.

Puis arriva le 9 septembre. Je suis incapable d'expliquer ce qui s'est passé ; Thoroughgood en est tout aussi peu capable ; à ma connaissance, personne ne l'est. Je dois me contenter de relater les événements tels qu'ils se sont produits.

Le Silver Dollar regorgeait de monde, essentiellement des bûcherons en train de boire de la bière. À l'extérieur, une nuit brumeuse commençait à tomber. La Kenduskeag, très haute, ses eaux d'un gris plombé sinistre, remplissait son lit à ras bord. D'après Egbert Thoroughgood, il soufflait un vent capricieux, du genre « qui trouve toujours le moindre trou dans votre pantalon et vous souffle jusque dans le trou du cul ». Les rues n'étaient que fondrières. Au fond de la salle, une partie de cartes allait bon train autour d'une table ; les joueurs étaient les hommes de William Mueller. Ce Mueller était l'un des propriétaires de la GS & WM, une ligne de chemin de fer, et l'un des potentats de l'exploitation du bois ; il possédait des millions d'arpents de forêts de haute futaie, et les hommes qui jouaient au poker au Silver Dollar travaillaient comme bûcherons à temps partiel, cheminots à temps partiel et fouteurs de merde à plein temps. Deux d'entre eux, Tinker McCutcheon et Floyd Calderwood, avaient fait de la prison. Avec eux se trouvaient Lathrop Rounds (dont le surnom, aussi obscur que celui du Chien Flottant, était El Katook), David « Strugley » Grenier et Eddie King — un barbu dont les lunettes avaient des verres en cul de bouteille aussi rebondis que sa bedaine. Il paraît très vraisemblable qu'au moins quelques-uns d'entre eux aient passé les deux mois et demi précédents à guetter Claude Héroux ; il paraît tout aussi vraisemblable — bien qu'il n'y ait pas l'ombre d'une preuve — qu'ils étaient de la fête lors de la petite soirée d'abattage de mai, qui vit la fin atroce de Bickford et Hartwell.

Le bar était plein à craquer, donc, lorsque entra Claude Héroux. Il tenait à la main une grande cognée de bûcheron à double lame. Il s'avança jusqu'au comptoir et joua des coudes pour se faire une place. Egbert Thoroughgood se trouvait juste à sa gauche ; Héroux, dit-il, dégageait un parfum de ragoût au putois. Le barman lui apporta un distingué de bière, deux œufs durs dans un bol et une salière. Héroux le paya avec un billet de deux dollars et rangea la monnaie — un dollar quatre-vingt-cinq — dans l'une des poches de sa veste de bûcheron. Il sala ses œufs et les mangea. Il sala aussi sa bière, en siphonna une bonne rasade et lâcha un rot.

« Tu sais que c'est la vérité », déclara soudain Héroux, ce qui, avec son accent, devait prendre des consonances curieuses.

Il commanda un deuxième distingué, le vida et rota derechef. Au bar, les conversations se poursuivaient. Plusieurs personnes interpellèrent Claude, qui hocha la tête et les salua de la main, mais sans sourire. Thoroughgood expliquait qu'il avait l'air d'un homme à demi plongé dans un rêve. À la table du fond, la partie de poker continuait. El Katook misait fort. Personne ne se soucia d'avertir les joueurs que Claude Héroux se trouvait dans le bar... bien que, étant donné que le nom de Claude avait été vociféré par plus d'une de ses connaissances et que la table de jeu était à moins de dix mètres du bar, il paraisse difficile de comprendre comment ils ont pu poursuivre la partie sans s'inquiéter des dangers potentiels que représentait sa présence. C'est pourtant ainsi que les choses se sont passées.

Après avoir vidé son deuxième distingué de bière, Héroux s'excusa auprès de Thoroughgood, saisit sa hache à double lame et se dirigea vers la table où les hommes de Mueller tapaient le carton. Et il se mit à l'abattage.

Floyd Calderwood venait de se verser un verre de whisky et reposait la bouteille au moment où Héroux arriva ; il eut la main coupée à la hauteur du poignet. Calderwood regarda son moignon et se mit à hurler ; la main tenait toujours la bouteille sans être rattachée à quoi que ce soit, s'ouvrant sur une plaie béante de cartilages ensanglantés et de vaisseaux qui pendouillaient. Pendant un instant, les doigts serrèrent le goulot encore plus fort, puis le membre retomba sur la table comme une araignée morte, tandis qu'un jet de sang giclait du bras amputé.

Au bar, quelqu'un commanda une autre bière tandis qu'un autre consommateur demandait au barman, qui s'appelait Jonesy, s'il se teignait les cheveux. « Jamais fait ça, répondit celui-ci, qui tirait vanité de sa chevelure.

— J'ai rencontré une pute chez la mère Courtney qui m'a dit que ce qui te poussait autour de la bite était blanc comme neige, répliqua le consommateur.

— C'est des bobards, protesta Jonesy.

— Baisse ton froc et montre-nous », intervint alors un bûcheron du nom de Falkland, avec lequel Egbert Thoroughgood avait parié une tournée avant l'arrivée de Claude Héroux. Il y eut un rire général.

Derrière eux, Floyd Calderwood hurlait. Quelques-uns des hommes au bar jetèrent un regard indifférent dans la direction de la table de jeu, suffisamment tôt pour voir Héroux enfoncer sa grande hache dans la tête de Tinker McCutcheon. Tinker était une espèce de grand balèze dont l'épaisse barbe noire virait au gris. Il se leva à moitié, des ruisseaux de sang sur le visage, puis se rassit. Héroux retira la hache de sa tête. Tinker voulut de nouveau se lever, et Héroux balança sa hache de côté ; la lame vint s'enfoncer dans le dos du bûcheron avec un son, d'après Thoroughgood, rappelant un sac de linge sale qu'on laisse tomber sur un tapis. Tinker s'effondra sur la table, les cartes lui échappant des mains.

Les autres joueurs rugissaient, vociféraient. Calderwood, toujours hurlant, essayait d'attraper sa main droite avec la gauche, tandis que s'écoulait sa vie avec le flot régulier de sang qui jaillissait de son moignon. Strugley Grenier possédait ce que Thoroughgood appelait un « pétard planqué » (autrement dit un automatique dans un holster de poitrine) et s'efforçait sans succès de l'extirper de sa gaine. Eddie King voulut se lever et ne réussit qu'à se prendre les pieds dans sa chaise et à tomber sur le dos. Avant qu'il eût le temps de se relever, Héroux l'avait enjambé et brandissait sa hache. King hurla et tendit les mains en un geste de défense et de prière.

« Je t'en prie, Claude, je viens de me marier le mois dernier ! » gémit-il.

La hache tomba, et le fer disparut presque complètement dans la considérable bedaine de King. Le jet de sang fut d'une telle puissance qu'il alla jusqu'au plafond du Silver Dollar. Eddie se mit à reculer sur le sol comme une écrevisse. Claude retira la hache de ses entrailles à la manière dont un bon bûcheron retire une lame d'un bois tendre, avec un mouvement d'avant en arrière pour affaiblir la prise du bois plein de sève. Quand elle fut libérée, il la souleva de nouveau au-dessus de sa tête pour la laisser aussitôt retomber. Eddie King s'arrêta de hurler. Héroux n'en avait cependant pas terminé avec lui, car il se mit à le débiter comme on prépare du bois pour le feu.

Au bar, la conversation s'était maintenant portée sur l'hiver qu'on allait avoir. Vernon Stanchfield, un fermier de Palmyra, prétendait qu'il serait doux : il avait pour dicton que les pluies d'automne annoncent les hivers sans neige. Alfie Naugler, qui possédait une ferme près de Derry sur Naugler Road (ferme qui a maintenant disparu ; là où Alfie faisait pousser ses petits pois et ses haricots, passe la prolongation de l'autoroute avec ses six voies), se permit de ne pas être d'accord. Il prédit que l'hiver allait être terrible. Il avait compté jusqu'à huit anneaux sur certaines chenilles, prétendit-il, quelque chose que l'on n'avait jamais vu. Un autre pariait pour des mois de gadoue, un autre pour des vents d'enfer. On évoqua évidemment le blizzard de 1901. Jonesy propulsait les chopes d'un demi-litre de ses distingués et les bols pleins d'œufs durs sur le zinc de son bar. Derrière eux, les hurlements continuaient tandis que le sang ruisselait partout.

À ce stade de mon interrogatoire, j'arrêtai l'enregistrement du magnétophone et demandai à Egbert Thoroughgood : « Comment est-ce possible ? Êtes-vous en train de me dire que vous ne saviez pas ce qui se passait, ou que vous le saviez mais n'interveniez pas, ou quoi ? »

Je vis le menton du vieillard s'abaisser jusqu'à toucher le premier bouton de sa veste tachée de débris de nourriture. Ses sourcils se rapprochèrent. Le silence de la petite chambre encombrée et empestant la pharmacie se prolongea tellement que j'étais sur le point de répéter ma question lorsqu'il me répondit : « Nous le savions. Mais on aurait dit que ça n'avait aucune importance. Un peu comme de la politique, d'une certaine manière. Ouais, comme ça. Comme les micmacs de la commune. Autant laisser les gens qui comprennent la politique s'en occuper et les gens qui comprennent les micmacs de la ville s'occuper de cela. Il vaut mieux que les travailleurs ne se mêlent pas de certaines choses.

— Êtes-vous bien en train de me parler fatalité, en ayant juste un peu peur d'employer le mot ? » lui demandai-je soudain. La question s'était présentée d'elle-même, et je me dis sur le coup que Thoroughgood, qui était âgé, lent et presque illettré, en dépit de son langage souvent imagé, ne serait pas capable d'y répondre... et cependant il le fit, sans manifester la moindre surprise.

« Ouais, ouais, c'est bien possible. »

Tandis qu'au bar les hommes continuaient à parler de la pluie et du beau temps, Claude Héroux poursuivait l'abattage. Strugley Grenier avait finalement réussi à dégager le pistolet de son étui. La hache s'abattit une fois de plus sur Eddie King, qui n'était plus que morceaux sanguinolents. La première balle tirée par Grenier ricocha sur le fer de la hache, arrachant une étincelle, et partit en bourdonnant.

El Katook se remit sur ses pieds et commença à reculer. Il tenait toujours les cartes qu'il distribuait l'instant d'avant, et certaines tombaient au sol en tourbillonnant. Claude se jeta sur lui. El Katook tendit les mains. Strugley Grenier tira une deuxième fois, mais la balle passa à plus de trois mètres de Claude Héroux.

« Arrête, Claude ! » l'implora El Katook. D'après Thoroughgood, ce dernier esquissa même un sourire. « Je n'étais pas avec eux. Je me mêle pas de ces histoires. »

Héroux se contenta de grogner.

« J'étais à Millinocket, reprit El Katook, dont la voix commençait à monter dans les aigus. *J'étais à Millinocket, je le jure sur la tête de ma mère ! Demande à qui tu veux si tu ne me crois pas...* »

Claude leva la hache dégoulinante de sang et El Katook lui jeta au visage ce qui lui restait de cartes dans la main. La lame s'abattit avec un sifflement ; l'homme l'esquiva. Elle alla s'enfoncer dans la paroi de bois — le mur du fond du Silver Dollar. El Katook voulut s'enfuir, mais Claude dégagea la hache et (à l'aide du manche qu'il jeta entre les chevilles de sa victime) le fit trébucher et s'étaler par terre. Strugley Grenier tira une troisième fois, avec plus de succès ce coup-ci. Il avait visé la tête du bûcheron devenu fou ; la balle alla se ficher dans la partie charnue de sa cuisse.

Pendant ce temps, El Katook rampait aussi vite qu'il pouvait en direction de la porte de l'établissement, les cheveux lui pendant devant les yeux. Héroux brandit une fois de plus sa hache, avec un ricanement fait de sons incohérents, et l'instant suivant, la tête décapitée d'El Katook roulait dans la sciure qui recouvrait le plancher, langue bizarrement tirée entre les dents. Elle alla s'arrêter contre la botte d'un bûcheron du nom de Varney, lequel avait passé le plus clair de la journée au Silver Dollar, et qui, au stade où il en était, se trouvait dans un état d'inconscience si exquis qu'il ne savait plus si c'était la terre ou si c'était la mer. Il écarta la tête d'un coup de pied sans même la regarder, et demanda une nouvelle bière à Jonesy d'une voix tonitruante.

El Katook rampa encore sur un mètre, le sang jaillissant violemment de son cou, avant de se rendre compte qu'il était mort et de s'effondrer. Restait Strugley. Mais celui-ci était allé s'enfermer dans les chiottes.

Héroux s'ouvrit un chemin à coups de hache, avec des cris, des grognements, des paroles sans suite, de la bave lui coulant sur le menton. Quand il pénétra dans les cabinets, Strugley avait disparu, alors que la minuscule pièce glaciale ne possédait pas de fenêtres. Héroux resta planté là quelques instants, tête baissé, ses bras solides aspergés d'un sang gluant, puis, avec un rugissement, il souleva le couvercle du siège à trois trous — juste à temps pour voir les bottes de Strugley qui disparaissaient en dessous des planches de bois inégales qui masquaient, mal, la descente de l'installation. Strugley Grenier partit en courant le long d'Exchange Street, couvert de merde de la tête aux pieds, s'égosillant à crier qu'on l'assassinait. Il survécut à la partie d'abattage du Silver Dollar — il fut le seul — mais au bout de trois mois de plaisanteries sur sa méthode « merdique » pour fuir, il quitta définitivement la région de Derry.

Héroux sortit alors des toilettes et resta immobile sur le pas de la porte défoncée, tête baissée, comme un taureau qui vient de charger, tenant encore la hache à la main. Il respirait fort, haletait, et du sang le couvrait de la tête aux pieds.

« Ferme la porte, Claude, ces chiottes puent davantage que l'enfer », lui dit Thoroughgood. L'homme laissa tomber sa hache sur le sol et fit ce qu'on lui avait demandé. Il se dirigea vers la table aux cartes éparpillées, où ses victimes étaient assises une ou deux minutes avant, écartant l'une des jambes coupées d'Eddie King au passage. Puis il s'assit et posa la tête sur les bras. Partout dans le bar, les conversations reprirent et l'on se remit à boire. Cinq minutes plus tard, une vague de nouveaux arrivants se présenta au Silver Dollar ; parmi eux se trouvaient trois ou quatre flics du bureau du shérif (leur chef était le père de Lal Machen, et quand il vit le carnage il eut une attaque cardiaque ; on dut l'emporter jusqu'au cabinet du Dr Shratt). On emmena Claude Héroux, qui suivit docilement les forces de l'ordre, l'air plus endormi que réveillé.

Ce soir-là, dans tous les bars d'Exchange et Baker Streets, les conversations roulèrent, de plus en plus bruyamment, de plus en plus tapageuses, sur le massacre du Silver Dollar. Une espèce de rage alcoolisée et vertueuse se mit à grandir, et lorsque les bars fermèrent, on vit un groupe fort d'au moins soixante-dix hommes se diriger vers la prison et le tribunal du centre-ville. Certains tenaient des torches et des lanternes ; d'autres portaient des armes à feu, des haches, ou des masses.

Le shérif du comté, qui venait de Bangor, n'était pas attendu avant midi le lendemain : il était bel et bien absent ; quant à Goose Machen, il se remettait de son attaque cardiaque dans l'infirmerie du Dr Shratt. Les deux adjoints qui se trouvaient de service sur place, en train de jouer à la belote, entendirent arriver la populace et dégagèrent en vitesse. La bande d'ivrognes ne fit pas de détail, cassa tout et arracha Claude Héroux à sa cellule. Ce dernier ne protesta pas beaucoup ; il avait l'air sonné, absent.

Les émeutiers le transportèrent sur leurs épaules comme le héros d'une équipe de football ; ils se rendirent ainsi jusqu'à la hauteur de Canal Street, où ils le pendirent à la branche d'un vieil orme qui surplombait le canal. « Il était déjà tellement dans les vapes qu'il ne donna que deux coups de pied », dit Egbert Thoroughgood. Ce fut, du moins d'après les archives de la ville, le seul lynchage qui eût jamais lieu dans cette partie du Maine. Et, est-il besoin de le préciser, il ne fut pas signalé dans les colonnes du *Derry News*. Nombre de ceux qui avaient continué à boire tranquillement pendant que Héroux maniait sa hache à tout va au Silver Dollar étaient de la partie de corde de chanvre qui se termina par sa pendaison. À minuit, leur humeur avait sans doute changé.

Je posai à Thoroughgood une ultime question : N'avait-il pas aperçu un inconnu pendant les violences de cette journée ? Quelqu'un qui l'aurait frappé par son étrangeté, son côté bizarre, déplacé... clownesque ? Quelqu'un que l'on aurait vu en train de boire au bar l'après-midi, quelqu'un qui se serait peut-être mêlé à la foule des lyncheurs cette nuit-là ?

« C'est bien possible », répondit le vieillard. Il commençait à être fatigué, à ce moment-là ; sa tête tombait, et il était prêt pour sa sieste de l'après-midi. « C'était il y a très, très longtemps, Mr. Hanlon. Très très longtemps.

— Mais vous vous souvenez de quelque chose, pourtant.

— Oui, je me rappelle qu'il devait y avoir à ce moment-là une foire sur la route de Bangor, admit Thoroughgood. À six portes du Silver Dollar, il y avait un autre troquet, le Bucket. Et dedans un type... un drôle de type marrant... qui faisait des pirouettes et des cabrioles... qui jonglait avec les verres... des tours... il posait quatre pièces sur son front sans les faire tomber... un comique, quoi... »

Son menton osseux vint de nouveau s'appuyer contre sa poitrine. Il était sur le point de s'endormir sous mes yeux. Un peu de salive se mit à faire des bulles au coin de sa bouche, aussi plissée et ridée qu'une bourse à cordons.

« J' l'ai aperçu ici et là, de temps en temps, depuis, ajouta finalement le vieil homme. J' me suis dit qu'il avait dû décider de rester dans le secteur.

— Ouais, il y est resté un bon bout de temps », dis-je.

Un ronflement léger fut sa seule réponse. Thoroughgood s'était endormi dans son fauteuil, près de la fenêtre, sur le rebord de laquelle s'alignaient ses médicaments, dernières lignes de défense du grand âge. Je coupai l'enregistrement et restai assis quelques instants à le contempler ; il me faisait l'effet d'un homme qui aurait voyagé dans le temps, venu d'une époque où n'existaient ni automobiles, ni ampoules électriques, ni avions, et où l'Arizona ne faisait pas encore partie de l'Union. Grippe-Sou était déjà là, à la tête du cortège pour un nouveau sacrifice spectaculaire — un de plus dans la longue liste des sacrifices spectaculaires de Derry. Celui-ci, qui eut donc lieu en septembre 1905, servit de prélude à une période de terreur redoublée, dont le couronnement serait l'explosion des aciéries Kitchener à Pâques, l'année suivante.

Voici qui soulève quelques questions intéressantes (et pour autant que je sache, des questions d'une importance vitale). Qu'est-ce que Ça mange, réellement, par exemple ? Je sais que quelques-uns des enfants ont été partiellement dévorés ; ils présentent des traces de morsure, au moins. Mais peut-être est-ce nous qui poussons Ça à agir ainsi. Il ne fait aucun doute que tous nous savons depuis l'enfance ce que nous fait le monstre lorsqu'il nous attrape au fond des bois : il nous dévore. C'est peut-être la chose la plus épouvantable que nous sommes capables de concevoir. Mais en fait, c'est de foi et de croyance que vivent les monstres, non ? Je suis irrésistiblement conduit à cette conclusion : la nourriture donne peut-être la vie, mais la source de la puissance se trouve dans la foi, non dans la nourriture. Et qui est davantage capable d'un acte absolu de foi qu'un enfant ?

Le problème, cependant, est que les enfants grandissent. Dans l'Église, la perpétuation et le renouvellement du pouvoir se font au cours de cérémonies rituelles périodiques. Il semble en aller de même à Derry. Se pouvait-il que Ça se protège du simple fait que, comme les enfants deviennent des adultes, ils deviennent également soit incapables d'un acte de foi, soit handicapés par une sorte de dégénérescence spirituelle, une atrophie de l'imagination ?

Oui. Je crois que tel est le secret, ici. Et si je lance ces appels, combien se souviendront ? Dans quelle mesure croiront-ils ? Suffisamment pour mettre un terme définitif à cette horreur, ou juste assez pour se faire à leur tour massacrer ? Nous avons bien failli le tuer par deux fois, et à la fin nous l'avons repoussé jusqu'au fond de sa tanière, parmi ses tunnels et ses hypogées puants, sous la ville. Mais je crois avoir découvert un autre secret. Bien que Ça soit peut-être immortel (ou presque), nous ne le sommes pas. Il lui suffit d'attendre jusqu'à ce que l'acte de foi qui a fait de nous des tueurs de monstres potentiels soit devenu impossible. Vingt-sept ans. Peut-être une période de sommeil pour lui, aussi bref et roboratif que le serait pour nous une petite sieste. Et quand Ça se réveille, il est inchangé alors qu'un tiers de notre vie vient de s'écouler. Nos perspectives sont devenues plus étroites ; notre foi dans la magie, qui seule rend la magie possible, s'est aussi usée que le brillant d'une paire de chaussures neuves après une longue journée de marche.

Pourquoi nous rappeler ? Pourquoi ne pas simplement attendre notre mort ? Parce que nous avons bien failli le tuer, parce que Ça a peur de nous, je crois. Parce que Ça veut se venger.

Et maintenant, maintenant que nous ne croyons plus au Père Noël, à la petite souris, à Hansel et Gretel ou aux trois petits cochons, Ça se sent prêt à nous affronter. *Revenez donc,* nous dit Ça. *Revenez donc et finissons-en de notre petit différend. Venez donc avec vos billes et vos yo-yo ! On va jouer ! Revenez et vous verrez si vous vous souviendrez de la chose la plus simple de toutes : ce que c'est que d'être un enfant, sûr de ses convictions et donc ayant peur du noir.*

Sur ce dernier point au moins, j'ai dix sur dix : je suis terrifié. Fichtrement terrifié.

CINQUIÈME PARTIE

LE RITUEL DE CHÜD

Cela n'est pas à faire. Les infiltrations ont
pourri le rideau. Les mailles se
décomposent. Affaissées les chairs
de la machine, ne construis plus de
ponts. Au travers de quel air voleras-tu
pour rejoindre les continents ? Laisse les mots
tomber en tout sens, qu'ils heurtent,
obliques, l'amour. Voilà qui sera une rare
visitation. Ils veulent trop en sauver,
l'inondation a fait son travail.

William Carlos Williams
Paterson

Regarde et souviens-toi. Regarde cette terre,
Loin, loin au-delà des usines et des champs.
Sûrement, là-bas, sûrement on te laissera passer.
Alors parle, demande la forêt et la terre grasse.
Qu'entends-tu ? Qu'exige le pays ?
La terre est prise : ceci n'est pas chez toi.

Karl Shapiro,
Travelogue for Exiles

CHAPITRE 19

Aux petites heures de la nuit

1

Bibliothèque de Derry, 1 h 15 du matin

Lorsque Ben Hanscom eut achevé l'histoire des billes d'argent, tous voulurent parler, mais Mike exigea qu'ils aillent prendre un peu de sommeil. « Vous en avez assez encaissé pour la soirée », dit-il. C'était lui, cependant, qui paraissait le plus épuisé et Beverly se demandait s'il n'était pas malade.

« Mais on n'en a pas terminé, objecta Eddie. Qu'est-ce qui est arrivé ensuite ? Je ne me souviens toujours pas...

— Mike a r-raison, le coupa Bill. Soit n-nous nous en souviendrons, soit ça ne nous reviendra pas. J-Je crois que ç-ça nous reviendra. Nous n-nous souviendrons de t-tout ce dont nous aurons b-besoin.

— De ce qui nous sera utile, peut-être ? suggéra Richie.

— Nous nous retrouverons demain, fit Mike en acquiesçant, avant de regarder l'horloge. Ou plutôt un peu plus tard aujourd'hui, je veux dire.

— Ici ? » demanda Beverly.

Mike secoua lentement la tête. « Je propose que nous nous retrouvions sur Kansas Street. À l'endroit où Bill cachait habituellement sa bicyclette.

— Nous descendrons dans les Friches, autrement dit », murmura Eddie avec un frisson.

Mike acquiesça de nouveau.

Il y eut quelques instants de silence pendant lesquels ils se regardèrent les uns les autres. Puis Bill se leva et tous en firent autant.

« Je vous demande d'être particulièrement prudents pour le reste de la nuit, dit Mike. On a vu Ça ici et Ça peut être là où vous serez. Mais je me sens mieux, après cette réunion. » Il regarda Bill. « Je dirais que c'est toujours possible, qu'en penses-tu, Bill ? »

Bill acquiesça lentement. « Oui. Je crois que nous pouvons toujours y arriver. Ça ne va pas l'ignorer, aussi, et Ça fera tout son possible pour piper les dés en sa faveur.

— Que fait-on, si Ça nous tombe dessus ? demanda Richie. On se pince le nez, on ferme les yeux, on tourne trois fois sur soi-même, on ne pense qu'à des choses bien ? On lui souffle de la poudre de perlimpinpin à la figure ? On lui chante un vieux tube d'Elvis Presley ? Quoi ? »

Mike secoua la tête. « Si je pouvais te répondre, il n'y aurait plus de problème, n'est-ce pas ? Tout ce que je sais, c'est qu'il existe une autre force — en tout cas, il en existait une lorsque nous étions mômes — qui voulait que nous restions en vie pour faire le travail. Elle est peut-être toujours là. » Il haussa les épaules ; le geste trahissait une grande fatigue. « J'avais redouté que deux d'entre vous, peut-être trois, ne fassent pas leur réapparition à la réunion de ce soir. Soient manquants ou morts. Le seul fait de vous voir tous arriver m'a donné raison d'espérer. »

Richie regarda sa montre. « Une heure et quart. Comme le temps passe vite, quand on s'amuse ! Pas vrai, Meule de Foin ?

— Bip-bip, répondit Ben en esquissant un sourire.

— Veux-tu q-que nous rentrions en-ensemble à pied à l'hôtel, Beverly ? demanda Bill.

— D'accord. » Elle passait son manteau. Le silence de la bibliothèque, sa pénombre, maintenant, avaient quelque chose de menaçant. Bill sentit la tension accumulée de ces deux derniers jours lui tomber dessus, lui écraser le dos. Si cela n'avait été encore que de la fatigue... mais il y avait autre chose : une impression de rupture, de rêve, de fantasmes paranoïaques. La sensation d'être surveillé. *Peut-être ne suis-je pas du tout ici. Peut-être est-ce que je me trouve dans l'asile de fous du Dr Seward, à côté du manoir en ruine du comte, avec Renfield juste au bout du hall, lui avec ses mouches et moi avec mes monstres, tous deux convaincus que se déroule la grande soirée et tirés à quatre épingles pour l'occasion, c'est-à-dire habillés d'une camisole de force et non pas d'un smoking.*

« Et toi, R-Richie ? »

Celui-ci secoua la tête. « Meule de Foin et Kaspbrak se chargeront de me ramener. D'accord, les gars ?

— Bien sûr », dit Ben. Il jeta un bref coup d'œil à Beverly, qui se tenait à côté de Bill, et fut traversé d'une sensation douloureuse qu'il avait presque oubliée. Un nouveau souvenir s'esquissa, parut presque à sa portée, et s'évanouit.

« Et t-toi, M-Mike ? Veux-tu nous accompagner, Beverly et m-moi ? »

Mike secoua la tête. « Il faut que je... »

C'est à cet instant-là que Beverly cria, un son aigu dans le silence. Le dôme voûté s'empara de son cri et le répercuta en échos comme un rire de sorcière qui aurait voleté à grands battements d'ailes autour d'eux.

Bill se tourna vers elle ; Richie laissa tomber sa veste de sport, qu'il venait de retirer du dossier de sa chaise ; il y eut un bruit de verre brisé — celui de la bouteille de gin jetée à terre par Eddie, d'un geste brusque du bras.

Beverly s'éloignait à reculons, mains tendues, le visage d'un blanc de craie. Entre ses paupières d'un mauve foncé, ses yeux s'exorbitaient. « Mes mains ! hurla-t-elle, mes mains !

— Qu'est-ce... ? » commença Bill, qui vit alors le sang qui dégoulinait de ses doigts pris de tremblements. Il fit un pas en avant et éprouva soudain une douleur dans ses propres mains. Elle n'était pas très forte ; elle était semblable à ces sensations de chaleur que l'on ressent parfois dans les blessures guéries depuis longtemps.

Les anciennes cicatrices de ses paumes, celles qui étaient réapparues en Angleterre, venaient de s'ouvrir et saignaient. Il regarda vers les autres et vit Eddie Kaspbrak qui contemplait ses mains d'un air stupide. Elles saignaient aussi. Comme celles de Mike, celles de Richie, celles de Ben.

« On est bons pour aller jusqu'au bout, non ? » pleurnicha Beverly. Ses sanglots retentissaient, amplifiés par le silence absolu de la bibliothèque ; le bâtiment lui-même avait l'air de pleurer avec elle. Bill pensa que s'il devait entendre ce bruit trop longtemps, il allait devenir fou. « Que Dieu nous vienne en aide, on est bons pour aller jusqu'au bout... » Elle sanglota de plus belle, et un filet de morve apparut à l'une de ses narines. Elle l'essuya du dos de l'une de ses mains tremblantes et du sang en tomba sur le sol.

« V-Vi-Vite ! s'écria Bill en saisissant la main d'Eddie.

— Qu'est-ce...

— Vite ! »

Il tendit son autre main, que Beverly prit après une brève hésitation. Elle pleurait toujours.

« Oui », dit Mike. Il avait l'air sonné, comme drogué, presque. « Oui, c'est bien ça, non ? Ça recommence, hein, Bill ? Ça repart de zéro.

— O-Oui, je crois... »

Mike prit la main d'Eddie et Richie celle de Beverly. Pendant un instant, Ben ne fit que les regarder, puis, agissant comme en rêve, il leva ses mains ensanglantées et vint se placer entre Mike et Richie et saisit leur main libre. Le cercle se referma.

(Ah Chüd c'est le rituel de Chüd et la Tortue ne peut pas nous aider.)

Bill voulut crier, mais aucun son ne sortit de sa gorge. Il vit la tête d'Eddie se renverser, les tendons et les veines de son cou se gonfler. Les hanches de Bev se cambrèrent violemment par deux fois, comme si elle était prise d'un orgasme aussi bref et aigu qu'une détonation de pistolet. La bouche de Mike s'agita de manière étrange, paraissant rire et grimacer en même temps. Dans le silence de la bibliothèque des portes s'ouvrirent et se refermèrent bruyamment, avec un grondement roulant comme des boules de bowling. Dans la salle des périodiques, une tornade sans vent dispersa les journaux, tandis que dans le bureau de Carole Danner, la machine à écrire se mettait à ronronner et à écrire toute seule :

leschemises
leschemisesdel'archi
leschemisesdel'archiduchesse
leschemisesdel'archiduchessesontellessèches

La sphère de la machine se paralysa. Il y eut un sifflement et un rot électronique dans les circuits en surcharge. Dans l'allée n° 2, les livres d'occultisme se mirent à tomber des étagères et les œuvres d'Edgar Cayce, de Nostradamus, de Charles Fort et des apocryphes s'éparpillèrent partout.

Bill éprouva une exaltante sensation de puissance. Il avait vaguement conscience d'être en érection et d'avoir tous ses cheveux qui se dressaient sur la tête. L'impression de force, dans le cercle reconstitué, était incroyable.

Toutes les portes de la bibliothèque se refermèrent bruyamment à l'unisson.

L'horloge comtoise, derrière le bureau de prêt, carillonna une fois.

Puis il n'y eut plus rien, comme si quelqu'un venait de couper un circuit.

Ils lâchèrent leurs mains et se regardèrent, sonnés. Personne ne dit mot. Tandis que refluait l'impression de puissance, le sentiment du destin funeste qui était le leur s'empara de Bill de manière insidieuse. Il regarda les visages blêmes et tendus de ses amis, puis ses mains. Elles étaient barbouillées de sang, mais les entailles pratiquées à l'aide d'un éclat de bouteille de Coca-Cola en août 1958 par Stan Uris s'étaient refermées, et il n'en restait plus que deux lignes claires, tordues comme des brins de ficelle défaits. Il pensa : *C'était la dernière fois où nous nous sommes trouvés tous les sept ensemble... le jour où Stan nous a fait ces entailles, dans les Friches. Stan n'est plus ici ; il est mort. Et c'est la dernière fois que nous nous retrouvons tous les six ensemble. Je le sais, je le sens.*

Beverly se pressait contre lui, tremblante. Bill passa un bras autour de ses épaules. Tous le regardèrent, les yeux agrandis et brillants dans la pénombre. La longue table autour de laquelle ils s'étaient assis, jonchée de bouteilles, de verres et de cendriers débordant de mégots, était un îlot de lumière.

« Ça suffit, déclara Bill d'une voix enrouée. On s'est assez amusés pour ce soir. On remet la grande soirée dansante à une autre fois.

— Je me souviens », dit Beverly. Elle leva les yeux vers Bill. Ses joues pâles étaient mouillées. « Je me souviens de tout. Mon père qui découvre que je fréquente votre bande. Comment j'ai couru. Bowers, Criss, Huggins. Ma fuite. Le tunnel... les oiseaux... Ça... Je me souviens de tout.

— Ouais, dit Richie, moi aussi. »

Eddie acquiesça. « La station de pompage...

— Et comment Eddie...

— Rentrez, maintenant, les interrompit Mike. Prenez du repos. Il est tard.

— Accompagne-nous, Mike, dit Beverly.

— Non. Il faut que je ferme. Et j'ai quelques notes à prendre... les minutes de la réunion, si vous voulez. Ce ne sera pas long. Partez devant. »

Ils se dirigèrent vers la sortie, sans beaucoup parler. Bill et Beverly ouvraient la marche, suivis de Richie, Ben et Eddie. Bill tint la porte pour Bev, qui murmura un remerciement. Comme elle s'avançait vers les marches de granit, Bill se fit la réflexion qu'elle paraissait jeune et vulnérable... Il avait tristement conscience d'être capable de retomber amoureux d'elle. Il essaya de penser à Audra, mais celle-ci paraissait bien loin. Elle devait dormir en ce moment dans leur maison de Fleet, à cette heure où le soleil se levait sur l'Angleterre et où le laitier commençait sa tournée.

Les nuages avaient de nouveau envahi le ciel de Derry, et des nappes d'un brouillard bas roulaient en torsades denses le long des rues désertes de la ville. Un peu plus haut, la Maison communale de Derry, étroite, haute, victorienne, semblait ruminer dans l'obscurité. Le bruit de leurs pas sonnait démesurément fort. La main de Beverly effleura la sienne, et Bill la prit avec gratitude.

« Ça a commencé avant que nous ne soyons prêts, dit-elle.

— A-t-on j-jamais été ré-réellement p-prêts ?

— Toi tu l'aurais été, Grand Bill. »

Il trouva brusquement le contact de sa main à la fois merveilleux et nécessaire. Il se demanda quel effet cela lui ferait de lui toucher les seins — pour la deuxième fois de sa vie — et soupçonna qu'il le saurait avant la fin de cette longue nuit. Il les trouverait plus pleins, plus mûrs... et sa main effleurerait une toison en se refermant sur son mont de Vénus. Il pensa : *Je t'aimais, Beverly... Je t'aime. Ben t'aimait... Il t'aime. Nous t'aimions tous, jadis... nous t'aimons tous, encore. Il vaut mieux, parce que ça ne fait que commencer. Aucune issue de secours, maintenant.*

Il jeta un coup d'œil derrière lui et vit la bibliothèque, à quelque distance. Richie et Eddie se tenaient sur la marche supérieure, Ben sur celle du bas, tourné vers eux. Il avait les mains enfoncées dans les poches, le dos voûté, et à travers les lambeaux de brume, il aurait presque pu avoir de nouveau onze ans. S'il avait été capable de lui transmettre un message télépathique, voici ce que Bill lui aurait dit : *Cela n'a pas d'importance, Ben. L'amour, voilà ce qui importe, l'amour et la tendresse... c'est toujours le désir, jamais le moment. Peut-être est-ce là tout ce que nous emportons avec nous quand nous quittons la lumière pour les ténèbres. Maigre réconfort, diras-tu, mais mieux que pas de réconfort du tout.*

« Mon père était au courant, dit tout d'un coup Beverly. Je suis revenue un jour des Friches, et il savait, simplement. Je ne t'ai jamais raconté ce qu'il disait d'habitude, quand il devenait furieux ?

— Quoi ?

— " Je m'inquiète pour toi, Bevvie. Je m'inquiète beaucoup. " » Elle rit et frissonna en même temps. « Je crois qu'il voulait me faire mal, Bill. Je veux dire... il m'avait déjà fait mal, mais cette fois-ci, c'était différent. Il était... c'était un homme étrange, de bien des façons. Je l'aimais. Je l'aimais même beaucoup, cependant... »

Elle le regarda, attendant peut-être qu'il finisse la phrase à sa place. Mais c'était quelque chose qu'elle devait se dire à elle-même, tôt ou tard. Mensonges et illusions étaient des boulets qu'ils ne pouvaient se permettre de traîner.

« ... je le haïssais, aussi. (Elle lui étreignit convulsivement la main pendant une seconde ou deux.) C'est la première fois de ma vie que j'avoue cela à quelqu'un. J'avais peur d'être foudroyée sur place si je le disais à voix haute.

— Redis-le, alors.

— Non. Je...

— Si, vas-y. Cela te fera mal, mais ça fait trop longtemps que ce truc-là t'empoisonne. Répète-le.

— Je haïssais mon père, dit-elle, se mettant à sangloter de manière incontrôlée, je le détestais, il me terrorisait, je le détestais, j'avais beau faire tout ce que je pouvais, jamais je n'étais une bonne fille pour lui, je le haïssais, oh oui, mais je l'aimais en même temps. »

Il s'arrêta et la tint serrée dans ses bras, Beverly s'agrippa à lui dans un geste de panique. Ses larmes vinrent mouiller le cou de Bill. Il n'avait que trop conscience du corps épanoui et ferme de la jeune femme. Il se dégagea légèrement, ne voulant pas qu'elle sente l'érection qui le gagnait... mais elle se serra de nouveau contre lui.

« On avait passé la matinée là en bas, à jouer à chat perché ou quelque chose comme ça. Un jeu parfaitement innocent. Nous n'avions même pas parlé de Ça ce jour-là, du moins pas encore... d'habitude, on finissait toujours par en parler à un moment ou un autre, chaque jour. Tu t'en souviens ?

— Oui, à-à un m-moment ou un autre. Je m'en souviens.

— Le ciel était à l'orage... il faisait chaud. Je suis revenue à la maison vers onze heures et demie. J'avais l'intention de manger un sandwich et de prendre une douche avant de retourner jouer. Mes parents travaillaient tous les deux. Mais lui était là. À la maison. Il

2

Main Street, 11 h 30

la balança à travers la pièce avant qu'elle eût seulement le temps de franchir le seuil. La surprise lui arracha un cri d'effroi, brutalement interrompu quand elle heurta, avec une violence qui l'étourdit, le mur en face. Elle s'effondra sur le canapé, jetant des regards affolés autour d'elle. La porte d'entrée se referma violemment. Son père l'avait attendue derrière.

« Je m'inquiète pour toi, Bevvie. Parfois, je m'inquiète même beaucoup. Tu le sais pourtant. Je te l'ai déjà dit et répété, non ?

— Mais Papa, qu'est-ce... »

Il se dirigea lentement vers elle à travers le séjour, une expression songeuse, triste et chargée d'une terrible menace sur le visage. Elle aurait voulu ne pas voir cette menace, mais elle y était bien, comme le reflet mat de la boue à la surface d'une eau tranquille. Il se mordillait pensivement la main droite à la hauteur d'une articulation. Il était encore en salopette, et quand elle baissa les yeux, elle vit que ses chaussures montantes laissaient des traces sur le tapis de sa mère. *Il va falloir que je sorte l'aspirateur,* pensa-t-elle de façon incohérente. *Pour nettoyer ça. S'il me laisse en état de le faire. S'il...*

C'était de la boue. De la boue noire. Son esprit s'emballa de manière alarmante. Elle était de nouveau dans les Friches avec Bill, Richie et les autres. Il y avait ce même genre de boue que celle qu'elle voyait sur les chaussures de son père, dans les Friches, dans la zone marécageuse où poussaient, blancs et squelettiques, ce que Richie appelait des bambous. Quand le vent soufflait, les troncs émettaient un son creux en s'entrechoquant qui faisait penser à des tambours vaudou... Son père serait-il allé dans les Friches ? Serait-il... ?

BAM !

Sa main décrivit une orbite large et vint atterrir sur le visage de Beverly, dont la tête alla porter contre le mur. Il glissa les pouces dans sa ceinture et se mit à la regarder avec une expression de curiosité déconnectée à faire frémir. Elle sentit un filet de sang couler du coin gauche de ses lèvres.

« Je t'ai vue devenir grande... », commença-t-il. Elle crut qu'il allait ajouter autre chose, mais il n'en fit rien.

« De quoi parles-tu, Papa ? demanda-t-elle d'une voix tremblante.

— Si jamais tu me mens, je te battrai jusqu'au moment où je serai sur le point de te tuer, Bevvie. » Elle se rendit compte avec horreur que ce n'était pas elle qu'il regardait, mais la gravure sur le mur au-dessus de sa tête. Son esprit battit de nouveau la campagne et elle se revit à quatre ans, assise dans son bain, avec le bateau bleu en plastique et le savon en forme de Popeye ; son père, immense, adoré, était agenouillé à côté d'elle, habillé d'un pantalon de serge grise et d'un gilet de corps à bretelles ; il tenait un gant de toilette d'une main et un verre de jus d'orange de l'autre, et lui savonnait le dos tout en lui disant : *Laisse-moi voir ces oreilles, Bevvie, Maman a besoin de patates pour le dîner.* Et elle entendit ses roucoulades de bébé, tandis qu'elle levait les yeux vers son visage où déjà grisonnait le poil, un visage qui était alors pour elle celui de l'éternité.

« Je... je ne mentirai pas, Papa, dit-elle. Qu'est-ce qu'il y a ? » Les larmes brouillaient de tremblements l'image de son père, devant elle.

« T'es descendue dans les Friches avec une bande de garçons, hein ? »

Son cœur fit un bond ; ses yeux retournèrent à ses chaussures couvertes de boue. Cette boue noire et collante. Si on s'y enfonçait trop, on pouvait y laisser une tennis ou une basket, même... et Richie et Bill prétendaient qu'au milieu, elle produisait un effet de sables mouvants.

« Je vais y jouer quel... »

BAM ! La main aux dures callosités s'abattit de nouveau violemment sur elle. Elle hurla de douleur et de peur. L'expression de son visage la terrifiait, comme la terrifiait cette façon qu'il avait de ne pas la regarder. Quelque chose allait de travers chez lui. Il ne faisait qu'empirer... et s'il avait réellement eu l'intention de la tuer ? S'il

(oh arrête ça Beverly c'est ton PÈRE et les PÈRES ne tuent pas leurs FILLES)

perdait tout contrôle. S'il...

« Qu'est-ce que tu leur as laissé te faire ?

— Faire ? Qu'est-ce que... » Elle n'avait aucune idée de ce qu'il voulait dire.

« Enlève ton pantalon. »

Sa confusion fut à son comble. Rien de ce qu'il disait ne semblait avoir de rapport. Essayer de le suivre la rendait malade... comme si elle avait le mal de mer, presque.

« Qu'est-ce que... pourquoi... ? »

Sa main se leva ; elle se recroquevilla. « Enlève-le, Bevvie. Je veux voir si tu es intacte. »

Une nouvelle image lui traversa l'esprit, plus folle encore que les précédentes : elle se vit retirant son jean, une de ses jambes venant avec. Son père la frappant à coups de ceinture tandis qu'elle le fuyait à cloche-pied dans la pièce, sur sa jambe restante. Son père lui criant : *Je le savais que tu n'étais pas intacte, je le savais !*

« Mais Papa, je ne sais pas ce que... »

Sa main retomba de nouveau, serrée en un poing, cette fois-ci. Elle s'enfonça dans son épaule avec une force furieuse. Elle hurla. Il la releva, et pour la première fois la regarda directement dans les yeux. Ce qu'elle vit dans les siens la fit hurler de nouveau. Il n'y avait... rien. Son père était parti. Et Beverly comprit soudain qu'elle était seule dans l'appartement avec Ça, seule avec Ça en cette matinée somnolente d'août. Elle n'éprouvait pas la puissante impression de force et de mal apparaissant sans voiles qu'elle avait ressentie un peu plus d'une semaine auparavant dans la maison de Neibolt Street — l'humanité fondamentale de son père avait en quelque sorte dilué cette impression — mais Ça était bel et bien présent et œuvrait par son intermédiaire.

Il la jeta de côté. Elle heurta la table à café, trébucha dessus et alla s'étaler sur le plancher avec un cri. *C'est comme ça que ça se passe, songea-t-elle. Je le dirai à Bill pour qu'il comprenne. C'est partout dans Derry. Ça... Ça remplit simplement les endroits vides, c'est tout.*

Elle roula sur elle-même. Son père se dirigeait vers elle. Elle se fit glisser sur le fond de son jean pour lui échapper, les cheveux dans les yeux.

« Je sais que t'es allée en bas, on me l'a dit. Je ne l'ai pas cru. Je n'ai pas cru que ma petite Bevvie irait traîner avec une bande de garçons. Et c'est pourtant ce que j'ai vu de mes yeux ce matin : ma Bevvie avec une bande de galopins. Pas même douze ans et déjà à traîner avec les garçons ! »

Cette dernière remarque eut l'air de le lancer dans une nouvelle transe de rage qui fit trembler son corps décharné comme une décharge électrique. « Pas même douze ans ! » rugit-il en lui donnant un coup de pied qui la fit hurler. Ces mâchoires mâchaient les mots et cette idée comme les mâchoires d'un chien affamé mâcheraient un morceau de viande. « Pas même douze ans ! Pas même douze ans ! Pas même DOUZE ANS ! »

Nouveau coup de pied. Beverly s'éloigna frénétiquement. Ils venaient d'arriver dans la partie cuisine de l'appartement. Sa grosse chaussure de travail heurta le tiroir dans le bas de la cuisinière ; chaudrons et poêles, à l'intérieur, se mirent à ferrailler.

« Et n'essaie pas de m'échapper, Bevvie. Ne va surtout pas faire ça, ou il va t'en cuire. Crois-moi, maintenant. Crois ton papa. Je suis très sérieux. Traîner avec les garçons, les laisser te faire Dieu seul sait quoi — pas même douze ans ! —, c'est très sérieux, par le Christ. » Il l'empoigna par l'épaule et la remit brutalement sur ses pieds.

« Tu es une jolie fille. Y a plein de types qui ne demandent qu'à s'occuper des jolies filles. Et plein de jolies filles qui ne demandent que ça, qu'on s'occupe d'elles. T'as été faire la pute avec ces garçons, hein, Bevvie ? »

Enfin elle comprenait ce que Ça lui avait mis dans la tête... Sauf qu'au fond d'elle-même, elle se doutait que cette idée n'était peut-être pas nouvelle pour lui ; que Ça n'avait probablement fait qu'utiliser les instruments à sa disposition, attendant d'être ramassés.

« Non, Papa ! Non, Papa !

— Je t'ai vue fumer ! » meugla-t-il. Cette fois-ci, il la frappa de la paume de la main, assez durement pour l'envoyer tanguer à reculons comme une ivrogne contre la table de la cuisine, sur laquelle elle s'étala, un élancement douloureux aux reins. Salière et poivrier roulèrent au sol. Le poivrier explosa. Des fleurs noires s'épanouirent et disparurent devant ses yeux. Les bruits avaient quelque chose de trop creux. Elle vit son visage ; ou plutôt, une expression sur son visage. Il regardait sa poitrine. Elle se rendit soudain compte que sa blouse venait de s'ouvrir et qu'elle ne portait pas de soutien-gorge — elle n'en possédait d'ailleurs encore qu'un seul, pour le sport. Son esprit, une fois de plus, fit une plongée dans le passé, un passé récent : elle était dans la maison de Neibolt Street, lorsque Bill lui avait donné sa chemise. Elle avait eu conscience de la manière dont ses seins pointaient sous la fine étoffe de coton, mais leurs brefs coups d'œil occasionnels ne l'avaient pas gênée ; ils lui avaient paru parfaitement naturels. Et il y avait eu dans le regard de Bill quelque chose de plus que naturel, une chaleur, un désir, peut-être un profond danger.

Un sentiment de culpabilité venait maintenant se mêler à celui de terreur. Son père était-il aussi pervers que cela ? N'était-ce pas elle qui se faisait

(T'as été faire la pute avec ces garçons...)

des idées ? de mauvaises idées ? Des idées sur ce dont il parlait, quoi que ce fût ?

Ce n'est pas la même chose ! Ce n'est pas la même chose que la façon

(T'as été faire la pute)

dont il me regarde maintenant ! Pas la même

Elle fourra la blouse dans le pantalon.

« Bevvie ?

— On faisait que jouer, Papa. C'est tout. On jouait... on... on faisait rien de mal. On...

— Je t'ai vue fumer », répéta-t-il, s'approchant d'elle. Ses yeux se déplacèrent de sa poitrine à ses hanches étroites qu'aucune courbe ne dessinait encore. Il se mit soudain à psalmodier, d'une voix aiguë de petit garçon qui ne fit que l'effrayer davantage : « *Une fille qui prend du chewing-gum fumera ! Une fille qui fume boira ! Et une fille qui boit, tout le monde sait ce qu'elle finit par faire !*

— MAIS JE N'AI RIEN FAIT ! » lui cria-t-elle de toutes ses forces tandis que ses grosses mains s'abaissaient vers ses épaules. Mais il ne la pinça pas, ne lui fit pas mal. Ses mains étaient douces. Ce fut ce qui mit le comble à sa terreur.

« Beverly, reprit-il avec la logique folle de ceux qui sont en proie à une obsession absolue. Je t'ai vue avec des garçons. Peux-tu me dire ce qu'une fille fait avec des garçons dans ces buissons si ce n'est pas ce qu'elle fait sur le dos ?

— Laisse-moi tranquille ! » cria-t-elle. Une flambée de colère monta en elle d'un puits dont elle n'avait jamais soupçonné l'existence ; une flambée de colère comme une flamme bleu-jaune dans sa tête, qui menaçait de carboniser ses pensées. Chaque fois il lui faisait peur ; chaque fois il lui faisait honte ; chaque fois, il lui faisait mal. « Laisse-moi tranquille !

— On ne parle pas comme ça à son père, répliqua-t-il, l'air surpris.

— Je n'ai pas fait ce que tu dis ! Jamais !

— Peut-être. Peut-être pas. Je vais vérifier, pour être sûr. Je sais comment. Enlève ton jean.

— Non. »

Les yeux d'Al Marsh s'agrandirent, laissant voir un cercle de cornée jaunâtre autour des iris d'un bleu profond. « Qu'est-ce que tu as dit ?

— J'ai dit non. » Peut-être vit-il, dans son regard qu'elle ne baissait pas, la colère qui y brûlait, la poussée éclatante de la rébellion. « Qui te l'a dit ?

— Bevvie...

— Qui t'a dit que nous jouions en bas ? Un étranger ? Ce n'était pas un homme habillé d'un costume orange et argenté ? Il ne portait pas de gants ? Est-ce qu'il n'avait pas l'air d'un clown même si ce n'était pas un clown ? Comment il s'appelait ?

— Est-ce que tu va arrêter, Bevvie...

— Non, c'est toi qui vas arrêter », rétorqua-t-elle.

Il balança sa main, non pas ouverte, cette fois, mais fermée en un poing n'ayant qu'un but : casser. Beverly l'esquiva. Le poing alla heurter le mur. Al Marsh poussa un cri, la lâcha et porta la main à la bouche. Elle recula à petits pas rapides.

« Reviens ici !

— Non ! Tu veux me faire mal. Je t'aime, Papa, mais je te déteste quand tu es comme ça. Il n'est plus question que tu le fasses. C'est Ça qui te pousse à le faire, mais tu lui as ouvert la porte.

— Je comprends rien à ce que tu me racontes, mais tu ferais mieux de venir ici tout de suite. Je ne vais pas te le demander une fois de plus.

— Non, répéta-t-elle, se mettant de nouveau à pleurer.

— Ne m'oblige pas à venir te chercher, Bevvie. Je te dis que tu le regretteras, si tu fais ça. Viens ici.

— Dis-moi qui te l'a dit, et je viendrai. »

Il bondit sur elle avec une telle agilité féline que, bien qu'elle eût soupçonné l'imminence de son geste, elle faillit se laisser prendre. Elle s'empara à tâtons de la poignée de la porte de la cuisine, l'ouvrit juste assez pour s'y couler et partit au triple galop le long du couloir vers la porte de l'entrée, courant comme dans un cauchemar de panique, comme elle courrait encore une fois devant Mrs. Kersh vingt-sept ans plus tard. Derrière elle, son père s'écrasa sur la porte qu'il referma de son poids, et fit craquer en son milieu.

« REVIENS ICI TOUT DE SUITE, BEVVIE ! » rugit-il en l'ouvrant violemment et en se lançant à sa poursuite.

Le loquet était mis sur la porte de devant ; elle était arrivée par celle de derrière. D'une main tremblante, elle s'évertuait sur le loquet tandis qu'elle secouait inutilement la poignée de l'autre. Derrière, son père hurlait de nouveau ; c'était un bruit

(Enlève ce jean, petite pute !)

de bête. Elle finit par réussir à manœuvrer la serrure et la porte s'ouvrit. C'était un air brûlant qui montait et descendait dans sa gorge. Elle jeta un coup d'œil par-dessus son épaule et le vit juste derrière elle, tendant un bras vers elle, un sourire qui était une grimace sur le visage, ses dents jaunâtres, chevalines, s'ouvrant sur une bouche comme un piège à ours.

Beverly bondit comme un éclair à travers la moustiquaire et sentit ses doigts qui glissaient sur le dos de sa blouse sans arriver à l'agripper. Elle vola par-dessus les marches, perdit l'équilibre et alla s'étaler sur le trottoir de ciment en s'arrachant la peau aux deux genoux.

« REVIENS ICI TOUT DE SUITE, BEVVIE, OU DEVANT DIEU, JE JURE QUE TU SERAS FOUETTÉE JUSQU'AU SANG ! »

Il descendit à son tour les marches et elle se releva précipitamment, des trous à chacune des jambes de son pantalon,

(Enlève ton pantalon)

du sang dégoulinant des rotules, ses terminaisons nerveuses chantant *En avant soldats du Christ.* Elle regarda derrière elle et le vit lancé à sa poursuite, lui, Al Marsh, concierge et gardien, homme grisonnant habillé d'une salopette kaki et d'une chemise kaki avec deux poches à rabat, un trousseau de clefs retenu par une chaîne à la ceinture, les cheveux au vent. Mais il était absent de son propre regard : n'était plus là l'être qui lui avait lavé le dos et donné des coups de poing à l'estomac et avait fait l'un et l'autre parce qu'il s'inquiétait, s'inquiétait beaucoup pour elle, l'être qui avait une fois essayé de lui tresser les cheveux lorsqu'elle avait sept ans et qui avait tellement saboté le travail qu'il avait pouffé de rire avec elle en voyant les mèches partir dans tous les sens, l'être qui savait comment préparer un sabayon à la cannelle, le dimanche, bien meilleur que tout ce que l'on pouvait trouver pour vingt-cinq cents chez le glacier de Derry, l'être-père, l'incarnation masculine de sa vie, celui qui lui faisait parvenir des messages ambigus depuis son autre horizon sexuel. Aucun de ces êtres n'était maintenant dans son regard. Elle n'y lisait que le meurtre à l'état pur. Elle n'y découvrait que Ça.

Elle courut. Elle courut pour fuir Ça.

Mr. Pasquale, en train d'arroser son gazon, leva les yeux, surpris. Les garçons Zinnerman arrêtèrent de briquer la vieille Hudson Hornet qu'ils avaient achetée pour vingt-cinq dollars et qu'ils lavaient tous les jours ou presque. L'un d'eux tenait un tuyau, l'autre un seau plein d'eau savonneuse, mais tous deux étaient bouche bée. Mrs. Denton regarda ce qui se passait depuis la fenêtre du premier, l'une des robes de ses six filles à la main, le panier de linge à repriser à côté d'elle sur le sol, la bouche pleine d'aiguilles. Le petit Lars Theramenius eut le réflexe de tirer sur la ficelle de sa petite voiture et de se réfugier sur la pelouse pelée de Bucky Pasquale. Il éclata en sanglots lorsqu'il vit Beverly, qui avait consacré toute une matinée, ce printemps-là, à lui montrer comment lacer ses baskets de façon à ce que le nœud ne se défasse pas, passer comme une flèche à côté de lui, hurlante, les yeux exorbités. Suivie, l'instant suivant, de son père beuglant après elle. Et Lars, qui avait alors trois ans et mourrait douze ans plus tard dans un accident de moto, vit quelque chose d'effroyable et d'inhumain sur le visage de Mr. Marsh, au point qu'il en eut des cauchemars pendant trois semaines ; il voyait Mr. Marsh se transformer en araignée sous ses vêtements.

Beverly fonça. Elle avait parfaitement conscience que sa vie était peut-être en jeu. Si jamais son père la rattrapait maintenant, peu importait qu'ils fussent dans la rue. Il arrivait que les gens fissent des choses démentes à Derry, parfois ; elle n'avait pas besoin de lire les journaux ou de connaître l'histoire particulière de la ville pour le savoir. S'il l'attrapait, il l'étoufferait, la battrait, la bourrerait de coups de pied. Et quand ce serait terminé, quelqu'un viendrait le prendre et il se retrouverait dans une cellule, comme le beau-père d'Eddie Corcoran, hébété, ne comprenant rien.

Elle courut vers le centre-ville, croisant de plus en plus de gens au fur et à mesure. Ils les regardaient — elle, tout d'abord, puis son père —, l'air surpris, parfois stupéfié ; mais cela n'allait pas plus loin. Ils regardaient, oui, et retournaient à leurs affaires. L'air qui circulait dans ses poumons devenait maintenant plus lourd.

Elle traversa le canal, ses pieds sonnant sur le trottoir de ciment tandis qu'à sa droite les voitures faisaient gronder les épaisses lattes de bois du pont. Sur sa gauche, elle apercevait le demi-cercle de pierre sous lequel s'engouffrait la rivière pour franchir le centre-ville.

Elle coupa soudain Main Street, sans se soucier des furieux coups d'avertisseurs et des grincements de freins. Elle prenait sur sa droite parce que les Friches étaient dans cette direction. Elles se trouvaient à encore un bon kilomètre, et si elle voulait s'y réfugier, elle allait devoir distancer son père sur le redoutable raidillon de Up-Mile Hill (ou emprunter l'une des rues latérales, où la pente était encore plus prononcée). Mais quel choix avait-elle ?

« REVIENS SALE PETITE GARCE JE T'AVERTIS ! »

Comme elle bondissait sur le trottoir, de l'autre côté de la rue, elle jeta un coup d'œil derrière elle, ce qui fit ondoyer la masse de sa crinière rousse sur ses épaules. Son père traversait la rue, aussi insouciant de la circulation qu'elle l'avait été, le visage écarlate et brillant de sueur.

Elle se faufila dans une ruelle qui passait derrière Warehouse Row. Elle se retrouva à l'arrière des bâtiments qui s'alignaient sur Up-Mile Hill, où l'on conditionnait et conservait la viande en gros : Star Beef, Armour Meatpacking, Hemphill Storage & Warehousing, Eagle Beef & Kosher Meats. La ruelle était étroite et pavée, et les multiples poubelles et sacs d'ordures pleins de détritus fumants la rétrécissaient encore. Il régnait un mélange d'odeurs — certaines fades, d'autres prenantes, d'autres suffocantes — qui parlait d'une seule chose : de sang et de mort. D'innombrables débris rendaient les pavés glissants. Des nuages de mouches bourdonnaient. De l'intérieur des bâtiments, elle entendait le gémissement à glacer le sang des scies à ruban entaillant les os. Ses pieds perdaient leur sûreté sur les pavés poisseux. De la hanche, elle heurta une poubelle en tôle galvanisée, et des paquets de tripes, enveloppés dans du papier journal, en tombèrent comme de gigantesques fleurs charnues et exotiques.

« REVIENS TOUT DE SUITE ICI BEVVIE NOM DE DIEU ! ÇA SUFFIT MAINTENANT ! LES CHOSES SERONT ENCORE PIRES POUR TOI SI TU CONTINUES ! »

Deux hommes flemmardaient dans l'entrée de service de Kirshner Packing Works, mastiquant d'énormes sandwichs, la gamelle à portée de la main. « T'es dans de sales draps, la môme, dit l'un d'eux gentiment. On dirait bien que ton paternel va te filer une trempe. » L'autre rit.

Il gagnait du terrain. Elle entendait son pas pesant et sa respiration bruyante jusque derrière elle, maintenant ; jetant un coup d'œil sur sa droite, elle vit l'aile noire de son ombre portée sur la palissade qui courait de ce côté. Puis elle entendit son hurlement de fureur : il venait de glisser et de tomber rudement sur les pavés. Il se remit aussitôt debout, ne rugissant plus d'imprécations, mais se contentant de pousser des cris de rage pour le plus grand plaisir des deux garçons bouchers, qui riaient et se tapaient mutuellement dans le dos.

La ruelle faisait un crochet à gauche... et Beverly dérapa et s'arrêta, manquant tomber, une expression catastrophée sur le visage. Une benne à ordures était garée à la sortie de la ruelle. Il n'y avait pas trente centimètres d'espace de chaque côté. Le moteur tournait au ralenti. Par-dessous ce bruit, elle entendait le murmure d'une conversation : celle des éboueurs, aussi arrêtés pour la pause casse-croûte. On était à deux ou trois minutes de midi ; l'horloge du tribunal n'allait pas tarder à sonner les douze coups.

Elle l'entendit qui se rapprochait de nouveau. Elle se jeta à terre et commença à ramper sous la benne, sur ses coudes, sur ses genoux déjà meurtris. La puanteur de l'échappement et du diesel se mêlait à l'odeur de la viande avariée et lui donnait la nausée à lui faire tourner la tête. D'une certaine manière, sa progression était encore pire, elle glissait sur un magma poisseux de détritus boueux. Elle continua d'avancer, cependant, et se redressa un peu trop, à un moment donné, si bien que son dos heurta le pot d'échappement brûlant. Elle dut ravaler un cri.

« Beverly ? T'es là-dessous ? » dit-il d'une voix entrecoupée : il était hors d'haleine. Elle se retourna et rencontra son regard comme il inspectait le dessous de la benne.

« Laisse...-moi tranquille ! réussit-elle à dire.

— Sale petite garce ! » répliqua-t-il d'un ton âpre et étranglé. Il se jeta à plat ventre dans un tintement de clefs et commença à ramper après elle, se servant de grotesques mouvements de natation pour avancer.

Beverly poursuivit sa reptation jusqu'en dessous de la cabine du camion, s'agrippa à l'un des énormes pneus — ses doigts s'enfoncèrent jusqu'à la deuxième articulation dans un rainurage — et se souleva à la force des bras. Elle se heurta le coccyx contre le pare-chocs avant de la benne, ce qui ne l'empêcha pas de partir en courant vers Up-Mile Hill, la blouse et le jean maculés d'une matière visqueuse innommable et dégageant une puanteur infernale. Elle jeta un coup d'œil en arrière et vit les mains et les bras couverts de taches de rousseur de son père dépasser d'en dessous de la cabine de la benne, comme les serres de ces monstres que l'on imagine, enfant, surgissant d'en dessous de son lit.

Rapidement, sans prendre le temps de réfléchir, elle fonça entre le bâtiment de Feldman Storage et celui de l'annexe des frères Tracker. Ce passage couvert, trop étroit pour seulement mériter le nom de ruelle, débordait de caisses brisées, de mauvaises herbes, de tournesols même, et bien entendu de monceaux de détritus. Beverly plongea derrière une pile de cageots et se tapit là. Quelques instants plus tard, elle vit en un éclair son père qui passait en courant devant l'entrée du passage et fonçait vers le haut de la colline.

Elle se leva et se précipita vers l'autre issue du passage, fermée par un grillage. Elle l'escalada, passa par-dessus, redescendit de l'autre côté. Elle se trouvait maintenant sur le terrain du séminaire de théologie de Derry. Elle remonta en courant la pelouse au gazon soigneusement tondu et arriva à l'un des angles du bâtiment. À l'intérieur, quelqu'un jouait un morceau classique à l'orgue. Les notes semblaient se graver harmonieusement, avec calme, dans l'air paisible.

Une haute haie séparait le séminaire de Kansas Street. Elle regarda au travers et ne tarda pas à repérer son père de l'autre côté de la rue, soufflant comme un phoque, de larges taches de transpiration assombrissant sa chemise sous les bras. Il scrutait les alentours, mains sur les hanches. Son trousseau de clefs renvoyait des éclairs lumineux au soleil.

Beverly l'observa, respirant fort elle aussi, le cœur battant la chamade dans sa poitrine. Elle mourait de soif, et la puanteur qui montait de ses vêtements lui soulevait l'estomac. *Si j'étais un dessin de BD,* songea-t-elle tout à trac, *on verrait monter de moi des petits traits ondulés.*

Son père traversa lentement la rue pour venir du côté du séminaire.

Beverly s'arrêta de respirer.

Mon Dieu, je vous en prie, je ne peux plus courir, mon Dieu aidez-moi, ne le laissez pas me trouver !

Al Marsh remonta lentement le trottoir et passa juste à la hauteur de sa fille accroupie de l'autre côté de la haie.

Mon Dieu, faites qu'il ne sente pas mon odeur !

Il ne sentit rien — peut-être simplement parce qu'après avoir lui-même roulé dans la ruelle et rampé sous la benne à ordures, Al sentait aussi mauvais qu'elle. Il s'éloigna. Elle le vit redescendre Up-Mile Hill, et bientôt elle le perdit de vue.

Beverly se releva lentement. Elle était couverte d'ordures, elle avait le visage crasseux et son dos lui faisait mal à l'endroit où elle s'était brûlée contre le pot d'échappement. Mais ces malheurs pâlissaient à côté de l'extrême confusion de ses pensées, qui tourbillonnaient en tout sens : elle avait l'impression de s'être aventurée aux limites du monde, et aucun des modes habituels de comportement qu'elle connaissait ne semblait s'appliquer. Elle ne pouvait imaginer retourner chez elle ; mais elle ne pouvait pas non plus imaginer ne pas retourner chez elle. Elle avait défié son père, elle l'avait défié, lui...

Elle dut repousser cette idée qui la rendait faible et tremblante, lui révulsait l'estomac. Elle aimait son père. Cela ne faisait-il pas partie des dix commandements : « Honore ton père et ta mère, afin que tes jours se prolongent dans le pays que l'Éternel, ton Dieu, te donne » ? Oui. Mais il n'était pas lui-même. Ce n'était pas son père. Il s'était agi de quelqu'un de complètement différent. D'un imposteur. Ça...

Elle se glaça soudain, comme une question lui venait à l'esprit : et si cela arrivait aux autres ? Cela, ou quelque chose de similaire ? Il fallait les avertir. Ils avaient blessé Ça, et qui sait si Ça n'était pas en train de prendre des mesures pour que cela ne se reproduise pas ? Et de fait, vers qui aller, sinon ? Ils étaient ses seuls amis. Bill. Bill saurait ce qu'il fallait faire. Bill lui dirait comment agir, Bill lui fournirait le mode d'emploi pour la suite.

Elle s'arrêta à l'endroit où l'allée du séminaire rejoignait le trottoir et jeta un coup d'œil furtif au-delà de la haie. Son père était vraiment reparti. Elle tourna à droite et se dirigea vers les Friches en empruntant Kansas Street. Sans doute n'y trouverait-elle personne à l'heure qu'il était ; ils seraient tous chez eux, pour le déjeuner. Mais ils reviendraient. En attendant, elle pourrait se glisser dans la fraîcheur du Club souterrain et essayer de retrouver un minimum de contrôle de soi. Elle laisserait ouverte la petite fenêtre afin de bénéficier d'un peu de soleil, et peut-être pourrait-elle même dormir. Son corps fatigué et son esprit épuisé par la tension approuvèrent joyeusement cette idée. Dormir, oui, cela lui ferait du bien.

Elle passa en se traînant, tête basse, devant le dernier groupe de maisons avant que la pente ne devînt trop raide et ne tombât dans les Friches — les Friches où, aussi incroyable que cela lui parût, son père avait rôdé pour l'espionner.

Elle n'entendit aucun bruit de pas derrière elle. Les garçons prenaient bien garde d'être silencieux. Ils s'étaient déjà fait distancer, et ils n'avaient pas l'intention de se faire avoir une deuxième fois. Ils se rapprochèrent de plus en plus d'elle, silencieux comme des chats. Le Roteur et Victor souriaient, mais le visage de Henry n'avait qu'une expression sérieuse, vacante. Il avait les cheveux en bataille ; ses yeux n'étaient fixés sur rien, comme ceux d'Al Marsh dans la maison. Il porta un doigt à ses lèvres pour exiger encore plus de silence tandis qu'ils réduisaient la distance de vingt-cinq, à quinze puis à dix mètres.

Tout au long de cet été, Henry s'était de plus en plus avancé au-dessus de quelque chose comme un abysse mental, engagé sur un pont qui devenait de plus en plus étroit. Le jour où il s'était laissé caresser par Patrick Hockstetter, le pont s'était rétréci au point de se réduire à une corde raide. Mais ce matin-là, la corde avait cassé. Il était sorti dans la cour, nu si l'on excepte son caleçon en haillons, et avait regardé vers le ciel. Le fantôme lunaire de la nuit dernière y rôdait encore et sous ses yeux, le disque pâle s'était changé en une tête de mort ricanante. Henry était tombé à genoux devant cette apparition, pris d'une exaltation faite de terreur et de joie. Des voix fantomatiques lui vinrent de la lune. Des voix qui changeaient, semblaient parfois se confondre en un léger babil à peine compréhensible... mais il sentait la vérité, laquelle était simplement que toutes ces voix n'étaient qu'une voix, qu'une intelligence. Elles lui dirent de récupérer Huggins et Victor puis de se rendre au coin de Kansas Street et Costello Avenue vers midi. Elles ajoutèrent qu'il saurait alors ce qu'il aurait à faire. Et ça n'avait pas raté, la petite conne s'était ramenée. Il attendit pour savoir ce que la voix allait lui dire de faire ; la réponse arriva alors qu'ils se rapprochaient toujours. Elle arriva cette fois non point de la lune, mais d'une bouche d'égout auprès de laquelle ils passaient. Elle parlait bas, mais distinctement. Huggins et Victor jetèrent un regard hébété, presque hypnotisé, à la grille d'égout, puis revinrent sur Beverly.

Tuez-la, avait dit la voix sortie des égouts.

Henry Bowers mit la main à la poche de son jean et en retira un mince instrument de trente centimètres de long incrusté, sur les côtés, d'imitations d'ivoire. Un petit bouton chromé brillait à l'une des extrémités de ce douteux objet d'art. Henry le poussa. Une lame de vingt centimètres de long en jaillit, et il fit sauter le cran d'arrêt dans sa paume. Il commença à marcher un peu plus vite. Victor et le Roteur, l'air toujours hypnotisé, accélérèrent aussi pour rester à sa hauteur.

On ne peut pas dire que Beverly les ait réellement entendus ; ce n'est pas cela qui lui fit tourner la tête alors que Henry Bowers réduisait l'écart qui les séparait. Genoux ployés, le pied prudent, un sourire figé au visage, Henry était aussi silencieux qu'un Sioux. Non ; c'était simplement l'impression, trop claire, trop directe et puissante pour être rejetée, qu'on

3

Bibliothèque de Derry, 1 h 55 du matin

la regardait.

Mike Hanlon posa sa plume et parcourut des yeux la salle principale de la bibliothèque. Il vit les îlots de lumière projetés par les globes suspendus ; il vit les livres qui se perdaient dans l'obscurité ; il vit la gracieuse spirale de l'escalier de fer monter jusqu'aux rayons du haut. Il ne vit rien qui ne fût à sa place.

Et néanmoins, il ne croyait pas être seul. Ou du moins, il ne croyait plus être seul.

Après le départ des autres, Mike avait nettoyé l'endroit avec un soin qui n'était dû qu'à l'habitude. Il avait agi en pilotage automatique, l'esprit à des millions de lieues — et à vingt-sept ans — de là. Il vida les cendriers, jeta les bouteilles d'alcool vides (en les couvrant de détritus moins voyants pour ne pas choquer Carole Danner) et plaça celles qui étaient consignées dans un carton, sous son bureau. Puis il prit le balai et fit disparaître les débris de la bouteille de gin cassée par Eddie.

Une fois la table propre, il se rendit dans la salle des périodiques et ramassa les journaux dispersés. En accomplissant ces simples corvées, son esprit filtrait les histoires qu'ils s'étaient racontées, se concentrant peut-être avant tout sur ce qui n'avait pas été dit. Ils croyaient se souvenir de tout ; il pensait que c'était presque le cas pour Bill et Beverly. Mais il y avait autre chose. Cela leur reviendrait... si Ça leur en laissait le temps. En 1958 ils n'avaient eu aucune possibilité de se préparer. Ils avaient parlé interminablement — leurs bavardages seulement interrompus par la bataille de cailloux et leur tentative héroïque, en groupe, au 29, Neibolt Street — et en fin de compte n'avaient peut-être rien fait d'autre que cela : bavarder. Puis était arrivé le 14 août, jour où Henry et ses acolytes les avaient ni plus ni moins pourchassés jusque dans les égouts.

J'aurais peut-être dû leur dire, songea-t-il en remettant un dernier magazine en place. Mais quelque chose s'était fortement opposé à cette initiative — la voix de la Tortue, supposait-il. Peut-être cela en faisait-il partie, tout comme le sentiment de circularité. Peut-être l'acte allait-il se rejouer, remis au goût du jour, comment savoir ? Il avait soigneusement mis de côté des lampes-torches et des casques de mineur en prévision du lendemain ; il avait les plans du système des égouts et de drainage de Derry proprement enroulés et retenus par des élastiques dans le même placard. Mais, quand ils étaient enfants, toutes leurs parlotes, tous leurs plans à peine ébauchés ou non s'étaient traduits par un résultat nul. En fin de compte, ils s'étaient trouvés refoulés dans les égouts et poussés à la confrontation qui avait suivi. Qu'allait-il se passer ? La même chose ? Foi et puissance, en était-il venu à croire, étaient interchangeables. L'ultime vérité serait-elle encore plus simple ? Se pourrait-il qu'aucun acte de foi ne fût possible tant que l'on n'était pas brutalement poussé dans le vortex hurlant des choses, tel un nouveau-né parachutiste qui plongerait dans le vide au sortir du sein de sa mère ? Une fois que l'on tombait, on était bien obligé de croire à la chute, non ?

Mike nettoya, rangea, classa, pensa, tandis qu'une autre partie de son cerveau espérait qu'il allait bientôt en terminer et se trouver assez fatigué pour avoir envie de rentrer chez lui prendre quelques heures de repos. Mais lorsque tout fut impeccable, il s'aperçut qu'il était encore parfaitement réveillé. Il se rendit donc dans le seul secteur qui fût barricadé de la bibliothèque : la réserve située derrière son bureau ; il déverrouilla la grille avec l'une des clefs de son trousseau et y pénétra. Cette réserve, qui en principe pouvait résister à l'incendie lorsque l'on abaissait et fermait une porte comme une écoutille, contenait les livres de valeur de la bibliothèque, les premières éditions, les livres avec la signature d'écrivains morts depuis longtemps (parmi ceux-ci, on trouvait un *Moby Dick* autographié par Melville, un *Leaves of Grass* de Walt Whitman), les ouvrages historiques relatifs à la ville et les papiers personnels de quelques-uns des rares écrivains qui avaient vécu et œuvré à Derry. Mike espérait, si jamais cette histoire se finissait bien, que Bill léguerait ses manuscrits à la bibliothèque de Derry. Empruntant la troisième rangée de la réserve, sous les ampoules protégées d'abat-jour de tôle, au milieu des odeurs familières d'humidité, de poussière et de papier vieillissant, il pensa : *Quand je mourrai, je parie que je partirai en tenant une carte d'abonnement d'une main et le tampon* EN RETARD *de l'autre. Bof, il y a sans doute pis que cela.*

Il s'arrêta à mi-chemin le long de cette allée. Son carnet de notes aux coins écornés, où se trouvaient consignés les événements de Derry et ses propres divagations, se camouflait entre deux ouvrages sur l'histoire de la ville et de la région ; poussé tout au fond de l'étagère, il restait pratiquement invisible et n'avait guère de chances d'être découvert par hasard.

Mike le prit et retourna s'installer à la table de la réunion, après avoir fermé les lumières dans la réserve et en avoir verrouillé la porte. Il parcourut les pages déjà écrites, songeant à ce que ce témoignage pouvait avoir d'étrange et de discutable : en partie histoire, en partie scandale, en partie journal, en partie confession. Sa dernière intervention remontait au 6 avril. *Il va falloir attaquer bientôt un nouveau carnet,* se dit-il en feuilletant les quelques pages blanches qui restaient. Un instant il évoqua, amusé, le premier jet d'*Autant en emporte le vent,* rédigé par Margaret Mitchell sur toute une pile de cahiers d'écolier. Puis il dévissa son stylo et écrivit *31 mai,* deux lignes en dessous de sa dernière note. Il fit une pause, laissant son regard errer dans la bibliothèque déserte avant de se mettre à consigner tout ce qui était arrivé depuis les trois derniers jours, en commençant par son appel téléphonique à Stan Uris.

Il écrivit calmement pendant un quart d'heure, puis il commença à perdre de sa concentration. Sa plume resta de plus en plus suspendue en l'air. L'image de la tête coupée de Stan dans le frigidaire l'assaillait ; la tête ensanglantée de Stan, la bouche ouverte et bourrée de plumes, tombant du réfrigérateur et roulant vers lui sur le sol. Il la repoussa avec effort et se remit à écrire. Cinq minutes plus tard il sursauta et regarda autour de lui, convaincu qu'il allait voir la tête rouler sur le sol carrelé en rouge et noir, les yeux aussi vitreux et avides que ceux d'une tête empaillée de cerf.

Il n'y avait rien. Pas de tête et aucun bruit, sinon les battements étouffés de son propre cœur.

Faut que tu te reprennes, Mikey. C'est nerveux ton truc, c'est tout. Rien d'autre.

Effort inutile. Les mots lui échappaient, les idées le narguaient, hors de portée. Quelque chose pesait de plus en plus sur sa nuque.

L'impression d'être observé.

Il posa son stylo et se leva. « Y a quelqu'un ici ? » lança-t-il. L'écho de sa voix se répercuta sous la rotonde, et il sursauta une nouvelle fois. Il se passa la langue sur les lèvres et recommença. « Bill ?... Ben ? »

Bill-ill-ill... Ben-en-en...

Mike eut soudain très envie de se retrouver chez lui. Il n'avait qu'à simplement emporter le carnet. Il tendit la main... et entendit le glissement presque imperceptible d'un pas.

Il leva de nouveau les yeux. Des flaques de lumière entourées de lagons de pénombre allant s'épaississant. Rien d'autre... en tout cas, rien d'autre qu'il pût voir. Il attendit, le cœur battant.

Le bruit de pas se reproduisit et cette fois-ci il le localisa. Il provenait du passage tout en vitres qui reliait la bibliothèque des adultes à celle des enfants. Là. Quelqu'un. Ou quelque chose.

Se déplaçant sans précipitation, Mike se rendit jusqu'au comptoir de sortie des livres. La porte à double battant qui donnait sur le passage était maintenue ouverte par des cales en bois, et il en voyait donc une partie. Il crut deviner ce qui lui parut être des pieds et, pris d'un soudain sentiment d'horreur à en perdre connaissance, il se demanda si Stan n'allait pas sortir de l'ombre avec son guide des oiseaux sous le bras, le visage d'un blanc de craie, les lèvres violettes, poignets et bras entaillés. *J'ai fini par venir,* dirait Stan. *Cela m'a pris un certain temps, parce qu'il a fallu que je sorte de mon trou dans la terre, mais je suis finalement venu...*

Il y eut un autre pas, et Mike fut sûr de voir des chaussures — des chaussures et le bas déchiré d'un pantalon de toile. Des fils d'un bleu délavé pendaient sur des chevilles nues. Et dans l'obscurité, à plus d'un mètre quatre-vingts au-dessus de ces pieds, il distinguait deux yeux qui luisaient.

Sa main se mit à tâtonner à la surface du comptoir semi-circulaire, arriva de l'autre côté, et tomba en contrebas sur le coin d'une petite boîte — les cartes des ouvrages en retard. Puis sur une autre boîte (bouts de papier, rubans adhésifs). Ses doigts arrivèrent sur quelque chose en métal qu'ils saisirent : un coupe-papier avec les mots JÉSUS SAUVÉ écrits sur le manche. Un objet fragile, offert par l'Église baptiste dans le cadre d'une campagne de collecte de fonds. Cela faisait quinze ans que Mike ne mettait plus les pieds à l'Église, mais sa mère avait été baptiste et il leur avait envoyé cinq dollars, plus qu'il ne pouvait se permettre. Il avait envisagé de jeter le coupe-papier qui était finalement resté au milieu du désordre qui régnait de son côté du comptoir (le côté de Carole était toujours d'une netteté impeccable) jusqu'à maintenant.

Il l'empoigna fermement, scrutant l'obscurité du passage.

Il y eut un autre pas... puis un autre. Le pantalon en haillons était maintenant visible jusqu'aux genoux. Il devinait la silhouette de celui à qui il appartenait : grande, massive. Les épaules voûtées. Une impression de cheveux hirsutes. Une tête simiesque.

« Qui êtes-vous ? »

La silhouette s'était immobilisée et le contemplait.

Bien qu'il fût toujours effrayé, Mike avait chassé l'idée paralysante qu'il pût s'agir de Stan Uris, sorti de sa tombe et rappelé à la vie par les cicatrices de ses paumes, sous l'effet de quelque horrible magnétisme ayant fait de lui un zombie, comme dans un film d'épouvante de Hammer. Qui que ce fût, il ne s'agissait pas de Stan Uris, qui n'avait jamais dépassé le mètre soixante-dix.

La silhouette fit un autre pas ; maintenant, la lumière du globe le plus proche de la porte éclairait la taille du jean, que ne serrait aucune ceinture.

Soudain, Mike sut qui était là ; même avant que la silhouette eût prononcé un mot, il le savait.

« Salut, négro. Alors, on lance plus des cailloux aux gens ? Tu veux savoir qui a empoisonné ton putain de clébard ? »

Nouveau pas en avant. La lumière tomba sur le visage de Henry Bowers. Il était devenu gras et flasque ; sa peau présentait une nuance malsaine de suif ; ses bajoues tombantes étaient recouvertes d'un chaume court avec autant de blanc que de noir. Des plis onduleux — trois — creusaient son front au-dessus de sourcils broussailleux. D'autres plis encadraient la bouche aux lèvres épaisses. Au milieu de leur sac de chairs affaissées, les yeux étaient petits et méchants, injectés de sang, ne reflétant aucune pensée. C'était le visage d'un homme vieilli avant l'âge, un homme de trente-neuf ans allant directement sur ses soixante-treize. Mais c'était également le visage d'un gamin de douze ans. Les vêtements de Henry étaient encore maculés de vert, celui des buissons parmi lesquels il s'était dissimulé toute la journée.

« Alors, on dit plus bonjour, négro ? demanda Henry.

— Bonjour, Henry. » Il vint vaguement à l'esprit de Mike que cela faisait deux jours qu'il n'avait pas écouté les informations à la radio, ni même lu les journaux, ce qui était pourtant un rituel chez lui. Trop de choses s'étaient passées. Trop occupé.

Trop bête.

Henry émergea complètement du corridor qui reliait les deux bibliothèques et s'immobilisa là, scrutant Mike de ses yeux porcins. Ses lèvres s'ouvrirent sur un sourire immonde, révélant des dents pourries.

« Les voix, dit-il. T'as jamais entendu de voix, négro ?

— De quelles voix parles-tu, Henry ? » Mike mit les deux mains derrière le dos, comme un écolier interrogé par son maître, et fit passer le coupe-papier de sa main gauche à sa main droite. La comtoise, un cadeau de Horst Mueller fait en 1923, égrenait solennellement les secondes dans le doux lac de silence de la bibliothèque.

« Des voix de la lune, répondit Henry en mettant une main dans sa poche. Elles viennent de la lune. Des tas de voix. (Il se tut, fronça légèrement les sourcils et secoua la tête.) Des tas, mais en réalité une seule. Ce sont ses voix.

— Est-ce que tu as vu Ça, Henry ?

— Ouaip. Frankenstein. Il a arraché la tête de Victor. T'aurais dû entendre ça. Un bruit comme une grande fermeture Éclair. Après, il a couru derrière le Roteur. Le Roteur s'est battu avec.

— Vraiment ?

— Ouaip. C'est comme ça que je me suis tiré.

— Tu l'as laissé se faire massacrer.

— J' t'interdis de dire ça ! » éructa Henry, dont les joues s'empourprèrent. Il fit deux pas en avant. Plus il s'éloignait du cordon ombilical reliant les deux bibliothèques, plus Mike lui trouvait l'air jeune. Il vit toujours la même vieille méchanceté sur le visage de l'homme, mais aussi quelque chose d'autre : l'enfant qu'avait élevé ce cinglé de Butch Bowers sur une bonne ferme devenue un vrai terrain vague avec les années. « J' t'interdis de dire ça ! Ça m'aurait tué, aussi !

— Ça ne nous a pas tués, nous. »

Une lueur d'humour rance brilla dans l'œil de Henry. « Pas encore. Mais ça viendra. À moins que je ne lui en laisse pas un seul de votre bande. » Il sortit la main de sa poche. Il tenait un mince instrument de trente centimètres de long incrusté, sur les côtés, d'imitations d'ivoire. Un petit bouton chromé brillait à l'une des extrémités de ce douteux objet d'art. Henry le poussa. Une lame de vingt centimètres de long en jaillit, et il fit sauter le cran d'arrêt dans sa main. Puis il se mit à avancer un peu plus vite en direction du comptoir.

« Regarde ce que j'ai trouvé, dit-il. Je savais où le chercher. » Il lui adressa un clignement d'œil obscène, d'une paupière tombante. « C'est l'homme dans la lune qui me l'a dit. » Il exhiba de nouveau ses dents. « J' m' suis caché, aujourd'hui. J'ai fait du stop, la nuit dernière. Un vieux. J'ai cogné. Mort, peut-être. M' suis foutu dans le fossé avec la bagnole à Newport. Juste à l'entrée de Derry, j'ai entendu cette voix. J'ai regardé dans une bouche d'égout. Y avait ces frusques. Et le couteau. Mon vieux couteau.

— Tu oublies quelque chose, Henry. »

Henry, toujours souriant, secoua la tête.

« On s'en est tirés, et tu t'en es tiré. Si Ça nous veut, Ça te veut aussi.

— Non.

— Je crois que si. Peut-être ta bande de mabouls a fait son sale boulot, mais on ne peut pas dire que Ça vous a à la bonne, hein ? Il s'est payé deux de tes copains, et pendant que Huggins se battait avec lui, tu t'es tiré. Mais maintenant, tu es de retour. Je pense que tu fais partie du boulot que Ça n'a pas terminé, Henry. Sincèrement.

— Non !

— C'est peut-être bien Frankenstein que tu vas voir. Ou le loup-garou. Ou un vampire. Ou le clown, qui sait ? Ou alors, tu vas voir à quoi il ressemble vraiment, Henry. Nous, nous l'avons vu. Tu veux que je te raconte ? Tu veux que je...

— La ferme ! » hurla Henry en se lançant sur Mike.

Mike fit un pas de côté et tendit la jambe. Henry trébucha dessus et alla glisser sur le carrelage usé. Sa tête vint heurter l'un des pieds de la table où s'étaient réunis les Ratés un peu plus tôt pour se raconter leurs histoires. Il resta quelques instants étourdi, le couteau pendant dans sa main.

Mike se rua sur lui, sur le couteau. Il aurait alors pu achever Henry ; il aurait eu le temps de planter le coupe-papier JÉSUS SAUVE venu par la poste de l'Église à laquelle appartenait sa mère dans la nuque de Henry. Après il aurait appelé la police. On aurait eu droit à un certain nombre de déclarations officielles toutes plus absurdes les unes que les autres, mais pas tant que cela, pas à Derry, où ce genre d'événements bizarres et violents n'était pas tout à fait exceptionnel.

Ce qui arrêta son geste fut la prise de conscience, tellement brutale qu'elle relevait davantage de la sensation que de la compréhension, que s'il tuait Henry, il ferait la besogne de Ça tout comme Henry la ferait en le tuant, lui. Puis il y avait quelque chose d'autre : cette expression différente qu'il avait entr'aperçue sur le visage de Henry, cette expression fatiguée et terrifiée d'un enfant maltraité jeté sur une trajectoire infernale pour quelque objectif inconnu. Henry avait grandi dans le rayonnement contaminant de l'esprit de Butch Bowers ; il avait certainement appartenu à Ça avant même d'en soupçonner l'existence.

C'est pourquoi, au lieu de planter le coupe-papier dans la nuque vulnérable de Henry, il se laissa tomber à genoux et lui arracha le couteau à cran d'arrêt. L'arme se tordit dans sa main — de sa propre volonté, aurait-on dit — et ses doigts se refermèrent sur la lame. La douleur ne vint pas tout de suite ; il n'y eut qu'un sang bien rouge coulant entre ses doigts jusqu'aux cicatrices de sa paume.

Il tira, mais Henry roula sur lui-même et arracha le couteau à sa prise. À genoux, les deux hommes se firent face, l'un saignant du nez, l'autre de la main. Henry secoua la tête, et des gouttelettes de sang allèrent se perdre dans l'obscurité.

« Dire qu'on vous croyait si brillants ! gronda Henry d'une voix rauque. Rien qu'une bande de poules mouillées, oui ! On vous aurait fichu la trempe dans un combat à la loyale !

— Pose ce couteau, Henry, dit Mike d'un ton calme. Je vais

appeler la police. Ils vont venir te chercher et te ramèneront à Juniper Hill. Tu seras loin de Derry. Tu seras en sécurité. »

Henry voulut parler mais n'y arriva pas. Il ne pouvait pas expliquer à ce foutu négro qu'il ne serait pas plus en sécurité à Juniper Hill qu'à Los Angeles ou à Tombouctou. Tôt ou tard la lune se lèverait, blanche comme l'os, froide comme la neige, et les voix fantômes se mettraient à parler, et la face de la lune se transformerait en son visage, le visage de Ça, babillant, riant, donnant des ordres. Il avala une gorgée de sang poisseux.

« Vous vous êtes jamais battus à la loyale !

— Et vous ?

— Espècedesalenègreretournedoncsurtonarbreavectesfranginsles-singes ! » rugit Henry en bondissant sur Mike.

Celui-ci se pencha en arrière pour tenter d'éviter cette charge maladroite, mais il s'étala sur le dos. Henry heurta de nouveau la table, rebondit, fit demi-tour et saisit Mike au poignet gauche. Mike fit décrire un arc de cercle au coupe-papier qui vint s'enfoncer dans l'avant-bras de Henry, profondément. Henry hurla mais, loin de relâcher sa prise, il le serra plus fort. Il se hissa vers Mike, les cheveux dans les yeux, le sang coulant de son nez brisé jusque dans sa bouche.

Mike essaya de repousser Henry du pied mais l'évadé de Juniper Hill se servit à son tour de son couteau, enfonçant les vingt centimètres de la lame dans la cuisse de Mike. Elle y pénétra sans effort, comme dans un pain de beurre tiède. Henry la retira, dégoulinante de sang et avec un cri où douleur et effort se mêlaient, Mike le repoussa.

Il se remit péniblement sur ses pieds, mais Henry fut plus rapide et Mike eut tout juste le temps d'éviter la nouvelle charge du fou furieux. Il sentait le sang qui coulait le long de sa jambe à un rythme alarmant et venait remplir sa chaussure de sport. *Il m'a eu à l'artère fémorale, c'est sûr. Seigneur, il m'a salement amoché. Du sang partout. Du sang sur le sol. Mes godasses seront foutues, merde, je les ai achetées il y a deux mois...*

Henry chargea une fois de plus, soufflant et haletant comme un taureau après les banderilles. Mike réussit à s'écarter d'un pas titubant, non sans lui porter un coup de coupe-papier. L'arme improvisée déchira la chemise de Henry et lui fit une profonde estafilade à hauteur des côtes. Henry poussa un grognement au moment où Mike, pour la troisième fois, le repoussait.

« Espèce de nègre aux doigts crasseux ! se mit à geindre Henry. Regarde ce que tu as fait !

— Lâche ce couteau, Henry. »

Il y eut un petit rire venant de derrière eux. Henry regarda... et poussa un cri d'horreur pure, portant les mains à ses joues comme une vieille fille offensée. Le regard de Mike se porta, affolé, vers le comptoir. Il y eut un bruit violent qui résonna sourdement, et la tête de Stan Uris en jaillit, juchée sur un ressort en tire-bouchon qui s'enfonçait dans son cou dégoulinant. Un fond de teint d'un blanc plâtreux lui faisait un teint livide, accentué par deux taches rouges aux joues. Deux gros pompons orange fleurissaient dans les orbites à la place des yeux. La grotesque tête de diable-Stan dans sa boîte oscillait d'avant en arrière au bout de son ressort comme l'un des tournesols géants de la maison de Neibolt Street. Sa bouche s'ouvrit et se mit à chantonner d'une voix grinçante et ricanante, « Tue-le, Henry ! Tue ce négro, tue ce bougnoul, tue-le, tue-le, TUE-LE ! »

Mike eut un mouvement de recul vers Henry, se rendant vaguement compte avec chagrin qu'il venait de se faire avoir, se demandant encore plus vaguement la tête que Henry avait bien pu voir, de son côté, s'agiter au bout du ressort : celle de Stan ? celle de Victor Criss ? celle de son père, peut-être ?

Henry hurla et se jeta de nouveau sur Mike, agitant le cran d'arrêt comme monte et descend l'aiguille d'une machine à coudre. « Gaaaaah, négro ! hurlait-il. Gaaaaah, négro ! Gaaaah, négro ! »

Mike partit en marche arrière, mais sa jambe blessée lui fit subitement défaut et il s'effondra sur le sol. Il ne sentait presque plus rien dans cette jambe ; elle lui paraissait simplement froide, lointaine. Son pantalon couleur crème, vit-il, était maintenant d'un rouge éclatant.

La lame de Henry passa comme un éclair à la hauteur de son nez.

Mike frappa à son tour avec le coupe-papier JÉSUS SAUVÉ au moment où Henry prenait son élan pour lui porter un coup mieux ajusté, si bien qu'il se jeta sur l'arme de fortune comme un insecte sur une aiguille. Un sang chaud vint arroser les doigts de Mike. Il y eut un bruit sec, et lorsque Mike voulut retirer sa main, elle ne tenait plus que le manche du coupe-papier. Le reste dépassait de l'estomac de Henry.

« Gaaaaah ! Négro ! » vociféra le dément en refermant la main sur le tronçon de métal. Du sang se mit à couler entre ses doigts. Il le regarda avec des yeux exorbités par l'incrédulité. Au bout de son ressort qui oscillait et grinçait, la tête partit d'un rire criard. Mike qui se sentait sur le point de s'évanouir lui jeta un coup d'œil et vit que c'était maintenant celle de Huggins le Roteur, bouchon de champagne humain coiffé d'une casquette de l'équipe de base-ball des Yankees de New York tournée à l'envers. Il poussa un grognement, mais le son eut quelque chose de lointain, comme un écho dans ses propres oreilles. Il se rendait compte qu'il était assis dans une mare de sang. *Si je ne pose pas un garrot sur ma jambe, je suis un homme mort.*

« Gaaaaaaaaaah Négroooooo ! » éructa Henry. Tenant toujours son estomac dégoulinant de sang d'une main et le couteau à cran d'arrêt de l'autre, il partit en titubant vers les portes de la bibliothèque. Il zigzaguait comme un ivrogne d'un bord à l'autre de l'allée, et avança au milieu de la grande salle comme la bille d'un billard électrique. Il heurta un fauteuil et le renversa. Sa main tâtonnante fit basculer un présentoir à journaux. Il atteignit enfin les portes, écarta l'un des battants et plongea dans la nuit.

Mike commençait à perdre conscience. Il s'acharnait sur la boucle de sa ceinture avec des doigts qu'il sentait à peine. Il réussit enfin à la défaire et à la dégager des passants. Puis il l'enroula autour de sa cuisse juste en dessous de l'aine et serra aussi fort qu'il put. La tenant d'une main, il entreprit de ramper jusqu'au comptoir, à l'endroit où était le téléphone. Il ne savait pas très bien comment il l'atteindrait, mais pour l'instant, son problème était seulement de parvenir jusqu'à sa hauteur. Le monde tanguait, se brouillait et se dissipait en vagues grises autour de lui. Il tira la langue et se la mordit sauvagement. Douleur immédiate, exquise. Les formes retrouvèrent leur acuité. Il se rendit compte qu'il tenait encore la poignée du coupe-papier et la jeta. Enfin il arriva en dessous du comptoir, qui lui parut aussi haut que l'Éverest.

Mike glissa sa bonne jambe sous lui et poussa, s'aidant de sa main libre, agrippée au bord de la partie bureau. Sa bouche s'étirait en une grimace tremblotante, ses yeux n'étaient plus que deux fentes. Il finit par se redresser complètement. Il resta là, planté comme une cigogne, et tira le téléphone à lui. Retenu sur le côté par un adhésif, un rectangle de papier où figuraient trois numéros : la police, les pompiers et l'hôpital. D'un doigt tremblant qui lui parut bouger à dix kilomètres de lui, Mike composa celui de l'hôpital : 553 3711. Il ferma les yeux au moment où la sonnerie commença... pour les ouvrir brusquement en grand : lui répondait la voix de Grippe-Sou le Clown.

« Salut, négro ! s'exclama Grippe-Sou avant d'éclater d'un hurlement de rire aussi aigu qu'un morceau de verre cassé dans l'oreille de Mike. Comment ça va ? Je crois que t'es cuit, qu'est-ce que t'en penses ? Je crois bien que Henry a fait le boulot pour moi ! Tu veux un ballon, Mikey ? Tu veux un ballon ? Comment ça va ? Salut, mon vieux ! »

Les yeux de Mike se tournèrent vers l'horloge comtoise, l'horloge de Mueller, et il ne fut pas surpris de voir qu'à la place du cadran il y avait la tête de son père, ravagée par les effets du cancer. Tournés vers le haut, les yeux exorbités ne montraient que le blanc. Soudain la tête tira la langue et l'horloge se mit à sonner.

Mike lâcha prise ; le bord du plateau lui échappa. Il oscilla un instant sur sa bonne jambe et s'écroula. Le combiné pendait devant lui au bout de son fil comme une amulette destinée à l'hypnotiser. Il avait de plus en plus de difficultés à maintenir la ceinture en place.

« Salut, le mec ! » fit la voix éclatante de Grippe-Sou dans l'appareil. Ici le martin-pêcheur qui te parle ! Le roi des pêcheurs de Derry, exactement, mon vieux, c'est la vérité ! C'est pas ce que tu dirais, mon gars ?

— S'il y a quelqu'un là derrière, croassa Mike, une voix réelle derrière celle que j'entends, je vous en supplie, aidez-moi. Je m'appelle Michael Hanlon et je suis à la bibliothèque de Derry. Je perds mon sang très vite. Si vous êtes là, je ne peux pas vous entendre. Il ne m'est pas permis d'entendre votre voix. Si vous êtes là, je vous en supplie, dépêchez-vous. »

Il s'allongea sur le côté et se recroquevilla jusqu'à ce qu'il fût en position fétale. Il enroula la ceinture de deux tours à sa main droite et consacra toute son énergie à la maintenir en place, tandis que le monde s'estompait en nuages gris, cotonneux et ballonnés.

« Salut, l' mec ! Comment qu' ça va ? s'égosilla Grippe-Sou dans le combiné qui oscillait.

— Comment qu' ça va, sale bougnoul ? Salut,

4

Kansas Street, 12 h 20

gonzesse, dit Henry Bowers. Comment qu' ça va, petite connasse ? »

Beverly réagit instantanément, et se tourna pour foncer. Une réaction plus vive que ce à quoi ils s'attendaient. Elle faillit de peu réussir à leur filer sous le nez... mais il y avait ses cheveux. Henry tendit la main, attrapa une partie des longues boucles ondoyantes et tira. Il grimaça un sourire à quelques centimètres d'elle ; il avait une haleine chaude, épaisse, fétide.

« Comme qu' ça va ? reprit-il. Où tu te barres, hein ? Tu vas retrouver tes trous-du-cul de copains pour faire joujou ? J'ai bien envie de te couper le nez et de te le faire bouffer. Ça te plairait, non ? »

Elle se débattit pour se libérer. Henry éclata de rire et lui secoua la tête d'avant en arrière, par les cheveux. Dans son autre main, le couteau lançait des éclairs menaçants au soleil embrumé d'août.

Soudain, une voiture donna un long coup d'avertisseur.

« Hé là ! Qu'est-ce que vous êtes en train de faire, les garçons ? Laissez cette fille tranquille ! »

C'était une vieille dame, au volant d'une Ford 1950 encore en excellent état. Elle s'était arrêtée le long du trottoir et se penchait sur son siège recouvert d'une couverture pour regarder par la vitre du passager. À la vue de ce visage honnête et en colère, l'expression hébétée s'estompa pour la première fois dans les yeux de Victor Criss. « Qu'est-ce...

— S'il vous plaît ! cria Beverly d'une voix suraiguë, il tient un couteau ! Un couteau ! »

Sur le visage de la vieille dame, la colère fit place à de l'inquiétude, de la surprise, mais aussi de la peur. « Mais qu'est-ce que vous faites donc ? Laissez-la tranquille ! »

De l'autre côté de la rue — Bev vit parfaitement la scène —, Hubert Ross quitta sa chaise longue, sous le porche de sa maison, et s'approcha de la balustrade pour regarder. Son visage était aussi dépourvu d'expression que celui de Huggins. Il replia son journal, fit demi-tour et entra tranquillement chez lui.

« Laissez-la tranquille ! » répéta la vieille dame, s'égosillant, cette fois.

Découvrant les dents, Henry courut brusquement vers la voiture, traînant Beverly derrière lui par les cheveux ; elle trébucha, tomba sur un genou, fut tirée tout de même. Son cuir chevelu la faisait souffrir de manière intolérable. Elle sentit des cheveux qui cédaient.

La vieille dame poussa un hurlement et remonta frénétiquement la vitre du côté passager. Henry frappa, et le cran d'arrêt vint grincer contre le verre. À ce moment-là, le pied de la conductrice lâcha la pédale d'embrayage et le véhicule avança en trois à-coups violents dans la rue, allant heurter le rebord du trottoir contre lequel il s'arrêta, moteur calé. Henry courut derrière, tirant toujours Beverly en remorque. Victor se passa la langue sur les lèvres et regarda autour de lui. Le Roteur repoussa sa casquette de base-ball des Yankees de New York sur sa tête et se mit à farfouiller dans son oreille avec un geste curieux.

Bev aperçut un instant le visage terrorisé de la vieille femme, qui s'était mise à verrouiller précipitamment les portes, côté passager tout d'abord, de son côté ensuite. Le moteur de la Ford ronronna et repartit. Henry leva un pied botté et donna un coup au feu de position arrière.

« Barre-toi d'ici, espèce de vieille sorcière ! »

C'est dans un hurlement de pneus que la vieille dame revint sur la chaussée. Une camionnette qui arrivait en face dut faire une embardée pour l'éviter, protestant à coups d'avertisseur. Henry se retourna alors vers Bev et se remit à sourire ; à cet instant-là elle lança son pied chaussé d'une tennis directement dans ses couilles.

Le sourire se transforma en grimace d'angoisse. Henry laissa tomber le cran d'arrêt sur le trottoir. Son autre main abandonna sa prise dans les cheveux emmêlés de Bev (non sans tirer une dernière fois, douloureusement) et il s'effondra à genoux, essayant de crier, se tenant l'entrejambes. Elle vit des mèches cuivrées de ses cheveux restées entre ses doigts et tout d'un coup, ce qui était terreur en elle se transforma en haine. Elle prit une grande respiration hoquetante et largua un glaviot d'une taille exceptionnelle sur la tête du garçon.

Puis elle fit demi-tour et courut.

Le Roteur fit trois lourdes enjambées à sa poursuite et s'arrêta. Victor et lui se dirigèrent vers Henry, qui les repoussa et se remit debout en chancelant, les deux mains toujours posées en coupe sur ses couilles ; pour la deuxième fois, cet été-là, elles venaient de morfler.

Il se pencha et ramassa le cran d'arrêt. « ... Y va, siffla-t-il.

— Quoi, Henry ? » fit Huggins, d'un ton anxieux.

Henry leva vers lui un visage d'où suintaient une telle douleur et une haine tellement féroce qu'il recula d'un pas. « J'ai dit... Allons-y ! » réussit-il à gronder. Sur quoi, d'un pas lourd et encore mal assuré, il se lança sur les traces de Beverly, se tenant toujours l'entrejambes.

« On ne pourra plus l'attraper, maintenant, Henry, remarqua Victor, mal à l'aise. Bordel, tu peux à peine marcher !

— On la chopera », haleta Henry. Sa lèvre supérieure se levait et s'abaissait inconsciemment, comme la babine d'un chien montrant les dents. Des gouttes de transpiration perlèrent à son front et coulèrent sur ses joues empourprées. « On la chopera, j' vous dis. Parce que je sais où elle va. Elle va dans les Friches, retrouver ses trous-du-cul de

5

Derry Town House, 2 heures du matin

copains, dit Beverly.

— Hmmm ? » fit Bill en la regardant. Il avait laissé vagabonder ses pensées tandis qu'ils marchaient, la main dans la main, dans un silence complice où se glissait un attirance mutuelle. Il n'avait saisi que ses derniers mots. Devant eux, à un coin de rue, brillaient les lumières de leur hôtel, le Town House, au milieu des nappes de brouillard bas.

« Je disais que vous étiez mes meilleurs amis. Les seuls amis que j'avais, à l'époque. » Elle sourit. « Me faire des amis n'a jamais été mon fort, je crois, même si j'ai une excellente amie à Chicago. Une femme du nom de Kay McCall. Je crois qu'elle te plairait, Bill.

— Probablement. J'ai toujours eu du mal à me faire des amis, moi aussi. » Il répondit à son sourire. « À l'époque, c'était tout ce dont nous avions besoin. » Il vit scintiller des gouttelettes d'humidité dans ses cheveux et fut ému par le halo de lumière qui auréolait sa tête. Une expression grave dans les yeux, elle tourna la tête vers lui.

« J'ai besoin de quelque chose, maintenant.

— D-De quoi ?

— Que tu m'embrasses. »

Il pensa à Audra, et pour la première fois de sa vie, il lui vint à l'esprit qu'elle ressemblait à Beverly. Il se demanda si cette attirance inconsciente n'avait pas joué dès le premier jour, n'était pas ce qui lui avait donné le culot d'inviter Audra à la fin de cette soirée hollywoodienne au cours de laquelle il l'avait rencontrée. Il ressentit une brusque pensée de culpabilité honteuse... puis il prit dans ses bras Beverly, son amie d'enfance.

Ses lèvres étaient fermes, chaudes, douces. Ses seins s'écrasèrent contre sa chemise — sa veste était ouverte — et ses hanches vinrent s'appuyer sur lui avant de s'éloigner et de revenir encore. Il plongea alors les deux mains dans sa chevelure et se pressa à son tour contre elle. Quand elle le sentit qui se durcissait, elle poussa un petit soupir bref et plongea le visage au creux de son cou. Il sentit des larmes chaudes couler sur sa peau.

« Viens, dit-elle, vite. »

Il la reprit par la main et ils parcoururent la courte distance qui les séparait de l'hôtel. Vieux, encombré de plantes vertes, le hall dégageait un certain charme rétro. Sa décoration avait un côté très bûcheron XIXᵉ. À cette heure, il était désert, mis à part l'employé de service à la réception, que l'on distinguait à peine dans le bureau attenant, les pieds sur le bureau, en train de regarder la télé. Bill poussa le bouton du troisième étage avec un index qui tremblait légèrement — excitation ? nervosité ? culpabilité ? Ou les trois ? Oh oui, bien sûr, sans parler d'une espèce de joie malsaine et d'une peur qui ne l'était pas moins. Ces sentiments ne faisaient pas un mélange agréable, mais paraissaient inévitables. Il la conduisit jusqu'à sa chambre, décidant de façon confuse que s'il devait se montrer infidèle, il ne devait pas faire les choses à moitié et consommer l'acte dans ses quartiers à lui et non dans les siens. Il eut une pensée pour Susan Browne, son premier agent littéraire, mais aussi, alors qu'il n'avait pas encore vingt ans, sa première maîtresse.

Tromper. Je vais tromper ma femme. Il essaya de se mettre cette idée dans la tête, mais elle lui semblait à la fois réelle et irréelle. Le mal du pays était ce qu'il éprouvait le plus fortement — un sentiment démodé de reniement. Audra venait sans doute de se lever ; elle préparait du café qu'elle boirait assise à la table de la cuisine, en robe de chambre, tout en étudiant ses répliques ou en lisant un roman de Dick Francis.

Sa clef tourna bruyamment dans la serrure de la chambre 311. S'ils étaient allés dans la chambre de Beverly, au cinquième, ils auraient vu clignoter sur le téléphone la lumière qui annonçait qu'un message l'attendait : rappeler son amie Kay à Chicago. Les choses auraient alors pu prendre un cours différent. Ils auraient pu tous les cinq ne pas se trouver recherchés par la police de Derry aux premières lueurs du jour. Mais ils se rendirent dans celle de Bill — il en avait peut-être été décidé ainsi.

La porte s'ouvrit. Une fois à l'intérieur, elle le regarda, les yeux brillants, les joues en feu, sa poitrine se soulevant et s'abaissant rapidement. Il la prit dans ses bras et se trouva submergé par le sentiment que c'était juste — que le cercle qui reliait passé et présent se refermait sans qu'on voie de point de jonction. Il referma la porte d'un coup de talon, maladroitement, et son rire fut un souffle d'haleine tiède dans sa bouche.

« Mon cœur... », dit-elle, posant la main de Bill sur son sein gauche. Sous tant de douceur ferme et affolante, il le sentit qui battait la chamade.

« Ton cœur...

— Mon cœur... »

Ils se retrouvèrent sur le lit, toujours habillés, se mangeant de baisers. La main de Beverly glissa dans la chemise de Bill, en ressortit. Du doigt elle suivit la rangée de boutons, s'attarda à la taille... puis descendit plus bas, suivant le contour à la rigidité de pierre de son pénis. Des muscles dont il n'avait jamais eu conscience se mirent à tressaillir et sauter dans son bas-ventre. Il interrompit ses baisers et écarta son corps de celui de Beverly sur le lit.

« Bill ?

— Faut que j'a-arrête u-une minute, dit-il. Sans quoi, j-je vais tout l-lâcher dans mon p-pantalon comme un g-gamin. »

Elle rit de nouveau doucement, et le regarda. « Ah, c'est ça ? Ou bien as-tu des remords ?

— Des r-remords, j'en ai toujours eu.

— Pas moi. Je le hais. »

Il regarda son sourire qui s'éteignait.

« Il n'y a que deux jours que j'ai clairement pris conscience de cela, ajouta-t-elle. Oh, bien sûr, je le savais depuis longtemps, d'une certaine manière. Il me frappait, il me faisait mal. Je l'ai épousé parce que... parce que mon père s'inquiétait aussi beaucoup pour moi, je suppose. J'avais beau faire tout ce que je pouvais, il s'inquiétait. Et quelque chose me dit qu'il aurait approuvé Tom et que je m'en doutais. Car Tom s'inquiétait aussi pour moi. Il s'inquiétait *beaucoup*. Et tant que quelqu'un s'inquiétait pour moi, j'étais en sécurité. Plus qu'en sécurité : j'existais. » Elle le regarda, solennelle. Les pans de sa blouse s'étaient dégagés de son pantalon et révélaient une bande de peau blanche. Il avait envie de l'embrasser là. « Mais cette existence n'en était pas une. C'était un cauchemar. Comment quelqu'un pourrait-il désirer vivre cela, Bill ? Comment quelqu'un pourrait-il de gaieté de cœur s'enfoncer dans un cauchemar ?

— Je n-ne vois qu'une r-raison, répondit Bill. On retourne à s-ses cauchemars q-quand on est à-à la recherche de s-soi-même.

— Mais le cauchemar est ici, à Derry. Tom est un nain comparé à cela. Je m'en rends mieux compte, maintenant. Je n'ai que mépris pour moi, à l'idée d'avoir passé toutes ces années avec lui. Tu n'imagines pas... toutes les choses qu'il m'a fait faire et qu'en plus j'étais heureuse de faire, sais-tu, parce qu'il s'inquiétait pour moi. Je devrais en pleurer... Mais parfois la honte est trop forte. Comprends-tu ?

— Ne pleure pas », dit-il calmement, posant les mains sur elle. Elle l'étreignit de toutes ses forces. Ses yeux brillaient anormalement, mais aucune larme n'en coulait. « Tout le m-monde fait des c-conneries. Mais il ne s'agit p-pas d'un e-examen. On se dé-débrouille du m-mieux qu'on peut, c'est t-tout.

— Ce que je veux dire, c'est que je ne suis pas en train de tromper

Tom, ou d'essayer de me servir de toi pour prendre le dessus sur lui ; non, rien de cela. Pour moi, ce doit être quelque chose de... sain, de normal, de tendre. Mais je ne veux pas te faire de mal, Bill. Ou t'impliquer dans quelque chose que tu pourrais regretter par la suite. »

Il réfléchit à ce qu'elle venait de dire ; il y réfléchit avec le plus grand sérieux. Mais le vieil exercice — les chemises de l'archiduchesse, et ainsi de suite — se remit à mouliner dans sa tête, dispersant ses pensées. La journée avait été longue. L'appel de Mike, l'invitation à déjeuner au restaurant chinois, tout cela paraissait à des années-lumière. Tant de choses s'étaient produites entre-temps ! Tant de souvenirs avaient resurgi, comme les photographies dans l'album de George.

« Des amis ne se jouent pas des tours de c-ce genre », répondit-il en s'inclinant sur elle. Leurs lèvres se touchèrent et il commença à déboutonner sa blouse. Bev passa une main derrière la nuque de Bill pour l'attirer à elle, tandis que l'autre descendait la fermeture Éclair de son pantalon. Pendant un instant, il laissa la main sur son estomac, tiède ; puis sa culotte disparut dans un souffle. Il poussa du bassin et elle le guida.

Comme il la pénétrait, elle arqua doucement le dos à la poussée de son sexe et murmura : « Sois mon ami... Je t'aime, Bill.

— Je t'aime aussi », dit-il avec un sourire adressé à son épaule nue. Ils commencèrent lentement et il sentit la sueur couler de ses pores tandis qu'elle accélérait le rythme sous lui. Son être conscient se trouva aspiré vers le bas, de plus en plus puissamment centré sur le lien physique qui les soudait l'un à l'autre. Dilatés, les pores de Beverly dégageait à profusion une délicieuse odeur musquée.

Elle sentit venir l'orgasme. Elle courut au-devant de lui, elle s'agita pour lui, sans douter un instant de sa jouissance. Son corps se trouva soudain pris d'une sorte de tressaillement violent et parut bondir en l'air, atteignant non pas l'orgasme mais une plage d'intensité bien au-dessus de tout ce qu'elle avait jamais ressenti avec Tom ou les deux amants qu'elle avait eus avant lui. Elle prit conscience qu'elle n'allait pas seulement jouir, mais qu'elle devait se préparer à l'explosion d'un engin nucléaire tactique. Elle eut un peu peur... mais son corps l'emporta de nouveau de son rythme effréné. Elle sentit le corps longiligne de Bill se raidir contre elle, comme s'il devenait tout entier aussi dur que la partie de lui fichée en elle ; à cet instant-là arriva l'orgasme — ou plutôt le début de l'orgasme. Plaisir tellement intense qu'il frisait l'angoisse, angoisse soudain libérée par des écluses dont elle n'avait jamais soupçonné l'existence. Elle le mordit à l'épaule pour étouffer ses cris.

« Oh, mon Dieu ! » fit simplement Bill ; mais bien qu'elle ne pût en être sûre par la suite, il lui sembla sur le moment qu'il pleurait. Il eut un mouvement de recul et elle crut qu'il allait se retirer d'elle ; elle essaya alors de se préparer à cet instant, qui lui donnait toujours un inexplicable sentiment de perte et de vide, quelque chose comme une empreinte de pas, mais au lieu de cela, il s'enfonça de nouveau en elle, profondément. Elle eut sur-le-champ un deuxième orgasme, quelque chose dont elle ne se serait jamais crue capable ; la fenêtre du souvenir s'ouvrit une fois de plus et elle vit des oiseaux, des milliers d'oiseaux venir se poser sur les toits et les lignes téléphoniques de Derry, oiseaux de printemps sur un ciel blanc d'avril. Elle éprouva un mélange de douleur et de plaisir, mais en sourdine, tout comme un ciel d'avril peut paraître bas. Essentiellement en sourdine. Une légère douleur physique mêlée à une légère sensation de plaisir et un délirant sentiment d'affirmation de soi. Elle avait saigné... elle avait... elle...

« *Vous tous ?* » s'écria-t-elle soudainement, les yeux agrandis, stupéfaite.

Il recula et se retira d'elle, cette fois, mais le choc de la révélation avait été tel que c'est à peine si elle s'en rendit compte.

« Quoi ? Beverly ? Est-ce que ça va...

— *Vous tous ? J'ai fait l'amour avec vous tous ?* »

Elle vit le choc de la surprise se peindre sur le visage de Bill, sa mâchoire qui se détendait... et soudain l'éclair de compréhension. Mais il n'était pas dû à ce qu'elle avait révélé ; même dans l'état de choc où elle se trouvait, elle s'en rendit compte. Il venait du rappel de son propre souvenir.

« Nous...

— Bill ?

— C'est le moyen que tu avais trouvé pour nous sortir de là », dit-il. Ses yeux brillaient avec une telle intensité qu'elle en fut effrayée. « Beverly, est-ce que t-tu comprends ? C'est c-comme cela que t-tu nous en a ti-tirés ! Nous tous... Mais nous n'avions... » Soudain lui aussi parut avoir peur, n'être plus sûr de lui.

« Est-ce que tu te souviens du reste, maintenant ? » demanda-t-elle.

Il secoua lentement la tête. « Pas des dé-détails. Mais... » Il la regarda, et elle vit qu'il était sérieusement effrayé. « Mais cela se résume à une chose : nous avons trouvé *la sortie en la désirant.* Et je ne suis pas sûr... Beverly, je ne suis pas sûr que des adultes puissent y arriver. »

Elle le regarda sans rien dire pendant un long moment, puis elle s'assit sur le bord du lit sans avoir conscience de ce qu'elle faisait. Elle avait un corps tout de douceur, délicieux, et c'est à peine si l'on distinguait, dans la pénombre, les saillies de sa colonne vertébrale quand elle se pencha pour enlever les mi-bas de nylon qu'elle n'avait pas encore retirés. Ses cheveux étaient une lourde torsade fauve sur son épaule. Il se dit qu'il la désirerait encore avant le matin, en ressentit de nouveau de la culpabilité ; celle-ci n'était atténuée que par l'idée rassurante et honteuse qu'un océan le séparait d'Audra. *Mets une autre pièce dans le juke-box. Histoire de jouer l'air* Ce qu'elle ignore ne peut lui faire de mal. *Mais ça fait tout de même mal quelque part. Dans les intervalles d'espace qui existent entre les gens, peut-être.*

Beverly se leva et ouvrit le lit. « Viens te coucher. Nous avons autant besoin de dormir l'un que l'autre.

— D'a-accord. » Rien n'était plus vrai. Plus que tout il voulait dormir... mais pas tout seul, pas cette nuit. Déjà le dernier choc éprouvé s'estompait — trop vite, peut-être, mais il se sentait tellement fatigué, tellement à bout de forces. La réalité des secondes qui s'écoulaient avait la qualité d'un rêve et en dépit de sa culpabilité, il sentait qu'ils se trouvaient en lieu sûr. Il serait possible de dormir quelques heures ici, de dormir dans ses bras. Il voulait sa chaleur et sa tendresse. L'une et l'autre des choses sexuellement explosives, mais au point où ils en étaient, cela ne pouvait plus leur faire de mal.

Il se débarrassa de ses chaussettes et de sa chemise et se coula près d'elle dans le lit. Elle se pressa contre lui ; ses seins étaient tièdes, ses longues jambes fraîches. Bill l'étreignit, conscient des différences : plus grande qu'Audra, son corps était plus plein à la hauteur de la poitrine et des hanches. Mais aussi agréable à étreindre.

C'est Ben qui devrait être avec toi, songea Bill, somnolent. *Il me semble que c'est ainsi que les choses auraient dû se passer, en fait, Pourquoi n'est-ce pas Ben ?*

Parce qu'à l'époque c'était toi et que c'est encore toi, maintenant, c'est tout. Parce que ce qui s'est produit se répète, comme l'a dit Bob Dylan, je crois... ou peut-être bien Ronald Reagan. Moi maintenant parce que Ben est celui qui ramènera la dame à la maison...

Beverly se tortilla contre lui, non point pour l'exciter (même si, tandis qu'elle dérivait vers le sommeil, elle sentit une érection le gagner), mais pour mieux profiter de sa chaleur. Elle dormait elle-même à moitié. Son bonheur d'être près de lui, après tant d'années, était réel. L'arrière-goût d'amertume de ce bonbeur le lui disait. Il y avait cette nuit, et peut-être encore quelques heures demain matin. Puis ils descendraient dans les égouts comme ils l'avaient fait autrefois, et ils trouveraient Ça. Le cercle se refermerait, plus serré que jamais, et leur existence actuelle se confondrait en douceur avec leur propre enfance ; ils deviendraient comme des créatures prises sur une démentielle bande de Moebius.

Ou bien ils mourraient en bas.

Elle se retourna. Il passa un bras sous elle et sa main vint se refermer délicatement sur l'un de ses seins. Nul besoin de rester réveillée, tendue, à se demander si la caresse n'allait pas se changer en un brutal pincement.

Avec le sommeil qui la gagnait, ses pensées s'éparpillèrent. Comme toujours, elle entrevit des motifs éclatants de fleurs sauvages au passage — des quantités et des quantités de fleurs, s'agitant, multicolores, sous un ciel bleu. Elles s'estompèrent, remplacées par une impression de chute — du même type que celles qui l'arrachaient brusquement du sommeil, enfant, un cri dans la gorge, en sueur. Les rêves de chute sont courants chez les enfants, avait-elle lu dans un manuel de psychologie.

Mais elle ne se réveilla pas en sursaut, cette fois-ci. Elle baignait dans la chaleur et le poids réconfortants de Bill, elle sentait sa main englobant son sein. Elle pensa que si elle tombait, au moins ne tomberait-elle pas seule.

Puis elle toucha le fond. Elle courait : ce rêve, quel qu'il fût, changeait vite. Elle courut derrière lui, à la poursuite du sommeil, du silence, peut-être simplement du temps. Les années se mirent à défiler plus rapidement, puis à courir. Si l'on tenait à faire demi-tour et à courir après sa propre enfance, on avait intérêt à se défoncer. Vingt-neuf ans, l'âge où elle s'était décoloré des mèches. Plus vite. Vingt-deux, celui où elle était tombée amoureuse d'un joueur de football du nom de Greg Mallory qui n'avait pas été loin de la violer après un banquet d'équipe. Plus vite, plus vite. Seize, elle s'enivre avec deux de ses copines au point de vue panoramique de Bluebird Hill qui domine Portland. Quatorze... douze...

Plus vite, plus vite, plus vite...

Elle courut dans le sommeil, rattrapant douze ans, franchissant la barrière de la mémoire que Ça avait dressée dans la tête de chacun d'eux (elle avait un goût de brouillard froid dans les poumons haletants de son rêve), remontant jusqu'à sa onzième année, courant, courant à un train d'enfer, courant pour battre le diable, regardant maintenant derrière elle, regardant

6

Les Friches, 12 h 40

par-dessus son épaule pour voir si elle était suivie tandis qu'elle fonçait dans les broussailles du talus. Rien, en tout cas pour l'instant. Elle ne l'avait « vraiment pas raté », comme disait parfois son père... et le seul fait de penser à lui la submergea d'une nouvelle vague de culpabilité et de découragement.

Elle regarda sous le pont branlant, dans l'espoir d'y voir Silver, mais il n'y avait pas trace de la bicyclette. En dehors de leur cache de jouets (des revolvers qu'ils ne se souciaient pas de ramener chez eux), il n'y avait rien. Elle s'engagea sur le sentier, jeta un coup d'œil derrière elle... et ils étaient là, Huggins et Victor soutenant Henry entre eux, debout au bord du haut talus comme des sentinelles indiennes dans un western de Randolph Scott. Henry était affreusement pâle. Il la montra du doigt. Victor et le Roteur l'aidèrent à entamer la descente. De la terre et des graviers roulaient sous leurs pieds.

Beverly les regarda longuement, comme hypnotisée. Puis elle fit demi-tour et bondit dans le ruisseau qui coulait en dessous du pont, ignorant les pas de pierre disposés par Ben, ses chaussures de sport faisant jaillir des gerbes plates d'eau. Elle courut le long du sentier, la respiration lui brûlant la gorge. Les muscles de ses jambes tremblaient. Elle n'avait plus guère qu'une seule ressource, maintenant : le Club souterrain. Si elle avait le temps d'y arriver, peut-être y serait-elle en sécurité.

Les branches qui s'avançaient sur le sentier la fouettaient et lui mettaient encore plus de feu aux joues ; l'une d'elles l'atteignit à l'œil et la fit pleurer. Elle coupa sur sa droite, fonça dans le fouillis des taillis et fit irruption dans la clairière. La trappe et la petite fenêtre étaient ouvertes ; un air de rock and roll en sortait. Au bruit qu'elle fit en arrivant, la tête de Ben Hanscom émergea. Il tenait une boîte de *Junior Mints* d'une main, une bande dessinée de l'autre.

Il resta tout d'abord bouché bée en voyant Bev. En d'autres circonstances, elle aurait trouvé son expression irrésistiblement comique. « Nom de Dieu, Bev, qu'est-ce... »

Elle ne se soucia même pas de lui répondre. Derrière elle, et pas tellement loin, elle entendait un bruit de branches cassées et agitées. Il y eut un juron étouffé. Comme si Henry retrouvait sa vitalité. Elle se précipita donc par la trappe, ses cheveux, dans lesquels feuilles et branchettes se mêlaient maintenant à la gadoue qu'ils avaient ramassée sous la benne à ordures, volant derrière elle.

Ben la vit débouler comme le premier régiment de parachutistes et sa tête disparut aussi vite qu'elle avait jailli du sol. Beverly sauta et il la rattrapa maladroitement.

« Ferme tout, dit-elle, haletante, dépêche-toi, pour l'amour du ciel ! Ils arrivent.

— Qui ?

— Henry et ses copains ! Henry est devenu fou, il a un couteau... »

Ben n'en demanda pas davantage. Il laissa tomber bonbons et bande dessinée. Il ferma la trappe avec un grognement. Les mottes herbeuses qui la recouvraient tenaient encore remarquablement bien. Beverly se mit sur la pointe des pieds et referma la petite fenêtre. Ils se trouvèrent plongés dans l'obscurité.

Elle chercha Ben à tâtons, le trouva et l'étreignit, paniquée, de toutes ses forces. Au bout d'un instant, il lui rendit son étreinte. Ils étaient tous deux à genoux. Soudain, avec horreur, Beverly prit conscience du transistor qui continuait à jouer quelque part dans le noir ; Little Richard chantait les filles « qui ne peuvent rien y faire ».

« Ben ! La radio... ils vont l'entendre...

— Oh, bon Dieu ! »

Il la bouscula de sa hanche bien enrobée ; Bev entendit l'appareil tomber au sol pendant qu'elle reprenait l'équilibre. « Les filles ne peuvent rien y faire si les types s'arrêtent pour les regarder », proclamait Little Richard avec son enthousiasme enroué habituel. « Rien y faire, ajoutaient les choristes, les filles ne peuvent rien y faire ! » Bev haletait, maintenant. Une vraie machine à vapeur. Soudain il y eut un bruit d'écrasement... et le silence.

« Et merde, maugréa Ben. Je l'ai démoli. Richie va piquer sa crise. » Il tendit la main vers elle dans l'obscurité. Il atteignit l'un de ses seins, et la retira aussi vivement que s'il venait de se brûler. Ce fut au tour de Ben de tâtonner à sa recherche ; elle l'attrapa par la chemise et l'attira à elle.

« Beverly, qu'est-ce...

— Chuuut ! »

Il se tut. Ils restèrent assis, se tenant dans les bras l'un de l'autre, regardant en l'air. L'obscurité n'était pas totale ; une étroite bande de lumière passait par l'un des côtés de la trappe et trois lignes fines délimitaient la petite fenêtre. L'une de celles-ci était cependant assez large pour laisser entrer un rayon de soleil jusqu'au fond du Club souterrain. Elle n'avait plus qu'une chose à faire : prier qu'ils ne voient rien.

Elle les entendait qui se rapprochaient. Ils parlaient. Elle ne distingua pas les mots, au début ; puis elle le put. Elle étreignit Ben encore plus étroitement.

« Si elle est passée dans les bambous, on pourra suivre facilement sa piste, disait Victor.

— D'habitude, ils jouent ici », répondit Henry. Sa voix sortait difficilement ; les mots étaient entrecoupés, comme s'ils exigeaient de grands efforts pour passer. « C'est ce qu'a dit Boogers Taliendo. Et le jour de la bataille de cailloux, ils venaient d'ici.

— Ouais, ils jouent aux cow-boys, des trucs comme ça », dit le Roteur.

Soudain, il y eut un bruit de pas juste au-dessus de leurs têtes ; le couvercle camouflé de mottes de terre oscilla de haut en bas, et de la terre tomba sur le visage de Beverly. Ils étaient au moins deux sur le toit du Club, sinon tous les trois. Un point de côté lui vrilla brutalement le ventre ; elle dut se mordre la lèvre pour retenir un cri. Ben passa une main derrière la nuque de Beverly et lui enfonça le visage contre son bras.

« Ils ont une planque, disait Henry. C'est ce que Boogers m'a dit. Une cabane dans les arbres ou un truc comme ça. Ils l'appellent le Club.

— On va te les déplanquer s'ils sont planqués », déclara Victor, ce qui provoqua la bruyante hilarité de Huggins.

Boum, boum, boum, sur leurs têtes. Le lourd couvercle bougea un peu plus, cette fois. Ils allaient certainement s'en rendre compte ; un sol normal n'avait pas cette élasticité.

« Allons voir à la rivière, dit Henry. Je parie qu'elle est là-bas.

— D'accord », dit Victor.

Boum, boum. Ils partaient. À travers ses dents serrées, Bev laissa passer un minuscule soupir de soulagement... et c'est alors que Henry ajouta : « Tu restes ici pour garder le chemin, Roteur.

— D'accord », répondit le garçon qui se mit à faire les cent pas, passant et repassant sur le toit du Club. De la terre en tombait. Les yeux habitués à la pénombre, Ben et Bev se regardaient, le visage tendu — sous la crasse, dans le cas de Bev. Bev se rendit compte qu'il y avait une autre odeur que celle, tenace, de la fumée dans le réduit : une puanteur de sueur et d'ordures. *C'est moi,* pensa-t-elle, déconfite. En dépit de cela, elle n'en continua pas moins à étreindre Ben. Sa masse imposante devenait soudain accueillante, rassurante, et elle était ravie d'avoir un tel volume à serrer dans ses bras. Sans doute n'était-il qu'un bon gros garçon apeuré au début des vacances, mais ce n'était plus le cas maintenant ; comme tous les autres, il avait changé. Si jamais Huggins les découvrait là, il risquait d'avoir une mauvaise surprise.

« On va te les déplanquer s'ils sont planqués », dit le Roteur tout haut avec un petit rire. Un petit rire grave avec quelque chose de méchant dans la voix. « Les déplanquer s'ils sont planqués. Elle est bien bonne, vraiment bien bonne. »

Elle se rendit compte que le buste de Ben se soulevait en petits mouvements brefs et secs ; il aspirait l'air et le relâchait en petites bouffées. Pendant un instant, elle craignit de le voir se mettre à pleurer, puis, l'examinant mieux, elle s'aperçut qu'en fait il luttait contre le fou rire. Les yeux pleins de larmes de Ben rencontrèrent ceux de Bev, roulèrent follement, et se détournèrent. Dans la pénombre de l'abri, elle se rendit compte qu'il était écarlate à force de se retenir.

« Les déplanquer s'ils sont planqués », marmonna Huggins en s'asseyant en plein milieu du toit, qui, cette fois-ci, trembla de façon alarmante ; Bev distingua un craquement, léger mais peu rassurant, en provenance d'un des supports. Le couvercle du Club avait été conçu pour supporter le poids des mottes de terre de camouflage... mais pas les soixante-dix kilos du Roteur qui venaient de s'y ajouter.

S'il ne sort pas de là il va atterrir sur nos genoux, songea Bev, que gagnait le fou rire de Ben. Fou rire qui tentait des sorties bouillonnantes et que trahissaient des braiments contenus. Elle s'imagina soudain en train de soulever le fenestron juste assez pour passer une main afin de pincer les fesses du Roteur, assis dans la brume de l'après-midi à grommeler et ricaner tout seul. Elle enfonça son visage contre l'épaule de Ben dans un ultime effort pour retenir la marée montante de son hilarité.

« Chuuut ! souffla Ben. Pour l'amour du ciel, Bev... »

Crrraaac. Plus fort, cette fois.

« Ça va tenir ? murmura-t-elle à son tour.

— Ça devrait, s'il ne pète pas », répondit Ben. L'instant suivant, le Roteur en lâchait justement un — une puissante et pulpeuse détonation claironnante qui parut se prolonger pendant au moins trois secondes. Ils s'étreignirent encore plus étroitement, étouffant mutuellement les spasmes de fou rire qui les assaillaient. Beverly avait tellement mal à la tête qu'elle se demanda si elle n'allait pas avoir une attaque.

Puis elle entendit Henry qui, de loin, hélait Huggins.

« Quoi ? » cria le Roteur en réponse. Il se leva lourdement et son coup de botte fit encore tomber de la terre dans l'abri.

Henry lui cria à son tour quelque chose. Beverly ne distingua que deux mots : *rives* et *buissons.*

« D'accord ! » brailla Huggins. Et pour la dernière fois, il traversa le toit du Club. Il y eut un ultime craquement, bien plus fort, cette fois-ci, et un éclat de bois vint atterrir sur les genoux de Bev. Stupéfaite, elle le ramassa.

« Cinq minutes de plus, fit Ben toujours à voix basse, et tout s'effondrait.

— T'as entendu ça, quand il a pété ?

— On aurait cru le début de la Troisième Guerre mondiale », répondit Ben.

Tous deux se mirent à rire. Ce fut un soulagement de pouvoir se laisser aller et ils s'esclaffèrent furieusement, s'efforçant de ne pas faire trop de bruit.

Finalement, sans même savoir ce qu'elle allait dire, Beverly déclara : « Merci pour le poème, Ben. »

Ben s'arrêta instantanément de rire et la regarda, l'air grave, prudent. Il prit un mouchoir dans sa poche-revolver et s'essuya lentement le visage. « Le poème ?

— Le haïku. Le haïku sur la carte postale. C'est bien toi qui l'as envoyé ?

— Non, répondit Ben. Je ne t'ai pas envoyé de haïku. Parce que si un type comme moi — un gros plein de soupe comme moi — faisait un truc comme ça, la fille se moquerait probablement de lui.

— Je ne me suis pas moquée. Je l'ai trouvé très beau.

— Je suis incapable d'écrire quelque chose de beau. Bill, peut-être. Pas moi.

— Bill deviendra écrivain, admit-elle. Mais il n'écrira jamais quelque chose d'aussi beau que ça. Est-ce que tu peux me prêter ton mouchoir ? »

Il le lui tendit et elle se mit à se nettoyer la figure du mieux qu'elle put.

« Comment as-tu deviné que c'était moi ? finit-il par demander.

— Je ne sais pas. Comme ça. »

Ben déglutit de façon convulsive et se mit à examiner ses mains. « Je ne voulais rien te dire de spécial par là. »

Elle le regarda, l'air grave. « Ne viens pas me raconter un truc pareil, dit-elle. Sinon, tu vas vraiment me gâcher la journée et je peux te dire qu'elle l'est déjà sérieusement, gâchée. »

Il continua d'étudier ses doigts et finit par parler, d'une voix presque inaudible. « Eh bien, je voulais dire que je t'aime, Beverly, mais je ne veux rien gâcher du tout.

— Ça ne gâche rien, dit-elle en le prenant dans ses bras. J'ai besoin de tout l'amour qu'on peut me donner, en ce moment.

— Mais tu aimes mieux Bill.

— Peut-être, au fond. Sauf que cela n'a pas d'importance. Ça en aurait peut-être un peu plus si nous étions adultes. Mais c'est vous tous que j'aime mieux. Vous êtes les seuls amis que j'aie. Je t'aime aussi, Ben.

— Merci », dit Ben. Il garda quelques instants le silence, fit une première tentative et réussit finalement à ajouter : « C'est moi qui ai écrit le poème », sans la regarder.

Ils restèrent un moment assis sans parler. Beverly se sentait en sécurité, protégée. Les images du visage de son père et du couteau de Henry se faisaient moins nettes et menaçantes lorsqu'ils étaient ainsi serrés l'un contre l'autre. Ce sentiment d'être protégée était difficile à définir et elle n'essaya pas, même si elle découvrit plus tard l'origine de sa puissance : elle se trouvait dans les bras d'un mâle prêt à mourir pour elle sans hésitation. Un fait qu'elle percevait parfaitement : il émanait des arômes qui montaient de sa peau, quelque chose de profondément primitif à quoi ses propres glandes réagissaient.

« Les autres devaient revenir, dit soudain Ben. Et s'ils se font prendre ? »

Elle se redressa, consciente d'avoir été sur le point de s'endormir. Bill, se souvint-elle, avait invité Mike Hanlon à déjeuner chez lui. Stan avait de même été invité chez Richie à manger des sandwichs. Quant à Eddie, il avait promis de ramener son jeu indien de Parcheesi. Ils n'allaient pas tarder à revenir, sans se douter un instant que Henry et ses acolytes rôdaient dans les Friches.

« Il faut absolument les joindre, dit Beverly. Henry n'en a pas qu'après moi.

— Si nous sortons et que jamais ils reviennent...

— Oui, mais au moins nous savons qu'ils sont dans le coin, nous. Pas Bill ni les autres. Eddie ne peut même pas courir, ils lui ont déjà cassé le bras.

— Jésouille de Jésouille. Je crois qu'il faut courir le risque.

— Ouais. » Elle déglutit et jeta un coup d'œil à sa Timex. Elle n'arrivait à distinguer le cadran qu'avec peine, dans la pénombre, mais il lui sembla qu'il était une heure passée. « Ben ?

— Oui ?

— Henry est réellement devenu fou. Il est comme le jeune dans

Graine de violence. Il voulait vraiment me tuer et les autres étaient prêts à l'aider.

— Bon Dieu, non, tout de même ! Henry est fou, mais pas à ce point. Il est juste...

— Juste quoi ? » Elle repensa à Henry et Patrick au milieu des épaves de voitures, dans la lourde lumière de l'été. Au regard vide de Henry.

Ben ne répondit pas. Il réfléchissait. Les choses avaient changé, non ? Quand on était partie prenante d'un changement, il était plus difficile à distinguer. Il fallait prendre du recul pour cela... essayer, au moins. Après le dernier jour de classe, il avait eu peur de Henry, mais seulement parce qu'il était plus grand que lui et qu'il avait une réputation de brute — le genre à prendre un petit, à lui tordre le bras et à l'envoyer bouler, en larmes. C'était tout. Puis il avait gravé son initiale sur le ventre de Ben. Puis il y avait eu la bataille de cailloux, et Henry avait jeté des M-80 à la tête des gens. On pouvait tuer quelqu'un avec ce genre d'engin. Il avait commencé à paraître différent... comme envoûté, presque. On aurait dit que désormais, il fallait être constamment sur ses gardes vis-à-vis de lui, de même qu'il faut constamment être sur ses gardes vis-à-vis des tigres et des serpents venimeux lorsqu'on se promène dans la jungle. On finit cependant par s'y habituer. S'y habituer même au point que cela paraît faire partie de l'ordre normal des choses. Mais Henry était bel et bien cinglé. Absolument. Ben avait compris cela dès le premier jour des vacances, si ce n'est qu'il avait refusé de l'admettre et de s'en souvenir. Ce n'était pas le genre de choses que l'on avait envie d'admettre ou de se rappeler. Et soudain une pensée — si puissante qu'elle avait le poids de la certitude — germa d'un seul coup dans son esprit, tout armée, aussi glacée que la boue d'octobre.

Ça se sert de Henry. Peut-être aussi des autres, mais par l'intermédiaire de Henry. Et si c'est vrai, alors Bev a sans doute raison. Il ne s'agit plus de « frites » sur les fesses, de nattes tirées en classe en fin d'heure d'étude, quand Mrs. Douglas lit à son bureau, il ne s'agit pas de bourrades ou de horions dans la cour de récréation où l'on se retrouve par terre, un genou écorché. Si Ça se sert de lui, alors Henry se servira de son couteau. Sûr.

« Une vieille dame les a vus qui essayaient de me battre, était en train de lui expliquer Beverly. Henry lui a couru après. Il a cassé un feu de position de sa voiture à coups de pied. »

Ce détail inquiéta Bill plus que tout. Il comprenait instinctivement, comme la plupart des enfants, qu'ils vivaient tous en dessous de la ligne d'horizon — et donc de la zone de réflexion — de la majorité des adultes ; quand un adulte arpente le trottoir, plongé dans ses réflexions de grande personne sur son travail, ses rendez-vous, la nouvelle voiture à acheter, bref tous les trucs auxquels pensent les grandes personnes, il ne fait jamais attention aux gamins qui jouent à la marelle, aux gendarmes et aux voleurs, à saute-mouton ou à chat perché. Les grosses brutes comme Henry pouvaient aller leur chemin et brutaliser les autres mômes très régulièrement, si elles prenaient soin de rester en dessous de cette ligne d'horizon. Au pire, un adulte pouvait dire en passant : « Vous allez arrêter, un peu ? », et continuer à arpenter le trottoir sans même attendre de voir si le brimeur s'arrêtait effectivement ou non. En général, le brutal attendait que l'adulte ait tourné au coin de la rue pour revenir à ses petites affaires. C'était comme si les grandes personnes pensaient que la vie réelle ne commençait pour quelqu'un que du jour où il dépassait un mètre cinquante.

En se lançant à la poursuite d'une vieille dame, Henry passait au-dessus de la ligne d'horizon et devenait visible. Et cela, aux yeux de Ben, sous-entendait plus que tout qu'il était définitivement cinglé.

Beverly vit se peindre sa nouvelle conviction sur le visage de Ben et se sentit envahie par une impression de soulagement. Elle n'aurait pas besoin d'ajouter comment Mr. Ross s'était contenté de replier son journal et de rentrer chez lui. Elle ne voulait pas lui en parler. Cela faisait trop peur.

« Montons jusqu'à Kansas Street, dit Ben en poussant aussitôt la trappe. Sois prête à courir. »

Il se leva dans l'ouverture et regarda tout autour de lui. Le silence régnait sur la clairière. On entendait le babil de la Kenduskeag, pas très loin, le chant d'un oiseau, le *ta-boum, ta-boum, ta-boum* d'un diesel poussif venant de la gare de triage. Mais rien d'autre, et cela le mettait mal à l'aise. Il se serait senti bien mieux s'il avait pu entendre Henry, Victor et le Roteur s'ouvrir un chemin à coups de jurons dans les taillis épais qui bordaient le cours d'eau. Mais il n'y avait pas le moindre signe du trio.

« Viens ! » dit-il en aidant Beverly à sortir. Elle regarda également autour d'elle, tout aussi mal à l'aise que lui, repoussa ses cheveux en arrière et fit la grimace en sentant combien ils étaient poisseux.

Il la prit par la main et ils s'enfoncèrent au milieu des buissons, en direction de Kansas Street. « Il vaut mieux rester en dehors du chemin.

— Non, répondit-elle. Nous devons nous presser. »

Il acquiesça. « D'accord. »

Ils débouchèrent donc sur le sentier. À un moment donné, Beverly trébucha contre une pierre et

7

Parc du séminaire, 2 h 17

tomba lourdement sur le trottoir qu'argentait la lune. Un grognement lui échappa, accompagné d'un filet de sang qui éclaboussa le ciment craquelé. Ce sang, dans la lumière de la lune, avait l'air aussi noir que celui d'un coléoptère. Henry le contempla pendant un long moment, hébété, puis leva la tête pour regarder autour de lui.

Le silence des petites heures de la nuit régnait sur Kansas Street et les maisons, fermées, noires, n'étaient éclairées que par quelques lampadaires.

Ah. Il venait d'apercevoir une bouche d'égout.

À l'une des barres de la grille, était accroché un ballon, un sourire dessiné dessus. Le ballon oscillait et plongeait dans la légère brise.

Henry se remit de nouveau sur ses pieds, une main poisseuse appuyée contre le ventre. D'accord, le négro ne l'avait pas raté, mais Henry lui en avait filé un encore plus sérieux. Oui, m'sieur. Pour ce qui était du négro, Henry avait l'impression que son compte était bon.

« Il est foutu », grommela Henry qui passa en chancelant auprès de la grille et de son ballon. Du sang frais se mit à briller sur sa main ; l'hémorragie continuait. « Tous foutus, les mômes. J'ai poinçonné cet enfoiré. J' vais tous les poinçonner. Leur apprendre, moi, à jeter des cailloux. »

Le monde avançait vers lui par grandes vagues ralenties, en énormes rouleaux comme ceux qu'il avait l'habitude de voir à la télé, dans son pavillon, au commencement de chaque épisode de *Hawaii Five-O*

(Colle-leur une amende, Danno, ha-ha, très bien, Jack Fucking Lord. Rudement bien, Jack Fucking Lord)

et Henry pouvait Henry pouvait Henry pouvait presque

(écouter le tapage que faisaient ces gros balèzes d'Oahu tandis qu'à force de le secouer ils éparpillaient la réalité de ce monde

(secouer, secouer, secouer

(« Pipeline. » Chantays. Tu te souviens de Pipeline ? Il était rudement bien, Pipeline. « Wipe-out. » Rires de cinglé, au début. On

aurait dit Patrick Hockstetter. Foutu pédé. S'est fait avoir lui aussi et pour ce que j'en sais

(c'était encore foutrement mieux que bien, c'était tout simplement sensationnel, aussi sensationnel que

(d'accord Pipeline fonce c'est pas le moment de rester en arrière attrape la vague mon garçon

(attrape

(fonce fonce fonce

(attrape une vague et surfe sur le trottoir avec moi

(attrape la vague attrape le monde mais garde)

ça le tarabustait cette oreille dedans sa tête : il n'arrêtait pas d'entendre ce bruit, *ka-spanggg ;* cet œil dedans sa tête : il n'arrêtait pas de voir celle de Victor au bout de son ressort, des rosettes de sang épanouies sur ses paupières, son front et ses joues.

Henry jeta un regard trouble sur sa gauche et se rendit compte qu'une haute haie noire remplaçait maintenant les maisons, haie dominée par l'étroit et sombre pilier victorien du séminaire de théologie. Pas une fenêtre n'était éclairée. Le séminaire avait délivré ses derniers diplômes en juin 1974. Il avait fermé définitivement ses portes cet été-là et ceux qui le parcouraient maintenant le faisaient seuls... ou bien avec la permission du caquetant club de femmes de la ville qui s'était attribué le titre ronflant de Société historique de Derry.

Il arriva à la hauteur de l'allée qui conduisait à l'entrée principale. Une lourde chaîne la fermait. Un écriteau y était suspendu : ENTRÉE INTERDITE PAR ORDRE DE LA POLICE DE DERRY.

Henry se prit les pieds à cet endroit et s'effondra lourdement sur le trottoir. Un peu plus loin, devant lui, un véhicule s'engagea dans Kansas Street, venant de Hawthorne. Ses phares balayèrent la rue. Henry combattit l'éblouissement suffisamment pour distinguer les gyrophares, sur le toit. C'était une caisse à poulets.

Il rampa sous la chaîne et, se déplaçant comme un crabe, alla se mettre à l'abri de la haie. Sur son visage en feu, la rosée nocturne était délicieuse. Allongé visage contre terre, il tournait la tête d'un côté et de l'autre, se mouillant les joues, buvant ce qu'il pouvait boire.

Le véhicule de la police passa à côté de lui sans ralentir.

Puis, brusquement, le gyrophare se mit à clignoter, perçant l'obscurité d'éclairs bleus erratiques. Il n'y avait nul besoin de mettre la sirène dans ces rues désertes, mais Henry entendit soudain l'engin qui se déclenchait, lancé à plein régime. La gomme des pneus arracha un hurlement de surprise au macadam.

Pris, je suis pris, paniqua son esprit... puis il se rendit compte que la voiture des flics s'éloignait de lui et remontait Kansas Street. Quelques instants plus tard, un you-you synthétique à la modulation infernale remplit la nuit, en provenance du sud et se rapprochant de lui. Il imagina quelque énorme panthère noire, soyeuse, yeux verts et pelage souple, Ça sous une nouvelle forme, venu pour lui, venu pour l'engloutir.

Peu à peu (et seulement lorsque les you-you commencèrent à s'éloigner) il comprit qu'il s'agissait d'une ambulance qui se dirigeait dans la même direction que la voiture de flics. Il resta gisant dans l'herbe mouillée, pris de frissons car elle était trop froide maintenant, luttant pour ne pas vomir. Il redoutait de dégueuler réellement tripes et boyaux... alors qu'il y en avait encore cinq autres à choper.

Une ambulance, une caisse à poulets. Où diable vont-elles ? À la bibliothèque, évidemment. Le bougnoul. Mais ce sera trop tard. J'l'ai poinçonné. Vous pouvez autant arrêter vos sirènes, les gars. Il va pas les entendre. Il est aussi mort qu'une bûche. Il...

L'était-il vraiment ?

Henry passa une langue desséchée sur ses lèvres qui pelaient. S'il était mort, ils n'auraient pas mis les sirènes dans la nuit. Il fallait que le négro les eût appelés. Autrement dit, il n'était peut-être pas mort. Peut-être.

« Non », fit Henry dans un souffle. Il roula sur le dos et regarda le ciel et ses millions d'étoiles. Ça en était venu, il le savait. De quelque part là-haut dans le ciel... Ça

(venait de l'espace lointain plein de concupiscence pour les femmes de la Terre Ça venait pour enlever toutes les femmes et pour violer tous les hommes disait Frank tu crois pas que tu veux plutôt dire violer toutes les femmes et voler tous les hommes, espèce de crétin ? Victor avait l'habitude d'en sortir une bien bonne là-dessus)

venait des espaces entre les étoiles. Lever la tête vers le ciel constellé lui donnait les boules : c'était trop vaste, trop noir. Il n'était que trop facile de l'imaginer devenant rouge sang, que trop facile de se figurer un Visage se dessinant en lignes de feu...

Il ferma les yeux, parcouru de frissons, se tenant le ventre de ses bras croisés et pensa : *Il est cané, ce nègre. Quelqu'un nous a entendus nous battre et a envoyé les flics voir ce qui se passait, c'est tout.*

Mais alors, pourquoi l'ambulance ?

« La ferme, la ferme », grogna Henry. Une fois de plus, il ressentait sa vieille rage, sa frustration d'autrefois ; il se souvenait comment ils l'avaient battu et rebattu en d'autres temps — d'autres temps qui lui paraissaient maintenant si proches et avoir une importance si vitale —, comment à chaque fois il avait cru les tenir et comment ils lui avaient mystérieusement filé entre les doigts. Cela s'était passé ainsi jusqu'au dernier jour, quand le Roteur avait aperçu la nénette qui filait vers les Friches. Il se le rappelait, oh oui, il se le rappelait fort clairement. Quand on reçoit un coup de pied dans les couilles, on ne l'oublie pas comme ça. Un été à coups de pied dans les couilles qu'il avait vécu, oui.

Il lui fallut déployer de pénibles efforts pour se mettre en position assise ; il grimaça à l'impression de coup de poignard dans le ventre qu'il ressentit.

Victor et le Roteur l'avaient aidé à descendre dans les Friches. Il avait marché aussi vite qu'il avait pu, en dépit de l'insupportable douleur qui lui tirait l'aine et le bas du ventre. Le moment était venu d'en finir. Ils avaient suivi le chemin jusqu'à une clairière d'où partaient cinq ou six autres sentiers, comme les fils d'une toile d'araignée. Oui, des gamins avaient joué dans le secteur ; pas besoin d'être Sherlock Holmes pour s'en rendre compte. Il y avait des emballages de confiserie un peu partout. Et quelques bouts de planche et de la sciure de bois, comme si on avait construit quelque chose par là.

Il se souvint d'être resté au milieu de la clairière et d'avoir parcouru les arbres des yeux, à la recherche de leur cabane de morpions dans les branches. Dès qu'il l'aurait repérée, il monterait à l'arbre, trouverait la fille qui s'y cachait et lui couperait la gorge et peloterait ses nichons, tranquille comme Baptiste, jusqu'à ce qu'elle arrête de bouger.

Mais il n'avait pu repérer la moindre cabane suspendue, pas plus que Victor ou Huggins. La vieille frustration familière lui remonta dans la gorge. Ils avaient laissé le Roteur monter la garder dans la clairière pendant qu'ils allaient explorer la rivière. Là non plus, pas trace de la fille. Il se souvenait de s'être penché, d'avoir ramassé un caillou et

8

Les Friches, 12 h 55

de l'avoir lancé loin dans l'eau, furieux et dérouté. « Où a-t-elle bien pu aller, cette salope ? » demanda-t-il d'un ton impérieux à Victor.

Celui-ci secoua lentement la tête. « J'en sais rien. Dis, tu saignes, Henry. »

Henry baissa les yeux et vit une tache sombre de la taille d'une pièce de vingt-cinq cents, sous la braguette de son jean. La douleur s'était réduite à des élancements sourds et réguliers, mais son slip lui donnait l'impression d'être trop étroit et trop serré. Ses couilles enflaient. Il sentit de nouveau en lui cette colère, une colère comme une corde hérissée de nœuds entortillée autour de son cœur. C'était elle qui lui avait fait cela.

« Où est-elle ? siffla-t-il.

— Sais pas », répéta Victor du même ton de voix morne. Il paraissait hypnotisé, victime d'une insolation — pas vraiment présent. « Elle a filé, sans doute. Depuis le temps, elle est peut-être déjà arrivée à Old Cape.

— Impossible. Elle se planque. Ils ont un coin à eux, et elle se planque là. Ce n'est peut-être pas une cabane suspendue. C'est peut-être quelque chose d'autre.

— Et quoi ?

— J'en... sais... rien ! » hurla Henry. Victor eut un mouvement de recul.

Henry se tenait debout dans la Kenduskeag, l'eau froide bouillonnant au-dessus de ses tennis, et examinait attentivement les alentours. Ses yeux se portèrent sur un cylindre qui venait en surplomb au-dessus de la rive à une dizaine de mètres de là — une station de pompage. Il sortit du cours d'eau et s'en approcha, sentant une sorte d'inévitable répulsion s'installer en lui. Sa peau lui donnait l'impression de se tendre et ses yeux de s'élargir ; il devenait ainsi capable de voir de plus en plus de choses ; il pouvait presque sentir les poils microscopiques de ses oreilles s'agiter et onduler comme les algues dans le courant de la marée.

Un bourdonnement grave provenait de la station de pompage ; derrière elle, un flot régulier d'eaux usées giclait du tuyau et se mêlait à celles de la Kenduskeag.

Il se pencha sur la plaque de fer qui fermait le haut du cylindre.

« Henry ? lui lança nerveusement Victor. Qu'est-ce que tu fabriques ? »

Henry l'ignora. Il mit un œil à l'un des trous ronds de la plaque mais ne vit rien, que des ténèbres. À la place de l'œil, il mit une oreille.

« *Attends...* »

La voix montait vers lui depuis ces ténèbres, et Henry sentit sa température interne se rapprocher dangereusement du point de congélation, ses veines et ses artères se pétrifier en tubes de glace cristallisée. Mais ces sensations s'accompagnèrent d'un sentiment qui lui était presque inconnu : l'amour. Ses yeux s'agrandirent. Un sourire clownesque lui étira les lèvres en un arc béat. C'était la voix de la lune. Maintenant, Ça se trouvait dans la station de pompage... en bas, dans les égouts.

« *Attends... regarde...* »

Il attendit, mais il n'y eut rien d'autre : rien que le ronronnement régulier et soporifique de la machinerie. Il revint vers l'endroit de la rive où l'attendait Victor — lequel l'observait craintivement. Henry l'ignora et beugla le nom du Roteur. Peu après, ce dernier arrivait.

« Venez, dit Henry.

— Qu'est-ce qu'on va faire ? demanda le Roteur.

— Attendre. Observer. »

Ils revinrent en catimini jusqu'à la clairière et s'assirent. Henry essaya d'écarter son slip de ses couilles douloureuses, mais cela lui faisait trop mal.

« Henry, qu'est-ce...

— Chuuut ! »

Huggins se tut sans un murmure. Henry avait des Camel mais il n'en distribua pas. Il ne voulait pas que la petite salope sente la fumée de cigarette si elle se trouvait dans le secteur. Il aurait pu s'expliquer, mais ce n'était pas nécessaire. La voix ne lui avait adressé que deux mots, mais ils semblaient tout expliquer. Les mômes jouaient ici. Les autres n'allaient pas tarder à rappliquer. Pourquoi s'exciter juste sur la petite salope, alors qu'ils pouvaient choper les sept bâtons merdeux d'un coup ?

Ils attendirent, ils observèrent. Victor et Huggins paraissaient dormir les yeux ouverts. L'attente ne fut pas très longue, mais suffisante, cependant, pour que Henry eût le temps de penser à des tas de choses. Comment il avait trouvé le cran d'arrêt, par exemple. Ce n'était pas le même que celui qu'il possédait au moment de la fin des classes et qu'il avait égaré quelque part. Celui-ci avait l'air beaucoup plus chouette.

Il était arrivé par la poste.

En quelque sorte.

Il se trouvait sur le porche et contemplait leur vieille boîte aux lettres en piteux état, essayant de comprendre ce qu'il voyait. Elle débordait de ballons. Deux étaient attachés au crochet de métal auquel le facteur suspendait parfois les colis ; les autres au drapeau de plastique que l'on relevait pour indiquer la présence de courrier. Des bleus, des rouges, des jaunes, des verts. Comme si quelque cirque étrange avait subrepticement emprunté Witcham Road au creux de la nuit, laissant ce signe.

En approchant de la boîte, il vit que des têtes étaient dessinées sur les ballons — celles des mômes qui lui avaient empoisonné l'existence tout l'été, les mômes qui ne rataient jamais une occasion, semblait-il, de se payer sa tête.

Il avait contemplé ces appartitions bouche bée, puis les ballons avaient explosé l'un après l'autre. Très satisfaisant : comme s'il les avait fait éclater rien qu'en y pensant, les tuant avec son esprit.

Le guichet de la boîte aux lettres s'abaissa tout d'un coup. Henry se rapprocha encore et regarda à l'intérieur. Le facteur avait beau ne jamais passer aussi loin dans sa tournée avant le milieu de l'après-midi, Henry n'éprouva aucune surprise en découvrant un paquet plat et rectangulaire. Il le retira. Il était adressé à Mr. HENRY BOWERS, Route rurale numéro 2, Derry, Maine. Il y avait même quelque chose comme une adresse d'expéditeur : Mr. ROBERT GRAY, Derry Maine.

Il déchira le paquet, laissant le papier d'emballage tomber sur le sol. Une boîte blanche. Il l'ouvrit. Le couteau à cran d'arrêt était posé sur un petit matelas de coton. Il le prit et rentra chez lui.

Son père était allongé sur sa paillasse, dans la chambre qu'ils partageaient, entouré de canettes de bière vides, le ventre débordant de son caleçon jaunâtre. Henry s'agenouilla à côté de lui, écoutant les ronflements et les soupirs de la respiration de son père, regardant sa bouche lippue se mettre en cul-de-poule pour rejeter l'air.

Henry plaça l'extrémité ouverte pour le passage de la lame contre le cou décharné de Butch. Celui-ci bougea un peu et se rendormit de son sommeil d'ivrogne. Henry resta au moins cinq minutes ainsi, le regard pensif, perdu au loin, tandis que du gras du pouce il caressait le bouton d'argent serti dans la garde du cran d'arrêt. La voix de la lune lui parla — dans un murmure semblable au vent de printemps, tiède avec une lame de fraîcheur enfouie en son milieu, dans un ronflement de nid de frelons dérangés, avec des marchandages de politicien à la voix éraillée.

Tout ce que la voix lui disait semblait tout à fait au poil à Henry et il appuya sur le bouton d'argent. Il y eut un *clic!* à l'intérieur du couteau quand le ressort-suicide se libéra ; quinze centimètres d'acier s'enfoncèrent dans le cou de Butch Bowers. Aussi facilement que les deux dents d'une fourchette à servir dans le blanc d'un poulet cuit à point. La pointe de la lame ressortit de l'autre côté, dégoulinante.

Les yeux de Butch Bowers s'ouvrirent en grand et restèrent fixés au plafond. Sa mâchoire inférieure tomba. Deux filets de sang surgirent aux coins de sa bouche et coulèrent sur ses joues jusqu'à ses oreilles. Il commença à gargouiller. Une large bulle sanguinolente gonfla entre ses lèvres écartées et éclata. L'une des mains de l'homme rampa jusqu'au genou de Henry qu'elle serra convulsivement. Henry s'en fichait. Puis la main se détendit et tomba. Les gargouillis s'arrêtèrent quelques instants plus tard. Butch Bowers était mort.

Henry retira le couteau et essuya la lame sur le drap sale de la paillasse avant de la repousser dans son logement. Il jeta au cadavre de son père un coup d'œil dénué d'intérêt. La voix lui avait expliqué à quelle tâche il devait s'atteler pour le reste de la journée pendant qu'il était resté agenouillé, le couteau contre la gorge de son père. Tout expliqué. Il alla donc dans l'autre pièce et appela Victor et le Roteur.

Ils étaient maintenant ici tous les trois, et même si ses couilles lui faisaient encore horriblement mal, le couteau formait un renflement réconfortant dans la poche gauche de son pantalon. Quelque chose lui disait que la séance de poinçonnage n'allait pas tarder à commencer. La voix dans la lune avait tout détaillé tandis qu'il était agenouillé, et pendant tout le chemin jusqu'en ville, il avait été incapable de quitter des yeux son disque pâle dans le ciel. Il vit qu'il y avait effectivement un homme dans la lune — un visage fantomatique effroyable avec des trous de cratères en guise d'yeux et un sourire glabre qui semblait lui remonter jusqu'au milieu des joues. Il lui parla

(Nous flottons là en bas Henry nous flottons tous tu flotteras toi aussi)

pendant tout le chemin. Tue-les tous, Henry, lui disait la voix fantôme en provenance de la lune — et Henry pigeait, Henry sentait qu'il pouvait renouveler cette émotion. Il les tuerait tous, ceux qui le tourmentaient, et alors ces sentiments — celui de perdre prise, de se rapprocher inexorablement d'un monde plus vaste qu'il ne serait pas capable de dominer comme il avait dominé la cour de récréation de l'école de Derry, sentiment que dans ce monde plus vaste, le gros tas de lard, le négro et le bafouilleur dingo risquaient peut-être de devenir plus costauds, tandis que lui ne ferait que devenir plus vieux — tous ces sentiments s'évanouiraient.

Il les tuerait tous et les voix — celle à l'intérieur et celle qui lui parlait depuis la lune — le laisseraient tranquille. Il les tuerait tous et puis il retournerait à la maison ; là il s'installerait sous le porche de derrière, le sabre japonais de son père sur les genoux. Il boirait l'une des bières favorites de Butch. Il écouterait aussi la radio, mais pas le base-ball. Le base-ball était un authentique truc de beauf. Au lieu de cela, il écouterait du rock and roll. Bien que Henry ne le sût pas (l'eût-il su qu'il s'en serait foutu), les Ratés et lui étaient au moins d'accord sur ce point : le rock and roll, c'était au poil. Tout irait alors sur des roulettes, tout serait au poil, parfaitement au poil, et peu importait ce qui arriverait ensuite. La voix prendrait soin de lui — cela, il le sentait. Si l'on s'occupait de Ça, Ça s'occupait de vous. Il en avait toujours été ainsi à Derry.

Mais il fallait arrêter les gosses, les arrêter sans tarder, les arrêter aujourd'hui même. C'était ce qu'avait dit la voix.

Henry sortit son nouveau couteau de sa poche et l'examina, le tournant d'un côté et de l'autre, admirant les reflets du soleil sur le revêtement chromé. Quand soudain Huggins le prit par le bras et lui dit : « Regarde-moi ça 'Henry, Jésouille de Nouille !' Garde-moi ça ! »

Henry regarda et la lumière limpide de la compréhension l'envahit. Un carré du sol de la clairière était en train de s'ouvrir par magie, révélant un fragment de ténèbres allant s'agrandissant. Pendant un bref instant, il éprouva une bouffée de terreur à l'idée que le propriétaire de la voix allait peut-être en sortir... car Ça vivait sans aucun doute en dessous de la ville. Puis il entendit le grincement de la terre dans les gonds et comprit. S'il n'avait pas pu voir la cabane suspendue, c'est parce qu'il n'y en avait pas.

« Nom de Dieu, on était juste sur leur tête ! » grogna Victor. Et comme la tête et les épaules de Ben apparaissaient dans l'écoutille carrée au centre de la clairière, il fit mine de charger. Henry l'attrapa et le retint.

« On va pas les choper, Henry ? demanda Victor alors que Henry se levait à son tour.

— Si, on va les choper. » Henry avait répondu sans quitter le gros lard des yeux. Encore un qui lui avait tapé dans les couilles. *Je vais t'en filer un qui va te les envoyer tellement haut que tu pourras les porter comme boucles d'oreilles espèce de gros enfoiré. Attends un peu et tu vas voir si je le fais pas.* « T'en fais pas. »

Le gros lard aidait la petite salope à sortir de leur trou. Elle regarda tout autour d'elle avec suspicion, et Henry crut un instant qu'elle le regardait droit dans les yeux. Puis son regard se déplaça. Ils murmurèrent quelque chose, s'enfoncèrent dans l'épaisseur des taillis et disparurent.

« Venez, dit Henry quand le bruit des branches froissées ou écrasées devint presque inaudible. On va les suivre. Mais on reste en arrière et on la ferme. Je les veux tous. »

Le trio traversa la clairière comme des soldats en patrouille, pliés en deux, les yeux grands ouverts, jetant des regards partout.

Le Roteur s'arrêta pour étudier le Club souterrain et secoua la tête, comme émerveillé. « Dire que j'étais assis juste sur leur tête ! » dit-il.

D'un geste impatient, Henry lui fit signe d'avancer.

Ils empruntèrent le sentier, pour faire moins de bruit. Ils étaient à mi-chemin de Kansas Street lorsque la petite salope et le gros lard, se tenant par la main (*Voyez ça comme ils sont mignons!* se dit Henry, au bord de l'extase) émergèrent directement devant eux.

Heureusement, ils tournaient le dos au groupe de Henry, et aucun des deux n'eut l'idée de regarder derrière. Henry, Victor et Huggins se pétrifièrent sur place, puis allèrent se fondre dans l'ombre de la lisière du chemin. Bientôt, Ben et Beverly ne furent plus que deux chemises que l'on distinguait à peine dans le fouillis des buissons et des ronces. Le trio reprit la poursuite... prudemment. Henry sortit son couteau et

9

Henry se fait faire un bout de conduite, 2 h 30

appuya sur le bouton chromé de la poignée. La lame jaillit. Il la contempla rêveusement dans le clair de lune. Il aimait la façon dont la clarté tombée du ciel jouait sur elle. Il n'avait aucune idée du temps qui s'écoulait. Il passait maintenant d'un bord à l'autre de la réalité.

Un son finit par atteindre sa conscience, un son qui grandissait. Un moteur d'automobile. Il se rapprocha. Dans l'obscurité, les yeux de Henry s'agrandirent. Il serra le couteau, attendant le passage de la voiture.

Au lieu de continuer son chemin, elle se gara le long de la haie du séminaire et s'immobilisa là, moteur tournant au ralenti. Avec une grimace (une raideur lui gagnait maintenant tout le ventre ; il devenait dur comme une planche et le sang qui coulait entre ses doigts avait la consistance de la sève au moment où l'on arrête de la recueillir sur les érables à sucre, fin mars début avril), il se mit à genoux et repoussa les branches raides de la haie. Il vit les phares et la silhouette de la voiture. Des flics ? Sa main pressait et relâchait le couteau, le pressait et le relâchait, le pressait et le relâchait.

Je t'ai envoyé un taxi, Henry, lui murmura la voix. *Enfin, un genre de taxi, si tu peux piger cela. Après tout, nous devons nous arranger pour que tu sois au Town House assez rapidement. La nuit se fait vieille.*

La voix émit un petit rire sec et bref et se tut. On n'entendait plus que les grillons et le ronronnement régulier du moteur au ralenti.

Henry se mit maladroitement debout et rebroussa chemin jusqu'à l'allée du séminaire. Il jeta un coup d'œil à la voiture. Ce n'était pas une caisse à poulets. Pas de cerise sur le toit, et sa forme était toute bizarre... ancienne.

Henry crut entendre encore le petit rire ; mais c'était peut-être simplement le vent.

Il émergea de l'ombre de la haie, se glissa péniblement sous la chaîne et s'avança en direction du véhicule qui sortait d'un monde en noir et blanc de photo Polaroïd, un monde de clair de lune et de ténèbres insondables. Henry était dans un état lamentable : sa chemise était noire de sang et son jean trempé jusqu'aux genoux. Son visage n'était qu'une tache blanche sous une coupe de cheveux à la para.

Il arriva jusqu'au trottoir et examina le véhicule, s'efforçant de se faire une idée de la masse qui se tenait derrière le volant. Mais c'est la voiture qu'il reconnut en premier : celle que son père s'était promis de s'offrir un jour, une Plymouth Fury de 1958. Elle était rouge et blanc et Henry savait (son père le lui avait suffisamment répété) que le moteur qui ronronnait doucement était un V-8 327 développant 255 chevaux, capable d'atteindre cent vingt kilomètres à l'heure en neuf secondes départ arrêté et doté d'un carburateur quatre-corps qui ne s'alimentait qu'au super. *Je vais me la payer, cette bagnole,* aimait à dire Butch, *et quand je crèverai, on m'enterrera dedans...*, sauf qu'il ne s'était jamais offert la Plymouth et que l'État l'avait enterré à ses frais après qu'on eut emmené Henry, en plein délire, hurlant des choses à propos de monstres, à la ferme aux mabouls.

Si c'est lui là-dedans, j' crois pas que je pourrais monter, songea Henry dont les doigts étreignaient le couteau et qui oscillait d'avant en arrière, étudiant la forme derrière le volant.

La porte côté passager de la Fury s'ouvrit alors, allumant le plafonnier, et le conducteur se tourna pour le regarder. C'était Huggins le Roteur. Son visage était un vrai massacre. Il lui manquait un œil et on apercevait une rangée de dents noircies par un trou pourri de sa joue parcheminée. Il portait, perchée sur sa tête, la même casquette de base-ball des Yankees de New York que le jour de sa mort. Elle était posée à l'envers. Une pourriture d'un gris verdâtre coulait lentement le long de la visière.

« Roteur ! » s'exclama Henry. L'éclair brûlant d'un élancement monta du bas de son ventre, lui arrachant un cri inarticulé.

Les lèvres exsangues du Roteur s'étirèrent en un sourire qui s'ouvrit comme une draperie aux replis grisâtres. Il tendit une main sarmenteuse en un geste d'invitation vers la porte ouverte.

Henry hésita puis se traîna le long de la Plymouth, touchant au passage l'emblème du V-8 comme il le touchait à chaque fois que son père l'amenait dans le hall d'exposition du constructeur, à Bangor, quand il était petit. La grisaille l'envahit au moment où il gagnait le côté du passager, en une vague molle qui l'obligea à s'accrocher à la porte pour garder l'équilibre. Il resta un moment immobile, tête baissée, respirant par à-coups. Finalement le monde se remit en place — partiellement au moins — et il réussit à faire le tour de la portière pour aller s'affaler sur le siège. La douleur zigzagua de nouveau dans ses entrailles, et un jet de sang frais jaillit entre ses doigts. On aurait dit de la gelée tiède. Il renversa la tête en arrière et grinça des dents, tandis que saillaient les tendons de son cou. Finalement la douleur diminua un peu.

La porte se referma d'elle-même. Le plafonnier s'éteignit. Henry vit l'une des mains pourries de Huggins se refermer sur le levier de vitesses et enclencher la première. Le paquet de nœuds blancs des articulations luisait à travers la chair en décomposition des doigts.

La Fury prit la direction de Up-Mile Hill.

« Comment ça va, Roteur ? » Henry s'entendit-il demander. Question stupide, évidemment — le Roteur ne pouvait pas être ici, les morts ne peuvent pas conduire de voitures — mais c'était tout ce qu'il avait trouvé.

Huggins ne répondit pas. Son orbite creuse fixait la route. Ses dents lançaient leur reflet maladif par le trou dans sa joue. Henry se rendit vaguement compte que ce bon vieux Roteur dégageait une odeur plutôt avancée. Le bon vieux Roteur puait en fait comme un panier de tomates trop mûres abandonné sous un évier.

La boîte à gants s'ouvrit d'un coup sec, heurtant les genoux de Henry ; à la lumière de la petite lampe qui se trouvait à l'intérieur, il aperçut une bouteille à demi pleine de Texas Driver. Il la prit, l'ouvrit, et s'en envoya une grande rasade. Elle descendit comme un ruban de soie fraîche qui se transforma en une éruption de lave lorsqu'elle toucha son estomac. Un frisson le secoua des pieds à la tête, il gémit... puis commença à se sentir légèrement mieux, un peu plus en contact avec le monde.

« Merci », dit-il.

La tête du Roteur se tourna vers lui. Dans son cou on voyait les tendons dénudés ; le bruit était celui de gonds rouillés. Huggins le regarda ainsi pendant un certain temps de son regard borgne de mort, et Henry observa pour la première fois que l'essentiel de son nez avait disparu. On aurait dit que quelque chose s'était attaqué au pif de ce bon vieux Huggins. Un chien, peut-être. Ou des rats. Plus vraisemblables, les rats. Les boyaux dans lesquels ils avaient pourchassé les mômes ce jour-là étaient infestés de rats.

Bougeant toujours aussi lentement, la tête du Roteur se tourna de nouveau vers la route. Henry se sentit soulagé. Il n'avait pas trop apprécié la manière dont le bon vieux Huggins l'avait regardé. Il y avait eu quelque chose dans l'œil restant, enfoncé au creux de son orbite, qui ne lui avait pas plu. Un reproche ? De la colère ? Quoi ?

C'est un môme clamsé qui est au volant de cette bagnole.

Henry baissa les yeux sur son avant-bras, et vit qu'il était hérissé de chair de poule. Il avala rapidement une deuxième gorgée à la bouteille. Celle-ci lui fit un peu moins mal et répandit sa chaleur un peu plus loin.

La Plymouth descendit Up-Mile Hill et s'engagea dans le rond-point qui le terminait et que ne commandaient plus que des feux orange clignotants, baignant la rue déserte et les immeubles environnants de leurs éclats jaunâtres réguliers. Le silence était tel que Henry eut l'impression d'entendre le cliquetis des relais dans les boîtiers... ou était-ce son imagination ?

« Jamais eu l'intention de te laisser en arrière ce jour-là, Roteur, dit Henry. Je veux dire, si c'est ce que tu as à l'esprit, tu comprends. »

De nouveau, le même grincement de tendons. Huggins le regarda une fois de plus de cet œil engoncé au fond de son orbite. Et le sourire qui distendit ses lèvres, terrible, révéla des gencives d'un gris tirant sur le noir sur lesquelles s'épanouissait tout un jardin de pourriture. Qu'est-ce que c'est que ce sourire ? se demanda Henry, tandis que la voiture remontait Main Street dans un ronronnement soyeux, passant devant Freese's d'un côté, Nan's Luncheonette et le cinéma Aladdin de l'autre.

Est-ce un sourire d'absolution ? Un sourire de vieux copain ? Ou est-ce un sourire du genre : je vais t'avoir, Henry, je vais t'avoir pour nous avoir laissés en plan, Victor et moi ? Quel genre de sourire ?

« Faut que tu comprennes comment ça s'est passé », commença Henry ; mais il n'alla pas plus loin. Comment ça s'était passé, au juste ? Son esprit n'était que confusion, on aurait dit les pièces emmêlées d'un puzzle, comme ceux que l'on renversait sur les tables de jeu merdiques de Juniper. Comment, exactement ? Ils avaient suivi le gros lard et la petite salope jusqu'à Kansas Street et avaient attendu dans les buissons tandis que les deux mômes montaient en haut du talus. S'ils avaient disparu, ils auraient renoncé à se dissimuler et les auraient ouvertement poursuivis ; deux, c'était mieux que rien du tout. Ils pourraient choper les autres, le moment voulu.

Mais ils n'avaient pas disparu. Ils s'étaient simplement appuyés contre la barrière pour surveiller la rue tout en bavardant. Ils jetaient de temps en temps un coup d'œil vers les Friches, mais Henry et ses acolytes étaient bien cachés.

Le ciel, se souvenait Henry, s'était couvert de nuages, des nuages venant de l'est, et l'atmosphère s'était alourdie. Il allait pleuvoir dans l'après-midi.

Et ensuite ? Ensui...

Une main osseuse, cuireuse, se referma sur l'avant-bras de Henry, qui hurla. Il venait une fois de plus de dériver dans la grisaille cotonneuse, mais l'abominable contact du Roteur et la douleur en coup de poignard que son cri avait provoquée dans son ventre le ramenèrent à la réalité. Il tourna la tête. Le visage de Huggins n'était qu'à quelques centimètres du sien ; il eut une inspiration de suffocation qu'il regretta aussitôt. Ce bon vieux Roteur pourrissait vraiment de partout. L'image du panier de tomates putréfiées dans un coin revint à l'esprit de Henry. Son estomac se souleva.

Il se rappela tout d'un coup la fin. Du moins la fin pour Vic et pour Huggins. Comment quelque chose avait surgi des ténèbres tandis qu'ils se trouvaient dans un boyau, en dessous d'une grille d'égout, se demandant quelle direction prendre. Quelque chose... il aurait été incapable de dire quoi. Jusqu'au cri de Victor : « Frankenstein, c'est Frankenstein ! » Et c'était bien le monstre de Frankenstein qu'il avait vu, avec des boulons qui lui sortaient du cou et la profonde cicatrice bordée de points de suture sur le front, s'avançant d'un pas lourd avec aux pieds des chaussures commes des cubes.

« Frankenstein ! avait hurlé Vic, Fr... » Puis Vic n'avait plus eu de tête. Celle-ci venait de voler à travers le boyau pour aller s'écraser contre la paroi d'en face avec un bruit sourd et gluant. Les yeux jaunes et aqueux du monstre étaient alors tombés sur Henry, lequel s'était pétrifié. Il n'avait pu contenir sa vessie et avait senti un liquide chaud lui couler le long de la jambe.

La créature s'était avancée de son pas lourd vers lui et Huggins avait... il avait...

« Écoute, je sais que j'ai fichu le camp, admit Henry. Je n'aurais pas dû. Mais... tu comprends... »

Le Roteur le regardait.

« Je me suis perdu », murmura Henry, comme pour dire à ce bon vieux Roteur que lui aussi avait payé. Un peu faible, comme s'il disait : *Ouais, je sais que t'as été tué, Roteur, mais moi, j'ai eu une putain d'écharde sous le pouce.* Pourtant il en avait bavé... rudement bavé. Il avait erré dans un monde de ténèbres puantes pendant des heures et avait fini par se mettre à hurler. À un moment donné, il était tombé — une longue chute vertigineuse pendant laquelle il avait eu le temps de penser qu'au bout l'attendait la mort — puis il s'était retrouvé dans un courant rapide qui l'entraînait. Sous le canal, avait-il pensé. Il s'était retrouvé dans la lumière du soleil en train de se coucher, s'était débattu jusqu'à ce qu'il regagne la rive et était finalement sorti de la Kenduskeag à moins de cinquante mètres de l'endroit où Adrian Mellon allait se noyer vingt-six ans plus tard. Il avait glissé, était tombé, se cognant la tête, et avait perdu connaissance. Il faisait déjà nuit quand il s'était réveillé. Il avait fini par regagner la Route numéro 2 et quelqu'un l'avait ramené chez lui en voiture. Et là il était tombé sur les flics qui l'attendaient.

Mais c'était dans le temps et on était aujourd'hui. Le Roteur s'était avancé sur le monstre de Frankenstein, lequel lui avait pelé le côté gauche du visage jusqu'à l'os. Henry n'avait pas attendu d'en voir davantage pour s'enfuir. Mais maintenant le Roteur était de retour, et celui-ci lui montrait quelque chose.

Henry s'aperçut qu'ils venaient de s'arrêter en face du Derry Town House, et soudain il comprit parfaitement. Le Town House était le seul véritable hôtel restant à Derry. L'Eastern Star et le Traveller's Rest, qui existaient encore en 1958, avaient disparu tous les deux au cours des travaux de rénovation de la ville ; Henry, qui lisait fidèlement le *Derry News* tous les jours à Juniper Hill, était au courant. En dehors du Town House, on trouvait seulement une poignée de motels minables en bordure de la nationale.

C'est certainement là qu'ils sont, se dit-il. *Tous ceux qui restent. En train de dormir dans leur lit avec des rêves de bonbons — ou d'égouts — leur tournant dans la tête. Et je vais les avoir. Un par un, je les aurai.*

Il sortit de nouveau la bouteille de Texas Driver et en prit un coup. Il sentait du sang frais couler goutte à goutte sur son ventre, et sous lui, le siège était poisseux : mais avec le vin, il se sentait mieux ; avec le vin, ça n'avait plus d'importance. Il aurait préféré un bon bourbon, mais le Texas Driver était mieux que rien.

« Écoute, dit-il au Roteur, je m'excuse d'avoir fichu le camp. Je sais pas pourquoi j'ai fait ça. S'il te plaît..., ne m'en veux pas. »

Huggins parla, pour la première et dernière fois, mais la voix n'était pas la sienne. La voix qui sortait de la bouche en décomposition était basse, puissante, terrifiante. Henry ne put retenir un gémissement en l'entendant. C'était celle de la lune, celle du clown, celle qu'il avait entendue dans ses rêves d'égouts et de boyaux dans lesquels coulaient des flots impétueux et incessants.

« Ferme-la et chope-les, c'est tout.

— Bien sûr, pleurnicha Henry. Bien sûr, entendu, je ne demande pas mieux, pas de problème... »

Il remit la bouteille dans la boîte à gants ; son col claqua brièvement comme des dents. Il vit alors le papier dans lequel la bouteille avait été rangée. Il le prit et le déplia, laissant des traces de sang aux angles. En manière de titre, on voyait cet en-tête écarlate :

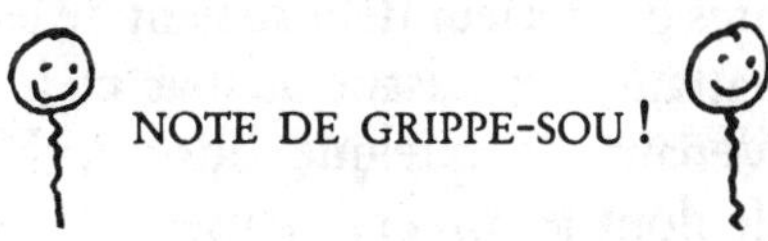

Et en dessous, soigneusement rédigé en lettres capitales :

BILL DENBROUGH	311
BEN HANSCOM	404
EDDIE KASPBRAK	609
BEVERLY MARSH	518
RICHIE TOZIER	217

Les numéros des chambres. C'était parfait. Du temps de gagné. « Merci, le Ro... »

Mais il n'y avait plus de Roteur. Le siège du conducteur était vide. À la place, il n'y avait plus que la casquette des Yankees de New York, la visière engluée d'une croûte de pourriture, et quelque chose de visqueux sur le levier de vitesses.

Le regard fixe, Henry sentait son cœur battre follement dans sa poitrine... puis il crut entendre bouger et s'agiter sur le siège arrière. Il ouvrit la porte et sortit rapidement, non sans manquer s'étaler dans sa hâte. Il prit au large pour faire le tour de la Fury, dont le double pot d'échappement ronronnait doucement.

Il lui était pénible de marcher ; chaque pas tirait sur son ventre, y déchirait quelque chose. Il gagna cependant le trottoir et resta planté là à contempler le bâtiment de huit étages, tout en brique, le seul, avec le cinéma Aladdin et la bibliothèque, dont il se souvenait clairement. Il n'y avait pratiquement plus de lumière dans les étages mais les globes de verre dépoli qui encadraient l'entrée principale brillaient doucement dans la pénombre, au milieu d'un halo d'humidité due au brouillard bas.

Il avança avec difficulté entre eux et poussa l'un des battants de la porte de l'épaule.

Le silence des petites heures de la nuit régnait dans le hall d'entrée. Un tapis turc défraîchi recouvrait le sol. Une fresque gigantesque, datant de la grande époque de l'exploitation du bois à Derry, ornait le plafond de ses panneaux rectangulaires. Il y avait des canapés trop rembourrés, des fauteuils et une grande cheminée dont le foyer était éteint, une bûche de hêtre posée sur les chenets (une vraie bûche, pas un simulacre) ; l'âtre du Town House n'était pas un simple motif décoratif. Des plantes d'intérieur débordaient de leur pot. Les portes vitrées à double battant conduisant au bar et à la salle à manger étaient fermées. Venant de quelque bureau, Henry entendit le murmure d'une télé dont le son était baissé.

Il avança d'un pas vacillant, ensanglanté de la taille aux genoux. Du sang avait séché dans les lignes de ses mains ; des traînées de sang, sur ses joues et son front, lui faisaient comme des peintures de guerre. Il avait les yeux exorbités. Quiconque l'aurait aperçu dans le hall se serait enfui en hurlant. Mais il n'y avait personne.

Les portes de l'ascenseur s'ouvrirent dès qu'il appuya sur le bouton. Il regarda le papier qu'il tenait à la main, puis le panneau des numéros des étages. Après avoir délibéré un instant, il appuya sur le 6 et les portes se refermèrent. L'ascenseur s'éleva dans un léger bourdonnement de moteur.

Aussi bien commencer par le plus haut et continuer en descendant.

Il s'accota à la paroi de l'ascenseur, les yeux mi-clos. Le bourdonnement avait quelque chose d'apaisant ; comme celui des stations de pompage du système des égouts. Ce jour-là..., il ne cessait de lui revenir à l'esprit. Comment tout semblait avoir été disposé à l'avance, comme si chacun d'eux n'avait été qu'un acteur avec son rôle à jouer. Comment Vic et ce bon vieux Huggins lui avaient paru... eh bien, presque drogués. Il se souvenait...

L'ascenseur s'arrêta avec une secousse qui provoqua une nouvelle onde de douleur dans son abdomen. Les portes s'ouvrirent. Henry sortit dans le couloir silencieux (encore des plantes, dans des vases suspendus, des plantes arachnéennes qu'il n'avait aucune envie de toucher, surtout pas ces choses grimpantes d'où perlait un liquide qui lui rappelait trop les choses qui pendaient dans le noir, là-bas en bas). Il vérifia de nouveau le papier. Kaspbrak était dans la 609. Henry partit dans cette direction, non sans prendre appui sur le mur, laissant une légère traînée de sang sur le papier peint (ah, mais il faisait un écart chaque fois qu'il arrivait à la hauteur des plantes ; pas question de seulement les frôler). Il respirait péniblement, la gorge brûlante.

La 609. Henry prit le cran d'arrêt dans sa poche et passa la langue sur ses lèvres parcheminées. Puis il frappa à la porte. Rien. Il frappa à nouveau, plus fort cette fois.

« Qu'est-ce c'est ? » Voix endormie. Parfait. Il serait en pyjama, mal réveillé. Et quand il ouvrirait la porte, Henry n'aurait qu'à enfoncer la lame dans le creux du cou, ce creux vulnérable juste en dessous de la pomme d'Adam.

« La réception, m'sieur. Un message de votre femme », répondit Henry. Kaspbrak était-il marié ? Peut-être avait-il dit une ânerie. Il attendit, froid, en alerte. Il entendit un bruit de pas — des pieds chaussés de pantoufles.

« De Myra ? » Il avait l'air inquiet. Excellent. Il le serait bien davantage dans quelques secondes. Une veine battait régulièrement à la tempe de Henry.

« Je suppose, monsieur. Il n'y a pas de nom. On dit juste que c'est votre femme. »

Il y eut un silence, puis un bruit métallique quand Eddie manipula la chaîne. Souriant, Henry pressa le bouton chromé du manche. *Clic.* Il tint la lame à la hauteur de sa joue, prête. Le verrou tourna. Dans un instant, il allait plonger dans la gorge de ce petit minable décharné. Il attendit. La porte s'ouvrit et Eddie

10

Les Ratés tous unis, 13 h 20

vit Stan et Richie qui débouchaient de l'épicerie de Costello Avenue, chacun d'eux grignotant une Rocket sur son bâton. « Hé ! cria-t-il, hé, attendez ! »

Ils se retournèrent, et Stan lui fit signe de la main. Eddie courut les rejoindre aussi vite qu'il put, c'est-à-dire, en réalité, pas très rapidement. Il avait un bras pris dans un plâtre, et portait la planche du Parcheesi sous l'autre.

« Qu'avez-vous dit, Eddie, qu'avez-vous dit, mon garçon ? demanda Richie avec sa voix de gentleman allemand. Ah, le pauvre garçon a un bras cassé. Regardez-moi ça, Stan, il a un bras cassé. Soyez compatissant, portez-lui sa planche de Parcheesi !

— Je peux la porter, protesta Eddie, un peu essoufflé. Est-ce que je peux avoir un peu de la Rocket ?

— Ta maman ne voudrait pas, Eddie », fit Richie d'un ton triste. Il se mit à lécher plus vite. Il venait juste d'arriver à la partie chocolatée de la glace, celle qu'il préférait. « Les microbes, mon garçon ! N'oublie pas que tu peux attraper des microbes en mangeant après quelqu'un !

— Je cours le risque. »

À regret, Richie tendit sa Rocket vers la bouche d'Eddie... et la retira vivement dès que le garçon eut donné deux coups de langue.

« Si tu veux le reste de la mienne, je te la donne, intervint Stan. J'ai déjà assez mangé à table.

— Les juifs ne mangent pas beaucoup, remarqua Richie. Ça fait partie de leur religion. » Le trio marchait dans une ambiance amicale, en direction de Kansas Street et des Friches. Derry semblait s'enfoncer dans la somnolence embrumée de l'après-midi. Les stores étaient baissés à presque toutes les fenêtres ; des jouets gisaient sur les pelouses, abandonnés, comme si on avait hâtivement rappelé les enfants pour leur faire faire une sieste. À l'ouest, l'orage grondait avec une puissance contenue.

« C'est vrai ? demanda Eddie à Stan.

— Non, Richie te fait marcher, répondit Stan. Les juifs mangent comme tout le monde. Comme lui, ajouta-t-il en montrant Richie du doigt.

— Tu sais, t'es vraiment salaud avec Stan, Richie. T'aimerais ça, toi, si on racontait toutes ces conneries simplement parce que t'es catholique ?

— Oh, les catholiques en font aussi de belles, se défendit Richie. Mon père m'a raconté que Hitler était catholique et qu'il avait tué des millions de juifs. Pas vrai, Stan ?

— Oui, je crois, répondit Stan, l'air gêné.

— Ma mère était furax quand mon père m'a dit cela, reprit Richie avec un léger sourire à l'évocation de ce souvenir. Absolument furax. Nous autres catholiques, on a eu l'Inquisition, ce truc avec les brodequins, les clous sous les ongles et tout le bazar. Je me dis que toutes les religions sont plus ou moins bizarres.

— Moi aussi, approuva Stan calmement. Nous ne sommes pas des croyants orthodoxes, ni rien comme ça. Je veux dire, on mange du jambon, par exemple. Je ne sais même pas exactement ce que cela veut dire, d'être juif. Je suis né à Derry et j'ai parfois été à la synagogue de Bangor pour le Yom Kippour ou des trucs comme ça, mais... » Il haussa les épaules.

« Du jambon ? » Eddie, dont la mère était méthodiste, ne comprenait pas.

« Les juifs orthodoxes ne mangent pas de trucs comme ça. C'est écrit quelque part dans la Torah qu'il ne faut pas manger des animaux qui rampent dans la boue ou marchent au fond de l'océan. Je ne sais pas exactement comment c'est dit. Toujours est-il que le porc et le homard sont interdits, mais mes parents en mangent, et moi aussi.

— Vraiment bizarre ! fit Eddie en éclatant de rire. Je n'avais jamais entendu parler d'une religion qui disait ce qu'il fallait manger ou ne pas manger. Bientôt, on va te dire quel genre d'essence acheter.

— De l'essence kascher, pardi ! » répondit Stan en riant à son tour. Ni Eddie ni Richie ne comprenaient ce qui le faisait rire.

« Tu dois bien admettre, dit Richie, que c'est tout de même bizarre de ne pas pouvoir manger une saucisse juste parce qu'on est juif.

— Ah oui ? Et toi, tu manges de la viande, le vendredi ?

— Bon Dieu, non ! s'exclama Richie, choqué. On ne mange pas de viande le vendredi parce que... » Il esquissa un sourire. « Bon, d'accord, je vois ce que tu veux dire.

— Est-ce que les catholiques vont vraiment en enfer s'ils mangent de la viande le vendredi ? » demanda Eddie, fasciné, totalement inconscient que ses propres grands-parents, des Polonais pratiquants, n'auraient pas plus mangé de la viande le vendredi qu'ils se seraient promenés tout nus.

« Je vais te dire un truc, Eddie, répondit Richie. Je n'arrive pas à croire que Dieu m'enverrait rôtir pour l'éternité juste pour avoir mangé un sandwich au saucisson cuit un vendredi. Mais pourquoi courir le risque ? Tu comprends ?

— Bien sûr... mais cela paraît tellement... » Il avait été sur le point d'ajouter « stupide », mais il s'était souvenu d'une histoire que Mrs. Portleigh leur avait racontée à l'école du dimanche quand il était petit. D'après elle, un méchant garçon avait un jour volé du pain consacré lorsque le plateau de la communion était passé devant lui. Il l'avait ramené chez lui et jeté dans la cuvette des toilettes pour voir ce qui arriverait. Aussitôt — du moins d'après ce qu'avait raconté Mrs. Portleigh aux enfants fascinés —, l'eau était devenue d'un rouge éclatant. C'était le sang du Christ, avait-elle dit, et il était apparu à ce petit garçon parce qu'il avait commis une très vilaine action : un BLASPHÈME. Il était apparu pour l'avertir qu'en jetant la chair de Jésus dans les toilettes, il faisait courir à son âme immortelle le danger d'aller brûler en enfer.

Jusqu'alors, Eddie avait apprécié la communion, qu'il ne pratiquait que depuis un an à peine. Les méthodistes utilisaient du jus de raisin à la place du vin, et des cubes de pain Wonder caoutchouteux étaient censés représenter le corps du Christ. Il aimait l'idée de ce rite religieux où l'on prenait de la boisson et de la nourriture. Mais du fait de l'histoire de Mrs. Portleigh, sa terreur mystique devant ce rite avait acquis une dimension d'effroi plus profonde. Le seul fait de tendre la main pour les cubes de pain devint un acte qui exigeait du courage, comme s'il avait redouté un choc électrique... ou pire : que par exemple le pain change brusquement de couleur dans sa main, se transformant en un caillot de sang, tandis qu'une voix désincarnée tonnerait dans l'église : *Indigne ! Indigne ! Condamné à l'enfer ! Condamné à l'enfer !* Souvent, après avoir pris la communion, sa gorge se serrait, sa respiration commençait à siffler et il attendait avec une impatience de plus en plus proche de la panique la fin de la bénédiction, afin d'aller dans le vestibule se servir de son inhalateur.

Tu es vraiment trop bête, se dit-il quand il fut plus grand. *Ce n'était rien qu'une histoire, et Mrs. Portleigh n'était certainement pas une sainte. Maman a dit qu'elle avait divorcé à Kittery et qu'elle jouait au loto à Bangor, à Saint Mary, alors que les vrais chrétiens ne jouent pas et laissent ça aux païens et aux catholiques.*

Tout cela tombait sous le sens, mais il n'en fut pas soulagé pour autant. L'histoire du pain de communion se transformant en sang lui trottait dans l'esprit et l'inquiétait parfois au point de lui faire perdre le sommeil. Il se fit la remarque, une nuit, que la seule façon de venir à bout de cette obsession consistait à prendre lui-même un morceau de pain consacré et à le jeter dans les toilettes pour voir ce qui se produirait.

Mais il était loin d'avoir le courage nécessaire pour procéder à une telle expérience ; sa raison ne tenait pas devant l'image sinistre du sang se gonflant en un nuage accusateur assorti de la menace d'une damnation éternelle. Elle ne tenait pas devant l'invocation magique comme un talisman : « *Ceci est mon corps, prends et mange ; ceci est mon sang, répandu pour toi...* »

Non, il n'avait jamais procédé à cette expérience.

« Je crois que toutes les religions sont bizarres », disait maintenant Eddie. Mais aussi puissantes, ajouta-t-il en esprit, presque magiques... ou bien était-ce un BLASPHÈME ? Il se mit à penser à la chose qu'ils avaient vue sur Neibolt Street, et pour la première fois il y vit un parallèle dément — après tout, le loup-garou était bel et bien sorti des toilettes.

« Bon sang, on dirait que tout le monde roupille, fit Richie en jetant le bâtonnet de sa Rocket dans le caniveau. Jamais vu la ville aussi calme. Ils sont tous partis pour Bar Harbor ou quoi ?

— H-H-Hé, les g-g-gars ! cria Bill Denbrough derrière eux. A-Attendez-m-moi ! »

Eddie se retourna, comme toujours ravi d'entendre la voix du Grand Bill, lequel pédalait vigoureusement sur Silver et venait de déboucher de Costello Avenue, distançant Mike dont la Schwinn était pourtant flambant neuve ou presque.

« Ya-ouh, Silver, EN AVANT ! » vociféra Bill. Il roula jusqu'à eux en faisant bien du trente à l'heure, dans le crépitement furieux des cartes à jouer fixées sur la fourche. Puis il partit en rétro-pédalage, bloqua les freins, et laissa sur la chaussée une splendide marque de dérapage.

« Hé, Bill le Bègue ! lui lança Richie. Comment qu' ça va, mec ? Ah, dis donc... ah, dis donc ! Comment qu' ça va ?

— T-Très bien. Vu B-Ben ou Be-Beverly ? »

Mike rejoignit le groupe à ce moment-là, le visage couvert de gouttelettes de sueur. « Mais à combien elle roule, cette bécane, au juste ? »

Bill éclata de rire. « Au j-juste, je s-sais pas. A-Assez vi-vite.

— Je ne les ai pas vus, répondit Richie. Ils doivent être en bas, à traîner. Ou à chanter en duo : " Ch-boum, ch-boum, ya-da-da-da-da-da-da... tu es un rêve devenu réalité, mon cœur ! " »

Stan Uris fit des bruits de dégueulis.

« Il est jaloux, c'est tout, dit Richie à Mike. Les juifs ne sont pas foutus de chanter.

— B-B-B...

— Bip-bip, Richie », fit Richie à la place de Bill, et tous éclatèrent de rire.

Ils repartirent en groupe pour les Friches, Mike et Bill poussant leur bicyclette. La conversation, tout d'abord animée, devint languissante. Eddie décela, sur le visage de Bill, une expression de malaise, et se sentit lui aussi gagné par l'envie de se taire. Il savait bien que Richie n'avait voulu que plaisanter, mais on aurait vraiment dit que tout le monde, à Derry, était parti passer la journée à Bar Harbor... ou n'importe où. Pas une voiture ne descendait la rue ; pas une seule vieille dame ne tirait son panier de commissions à roulettes.

« C'est vrai que c'est bougrement calme », risqua Eddie. Bill se contenta d'acquiescer.

Ils traversèrent Kansas Street pour gagner le trottoir qui longeait les Friches, et c'est alors qu'ils virent Ben et Beverly, qui couraient vers eux en criant. Eddie fut choqué de l'aspect de Beverly — elle qui était habituellement impeccablement mise, les cheveux lavés et attachés en queue de cheval, était couverte, maintenant, de ce qui avait l'air de toutes les sortes de cochonneries imaginables. Elle avait les yeux agrandis, le regard affolé, une joue égratignée. Des ordures collaient à son jean et sa blouse était déchirée.

Ben arriva derrière elle, soufflant comme un phoque, l'estomac ballottant.

« On peut pas aller dans les Friches, fit Beverly, haletante. Les garçons... Henry... Victor..., ils sont quelque part en bas... le couteau... il a un couteau...

— D-Doucement », fit Bill, qui prit la situation en main sans effort, sans même paraître en avoir conscience. Il jeta un coup d'œil à Ben qui venait de s'arrêter, écarlate, sa vaste poitrine se soulevant violemment.

« Elle dit que Henry est devenu fou, expliqua Ben.

— Merde, tu veux dire qu'il ne l'était pas jusqu'ici ? ricana Richie en crachant entre ses dents.

— La f-ferme, Ri-Richie, dit Bill, et tous les yeux se tournèrent de nouveau vers Beverly. R-Raconte. »

La main d'Eddie se glissa subrepticement dans sa poche et vint toucher l'inhalateur. Il ignorait ce que cela signifiait, mais à coup sûr, ce n'était pas bon signe.

Se forçant à parler aussi calmement que possible, Beverly s'arrangea pour leur présenter une version expurgée de ses mésaventures, version qui commençait au moment où Henry, Victor et Huggins lui étaient tombés dessus dans la rue. Elle ne parla pas de son père : la honte qu'elle en ressentait touchait au désespoir.

Lorsqu'elle eut fini, Bill garda le silence pendant un moment, mains dans les poches, menton baissé, le guidon de Silver appuyé contre sa poitrine. Les autres attendaient non sans jeter de fréquents coups d'œil par-dessus la rambarde métallique qui courait le long du haut du talus. Bill réfléchit longtemps, mais personne ne le dérangea. Eddie prit conscience, soudainement et sans effort, qu'il s'agissait peut-être du dernier acte. C'est bien ce qu'exprimait le silence qui régnait, non ? Cette impression que la ville s'était vidée de ses habitants, qu'il n'y restait que les coquilles vides de ses bâtiments.

Richie pensait à la photo de l'album de George qui avait soudain prit vie.

Beverly pensait à son père, à la pâleur de ses yeux.

Mike pensait à l'oiseau.

Ben pensait à la momie, et à une odeur comme de l'antique cannelle.

Stan Uris pensait à des blue-jeans, noirs et dégoulinants, ainsi qu'à des mains aussi blanches que du papier froissé.

« V-Ve-Venez, finit par déclarer Bill. On y-y d-descend.

— Mais Bill, protesta Ben, l'air troublé, Beverly dit que Henry était vraiment cinglé. Qu'il avait vraiment l'intention de tuer...

— C-Ce n'est p-pas à eux », le coupa Bill avec un geste en direction des Friches, geste qui englobait les bosquets touffus d'arbres, les bambous, le scintillement des eaux. « C-Ce n'est p-pas leur pro-propriété. » Il les regarda, une expression sinistre sur le visage. « J'en ai m-marre d'avoir p-peur d'eux. On les a-a b-battus pendant la ba-bataille de c-cailloux, et s'il l-le faut, on l-les b-battra en-encore.

— Et si ce n'est pas seulement *eux*, Bill ? » hasarda Eddie.

Bill se tourna vers Eddie, qui reçut un choc en se rendant compte à quel point son ami avait le visage fatigué, les traits tirés : il y avait quelque chose d'effrayant dans son expression, mais ce ne fut que bien plus tard, alors qu'adulte il s'enfonçait dans le sommeil après la réunion de la bibliothèque, qu'il comprit pourquoi elle lui avait paru aussi effrayante : c'était celle d'un garçon poussé aux limites de la folie, un garçon qui n'était peut-être pas davantage sain d'esprit ou maître de ses décisions que ne l'était Henry. Cependant, Bill était bien présent, les regardant de ce regard hanté... un Bill en colère, déterminé.

« Et s-si c'est seu-seulement e-eux ? »

Personne ne lui répondit. Le tonnerre gronda, plus proche, maintenant. Eddie leva les yeux vers le ciel et vit les nuages d'orage, d'énormes cumulus, arriver de l'ouest en bataillons noirs et serrés. Il allait tomber des hallebardes, comme sa mère se plaisait parfois à le dire.

« J'ai au-autre chose à v-vous di-dire, reprit Bill en parcourant leur groupe des yeux. Aucun de v-vous n'est o-obligé de venir s'il n-ne veut p-pas. Chacun dé-décide pour s-soi.

— Je viens, Grand Bill, dit calmement Richie.

— Moi aussi, ajouta Ben.

— Évidemment », fit Mike avec un haussement d'épaules.

Beverly et Stan acquiescèrent. Restait Eddie.

« Je crois qu'il vaut mieux pas, dit Richie. Ton bras n'est pas, euh, en état. »

Eddie regarda Bill.

« Je v-veux qu'il vienne, dit Bill. T-Tu marcheras à-à côté de m-moi, Eddie. J-Je te s-sur-surveillerai.

— Merci, Bill », répondit Eddie. Le visage fatigué et à demi fou de

Bill lui parut soudain plein de charme, fait pour être aimé. Il ressentit un vague émerveillement. *Je parie que je mourrais pour lui, s'il me le demandait. Qu'est-ce que c'est que ce pouvoir? S'il vous fait la tête de Bill aujourd'hui, il n'est peut-être pas si agréable que cela de le détenir.*

« Ouais, Bill dispose de l'arme absolue, commenta Richie. La bombe puante. » Il souleva le bras gauche et s'éventa l'aisselle de la main droite. Ben et Mike rirent un peu. Eddie esquissa un sourire.

Le tonnerre gronda de nouveau, si proche et si fort, cette fois, qu'ils sursautèrent et se regroupèrent instinctivement. Le vent se leva, et fit rouler des débris dans le caniveau. L'avant-garde des gros nuages noirs passa devant le disque embrumé du soleil et leurs ombres s'estompèrent. Ce vent était froid et glaça la transpiration sur le bras découvert d'Eddie. Il frissonna.

Bill regarda Stan et lui dit quelque chose de particulier :

« T'as t-ton en-encyclopédie d-des oiseaux, Stan ? »

Celui-ci se tapota la poche.

Bill les regarda de nouveau tour à tour. « A-Allons-y », dit-il.

Ils descendirent la ravine à la file indienne, sauf Bill qui, comme il l'avait dit, se tenait à côté d'Eddie. Il laissa Richie piloter Silver et une fois en bas, il l'installa à sa place accoutumée sous le pont. Puis ils se regroupèrent, regardant autour d'eux.

La tempête qui approchait n'entraîna pas d'obscurité ; pas même exactement un assombrissement. Mais la qualité de la lumière changea, et les choses apparurent dans une sorte de relief acéré, comme en songe, sans ombre et pourtant claires, ciselées. Eddie sentit une bouffée d'horreur et d'appréhension lui tordre le ventre quand il prit conscience que cet éclairage lui était famililer : c'était le même que celui du jour du 29, Neibolt Street.

Le zigzag d'un éclair tatoua les nuages, assez aveuglant pour le faire grimacer. Il porta une main à son visage et se mit à compter mentalement : *Un... deux... trois...*, et le tonnerre claqua, un seul aboiement, un son explosif, semblable à un pétard M-80, et ils se rapprochèrent encore les uns des autres.

« Les prévisions météo ne parlaient pas d'orage, ce matin, dit Ben, mal à l'aise. Sur le journal, il y avait chaud et brumeux. »

Mike parcourait le ciel des yeux. Les nuages, là-haut, étaient des quilles de bateau enduites de poix, hautes et lourdes, envahissant vivement la brume bleuâtre qui recouvrait le ciel d'un horizon à l'autre lorsqu'il était sorti de chez les Denbrough avec Bill, après le déjeuner. « Il monte vite, dit-il. Jamais vu un orage arriver aussi vite. » Et comme pour confirmer ses propos, le tonnerre craqua de nouveau.

« A-Allons-y, dit Bill. On m-mettra le P-Parcheesi d'E-E-ddie d-dans le Club. »

Ils s'engagèrent sur le sentier que leurs passages répétés avaient fini par battre depuis l'affaire du barrage. Bill et Eddie ouvraient la marche, leurs épaules frôlant les grosses feuilles vertes des buissons, les autres suivaient derrière. Il y eut une nouvelle rafale de vent qui fit murmurer le feuillage des arbres comme des buissons. Un peu plus loin, les bambous émirent leurs cliquetis mystérieux, semblables à des tambours dans un conte de la jungle.

« Bill ? fit Eddie à voix basse.

— Quoi ?

— Je croyais que c'était juste dans les films, mais... (il rit un peu) j'ai l'impression qu'on nous observe.

— D'accord, i-ils s-sont là, i-ils sont l-là. »

Eddie regarda nerveusement autour de lui et serra un peu plus le jeu sous son bras valide. Il

11

La chambre d'Eddie, 3 h 05

ouvrit la porte sur un monstre de bande dessinée.

L'apparition qui se tenait devant lui, couverte de sang, ne pouvait être que Henry Bowers. Il avait l'air d'un cadavre qui vient de sortir de la tombe, avec sur le visage un masque de sorcier pétrifié fait de haine et d'envie de meurtre. Il avait la main droite levée à la hauteur de la joue et tandis que les yeux d'Eddie s'exorbitaient, cette main jaillit en avant, la lame du cran d'arrêt brillant comme de la soie.

Sans réfléchir — pas le temps : réfléchir aurait été synonyme de mourir —, Eddie claqua la porte. Elle heurta l'avant-bras de son assaillant, détournant la lame dont l'arc furieux n'en passa pas moins à quelques centimètres du cou d'Eddie.

Il y eut un craquement lorsque la porte écrasa le bras de Henry contre le montant. Le dément poussa un cri étouffé. Sa main s'ouvrit. Le couteau tomba sur le sol. Eddie lui donna un coup de pied. Il alla glisser sous le poste de télé.

Henry se jeta de tout son poids contre la porte. Il faisait une cinquantaine de kilos de plus qu'Eddie qui, repoussé en arrière comme un pantin, heurta le bord du lit de ses mollets et s'effondra dessus. Henry pénétra dans la chambre et claqua la porte d'un coup de talon. Puis il mit le verrou tandis que Kaspbrak se rasseyait, les yeux exorbités, un sifflement déjà dans la gorge.

« D'accord, pédé », dit Henry. Son regard erra quelques instants sur le sol, à la recherche du couteau. Il ne le vit pas. À tâtons, Eddie prit sur sa table de nuit l'une des deux bouteilles de Perrier qu'il avait fait monter à son arrivée. C'était la pleine ; il avait bu l'autre avant de se rendre à la bibliothèque pour se calmer les nerfs et une crise d'hyperacidité. Le Perrier était bon pour sa digestion.

Henry renonça à trouver le couteau et marcha sur lui. Saisissant la bouteille verte par le col, Eddie la cassa contre le rebord de la table de nuit qui se couvrit d'eau pétillante, inondant la plupart de ses boîtes de médicaments.

Du sang, frais et à demi séché, poissait la chemise et le pantalon de Henry, dont la main droite pendait maintenant selon un angle bizarre.

« Sale petit pédé ! dit Henry. J' vais t'apprendre, moi, à lancer des cailloux. »

Il atteignit le lit et tendit une main vers Eddie qui commençait à peine à se rendre compte de ce qui lui arrivait. Il s'était passé moins de quarante secondes depuis l'instant où il avait ouvert la porte. Comme la main de Henry s'approchait, Eddie lui porta un coup à la figure avec le tesson pointu de verre, lui ouvrant la joue droite, dont un morceau se mit à pendre comme un rabat, et lui crevant l'œil.

Henry poussa un gémissement, souffle coupé, et partit en arrière, chancelant. Dans un écoulement de fluide blanc jaunâtre, l'œil entaillé glissa hors de son orbite, y restant suspendu par des filaments. Une fontaine de sang s'était ouverte dans sa joue, vermeille. Le cri d'Eddie fut plus fort. Il se leva du lit et se dirigea vers Henry — pour l'aider, peut-être, il ne savait pas très bien — mais l'autre se jeta de nouveau vers lui. Eddie se servit de nouveau de sa bouteille de Perrier comme d'un sabre ; cette fois-ci, les pointes de verre s'enfoncèrent dans la main gauche de Henry, profondément, lui cisaillant les doigts. Du sang se mit à couler. L'évadé de Juniper lâcha un grognement épais, presque le bruit de quelqu'un qui s'éclaircit la gorge, et donna un coup à Eddie de sa main droite.

Eddie perdit l'équilibre et alla heurter l'écritoire. Dans une fausse position, derrière lui, son bras gauche reçut tout son poids lorsqu'il tomba dessus. Il ressentit un élancement violent, à vomir, lorsque l'os céda le long de l'ancienne fracture. Il dut serrer les dents pour retenir un cri d'effroi.

Une ombre lui cacha la lumière.

Henry Bowers le dominait de toute sa taille, oscillant d'avant en arrière. Ses genoux ployèrent. Du sang coulait de sa main gauche sur la robe de chambre d'Eddie.

Ce dernier s'était accroché au fragment de la bouteille de Perrier qu'il pointa devant lui au moment où les genoux de Henry cédèrent complètement, les fragments pointus tournés vers son assaillant, le goulot appuyé contre son sternum. Henry s'effondra comme un arbre et vint s'empaler sur la bouteille. Eddie la sentit qui éclatait dans sa main, tandis qu'un atroce éclair de douleur lui sciait de nouveau son bras gauche toujours prisonnier. Du sang frais cascada sur lui ; le sien ou celui de Henry, il ne savait pas.

Henry tressaillit comme une truite qu'un pêcheur vient de décrocher de l'hameçon. Ses chaussures tambourinaient sur le sol, presque en mesure, sur un rythme syncopé. L'odeur de son haleine fétide parvint à Eddie. Puis il se raidit et roula sur le côté. La bouteille pointait au milieu de son buste, goulot vers le plafond, grotesque, comme si elle avait poussé là.

« Gueug ! » dit Henry, les yeux tournés vers le plafond. Eddie le crut mort.

Il dut lutter contre l'évanouissement. Il se mit à genoux, et réussit finalement à se hisser sur ses pieds. Une nouvelle sensation de douleur monta de son bras gauche quand il le ramena devant lui, ce qui lui éclaircit un peu la tête. Sifflant, luttant pour respirer, il atteignit la table de nuit. Il ramassa son inhalateur au milieu des dernières bulles de Perrier, se l'enfonça dans la bouche et appuya sur la détente. Il eut un frisson, et en prit une deuxième giclée. Il regarda le corps étendu sur la moquette. Cela pouvait-il être Henry ? Était-ce possible ? Oui. Henry devenu vieux, les cheveux plus gris que noirs, le corps empâté, blanc, ramolli. Et Henry était mort. À la fin des fins, Henry était…

« Gueug », dit Henry en se mettant sur son séant. Ses mains griffèrent l'air, à la recherche de prises qu'il aurait été seul à voir. Du fluide perlait de son œil crevé qui pendait maintenant, énorme, sur la joue entaillée. Il regarda autour de lui de son autre œil, vit Eddie qui essayait de s'enfoncer dans le mur et tenta de se lever.

Il ouvrit la bouche, mais c'est un flot de sang qui en sortit. Puis il s'effondra de nouveau.

Le cœur battant à tout rompre, Eddie saisit le téléphone d'une main tremblante et ne réussit qu'à le faire tomber sur le lit. Il le reprit et fit le zéro. À l'autre bout, une sonnerie retentit interminablement.

Réponds, bon Dieu, pensa Eddie, qu'est-ce que tu fous en bas, tu te branles ? Réponds, bordel, décroche ce foutu téléphone !

Il sonnait toujours. Eddie ne quittait pas Henry des yeux, s'attendant à le voir essayer à tout instant de se remettre sur pied. Et tout ce sang, Seigneur Dieu, tout ce sang !

« Réception, finit par répondre une voix pâteuse et chargée de reproches.

— Passez-moi la chambre de Mr. Denbrough, aussi vite que possible. » Tout en répondant, il tendait son oreille libre aux bruits en provenance des autres chambres. Avaient-ils fait beaucoup de tapage ? Quelqu'un n'allait-il pas cogner à la porte et demander ce qui se passait ici ?

« Vous êtes sûr que je dois appeler ? Il est trois heures dix, objecta l'employé.

— Oui, je vous dis ! » fit Eddie, criant presque. La main qui tenait le combiné était agitée de tremblements saccadés, convulsifs. Dans son autre bras, montait un horrible bourdonnement de guêpes dérangées. Henry ne venait-il pas de bouger encore ? Non, sûrement pas.

« D'accord, d'accord, répondit l'employé, calmez-vous, mon vieux. »

Il y eut un *clic!* puis le ronflement enroué d'une sonnerie de chambre. *Réponds, Bill, allez, réponds...*

Soudain, une hypothèse qui n'avait rien d'invraisemblable lui traversa l'esprit. Et si Henry avait commencé par la chambre de Bill ? Ou celle de Richie ? Ou celle de Ben ? Ou celle de Bev ? À moins qu'il n'ait fait une petite visite à la bibliothèque d'abord ? Il avait sûrement commencé par quelqu'un d'autre ; car si personne ne l'avait sérieusement amoché auparavant, ce serait lui, Eddie, qui serait allongé là par terre, avec le manche d'un cran d'arrêt dépassant de sa poitrine comme le goulot de la bouteille de Perrier dépassait de celle de Henry. Et si jamais il était déjà passé partout, les ayant tous surpris dans leur sommeil, comme il avait failli le surprendre ? S'ils étaient tous morts ? Une idée tellement horrible qu'Eddie crut qu'il allait crier si quelqu'un ne décrochait pas rapidement le téléphone.

« Je t'en supplie, Grand Bill, murmura Eddie, je t'en supplie, sois là, mec. »

On décrocha et, d'un ton prudent qui ne lui était pas habituel, Bill fit : « A-Allô ?

— Ah, Bill, répondit Eddie, bafouillant presque. Grâce à Dieu, t'es là.

— Eddie ? » La voix de Bill se fit momentanément plus faible ; il parlait à quelqu'un d'autre, disant qui appelait. Puis elle redevint normale. « Q-Qu'est-ce qui se p-passe, E-Eddie ?

— Henry Bowers », expliqua Eddie, en jetant de nouveau un coup d'œil sur le corps. N'avait-il pas changé de position ? Cette fois-ci, il eut plus de mal à se persuader qu'il n'avait pas bougé. « Il est venu ici, Bill... et je l'ai tué. Il avait un couteau. Je crois (il baissa la voix)... je crois que c'est le même que l'autre fois. Quand on était dans les égouts. Tu t'en souviens ?

— J-Je m'en souviens. Écoute-moi, Eddie. Va dire à

12

Les Friches, 13 h 55

B-Ben de s-se p-pointer i-ici.

— Entendu, Bill. » Ils approchaient de la clairière. L'orage grondait dans le ciel chargé et les buissons soupiraient dans la brise qui se levait.

Ben le rejoignit au moment où ils pénétraient dans la clairière. La trappe du Club était restée ouverte, improbable carré de ténèbres dans le vert de l'herbe. On entendait très clairement le babil de la rivière, et Bill fut soudain envahi d'une certitude insensée : c'était la dernière fois qu'il voyait ce lieu, entendait ce son, dans son enfance. Il prit une profonde inspiration, et sentit une odeur de terre à laquelle se mêlait l'âcre parfum de suie de la décharge, fumant comme un volcan assoupi qui ne se décide pas à entrer en éruption. Il vit un vol d'oiseau franchir la voie ferrée et prendre la direction d'Old Cape. Il leva les yeux vers le bouillonnement des cumulus.

« Qu'est-ce qu'il y a ? demanda Ben.

— P-Pourquoi n'ont-ils p-pas essayé de n-nous avoir ? s'interrogea Bill. Ils sont i-ici. E-Eddie avait rai-raison là-dessus. Je p-peux les s-sentir.

— Ouais, répondit Ben. Ils sont peut-être assez bêtes pour croire que nous allions retourner dans le Club. Comme ça, on aurait été piégés.

— P-Peut-être », dit Bill, qui se sentit pris de rage à son incoercible bégaiement : impossible de parler vite. Il y avait cependant des choses qu'il aurait sans doute trouvées impossibles à exprimer — l'impression, par exemple, qu'il voyait presque par les yeux de Henry Bowers et que, bien qu'appartenant à des partis adversaires, pions contrôlés par des forces antagonistes, Henry et lui étaient devenus très proches.

Henry attendait d'eux qu'ils restent et se battent.

Ça attendait qu'ils restent et se battent.

Et se fassent tuer.

Ce fut comme si explosait une lumière blanche et glacée dans sa tête. Ils allaient être victimes du tueur qui arpentait Derry depuis la mort de George — tous les sept. On retrouverait leurs corps, ou non. Tout dépendait d'une chose : dans quelle mesure Ça voudrait ou pourrait protéger Henry, Huggins et Victor. *Oui. Pour les autres, pour le reste des habitants de cette ville, nous ne serons que de nouvelles victimes du tueur. Et au fond, c'est vrai, d'une manière plutôt comique. Ça veut notre mort. Henry est l'instrument chargé d'accomplir cette tâche pour que Ça n'ait même pas besoin de se montrer. Moi en premier, je crois. Beverly et Richie seraient capables de tenir les autres, mais Stan a la frousse, ainsi que Ben, bien que je le croie plus solide que Stan. Quant à Eddie, il a un bras cassé. Mais pourquoi les avoir fourrés dans ce pétrin ! Mon Dieu, pourquoi ?*

« Bill ? » dit Ben d'un ton anxieux. Les autres les rejoignirent autour du Club. Il y eut un nouveau coup de tonnerre, violent, et les buissons s'agitèrent plus nerveusement. Dans la lumière blafarde de l'orage, les bambous cliquetaient.

« Bill... » C'était Richie, cette fois.

« Chut ! » Les autres se turent, mal à l'aise sous l'éclat de son regard hanté.

Il contemplait le sous-bois et le chemin qui s'y enfonçait, sinueux, pour rejoindre Kansas Street. Il sentit soudain son esprit grimper d'un degré, déboucher sur un plan plus élevé. Aucun bégaiement dans son esprit ; ses pensées étaient comme portées sur un flot d'intuitions insensées — comme si tout venait vers lui.

George à une extrémité ; mes amis et moi à l'autre. Et alors Ça s'arrêtera

(une fois de plus)

une fois de plus, oui, une fois de plus parce que c'est déjà arrivé et qu'il y a toujours eu une sorte de sacrifice à la fin, une chose épouvantable qui l'arrêtait, j'ignore comment je peux le savoir mais je le sais et ils... et ils...

« Ils l-le laissent f-faire, grommela Bill, regardant sans le voir le bout de sentier tortillé en queue de cochon. É-Évidemment, ils laissent f-faire Ça.

— Bill ? » fit Beverly à son tour. Stan se tenait à côté d'elle, impeccable en polo bleu et pantalon assorti. De l'autre côté, Mike regardait Bill intensément, comme s'il lisait dans ses pensées.

Ils l'ont laissé faire, comme toujours, après quoi les choses se calment, reprennent leur cours normal, et Ça... Ça

(s'endort)

s'endort... ou Ça hiberne comme un ours... et puis Ça recommence et ils savent... les gens savent... Ils savent qu'il faut qu'il en soit ainsi pour que Ça existe.

« J-J-Je v-v-v-v-ous... »

Oh mon Dieu je vous en prie je vous en prie mon Dieu les chemises laissez-moi de l'archiduchesse sont-elles sèches oh Dieu, oh Seigneur Jésus je vous en prie JE VOUS EN PRIE LAISSEZ-MOI PARLER !

« Je v-vous ai a-amenés ici p-p-parce qu'il n'y a-a aucun endroit s-sûr », finit par dire Bill, la bave aux lèvres. Il s'essuya du dos de la main. « D-D-Derry, c'est Ça. V-Vous me c-comprenez ? Où-Où qu'on a-aille... q-quand Ça nous re-re-trouve, ils ne v-voient *rien* — i-ils n'en-entendent r-*rien,* ils n-ne savent r-*rien.* » Il leur jeta un regard suppliant. « V-Vous voyez p-pas co-comment Ça m-marche ? Il n'y a-a qu'u-une ch-chose à f-faire, t-t-terminer ce q-qu'on a co-commencé. »

Beverly revit Mr. Ross se lever, la regarder, replier son journal et rentrer tranquillement chez lui. *Ils ne voient rien, ils n'entendent rien, ils ne savent rien. Et mon père*

(Enlève ce pantalon petite pute)

avait voulu la tuer.

Mike pensa au déjeuner chez Bill. La mère de Bill n'était pas sortie de son monde de songes ; on aurait dit qu'elle ne les voyait pas, plongée qu'elle était dans un roman de Henry James tandis que les garçons, au comptoir, se préparaient des sandwichs qu'ils engloutissaient au fur et à mesure. Richie pensa à la maison impeccable de Stan — impeccable mais désespérément vide. Stan avait paru surpris, sa mère était toujours là ou presque à l'heure du déjeuner. Et si elle s'absentait, elle lui faisait un mot disant où il pouvait la joindre. Il n'y avait pas eu de mot ce jour-là. La voiture n'était pas dans le garage, c'était tout. « Elle a dû aller faire des courses avec son amie Debbie », avait dit Stan avec un léger froncement de sourcils ; sur quoi il avait entrepris de préparer des sandwichs salade-œufs durs. Richie avait oublié l'incident ; jusqu'à maintenant. Eddie pensa à sa mère. Quand il était sorti avec le Parcheesi sous le bras, il n'avait eu droit à aucune des recommandations habituelles de faire attention, de se couvrir en cas de pluie, de ne pas jouer à des jeux brutaux. Elle ne lui avait même pas demandé s'il n'avait pas oublié son inhalateur ni indiqué l'heure à laquelle il devait rentrer, ni mis en garde contre la brutalité « de ces garçons avec lesquels tu joues ». Elle avait continué de regarder son feuilleton à la télé comme s'il n'existait même pas.

Comme s'il n'existait même pas.

Une version différente de la même histoire leur traversa l'esprit : à un moment donné, entre l'heure du lever et celle du déjeuner, ils étaient devenus des fantômes.

Des fantômes.

« Dis-donc, Bill, fit Stan d'un ton rude, si nous coupions directement vers Old Cape ? »

Bill secoua la tête. « J-Je s-suis pas d'a-accord. On s-serait c-coincés dans l-les b-b-bambous... ou d-dans les sa-sables m-mouvants... ou y aurait un v-vrai pi-pirahna d-dans la K-K-Kenduskeag... ou j-je sais p-pas quoi. »

Chacun avait sa vision personnelle d'une même fin. Ben imagina des buissons se transformant soudain en plantes carnivores anthropophages. Beverly, des sangsues volantes comme celles qui étaient sorties du réfrigérateur. Stan, le sol bourbeux de la bambuseraie vomissant les cadavres vivants des enfants pris dans ses sables mouvants légendaires. Mike, des reptiles du jurassique avec d'horribles dents comme des scies bondissant du cœur d'arbres pourris, les attaquant et les mettant en charpie. Et Eddie, qu'ils grimpaient le talus d'Old Cape pour se trouver nez à nez avec le lépreux et ses chairs flasques grouillant de vermines et de bestioles.

« Si seulement on pouvait sortir de la ville... », murmura Richie qui fit la grimace lorsqu'un violent coup de tonnerre lui répondit un « Non ! » furieux dans le ciel. La pluie se mit à tomber — un simple grain, qui ne tarda pas à se transformer en déluge. L'espèce de paix embrumée du début de la journée était bel et bien terminée, comme si elle n'avait jamais existé. « On serait en sécurité si seulement on pouvait foutre le camp de cette foutue ville.

— Bip-b... », commença Beverly, mais à cet instant précis, un caillou vola des buissons et vint frapper Mike sur le côté de la tête. Il partit en arrière, chancelant, tandis que du sang coulait sous la trame serrée de ses cheveux crépus. Il serait tombé si Bill ne l'avait pas retenu.

« J' vais vous apprendre à jeter des cailloux, moi ! » leur parvint la voix de Henry, moqueuse.

Bill les voyait jeter des coups d'œil affolés autour d'eux, prêts à filer dans six directions différentes. Si jamais ils faisaient cela, c'en était fini d'eux.

« B-B-Ben ! » hurla-t-il.

Ben le regarda. « Il faut se barrer, Bill. Ils... »

Deux autres cailloux arrivèrent des buissons. L'un d'eux atteignit Stan sur le haut de la cuisse. Il cria, plus surpris qu'autre chose. Beverly évita le deuxième. Il tomba au sol et alla rouler dans le Club par la trappe ouverte.

« Est-ce q-que v-vous vous s-s-souvenez du p-premier jour où n-nous s-sommes venus i-ici ? hurla Bill par-dessus le tonnerre. À la f-fin des c-cl-classes ?

— Mais Bill ! » cria Richie.

Bill brandit le poing sous son nez, sans cependant quitter Ben des yeux, le clouant sur place.

« L-Les égouts, la s-st-station de p-pompage. C'est là que n-nous de-devons a-a-aller. E-Emmène-nous !

— Mais...

— Emmène-nous là ! »

Une grêle de cailloux vint s'abattre sur eux depuis les buissons et Bill aperçut un instant le visage de Victor Criss, l'air effrayé, drogué et avide en même temps. Puis une pierre l'atteignit à la joue, et ce fut à Mike de le soutenir. Il resta un moment la vision brouillée, une sensation d'engourdissement au visage — sensation qui se transforma en élancements douloureux, tandis que du sang commençait à lui couler sur la joue. Il s'essuya, grimaça en sentant le nœud endolori qui gonflait là, et se nettoya sur son jean. Sa chevelure s'agitait sauvagement dans le vent qui fraîchissait.

« J' vais t'apprendre à jeter des cailloux, espèce de trou-du-cul de bafouilleur ! lui lança Henry dans un ricanement hurlé.

— Emmène-nous ! » hurla Bill. Il comprenait maintenant pour quelles raisons il avait envoyé Eddie chercher Ben. C'était à cette station de pompage qu'ils devaient se rendre, celle-là même et pas une autre, et seul Ben savait exactement où elle se situait ; elles étaient disposées le long de la Kenduskeag à intervalles irréguliers. « C'est l'en-endroit, l'en-entrée ! L'entrée p-pour tr-trouver Ça !

— Tu ne peux pas savoir cela, Bill ! » lui cria Beverly.

Il cria à son tour, furieux, à elle et aux autres : « Si, je le sais ! »

Ben resta quelques instants immobile, se mouillant les lèvres, sans quitter Bill des yeux. Puis il bondit vers le milieu de la clairière en direction de la Kenduskeag. Blanc-violet, un éclair aveuglant zébra le ciel, aussitôt suivi d'un craquement de tonnerre qui fit sursauter Bill. Une pierre de la taille d'un poing siffla sous son nez et vint toucher Ben au derrière. Il émit un aboiement de douleur et porta la main à la fesse.

« Ah, ah, gros lard ! » brailla Henry, toujours de la même voix entre hurlement et ricanement. Bruits de frottements et d'écrasement dans les buissons qui s'écartent : Henry fit son apparition au moment où la pluie, cessant de chipoter, se mit à tomber en trombe.

De l'eau coulait sur la tête rasée à la para du fils Bowers, et dégoulinait le long de ses sourcils et de ses joues. Il souriait de toutes ses dents.

« Courez ! hurla Bill. S-Suivez B-Ben ! »

Il y eut d'autres bruissements dans le feuillage et tandis que les Ratés se précipitaient dans le sillage de Ben Hanscom, Victor et Huggins apparurent et se lancèrent, à la suite de leur chef, à leur poursuite.

Même plus tard, lorsque Ben voulut reconstituer ce qui s'était passé, il ne put évoquer qu'un embrouillamini d'images de leur course au milieu des buissons. Il se souvenait de branches lourdes de feuilles dégoulinantes de pluie le giflant au passage et l'aspergeant d'eau froide ; il se souvenait que tonnerre et éclairs se succédaient sans interruption, aurait-on dit, et que les vociférations de Henry, qui leur intimait de faire demi-tour pour venir se battre à la loyale, semblaient se confondre avec la rumeur de la Kenduskeag, au fur et à mesure qu'ils s'en rapprochaient. À chaque fois qu'il ralentissait, Bill lui donnait une bonne claque dans le dos pour le faire repartir.

Et si je ne peux pas la trouver ? Si je n'arrive pas à retrouver cette station de pompage particulière ?

Sa respiration lui râpait la gorge, brûlante, avec un goût de sang. Un point de côté lui vrillait les flancs. Sa fesse meurtrie chantait sa propre chanson. Beverly lui avait dit que Henry et ses amis voulaient les tuer. Ben la croyait, maintenant ? Oui, il la croyait.

Il arriva si brusquement au bord de la rivière qu'il faillit basculer dedans. Il réussit à conserver l'équilibre, mais la berge, minée par le gonflement des eaux de la décrue, s'effondra sous son poids et il tomba tout de même, dérapant jusqu'au bord de l'eau qui dévalait vite, chemise retroussée dans le dos, se maculant de boue argileuse.

Bill pila contre lui et le remit vigoureusement debout.

Les autres jaillirent des buissons qui surplombaient le cours d'eau les uns après les autres. Richie et Eddie les derniers, Richie un bras passé autour de la taille d'Eddie, ses lunettes dégoulinantes de pluie en équilibre précaire sur le bout de son nez.

« Où, m-maintenant ? » cria Bill.

Ben regarda à gauche, puis à droite, conscient de ne disposer que d'un instant pour se décider. Suicidaire. La rivière paraissait déjà plus haute et le ciel noir de pluie lui donnait une menaçante couleur ardoise tandis qu'elle s'écoulait en bouillonnant. Les rives étaient encombrées de broussailles et de souches d'arbres et toutes les branches dansaient follement à la musique du vent. Il entendait Eddie reprendre sa respiration à grands sanglots haletants.

« Où, maintenant ? répéta Bill.

— Je ne sais... » Et c'est alors qu'il aperçut l'arbre incliné et l'abri creusé en dessous par l'érosion. Celui où il s'était caché, le premier jour. Il s'y était assoupi, pour entendre Bill et Eddie faire les idiots quand il s'était réveillé. Après quoi les grosses brutes étaient arrivées. Avaient vu. Avaient vaincu. *Un barrage de bébé...*

« Par là, s'écria-t-il, par là ! »

La foudre frappa à nouveau, et cette fois-ci, Ben put l'entendre — un bruit comme un transformateur en surcharge. Elle frappa l'arbre et un feu bleu électrique fusa de sa base noueuse, la faisant voler en éclats, cure-dents pour géants de conte de fées. Il tomba en travers de la rivière avec un craquement de bois déchiré, faisant jaillir un geyser d'écume. Ben eut un hoquet d'effroi tandis qu'une odeur chaude, putride et sauvage assaillait ses narines. Une boule de feu remonta le fût de l'arbre abattu, parut devenir plus éclatante et disparut. Le tonnerre explosa, non pas au-dessus d'eux mais autour, comme s'ils avaient été au centre de la déflagration. La pluie redoubla de violence.

Bill le frappa dans le dos, l'arrachant à sa contemplation hébétée. « F-Fonce ! »

Ben fonça, trébuchant dans l'eau qui jaillissait en gerbes sous ses pas, les cheveux dans les yeux. Il atteignit l'arbre — l'abri creusé en dessous s'était effondré —, grimpa par-dessus et s'écorcha les mains et les coudes en escaladant son écorce mouillée.

Bill et Richie aidèrent Eddie à le franchir à son tour, Ben se chargeant de le rattraper de l'autre côté, mais ils roulèrent tous deux sur le sol. Eddie cria.

« Ça va ? lui demanda Ben.

— Je crois », répondit Eddie en se redressant. Il tâtonna à la recherche de son inhalateur et faillit le lâcher. Ben le rattrapa avant, ce qui lui valut un regard de gratitude d'Eddie tandis que celui-ci s'en envoyait une giclée.

Richie passa à son tour, puis Stan, puis Mike. Bill aida Beverly à grimper sur le tronc et Richie la réceptionna de l'autre côté, les cheveux collés à la tête, son jean maintenant noir de boue.

Bill franchit l'obstacle en dernier ; au moment où il balançait une jambe par-dessus, il aperçut Henry et ses acolytes qui arrivaient en pataugeant. Tout en se laissant retomber de l'autre côté, il cria : « Des c-cailloux ! L-Lancez des cailloux ! »

Ce n'étaient pas les galets qui manquaient sur la berge, et l'arbre abattu par la foudre constituait une barricade parfaite. En un instant, tous les sept se retrouvèrent en train de bombarder Henry et ses potes, qui avaient presque atteint l'arbre ; autant dire qu'ils furent mitraillés à bout portant. Cette contre-attaque de cailloux qui les atteignaient partout, au visage, aux membres, à la poitrine, les obligea à rebrousser chemin avec des hurlements de rage et de douleur.

« J' vais t'apprendre à lancer des cailloux ! » les nargua Richie en en tirant un de la taille d'un œuf de poule à Victor. Il l'atteignit à l'épaule et rebondit en chandelle. Victor hurla. « Ah, dis donc, ah, dis donc ! Venez donc nous apprendre, les mecs... On apprend vite, hein ?

— Ouais ! renchérit Mike dans un rugissement. Alors, ça vous plaît, les gars ? Ça vous plaît ? »

Ils n'obtinrent pas de réponse. Les trois assaillants battirent en retraite jusqu'à ce qu'ils soient hors de portée et se regroupèrent. Puis ils grimpèrent sur la partie surélevée de la berge, que parcourait déjà tout un réseau de ruisselets, s'accrochant aux branches pour garder l'équilibre.

Ils disparurent alors dans les taillis.

« Ils vont nous contourner, Grand Bill, dit Richie en repoussant ses lunettes sur son nez.

— C'est p-parfait. A-Allons-y, B-Ben. On t-te s-suit. »

Ben partit en trottinant le long de la rive, s'arrêta (s'attendant à voir à tout instant le trio de leurs poursuivants surgir sous son nez) et vit la station de pompage qui se dressait à vingt mètres de lui en aval. Les autres le rejoignirent. On apercevait également deux autres cyclindres sur la rive opposée, l'un tout proche, l'autre à une quarantaine de mètres en contrebas. Tous les deux régurgitaient des torrents d'eau boueuse dans la Kenduskeag, mais un simple filet sortait du tuyau en provenance de la première. Ben remarqua qu'aucun bourdonnement ne montait de cette station ; le système de pompage devait être en panne.

Il regarda Bill, songeur... et un peu effrayé.

Bill s'était tourné vers Richie, Stan et Mike. « F-Faut s-s-soulever le c-couvercle, dit-il. Ai-Aidez-moi. »

La plaque de fer comportait des prises pour les mains, mais la pluie les avait rendues glissantes, sans compter que la plaque elle-même était incroyablement pesante. Ben vint se mettre à côté de Bill qui lui ménagea de la place. On entendait des gouttes tomber à l'intérieur — un bruit répercuté en échos, désagréable, bruit de fond de puits.

« M-M-Maintenant ! » hurla Bill. Les cinq garçons poussèrent à l'unisson. Le couvercle bougea avec un horrible bruit de frottement.

Beverly vint se placer près de Richie et Eddie poussa de son bras valide.

« Un, deux, trois, poussez ! » chantonna Richie. Au sommet du cylindre, la plaque dérapa de quelques centimètres, laissant apparaître un croissant de ténèbres.

« Un, deux, trois, poussez ! »

Le croissant grossit.

« Un, deux, trois, poussez ! »

Ben poussa jusqu'à ce que des points rouges se mettent à danser devant ses yeux.

« Reculez ! cria Mike. Il va tomber, il va tomber ! »

Tous firent un pas en arrière et regardèrent la lourde plaque perdre l'équilibre et basculer. Le bord creusa un profond sillon dans l'herbe mouillée et il atterrit à l'envers, comme un échiquier géant. Des bestioles se mirent à filer dans tous les sens vers l'herbe.

« Beurk ! » fit Eddie.

Bill sonda l'intérieur du cylindre. Des barreaux de fer descendaient jusqu'à une flaque circulaire d'eau noire, dont la surface se piquait maintenant de gouttes de pluie. Au milieu, à demi submergée, méditait la pompe silencieuse. Il vit l'eau qui pénétrait dans la station par le boyau d'arrivée et se dit, non sans ressentir un creux à l'estomac : *C'est là-dedans que nous devons aller. Là-dedans.*

« E-E-Eddie, a-a-accroche-t-toi à m-moi. »

Eddie le regarda, sans comprendre.

« Je vais te porter sur le d-d-dos. T-Tu te t-tiendras avec ton b-bon bras. » Il joignit le geste à la parole.

Eddie comprit, mais ne manifesta aucun enthousiasme.

« Vite ! fit sèchement Bill. I-Ils v-vont a-arriver ! »

Eddie passa le bras autour du cou de Bill ; Stan et Mike le soulevèrent de façon à ce qu'il enserrât la taille de Bill de ses jambes. Quand Bill se hissa maladroitement au-dessus du rebord du cylindre, Ben vit qu'Eddie avait les yeux fermés.

En dépit du crépitement de la pluie, d'autres bruits leur parvenaient : branches qui fouettaient, tiges qui se rompaient, voix. Henry, Victor et le Roteur. La plus immonde des charges de cavalerie.

« J'ai la trouille, Bill, murmura Eddie.

— M-Moi au-aussi. »

Passant par-dessus le rebord de ciment, il saisit le premier échelon. Malgré Eddie qui l'étouffait à moitié et paraissait avoir pris vingt kilos d'un seul coup, Bill s'immobilisa un instant, pour parcourir des yeux les Friches, la Kenduskeag et les nuages en fuite. Une voix en lui — non pas effrayée, mais au contraire ferme — lui avait intimé d'en profiter, au cas où il ne reverrait jamais le monde d'en haut.

Il regarda donc, puis commença à descendre, Eddie accroché à son dos.

« Je ne vais pas tenir bien longtemps, souffla Eddie.

— P-Pas de pr-problème, on a-a-arrive. »

Un de ses pieds s'enfonça dans l'eau glacée. Il chercha le barreau suivant et le trouva. Il y en eut encore un, puis plus rien. L'échelle s'arrêtait là. Il se tenait à côté de la pompe, de l'eau jusqu'aux genoux.

Il s'accroupit, grimaçant lorsque l'eau trop froide se mit à imbiber son pantalon, et laissa glisser Eddie de son dos. Il prit une grande inspiration. L'odeur n'était pas précisément délicieuse, mais c'était bon de ne plus avoir le bras d'Eddie lui écrasant la gorge.

Il regarda vers l'ouverture du cylindre, à quelque trois mètres au-dessus de sa tête ; les autres, regroupés autour, le regardaient aussi.

« V-Venez ! cria-t-il. Un par un ! G-Grouillez-v-vous ! »

Beverly arriva la première, passant facilement par-dessus le rebord, suivie de Stan et des autres. Richie s'engagea en dernier, s'arrêtant, l'oreille tendue, pour suivre la progression de Henry et sa troupe. Au tapage qu'ils faisaient, il estima qu'ils passeraient légèrement à gauche de la station de pompage, mais cependant pas assez loin pour que cela changeât quelque chose.

À cet instant-là, Victor beugla : « Henry ! là ! Tozier ! »

Richie tourna la tête et les vit qui se précipitaient vers lui. Victor était en tête... mais Henry le repoussa si violemment que l'autre tomba à genoux. Henry tenait un couteau, un vrai coutelas, ouais ; des gouttes d'eau tombaient de la lame.

Richie regarda à l'intérieur du cylindre, vit Ben et Stan aider Mike à quitter l'échelle, et balança ses jambes par-dessus le rebord. Henry comprit ce qu'il faisait et lui cria quelque chose. Avec un rire dément, Richie lui adressa ce qui doit être l'un des plus vieux gestes du monde : un bras d'honneur. Et pour être sûr que Henry comprenne, il tint le majeur bien droit au milieu des autres doigts repliés.

« Vous allez crever là-dedans ! cria Henry.

— Prouve-le ! » rétorqua Richie, riant toujours. Il était terrifié à l'idée de descendre dans ce gosier de béton sans pouvoir cependant s'arrêter de rire. Et, prenant la voix du flic irlandais, il beugla : « Sûr comme deux et deux font quatre, mon bon ami, un Irlandais n'est jamais au bout de sa chance ! »

Henry glissa sur l'herbe mouillée et s'étala sur les fesses, à moins de dix mètres de l'endroit où se tenait Richie, un pied sur le premier des barreaux métalliques boulonnés sur la paroi incurvée de ciment, dépassant de tout son torse.

« Hé, t'as toujours tes godasses en peau de banane, je vois ! »

hurla-t-il, délirant d'une joie triomphale, avant de dévaler précipitamment l'échelle. Les barreaux étaient glissants, et il faillit bien perdre l'équilibre. Puis Bill et Mike l'attrapèrent et il se retrouva dans l'eau jusqu'aux genoux avec les autres, se tenant en cercle autour de la pompe. Il tremblait de tout son corps, des frissons alternativement glacés et brûlants le parcouraient, et néanmoins il n'arrivait pas à arrêter son fou rire.

« T'aurais dû le voir, Grand Bill, toujours aussi adroit, notre Henry. Même pas foutu de tenir debout... »

À ce moment-là, la tête de Henry apparut au sommet du cylindre. Les ronces lui avaient égratigné les joues dans tous les sens. Sa bouche s'agitait, et il les fusillait du regard.

« D'accord ! » leur cria-t-il. Ses mots produisaient une sorte de résonance plate dans le cylindre, pas tout à fait un écho. « J'arrive. Je vous tiens, maintenant. »

Il passa une jambe par-dessus le rebord, chercha le premier barreau du pied, le trouva, passa l'autre jambe.

Parlant fort, Bill dit : « Quand i-il arrivera a-assez p-près, on l'a-attrapera. On le ti-tirera. On lui f-foutra la t-tête sous l'eau. P-Pigé ?

— Bien compris, mon général, fit Richie en portant une main tremblante à son front.

— Pigé », dit Ben.

Stan adressa un clin d'œil à Eddie, qui ne comprenait pas ce qui se passait — sauf qu'il avait l'impression que Richie était devenu fou. Il riait comme un demeuré alors que Henry Bowers — le tant redouté Henry Bowers — se préparait à descendre à son tour et à les tuer tous comme des rats.

« On est tous prêts à le réceptionner, Bill ! » s'écria Stan.

Henry se pétrifia à la hauteur du troisième barreau. Il regarda par-dessus son épaule la bande des Ratés. Pour la première fois, une expression de doute se peignit sur son visage.

Soudain, Eddie comprit. Ils ne pouvaient descendre qu'un à la fois. C'était trop haut pour sauter, en particulier à cause de la présence de la pompe, et ils étaient là à l'attendre tous les sept, en un cercle serré.

« Eh b-bien, v-viens, Henry ! dit Bill d'un ton moqueur. Qu'est-ce q-que t'a-attends ?

— C'est vrai, ça, fit à son tour Richie d'un ton suave. T'adores battre les petits, non ? Alors viens donc, Henry.

— Nous t'attendons, Henry, intervint à son tour Bev, encore plus suavement. Je ne suis pas sûre que ça te plaira, mais viens toujours, si tu en as envie.

— Sauf si t'es une poule mouillée », ajouta Ben en se mettant à glousser. Richie fit immédiatement chorus et bientôt tous les sept caquetaient avec conviction. Les gloussements moqueurs se répercutaient sur la paroi dégoulinante d'eau. Henry les regardait, étreignant le couteau d'une main, le visage couleur de brique. Il endura leurs cris pendant une trentaine de secondes puis ressortit du cylindre de béton, poursuivi par les vociférations et les insultes des Ratés.

« B-Bon, ça v-va, dit Bill à voix basse. On p-part par ce b-boyau. Vi-Vite.

— Pourquoi ? » demanda Beverly, mais Bill se vit épargner l'effort d'une réponse. Henry réapparut sur le rebord de la station de pompage et jeta une pierre de la taille d'un ballon de football dans le puits. Beverly poussa un hurlement et Stan repoussa Eddie contre la paroi avec un cri rauque. La pierre heurta le capot rouillé de la machinerie, dont il tira un *bonggg !* musical, rebondit sur la gauche et alla frapper la paroi de béton à moins de vingt centimètres d'Eddie. Un éclat de ciment vint lui entailler douloureusement la joue. La pierre tomba dans l'eau avec un gros *plouf !*.

« V-V-Vite ! » cria à nouveau Bill. Tous se massèrent auprès du conduit d'admission de la station de pompage. Il mesurait environ un mètre cinquante de diamètre. Bill les fit passer l'un après l'autre (des images de cirque — une ribambelle de clowns descendant d'une voiture minuscule — traversèrent son esprit comme un météore ; des années plus tard il se servirait de cette même image dans un livre intitulé *Les Rapides des ténèbres*) et s'y engagea le dernier, non sans avoir évité une deuxième pierre. De l'abri du boyau, ils virent d'autres cailloux venir rebondir dans toutes les directions depuis le capot de la pompe.

Quand l'avalanche s'arrêta, Bill passa la tête et vit Henry qui descendait l'échelle, aussi vite qu'il le pouvait. « Ch-Chopez-l-le ! » hurla-t-il. Richie, Ben et Mike se précipitèrent à la suite de Bill. Richie sauta assez haut pour saisir Henry à la cheville. Celui-ci poussa un juron et secoua sa jambe comme pour se débarrasser d'un petit chien doté de fortes dents — un terrier, par exemple, ou un pékinois. Richie s'empara d'un barreau, se hissa encore plus haut et enfonça effectivement ses dents dans la cheville de Henry, qui hurla et remonta le plus vite qu'il put. Il perdit ce faisant une de ses tennis qui tomba dans l'eau et coula immédiatement.

« Y m'a mordu ! beuglait Henry. Y m'a mordu ! Ce branleur m'a mordu !

— Ouais ! Heureusement que j'ai été vacciné contre le tétanos il n'y a pas longtemps ! rétorqua Richie.

— Bousillez-les ! rugit Henry. Bousillez-les à coups de cailloux, comme à l'âge de pierre, écrabouillez-leur la cervelle ! »

D'autres rochers volèrent. Les garçons retraitèrent rapidement dans le boyau. Un petit caillou atteignit Mike au bras ; il se le tint serré, grimaçant, jusqu'à ce que la douleur faiblisse.

« On est dans une impasse, remarqua Ben. Ils ne peuvent pas descendre, mais nous ne pouvons pas sortir.

— On n'est pas censés so-sortir, dit calmement Bill. Et v-vous le sa-savez t-tous. N-Nous ne s-sommes même p-pas censés j-jamais re-ressortir. »

Tous le regardèrent, une expression blessée et effrayée dans les yeux. Personne ne dit mot.

La voix de Henry, avec un ton moqueur qui cherchait à dissimuler sa rage, flotta jusqu'à eux : « On peut attendre en haut toute la journée, les mecs ! »

Beverly s'était tournée et regardait vers l'intérieur du conduit. La lumière y baissait rapidement, et elle ne voyait pas grand-chose. En tout et pour tout, un tunnel de béton dans le tiers inférieur duquel coulait une eau impétueuse. Le niveau avait monté, se rendit-elle compte, depuis le moment où ils s'y étaient réfugiés pour la première fois. Cela tenait à ce que la pompe ne fonctionnait pas ; seule une partie de l'eau ressortait vers la Kenduskeag. Elle sentit la claustrophobie lui serrer la gorge. Si jamais le niveau continuait de monter, ils se noieraient tous.

« Est-ce qu'il le faut, Bill ? »

Il haussa les épaules. Ce geste disait tout. Oui, il le fallait ; sinon, quoi d'autre ? Être massacrés par Henry, Victor et Huggins dans les Friches ? Ou par quelque chose d'autre, d'encore pire, peut-être, dans la ville ? Elle avait parfaitement compris ; aucun bégaiement dans ce haussement d'épaules. Autant aller affronter Ça. En finir une fois pour toutes, comme dans l'ultime confrontation d'un western. Plus net. Plus courageux.

Richie dit alors : « C'est quoi, ce rituel dont tu nous as parlé, Grand Bill ? Celui dans le bouquin de la bibliothèque ?

— Ch-Ch-Chüd, répondit Bill, esquissant un sourire.

— Oui, Chüd, acquiesça Richie. Tu lui mords la langue, il te mord la tienne, c'est ça ?

— E-Exact.

— Et tu racontes des blagues. »

Bill acquiesça.

« Marrant, reprit Richie en examinant le boyau qui s'enfonçait dans l'obscurité. Je n'arrive pas à m'en rappeler une seule.

— Moi non plus », dit Ben. La peur pesait de tout son poids sur sa poitrine ; elle le suffoquait presque. Mais il y avait deux choses qui l'empêchaient de s'asseoir dans l'eau et de se mettre à patauger comme un bébé dans son bain (ou tout simplement de devenir fou) : la présence de Bill, avec son air calme et sûr de lui... et celle de Beverly. Il aurait préféré mourir que de lui laisser voir à quel point il avait peur.

« Est-ce que tu sais où donne ce tunnel ? » demanda Stan à Bill.

Ce dernier secoua la tête.

« Est-ce que tu sais comment trouver Ça ? »

De nouveau, Bill secoua la tête.

« Nous le saurons quand nous n'en serons pas loin, intervint soudain Richie, qui prit une longue inspiration frissonnante. Puisqu'il le faut, n'attendons pas. Allons-y. »

Bill acquiesça. « J'ou-ouvrirai la m-marche. Puis E-Eddie, B-Ben, Be-Beverly, S-Stanec le Mec, M-Mi-Mike. Toi en d-dernier, R-Richie. Ch-Chacun garde l-la m-main sur l'épaule d-de celui q-qui est d-devant l-lui. Il va f-faire n-noir.

— Alors, vous sortez ? leur cria Henry.

— T'en fais pas, on va sortir quelque part, grommela Richie. J'espère. »

Ils se mirent en file indienne, comme une parabole d'aveugles. Bill jeta un coup d'œil derrière lui, s'assurant que chacun avait bien mis la main sur l'épaule de celui qui le précédait. Puis, légèrement incliné en avant pour lutter contre la force du courant, Bill Denbrough entraîna ses amis dans ces ténèbres où avait été englouti, presque un an auparavant, le bateau de papier qu'il avait fabriqué pour son frère.

CHAPITRE 20

Le cercle se referme

1
Tom

Tom Rogan venait de faire un cauchemar complètement dingue. Il avait rêvé qu'il tuait son père.

Une partie de son esprit comprenait à quel point c'était insensé ; son père était mort alors que Tom était au cours moyen. Euh... mort n'était peut-être pas le terme exact, « s'était suicidé » aurait mieux convenu. Ralph Rogan s'était concocté un cocktail à base de gin et de soude caustique ; le gin pour la route, sans doute. Tom s'était retrouvé avec la responsabilité nominale de son frère et de ses sœurs et avait commencé à tâter du fouet si quelque chose allait de travers.

Il ne pouvait donc pas avoir tué son père... sauf qu'il s'était vu, dans ce rêve abominable, tenant un objet qui ressemblait à une poignée inoffensive à la hauteur du cou de son père..., poignée pas si inoffensive que cela, cependant. Elle se terminait par un bouton qu'il suffisait de pousser pour qu'en jaillisse une lame. Laquelle se ficherait dans la gorge de son père. *Ne t'inquiète pas, Papa, jamais je ne ferais un truc pareil,* dit-il dans son rêve, juste avant que son doigt appuie sur le bouton. La lame bondit. Son père dormait : ses yeux s'ouvrirent et restèrent fixés au plafond ; sa mâchoire tomba et il sortit un gargouillis sanglant de sa bouche. *Papa, ce n'est pas moi qui l'ai fait !* cria son esprit. *Quelqu'un d'autre...*

Il se débattit pour se réveiller, n'y arriva pas. Le mieux qu'il avait à faire était de se glisser dans un nouveau rêve (ce qui ne se révéla pas une réussite). Dans cet autre cauchemar, il pataugeait péniblement dans un long tunnel noir. Ses couilles lui faisaient mal et son visage, couvert d'égratignures, le picotait. Il n'était pas seul, mais les autres se réduisaient à des formes vagues. Peu importait, de toute façon. N'importaient que les mômes, devant. Ils devaient payer. Il fallait les

(fouetter)

punir.

Quel que fût ce purgatoire, il empestait. De l'eau gouttait dans un écho démultiplié de *plic-ploc.* Son pantalon et ses chaussures étaient trempés. Ces sales petits morpions se trouvaient quelque part dans ce labyrinthe de tunnels et peut-être s'imaginaient-ils que

(Henry)

Tom et ses amis se perdraient, mais la plaisanterie se retournerait contre eux

(*un bon* ah-ha *pour toi !*)

car il avait un autre ami, oh oui, un ami spécial, lequel avait balisé le chemin qu'il devait emprunter avec... avec...

(des ballons-lunes)

des machinstrucschoses gros et ronds et éclairés du dedans on ne savait pas très bien comment, répandant une lueur comme celle des antiques becs de gaz des rues. Ils flottaient à chaque intersection, avec sur un côté une flèche dessinée, indiquant l'embranchement du tunnel que lui et

(le Roteur et Victor)

ses amis invisibles devaient prendre. Et c'était le bon chemin, oh oui : il entendait les autres avancer, devant, l'écho de l'eau éclaboussée lui parvenait, ainsi que le murmure déformé de leurs voix. Ils se rapprochaient, ils gagnaient du terrain. Et lorsqu'ils les rattraperaient... Tom baissa les yeux et vit qu'il tenait toujours le cran d'arrêt à la main.

Il fut saisi de terreur pendant un instant — c'était comme dans l'une de ces folles expériences astrales dont on lit parfois les récits dans la presse à sensation, expériences dans lesquelles l'esprit quitte le corps pour entrer dans celui de quelqu'un d'autre. D'ailleurs la forme de son corps lui semblait différente, comme s'il n'était pas Tom mais

(Henry)

quelqu'un d'autre, de plus jeune que lui. Il commença à se débattre pour échapper à ce rêve, pris de panique, mais alors une voix s'adressa à lui, apaisante, dans un murmure : *Peu importe quand cela se passe, et peu importe qui tu es. Une seule chose importe : Beverly est là devant, Beverly est avec eux, mon brave ami, et tu sais quoi ? Elle a fait bien pis, bien foutrement pis que de fumer en cachette. Tu sais quoi ? Elle s'est fait baiser par son vieil ami Bill Denbrough ! Exactement, mon vieux ! Elle et cette espèce de cinglé de bègue, ils se sont...*

C'est un mensonge ! voulut-il crier. *Elle n'aurait pas osé !*

Mais il savait bien que ce n'en était pas un. Elle avait pris une ceinture et elle lui avait

(filé un coup de pied dans les)

donné un coup dans les couilles, après quoi elle s'était enfuie et elle l'avait trompé, cette espèce

(de petite pute)

de groseille à maquereau l'avait trompé et oh, bons amis et voisins, elle allait recevoir la torgnole des torgnoles — elle tout d'abord, et ensuite ce Denbrough, son copain qui écrivait des romans. Et tous ceux qui se mettraient sur son chemin y auraient droit aussi.

Il accéléra le pas, en dépit de sa respiration de plus en plus haletante. Un peu plus loin devant lui, il apercevait un autre globe lumineux dansant dans l'obscurité, un autre ballon-lune. Il entendait la voix de ceux qui étaient devant lui, et le fait que ce soient des voix d'enfants ne le gênait plus. Comme lui avait dit la voix : Peu importait où, quand et qui. Beverly se trouvait là, et, mes bons amis et voisins...

« Allez les gars, magnez-vous le cul ! » dit-il, et même le fait que sa voix fût celle d'un jeune garçon n'avait pas d'importance.

Puis, comme il approchait du ballon-lune, il regarda autour de lui et vit ses compagnons pour la première fois. Ils étaient morts tous les deux. L'un n'avait pas de tête. Le visage de l'autre était fendu en deux, comme par une serre géante.

« On va aussi vite qu'on peut, Henry », répondit le garçon au visage fendu, ses lèvres bougeaient en deux parties mal synchronisées, grotesques ; et dans un hurlement, Tom fit alors exploser le cauchemar. Il revint à lui-même, titubant au bord de ce qui semblait être un vaste espace vide.

Il se débattit pour conserver l'équilibre, le perdit et tomba sur le sol — un sol moquetté —, mais la chute provoqua un horrible élancement de douleur dans son genou et il étouffa un second cri dans le creux de son bras.

Où suis-je ? Mais putain, où suis-je ?

Il se rendit compte qu'il y avait quelque part une lumière, pas très forte mais blanche, et pendant un moment, affolé, il crut qu'il était de retour dans le cauchemar et que la lumière était celle de l'un de ces horribles ballons. Puis il se souvint avoir laissé la porte de la salle de bains entrouverte, le tube fluo allumé. Pratique habituelle chez lui, quand il dormait dans un endroit inconnu ; cela évitait de se cogner les genoux s'il fallait se lever la nuit pour pisser.

Ce déclic remit la réalité en place. Il venait de faire un cauchemar, un cauchemar insensé, c'était tout. Il était au Holiday Inn. À Derry, dans le Maine. Il était aux trousses de sa femme et, au milieu de ce cauchemar incohérent, il était tombé du lit. C'était absolument tout.

Ce n'était pas un simple cauchemar.

Il sursauta, comme si les mots avaient été prononcés à côté de son oreille et non pas dans sa tête. Cela ne ressemblait pas à sa voix intérieure, pas du tout. C'était une voix froide, étrangère... avec cependant un pouvoir hypnotique, qui faisait qu'on y croyait.

Il se releva lentement, prit d'une main peu sûre un verre d'eau sur la table de nuit et le vida. Ses doigts tremblaient quand il les passa ensuite dans ses cheveux. À son chevet, la pendule de voyage indiquait trois heures dix.

Retourne au lit. Attends le matin.

Mais la voix étrangère répondit : *Attention, il y aura du monde, le matin. Trop de gens. Et puis, tu pourras les battre cette fois, là en bas.*

Là en bas ? Il pensa à son cauchemar : l'eau, le *plic-ploc* des gouttes, l'obscurité.

La lumière, soudain, lui parut plus brillante. Il tourna la tête, geste qu'il fut incapable d'arrêter alors qu'il n'avait pas voulu le faire. Il laissa échapper un grognement. Un ballon se trouvait attaché au bouton de porte de la salle de bains, flottant au bout d'une ficelle d'un mètre de long. Il luisait et répandait une lumière blanche fantomatique ; on aurait dit le feu follet d'un marais flottant rêveusement entre des arbres d'où pendraient de grandes draperies de mousse. Une flèche, d'un rouge écarlate, était dessinée sur la peau gonflée du ballon.

Elle indiquait la porte qui conduisait dans le corridor.

Peu importe qui je suis, fit la voix d'un ton apaisant. Tom se rendit alors compte qu'elle ne venait ni de l'intérieur de sa tête ni d'à côté de son oreille mais du ballon, du centre de cette étrange et délicieuse lumière blanche. *Ce qui importe est que je vais veiller à ce que tout marche de manière à te satisfaire, Tom. Je veux que tu la voies recevoir le fouet ; je veux que tu les voies tous recevoir le fouet. Ils se sont trouvés une fois de trop sur mon chemin... et beaucoup trop tard pour eux. C'est pourquoi il faut que tu m'écoutes, Tom. Que tu m'écoutes très attentivement. Tous ensemble, maintenant... Suis la balle qui rebondit...*

Tom écouta. La voix du ballon expliqua.

Elle expliqua tout.

Quand ce fut fait, il éclata dans un ultime éclair de lumière et Tom entreprit de s'habiller.

2
Audra

Audra fit aussi des cauchemars.

Elle s'éveilla en sursaut, se retrouvant assise toute droite dans le lit, le drap à la hauteur de la taille, ses petits seins bougeant au rythme précipité de sa respiration.

Comme pour Tom, ses rêves avaient été un micmac pénible. Comme lui, elle avait eu l'impression d'être quelqu'un d'autre — ou plutôt, que sa propre conscience avait été déposée (et en partie submergée) dans un autre corps et un autre esprit. Elle s'était retrouvée dans un lieu obscur avec un certain nombre de personnes autour d'elle, consciente d'une oppressante sensation de danger — ces personnes s'enfonçaient délibérément vers ce qui les menaçait et elle voulait leur crier d'arrêter, leur expliquer ce qui se passait... mais celle avec laquelle elle se confondait semblait le savoir, et croire que c'était nécessaire.

Elle avait également conscience que ces gens étaient poursuivis et que peu à peu leurs poursuivants gagnaient du terrain.

Bill s'était aussi trouvé dans le rêve mais sans doute ce qu'il lui avait raconté sur son enfance oubliée devait-il être présent dans l'esprit d'Audra, car elle l'avait vu petit garçon, entre dix et douze ans — il avait tous ses cheveux ! Elle lui tenait la main, et avait vaguement conscience qu'elle l'aimait énormément, que si elle acceptait de l'accompagner, c'était parce qu'elle était fermement convaincue qu'il les protégerait, elle et tous les autres, que Bill, le Grand Bill, trouverait le moyen de les sortir de là et de les rendre à la lumière du jour.

Mais elle était terrifiée au-delà de tout.

Ils arrivèrent à un embranchement de plusieurs tunnels et Bill s'immobilisa, les regardant les uns après les autres ; celui qui avait un bras dans le plâtre (ce plâtre faisait une lueur spectrale dans l'obscurité) parla : « Celui-là, Bill. Celui du fond.

— T-T'en es s-sûr ?

— Oui. »

Et ainsi ils avaient pris cette direction et étaient arrivés à une porte, une minuscule porte de bois qui ne faisait pas plus d'un mètre de haut, du genre de celles que l'on décrit dans les contes de fées, une porte avec une marque dessus. Elle n'arrivait pas à se souvenir de ce qu'elle représentait — rune ou symbole étrange. Mais sa terreur avait alors atteint un point culminant et elle s'était arrachée à cet autre corps, à ce corps de fillette, qui qu'elle

(Beverly — Beverly)

eût été. Et c'est ainsi qu'elle s'était réveillée dans un lit inconnu, en sueur, les yeux grands ouverts, haletant comme si elle venait de courir un mille mètres. Elle porta les mains à ses jambes, s'attendant presque à les trouver froides et humides à cause de l'eau dans laquelle elle pataugeait dans son rêve. Mais elles étaient sèches.

S'ensuivit un moment de désorientation : elle n'était ni à leur domicile de Topanga Canyon, ni dans leur maison de location de Fleet. Elle n'était nulle part — dans des limbes meublés d'un lit, d'une penderie, de deux chaises et d'une télé.

« Oh, mon Dieu, voyons, Audra ! »

Elle se frotta méchamment le visage des mains et l'écœurante sensation de vertige mental s'atténua. Elle se trouvait à Derry. Derry, dans le Maine, la ville dans laquelle son époux avait vécu une enfance dont il prétendait ne garder aucun souvenir. Un endroit qui ne lui était ni familier, ni même particulièrement agréable, mais qui au moins lui était connu. Elle y était parce que Bill s'y trouvait et elle le verrait demain au Derry Town House. Quelle que fût la chose terrible qui se passait ici, quelle que fût la signification de l'apparition des cicatrices sur ses mains, ils y feraient face ensemble. Elle l'appellerait, lui dirait qu'elle était ici et le rejoindrait. Après quoi... eh bien...

En réalité, elle n'avait aucune idée de ce qui viendrait après. Le vertige, la sensation d'être dans un endroit qui était nulle part la menaçaient de nouveau. À dix-neuf ans, elle avait participé à une tournée théâtrale avec une compagnie minable qui visitait les bleds perdus, pour quarante représentations d'une production qu'il valait mieux oublier d'*Arsenic et Vieilles Dentelles.* Tout cela en quarante-sept jours qui n'avaient rien eu de drôle. Et au milieu, dans un patelin du fin fond du Nebraska ou de l'Iowa, elle s'était ainsi réveillée en pleine nuit, désorientée jusqu'à la panique, incapable de dire dans quelle ville elle se trouvait, le jour qu'il était ou pour quelles raisons elle était là et non ailleurs. Même son nom lui avait paru irréel.

Cette sensation était de retour. Ses mauvais rêves l'avaient poursuivie jusque dans la veille et elle éprouvait un flottement terrorisé cauchemardesque. La ville paraissait s'être enroulée sur elle-même comme un python. Elle le sentait, et c'était une sensation qui ne lui procurait aucun bien. Elle se prit à regretter de ne pas avoir suivi le conseil de Freddie : rester en dehors de tout cela.

Elle se concentra sur Bill, s'accrochant à cette représentation de lui comme une noyée s'accrocherait à un espar, une bouée de sauvetage, n'importe quoi

(nous flottons tous là en bas, Audra)

pourvu que ça flotte.

Un frisson glacé la secoua et elle croisa les bras sur sa poitrine nue ; elle vit la chair de poule cheminer sur sa peau. Pendant un instant, elle eut l'impression d'avoir entendu parler à voix haute, mais à l'intérieur de sa tête. Comme s'il s'y trouvait une présence étrangère.

Est-ce que je deviens folle ? Mon Dieu, est-ce cela ?

Non, lui répondit son esprit. *Simple désorientation... décalage horaire... inquiétude pour Bill. Personne ne parle dans ta tête. Personne...*

« Nous flottons tous là en bas, Audra », dit une voix depuis la salle de bains. Une vraie voix, aussi réelle qu'une maison. Réelle et sournoise. Sournoise, immonde, diabolique. « Tu flotteras, toi aussi. » La voix émit un petit rire pulpeux qui descendit dans les graves et finit par sonner comme des bulles crevant dans un tuyau de vidange bouché. Audra poussa un cri... puis pressa les mains contre sa bouche.

« Je n'ai pas entendu cela. »

Elle avait parlé tout haut, défiant la voix de la contredire. Mais la pièce resta silencieuse. Quelque part, au loin, un train siffla dans la nuit.

Elle éprouva soudain un tel besoin d'être auprès de Bill qu'il lui parut impossible d'attendre le jour. Elle était dans une chambre de motel standardisée semblable, exactement, aux trente-neuf autres qu'il comportait, mais tout d'un coup ce fut trop. Tout. Quand on commence à entendre des voix, c'est trop. Trop angoissant. Elle avait l'impression de glisser à nouveau vers le cauchemar auquel elle venait de s'arracher. Elle se sentait terrifiée et abominablement seule. *C'est pire que cela,* pensa-t-elle. *J'ai l'impression d'être morte.* Soudain, son cœur sauta deux battements dans sa poitrine, la faisant hoqueter et tousser de peur. Elle connut un instant de pure claustrophobie à l'intérieur de son propre corps et se demanda si après tout, toutes ces terreurs n'auraient pas une origine stupidement physique : peut-être allait-elle avoir une attaque cardiaque. Ou celle-ci avait-elle déjà commencé.

Son cœur retrouva, non sans peine, un rythme normal.

Audra alluma la lampe de chevet et consulta sa montre. Trois heures douze. Il devait dormir, mais maintenant, ça n'avait plus d'importance pour elle : rien n'en avait, sinon entendre sa voix. Elle voulait finir la nuit avec lui. S'il se trouvait à côté d'elle, sa tocante finirait par se synchroniser avec la sienne et par se calmer ; les cauchemars seraient tenus en respect. Aux autres, il vendait des cauchemars : c'était son bisness. Mais à elle, il ne lui avait jamais donné que la paix de l'âme. En dehors de cette étrange pépite froide enfouie dans son imagination, il ne semblait être fait que pour répandre ce sentiment de paix. Elle saisit les Pages jaunes, trouva le numéro du Derry Town House et le composa.

« Derry Town House.

— S'il vous plaît, pouvez-vous me passer la chambre de Mr. Denbrough ? Mr. William Denbrough ?

— Y reçoit donc jamais d'appels dans la journée, ce type ? » grommela le réceptionniste. Mais avant qu'elle ait pu lui demander ce qu'il voulait dire par là, l'homme avait fait le branchement. Le téléphone sonna une, deux, trois fois. Elle l'imaginait, enfoui sous les couvertures, seul le sommet du crâne dépassant ; elle imaginait sa main cherchant le téléphone à tâtons — elle l'avait déjà vu faire une fois, et un sourire ému s'esquissa sur ses lèvres. Il commença à s'évanouir à la quatrième sonnerie... et disparut avec la cinquième et la sixième. Au milieu de la septième, la liaison fut coupée.

« Cette chambre ne répond pas.

— Pas de blagues, Sherlock, dit Audra, plus effrayée et bouleversée que jamais. Êtes-vous sûr d'avoir appelé la bonne chambre ?

— Et comment ! Mr. Denbrough vient de recevoir un appel d'une autre chambre, il y a moins de cinq minutes. Je sais qu'il a répondu, parce que la lumière est restée allumée une minute ou deux au tableau. Sans doute s'est-il rendu dans la chambre de la personne.

— Quel numéro, cette chambre ?

— Je ne m'en souviens pas. Au sixième étage, il me semble. Mais... »

Elle laissa retomber le combiné sur sa fourche. Une bizarre certitude l'envahit : c'était une femme. Une femme l'avait appelé... et il était allé la rejoindre. Et maintenant, Audra ? Qu'est-ce qu'on fait ?

Elle sentait les larmes lui monter aux yeux ; elles lui piquaient le nez, tandis que la boule d'un sanglot grossissait dans sa gorge. Pas de colère, du moins pas encore... rien qu'un sentiment atroce de perte, de déréliction.

Reprends-toi, Audra. Tu sautes un peu vite à la conclusion. On est au milieu de la nuit, tu viens de faire un cauchemar et maintenant tu imagines Bill avec une autre femme. Ce n'est pas forcément la bonne explication. Tu vas commencer par t'asseoir — de toute façon, tu ne pourras pas te rendormir — et finir le roman que tu as amené pour lire dans l'avion. Tu te souviens de ce que dit Bill? La drogue la plus suave, le Livralium. Assez déconné comme cela. Fini les fantasmes et les voix. Dorothy Sayers et Lord Peter, voilà le bon numéro. The Nine Tailors. *J'en aurais bien jusqu'à l'aube. Avec ça...*

Soudain, la lumière de la salle de bains s'alluma ; elle la vit en dessous de la porte. Il y eut un cliquetis dans le loquet et la porte s'ouvrit d'elle-même. Elle ne pouvait en détacher les yeux, des yeux qui s'agrandissaient, et elle se cacha de nouveau instinctivement la poitrine. Son cœur se mit à cogner contre ses côtes et le goût amer de l'adrénaline vint lui emplir la bouche.

Basse, traînante, la voix de tout à l'heure dit : « Nous flottons tous là en bas, Audra », prononçant son nom dans une sorte de cri grave et prolongé — Audraaaaaa — qui se termina une fois de plus en un gargouillis de bulles crevant dans une évacuation bouchée, gargouillis qui se voulait un rire.

« Qui est là ? » cria-t-elle, reculant sur le lit. *Ce n'était pas mon imagination, impossible. Vous n'allez pas me dire que...*

La télé s'alluma d'elle-même. Elle se tourna vivement et vit sur l'écran un clown en costume argenté avec de gros boutons orange. Il avait deux orbites creuses et noires à la place des yeux et quand ses lèvres maquillées s'étirèrent sur un sourire qui s'agrandissait indéfiniment, elles découvrirent des dents comme des rasoirs. Il tenait à la main une tête coupée, dégoulinante de sang ; on ne lui voyait que le blanc des yeux et la bouche pendait, béante, mais elle reconnut immédiatement Freddie Firestone. Le clown se mit à rire et à danser. Il balançait la tête dans tous les sens, et des gouttes de sang vinrent s'écraser sur la partie interne de l'écran de télévision. Elle les entendait grésiller.

Audra voulut crier, mais ne réussit qu'à émettre un faible vagissement. À tâtons, elle prit la robe et le sac à main qu'elle avait posés à côté, sur la chaise, fonça dans le couloir et claqua la porte derrière elle ; le visage d'un blanc de craie, elle haletait tout en enfilant sa robe par-dessus la tête, après avoir laissé tomber son sac à ses pieds.

« Flotte », fit derrière elle une voix basse et ricanante tandis qu'un doigt froid venait caresser son talon nu.

Elle émit un nouveau vagissement étouffé et s'éloigna d'un bond de la porte. Des doigts cadavériques en dépassaient, tâtonnant avec avidité, les ongles arrachés exhibant une chair d'un blanc violet exsangue. Ils produisaient comme un murmure rauque en frottant sur le poil rude de la moquette du couloir.

Audra empoigna son sac par la bandoulière et courut, pieds nus, jusqu'à la porte qui fermait le couloir. Saisie d'une panique aveugle, elle n'avait maintenant qu'une pensée : trouver le Derry Town House et Bill. Peu importait qu'il fût au lit avec assez de femmes pour constituer un harem. Elle le retrouverait et l'obligerait à l'emporter loin de l'innommable chose qui hantait cette ville.

Elle courut le long du trottoir jusqu'au parking, cherchant désespérément sa voiture des yeux. Paralysé, son esprit resta un moment incapable de se souvenir du véhicule qu'elle avait loué. Puis ça lui revint : une Datsun, brun tabac. Elle la repéra, flottant dans le brouillard qui rampait sur le sol à la hauteur des enjoliveurs et se dépêcha de la rejoindre. Impossible de retrouver les clefs dans sa bourse. Elle se mit à farfouiller avec une panique croissante au milieu des Kleenex, produits de beauté, monnaie, lunettes de soleil et barres de chewing-gum, ne faisant qu'accroître le désordre. Elle ne remarqua pas le break Ford en piteux état garé nez à nez avec la Datsun, et encore moins l'homme installé derrière le volant. Elle ne remarqua pas que la portière de la Ford s'ouvrait, que l'homme en sortait ; elle tentait de se faire à l'idée qu'elle avait laissé les clefs de sa voiture dans la chambre. Or il n'était pas question d'y retourner, pas question.

Ses doigts touchèrent enfin une petite pièce métallique dentelée, sous une boîte de bonbons à la menthe ; elle s'en empara avec un petit cri de triomphe. Pendant un affreux instant, elle se demanda s'il ne s'agissait pas des clefs de leur Rover, actuellement stationnée dans le parking de la gare de Fleet, à plus de cinq mille kilomètres de là, puis elle sentit le porte-clefs en plastique de la société de location. Elle introduisit d'une main tremblante la clef dans la serrure, respirant à petits coups rapides et violents, et tourna. À cet instant-là, une main s'abattit sur son épaule et elle hurla... elle hurla cette fois-ci de toutes ses forces. Quelque part, un chien aboya une réponse, et ce fut tout.

La main, dure comme de l'acier, mordit cruellement sa chair et l'obligea à se retourner. La figure qu'elle vit s'incliner sur elle était gonflée, bosselée. Les yeux luisaient. Quand ses lèvres boursouflées s'écartèrent en un sourire grotesque, elle se rendit compte que quelques-unes de ses dents de devant étaient cassées. Les chicots déchiquetés donnaient une impression de sauvagerie.

Elle essaya de parler et en fut incapable. La main serra plus fort, s'enfonçant davantage.

« Est-ce que je ne vous ai pas vue dans des films ? » murmura Tom Rogan.

3
La chambre d'Eddie

Beverly et Bill s'habillèrent rapidement, sans échanger un mot, et se rendirent dans la chambre d'Eddie. Tandis qu'ils approchaient de l'ascenseur, ils entendirent une sonnerie de téléphone derrière eux. Un son étouffé, comme venu d'ailleurs.

« Ce n'était pas chez toi, Bill ?

— C'est p-possible. L'un des au-autres qui a-appelle, peut-être. » Il appuya sur le bouton.

Blême, tendu, Eddie leur ouvrit la porte. Son bras gauche faisait un angle à la fois particulier et étrangement évocateur de l'ancien temps.

« Ça va, dit-il. J'ai pris deux Darvon. La douleur est moins forte, maintenant. » Manifestement, ça n'allait pas si fort, cependant. Réduites à une ligne, ses lèvres serrées étaient violettes, sous l'effet du choc.

Bill regarda derrière lui et vit le corps allongé sur le sol. Un coup d'œil lui suffit pour en tirer deux conclusions : il s'agissait bien de Henry Bowers et il était mort. Il alla s'agenouiller à côté du cadavre. En s'enfonçant, la bouteille de Perrier avait entraîné le tissu de la chemise dans le corps. Henry avait les yeux vitreux, à demi ouverts. Un ricanement était resté figé sur sa bouche, dans laquelle se coagulait un caillot de sang. Ses mains étaient comme des griffes.

Une ombre passa sur lui et Bill leva les yeux. C'était Beverly. Elle regardait le cadavre sans la moindre expression.

« Il nous au-aura pourchassés j-jusqu'à la f-fin », dit Bill.

Elle acquiesça. « Il n'a pas l'air si vieux. Tu te rends compte, Bill ? Il n'a pas l'air vieux du tout. » Ses yeux revinrent soudain vers Eddie, qui s'était assis sur le lit. Eddie, lui, avait l'air vieux. Vieux et hagard. Son bras gisait sur ses genoux comme un morceau de bois mort. « Il faut appeler un médecin pour Eddie.

— Non ! firent en chœur Bill et Eddie.

— Mais il est blessé ! Son bras...

— C'est c-comme l'autre f-fois, la coupa Bill qui se leva et la prit par les bras, la regardant droit dans les yeux. S-Si nous f-faisons a-appel à l'extérieur..., si n-nous impliquons la v-ville...

— On m'arrête pour meurtre, acheva Eddie, sinistre. Ou on nous arrête tous pour meurtre. On nous met au violon, ou n'importe quoi. Alors il y aura un accident. L'un de ces accidents particuliers comme il ne s'en produit qu'à Derry. Un des flics piquera une crise monumentale et nous tuera tous dans notre cellule. À moins que nous ne mourrions tous de ptomaïne ou que nous ne décidions de nous pendre dans notre cellule.

— Eddie ! C'est absurde ! C'est...

— Crois-tu ? Souviens-toi : nous sommes à Derry.

— Mais nous sommes des adultes, maintenant ! Tu ne crois tout de même pas... Je veux dire, il est arrivé au milieu de la nuit... il t'a attaqué...

— Avec quoi ? demanda Bill. Où est l-le c-couteau ? »

Elle regarda autour d'elle, ne vit rien et se mit à genoux pour inspecter le dessous du lit.

« Ne te donne pas cette peine, lui dit Eddie toujours sur le même ton, faible et tendu. J'ai claqué la porte sur son bras quand il a essayé de me larder. Il a laissé tomber le poignard que j'ai envoyé valser d'un coup de pied sous la télé. Il a disparu, maintenant. J'ai déjà regardé.

— A-Appelle les autres, B-B-Beverly. Je c-crois que je v-vais pouvoir m-mettre une a-attelle au bras d'E-Eddie. »

Elle le regarda pendant un long moment, puis ses yeux se portèrent de nouveau sur le cadavre. Elle dut admettre que le tableau raconterait une histoire parfaitement cohérente pour tout flic doté d'un peu de cervelle. On aurait dit qu'un cyclone venait de dévaster la chambre. Eddie avait le bras cassé, et un homme gisait, mort. Il s'agissait d'un cas très clair de légitime défense contre un maraudeur nocturne. Puis elle se souvint de Mr. Ross se levant, refermant son journal et rentrant chez lui, tout simplement.

Si nous faisons appel à l'extérieur..., si nous impliquons la ville...

Du coup, lui revint un souvenir de Bill enfant : le visage blême, l'air à demi fou, Bill disait : *Derry, c'est Ça. Vous me comprenez ?... Où qu'on aille..., quand Ça nous retrouve... ils ne voient rien, ils n'entendent rien, ils ne savent rien. Vous voyez pas comment ça marche ? Il n'y a qu'une chose à faire, terminer ce qu'on a commencé.*

Maintenant, tandis qu'elle regardait le cadavre de Henry, elle pensait : *Ils disent tous les deux que nous allons redevenir des fantômes. Que ça va recommencer. Tout. Gosse, je pouvais l'accepter, parce que les gosses sont presque des fantômes. Mais...*

« En êtes-vous sûrs ? demanda-t-elle désespérément. En es-tu sûr, Bill ? »

Il s'était assis sur le lit à côté d'Eddie et lui manipulait délicatement le bras.

« T-Tu ne l'es p-pas encore ? Après t-tout ce qui est a-arrivé aujourd'hui ? »

Oui. Tout ce qui était arrivé. La fin macabre de leur réunion. La ravissante vieille dame qui s'était transformée en horrible sorcière sous ses yeux, la série d'histoires, dans la bibliothèque, et tous les phénomènes qui les avaient accompagnées. Tout cela. Et cependant... son esprit lui criait désespérément d'arrêter cela tout de suite, car sinon ils finiraient à tout coup la nuit par une descente dans les Friches, pour y trouver une certaine station de pompage et...

« Je ne sais pas, dit-elle. Je... je ne sais pas. Même après tout ce qui s'est passé, il me semble que nous pourrions appeler la police. Peut-être.

— A-Appelle les autres, répéta-t-il. Nous v-verrons ce qu'ils en p-pensent.

— D'accord. »

Elle appela tout d'abord Richie, puis Ben. Tous deux acceptèrent aussitôt de venir. Aucun ne demanda ce qui s'était passé. Elle trouva le numéro de téléphone de Mike dans l'annuaire et le composa. Il n'y eut pas de réponse ; elle laissa sonner une douzaine de coups et raccrocha.

« E-Essaye la bi-bibliothèque », dit Bill. À l'aide des baguettes rigides qui commandaient les rideaux, il avait commencé à faire une paire d'attelles qu'il attacha au moyen de la ceinture du peignoir d'Eddie, renforcée du cordon de son pyjama.

Avant que Beverly ait pu trouver le numéro, on frappa à la porte. Ben et Richie arrivèrent ensemble, Ben en jean, les pans de sa chemise flottant librement, Richie habillé d'un pantalon de coton gris très chic et de son haut de pyjama. Il parcourut la pièce d'un regard prudent, derrière ses lunettes.

« Bon Dieu, Eddie, qu'est-ce...

— Seigneur ! s'exclama Ben, en voyant le cadavre sur le sol.

— S-Silence ! Et fermez cette p-porte », fit Bill d'un ton sec.

Richie obtempéra, sans pouvoir détacher ses yeux du corps. « Henry ? »

Ben fit trois pas en direction du cadavre et s'immobilisa, comme s'il craignait encore d'être mordu. Il jeta un regard impuissant à Bill.

« R-Raconte, dit ce dernier à Eddie. J-Je bé-bégaye de p-plus en plus, bordel. »

Eddie leur résuma ce qui s'était passé pendant que Beverly trouvait le numéro de la bibliothèque et appelait. Elle s'attendait à ce que Mike se fût endormi là-bas ; peut-être disposait-il même d'une couchette dans son bureau. Mais elle n'avait pas prévu ce qui se produisit : on décrocha le téléphone dès la deuxième sonnerie et une voix qu'elle ne connaissait pas lui dit : « Allô ?

— Allô, répondit-elle, regardant vers les autres en leur faisant signe de se taire. Mr. Hanlon est-il ici ?

— Qui est à l'appareil ? » demanda la voix.

Elle se mouilla les lèvres. Bill l'observait intensément. Ben et Richie s'étaient tournés vers elle. Les prémices d'une véritable inquiétude commencèrent à l'agiter.

« Et vous, qui êtes-vous ? Vous n'êtes pas Mr. Hanlon.

— Andrew Rademacher, chef de la police de Derry, répondit la voix. Mr. Hanlon se trouve en ce moment même à l'hôpital de la ville. Il a été attaqué et grièvement blessé il y a de cela peu de temps. Maintenant, qui êtes-vous, s'il vous plaît ? Donnez-moi votre nom. »

Mais c'est à peine si elle entendit les deux dernières phrases du policier. Des ondes de choc la parcouraient, lui donnaient le vertige, la jetaient hors d'elle-même. Les muscles de son ventre, de ses bras, de ses jambes devinrent ramollis, engourdis et elle pensa avec détachement : *Ce doit être ce qui arrive, lorsque les gens ont tellement peur qu'ils mouillent leur pantalon. Évidemment. On perd tout simplement le contrôle de ses muscles...*

« Grièvement ? C'est-à-dire, grièvement ? » s'entendit-elle demander d'une voix en papier pelure — puis Bill fut à côté d'elle ; il posa une main sur son épaule, et il y eut Ben, il y eut Richie et elle éprouva un élan de gratitude pour eux. De sa main libre, elle prit celle de Bill ; Richie posa une main sur celle de Bill et Ben la sienne sur celle de Richie. Eddie les avait rejoints et en fit autant.

« Votre nom, s'il vous plaît », reprit Rademacher d'un ton autoritaire et pendant un instant, la petite poltronne habile à parer les coups qui était en elle, celle qui avait été fabriquée par son père et entretenue par son mari, fut sur le point de répondre la vérité.

« Je... je crains de ne pouvoir vous le dire. Pas encore.

— Que savez-vous de ce qui s'est passé ?

— Mais rien ! dit-elle, choquée. Qu'est-ce qui vous fait penser que je sais quelque chose ? Seigneur Dieu !

— Vous avez sans doute l'habitude de téléphoner à la bibliothèque tous les matins vers trois heures trente, rétorqua Rademacher, hein ? Gardez vos conneries pour vous, ma petite dame. Il s'agit d'agression avec voies de fait, et il s'agira peut-être de meurtre d'ici l'aube. Je vous le demande encore une fois : qui êtes-vous au juste ? »

Elle ferma les yeux, étreignit la main de Bill de toutes ses forces et répéta sa question : « Il risque de mourir ? Vous ne dites pas cela simplement pour me faire peur ? Il pourrait vraiment mourir ? Je vous en prie, dites-moi la vérité.

— La vérité, je vous l'ai dite : il est grièvement blessé. Cela devrait suffire à vous faire peur, il me semble, mademoiselle. Et maintenant je veux savoir qui vous êtes et comment il se fait... »

Comme dans un rêve, elle vit sa main flotter dans l'espace et reposer le combiné sur l'appareil. Elle regarda en direction de Henry et ressentit un choc aussi aigu que la claque d'une main glacée. Le bon œil de Henry s'était à demi fermé. De l'autre, celui qui était crevé, s'écoulait toujours un liquide gluant.

On aurait dit que Henry lui adressait un clin d'œil.

4

Richie appela l'hôpital. Bill conduisit Beverly jusqu'au lit où elle s'assit à côté d'Eddie, les yeux perdus dans le vide. Elle crut qu'elle allait pleurer, mais les larmes ne vinrent pas. Pour l'instant une seule chose l'affectait avec force : la présence du cadavre de Henry. Si seulement quelqu'un avait pu le recouvrir... Cet air de cligner de l'œil était atroce.

Pendant deux minutes bouffonnes, Richie devint un journaliste du *Derry News*. Il avait cru comprendre que Mr. Hanlon, bibliothécaire en chef de la bibliothèque municipale, avait été agressé alors qu'il travaillait tard. L'hôpital pouvait-il lui donner des informations sur son état ?

Richie écouta la réponse, hochant la tête.

« Je comprends, Mr. Kerpaskian — votre nom s'écrit-il avec un ou deux k ? Bon. D'accord. Et vous êtes... »

Il écouta encore, tellement pris au jeu qu'il bougeait une main comme s'il écrivait quelque chose sur un bloc.

« Oui... euh, euh... oui. Oui, je comprends. Eh bien, en général, dans des cas comme celui-ci, nous vous citons comme une “ source bien informée ”. Ensuite, plus tard... nous pouvons... euh, euh... exact ! Exact ! » Richie rit de bon cœur et essuya la transpiration qui lui coulait sur le front. Il écouta de nouveau. « D'accord, Mr. Kerspakian. Oui, je... oui, je l'ai bien pris, K-E-R-S-P-A-K-I-A-N. Juif d'origine tchèque, n'est-ce pas ? Vraiment ! C'est... c'est peu courant. Oui, je le ferai. Bonne nuit. Merci. »

Il raccrocha et ferma les yeux. « Seigneur Jésus ! s'écria-t-il d'une voix grave et rauque. Seigneur, Seigneur, Seigneur ! » Il mima le geste de balayer le téléphone de la table puis laissa retomber sa main, avant d'enlever ses lunettes et de les essuyer à sa veste de pyjama.

« Il est en vie, mais son état est très sérieux, dit-il aux autres. Henry l'a découpé comme une dinde de Noël et l'un des coups lui a ouvert l'artère fémorale. Il a perdu tout ce qu'un homme peut perdre de sang en restant tout de même en vie. Mike a réussi à se poser une sorte de garrot, sans quoi ils n'auraient trouvé qu'un cadavre en arrivant. »

Beverly se mit à pleurer. Pleurer comme une enfant, les deux mains sur le visage. Pendant quelques instants, ses sanglots et la respiration rapide et sifflante d'Eddie furent les seuls bruits dans la chambre.

« Mike n'est pas le seul à avoir été découpé comme une dinde de Noël, finit par dire Eddie. Henry avait l'air d'être passé dans un moulin à légumes quand il s'est pointé.

— V-Veux-tu t-toujours a-a-appeler la p-police, B-Beverly ? »

Il y avait bien des Kleenex sur la table de nuit, mais le Perrier les avait transformés en une masse détrempée et informe. Elle se rendit dans la salle de bains, décrivant un grand cercle autour du cadavre, prit une serviette qu'elle imbiba d'eau fraîche et se la passa sur son visage gonflé. L'impression était délicieuse. Elle sentait qu'elle pouvait penser de nouveau de manière cohérente — pas rationnelle, non, cohérente. Elle éprouva la certitude soudaine qu'ils courraient à leur perte si jamais ils voulaient penser les choses rationnellement, au stade où ils en étaient. Ce flic, Rademacher. Il s'était montré soupçonneux. Et pourquoi pas ? Était-il normal d'appeler une bibliothèque à trois heures et demie du matin ? Il avait supposé qu'elle savait quelque chose de pas net. Et qu'allait-il supposer, si jamais il apprenait qu'elle l'avait appelé depuis une pièce dans laquelle gisait un cadavre, le goulot d'une bouteille de Perrier dépassant de son estomac ? Qu'elle et quatre autres étrangers étaient justement arrivés la veille en ville pour une petite réunion, au moment où ce type venait y faire un petit tour ? Avalerait-elle une telle histoire si quelqu'un d'autre la lui racontait ? Qui la goberait ? Bien entendu, ils pouvaient toujours conforter leur version des faits en précisant qu'ils étaient venus achever le monstre qui hantait les égouts de la ville. Voilà qui ne manquerait pas d'ajouter une note d'un réalisme abrasif !

Elle sortit de la salle de bains et regarda Bill. « Non, dit-elle, pas question d'aller à la police. Je pense qu'Eddie a raison. Quelque chose risque de nous arriver. Quelque chose de définitif. Mais ce n'est pas la seule raison. (Elle regarda les quatre autres.) Nous avons juré, leur rappela-t-elle. Nous avons juré. Le frère de Bill... Stan... tous les autres... et maintenant, Mike. Je suis prête, Bill. »

Bill regarda Ben, Richie et Eddie.

Richie acquiesça. « D'accord, Grand Bill. Essayons.

— Le moment est pourtant mal choisi, objecta Ben. Nous ne sommes plus que cinq, maintenant. »

Bill ne dit rien.

« D'accord, reprit Ben. Elle a raison. Nous avons juré.

— E-Eddie ? »

Eddie eut un faible sourire. « Je parie que je vais encore descendre cette foutue échelle sur ton dos, hein ? Si elle est toujours là, bien sûr.

— L'avantage, c'est qu'il n'y aura personne pour nous lancer des cailloux, cette fois, remarqua Beverly. Ils sont morts. Tous les trois.

— Est-ce qu'on y va tout de suite, Bill ? demanda Richie.

— O-Oui. Je pense qu'il est temps.

— Puis-je dire quelque chose ? intervint soudain Ben.

— Ce que t-tu v-veux, répondit Bill, esquissant un sourire.

— Vous avez été, tous, les meilleurs amis que j'aie jamais eus, dit alors Ben. Indépendamment de la manière dont on s'en sortira cette fois. Je voulais simplement... simplement que vous le sachiez. »

Il les regarda les uns après les autres, et tous lui rendirent son regard, gravement.

« Je suis heureux de ne pas vous avoir oubliés. » Richie renifla. Beverly pouffa. Puis tous éclatèrent de rire, se regardant comme autrefois, en dépit du fait que Mike était à l'hôpital, peut-être agonisant ou même déjà mort, en dépit du fait qu'Eddie avait (encore) un bras cassé, en dépit du fait que l'on était aux petites heures du matin.

« Tu as vraiment l'art de trouver les mots, Meule de Foin, dit Richie en s'essuyant les yeux. C'est lui qui aurait dû être l'écrivain, Grand Bill. »

Et toujours souriant, Bill conclut : « Et c'c'est sur cette n-n-note que... »

5

Ils prirent la limousine qu'Eddie avait empruntée. Richie conduisait. Le brouillard bas s'était épaissi, se coulant dans les rues comme de la fumée de cigarette, mais n'atteignait pas encore le haut des lampadaires encapuchonnés. Au-dessus de leurs têtes, les étoiles faisaient comme de brillants éclats de glace — des étoiles de printemps... — cependant, en passant la tête par la vitre, côté passager, Bill crut entendre gronder au loin un orage estival. La pluie était en route et allait venir de l'un des coins de l'horizon.

Richie mit la radio et tomba sur Gene Vincent en train de chanter *Be-Bop-A-Lula.* Il changea de station et obtint Buddy Holly. Troisième essai : Eddie Cochran dans *Summertime Blues.*

« J'aimerais t'aider, fiston, mais tu es trop jeune pour voter », fit une voix grave.

« Coupe ce truc, Richie », dit doucement Beverly.

Il tendit la main, mais arrêta son geste en chemin. « Restez à l'écoute pour d'autres succès du groupe Richie Toziet, les Clamsés & Co, le grand spectacle rock ! » brailla la voix ricanante du clown au-dessus des rythmes et des accords d'Eddie Cochran. « Touchez pas à ce bouton, restez à l'écoute du festival rock, allez, les gars et les filles, allez, venez tous ! On joue tous les grands tubes là en bas ! Tous les grands tubes ! Et si vous ne me croyez pas, écoutez donc le disc-jockey de service pour le tour de garde de nuit, le tour de garde qu'on appelle des cimetières, le disc-jockey George Denbrough ! Raconte-leur, Georgie ! »

Et soudain, la voix du frère de Bill se mit à gémir dans la radio :

« *Tu m'as envoyé dehors et Ça m'a tué ! Je croyais qu'il était dans la cave, mais Ça se tenait dans les égouts, dans les égouts, et Ça m'a tué, tu as laissé Ça me tuer, Grand Bill, tu as laissé Ça...* »

Richie coupa la radio d'un geste si violent que le bouton se détacha et alla rouler sur le tapis de sol.

« Le rock à la campagne, c'est vraiment le bagne, dit-il, mais sa voix était loin d'être assurée. Bev a raison, on laisse tomber, d'accord ? »

Personne ne répondit. La figure de Bill était pâle, calme, réfléchie dans la lumière croissante et décroissante des lampadaires ; et quand le tonnerre grommela de nouveau à l'ouest, tous l'entendirent.

6

Dans les Friches-Mortes

Le même vieux pont.

Richie se gara à côté ; ils sortirent, allèrent s'appuyer au parapet — le même vieux parapet — et regardèrent en bas.

Les mêmes vieilles Friches.

Au bout de vingt-sept ans, elles paraissaient intactes ; aux yeux de Bill, la bretelle d'autoroute qui les entamait, et qui était la seule chose nouvelle, avait quelque chose d'irréel, d'aussi éphémère qu'une peinture sur sable ou un effet d'écran pendant un film. De petits arbres minables et des buissons tordus brillaient vaguement dans l'écheveau du brouillard et Bill songea : *Sans doute est-ce ce que l'on entend lorsque l'on parle de la persistance de la mémoire ; cela, ou quelque chose de semblable, quelque chose que l'on voit au bon moment et sous le bon angle, des images qui propulsent les émotions comme un turbocompresseur. Quelque chose que l'on distingue si clairement que tous les événements qui se sont produits entre-temps s'évanouissent. Si le désir est ce qui referme le cercle entre le monde et le manque, alors le cercle s'est refermé.*

« A-A-Allons-y », dit-il en enjambant le parapet. Ils le suivirent dans la ravine, faisant rouler terre et cailloux. Quand ils arrivèrent en bas, Bill vérifia automatiquement si Silver était bien à sa place, ce qui le fit rire. La bicyclette était appuyée contre le mur du garage de Mike. Silver ne semblait avoir aucun rôle à jouer dans cet acte, bien que cela fût étrange, vu la façon dont il l'avait retrouvée.

« C-Conduis-nous », dit-il à Ben.

Ben le regarda et Bill lut ses pensées dans son regard — *Cela fait vingt-sept ans, Bill, on croit rêver* — puis il acquiesça et les entraîna dans les taillis.

Le sentier — leur sentier — avait disparu depuis longtemps sous la végétation et ils devaient se frayer un chemin au milieu des broussailles, des ronces et d'hydrangéas sauvages si odorants qu'ils en étaient écœurants. Tout autour d'eux, des grillons stridulaient paresseusement, et quelques lucioles, premiers annonciateurs des fêtes charnelles de l'été, trouaient l'obscurité. Bill songea que des enfants devaient encore jouer ici, mais ils devaient posséder leurs propres chemins secrets.

Ils arrivèrent à l'endroit où ils avaient creusé le Club souterrain, mais la clairière avait complètement disparu. Les buissons et les pins rabougris avaient reconquis tout le terrain.

« Regardez », dit Ben dans un murmure en traversant la clairière (qui, dans leur souvenir, se trouvait toujours là, simplement masquée par un décor peint). Il tira sur quelque chose. C'était la porte d'acajou qu'ils avaient trouvée aux limites de la décharge, celle qui leur avait permis d'achever le toit du Club. Elle avait été jetée de côté, et on aurait dit que personne ne l'avait touchée depuis dix ou douze ans, sinon plus. Du lierre était solidement accroché à sa surface sale.

« Laisse ça tranquille, Meule de Foin, murmura Richie. C'est vieux.

— C-conduis-nous là-bas, Ben », répéta simplement Bill derrière eux.

Ils rejoignirent donc la Kenduskeag en le suivant, en prenant à gauche de la clairière qui n'existait plus. Le bruit de l'eau devenait de plus en plus fort, mais ils faillirent une fois de plus tomber dans la rivière avant de la voir ; la végétation croissait de manière follement enchevêtrée jusque sur ses bords. La berge céda sous les bottes de cow-boy de Ben et Bill le rattrapa par la peau du cou.

« Merci, dit Ben.

— *De nada.* Au-Autrefois, t-tu m'aurais en-entraîné a-a-avec toi. P-Par là ? »

Ben acquiesça et les conduisit le long de la rive disparaissant sous les plantes, luttant pour se frayer un chemin dans le fouillis de ronces et de buissons, non sans se dire que c'était infiniment plus facile lorsque l'on mesurait moins d'un mètre cinquante et que l'on pouvait passer sous presque toutes les choses inextricables (celles que l'on avait dans la tête comme celles qui bouchaient le chemin) en se baissant avec nonchalance. Au fond, tout changeait. *Notre leçon d'aujourd'hui, jeunes gens, jeunes filles, sera que plus les choses changent, plus elles changent. Quiconque prétend que plus ça change, plus c'est pareil, souffre manifestement d'un important retard mental. Car...*

Son pied se prit sous quelque chose et il tomba lourdement, manquant de peu se heurter la tête au cylindre de béton de la station de pompage, presque entièrement enfoui au milieu des ronces. En se remettant debout, il se rendit compte que les épines l'avaient égratigné en une douzaine d'endroits différents.

« Mettons deux douzaines, grommela-t-il, sentant des gouttes de sang couler le long de sa joue.

— Quoi ? demanda Eddie.

— Rien. » Il se pencha pour voir sur quoi il avait trébuché. Une racine, sans doute.

Non, pas une racine. Le couvercle de la bouche d'égout. Quelqu'un l'avait poussé.

Nous, évidemment, pensa Ben. *Il y a vingt-sept ans.*

Mais il se rendit compte que c'était stupide, même avant d'avoir remarqué les traces métalliques brillantes et récentes au milieu de la rouille du couvercle. La pompe ne fonctionnait pas ce jour-là. Tôt ou tard, quelqu'un était venu la réparer et avait dû remettre le couvercle en place par la même occasion.

Il se redressa et tous les cinq se rassemblèrent autour du cylindre de béton et regardèrent à l'intérieur. On entendait un bruit menu de gouttes d'eau, c'était tout. Richie avait emporté toutes les pochettes d'allumettes de la chambre d'Eddie. Il en fit flamber une entière et la jeta dedans. Ils aperçurent pendant quelques instants la paroi intérieure humide et la masse silencieuse de la pompe. Rien d'autre.

« Elle est peut-être en panne depuis longtemps, remarqua Richie, mal à l'aise. Ce n'est pas nécessairement arrivé ré...

— C'est arrivé récemment, le coupa Ben. Depuis les dernières pluies. » Il prit l'une des pochettes, enflamma une allumette et indiqua les traces brillantes dans le métal.

« Il y a-a- q-quelque ch-chose en de-dessous, dit Bill, comme Ben éteignait l'allumette.

— Quoi ?

— P-Peux pas d-dire. On au-aurait d-dit u-une s-sangle. Aidez-moi à-à le re-retourner. »

Les trois hommes valides retournèrent le couvercle comme une pièce géante. Cette fois-ci, c'est Beverly qui craqua l'allumette et Ben ramassa prudemment le sac qui s'était trouvé pris sous le lourd cercle de métal. Il le souleva par sa bandoulière. Beverly commença à secouer l'allumette pour l'éteindre et regarda Bill. Elle se pétrifia. Il fallut que la flamme vînt lui lécher le bout des doigts pour qu'elle lâchât l'allumette avec un petit cri. « Bill ? Qu'est-ce qu'il y a ? Qu'est-ce qui ne va pas ? »

Les yeux de Bill lui brûlaient. Il n'arrivait pas à les détacher de cette bourse de cuir éraillée avec sa longue bandoulière. Il se souvint brusquement du titre de la chanson qui passait dans l'arrière-boutique du magasin où il la lui avait achetée. *Sausalito Summer Nights.* C'était une bizarrerie archi-démente. Il n'avait plus une goutte de salive dans la bouche, et sa langue, son palais et l'intérieur de ses joues étaient aussi lisses et secs que du chrome. Il entendait les grillons, voyait les lucioles et sentait de profondes ténèbres vertes s'accumuler de manière incontrôlée autour de lui et il se dit : *C'est encore un tour, encore une autre illusion, elle est en Angleterre et c'est un petit tour minable parce que Ça a peur, oh oui. Ça n'est peut-être plus aussi sûr de lui que quand Ça nous a appelés, et vraiment, Bill, soyons sérieux, combien crois-tu qu'il existe de bourses de cuir avec une longue bandoulière de ce type dans le monde ? Un million ? Dix ?*

Probablement davantage. Mais seulement une comme celle-ci. Il l'avait achetée dans une maroquinerie de Burbank pendant que la radio diffusait *Sausalito Summer Nights* dans l'arrière-boutique.

« Bill ? » Beverly avait posé la main sur son épaule et le secouait. Loin. À vingt-sept lieues sous la mer. Quel était donc le nom du groupe qui chantait *Sausalito Summer Nights* ? Richie devait le savoir.

« Je sais, dit Bill avec un sourire adressé à Richie qui le regardait, les yeux écarquillés, l'air effrayé. Il s'appelait Diesel. Ça c'est de la mémoire, non ? » Il n'avait pas bégayé.

« Qu'est-ce qui cloche, Bill ? » murmura Richie.

Bill poussa un hurlement, arracha les allumettes à Beverly, en alluma une, et arracha le sac à Ben.

« Bill, au nom du ciel ! »

Il ouvrit la bourse et la renversa. Ce qui en tomba révélait tellement Audra qu'il resta quelques instants trop désorienté pour crier encore. Parmi les Kleenex, les plaques de chewing-gum et les produits de maquillage, il vit une petite boîte de bonbons à la menthe... et le poudrier d'orfèvrerie que lui avait offert Freddie Firestone lorsqu'ils avaient signé pour le film.

« M-Ma f-femme est là-là-dedans », dit-il en se mettant à genoux pour remettre les objets dans le sac. Sans s'en rendre compte, il chassa de devant ses yeux des cheveux qu'il n'avait plus depuis longtemps.

« Ta femme ? Audra ? » Les yeux agrandis, Beverly paraissait sonnée sous le choc.

« C'est s-son sac. Ses a-affaires.

— Seigneur Jésus, Bill ! marmonna Richie. C'est impossible, tu sais que... »

Il venait de trouver son portefeuille en croco. Il l'ouvrit et le leur tendit. Richie alluma une nouvelle allumette et contempla un visage qu'il avait vu dans une demi-douzaine de films. La photo d'identité d'Audra, sur son permis de conduire, était moins flatteuse, mais parfaitement convaincante.

« M-Mais Henry est m-mort, V-Vic aussi, et le R-Roteur... Alors, qui ? » Il se leva, les interrogeant tous fébrilement du regard. « Qui l'a... ? »

Ben posa une main sur l'épaule de Bill. « Autant descendre et aller voir, non ? »

Bill tourna la tête, comme s'il se demandait qui était Ben, puis son regard s'éclaircit. « O-Oui, dit-il. E-Eddie ?

— Je suis désolé, Bill.

— P-Pourras-tu m-monter ?

— Je l'ai déjà fait une fois. »

Bill se pencha et Eddie passa un bras autour de son cou. Ben et Richie l'aidèrent à entourer de ses jambes la taille de Bill. Et tandis que Bill, maladroitement, lançait une jambe par-dessus le rebord du cylindre, Ben vit qu'Eddie fermait les yeux, très fort... et pendant un instant, il crut entendre la plus abominable des charges de cavalerie du monde foncer au milieu des buissons. Il se tourna, s'attendant à voir l'affreux trio surgir du brouillard et des ronces, mais il n'entendit qu'un son, celui, musical, des bambous qui frottaient les uns contre les autres à quelques centaines de mètres de là, dans la brise qui venait de se lever. Leurs anciens ennemis avaient disparu.

Bill agrippa le rebord de béton et, tâtonnant du pied, trouva le premier barreau, puis les autres. Eddie l'étreignait de son bras droit, et c'est à peine s'il pouvait respirer. *Son sac, Seigneur, comment son sac a-t-il pu atterrir ici ? Peu importe. Mais si Tu existes, mon Dieu, et si Tu écoutes les requêtes, fais qu'il ne lui soit fait aucun mal, qu'elle n'ait pas à souffrir des conséquences de ce que Bev et moi avons fait cette nuit ou de ce que j'ai fait un certain été quand j'étais petit garçon... et si c'était le clown ? Si c'était Bob Gray ? Si oui, je me demande si Dieu Lui-même peut lui venir en aide.*

« J'ai la trouille, Bill », dit Eddie d'une petite voix.

Du pied, Bill toucha l'eau froide et immobile. Il y pénétra, se souvenant de la sensation et de l'odeur nauséabonde, se souvenant de l'impression de claustrophobie qu'il avait ressentie là... et au fait, que leur était-il arrivé ? Comment s'en étaient-ils sortis, dans ces tunnels et ces boyaux ? Où s'étaient-ils exactement rendus, et comment avaient-il réussi à ressortir ? Impossible de se rappeler quoi que ce soit ; il ne pouvait penser qu'à une chose : Audra.

« M-moi aussi », répondit-il. Il s'accroupit avec une grimace lorsque l'eau glacée pénétra dans son pantalon et atteignit ses couilles, et laissa glisser Eddie. Ils se tenaient dans l'eau à mi-mollet, regardant les autres qui descendaient à leur tour.

CHAPITRE 21

Sous la ville

1

Le 1er août 1958

Quelque chose de nouveau s'était produit.

Pour la première fois depuis la nuit des temps, quelque chose de nouveau.

Avant l'univers, il n'y avait eu que deux choses. L'une était Ça même et l'autre la Tortue. La Tortue était une antique vieille chose stupide qui ne sortait jamais de sa carapace. Ça pensait que la Tortue était peut-être morte, morte depuis le dernier milliard d'années, à peu près. Même si elle ne l'était pas, ce n'en était pas moins une vieille chose stupide, et même si la Tortue avait vomi l'univers au grand complet, cela ne changeait rien.

Ça était venu ici longtemps après que la Tortue se fut retirée dans sa carapace, ici sur la Terre, et Ça y avait découvert une profondeur d'imagination qui était presque nouvelle, presque inquiétante. Cette qualité d'imagination donnait une grande richesse à la nourriture. Ses dents déchiraient des chairs raidies de terreurs exotiques et de voluptueux effrois : rêves de monstres nocturnes, de boues mouvantes ; contre leur volonté ses victimes contemplaient des gouffres sans fond ni fin.

Sur ce riche terreau nourricier, Ça existait selon un cycle simple de réveils pour manger et de sommeils pour rêver. Ça avait créé un endroit à sa propre image que Ça contemplait avec satisfaction grâce aux lumières-mortes qui étaient ses yeux. Derry était son abattoir, les gens de Derry son troupeau. Les choses s'étaient maintenues ainsi.

Puis... ces enfants.

Quelque chose de nouveau.

Pour la première fois, de toute éternité.

Quand Ça avait fait irruption dans la maison de Neibolt Street avec l'intention de les tuer tous, vaguement mal à l'aise à l'idée qu'il n'avait pas encore été capable d'y arriver (et ce sentiment de malaise avait indiscutablement été la première chose nouvelle), s'était produit quelque chose de totalement inattendu, impensable, et il avait ressenti une douleur, une grande douleur rugissante au travers de toute la forme qu'il avait empruntée, et pendant un instant il avait également connu la peur, car la seule chose que Ça eût en commun avec la vieille et stupide Tortue et la cosmologie du macronivers à l'extérieur de l'œuf chétif de cet univers était ceci : toutes les formes vivantes doivent respecter les lois des formes qu'elles habitent. Pour la première fois, Ça avait pris conscience que peut-être son talent pour changer de forme pouvait non plus jouer en sa faveur, mais contre lui. Jamais encore, il n'avait connu la souffrance, et pendant un instant, il avait cru être sur le point de mourir — la tête remplie d'une grande douleur argentée, lancinante, il avait rugi, grondé, feulé, et les enfants avaient réussi à s'enfuir.

Or maintenant ils revenaient. Ils pénétraient dans son domaine en dessous de la ville, sept mômes insensés avançant à tâtons dans l'obscurité, sans lumières ni armes. Ça allait les tuer, aujourd'hui, certainement.

Ça venait de faire une grande découverte sur lui-même. Il refusait à jamais toute nouveauté. Ça voulait seulement manger, dormir, manger, dormir.

À la suite de la douleur et de ce bref éclat de peur, Ça avait connu une nouvelle émotion (car toutes les émotions authentiques étaient nouvelles pour lui, même si Ça était un grand simulateur d'émotions) : la colère. Ça tuerait ces enfants qui, par quelque stupéfiant accident, l'avaient fait souffrir pendant quelques instants.

Venez donc, *pensait Ça, les écoutant se rapprocher.* Venez à moi, enfants, et voyez comment nous flottons tous, là en bas... comment nous flottons tous.

Et cependant, une pensée s'insinuait insidieusement en Ça, une pensée que Ça n'arrivait pas à repousser. Elle disait simplement : si toutes choses découlaient de Ça (comme c'était certainement le cas depuis le temps où la Tortue avait dégobillé l'univers avant de se recroqueviller dans sa carapace), comment une créature de ce monde (ou de tout autre monde) pouvait-elle déjouer Ça, faire mal à Ça, aussi légèrement et brièvement que ce fût ? Comment était-ce possible ?

Et finalement quelque chose de nouveau avait surgi en Ça, non pas une émotion, mais une froide spéculation : et si Ça n'était pas seul, comme il l'avait toujours cru ?

S'il y avait un Autre ?

Et si ces enfants n'étaient que les agents de cet Autre ?

Supposons... supposons...

Ça commença à trembler.

La haine était nouvelle. La souffrance était nouvelle. Être contrarié dans ses projets était nouveau. Mais la chose la plus terrible restait la peur. Non pas la peur des enfants, celle-là lui avait passé, mais celle de ne plus être seul.

Non. Il n'y avait pas d'Autre. Sûrement pas. Comme il s'agissait d'enfants, leur imagination possédait une sorte de pouvoir brut que Ça avait un instant sous-estimé. Mais maintenant qu'ils arrivaient, Ça allait les laisser venir. Ils viendraient, et Ça les jetterait les uns après les autres dans le macronivers... dans les lumières-mortes de ses yeux.

Oui.

Quand ils arriveraient, Ça les jetterait, hurlant, déments, dans les lumières-mortes.

2

Dans les boyaux, 14 h 15

Bev et Richie possédaient peut-être dix allumettes à eux deux, mais Bill ne voulut pas les laisser s'en servir. Pour le moment, ils bénéficiaient d'une vague lueur dans le conduit. Il faisait sombre, certes, mais ils pouvaient distinguer les formes à un peu plus d'un mètre devant eux et tant qu'ils y arriveraient, on économiserait les allumettes.

Bill supposa que le peu de lumière qui leur arrivait devait venir des évents de la structure, voire même des ouvertures circulaires ménagées dans les couvercles des bouches. Il lui paraissait d'une indicible étrangeté de penser qu'ils se trouvaient actuellement sous la ville ; pourtant c'était maintenant certainement le cas.

Le niveau de l'eau montait. Par trois fois ils avaient croisé, charriés par le courant, des cadavres d'animaux : un rat, un chaton et une chose gonflée et brillante qui aurait tout aussi bien pu être un morceau de bois. Il entendit l'un des autres maugréer des paroles de dégoût au passage de la chose.

Jusque-là, le courant contre lequel ils avaient à lutter n'était pas très fort, mais ce calme relatif n'allait pas durer : un grondement sourd et régulier leur parvenait d'un endroit qui ne devait pas être bien loin, devant eux. Il se fit puissant et monta d'un cran. Le boyau tourna à droite et ils se retrouvèrent face à trois autres conduits qui se déversaient dans le leur, trois conduits placés verticalement, comme des feux de signalisation. Le boyau se terminait ici, en cul-de-sac. Il y faisait à peine un peu plus clair. Bill leva la tête et se rendit compte qu'ils se trouvaient dans un puits de section carrée, en pierres, d'environ cinq mètres de haut. Il se terminait par une grille d'égout et c'est à pleins seaux que l'eau leur tombait dessus, comme dans une douche primitive.

Bill examina, impuissant, les trois conduits. Celui du haut rejetait une eau presque parfaitement claire, en dépit des feuilles et des débris divers qu'elle charriait — mégots, emballages de chewing-gums, des choses comme ça. Le conduit intermédiaire recrachait une eau grise ; et le conduit inférieur un magma brunâtre et nauséabond.

« E-Eddie ! »

Le garçonnet vint en pataugeant à sa hauteur. Les cheveux lui collaient à la tête ; son plâtre détrempé était dans un état lamentable.

« L-L-Lequel ? »

Si l'on voulait savoir comment construire quelque chose, on demandait à Ben ; si on voulait savoir quelle direction prendre, on demandait à Eddie. Ils n'en avaient jamais parlé, mais tout le monde le savait. Si l'on se trouvait dans un quartier inconnu, Eddie vous ramenait sans problème, tournant à droite et à gauche sans hésiter, jusqu'à ce que l'on en soit réduit à le suivre aveuglément en espérant qu'il savait ce qu'il faisait... ce qui semblait être à peu près toujours le cas. Bill avait une fois confié à Richie qu'au début où ils avaient commencé à venir jouer dans les Friches, Eddie et lui, il redoutait constamment de se perdre. Eddie, jamais : il retrouvait toujours son chemin et ramenait Bill à l'endroit exact où il avait dit qu'il le ramènerait. « S-Si je me p-perdais dans la f-forêt de Hainesville a-avec E-Eddie, je ne m'en f-ferais p-pas plus que ç-ça. E-Eddie s-sait, un point c'est t-tout. Mon p-père dit qu'il y a-a des g-gens, ils ont u-ne boussole d-dans la tête. E-Eddie est c-comme ça. »

« J'entends rien ! cria Eddie.

— J'ai d-dit, l-lequel ?

— Quoi, lequel ? » Eddie étreignait son inhalateur dans sa main valide et Bill trouva qu'il ressemblait en fait davantage à un rat musqué noyé qu'à un garçon de onze ans.

« Lequel on p-prend ?

— Eh bien, ça dépend où on veut aller », répondit Eddie à Bill qui l'aurait volontiers étranglé, même si la question était parfaitement pertinente. Il regardait, dubitatif, les trois conduits ; ils pouvaient s'engager tout aussi bien dans l'un des trois, sauf que celui du bas était rien moins qu'appétissant.

Bill fit signe aux autres de faire cercle. « Où s-se t-trouve ce f-fumier de Ça ? leur demanda-t-il.

— Au milieu de la ville, répondit immédiatement Richie. Exactement en dessous du centre-ville. Près du canal. »

Beverly hocha la tête pour acquiescer ; puis Ben, puis Stan.

« M-Mike ?

— Oui. C'est bien là que Ça se trouve. Près du canal. Ou en dessous. »

Bill se tourna de nouveau vers Eddie. « L-Lequel ? »

À contrecœur, Eddie lui indiqua le conduit inférieur... et si Bill sentit son cœur se serrer, il ne fut pas surpris. « Celui-là.

— Oh, la chiasse, s'exclama Stan, un tuyau à merde !

— Nous ne... », commença Mike, qui s'interrompit et tendit soudain l'oreille. Son visage prit une expression alarmée.

« Qu'est-ce... », fit Bill, mais Mike porta un doigt à ses lèvres. À son tour, Bill entendit des bruits de pas ; on pataugeait derrière eux. Grognements, mots étouffés. Se rapprochant. Henry n'avait pas abandonné la poursuite.

« Vite, dit Ben, allons-y. »

Stan regarda dans le boyau par lequel ils étaient arrivés, puis se tourna vers le conduit inférieur. Il serra les lèvres et acquiesça. « Allons-y, oui, fit-il. La merde, ça se lave.

— Stanec le Mec vient d'en lâcher une bien bonne ! s'exclama Richie. Ha, ha, ha !

— Tu vas la fermer, oui, Richie ? » siffla Beverly.

Bill entra le premier dans le boyau secondaire, grimaçant à l'odeur, penché en avant. Cette puanteur : c'était bien celle d'un égout, de la merde, mais il y avait autre chose, non ? Une odeur plus faible, mais plus vivante. Si un grognement d'animal avait pu avoir eu une odeur (et, supposa Bill, si l'animal en question avait mangé ce qu'il fallait), il aurait eu cette sous-odeur. *Nous sommes dans la bonne direction, pas d'erreur. Ça est passé par là..., il est beaucoup passé par là.*

À peine avaient-ils parcouru dix mètres que l'air était devenu irrespirable de puanteur. Il avançait lentement au milieu d'une matière qui n'était pas de la boue. Il jeta un coup d'œil par-dessus son épaule et dit : « T-Tu restes b-bien derrière m-moi, E-Eddie. J'aurai b-besoin de t-t-toi. »

La lumière baissa pour devenir sépulcrale, resta un moment ainsi puis il n'y eut plus rien et ils se retrouvèrent dans les ténèbres. Bill avançait péniblement au milieu de la puanteur avec l'impression de s'y enfoncer physiquement, mains tendues, quelque chose au fond de lui-même s'attendant à tomber à n'importe quel instant sur une toison hirsute et des yeux verts comme des lampes qui s'ouvriraient dans le noir. Et la fin viendrait comme un élancement douloureux et brûlant, quand Ça lui arracherait la tête des épaules.

Ces ténèbres étaient remplies de sons amplifiés et répercutés. Il entendait ses amis se déplacer lourdement derrière lui, grommelant parfois quelque chose. Bruits de gargouillis, étranges grognements métalliques. À un moment donné, des eaux d'une chaleur répugnante passèrent en mascaret, mouillant Bill jusqu'aux cuisses, et manquèrent le déséquilibrer. Il sentit Eddie s'accrocher frénétiquement au dos de sa chemise, puis la petite inondation s'atténua. De l'autre bout de la colonne, Richie gronda avec une bonne humeur désespérée : « Je crois qu'on vient de se faire pisser dessus par le Géant vert, Bill. »

Bill entendait de l'eau — normale ou usée — s'écouler en jets contrôlés dans le réseau des canalisations plus petites qui devait maintenant se trouver au-dessus de leurs têtes. Il se rappelait sa conversation avec son père sur le système de drainage de Derry et croyait savoir ce qu'était ce réseau : celui chargé de gérer les débordements qui se produisaient lors des fortes pluies ou à l'époque des inondations. Ce qui circulait au-dessus quittait Derry en allant se jeter dans la Torrault ou dans la Penobscot ; la ville n'aimait pas trop refouler sa merde dans la Kenduskeag parce que dans ces cas-là, le canal empestait. Mais toutes les eaux dites simplement « usées » allaient dans la Kenduskeag, et s'il y en avait trop pour le système normal d'égouts, il y avait une dérivation..., comme celle qui venait de se produire. S'il y en avait eu une, il pouvait y en avoir plusieurs. Il leva les yeux, inquiet, sans rien voir, mais sachant qu'il devait y avoir des grilles à intervalles réguliers dans le haut du boyau, ou encore sur les côtés, et qu'à n'importe quel moment...

Il ne s'était pas rendu compte qu'il venait d'atteindre la fin du conduit. Il tomba en avant, moulinant des bras pour conserver l'équilibre. Il atterrit sur le ventre dans une sorte de masse compacte située environ à soixante centimètres en dessous de l'ouverture du boyau. Quelque chose lui courut sur la main en couinant. Il poussa un cri, s'assit et serra contre lui sa main qui le chatouillait ; il gardait encore la sensation abominable du contact de la queue sans poil du rat.

Il essaya de se relever et se cogna la tête contre le plafond bas de ce nouveau conduit. Un choc violent qui l'expédia de nouveau à genoux tandis que dans les ténèbres des fleurs rouges explosaient devant ses yeux.

« F-Faites a-attention ! » s'entendit-il crier. Écho plat des mots. « Y a un ch-changement de ni-niveau i-ici ! E-Eddie ! Où es-tu ?

— Ici ! » La bonne main d'Eddie effleura le nez de Bill « Aide-moi, Bill, j'y vois rien ! C'est... »

Il y eut un énorme bruit aqueux, éclaboussant, et Beverly, Mike, Ben et Richie hurlèrent tous à l'unisson. En temps normal, leur parfaite harmonie aurait été comique ; là en bas dans le noir, dans les égouts, elle était terrifiante. Soudain, tous se retrouvèrent en train de dégringoler. Bill prit Eddie dans ses bras pour tenter de le protéger.

« Oh, Seigneur, gémit Richie, j'ai bien cru que j'allais me noyer ! On s'est fait doucher, tu parles d'une douche de merde ! Faudrait faire une visite organisée avec la classe, on pourrait demander à Mrs. Carson de la conduire...

— Et à Miss Jimmison de nous faire un cours d'hygiène ensuite », acheva Ben d'une voix tremblante, et tous éclatèrent d'un rire suraigu. Quand les rires cessèrent, Stan éclata soudain en sanglots désespérés.

« Pleure pas, mec, dit Richie en passant une main tâtonnante par-dessus les épaules gluantes de Stan. Tu vas tous nous faire chialer, sinon.

— Ça va très bien ! s'exclama Stan entre deux sanglots. Je peux supporter d'avoir la frousse, mais j'ai horreur d'être sale comme ça, j'ai horreur de ne pas savoir où je suis...

— C-Crois-tu que les al-allumettes sont en-encore b-bonnes, R-Richie ? demanda Bill.

— J'ai donné les miennes à Bev. »

Bill sentit une main toucher la sienne dans le noir et lui passer une pochette ; elle paraissait sèche au toucher.

« Je les ai gardées au creux du bras, dit-elle. Elles sont peut-être encore bonnes. Tu peux toujours essayer. »

Bill détacha une allumette et la frotta au revers. Elle prit feu, et il la tint haute. Ses amis se pressaient les uns contre les autres, clignant des yeux au brusque éclat de lumière. Ils étaient tous couverts d'ordures et avaient l'air très jeune et très effrayé. Derrière eux, il distingua le boyau par lequel ils venaient d'arriver. Celui dans lequel ils se trouvaient était encore plus petit ; il partait dans deux directions, tout droit, et des couches de sédiments ignobles recouvraient son sol. Et...

Il émit un sifflement entre les dents et secoua l'allumette qui lui brûlait les doigts. Il tendit l'oreille et entendit le bruit de l'eau, dévalant rapidement, de l'eau coulant goutte à goutte, le rugissement occasionnel d'une vanne de dégorgement qui s'ouvrait et envoyait un lot supplémentaire d'ordures dans la Kenduskeag — laquelle se trouvait maintenant loin derrière eux, Dieu seul savait où. Il n'entendit pas Henry, ni ses acolytes. Pas encore.

Calmement, Bill dit : « I-Il y a-a un ca-cadavre sur m-ma droite. À en-environ t-trois mètres de n-nous. Je c-crois que ç-ça p-pourrait ê-ête P-P-P-P...

— Patrick ? demanda Beverly, les tremblements de sa voix frisant l'hystérie. Patrick Hockstetter ?

— Ou-Oui. Est-ce q-que vous v-voulez que j'a-allume u-une autre a-a-allumette ?

— Il le faut, Bill, répondit Eddie. Si je ne vois pas comment s'écoule le conduit, je ne saurai pas quelle direction prendre. »

Bill enflamma l'allumette. À sa lueur, ils virent tous la forme gonflée et verdâtre qui avait été Patrick Hockstetter. Dans la pénombre, le cadavre leur adressait un sourire horriblement complice, mais avec la moitié du visage seulement. Les rats d'égout avaient dévoré le reste. Les livres des cours d'été étaient éparpillés autour de lui, rendus aussi épais que des dictionnaires par l'humidité.

« Seigneur, fit Mike, la voix enrouée, les yeux écarquillés.

— Je les entends encore, dit alors Beverly, Henry et les autres. »

Sans doute une bizarrerie acoustique avait-elle dû porter sa voix jusqu'à eux ; Henry se mit à rugir dans le boyau, et pendant un instant ce fut comme s'il était tout près.

« *On vous auraaaaaaaa !*

— C'est tout droit ! cria Richie, le regard brillant, agité, fébrile. Viens donc un peu, semelles en peau de banane ! On se croirait à la piscine municipale, ici ! Viens ! »

Puis il y eut un hurlement trahissant une telle épouvante et une telle souffrance, que l'allumette qui brasillait entre les doigts de Bill tomba et s'éteignit. Eddie étreignait Bill de son bras valide ; Bill le serra contre lui et sentit son petit corps trembler comme une corde de guitare, tandis que Stan se rencognait contre lui de l'autre côté. Le cri monta, monta... puis il y eut un bruit de claquement, épais, obscène, et le cri fut coupé net.

« Y en a un qui s'est fait avoir par quelque chose, s'écria Mike d'une voix étouffée, horrifiée. Quelque chose... un monstre... Bill, il faut que tu nous tires de là... Bill, je t'en prie... »

Bill entendait qu'on venait sur sa gauche — une ou deux personnes, avec l'écho, c'était impossible à déterminer —, on venait en trébuchant et en heurtant les parois du boyau. « Vers où E-Eddie ? demanda-t-il avec une note d'urgence dans la voix. Est-ce q-que tu s-sais ?

— Vers le canal ? demanda Eddie, secouant le bras de Bill.

— Oui !

— Alors vers la droite. En passant à côté de Patrick. Ou par-dessus. » Sa voix se durcit soudain. « Après tout, je m'en fous. C'est l'un de ceux qui m'ont cassé le bras. Il m'a aussi craché à la figure.

— A-Allons-y, dit Bill en jetant un dernier coup d'œil dans le boyau qu'ils venaient de quitter. À l-la fi-file indienne ! G-Gardez le c-contact a-avec ce-celui qui est d-de-devant, comme a-avant ! »

Il démarra à tâtons, frottant de son épaule droite contre la paroi boueuse en céramique du boyau, grinçant des dents ; pas question de marcher sur Patrick, ou de buter sur lui.

Ils reprirent donc leur reptation dans les ténèbres, tandis qu'autour d'eux se précipitaient des trombes d'eau et qu'à l'extérieur la tempête arpentait le paysage, parlant haut et fort, jetant sur Derry le voile d'un crépuscule précoce — crépuscule dont le vent était les gémissements et les feux électriques les bégaiements, et qui s'enfonça dans la nuit au fracas d'arbres foudroyés, tombant au sol dans un hurlement de mort de créatures préhistoriques.

3

Ça — Mai 1985

Voici que maintenant ils revenaient, et alors que tout s'était passé à peu près comme Ça l'avait prévu, quelque chose que Ça n'avait pas prévu était également de retour : cette peur qui l'affolait et le taraudait... cette impression d'un Autre. Ça haïssait la peur ; Ça se serait jeté sur elle et l'aurait dévorée, si Ça l'avait pu... mais la peur, moqueuse, virevoltait hors de portée et Ça ne pouvait la tuer qu'en les tuant.

Certainement, rien ne justifiait cette peur ; ils étaient actuellement plus âgés, leur nombre réduit de sept à cinq. Cinq restait un chiffre de pouvoir, mais il n'avait cependant pas la qualité de talisman mystique de sept. Il était exact que sa marionnette n'avait pas été fichue de tuer le bibliothécaire, mais celui-ci mourrait à l'hôpital. Plus tard, avant que l'aube ne vînt éveiller le ciel, Ça lui enverrait un infirmier accro aux petites pilules pour finir le travail.

La femme de l'écrivain se trouvait maintenant avec Ça, vivante et cependant non vivante pour lui — son esprit avait été ravagé gravement en voyant Ça dans sa réalité, dépouillé de tous ses petits masques et colifichets qui n'étaient que des miroirs, bien entendu, des miroirs qui renvoyaient au spectateur terrifié ce qu'il y avait de plus épouvantable au fond de son esprit.

Maintenant, l'esprit de la femme de l'écrivain se trouvait avec Ça, en Ça, au-delà de la frontière du macronivers ; dans les ténèbres au-delà de la Tortue ; dans les territoires extérieurs au-delà de tout territoire.

Elle était dans l'œil, dans l'esprit de Ça.

Elle se trouvait dans les lumières-mortes.

Oh, mais les colifichets étaient amusants. Prenez Hanlon, par exemple. Il ne s'en souvenait pas consciemment, mais sa mère aurait pu lui dire d'où venait l'oiseau qu'il avait vu aux aciéries. Alors qu'il n'avait que six mois, elle l'avait laissé endormi dans son berceau, d'un côté de la cour, pendant qu'elle étendait draps et couches sur le fil à linge. Elle avait accouru à ses cris. Un gros corbeau s'était posé sur le rebord du berceau et picorait le bébé comme une créature diabolique dans un conte de fées. Il hurlait de souffrance et de terreur, incapable de chasser l'oiseau qui avait senti la faiblesse de sa proie. Elle avait frappé l'oiseau du poing et constaté qu'il avait fait saigner Mikey à deux ou trois endroits du bras. Elle l'avait emmené chez le Dr Stillwagon pour qu'il lui fasse une piqûre contre le tétanos. Ce souvenir était resté enfoui dans la mémoire profonde de l'enfant — bébé minuscule, oiseau gigantesque — et lorsque Ça l'avait attaqué, Mike avait vu de nouveau le monstre d'autrefois.

Mais lorsque son autre marionnette, le mari de l'autre fille, lui avait apporté la femme de l'écrivain, Ça n'avait endossé aucun costume. Chez lui, Ça ne s'habillait pas. Le mari-marionnette lui avait donné un seul coup d'œil et était mort sous le choc, le visage gris, les yeux se remplissant du sang qui venait de gicler dans sa tête en une douzaine d'endroits différents. La femme de l'écrivain avait eu le temps de se faire une réflexion horrifiée — OH MON DIEU C'EST UNE FEMELLE *— puis toute pensée avait cessé sous son crâne. Elle nageait dans les lumières-mortes. Ça descendit de son antre et prit soin de ses restes physiques, les préparant pour s'en repaître ultérieurement. Audra Denbrough était maintenant suspendue au milieu des choses, dans un croisillon de fils de soie, la tête ballottant sur* *l'épaule, les yeux grands ouverts, le regard vitreux, les orteils pointant vers le bas.*

Mais ils détenaient encore un certain pouvoir ; moins grand, mais toujours actif. Ils étaient venus jusqu'ici enfants, et mystérieusement, contre toute logique, contre toute attente, contre tout ce qui aurait pu ou dû être, ils lui avaient fait terriblement mal, ils avaient failli le tuer, ils l'avaient forcé à se réfugier au plus profond de la terre où il s'était recroquevillé, blessé, tremblant, plein de haine, au milieu de la flaque grandissante de son propre sang étrange.

Encore une nouvelle chose, si vous le voulez bien : pour la première fois de son interminable histoire, Ça devait imaginer un plan d'action ; pour la première fois, Ça se trouvait effrayé à la seule idée de prélever ce qu'il voulait dans Derry, sa réserve de chasse privée.

Ça s'était toujours agréablement alimenté d'enfants. Beaucoup d'adultes pouvaient être utilisés sans qu'ils sachent qu'ils l'étaient, et il lui était même arrivé de se nourrir des plus âgés, au cours des années — les adultes ont leurs propres terreurs et il était possible de faire sécréter à leurs glandes les toxines de la peur qui venaient saler la viande en envahissant le corps. Mais leurs terreurs sont la plupart du temps trop complexes ; celles des enfants, en revanche, sont plus simples, et d'ordinaire plus puissantes. Un seul visage suffisait le plus souvent à soulever la peur chez un enfant... et s'il fallait un appât, eh bien, quel était l'enfant qui n'aimait pas les clowns ?

Ça comprenait vaguement que ces enfants-ci avaient, d'une manière ou d'une autre, retourné ses propres instruments contre lui ; que, par coïncidence (certainement pas intentionnellement, certainement pas guidés par la main d'un Autre) et grâce aux liens formés entre sept esprits extraordinairement imaginatifs, ça s'était retrouvé dans une zone de grands dangers. N'importe lequel de ces sept aurait pu lui fournir nourriture et boisson, et s'ils ne s'étaient pas présentés ensemble, Ça les aurait cueillis sans difficulté un par un, attiré qu'il était par la qualité de leur esprit comme un lion est attiré vers un trou d'eau par l'odeur du zèbre. Mais ensemble, ils avaient découvert un inquiétant secret dont même Ça n'avait pas eu conscience : que les croyances ont un second versant — si dix mille paysans du Moyen Âge créent les vampires en croyant qu'ils existent, un seul suffit (probablement un enfant) pour imaginer le pieu qui permet de les tuer. Mais un pieu n'est qu'un stupide morceau de bois ; l'esprit est le maillet qui permet de l'enfoncer.

À la fin, cependant, Ça s'était échappé ; il s'était enfoncé loin, et les enfants, terrifiés, épuisés, avaient choisi de ne pas le suivre alors qu'il n'avait jamais été aussi vulnérable ; ils avaient préféré le croire mort ou mourant et avaient battu en retraite.

Ça n'ignorait pas leur serment, et avait su qu'ils reviendraient tout comme un lion sait que le zèbre reviendra fatalement au trou d'eau. Ça avait commencé à dresser ses plans dès que Ça s'était assoupi. Á son réveil, Ça serait guéri, rajeuni, alors qu'eux auraient brûlé leur jeunesse comme se seraient consumées sept chandelles. L'ancien pouvoir de leur imagination se serait affaibli, se serait tu. Ils ne se figureraient plus qu'il y avait des piranhas dans la Kenduskeag, qu'en marchant sur une fissure du sol on pouvait vraiment rompre le cou à sa mère ou qu'en tuant une coccinelle qui atterrissait sur sa chemise la maison prendrait feu la nuit suivante. Au lieu de cela, ils croiraient aux assurances. Au lieu de cela, ils croiraient aux repas accompagnés de vin — quelque chose de bien mais de pas trop prétentieux, que penseriez-vous d'un pouilly-fuissé 83, et laissez-le s'aérer un peu, garçon, voulez-vous ? Au lieu de cela, ils croiraient que les petites pastilles du Dr Machin détruisent quarante-sept fois leur poids d'acidité excessive de l'estomac. Au lieu de cela, ils croiraient à la télévision publique, à Gary Hart faisant de la course à pied pour lutter contre les maladies cardiaques et renonçant à la viande rouge pour éviter le cancer du côlon. Ils croiraient au Dr Ruth quand il s'agirait de bien baiser et au révérend Jerry Falwell quand il s'agirait d'être bien sauvé. Et avec chaque année qui passait, leurs rêves deviendraient plus médiocres. Et quand Ça se réveillerait, Ça les rappellerait à lui, oui, à lui, car la peur était fertile : son enfant s'appelait fureur et la fureur criait vengeance.

Ça les rappellerait à lui et les tuerait.

Si ce n'est que maintenant qu'ils arrivaient, la peur était aussi revenue. Ils avaient grandi et leur imagination s'était affaiblie, mais pas autant que Ça l'aurait cru. Ça avait senti un menaçant accroissement de leur pouvoir lorsqu'ils s'étaient réunis et Ça s'était pour la première fois demandé s'il n'avait pas commis une erreur.

Mais pourquoi voir tout en noir ? Les dés étaient jetés et tous les augures n'étaient pas aussi mauvais. L'écrivain était à moitié fou à cause de sa femme, ce qui était une bonne chose. L'écrivain était le plus fort, celui qui, d'une certaine façon, avait entraîné son esprit au cours des années en vue de cette confrontation ; et lorsque l'écrivain serait mort, les tripes lui pendant du ventre, lorsque leur si précieux « Grand Bill » y serait passé, les autres lui appartiendraient rapidement.

Il allait se nourrir copieusement... et peut-être descendrait-il de nouveau profondément dans les entrailles de la terre.

Pour dormir. Dormir un certain temps.

4

Dans les tunnels, 4 h 30

« Bill ! » cria Richie. L'écho répercuta son appel dans le boyau. Il allait aussi vite qu'il le pouvait, c'est-à-dire pas très vite. Il se souvenait qu'enfants, ils avaient marché courbés en deux dans ce tunnel qui s'éloignait de la station de pompage des Friches. Ils rampaient presque, maintenant, et le boyau paraissait insupportablement étroit. Ses lunettes n'arrêtaient pas de glisser sur l'arête de son nez, et il n'arrêtait pas de les remonter. Derrière lui, il entendait Bev et Ben.

« Bill ! brailla-t-il à nouveau. Eddie !

— Je suis là, lui parvint la voix d'Eddie.

— Et Bill ?

— Devant ! » répondit Eddie. Il était maintenant plus proche et Richie sentit plus qu'il ne vit qu'il était juste devant lui. « Il n'a pas voulu attendre ! »

La tête de Richie vint buter contre la jambe d'Eddie. L'instant suivant, la tête de Bev heurtait les fesses de Richie.

« Bill ! » hurla Richie à pleins poumons. La canalisation véhicula son appel et le lui renvoya ; il en eut mal à ses propres oreilles. « Bill, attends-nous ! Nous devons rester ensemble, l'as-tu oublié ? »

Faiblement, doublée d'échos, la voix de Bill : « Audra ! Audra ! Où es-tu ?

— Grand Bill de mes deux ! » fit Richie, plus doucement. Ses lunettes tombèrent. Il jura, les chercha à tâtons et les remit, dégoulinantes, sur son nez. Il inspira profondément et cria encore : « Tu vas te perdre sans Eddie, espèce d'enfoiré de trou-du-cul ! Attends ! Attends-nous ! Tu m'entends, Bill ? ATTENDS-NOUS, NOM DE DIEU ! »

Il y eut quelques instants d'un angoissant silence. On aurait dit que tous retenaient leur respiration. Richie n'entendait que le goutte à goutte de l'eau ; le boyau était sec, cette fois, en dehors de quelques flaques ici et là.

« Bill ! » Il passa une main tremblante dans ses cheveux et dut lutter contre les larmes. « REVIENS... JE T'EN PRIE, MEC ! JE T'EN PRIE ! »

Et encore plus faiblement, la voix de Bill leur parvint : « Je v-vous attends.

— Dieu soit loué pour ses petits cadeaux », grommela Richie. Il donna une claque à Eddie. « Vas-y.

— Je ne sais pas combien de temps je pourrai tenir avec un seul bras, fit Eddie sur un ton d'excuse.

— Vas-y tout de même. » Eddie se remit à ramper.

Bill, l'air hagard, presque à bout de forces, les attendait dans le puits où les trois canalisations s'alignaient verticalement comme les feux éteints d'un carrefour. Là ils avaient suffisamment de place pour se tenir debout.

« Par là, dit Bill. C-Criss. Et Hu-Huggins. »

Ils regardèrent. Beverly poussa un gémissement et Ben passa un bras autour de ses épaules. Le squelette du Roteur, en haillons pourris, paraissait à peu près intact. Il n'y avait pas de tête, en revanche, à ce qui restait de Victor. Bill regarda de l'autre côté du puits et vit un crâne qui souriait.

C'était la partie manquante. *Vous auriez dû le laisser seul, les mecs,* pensa-t-il avec un frisson.

Cette section du système de drainage n'était plus en service, pour une raison qui parut évidente à Richie : l'usine de retraitement des eaux usées avait pris le relais. Pendant toutes ces années où ils avaient été occupés à apprendre à se raser, à conduire, à fumer et à déconner plus ou moins, tous ces trucs-là, était née l'Agence pour la protection de l'environnement, laquelle avait décidé que le rejet des eaux usées et de la merde dans les rivières était à proscrire. Si bien que cette partie des égouts était tout simplement tombée en ruine et que les cadavres de Victor Criss et de Huggins le Roteur avaient fait de même sur place. Comme dans Peter Pan, les deux garçons n'avaient jamais grandi. Les petits cadavres s'étaient décomposés dans les haillons qui restaient de leur T-shirt et de leur jean. De la mousse avait poussé sur le xylophone tordu de la cage thoracique de Victor, ainsi que sur l'aigle qui ornait la boucle de son ceinturon militaire.

« Le monstre les a eus, dit doucement Ben. Vous vous rappelez ? Nous avons tout entendu.

— Audra est morte, fit Bill d'un ton de voix machinal. J'en suis sûr, maintenant.

— Rien ne te permet d'en être sûr ! cria Beverly avec une telle fureur que Bill se tourna pour la regarder. Une seule chose est sûre, c'est que beaucoup d'autres personnes sont mortes, la plupart du temps des enfants. » Elle s'approcha de lui, les mains sur les hanches. Elle avait le visage et les bras couverts de crasse, les cheveux poisseux de vase. Richie trouva qu'elle était splendide. « Et tu sais qui est responsable.

— Je n'aurais j-jamais dû l-lui dire où j'allais, murmura Bill. P-Pourquoi je l'ai f-fait ? J... »

Les mains de Beverly bondirent comme deux pistons et vinrent le saisir par la chemise. Stupéfait, Richie la vit qui se mettait à le secouer.

« Arrête ça ! Tu sais pourquoi nous sommes venus, hein ? Nous avons juré, et nous allons le faire. Est-ce que tu me comprends, Bill ? Si elle est morte, elle est morte... mais Ça est vivant ! On a besoin de toi. Tu piges ? Nous avons besoin de toi ! » Elle criait, maintenant. « Alors tu vas te mettre à notre tête, comme autrefois, sans quoi aucun d'entre nous ne sortira vivant d'ici ! »

Il la regarda longtemps sans parler, et Richie se retrouva en train de penser : *Allez, Grand Bill, allez, mon vieux, allez...*

Bill se tourna alors vers les autres et acquiesça. « E-Eddie.

— Je suis là, Bill.

— Tu t-te souviens t-toujours quel est le b-bon tunnel ? »

Eddie indiqua un point au-delà de Victor et répondit : « Celui-là. M'a l'air drôlement petit, non ? »

De nouveau, Bill acquiesça. « Pourras-tu y a-arriver ? Avec ton b-bras cassé ?

— Pour toi je pourrai, Bill. »

Bill sourit : le sourire le plus fatigué, le plus terrible qu'ait jamais vu Richie. « C-conduis-nous, E-Eddie. Au t-travail. »

5

Dans les tunnels, 4 h 55

Tout en rampant, Bill se souvint du changement de niveau au bout du boyau : il se laissa cependant surprendre. À un moment donné, ses mains traînaient sur la croûte desséchée du conduit, l'instant suivant elles voltigeaient dans l'air. Il bascula en avant et roula instinctivement en boule, atterrissant sur son épaule qui émit un douloureux craquement.

« A-Attention ! cria-t-il aussitôt. La dénivellation ! E-Eddie ?

— Ici ! » L'une des mains d'Eddie vint effleurer le front de Bill. « Peux-tu m'aider à sortir ? »

Il passa les bras autour des épaules d'Eddie et l'aida à franchir le passage, prenant soin de ne pas lui faire mal. Ben arriva ensuite, suivi de Bev et de Richie.

« As-tu d-des a-allumettes, R-Richie ?

— Moi, j'en ai », intervint Beverly. Bill sentit une main venir toucher la sienne dans l'obscurité et lui passer une pochette. « Il n'en reste que huit ou dix, mais Ben en a d'autres. Prises dans les chambres.

— Les a-avais-tu g-gardées au creux du b-bras, B-Bev ?

— Pas cette fois », répondit-elle, passant un bras au-dessus de ses épaules dans le noir. Il l'étreignit très fort, les yeux fermés, essayant désespérément de trouver le réconfort qu'elle aurait tant aimé lui apporter.

Il la relâcha doucement et enflamma une allumette. Telle était la puissance du souvenir qu'ils regardèrent tous sur leur droite. Ce qui restait du cadavre de Patrick Hockstetter était toujours là au milieu de choses boursouflées et couvertes de moisissures qui avaient peut-être été des livres. La seule chose reconnaissable était un demi-cercle de dents, dont deux ou trois avaient des plombages.

Et quelque chose à côté. Un anneau brillant à peine dans la faible lumière de l'allumette.

Bill la secoua et en alluma une autre. Il ramassa l'anneau. « L'alliance d'Audra », dit-il, d'un ton de voix creux, vide d'expression.

L'allumette s'éteignit entre ses doigts.

Dans l'obscurité revenue, il passa la bague à son petit doigt.

« Bill ? fit Richie d'une voix hésitante, est-ce que tu as une

6

Dans les tunnels, 14 h 20

idée du temps que nous avons passé dans ces tunnels depuis l'endroit où nous avons vu le cadavre de Patrick Hockstetter... ? »

Mais Bill était sûr qu'il serait incapable de trouver le chemin du retour. Il n'arrêtait pas de penser à ce qu'avait déclaré son père : on peut y marcher pendant des semaines. Si jamais le sens de l'orientation d'Eddie venait à leur faire défaut maintenant, ils déambuleraient jusqu'à leur mort... à moins qu'auparavant, ayant pris la mauvaise direction, ils ne se noient dans un boyau inondé, comme des rats dans un tonneau.

Mais Eddie ne semblait nullement inquiet. Il demandait de temps en temps à Bill d'allumer l'une de leurs allumettes de réserve, regardait autour de lui, l'air réfléchi, et se remettait en route. On aurait dit qu'il tournait au hasard à droite et à gauche. Les conduits étaient parfois si énormes que Bill n'arrivait pas à en toucher le haut, même en tendant la main. Parfois il leur fallait ramper à quatre pattes et ils durent même une fois, pendant cinq horribles minutes (qui leur parurent s'éterniser) avancer à plat ventre en se tortillant comme des vers, Eddie en tête, les autres suivant, le nez dans les talons du prédécesseur.

La seule chose avérée, pour Bill, était qu'ils venaient de parvenir, d'une manière ou d'une autre, dans une partie désaffectée du tout-à-l'égout de Derry. Ils avaient laissé loin derrière eux, ou au-dessus d'eux, le secteur actif. Le grondement de l'eau s'écoulant s'était réduit à un roulement lointain. Ces canalisations étaient plus anciennes et revêtues, au lieu de céramiques cuites au feu, d'une matière argileuse friable, et trouée par endroits de sortes d'évents d'où sortait un fluide à l'odeur nauséabonde. Les odeurs d'excréments humains — ces puissantes odeurs de gaz qui les avaient quasiment suffoqués — s'étaient atténuées, mais pour être remplacées par une autre, jaune et ancienne, qui était pire.

Ben trouva que c'était l'odeur de la momie. Pour Eddie, c'était celle du lépreux. Pour Richie, celle de la plus antique veste de flanelle du monde, en train de moisir et de pourrir, une veste de bûcheron, une très grande veste, suffisante pour un personnage comme Paul Bunyan, peut-être. Pour Beverly, elle évoquait le tiroir à chaussettes de son père. Mike y voyait la senteur forte et sèche des plumes dans un nid abandonné. Quant à Stan Uris, cette odeur éveilla en lui un horrible souvenir de sa petite enfance — souvenir bizarrement juif pour un garçon qui n'avait qu'une très vague idée de sa judéité. Cela sentait comme de l'argile mêlée à de l'huile et évoquait pour lui un démon sans yeux et sans bouche appelé Golem, un être pétri d'argile que des juifs renégats auraient créé pendant le Moyen Âge pour les sauver des *goyim* qui les volaient, violaient leurs filles et les maltraitaient.

Quand ils atteignirent finalement l'extrémité de l'étroit boyau, ils débouchèrent, se tortillant comme des anguilles, dans une autre canalisation à la surface incurvée, qui partait selon un angle oblique par rapport à celle dont ils sortaient, et s'aperçurent qu'ils pouvaient de nouveau se redresser. Bill tâta les têtes d'allumettes qui restaient dans la pochette. Quatre. Sa bouche se serra, et il préféra ne pas dire aux autres qu'ils étaient sur le point de ne plus avoir de lumière.

« C-Comment ç-ça va, les g-g-gars ? »

Ils murmurèrent des réponses, et il acquiesça dans le noir. Pas de panique, et pas de larmes depuis la crise de Stan. Une bonne chose. Il tâtonna pour trouver leurs mains et ils restèrent ainsi quelque temps dans l'obscurité, échangeant quelque chose dans ces contacts. Bill se sentait exulter ce faisant, convaincu qu'ensemble ils étaient davantage que la seule addition de leurs sept individualités ; ils constituaient ainsi un tout plus puissant.

Il alluma l'une des allumettes restantes, et ils virent un tunnel étroit qui partait en pente douce devant eux. Des toiles d'araignées pendaient à l'entrée en festons, plus ou moins endommagées par l'eau. Un frisson de peur atavique saisit Bill en les voyant. Si le sol était sec, ici, il était cependant recouvert d'une épaisse couche d'anciennes moisissures et par ce qui avait pu être des feuilles et des champignons... ou d'inimaginables déchets. Plus loin, il aperçut des ossements empilés et des bouts de haillons verdâtres. Quelque chose qui aurait très bien pu être la toile épaisse dans laquelle on coupait les salopettes d'ouvrier. Bill imagina un travailleur du Service des eaux usées de Derry se perdant, errant jusqu'ici et découvert par...

L'allumette brasilla. Il orienta la tête vers le bas, pour profiter des ultimes instants de lumière.

« Est-ce que t-tu sais où n-nous so-sommes ? » demanda-t-il à Eddie.

Ce dernier indiqua l'entrée du tunnel légèrement incliné. « Le canal est par là, répondit-il. À moins de huit cents mètres, sauf si ce truc tourne dans une autre direction. Nous sommes juste en dessous de Up-Mile Hill en ce moment, je crois. Pourtant, Bill... »

L'allumette brûla les doigts de Bill qui la laissa tomber. Ils étaient de nouveau dans l'obscurité. Quelqu'un — Bill crut qu'il s'agissait de Bev — poussa un soupir. Mais avant que la flamme ne s'éteigne, il avait pu voir le visage inquiet d'Eddie.

« Quoi ? qu'est-ce q-qu'il y a-a ?

— Quand je dis que nous sommes en dessous de Up-Mile Hill, je veux dire que nous sommes vraiment en dessous. Nous avons descendu pendant un sacré bout de temps. Jamais on ne creuse des égouts à une telle profondeur. À cette profondeur, un tunnel s'appelle un boyau de mine.

— À combien crois-tu que nous soyons, Eddie ? demanda Richie.

— Quatre cents mètres. Peut-être plus.

— Seigneur Jésus, murmura Beverly.

— De toute façon, nous ne sommes pas dans un égout. On peut le dire rien qu'à l'odeur. Ça pue, mais ce n'est pas une odeur d'égout, intervint Stan, derrière eux.

— Je crois que je préfère l'odeur des égouts, dit Ben. Ça sent comme... »

Un cri vint flotter jusqu'à eux, par le conduit qu'ils venaient de quitter, et Bill sentit ses cheveux se hérisser sur sa nuque. Ils se blottirent tous les sept les uns contre les autres, s'étreignant mutuellement.

« ... *vais vous choper, moi, enfants de putains. On va vous choper-é-é-é-é-é...* »

« Henry, fit Eddie dans un souffle. Oh, mon Dieu, il est encore là.

— J'en suis pas surpris, commenta Richie. Il est plus entêté qu'une mule, cet animal. »

Ils entendaient son lointain halètement, le frottement de ses chaussures, celui, plus léger, de ses vêtements.

« A-Allons-y », dit Bill.

Ils s'engagèrent dans le boyau en pente, avançant deux par deux, sauf Mike qui fermait la marche : Bill avec Eddie, Richie avec Bev, Ben avec Stan.

« C-Crois-tu que He-Hen-Henry s-soit l-loin de n-n-nous ?

— Difficile à dire, Grand Bill, répondit Eddie. Avec tous ces échos. » Puis il ajouta à voix plus basse : « Tu as vu ce tas d'os ?

— Ou-oui, fit Bill, baissant aussi la voix.

— Il y avait un ceinturon à outils parmi les vêtements. Je crois que c'était un type du Service des eaux.

— M-Moi aussi.

— Depuis combien de temps crois-tu... ?

— Au-Aucune i-idée. »

Eddie referma sa main valide sur le bras de Bill, dans les ténèbres.

Un quart d'heure s'était peut-être écoulé lorsqu'ils entendirent quelque chose venir vers eux dans le noir.

Richie s'arrêta, pétrifié sur place, un vrai bloc de glace. Tout d'un coup il n'eut plus que trois ans. Il tendit l'oreille vers ces mouvements d'écrasement (se rapprochant d'eux, se rapprochant d'eux !) et vers le bruit de ramure agitée par le vent qui les accompagnait ; avant même que Bill fît craquer une allumette, il savait ce qu'il allait voir.

« L'Œil ! hurla-t-il. Mon Dieu, c'est l'Œil rampant ! »

Pendant un instant, les autres ne surent pas très bien ce qu'ils voyaient (Beverly eut l'impression que son père venait de la trouver, même ici en bas, et Eddie eut la vision fugitive de Patrick Hockstetter revenu à la vie, sauf que Patrick les aurait contournés pour arriver de face). Mais le cri de Richie, sa conviction absolue, gela cette forme pour tous. Ils voyaient ce que voyait Richie.

Un Œil gigantesque emplissait le tunnel. Noire et vitreuse, la pupille faisait soixante centimètres de diamètre, et l'iris était d'une couleur roussâtre boueuse. La cornée gonflée, membraneuse, était parcourue de capillaires rouges qui pulsaient régulièrement. Une horreur sans paupières et sans cils, gélatineuse, qui se déplaçait sur un matelas de tentacules à l'aspect rugueux. Ils s'agitaient au-dessus du sol friable du tunnel dans lequel ils s'enfonçaient comme des doigts, si bien que l'impression donnée, dans la lueur vacillante de l'allumette, était celle d'un œil à la base duquel auraient poussé des mains.

L'Œil les fixait avec une avidité fiévreuse et neutre. L'allumette s'éteignit.

Dans l'obscurité, Bill sentit les tentacules venir lui caresser les chevilles, les tibias... mais il était incapable de bouger. Son corps était pétrifié. Il sentait Ça approcher, il sentait la chaleur qui en rayonnait, il entendait le pouls humide du sang qui humectait ses membranes. Il imagina l'impression collante qu'il ressentirait lorsque Ça le toucherait : et pourtant, il resta incapable de crier. Même lorsque de nouveaux tentacules s'enroulèrent autour de sa taille et vinrent s'accrocher dans les passants de son jean pour le tirer en avant, il resta silencieux et inerte. Une somnolence mortelle semblait s'être emparée de lui.

Beverly sentit à son tour l'un des tentacules venir s'accrocher au lobe de son oreille, qu'elle serra brusquement. Dans un élancement douloureux elle fut tirée en avant, se tordant et gémissant : on aurait dit qu'une vieille institutrice acariâtre l'entraînait au fond de la classe pour la mettre au coin avec le bonnet d'âne sur la tête. Stan et Richie essayèrent de battre en retraite, mais une forêt de tentacules invisibles s'agitait et murmurait maintenant autour d'eux. Ben passa un bras autour des épaules de Beverly et voulut la tirer en arrière ; elle saisit ses mains d'une étreinte pleine de panique.

« Ben... Ben, il me tient...

— Non, Ça ne t'a pas... Attends... Je vais tirer... »

Il y mit toute sa force et Beverly hurla de douleur lorsque son oreille se déchira et que le sang se mit à couler. Sec et dur, un tentacule vint se frotter sur la chemise de Ben, s'arrêta, puis se tordit en un nœud douloureux sur son épaule.

Bill tendit une main et vint heurter une masse molle et poisseuse. *L'Œil !* hurla-t-il dans sa tête. *J'ai mis ma main dans l'Œil ! Oh, mon Dieu, oh, mon Dieu ! l'Œil ! Ma main dans l'Œil !*

Il commença à se débattre, mais les tentacules le tiraient inexorablement. Sa main disparut dans cette chaleur avide et humide. Puis son avant-bras s'enfonça jusqu'à la hauteur du coude. D'un instant à l'autre, c'était tout son corps qui risquait de s'engluer sur la surface collante, et il comprit qu'il deviendrait fou sur-le-champ. Il se mit à lutter frénétiquement, coupant les tentacules de sa main libre.

Eddie restait sans bouger comme dans une paralysie de rêve, écoutant les sons assourdis et les cris qui provenaient de l'affrontement. Des tentacules étaient venus l'effleurer, mais aucun ne s'était encore agrippé à lui.

Tire-toi! lui hurlait son esprit. *À la maison! Chez Maman, Eddie! Tu pourras retrouver le chemin!*

Bill hurla dans les ténèbres — un cri aigu, désespéré, qui fut suivi de bruits mous et hideux de succion.

La paralysie d'Eddie disparut instantanément — Ça essayait de prendre le Grand Bill!

« Non! » rugit Eddie — oui, un vrai rugissement. Jamais on n'aurait pu soupçonner qu'un tel cri de guerrier viking pût sortir d'une poitrine aussi étroite, de la poitrine d'Eddie Kaspbrak, des poumons d'Eddie Kaspbrak, lesquels souffraient bien entendu du cas d'asthme le plus sévère de tout Derry. Il bondit en avant, sautant par-dessus des tentacules sans même les sentir, le plâtre détrempé de son bras cassé venant heurter son torse. Il fouilla dans sa poche de sa main valide et en tira son inhalateur.

(De l'acide, voilà le goût que ça a, de l'acide, de l'acide de batterie)

Il heurta Bill Denbrough dans le dos et le repoussa de côté. Il y eut un bruit visqueux d'arrachement, suivi d'un miaulement prolongé, bas, qu'Eddie sentit davantage avec son esprit qu'il l'entendit avec ses oreilles. Il brandit son inhalateur.

(De l'acide c'est de l'acide si je veux alors bouffes-en bouffes-en bouffes-en)

« ACIDE DE BATTERIE, SALOPERIE! » vociféra Eddie en appuyant sur la détente; en même temps, il donna un coup de pied dans l'Œil. Sa chaussure s'enfonça profondément dans la gelée de la cornée. Un flot de liquide chaud lui coula sur la jambe. Il retira son pied, ne se rendant que vaguement compte qu'il avait perdu sa tennis.

« BARRE-TOI! FOUS LE CAMP FERNAND! TIRE-TOI! TU TE CASSES CONNASSE! METS LES BOUTS! BARRE-TOI! »

Il sentit des tentacules hésitants venir l'effleurer; il déclencha de nouveau l'inhalateur, recouvrant tout l'Œil, et entendit/sentit à nouveau ce miaulement... puis un son qui exprimait surprise et souffrance.

« Battez-vous! lança Eddie aux autres, farouche. Ce n'est rien qu'un putain d'Œil! Battez-vous! Vous m'entendez? Bats-toi, Bill!

Faites-lui rendre tripes et boyaux, à coups de pied, de poing ! Bon Dieu de bon Dieu bande de lopettes, je suis en train d'en faire de la purée de patates et c'est MOI QUI AI UN BRAS CASSÉ ! »

Bill sentit ses forces lui revenir. Il arracha son bras dégoulinant à l'Œil... puis le frappa du poing. L'instant suivant, Ben se joignait à lui, fonçant sur l'Œil, ce qui lui arracha un cri de surprise et de dégoût, mais le bombardant de coups sur toute sa surface gélatineuse. « Lâche-la ! rugit-il. Tu m'entends ? Lâche-la ! ! Barre-toi d'ici ! Barre-toi d'ici !

— Rien qu'un Œil ! Rien qu'un putain d'Œil ! » braillait Eddie, au comble de l'excitation. Il déclencha une fois de plus son inhalateur et sentit Ça qui reculait. Les tentacules qui s'étaient posés sur lui retombèrent. « Richie ! Richie ! Cogne ! C'est rien qu'un Œil ! »

Richie s'avança, trébuchant, n'arrivant pas à croire à ce qu'il faisait : s'approcher du monstre le plus terrible, le plus abominable au monde. Et pourtant il s'approchait.

Il ne lui porta qu'un coup de poing mal assuré et sentit sa main s'enfoncer dans l'Œil — sensation d'épaisseur humide et cartilagineuse qui lui fit vomir tout ce qu'il avait dans l'estomac en une seule convulsion sans saveur. Il émit un hoquet bruyant, et l'idée qu'il venait de vomir sur l'Œil le fit recommencer. Il n'avait porté qu'un coup affaibli, mais étant donné que c'était lui qui avait créé ce monstre particulier, peut-être cela suffisait-il. Les tentacules disparurent soudain ; on entendait Ça qui se retirait... puis il n'y eut plus que les halètements d'Eddie et les sanglots étouffés de Beverly, une main à l'oreille.

Bill alluma l'une des trois allumettes qui restaient et ils se regardèrent les uns les autres ; tous avaient des expressions hébétées, choquées. Sur le bras de Bill coulait un magma visqueux qui ressemblait à un mélange de blanc d'œuf à moitié battu et de morve. Des gouttes de sang tombaient lentement sur le cou de Beverly, et Ben avait une estafilade à la joue. Richie repoussa lentement ses lunettes sur son nez.

« Est-c-ce que ç-ça v-v-va ? demanda Bill d'une voix enrouée.

— Et toi, Bill ? répondit Richie.

— Ç-Ça v-va. » Il se tourna vers Eddie et étreignit le plus petit d'entre eux avec une farouche intensité. « Tu m'as s-sauvé l-la vie, m-mec !

— Ça t'a bouffé une tennis, dit Beverly avec un éclat de rire hystérique. C'est scandaleux !

— Je t'offrirai une nouvelle paire de Keds quand on sortira de là, le consola Richie, lui tapant sur l'épaule dans l'obscurité. Comment as-tu fait ça, Eddie ?

— Je lui ai filé un bon coup d'inhalateur. Je lui ai fait croire que c'était de l'acide. C'est le goût que prend ce truc, vous savez, les mauvais jours. Ça a bien marché !

— Je suis en train d'en faire de la purée de patates et c'est MOI QUI AI UN BRAS CASSÉ ! dit Richie en s'esclaffant nerveusement. Elle est pas mauvaise, Eds. Mérite même quelques bons ah-ah.

— J'ai horreur que tu m'appelles Eds.

— Je sais, répondit Richie en le serrant fort contre lui. Mais faut bien que quelqu'un te mène à la dure, Eds. Quand tu quitteras cette vie protégée de l'enfance pour devenir un homme, ah dis donc ! ah dis donc ! Tu vas trouver que la vie n'est pas si facile que cela, mon gars ! »

Eddie hurlait de rire. « C'est la voix la plus merdique de ton répertoire, Richie !

— En tout cas, lâche pas ton inhalateur, lui conseilla Beverly, on pourrait encore avoir besoin de ce sacré truc !

— Tu n'as pas vu Ça ? demanda Mike. Quand tu as allumé l'allumette ?

— Ça est p-p-parti, répondit Bill, qui ajouta d'un ton dur : M-Mais n-nous nous en r-rapprochons. D-De l'en-en-droit où Ça s-se cache. Et j-je c-crois qu'on l-lui a f-fait mal c-cette f-fois.

— Henry se ramène encore, fit Stan, la voix basse et enrouée. Je l'entends marcher.

— Alors bougeons d'ici », conclut Ben.

Le tunnel s'enfonçait régulièrement en pente douce dans le sol, et l'odeur — cette puanteur insidieuse et sauvage — devenait peu à peu plus forte. Ils entendaient parfois Henry derrière eux, mais ses cris paraissaient maintenant parvenir de loin et être sans importance. Tous partageaient une même impression (semblable à cette étrange sensation diagonale de déconnexion éprouvée auparavant dans la maison de Neibolt Street), celle de s'être avancés jusqu'aux limites du monde et de s'engager dans quelque bizarre néant. Bill avait le sentiment (qu'il n'aurait encore su exprimer faute de vocabulaire) qu'ils approchaient du cœur ténébreux et délabré de Derry.

Mike Hanlon avait presque l'impression de sentir les battements arythmiques de ce cœur malade. La sensation d'une puissance maligne se faisant de plus en plus présente pénétrait Beverly, s'enroulait autour d'elle, essayant sans aucun doute de la couper des autres. Nerveusement, elle tendit les deux mains et saisit celle de Ben d'un côté, celle de Bill de l'autre. Elle eut l'impression d'avoir été obligée de tendre les bras trop loin et elle leur lança, angoissée :

« Tenons-nous par la main ! On dirait qu'on s'éloigne les uns des autres ! »

C'est Stan qui se rendit compte le premier qu'ils voyaient à nouveau. Un étrange et faible rayonnement se diffusait dans l'air. Tout d'abord il ne put voir que des mains — les siennes prises dans celle de Ben d'un côté et dans celle de Mike de l'autre. Puis il aperçut les boutons de la chemise couverte de boue de Richie ainsi que la bague du Captain Midnight — un objet de pacotille comme on en trouve dans les boîtes de céréales — qu'Eddie aimait bien porter au petit doigt.

« Est-ce que vous pouvez voir, les gars ? » demanda Stan en s'arrêtant, aussitôt imité par les autres. Bill regarda autour de lui et se rendit compte qu'en effet il le pouvait — un peu, du moins — puis s'aperçut que le tunnel s'était élargi dans des proportions fabuleuses. Ils se trouvaient maintenant dans une salle incurvée aussi vaste qu'une nef d'église, voire de cathédrale.

Ils se tordirent le cou pour repérer le plafond, qui était à vingt mètres au-dessus d'eux, sinon davantage, et que soutenaient des sortes de contreforts de pierre comme les côtes d'une cage thoracique. Des toiles d'araignées pendaient entre ces côtes. Le sol était fait de dalles de pierre, mais une telle accumulation de débris et de poussières anciennes le recouvrait que le bruit de leurs pas n'avait pas changé. Les parois incurvées étaient bien à une vingtaine de mètres l'une de l'autre au niveau du sol.

« Y devaient être cinglés, les types qui ont fait ce truc, dit Richie avec un rire nerveux.

— On dirait une cathédrale, remarqua doucement Beverly.

— Mais d'où vient la lumière ? se demanda Ben.

— Di-Directement d-des murs.

— J'aime pas trop cela, grommela Stan.

— A-Allons-y. On a-a Hen-Henry s-sur les t-talons... »

Un cri puissant comme un hennissement perça la pénombre, suivi d'un fort bruissement d'ailes. Une forme surgit de l'obscurité, un œil lançant des éclairs, l'autre comme une lampe éteinte.

« L'oiseau ! hurla Stan. Regardez, c'est l'oiseau ! »

L'oiseau plongea sur eux comme un avion de combat obscène, son bec corné orange s'ouvrant et se refermant pour révéler les chairs roses, à l'intérieur, aussi douillettes d'aspect qu'un coussin de satin dans un cercueil.

Ça fonça tout droit sur Eddie.

Son bec vint entailler l'épaule du petit garçon et une brûlure douloureuse comme une coulée d'acide s'enfonça dans sa chair. Le sang se mit à couler sur sa poitrine. Il hurla, tandis que les grands battements d'ailes de l'oiseau propulsaient un air méphitique à sa figure. Il volait à reculons, son œil unique brillant d'une lueur malveillante tout en roulant dans son orbite ; seuls les battements de la membrane nictitante atténuaient par instants son expression de méchanceté. Les serres cherchaient Eddie, lequel s'esquiva avec un nouveau hurlement. Elles déchirèrent comme des lames de rasoir le dos de sa chemise et laissèrent deux sillons écarlates peu profonds à la hauteur de ses omoplates. Toujours hurlant, Eddie essya de s'éloigner en rampant, mais l'oiseau continuait de reculer à grands battements d'ailes.

Mike bondit, tout en fouillant dans sa poche dont il sortit un couteau à une lame. Et comme l'oiseau plongeait encore une fois sur Eddie, il porta un coup vif, en un arc tendu, à l'une des serres de l'oiseau. Il l'entailla profondément, et du sang en jaillit. L'oiseau vira sur une aile, prit de l'élan et replongea vers eux, ailes repliées pour prendre de la vitesse. Mike se laissa choir de côté au dernier moment, portant un coup de couteau en même temps. Mais il manqua sa cible, tandis que la serre de l'oiseau heurtait son poignet si violemment qu'il en eut la main engourdie et parcourue de picotements — l'ecchymose qui lui resta jaunit sa peau presque jusqu'à la hauteur du coude. Le couteau lui échappa et disparut dans l'obscurité.

L'oiseau revint, poussant des cris de triomphe, et Mike se roula contre Eddie en attendant le pire.

Mais pendant que l'oiseau virait, Stan s'était avancé vers les deux garçons massés sur le sol. Debout, minuscule, l'air impeccable en dépit de la boue qui lui encrassait mains et bras, chemise et pantalon, il leva soudain les mains en un geste curieux : paumes en l'air, doigts tournés vers le bas. L'oiseau poussa un nouveau cri et le frôla à toute vitesse, ne le manquant que de quelques centimètres ; l'air déplacé souleva les cheveux de Stan, qui fit demi-tour sur place pour faire face de nouveau à Ça.

« Je crois au mainate écarlate même si je n'en ai jamais vu un seul », dit-il d'une voix haute et claire. L'oiseau cria et vira brusquement pour s'éloigner comme s'il venait de recevoir un coup de fusil. « Je crois aussi aux vautours, à l'alouette de Nouvelle-Guinée et aux flamants du Brésil. » L'oiseau se mit à caqueter sauvagement, s'éleva et s'enfonça soudain dans le tunnel. « Je crois à l'aigle chauve d'Amérique ! hurla Stan à pleins poumons derrière Ça. Et je crois même que le phénix pourrait bien exister quelque part. Mais je ne crois pas en toi, alors fous le camp d'ici ! Barre-toi ! Mets les voiles, salopard ! »

Il se tut sur ces mots, et le silence parut soudain très vaste.

Bill, Ben et Beverly vinrent entourer Mike et Eddie ; ils aidèrent ce dernier à se remettre sur pied et Bill examina les coupures. « P-Pas très p-pro-profondes, mais j-je parie qu'elles f-fon- r-r-rudement mal.

— Ça m'a mis la chemise en lambeaux, Grand Bill. » Des larmes brillaient sur les joues d'Eddie, et il avait de nouveau sa respiration sifflante. Les croassements barbares s'étaient tus ; il paraissait difficile de croire qu'ils les avaient presque assourdis un instant auparavant. « Qu'est-ce que je vais dire à ma mère ? »

Bill ne put retenir un léger sourire. « A-Attends donc d'être dehors pour t-t-t'en inquiéter. F-File-toi p-plutôt un b-bon coup de t-ton truc. »

Eddie prit une giclée d'HydrOx, inhala avec force puis respira plus librement.

« C'était magnifique, Stanec le Mec, dit Richie. C'était tout simplement magnifique ! »

Stan tremblait de tout son corps. « Les oiseaux comme celui-là n'existent pas, c'est tout. Il n'y en a jamais eu et il n'y en aura jamais.

— On arrive ! » hurla Henry quelque part au loin. Sa voix était celle d'un dément ; il hurlait, hululait, on ne savait pas exactement. On aurait dit un enragé qui se serait échappé par une fissure dans le toit de l'enfer. « Moi et le Roteur ! On arrive et on va vous baiser, bande de petits merdeux ! Vous pourrez pas vous tailler ! »

Bill hurla à son tour : « B-B-Barre-toi, H-Henry ! Tant qu'il est encore temps ! »

Pour toute réponse, Henry lâcha un cri creux et inarticulé. Ils entendirent un bruit de pas et dans une bouffée de lucidité, Bill comprit que Henry était mortel, était réel et ne pouvait être arrêté par un inhalateur, ou un catalogue d'oiseaux. La magie n'agirait pas sur lui. Il était trop bête.

« A-A-Allons-y. Il f-faut garder n-notre a-a-avance sur l-lui. »

Ils reprirent leur marche, se tenant par la main, les pans en lambeaux de la chemise d'Eddie flottant derrière lui. La lumière devint plus forte, le tunnel encore plus énorme ; bientôt le plafond, à force de s'élever, devint presque invisible. Ils avaient maintenant l'impression d'avancer non pas dans un tunnel mais au milieu de la cour souterraine et titanesque de quelque château cyclopéen. La lumière des parois s'était transformée en un feu bondissant vert-jaune. L'odeur était plus forte, et ils commencèrent à ressentir une vibration dont ils ignoraient si elle était réelle ou imaginaire ; elle était régulière et rythmée.

Un battement de cœur.

« On arrive au bout ! s'écria Beverly. Regardez : un mur aveugle ! »

Mais comme ils se rapprochaient, de vraies fourmis, maintenant, sur ce vaste sol de blocs de pierre sales dont chacun paraissait plus grand que Bassey Park, ils se rendirent compte qu'en réalité ce mur n'était pas complètement aveugle. Une porte unique s'y ouvrait. Et alors que la paroi s'élevait peut-être à une centaine de mètres au-dessus d'eux, cette porte était minuscule. À peine faisait-elle un mètre de haut. On aurait dit une porte de conte de fées, avec ses épaisses planches de chêne bardées de croisillons métalliques en X. C'était une porte, comprirent-ils, faite pour des enfants.

Une voix spectrale, celle de la jeune bibliothécaire, s'éleva dans l'esprit de Ben : *Qui heurte si fort à ma porte ?* Et il crut voir les enfants penchés en avant, l'éternelle fascination brillant dans leurs yeux : le monstre serait-il vaincu... ou bien se repaîtrait-il ?

Une marque figurait sur la porte au pied de laquelle s'entassaient des ossements. Des os de petite taille. Les os de Dieu seul savait combien d'enfants.

Ils venaient d'arriver dans l'antre même de Ça.

Mais la marque, sur la porte, que signifiait-elle ?

Pour Bill, c'était un bateau de papier.

Stan y vit un oiseau qui s'élevait vers le ciel — un phénix, peut être.

Michael y découvrit un visage encapuchonné — celui de ce cinglé de Butch Bowers, s'il avait pu en distinguer les traits.

Pour Richie, il y avait là deux yeux derrière des lunettes.

Beverly y décela une main serrée en poing.

Eddie crut qu'il s'agissait du visage du lépreux, yeux enfoncés dans leurs orbites, bouche ridée et ricanante, visage marqué par la maladie et la décomposition.

À Ben Hanscom s'imposa l'idée d'un tas de bandelettes, et il lui sembla sentir une odeur âpre d'épices trop vieilles.

Plus tard, quand il arriva à la même porte avec les cris de Huggins résonnant encore sous son crâne, Henry Bowers y vit la lune, une lune pleine, rebondie... et noire.

« J'ai la frousse, Bill, dit Ben d'une voix chevrotante. Est-ce qu'il faut vraiment... ? »

Bill toucha les ossements du bout de sa chaussure, et se mit soudain à les éparpiller ; il en monta un nuage poudreux. Lui aussi avait la frousse... mais il y avait le souvenir de George. George dont Ça avait arraché le bras. Les os délicats de ce petit bras n'étaient-ils pas dans ce tas ? Bien entendu, ils y étaient mêlés.

Ils se trouvaient là au nom des propriétaires de ces restes, de George et de tous les autres — tous ceux qui avaient été traînés jusqu'ici, tous ceux qui auraient pu aussi y finir, tous ceux qui avaient été simplement laissés à pourrir sur place.

« Il le faut, dit Bill.

— Et si c'est fermé à clef ? demanda Beverly d'une petite voix.

— E-Elle ne l'est p-pas », répondit Bill, qui ajouta quelque chose venant du plus profond de lui-même : « Des endroits c-comme ce-celui-là n-ne sont j-ja-jamais f-fermés. »

Il posa le bout des doigts de sa main droite contre le battant et poussa. Il s'ouvrit sur un flot de lumière d'un vert-jaune à vomir. L'odeur de zoo se rua sur eux, incroyablement puissante maintenant.

Un par un, ils franchirent la porte de conte de fées pour pénétrer dans l'antre même de Ça. Bill

7

Dans les tunnels, 4 h 59

s'arrêta si brusquement que les autres pilèrent comme des wagons de marchandises quand la locomotive freine brusquement. « Qu'est-ce qu'il y a ? demanda Ben.

— C'é-était i-ici. L'Œil. V-Vous vous s-souvenez ?

— Oui, je m'en souviens, dit Richie. Eddie l'a arrêté avec son inhalateur. En lui faisant croire que c'était de l'acide. Il a ajouté quelque chose d'assez marrant, mais je ne me rappelle pas quoi exactement.

— C'est s-sans importance. N-Nous ne v-verrons rien de ce que n-nous a-avons vu l-l-la p-première f-fois », remarqua Bill. Il craqua une allumette et regarda les autres. Les visages avaient quelque chose de lumineux dans la lueur de la petite flamme, de lumineux et de mystique. Et ils paraissaient très jeunes. « C-Comment ç-ça va, les g-gars ?

— Ça va, Grand Bill », répondit Eddie, dont les traits étaient cependant tirés par la souffrance. Les attelles de fortune posées par Bill commençaient à se défaire. « Et toi ?

— Ç-Ça v-va, dit Bill, qui secoua l'allumette pour l'éteindre avant que son visage ne le trahisse.

— Mais comment cela a-t-il pu se produire ? lui demanda Beverly en lui touchant le bras dans l'obscurité. Comment a-t-elle pu, Bill... ?

— Parce que j'ai m-mentionné le nom de la v-ville. Elle m'a s-suivi. P-Pendant que je le l-lui di-disais, quelque chose en m-moi me conseillait de la f-fermer. Mais j-je n'ai p-pas écouté. » Il secoua la tête, geste invisible pour les autres dans le noir. « Mais m-même si el-elle a réussi à v-venir à Derry, ce que j-je n'arrive pas à-à comprendre, c'est c-comment elle a p-pu se re-retrouver là en bas. Si Hen-Henry ne l'y a p-pas amenée, qui l'a-a f-fait ?

— Ça, dit Ben. Il n'est pas obligé de prendre un déguisement sinistre ; il lui suffisait de se montrer et de lui dire que tu étais en difficulté. Il l'a conduite ici avec l'idée... de te faire perdre les pédales, je suppose. De nous foutre le moral à zéro. Parce que c'est toujours toi qui nous as donné le moral de continuer, Grand Bill. Notre moral, c'était toi.

— Tom ? murmura Beverly d'une voix presque rêveuse.

— Q-Qu-Quoi ? » Bill craqua une nouvelle allumette.

Elle le regarda avec dans les yeux une sorte d'honnêteté désespérée. « Tom. Mon mari. Il savait, aussi. Du moins, je crois avoir mentionné le nom de la ville devant lui, comme tu as fait devant Audra. Je... Je ne sais pas s'il a entendu ou non. Il était particulièrement furieux contre moi à ce moment-là.

— Seigneur ! s'exclama Richie. On se croirait dans un feuilleton de série B où tout le monde surgit au moment critique !

— Non, pas un mauvais feuilleton, le reprit Ben, l'air d'être sur le point de vomir. Un spectacle. Un spectacle de cirque. Bev a grandi et a épousé Henry Bowers. Quand elle est partie, pourquoi ne l'aurait-il pas suivie ? Après tout, le véritable Henry l'a fait.

— Non, dit Beverly, je n'ai pas épousé Henry. J'ai épousé mon père.

— S'il te tapait dessus, quelle est la différence ? remarqua Eddie.

— V-Ve-Venez autour de m-moi. A-Approchez », dit Bill.

Ils obéirent. Bill tendit une main de chaque côté, trouva la main valide d'Eddie et l'une des mains de Richie. Bientôt ils se tinrent en cercle, comme ils l'avaient fait à une époque où ils étaient encore sept. Eddie sentit quelqu'un passer un bras par-dessus ses épaules. Une sensation familière, pleine de chaleur et de réconfort.

Bill éprouva ce sentiment de puissance dont il se souvenait d'autrefois, mais comprit, non sans désespoir, que les choses avaient changé. Ce sentiment de puissance était bien loin d'être aussi fort : il luttait et vacillait comme la flamme d'une chandelle dans une atmosphère confinée. Les ténèbres paraissaient plus épaisses, plus refermées sur eux, plus triomphantes. Et il pouvait sentir Ça. *Au bout de ce tunnel,* pensa-t-il, *et pas terriblement loin maintenant, se trouve une porte avec une marque apposée dessus. Qu'y avait-il derrière cette porte ? C'est la seule chose dont je ne me souvienne toujours pas. Je me rappelle avoir raidi mes doigts pour les empêcher de trembler, et je me rappelle avoir poussé la porte. Je me rappelle même le flot de lumière qui en est sorti et comme il paraissait presque vivant, comme si ce n'était pas seulement de la lumière mais des serpents fluorescents. Je me souviens de l'odeur, odeur de cage aux singes d'un zoo, en pire. Et puis... plus rien du tout.*

« Est-ce que l'un d-de v-vous a le s-souvenir de ce qu'était r-réellement Ça ?

— Non, dit Eddie.

— Je crois..., commença Richie — et Bill devina qu'il secouait la tête dans le noir. Non.

— Non, dit Beverly.

— Hum, fit Ben. C'est la seule chose dont je n'arrive pas à me souvenir. Ce qu'était Ça... et comment nous l'avons combattu.

— Chüd, reprit Beverly. C'est avec cela que nous l'avons combattu. Mais je ne me souviens pas de ce que cela veut dire.

— N-Ne me l-laissez p-pas tomber, dit Bill et je n-ne vous l-laisserai p-p-pas t-tomber.

— Bill ? fit Ben, d'un ton parfaitement calme. Quelque chose arrive. »

Bill tendit l'oreille. Il entendit un bruit de pas qui traînaient et hésitaient, se rapprochant dans le noir... et il eut peur.

« A-Au-Audra ? » lança-t-il, sachant aussitôt que ce n'était pas elle.

Quoi que ce fût qui vint vers eux de ce pas lourd, ce n'était pas Audra.

Bill craqua une allumette.

8

Derry, 5 heures du matin

La première bizarrerie qui se produisit en cette journée de fin de printemps 1985 eut lieu deux minutes avant l'heure officielle du lever du soleil. Il eût fallu, pour comprendre à quel point elle était bizarre, connaître deux faits qui ne l'étaient guère que de Mike Hanlon (lequel gisait inconscient sur un lit d'hôpital au moment où le soleil se leva), tous deux concernant l'église baptiste qui se dressait à l'angle de Witcham et Jackson depuis 1897. Le clocher de cette église était surmonté d'une élégante pointe blanche, apothéose de toutes les églises protestantes de la Nouvelle-Angleterre qui se respectaient. Sur ses quatre côtés, le clocher comportait également un cadran d'horloge, l'horloge elle-même ayant été construite en Suisse et convoyée par bateau en 1898. La seule autre horloge identique se trouvait dans le parc municipal de Haven Village, à soixante kilomètres de là.

Stephen Bowie, l'un des rois du bois en grume de West Broadway, avait fait don de cette horloge à la ville ; il lui en avait coûté dix-sept mille dollars, une dépense qu'il pouvait cependant se permettre. Fidèle dévot et assidu, il avait été diacre pendant quarante ans (ainsi que président du chapitre de la Légion de la Décence blanche au cours des dernières années de son diaconat). Il était également célèbre pour ses pieux sermons de la fête des Mères, à laquelle il faisait toujours allusion avec respect sous le nom de Dimanche des Mamans.

Du jour de son installation jusqu'au 31 mai 1985, cette horloge avait fidèlement sonné chaque heure et chaque demi-heure, à une seule et notable exception près. Elle n'avait pas sonné les douze coups de midi le jour de l'explosion des aciéries Kitchener. Les habitants avaient cru que le révérend Jollyn l'avait arrêtée en signe de deuil pour les enfants morts, et Jollyn ne les avait jamais désabusés, bien que cela fût faux. Le mécanisme n'avait pas fonctionné.

Elle ne sonna pas non plus à cinq heures du matin, le 31 mai 1985.

À cet instant-là, tous les anciens de Derry ouvrirent les yeux et s'assirent dans leur lit, troublés par quelque chose qui leur échappait. On avala des médicaments, on replaça des dentiers, on alluma des pipes ou des cigares.

Les vieux veillèrent.

L'un d'entre eux, Norbert Keene, alla à petits pas jusqu'à sa fenêtre et observa le ciel qui s'assombrissait ; la veille, la météo avait annoncé du beau temps clair, mais ses vieux os lui disaient qu'il allait pleuvoir, et copieusement, encore. Tout au fond de lui, il ressentait une sorte d'effroi ; il se sentait obscurément menacé, comme si un poison remontait lentement et inexorablement vers son cœur. Il pensa tout d'un coup au jour où la bande à Bradley s'était jetée tête baissée dans le piège que Derry lui avait tendu, au milieu d'un cercle de soixante-quinze fusils ou pistolets. Ce genre de boulot laissait à un homme une sorte d'impression de chaleur et de paresse à l'intérieur, comme si tout... comme si tout était confirmé, d'une certaine façon. Il n'aurait su le dire mieux que cela, même pour lui-même. Un boulot comme ça vous laissait avec l'impression que l'on pourrait vivre éternellement, et Norbert Keene la justifiait amplement. Il fêterait ses quatre-vingt-seize ans le 24 juin prochain, et il parcourait ses cinq kilomètres tous les jours. Mais ce matin, il ressentait de l'effroi.

« Ces gosses, dit-il en regardant par la fenêtre, sans se rendre compte qu'il avait parlé à voix haute. Qu'est-ce qu'ils peuvent bien mijoter ? Quel coup nous préparent-ils, encore ? »

Egbert Thoroughgood, l'homme qui s'était trouvé au Silver Dollar lorsque Claude Héroux avait accordé sa hache et entamé sa version personnelle de *La Danse macabre* (un exécutant pour quatre exécutés), centenaire à un an près, s'éveilla au même instant, s'assit sur son séant et émit un cri rouillé que personne n'entendit. Il venait de rêver de Claude, sauf que Claude se précipitait sur lui, cette fois ; la hache s'était abattue et Thoroughgood, l'instant suivant, avait vu sa tête tranchée tressauter et rouler sur le comptoir.

Y a quelque chose qui cloche, pensa-t-il de manière vaseuse, effrayé et tremblant dans ses caleçons longs tachés d'urine. *Quelque chose qui cloche salement.*

Dave Gardener, qui avait découvert le corps mutilé de George Denbrough en octobre 1957 et dont le fils avait trouvé la première victime de ce nouveau cycle un peu plus tôt ce printemps, ouvrit les yeux à cinq heures pile et pensa, avant même d'avoir jeté un coup d'œil à la pendule de la commode : *L'horloge de l'église n'a pas sonné... Qu'est-ce qui cloche ?* Sur quoi il fut saisi d'une peur vaste et mal définie. Dave avait prospéré, avec les années ; il avait acheté le Shoeboat, le magasin de chaussures, et avait ouvert une succursale au nouveau centre commercial ainsi qu'une autre à Bangor. Soudain toutes ces choses — ces choses pour lesquelles il avait travaillé toute sa vie — lui parurent en danger. *Mais d'où vient ce danger ?* songea-t-il en regardant sa femme endormie. *Et pourquoi suis-je aussi nerveux simplement parce que l'horloge n'a pas sonné l'heure ?* Mais il n'y avait pas de réponse.

Il se leva et s'approcha de la fenêtre en se grattant à la hauteur de la taille. Il vit un ciel agité de nuées qui se bousculaient, arrivant de l'ouest ; Dave sentit grandir son inquiétude. Pour la première fois depuis très très longtemps, il repensa aux cris qui l'avaient attiré sur son porche, vingt-sept ans auparavant, puis vers cette silhouette qui se tordait dans son ciré jaune. Il regarda les nuages qui accouraient et pensa : *Nous sommes en danger. Nous tous. Tout Derry.*

Le chef Andrew Rademacher, qui estimait sincèrement avoir fait de son mieux pour tenter de résoudre cette nouvelle flambée de meurtres d'enfants qui frappait Derry, se tenait sur son porche, les pouces passés dans son ceinturon, le nez levé vers les nuages, et éprouva le même malaise. *Quelque chose ne va pas tarder à se passer. On dirait qu'il va pleuvoir à seaux, pour commencer.* Mais ce n'est pas tout. Il frissonna... et tandis qu'il restait debout sur le porche, tandis que lui parvenait à travers la moustiquaire de la porte l'odeur du bacon frit que lui préparait sa femme, les premières grosses gouttes de pluie se déposèrent comme des taches noires sur le trottoir devant son agréable maison de Reynolds Street et, quelque part au-dessus de l'horizon en direction de Bassey Park, le tonnerre gronda.

De nouveau, Rademacher frissonna.

9

George, 5 h 01

Bill leva l'allumette... et poussa un long hurlement tremblant de désespoir.

C'était George qui avançait vers lui en titubant dans le tunnel, George, toujours habillé de son ciré jaune éclaboussé de sang. Une manche pendait, vide, inutile. Son visage était aussi blanc que du fromage frais et un éclat d'argent brillait dans ses yeux, qui se fixèrent sur ceux de Bill.

« Mon bateau ! » La voix perdue de Georgie s'éleva, hésitante, dans le tunnel. « J'arrive pas à le trouver, Bill, j'ai regardé partout et j'arrive pas à le trouver et maintenant je suis mort et c'est ta faute, ta faute, TA FAUTE !

— Geo-Georgie ! » cria Bill. Il sentait son esprit vaciller, s'arracher à ses amarres.

George tituba-trébucha vers lui ; son bras restant s'éleva vers son frère, la menotte qui le terminait transformée en griffe, les ongles sales et avides.

« Ta faute », murmura George avec un sourire. Ses dents étaient des crochets qui s'ouvraient et se refermaient lentement, comme les griffes d'un piège à ours. « Tu m'as envoyé dehors et tout est... de ta faute...

— Non, Georgie ! hurla Bill. J-J-Je n-ne s-s-savais p-p-pas...

— J' vais te tuer ! » brailla George. Sur quoi, un mélange de cris d'animaux jaillit de sa gorge, aboiements, gémissements, hurlements. Quelque chose comme un rire. Bill le sentait, maintenant, sentait l'odeur de George en décomposition. Une odeur de cave humide et grouillante, la pestilence de quelque monstre ultime se tenant vautré dans un coin, l'œil jaune, prêt à mettre à l'air les entrailles d'un petit garçon.

Les dents de George s'entrechoquèrent avec un bruit de boules de billard se heurtant. Un pus jaunâtre commença à s'écouler de ses yeux et à goutter sur ses joues... et l'allumette s'éteignit.

Bill sentit ses amis disparaître — ils s'enfuyaient, bien entendu ils s'enfuyaient en le laissant seul. Ils rompaient avec lui, comme ses parents l'avaient fait avant, parce que George avait raison : tout était de sa faute. Il n'allait pas tarder à sentir cette main unique se refermer sur sa gorge, il n'allait pas tarder à sentir ces crochets le déchirer, et rien ne serait plus juste. Il avait envoyé George à la mort et il avait passé toute sa vie d'adulte à écrire des livres sur l'horreur de cette trahison — certes, il lui avait donné de nombreux visages, presque autant de visages que Ça en avait endossé pour eux, mais il n'y avait qu'un seul monstre au fond de toutes choses, George, George courant le long des caniveaux de la décrue à côté de son bateau enduit de paraffine. Et aujourd'hui venait l'expiation.

« Tu mérites de mourir pour m'avoir tué », murmura George, très proche maintenant. Bill ferma les yeux. Puis une lumière jaune emplit le tunnel et il les rouvrit. Richie brandissait une allumette enflammée. « Combats Ça, Bill ! lui cria Richie. Pour l'amour du ciel, combats Ça ! »

Que faites-vous ici ? Bill les regarda, stupéfait. En fin de compte, ils n'avaient pas couru. Comment était-ce possible ? Comment, après avoir vu de quelle manière ignoble il avait assassiné son propre frère ?

« Bats-toi avec Ça ! cria à son tour Beverly. Oh, Bill, bats-toi ! Tu es le seul à pouvoir faire quelque chose contre celui-là ! Je t'en supplie... »

George se trouvait maintenant à moins de deux mètres de lui. Il tira soudain la langue vers Bill. Elle grouillait d'excroissances. Bill hurla à nouveau.

« Tue-le, Bill ! hurla Eddie. Ce n'est pas ton frère ! Tue Ça pendant qu'il est petit ! TUE-LE MAINTENANT ! »

George jeta un coup d'œil à Eddie, un bref regard latéral, deux éclats d'argent, et Eddie recula, heurtant la paroi, comme si on venait de le pousser. Bill restait hypnotisé, regardant son frère se diriger sur lui, George de nouveau après toutes ces années, George à la fin comme il y avait eu George au début, oh oui, il entendait les chuintements du ciré jaune au fur et à mesure qu'il se rapprochait, le tintement des boucles métalliques de ses caoutchoucs, il sentait quelque chose comme l'odeur des feuilles mouillées, comme si en dessous du ciré le corps de George en était pétri, comme si les pieds, dans les galoches de George, n'étaient que deux amas de feuilles, oui, comme s'il n'était lui-même qu'un amas de feuilles, tel était George, son visage un ballon pourri et son corps un tas de feuilles mortes, comme celles qui engorgent les égouts, parfois, après une inondation.

Il entendit, très loin, Beverly qui criait.

(Les chemises de l'archiduchesse)

« *Bill, je t'en supplie, Bill...* »

(sont-elles sèches)

« Nous allons chercher mon bateau ensemble », dit George.

Parodie de larmes, un épais pus jaune coula le long de ses joues. Il tendit la main vers Bill, la tête inclinée d'un côté, ses lèvres découvrant les crochets.

(archi-sèches archi-sèches ARCHI-SÈCHES)

« Nous le trouverons », reprit George, et Bill sentit l'haleine de Ça, une odeur comme un animal éventré gisant sur une autoroute à minuit. Dans le bâillement de la bouche de George, il aperçut des choses qui grouillaient. « C'est toujours là en bas, tout flotte là en bas, nous flotterons, Bill, nous flottons tous... »

La main en ventre de poisson de George se referma sur le cou de Bill.

(SÈCHES ARCHI-SÈCHES TOUTES SÈCHES VRAIMENT SÈCHES...).

Le visage torve de George dériva vers le cou de Bill.

« *flottons...* »

« *Les chemises de l'archiduchesse sont-elles sèches, archi-sèches !* » vociféra Bill. Sa voix était plus grave, à peine reconnaissable, et dans un éclair brûlant de souvenir, Richie se rappela que Bill ne bégayait jamais quand il imitait une autre voix.

La chose-George se rétracta en sifflant, porta les mains à son visage : un geste pour se protéger.

« Tu l'as ! hurla Richie, délirant. Tu l'as, Bill ! Démolis Ça ! Démolis Ça !

« Les chemises de l'archiduchesse sont-elles sèches archi-sèches ! tonna Bill, avançant vers la chose-George. Tu n'es pas un fantôme ! George sait bien que je n'ai jamais voulu sa mort ! Mes parents se trompaient ! Ils m'ont collé ça sur le dos, mais ils ont eu tort ! Est-ce que tu m'entends ? »

La chose-George fit un brusque demi-tour en couinant comme un rat. Elle commença à onduler et dégouliner sous le ciré jaune. Le ciré lui-même paraissait se diluer en grosses coulures d'un jaune brillant. Ça perdait sa forme, devenait amorphe.

« Les chemises de l'archiduchesse sont-elles sèches, archi-sèches ! Espèce de saloperie ! hurla de nouveau Bill Denbrough, archi-sèches ! » Il bondit alors sur Ça et enfonça les doigts dans le ciré jaune qui n'était plus un ciré. Il eut l'impression de saisir une matière tiède à la mollesse de caramel qui fondait entre ses doigts dès qu'il les refermait dessus. Il tomba à genoux. À cet instant, Richie poussa un jappement : l'allumette venait de lui brûler les doigts. Ils se retrouvèrent une fois de plus dans le noir total.

Bill sentit quelque chose grossir dans sa poitrine, quelque chose de brûlant, d'étouffant et douloureux comme des orties. Il agrippa ses genoux et les remonta vers le menton, dans l'espoir de soulager cette souffrance, ou de l'arrêter ; il était quelque part reconnaissant pour l'obscurité, soulagé que les autres ne vissent pas son angoisse.

Il entendit un bruit de gorge, un gémissement vacillant, sortir de sa bouche. Il y en eut un deuxième, puis un troisième. « George ! cria-t-il. Je suis désolé, George ! Jamais je n'ai v-voulu qu'il t'a-arrive qu-quelque chose de m-mal ! »

Peut-être aurait-il dû dire autre chose, mais cela lui fut impossible. Il sanglotait, allongé sur le dos, un bras sur les yeux, se souvenant du bateau, se souvenant du crépitement régulier de la pluie contre les vitres de sa fenêtre, se souvenant des médicaments et des mouchoirs sur la table de nuit, de la diffuse douleur de la fièvre dans sa tête et dans son corps, se souvenant avant tout de George : George, le petit George dans son ciré jaune à capuchon.

« Je suis désolé, George ! cria-t-il à travers ses larmes. Je suis désolé ! Je t'en supplie, je suis désolé ! »

Puis ils furent autour de lui, ses amis ; personne ne craqua d'allumettes et quelqu'un le serra contre soi, Beverly, peut-être, à moins que ce ne fût Ben ou Richie. Ils étaient avec lui, et pour ce bref moment les ténèbres furent miséricordieuses.

10

Derry, 5 h 30

Dès cinq heures trente, il pleuvait à verse. Les stations de radio de Bangor qui donnaient les prévisions météo manifestèrent une certaine surprise et présentèrent de vagues excuses à tous ceux qui avaient prévu d'aller pique-niquer ou se promener en se fiant à leurs indications de la veille. Coup dur, les gars ; encore une de ces bizarreries climatiques soudaines comme il s'en produit de temps en temps dans la vallée de la Penobscot.

Sur la station WZON, le météorologue Jim Witt décrivit ce qu'il appela un système de basses pressions extraordinairement discipliné. C'était un euphémisme. Le temps était nuageux sur Bangor ; il pleuvait fort sur Hampden, il bruinait sur Haven et il pleuvait, mais faiblement, sur Newport. À Derry, en revanche, soit à seulement quarante-cinq kilomètres de Bangor, c'était un vrai déluge. Les automobilistes qui avaient emprunté la Route numéro 7 se déplaçaient dans vingt centimètres d'eau, par endroits, et un peu au-delà de la ferme Ruhlin, une telle quantité d'eau recouvrait la chaussée, les évacuations étant bouchées, que le secteur était infranchissable. Dès six heures, la patrouille de la police de la route de Derry avait installé une signalisation d'urgence de part et d'autre de la cuvette.

Ceux qui attendaient sous l'abri le premier bus du matin pour aller au travail, sur Main Street, regardaient par-dessus le garde-fou du canal, où les eaux montaient de façon menaçante entre les parois de béton. Il n'y aurait pas d'inondation, bien sûr ; là-dessus tout le monde était d'accord. Le niveau oscillait encore à un mètre vingt en dessous de la marque de 1977, et il ne s'était produit aucune inondation cette année-là. Mais la pluie s'abattait avec opiniâtreté, sans relâche, et le tonnerre grondait dans les nuages bas. L'eau dévalait en ruisseaux Up-Mile Hill et s'enfonçait avec des rugissements dans les bouches d'égout.

Pas d'inondation, ils en convenaient, et cependant une expression d'inquiétude se lisait sur tous les visages.

À cinq heures quarante-cinq, un transformateur, près du dépôt abandonné de camions des frères Tracker, explosa en haut de son poteau dans un éclair de lumière violette, éparpillant des débris tordus de métal sur le toit de bardeaux de l'établissement. L'un des éclats coupa un câble à haute tension, lequel tomba également sur le toit, gigotant et se tordant comme un serpent ; il en jaillissait un véritable flot d'étincelles. Le toit prit feu en dépit de la pluie et l'incendie se propagea rapidement à tout le dépôt. Le câble électrique tomba du toit et atterrit sur la portion herbeuse qui donnait sur le périmètre où les enfants jouaient autrefois au base-ball. Les pompiers de Derry sortirent ce jour-là pour la première fois à six heures deux ; ils arrivèrent sept minutes plus tard au dépôt Tracker. L'un des premiers à sauter à bas du véhicule fut Calvin Clark, un des jumeaux Clark avec lesquels Ben, Beverly, Richie et Bill avaient été à l'école. À son troisième pas, il posa la semelle de sa botte de cuir sur le câble. Il fut électrocuté pratiquement sur-le-champ. Sa langue jaillit de sa bouche et son épais ciré caoutchouté de pompier commença à fondre en cramant. Il s'en dégagea la même odeur que celle des pneus brûlés, dans la décharge.

À six heures cinq, les résidents de Merit Street, dans le lotissement d'Old Cape, ressentirent quelque chose qui s'apparentait à une explosion souterraine. Des assiettes tombèrent des étagères, des tableaux des murs. À six heures six, toutes les toilettes de la rue explosèrent en un geyser de merde et d'eau d'égout, comme si quelque inimaginable renversement de sens venait de se produire dans les canalisations qui alimentaient la nouvelle station de retraitement des eaux, dans les Friches. Explosion parfois d'une telle violence que certains plafonds de salles de bains s'écroulèrent. Une femme du nom d'Anne Stuart fut tuée lorsqu'un ancien levier de vitesses fut catapulté par les toilettes en même temps que la masse liquide. Le levier de vitesses traversa le verre dépoli de la porte de la douche et se ficha dans sa gorge pendant qu'elle se lavait les cheveux. Elle s'en trouva presque décapitée. Le levier de vitesses était en réalité une relique des aciéries Kitchener et était passé dans les égouts près de trois quarts de siècle auparavant. Une autre femme mourut lorsque le violent reflux des égouts, provoqué par une poche de méthane en expansion, fit exploser ses toilettes comme une bombe. La malheureuse, qui se trouvait assise dessus à cet instant-là, en train de lire le dernier catalogue de Banana Republic, fut mise en pièces.

À six heures dix-neuf, la foudre frappa le soi-disant pont des Baisers, qui reliait Bassey Park à l'école secondaire de Derry. Les éclats de bois volèrent dans les airs avant de retomber dans le canal qui les emporta de toute sa fougue.

Le vent se leva. À six heures trente, la sonde située au-dessus du tribunal enregistra sa vitesse : vingt-quatre kilomètres à l'heure. À six heures quarante-cinq, il soufflait à trente-huit kilomètres à l'heure.

À six heures quarante-six, Mike Hanlon s'éveilla dans sa chambre de l'hôpital de Derry. Son retour à la conscience se fit comme une sorte de lente dissolution — il crut un long moment être en train de rêver. Étrange rêve, dans ce cas, rêve d'anxiété, aurait déclaré son ancien prof de psycho, Doc Abelson. Il ne lui semblait avoir aucune raison d'être anxieux, et pourtant l'anxiété était bel et bien présente ; la chambre toute blanche n'était qu'un hurlement de menace.

Il se rendit peu à peu compte qu'il était réveillé. La pièce toute blanche était une chambre d'hôpital. Des bouteilles pendaient au-dessus de sa tête, l'une pleine d'un liquide clair, l'autre d'un liquide d'un rouge profond. Du sang. Il aperçut ensuite l'écran éteint d'une télévision sur le mur d'en face et prit conscience du crépitement régulier de la pluie contre la fenêtre.

Mike voulut remuer les jambes. L'une bougea sans peine, mais l'autre, la droite, ne se déplaça pas d'un millimètre. Il ne lui parvenait qu'une très faible sensation de cette jambe et il comprit qu'un bandage étroit la comprimait.

Peu à peu sa lucidité lui revint. Il s'était installé pour prendre des notes dans son cahier et Henry Bowers était arrivé. Sacré retour de manivelle du passé. Il y avait eu une bagarre, et...

Henry ! Où l'animal était-il allé ? Aux trousses des autres ?

Mike tâtonna pour saisir la sonnette. Elle était enroulée au montant du lit et il l'avait à la main lorsque la porte s'ouvrit. Un infirmier fit son apparition. Deux boutons de sa blouse étaient ouverts et ses cheveux noirs et ébouriffés lui donnaient un faux air de Ben Casey. Une médaille de saint Christophe pendait à son cou. Même dans sa demi-somnolence vaseuse, Mike l'identifia immédiatement. En 1958, une adolescente de seize ans du nom de Cheryl Lamonica avait été tuée par Ça. Elle avait un frère plus jeune de deux ans, l'homme qui se tenait actuellement ici.

« Mark ? fit Mike faiblement. Il faut que je te parle.

— Chut, fit Mark, qui gardait une main dans sa poche. Faut pas parler. »

Il s'avança dans la pièce et lorsqu'il se trouva au pied du lit, Mike vit, avec un frisson de désespoir, que les yeux de l'homme étaient complètement vides. Il avait la tête légèrement redressée, comme s'il écoutait une musique lointaine. Il sortit la main de sa poche ; elle tenait une seringue.

« Ça va te faire dormir », dit Mark en remontant vers la tête du lit.

11

Sous la ville, 6 h 49

« Chuuut ! » fit brusquement Bill, alors que l'on n'entendait pas d'autres bruits que ceux, légers, de leurs pas.

Richie enflamma une allumette. Les parois du tunnel s'étaient éloignées et leur petit groupe paraissait encore plus petit dans ce vaste espace en dessous de la ville. Ils serrèrent les rangs et Beverly éprouva une profonde impression de déjà-vu en remarquant les gigantesques dalles du sol et les accumulations de toiles d'araignées qui pendaient. Ils étaient proches, maintenant. Proches.

« Qu'as-tu entendu ? » demanda-t-elle à Bill, essayant de regarder partout avant que ne s'éteigne l'allumette dans la main de Richie, redoutant quelque nouvelle surprise qui serait arrivée en se traînant ou en volant de l'obscurité. Ronda, peut-être ? l'Alien de ce film épouvantable avec Sigourney Weaver ? Un rat gigantesque avec des yeux orange et des dents d'argent ? Mais il n'y avait rien — rien que l'odeur de moisi de l'ombre et, très loin, le grondement des eaux gonflées, comme si les canalisations se remplissaient.

« Qu-Quelque chose c-cloche. Mike...

— Mike ? reprit Eddie. Qu'est-ce qu'il y a, Mike ?

— Je le sens aussi, dit Ben. C'est... est-ce qu'il est mort, Bill ?

— Non », répondit Bill. Son regard embrumé restait lointain et ne trahissait aucune émotion ; toute son inquiétude se manifestait par le ton de sa voix et l'attitude défensive de son corps. « Il... I-I-Il... » Il déglutit avec un petit bruit de gorge. Ses yeux s'agrandirent. « Oh ! Oh non !

— Bill ! s'écria Beverly, inquiète. Qu'est-ce qu'il y a, Bill ?

— P-Prenez m-m-mes mains ! cria-t-il. V-Vite ! »

Richie lâcha l'allumette et prit l'une des mains de Bill. Beverly saisit l'autre et tâtonna pour prendre la main affaiblie du bras cassé d'Eddie, tandis que Ben s'emparait de sa main valide et complétait le cercle en attrapant la main restée libre de Richie.

« Envoyez-lui notre pouvoir ! cria Bill de la même voix profonde et étrange qu'auparavant. Envoyez-lui notre pouvoir, envoyez-lui notre pouvoir ! Tout de suite ! Tout de suite ! »

Beverly sentit quelque chose qui partait d'eux et allait vers Mike. Sa tête roula sur son épaule en une sorte d'extase, et le sifflement rauque de la respiration d'Eddie se confondit avec le grondement précipité de l'eau dans les égouts.

12

« Maintenant », fit Mark Lamonica à voix basse. Il soupira — le soupir d'un homme qui sent approcher l'orgasme.

Mike ne cessa de presser le bouton d'appel dans sa main. Il entendait la sonnerie dans la salle des infirmières, au bout du couloir, mais personne ne venait. Quelque chose comme une diabolique double vue lui fit imaginer les infirmiers et les infirmières assis là-bas, en train de lire les journaux du matin en buvant leur café, entendant la sonnerie sans l'entendre, l'entendant sans réagir — ils ne réagiraient que plus tard, quand tout serait terminé, car c'était ainsi que les choses se passaient à Derry. À Derry, il y avait des choses qu'il valait mieux ne pas voir, ne pas entendre... tant que tout n'était pas fini.

Mike laissa retomber le bouton d'appel de sa main.

Mark se pencha sur lui ; le bout de la seringue brillait. Sa médaille de saint Christophe se balançait, hypnotique, tandis qu'il soulevait le drap.

« Juste là, murmura-t-il, au sternum. » De nouveau il soupira.

Mike sentit soudain des forces fraîches l'envahir — une sorte de puissance primitive qui se concentrait dans son corps comme des volts. Il se raidit et ses doigts se tendirent, comme pris de convulsions. Ses yeux s'élargirent. Il émit un grognement et l'épouvantable impression de paralysie qui le bloquait fut chassée de lui, aussi brusquement que s'il avait reçu un coup de poing.

Sa main droite vola jusqu'à la table de nuit, sur laquelle étaient posés un pichet en plastique et un lourd verre à eau. Ses doigts se refermèrent sur le verre. Lamonica sentit le changement ; la lueur rêveuse et satisfaite disparut de son œil pour être remplacée par une expression de confusion inquiète. Il recula un peu : Mike leva le verre et le frappa au visage.

Lamonica poussa un cri et partit à reculons en titubant, lâchant la seringue. Il porta les mains à son visage dégoulinant ; du sang descendit le long de ses poignets et sur sa blouse blanche.

L'impression de force disparut aussi vite qu'elle était venue. D'un œil flou, Mike vit les éclats du verre brisé éparpillés sur le lit, sur son pyjama d'hôpital, sur sa propre main ensanglantée. Il entendit le couinement de semelles de crêpe avançant d'un pas vif dans le couloir.

Ils arrivent maintenant, pensa-t-il. *Oh oui, maintenant. Et quand ils seront repartis, qui va surgir derrière eux ? Qui ou quoi ?*

Et tandis que faisaient irruption dans sa chambre les infirmiers et infirmières restés tranquillement assis dans leur salle tandis que retentissait, frénétique, la sonnerie d'appel, Mike ferma les yeux et pria pour que tout fût terminé. Il pria pour ses amis sous la ville, il pria pour qu'ils allassent bien, il pria pour qu'ils missent un terme à Ça.

Il ne savait pas très précisément qui il priait ainsi... mais il n'en priait pas moins.

13

Sous la ville, 6 h 54

« Il v-v-va b-bien », déclara Bill.

Ben n'avait aucune idée du temps qu'ils étaient restés dans l'obscurité, se tenant par la main. Il avait l'impression d'avoir ressenti quelque chose — quelque chose qui venait d'eux, de leur cercle — qui jaillissait et revenait. Mais il ignorait où cette chose — si elle existait bien — était allée et ce qu'elle avait fait.

« En es-tu sûr, Grand Bill ? demanda Richie.

— Ou-Oui, dit Bill en relâchant sa main ainsi que celle de Beverly. M-Mais nous d-devons a-achever notre t-t-tâche aussi r-rapidement que p-po-possible. V-Venez. »

Ils reprirent leur progression, Richie ou Bill allumant de temps en temps une allumette. *Nous n'avons même pas un lance-chiques de potache comme arme*, songea Ben dans son for intérieur. *Mais cela fait partie du jeu, non ? Chüd... qu'est-ce que cela signifie ? Qu'est-ce qu'était Ça, exactement ? Quel était son ultime visage ? Et même si nous ne l'avons pas tué, nous l'avons amoindri. Comment avons-nous procédé ?*

La salle qu'ils traversaient — qu'il n'était plus question d'appeler un tunnel — devenait de plus en plus vaste. Le bruit de leurs pas résonnait en échos. Ben se rappela l'odeur, cette puissante odeur de zoo. Il se rendit soudain compte que les allumettes n'étaient plus indispensables — il y avait de la lumière, ou du moins une certaine sorte de lumière : une phosphorescence spectrale qui allait croissant. Dans cet éclairage de marécages, tous ses amis avaient l'air de cadavres ambulants.

« Un mur devant, Bill, dit Eddie.

— J-Je sais. »

Ben sentit son cœur commencer à accélérer. Un goût amer lui

monta dans la bouche et une sourde migraine envahit son crâne. Il se sentait lent, effrayé. Il se sentait gros.

« La porte », murmura Beverly.

Oui, on y était. Une fois, déjà, ils avaient pu la franchir, la franchir en n'ayant rien d'autre à faire qu'à baisser la tête. Ils allaient devoir se courber complètement, cette fois, voire passer à quatre pattes. Ils avaient grandi ; là se trouvait la preuve ultime, s'il était besoin.

À son cou et à ses poignets, le pouls de Ben se tendit, devint chaud ; son cœur avait adopté un rythme léger et rapide proche de l'arythmie. Un *pouls de pigeon,* songea-t-il en se passant la langue sur les lèvres.

Une lumière vert-jaune brillante passait par-dessous la porte et lançait un rayon par le trou de la serrure tarabiscotée, un rayon de forme aussi tarabiscotée qui paraissait suffisamment dense pour couper.

La marque était sur la porte, et une fois de plus, chacun vit quelque chose de différent dans ce signe étrange. Beverly, le visage de Tom. Bill, la tête coupée d'Audra qui le fixait d'un horrible regard accusateur. Eddie, un crâne grimaçant placé entre deux tibias croisés, symbole du poison. Richie, le visage barbu d'un Paul Bunyan dégénéré, les yeux réduits à deux fentes meurtrières. Et Ben, Henry Bowers.

« Sommes-nous assez forts, Bill ? demanda-t-il. Sommes-nous capables de faire une chose pareille ?

— J-Je n'en s-sais r-r-rien.

— Et si c'est fermé à clef ? » demanda Beverly d'une petite voix. Le visage de Tom se moqua d'elle.

« E-Elle ne l'est p-pas. Des endroits c-comme ce-celui-là ne s-sont ja-jamais f-fermés. » Bill posa la pointe de ses doigts de la main droite sur le battant (il fut obligé de se courber pour cela) et poussa. Il s'ouvrit sur un flot de lumière d'un vert-jaune à vomir. L'odeur de zoo se rua sur eux, l'odeur du passé devint le présent, admirablement vivante, d'une vie obscène.

Dévale, roue, pensa Bill tout d'un coup en regardant les autres. Puis il se mit à quatre pattes. Beverly le suivit, puis Richie, puis Eddie. Ben passa le dernier, la peau agitée de frissons au contact des débris gréseux sans âge du sol. Il franchit le seuil, et comme il se redressait dans la bizarre phosphorescence de feux qui allaient et venaient verticalement sur les parois dégoulinantes, semblables à des serpents de lumière, l'ultime souvenir du passé l'envahit avec la violence soudaine d'un bélier psychologique.

Il cria, partit à reculons, une main au visage, et sa première et incohérente pensée fut : *Pas étonnant que Stan se soit suicidé ! Oh Seigneur, j'aurais dû !* Il découvrit la même expression d'horreur hébétée liée au rappel du même souvenir sur le visage des autres ; l'ultime clef ouvrait l'ultime serrure.

Puis Beverly se mit à hurler, s'accrochant à Bill tandis que Ça descendait à toute allure le rideau arachnéen de sa toile, araignée de cauchemar venue d'au-delà du temps et de l'espace, d'au-delà de ce qu'aurait pu imaginer l'esprit enfiévré du dernier des pensionnaires de l'enfer.

Non, se dit Bill froidement, *ce n'est pas non plus une araignée, mais cette forme ne fait pas partie de celles que Ça a puisées dans nos esprits ; c'est simplement la plus proche de celles que nos esprits peuvent concevoir comme étant celle*

(des lumières-mortes)

de Ça, sa vraie forme.

Ça faisait peut-être cinq mètres de haut et était aussi noir qu'une nuit sans lune. Chacune de ses pattes était aussi grosse qu'une cuisse de culturiste. Ses yeux étaient des rubis à la lueur malveillante, dépassant d'orbites remplies d'un fluide couleur de chrome. Ses mandibules en cisailles s'ouvraient et se refermaient, s'ouvraient et se refermaient, bavant de longs rubans d'écume. Pétrifié d'extase et de terreur, oscillant aux limites de la plus complète démence, Ben observa avec un calme d'œil au milieu du cyclone que cette écume était vivante ; elle heurta les dalles crasseuses du sol et se mit à progresser dans les fissures avec un tortillement de protozoaire.

Mais il y a autre chose, il existe quelque forme ultime, une forme que l'on peut presque voir comme l'on devine la forme d'un homme qui se déplace derrière un écran de cinéma pendant la projection, une autre forme, mais je ne veux pas voir Ça, mon Dieu je Vous en prie, ne me laissez pas voir Ça...

Et cela était sans importance, non ? Ils voyaient ce qu'ils voyaient, et Bill comprit sans trop savoir comment que Ça se trouvait emprisonné dans sa forme finale, celle de l'Araignée, du fait de leur vision partagée, une vision non voulue et sans paternité. C'était en affrontant Ça qu'ils vivraient ou mourraient.

La créature couinait et miaulait et Ben acquit la certitude qu'il entendait le son deux fois : dans sa tête, puis dans son oreille une fraction de seconde plus tard. *Je lis dans son esprit,* pensa-t-il, *par télépathie.* L'ombre de la créature était un œuf trapu courant sur les parois antiques de ce donjon qui était son antre. Son corps était recouvert d'une épaisse toison et Ben vit que Ça possédait un dard assez long pour empaler un homme. Un fluide clair en dégoulinait, fluide également vivant ; comme la salive, le poison du dard s'infiltrait dans les fissures du sol en se tortillant. Son dard, oui... mais en dessous, son ventre faisait un renflement grotesque, traînait presque sur le sol que Ça venait de gagner, pour changer légèrement de direction et se diriger tout droit vers leur chef, vers le Grand Bill.

C'est son sac à œufs, pensa Ben ; il eut l'impression que son esprit hurlait vu ce que cela impliquait. *Quel que soit Ça au-delà de ce que nous voyons, sa représentation est au moins correcte sur un plan symbolique : Ça est une femelle, et cette femelle est grosse... Elle l'était déjà la dernière fois et aucun d'entre nous, à l'exception de Stan, oh Seigneur Jésus OUI, c'était Stan, pas Mike, qui avait compris, Stan qui nous avait expliqué... C'est pour cela qu'il nous fallait revenir, à tout prix, parce que Ça est un être femelle, une femelle grosse d'une inimaginable portée... et la mise bas est proche, maintenant.*

Sous les yeux incrédules des autres, Bill s'avança à la rencontre de Ça.

« Non, Bill ! hurla Beverly.

— R-Restez en a-arrière ! » leur cria Bill sans détourner la tête. Puis Richie se retrouva courant à côté de lui, hurlant son nom, puis Ben sentit ses jambes se mettre en mouvement. Il crut aussi sentir un estomac fantôme ballotter devant lui, sensation qu'il accueillit avec plaisir. *Faut redevenir un môme,* pensa-t-il, hagard. *Seule façon de ne pas devenir cinglé. Faut redevenir un môme... faut l'accepter, n'importe comment.*

Ben court, il crie le nom de Bill, il a vaguement conscience d'Eddie qui galope à côté de lui, son bras cassé agité de soubresauts, la ceinture de peignoir qui retenait les attelles traînant maintenant par terre.

Eddie tenait son inhalateur. Il faisait penser à un cow-boy sous-alimenté et barjot armé d'un pétard bizarroïde.

Ben entendit Bill vociférer : « Tu as t-tué m-mon frère, espèce de sa-saloperie d'o-ordure ! »

Puis Ça se redressa au-dessus de Bill, l'enfouit dans son ombre, pattes battant l'air. Ben entendit son miaulement avide et plongea le regard dans ses yeux rouges, diaboliques, intemporels... et pendant un instant, il vit la forme sous la forme : les lumières, une chose rampante, poilue, interminable, faite de lumière et de rien d'autre, une lumière orange, une lumière morte qui singeait la vie.

Le rituel commença pour la seconde fois.

CHAPITRE 22

Le rituel de Chüd

1

Dans le repaire de Ça, 1958

C'est Bill qui les contraignit à rester regroupés lorsque la grande Araignée noire descendit en courant le long de sa toile, engendrant une brise délétère qui leur ébouriffa les cheveux. Stan se mit à pousser des hurlements de bébé, les yeux exorbités, les doigts lui labourant les joues. Ben recula lentement jusqu'à l'instant où son ample derrière vint heurter la paroi à la gauche de la porte. Il sentit le feu glacé des lumières le brûler à travers son pantalon et fit un pas en avant, mais rêveusement. Rien de tout cela, d'évidence, ne pouvait arriver ; il faisait simplement le cauchemar le plus abominable du monde. Il s'aperçut qu'il était incapable de lever les mains, comme si deux poids énormes y étaient accrochés.

Richie ne pouvait détacher les yeux de la toile ; pendus ici et là, partiellement enroulés dans des écheveaux de soie qui paraissaient animés d'une vie propre, on apercevait un certain nombre de corps putréfiés, à demi dévorés. Il crut reconnaître Eddie Corcoran près de la voûte, même s'il lui manquait les deux jambes et un bras.

Beverly et Mike s'accrochaient l'un à l'autre comme Hansel et Gretel dans les bois, pétrifiés, regardant l'Araignée qui atteignait le sol et courait en crabe vers eux, son ombre déformée galopant le long de la paroi.

Grand, dégingandé, son T-shirt blanc disparaissant sous les ordures et la boue, en jeans et Keds bourbeux, Bill les regarda. Ses cheveux lui retombaient sur le front, ses yeux étincelaient. Il parcourut leur groupe, parut le rejeter, et se tourna vers l'Araignée. Et, sous leur regard incrédule, il s'avança à sa rencontre, sans courir mais d'un pas vif, coudes levés, avant-bras tendus, poings serrés.

« T-Tu as t-tué m-m-mon frère !

— Non, Bill ! hurla Beverly, se dégageant de l'étreinte de Mike pour courir après lui, ses cheveux roux ondoyant derrière elle. Laisse-le tranquille ! cria-t-elle à l'Araignée. N'essaye pas de le toucher ! »

Merde ! Beverly ! se dit Ben, qui se mit à courir à son tour, l'estomac ballottant devant lui, les jambes comme des pistons. Il avait vaguement conscience d'Eddie Kaspbrak courant à sa gauche, tenant son inhalateur dans sa bonne main, comme un pistolet.

Puis Ça se redressa au-dessus de Bill, qui était désarmé ; Ça l'enfouit sous son ombre, pattes battant l'air. Ben saisit Beverly à l'épaule. Sa main la heurta, puis glissa. Elle se tourna vers lui, les yeux fous, les lèvres lui découvrant les dents.

« Aide-le ! hurla-t-elle.

— Comment ? » répondit-il sur le même ton. Il fonça vers l'Araignée, entendit son miaulement avide et plongea son regard dans ses yeux rouges, diaboliques, intemporels, et vit une forme en dessous de la forme : quelque chose de pire qu'une araignée. Quelque chose qui n'était que lumière démente. Il sentit son courage vaciller... mais c'était Bev qui le lui avait demandé. Bev, qu'il aimait.

« Saloperie, laisse Bill tranquille ! » rugit-il.

L'instant suivant, une main le frappait si sèchement à l'épaule qu'il faillit tomber ; c'était Richie qui, en dépit des larmes qui lui coulaient sur les joues, souriait comme un dément. Les coins de sa bouche donnaient l'impression de remonter jusqu'à ses oreilles, de la bave coulait entre ses dents. « Chopons-la, Meule de Foin ! lui hurla-t-il. Chüd ! Chüd ! »

Pourquoi en parle-t-il au féminin ? pensa stupidement Ben, *Pourquoi dit-il « la » ?*

Et à voix haute : « D'accord, mais qu'est-ce que c'est ? C'est quoi, Chüd ?

— Du diable si je le sais ! » lui lança Richie, qui partit en courant vers Bill, vers l'ombre de Ça.

Ça s'était plus ou moins accroupi sur ses pattes arrière. Celles de devant battaient l'air au-dessus de la tête de Bill. Et Stan Uris, forcé d'approcher, obligé d'approcher en dépit de tout ce qui dans sa tête et son corps lui criait de fuir, vit que Bill, la tête levée, fixait de ses yeux bleus les yeux orange et inhumains de Ça, des yeux d'où jaillissait cette abominable lumière cadavérique. Stan s'arrêta, comprenant que le rituel de Chüd, quel qu'il fût, venait de commencer.

2

Bill dans le vide, un

Qui es-tu, et pourquoi viens-tu à moi ?

Je m'appelle Bill Denbrough. Et tu sais qui je suis et pourquoi je suis venu. Tu as tué mon frère et je suis ici pour te tuer. Il ne fallait pas t'attaquer à lui, saloperie.

Je suis éternelle. Je suis la Dévoreuse des Mondes.

Ah oui ? Eh bien, dans ce cas, tu viens de faire ton dernier repas, frangine.

Tu es sans pouvoir ; de mon côté se trouve le pouvoir ; éprouve-le, morveux, et viens ensuite me raconter comment tu prétends tuer l'Éternelle. Crois-tu m'avoir vue ? Tu n'as vu que ce que ton esprit te permet de voir. Aimerais-tu me voir ? Viens donc, alors ! Viens, morveux, viens !

Lancé...

(les)

Non, pas lancé, tiré comme une balle vivante, comme le Boulet de Canon humain du cirque qui passait tous les ans à Derry, en mai. Il fut soulevé et emporté à travers le repaire de l'Araignée. *C'est seulement dans mon esprit, mon corps se tient toujours au même endroit sans lâcher Ça des yeux, sois courageux, sois honnête, tiens le coup, tiens le coup...*

(chemises)

Filant comme un obus dans un tunnel noir et dégoulinant aux parois carrelées en décomposition, vieilles de cinquante, cent, mille, un million de milliards d'années, allez savoir, fonçant dans un silence mortel à travers les intersections parfois éclairées de feux vert-jaune, parfois par des ballons pleins d'une lumière blanche spectrale au milieu d'autres d'un noir absolu, il se trouva projeté à une vitesse de mille kilomètres à l'heure parmi des entassements d'ossements, certains humains, d'autres non ; il était comme un missile dans une soufflerie, dirigé maintenant vers le haut, non pas vers la lumière mais vers l'obscurité, quelque obscurité titanesque,

(chemises)

avant d'exploser à l'extérieur, dans les ténèbres absolues, des ténèbres qui étaient tout, des ténèbres qui étaient le cosmos et l'univers ; et le sol de ces ténèbres était dur, dur, il était comme de l'ébène polie sur laquelle il glissait sur la poitrine, le ventre et les cuisses, semblable à un galet de shuffleboard sur la glace. Il filait sur le plancher de la salle de bal de l'éternité, et l'éternité était *noire.*

(sont-elles)

Arrête cela, pourquoi dis-tu cela ? Cela ne t'aidera pas, stupide garçon

(sèches, archi-sèches)

Arrête !

(Les chemises de l'archiduchesse sont-elles sèches archi-sèches !)

Arrête ! Arrête ! J'exige que tu t'arrêtes, je te l'ordonne !

Pourquoi, cela ne te plaît pas ?

(Si je pouvais seulement le dire à voix haute, le dire sans bégayer, je pourrais rompre cette illusion...)

Il ne s'agit pas d'une illusion, petit garçon insensé, mais de l'éternité, l'éternité dans laquelle tu es perdu, perdu pour toujours, incapable à tout jamais de trouver le chemin du retour et condamné à errer dans les ténèbres... après que tu m'auras rencontré face à face, en vérité

Mais il y avait quelque chose d'autre, ici. Bill le sentait par tous ses sens, odorat compris : une présence immense devant lui dans l'obscurité. Une Forme. Il n'éprouvait pas de peur, mais un sentiment d'émerveillement religieux : là se trouvait une puissance qui ridiculisait celle de Ça, et Bill eut seulement le temps de penser, de façon incohérente : *Je vous en prie, je vous en prie, qui que vous soyez, souvenez-vous que je suis très petit...*

Il se précipita vers la forme et vit qu'il s'agissait d'une grande Tortue à la carapace constellée de couleurs éclatantes. Son antique tête reptilienne en surgit et Bill se dit qu'elle paraissait éprouver une vague surprise méprisante pour la chose qui l'avait propulsé là. On lisait la bonté dans les yeux de la Tortue. Bill songea qu'elle devait être la chose la plus vieille que l'on pût imaginer, infiniment plus vieille que Ça qui prétendait pourtant être éternel.

Qui es-tu ?

Je suis la Tortue, fils. J'ai fait l'univers, mais je t'en prie, pas de reproches ; j'avais mal au ventre.

Aide-moi ! Je t'en prie, aide-moi !

Je ne prends pas parti dans ces questions.

Mon frère...

Possède sa propre place dans le macronivers ; l'énergie est éternelle et même un enfant comme toi doit comprendre

Il longeait en volant la Tortue, maintenant, et même à la vitesse folle à laquelle il passait, la carapace de l'entité paraissait ne jamais vouloir se finir. Il songea vaguement qu'il était un peu comme dans un train qui en croiserait un autre, un train si long, cependant, qu'il en paraissait immobile ou même avancer à reculons. Il entendait encore la voix de Ça, tonitruante et bavarde, une voix aiguë et coléreuse, inhumaine, pleine d'une haine démente. Mais lorsque la Tortue parla, la voix de Ça fut complètement coupée. La Tortue parla dans la tête de Bill, et Bill comprit sans trop savoir comment, qu'il existait encore un Autre et que cet Autre ultime demeurait dans un vide au-delà de celui-ci. Cet Autre ultime était peut-être le créateur de la Tortue, laquelle veillait, simplement, et de Ça, lequel seulement dévorait. Cet Autre était une force au-delà de l'univers, un pouvoir au-delà de tous les pouvoirs, l'auteur de toute existence.

Soudain il pensa avoir compris : l'intention de Ça était de le projeter à travers quelque paroi à l'extrémité de l'univers pour le précipiter en un autre lieu,

(celui que cette vieille Tortue appelait le macronivers)

lieu où Ça vivait réellement ; où Ça existait, noyau titanesque et lumineux, tout en n'étant peut-être rien de plus qu'un moucheron infime dans l'esprit de cet Autre ; il verrait Ça dans sa nudité, une chose faite d'une lumière informe et destructrice ; et là, il serait soit miséricordieusement anéanti, soit laissé en vie pour l'éternité, dément et cependant conscient, prisonnier de cet être affamé, homicide, sans fin ni forme.

Je t'en prie, viens à mon aide ! Pour les autres...

Tu dois t'aider toi-même, fils.

Mais comment ? Je t'en supplie, dis-moi comment ! Comment ? COMMENT ?

Il était maintenant à la hauteur des pattes arrière aux écailles épaisses de la Tortue ; il eut le temps d'observer ses chairs gigantesques et anciennes, le temps d'être frappé par les ongles puissants qui terminaient ses pattes — ongles d'un étrange jaune bleuâtre dans chacun desquels il vit tourbillonner des galaxies.

Je t'en prie, tu es bonne, je sens et crois que tu es bonne et je t'en supplie... Est-ce que tu ne peux pas m'aider, s'il te plaît ?

Tu sais déjà ce qu'il faut faire. Il n'y a que Chüd. Et tes amis.

Je t'en prie, oh, je t'en prie !

Fils, il faut que les chemises de l'archiduchesse soient sèches, archi-sèches, c'est tout ce que je peux te dire... Une fois que l'on est lancé dans ce genre de merdier cosmologique, on peut foutre en l'air tous les manuels d'instructions

Il se rendit compte que la voix de la Tortue s'affaiblissait. Il passait au-delà, filant comme un obus dans des ténèbres plus que profondes, insondables. La voix de la Tortue était étouffée, engloutie celle, sardonique et ricanante, de la chose qui l'avait projeté dans ce vide noir — la voix de l'Araignée, la voix de Ça.

Alors, mon petit ami, est-ce que cela te plaît, ici ? Apprécies-tu ? Aimes-tu ça ? Lui donnerais-tu dix-huit sur vingt car le rythme est bon et que tu pourrais danser dessus ? Est-ce qu'il ne te fait pas tressauter les amygdales, un coup à droite, un coup à gauche ? La rencontre avec mon amie la Tortue t'a-t-elle fait plaisir ? Je croyais que cette vieille conne stupide était morte depuis longtemps, et pour tout le bien qu'elle t'a fait, il aurait pu tout aussi bien en être ainsi, crois-tu donc qu'elle a pu t'aider ?

Non non non non les chemises les che-che-che-che-mises non

Arrête de babiller ! Le temps nous manque. Parlons tant que c'est encore possible. Parle-moi de toi, mon petit ami... dis-moi, est-ce que tu aimes toute cette obscurité noire et froide ici ? Prends-tu plaisir à ce grand voyage dans le néant qui s'étend à l'Extérieur ? Attends un peu de le franchir, mon petit ami ! Attends un peu le moment où tu atteindras le lieu où je demeure ! Attends cela ! Attends les lumières-mortes !! Tu les verras et tu deviendras fou... mais tu vivras... tu vivras... tu vivras à l'intérieur... en dedans de moi...

Ça partit d'un rire malveillant, et Bill prit conscience que la voix de Ça commençait à la fois à s'atténuer et à enfler, comme si, à la fois, il passait hors de sa portée et se précipitait vers lui. Et n'était-ce pas ce qui était en train de se passer ? Oui ; il le croyait. Car, alors que les voix étaient parfaitement synchronisées, celle vers laquelle il se précipitait maintenant sonnait totalement étrangère à son oreille, émettant des syllabes qu'aucune gorge et langue humaine n'auraient pu reproduire. *Telle est la voix des lumières-mortes, pensa-t-il.*

Le temps nous manque. Parlons tant que c'est encore possible.

La voix humaine de Ça s'estompait comme s'estompaient les émissions de la radio de Bangor lorsqu'on les captait en voiture en roulant vers le sud. Il fut saisi d'une aveuglante flambée de terreur. Il n'allait pas tarder à ne plus être en communication rationnelle avec Ça... Quelque chose en lui le comprenait, car en dépit de ses rires et de ses sarcasmes, c'était bien ce que Ça voulait. Non pas simplement l'expédier là où il se trouvait réellement, mais rompre leur communication mentale. Si elle cessait, il en serait détruit, complètement ravagé... Passer au-delà de la communication était passer au-delà de tout salut ; il comprenait fort bien cela à la façon dont ses parents s'étaient comportés vis-à-vis de lui après la mort de George. C'était la seule leçon qu'il pouvait tirer de leur froideur de congélateur.

Quitter Ça... et approcher Ça. Mais le quitter restait d'une certaine façon le plus important. Si Ça voulait dévorer les petits enfants là-bas, ou les y entraîner, ou il ne savait pas quoi, pourquoi Ça ne les y avait-il pas tous envoyés ? Pourquoi seulement lui ?

Parce qu'il devait débarrasser son soi-Araignée de lui, telle était la raison. D'une manière mystérieuse, le Ça-Araignée et le Ça qui se désignait lui-même comme lumières-mortes étaient liés. Quelle que fût la chose qui vivait dans ces ténèbres, elle y était peut-être invulnérable... mais Ça se trouvait également sur la terre, sous Derry, dans un organisme physique. Aussi repoussant qu'il fût, à Derry, la présence de Ça était physique... et ce qui était physique pouvait être tué.

Bill filait-glissait dans l'obscurité, sa vitesse augmentant constamment. *Qu'est-ce qui me fait comprendre que l'essentiel de ce que Ça raconte n'est que du bluff, une vaste mascarade ? Pourquoi faut-il qu'il en soit ainsi ? Et comment est-ce possible ?*

Il crut le comprendre... peut-être.

Il n'y a que Chüd, avait déclaré la Tortue. Et si c'était vrai, s'ils s'étaient mordu mutuellement la langue, non pas physiquement, mais mentalement, spirituellement ? Et en supposant que Ça arrive à envoyer Bill suffisamment loin dans le vide, c'est-à-dire assez près de son soi éternel désincarné, le rituel ne prendrait-il pas fin ? Ça l'aurait arraché, tué, et aurait tout gagné en même temps.

Tu t'en sors pas mal, fils, mais bientôt il sera trop tard...

Ça a peur ! Peur de moi ! Peur de nous tous !

Il glissait, glissait, et il y avait une paroi devant lui, il la sentait, il la sentait approcher dans l'obscurité, la paroi à l'extrémité du continuum et au-delà l'autre forme, les lumières-mortes...-

Ne me parle pas, fils, et ne te parle pas à toi-même, tu ne fais que te déchirer. Mords si tu veux, mords si tu l'oses, si tu peux avoir ce courage, si tu peux supporter... mords dedans, fils !

Bill mordit — non pas avec ses dents, mais avec les incisives de son esprit.

Avec une voix abaissée d'une octave, une voix qui n'était pas la sienne (il avait en fait adopté la voix de son père, mais il irait jusqu'à la tombe sans le savoir ; certains secrets restent tels, et sans doute vaut-il mieux), et après avoir pris une grande inspiration, il cria : « *Les chemises de l'archiduchesse sont sèches archi-sèches !* »

Il sentit Ça qui hurlait dans son esprit, hurlement de rage et de frustration... mais aussi de peur et de souffrance. Ça n'était pas habitué à ne pas être maître de la situation ; jamais rien de tel ne lui était arrivé et jusqu'aux événements les plus récents de son existence, il n'avait pas soupçonné que cela puisse lui arriver.

Bill le sentit qui se tordait contre lui, non pas le tirant, mais le poussant, essayant de se débarrasser de lui !

LES CHEMISES DE L'ARCHIDUCHESSE SONT SÈCHES ARCHI-SÈCHES, J'AI DIT !

ARRÊTE !

RAMÈNE-MOI ! TU ES OBLIGÉ DE ME RAMENER ! JE TE L'ORDONNE ! JE L'EXIGE !

Ça hurla de nouveau, souffrant maintenant avec plus d'intensité, peut-être en partie parce que alors que Ça avait passé sa longue existence à infliger des souffrances, à s'en nourrir, Ça n'en avait jamais éprouvé lui-même.

Ça essaya tout de même de le repousser, de se débarrasser de lui, voulant, avec un entêtement aveugle, absolument gagner, comme Ça l'avait toujours fait par le passé. Il poussa... mais Bill sentit que sa vitesse diminuait et une image grotesque lui vint à l'esprit : la langue de Ça, couverte de cette bave vivante, étirée comme une épaisse bande de caoutchouc, se craquelant, saignant. Il se vit lui-même accroché des dents à la pointe de cette langue, l'entaillant petit à petit, le visage inondé du fluide convulsif qui était son sang, se noyant dans sa mortelle puanteur et pourtant tenant toujours ferme, tenant accroché à quelque chose tandis que Ça se débattait dans ses souffrances aveugles et sa rage croissante pour ne pas laisser sa langue abandonner...

(Chüd, c'est cela, Chüd, tiens le coup, sois courageux, sois honnête, tiens pour ton frère, tiens pour tes amis ; crois, crois en toutes les choses en lesquelles tu as déjà cru, crois que si tu dis à un policier que tu es perdu, il te ramènera sain et sauf à la maison, crois qu'il existe une petite souris qui vit dans un énorme palais d'émail, crois que le Père Noël habite au pôle Nord, et qu'il fabrique des jouets aidé par une ribambelle d'elfes, crois aussi que le marchand de sable pourrait être bien réel, bien réel en dépit de Carlton, le grand frère de Calvin et Cissy Clark, qui dit que tout ça c'est des bêtises pour les bébés, crois que ton père et ta mère t'aimeront à nouveau, que le courage est possible, que les mots te viendront tout le temps avec facilité ; fini les Râtés, les Perdants, fini de se terrer au fond d'un trou dans le sol en le baptisant Club souterrain, fini d'aller pleurer dans la chambre de Georgie parce que tu n'as pas pu le sauver et ne savais pas, crois en toi-même, crois en la chaleur de ce désir !)

Il se mit soudain à rire dans les ténèbres, non pas d'un rire hystérique, mais d'un rire qui exprimait un ravissement émerveillé absolu.

« ET MERDE, JE CROIS EN TOUS CES TRUCS ! » clama-t-il, et c'était vrai : même à onze ans, il avait déjà remarqué que les choses tournaient bien, une invraisemblable quantité de fois. Une lumière flamboya autour de lui. Il tendit les bras au-dessus de sa tête, leva le visage, et sentit soudain un torrent de puissance le traverser.

Il entendit Ça qui hurlait à nouveau... et brusquement il se trouva tiré en arrière de même qu'il était venu, toujours accroché à l'image de ses dents plantées profondément dans la chair étrange de la langue de Ça, ses dents verrouillées comme dans la grimace de la sinistre vieille mort. Il fila dans les ténèbres, les lacets de ses tennis volant derrière lui comme des bannières, le vent de ce lieu vide sifflant à ses oreilles.

Il repassa près de la Tortue et vit qu'elle avait rentré la tête sous sa carapace ; sa voix en émergeait, creuse et déformée, comme si même sa retraite était un puits profond de plusieurs éternités :

Pas si mal, fils, mais il faut finir le travail, maintenant ; ne laisse pas Ça s'échapper. L'énergie a une manière à elle de se dissiper, vois-tu ; ce qui peut être fait lorsque l'on a onze ans, souvent, ne peut pas l'être par la suite.

La voix de la Tortue diminua, diminua, diminua. Il n'y eut plus qu'une obscurité torrentielle... puis l'embouchure du tunnel cyclopéen... les odeurs de la décrépitude et de la décomposition... des toiles d'araignées lui caressant le visage comme les rideaux de soie en lambeaux d'une maison hantée... flou de carrelages s'émiettant... croisements, tout noirs maintenant, ballons-lunes disparus, et Ça hurlait, hurlait :

Laisse-moi partir laisse-moi partir je ne reviendrai jamais laisse-moi PARTIR ÇA FAIT MAL ÇA FAIT MAL ÇA FAIT MAAAALLLL !!!

« *Duchesse sont sèches !* » rugit Bill, presque pris de délire. Il voyait devant lui une lumière, une lumière qui s'affaiblissait, qui brasillait comme une grande bougie au bout de sa mèche... et pendant un instant, il se revit, lui et les autres se tenant par la main, Eddie d'un côté, Richie de l'autre. Il vit son propre corps affaissé, sa tête qui ballottait sur ses épaules, les yeux plongés dans ceux de l'Araignée, laquelle tourbillonnait et se tordait comme un derviche, ses pattes épineuses battant le sol, du poison s'écoulant de son dard.

Ça hurlait à l'agonie, dans les affres de la mort.

Du moins Bill le croyait-il, candide.

Puis il vint s'encastrer dans son propre corps avec la violence d'une balle de base-ball dans un gant lors d'un coup direct, avec une telle force que ses mains s'arrachèrent à celles d'Eddie et de Richie et qu'il fut projeté à genoux, glissant sur les dalles jusqu'à toucher le bas de la toile d'araignée. Il tendit sans y penser une main vers un fil et cette main fut immédiatement envahie par un engourdissement, comme si elle venait de recevoir une pleine ampoule de novocaïne ; le fil lui-même avait l'épaisseur d'un fil téléphonique.

« Ne touche pas ce truc, Bill ! » lui cria Ben, et Bill dut tirer plusieurs coups rapides pour en arracher la main ; une partie de sa paume, à la hauteur des premières phalanges, resta à vif. Elle se remplit de sang et il se remit sur pied en titubant, surveillant l'Araignée de l'œil.

Elle reculait en crabe devant eux, maintenant, et se dirigeait vers le coin le plus sombre de la salle, dont l'éclairage baissait peu à peu. Elle laissait des flaques de sang noir sur son passage ; mystérieusement, la confrontation avait entraîné la rupture d'organes internes à une douzaine, peut-être même à une centaine d'endroits différents.

Il recula, levant la tête, tandis que des fils de la toile tombaient vers le sol qu'ils venaient frapper autour de lui comme des serpents blancs et adipeux. Ils perdaient forme instantanément et s'infiltraient dans les fissures entre les dalles. La toile s'effondrait, se détachait de ses nombreux points d'ancrage. L'un des corps, encoconné comme une mouche, vint heurter le sol avec le bruit flasque et répugnant d'une calebasse pourrie.

« L'Araignée ! cria Bill. Où est-elle passée ? »

Il entendait encore Ça dans sa tête, miaulant et gémissant de douleur, et il comprit obscurément qu'elle s'était retirée dans le même tunnel où elle l'avait projeté auparavant... mais s'y était-elle réfugiée pour regagner le lieu sans nom où elle avait projeté d'expédier Bill... ou pour s'y cacher jusqu'à leur départ ? Pour y mourir ? Ou pour y panser ses plaies ?

« Seigneur, les lumières ! s'écria Richie. Les lumières s'éteignent ! Qu'est-ce qui s'est passé, Bill ? Où es-tu allé ? Nous t'avons cru mort ! »

Confusément, Bill comprit que c'était faux : s'ils l'avaient réellement cru mort, ils se seraient enfuis, dispersés, et Ça les aurait cueillis sans peine, un par un. Ou peut-être serait-il plus juste de dire qu'ils avaient *pensé* qu'il était mort, mais l'avaient *cru* vivant.

Il faut vérifier, être sûr ! Si Ça est en train de mourir, ou est retourné de l'endroit dont il est issu, où se trouve le reste de Ça, c'est parfait. Mais s'il est simplement blessé ? S'il arrive à s'en sortir ? Et si...

Le cri de Stan fit éclater le fil de ses pensées comme une vitre. Dans la lumière mourante, Bill vit que l'un des fils de la toile venait de tomber sur l'épaule de Stan. Mais avant que Bill ait pu l'atteindre, Mike s'était jeté sur le garçonnet plus petit que lui-même, le heurtant de plein fouet. Il emporta Stan dans son élan et le fil cassa, arrachant un fragment du polo de Stan.

« Reculez ! leur cria Ben. Éloignez-vous, tout s'écroule ! » Lui-même saisit la main de Beverly et la tira en direction de la porte minuscule tandis que Stan se remettait sur pied, jetait autour de lui un regard hébété et saisissait Eddie par son bras valide. Ils se dirigèrent ensemble vers Ben et Beverly, se soutenant mutuellement, l'air de deux fantômes dans le reste de lumière.

Au-dessus de leurs têtes, la toile d'araignée continuait de s'affaisser, de tomber sur elle-même, de perdre son épouvantable symétrie. Les corps prisonniers tournoyaient dans l'air, paresseusement, comme de cauchemardesques bouchons au bout d'une canne à pêche. Les fils entrecroisés tombaient — barreaux pourris d'étranges et complexes échelles. Les bouts détachés heurtaient les dalles, sifflaient comme des chats, perdaient leur forme et se mettaient à s'épancher.

Mike Hanlon suivit un chemin zigzaguant entre eux comme entre près d'une douzaine de lignes de défense adverses dans un match de football, tête baissée, esquivant, se faufilant. Richie le rejoignit. Chose incroyable, ce dernier riait alors qu'il avait les cheveux dressés sur la tête comme des épines de porc-épic. Les lumières baissèrent encore ; les phosphorescences qui se tordaient sur les murs mouraient une à une.

« Bill ! cria Mike. Ramène-toi ! Tire tes fesses de là !

— Et si jamais Ça n'est pas mort ? s'égosilla Bill. Il faut lui courir après, Mike ! Il faut être sûr ! »

Un fouillis de fils se détacha comme un parachute et tomba en produisant un horrible bruit de chairs déchirées. Mike saisit Bill par le bras et le poussa de côté, le faisant trébucher.

« Ça est mort ! » cria Eddie, les rejoignant. Ses yeux étaient deux lumignons fébriles, sa respiration le sifflement d'un vent d'hiver glacé dans sa gorge. Les débris de la toile, en le heurtant, avaient gravé d'étranges scarifications dans le plâtre de son bras. « Je l'ai entendu, Ça mourait, ce n'est pas le genre de bruit que l'on fait en allant à une partie de châtaignes, Ça crevait, j'en suis sûr ! »

Les mains de Richie s'avancèrent à tâtons dans la pénombre grandissante, s'emparèrent de Bill et l'étreignirent convulsivement. Puis il se mit à lui marteler le dos, extatique. « Moi aussi, je l'ai entendu, Ça crevait, Grand Bill, j'en suis sûr ! Et tu ne bégaies plus, tu ne bégaies plus du tout. Comment as-tu fait cela ? Comment diable... ? »

La tête de Bill lui tournait. Les mains lourdes et maladroites de l'épuisement pesaient sur lui. Il ne se souvenait pas s'être jamais senti aussi fatigué... Mais dans son esprit, il entendait la voix traînante et comme à bout de forces de la Tortue : *... il faut finir le travail, maintenant, ne laisse pas Ça s'échapper... ce qui peut être fait lorsque l'on a onze ans, souvent, ne peut pas l'être par la suite.*

« Mais il faut être sûr... »

Les ombres se rejoignaient et l'obscurité était maintenant presque totale. Cependant, avant que le noir ne fût complet, il crut lire le même doute infernal sur le visage de Beverly... et dans les yeux de Stan. Et quand la dernière lueur eut disparu, ils purent pourtant entendre les chuintements suivis d'un bruit sourd de l'innommable toile tombant en morceaux.

3

Bill dans le vide, deux.

Tiens, te voilà donc de retour, mon petit pote ! Mais qu'est-ce qui est arrivé à tes cheveux ? Tu es aussi chauve qu'une boule de billard, ma parole ! C'est bien triste ! Bien triste, la brièveté de ces vies humaines ! Chacune n'est qu'un court récit écrit par un idiot ! Sans compter...

Je m'appelle toujours Bill Denbrough. Tu as tué mon frère George et Stanec le Mec, mon ami ; tu as essayé de tuer Mike. Et moi je vais te dire quelque chose : aujourd'hui je ne m'arrêterai que lorsque le boulot sera achevé.

La Tortue était stupide, trop stupide pour mentir. Elle t'a dit la vérité, mon petit pote... c'est une chance qui ne se présente qu'une fois. Tu m'as fait mal. Tu m'as surpris. C'est fini, cela. C'est moi qui t'ai rappelé. Moi.

Tu m'as rappelé, si tu veux, mais tu n'es pas le seul...

Ton amie la Tortue... elle est morte il y a quelques années. Elle a dégobillé dans sa carapace et s'est étouffée à en crever sur une galaxie ou deux. Bien triste, tu ne trouves pas ? Mais aussi bien bizarre. Mérite une place dans Le Livre des records, *non ? C'est arrivé à peu près au moment où tu as connu ce blocage d'écriture. Sans doute l'as-tu sentie partir, mon petit pote.*

Cela, je ne le crois pas davantage.

Oh, tu finiras par le croire... tu verras. Cette fois-ci, mon petit pote, j'ai prévu de tout te montrer. Y compris les lumières-mortes.

Il sentit la voix de Ça qui s'élevait, qui grondait, un véritable tintamarre — et il éprouva enfin sa fureur dans toute son étendue. Il fut terrifié. Il rechercha la langue de son esprit, se concentrant, s'efforçant désespérément de retrouver dans toute sa plénitude ses convictions enfantines et comprenant en même temps la mortelle vérité des paroles de Ça : la dernière fois, Ça était non préparé. Aujourd'hui... même si Ça n'avait pas été le seul à le rappeler, Ça l'avait incontestablement attendu.

Néanmoins...

Il sentit monter sa propre fureur, nette, chantante, tandis que ses yeux se fixaient sur les yeux de Ça. Il sentit ses anciennes cicatrices, il sentit qu'il avait été gravement atteint, il sentit qu'il souffrait encore.

Et lorsque Ça le propulsa, au moment où il fut arraché à son propre corps, il se concentra de tout son être pour s'emparer de sa langue... *mais manqua sa prise.*

4

Richie

Les quatre autres regardaient, paralysés. C'était la répétition exacte de ce qui s'était déjà passé une première fois. Du moins au début. L'Araignée, qui semblait sur le point de s'emparer de Bill et de l'engloutir, s'immobilisa soudain. Les yeux bleus de Bill, ceux, rubis, de l'Araignée, s'étaient trouvés et ne se lâchaient plus. Les quatre sentirent que s'établissait un contact... un contact à peine au-delà de leur capacité de pressentiment. Mais ils percevaient un combat, un affrontement de volontés.

C'est alors que Richie leva les yeux vers la nouvelle toile et vit la première différence.

Certes, il y avait, comme autrefois, des cadavres suspendus, à demi dévorés, à demi putréfiés... mais plus haut, dans un coin, se trouvait un autre corps qui parut tout récent à Richie, peut-être encore vivant. Beverly n'avait pas levé les yeux — son regard ne quittait pas l'affrontement de Bill et de l'Araignée — mais même dans son épouvante, Richie s'aperçut de la ressemblance qui existait entre elle et la femme dans la toile. Elle avait de longs cheveux roux ; ses yeux, ouverts, restaient vitreux et immobiles. Un filet de salive avait coulé sur son menton du coin gauche de sa bouche. Elle avait été attachée à l'un des câbles principaux de la toile par un harnais arachnéen qui passait autour de sa taille et sous ses bras, si bien qu'elle pendait, penchée en avant, bras et jambes se balançant mollement. Elle avait les pieds nus.

Richie aperçut alors un autre corps tout recroquevillé au pied de la toile, celui d'un homme qu'il ne connaissait pas... puis son esprit releva, presque inconsciemment, une vague ressemblance avec feu le peu regretté Henry Bowers. Du sang avait coulé des yeux de l'homme et une écume rouge séchée lui barbouillait la bouche et le menton. Il...

C'est à cet instant que Beverly cria : « Quelque chose cloche ! Quelque chose est allé de travers, il faut réagir, pour l'amour du ciel est-ce que quelqu'un va réagir ? »

Le regard de Richie revint brusquement sur Bill et l'Araignée... et il crut entendre/sentir un rire monstrueux. De manière subtile, le visage de Bill s'étirait. Sa peau avait pris un teint jaunâtre de vieux parchemin. On ne voyait plus que le blanc de ses yeux.

Oh Bill, où es-tu ?

Sous les yeux de Richie, des bulles de sang jaillirent brusquement du nez de Bill tandis que sa bouche se tordait, essayant de crier... et l'Araignée qui, de nouveau, avançait sur lui ! Elle se tournait, de manière à présenter son dard.

Elle veut le tuer... tuer son corps, du moins... pendant que son esprit se trouve quelque part ailleurs. Elle veut le faire taire pour toujours. Elle est en train de gagner... Bill, où es-tu ? Pour l'amour du ciel, où es-tu ?

Alors, venant d'une distance inimaginable, Richie entendit Bill crier faiblement... et les mots, bien que dépourvus de sens, étaient de la clarté du cristal et débordaient d'un épouvantable

(la Tortue est morte oh mon Dieu la Tortue est vraiment morte)

désespoir.

Bev hurla de nouveau et porta les mains à ses oreilles comme pour faire taire cette voix affaiblie. Le dard de l'Araignée se souleva et Richie bondit vers Ça, un grand sourire sur les lèvres, et l'interpella avec la voix du flic irlandais à son meilleur :

Allons, allons voyons ma petite dame ! Par le diable et l'enfer, que croyez-vous donc que vous allez faire ? Rentrez-moi cet engin et plus vite que cela avant que j'aille tirer sur vos cotillons et défriser un peu vos bouclettes !

L'Araignée arrêta de rire et Richie sentit monter en elle un hurlement de colère et de douleur. *Je l'ai blessée !* pensa-t-il triomphalement. *Je l'ai blessée, qu'est-ce que vous en dites les mecs, hein ? Et devinez quoi !* JE LUI AI CHOPÉ LA LANGUE ! JE CROIS QUE BILL L'A MANQUÉE MAIS PENDANT UN MOMENT DE DISTRACTION DE ÇA J'AI...

C'est alors que Ça jeta sur lui, avec des vociférations, une ruche d'abeilles en furie qui se mirent à tourbillonner dans sa tête ; il se trouva arraché à lui-même et plongé dans les ténèbres, ayant vaguement conscience que Ça essayait de le détacher de lui à grandes secousses. Et Ça s'en sortait pas mal, à vrai dire. L'épouvante envahit Richie, bientôt remplacée par un sentiment d'absurdité cosmique. Il se rappela Beverly avec son yo-yo, quand elle lui avait montré comment le faire « dormir » au bout de son fil, comment lui faire faire le « toutou », le « tour du monde ». Et c'était maintenant lui, Richie le yo-yo humain, qui pirouettait au bout de la langue de Ça. Et la figure qu'il faisait n'était pas la promenade du toutou, mais plutôt celle de l'Araignée — c'était d'une grande drôlerie, non ?

Richie éclata de rire. Il était mal élevé de rire la bouche pleine, bien sûr, mais le *Guide des bonnes manières* ne devait guère compter de lecteurs là où il se trouvait.

Idée qui le fit rire et mordre encore plus fort.

L'Araignée hurla et le secoua de plus belle, clamant sa colère de s'être ainsi laissé surprendre une deuxième fois — elle s'était imaginé que seul l'écrivain était en mesure de la défier, et voici que cet homme qui s'esclaffait comme un potache venait de lui tomber dessus au moment où elle s'y attendait le moins.

Richie se sentit glisser.

Attendez ouné pétite minoute, Señorita, qué on va sortir d'ici ensemblé, ou alors yé né vous vends pas ouné seul billet dé la loteria, qué tous ils gagnent, qué yé lé joure sour la tête de ma mama.

Il sentit ses dents s'enfoncer de nouveau, plus solidement cette fois — mais aussi une très légère douleur quand les crocs de Ça s'enfoncèrent dans sa propre langue. Bon sang, cela restait tout de même rigolo, malgré tout. Même dans les ténèbres, se retrouver propulsé derrière Bill avec seulement la langue de cet innommable monstre pour le relier à son monde, même avec la douleur de la morsure de ses crocs empoisonnés qui lui envahissait l'esprit comme un brouillard rouge, c'était bougrement rigolo. *Visez-moi un peu ça, les mecs : le premier disc-jockey volant de l'histoire !*

Bon, très bien, il volait.

Richie se trouvait dans des ténèbres encore plus profondes que ce qu'il avait jamais connu ; des ténèbres dont il n'aurait même jamais soupçonné l'existence, et fonçait à ce qui lui semblait être la vitesse de la lumière tout en étant secoué comme un rat par un chien ratier. Il sentit qu'il y avait quelque chose en avant de lui, quelque cadavre titanesque. Était-ce la Tortue sur le sort de laquelle Bill s'était lamenté d'une voix de plus en plus faible ? Sans doute. Ce n'était qu'une carapace, une coquille vide. Elle fut rapidement derrière lui et il poursuivit sa course dans l'obscurité.

Ça déménage, maintenant, pensa-t-il, et il éprouva l'irrésistible besoin de se remettre à caqueter.

Bill, Bill ! Est-ce que tu m'entends ?

Il est parti, il est dans les lumières-mortes, lâche-moi, LÂCHE-MOI ! (Richie)

Incroyablement loin, loin dans les ténèbres.

Bill ! Bill ! Je suis là ! Trouve une prise ! Pour l'amour de Dieu, trouve une prise !

Il est mort, vous êtes tous morts, vous êtes trop vieux, ne comprenez-vous pas cela ? Et maintenant, lâche-MOI !

Et non, salope, on n'est jamais trop vieux pour la danse de Saint-Guy !

LÂCHE-MOI !

Amène-moi près de lui et on verra

Richie

Plus près, grâce à Dieu il était plus près, maintenant...

Voilà, j'arrive, Grand Bill ! La Grande Gueule à la rescousse ! Pour tirer tes vieilles fesses pelées de là ! J'te devais bien ça depuis l'affaire de Neibolt Street, non ?

Lâche-MOIIII !

Ça souffrait terriblement, maintenant, et Richie comprit à quel point il l'avait pris par surprise — Ça avait cru n'avoir affaire qu'à Bill. Eh bien, c'était parfait, absolument parfait. Pour l'instant, Richie ne se souciait pas de tuer Ça ; il n'était d'ailleurs pas sûr qu'il pût être tué. Mais Bill, lui, pouvait l'être, et Richie sentait que le temps qui lui restait était très, très limité. Bill se rapprochait à toute allure d'une pénible surprise, de quelque chose sur quoi il valait mieux ne pas s'appesantir.

Richie ! Non ! Retourne-t'en ! Ce sont les limites de toutes choses, ici ! Les lumières-mortes !

Ma parolé ! qué on dirait qué tou es sour ouné canasson dé minouit, Señorrr... et où qué t'es, mon bonhomme ? Souris, qué yé vois où qué t'es !

Et soudain Bill fut là, glissant d'un côté

(le gauche, le droit ? Il n'y avait aucune direction, ici)

ou de l'autre. Et au-delà de lui, arrivant très vite, Richie vit/sentit quelque chose qui tarit instantanément la source de son rire. Une barrière, quelque chose avec une forme étrange, non géométrique,

que son esprit ne pouvait saisir. Il la traduisit donc du mieux qu'il put, comme avait été traduite en Araignée la forme de Ça, et Richie la vit donc sous celle d'une colossale paroi grise en pieux de bois fossilisé. Ces pieux se prolongeaient éternellement vers le haut et vers le bas, comme les barreaux d'une cage ; et derrière, brillait une grande lumière aveugle. Elle flamboyait et se déplaçait, souriait et ricanait. La lumière vivait,

(lumières-mortes)

était plus que vivante : débordante d'une force — magnétisme, gravité, peut-être quelque chose d'autre. Richie se sentit soulevé et lâché, tiré et lancé comme une toupie, comme s'il s'était trouvé au milieu de rapides dans une gorge étroite. Il sentait la lumière se déplacer avec avidité sur son visage... et la lumière *pensait.*

C'est Ça, c'est Ça, le reste de Ça.

Lâche-moi, tu m'as promis de me LÂCHER *!*

Je sais mais parfois, ma petite dame, il m'arrive de mentir, même que ma maman elle m'a battu pour ça ; mon paternel, lui, il a laissé tomber !

Il sentit Bill culbuter vers l'une des ouvertures de la paroi, il sentit les doigts mauvais de la lumière se tendre vers lui et, avec un ultime effort désespéré, il se tendit vers son ami.

Bill ! Ta main ! Donne-moi ta main ! TA MAIN NOM DE DIEU TA MAIN *!*

Bill tendit la main ; ses doigts s'ouvraient et se fermaient, le feu vivant rampant et se tordant sur son anneau de mariage et y traçant des runes primitives — roues, croissants, étoiles, svastikas, cercles enchaînés qui peu à peu l'emmaillotaient. La même lumière courait sur le visage de Bill, qui paraissait tatoué. Richie s'étira autant qu'il le put, tandis que Ça hurlait et gémissait.

(Je l'ai manqué oh mon Dieu je l'ai manqué il va être propulsé à travers !)

Les doigts de Bill se replièrent alors sur ceux de Richie qui referma sa main en poing. Les jambes de Bill passèrent par l'une des ouvertures entre les pieux pétrifiés, et pendant quelques instants de pure folie, Richie se rendit compte qu'il voyait tous les os, toutes les veines et les artères, tous les capillaires à l'intérieur, comme si son ami venait d'être placé dans la plus puissante machine à rayons X du monde. Richie eut l'impression que les muscles de son bras s'allongeaient comme du caramel et entendit son épaule craquer et gémir, protestant au fur et à mesure qu'augmentait l'effet de traction.

Faisant appel à ses ultimes réserves de force, il cria alors : « *Ramène-nous ! Ramène-nous ou je te tue... je te vitupère à mort !* »

L'Araignée poussa un hurlement strident, et Richie sentit brusquement une sorte de claquement de fouet géant lui traverser le corps. Son bras se réduisait à une barre douloureuse chauffée à blanc ; il commença à lâcher prise sur la main de Bill.

« *Tiens le coup, Grand Bill !*

— *Je te tiens, Richie, je te tiens !* »

T'as intérêt, pensa Richie, sarcastique, *parce que tu pourrais bien marcher pendant dix milliards de kilomètres sans trouver un seul chiotte payant, je te le dis !*

Ils refluèrent à toute allure, la lumière démente faiblit, se réduisit bientôt à quelques trous d'aiguille scintillants, puis disparut. Ils fonçaient à nouveau dans les ténèbres comme deux torpilles, Richie les dents toujours solidement plantées dans la langue de Ça, et tenant toujours d'une main douloureuse Bill par le poignet. Ils croisèrent la Tortue ; en un clin d'œil ils la dépassèrent.

Richie se rendit compte qu'ils se rapprochaient de ce qui était pour eux le monde réel (quoi que ce fût, et bien qu'il crût n'être plus jamais à même de le considérer comme véritablement réel ; il ne pourrait plus le voir que comme un habile décor de théâtre soutenu par tout un entrecroisement de câbles et de montants... des câbles comme les fils d'une toile d'araignée). *On va s'en sortir, pourtant,* pensa-t-il. *On va revenir. On...*

C'est alors que commença la grande bousculade — coups de fouet, coups de boutoir, projections d'un côté et de l'autre — Ça essayant une dernière fois de se débarrasser d'eux tant qu'ils étaient encore à l'Extérieur. Richie sentit qu'il était sur le point de lâcher prise ; il entendit le cri guttural de triomphe de Ça et se concentra sur ses mâchoires... mais elles continuaient de se desserrer. Il mordit, mordit frénétiquement, mais on aurait dit que la langue de l'Araignée perdait substance et réalité, qu'elle devenait comme la soie de sa toile.

« *À l'aide ! s'égosilla Richie. Je le perds ! À l'aide ! Que quelqu'un nous vienne en aide !* »

5

Eddie

Eddie se rendait partiellement compte de ce qui se passait ; il le sentait plus ou moins, le voyait plus ou moins, mais comme à travers un voile de gaze. Quelque part, Bill et Richie luttaient pour revenir. Leurs corps se trouvaient ici, mais le reste, c'est-à-dire l'essentiel d'eux-mêmes, se trouvait infiniment loin.

Il avait vu l'Araignée se tourner pour empaler Bill de son dard, puis Richie courir vers lui, insultant Ça avec ce ridicule accent, sa voix du flic irlandais, celle qu'il aimait à imiter autrefois... sauf que Richie avait bougrement amélioré son numéro avec les années, car son timbre ressemblait de façon époustouflante à celui du brave Mr. Nell de l'ancien temps.

L'Araignée s'était alors tournée vers Richie, et Eddie avait vu ses immondes yeux couleur de rubis saillir dans leurs orbites. Richie cria encore, prenant cette fois la voix de Pancho Vanilla, et Eddie avait entendu l'Araignée hurler de douleur. Ben poussa un jappement rauque lorsqu'il s'aperçut que s'ouvrait, le long d'une des cicatrices laissées par leur premier affrontement, une plaie fraîche dans la toison hirsute du monstre. Un flot de chyle, noir comme du brut d'Arabie, se mit à en dégouliner. Richie avait commencé à dire autre chose... puis sa voix s'était mise à diminuer, comme à la fin de certaines chansons pop ; la tête renversée en arrière, il était resté le regard fixé sur les yeux de Ça. L'Araignée s'était de nouveau calmée.

Eddie n'avait aucune idée du temps qui s'était ensuite écoulé. Richie et l'Araignée ne se quittaient pas des yeux ; Eddie sentait qu'ils étaient en quelque sorte verrouillés l'un à l'autre, et que quelque part, très loin, se déroulait un dialogue violent chargé d'émotions. Il n'en distinguait rien avec clarté, mais ressentait les choses comme des tonalités, des nuances de couleurs.

Bill gisait sur le sol, saignant du nez et des oreilles, les doigts agités de légers tressaillements, son long visage blême, les yeux fermés.

L'Araignée perdait maintenant son sang en quatre ou cinq endroits différents, grièvement blessée, mais encore dangereusement vivante, et Eddie pensa : *Qu'est-ce que nous faisons là, à attendre sans rien faire ? On pourrait affaiblir Ça pendant que l'Araignée est occupée avec Richie ! Pourquoi personne ne bouge, pour l'amour du ciel ?*

Il éprouva alors un sentiment de triomphe sauvage — une sensation claire et précise comme aucune encore. Sensation de proximité, aussi. *Ils reviennent !* avait-il envie de crier. *Ils reviennent !*

La tête de Richie commença à se tourner lentement d'un côté et de l'autre. Son corps donna l'impression d'onduler sous ses vêtements. Ses lunettes restèrent quelques instants accrochées au bout de son nez... puis tombèrent et se brisèrent en morceaux sur les dalles de pierre.

L'Araignée bougea dans un cliquetis sec de pattes cornées heurtant le sol. Eddie l'entendit pousser son horrible cri de triomphe puis il y eut la voix de Richie, claire et sonore dans sa tête :

(À l'aide ! Je le perds ! Que quelqu'un nous vienne en aide !)

Eddie courut vers eux, extirpant son inhalateur de sa poche de sa main valide, lèvres étirées en grimace, l'air passant en sifflant dans sa gorge douloureuse réduite (du moins il en avait l'impression) à un trou d'épingle. Le visage de sa mère se mit à danser, grotesque, devant lui, gémissant : *Ne t'approche pas de cette chose, Eddie ! Ne t'en approche pas ! Des choses comme ça donnent le cancer !*

« La ferme, M'man ! » fit Eddie dans un cri suraigu, un cri de toute la voix qui lui restait. La tête de l'Araignée se tourna vers ce bruit, ses yeux abandonnant momentanément Richie.

« Par ici ! hulula Eddie de sa voix étranglée. Par ici, goûte donc à ce truc ! »

Il bondit vers Ça en déclenchant en même temps l'inhalateur et pendant un instant, toute sa confiance d'enfant dans le produit lui revint ; c'était le médicament qui pouvait tout résoudre, qui lui permettait de se sentir mieux quand les grands le tarabustaient ou lorsqu'il se faisait renverser dans la bousculade des sorties de classe — ou encore quand il était obligé de faire tapisserie sur le terrain des frères Tracker, pendant que les autres jouaient au base-ball, ce que sa mère lui interdisait sans appel. C'était un bon médicament, un médicament puissant, et, tandis qu'il sautait à la tête de l'Araignée, assailli par son immonde puanteur jaune, se sentant lui-même submergé par la fureur et la détermination avec lesquelles Ça s'efforçait de tous les massacrer, il propulsa une giclée d'Hydr0x dans l'un des yeux rubis.

Il sentit/entendit son cri — non pas de rage, cette fois, seulement de douleur, un épouvantable cri d'angoisse. Il vit la brume des gouttelettes se poser sur ce gonflement écarlate, ces gouttelettes virer au blanc et s'enfoncer comme l'aurait fait une giclée d'acide phénique ; il vit l'énorme œil se mettre à s'aplatir comme un jaune d'œuf sanglant et s'écouler en ruisselets horribles, mélange de sang vivant, de chyle et de pus.

« Reviens à la maison maintenant, Bill ! » cria-t-il avec ce qui lui restait de voix. Puis il frappa Ça. Sa méphitique chaleur monta le long de son bras, cuisante, humide, atroce ; il prit alors seulement conscience qu'il avait enfoncé son bras valide dans la gueule de l'Araignée.

Il déclencha une nouvelle fois l'inhalateur, projetant la giclée droit dans sa gorge, ce coup-ci, droit dans cet abominable œsophage puant la décomposition et il eut un brusque élancement de douleur, aussi net que si un couperet venait de s'abattre, lorsque les mâchoires de Ça se refermèrent sur son bras et le déchirèrent à la hauteur de l'épaule.

Eddie retomba sur le sol, des jets de sang giclant du moignon de son bras, et se rendit vaguement compte que Bill se remettait debout, vacillant, que Richie venait vers lui, en titubant et trébuchant comme un ivrogne à la fin d'une longue nuit de beuverie.

« Eds... »

Très loin. Sans importance. Avec le sang de sa vie, tout s'écoulait de lui... toute la rage, toute la douleur, toute la peur, toute la confusion, tout ce qui était blessé en lui. Il supposa qu'il était en train de mourir et cependant il se sentait... ah, mon Dieu, il se sentait si lucide, si transparent, comme une vitre que l'on vient de faire et qui laisse pénétrer la lumière redoutablement glorieuse d'une aube que l'on n'aurait pas soupçonnée ; la lumière, oh, mon Dieu, cette lumière d'une parfaite rationalité qui éclaire l'horizon quelque part sur la Terre à chaque seconde.

« Eds oh mon Dieu Bill Ben quelqu'un il a perdu un bras, son... »

Eddie ouvrit les yeux, vit Beverly qui pleurait, ses larmes qui couraient le long de ses joues couvertes de crasse tandis qu'elle passait un bras sous lui ; il se rendit compte qu'elle venait d'enlever sa blouse et s'en servait pour tenter de contenir l'hémorragie et que c'était elle qui criait à l'aide. Puis il aperçut Richie et se passa la langue sur les lèvres. Tout s'estompait, tout s'éloignait, tandis qu'il devenait de plus en plus transparent ; toutes les impuretés s'écoulaient de lui pour qu'il pût devenir plus limpide, pour que la lumière pût le traverser et s'il avait eu le temps, il aurait su faire tout un sermon là-dessus. *Ce n'est pas si mal,* aurait-il commencé, *pas si mal du tout.* Mais il avait quelque chose à dire auparavant.

« Richie, murmura-t-il.

— Quoi ? » Richie était à quatre pattes à côté de lui, et le regardait avec désespoir.

« Ne m'appelle pas Eds », fit Eddie avec un sourire. Il leva lentement la main gauche et vint toucher la joue de son ami. Richie pleurait. « Tu sais que je... je... » Eddie ferma les yeux, songeant à la façon de finir sa phrase, et mourut pendant qu'il réfléchissait.

6

Derry, entre 7 et 9 heures

Vers sept heures, le vent atteignit à Derry la vitesse de soixante kilomètres à l'heure, avec des pointes à soixante-dix. Harry Brooks, un météorologue de l'aéroport international de Bangor, avisa, alarmé, l'antenne de la météorologie nationale d'Augusta. Les vents, disait-il, arrivaient de l'ouest et soufflaient selon un modèle semi-circulaire, quelque chose qu'il n'avait encore jamais vu... cela lui faisait de plus en plus l'effet d'une variété bizarre de mini-ouragan, car le phénomène se limitait à Derry et ses abords. À sept heures dix, les principales stations de radio de Bangor diffusèrent les premiers avertissements et mises en garde. L'explosion du transformateur du terrain des frères Tracker avait provoqué une coupure d'électricité pour toute la partie de Derry située du côté Kansas Street des Friches. À sept heures dix-sept, un vieil et vénérable érable, du côté Old Cape des Friches, s'abattit avec un bruit assourdissant de bois déchiré et aplatit un débit de boissons au coin de Merit Street et Cape Avenue. Un client âgé, Raymond Fogarty, fut tué par la chute d'un réfrigérateur à bière. Il s'agissait du même Fogarty qui, en tant que pasteur de la First Methodist Church de Derry, avait présidé aux funérailles de George Denbrough en octobre 1957.

La chute de l'érable géant entraîna la rupture de suffisamment de câbles électriques pour priver de courant non seulement le quartier d'Old Cape mais aussi celui, un peu plus chic, de Sherburn Woods. L'horloge du clocher de l'église méthodiste n'avait sonné ni six heures ni sept heures. Vers sept heures vingt, trois minutes après la chute de l'érable et environ une heure et quart après l'explosion de toutes les toilettes du quartier d'Old Cape, elle se mit à sonner treize coups. Une minute plus tard, la foudre, en un éclair bleu-blanc, vint s'abattre sur le clocher. Heather Libby, la femme du pasteur, qui regardait à ce moment-là par la fenêtre de sa cuisine, dans le presbytère, déclara que le clocher avait « explosé comme s'il avait été bourré de dynamite ». Planches blanchies à la chaux, poutres et chevrons en morceaux et fragments du mécanisme de l'horloge suisse retombèrent en averse dans la rue.

Des torrents d'eau écumeuse commençaient à dévaler les artères en pente convergeant vers le secteur commercial du centre-ville. Sous Main Street, les eaux gonflées du canal se trahissaient par un grondement sourd et un léger tremblement du sol ; les gens se regardaient, mal à l'aise. À sept heures vingt-cinq, alors que l'explosion titanesque du clocher baptiste résonnait encore dans les oreilles, l'homme qui venait tous les matins (sauf le dimanche) faire le ménage au Wally's Spa vit dans l'établissement quelque chose qui le jeta, hurlant, dans la rue. Ce personnage, déjà alcoolique à son entrée à l'université du Maine, onze ans auparavant, était payé une misère pour ses services — étant entendu que son véritable salaire était constitué par le droit absolu de finir tout ce que les tonneaux de bière mis en perce la veille contenaient encore. Richie Tozier aurait peut-être pu se souvenir de lui ; il s'agissait de Vincent Caruso Taliendo, mieux connu par ses anciens camarades de classe sous le nom de Boogers Taliendo. Tandis qu'il poussait son balai, en cette apocalyptique matinée, se rapprochant progressivement du bar, il vit les sept robinets à bière — trois Budweiser, deux Narragansett, une Schlitz (mieux connue sous l'appellation de Slitz par les pochards du Wally's) et une Miller Lite — s'incliner de la tête, comme tirés par des mains invisibles. La bière s'écoula en écume blanche et bulles dorées. Vince se précipita, car loin de penser à des fantômes, il ne voyait qu'une chose : ses bénéfices matinaux partaient par le trou d'évacuation. Puis il fit un arrêt brusque, dérapant, et un cri, sorte de gémissement d'horreur, s'éleva du trou à rats vide et empestant la bière qu'était le Wally's Spa.

À la place de la bière, coulait un flot de sang artériel. Il tourbillonna dans les bacs chromés, déborda et se mit à ruisseler le long du bar ; c'est alors que les robinets commencèrent à vomir des cheveux et des morceaux de chair. Boogers Taliendo contemplait ce spectacle, paralysé d'effroi, incapable de trouver suffisamment de force pour hurler de nouveau. Puis il y eut une explosion sourde et mate sous le comptoir, lorsque éclata l'un des tonneaux de bière ; toutes les portes basses qui le fermaient s'ouvrirent en même temps et une fumée verdâtre — celle que pourrait produire un magicien au moment fort de son tour — en sortit par bouffées.

Boogers en avait suffisamment vu. Retrouvant ses poumons, il fonça vers la rue transformée maintenant en cours d'eau peu profond. Il tomba sur les fesses, se releva et jeta un coup d'œil terrifié par-dessus son épaule. L'une des fenêtres de l'établissement vola en éclats avec une détonation comme un coup de fusil. Des fragments de verre passèrent en sifflant près de ses oreilles. Un instant plus tard, une deuxième fenêtre explosait. Une fois de plus, il en sortit miraculeusement indemne. C'est alors qu'il décida, vu la tournure que prenaient les choses, que le moment était venu pour lui d'aller rendre visite à sa sœur, à Eastport. Il se mit en route sur-le-champ, et son odyssée pour atteindre les limites de la ville constituerait une saga à elle seule... qu'il suffise de dire qu'il réussit finalement à sortir de la ville.

Tout le monde n'eut pas autant de chance. Aloysius Nell, qui venait de fêter ses soixante-dix-sept ans, regardait en compagnie de sa femme la tempête qui s'abattait sur Derry, assis dans son salon. À sept heures trente-deux, il mourut d'une crise cardiaque. Mrs. Nell raconta plus tard à son frère qu'Aloysius avait laissé tomber sa tasse de café sur le tapis, s'était raidi sur sa chaise et, les yeux agrandis, fixes, s'était écrié : « Allons, allons, ma petite dame ! Par le diable et l'enfer, que croyez-vous donc que vous allez faire ? Rentrez-moi cet engin plus vite que cela avant que j'aille tirer sur vos cotilllll... » Sur quoi il était tombé de son siège, écrasant la tasse de café sous lui. Maureen Nell, qui n'ignorait pas que la tocante de son époux était en fort mauvais état depuis quelques années, comprit immédiatement que tout était terminé pour lui, et après avoir desserré son col, elle courut au téléphone appeler le père McDowell. Mais le téléphone était en dérangement. Il n'en sortait qu'un bruit curieux comme celui d'une sirène de voiture de police. C'est ainsi, bien qu'elle eût su qu'il s'agissait probablement d'un blasphème, qu'elle avait tenté elle-même de lui octroyer les derniers sacrements. Elle avait le sentiment qu'il lui faudrait en rendre compte à saint Pierre, le jour où son tour viendrait, mais, dit-elle à son frère, elle était sûre que Dieu se montrerait compréhensif si saint Pierre ne l'était pas. Aloysius avait été un bon mari et un bon compagnon, et s'il lui arrivait de boire plus que de raison, c'était à cause de son ascendance irlandaise.

À sept heures quarante-neuf, une série d'explosions secoua le centre commercial de Derry, situé sur l'emplacement des anciennes aciéries Kitchener. Personne ne fut tué ; le centre n'ouvrait pas avant dix heures, et les cinq hommes de l'équipe de nettoyage n'arrivaient qu'à huit heures (et par une telle matinée, on peut se demander s'il s'en serait présenté un seul, de toute façon). Plus tard, une escouade d'investigateurs arriva à la conclusion que l'on ne pouvait retenir l'hypothèse d'un sabotage ; ils laissèrent entendre — plutôt vaguement — que les explosions avaient sans doute eu pour origine l'inondation du système électrique du centre.

Toujours est-il que les clients n'allaient pas se bousculer au centre commercial pendant un bon bout de temps. L'une des explosions avait complètement détruit une bijouterie. Il y eut une véritable averse de bagues, de bracelets, de gourmettes, de colliers, de broches, de rangs de perles, d'alliances et de montres numériques Seiko, averse brillante, étincelante. Une boîte à musique vola jusqu'au bout de l'allée est et atterrit dans la fontaine d'un magasin, où elle joua quelques mesures pétillantes du thème de *Love Story* avant de rendre l'âme. La même explosion détruisit le mur de séparation avec le magasin voisin — un Baskin-Robbins — et les trente et un parfums de crème glacée ne tardèrent pas à se transformer en un magma qui se mit à couler en ruisselets épais et opaques sur le sol.

La déflagration qui se produisit chez Sear's ouvrit un trou dans le toit ; le vent s'empara du fragment, le fit tournoyer comme un cerf-volant avant de l'abandonner à un millier de mètres du centre. Il s'abattit sur un silo qu'il ouvrit en deux, celui d'un fermier du nom de Brent Kilgallon. Le fils adolescent de Kilgallon se précipita avec son Kodak et prit un cliché ; le *National Enquirer* le lui acheta pour soixante dollars, qui servirent au garçon à acheter deux pneus neufs pour sa Yamaha.

Une troisième explosion éventra un magasin de vêtements pour jeunes et expédia des chemises en flammes, des jeans et des sous-vêtements jusque sur le parking inondé. Et la dernière déflagration ouvrit comme un melon trop mûr la succursale du Fonds commun de placement agricole. Un fragment du toit de la banque fut aussi emporté. Les systèmes d'alarme se déclenchèrent, et leurs braiments ne s'arrêtèrent que lorsque fut enfin coupé leur système électrique indépendant, quatre heures plus tard. Formulaires de prêt ou de dépôt, matériel et petite monnaie, paperasses diverses, tout s'envola dans le ciel et fut emporté par la tornade qui se levait. Des billets aussi : surtout des coupures de dix et vingt dollars, vaillamment secondées par d'autres de cinq et un soupçon de cinquante et de cent. Plus de soixante-quinze mille dollars partirent ainsi dans les airs, d'après la comptabilité... Plus tard, après d'importants bouleversements dans la direction de la banque, certaines personnes admirent (tout à fait confidentiellement) que la somme approchait plutôt les deux cent mille dollars. Une femme de Haven Village, Rebecca Paulson, trouva un billet de cinquante dollars sur le paillasson de sa porte de derrière (paillasson sur lequel était écrit « Bienvenue »), deux coupures de vingt dans sa cage à oiseaux et une de cent collée par la pluie au chêne du fond de son jardin. Les Paulson utilisèrent cette manne céleste à accélérer le remboursement de leur emprunt pour un Skidoo Bombardier.

Le Dr Hale, médecin à la retraite qui vivait sur West Broadway depuis près de cinquante ans, fut tué à huit heures. Le Dr Hale aimait à se vanter d'avoir fait tous les jours sa promenade de trois kilomètres autour du Derry Park depuis les vingt-cinq dernières années. Rien ne l'arrêtait : ni la pluie, ni la grêle, ni la neige, ni le blizzard du nord-est hurlant, ni les froids en dessous de moins dix. Il sortit le matin du 31 mai, en dépit des mises en garde inquiètes de sa gouvernante. Ses dernières paroles en ce bas monde, lancées par-dessus l'épaule alors qu'il franchissait la porte d'entrée en enfonçant son chapeau sur ses oreilles, furent : « Ne soyez donc pas aussi stupide, Hilda. C'est tout juste une bonne averse. Vous auriez dû voir ça, en 1957 ! *Ça*, c'était une vraie tempête ! » Comme le Dr Hale s'engageait dans West Broadway, une plaque d'égout bondit en l'air comme une fusée. Elle décapita le bon médecin avec la rapidité et la précision d'une guillotine, si bien qu'il fit encore trois pas avant de s'effondrer sur le trottoir, mort sur le coup.

Et le vent continua à forcir.

7

Sous la ville, 16 h 15

Eddie les conduisit dans les ténèbres des galeries pendant une heure, peut-être une heure et demie, avant d'admettre, d'un ton qui exprimait davantage la stupéfaction que l'effroi, que pour la première fois de sa vie il venait de se perdre.

Ils entendaient encore le grondement lointain de l'eau dans les canalisations, mais l'acoustique de ces boyaux était telle qu'il était impossible de dire si le son venait de devant ou de derrière, de droite ou de gauche, d'en dessus ou d'en dessous. Ils n'avaient plus une seule allumette ; ils étaient perdus dans le noir.

Bill avait la frousse... une frousse terrible. La conversation qu'il avait eue avec son père ne cessait de lui revenir à l'esprit. *Ce sont cinq kilos de plans qui se sont un jour évanouis dans la nature... À mon avis, personne ne sait où donnent exactement ces foutus égouts et toutes les canalisations, ni pourquoi elles sont faites comme ça. Quand le système fonctionne, tout le monde s'en fiche. Quand il bloque, t'as trois ou quatre couillons du Service des eaux qui doivent se débrouiller pour trouver la pompe qui est en rideau ou l'endroit du bouchon... Il y fait noir, ça pue, sans compter les rats. Autant de bonnes raisons de ne pas y mettre les pieds, mais la meilleure de toutes, c'est qu'on risque bel et bien de s'y perdre. C'est déjà arrivé.*

C'est déjà arrivé. Déjà arrivé. Déjà...

Et comment ! Ce tas d'ossements et de lambeaux de coton qu'ils avaient trouvé sur le chemin de la tanière de Ça, par exemple.

Bill sentit la panique tenter de le gagner et lutta contre elle ; elle recula, mais comme à regret. Il la sentait qui mijotait pas loin, comme une chose vivante se tordant à la recherche d'une issue. À cela s'ajoutait l'irritante question de savoir si oui ou non ils avaient tué Ça. Richie prétendait que oui, ainsi que Mike et Eddie. Mais il n'avait pas du tout aimé l'expression de doute et d'effroi de Bev et de Stan, au moment où mourait la lumière et où ils rampaient pour franchir la petite porte, fuyant la chute froufroutante de la toile d'araignée.

« Bon, qu'est-ce qu'on fait, maintenant ? » demanda Stan. Le léger tremblement de frayeur dans la voix du petit garçon n'échappa pas à Bill, qui comprit aussi que la question lui était directement adressée.

« Ouais, fit Ben, qu'est-ce qu'on fait ? Bon Dieu ! Si seulement nous avions une lampe de poche... ou même une bou...bougie. » Bill crut reconnaître un sanglot étouffé dans cette hésitation ; cela l'épouvanta plus que tout. Ben aurait été étonné de l'apprendre, mais Bill le jugeait coriace et plein de ressources, plus solide que Richie et moins sujet aux effondrements soudains que Stan. Si Ben était sur le point de craquer, c'est que leur situation commençait à devenir extrêmement périlleuse. Ce n'était pas au cadavre du type du Service des eaux que l'esprit de Bill revenait sans cesse, mais au récit de Mark Twain, lorsque Tom Sawyer et Becky Thatcher sont perdus dans la grotte McDougal. Il avait beau repousser cette image, elle revenait avec insistance.

Quelque chose d'autre le troublait, mais le concept restait trop vaste et trop vague pour que l'esprit fatigué du garçonnet pût le saisir. Peut-être était-ce sa simplicité même qui rendait cette idée aussi insaisissable : le lien qui les rattachait était en train de se dissoudre ; ils s'éloignaient les uns des autres. Ils avaient affronté Ça, ils l'avaient vaincu. Ça était peut-être mort, comme le pensaient Eddie et Richie, ou au moins blessé au point qu'il dormirait pendant un siècle, mille ans ou dix mille ans. Ils avaient affronté Ça, ils l'avaient obligé à jeter bas son dernier masque ; et certes, le spectacle avait été assez horrible : mais une fois qu'on l'avait vu, sa forme physique était supportable et Ça perdait l'usage de ses armes les plus puissantes. Après tout, ils avaient tous déjà vu des araignées. Elles possédaient quelque chose de son étrangeté, c'étaient de répugnantes bestioles rampantes, et il se disait que sans doute aucun d'entre eux ne pourrait jamais

(s'ils sortaient d'ici)

en revoir une sans un frisson de répulsion. Mais une araignée, après tout, n'était qu'une araignée. Peut-être qu'en fin de compte, lorsque tombaient les masques de l'horreur, n'y avait-il rien que l'esprit humain ne pût supporter. C'était une pensée réconfortante. Il n'y avait rien, sauf

(les lumières-mortes)

le je-ne-sais-quoi qui se trouvait là-bas au fond ; mais qui sait si cette innommable lumière vivante accroupie sur le seuil du macronivers n'était-elle pas morte ou mourante ? Les lumières-mortes, ainsi que le voyage dans les ténèbres pour en gagner le site, tout cela commençait à devenir brumeux dans son esprit, un souvenir de plus en plus évanescent. De toute façon, là n'était pas la question. La question (il le sentait s'il n'aurait su l'exprimer) était que leur camaraderie complice finissait... elle finissait et ils étaient toujours dans le noir. Cet Autre, par le biais de leur amitié, avait peut-être été capable de faire d'eux plus que des enfants. Mais ils redevenaient des enfants, maintenant. Bill le ressentait tout autant que les autres.

« Et maintenant, Bill ? lui demanda Richie, disant finalement tout haut ce que chacun pensait à part soi.

— J-Je ne s-sais p-p-pas », répondit Bill. De nouveau il bégayait, copieusement. Il le remarqua, les autres aussi, tandis qu'ils restaient paralysés dans l'obscurité et que montait à leurs narines l'arôme puissant et humide de leur panique grandissante. Combien de temps allait-il se passer avant que l'un d'eux (Stan, vraisemblablement) mette les pieds dans le plat en disant : *Comment, tu ne sais pas ? Mais c'est toi qui nous as embarqués là-dedans !*

« Et Henry ? demanda tout d'un coup Mike, inquiet. Est-il toujours là-dedans, ou bien... ?

— Oh, Seigneur ! fit Eddie d'une voix gémissante. Je l'avais oublié, celui-là. Évidemment, qu'il est ici, quelque part. Aussi perdu que nous. On risque de lui tomber dessus n'importe quand... Bon Dieu, Bill, t'as pas une idée ? Ton paternel travaille ici ! T'as pas une petite idée, quelque chose ? »

Bill tendit l'oreille vers le lointain grondement sarcastique de l'eau et s'efforça de faire jaillir dans sa tête l'idée que tous étaient en droit d'attendre de lui. Parce que oui, en effet, il était celui qui les avait embarqués dans cette galère et il avait la responsabilité de les en sortir. Mais rien ne vint. Rien.

« Moi, j'ai une idée », dit Beverly d'un ton calme.

Dans le noir total, Bill entendit un bruit léger qu'il ne reconnut pas sur le coup. Une sorte de froufrou qui n'avait rien de spécialement inquiétant. Puis il y eut un autre bruit, plus facile à identifier... une fermeture à glissière. *Qu'est-ce que c'est ?* pensa-t-il. Puis il comprit. Elle se déshabillait. Pour il ne savait quelle raison, Beverly se déshabillait.

« Mais qu'est-ce que tu fabriques ? demanda Richie, et sa voix, tant il était choqué, se brisa sur le dernier mot.

— Il y a quelque chose que je sais, répondit Beverly dans le noir, d'une voix qui parut soudain plus âgée à Bill. Je le sais, parce que mon père me l'a dit. Je sais comment reformer notre cercle. Et si nous ne le refermons pas, jamais nous ne sortirons d'ici.

— Quoi ? demanda Ben, au comble de la stupéfaction, mais aussi terrifié. De quoi parles-tu ?

— De quelque chose qui va nous réunir pour l'éternité. Quelque chose qui va montrer...

— N-N-Non, B-Beverly ! s'exclama Bill, qui tout d'un coup venait de comprendre — de tout comprendre.

— Qui va montrer que je vous aime tous, reprit Beverly, que vous êtes tous mes amis.

— Qu'est-ce qu'elle... ? » commença Mike.

Calmement, Beverly le coupa. « Qui veut commencer ? demanda-t-elle. Je crois

8

Dans l'antre de Ça, 1985

qu'il est en train de mourir, sanglota Beverly. Son bras, Ça lui a mangé le bras ! » Elle tendit les mains vers Bill, s'accrocha à lui, mais d'une secousse, Bill se sépara d'elle.

« Ça s'échappe encore ! » rugit-il. Il avait les lèvres et le menton ensanglantés. « V-Venez ! R-Richie ! B-Ben ! Cette f-fois-ci, il f-faut en fi-finir ! »

Richie fit tourner Bill vers lui, et le regarda comme s'il délirait. « Il faut s'occuper d'Eddie, Bill. Lui poser un tourniquet, le sortir d'ici ! »

Mais Beverly s'était assise, la tête d'Eddie sur les genoux, le soutenant avec douceur. Elle lui avait fermé les yeux. « Va avec Bill, dit-elle. Si vous le laissez mourir pour rien..., si Ça revient encore dans vingt-cinq ou cinquante ou même deux mille... ! je vous jure que je viendrai martyriser vos fantômes. Partez ! »

Richie la regarda un instant, indécis. Puis il se rendit compte que son visage perdait de sa définition, se réduisait à une forme pâle dans l'ombre qui grandissait. La lumière faiblissait. Cela le décida. « Parfait, dit-il à Bill. Cette fois-ci, c'est la curée. »

Ben se tenait de l'autre côté de la toile d'araignée qui, une seconde fois, s'était mise à se décomposer ; il avait vu aussi la forme prisonnière dans le haut qui oscillait, et il pria pour que Bill ne lève pas les yeux.

Ce qui se produisit, cependant, lorsque des lambeaux de toile commencèrent à tomber sur le sol.

« AUDRA ! hurla-t-il.

— Allez Bill, viens ! » cria Ben.

Des fragments de la toile tombaient maintenant autour d'eux, heurtant sourdement le sol et se mettant aussitôt à couler. Richie prit soudain Bill par la taille et le propulsa en avant, dans un trou de trois mètres de haut entre le sol et le fil horizontal le plus bas de la toile en cours d'affaissement. « On y va, Bill, on y va !

— Mais c'est Audra ! cria Bill d'un ton de voix désespéré. C-C'est AUDRA !

— Audra ou le pape, j'en ai rien à foutre, répliqua Richie avec une rudesse impitoyable. Eddie est mort et nous allons tuer Ça, si Ça vit encore. Nous allons finir notre boulot cette fois, Grand Bill. Ou bien elle vit, ou bien elle est morte. Et maintenant, amène-toi ! »

Bill résista encore quelques instants, puis des instantanés des enfants, de tous les enfants morts, parurent venir flotter dans son esprit comme les photographies perdues de l'album de George, AMIS DE CLASSE.

« T-Très b-bien. A-Allons-y. D-D-Dieu me p-pardonne. »

Richie et lui coururent sous le fouillis de fils quelques secondes avant son effondrement, et retrouvèrent Ben de l'autre côté. Ils se lancèrent aux trousses de Ça pendant qu'Audra se balançait et oscillait à plus de quinze mètres au-dessus des dalles de pierre, emmaillotée dans le cocon engourdissant suspendu à la toile en décomposition.

9

Ben

Ils le suivirent à la trace. À la trace de son sang noir, de cette espèce de chyle huileux qui s'infiltrait dsans les craquelures des dalles. Mais alors que le sol commençait à s'élever vers une ouverture noire semi-circulaire à l'extrémité de la salle, Ben vit quelque chose de nouveau : la piste s'enrichissait d'œufs. Sombres, la coquille épaisse, ils avaient à peu près la taille d'œufs d'autruche. Il en émanait une lumière cireuse ; Ben comprit qu'ils étaient translucides et se rendit compte qu'il devinait les formes noires qui s'agitaient à l'intérieur.

Ses petits, pensa-t-il, sentant sa gorge se soulever. *Ses résidus de fausses couches ! Oh, mon Dieu, mon Dieu !*

Richie et Bill s'étaient arrêtés et contemplaient les œufs, avec une expression hébétée, émerveillée, stupide.

« Continuez, continuez ! leur cria Ben. Je vais m'en occuper ! Chopez Ça !

— Tiens, attrape ! » répondit Richie en lui lançant une pochette d'allumettes aux armes du Derry Town House.

Ben les saisit. Bill et Richie reprirent leur course. Ben les regarda un instant s'éloigner dans la lumière qui baissait toujours. Ils s'enfoncèrent dans les ténèbres du chemin qui avait servi à la fuite de Ça et il les perdit de vue. Alors il regarda à ses pieds, vers le premier des œufs à la coquille fine, aux formes noires et semblables à des mantes, à l'intérieur, et il sentit sa détermination vaciller. C'était... eh, les mecs, c'était trop. Trop horrible. D'ailleurs, ces... choses allaient sûrement mourir sans son aide ; ces œufs avaient été abandonnés plutôt que pondus.

Mais le moment de l'éclosion n'est pas loin... et si un seul arrive à survivre... juste un seul...

Faisant appel à tout son courage, évoquant le visage blême d'Eddie mourant, Ben enfonça l'une de ses bottes Desert Driver dans le premier œuf. Il se rompit avec un borborygme mouillé et une sorte de placenta puant vint s'écouler sur la botte. Puis il vit une araignée de la taille d'un rat se traîner péniblement sur le sol, dans un effort pour s'éloigner, et Ben l'entendit dans sa tête, entendit ses miaulements aigus comme la musique d'une scie égoïne que l'on agite vivement, musique de spectre.

Ben se dirigea vers la bestiole sur des jambes en coton qui lui semblaient être des échasses et abaissa de nouveau le pied. Il sentit le corps de l'araignée broyé et réduit en bouillie par le talon de la botte. Un nouveau hoquet le secoua et cette fois il ne put se retenir. Il vomit, puis tourna le talon, enfonçant la chose entre les dalles, écoutant les cris s'éteindre dans sa tête.

Combien ? Combien d'œufs ? N'avait-il pas lu quelque part que les araignées pouvaient en pondre des milliers... ou des millions ? Je ne vais pas pouvoir continuer cela longtemps, je vais devenir fou.

Il le faut. Il le faut. Allez, Ben, mon vieux... Reprends-toi !

Il alla jusqu'à l'œuf suivant et répéta le processus dans la lumière mourante. Tout recommença : l'éclatement visqueux, le borborygme liquide, le coup de grâce final. Puis le suivant. Puis le suivant. Le suivant. Il écrasa, avançant lentement vers l'arche noire sous laquelle venaient de disparaître ses deux amis. L'obscurité était maintenant totale ; Beverly et la toile en décomposition se trouvaient quelque part derrière lui ; il entendait encore le bruit des fils qui tombaient.

Les œufs formaient des taches décolorées dans le noir ; lorsqu'il en atteignait un, il craquait une allumette et l'écrasait. Chaque fois, il avait le temps de suivre la fuite de l'araignée et de la tuer avant que la lumière ne s'éteignît. Il n'avait aucune idée de ce qu'il allait faire s'il se trouvait à court d'allumettes avant d'avoir broyé le dernier œuf et mis à mort son innommable contenu.

10

Ça, 1985

Encore à ses trousses.

Il les sentait qui le poursuivaient, qui gagnaient du terrain, et sa peur croissait. Peut-être après tout Ça n'était-il pas éternel ? Peut-être devait-il envisager de penser l'impensable ? Pis, Ça sentait la mort de ses petits. Un troisième de ces haïssables hommes-garçons remontait avec régularité le sillon de la naissance, presque fou d'écœurement mais continuant néanmoins à broyer du talon l'embryon de vie de chaque œuf.

Non ! *gémit Ça, cahotant d'un côté et de l'autre, sentant s'écouler ses forces vives par cent blessures, aucune mortelle à elle seule, mais chacune une mélopée de souffrance, chacune le ralentissant un peu plus. L'une de ses pattes ne tenait plus que par un lambeau tordu de chair. Il avait perdu l'un de ses yeux. Ça sentait qu'une terrible rupture s'était produite en lui, conséquence du poison (mais lequel ?) que l'un de ces hommes-garçons avait réussi à lui enfoncer dans la gorge.*

Et ils n'avaient pas abandonné ; ils se rapprochaient ! Comment cela était-il possible ? Ça gémissait et miaulait et quand Ça sentit qu'ils étaient juste derrière lui, Ça fit la seule chose qui lui restait à faire : Ça se retourna pour combattre.

11

Beverly

Avant que l'obscurité ne fût totale, elle vit la femme de Bill plonger de sept ou huit mètres et rester suspendue à cette nouvelle hauteur. Elle s'était mise à tournoyer, ses longs cheveux déployés. *Sa femme,* pensa-t-elle. *Mais j'ai été son premier amour, et s'il s'est imaginé qu'une autre a été la première, c'est seulement parce qu'il a oublié... oublié Derry.*

Puis elle se retrouva dans les ténèbres, seule, avec le bruit mou de la toile qui tombait et le poids immobile d'Eddie sur les genoux. Elle ne voulait pas le lâcher, elle refusait de le laisser allongé sur le sol ignoble de cet endroit ; c'est pourquoi elle avait pris sa tête dans le creux de son bras, qui commençait à sérieusement s'ankyloser. De la main, elle avait chassé les cheveux d'Eddie de son front moite. Elle pensa aux oiseaux... elle supposa que c'était quelque chose qu'elle devait à Stan. Pauvre Stan, qui avait été incapable de faire de nouveau face à Ça.

Tous... elle avait été leur premier amour à tous.

Elle essaya de se souvenir — c'était quelque chose qu'elle trouvait bon de se rappeler dans toute cette obscurité, où l'on ne pouvait même pas repérer les bruits. Elle se sentait moins seule. Au début, le souvenir ne vint pas ; l'image des oiseaux s'interposait — corbeaux, grues, étourneaux —, oiseaux de printemps qui revenaient on ne savait d'où, alors que la gadoue de la fonte des neiges salissait encore les rues et que les derniers tas de neige à la croûte noire s'accrochaient, sinistres, dans les coins à l'ombre.

Il lui semblait que c'était toujours par une journée couverte que l'on entendait et voyait pour la première fois ces oiseaux du printemps, et elle se demanda où ils pouvaient bien passer l'hiver. Soudain ils étaient de retour à Derry et remplissaient l'air blanc de leurs caquetages rauques. Ils s'alignaient sur les fils électriques ou le faîtage des toits des maisons victoriennes de West Broadway ; ils se disputaient les places sur les branches d'aluminium de l'antenne compliquée au-dessus du Wally's Spa ; ils s'entassaient sur les branches noires et humides des ormes de Lower Main Street. Et une fois installés, ils bavardaient entre eux avec le babil criard de vieilles campagnardes au loto hebdomadaire de la paroisse ; puis, à quelque signal inaccessible aux humains, ils prenaient leur vol d'un seul coup, décrivaient un grand cercle dans le ciel et allaient se poser un peu plus loin.

Oui, les oiseaux... j'y pensais parce que j'avais honte. C'est mon père qui m'a rendue honteuse, je crois, et peut-être est-ce ce que fait Ça en ce moment. Peut-être.

Le souvenir revint — le souvenir au-delà des oiseaux — mais il restait vague et déconnecté. Peut-être en serait-il toujours ainsi de celui-ci. Elle avait...

Le fil de ses pensées se rompit lorsqu'elle se rendit compte qu'Eddie

12

Amour et désir, le 10 août 1958

vient le premier vers elle, parce que c'est lui qui est le plus effrayé. Il vient vers elle non pas comme vers son amie de tout l'été, ou comme vers l'amante d'un instant, mais comme il se serait réfugié auprès de sa mère encore seulement trois ou quatre ans auparavant, pour être consolé ; il n'a aucun mouvement de recul au doux contact de sa nudité et elle se demande au début s'il ressent la moindre chose. Il tremble, et bien qu'elle le tienne, l'obscurité est tellement profonde qu'elle ne distingue rien de lui ; s'il n'y avait pas son plâtre rugueux, il pourrait tout aussi bien être un fantôme.

« Qu'est-ce que tu veux ? lui demande-t-il.

— Il faut que tu mettes ta chose dans moi », répond-elle.

Il tente de s'éloigner, mais elle le retient et il s'abandonne de nouveau contre elle. Elle a entendu quelqu'un — Ben, croit-elle — pousser un profond soupir.

« Je peux pas faire cela, Bevvie. Je ne sais pas comment...

— C'est facile, j'en suis sûre. Mais il faut te déshabiller. »

Elle pense aux difficultés qu'il pourrait rencontrer avec la chemise et le plâtre. « Ton pantalon, au moins.

— Non, je peux pas ! » Mais elle pense que quelque chose en lui le peut et le veut, car son tremblement a cessé et elle sent quelque chose de petit et de dur qui se presse contre le côté droit de son ventre.

« Si, tu peux ! » affirme-t-elle en le repoussant vers le bas. Le sol, sous ses jambes et son dos nus, est ferme, sec et argileux. Le lointain grondement de l'eau a un effet calmant, assoupissant. Elle l'attire contre elle. Un instant, le visage de son père s'interpose, dur, menaçant

(je veux voir si tu es intacte)

puis elle referme ses bras autour de son cou, joue tendre contre joue tendre et, tandis qu'il porte une main timide à l'un de ses seins, elle soupire et pense pour la première fois : C'est Eddie ; *elle se rappelle alors un jour de juillet — comment, seulement un mois ? — où personne n'était venu dans les Friches sauf Eddie et elle. Il était arrivé avec tout un paquet de bandes dessinées de Little Lulu qu'ils avaient lues presque tout l'après-midi (la petite Lulu qui part cueillir des bidouillettes et qui se retrouve dans toutes sortes de situations absurdes, la sorcière Hazel, tous ces personnages...). Ils s'étaient bien amusés.*

Elle pense aux oiseaux ; en particulier aux grues, aux étourneaux et aux corbeaux qui reviennent avec le printemps. Ses mains vont à la ceinture d'Eddie, la desserrent, et il répète qu'il ne pourra pas y arriver ; elle lui répond que si, qu'elle en est sûre et ce n'est plus de l'appréhension ou de la honte qu'elle ressent mais un sentiment de triomphe, en quelque sorte.

« Où ? » murmure-t-il, et cette chose dure pousse avec insistance sur l'intérieur de sa cuisse.

« Ici, dit-elle.

— Mais je vais te tomber dessus, Bevvie ! » souffle-t-il. Elle entend sa respiration qui commence à siffler laborieusement.

« Je crois que c'est plus ou moins l'idée », répond-elle en le prenant avec douceur et en le dirigeant. Il donne une poussée trop vive et elle a mal.

Sssss... elle aspire l'air entre ses dents et se mord la lèvre inférieure ; de nouveau elle pense aux oiseaux, aux oiseaux de printemps qui se juchent sur le faîte des toits et s'envolent tous ensemble sous le ciel plombé de mars.

« Beverly ? demande-t-il, incertain. Tout va bien ?

— Va plus lentement, explique-t-elle. Tu respireras plus facilement. » Il ralentit ses mouvements et au bout d'un moment sa respiration s'accélère, mais elle comprend que cela n'a rien à voir avec son asthme.

La douleur s'estompe. Brusquement il se met à bouger plus vite ; puis il s'arrête, se raidit et fait un bruit — un drôle de bruit. Elle subodore qu'il vient de lui arriver quelque chose, quelque chose de tout à fait spécial, d'extraordinaire, un peu comme... s'il s'était envolé. Elle se sent puissante : elle éprouve un sentiment de triomphe grandissant. Est-ce donc cela, dont son père avait tant peur ? Eh bien, il n'avait pas tort ! C'est un acte de pouvoir, il est vrai, un pouvoir capable de rompre toutes les chaînes, même les plus solides. Elle ne ressent aucun plaisir physique, mais une sorte d'extase purement mentale. Elle sent à quel point ils sont proches. Il enfonce son visage dans son cou et elle le serre contre elle. Il pleure. Elle le tient. Elle sent cette partie de sa chair qui les reliait devenir moins présente. On ne peut pas dire exactement qu'elle se retire ; elle s'estompe, en quelque sorte.

Quand enfin il se déplace, elle s'assied et lui touche le visage dans l'obscurité.

« Est-ce que tu as... ?

— Quoi ?

— Je ne sais pas exactement. »

Il secoue la tête — elle sent le mouvement de la main contre sa joue. « Il me semble que ce n'était pas exactement... tu sais, comme disent les grands. Mais c'était... c'était vraiment quelque chose. » Il baisse la voix pour que les autres ne l'entendent pas. « Je t'aime, Bevvie. »

Il y a alors une rupture dans sa conscience. Elle est tout à fait sûre que les échanges continuent, certains à voix haute, d'autres à voix basse, mais ne peut se souvenir de ce qui est dit. C'est sans importance. Est-ce qu'il faut qu'elle les refasse tous passer par là au moyen de la parole, sans rien oublier ? Oui, probablement ; mais c'est sans importance. Il faut que la parole les ramène à cela, à ce lien humain essentiel entre le monde et l'infini, à ce seul point de rencontre entre le flot sanguin et l'éternité. Peu importe. Ce qui importe, c'est l'amour et le désir. Cet endroit, dans les ténèbres, convient aussi bien que n'importe quel autre. Mieux, peut-être.

Mike vient à elle, puis Richie, et l'acte est recommencé. Elle ressent maintenant un certain plaisir, une vague chaleur dans son sexe — sexe de fillette, pas encore épanoui — et elle ferme les yeux lorsque Stan à son tour l'approche, elle pense aux oiseaux, au printemps et aux oiseaux, elle les voit et revoit, se posant tous en même temps, remplissant les arbres dénudés par l'hiver, avant-garde de choc sur la proue mobile de la plus violente saison de la nature, elle les voit s'envoler et s'envoler encore, le froufroutant battement de leurs ailes comme le claquement du linge sur le fil, et elle pense : Dans un mois, tous les enfants iront faire voler leur cerf-volant dans Derry Park ; ils devront courir pour éviter que les ficelles ne s'emmêlent. *Elle pense encore :* C'est cela, voler.

Avec Stan comme avec les autres, elle ressent aussi cette triste impression d'une chose qui s'évanouit, qui s'en va, jointe au sentiment que quelle que soit la chose dont ils ont réllement besoin par cet acte — sa fin ultime —, celle-ci est proche mais non encore atteinte.

« Est-ce que tu as... ? » demande-t-elle une fois de plus, et même si elle ne sait pas exactement dire ce dont il s'agit, elle sait qu'il « n'a pas ».

Il y a une longue attente, et Ben vient à elle.

Il tremble de tout son corps, mais pas de ce tremblement de peur qu'elle a senti chez Stan.

« Je ne peux pas, Beverly, dit-il d'un ton qui se veut raisonnable, mais qui est tout sauf cela.

— Tu peux, toi aussi. Je le sens. »

Et pour le sentir, elle le sent ; il y a encore plus de cette dureté ; encore plus de lui. Elle sent sous la poussée délicate de son ventre. Ses proportions soulèvent sa curiosité et elle effleure ce renflement de chair d'une main légère. Il grogne contre son cou et son souffle donne la chair de poule au corps nu de Beverly. Elle sent les premiers signes d'une vraie chaleur la parcourir — et soudain l'impression, en elle, devient immense ; elle se rend compte que c'est trop gros

(et n'est-il pas trop gros, pourra-t-elle faire pénétrer cela en elle ?)

et trop l'affaire des grandes personnes pour elle. C'est comme les M-80 de Henry : quelque chose qui n'est pas destiné aux enfants, qui risque d'exploser, de vous détruire. Mais ce n'est ni le lieu ni le moment de s'inquiéter ; ici, il n'y a que l'amour, le désir et l'obscurité. S'ils ne jouaient pas sur les deux premiers, il ne leur resterait plus que le dernier.

« Non, Beverly, ne...

— Si.

— Je...

— Montre-moi comment m'envoler », murmure-t-elle avec un calme qu'elle n'éprouve pas, pleinement consciente, à la tiédeur qui inonde son cou, qu'il s'est mis à pleurer. « Montre-moi, Ben.

— Non...

— Si tu as écrit le poème, montre-moi. Touche mes cheveux si tu en as envie, Ben. Je veux bien.

— Beverly... je... je... »

Son tremblement s'est transformé en de grands frissons qui le secouent des pieds à la tête. Mais elle comprend encore que ce n'est pas entièrement de la peur — il s'agit en partie des signes précurseurs de cette petite mort au centre même de l'acte. Elle pense

(aux oiseaux)

à son visage, son cher visage, si tendre, si sérieux, et sait qu'il ne s'agit pas de peur ; c'est un désir qu'il ressent, un désir profond et passionné qu'il ne maîtrise plus qu'avec la plus grande peine ; elle éprouve de nouveau ce sentiment de puissance, quelque chose comme s'envoler, quelque chose comme regarder d'en haut et voir tous les oiseaux sur les toits des maisons, sur l'antenne de télé du Wally's Spa, regarder les rues s'allonger comme sur les cartes, oh le désir, oui ! Cela, c'est quelque chose, c'est l'amour et le désir qui vous apprennent à voler.

« Oui, Ben, oui ! » crie-t-elle soudain — et les digues sont emportées.

Elle ressent de nouveau la douleur et la sensation, pendant un instant d'angoisse, d'être comme écrasée. Puis il se soulève sur les mains et la sensation disparaît.

Il est gros, oh oui, et la douleur revient, il s'enfonce bien plus profondément que lorsque Eddie, le premier, l'a pénétrée. Elle doit de nouveau se mordre la lèvre et penser aux oiseaux jusqu'à ce que la brûlure s'arrête ; elle est alors capable de lever une main et de toucher sa lèvre du doigt. Il gémit.

La chaleur revient, et elle sent soudain sa puissance passer en lui ; elle lui abandonne joyeusement et l'accompagne. Elle a tout d'abord la sensation d'être bercée, d'une délicieuse douceur en spirale qui lui fait tourner la tête involontairement à droite et à gauche ; un fredonnement atonal monte de ses lèvres closes, voilà, elle vole, voler c'est cela, ô amour, ô désir, voici quelque chose d'impossible à nier, qui relie, qui donne, qui structure un cercle puissant : qui relie, qui donne... qui vole.

« Oh Ben, oh toi, oui ! » murmure-t-elle, sentant la sueur perler sur son visage, sentant leur lien physique, quelque chose de solidement en place, quelque chose comme l'éternité, comme le chiffre 8 renversé sur le côté. « Je t'aime tellement, Ben. »

Et elle sent la chose qui commence à se produire — une chose dont les filles qui murmurent avec le fou rire quand elles parlent entre elles de sexe n'ont aucune idée, au moins pour ce qu'elle en sait ; elles ne savent que ricaner sur le côté poisseux de l'acte, et Beverly prend maintenant conscience que pour nombre d'entre elles, le sexe doit ressembler à quelque monstre mal défini — elles en parlent d'ailleurs comme de « ça ». Est-ce que tu ferais « ça », toi ? Est-ce que ta sœur a fait « ça » avec son petit ami ? Est-ce que ton père et ta mère font encore « ça » ? Elles, non, elles ne feraient jamais « ça » ! Oh oui, on pourrait croire que toute la gent féminine de la classe n'est que vieilles filles en puissance ; pour Beverly, il est évident qu'aucune ne soupçonne ce qu'il en est réellement... cette conclusion ; et elle ne se retient de crier que pour éviter que les autres n'entendent et ne s'imaginent qu'elle a très mal. Elle se prend le gras de la main dans la bouche et mord avec force. Elle comprend mieux maintenant les rires hystériques de Greta Bowie et Sally Mueller et de toutes les autres : ne viennent-ils pas, tous les sept, de passer l'essentiel de cet été si long et si effrayant à rigoler comme des cinglés ? On rit, parce que ce qui fait peur et ce qui est inconnu est aussi amusant, on rit comme rit et pleure en même temps un petit enfant lorsqu'un clown cabriolant s'approche de lui, sachant qu'il est censé être drôle... mais il y a aussi l'inconnu, cet inconnu plein d'un mystérieux pouvoir éternel.

Mordre la main ne va pas l'empêcher de crier, et elle ne peut rassurer les autres — et Ben — qu'en extériorisant son adhésion.

« Oui ! Oui ! Oui ! » De glorieuses images d'envolées lui emplissent la tête, se confondant avec les cris rauques des grues et des

étourneaux ; ces bruits deviennent la musique la plus douce du monde.

Ainsi vole-t-elle, s'élève-t-elle, et maintenant la puissance n'est plus en elle ou en lui mais quelque part entre eux deux et elle gémit ses cris, et elle sent les bras de Ben qui tremblent et elle se cambre sous lui, l'enfonçant en elle, éprouvant son spasme, son contact, cette fuyante intimité partagée dans l'obscurité. Ils font ensemble irruption dans la lumière vivante.

Puis c'est terminé ; ils se retrouvent dans les bras l'un de l'autre et lorsqu'il tente de dire quelque chose — peut-être quelque excuse stupide qui ne ferait qu'amoindrir son souvenir, quelque stupide excuse qui le verrouillerait comme des menottes —, elle l'arrête d'un baiser et le renvoie.

Bill vient en dernier.

Il tente de dire quelque chose, mais son bégaiement est maintenant cataclysmique.

« Tais-toi, tais-toi », lui dit-elle doucement, sûre de ce qu'elle vient d'apprendre, mais consciente de la fatigue qui la gagne. Et non seulement est-elle fatiguée, mais aussi en mauvais état. L'intérieur et l'arrière de ses cuisses sont collants, et elle pense que c'est peut-être parce que Ben est allé jusqu'au bout, ou peut-être parce qu'elle saigne. « Tout va parfaitement bien se passer.

— T-T-T'es s-s-s-sû-û-re ?

— Oui, répond-elle en passant les mains derrière son cou, où elle sent les cheveux collés par la transpiration. Je te parie ce que tu veux.

— Est-c-c-ce q-q-que c-c-ce-ce...

— Chuuut... »

Cela ne se passe pas comme avec Ben ; il y a de la passion, mais pas du même ordre. Être maintenant avec Bill est la meilleure conclusion qui pouvait être donnée. Il est doux, tendre, presque calme. Elle sent son désir, mais tempéré et tenu en laisse par le souci qu'il prend d'elle, peut-être aussi parce que Bill est le seul, avec elle, à se rendre compte de l'énormité de ce qu'ils font, du fait qu'il ne faudra jamais en parler, ni à personne d'autre, ni même entre eux.

À la fin, elle est prise par surprise par l'irruption soudaine de ce quelque chose et elle a le temps de penser : Oh, ça va recommencer, et je me demande si je vais pouvoir le supporter !

Mais ses réflexions sont balayées par l'envahissante douceur de « ça » et c'est à peine si elle l'entend qui murmure : « Je t'aime, Bev, je t'aime, je t'ai toujours aimée », répétant et répétant la phrase sans bégayer une fois.

Elle l'étreint et pendant un moment ils restent ainsi, sa joue douce appuyée contre la sienne.

Il se retire d'elle sans rien dire et elle se retrouve seule quelques instants ; elle récupère ses vêtements qu'elle enfile avec lenteur, à l'écoute des élancements douloureux que les six garçons, du fait de leur sexe, ne connaîtront jamais, consciente aussi d'un certain plaisir épuisé, et du soulagement que tout soit terminé. Il y a maintenant un vide dans son corps, et bien qu'elle se sente contente que son sexe soit de nouveau à elle, ce vide s'accompagne d'une sorte de mélancolie étrange qu'elle serait incapable d'exprimer... sauf en pensant à des arbres dénudés sous un ciel blanc d'hiver, des arbres vides attendant les merles — les merles qui doivent venir à la fin de mars présider comme des prêtres à la mort de la neige.

Elle les retrouve à tâtons.

Pendant un moment personne ne parle, et quand quelqu'un ouvre la bouche, elle n'est pas surprise que ce soit Eddie : « Je crois que lorsque nous avons tourné à droite, deux croisements avant, on aurait dû tourner à gauche. Bon Dieu, je le savais, pourtant, mais j'étais tellement à cran...

— T'as été à cran toute ta vie, Eds », lui lance Richie. Sa voix est sans tension. La pointe vive de la panique ne se fait plus sentir.

« On s'est aussi trompés à d'autres endroits, reprend Eddie en l'ignorant, mais c'est celle-là notre plus grosse erreur. Si je peux arriver à retourner jusque-là, on doit pouvoir se tirer d'affaire. »

Ils se mettent maladroitement à la file indienne, Eddie en premier, Beverly à la deuxième place, maintenant, la main sur l'épaule d'Eddie, celle de Mike sur la sienne. Ils reprennent leur marche, plus vite cette fois. Eddie ne manifeste pas de nervosité comme auparavant.

Nous rentrons à la maison, *pense-t-elle, et un frisson de soulagement et de joie la traverse.* Oui, à la maison. Et ce sera bon. Nous avons fait notre boulot, celui pour lequel nous sommes venus, et maintenant, on peut revenir et n'être plus que des mômes, comme avant. Et cela aussi sera bon.

Et comme ils avancent dans les ténèbres, elle se rend compte que le grondement de l'eau se rapproche.

CHAPITRE 23

Dehors

1

Derry, entre 9 h et 10 heures

À neuf heures vingt, on relevait à Derry une vitesse moyenne du vent de plus de quatre-vingts kilomètres à l'heure, avec des pointes à cent dix. L'anémomètre du tribunal enregistra un maximum de cent douze, après quoi l'aiguille redescendit jusqu'à zéro : le vent venait d'arracher la coupelle tourbillonnante et son montant du toit du tribunal, et l'appareil se perdit dans la pénombre striée de pluie. Comme le bateau de George Denbrough, jamais on ne le revit. À neuf heures trente, le phénomène que le Service des eaux de Derry avait formellement déclaré impossible non seulement paraissait devoir être envisagé, mais encore de manière imminente : l'inondation du centre-ville, pour la première fois depuis août 1958, quand une grande partie des anciens égouts s'étaient bouchés ou éboulés lors d'un orage monstrueux. À dix heures moins dix, des hommes, la mine sinistre, débarquèrent d'automobiles ou de camionnettes des deux côtés du canal, leurs cirés secoués comme des drapeaux par le vent déchaîné. Et pour la première fois depuis octobre 1957, on commença à empiler des sacs de sable sur les rebords bétonnés du canal ; l'arche sous laquelle s'engageait la Kenduskeag, à la hauteur de la triple intersection qui marquait le centre de la ville, débitait l'eau presque jusqu'à sa limite supérieure ; on ne pouvait franchir Canal Street, Main Street et le bas de Up-Mile Hill qu'à pied, et ceux qui se précipitaient en pataugeant vers l'endroit où l'on montait les sacs de sable sentaient sous leurs bottes les rues elles-mêmes qui tremblaient sous la ruée frénétique de l'eau, comme tremble un pont autoroutier lorsque deux poids lourds le franchissent en même temps. Mais c'était une vibration régulière, et les hommes préféraient le côté nord, loin de ce grondement constant que l'on sentait davantage qu'on ne l'entendait.

À grands cris, Harold Gardner demanda à Alfred Zitner (de l'agence immobilière Zitner, côté ouest de la ville) si les rues n'allaient pas s'effondrer. Zitner lui répondit sur le même ton que l'enfer serait pris dans les glaces avant qu'un tel événement se produise. Harold imagina brièvement Adolf Hitler et Judas Iscariote enfilant des patins à glace et retourna à ses sacs de sable. L'eau arrivait maintenant à moins de dix centimètres du rebord en ciment du canal. Dans les Friches, la Kenduskeag avait déjà quitté son lit et vers midi, sa végétation luxuriante de broussailles et d'arbrisseaux se retrouverait à demi engloutie dans un vaste lac peu profond mais puant. Les hommes continuèrent leur travail de fourmis, ne s'arrêtant que lorsqu'ils furent à court de sacs de sable... C'est alors qu'ils entendirent un bruit terrible de déchirement, d'éclatement. Harold Gardner raconta plus tard à sa femme qu'il s'était demandé si la fin du monde ne venait pas de commencer.

Ce n'était pas le centre-ville qui s'affaissait dans le sol — pas encore — mais le château d'eau qui s'effondrait. Seul Andrew Keene, le petit-fils de Norbert Keene, assista au spectacle ; mais il avait tellement abusé d'un hash colombien ce matin-là qu'il se crut tout d'abord victime d'une hallucination. Il arpentait les rues de Derry balayées par la tornade depuis environ huit heures du matin (l'heure à laquelle le Dr Hale était monté rejoindre la grande famille céleste de la médecine). Il était mouillé jusqu'aux os, n'ayant sur lui de sec que la pochette de plastique qui contenait ses quarante grammes de hash, mais il ne s'en rendait absolument pas compte. Ses yeux s'agrandirent d'incrédulité. Il venait d'atteindre Memorial Park, situé sur le côté du château d'eau. Et à moins qu'il eût des visions, la construction penchait au moins autant que la foutue tour de Pise que l'on retrouvait sur tous les paquets de macaronis. « Nom de Dieu ! » s'exclama Andrew Keene, dont les yeux s'agrandirent encore plus — ils étaient tellement exorbités, maintenant, qu'on les aurait crus montés sur des petits ressorts très costauds — quand les craquements commencèrent. La gîte que prenait le château d'eau devenait de plus en plus prononcée tandis qu'il restait planté là, le jean collé à ses cuisses décharnées, le bandeau qui retenait ses cheveux laissant dégouliner l'eau dans ses yeux. Les bardeaux blancs sautaient comme des bouchons de champagne côté centre-ville du réservoir... Une lézarde bien visible venait de faire son apparition à environ six ou sept mètres au-dessus des fondations de pierre du château d'eau ; l'eau se mit brusquement à en jaillir, et les bardeaux étaient maintenant emportés par le jet qui allait les recracher plus loin dans le vent. Un fracas déchirant parvint de l'édifice qu'Andrew vit bouger, comme l'aiguille d'une horloge géante qui passerait de midi à une heure, puis deux. Le sachet d'herbe lui en tomba du creux du bras, et il le remit machinalement dans sa chemise, à la hauteur de la ceinture. Il était complètement fasciné. Des sortes de coups de gong vibrants provenaient de l'intérieur du château d'eau, comme si cassaient une à une les cordes de quelque guitare titanesque ; c'étaient les câbles, chargés d'équilibrer la pression de l'eau, qui se rompaient les uns après les autres.

L'édifice se mit à basculer de plus en plus rapidement, dans un arrachement de planches et de madriers dont les fragments volaient dans tous les sens en tourbillonnant. « PUTAIN DE BORDEL ! » s'exclama Andrew Keene, mais ses vociférations extatiques se perdirent dans l'effondrement final du château d'eau et le rugissement de près de trois millions de litres d'eau se déversant par l'ouverture béante qui venait d'apparaître dans son flanc. Ils s'abattirent comme une grande lame de fond grise, et si Andrew Keene s'était trouvé du mauvais côté, il aurait bien entendu quitté ce bas monde à la même vitesse que le Dr Hale deux heures avant. Mais il existe un dieu pour les ivrognes, les petits enfants et ceux qui se pètent au hash. D'où il était, Andrew pouvait admirer le spectacle sans en recevoir la moindre éclaboussure. « NOM DE DIEU DE PUTAINS D'EFFETS SPÉCIAUX ! » brailla-t-il tandis que l'eau dévalait Memorial Park comme si elle était un élément solide, balayant au passage le cadran solaire près duquel un petit garçon du nom de Stan Uris était souvent venu observer les oiseaux à l'aide des jumelles de son père. « STEVEN SPIELBERG PEUT ALLER SE RHABILLER ! » Le bain pour oiseaux en pierre ne résista pas davantage. Andrew l'aperçut quelques instants qui roulait sur lui-même, puis il disparut.

L'alignement d'érables et de frênes qui séparait Memorial Park de Kansas Street fut renversé comme les quilles d'un jeu de boules. Les troncs entraînèrent dans leur chute des écheveaux spasmodiques de fils électriques. L'eau traversa la rue, commençant à s'étaler en largeur, ayant à présent perdu cette apparence perturbante de consistance solide qu'elle présentait lorsqu'elle avait emporté le cadran solaire, le bain pour oiseaux et quelques arbres, mais gardant néanmoins suffisamment de force pour arracher à leurs fondations près d'une douzaine de maisons de l'autre côté de Kansas Street — maisons qui se retrouvèrent dans les Friches. Elles glissèrent avec une aisance à faire peur, la plupart d'entre elles restant entières. Andrew Keene reconnut celle de la famille Massenik. Karl Massenik avait été son instituteur en septième, un vrai père Fouettard. Comme la maison basculait sur le talus, Andrew se rendit compte qu'il voyait encore une bougie allumée briller à l'une des fenêtres et se demanda un instant si son imagination ne lui jouait pas des tours.

Il y eut une explosion dans les Friches, une flamme jaune fusa pendant un court instant ; sans doute la lampe à gaz de quelqu'un venait-elle de mettre le feu à quelque tuyau de fuel rompu. Andrew n'arrivait pas à détacher les yeux de ce côté de Kansas Street où, quarante secondes avant, s'alignait une rangée bien nette de maisons proprettes. À la place : rien, et pourtant, tout cela était bel et bien réel, mon bon. Ou plutôt, mieux que rien : les trous laissés par les caves, qui ressemblaient à des piscines.

Andrew aurait voulu soumettre à l'approbation générale l'opinion que ça décoiffait un peu trop, mais il n'y avait personne à qui s'adresser. Et en plus, il semblait en panne de cordes vocales, sans parler de son diaphragme soudain saisi de faiblesse et devenu inutilisable pour crier. Il entendit une série d'explosions et de craquements, le fracas que pourrait faire un géant descendant un escalier les chaussures pleines de crackers. C'était le château d'eau qui, à son tour, dévalait la colline, énorme cylindre blanc recrachant encore ce qui lui restait d'eau, les câbles épais qui l'avaient maintenu jusqu'ici debout volant dans les airs avant de revenir, cinglants comme des fouets d'acier, cravacher le sol dans lequel ils creusaient des sillons qui se remplissaient aussitôt d'eau de pluie.

Sous les yeux d'Andrew bouche bée (son menton lui touchait presque la poitrine), le château d'eau, c'est-à-dire une structure de plus de quarante mètres de long, rebondit dans les airs. Il sembla y rester un instant pétrifié, image surréaliste qui paraissait sortir tout droit de la chambre capitonnée d'un asile d'aliénés, tandis que la pluie crépitait sur ses parements défoncés, ses fenêtres brisées, ses éléments qui pendaient, et que continuait de lancer ses éclairs le phare qui, à son sommet, était destiné à le signaler aux avions de tourisme volant bas. Puis il retomba dans la rue dans un ultime et assourdissant craquement.

Kansas Street avait retenu une grande quantité d'eau, qui se précipitait maintenant vers le bas de la ville par Up-Mile Hill. *Dire qu'il y avait des maisons ici,* songea Andrew Keene qui se sentit soudain des jambes de coton. Il s'assit lourdement, ou plutôt se laissa tomber. Il n'arrivait pas à croire ce qu'il voyait : les fondations veuves de leur château d'eau, ce bâtiment qu'il avait toujours vu à cet endroit. Il se demanda si quelqu'un allait croire un truc pareil.

Il se demanda d'ailleurs s'il le croyait lui-même.

2

La mise à mort, 10 h 02, le 31 mai 1985

Bill et Richie la virent se retourner vers eux, ses mandibules s'ouvrant et se renfermant, tandis que les fusillait son œil de borgne, et Bill se rendit compte que Ça produisait sa propre source de lumière, effroyable luciole géante. Mais cette lumière vacillait, incertaine. Ça se trouvait en très mauvais état. Dans sa tête, les idées bourdonnaient et se bousculaient,

(laissez-moi, laissez-moi partir et vous pourrez avoir ce que vous avez toujours désiré, argent, célébrité, fortune, pouvoir — je peux vous donner tout cela)

incohérentes.

Bill s'avança, les mains vides, le regard attaché à l'œil unique et rouge de Ça. Il sentait une puissance croître en lui, l'investir, nouant en cordages les muscles de ses bras, remplissant chacun de ses poings serrés d'une force neuve. Richie marchait à côté de lui, les lèvres étirées sur un rictus.

(Je peux te rendre ta femme — je suis seul à pouvoir le faire, elle ne se souviendra de rien, comme vous ne vous êtes souvenus de rien, tous les sept.)

Ils étaient près, très près, maintenant. Bill sentait à plein nez la puanteur qui s'en dégageait et prit conscience avec horreur que c'était là l'arôme des Friches, l'odeur qu'ils avaient prise pour celle des égouts, des cours d'eau pollués et de la décharge en feu... mais avaient-ils jamais réellement cru qu'il n'y avait que cela ? C'était l'odeur de Ça, et sans doute était-elle plus forte dans les Friches, mais elle restait suspendue au-dessus de Derry comme un nuage et les gens ne la sentaient pas davantage que les gardiens de zoo ne sentent les animaux sauvages, allant même parfois jusqu'à s'étonner de voir les visiteurs se pincer le nez.

« Tous les deux », murmura-t-il à Richie, lequel acquiesça sans détourner les yeux de l'Araignée qui, maintenant, reculait devant eux dans le cliquetis de ses abominables pattes épineuses, enfin acculée.

(Je ne peux pas vous donner la vie éternelle mais je peux vous

toucher et vous vivrez très, très longtemps — deux cents ans, trois cents, peut-être cinq cents —, je peux faire de vous des dieux sur la Terre, si vous me laissez partir, si vous me laissez partir, si vous me laissez...)

« Bill ? » fit Richie d'une voix rauque.

Un cri montant en lui, montant, montant de plus en plus violemment, Bill chargea. Richie courut avec lui, au coude à coude. Ils frappèrent ensemble de leur poing droit, mais Bill comprit que ce n'était pas avec leurs deux poings, en réalité, qu'ils frappaient ; c'était avec leurs forces combinées, augmentées des forces de cet Autre ; avec la force du souvenir et du désir, avec, par-dessus tout, la force de l'amour et des souvenirs retrouvés de l'enfance, lancée comme un grand volant.

Le hurlement de l'Araignée remplit la tête de Bill qui eut l'impression qu'elle allait éclater. Il sentit son poing s'enfoncer dans des moiteurs agitées de soubresauts péristaltiques. Son bras suivit jusqu'à l'épaule. Il le retira, dégoulinant du sang noir de l'Araignée ; du chyle s'écoula du trou qu'il venait d'ouvrir.

Il vit Richie qui se tenait presque en dessous de son corps boursouflé, couvert des éclaboussures sombres du sang de Ça, se tenant dans la pose classique du boxeur, tandis que ses poings d'où gouttait l'immonde liquide ne cessaient de frapper.

L'Araignée tenta de les fouetter de ses pattes. Bill sentit l'une d'elles lui râper les flancs ; elle déchira sa chemise, déchira sa chair. Son dard pompait, inutile, tourné vers le sol. Ses hurlements étaient des gongs claironnant dans sa tête. Elle lança une attaque maladroite et voulut le mordre ; mais au lieu de battre en retraite, Bill fonça en avant, se servant non pas de ses seuls poings mais de tout son corps transformé en torpille. Il se jeta dans ses entrailles comme un pilier de rugby pris dans une mêlée ouverte, la tête dans les épaules.

Un instant, il sentit la chair puante de Ça qui ployait simplement sous son effort, comme s'il allait rebondir au loin. Avec un cri inarticulé, il poussa plus fort, poussa des bras et des jambes, s'acharnant de ses poings. Il réussit à rompre l'enveloppe du corps monstrueux et les fluides de Ça l'inondèrent. Ils dégoulinèrent sur son visage, dans ses oreilles ; ils remontèrent dans ses narines en fins tortillons.

Il se trouvait de nouveau dans le noir, enfoncé jusqu'aux épaules dans le corps convulsé de l'Araignée. Par ses oreilles bouchées, il entendait un son assourdi comme le battement régulier d'une grosse caisse : *wak*-WAK-*wak*-WAK — comme celles que l'on voit parfois à la tête des parades de cirque, lorsqu'elles font leurs spectaculaires entrées en ville, dans une débauche de monstres et de clowns cabriolants.

Le bruit de son cœur.

Il entendit Richie pousser un hurlement de douleur, son qui se transforma rapidement en gémissement et se coupa net sur un hoquet. Brusquement, Bill poussa des deux poings en avant. Il s'étouffait et s'étranglait dans ce sac d'entrailles agité de pulsations aqueuses.

Wak-WAK-wak-WAK

Et tout d'un coup, il tint dans les mains une grande chose qui pulsait et pompait contre ses paumes, les soulevant à son rythme.

(NON NON NON NON NON NON NON)

« *Si !* cria Bill, s'étouffant, se noyant. *Si ! Essaye donc cela, salope ! ESSAYE DONC DE T'EN SORTIR ! AIMES-TU ÇA ? AIMES-TU ÇA ?* »

Il croisa les doigts de ses deux mains au-dessus du narthex pulsant de son cœur — paumes séparées en un V renversé — et serra, serra de toutes ses forces.

Il y eut un ultime hurlement de douleur et de peur, lorsque le cœur explosa dans ses mains, giclant entre ses doigts en filaments agités de soubresauts.

Wak-WAK-wak-WAK

Le cri s'estompa, faiblit. Bill sentit soudain le volume de Ça qui l'étreignait, comme si lui-même était un corps poisseux pris dans un gant de boxe. Puis tout se détendit. Il se rendit compte que l'Araignée s'inclinait, tombait lentement sur un côté. Au même moment il s'en retira, perdant la conscience des choses.

L'immonde chose s'effondra, énorme tas d'une chair non terrestre, ses pattes agitées de frissons violents effleurant les parois du tunnel et éraillant le sol de griffonnages indéchiffrables.

Bill recula en titubant, la respiration haletante ; il cracha, cracha, pour chasser de sa bouche le goût abominable. Il trébucha sur ses propres pieds et tomba à genoux.

Il entendit alors, distinctement, la voix de l'Autre ; la Tortue était peut-être morte, mais quoi que ce fût qu'elle eût investi vivait.

« *Fils, tu as été remarquable.* »

Puis il n'y eut plus rien. La puissance disparut avec. Il se sentit faible, révulsé, à demi fou. Il regarda par-dessus son épaule et vit le cauchemar noir agonisant de l'Araignée, toujours secoué de tressaillements intermittents.

« Richie ! s'écria-t-il d'une voix rauque, brisée. Richie ! Où es-tu, mec ? »

Pas de réponse.

Morte avec l'Araignée, la lumière avait disparu. Il tâtonna dans la poche de sa chemise détrempée, à la recherche de la dernière pochette d'allumettes ; il la trouva, mais impossible de leur faire prendre feu. Elles étaient trop imbibées de sang.

« Richie ! » cria-t-il encore, tandis que les larmes lui montaient aux yeux. Il se mit à ramper, prudemment, tâtant devant lui de la main avant d'avancer. Finalement il heurta quelque chose qui céda mollement à son contact. Ses mains explorèrent... et s'arrêtèrent, lorsqu'elles touchèrent la figure de Richie.

« Richie ! Richie ! »

Toujours pas de réponse. Se débattant dans les ténèbres, Bill passa un bras sous la nuque de Richie, un autre sous le creux de ses genoux. Il se remit laborieusement debout et entreprit de revenir sur leurs pas, Richie dans les bras.

3

Derry, 10 h 00-10 h 15

À dix heures, la vibration régulière que l'on sentait dans les rues du centre-ville se transforma en un grondement de plus en plus fort. Le *Derry News* expliquerait plus tard que les soutènements de la partie souterraine du canal, affaiblis par les assauts sauvages de ce qui avait été une inondation-éclair, s'étaient tout simplement effondrés. Certains, cependant, ne furent pas d'accord. « Moi j'étais là, et je sais ce qui s'est passé, confia Harold Gardner à sa femme. Ce ne sont pas seulement les soutènements du canal qui se sont effondrés. Il y a eu un tremblement de terre, un foutu tremblement de terre. »

Quoi qu'il en soit, les résultats furent les mêmes. Tandis que s'amplifiait régulièrement le grondement, les vitres commencèrent à éclater, le plâtre des plafonds à tomber dans le grincement inhumain des poutres gauchies et des fondations torturées — un chœur épouvantable. Comme des mains avides, des fissures se mirent à courir sur la façade grêlée de trous de balle de Machen's. Richard's Alley, la ruelle qui courait derrière la pharmacie de Center Street, se remplit soudain d'une avalanche de briques jaunes : celles de l'immeuble de bureaux Brian W. Dowd, construit en 1952, qui s'effondrait. Un lourd nuage de poussière jaunâtre s'éleva dans les airs et fut emporté comme une voile par la tempête.

Au même moment, la statue de Paul Bunyan, devant le Centre communautaire, explosa sur son socle ; on aurait dit que la menace proférée depuis longtemps par le professeur d'art venait d'être enfin mise à exécution. La tête barbue et souriante s'éleva très haut ; une des jambes donna un coup de pied, l'autre une ruade, comme si Paul se démembrait d'enthousiasme. Le torse de la statue se pulvérisa en un nuage de mitraille et le fer de la hache fila vers le ciel pluvieux d'où elle retomba sur le pont des Baisers dont elle défonça le toit, puis le plancher.

Et à dix heures deux, le centre de Derry s'effondra purement et simplement.

L'essentiel des eaux rejetées par le château d'eau avait traversé Kansas Street pour aller s'étaler dans les Friches, mais un bon nombre de mètres cubes s'était toutefois précipité vers le centre par Up-Mile Hill. Peut-être est-ce cette « goutte d'eau » qui a fait déborder le vase... à moins, comme Harold Gardner le raconta à sa femme, qu'il n'y ait eu un véritable tremblement de terre. Des fissures commencèrent à zigzaguer sur le revêtement de Main Street, tout d'abord étroites... puis elles se mirent à s'écarter comme autant de gueules affamées, tandis qu'en montait le rugissement du canal, non plus étouffé, maintenant, mais assourdissant à semer l'épouvante. Tout se mit à trembler. L'enseigne au néon devant la boutique de souvenirs Shorty Squire's alla se fracasser dans près d'un mètre d'eau ; l'instant suivant, le magasin, qui jouxtait une librairie, commença à descendre. Buddy Angstrom fut le premier à remarquer le phénomène. Il donna un coup de coude à Alfred Zitner qui en resta bouche bée avant de donner à son tour un coup de coude à Harold Gardner.

En l'espace de quelques secondes, l'opération « sacs de sable » s'interrompit. Les hommes alignés le long du canal, pétrifiés, regardaient les immeubles du centre sous la pluie battante, avec tous la même expression d'incrédulité horrifiée sur le visage. On aurait dit que la boutique de Squire's avait été bâtie sur quelque énorme ascenseur ; elle s'enfonçait au milieu du dallage de béton apparemment solide avec une pesante et majestueuse dignité. Quand elle s'arrêta, à un moment donné, on aurait pu pénétrer à quatre pattes par l'une des fenêtres du deuxième étage depuis le trottoir inondé. De l'eau jaillissait tout autour du bâtiment et bientôt Shorty lui-même apparut sur le toit, agitant follement les bras pour appeler au secours. Puis il disparut à la vue lorsque l'immeuble de bureaux voisin, celui avec la librairie au rez-de-chaussée, s'enfonça à son tour dans le sol. Malheureusement, celui-là ne descendit pas tout droit comme la boutique de Shorty ; il se mit aussitôt à s'incliner (et de fait, pendant quelques instants, il fit irrésistiblement penser à la foutue tour penchée de Pise des paquets de macaronis). Des briques commencèrent à s'en détacher du haut et des côtés. Plusieurs frappèrent Shorty. Harold Gardner le vit partir à reculons, les mains à la tête... puis les trois étages supérieurs de l'immeuble glissèrent avec la même aisance que des crêpes glisseraient d'une pile. Shorty disparut. L'un des hommes de corvée cria, puis le fracas de l'effondrement noya tout. Certains tombèrent, d'autres, déséquilibrés, partirent en trébuchant comme des ivrognes. Harold Gardner vit les bâtiments qui se faisaient face sur Main Street s'incliner les uns vers les autres comme de vieilles dames se chicanant sur une levée de cartes. La rue elle-même s'enfonçait, se craquelait, se déformait. De puissants jets d'eau jaillissaient de partout. Puis, les uns après les autres, les immeubles des deux côtés de la rue dépassèrent leur centre de gravité et s'effondrèrent tranquillement sur la chaussée : la Northeast Bank, le Shoeboat, Alvey's Smokes & Jokes, Bailley's Lunch, Bandler's Record et Music Barn. Si ce n'est qu'en réalité, il n'existait plus de chaussée sur laquelle s'effondrer. La rue s'était enfoncée dans le canal, tout d'abord en s'étirant comme du caramel, puis en se fragmentant en gros blocs d'asphalte qui se renversaient et se heurtaient comme les noirs icebergs d'une débâcle. Harold vit aussi le refuge pour piétons au centre de la triple intersection disparaître à la vue, et tandis que s'en élevait un geyser d'eau, il comprit tout d'un coup ce qui allait se passer.

« Faut se tirer d'ici ! hurla-t-il à l'intention d'Al Zitner. Ça va refluer ! Les eaux vont refluer, Al ! »

Rien, dans l'attitude d'Al Zitner, ne laissait supposer qu'il avait entendu. Il avait l'air d'un somnambule, ou d'un homme plongé dans un profond sommeil hypnotique. Il restait debout dans sa veste de sport à carreaux rouges et bleus détrempée, sa chemise Lacoste à col ouvert avec le petit crocodile sur le téton gauche, ses chaussettes bleues ornées de clubs de golf entrecroisés en barrette, ses chaussures de bateau L. L. Bean's aux semelles de caoutchouc. Il contemplait quelque chose comme un million de dollars de ses investissements pesonnels en train de s'enfoncer dans la rue, et trois ou quatre millions des investissements de ses amis qui en faisaient autant. Ses amis, les types avec lesquels il jouait au poker ou au golf, avec lesquels il skiait dans leur multipropriété de Rangely. Soudain sa ville natale, Derry (Maine), le ciel me pardonne, se mit à ressembler bizarrement à ces villes à demi englouties où on fait circuler les visiteurs dans de longs canots étroits. Les eaux bouillonnaient et refluaient entre les bâtiments encore debout, Canal Street se terminait sur un plongeoir en dents de scie surplombant un lac agité. Guère étonnant que Zitner n'ait pas entendu Harold.

D'autres, néanmoins, en étaient arrivés à la même conclusion que Gardner — on ne pouvait pas jeter une telle quantité de merde dans une étendue d'eau en furie sans provoquer de sérieux ennuis. Certains lâchèrent les sacs de sable qu'ils tenaient encore pour prendre leurs jambes à leur cou. Ce fut le cas de Harold Gardner, qui survécut. D'autres n'eurent pas autant de chance et se trouvaient encore proches du canal lorsque celui-ci, engorgé jusqu'à l'étouffement de tonnes d'asphalte, de béton, de briques, de plâtre, de vitres et de marchandises diverses pour un montant de plusieurs millions de dollars, se mit à refluer et à renvoyer des tonnes d'eau par-dessus son parapet de ciment, emportant avec impartialité les sacs de sable comme les hommes.

Harold ne pouvait s'empêcher de penser que les eaux voulaient l'avoir aussi ; il avait beau courir comme un dératé, elles gagnaient du terrain sur lui. Il réussit à leur échapper en escaladant un remblai en pente raide, agrippé des ongles aux buissons qui le couvraient. Il jeta un coup d'œil en dessous de lui et aperçut une silhouette humaine dans laquelle il crut reconnaître Roger Lernerd, le responsable des prêts de la banque de Harold, qui s'efforçait de faire démarrer sa voiture dans le parking du mini-centre commercial du canal. Même avec les hurlements du vent et le grondement des eaux, Harold arrivait à entendre le bruit de machine à coudre du moteur de la petite compacte, qui hennissait, hennissait sans pouvoir démarrer tandis que les vaguelettes montaient à l'attaque du bas de caisse, des deux côtés. Alors, dans un fracas de tonnerre, la Kenduskeag rompit ses rives et vint balayer et le mini-centre commercial et la rutilante petite voiture de Roger. Harold reprit son ascension, s'accrochant aux branches, aux racines, à tout ce qui lui paraissait assez solide pour supporter son poids. Les hauteurs, là était le salut. Comme aurait pu le dire Andrew Keene, Harold Gardner n'avait qu'une idée ce matin : prendre de l'altitude. Il entendait derrière lui le centre-ville qui continuait de s'écrouler. On aurait dit le grondement d'un barrage d'artillerie.

4

Bill

« Beverly ! » cria-t-il. Il n'était qu'un bloc douloureux des bras jusqu'au dos. On aurait dit que Richie pesait au moins un quart de tonne, maintenant. *Pose-le à terre,* lui susurra son esprit. *Il est mort, tu le sais foutrement bien, pourquoi ne le poses-tu pas tout simplement à terre ?*

Mais il ne voulait ni ne pouvait s'y résoudre.

« Beverly ! cria-t-il à nouveau. Ben ! Quelqu'un ! »

Il pensa : *Voilà où Ça nous a expédiés — moi et Richie —, sauf qu'il nous a expédiés encore plus loin. Comment était-ce ? Ça se perd, j'oublie...*

« Bill ? » C'était la voix de Ben, tremblante d'épuisement, pas très loin de lui. « Où es-tu, Bill ?

— Par ici, vieux. Richie est avec moi. Il est... il est blessé.

— Continue de parler. » Ben était plus près, maintenant. « Continue de parler, Bill.

— Nous avons tué Ça, reprit Bill en se dirigeant vers la voix. On a massacré cette saloperie. Et si Richie est mort...

— Mort ? » s'exclama Ben, angoissé. Il était très près, cette fois ; sa main qui s'avançait en tâtonnant dans le noir vint se poser légèrement sur le nez de Bill. « Qu'est-ce que tu veux dire, mort ?

— Je... il... » Ben l'aidait maintenant à soutenir Richie. « Je ne distingue rien. C'est le problème. Je n'a-a-arrive pas à l-le v-v-voir !

— Richie ! cria Ben, se mettant à secouer le corps inerte. Richie, réveille-toi, mon vieux ! Secoue-toi, bordel ! » Ben avait la voix qui s'étranglait et tremblait de plus en plus. « EST-CE QUE TU VAS TE RÉVEILLER, BORDEL DE DIEU, RICHIE ? »

Et dans le noir total, du ton irrité et endormi de quelqu'un que l'on tire d'un profond sommeil, Richie lui répondit : « Ça va, ça va, Meule de Foin, ça va. Pas besoin d'en faire autant — de foin...

— Richie ! s'écria Ben. Richie, mon vieux, tu te sens bien ?

— Cette salope m'a balancé, grommela Richie toujours de la même voix endormie. Je me suis cogné sur quelque chose de dur. C'est tout... tout ce dont je me souviens. Où est Bevvie ?

— Quelque part là derrière, répondit Ben qui lui expliqua rapidement l'histoire des œufs. J'en ai écrabouillé plus de cent. Je crois que je les ai tous eus.

— Prions le ciel qu'il en soit ainsi », dit Richie. Sa voix commençait à paraître plus assurée. « Pose-moi, Grand Bill. Je peux marcher... on entend le bruit de l'eau plus fort, non ?

— En effet », dit Bill. Tous les trois se donnaient la main dans les ténèbres. « Comment va ta tête ?

— Fait mal comme l'enfer. Qu'est-ce qui s'est passé après qu'elle m'a foutu hors de combat ? »

Bill leur raconta tout ce qu'il put se résoudre à leur dire.

« Ça a crevé ! fit Richie, émerveillé. T'en es sûr, Bill ?

— Oui. Cette fois, j'en suis absolument s-sûr.

— Dieu soit loué, dit Richie. Tiens-moi, Bill, je crois que je vais dégueuler. »

Bill l'empoigna, et lorsque Richie eut terminé, ils se remirent en route. Tous les quelques pas, leurs pieds heurtaient quelque chose de cassant qui partait rouler dans l'obscurité. Des fragments des œufs brisés par Ben, songea Richie, parcouru d'un frisson. C'éait bon de savoir qu'ils allaient dans la bonne direction, mais il aimait autant ne rien voir.

« Beverly ! cria Ben. Beverly !

— Ici ! »

Sa réponse leur parvint, affaiblie, presque perdue dans le grondement constant des eaux. Ils avancèrent dans le noir, l'interpellant à intervalles réguliers, et convergèrent sur elle.

Quand finalement ils la rejoignirent, Bill lui demanda s'il ne lui restait pas d'allumettes ; elle lui mit une pochette à demi remplie dans la main. Il en craqua une et vit leurs visages surgir, fantomatiques, de l'obscurité : Ben, un bras passé autour des épaules de Richie qui se tenait voûté, du sang coulant de sa tempe gauche ; Beverly avec la tête d'Eddie sur les genoux. Puis il se tourna d'un côté. Audra gisait sur le sol comme une poupée de chiffon, jambes écartées, la tête renversée. Le cocon qui l'enserrait avait presque complètement fondu.

« Audra ! Est-ce que tu m'entends, Audra ? »

Il lui passa un bras dans le dos et l'installa en position assise. Il glissa la main sous la masse de ses cheveux et appuya les doigts contre son cou. Le pouls était là : un battement lent et régulier.

Il enflamma une autre allumette et vit à son éclat la pupille d'Audra se contracter. Mais il s'agissait là d'une fonction involontaire ; son regard resta tout aussi fixe, même lorsqu'il approcha la lumière très près de son visage. Elle était vivante, certes, mais sans réaction. Bon Dieu, c'était pire que cela et il le savait bien. Elle était catatonique.

La deuxième allumette lui brûla les doigts.

« Dis donc, Bill, je n'aime pas le bruit que fait la flotte, dit Ben. Je crois que nous ferions mieux de sortir d'ici.

— Comment, sans Eddie ? murmura Richie.

— On peut y arriver, répondit Bev. Ben a raison, Bill. Il faut sortir d'ici.

— Je la prends avec moi.

— Évidemment. Mais il faut ficher le camp tout de suite.

— Dans quelle direction ?

— Tu le sauras, l'assura doucement Beverly. Tu as tué Ça. Tu le sauras, Bill. »

Il souleva Audra dans ses bras comme il avait soulevé Richie et retourna auprès des autres. L'impression qu'elle lui donnait dans ses bras était inquiétante, angoissante, même ; on aurait dit une poupée de cire douée de respiration.

« Vers où, Bill ? demanda Ben.

— Je n-ne sais...

(Tu le sauras, tu as tué Ça. Tu le sauras, Bill.)

— Eh b-bien, allons-y. Nous verrons bien si nous trouverons ou non la sortie. Prends ç-ça, B-Beverly, ajouta-t-il en lui tendant les allumettes.

— Et Eddie ? demanda-t-elle. Il faut l'emmener avec nous.

— Et c-comment ? C'est... Tout le truc est en t-train de s'e-effondrer.

— Nous devons l'emmener avec nous, mec, dit Richie. Donne-moi un coup de main, Ben. »

Les deux hommes soulevèrent le corps d'Eddie. Beverly éclaira leur chemin jusqu'à la porte de conte de fées. Bill fit passer Audra en évitant autant que possible de la faire glisser contre le sol. Richie et Ben en firent autant avec Eddie.

« Posez-le maintenant, dit Beverly. Il peut rester ici.

— C'est trop noir, sanglota Richie. Tu comprends... il y fait trop noir. Eds... il...

— Non, ça va comme cela, intervint Ben. C'est peut-être ici qu'il doit rester, au fond. Je le crois. »

Ils le posèrent, et Richie embrassa la joue d'Eddie. Puis il leva les yeux, sans le voir, vers Ben. « Tu en es sûr ?

— Ouais. Allez, viens, Richie. »

Richie se releva et se tourna vers la porte. « Va te faire foutre, salope ! » s'écria-t-il soudain — sur quoi il envoya un coup de pied au battant pour la fermer. Il claqua sourdement et le verrou retomba.

« Pourquoi as-tu fait cela ? lui demanda Beverly.

— Sais pas », répondit Richie ; mais il le savait très bien. Il regarda par-dessus son épaule juste au moment où l'allumette que tenait Beverly s'éteignit.

« Dis donc, Bill, la marque sur la porte.

— Oui ?

— Eh bien, elle a disparu. »

5

Derry, 10 h 30

Le corridor de verre qui reliait la bibliothèque des enfants à celle des adultes explosa soudain, en un unique flamboiement éclatant. Les débris de verre allèrent larder les arbres tordus et fouettés par la tempête qui entouraient l'immeuble. Un tel mitraillage aurait pu gravement blesser ou même tuer quelqu'un, mais il n'y avait personne, ni à l'intérieur, ni à l'extérieur. La bibliothèque n'avait pas ouvert ses portes ce jour-là. Le tunnel qui avait tellement fasciné Ben Hanscom enfant ne serait pas reconstruit ; il y avait eu tellement de dégâts d'un coût exorbitant à Derry qu'on jugea plus simple de laisser les deux bâtiments séparés. Avec le temps, plus personne, au conseil municipal de Derry, ne se souvint à quoi avait bien pu servir ce cordon ombilical. Seul Ben, peut-être, aurait pu leur expliquer ce qu'il avait ressenti à l'observer de l'extérieur dans le calme glacial de janvier, le nez enchifrené, le bout des doigts gelés au fond des moufles, tandis qu'allaient et venaient les gens à l'intérieur, marchant sans manteau au cœur de l'hiver, entourés de lumières. Il aurait pu leur dire... cependant ce n'était guère le genre de propos que l'on tenait lors des réunions d'un conseil municipal. Mais ce ne sont là qu'éventualités. Les faits se résumaient à ceci : le corridor de verre explosa sans raison apparente, et personne ne fut blessé (ce qui fut une bénédiction, dans la mesure où le nombre final des victimes, après la tempête — victimes humaines, au moins — s'éleva à soixante-sept morts et plus de trois cent vingt blessés). Après le 31 mai 1985, il fallait, pour aller de la bibliothèque des adultes à celle des enfants, faire le tour par l'extérieur. Et s'il faisait froid, s'il pleuvait ou s'il neigeait, on devait enfiler son manteau.

6

À l'extérieur, 10 h 54, le 31 mai 1985

« Attendez, haleta Bill. Laissez-moi... souffler.

— Laisse-moi t'aider à la porter », lui répéta Richie. Ils venaient d'abandonner le cadavre d'Eddie à la porte de l'antre de l'Araignée, et c'était quelque chose dont aucun d'eux n'avait envie de parler. Mais Eddie était mort et Audra encore vivante — du moins, techniquement.

« J'y arriverai tout seul, répondit Bill entre deux inspirations rapprochées.

— Des clous, oui. Tu vas te filer une bonne attaque cardiaque. Laisse-moi t'aider, Grand Bill.

— Comment va ta tête ?

— Fait mal, dit Richie. Change pas de sujet. »

À contrecœur, Bill laissa Richie prendre Audra. La situation aurait pu être pire ; Audra était grande et son poids normal était de soixante kilos. Mais le rôle qu'elle devait tenir dans *Attic Room* était celui d'une jeune femme retenue en otage par un maniaque psychotique qui se prend pour un terroriste politique. Et comme Fred Firestone avait voulu filmer d'abord toutes les scènes du grenier où elle était retenue, Audra avait suivi un strict régime grillade-salade-fromage à zéro pour cent et perdu plus de huit kilos. Néanmoins, après avoir trébuché dans le noir avec elle dans les bras sur une distance de cinq cents mètres (ou de mille mètres, ou de quinze cents !), ces cinquante-deux kilos pesaient des tonnes.

« M-Merci, m-mec.

— N'en parlons plus. Le prochain coup, c'est toi, Meule de Foin.

— Bip-bip, Richie », rétorqua Ben, et Bill ne put retenir un sourire. C'était un sourire fatigué, qui ne dura qu'un instant, mais c'était mieux que rien.

« La direction, Bill ? demanda Beverly. Le bruit de l'eau est plus fort que jamais. La perspective d'être noyés comme des rats ne me sourit guère.

— Tout droit, et à gauche, répondit Bill. Peut-être pouvons-nous essayer d'aller plus vite. »

Ils poursuivirent leur progression pendant une demi-heure, Bill prenant à droite, prenant à gauche. Le grondement de l'eau continua à enfler jusqu'au moment où il parut les entourer, effrayant effet stéréo dans le noir. Bill tâtonna pour trouver son chemin à un angle, une main posée sur la brique humide, et soudain il sentit de l'eau courir sur ses chaussures. Le débit était rapide, mais le niveau bas.

« Rends-moi Audra, dit-il à Richie qui soufflait comme un phoque. On remonte le courant, maintenant. » Richie passa délicatement son chargement à Bill, qui installa Audra sur son épaule à la manière des pompiers. *Si seulement elle pouvait protester... bouger... faire quelque chose !* « Où en est-on avec les allumettes, Beverly ?

— Il en reste tout au plus une demi-douzaine, Bill... Est-ce que tu sais où nous allons ?

— Il me s-semble que oui. En route ! »

Ils le suivirent dans le nouveau boyau. L'eau qui bouillonnait au début autour des chevilles de Bill monta bientôt à la hauteur de ses mollets, puis de ses cuisses. Le fracas tonitruant du ruissellement s'était stabilisé et n'était plus qu'un grondement régulier. Le tunnel dans lequel ils avançaient tremblait sur un rythme constant. Pendant un moment, Bill pensa que le courant allait devenir trop fort pour continuer de marcher, puis ils passèrent devant une canalisation qui déversait un énorme jet d'eau dans leur tunnel — il s'émerveilla de sa puissance blanche — et le courant se fit moins violent, même si le niveau montait toujours. On...

J'ai vu l'eau jaillir de cette canalisation ! Je l'ai vue !

« Hé ! cria-t-il. Est-ce que vous ne voyez pas quelque chose ?

— Cela fait bien un quart d'heure que c'est un peu moins sombre, répondit Beverly, criant elle aussi. Où nous trouvons-nous, Bill ? »

Je croyais le savoir, faillit-il répondre. « Non ! Venez ! »

Il avait cru qu'ils se rapprochaient de la portion bétonnée de la Kenduskeag que l'on appelait le canal... la partie qui passait sous le centre-ville et ressortait à la hauteur de Bassey Park. Mais il y avait de la lumière là où ils se trouvaient, de la lumière, chose certainement impossible dans le canal sous la ville. Et cette lumière devenait de plus en plus forte.

Bill commençait à avoir de sérieux problèmes avec Audra. Non pas avec le courant — il était plus faible — mais avec la profondeur. *Je ne vais pas tarder à la faire flotter*, songea-t-il. Il voyait Ben sur sa gauche et Beverly sur sa droite. Il lui suffisait de légèrement tourner la tête pour apercevoir Richie derrière Ben. Le fond sur lequel ils avançaient devenait décidément de plus en plus bizarre. Des détritus — des briques, aurait-on dit — s'y entassaient de plus en plus. Une boîte à cigares détrempée passa sous son nez.

« La rue s'est effondrée », murmura Bill, dont les yeux s'agrandirent. Il examina le tunnel ; au bout, la lumière était encore plus forte.

« Quoi, Bill ?

— Qu'est-ce qui s'est passé ?

— Bill, Bill ? Que...

— Toutes ces canalisations ! s'exclama sauvagement Bill. Tous ces vieux tuyaux ! Il vient d'y avoir une autre inondation ! Et je crois que cette fois... »

Il reprit la tête du groupe, tenant Audra la tête hors de l'eau. Ben, Bev et Richie lui emboîtèrent le pas. Cinq minutes plus tard, ils virent le ciel bleu en levant les yeux. Ils le virent à travers une faille qui allait en s'élargissant à partir de l'endroit où ils se tenaient, jusqu'à mesurer plus de vingt mètres de large. Devant eux, nombre d'îles et d'archipels sortaient de l'eau : tas de briques, arrière d'une Plymouth avec le coffre ouvert, parcmètres...

Il devenait presque impossible d'avancer sur le fond, imprévisible chaos de monticules et de trous sans rime ni raison. L'eau s'écoulait tranquillement à hauteur de leurs coudes.

Tranquillement maintenant, pensa Bill. *Mais il y a deux heures, ou même une heure, je crois qu'on aurait pris la baignade de notre vie.*

« Mais qu'est-ce que c'est que ce bordel, Grand Bill ? demanda Richie. Il se tenait à la gauche de Bill, le visage adouci par une expression proche de l'émerveillement, tandis qu'il contemplait la faille dans la voûte du tunnel — *sauf que ce n'est pas la voûte d'un tunnel,* songea Bill. *C'est Main Street. Enfin, c'était Main Street.*

« À mon avis, l'essentiel du centre-ville de Derry a dû s'effondrer dans le canal et doit maintenant se trouver quelque part dans la Kenduskeag. De là, il passera dans la Penobscot puis dans l'océan Atlantique, et bon débarras. Est-ce que tu peux m'aider avec Audra, Richie ? Je ne crois pas pouvoir...

— Bien sûr, Bill, bien sûr. Pas de problème. »

Il lui prit Audra. Dans la lumière, Bill la voyait mieux qu'il ne l'aurait peut-être souhaité — sa pâleur masquée mais non cachée par la boue et les ordures qui lui barbouillaient le front et les joues. Elle avait toujours les yeux grands ouverts... grands ouverts, et vides de toute expression. Ses cheveux pendaient, aplatis, mouillés. Elle aurait pu tout aussi bien être l'une de ces poupées gonflables que l'on vend dans les magasins spécialisés de rues spécialisées à New York ou à Hambourg. Seule différence, sa respiration, lente et régulière. Et encore... un mécanisme y aurait suffi.

« Comment allons-nous sortir de ce trou ? demanda-t-il à Richie.

— Dis à Ben de te faire la courte échelle. Tu feras sortir Bev, et à tous les deux, vous pourrez tirer ta femme. Ben pourra me pousser et ensuite nous le hisserons. Après quoi, je vous montrerai comment on organise un tournoi de volley-ball.

— Bip-bip, Richie !

— Bip-bip mon cul, Grand Bill. »

La fatigue montait en lui par vagues qui le balayaient régulièrement. Il croisa le regard calme de Beverly et le soutint pendant quelques instants. Elle eut un léger hochement de tête et il lui sourit.

« D'accord. Tu me fais la courte é-échelle, B-Ben ? »

Ben, qui paraissait avoir aussi atteint les limites de l'épuisement, acquiesça. L'une de ses joues était profondément entaillée. « Je crois que je pourrais tenir le coup. »

Se tenant légèrement voûté, il croisa les mains en coupe. Bill posa un pied sur ce barreau de chair et se lança en l'air. Mais c'était loin de suffire. Ben souleva alors ses mains croisées et Bill réussit à saisir le rebord supérieur du tunnel effondré. À la force des bras, il se hissa en haut. La première chose qu'il vit fut une barrière de police à rayures blanches et orange. La seconde, la foule d'hommes et de femmes qui allaient et venaient de l'autre côté ; et la troisième, le grand magasin Freese's — sauf qu'il avait un aspect étrangement mastoc et déformé — ; il lui fallut quelques secondes pour se rendre compte que près de la moitié du bâtiment s'était enfoncée dans la rue et dans le canal en dessous. La moitié supérieure pendait au-dessus de la rue et menaçait de s'effondrer comme une pile de livres mal rangés.

« Regardez ! Regardez ! Il y a quelqu'un dans la rue ! »

Une femme montrait du doigt l'endroit où la tête de Bill dépassait de la crevasse dans la chaussée écroulée.

« Dieu soit loué, il y en a un autre ! »

Elle s'élança ; c'était une femme âgée, la tête prise dans un fichu comme une paysanne. Un flic la retint. « C'est dangereux par là, Mrs. Nelson, vous le savez. Le reste de la rue peut s'effondrer à n'importe quel moment. »

Mrs. Nelson, pensa Bill. *Je me souviens de vous. Votre sœur nous gardait parfois, George et moi.* Il leva la main pour lui montrer qu'il allait bien, et quand elle lui répondit de sa propre main levée, il éprouva une soudaine bouffée de sentiments positifs — et d'espoir.

Il changea de position pour s'allonger sur la chaussée dans un effort pour distribuer son poids aussi également que possible, comme on est censé le faire sur de la glace trop fine. Il tendit la main pour Beverly. Elle le saisit au poignet et, avec ce qui lui parut être ce qui lui restait de force, il la hissa jusqu'à lui. Le soleil, qui avait un instant disparu, fit son apparition derrière un banc de nuages aux écailles brillantes et leur rendit leur ombre. Beverly leva les yeux, surprise, croisa le regard de Bill et sourit.

« Je t'aime, Bill, dit-elle. Et je prie pour qu'elle aille bien.

– M-Merci, Bevvie », et la douceur du sourire qu'il lui rendit lui fit venir les larmes aux yeux. Il l'étreignit, et la petite foule qui s'était rassemblée de l'autre côté de la barrière applaudit. Un photographe du *Derry News* prit un cliché. On le vit dans l'édition du 1er juin du journal, qui dut être imprimée à Bangor, l'eau ayant endommagé les presses. La légende était d'un tel laconisme et d'une telle vérité que Bill découpa la photo et la garda pliée dans son portefeuille pendant des années : SURVIVANTS. C'était tout, et cela suffisait.

Il était onze heures moins six à Derry, Maine.

7

Derry, plus tard, le même jour

Le corridor de verre qui reliait la bibliothèque des adultes à celle des enfants avait explosé à dix heures trente. Trois minutes plus tard, la pluie s'arrêtait. Elle n'alla pas en diminuant, mais s'interrompit d'un seul coup, comme si Quelqu'un, Là-Haut, venait de basculer un interrupteur. Le vent avait commencé à se calmer depuis un moment, et il tomba si rapidement que les gens se regardèrent les uns les autres avec une expression de malaise superstitieux. On aurait tout à fait dit le ronflement mourant de moteurs de 747, quand l'appareil vient de s'arrêter au môle de débarquement.

Le soleil fit sa première apparition à dix heures quarante-sept. Vers le milieu de l'après-midi, les nuages avaient complètement disparu et une belle fin de journée s'annonçait, assez chaude, même. Vers trois heures trente, le mercure dans le thermomètre publicitaire à l'extérieur de Rose Doccaze, Vêtements d'occase, grimpa jusqu'à vingt-huit degrés, la pointe la plus élevée depuis le début de la belle saison. Dans la rue, les gens avançaient comme des zombies, presque sans parler. L'expression qu'ils arboraient tous était remarquablement similaire : une sorte d'hébétude émerveillée qui aurait été comique si elle n'avait pas été aussi franchement pitoyable.

En fin d'après-midi, les journalistes d'ABC, CBS, NBC et CNN arrivèrent à Derry ; les bulletins d'informations donneraient leur version de la vérité ; ils rendraient leur réalité aux événements..., même si certains auraient pu faire remarquer que la notion de réalité exige la plus grande méfiance, que c'est quelque chose qui n'est peut-être pas plus solide qu'une pièce de toile tendue sur un entrecroisement de câbles comme une toile d'araignée.

Le lendemain matin, Bryant Gumble et Willard Scott, de l'émission *Today,* seraient à Derry. Il y aurait une interview d'Andrew Keene qui déclarerait : « Le château d'eau s'est effondré comme une quille et s'est mis à couler sur la pente de la colline, tout simplement. Ah, c'était quelque chose, vous voyez ce que je veux dire ? J'ai pensé, Steven Spielberg peut aller se rhabiller. Dites, j'ai toujours cru en vous voyant à la télé que vous étiez beaucoup plus grand. » Se voir et voir ses voisins à la télé — voilà qui donnerait toute leur réalité aux événements. Cela donnerait aux gens un point d'ancrage d'où saisir cette chose terrible, pour l'instant insaisissable. On avait eu droit à un *ouragan-monstre.*

Au cours des jours suivants, LE NOMBRE DES VICTIMES allait s'élever dans LE SILLAGE DE LA TEMPÊTE TUEUSE. Il s'agissait, en fait, de LA PIRE TEMPÊTE DE PRINTEMPS DE TOUTE L'HISTOIRE DU MAINE. Tous ces titres, aussi terribles qu'ils soient, avaient leur utilité : ils contribuaient à émousser la profonde étrangeté de ce qui s'était passé... peut-être, d'ailleurs, le mot « étrangeté » est-il trop faible. Sans doute faudrait-il parler d'événements insensés, délirants. Les émissions de télé allaient aider à les rendre concrets, palpables, moins fous. Mais au cours des heures qui précédèrent l'arrivée des journalistes, seuls les gens de Derry parcouraient les rues de leur ville couvertes de détritus et de boue, une expression d'incrédulité et de stupéfaction peinte sur le visage. Seuls les gens de Derry, peu bavards, examinaient les choses qu'ils ramassaient parfois pour les rejeter ensuite, essayant de comprendre ce qui s'était passé au cours des dernières sept ou huit heures. Des hommes, depuis Kansas Street, la cigarette à la bouche, contemplaient les maisons qui gisaient dans les Friches, renversées. D'autres, derrière les barrières rayées dressées par la police, regardaient le vaste trou noir de ce qui était leur centre-ville quelques heures auparavant.

Le titre du journal, le dimanche suivant, serait : NOUS RECONSTRUIRONS, PROMET LE MAIRE. Et peut-être, en effet, allaient-ils le faire. Mais au cours des semaines qui suivirent, pendant que le conseil municipal se chamaillait sur la façon de s'y prendre (par où commencer ?), l'énorme cratère continua de croître d'une manière qui, si elle n'était pas spectaculaire, avait une inquiétante constance. Quatre jours après la tempête, le bâtiment de la compagnie hydroélectrique de Bangor s'effondra dans le trou. Trois jours après cela, la Flying Doghouse, une entreprise qui vendait les meilleurs choucroutes et saucisses de toute la région est du Maine, suivit le même chemin. Les évacuations refoulaient de temps à autre dans les maisons et les immeubles d'appartements ou de bureaux. La situation sur ce plan était telle dans le lotissement d'Old Cape que les gens commencèrent à partir.

Le 10 juin était prévue la première réunion hippique de la saison au champ de courses de Bassey Park ; le premier départ devait être donné à vingt heures, en soirée, et cet événement paraissait remonter le moral de tout le monde. Mais une partie de la zone réservée aux spectateurs debout s'effondra au moment où les chevaux attaquaient la dernière ligne droite, et une demi-douzaine de personnes furent blessées. L'une d'elles était Foxy Foxworth, l'homme qui avait tenu le cinéma Aladdin. Foxy, une jambe cassée, un testicule endommagé, passa deux semaines à l'hôpital. En en sortant, il décida illico d'aller vivre chez sa sœur à Somersworth, dans le New Hampshire.

Il ne fut pas le seul à avoir cette réaction. Derry se délitait comme un arbre perd ses feuilles.

8

Ils regardèrent le brancardier fermer la porte arrière de l'ambulance et remonter sur le siège du passager. Le véhicule s'engagea dans la montée, en direction de l'hôpital de la ville. Richie l'avait obligé à s'arrêter au péril de sa vie et avait dû discuter ferme avec le conducteur, furieux, qui disait ne plus avoir de place dans son ambulance. Finalement il avait accepté d'emporter Audra, allongée sur le plancher.

« Et maintenant ? » demanda Ben. Il avait deux énormes poches brunes sous les yeux et un innommable collier de crasse autour du cou.

« Moi, je retourne au Town House, dit Bill. J'ai l'intention de dormir seize heures d'a-affilée.

— J'approuve, dit Richie. Z'auriez pas une petite cibiche, ma jolie dame ?

— Non, répondit Beverly. Je crois bien que je vais arrêter, une fois de plus.

— Ce n'est pas si bête, au fond. »

Ils commencèrent à remonter lentement la colline, côte à côte tous les quatre.

« C'est f-fi-fini », soupira Bill.

Ben acquiesça. « Nous y sommes arrivés. Ou plutôt, tu y es arrivé, Grand Bill.

— Nous y sommes tous arrivés, le reprit Beverly. Si seulement nous avions pu remonter Eddie... J'ai le cœur fendu à l'idée que nous l'avons laissé en bas. »

Ils atteignirent le coin d'Upper Main et de Point Street. Un gamin en ciré rouge et bottes de caoutchouc vert faisait voguer un bateau de papier dans le courant rapide qui gonflait encore le caniveau. Il leva les yeux, les vit qui le regardaient, et leur adressa un timide salut de la main. Bill crut reconnaître le garçon au skate

— celui dont le copain avait vu le requin des *Dents de la mer* dans le canal. Il sourit et s'avança vers le gamin.

« Tout est fini, m-maintenant », dit-il.

Le garçon l'examina gravement, puis sourit. Un sourire d'espoir, qui ensoleilla son visage. « Ouais, répondit-il, je crois.

— Un peu, mon neveu ! »

Le gamin éclata de rire.

« Est-ce que tu vas faire attention, sur ton skate ?

— Pas vraiment », répondit l'enfant. Cette fois, c'est Bill qui éclata de rire. Il réprima une envie de lui ébouriffer les cheveux — le geste aurait sans doute été mal reçu — et rejoignit les autres.

« Qui était-ce ? demanda Richie.

— Un ami », répondit Bill. Il enfonça les mains dans les poches. « Est-ce que vous vous rappelez la première fois que nous en sommes sortis ? »

Beverly acquiesça. « Eddie nous avait ramenés dans les Friches. Sauf que nous nous étions retrouvés sans trop savoir comment de l'autre côté de la Kenduskeag. Celui d'Old Cape.

— Meule de Foin et toi, vous aviez dû soulever le couvercle d'une de ces stations de pompage, précisa Richie ; vous étiez les plus lourds.

— Ouais, dit Ben, c'est exact. Il faisait beau, mais le soir tombait.

— Ouais, dit Bill, et nous étions tous là.

— Mais rien ne dure éternellement », conclut Richie. Il se retourna, et mesura la côte qu'ils venaient de monter. Puis il soupira. « Tenez, regardez cela par exemple. »

Il tendit les mains. Les minuscules cicatrices de ses paumes avaient disparu. Beverly tendit aussi les mains, imitée par Ben, puis par Bill. Toutes étaient sales, mais intactes.

« Non, rien ne dure éternellement », répéta Richie. Il leva les yeux sur Bill, et celui-ci vit des larmes rouler sur ses joues crasseuses.

« Sauf peut-être l'amour, dit Ben.

— Et le désir, ajouta Beverly.

— Et les amis, Grande Gueule, qu'est-ce que tu en penses ? demanda Bill avec un sourire.

— Eh bien, répondit Richie, lui rendant son sourire en se frottant les yeux, faudra que j'y pense, mon vieux. Ah, dis donc, dis donc, faut que j'en pince — euh — que j'y pense ! »

Bill tendit les mains, les autres en firent autant, et ils restèrent quelques instants ainsi, les sept qui n'étaient plus que quatre, mais qui parvenaient tout de même à constituer un cercle. Ils se regardaient les uns les autres. Ben pleurait aussi, maintenant ; de grosses larmes coulaient de ses yeux. Mais il souriait.

« Je vous aime tellement, tous », dit-il. Il serra la main de Richie et celle de Ben, fort, fort, fort pendant un instant, puis les laissa retomber. « Bon, est-ce qu'on ne pourrait pas voir s'il n'y a pas moyen de se faire servir un solide petit déjeuner ? Il faut appeler Mike. Lui dire comment on s'en est sortis.

— Excellente idée, Señor ! s'exclama Richie. Dé temps en temps, yé mé dis qué tou pourrais dévénir quelqu'oune de bueno. Tou crois pas, Grandé Bill ?

— Yé crois que tou devrais aller té faire foutré ! » répondit Bill.

Ils entrèrent au Town House sur une vague de rires ; mais au moment où Bill fut sur le point de pousser la porte vitrée, Beverly vit quelque chose que, si elle n'en parla jamais, elle ne devait jamais oublier non plus. Pendant un bref instant, elle aperçut leurs reflets dans la glace ; sauf qu'il y avait six reflets et non quatre, car Eddie se trouvait derrière Richie et Stan derrière Bill, son éternel demi-sourire aux lèvres.

9

Dehors, le 10 août 1958 au crépuscule

Le soleil effleure l'horizon, boule rouge légèrement ovale qui projette une lumière plate et fiévreuse sur les Friches. Le couvercle de fer de l'une des stations de pompage se soulève un peu, retombe, se soulève à nouveau et commence à glisser.

« P-Pousse, B-Ben, ça me bou-sille l'épaule... »

Le couvercle glisse encore un peu, s'incline, et tombe dans les broussailles qui ont poussé autour du cyclindre de béton. Sept mômes en sortent un par un, clignant des yeux comme des chouettes, gardant un silence suffoqué. On dirait des enfants qui n'auraient encore jamais vu la lumière du jour.

« C'est tellement calme », dit enfin Beverly doucement.

Les seuls bruits sont le grondement régulier et fort de l'eau et le bourdonnement somnolent des insectes. La tempête est finie, mais la Kenduskeag est encore très haute. Plus près de la ville, non loin de l'endroit où la rivière est corsetée de béton et prend le nom de canal, elle a débordé de ses rives, même si l'inondation n'a rien eu de sérieux — quelques caves inondées, c'est tout. Cette fois.

Stan s'éloigne d'eux, le visage neutre, songeur. Bill regarde autour de lui, et pense tout d'abord que Stan vient d'apercevoir un petit feu sur la berge de la rivière — un feu, c'est sa première impression : un rougeoiement trop éclatant pour que l'on puisse le regarder en face. Mais lorsque Stan ramasse le feu de sa main droite, l'angle de la lumière change, et Bill se rend compte qu'il s'agit simplement d'une bouteille de Coca-Cola, l'une des nouvelles en verre blanc, que quelqu'un a dû jeter dans la rivière. Il regarde Stan la prendre à l'envers, par le goulot, et la briser contre un rocher qui dépasse de la rive. La bouteille éclate, et Bill se rend compte que tous, maintenant, observent ce que fait Stan qui, l'air absorbé et sérieux, s'est mis à trier les morceaux de verre. Finalement, il choisit un fragment effilé sur lequel le soleil couchant jette des éclats rutilants. Et de nouveau Bill pense à un feu.

Stan lève les yeux vers lui, et soudain Bill comprend : c'est pour lui parfaitement clair, et parfaitement juste. Il marche vers Stan les mains tendues, paumes vers le haut. Stan recule, et s'avance dans le courant. De petites bestioles noires ponctuent la surface de l'eau, avançant par saccades, et Bill aperçoit une libellule irisée qui zigzague entre les roseaux de l'autre rive, minuscule arc-en-ciel volant. Une grenouille se met à lancer son coassement grave et régulier, et tandis que Stan, lui prenant la main gauche, entaille sa paume avec l'arête de verre, tirant un filet de sang, Bill songe, pris d'une sorte d'extase : Il y a tellement de vie, ici !

« Bill ?

— Bien sûr, les d-deux. »

Stan lui ouvre la paume de l'autre main. Cela fait un peu mal, mais reste supportable. Un engoulevent lance quelque part son appel, un cri frais et apaisant. Bill se dit : L'engoulevent fait lever la lune.

Il regarde ses mains, qui maintenant saignent toutes les deux, puis autour de lui. Les autres sont là : Eddie avec son inhalateur serré dans la main ; Ben avec son gros ventre débordant, pâle et rebondi, des restes en lambeaux de sa chemise ; Richie, le visage étrangement nu sans ses lunettes ; Mike, silencieux et solennel, ses lèvres normalement pulpeuses réduites à une ligne fine. Et Beverly, tête redressée, les yeux agrandis, le regard clair, sa chevelure toujours aussi superbe en dépit de la boue qui l'englue.

Tous. Nous sommes tous ici.

Et il les voit, il les voit réellement, pour la dernière fois, car il comprend obscurément qu'ils ne se retrouveront jamais ensemble tous les sept — pas de cette façon. Personne ne parle. Beverly tend les mains ; peu après, c'est au tour de Richie et de Ben, puis de Mike et d'Eddie. Stan les prend l'une après l'autre tandis que le soleil commence à basculer derrière l'horizon, atténuant son flamboiement écarlate en un rose fleuri de crépuscule. L'engoulevent pousse de nouveau son cri ; Bill devine les premières volutes de brume qui montent des eaux et il est envahi de l'impression qu'il est devenu partie intégrante d'un tout plus vaste — brève extase dont il ne parlera pas davantage que Berverly ne parlera plus tard du reflet fugitif des deux morts qui, enfants, étaient leurs amis.

Un souffle d'air vient effleurer les arbres et les buissons, les fait soupirer, et il songe : C'est un endroit merveilleux que je n'oublierai jamais. Un endroit merveilleux et ils sont merveilleux ; chacun d'eux est une splendeur. L'engoulevent renouvelle son appel doux et liquide, et pendant un instant Bill sent qu'il ne fait plus qu'un avec l'oiseau, comme s'il pouvait chanter et disparaître dans le crépuscule — comme s'il pouvait s'envoler au loin, affronter l'air avec courage.

Il regarde Beverly, qui lui sourit. Elle ferme les yeux et tend les deux mains, de chaque côté. Bill lui prend la gauche, Ben la droite. Bill sent la chaleur de son sang qui se confond avec le sien. Les autres les rejoignent et ils forment un cercle, les mains scellées de cette façon particulièrement intime.

Stan regarde Bill avec quelque chose de pressant dans le regard, une sorte de crainte.

« Ju-Jurez-moi que vous r-re-reviendrez, commence Bill. J-Jurez m-moi que si Ç-Ça n'est pas m-mort, vous r-reviendrez.

— Je le jure, dit Ben.

— Je le jure, dit Richie.

— Oui, je le jure, dit Bev.

— Je le jure, grommelle Mike Hanlon.

— Ouais, je le jure, dit Eddie, d'une petite voix flûtée.

— Je le jure aussi », murmure Stan dans un souffle. Sa voix s'étrangle et il baisse les yeux.

« J-Je le j-jure. »

C'était fait ; c'était tout. Mais ils restent immobiles encore un moment, sentant la puissance qui émane du cercle, de l'unité fermée qu'il constitue. La lumière teinte les visages de nuances pâles qui s'effacent ; le soleil a disparu et le crépuscule se meurt. Ils se tiennent en cercle tandis que la pénombre s'insinue dans les Friches et engloutit les sentiers qu'ils ont parcourus tout l'été, la clairière où ils ont joué à chat perché et aux cow-boys, ainsi que les lieux secrets le long de la rive où ils se sont assis pour discuter des grands problèmes de l'enfance, pour fumer les cigarettes de Beverly ou pour contempler ensemble, dans le silence, le passage des nuages et leurs reflets dans l'eau.

Finalement Ben, le premier, laisse retomber les mains. Il commence à dire quelque chose, secoue la tête et s'éloigne. Richie le suit, puis Beverly et Mike, marchant côte à côte. Tout le monde garde le silence ; ils escaladent le haut talus de Kansas Street et prennent simplement congé les uns des autres. Et lorsque Bill y repense, vingt-sept ans plus tard, il prend conscience qu'ils ne se sont jamais retrouvés ensemble tous les sept. Il leur est souvent arrivé d'être quatre, plus rarement cinq, et peut-être six une ou deux fois. Mais jamais tous les sept.

Il est le dernier à partir. Il reste un long moment debout, les mains sur la barrière blanche branlante, les yeux perdus sur les Friches tandis qu'au-dessus de sa tête les premières étoiles viennent ensemencer le ciel d'été. Sous l'outremer du ciel, il contemple les ténèbres qui envahissent les Friches.

Jamais je ne retournerai jouer là en bas, *songe-t-il soudain ; et il est stupéfait de se rendre compte que cette idée, loin d'être terrible ou désolante, est démesurément libératrice.*

Il demeure encore quelques instants au même endroit, puis tourne le dos aux Friches-Mortes et prend le chemin de la maison, marchant le long du trottoir sombre, les mains dans les poches, et jetant de temps en temps un coup d'œil aux maisons de Derry, à leurs lumières réconfortantes qui luttent contre la nuit.

Après avoir longé un ou deux pâtés de maisons, il se met à marcher d'un pas plus vif, à l'idée du dîner qui l'attend... encore un ou deux carrefours, et il commence à siffler.

DERRY

DERNIER INTERMÈDE

L'océan, de nos jours, se réduit à une flotte de navires ; et nous ne pouvons manquer d'en rencontrer un grand nombre sur notre route. C'est une simple traversée, dit Mr. Micawber, jouant avec sa lunette, une simple traversée. La distance est parfaitement imaginaire.

Charles Dickens,
David Copperfield

Le 4 juin 1985

Bill est venu il y a une vingtaine de minutes et m'a apporté ce carnet — Carole l'a trouvé sur l'une des tables de la bibliothèque et le lui a donné lorsqu'il l'a demandé. J'aurais cru que Rademacher aurait voulu le prendre, mais apparemment il préfère n'en rien savoir.

Le bégaiement de Bill disparaît de nouveau, mais le pauvre vieux a pris quatre ans en quatre jours. Il m'a dit qu'il pensait qu'Audra quitterait l'hôpital de Derry (où moi-même je me morfonds) demain, pour partir en ambulance privée pour l'hôpital psychiatrique de Bangor. Physiquement, elle va très bien — elle n'a que des coupures et des ecchymoses sans gravité qui sont presque guéries. Mentalement...

« Tu lui lèves la main et elle reste en l'air », m'a dit Bill. Il était assis près de la fenêtre, et jouait machinalement avec une bouteille de soda. « Elle reste là à flotter jusqu'à ce que quelqu'un lui baisse le bras. Les réflexes sont là, mais très lents. On lui a fait un EEG où l'on voit une onde alpha sévèrement comprimée. Elle est c-ca-catonique, Mike.

— J'ai une idée. Elle n'est peut-être pas très bonne, et tu n'as qu'à le dire si elle ne te plaît pas.

— Quoi ?

— J'ai encore une semaine à tirer ici. Au lieu d'envoyer Audra à Bangor, pourquoi n'iriez-vous pas tous les deux chez moi ? Passe la semaine avec elle, Bill. Parle-lui, même si elle ne te répond pas. Est-elle... est-elle incontinente ?

— Oui, m'a répondu Bill, consterné.

— Pourrais-tu, euh...

— La changer ? » Il a souri, d'un sourire tellement douloureux que j'ai dû détourner les yeux un instant. Le même sourire que mon père lorsqu'il me racontait l'histoire de Butch Bowers et des poulets. « Oui, je crois que je pourrais faire cela.

— Je ne vais pas te dire de ne pas t'en faire pour ça alors que tu n'es manifestement pas préparé à le faire, mais n'oublie pas les conclusions auxquelles tu en es toi-même arrivé : que tout ce qui s'est passé ou presque avait été prévu d'avance. Audra avait peut-être un rôle à jouer dans ce scénario.

— J'aurais d-dû la fermer et ne p-pas dire où j'allais. »

Il vaut parfois mieux ne rien dire, et c'est ce que je fis.

« Très bien, finit-il par répondre. Si ton offre est vraiment sérieuse...

— Elle l'est. Ils ont les clefs à la réception, en bas. Il doit bien rester quelques steaks surgelés dans le congélateur. Qui sait si cela n'était pas aussi prévu ?

— Elle mange surtout des aliments mous et euh, elle prend des liquides.

— Bien. » Je retins un sourire. « Peut-être y aura-t-il une raison de faire une fête. Tu trouveras aussi une bouteille de vin sur l'étagère du haut du placard. C'est du Mondavi, un truc du coin, mais qui n'est pas mauvais. »

Il s'approcha du lit et me prit la main. « Merci, Mike.

— Quand tu voudras, Bill. »

Il lâcha ma main. « Richie a pris un avion pour la Californie ce matin. »

J'acquiesçai. « Pensez-vous rester en relations ?

— Peut-être. Au moins pendant un certain temps. Mais... (il me regarda, calmement) je pense que le phénomène va recommencer.

— L'oubli ?

— Oui. En fait, je crois même qu'il a déjà commencé. Rien que des détails, jusqu'ici, des petites choses. Mais je suis convaincu qu'il va s'amplifier.

— C'est peut-être mieux ainsi.

— Peut-être. » Il regarda par la fenêtre, tripotant toujours sa bouteille de soda ; il pensait certainement à sa femme, avec ses grands yeux, son silence, sa beauté. *Catatonique*. Le bruit d'une porte que l'on claque et que l'on verrouille, ce terme. Il soupira. « Oui, peut-être.

— Ben ? Beverly ? »

De nouveau il tourna les yeux vers moi, souriant légèrement.

« Ben l'a invitée à l'accompagner dans le Nebraska et elle a accepté d'y passer au moins un certain temps. Tu es au courant pour son amie de Chicago ? »

J'acquiesçai. Beverly l'avait raconté à Ben et Ben me l'avait dit hier. Le « merveilleux et fantastique Tom » était arrivé jusqu'à Derry en tirant l'information à coups de poing de la meilleure et seule amie de Beverly.

« Elle m'a dit qu'elle retournerait à Chicago dans quinze jours et déclarerait la disparition. La disparition de Tom, je veux dire.

— Parfaitement logique, dis-je. Personne n'ira jamais le chercher là-bas. » *Pas plus qu'Eddie,* pensai-je, mais je gardai cette réflexion pour moi.

« Je suppose que non, répondit Bill. Et quand elle retournera à Chicago, je te parie que Ben l'accompagnera. Et tu veux que je te dise quelque chose ? Quelque chose de vraiment délirant ?

— Quoi ?

— Eh bien, je ne crois pas qu'elle se souvienne réellement de ce qui est arrivé à Tom. »

Je me contentai de le fixer des yeux.

« Elle a oublié ou elle oublie, reprit Bill. Et moi-même, je n'arrive même plus à me souvenir à quoi ressemblait la petite porte. Celle qui donnait sur... son trou. Quand j'essaye d'y penser, les choses les plus dingues me passent par la tête : je vois par exemple un loup qui cogne à une porte, comme dans l'histoire des *Trois petits cochons.* Dingue, non ?

— Ils finiront bien par remonter la piste de Rogan jusqu'à Derry, tu ne crois pas ? Il a dû laisser une piste de papiers d'un kilomètre de large. Billets d'avion, voitures louées, notes d'hôtel.

— Je n'en suis pas si sûr, répondit Bill en allumant une cigarette. Il est bien possible qu'il ait tout payé en liquide, et donné un faux nom pour son billet d'avion. Il a pu acheter une voiture d'occasion à bon marché, ou en voler une.

— Mais pourquoi l'aurait-il fait ?

— Allons, voyons, Mike ! Est-ce que tu crois qu'il a fait tout ce chemin simplement pour lui donner une correction ? »

Nous nous regardâmes longtemps, puis il se leva. « Écoute, Mike...

— Ça me dépasse un peu, et je préfère parler d'autre chose. Mais je peux piger, tout de même. »

Ma réaction le fit rire aux éclats et quand il se fut calmé, il me dit : « Merci, Mike, de me prêter ta maison.

— Je ne jurerais pas que cela va changer quelque chose pour elle.

Mon appart' ne possède pas de vertus thérapeutiques particulières, à ma connaissance.

— Eh bien... à bientôt. » Il eut alors un geste étrange, étrange mais émouvant. Il m'embrassa sur la joue. « Dieu te bénisse, Mike. Je reviendrai.

— Les choses vont peut-être s'arranger, Bill. N'abandonne pas. Elles peuvent s'arranger. »

Il sourit et acquiesça, mais je crois que le même mot nous était venu à l'esprit : *catatonique.*

Le 5 juin 1985

Ben et Beverly sont venus aujourd'hui me faire leurs adieux. Ils ne prennent pas l'avion ; Ben a loué chez Hertz une Cadillac grande comme une péniche et ils vont rentrer en voiture, sans se presser. Il y a quelque chose dans leurs yeux lorsqu'ils se regardent et je suis prêt à parier mon plan de retraite que si ce n'est déjà fait, cela le sera avant qu'ils arrivent dans le Nebraska.

Beverly m'a embrassé, m'a dit de me remettre bien vite, puis s'est mise à pleurer.

Ben m'a aussi embrassé, et pour la troisième ou quatrième fois m'a demandé si j'écrirais. Je lui ai répondu que oui, et je le ferai... au moins pendant un certain temps. Parce que le phénomène a aussi commencé pour moi, cette fois.

J'oublie les choses.

Comme l'a remarqué Bill, pour l'instant, ce ne sont que des détails, des petites choses. Mais c'est un phénomène qui donne l'impression de vouloir se développer. Il se peut que dans un mois, dans un an, ce carnet de notes soit la seule chose qui puisse me rappeler les événements qui se sont passés à Derry ces jours derniers. Et je me demande si les mots eux-mêmes ne vont pas se mettre à pâlir, et si ce carnet ne va pas se retrouver aussi vierge que le jour où je l'ai acheté chez Freese's, au rayon des fournitures scolaires. C'est une idée abominable qui paraît complètement parano dans la journée... mais aux petites heures de la nuit, figurez-vous, elle paraît parfaitement logique.

La perspective d'oublier me remplit de panique, mais offre aussi une sorte de soulagement sournois. Plus que tout, c'est elle qui me pousse à croire qu'ils ont réellement réussi à tuer Ça ; qu'il n'y a plus besoin d'un veilleur dans l'attente du déclenchement d'un nouveau cycle.

Triste panique, insidieux soulagement. C'est le soulagement que je vais choisir, je crois, insidieux ou pas.

Bill m'a appelé pour me dire qu'il avait emménagé à la maison avec Audra. Aucun changement notable.

« Je ne t'oublierai jamais », telles ont été les paroles de Beverly juste avant son départ.

Il me semble avoir lu une vérité différente dans son regard.

Le 6 juin 1985

Information intéressante, aujourd'hui, dans le *Derry News*, à la une. HENLEY ABANDONNE SON PROJET D'EXTENSION DE L'AUDITORIUM, disait la manchette. Tim Henley est un promoteur multimillionnaire qui a débarqué à Derry dans les années 60 comme une vraie tornade ; c'est lui qui, en compagnie de Zitner, a monté la société responsable de la construction du nouveau centre commercial (lequel, à en croire un autre article du journal, est considéré comme complètement perdu). Tim Henley était bien décidé à participer à la croissance de Derry. Il était certes motivé par les profits à faire, mais il n'y avait pas que cela : il avait vraiment envie de voir la ville s'épanouir. L'abandon du projet de l'auditorium suggère plusieurs choses, à mon avis. Que Henley n'ait plus le béguin pour Derry est la plus évidente. J'ai également l'impression qu'il est en train d'y perdre sa chemise du fait de la destruction du centre commercial.

Mais l'article laisse aussi entendre que Henley n'est pas seul dans cette affaire ; que d'autres investisseurs déjà implantés à Derry ou désirant s'y implanter commencent à se poser des questions sur l'avenir de la ville. Al Zitner, lui, n'a pas besoin de s'inquiéter, évidemment : Dieu l'a rappelé à lui lorsque le centre-ville s'est effondré. Parmi les autres, ceux qui pensaient comme Henley se trouvent confrontés à un problème plutôt épineux : comment reconstruire une zone urbaine qui se trouve à cinquante pour cent sous l'eau ?

Je crois pour ma part qu'après une longue existence d'une vie vampirique et crépusculaire, Derry est en train de mourir... comme la toxique et nocturne morelle noire dont le temps de la floraison est passé.

Appelé Bill Denbrough cet après-midi. Aucun changement chez Audra.

Il y a une heure, j'ai donné un autre coup de téléphone, à Richie Tozier cette fois, en Californie. Je suis tombé sur son répondeur automatique, avec en fond sonore la musique de Creedence Clearwater Revival. Ces foutues machines me perturbent toujours. J'ai commencé par laisser mon nom et mon numéro puis j'ai ajouté, après une hésitation, que j'espérais qu'il pouvait de nouveau porter ses verres de contact. J'étais sur le point de raccrocher lorsque Richie lui-même a pris le téléphone et m'a dit : « Mikey ! Comment vas-tu ? » Son ton était cordial, chaleureux... mais cependant teinté d'une note de stupéfaction. Il s'exprimait tout à fait comme quelqu'un de complètement pris au dépourvu.

« Salut, Richie. Je m'en sors très bien.

— Bon. Est-ce que tu as encore très mal ?

— Non, pas trop, ça diminue bien. Ce qui est pire, ce sont les démangeaisons. Je serai bougrement content quand ils se décideront à me débander les côtes. Dis donc, j'ai bien aimé la musique de Creedence. »

Il éclata de rire. « Ce n'est pas Creedence, merde, mais *Rock and Roll Girls* du nouvel album de Fogarty. *Centerfield.* Jamais rien entendu de celui-là ?

— Euh...

— Il faut absolument que tu te le procures, il est super. C'est juste comme... (il hésita) juste comme au bon vieux temps.

— Je me le paierai », répondis-je, ce que je ferai probablement. J'ai toujours aimé Fogarty. Je crois que mon morceau favori de Creedence a toujours été *Green River.* Les dernières paroles du morceau parlent de rentrer à la maison...

« Et Bill, comment ça va ?

— Il me garde la maison avec Audra pendant que je suis coincé ici.

— Bien, très bien. » Il se tut un moment. « Veux-tu que je te raconte quelque chose de foutrement bizarre, mon vieux Mikey ?

— Bien sûr, répondis-je, ayant déjà mon idée sur ce qu'il allait me dire.

— Eh bien..., figure-toi que j'étais assis dans mon burlingue à écouter les dernières nouveautés prometteuses, à classer des pubs, à lire des mémos... Ce sont deux montagnes en retard qui m'attendent ici et j'en ai bien pour un mois à vingt-cinq heures par jour. C'est pour cela que j'avais branché le répondeur, en gardant le son pour intercepter les appels intéressants et laisser les emmerdeurs s'égosiller sur l'enregistrement. Et si je t'ai si longtemps laissé parler...

— C'est que sur le coup tu ne savais absolument pas qui j'étais.

— Seigneur Jésus ! C'est exactement cela. Comment t'en es-tu douté ?

— Parce que de nouveau nous oublions. Tous, cette fois.

— Tu en es sûr, Mikey ?

— Quel est le nom de famille de Stan ? »

Il y eut un silence à l'autre bout du fil, un long silence. Très faiblement, j'entendais une femme qui parlait à Omaha... ou peut-être à Rutheven (Arizona) ou à Flint (Michigan). Je l'entendais, une voix aussi menue que celle d'un voyageur de l'espace quittant le système solaire dans la tête d'une fusée qui a brûlé tout son carburant, remerciant quelqu'un pour les gâteaux secs.

Puis Richie, d'un ton incertain : « Il me semble que c'était Underwood, mais ce n'est pas un nom juif, ça ?

— C'était Uris.

— Uris ! s'exclama Richie, paraissant à la fois soulagé et secoué. Seigneur, j'ai horreur d'avoir quelque chose sur le bout de la langue et de ne pas pouvoir le sortir. Il suffit que quelqu'un se ramène avec un Trivial Pursuit pour que je lève l'ancre en inventant n'importe quoi. Mais toi tu n'oublies pas, Mikey. Comme avant.

— Faux. J'ai regardé dans mon carnet d'adresses. »

Nouveau long silence. Puis : « Tu l'avais oublié, toi ?

— Ouais.

— Sans déconner ?

— Sans déconner.

— Alors ce coup-ci, c'est vraiment terminé, ajouta-t-il avec une note de soulagement à laquelle on ne pouvait pas se tromper.

— C'est ce que je me dis. »

De nouveau un silence, aussi long que la distance qui nous séparait... tous ces kilomètres entre le Maine et la Californie. Je crois que nous pensions tous les deux à la même chose : c'était terminé, oui, et dans six semaines ou six mois, nous aurons tout oublié. C'est terminé, et il nous en a coûté notre amitié et la vie de Stan et Eddie. Je les ai déjà presque oubliés, vous vous rendez compte ? Aussi abominable que cela puisse paraître, j'ai presque oublié Stan et Eddie. Était-ce d'asthme que souffrait Eddie ou de migraine chronique ? Impossible d'en être sûr, même s'il me semble que c'était de migraine. Je demanderai à Bill. Il s'en souviendra, lui.

« Eh bien, salue Bill et sa jolie femme pour moi, reprit Richie avec un ton joyeux qui sentait le réchauffé.

— Je n'y manquerai pas, Richie », dis-je, fermant les yeux et me massant le front. Il se rappelait que la femme de Bill était à Derry... mais ni son nom, ni surtout ce qui lui était arrivé.

« Et si jamais tu passes par Los Angeles, tu as mon numéro. On ira se payer un bon petit resto.

— D'accord. » Je sentais les larmes me brûler les yeux. « Et si tu repasses par ici, c'est pareil pour toi.

— Mikey ?

— Toujours présent.

— Je t'aime, mec.

— Pareil pour moi.

— Très bien. Mets ça dans ta poche et ton mouchoir par-dessus.

— Bip-Bip, Richie ! »

Il se mit à rire. « Ouais, ouais, ouais. Alors, colle-toi-le dans une oreille, Mikey. Ah dis donc, dis donc, mon gars ! »

Sur quoi il raccrocha et j'en fis autant. Puis je m'allongeai sur mes oreillers, les yeux fermés, et restai longtemps sans les rouvrir.

Le 7 juin 1985

Le chef de la police, Andrew Rademacher, qui avait pris la succession de Borton dans les années 60, est mort. Un accident bizarre, qu'on ne peut s'empêcher d'associer à tout ce qui vient de se passer à Derry... à ce qui vient tout juste de se terminer à Derry.

L'ensemble commissariat-tribunal se trouve aux limites de la zone qui s'est effondrée dans le canal, et si l'immeuble n'a pas bougé, le glissement de terrain — ou l'inondation — a dû entraîner des dommages structurels invisibles dont on ne s'est pas aperçu.

Rademacher travaillait tard dans son bureau, la nuit dernière, explique l'article du journal, comme chaque soir depuis la tempête et l'inondation. Les bureaux du chef de la police n'étaient plus au troisième étage, comme autrefois, mais au cinquième, juste en dessous d'un grenier où sont entassés toutes sortes d'archives et d'objets appartenant à la ville devenus inutiles. L'un de ces objets était la Chaise à clochard que j'ai déjà décrite dans ces pages. Construite en fer, elle pesait dans les deux cents kilos. Le bâtiment avait évacué d'importantes quantités d'eau pendant le déluge du 31 mai, ce qui avait dû affaiblir le plancher du grenier (du moins selon la version du journal). Toujours est-il que la Chaise à clochard a traversé ce plancher pour venir s'abattre directement sur Rademacher, assis à son bureau, en train de lire des comptes rendus d'accidents. Il a été tué sur le coup. L'officier Bruce Andeen s'est précipité et l'a trouvé gisant au milieu des débris de son bureau, le stylo encore à la main.

Parlé de nouveau au téléphone avec Bill. Audra commence à prendre un peu de nourriture solide, mais à part cela, aucun changement dans son état. Je lui ai demandé si le gros problème d'Eddie avait été l'asthme ou la migraine.

« L'asthme, répondit-il aussitôt. As-tu oublié son inhalateur ?

— Bien sûr que non », répondis-je. Je m'en souvenais, oui, mais parce que Bill l'avait mentionné.

« Mike ?

— Oui ?

— Quel était son nom de famille ? »

Je regardai mon carnet d'adresses, posé sur la table de nuit, mais ne le pris pas. « Je ne me le rappelle absolument pas, Bill.

— C'était quelque chose comme Kerkorian, dit-il avec une note d'angoisse dans la voix, mais ce n'est pas du tout ça. Tu as tout écrit, n'est-ce pas ?

— En effet.

— J'en remercie le ciel.

— Pas d'idée, pour Audra ?

— Si, une. Mais elle est tellement démente que je préfère ne pas en parler.

— Tu en es sûr ?

— Tout à fait.

— Très bien.

— Ça fiche la frousse, tu ne trouves pas, Mike ? De tout oublier de cette manière ?

— Oui », répondis-je, on ne peut plus sincère.

Le 8 juin 1985

La société Raytheon, qui devait donner à Derry le premier coup de pioche de sa nouvelle usine en juillet, a décidé à la dernière minute de s'implanter plutôt à Waterville. L'éditorial de la première page du *Derry News* exprime la plus grande consternation et, si je sais lire entre les lignes, un certain effroi.

Je pense savoir quelle est l'idée de Bill. Il devra agir rapidement, avant que ce qui reste de magie à Derry n'ait disparu. Si ce n'est pas déjà fait.

J'ai bien l'impression que la folle hypothèse que j'ai avancée un peu plus haut n'est pas si parano que cela. Dans mon carnet d'adresses, les noms et les adresses des autres commencent à s'estomper. La couleur, la qualité de l'encre se combinent pour donner l'impression que ces renseignements ont été écrits un demi-siècle avant ceux qui figurent à côté. Ce phénomène s'est produit au cours des quatre ou cinq derniers jours. J'ai la conviction que noms et adresses auront totalement disparu d'ici le mois de septembre.

Je suppose que je pourrais les préserver en les recopiant régulièrement, car je suis aussi convaincu que mes doubles s'estomperaient à leur tour ; mais cet exercice deviendrait bientôt aussi futile que de recopier cinq cents fois *Je ne lancerai plus de boulettes en papier mâché en classe.* Je me retrouverai en train d'écrire des noms qui ne signifieraient rien pour moi pour une raison qui m'échapperait complètement.

Laissons les choses se faire.

Agis vite, Bill, agis vite !

Le 9 juin 1985

Réveillé au milieu de la nuit, à la suite d'un terrible cauchemar — impossible de m'en souvenir ; panique, respiration coupée. Tendu la main vers le bouton d'appel, pas capable de m'en servir. Épouvantable hallucination : c'est Mark Lamonica qui répond à mon appel et arrive avec son aiguille... ou Henry Bowers avec son cran d'arrêt.

J'ai attrapé mon carnet d'adresses et appelé Ben Hanscom dans le Nebraska... L'adresse et le numéro ont encore pâli, même s'ils restent toujours lisibles. Pas moyen, Bastien. Suis tombé sur un enregistrement du service du téléphone qui m'a annoncé que la ligne avait été supprimée.

Ben était-il gros, ou avait-il un truc du genre pied-bot ?

Resté réveillé jusqu'à l'aube.

Le 10 juin 1985

On vient de me dire que je pourrais retourner chez moi demain.

J'ai aussitôt appelé Bill pour le lui dire — je suppose que je voulais aussi l'avertir qu'il avait de moins en moins de temps. Bill est le seul dont je me souvienne bien, et je suis convaincu que je suis le seul dont il se souvienne également bien. Sans doute parce que nous nous trouvons tous deux à Derry.

« Très bien, m'a-t-il répondu. Dès demain tu ne nous auras plus sur le dos.

— Tu as toujours ton idée ?

— Oui. Je crois bien que le moment est venu d'essayer.

— Sois prudent. »

Il a ri et m'a répondu quelque chose que je comprends sans le comprendre : « On ne peut pas être prudent sur un skate, mec !

— Comment saurai-je si l'expérience s'est bien passée ?

— Tu le sauras. » Sur ces mots, il raccrocha.

Je suis de tout cœur avec tous les autres et je pense que même si nous nous oublions mutuellement, nous nous rappellerons les uns des autres dans nos rêves.

J'en ai pratiquement terminé avec ce journal, maintenant, et je me dis que c'est ce que restera ce document : un simple journal. Que l'histoire des vieux scandales et des bizarreries de Derry n'a pas d'autre place que là, dans ces pages. Voilà qui me convient parfaitement ; je crois que lorsque je sortirai d'ici, demain, il pourrait être temps, en fin de compte, de me mettre à réfléchir à une nouvelle existence... quoique je ne voie pas très bien ce qu'elle pourrait être.

Je vous ai aimés, les gars, vous savez...

Je vous ai tellement aimés !

ÉPILOGUE

BILL DENBROUGH PLUS FORT QUE LE DIABLE (II)

On ne peut pas être prudent sur un skate !

Un gamin

1

Midi, un jour de la belle saison.

Nu, Bill Denbrough regardait le reflet de son corps mince dans le miroir de la chambre de Mike Hanlon. Son crâne chauve luisait dans la lumière qui tombait de la fenêtre et projetait son ombre allongée sur le sol et le mur. Il n'avait pas de poils sur la poitrine, et sur ses cuisses et ses jambes maigres, des muscles noueux saillaient. *Cependant*, pensa-t-il, *c'est bien à un corps d'adulte que nous avons affaire ici, c'est indiscutable. Il y a un début de bedaine dû à un abus de bons steaks, de bonnes bouteilles de bière, à un excès de repas avec trop de frites et pas assez de salade. T'as aussi les fesses tombantes, Bill, mon vieux. T'es encore capable de jouer un service gagnant si tu n'as pas trop la gueule de bois et si tu as les yeux en face des trous, mais tu n'es plus capable de galoper après la balle comme lorsque tu avais dix-sept ans. Tu t'agrémentes de poignées d'amour et tes couilles commencent à avoir cet aspect pendouillant de l'âge mûr. Sans parler des rides sur ton visage, inexistantes lorsque tu avais dix-sept ans... Fichtre, elles n'y étaient même pas sur ta première photo d'auteur en quatrième de couverture, celle où tu cherchais tellement à avoir l'air d'un mec au parfum... au parfum de quoi, tu n'en avais aucune idée. Tu es trop vieux pour faire ce qui te trotte dans la tête, mon petit Billy. On va se tuer tous les deux.*

Il enfila son caleçon.

Si on avait raisonné comme cela, nous n'aurions jamais pu faire... pu accomplir ce que nous avons accompli, quoi que ce soit.

Il ne se souvenait pas vraiment de ce qu'ils avaient fait, ni pour quelles raisons Audra s'était transformée en une ruine catatonique. Il ne savait qu'une seule chose, ce qu'il devait faire maintenant et que s'il ne le faisait pas maintenant, il aurait bientôt oublié cela, aussi. Audra était assise en bas, dans le fauteuil de Mike, les cheveux pendant en mèches plates sur les épaules, regardant avec une sorte d'attention fascinée une émission de jeux à la télé. Elle ne parlait pas et ne bougeait que si on l'y obligeait.

La situation est différente. Tu es tout simplement trop vieux, mec. Crois-moi.

Pas question.

Alors tu n'as plus qu'à crever ici, à Derry. Tu parles d'une belle fin.

Il enfila des chaussettes de sport, l'unique jean qu'il avait mis dans sa valise et le haut qu'il avait acheté la veille à Bangor, un sweat-shirt d'un orange éclatant. Sur la poitrine, s'étalait en grosses lettres la question : OÙ DIABLE SE TROUVE DONC DERRY, MAINE ? Il s'assit sur le lit de Mike — celui qu'il avait partagé chaque nuit depuis une semaine avec sa femme, dont le corps, mis à part sa chaleur, était celui d'un cadavre — et chaussa ses tennis... une paire de Keds, également achetées la veille à Bangor.

Il se leva et se regarda de nouveau dans la glace. Il y vit un homme qui n'était déjà plus tout jeune habillé comme un adolescent.

Tu as l'air ridicule.

Comme tous les gamins.

Tu n'en es pas un. Laisse tomber !

« Va chier, faut bien faire un peu l'andouille », murmura Bill, puis il quitta la pièce.

2

Dans les rêves qui le visiteront au cours des années suivantes, il se verra toujours quittant Derry seul, au coucher du soleil. La ville est déserte ; tout le monde est parti. Le séminaire de théologie et les maisons victoriennes de West Broadway ont l'air de ruminer, sombres et noirs sous un ciel blafard ; on dirait un condensé de tous les crépuscules de l'été.

Il entend l'écho produit par le bruit de ses pas qui sonnent contre le ciment. Le seul autre son est celui de l'eau qui se précipite avec un bruit creux dans les bouches d'égout.

3

Il poussa Silver à la main jusque dans le passage, l'inclina sur sa béquille et vérifia de nouveau les pneus. Il alla chercher la pompe neuve que Mike avait achetée et les gonfla encore un peu. Une fois la pompe remise en place, il contrôla la fixation des cartes et des épingles à linge. Les roues produisaient toujours cet excitant crépitement de mitraillette qu'il n'avait pas oublié depuis son enfance. Fameux.

Tu es devenu cinglé.

Peut-être. On verra.

Il retourna de nouveau dans le garage, prit la burette et huila la chaîne et le pédalier. Puis il se redressa, regarda Silver et pressa la poire de la trompe, un léger coup d'essai. Le son était bon. Il hocha la tête et entra dans la maison.

4

et il voit une fois de plus tous ces endroits, intacts, tels qu'ils étaient alors : la lourde masse de l'école élémentaire de Derry, le pont des Baisers avec les initiales gravées, celles d'écoliers amoureux se sentant prêts à décrocher la lune par passion et qui ont grandi pour devenir agents d'assurances, marchands d'automobiles, serveuses ou esthéticiennes ; il voit la statue de Paul Bunyan se détacher sur le ciel sanguinolent du coucher du soleil et la barrière blanche de guingois qui court, sur Kansas Street, le long des Friches. Il voit tous ces endroits comme ils étaient alors, comme ils resteront toujours dans quelque partie reculée de son esprit... et son cœur se brise d'amour et d'horreur.

Quitter, quitter Derry, *pense-t-il.* Nous quittons Derry et s'il s'agissait d'un roman, ce seraient là les dernières pages ; sois prêt à le reposer sur l'étagère et à l'oublier. Le soleil se couche et il n'y a que le bruit de mes pas et de l'eau dans les égouts. C'est le moment de

5

À l'émission de jeu avait succédé une autre émission de jeu. Audra restait assise passivement, sans quitter l'écran des yeux.

« Audra, dit-il en s'approchant et en la prenant par la main. Viens avec moi. »

Elle ne fit pas le moindre mouvement. Sa main restait dans la sienne, chaude et molle comme de la cire. Bill lui prit l'autre main, posée sur le bras du fauteuil, et la fit se lever. Il l'avait habillée ce matin dans le même style qu'il avait adopté pour lui-même : elle portait un jean et un corsage bleu. Elle aurait été tout à fait ravissante sans l'expression vacante de ses grands yeux.

« A-Allez, viens », répéta-t-il. Il la conduisit à travers la pièce, puis dans la cuisine et dehors. Elle n'opposait aucune résistance... mais elle aurait dégringolé les marches du porche de l'arrière de la maison et se serait étalée dans la poussière, si Bill ne lui avait pas passé un bras autour de la taille pour la faire descendre.

Il la mena jusqu'à l'endroit où Silver se trouvait, appuyée sur sa béquille, dans l'éclatante lumière de midi. Audra resta plantée à côté de la bicyclette, regardant avec sérénité le mur du garage de Mike.

« Monte, Audra. »

Elle ne bougea pas. Patiemment, Bill s'évertua à lui faire passer une jambe par-dessus le porte-bagages, au-dessus du garde-boue arrière. Elle finit par se retrouver à califourchon dessus ; mais si le porte-bagages était bien entre ses jambes, il ne lui touchait même pas les cuisses. Bill lui appuya légèrement sur la tête et elle s'assit.

Il enfourcha alors Silver et releva la béquille d'un coup de talon. Il se préparait à attraper les mains d'Audra pour les nouer autour de sa taille mais celles-ci se glissèrent toutes seules en place, comme deux petites souris hébétées.

Il les contempla, le cœur battant plus fort ; on aurait dit qu'il cognait autant dans sa gorge que dans sa poitrine. C'était la première fois de la semaine qu'Audra faisait un geste d'elle-même, pour autant qu'il le sût... sa première action indépendante depuis que c'était arrivé... quelle que fût la chose qui lui était arrivée.

« Audra ? »

Il n'y eut pas de réponse. Il se tordit le cou pour essayer de la voir, sans y réussir. Il n'y avait que ses mains autour de sa taille, avec sur les ongles les dernières traces d'un vernis qui avait été posé par une jeune femme pleine de vie et de talent, dans une petite ville d'Angleterre.

« On va faire une promenade », reprit Bill, qui commença à faire rouler Silver en direction de Palmer Lane dans un bruit de gravillons écrasés. « Je veux que tu te tiennes bien, Audra. Je crois... je crois que je risque d'aller peut-être un peu vite. »

Si j'ai toujours des couilles au cul.

Il pensa au gamin rencontré un peu plus tôt durant son séjour à Derry, alors que Ça continuait encore. *On ne peut pas être prudent sur un skate,* lui avait-il fait remarquer.

On n'a jamais rien dit d'aussi vrai, môme.

« Audra ? Tu es prête ? »

Pas de réponse. Est-ce que ses mains ne s'étaient pas très légèrement resserrées sur sa taille ? Il prenait certainement ses désirs pour des réalités.

Il atteignit l'extrémité de l'allée privée et regarda à droite. Palmer Lane donnait sur Upper Main Street, d'où, en tournant à gauche, il descendrait la colline allant vers le centre-ville. La descente. Prendre de la vitesse. Il eut un frisson de peur à cette image et une pensée inquiétante

(Les vieux os cassent facilement, Billy mon gars)

lui vint à l'esprit, mais s'évanouit trop vite pour qu'il pût la saisir. Cependant...

Cependant elle n'avait pas été qu'inquiétante, non ? Il y avait eu du désir aussi... ce sentiment qu'il avait éprouvé lorsqu'il avait vu le gamin marchant avec son skate sous le bras. Le désir d'aller vite, de sentir le vent le fouetter sans savoir s'il fonçait sur quelque chose ou fuyait quelque chose, le désir de bouger. De voler.

S'inquiéter, désirer. Toute la différence entre le monde et le manque — la différence entre être un adulte qui évalue les coûts et un enfant qui se jette à l'eau, par exemple. Entre, tout un monde. Et pourtant, la différence est loin d'être aussi fondamentale que cela. Des compagnons de lit, en vérité. La manière dont on se sent dans les montagnes russes, quand la petite voiture est tout en haut de la première descente vertigineuse, là où la balade commence vraiment.

S'inquiéter, désirer. Ce que l'on veut, et ce que l'on a peur d'essayer. Ce que l'on a été, ce que l'on veut devenir. Il y a quelque chose dans un air de rock and roll sur la fille, la bagnole et le coin où être peinard que l'on veut. Mon Dieu je vous en prie, pigez cela.

Bill ferma les yeux pendant un instant, sentant le poids mort du tendre corps de sa femme derrière lui, sentant la pente plus très loin devant lui, sentant son propre cœur à l'intérieur de son torse.

Sois courageux, sois honnête, tiens le coup.

Il commença à lancer Silver. « Un peu de rock and roll, Audra, d'accord ? »

Pas de réponse. Mais c'était normal. Il était prêt.

« Alors, accroche-toi. »

Il se mit à pédaler plus fort. C'était dur, au début. Silver zigzaguait de manière alarmante, le poids d'Audra ne faisant que la déséquilibrer davantage... elle devait cependant plus ou moins lutter pour conserver l'équilibre, même inconsciemment, sans quoi ils se seraient déjà retrouvés par terre. Bill, debout sur les pédales, étreignit violemment le guidon ; il avait la tête tournée vers le ciel, les yeux comme deux fentes, les tendons du cou qui saillaient comme des cordes.

On va s'étaler en pleine rue, je sens ça, on va s'ouvrir le crâne tous les deux

(non ça n'arrivera pas fonce Bill fonce fonce nom de Dieu de nom de Dieu)

Debout sur les pédales, il mouline des jambes, sentant le poids de toutes les cigarettes qu'il a fumées au cours des vingt dernières années dans la pression trop élevée de son sang et dans les coups de pompe frénétiques de son cœur. *Va chier avec ça aussi !* se dit-il et la bouffée de folle allégresse qu'il ressent le fait sourire.

Les cartes à jouer, qui jusqu'ici tiraient au coup par coup, commencèrent à cliqueter plus vite. C'était un jeu neuf et de bonne qualité et, à sa satisfaction, elles claquaient bruyamment. Bill sentit les premières caresses de la brise sur sa calvitie, et son sourire s'élargit. *C'est moi qui produis ce vent,* pensa-t-il. *Je le produis en pompant sur ces foutues pédales.*

Au bout de la ruelle de Mike, le panneau STOP se rapprochait. Bill commença à freiner... puis (avec un sourire qui ne cessait de s'agrandir et d'exhiber de plus en plus de dents) il appuya de nouveau sur les pédales.

Ignorant le ton comminatoire du panneau, Bill Denbrough vira sur la gauche et s'engagea dans Upper Main Street, au-dessus de Bassey Park. Une fois de plus, le poids d'Audra le surprit et c'est de justesse qu'il évita la chute. La bicyclette vacilla, fit un zigzag et se redressa. Ce vent était maintenant plus fort et rafraîchissait son front dont il faisait évaporer la transpiration, grondant au passage dans ses oreilles — bruit grave et enivrant comme celui de la mer dans un coquillage et qui cependant n'était comparable à rien sur terre. Bill supposa que ce doux feulement était le son auquel était habitué le garçon au skate. *Mais c'est une musique que tu finiras par oublier* môme, songea-t-il. *Les choses ont une manière sournoise de changer. C'est un sale tour qu'elles nous jouent, alors sois prêt.*

Il pédale plus vite maintenant, et la vitesse lui redonne l'équilibre. Sur sa gauche, les ruines de Paul Bunyan, colosse écroulé. Il pousse son cri : « Ya-hou, Silver, EN AVANT ! »

Les mains d'Audra se serrent autour de sa taille ; il la sent qui bouge derrière lui. Mais il n'est pas indispensable de se tourner et d'essayer de la voir, pour l'instant... ni indispensable, ni urgent. Il accélère encore, éclatant de rire, grand type dégingandé au crâne dégarni, le nez sur le guidon de son engin afin de diminuer la résistance au vent. Les gens se retournent pour le regarder filer le long de Bassey Park.

Upper Main Street commence maintenant à descendre vers le centre défoncé de la ville selon un angle plus prononcé, et une voix murmure au fond de lui que s'il ne se met pas à freiner tout de suite, il ne sera bientôt plus en mesure de le faire ; il risque rien moins que d'aller se jeter dans le chaos effondré de la triple intersection, comme une chauve-souris surgissant de l'enfer, et de les tuer tous les deux.

Mais au lieu de freiner, il pèse de plus en plus fort sur les pédales, incitant la bicyclette à aller de plus en plus vite. Il vole maintenant dans la pente de Main Street Hill et ne tarde pas à apercevoir les barrières blanches et orange de police, ainsi que les fumigènes dont la flamme fantomatique marque les limites de l'excavation ; il voit aussi, engoncé dans la rue comme dans les délires d'une imagination de dément, le toit des immeubles qui dépasse à peine du trou.

« Ya-hou, Silver, EN AVANT !!!! » hurle Bill Denbrough comme un fou ; il fonce vers le bas de la colline, vers ce qui les attend en bas, quoi que ce soit, conscient, pour la dernière fois, que Derry c'est chez lui, conscient surtout d'être vivant sous un ciel réel et que tout est désir, désir, désir.

Il fonce dans la descente sur Silver : il fonce pour être plus fort que le diable.

6

partir.

Ainsi tu pars, et ressens le besoin de regarder en arrière, de jeter un dernier coup d'œil aux lueurs déclinantes du crépuscule, pour voir une ultime fois le sévère découpage de cette architecture de la Nouvelle-Angleterre — les clochers, le château d'eau, Paul avec sa hache à l'épaule. Mais regarder derrière soi n'est peut-être pas une si bonne idée que cela — c'est ce que disent toutes les histoires. Vois ce qui est arrivé à la femme de Loth. Mieux vaut s'abstenir. Mieux vaut croire qu'ils seront heureux et vivront très longtemps ; après tout pourquoi pas ? Pourquoi cela ne se passerait-il pas ainsi ? Parmi tous les bateaux qui s'avancent à pleines voiles dans les ténèbres, il en est qui revoient le soleil, ou qui retrouvent la main d'un enfant. Si la vie nous apprend quelque chose, c'est bien qu'il y a tellement de fins heureuses que l'on est contraint de sérieusement remettre en question la rationalité d'un homme qui croit qu'il n'y a pas de Dieu.

Tu pars, et tu pars vite quand le soleil commence à disparaître, pense-t-il dans son rêve. C'est ce que tu fais. Et s'il te vient une dernière pensée, c'est sur des fantômes que tu t'interroges... fantômes d'enfants les pieds dans l'eau au crépuscule, formant un cercle, se tenant par la main, visages jeunes et assurés, mais durs... suffisamment durs, en tout cas, pour donner naissance aux adultes qu'ils vont devenir. Le cercle se referme, la roue tourne, et c'est tout.

Tu n'as pas besoin de regarder en arrière pour voir ces enfants ; quelque chose en toi les reverra éternellement, vivra avec eux éternellement, aimera avec eux éternellement. Ils ne sont pas nécessairement ce qu'il y a de meilleur en toi, mais ils furent autrefois le sanctuaire de tout ce que tu pouvais devenir.

Enfants, je vous aime... je vous aime tellement !

Donc, pars vite, éloigne-toi vite alors que disparaissent les dernières lueurs, éloigne-toi de Derry, du souvenir... mais pas du désir. Celui-là reste, éclatant camée de tout ce que nous fûmes et de tout ce que nous crûmes, enfants, de tout ce qui brillait dans nos yeux, même lorsque nous étions perdus et que le vent soufflait dans la nuit.

Éloigne-toi, et tâche de garder le sourire au volant. Trouve un peu de rock and roll à la radio, et va vers la vie qui t'attend avec tout le courage et toute la foi que tu pourras trouver en toi. Sois honnête, sois courageux, fais face.

Tout le reste n'est que ténèbres.

7

« Hé, là !

— Hé, monsieur !

— Attention !

— Cet espèce de cinglé va... »

Il saisit des mots au vol, aussi dépourvus de signification que des oriflammes claquant dans le vent ou des ballons lâchés dans l'air. Les barrières de police sont tout près ; les effluves goudronnés des fumigènes parviennent à ses narines. Il voit l'obscurité béante à l'endroit qu'occupait naguère la rue, il entend l'eau qui s'écoule paresseusement dans le fouillis sombre des décombres, et ce bruit le fait rire.

Il vire brutalement à gauche, si près d'une barrière que son jean l'effleure. Les roues de Silver passent à moins de dix centimètres de l'endroit où le macadam a disparu et il n'a guère de place pour manœuvrer. Devant lui, l'eau a emporté toute la rue et la moitié du trottoir devant une bijouterie. Les barrières interdisent ce qui reste du trottoir, qui a lui-même été largement entamé.

« Bill ? » C'est la voix d'Audra, une voix hébétée, un peu enrouée. On dirait qu'elle se réveille d'un profond sommeil. « Où sommes-nous, Bill ? Qu'est-ce qui se passe ?

— Ya-hou, Silver ! » crie Bill, dirigeant l'espèce de chevalet à roues qu'est Silver directement sur les barrières posées perpendiculairement à la bijouterie. « YA-HOU, SILVER, EN AVANT ! »

La bicyclette heurte la barrière à plus de soixante kilomètres à l'heure et la brise en morceaux qui volent dans des directions différentes. Audra pousse un hurlement et étreint Bill avec une telle énergie qu'il en a le souffle coupé. Du haut en bas de Main Street, de Canal Street et de Kansas Street, les gens regardent du pas de leur porte ou arrêtés sur le trottoir.

Silver jaillit sur le bout de trottoir en surplomb ; Bill sent sa hanche et son genou gauches racler contre la devanture de la bijouterie, puis la roue arrière de Silver qui fléchit sous leur poids. Il comprend que le trottoir est en train de s'effondrer derrière eux...

... mais l'élan accumulé par la bicyclette les propulse de nouveau sur le sol ferme. Bill donne un coup de guidon pour éviter une poubelle renversée et ramène Silver dans la rue. Les freins grincent. Il voit la calandre d'un gros camion qui s'approche, et cependant semble ne pas pouvoir s'arrêter de rire. Il fonce dans l'espace que le lourd engin va occuper dans une petite seconde après son passage. Merde, il a tout son temps !

Poussant de grands cris, les larmes jaillissant des yeux, Bill presse la poire de la corne, et écoute chacun de ses braiments rauques s'encastrer dans l'éclatante lumière du jour.

« Tu vas nous tuer tous les deux, Bill ! » lui crie Audra, et bien que sa voix exprime de la terreur, elle rit aussi.

Bill incline Silver pour virer et sent que cette fois, Audra accompagne son mouvement, ce qui lui permet de mieux contrôler sa course, de faire un bloc vivant — la bicyclette, Audra et lui — au moins pour ce fragment compact de temps.

« Tu crois ?

— J'en suis sûre ! » répond-elle, l'attrapant entre les jambes — où elle tombe sur une réjouissante et monumentale érection. « Mais ce n'est pas une raison pour t'arrêter ! »

Il n'a cependant pas son mot à dire là-dedans ; lancée dans la côte de Up-Mile Hill, Silver perd tout son élan comme un animal blessé son sang. Le crépitement assourdissant des cartes retombe à un rythme plus lent et au coup par coup. Bill fait halte, et se tourne vers

Audra. Elle est pâle, elle a les yeux écarquillés et elle est manifestement à la fois effrayée et complètement perdue... mais éveillée, consciente — et elle rit !

« Audra ! » dit-il, riant avec elle. Il l'aide à descendre de Silver, appuie la bicyclette contre un mur de brique et la prend dans ses bras. Il lui embrasse le front, les yeux, la bouche, le cou, les seins.

Elle l'étreint pendant ce temps.

« Mais qu'est-ce qui s'est passé, Bill ? Je me souviens d'être descendue de l'avion à Bangor, puis plus rien. Absolument rien. Tu vas bien ?

— Oui.

— Et moi ?

— Oui, maintenant. »

Elle le repousse un peu, pour étudier son visage. « Est-ce que tu bégaies encore, Bill ?

— Non, dit Bill, l'embrassant de nouveau. Disparu, le bégaiement.

— Pour de bon ?

— Oui. Je crois que c'est pour de bon, cette fois.

— Est-ce que tu n'as pas vaguement parlé de rock and roll ?

— Je ne sais pas. Tu crois ?

— Je t'aime. »

Il hoche la tête et sourit. Ce sourire lui donne l'air très jeune, en dépit de sa calvitie. « Je t'aime aussi, dit-il. Y a-t-il autre chose qui compte ? »

8

Il s'éveille de ce rêve, incapable de se rappeler exactement ce qu'il était, sinon qu'il se déroulait dans son enfance. Il touche la peau douce et soyeuse du dos de sa femme, plongée dans la tiédeur de son sommeil et rêvant ses propres rêves ; il pense que c'est bon d'être un enfant, mais que c'est aussi bon d'être un adulte et de rester capable de prendre en compte les mystères de l'enfance... ses croyances, ses désirs. J'écrirai un jour quelque chose là-dessus, pense-t-il, sachant qu'il ne s'agit là que d'un songe nocturne, d'une pensée née du rêve. Mais il est agréable de s'y complaire quelques instants, dans l'impeccable silence de l'aube, de se dire que l'enfance possède ses propres et doux secrets et confirme notre mortelle condition, laquelle définit tout ce qui est courage et amour. De penser que ce qui a regardé en avant doit également regarder en arrière, et que chaque vie imite à sa manière l'immortalité : une roue.

Ou du moins c'est ce que songe Bill Denbrough en ces heures du point de l'aube, après ses rêves, quand il se rappelle presque son enfance et les amis avec lesquels il l'a vécue.

Commencé à Bangor (Maine) le 9 septembre 1981,
cet ouvrage a été achevé à Bangor (Maine)
le 28 décembre 1985.

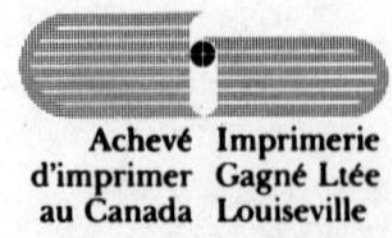
Achevé d'imprimer au Canada
Imprimerie Gagné Ltée Louiseville